韩结根 著

舒州天柱山诗词
辑按注解（下）

复旦大学出版社

目录(下)

清

钱谦益
  駕鵝行闻潜山战胜而作 …… 835
贺登选
  吊张清雅孝烈 …………… 838
柯友桂
  黄山别业,相传宋王岐公故居,
  而金生蜩、闇高曾卜筑于此,
  创亭榭池馆花木园林之胜。
  余令潜,时往还觞咏。经今
  十载矣,沧桑几度,两生犹读
  书其中,不坠先业,美而赋之
  ………………………………… 840
周邦坚
  题张孝烈传后 …………… 841
姚孙棐
  寄祝潘含仲学博年丈 …… 842
  过梵天寺望天柱峰 ……… 844
钱澄之
  潜山道上雨过望云中天柱峰
  ………………………………… 846
  潜山道中送迦陵上人之越并
   寄翁山禅师 …………… 847

  自潜山入太湖道中七首
   (选三) ………………… 848
  行路难(选一) …………… 849
彭孙贻
  宿潜山草堂 ……………… 851
方　文
  寄陈襄云 ………………… 852
  山谷寺短歌　乙未 ……… 853
  彰法山经桥公故居 ……… 855
  八弟尔孚见过小饮次日予游
   潜山 …………………… 856
  潜山重访陈襄云 ………… 857
  周将军庙　在潜山治东南
   五里 …………………… 858
  潜山道中 ………………… 859
  望天柱山 ………………… 859
  重访陈襄云山居 ………… 860
  柬郑恪庵明府 …………… 861
  陈襄云雨中送米走笔答之
  ………………………………… 862
  赠潘含仲广文 …………… 863
  寿朱山人 ………………… 864
  清明日偕潘含仲先生踏青至
   陈襄云家,陈兼布、余善长各

I

邀一日,因拉含仲之山谷寺
　　　　　　　　　　　865
禊日同潘含仲陈襄云金去的
　饮石牛洞 ……………… 866
山谷寺回又至去的家借宿并
　赠其兄简在 …………… 867
又偕含仲襄云去的访汪紫照
　山居 …………………… 868
汪紫照山房戏赠 ………… 869
访陈尔靖山居因游石壁寺
　　　　　　　　　　　870
石壁寺怀从子子建　子建有
　庄在焉 ………………… 871
山谷寺 …………………… 872
沙河 ……………………… 872
潜山道中　乙未 ………… 873
舒王台 …………………… 874
书张孝烈先生传后 ……… 875
送从子处厚返潜山兼寄令岳
　陈襄云 ………………… 876

姚文然
秋旱 ……………………… 877

施闰章
张孝烈诗 ………………… 879
池阳至皖口漫兴绝句(选一)
　　　　　　　　　　　880

刘余谟
酒岛流霞 ………………… 881
望天柱峰 ………………… 882

李崇稷
吊张清雅孝烈 …………… 883

熊应吉
过沙村 …………………… 884

黄敬玑
署潜拜家千金墓用翁直指
　旧韵 …………………… 886

张苖
吊张清雅孝烈 …………… 887

陈衷赤
吊孝烈张先生 …………… 888
吊苏烈妇　苏,惠州人。
　　　　　　　　　　　889
蓝公祠二首 ……………… 891

金承蜩
吴塘晓渡 ………………… 893

金闇
辩九井西风之讹 ………… 894
过皖涧访掌石隐者 ……… 896
山谷寺怀古 ……………… 897
宿皖之西关 ……………… 898
吊孝烈张先生 …………… 900
吊陈求之夫妇同母死孝 … 901

张超载
重游古洞 ………………… 904
天柱朝霁 ………………… 904
拜千金墓 ………………… 905

徐龙光
佛光寺 …………………… 907

熊良巩
客邸思归 ………………… 908
寻乔亭遗迹与徐骑省双溪行

院碑俱不见 …… 909
陈廷机
　　春同潘含仲方尔止饮石牛
　　古洞 …… 912
梁清标
　　望潜山 …… 914
梅　清
　　天柱 …… 915
毛奇龄
　　吊乔公故居 …… 916
陆　进
　　望天柱峰 …… 917
李子翼
　　石牛溪 …… 918
金抱一
　　山谷流泉 …… 920
何玄之
　　游山谷 …… 920
姚　亮
　　喜晤龚中翰子栋 …… 922
方中发
　　沙河 …… 923
　　潜山 …… 924
　　柬潜山龚中翰子栋二首 …… 924
潘　江
　　潜山道中 …… 927
　　挽潜山王尔玉先生 …… 929
　　白玉洞歌为孝烈张公赋 …… 933
　　自桐城至黄州道中杂诗
　　（选五） …… 934

　　送陈遐伯还芜阴 …… 936
　　送龚子栋还潜山 …… 937
涂远靖
　　吊孝烈张先生 …… 938
金梦先
　　吊孝烈张先生 …… 939
　　梦游天柱山 …… 940
　　南湖采莲歌 …… 942
　　游虎头岩 …… 944
　　书虎头岩石壁 …… 945
　　水吼岭道中 …… 946
　　丹灶 …… 946
　　古佛寺 …… 947
　　宿山谷寺楼 …… 948
　　游皖山 …… 949
　　分赋天宁寺前荷亭八景
　　（选三） …… 950
金丝先
　　吴塘龙舟竞渡歌 …… 953
刘　岩
　　送何承锡归潜 …… 957
汪伯飞
　　雨中望天柱 …… 958
汪世奕
　　游真源宫 …… 959
方　辅
　　游山谷寺 …… 959
汪伯寅
　　游山谷寺 …… 960
卢　渤
　　登天柱峰 …… 961

徐益相
　山谷寺怀古 ……………… 962
姚 琅
　天柱峰 …………………… 963
　渡沙河入潜山境 ………… 964
　入潜山县 ………………… 965
　出桐城已望见天柱高峰矗立，
　　玉笋如削，一望青空，中有紫
　　霞停盖其上，渐近正欲瞻仰，
　　俟已云封半顶。里老为言：
　　虽晴明，每日有云气覆护，不
　　可逼视。中峰有石桥，阔仅
　　数寸，长二丈许，下临深涧，
　　空洞无底，非得道人不能上
　　也。感而再赋 …………… 966
　乔公故居 ………………… 967
　吊张清雅孝烈 …………… 968
庄名弼
　怀天柱峰次姚郡伯韵 …… 969
龙 燮
　烈犬行　有引 …………… 971
刘 材
　游皖山寻石牛洞步黄山谷
　　先生旧韵 ……………… 973
李 骥
　潜山张孝子歌 …………… 975
　九日卓鹿墟饷潜山茶因忆舅
　　氏徐三山甫明府　起句用杜
　　………………………………… 976
王士禛
　望盛唐山 ………………… 978

　潜山道中雪 ……………… 979
　自沙河至唐婆岭即事 …… 980
　二乔宅 …………………… 981
　雪中欲谒三祖山不果　即山
　　谷寺 …………………… 982
田 雯
　皖城西拜山谷老人墓　试士
　　………………………………… 984
徐 釚
　梦游天柱峰歌 …………… 988
　重过皖江 ………………… 990
邵长蘅
　甘人 ……………………… 991
王大经
　山谷寺 …………………… 993
　皖峰绝顶看天柱 ………… 993
许清沅
　游白鹤宫 ………………… 994
余光全
　吴塘晓渡 ………………… 996
　酒岛流霞 ………………… 997
何 迪
　乔公故址 ………………… 998
　咏山谷流泉 ……………… 998
　雪湖春涨 ………………… 999
查嗣瑮
　潜山 ……………………… 1000
刘前彬
　丹灶苍烟 ………………… 1002
刘前彭
　九井西风 ………………… 1003

刘前彤
　天柱晴雪 …………………… 1004
刘庆誉
　石牛古洞 …………………… 1005
刘庆履
　诗崖漱玉 …………………… 1006
葛荫龙
　游虎头岩 …………………… 1007
何 曷
　偕皖属友人游山谷寺 ……… 1008
　乔公故址 …………………… 1009
汤右曾
　望天柱山 …………………… 1010
陈大章
　望皖公山 …………………… 1012
吴铭道
　望天柱山六首 ……………… 1013
鲁之裕
　同人避暑山谷分阶字 ……… 1016
　宿狮子岩 …………………… 1017
　醉歌 ………………………… 1018
　山谷寺僧德秀以画册八页请
　　题为之走笔 ……………… 1020
　挽张翰仙于潜山 …………… 1022
　重游山谷寺题德秀禅室　时德
　　秀已归省其母于池州 …… 1024
　孝烈篇 ……………………… 1025
　寄怀潜山明经金肯公梦先徐
　　用勉千之操子卜其相秀才
　　何曙侯曷丁元长弘远 …… 1029

答潜令太康段仁九明府
　　………………………………… 1030
元日沙河道中口占二首
　　………………………………… 1032
潜山余皖柱先生宴予于晴雪
　山房因出诗集属评即席分
　厅字六韵 …………………… 1033
魏廷珍
　赠潜山张节孝 ……………… 1035
张廷玉
　孝烈诗 ……………………… 1036
李 绂
　挽潜山赵烈妇胡氏 ………… 1038
陈正瑮
　天柱峰 ……………………… 1039
张廷璐
　孝烈诗 ……………………… 1040
丁弘远
　重游虎头岩题寺壁 ………… 1042
　乙酉早秋偕金丈雪鸿、鲁大
　　素园、周二笔峰、胡二袭
　　参、方十九引蓬游山谷寺
　　……………………………… 1043
程之鵕
　望潜山 ……………………… 1044
　忆乔公故居 ………………… 1045
徐士林
　天柱山道中 ………………… 1046
　偕丁松园同门舒台怀古
　　……………………………… 1047

目录（下）

V

题天柱晴雪 …………… 1047
寿葛节母聂太君六十 … 1048
金　明
山谷寺 ……………… 1051
张期愈
虎头岩寺题壁 ……… 1053
张世松
重修观音阁 ………… 1054
钱陈群
潜山 ………………… 1055
厉　鹗
送人归潜山 ………… 1056
桑调元
潜山 ………………… 1058
李继圣
潜峰阁 ……………… 1059
天柱山 ……………… 1060
乔公故居 …………… 1061
杭世骏
新安方如珽潜山寻墓诗
　　　　………………… 1062
刘大櫆
旅怀 ………………… 1063
孝孙诗 ……………… 1064
送人归潜山 ………… 1066
彭启丰
雨中发潜山，泥滑难行，作禽
　言纪之 ……………… 1068
自龙眠至太湖 ……… 1069
曾　劭
登天柱峰绝顶 ……… 1071

魏其琛
送潜山徐试誉茂才省试
　　　　………………… 1073
马德洋
长冲山庄即事 ……… 1075
山谷寺 ……………… 1075
张　挺
吴塘晓渡 …………… 1076
天柱晴雪 …………… 1077
张必刚
天柱山歌 …………… 1078
炼丹台 ……………… 1079
叶　丛
常桂芳墓歌　有序 … 1080
吊孙瑛夫妇 ………… 1082
李　渶
吊孙烈妇 …………… 1084
王国瑞
纪邑侯常公政绩歌 … 1085
刘　棠
游上炼丹望天柱峰 … 1088
熊会瓒
吴塘堰落成魏明府索诗因赋
　长句 ………………… 1089
马　敬
马祖寺 ……………… 1090
听僧悟成话天柱之胜 … 1091
钱　载
天柱峰出云歌 ……… 1092
近青山驿，沿潜山麓三十里

入山谷寻石牛，天已昏黑，
　　小吏云在隔水草中，同游
　　者萧检讨广运 …… 1094
　青口驿 …… 1095

嵇璜
　节烈熊应辉妻卢氏 …… 1097

袁枚
　节烈熊应辉妻卢氏 …… 1098

蒋雍植
　望天柱山 …… 1100
　四望山 …… 1101

王昶
　重过潜山 …… 1103

钱大昕
　入潜山境，行乱山中，山甚高
　　而平坦易上，不露崭绝之
　　迹，赋诗美之 …… 1104
　寄题山谷寺 …… 1105
　潜山城外 …… 1106

朱筠
　潜山种花图为琨霞川作
　　…… 1107

李文藻
　怀宁道中三首 …… 1109

韩梦周
　赠安潜山改亭 …… 1111

姚鼐
　望潜山 …… 1113
　初雪忆去年是时经潜山下
　　…… 1114

　寄天柱山人 …… 1115

翁方纲
　雨后 …… 1116
　返照 …… 1117
　潜山县二首 …… 1118
　望天柱峰 …… 1119
　雨宿山店四首 …… 1122
　大关三首 …… 1124
　皖公山谷歌 …… 1125
　题争坐位帖后 …… 1129

陆锡熊
　潜山道中爱其风景清绝漫成
　　一律 …… 1131
　自潜山至太湖山行杂书所见
　　四首 …… 1132

李调元
　过潜山春甫自以入青阳故乡
　　境让余先行 …… 1135
　至潜山县县令光斋兄载阳
　　来见 …… 1137

钱塘
　沈周画 …… 1138

涂逢豫
　皖山纪游 …… 1139
　闰十月十日将游山谷寺以雨
　　阻未果用陶集游斜川韵
　　…… 1142
　暮春南湖即事 …… 1144

秦潮
　示潜山周生 …… 1145

王凤诏
  水帘洞观瀑 ……… 1148
  玉照泉 ……… 1150
  鹤鸣泉 ……… 1150
王文城
  题滴水岩 ……… 1151
刘斯极
  南湖泛舟 ……… 1153
  南湖泛舟　二首 ……… 1154
  南湖泛舟 ……… 1155
  南湖泛舟　二首 ……… 1156
  南湖泛舟　二首 ……… 1156
熊光陛
  天堂秋色 ……… 1157
  仲夏住天堂 ……… 1158
  望皖山思家 ……… 1158
周道宁
  三月三从邑侯张往三祖寺宣
   讲圣谕沿途口占一首 ……… 1159
琨　玉
  潜阳十景 ……… 1161
李载阳
  舒台夜月辨 ……… 1170
  吊黄千金 ……… 1171
  溪沸滩 ……… 1173
  试心桥 ……… 1174
  过十二牌岭偶题 ……… 1176
  游山谷寺偶题 ……… 1178
  天堂行 ……… 1180
  皇华桥遇雨口占 ……… 1182

  夜宿湖田草堂 ……… 1183
  望天柱峰 ……… 1184
汪振坤
  过王荆公舒台故址 ……… 1185
  试心桥 ……… 1185
  和李明府望天柱峰元韵
  ……… 1186
李廷仪
  潜山道中 ……… 1187
熊履泰
  雪湖莲花 ……… 1188
  游虎头岩 ……… 1189
凌正谟
  山谷流泉 ……… 1191
张　高
  天柱峰 ……… 1192
葛宗旧
  冬日过罗汉庵 ……… 1194
  游妙道山晚宿 ……… 1194
  游天竺庵 ……… 1195
游端友
  和张同曾留别原韵 ……… 1196
马　骧
  暮过沙河亭 ……… 1197
  陶埠河 ……… 1198
丁承基
  潜阳十景次马扶九元韵
  ……… 1199
丁承培
  潜阳十景总咏 ……… 1200

舒台夜月 …………… 1201
乔家妆井 …………… 1202
吴塘晓渡 …………… 1203
诗崖漱玉 …………… 1204
酒岛流霞 …………… 1205
九井西风 …………… 1206
石牛古洞 …………… 1206
天柱晴雪 …………… 1207
山谷流泉 …………… 1208
丹灶苍烟 …………… 1209
丁承堂
　潜阳十景次马扶九元韵
　　…………………… 1210
丁仙芝
　酒岛流霞 …………… 1211
熊新阳
　游山谷寺 …………… 1212
马高梧
　天柱山 ……………… 1213
　舒台夜月 …………… 1214
　经长垣坂道中 ……… 1215
卢　柱
　丹灶苍烟 …………… 1216
　诗崖漱玉 …………… 1216
徐余光
　石牛古洞 …………… 1217
　丹灶苍烟 …………… 1217
王国诏
　秋日题翠云庵 ……… 1218
李光清
　陆公堤 ……………… 1219

李荣向
　飞来峰 ……………… 1221
丁　珠
　石牛古洞 …………… 1223
丁青莲
　南湖秋泛 …………… 1224
　山谷寺 ……………… 1225
蒋　昌
　宿三祖寺 …………… 1226
蒋高矗
　定心台 ……………… 1227
蒋明良
　双蛴泉 ……………… 1228
徐　兴
　梅花女墓 …………… 1229
　唐婆岭 ……………… 1230
徐　蕃
　自青崖至万涧望天柱峰
　　…………………… 1232
　环松书屋题壁 ……… 1233
　山谷寺题壁 ………… 1234
　题游存堂先生雪湖志馆图并
　　送回蜀 …………… 1234
何恩华
　玉镜山 ……………… 1237
刘嵩华
　舒台夜月歌 ………… 1238
　山谷寺题壁 ………… 1239
徐兆燕
　天柱峰歌 …………… 1239

永兴庵题壁 ………… 1241
　　过西溪馆 …………… 1241
　　仙人桥 ……………… 1242
　　登鹿角峰 …………… 1243
金　枝
　　炼丹台 ……………… 1244
　　登舒台眺望潜阳十景 … 1245
万廷伟
　　金城寺 ……………… 1246
余必联
　　双虹崖 ……………… 1247
聂　魁
　　南湖秋泛 …………… 1248
陈昌国
　　题潜山十景 ………… 1249
　　登三祖塔 …………… 1250
郑懋勋
　　游黄山 ……………… 1251
　　潜岳 ………………… 1252
韩梦黎
　　九井 ………………… 1253
蔡朝林
　　游鹿角峰 …………… 1255
雷天铨
　　黄千金墓 …………… 1255
熊文泰
　　游山谷寺 …………… 1256
王汝璧
　　伐蛟行 ……………… 1257

赵良澍
　　为云石咏物六首（选一）
　　　…………………… 1261
　　自桐城至潜山 ……… 1262
秦　瀛
　　江行杂诗（选一） …… 1263
汪学金
　　潜山道中 …………… 1264
黄景仁
　　渡江之皖城 ………… 1265
　　枞阳 ………………… 1267
　　千秋岁・二乔宅 …… 1268
顾宗泰
　　南唐杂事诗（选一） … 1269
法式善
　　吴种芝贻咏庶常饷潜山笋
　　　…………………… 1270
张司直
　　读书朝阳庵 ………… 1273
　　志馆告归北上留别游存堂及
　　　同事诸子 ………… 1274
沙　琛
　　望天柱山忆春初北上滞雨
　　　…………………… 1275
　　望天柱山 …………… 1276
　　潜山城外寄王四约斋 … 1276
　　微雪望皖公山 ……… 1277
　　出差太湖雪中巡行三首
　　　（选一） …………… 1278
　　望三祖山雪 ………… 1279

二乔宅雪 ……………… 1279
出皖途中即事（选一）…… 1280

赵文楷
登黄山 ………………… 1281
游潜岳 ………………… 1282

杨瑛昶
雪夜至葛家湖 ………… 1284
偕友人游山谷寺下石牛洞寻
　苏黄遗迹得长句 …… 1285
龙关瀑布歌 …………… 1291

汪居敬
南湖泛舟 ……………… 1294
天柱山 ………………… 1295

汪居仁
龙关晓发 ……………… 1296

张　鉴
潜山 …………………… 1297

陈文述
江上望皖公山用太白韵
　……………………… 1299
二乔宅 ………………… 1300
寄题潜山天柱峰 ……… 1301

吴荣光
望天柱山 ……………… 1308
扁舟二十四首（选一）… 1308

胡承珙
天柱山歌 ……………… 1309
潜山县 ………………… 1312

邓廷桢
咏怀古迹四首（选二）… 1313

黄本骐
舒州书感 ……………… 1316

汤贻汾
挈家之潜山任发白门作
　……………………… 1317
二乔宅 ………………… 1318
留别潜山署 …………… 1319
周仲超元辅青溪话旧图
　（选一）……………… 1320

潘正亨
望天柱山　即霍山 …… 1321

张维屏
潜山客舍访二乔故居弗得
　怅然题壁而去 ……… 1322

张　澍
贻邓显筠廷桢抚军（选二）
　……………………… 1323

周之琦
定风波·潜山驿寄答佟艾生
　方伯 ………………… 1325

刘　开
望潜岳 ………………… 1327

桂超万
梦族叔祖毓台广文玉栋
　……………………… 1328

沈学渊
二乔曲 ………………… 1329

吴廷栋
登天柱山 ……………… 1331

祁寯藻
潜山道中十首 ………… 1333

李星沅
　　望皖公山 …………………… 1335
陈　道
　　过梅寨 ……………………… 1336
刘黎仙
　　题梅寨龙井河 ……………… 1337
程周易
　　题栗树州龙井河 …………… 1338
吴石匠
　　题山谷 ……………………… 1339
方龙光
　　望潜岳 ……………………… 1340
俞　樾
　　冯智烈孝子诗 ……………… 1343
袁　昶
　　怀舒州山谷寺 ……………… 1345
　　到舒州 ……………………… 1346

民　国

何　雯
　　游天柱 ……………………… 1348
　　七绝 ………………………… 1351
余　震
　　虎头岩 ……………………… 1352
　　鱼鳞木杖歌 ………………… 1355

　　山谷寺 ……………………… 1358
　　山谷寺石牛洞歌 …………… 1359
　　雨后望天柱峰 ……………… 1362
　　霍岳 ………………………… 1363
　　望天柱峰次韵和黄县长
　　　………………………………… 1364
　　宿虎头岩白云寺 …………… 1365
施树岩
　　题山谷石牛溪 ……………… 1367
黄任琦
　　观王苏韵因赋 ……………… 1368
王光约
　　山谷寺 ……………………… 1369
周汝箴
　　石牛 ………………………… 1369
乌以风
　　汉武帝祭台 ………………… 1370
　　题七人洞 …………………… 1371
　　九井观瀑 …………………… 1372
　　题胭脂井 …………………… 1373
　　登天柱峰绝顶作　有序
　　　………………………………… 1374

主要征引书目 …………………… 1376

清

钱谦益

　　钱谦益(1582—1665)，字受之，号牧斋、蒙叟、东涧遗老、绛云老人等。江南常熟(今属江苏)人。明万历三十八年(1610)进士。崇祯初官礼部右侍郎，为温体仁所挤，削籍归。南明福王时官礼部尚书，谄事马士英。降清，任礼部右侍郎管秘书院事，充修明史副总裁。任职六月即告归，秘密从事抗清活动，与瞿式耜、李定国、郑成功等均有联系。博学，古文、诗歌、史学、佛学皆精，阎若璩称与海内学者游，博而能精者，仅有谦益与顾炎武、黄宗羲三人。尤以诗名。与吴伟业、龚鼎孳合称为"江左三大家"。著有《初学集》《有学集》《投笔集》《杜诗笺注》，编有《吾炙集》《列朝诗集》及《开国群雄事略》《楞严蒙钞》等。生平事迹见《清史稿》卷四八五、《清史列传》卷十九、顾苓《东涧遗老钱公别传》、葛万里《牧翁先生年谱》、金叔远《钱牧斋先生年谱》等。

鴐鵝行闻潜山战胜而作[1]

　　鴐鵝双飞天雨霜，黑云亘天贼垒长[2]。烽烟汊水连涡水[3]，城阙襄阳并洛阳。其中献贼尤佼佼[4]，毒如长蛇疾于蚤。潜山败衄熸游魂[5]，弃垒孤栖走穷鸟[6]。督师堂堂马伏波[7]，花马刘亲斫阵多[8]。三年笛里无梅落[9]，万国霜前有雁过[10]。捷书到门才一瞥，老夫喜失两足蹩[11]。惊呼病妇笑欲噎，垆头松醪酒新爇[12]。

辑自《牧斋初学集》卷二〇"东山诗集"三

解题

崇祯十五年壬午（1642），朝廷起用马士英为庐凤总督。此时张献忠屯驻潜山，命农民军将领"一堵墙"建大营于长岭。长岭为潜山险厄之处，时农民军有步兵、骑兵共九十哨，分为四营，欲阻沟枕山，为持久计。九月己卯，总兵刘良佐、黄得功夜半偷袭大营，率领部众自后山鼓噪而进。农民军溃败，越崖跳涧而逃，斩首六十余。一堵墙藏于林中，被焚死。官兵追亡逐北，自古山、天井湖、老鹳头、黄泥港，六十里横尸蔽野；夺畜产数万，夺回难民数万人。十月丙午，刘良佐再破张献忠于安庆，农民军败而西走蕲水。钱谦益闻此大喜，特作此诗记之。诗中歌颂了这次战役的胜利，作者谓才一瞥捷报便飞奔回家告诉病妇，乃至扭坏了双脚，笑得气结说不出话来，并马上去灶头燃柴温酒以示庆祝。这些描写十分传神，画面生动有趣；但诗中将马士英比作汉代伏波将军马援，殊为不妥，由此可见史书中说作者在朝"谄事马士英"，并非虚语。

注释

〔1〕鴐（gē）鹅：野鹅。《汉书·司马相如传上》："弋白鹄，连鴐鹅，双鸧下，玄鹤加。"颜师古注："鴐鹅，野鹅也。"《宋史·五行志二下》："政和后，禁苑多为村居野店，又聚珍禽、野兽、麋鹿、鴐鹅，禽鸟数百实其中。"清吴伟业《听女道士卞玉京弹琴歌》："鴐鹅逢天风，北向惊飞鸣。"行：古诗的一种体裁，音节、格律一般比较自由，形式也多变化。

〔2〕亘天：漫天；连天。垒：营垒。

〔3〕汳水：古水名。故道起自今河南开封市东北,向东南流至商丘市北。涡水：《元和郡国志》："涡水在谯县西四十八里。"

〔4〕献贼：指张献忠。佼佼：突出,特出。

〔5〕败衂：失败。熸：熄灭。此指消遁,消失；覆没,终尽。

〔6〕穷鸟：无处可栖的鸟。比喻处境困穷的人。此喻张献忠。

〔7〕督师堂堂马伏波：作者自注："督帅贵阳马公。"按,指马士英。马伏波本为伏波将军马援,东汉名将。扶风茂陵人,字子渊。为人尚气节,志在建功立业。曾以伏波将军南征交趾,后因以咏名将。作者以马士英亦姓马,又任此役督师,故以喻之。马士英,字瑶草,贵州贵阳人。万历四十七年进士。历郎中、知府。崇祯五年,任宣府巡抚,以公帑馈遗权贵,坐遣戍。流寓南京,与阉党阮大铖深相结。崇祯十五年起为兵部右侍郎,总督庐、凤军务,防御农民军。清兵破北京,与江北诸镇将拥立福王朱由崧。进东阁大学士兼兵部尚书,仍督师凤阳。士英不满,嗾诸将疏促史可法出朝督师,留己辅政。在位援引阮大铖,打击东林党人,招权罔利。清兵压境,一无筹划。及扬州失陷,南京危急,即仓皇南逃,南明鲁王、唐王政权皆拒不纳。后为清军所杀。督师,监军；统兵作战。

〔8〕花马刘亲斫阵多：作者自注："刘帅良佐。"按,刘良佐字明辅,明末清初大同左卫(今山西省大同市)人。初为李自成部,叛降于明,官至总兵。南明弘光帝立,封广昌伯,守颖寿,为四镇之一。顺治二年率兵十万降清,隶汉军襄黄旗。授二等子。掳弘光帝于芜湖(今安徽省芜湖市),后攻江阴(今江苏省江阴市),屠杀民众,继至江西与王德仁等作战,官至左都督。康熙五年以病休官。花马刘,刘良佐之号。据《小腆纪年》载,刘良佐"崇祯十五年与黄德功大破张献忠于潜山,尝乘花马陷阵,故亦号'花马刘'云。"

〔9〕"三年"句：意谓三年都没听到军中胜利消息。梅落：即"梅花落",汉乐府横吹曲名。古代军中有用笛子吹奏《梅花落》曲子的习惯。《乐府诗集·横吹曲辞四·梅花落》郭茂倩题解："《梅花落》本笛

837

中曲也。按唐大角曲,亦有《大单于》、《小单于》、《大梅花》、《小梅花》等曲,今其声犹有存者。"

〔10〕有雁过:指收到书信。"雁过"又为南曲正宫曲牌名《雁过声》之省称。

〔11〕蹩(bié):跛脚。这里指走路扭了脚。

〔12〕松醪:用松肪或松花酿制的酒。爇:烧,焚烧。

贺登选

贺登选,字澹余(一曰号澹余),江西鄱阳人。崇祯七年(1634)进士。由行人转御史,巡按江东。明末政乱,权要植党徇私,居言路者畏懦莫敢撄。登选独奋不顾身,纠弹无少避。以抗直称。所著有《易辰》六卷行于世。《(同治)饶州府志》卷二一、《(同治)鄱阳县志》卷一〇有传。

吊张清雅孝烈

辀轩曾采大江东[1],无数风声树未终[2]。三代传心千载异[3],一门仗节几家同。身归地下留青史,气到天中作白虹[4]。拟并燕京倪李辈[5],家全孝烈国全忠。

辑自《(康熙)潜山县志》卷一二《艺文下》

解题

此诗原于题下除著录作者姓名外,尚有"甲申代巡"四字。甲申,指崇祯十七年(1644),李自成于此年攻陷京师,崇祯帝自缢殉国。代巡,官名。即巡按御史,简称巡按,是明、清两朝都察院专门差遣巡察各地官民风纪的官吏。巡按御史虽仅七品衔,但为风纪耳目之臣,出为巡按，系为"代天子巡狩"，考察地方民情，监督吏治，大事奏裁，小事立断，虽巡抚、都御史不能相制，地方三司大员不能与抗衡。代巡系差遣职务，事毕还京。

张清雅事迹已见前祝祺《书潜山孝烈张公传》诗解题。作者贺登选于崇祯十七年巡按江东时到潜山，了解到潜山士人张清雅的孝烈行为，而作此诗凭吊。时值甲申国难之际，作者借凭吊死难之士张清雅，表达了自己全忠全孝的决心。

注释

〔1〕輶（yóu）轩：古代使臣乘坐的一种轻车，亦用作使臣的代称。采：采风，是指对民情风俗的采集。
〔3〕风声：名声，声誉。树：立。
〔4〕传心：指儒家的道统传授。
〔5〕白虹：日月周围的白色晕圈。
〔6〕倪李：指倪元璐与李邦华。二人均于李自成攻破北京时自杀殉国。

柯友桂

柯友桂，字侣仙，号蘧庵。江西彭泽人。崇祯四年（1631）进士，任金坛知县。崇祯十二年调潜山。创建城垣，启旧城址古冢及寇疫无主骸骨，并收木匣葬之，在县东二里白沙庵竖碑，题为"同及园"。历湖广驿盐道，官至按察使。赋性不阿，胥吏惮之。《（同治）彭泽县志》一一、《（同治）九江府志》卷三二有传。

黄山别业，相传宋王岐公故居[1]，而金生蜩、闇高曾卜筑于此[2]，创亭榭池馆花木园林之胜[3]。余令潜[4]，时往还觞咏[5]。经今十载矣，沧桑几度，两生犹读书其中，不坠先业[6]，美而赋之

中原勘定久无尘[7]，此日山南更有人[8]。绿野风存庄近古，黄山业绍地多春[9]。松筠剔历寒犹劲[10]，姜桂逢迎老更辛[11]。读尽楚词君莫泪[12]，四时花鸟未全贫[13]。

辑自《(康熙)潜山县志》卷一二《艺文下》

解题

在潜山县西北十里有凤凰山，相传北宋名相王珪故居在其处。此处又有黄山，因黄庭坚而得名。宋理宗时，金承蜩、金闇的远祖徽州休宁人金彦超教授怀宁，爱舒州山水之胜，遂卜筑于此，构黄山别业，创亭榭池馆花木园林之胜，读书其中以终老。明末作者任潜山知县时，经常往来其中赋诗饮酒。十余年后，作者故地重游，此际世事几经变化，中原初定，他看到金彦超的后裔金承蜩、金闇在别墅内读书，心中甚是欣慰，于是作此诗勉励他们要经得住苦寒寂寞，方能有所成就。据诗题有"经今十载"语，知此诗作于清顺治六年(1652)。

注释

[1] 王岐公：即王珪，字禹玉，北宋名相、著名文学家。祖籍成都华阳，幼时随叔父迁居舒州。历官仁宗、英宗、神宗三朝，神宗时拜参知政事。哲宗即位，封岐国公。旋卒于位，年六十七，赠太师，谥文恭。

[2] 金生蜩(tiáo)闇(àn)：即金承蜩、金闇。生，是对读书人的称呼。高曾：高祖和曾祖。亦泛指远祖。卜筑：指择地建筑住宅，即

定居之意,也有隐居的意思。

〔3〕亭榭:亭阁台榭。榭,建在高土台上的敞屋。

〔4〕令潜:任潜山县令。

〔5〕觞咏:谓饮酒赋诗。

〔6〕不坠:不辱,不失。先业:先人的事业。

〔7〕勘定:同"戡定"。以武力平定。无尘:无战尘,指没有战争。

〔8〕有人:谓有杰出的人物。

〔9〕绍:承继。

〔10〕松筠:松竹。筠,竹子。剔历:磨炼经历。

〔11〕"姜桂"句:生姜与肉桂,直面苦寒,其味愈老愈辛辣。逢迎,对面相向,指直面苦寒。

〔12〕楚词:即《楚辞》。

〔13〕"四时"句:你们并非完全贫困,因为有四季的花鸟陪伴呢。

周邦坚

周邦坚,字岂磷,号玉立,江苏扬州人。

题张孝烈传后

贼兵来[1],呼出走,我走父棺谁与守?贼挥刃,奋白手,手断父棺不可剖。贼杀父,儿血呕,父先殉祖儿敢后!贼举火,仆掣肘[2],仆身为主争虎口。贼回心[3],棺徙牖,火灭主殓仆碎首。嗟乎!天柱高,等培塿[4];皖水深,不盈缶[5];只有此父此子此仆三人常不朽!

辑自〔清〕阮元辑《淮海英灵集》戊集卷三

【解题】

此诗为作者读"张孝烈传"而作。他认为,与张清雅父子及其仆人的孝烈节义行为相比,天柱山虽高,也不过算是个小土丘;皖水虽深,还装不满一只小瓦盆。作者在诗中用强烈的对比夸张手法表达了自己对张清雅父子及其仆人孝烈节义之举的崇敬之情。

【注释】

〔1〕贼兵:指张献忠的农民军。
〔2〕掣肘:从旁牵制、阻挠。
〔3〕贼回心:据清戴笠《怀陵流寇始终录》卷八载,张清雅父子俱死后,"贼怜而悔之,以草覆二尸,乃去"。所谓"回心"即指此。
〔4〕培塿(lóu):小土丘。
〔5〕盈:满。缶:瓦盆。

姚孙棐

姚孙棐(1598—1663),字纯甫,号戊生。安徽桐城人。明崇祯十三年(1640)进士,历浙江兰溪、东阳知县,迁兵部主事。弘光朝遭马士英陷害被逮。入清不仕,自号樗道人。著有《亦园全集》。生平事迹见陈诗《皖雅初集》引《姚氏先德传》。

寄祝潘舍仲学博年丈[1]

岩居静见闻[2],阳阿时晞发[3]。印首有所思[4],神爽忽飞越[5]。故人绛帐开[6],玄言搜理窟[7]。不厌首蓿盘[8],自具松乔骨[9]。览揆肆芳筵[10],葭管阳气勃[11]。招取射陂云〔12〕，裹兹天柱月〔13〕。遥望举鹤舧〔14〕，云月相映发。

辑自《亦园全集》六集

解题

此诗是作者为潜山县学教谕潘煜如六十岁生日祝寿而作。诗中歌颂了潘煜如作为教养诸生的学官，不仅才高博洽，而且行为高洁脱俗，有古仙人赤松子和王子乔一样的仙风道骨。并祝潘氏寿算文章就像他故乡的射阳湖与潜山天柱山的风光景物一样，互相辉映，令人应接不暇。

注释

〔1〕潘含仲：即潘煜如。煜如字含仲，崇祯十五年（1642）举人，授潜山县教谕。学博：唐制，府郡置经学博士各一人，掌以五经教授学生。后泛称学官为学博。年丈：犹年伯。科举时代为对父亲同年登科者的尊称，明代中叶以后亦用以称同年的父亲或伯叔，后用以泛指父辈。

〔2〕岩居：山居，多指隐居山中。

〔3〕阳阿：乐曲名。宋玉《对楚王问》："客有歌于郢中者，其始曰《下里》《巴人》，国中属而和者数千人；其为《阳阿》《薤露》，国中属而和者数百人；其为《阳春》《白雪》，国中属而和者不过数十人。"阳阿本为楚声，秦汉时阳阿传入长安，成为相和歌的重要曲目，并被用来作为舞曲。晞发：晒发使干。常指高洁脱俗的行为。

〔4〕卬首：同"昂首"。

〔5〕飞越：犹飞扬。

〔6〕绛帐：汉代马融常坐绛纱帐里授徒，后世因用以作师长或讲座的敬称。《后汉书·马融传》："融才高博洽，为世通儒，教养诸生，常有千数……居宇器服，多存侈饰。常坐高堂，施绛纱帐，前授生徒，后列女乐，弟子以次相传，鲜有入其室者。"

〔7〕玄言:指老庄之书。亦指道教义理。理窟:义理的渊薮。谓富于才学。

〔8〕苜蓿:豆科一年生或多年生草本植物。此指低劣食物。

〔9〕松乔:传说中的古代仙人赤松子和王子乔。

〔10〕览揆:观察衡量。

〔11〕葭管:装有葭莩灰的律管。古人烧苇膜成灰,置于律管中,放密室内,以占气候。某一节候到,某律管中葭灰即飞出,示该节候已到。阳气动:阳气,暖气,生长之气。古人认为,冬至节阳气开始发生。

〔12〕射陂:即射阳湖,在宝应县治东六十里(《(万历)宝应县志》卷之一《疆域志·山川》)。为潘煜如故乡名胜。

〔13〕裛(yì):沾湿,浸润。

〔14〕"遥望"二句:意谓远远地举起美酒,祝潘氏寿算文章就像他故乡的射阳湖与潜山天柱山的风光景物一样,互相辉映,令人应接不暇。作者于诗末自注曰:"含仲,宝应人,司铎潜山,六旬正逢冬至。"鹤觞,北魏时河东人刘白堕所酿美酒名。亦泛称美酒。映发,辉映。南朝宋刘义庆《世说新语·言语》:"从山阴道上行,山川自相映发,使人应接不暇。"明李贽《初潭集叙》:"学者取而读之,于焉悦目,于焉赏心,真前后自相映发,令人应接不暇也。"

过梵天寺望天柱峰

四履因堤峻[1],环中古刹潜[2]。松涛传莫尽,晚吹急能添。树老犹巢鹊,藤生不避檐。西峰群入眄[3],眄极碧抽尖。

辑自《亦园全集》六集

解题

梵天寺,在桐城县双港铺西南五十里,明万历间创建(《(康熙)安庆府志·寺观》)。

此诗描写了经过梵天寺时所见古刹周围清寂幽深的景象,歌咏了远望中天柱峰的奇丽景色。说是经过梵天寺时,只见西方群峰映入眼帘,而极目之处,天柱峰像竹笋一样从它们当中抽出了碧绿的嫩尖。尾联比喻新巧,意趣横生。

【注释】

〔1〕四履:谓四境的界限。亦指四方。
〔2〕环中:犹言范围之内。
〔3〕盼:观看;顾盼。亦指视域。

钱澄之

钱澄之(1612—1693),字饮光,初名秉镫,字幼光,号田间、西顽道人。安徽桐城人。明诸生。少与方文、方以智主本邑坛坫,又与陈子龙、夏允彝联云龙社,以继承东林。福王时,避阮大铖迫害,亡命走浙、闽,入粤。唐王时授吉安府推官,改延平府。桂王时,擢礼部主事。永历三年(1649)转试,授翰林院庶吉士兼诰敕。忌者众,后因避祸,曾削发为僧,名幻光。治经精《易》《诗》,著《田间易学》《田间诗学》《庄屈合诂》等以阐其旨。后方苞承其绪论,蔚为儒宗。工诗,自谓所拟乐府,以新事谐古词,胜于王世贞;五言宗汉魏,除学杜甫外,不作唐以后语;七言近体诗,亦非长庆以下比。集中多有反映南明史事及行役艰险之作。晚年家居。亦工古文,多关时事。诗文有《藏山阁集》《田间诗文集》传世。生平事迹见《清史稿》卷五〇〇、《清史列传》卷六八、钱㧑禄《先公田间府君年谱》等。

潜山道上雨过望云中天柱峰

千烽迷失雨余天,忽向云端睹岳莲[1]。白满虚空遮不到[2],黛参霄汉望如县[3]。危樯直出银河上[4],高髻平窥玉案前[5]。莫是巨灵伸指起[6],腰躯犹在雪堆眠。

辑自《田间诗集》卷八《江上集》

解题

大雨过后,在潜山的道路上行走,此时几乎所有的山峰都迷失了,却忽然看见天柱峰像莲花一般在云端绽放。虽然满天白云,但遮挡不住天柱峰的尊容;她那青黑色的身影高耸在云霄中,如同悬浮在那里一样。她好似一艘带着大桅的帆船出现在银河上,又像是在玉饰的几案前平视到的女子高绾的发髻,还像神话传说中的巨灵伸出的手指,腰身以下尚睡卧在雪堆之中。作者用一连串的比喻,将天柱峰的美妙神奇之处形象地刻画出来,表现了对她钟爱的情怀。

注释

〔1〕岳莲:莲花峰。此指天柱山。
〔2〕虚空:天空,空中。
〔3〕黛:青黑色。霄汉:天河。亦借指天空。县:同"悬"。
〔4〕危樯:帆船上的高大桅竿。也指帆船。
〔5〕高髻:高绾的发髻。玉案:玉饰的几案。
〔6〕巨灵:传说中的河神名。相传黄河旧为华山所阻,巨灵用手将华山掰开,使河水畅流而下。见汉张衡《西京赋》。

潜山道中送迦陵上人之越并寄翁山禅师[1]

翁山吾畏友[2]，之子亦同流[3]。为赴祖庭约[4]，因成天柱游。万山随片笠[5]，一钵入孤舟。烦语祁园客[6]，吾心自此休。

辑自《田间诗集》卷八《江上集》

【解题】

迦陵上人因受方以智邀请到浮度山华严寺讲经传法，如今他要到越地去，作者赋此诗为之送行，并寄语寓居在山阴祁园的屈大均。诗人说，你们都是品德端重、使我敬畏的朋友，迦陵上人因受邀约而成就了天柱山之游，想你曾戴着一顶头笠而游万山，如今则手持盂钵乘一叶孤舟离去，真的使人难舍难分啊！麻烦你转告寓居祁园的翁山禅师，我现在欲望杂念全消，再也没有反清复明的想法了。

【注释】

〔1〕迦陵上人：俗姓不详。翁山禅师：指屈大均（1630—1696）。大均字翁山，初名绍隆，字介子，广东番禺人。明诸生。清兵入广州，曾参加抗清战争。兵败后削发为僧，名今种，字一灵，中年还俗。工诗，与陈恭尹、梁佩兰齐名，号"岭南三大家"。著有《道援堂集》《翁山诗外》《翁山文外》等。

〔2〕畏友：品德端重、使人敬畏的朋友。

〔3〕之子：这个人。此指迦陵上人。

〔4〕为赴祖庭约：作者自注："本受吾乡浮山之请"。祖庭，指佛教宗祖布教传法之处。亦指祖师。作者自注中所称之"浮山"，指明末桐城学者方以智。方以智曾号浮山道人、浮山愚者。晚年在今安徽枞阳（古属桐城）境内之浮（渡）山华严寺出家，死后即葬于此。

〔5〕万山：天柱山别名。天柱山曾因汉武帝封禅，别称万岁山，当地人省称"万山"。

〔6〕祁园客：作者自注："翁师方寓祁氏园。"清丁福保批："山阴祁班孙家。朱竹垞（彝尊）同寓祁园，有与翁倡和诗。"按，祁班孙（1635—1673），字奕喜，山阴人。南明弘光朝苏松巡抚祁彪佳之次子。弘光朝亡，彪佳投水殉节。此后班孙同其兄理孙毁家纾难，支援浙东江上抗清义师，并于家中容纳大批抗清志士，密图复明。其中有慈溪的魏耕、湖州的钱瞻伯与钱缵曾、山阴的杨越与朱士稚、萧山的李兼汝，另有屈大均、陈三岛、吴祖锡、周长卿等。康熙元年（1662），魏耕因前联系海上义师张煌言、郑成功事泄，被捕而死，二钱亦惨死，祁班孙、杨越、李兼汝、周长卿及钱瞻伯三个弟弟虞仲、方叔、丹季则长流宁古塔。

自潜山入太湖道中七首 （选三）

望去峰尖云里见，到来山色雾中看。知无脚力穿云雾[1]，空向青天倚杖叹。

见说峰头一水环[2]，最高顶上杳难攀[3]。居民不省称天柱[4]，指与游人说万山[5]。

三祖寺前多酒店，僧家原为住山开[6]。荤腥不入斋堂去，专待烧香老妪来[7]。

以上潜山道中。

辑自《田间诗集》卷八《江上集》

解题

作者自潜山到太湖的路上共作了七首七言绝句诗，这是在经行潜山县时所作的三首。此三诗从不同的角度表现天柱山。第一首写远望与近观时天柱山所呈现于眼中的图景,并恨自己双腿无力登山,只能徒自倚杖向天叹息。第二首写听说天峰顶有一环形水池,只可惜杳远幽深,难去赏此胜景奇观。并嘲笑当地居民不懂得此山正式名称为天柱山,向游人介绍时总是称说其土名"万山"。第三首写天柱山麓三祖寺内外热闹繁忙场景。三祖寺前有许多酒店,都是僧家为登山游客住宿而开设。寺院的食堂里做有素食,专门款待那前来烧香的老妇人。此三诗贯通一气,质朴自然,通俗易懂,且有很浓的生活气息。

注释

〔1〕脚力:两腿的力气。
〔2〕见说:听说。水环:环形水池。此指天池。《(光绪)重修安徽通志》卷二十三《舆地志·图说》三《南岳天柱图》:"天柱峰……上有天池,光莹瘦削,猨猱所不能到,游人至此而休焉。"
〔3〕杳:幽深邈远。
〔4〕省:懂得,清楚,明白。
〔5〕万山:天柱山的别称。已见前注。
〔6〕住山:指为游山而住宿。
〔7〕老妪:老妇人。

行 路 难 （选一）

维丹崖寺试追攀[1],却说飞来自皖山[2]。乡国十年归未得,暂留此地算生还。

辑自《藏山阁集》诗存卷一三《失路吟》

解题

这是作者在广东清远县作的一首七言绝句,诗中涉及了皖山的一个神话传说。古代舒州皖山有延祚寺,南朝梁武帝时广东清远峡有二神人,化为方士,往延祚寺夜叩真俊禅师,说是欲在北江上游的清远峡建一所道场以标胜概。得到允诺后,便在一个风雨之夜,将延祚寺的佛殿、宝像以及真俊禅师本人神运至峡山,后遂名其寺为飞来寺,清远峡易名为飞来峡,真俊禅师也便成了飞来寺的开山祖师。作者寄住飞来寺,经追寻攀谈知道其寺来历后,引发了自己对故乡的思念和不幸身世的感慨,因而作下此诗。全诗虽简短,但涉及的传说却表明:皖山佛教不仅历史悠久,而且其佛教建筑在古代也具有巨大的影响力。

注释

〔1〕追攀:追随相伴。亦指追寻攀谈。

〔2〕"却说"句:作者自注:"飞来寺有记,云自吾皖飞去者。梁时清远峡有二神人,化为方士,往舒州延祚寺,夜叩真俊禅师曰:'峡据清远上游,欲建一道场,足标胜概。师许之乎?'俊诺。中夜,风雨大作,迟明启户,佛殿、宝像已神运至此山矣。师乃安坐,语偈曰:'此殿飞来,何不回去?'忽闻空中语曰:'动不如静,赐领飞来寺。'"

彭孙贻

彭孙贻(1615—1673),字仲谋,一字羿仁,号茗斋。浙江海盐人。彭孙遹从兄。明拔贡生。与同邑吴藩昌创瞻社,为名流所重,时称"武原二仲"。豪于饮,人有"长鲸"之目。痛父殉国难,蔬食布衣二十余年,尚气节,终身不仕清。工诗,为王士禛所赏。所著《流寇志》,记明末李自成事颇详。另著有《茗斋集》《方士外纪》《彭氏旧闻录》等。《清史列传》卷七〇、《晚晴簃诗汇》卷一七有传。

宿潜山草堂

荷钱滴沥满空阶[1],屋漏新痕若古钗。独对残灯无限意[2],卧听风雨过高斋[3]。

辑自《茗斋集》卷一二

解题

一声声的雨滴,淅淅沥沥,不停地滴落在初生的荷叶上,滴落在空阶上;仰望屋顶,瓦上漏水的新痕如同古人头上的金钗形状。独自对着将要熄灭的灯光,作者心里充满着无限凄怆,在潜山草堂中卧听风雨,更增添了满怀愁绪。

注释

[1] 荷钱:指初生的小荷叶。因其形如钱,故名。滴沥:水滴之声。空阶:空寂无人的台阶。何逊《临行与故游夜别》诗,有"夜雨滴空阶,晓灯暗离室"之句,故后以"空阶"为咏夜雨之典。
[2] 残灯:残余的油灯火焰,将要熄灭的灯光。
[3] 高斋:高雅的书斋。常用作对他人屋舍的敬称。

方 文

方文(1618—1669),字尔止,号嵞山;又名一耒,字明农,别号忍冬。安徽桐城人。明末诸生。与从子方以智年相若,同学十四年,并负才名;又与吴应箕及复社、几社诸君子友善。明亡后,心怀悲愤;母卒后益浪迹四方。一度居金陵(今南京),以医卜自活。后又出游。康熙七年(1668),谒明孝陵;翌年,殁于芜湖客舍。早年诗作"高老浑脱,有少陵风"(王泽弘《北游诗草序》);晚学白居易,"兴会所至,冲口而出……真至浑融,从肺腑中流出"(施闰章《西江游草序》)。著有《畲山集》《四游草》行世。

寄陈襄云

冬夜不能寐,所思在潜岳。潜岳有高人,含章隐幽壑[1]。夙昔雅相慕,兵戈阻城郭。虽未觌君颜[2],神交非冥漠[3]。有客自潜来,诵诗君所作。中有见怀篇[4],古义何沉着!一从乾坤破[5],忠孝人落落[6]。即挺猿鹤姿,亦饮羊马酪[7]。君独抱畸尚[8],穷困我相若。所惜未谋面,平生欣有托。雪后梅花开,旋当具芒屩[9]。访君万山中,言践鸡黍约[10]。新诗更唱和,藏酒共斟酌。愿结为弟昆[11],西峰长采药[12]。

辑自《畲山集》卷一

解题

陈襄云,名廷机①。安徽潜山人。与方文一样,都是明代遗民。这是作者寄给陈氏的一首五言古诗。说是与陈襄云虽尚未谋面,但神交已久。从明朝亡国后,许多不与朝廷合作的隐士们,都被驯化而归顺了。但陈氏却畸尚孤高,不随波逐流。很高兴自己平生坚持的人格理想有寄身之地了。并表示,自己一定会如期践约,到万山中访陈襄云,一起钦酒赋诗,并与陈氏结为兄弟,过隐士生活。全诗且叙且议,朴素而有古风。

---

① 陈襄云,名廷机:方文有诗曰《禊日同潘含仲陈襄云金去的饮石牛洞》,陈廷机诗则曰《春同潘含仲方尔止饮石牛古洞》(见后),据此,可知陈襄云即陈廷机,"襄云"为其字。又,据潘江诗《送龚子栋还潜山》自注,陈襄云号述堂。

> **注释**

〔1〕含章:不露文采,含美于内。此喻指陈襄云。幽壑:深谷;深渊。

〔2〕觌(dí):见;相见。

〔3〕神交:指彼此慕名而未谋面的交谊。冥漠:空无所有。

〔4〕见怀篇:表达怀抱的诗篇。

〔5〕乾坤破:犹山河破。指明朝灭亡。

〔6〕落落:孤独,稀疏貌。

〔7〕"即挺"二句:意谓即使那些不与朝廷合作的孤高隐士们,也被驯化而归顺了。猿鹤姿,指隐士。羊马酪,用马牛羊等乳汁制成的酒。为北方满蒙等少数民族所饮用。汉人饮羊马酪,意谓归顺清朝统治者。酪,指酪酒。

〔8〕畸尚:犹孤高。

〔9〕旋:立刻。具:准备。芒屩(juē):草鞋。

〔10〕言:助词,无义。践:赴约。鸡黍约:东汉范式在他乡与其至友张劭约定,两年后当赴劭家相会。劭归告其母,请届时设酒食候之。母曰:"二年之别,千里结言,尔何相信之审邪?"劭以为范式为守信之士,必不乖违。至其日,范式果如期至。二人对饮,尽欢而别。事见《后汉书·独行传·范式》。后以"鸡黍约"为友谊深长、聚会守信之典。

〔11〕弟昆:弟兄。

〔12〕"西峰"句:唐张籍《山中秋夜》诗:"西峰采药伴,此夕恨无期。"此句化用其意,谓心中怀着无限怅恨,将一起结伴采药,过隐士的生活。

山 谷 寺 短 歌 乙未[1]

昔有二老天监间,一锡一鹤争此山[2]。我尝疑其争似罔[3]，到此方悟非等闲。卓锡一峰高似笋[4]，更有浮屠在山顶[5]。四山环抱仅余门，门外吴塘弄澄影。其东便是白鹤泉[6]，左慈丹灶遥相连。形胜雅不逊卓锡[7]，舒州仙观名千年[8]。我来三月重三日[9]，僧房道院俱萧瑟[10]。惟有流泉似昔时，潺潺仍自溪中出。

解题

农历三月初三本为游春、宴饮的佳节，作者于此日到山谷寺及其东边的真源宫游览。此时距明清易代未久，虽山川形胜、林泉秀美依然如故，但僧房道院凄凉冷落，使作者平添愁绪。

注释

〔1〕乙未：干支纪年，此指清顺治十二年(1655)。

〔2〕"昔有"二句：写梁武帝时宝志和尚与白鹤道人斗法争潜山林麓之胜事，已多见前注。二老，指宝志和尚与白鹤道人。天监，梁武帝年号。

〔3〕罔：虚妄不实。

〔4〕卓锡一峰：卓锡峰指山谷寺所在之山。《（乾隆）潜山县志》卷一五石简《游皖山记》："卓锡峰即师塔所，其石如璧，如玉，如金星。其水夹两涧如抱，合流于山门，入于河。"

〔5〕浮屠：佛教语。梵语 Buddha 的音译。指佛塔。此指三祖塔。

〔6〕白鹤泉：又名鹤鸣泉。在三祖寺东二里白鹤观（真源宫）后，因白鹤道人栖止于此而得名。

〔7〕形胜：谓地理位置优越，地势险要，山水壮美。卓锡：此指卓锡峰。

〔8〕舒州仙观：即灵仙观，亦称真源宫、白鹤观或白鹤宫。

〔9〕三月重三日：农历三月初三，此日为上巳节，百姓多外出游

春、赴庙会等。

〔10〕萧瑟：凄凉冷落。

彰法山经桥公故居

古人我爱孙伯符[1]，弱冠义兵起东吴[2]。同年遂有周公瑾[3]，奋其智勇成雄图。分则君臣义兄弟，并与桥家作娇婿。二女才华诚绝人，何处能寻此伉俪！可怜伉俪不同老，孙郎早世周郎夭[4]。海边精卫恨茫茫[5]，枝上啼鹃声悄悄[6]。我今彰法山下过，路人犹指旧山阿[7]。雄图艳质俱销歇[8]，惟有荒台永不磨。

辑自《龠山集》卷三

解题

彰法山在潜山县治北三里，桥（或作乔）公故宅在彰法山麓。作者行经此地，追想东汉末孙策、周瑜二人远大的抱负和宏伟的谋略，想到他们与大乔、小乔结为伉俪的风流佳话，如今英雄美人都已逝去，成为历史的遗迹，只有荒凉的楼台永不磨灭。忆念及此，作者不禁感慨万千，怅然自失。

注释

〔1〕孙伯符：即孙策，字伯符。
〔2〕弱冠：古时男子二十岁行冠礼。因年未及壮，称弱冠。泛指二十岁左右的年龄。
〔3〕周公瑾：即周瑜，字公瑾。
〔4〕早世：过早地死去；夭死。

〔5〕精卫：神话中的神鸟。也叫冤禽。传为炎帝之女,名女娃。游东海时溺水而死,化为精卫,为了表达对夺去她生命的东海的愤怒,它用嘴衔来西山的木石,填塞东海,坚持不懈。

〔6〕啼鹃：即杜鹃鸟。传说周末蜀王杜宇,号望帝,后失国死去,其魂化为鸟,即杜鹃,日夜悲啼,泪尽继之以血。

〔7〕山阿：山的曲折处。

〔8〕销歇：消失。

八弟尔孚见过小饮次日予游潜山[1]

明日之邻县[2],先期送我行。语多天易晚,世乱别非轻。沽酒出深巷[3],摊书对短檠[4]。老年兄弟少,独尔最关情[5]。

辑自《龛山集》卷五

解题

此诗记述作者游潜山临行前一日兄弟前来饯别之事。作者身经明清易代的丧乱,加之年岁渐长,所以诗中流露出他对人生的深沉感慨。其中"世乱别非轻"、"老年兄弟少"两句,语言最平凡不过,却极富人生意味,动人心魄。

注释

〔1〕见过：谦辞。犹来访。

〔2〕之：到,往。

〔3〕沽酒：买酒。

〔4〕短檠(qíng)：矮灯架。借指小灯。

〔5〕关情：谓对人或事物注意、重视。

潜山重访陈襄云

山斋曾信宿[1],小别动三年。斯世罕同志,如君又各天[2]。愁怀虽抑郁,病体已安全。尤喜川光媚,双珠入掌圆[3]。

谁将吾近什[4],转诵与君听?檃栝成高咏[5],频繁寄远汀[6]。归途聊一访,驱策那能停[7]!九月偕予季[8],重来叩岳灵[9]。

辑自《衋山集》卷五

解题

此二诗为作者至潜山再访陈襄云而作。第一首感叹人生相知甚少、相见之难,并告知自己及二儿近况。第二首叙及彼此诗歌往还之事,并相约九月间携少子再游天柱山。诗歌明白如话,似拉家常,亲切自然。

注释

〔1〕信宿:连宿两夜。

〔2〕"斯世"二句:在这世上与我志趣相同的人很少,和你虽然志向相同,但又天各一方。同志,志趣相同,志向相同。

〔3〕双珠:一对珍珠。比喻兄弟并美。

〔4〕近什:近期的诗作。什,犹言篇什。《诗经》中《雅》《颂》部分多以十篇为一组,称之为"什"。如《鹿鸣之什》《清庙之什》等。后用以泛指诗篇。

〔5〕檃(yǐn)栝:原指矫正弯曲竹木等使平直或成形的器具。揉曲叫檃,正方称栝。后借指就原有的文章、著作加以剪裁、改写。

〔6〕汀(tīng)：水边平地，小洲。

〔7〕那：同"哪"。

〔8〕偕：俱；同。予季：我的小儿子。季，少子。

〔9〕重来叩岳灵：意谓再访天柱山。叩，叩访，拜访。岳灵，山灵。岳，指天柱山。

周将军庙　在潜山治东南五里

我爱周公瑾，飞扬正妙龄[1]。山川留古庙，风雨见英灵。僧种竹盈院，客摹碑到庭[2]。因思小乔嫁，此地亦曾经。

辑自《崙山集》卷五

解题

周将军庙，为纪念三国东吴大将周瑜而建，在潜山县治东南五里。周瑜逝世后，里人竞为立祠。至南唐保大十三年(955)，刺史周挺购地展拓其庙，徐铉为作《周将军庙碑铭》，并亲书碑文刻于石；宋淳熙十一年(1184)，周必正来守舒州，询访祠宇，得于州城之荒园中，乃改立新庙，筑宫刻像而祀之，且绘其成于壁。又作《周将军庙碑记》。二碑宋王象之《舆地碑纪目》、清周绍祖《安徽金石略》有著录。后庙、碑皆废。明万历甲寅(1614)，知县衷允元重建，径名"周瑜庙"，在县治南一里。此庙碑刻、遗址民国九年尚存。

作者此诗赞扬了青春年少的周瑜踔厉风发、昂扬向上的气概，回顾了他和小乔之间的风流韵事，并描写了当下庙中竹满庭院和有人来此摹写拓印碑刻的情景。

注释

〔1〕飞扬：昂扬，振奋。亦指事业飞举，飞腾。妙龄：青春年少。

〔2〕摹:指摹写拓印碑刻。

潜山道中

早春行不果[1],此日冒炎蒸。策蹇愁荒道[2],闻鸡戒夙兴[3]。薄云山雨过,密叶露华凝[4]。百里人烟少,蔬盘就野僧[5]。

辑自《崙山集》卷五

解题

作者冒暑热经行于潜山道中。因骑乘不利,加之道路荒废已久,今日不得不早起赶路。天上有薄薄的云彩,一阵山雨过后,万叶凝露如洗,一番景致颇也可观。但途中百里少有人烟,只好向山野僧人求取粗食。此诗语言明白如话,然而平淡中有新奇,颇耐人咀嚼品味。

注释

〔1〕不果:没有成为事实;此指访潜山没有成行。
〔2〕策蹇(jiǎn):即策蹇驴,乘跛足驴。此处喻骑乘工具不利,行动迟缓。
〔3〕戒:准备。夙兴:早起。夙,早。兴,起。
〔4〕露华:露水。
〔5〕就野僧:指向山野僧人求食。就,谋求,求取。

望天柱山

汉武东巡狩[1],乘舆到此回[2]。孤峰当衡岳[3],万古忆雄才。竹箭地中立,芙蓉天上开[4]。何时近山麓,行路独徘徊。

辑自《崧山集》卷五

解题

作者在行路途中远远望见天柱山巍峨高耸,挺拔秀美,不禁想起汉武帝来此山祭岳封禅的故事。他期望自己有朝一日能抵近山麓,一睹天柱真容。

注释

[1] 巡狩:指天子出行,视察邦国州郡。汉武帝元封五年至南郡巡狩、登临天柱山祭岳封禅事,已多见前注。

[2] 乘舆:古代特指天子和诸侯所乘坐的车子。亦代称帝王。

[3] "孤峰"句:意谓天柱山一峰独插云霄,气势与南岳衡山相当。当,对等,相当。衡岳,即南岳衡山。天柱山隋以前为南岳,后来为衡山所取代,已多见前注。此句是说天柱峰气势与今南岳衡山相当。

[4] "竹箭"二句:意谓天柱山就像地上挺立的竹箭,像天空中盛开的芙蓉。芙蓉,荷花的别名。

重访陈襄云山居

海内如君交不多,一年能得几相过[1]。过从便欲淹旬日[2],怀抱惟应托咏歌。况有藏书供老眼,也将快论起沉疴[3]。虽然禁酒休辞醉,别后相思悔若何[4]!

辑自《崧山集》卷九

解题

此诗为作者重访好友陈襄云隐居之所而作。诗中歌咏了与陈氏之间的意气相投和二人近年来快意的交往。全诗款曲如话,真至浑融,似自肺腑中流出,绝无补缀之痕。

注释

〔1〕相过:互相往来。
〔2〕过从:互相往来;交往。淹:逗留。旬日:十天。
〔3〕快论:痛快的言论。起:治愈。沉疴(kē):重病;久治不愈的病。
〔4〕若何:如何,怎么办。

柬郑恪庵明府[1]

云峰天柱接龙眠[2],久欲攀跻未有缘[3]。游策喜从今日始[4],山民争道令君贤[5]。荒台汉畤犹千古[6],雅咏潜阳已十篇[7]。若许老农相倡和[8],东风不负杏花天[9]。

辑自《崟山集》卷九

解题

这是一首寄给潜山知县郑通玄的七言律诗。作者于春日游天柱山时,听闻山民争相称颂县令贤明,又见到郑通玄所作《潜阳十景》诗,知其雅爱题咏。于是寄此诗给郑氏,希望他和自己互相倡和,以不辜负大好春光。

注释

〔1〕柬:柬帖、信件、名片等的统称。此作动词,指寄柬。郑恪庵,即郑遹玄。遹玄字恪庵,顺天密云人,顺治六年(1649)进士,七年六月任潜山知县。明府:唐以后多用以专称县令。已见前注。

〔2〕云峰:高耸入云的山峰。龙眠:山名。在安徽桐城西北,为作者家乡所在之名山。

〔3〕跻攀:攀登。

〔4〕游策:游人用的竹杖。借指漫游。

〔5〕令君:对县令的尊称。

〔6〕荒台汉畤:指汉武帝登临天柱山祭岳封禅所遗留的祭坛。畤,古时帝王祭祀天帝的场所。

〔7〕"雅咏"句:作者自注:"郑有《潜阳十景》诗。"

〔8〕若许:如答应,若允许。老农:作者自指。倡和:一人首唱,他人相和,互相应答。

〔9〕杏花天:杏花开放时节。指大好春光。

陈襄云雨中送米走笔答之

故人留我六朝昏[1],倒庋倾筐总不论[2]。才入荒城寻旅舍,又舂白粲饷衡门[3]。虚疑风雨愁难寐,转觉阴寒静少喧。只待云晴山路暖,相携南岳访真源[4]。

辑自《龠山集》卷九

解题

此诗为答谢陈襄云雨中送米而作。陈氏与作者是相知朋友,这次作者访问潜山,陈氏曾招待作者,留其山居六日,后又替他到县城代寻旅舍,今则冒风雨送白米至其住处。作者赋诗答谢之余,又约陈氏待天晴日暖后,再次相携游天柱山,访真源宫。

注释

〔1〕朝昏:早晚,指一天。六朝昏,即六日。

〔2〕"倒庋(guǐ)"句:意谓陈襄云倾其所有招待自己。庋,搁置器物的板或架子。

〔3〕白粲:白米。饷:馈食于人。衡门:《诗·陈风·衡门》:"衡门之下,可以栖迟。"毛传:"衡门,横木为门,言浅陋也。"后因以"衡门"喻指自己的寒舍或借指隐士住所。

〔4〕相携:互相搀扶,相伴。南岳:指天柱山。真源:指真源宫。

赠潘舍仲广文[1]

先生风格自高寒[2],岂肯低头就此官。想为荒乡有名岳[3],欲资微禄可闲看[4]。茅斋虽小谈经足,茶缶无多饷客难[5]。指点群峰挂檐隙[6],春晴期我上巉岏[7]。

辑自《龠山集》卷九

解题

此诗歌咏了潜山县学教谕潘煜如清贫的生活,赞扬了他高峻的品格。认为他之所以肯到潜山这荒远之地就任清冷的儒学教职,是因为这里有名岳天柱山。从末句可知,在写此诗之前,作者曾拜访潘煜如的寓所,潘氏在檐下向他指点群峰,并邀请他一起登临天柱山的最高处。

{ 注释 }

〔1〕潘含仲:即潘煜如。煜如字含仲,扬州宝应人。崇祯十五年举人,顺治十年二月授潜山县教谕。嗜学制义,为海内传诵。自潜山归,年七十余,终日手捧一编,不闻户外事。《(乾隆)潜山县志》卷之六、《(民国)宝应县志》卷一六有传。广文:明清时儒学教官的别称。因其地位、处境与唐代广文馆博士相似,故称。

〔2〕高寒:指品格清峻。宋杨万里《长句寄周舍人子充》:"省斋先生太高寒,肯将好语博好官?"

〔3〕荒乡:荒远之地。此指潜山县。

〔4〕资:凭借;依靠。微禄:微薄的俸禄。

〔5〕缶:盛水的瓦器;杯。

〔6〕檐隙:檐下。

〔7〕期:约会。巑(cuán)岏(wán):高峻的山峰。此指天柱山。

寿朱山人

山人工医术〔1〕,而有文学子三〔2〕。

天柱峰南草树青,田居多少少微星〔3〕。幽栖偶到逢君寿〔4〕,春酒方开要我停〔5〕。自有丹砂为大药,不须黄菊制颓龄〔6〕。阶庭手种三松子,算取他年剧茯苓〔7〕。

辑自《龠山集》卷九

{ 解题 }

作者在天柱峰之南偶遇一朱姓隐者做寿,被主人邀请入席饮酒,作者遂作此诗。诗中称赞山人精通医术、善于延年,并夸其三个儿子擅文章经籍,他日必能成器。诗歌纯用白描手法,字里行间充满着人生意味和乡土田园气息。

注释

〔1〕工：精通。
〔2〕文学子三：指有精文章经籍的儿子三人。
〔3〕少微星：少微为天上星名，一名处士星。借指处士、隐者。
〔4〕"幽栖"句：意谓偶到朱山人隐居之所，正赶上他作寿。幽栖，隐居之所，幽僻的栖止之处。
〔5〕要：邀请。停：停留；停歇。
〔6〕"自有"二句：意谓朱山人精通延年之术。丹砂，即朱砂。矿物名。色深红，古代道教徒用以化汞炼丹。大药，指道家的金丹。颓龄，衰年，垂暮之年。晋陶渊明《九日闲居》："酒能祛百虑，菊为制颓龄。"
〔7〕"阶庭"二句：意谓朱山人三个儿子将来必成器。松子，即松树的果实。三松子喻指山人三子。算取，打算，谋划。劚（zhǔ）：挖，掘。茯苓，寄生在松树根上的菌类植物，形状像甘薯，外皮黑褐色，里面白色或粉红色。中医用以入药。此处比喻三子的成材。

清明日偕潘含仲先生踏青至陈襄云家，陈兼布、余善长各邀一日，因拉含仲之山谷寺

客里佳晨难独坐，与君闲步出城阿〔1〕。芳郊不觉杖藜远〔2〕，老友何妨索酒过。从此邻家传食遍〔3〕，只因村落种花多。明朝更欲游山谷，借得双驴西渡河。

辑自《崙山集》卷九

解题

踏青是清明习俗之一。清明时节风清气爽，树绿草青。据说此

时的地气对人的健康甚为有益。于是人们聚亲约友,扶老携幼,到郊外的青草地上漫步。有的则围坐野宴,至暮始归。平时深居闺中的妇女此时也可出外游玩。宋人有云"京师清明节,四野如市",其盛况可想而知。

作者清明节同潜山教谕潘煜如一同到郊外野游,不知不觉又来到好友陈襄云家打秋风。陈兼布、余善长二位友人亦各来邀请宴饮一日,随后作者决定拉潘煜如同游山谷寺。此诗即记叙这一事件始末,诗中充满着轻松喜悦的气氛。

注释

〔1〕城阿:城角。

〔2〕杖藜:谓拄着手杖行走。藜,野生植物,茎坚韧,可为杖。

〔3〕传食:辗转受人供养。此句是作者的自嘲玩笑之语。

禊日同潘含仲陈襄云金去的饮石牛洞

子瞻鲁直行吟后[1],山寺萧条六百年。我辈登临非偶尔,春风觞咏岂徒然[2]。班荆先就乌牛石[3],策杖还寻白鹤泉[4]。君有史才修邑乘,兹游虽小亦堪传[5]。

辑自《龠山集》卷九

解题

中国古代习俗,每逢"上巳"(农历三月第一个巳日),人们便去水边祭祀,并用浸过香草的水沐浴,认为可以祓除不祥。史称这种礼仪为"修禊"或"祓禊"。三国魏以后将"上巳"固定为农历三月初三,一些达官贵人还要借此仪式宴饮赋诗。后来则逐渐形成一种较广泛的民间出游娱乐活动,江南流传更广。著名书法作品《兰亭序帖》的内容,便是记叙王羲之、谢安等四十一人到山清水秀的山阴兰亭(浙江绍兴市郊)举行"修禊"之礼的。

本诗写作者于禊日偕好友潘煜如(含仲)、陈襄云、金誾(去的)等三人共至石牛古洞饮酒。一行四人,坐石临泉,一觞一咏,规模虽不大,但亦颇似兰亭集会之雅致。全诗既有对往事的感慨,更洋溢着老友相逢、饮酒赋诗的喜悦。

注释

〔1〕子瞻:苏轼,字子瞻。鲁直:黄庭坚,字鲁直。行吟:边走边吟咏。

〔2〕觞咏:语本晋王羲之《兰亭集序》:"一觞一咏,亦足以畅叙幽情。"后以"觞咏"谓饮酒赋诗。

〔3〕班荆:铺荆草于地。《左传·襄公二十六年》载:春秋时楚国伍举与蔡国声子为世交,二人相遇于郑郊,班荆坐地,共叙情怀。后用作旧友重逢之典。高峤《晦日重宴》:"班荆逢旧识,斟桂喜深知。"乌牛石:指卧于石牛溪边的黑色石牛。

〔4〕白鹤泉:在真源宫前,已见前注。

〔5〕"君有"二句:意谓请金誾将今日至石牛古洞修禊赋诗饮酒事载入县志,以永久流传。作者自注:"去的方修《潜山志》",诗故有是语。邑乘,指县志。堪传,足以流传后世(指载入县志)。

山谷寺回又至去的家借宿并赠其兄简在

石涧春游兴未终,骑驴晚复到墙东〔1〕。尚余家酝一罂白〔2〕,况有山茶四树红。访旧之川名最著〔3〕,论诗子美意偏工〔4〕。多君兄弟能留客〔5〕,转望来朝雨与风〔6〕。

辑自《畬山集》卷九

解题

此诗紧接前一首,叙作者一行游寺晚归,到金闇家中借宿,遇其兄金承蜩(字简在)。宾主一起饮酒赋诗,话旧论今,其乐融融,不禁令作者欲再多留几日。

注释

〔1〕复:再。墙东:东汉王君公遭逢乱世,靠在墙东撮合牛的买卖为生,时人有"避世墙东王君公"之语。见《后汉书·逢萌传》。后因以"墙东"指隐居之地;以"隐墙东"谓避世隐身,保全自己。

〔2〕家醖:家酿的酒。罌:古代盛酒或水的瓦器,小口大腹,较缶为大。

〔3〕"访旧"句:作者自注:"前尚宝金公讳燕,号之川,去的之从祖也。"按,金燕,本书前辑《仲春陪蹇理庵朱泰庵游山谷戏成》诗前有小传。

〔4〕子美:杜甫,字子美。此借指金闇兄金承蜩。工:巧;精。

〔5〕多:赞赏。

〔6〕来朝:明早,明日。

又偕含仲襄云去的访汪紫照山居

怀人三十里非遥,况是春晴早见招[1]。出郭诗朋齐马首,近村烟柳拂河桥。门前鸭绿方池水,田际鹅黄嫩谷苗。架有藏书尊有酒[2],何妨夜夜复朝朝。

辑自《畲山集》卷九

解题

作者再同几位友人应邀共赴汪紫照山居,汪氏其人生平事迹不详,大概也是一位与作者意气相投的明末遗民吧。时值阳春时节,众人策马出城郊行三十里,来到村边,只见柔嫩的柳枝轻拂着河桥,门前方形的池塘里鸭子在戏水,田边谷子的嫩苗一片鹅黄色,到处是清新自然的景象。而至友人家中,架上有藏书,杯里有老酒,此情此景,的确值得作者与友人在这里好好盘桓几日。

注释

〔1〕见招:被邀请。

〔2〕尊:古盛酒器。用作祭祀或宴享的礼器。早期用陶制,后多以青铜浇铸。鼓腹侈口,高圈足,形制较多,常见的有圆形及方形。盛行于商及西周。后以泛指酒杯。

汪紫照山房戏赠

桃花潭水访汪伦[1],万壑千峰百亩春。人有此巢堪白首,君何不隐尚红尘[2]?

辑自《畲山集》卷一二

解题

汪紫照山居周遭风景秀美怡人,作者以为隐逸此地可以终老一生。作者诗中以李白、汪伦二人来比拟自己和汪紫照,虽是戏谑玩笑之语,却给人以特别亲切与真率之感,显示了作者开朗的胸襟。

注释

〔1〕"桃花"句:此句语本李白《赠汪伦》:"桃花潭水深千尺,不及汪伦送我情。"汪伦,字文焕,一字凤林,歙州黟县(今属安徽黄山市)

人。唐开元间任泾县令,诗人,李白好友。此句是以李、汪二人来比拟作者自己与汪紫照。

〔2〕尚:恋慕,爱好。

访陈尔靖山居因游石壁寺

山路经行非一回,知君门对野塘开。恐烦鸡黍未轻入[1],直待莺花今始来[2]。古寺荒凉余石壁,春溪委曲上香台[3]。可怜树蕙滋兰地[4],空老凌云笔椠才[5]。

辑自《崊山集》卷九

【解题】

陈尔靖,安徽潜山人,县诸生。曾参与修纂《(顺治)潜山县志》(见金梦先《志跋》)。石陂寺,俗名石壁寺,位于清代玉照乡,在县城东三十里,梁武帝天监中创建。作者前往拜访好友陈尔靖的山居,顺道至左近的石壁寺一游。此寺荒凉,仅存石壁,幽僻之地虽适合隐居者树蕙滋兰,但志向高超之人空老于此十分可惜。全诗歌咏了作者与陈尔靖深厚的情谊,对陈氏枉有高志、空老僻乡表达了深深的同情与叹惋。

【注释】

〔1〕鸡黍:款待客人的饭菜。借指深厚的友情。语本《论语·微子》:"丈人以杖荷蓧……止子路宿,杀鸡为黍而食之。"孟浩然《过故人庄》:"故人具鸡黍,邀我至田家。"

〔2〕莺花:莺啼花开。泛指春日景色。

〔3〕委曲:弯曲;曲折延伸。香台:烧香之台。佛殿的别称。

〔4〕树蕙滋兰:种植培育蕙草与兰花。比喻修行仁义。语出《楚辞·离骚》:"余既滋兰之九畹兮,又树蕙之百亩。"

〔5〕凌云耸壑：跳出溪谷，直入云霄。多形容志向崇高或意气高超。

石壁寺怀从子子建　子建有庄在焉

其 一

数亩山田十里溪，阿咸此处有幽栖^[1]。如何转作熙城客^[2]，空谷无声猿鸟啼。

其 二

长松偃蹇势如虬^[3]，怪石彭亨状似牛^[4]。松石之间作亭子，他年吾与尔来游。

辑自《龠山集》卷一二

【解题】

石壁寺周围环境清幽僻静，景色宜人，其处有十里长溪，有盘曲如虬龙的长松，又有腹胀如牛的怪石，非常适合隐居。作者由此不禁怀念起自己的侄儿子建来。子建曾隐居此地，在这里有数亩山田，并有庄园一所；可是他现在却搬到热闹喧嚣的县城里去了，使这里成为一片空谷，耳畔只闻猿鸟鸣啼。作者希望子建回来，在长松和怪石间造个亭子，这样，将来能和子建一起游赏其间。

【注释】

〔1〕阿咸：晋代阮籍的侄子阮咸，有才名。后世因称侄子为"阿咸"。幽栖：隐居之所。

〔2〕熙城：犹闹市。熙，兴旺，繁荣。

〔3〕偃蹇(yǎn jiǎn)：屈曲，盘曲。虬(qiú)：即虬龙，古代传说中的小龙，有弯曲的角。此处形容树形盘曲。

〔4〕彭亨：同"膨脝"，腹胀满状。

山 谷 寺

黄公本是西江秀[1]，鄱渚庐峰岂不多[2]？却占此山为别号，亦如苏老号东坡[3]。

辑自《崏山集》卷一二

【解题】

黄庭坚本是江西杰出的人才，江西有鄱阳湖、庐山这些地理名胜，他不以此为号，却用皖山山谷作为别号。这也与苏轼贬谪黄州后，以当地地名"东坡"为号类似吧。此诗名曰"山谷寺"，歌咏的却是黄庭坚别号的由来，似乎文不对题；所以笔者怀疑诗题中"山谷寺"的"寺"为后人所加。

【注释】

〔1〕黄公：指黄庭坚。西江：西来的大江，此处特指江西。黄庭坚为洪州分宁人（今江西九江），亦江西人。

〔2〕鄱渚：即鄱阳湖。庐峰：即庐山。多：胜过，超出。

〔3〕"亦如"句：作者自注："东坡在黄州之东。"苏老，指苏轼。

沙 河

百里山城一日还[1]，何为五日尚间关[2]。沙河水涨没人乳,欲渡其如老马孱[3]!

辑自《畬山集》卷一二

【解题】

沙河在潜山县治东六十里,为潜山与桐城交界处。作者游百里之外的潜山城,经一日而返,临近家门却因沙河水涨,欲渡不能,受阻五日,心中十分惆怅。

【注释】

〔1〕山城:指潜山县城。
〔2〕间关:形容旅途辗转。此处指受阻于河,欲渡不能。
〔3〕孱(chán):衰弱;瘦弱。

潜山道中 乙未

数间茅屋倚高冈,一树梅花出短墙。有客下驴偷眼看,徘徊不觉至斜阳[1]。

辑自《畬山集》卷一二

【解题】

作者行于潜山道中,途经背倚高山而建的数间茅屋,只见庭院中有一株梅花的枝条伸出了矮墙,他情不自禁从驴背上下来偷偷欣赏观看,不知不觉中夕阳竟已西下。诗人以俊逸之笔描绘了潜山道上观赏梅花情景,诗歌萧散简远,韵味十足。

【注释】

〔1〕徘徊:往返回旋,来回走动。表示不忍离去。

舒 王 台

《志》云:"王介甫玩月于此,因得名。"

兹台千古峙城东[1],玩月何私拗相公[2]。借问傅岩亭在否[3],逢迎莫是李师中[4]?

辑自《螽山集》卷一二

解题

舒王台是北宋时期舒州人为纪念王安石而建,故址在今潜山县治天宁寨;舒台夜月为潜阳十景之一,前人多有吟咏。作者写此诗委婉地批评了王安石执拗不驯的性格,并借当年李师中为王安石修傅岩亭、筑舒王台事,讽刺了当代官员的逢迎拍马之风。

注释

[1] 峙:耸立。
[2] "玩月"句:意谓此处不应只由王安石一人独占赏月。玩月,赏月。私,私自、单独。拗(niù)相公,宋时人们对王安石的戏称。因王安石为相变法,极为执拗,不允许任何人反对他,故称。
[3] 傅岩亭:在石牛洞旁。宋李师中为王安石建。据县志载:"皇祐中,王介甫游其处,甚奇爱之。后入相,李师中为作亭,名傅岩。"亭久废。
[4] "逢迎"句:原注:"师中素与安石怍,及安石为相,师中为舒州守,乃建傅岩亭于舒以媚之。舒王台恐亦师中所命耶?"逢迎,迎合,奉承。莫是,莫非是,或许是。

书张孝烈先生传后

先生字玉楚,潜山人。

我友陈襄云,抱道隐潜岳[1]。往岁时相过[2],诗篇共酬酢[3]。为言其乡人,死难者凿凿[4]。中间孝且烈,莫张玉楚若。厥父病在床,群盗肆杀掠。宁甘蹈白刃[5],弗忍去帷幕[6]。幼子十六龄,奋身前往夺。伤哉三世人,顷刻同沟壑[7]。我闻襄云语,老泪应声落。因欲为之传,轸石先有作[8]。序事仿欧阳[9],生气宛如昨。传后书此诗,以寄通州博[10]。

辑自《畚山集》续集《鲁游草》

解题

孝烈张清雅一门死难事,在潜山当地家喻户晓,广为流传,前人亦多有吟咏。作者听好友陈襄云转述其事迹后,大为感动,本欲为之作传,却已有王于一有作在先。于是他赋此诗书其传后,并寄给张清雅的长子张超载,以为致敬。

注释

〔1〕抱道:持守正道。
〔2〕相过:互相往来。
〔3〕酬酢(zuò):主客相互敬酒,主敬客称酬,客还敬称酢。此指诗篇互相唱和。
〔4〕凿凿:确实。证据确凿。
〔5〕蹈:践踏,以身赴难。《中庸》:"白刃可蹈也,中庸不可能也。"
〔6〕去:离开。帷幕:床上的帐幕、帷幔,此处代指病床。

〔7〕沟壑：山沟，古人常用以指野死弃尸之处。语本《孟子·滕文公下》："志士不忘在沟壑，勇士不忘丧其元。"

〔8〕"轸石"句：作者自注："王于一别号轸石。"

〔9〕序事：即叙事。序同"叙"。欧阳：指北宋欧阳修，其撰《五代史记》（即《新五代史》），叙事平易通畅、简洁有力，笔削润饰，功力亦极深厚，其中《伶官传序》《宦者传论》等为后代所传诵。

〔10〕通州博：原注："先生长子青熊现为通州广文。"青熊，张清雅长子张超载别号。超载字豫宇，号青熊，曾司铎通州，出宰慈利。参见本书征引其诗前作者小传。通州，今江苏南通。广文，即儒学教官。因其地位、处境与唐代广文馆博士相似，故称。通州博即通州广文。

送从子处厚返潜山兼寄令岳陈襄云

天柱高人汝妇翁[1]，幽栖真有上皇风[2]。得为佳婿身何幸，况是孤儿命正穷！只合相依如父子[3]，无缘长住各西东[4]。殷勤寄语龙河坝[5]，明岁重来访桂丛[6]。

辑自《崟山集》再续集卷四

【解题】

这是一首送侄子处厚回潜山的诗。作者与陈襄云为至交好友，侄子又入赘陈家为婿，两人遂为亲家。作者送别侄子时，称赞了陈襄云的高义，并嘱咐侄子善事岳父，最后托其传话，约定来年秋季再去陈家拜访。

【注释】

〔1〕翁：父亲。

〔2〕幽栖：隐居。上皇：羲皇上人之略。指伏羲氏以前的人，即太古人民。古人想象中，太古人民恬淡无为，生活悠闲自得。故后世用以喻心无俗念，弃绝尘世的隐士。晋代陶潜《与子俨等疏》："尝言五六月中，北窗下卧，遇凉风暂至，自谓是羲皇上人。"

〔3〕合：应该。

〔4〕无缘：没来由，无从。

〔5〕龙河：指报龙河，在县东北四十里。坝：河边、河岸。此指陈襄云的居处，即以指代其人。

〔6〕桂丛：《楚辞·招隐士》语有"桂树丛生兮山之幽"，描述了使人留连的山中景色。后因以"桂丛"喻指隐居之所。

姚文然

姚文然(1618—1676)，字弱侯，号龙怀。安徽桐城人。明崇祯十六年(1643)进士，选庶吉士。顺治三年(1646)荐授国史院庶吉士。历官礼科给事中、兵科都给事中、副都御史、刑部侍郎、左都御史、刑部尚书。谥端恪。今有《姚端恪公全集》传世。生平事迹见《清史稿》卷二六三、《清史列传》卷七、《国朝耆献类征》卷四六、《国朝方正事略》卷三等。

秋 旱

羽士威仪肃[1]，群公礼数虔[2]。抚心真抢地[3]，搏颡定回天[4]。望气秋愁爽[5]，占星夜又悬[6]。潜山偏应祷[7]，一雨渥高田[8]。

辑自《姚端恪公集》诗集卷一一

【解题】

这是一首描写祷雨的诗,原有三首,今选其中一首。诗中再现了古代秋旱时祷雨典礼中人们的动作仪节和潜山县祈祷得雨情景。全诗语言朴素直白,描写生动逼真。

【注释】

〔1〕羽士:道士的别称。已见前注。威仪:古代祭享等典礼中的动作仪节及待人接物的礼仪。

〔2〕群公:众公卿。泛称各位人士。虔:虔诚。

〔3〕抚心:谓收敛心神。抢地:用头触地,撞地。

〔4〕搏颡:叩头。回天:喻能扭转很难挽回的局面事势。

〔5〕望气:古代方士的一种占候术。观察云气以预测吉凶。

〔6〕占星:观察星象以推断吉凶。

〔7〕"潜山"句:作者自注:"桐邻邑。"

〔8〕渥:渥润,沾润。即浸润很多水分。高田:地势高的田。范成大《垫江县》诗:"旧雨云招新雨至,高田水入下田鸣。"

施闰章

施闰章(1618—1683),字尚白,号愚山、蠖斋、矩斋。安徽宣城人。顺治六年(1649)进士,历官刑部主事、员外郎,山东学政,江西参议分守湖西道。康熙十八年(1679),召试博学鸿词,授侍讲,典试河南,转侍读。与宋琬齐名,号"南施北宋"。与同邑高咏友,主东南坛坫数十年,时号"宣城体"。后人以与宋琬、王士禛、朱彝尊、赵执信、查慎行并称"清初六家"。著有《施愚山先生全集》(内有《学余堂文集》《学余堂诗集》《蠖斋诗话》)等。生平事迹见《清史稿》卷四八四、《清史列传》卷七〇、《国朝耆献类征》卷一一八、《国朝先正事略》、毛奇龄《施君闰章墓表》、施念曾《施愚山先生年谱》等。

张 孝 烈 诗

  孝烈名清雅,字玉楚,家潜山白玉涧[1]。明末,献贼至,父疾笃,留侍汤药。既卒,率幼子超艺、老汉云满舁棺猝殓[2]。满趣主人亟去[3],曰:"老奴以死守棺。"雅泣曰:"吾父死未瞑,去将奚之[4]。"乃蹲伏屋梁,超艺匿厕舍,满独具茗饮待贼。贼刃胁索主人,满叩头流血不解,将剖棺。雅惊堕梁上,两手覆棺哭。贼断其手。超艺从厕旁跃出代父,并遇害。满营殡两棺,长号不食死[5]。

潜山玉涧泉,呜呜流血泪。万古伤人心,孝烈杀身地。父死方戢棺[6],贼来那忍避！蠖屈栖屋梁[7],早决无去志。伟哉老仆夫,礼数守造次[8]。豺虎不可驯,咆哮势何亟！睨棺且挥刃,人自梁间坠[9]。长号抱狸首[10],断臂不拨弃[11]。儿来代阿翁,骈首齐死义[12]。双孝殉须臾,千夫皆裂眦[13]。是时天黑风,天柱欲奔踬[14]。老仆痛捐躯,从容志终遂。人生有本根,贵贱无歧异。嗟彼临难子,矢心谁勿贰[15]。

辑自《学余堂集》诗集卷一二

解题

  张清雅父子、主仆死难事,前人多有吟咏;但叙事之详,悲悯之切,则以此诗为最。诗中"是时天黑风,天柱欲奔踬"一联,用拟人化的手法将张清雅父子被杀害的哀痛表达到极致。

注释

〔1〕白玉涧:在潜山县治东北十五里。

〔2〕昇：抬。

〔3〕趣：督促；催促。

〔4〕奚之：往哪里去。之，往，到。

〔5〕长号：长声号哭。

〔6〕戢棺：即殓棺。以尸入棺曰殓。

〔7〕"蠖屈"句：谓身体曲屈如尺蠖虫那样栖息在屋梁上。蠖，即尺蠖，虫名。尺蠖蛾的幼虫，体柔软细长，屈伸而行。

〔8〕造次：仓猝；匆忙。

〔9〕"睨棺"二句：意谓"贼"斜着眼看那棺，准备挥刀剖棺，这时张清雅从屋梁上落下。

〔10〕狸首：借指棺枢。《礼记·檀弓下》："孔子之故人曰原壤，其母死，夫子助之沐椁。原壤登木曰：'久矣，予之不托于音也。'歌曰：'狸首之班然，执女手之卷然。'"孔颖达疏："言斫椁材文采似狸之首。"后因以"狸首"借指棺枢。

〔11〕拨弃：抛开，丢着不管。

〔12〕骈首：头靠着头，并排。

〔13〕裂眦：瞪眼欲裂，怒目。

〔14〕"天柱"句：作者自注："县有天柱山。"奔踬，奔跑跌倒，跌跌撞撞地跑。

〔15〕"矢心"句：意谓没有谁像他这样立誓而无二心。矢心，陈示衷心；发誓，下决心。

池阳至皖口漫兴绝句　（选一）

舟人谁辨皖公山，巉削遥看暮霭间[1]。好买鳜鱼送斗酒[5]，一钩新月到江湾。

辑自《学余堂集》诗集卷四九

解题

作者从贵池之北乘船来到皖口,远远望见傍晚的天空云气中,皖公山险峻陡峭而立。他不禁心情大好,买来鲟鱼斗酒,将船停泊在江水的拐弯处,对着一钩新月,独自饮酒赋诗。

注释

〔1〕巉削:形容山势险峻陡峭。暮霭:傍晚的云气。
〔2〕鳇鱼:又名鲟鳇鱼。鱼纲鲟科。形体与鲟相似,唯左右鳃膜相连。大的体长可达五米。为我国珍稀鱼类。

刘余谟

刘余谟,字良河(一曰字良弼),号潢柱,安徽潜山人,怀宁籍。明崇祯十六年(1643)进士,清初历官翰林院庶吉士、刑科给事中。后以廷诤放归,寓居南京。康熙十九年(1680)春归皖省。博学嗜古,晚年不倦。所著诗文甚富。生平事迹见《(康熙)安庆府志》卷二〇、《(乾隆)潜山县志》卷一〇、《(光绪)重修安徽通志》卷二二三等。

酒 岛 流 霞

春山雨过听鸣泉,醉人桃蹊忆往贤〔1〕。屐印沙痕粘碧草〔2〕,琴熏酒气润朱弦。溪花乱落霞边树,岛雾轻铺水上烟。人世可怜桑海变〔3〕,仙源风景自年年〔4〕。

辑自《(康熙)潜山县志》卷一二《艺文下》

解题

春天雨后的"酒岛"泉声鸣响,道路两旁桃花盛开,落英缤纷,岸上和水中都笼罩着雾气,游客木屐留在沙上的痕迹还粘着青草。人们饮酒弹琴,那古琴上红色的琴弦似乎都被酒气熏湿了。作者见此情景,不禁感叹:人世间经历了沧海桑田之巨变,这桃花源仙境一般的风景却是年年依旧啊!

注释

〔1〕蹊(xī):小路。亦泛指道路。
〔2〕屐(jī):木制的鞋,底大多有二齿,以行泥地。
〔3〕桑海:即桑田沧海。形容人世巨变。
〔4〕仙源:道教称神仙所居之处。亦指晋陶渊明所描绘的理想境地桃花源。

望 天 柱 峰

长薄空烟动碧虚[1],林岚青杳入看殊[2]。帝灵咫尺真呼吸[3],仙子逍遥定有无。千嶂森罗云外远[4],一峰飘缈日边孤[5]。何当绝巘同登啸[6],直绘三山海上图[7]。

辑自《(乾隆)潜山县志》卷二一《艺文志》

解题

此诗写远望中所见天柱峰的雄奇壮丽景色,诗中物象叠换,层折变化,气势磅礴,境界混茫。结尾处表示,将来某一天一定要与友人登其绝顶,放声长啸,在那里绘出海上三神山之图,则显示了诗人雄心勃勃、俯视一切的豪迈气概,也倾注了诗人热爱祖国山河的深厚感情。

注释

〔1〕碧虚:即青天。

〔2〕林岚:指雾气缭绕的山林。青杳:指幽深的青山。

〔3〕帝灵:上帝和神灵。

〔4〕森罗:纷然罗列。

〔5〕飘缈:高远隐约貌。日边:太阳的旁际。指极远的地方。已见前注。

〔6〕绝巘:极高的山顶。

〔7〕三山:传说中的海上三神山。即方丈、蓬莱、瀛洲。苏轼《奉和陈贤良》诗:"三山旧是神仙地,引手东来一钓鳌。"

李崇稷

李崇稷,陕西岐山人。明崇祯十六年(1643)进士。清顺治初授安庆推官,勤督漕运,分校南闱,颇称得士。升吏部主事。生平事迹见《(康熙)安庆府志》卷一〇、《(光绪)岐山县志》卷六、《(民国)怀宁县志》卷八等。

吊张清雅孝烈

江淮有贼入山县,士女空村落日茜〔1〕。爇火翻怜泣釜鱼〔2〕,焚巢肯作西堂燕?中有孝子意徬徨〔3〕,至性俱甘当巨斧。刀兵乱下命共休,父死祖殳儿死父。可怜大孝同一门,一日鬼录祖父孙〔4〕。皖人恻恻为我语〔5〕,令我披志书啼痕。疾风之草劲如箭,节义穷时始堪羡〔6〕。孝子忠臣号最详,岂愿频从乱离见!

辑自《(康熙)潜山县志》卷一二《艺文下》

解题

这又是一首凭吊张清雅父子的诗。诗中除了歌颂张氏父子孝义节烈之举,还反映了明末"贼入山县,士女空村"的乱世景象,诗中用釜中之鱼和焚巢之后的燕子比喻乱离中的人们,则表现了作者悲天悯人的情怀。

注释

〔1〕茜(qiàn):绛红色。
〔2〕爇(ruò)火:点燃、焚烧之火。釜鱼:釜中之鱼,比喻不能久活。釜,锅。
〔3〕徬徨:徘徊,心神不定。
〔4〕鬼录:登记到记录鬼名的花名册子上。意即死去。
〔5〕恻恻:悲痛、忧伤貌。
〔6〕穷:困顿,指事情窘迫到了极点。

熊应吉

熊应吉,字太占,安徽潜山人,明季诸生。敦行绩学,设帐授徒,远近多师事之。性严毅,人不敢干以私。子光陛、光成、光汉,蜚声黉序,皆以学业世其家。《(乾隆)潜山县志》卷一〇、《(民国)潜山县志》卷一四有传。

过 沙 村

行到云深别有天[1],沙村古室静相联。高山嶂拥千年画[2],小涧琴鸣十里弦[3]。柯烂石堆樵子路[4],饭香火出野人烟[5]。桃源一柱西流水[6],渔父寻津好系船[7]。

辑自《(乾隆)潜山县志》卷二一《艺文补遗》

【解题】

此诗以白描的笔法,描写了沙村周围古朴清丽的风景有如桃源仙境,令人心驰神往。

【注释】

〔1〕别有天:别有天地,另有一种境界。形容风景引人入胜。
〔2〕"高山"句:高山上有如屏障的山峰,就像存世千年的风景画卷。
〔3〕"小涧"句:溪涧中潺潺的流水如同弹奏的琴声,十里之内都能听见它的声响。
〔4〕柯烂:斧柄朽烂。用晋王质伐木入石室山之典。南朝梁任昉《述异记》载,晋时王质伐木至信安郡石室山,遇仙人弈棋,王质因放下斧子观看。仙人拿出一物给王质,如枣核,王质含着它,不觉得饥饿。过了一会儿,仙人问道:"为什么还不走?"王质起身一看,斧柯尽烂。回家后,已经看不到同时代的人了。今多用以比喻时间久远。
〔5〕野人:泛指村野之人,农夫。
〔6〕桃源:桃花源的省称。潜山县有桃源,在茶庄西侧江家坂,又名下炼丹。此处四面环山,琼阳川之水穿流其中。旧时盛产野桃,花开五色。
〔7〕"渔父"句:陶潜《桃花源记》:"(刘子骥)欣然亲往,未果,寻病终。后遂无问津者。"

黄敬玑

黄敬玑,字在之,山东济宁人。顺治四年(1647)进士。初授江南安庆推官,广置学田,以赡贫士。属邑山贼窃发,敬玑单骑谕降,并曲为抚循,人皆感激。寻擢监察御史,内升未补而卒。《(雍正)山东通志》卷二八、《(乾隆)曲阜县志》卷八六、《(乾隆)兖州府志·人物志》有传。

署潜拜家千金墓用翁直指旧韵[1]

漫将芳烈吊人亡[2],天上婺星可并行[3]。白简题成衰草色[4],彩毫透出夜台光。春闺有梦冰同冷,秋色无情芷共香[5]。下马碑前浇一勺,采桑封发总寻常[6]。

辑自《(康熙)潜山县志》卷一二《艺文下》

解题

这是作者任安庆推官兼摄潜山知县期间拜黄千金墓时所作的一首悼亡诗,系用明翁直指《千金烈女》诗旧韵而作。此诗虽然也像翁诗一样出于封建伦常的立场对烈女黄千金的殉节行为采取歌颂的态度,但其中又通过景物描写流露出自己的悲哀伤感情绪,能在一定程度上感染读者。

注释

[1] 署潜:指暂任潜山县令。署,署理,兼摄。指代理,暂任或试充官职。家千金:即黄千金。翁直指:见前辑《千金烈女》诗前作者小传。

[2] 漫:姑且。

[3] 婺(wù)星:二十八宿玄武七宿的第三宿,即女宿,常用来代指身份高贵的女性。

[4] 白简:指道教祭告的文书。

[5] 芷:香草名。即白芷。

〔6〕"采桑"句：意谓历史上罗敷和贾直言妻董氏与黄千金的贞烈行为相比，都显得很寻常。采桑，指采桑女罗敷。汉乐府民歌《陌上桑》中说她姓秦，在城南采桑，太守路见其美，欲强娶为妾，罗敷机警地嘲讽而婉拒之。封发，指贾直言妻封束发髻、誓不改嫁之事。《新唐书·列女传》载，贾直言因事获罪被贬岭南，因为妻子年轻，乃与诀别曰：我生死不可预测，我离家后，可赶快改嫁，不要等我。妻子董氏不答应，拿绳子把头发束起来，用绢帛封好，让直言署名，对直言说："非君手不解。"直言被贬二十年才回家，署名的绢帛宛然如旧。

张 茁

张茁，字文葭（一作文霞），号静岩，浙江嘉善人。顺治九年（1652）进士，授刑部主事，转礼部。十一年，典河南试。十三年擢知安庆府，治郡严肃，政平讼理，清介自持。开荒田二千余顷，缮城练卒，境内帖然。其请蠲请赈诸书，有颂之流涕者。后以违逆绣衣使者罢归。年四十二卒。著有《学心堂诗钞》等。《（乾隆）江南通志》卷一一六、《（光绪）重修安徽通志》卷一四一、《（光绪）重修嘉善县志》卷一九有传。

吊张清雅孝烈

览志舒州念孝纯，枕戈衔剑泣苍旻[1]。哀深二代无生日[2]，血溅一家有合身。大地英灵销虎豹[3]，千年华表勒麒麟[4]。人间正气常如此，君乐为臣子乐亲。

辑自《（康熙）潜山县志》卷一二《艺文下》

【解题】

此诗是作者读《安庆府志》获知张清雅父子死难事迹后所作的一

首悼亡诗。作者认为,大地的神灵一定会惩罚凶恶残暴之人,死难之士张清雅父子的孝烈之举将会被历史所铭记。

【注释】

〔1〕苍旻(mín):苍天。
〔2〕二代:指张清雅父子一时死难,已见前诗解题。
〔3〕英灵:精灵;神灵。虎豹:喻指残暴之人。
〔4〕华表:古代设在桥梁、宫殿、城垣或陵墓等前兼作装饰用的巨大柱子。勒:刻画。麒麟:比喻有仁德的人,指张氏父子。

陈衷赤

陈衷赤,字尔靖,安徽潜山人。邑廪生。博览群书。著《贞胜编》,历代以还,贤愚治乱,鉴戒昭然。邑令常大忠建三立书院,延请讲学,学者归之。顺治癸巳(1653)、康熙癸丑(1673),两度与修县志。《(乾隆)江南通志》卷一六七、《(乾隆)潜山县志》卷一〇、《(光绪)重修安徽通志》卷二二二有传。

吊孝烈张先生

坐谭至性恨难伸[1],才历艰危便不纯[2]。勋业格天无抱愧[3],声名到地始为真。一门两世称双孝,百行千秋只五伦[4]。漫道从容还就义[5],谁非人子与人臣?

辑自《(康熙)潜山县志》卷一二《艺文下》

【解题】

此诗与前面那些凭吊张清雅父子的诗歌有所不同的是,作者除了歌颂主人公的孝烈之举,还婉言批评了明末的统治者,认为是天道失常,国君德不纯正,才导致天下动乱,使张氏父子遭遇不幸的。作者的认识比一般的悼亡者更深一层。

注释

〔1〕坐谭:即坐谈,意思是空谈。至性:指卓绝的品性。

〔2〕不纯:即不纯命,指德不纯正。《楚辞·哀郢》:"皇天之不纯命兮,何百姓之震愆? 民离散而相失兮,方仲春而东迁。"意为天道失常,国君德不纯正,造成平民百姓流离失所、骨肉相失的惨景。

〔3〕格天:感通上天。格,至。

〔4〕五伦:指君臣、父子、兄弟、夫妻、朋友之间五种伦理关系。也称五常。

〔5〕漫道:莫说,不要讲。

吊苏烈妇　苏,惠州人。

落日风悲玉涧滨[1],争传弱质植彝伦[2]。此身未辱可无死,矢死弥彰不辱身[3]。抗志真同伏剑女[4],抚心何愧读书人。吊君还自伤君遇[5],不及孤鸿缥缈因[6]。

又

朝云有墓丰湖阴[7],君死可无故里心。梦断子规江月杳[8],魂飞倒挂岭梅深。芳名异日应还惠,劲节如山永峙潜[9]。旧是苏黄流韵地,可供词赋共千金[10]。

辑自《(康熙)潜山县志》卷一二《艺文下》

解题

诗题所称苏烈妇,即潜山龚自成之妻苏氏。苏氏小字玉贞,岭南惠州人。自成客洪承畴经略幕时娶之,后携归潜山。数年后,自成再次远游。康熙十年夏,仆人和侍婢外出从事农桑,有暴徒潜入,欲性侵苏氏,苏氏扼其腰大呼,乡邻奔赴,暴徒急啮苏氏臂,氏痛释手,暴徒因得逃脱。苏氏扑撞于地,呕血绝粒而死。知县周克友闻变,往验臂上伤痕,擒获暴徒。并状闻督抚会题,奉旨表彰,给银三十两,建牌坊旌之(《(康熙)安庆府志》)。

此诗歌咏了苏氏坚持高尚志节,誓死不受暴徒污辱的刚烈行为,并对其不幸遭遇表达了深深的同情。最后说,潜山曾经是苏轼和黄庭坚的诗歌流播之地,人们将会像以词赋歌颂宋代烈女黄千金一样来歌颂苏氏。此诗与一般的烈妇诗不同,作者并没有一味地强调封建伦理道德,在表彰苏氏刚烈的同时,还将她与苏轼的侍妾朝云相比拟,以突出她与丈夫之间的爱情。诗中以"落日风悲"描写环境,用"孤鸿缥缈"、"子规夜月"、"倒挂岭梅"表现伤悼和同情,也很有诗的意境和韵味。

注释

〔1〕玉涧:即白玉涧。地名。在潜山县治东北十五里。已见前注。此指苏氏居住地。

〔2〕植彝伦:树立伦常的标杆。彝伦,指伦常,即封建社会的伦理道德。

〔3〕矢死:誓死。矢,同"誓"。弥彰:更加显著。

〔4〕抗志:坚持高尚的志节。

〔5〕吊:祭奠,哀悼。君:您。

〔6〕孤鸿缥缈因:疑当作"孤鸿缥缈影"。孤鸿,失去异性的孤雁。缥缈,指若隐若现。亦形容虚幻渺茫,不可捉摸。苏轼《卜算子》

词:"谁见幽人独往来,缥缈孤鸿影。"《红楼梦》第一一三回:"想到《庄子》上的话,虚无缥缈,人生在世,难免风流云散,不觉大哭起来。"

〔7〕朝云:北宋钱塘(今浙江省杭州市)人。苏轼官钱塘时,纳为妾。初不识字,后从苏轼学书,并略知佛理。苏轼贬惠州(今广东省惠州市)后,数妾均辞去,独朝云随轼南迁,历尽艰辛,尝尽苦楚,成为苏轼的终身伴侣。并先轼而卒,葬于西禅寺。丰湖:湖名。在广东惠州城西。据清吴震方《岭南杂记》记载,惠州丰湖,亦名西湖。有苏公堤,乃苏轼出上赐金钱所筑。烟波浩渺,山水环秀。在白鹤峰下。苏轼卜居于此。

〔8〕子规:杜鹃鸟的别称。相传为蜀帝杜宇的魂魄所化。常夜啼,其声凄切,故诗文多借以抒发悲苦哀怨之情。武元衡《望夫石》:"湘妃泣下竹成斑,子规夜啼江树白。"

〔9〕劲节:坚贞的节操。峙:耸立。

〔10〕"旧是"二句:意谓潜山从前是苏轼和黄庭坚的诗歌流播之地,可提供歌颂苏氏的词赋将像歌颂黄千金的词赋一样多。苏黄,指苏轼、黄庭坚。流韵,谓诗歌流播。千金,指黄千金,宋代舒州著名烈女。已多见前注。

蓝公祠二首

一水潆回万嶂青[1],芳祠选胜荐明馨[2]。惟公异代关人意[3],不是师中浪筑亭[4]。

又

绕祠溪水绿溶溶[5],只道能留郏曼容[6]。此日庭前题欲遍,漫同功父咏潜峰[7]。

辑自《(康熙)潜山县志》卷一二《艺文下》

解题

蓝公祠，指祭祀蓝章的祠堂。蓝章（1453—1525），字文绣，号劳山，山东即墨人。明宪宗成化二十年（1484）进士。初任婺源知县，后调任潜山，皆有政声。官至南京刑部右侍郎。潜山百姓为纪念他，曾为建"蓝公祠"，清顺治十一年（1654）重修。此诗即为重修时作。

第一首写寻访名胜之地，到蓝公祠为蓝章献上祭品。作者认为，蓝章为明朝人，现时为清朝，人们仍旧重修祠宇纪念他，这是出自内心真诚的系念，而非像宋代李师中为王安石筑傅岩亭那样是别有目的。

第二首写蓝公祠所在之处风景优美，人们纷纷题诗怀念蓝章。诗仿王安石《别潜阁》诗而作，表达了人们对蓝章的不尽情思。不过，由于各本《潜山县志》误将《别潜阁》诗著录为郭祥正作，此诗也因袭其误。

注释

〔1〕潆（yìng）回：形容水流清澈而回旋貌。嶂：耸立如屏障的山峰。

〔2〕选胜：寻游名胜之地。荐：献。指祭祀时献牲。明馨：光明美好的馨香。

〔3〕异代：蓝章为明朝人，现时为清朝，故曰"异代"。关：牵系。

〔4〕师中：即李师中。王安石曾任舒州通判，后入朝为相，李师中为筑傅岩亭。宋魏泰《东轩笔录》："李师中平日议论多与荆公违戾，及荆公权盛，李欲合之，乃于舒州作傅岩亭，盖以公尝倅舒而始封又在舒也。"浪：徒然，白白地。

〔5〕溶溶：水流盛大貌。

〔6〕邴曼容：即邴丹。丹字曼容，西汉琅邪人，邴汉侄。事琅玡鲁伯受《易》，养志自修。为官不肯超过六百石，过六百石辄自免去。

因而名重当时。见《汉书·邴曼容传》。后常用以美称有操守的名士。王安石《别潜阁》："一溪清泻百山重，风物能留邴曼容。后夜肯思幽兴极，月明孤影伴寒松。"

〔7〕漫：姑且。功父咏潜峰：功父，即郭祥正，祥正字功父。咏潜峰，现存各本《潜山县志·艺文志》载有郭祥正《别潜峰阁》七言绝句一首，诗曰："一溪清泻百山重，风物能留邴曼容。后夜相思幽思极，月明孤影伴寒松。"此诗实即王安石《别潜阁》诗，仅有两字之讹，当系传抄之误。各本《潜山县志》均以为郭祥正作，误。

金承蝈

金承蝈，字简在，安徽潜山人。诸生。金梦先之父，金闿之兄。博雅重艺林。明季避寇虎头寨，寨破，蝈适外出，闻父母被掳，遂冒刃诣贼营，乞以身代。贼胁买骡马，得赎回。流离十八载，身负家谱不敢遗失。卒年八十四。《（乾隆）潜山县志》卷之九、《（民国）潜山县志》卷一三有传。

吴塘晓渡

两山如镜曙光寒，几点疏星落照残。僧傍竹林将出户，鸥惊人语乍离滩。云霞远幻峰千叠，水日初涵影万端。最喜小舟才放棹，却疑身在画中观。

辑自《（康熙）潜山县志》卷一二《艺文下》

【解题】

黎明时分，曙光照射着沿河两岸的山岩，如同镜子反射出寒光；天幕中还稀稀疏疏地挂着几颗星星。有位僧人依傍着竹林将要出门,几只鸥鸟因听到人说话声而受惊飞起,刚刚离开沙滩。天空中的云霞远远望去,幻觉中像许多重叠的山峰;在阳光的映照下,清澈的河水中沉浸着各种各样的倒影。最让人高兴的是,渡口小船才刚刚开桨划行,此时使人感觉如身在画中一般。

注释

〔1〕涵:沉浸。影:此指倒影。万端:形容形态等极多而纷繁。
〔2〕放棹(zhào):指开船,划行。棹,船桨。

金 闾

金闾,又名金承闾,字去的,号石楼。安徽潜山人。邑诸生。幼从伯祖金燕宫游姚江,缔交两浙名士。诗古文千言立就。顺治甲午(1654)修县志,丁兵燹后掌故多失,闾殚力搜辑。康熙乙卯(1675)复修志,序论多出其手。晚举乡饮大宾,卒年八十二。子丝先。《(乾隆)潜山县志》卷一〇有传。

辩九井西风之讹

旧志载,宝志公与白鹤道人斗智,道人设九厕于左,志公卓锡九井,为西风反吹焉。种种不经,可笑。

风从何处起,井将于何底?非地亦非天,是山还是水?造化出奇工,巨灵呈妙理[1]。佛祖与神仙,究不知所以。好奇炫异心,惯说玄说鬼[2]。纷纷附会讹,取娱游客耳。而以世俗心,妄托仙佛旨。岂一锡一鹤,弄许大机诡[3]。山水助神通,天地供驱使。我辈读圣贤,流言从此止。野史既荒唐,方言更诞鄙[4]。齐东野人言[5],大率多类此[6]。

辑自《(康熙)潜山县志》卷一二《艺文下》

解题

潜山县治西北二十九里天祚宫前有九井河,其间多悬流飞瀑,苍松翠竹。西风每夜从此吹起,自山谷、真源以至沙河,松吟竹韵,谷应山鸣,虽盛夏亦然。他邑多蚊螨,而此处独无。人们把这一奇特景象称为"九井西风",并将它列为"潜阳十景"之一。"九井西风"神奇景象的出现是独特的地理环境造成的,但旧志上却记载,当年"宝志公与白鹤道人斗智,道人设九厕于左,志公卓锡九井,为西风反吹",由此便有了"九井西风"。作者此诗批驳了旧志之说的种种荒诞不经,指出是大自然的力量造就了这一神奇景观,即所谓"造化出奇工,巨灵呈妙理"。这一观点表现出作者不信旧说、坚持理性的探索精神,是值得称道的。

注释

〔1〕巨灵:泛指神灵。妙理:精微的道理。

〔2〕玄:玄妙,虚幻莫测。

〔3〕大机:事物变化的枢要、关键。佛教指真谛,精义。诡:诡言,诡说。

〔4〕诞鄙:荒诞鄙陋。

〔5〕齐东野人言:《孟子·万章上》载,孟子弟子咸丘蒙(齐人)问及舜为天子、尧率诸侯北面称臣之说是否属实,孟子答道:"此非君子之言,齐东野人之语也。"后以"齐东野语"或"齐东野人言"比喻道听途说、不足为凭之言。齐东,齐之东部;野人,乡野之人,指农夫。

〔6〕大率:大抵,大致。

过皖涧访掌石隐者

寻幽来天柱,天柱篱落荒[1]。行尽山头路,萧疏一草堂。横桥瓜半亩,笼屋树千章[2]。流落如工部[3],门巷似柴桑[4]。中有衣冠伟,坐石看云忙。见我向我揖,误认是同乡。不细详名姓,质朴无他肠[5]。招我堂中坐,割鸡熨酒香[6]。冒雨剪园蔬,佐以薏术粮[7]。我虽不能酒,勉进数十觞[8]。喜我扇头句,忻然和一章[9]。研墨取纳扇[10],纵横写数行。字骨瘦以健,诗格老而苍。无限心头事,相对嗒然忘[11]。匆匆出门去,终不告行藏[12]。出问山下樵,中有旧黄堂[13]。

辑自《(康熙)潜山县志》卷一二《艺文下》

【解题】

皖涧,即皖涧寨,在天柱峰麓。作者往皖涧寻访掌石隐者,忽遇一座萧条冷落的草堂。其门庭里巷似陶渊明的隐居之所,里面住着一位不知姓名的衣冠隐士,他热情地欢迎作者前来。杀鸡烫酒,觥筹往来交错,隐士又和作者扇头题诗,一派其乐融融的气氛。正当宾主尽欢之际,隐士忽然匆匆出门而去,他始终没有说出自己的来历。作者下山一问樵夫,乃得知草堂处有一座旧坟。诗人这次皖涧之旅,实为幽梦一场。作者经历了明清易代的历史巨变,诗中这段奇异经历的描写,反映了他对失去事物的怀念和留恋,读此诗,使人徒增无限怅惘与感伤。

【注释】

〔1〕篱落:篱笆院落。
〔2〕章:大木材,此处引申为计量大树的量词。千章,犹千棵。

〔3〕工部：即杜甫，曾为工部员外郎，故又被称为杜工部。

〔4〕门巷：门庭里巷。柴桑：指东晋隐逸诗人陶渊明，他是浔阳柴桑（今江西省九江市）人。其《归去来兮辞》中有"门虽设而常关"一句。

〔5〕他肠：异心，恶意。

〔6〕割鸡：杀鸡。熨酒：烫酒。

〔7〕"冒雨"二句：乾隆《县志》无此联。园蔬，瓜菜。薏（yì）术：薏，薏米，薏苡的子实，白色，可供食用及药用，亦可酿酒；术，指白术，根茎可入药。

〔8〕觞（shāng）：酒杯。

〔9〕忻（xīn）然：喜悦貌；愉快貌。和（hè）：指以诗酬答。

〔10〕纨（wán）扇：细绢制成的团扇。

〔11〕嗒（tà）然：怅然若失貌，沮丧失意貌。

〔12〕行藏：指出处或行止。

〔13〕"出问"二句：乾隆《县志》无此联。黄堂，墓地。

山谷寺怀古

石瘦如人老，溪淫似我狂[1]。访僧非旧住，拜佛是新装。竹带周封雨[2]，松余汉禅霜[3]。苏黄题咏处[4]，不许地沧桑[5]。

又

松竹何常主，亭台几度更。山留唐国号[6]，水挂宋贤名[7]。选石牛防守，飡松鹤避惊。我来新卜筑[8]，仙佛漫相生[9]。

辑自《（康熙）潜山县志》卷一二《艺文下》

解题

此二诗写在山谷寺思念古人古事。在作者眼中,现实的自然之景仿佛与古代一致,而人文景观因历经汉唐宋明,而多有更改。这道出了一个关于地域环境与人文地理关系的真理:能使一片自然土地成为一个有特殊意义的地方,不仅是由于其风景优美,更多的则是因为在它的上面积淀下来的许许多多历史人文的记忆。

注释

〔1〕淫:放荡,这里比喻溪水的润泽充沛之貌。

〔2〕周封:潜山在周代为皖国封地,都城被称为皖城。

〔3〕汉禅(shàn):指汉武帝登潜山封禅、号为南岳一事。已见前注。

〔4〕苏黄:苏轼与黄庭坚。潜山山谷寺有大量宋人题咏,今存黄庭坚诗刻多首,苏轼诗刻未见。

〔5〕不许:即不令,不使。沧桑:沧海桑田的缩语。大海变成桑田,桑田变成大海。比喻世事变化很大。这里指地方的埋没。

〔6〕山留唐国号:指唐天宝间唐玄宗遣中使王越宾与道士邓紫虚至天柱山建九天司命真君祠宇。

〔7〕水挂宋贤名:这句是说,宋代文人留下许多有关山谷溪流的题咏。

〔8〕卜筑:指择地建筑住宅,即定居之意;亦指隐居。

〔9〕谩:同"漫"。相生:五行学术语。本指木、火、土、金、水之间相互滋生和促进的关系,此指佛道二教相互协调而生生不已。

宿皖之西关

石壁有大宋咸淳刘源叔清奉阃命保守生灵[1]。

屈指从前五度游,松犹是汉草犹周。年来烽火山难恕[2],几片登封石尚留[3]。济胜全非当日具[4],寻幽半失洞天秋。小楼坐卧舟偏覆[5],何似刘源一壁收[6]。

辑自《(康熙)潜山县志》卷一二《艺文下》

解题

西关,指西关寨,位于天柱峰南约三里处。宋末,义兵长刘源(字叔清)奉命与据守司空山的宋安抚使张德兴等起兵抗元。刘源建寨西关,自野人寨以至天柱峰,旌旗相望,与司空山互为犄角。刘源在山中统率军民,春则出耕,冬则入寨,据险固守,坚持抗元十八年,保护生灵数十万。现寨内石壁上,刘源当年保寨纪事石刻依然历历在目。

此诗写作者夜宿西关,追忆宋末刘源在此结寨抗元的义举和近年来抗清斗争的惨酷,又看到兵燹之后山上风景胜地无复当年,想到自己居于狭小的书斋,时运不济而遭亡国之祸,恨不得像刘源那样结寨聚义,做一番大事业来得痛快。作者此诗明显流露有反清思想,或许正是这一原因,后来两度纂修县志都未收此诗。

注释

〔1〕咸淳:南宋度宗赵禥的年号。阃(kǔn)命:地方军事统帅之命。

〔2〕年来:近年以来。烽火:指明末清初的战乱。清顺治五年(1648),南明兵部尚书周损与其侄羽仪踞西关寨,清将梁大用督师进剿,次年兵败寨破。恕:恕免。

〔3〕登封:指汉武帝登临封禅,已见前注。

〔4〕济胜:济胜之具,指能攀越胜境、登山临水的好身体。语出南朝宋刘义庆《世说新语·栖逸》:"许掾好游山水,而体便登陟,时人云,许非徒有胜情,实有济胜之具。"

〔5〕舟偏覆：喻指明朝政权的覆灭。
〔6〕壁：军垒。

吊孝烈张先生

几年烽火略亲丧[1]，说到君家泪两行。祖笑孙来何慷慨，子随父去不凄凉。一堂养志双曾子[2]，三世修文两卜商[3]。更有长须知大义[4]，从容忠补孝慈堂。

辑自《(康熙)潜山县志》卷一二《艺文下》

解题

这也是凭吊张清雅一家三口明末死难的诗。起首写到，几年来因战乱许多人家亲戚皆丧，可谓写实之笔，由于作者亲历其事，感同身受，因此显得情真意切。另外可贵的是，作者还注意到张家男仆殉主一事，这与其他凭吊诗也略有不同。

注释

〔1〕略：皆，全。

〔2〕养志：谓奉养父母能顺从其意志。《孟子·离娄上》："若曾子，则可谓养志也。事亲若曾子者，可也。"曾子：名参（shēn），字子舆，孔子弟子之一。以孝道闻名。

〔3〕"三世"二句：意谓张氏一家死难的三代人中有两个像子夏那样有文学才能的人。三世，三代。修文，修文郎的省称。传说晋苏韶死后现形，对人说颜渊、卜商在阴曹为修文郎。后以"修文"谓文人之死。杜甫《哭李常侍峄二首》之一："一代风流尽，修文地下深。"卜商，人名。即子夏。孔子弟子，七十二贤人之一。才思敏捷，以文学著称。孔子死后，到魏国西河讲学，宣传儒家学说。相传《诗》《易》

《春秋》等儒家经典是由他传授下来的。

〔4〕长须：指男仆。汉王褒《僮约》："资中男子王子渊，从成都安志里女子杨惠，买亡夫时户下髯奴便了。"后因以"长须"指男仆。此指张氏父子的男仆名云满，张氏父子葬后云满亦绝食而死，所以后句称之为"忠"。

吊陈求之夫妇同母死孝

白刃如林立，黄巾似蚁屯[1]。川原惨变色，鱼鸟乱经纶[2]。有子多吴起[3]，无妻不买臣[4]。红颜生去室，白发死成邻。潜岳风犹古，颍川教未泯[5]。生平学两字[6]，顷刻化双燐[7]。慷慨终天血[8]，从容同穴身。后先争取义，黾勉各成仁[9]。入地心坚石，生天魄补辰[10]。闺中知学问，刀下见彝伦[11]。化碧山河壮[12]，汗青日月新[13]。柏舟诗不愧[14]，萱阁草犹春[15]。举案成前世[16]，瑶池卜夙因[17]。陈咸真有子[18]，无忝宋遗民[19]。

辑自《（乾隆）潜山县志》卷二〇《艺文志》

解题

据屈大均《翁山文外》载："陈求之，潜山人。崇祯十一年流寇至，求之移家山岗。其母年七十余，误为贼得。求之以计诱贼，脱其母。贼觉，将杀之。求之笑曰：'诸君何愚也！岂有子以计脱母于死，而子获生者乎？'贼遂杀之。"

此诗即是为哀悼陈求之夫妇因救母共同死难而作。陈氏夫妇遇害于明末战乱之中，作者亲身经历明末清初战乱之惨酷，故对陈氏夫妇的遭遇心有戚戚，诗中赞颂了他们的忠孝之举和舍生取义行为，认为他们的鲜血将化为碧玉，使山河更加壮丽，他们的姓名将垂诸史册,他们的事迹即使与宋代遗民相比也毫不逊色。今各本《潜山县志》均未载陈求之死难事,此诗与屈氏《翁山文外》可补志乘之缺。

注释

〔1〕黄巾:东汉末年张角所领导的农民起义军,因头包黄巾而得名。这里喻指明末农民军。屯:聚集。

〔2〕经纶:整理过的丝线。这里喻指正常的自然秩序。

〔3〕"有子"句:意谓乱世之中子孙多为不孝。吴起,战国初期军事家、政治家、改革家,兵家代表人物。吴起曾去孔门弟子曾参之子曾申门下学习儒术,母亲去世后,他没有按照儒家忠孝的信条回家奔丧守孝。曾申认为他不孝,不配做儒家的门徒,遂与吴起断绝了师生关系。此后,吴起便弃儒学兵。

〔4〕"无妻"句:意谓贫贱时妻子多不能从夫。买臣,即朱买臣,西汉吴县(今属江苏)人,家贫好学,靠卖柴为生。妻子感到羞愧,请求与朱买臣离婚。后来朱买臣发迹,出任会稽太守,将其前妻及丈夫接到太守府,并安置在园中,供给食物。过了一个月,他的妻子羞悔上吊而死。

〔5〕颍川教:指以程颐、程颢为代表的理学。颍川,水名,又为郡名,是北宋理学家程颐、程颢的故乡。

〔6〕两字:指"忠孝"二字,是儒家的基本理念。

〔7〕"化双燐":指陈求之夫妇双双罹难亡故。燐,燐火,俗称鬼火。旧传为人畜死后之血所化,实为动物尸骨中分解出的磷化氢的自燃现象。

〔8〕终天:终生,终身。一般用于发生死丧不幸之时。

〔9〕黾(mǐn)勉:勉力,尽力。

〔10〕补辰:补星辰之数,即成为星辰。

〔11〕彝伦:指伦常。

〔12〕化碧:鲜血化作碧玉。多用以称颂忠臣志士。语本《庄

子·外物》:"苌弘死于蜀,藏其血,三年而化为碧。"

〔13〕汗青:古时在竹简上记事,先以火烤青竹,使水分如汗渗出,便于书写,并免虫蛀,故称。后以"汗青"指史册。

〔14〕"柏舟"句:意谓陈求之妻子的行为与《诗经·柏舟》中共姜相比毫不逊色。柏舟,指《诗经·鄘风·柏舟》。其诗写卫世子共伯早死,父母欲迫其妻共姜改嫁,共姜不愿,作诗以自誓。后用以称女子丧夫后守节不嫁。不愧,承当得起。

〔15〕"萱阁"句:意谓陈求之对母亲的孝行像春天的萱草一样蓬勃生长。萱阁,犹萱堂。萱,萱草,俗名金针菜,古人认为食之能令人忘忧。《诗经·卫风·伯兮》有"焉得谖(同'萱')草,言树之背(同'北',即北堂,母亲所居)",意思是说,我到哪里去弄到一支萱草,种在母亲堂前,让母亲乐而忘忧呢?故后以萱堂象征母亲。

〔16〕举案:即举案齐眉,是指妻子送饭时把托盘举得跟眉毛一样高。形容夫妻间互相敬重。《后汉书·梁鸿传》:"为人赁舂,每归,妻为具食,不敢于鸿前仰视,举案齐眉。"

〔17〕瑶池:古代中国神话传说中昆仑山上的池名,西王母宴周穆王处。夙因:前世因缘。

〔19〕忝:羞辱,有愧于。

张超载

张超载,字豫宇,号青熊。安徽潜山人。顺治七年(1650)岁贡,十六年升慈利知县。捐资修建学官。政以德化为先。邑连苗洞,苗多侵民田,掠男妇,超载单骑入洞宣谕,放还人以千计;苗私馈二千金,却之不受。归,举乡饮大宾。年八十六卒。按,超载为张清雅之子。其父清雅明末为护父棺,与长子及老仆被张献忠部下所杀,后受旌表,其事轰动一时。《(康熙)安庆府志》卷一五,《(乾隆)潜山县志》卷八、卷一一,《(光绪)重修安徽通志》卷一八〇有传。

重游古洞

不到溪边三十年,诗崖彩笔看花缠[1]。牛眠萝点添麟背[2],洞卷烟光拟鹤还[3]。九曲犹存旧酒迹[4],诸君曾记少时颠。谩言此际游平等,买隐难教不用钱。

辑自《(康熙)潜山县志》卷一二《艺文下》

解题

作者于三十年后重游石牛古洞,看到溪边摩崖石刻被花儿缠绕,石牛上寄生着女萝,古洞中雾气卷舒,不禁回想起少年烂漫癫狂、与同伴来此流觞宴饮的美好时光,感叹如今自己再不能回到从前那样的生活了。

注释

〔1〕诗崖:此指石牛溪边的摩崖诗刻。

〔2〕萝:指松萝,或云女萝。蔓生植物。色青灰,缘松柏或其他乔木而生,亦间有寄生石上者,枝体下垂如丝状。麟:麒麟。古代传说中的一种瑞兽。

〔3〕拟:比拟,类似。

〔4〕九曲:指溪流迂回曲折处。

天柱朝霁

万笏朝天插绛霄[1],翩翩玉带系山腰。也知金阙无多地[2],落得晴岚饱卧樵[3]。

辑自《(康熙)潜山县志》卷一二《艺文下》

【解题】

此诗写雨后初晴天柱峰清晨美景。高高的山峰插入云霄,如同众官捧着手板上朝;山间云气飘逸环绕,有似身着官服者玉带在腰。作者由此想到朝堂狭窄拥挤,立身不易,不禁生起山林隐逸之心。

【注释】

〔1〕笏(hù):古代臣朝见君时所执的狭长板子,用玉、象牙、竹木制成。也叫手板。以作指画及条记事情之用。这里喻指山峰。绛霄:指天空极高处。

〔2〕金阙:指宫廷、朝廷。无多地:形容狭窄拥挤,喻指为官之难。

〔3〕落得:乐得,甘愿去做。岚:山间的雾气。

拜 千 金 墓

盲左春秋题宋姬[1],刺明羞见二心儿[2]。墓前有柏成丹木,不与鸳鸯借一枝[3]。

辑自《(康熙)潜山县志》卷一二《艺文下》

【解题】

作者凭吊烈女黄千金之墓而作此诗。全诗主旨是宣扬封建伦理道德贞妇殉夫的,但诗中比喻、比兴等手法的运用颇具特色。可以说,此诗是以艺术的词句包含着腐朽的思想。

【注释】

〔1〕盲左:指左丘明,为鲁国太史,晚年目盲,撰有《左氏春秋》

《国语》。后人认为《左氏春秋》是为孔子《春秋》作注。宋姬:指宋伯姬,春秋时代鲁宣公之女,鲁成公之妹,为宋共公夫人。宋景公时,一夜宫室大火,宫人欲救伯姬出宫,但年迈却坚守礼教的伯姬说:"妇人之义,保傅不俱,夜不下堂,待保傅来也。"待保母来后,不见傅母,宫人又再度请伯姬出宫避火,伯姬又说:"妇人之义,傅母不至,夜不可下堂,越义求生,不如守义而死。"于是伯姬不顾宫人相救,不肯出宫,死于火中。伯姬坚守礼教而死的事迹得到了《春秋》的赞颂,同时也被收入刘向《列女传》中。这里是用来比方千金墓中的烈女。

〔2〕刺明:刺瞎双眼。二心儿:怀有二心的小儿。这是对不守伦理纲常、不能从一而终之辈的蔑称。

〔3〕"墓前"二句:墓前的柏树已成神木,是不会让鸳鸯栖息其上的。鸳鸯,古人用来比喻爱侣或其精魂。如战国时宋大夫韩凭娶妻何氏貌美,康王夺之。韩凭被囚自杀。其妻何氏为之殉情而死,留遗书与康王,求死后与凭合葬。康王怒不合葬,使二人坟相望。不久两人坟上各长梓树互相交错,又有雌雄鸳鸯常栖树上,被认为是二人精魂所化(见晋干宝《搜神记》)。又如本书前所收《古诗为焦仲卿妻作》亦写到,合葬刘兰芝与焦仲卿的坟上"东西植松柏,左右种梧桐。枝枝相覆盖,叶叶相交通。中有双飞鸟,自名为鸳鸯。仰头相向鸣,夜夜达五更"。此诗则反其意而用之。丹木,神木。

徐龙光

徐龙光,字试誉,安徽潜山人。增生。孝谨承父训,坐立不苟。读经史过目不忘,弱冠能文,治《礼记》,以第一补弟子员。为文根柢深邃,一日能构十余艺。殁年四十四。三子:长子枝栲,积学早逝;次兴,郡廪生;次蕃,廪贡生。孙天麟,庠生。《(乾隆)潜山县志》卷一〇、《(民国)潜山县志》卷一四有传。

佛 光 寺

　　乱山绕客梦,一夜泉流响。晓禽鸣初旭,云物自昭朗。山居多欢悰[1],神物足欣赏。乘兴且近寻,登攀发高想。嵯峨天柱峰,飘忽翠微上[2]。喷瀑雪千寻[3],晴光下平壤[4]。兹游谐素心,平生屐几两[5]。前山殊未遥,何日策杖往?

辑自《(乾隆)潜山县志》卷二〇《艺文志》

解题

　　佛光寺,位于皖公山中部。寺依山而建,嵌于山腰,是山中最古老的建筑之一。据传,唐代衡岳马祖道一禅师云游至皖公山,见这一带风景奇绝,遂结茅为庐,在庐旁的石洞中参禅习静。道一禅师死后,五代时有山民便将茅庐改建为庵,曰马祖庵,以示崇奉。明隆庆、万历间,贯之和尚住庵清修。万历二十五年(1597),桐城吴应宾、怀宁阮自华迎达观和尚住庵,并捐巨资奏请敕建寺庙。二十七年,神宗遣中使党礼持御赐藏经至庵,敕赐马祖庵为佛光寺,封达观和尚为"国师"。明末至清,寺院数被兵毁。今已重建。

　　此诗即为作者游览佛光寺而作。诗中描绘了佛光寺周围的静谧美景,表现了作者徜徉其中的无穷兴会。

注释

　　[1] 悰(cóng):欢乐。

　　[2] 翠微:形容山光水色青翠缥缈。也指青翠掩映的山腰幽深处。

　　[3]"喷瀑"句:喷洒的瀑布似白雪,飞流直下,有千寻之长。寻,古代长度单位。一般为八尺。千寻,极言瀑布之高。

　　[4]"晴光"句:瀑布流水在晴朗的日光照射下,直达平旷的地

面。平壤,平旷的土地。

〔5〕屐(jī):木制的鞋,底大多有二齿,以行泥地或者用于登山。两:双,量词。

熊良巩

熊良巩,字弼士,一字宝渡,号西园。安徽潜山人。县诸生。良巩祖孙父子皆能诗。西园诗多散佚,其孙文泰搜辑其遗诗四十七首曰《西园遗稿》。惜今未见。

客邸思归

静听木叶下西风,灯影昏昏照病容。滴碎愁心秋夜雨,敲残客梦寺楼钟[1]。衡阳雁断三千里[2],巫峡猿啼十二峰[3]。我久欲归归未得,云山叠叠水重重[4]。

辑自〔清〕沈德潜《清诗别裁集》卷二八

解题

这是一首抒写乡思情怀的七言律诗。作者将真挚的怀乡之情,蕴于婉转含蓄的不尽风味之中,字字句句对仗工整,读来全无矫揉造作之感。清代著名诗人兼学者沈德潜将此诗收入经过严格筛选编辑而成的《清诗别裁集》,毛泽东主席亦曾亲笔圈点此诗[1];其中"滴碎愁心秋夜雨,敲残客梦寺楼钟"一联,至今仍被诸多学者名家作为名句欣赏解读。由此可知此诗的艺术魅力。

---

① 见毕桂发主编《毛泽东批阅古典诗词曲赋全编》卷下,中国工人出版社1997年7月版。

注释

〔1〕"滴碎"二句：秋天的夜雨滴破了游子愁苦的心，寺楼钟声敲醒了自己的归乡之梦。

〔2〕衡阳雁断：湖南衡山之南有回雁峰，相传鸿雁来去以此为界。比喻音信不通。

〔3〕巫峡猿啼：巫峡有十二峰，满山猿啼，悲凉凄厉，哀啭久绝。比喻哀伤。

〔4〕诗后沈德潜评曰："大历十子风格。"

寻乔亭遗迹与徐骑省双溪行院碑俱不见

庄周曾论书，丁字乃有尾[1]。八分周已有[2]，不自秦人始。缅昔雨粟后，仓颉古文起[3]。周宣二千年，中国通行此。大篆变古法[4]，籀文传自史[5]。李斯变小篆[6]，损益成绝技。八分即小篆，聚讼殊可已[7]！武将乃造笔[8]，中涓更造纸[9]。不必出圣贤，万世遵遗轨。斯也灭圣经，罪不容于死。此事可掩罪，亦薄乎云尔[10]。斯诛汉隶出[11]，却笑父似子。唐朝名最盛，莫过阳冰李[12]。咸谓李氏后，骑省一人耳[13]。清峭皖公山，山影落杯里[14]。当时南唐衰，谪居下柴里[15]。双溪行院婢，古秀世无比。乔亭双美人，有灵亦当喜。谁知金源后[16]，碑失亭亦毁。迄今七百年，何处寻遗址？金石且不寿，叹息循山趾[17]。

辑自〔民国〕徐世昌辑《晚晴簃诗汇》卷一

解题

作者自客邸归来，即前往彰法山麓寻访乔公亭遗迹和南唐徐铉亲笔篆书的"双溪行院碑",寻觅未果而作此诗。全诗可分为两部分,前半部分从开头至"骑省一人耳",简要叙述中国书法的发展历史,肯定了徐铉在中国书法史上的重要地位。后半部分则写南唐衰微之际,徐铉被贬舒州而作"双溪行院碑",并赞美其书法古秀,乔公亭和大乔小乔能得到他的亲笔篆书立石刊文乃一大幸事。然自金朝之后乔公亭与"双溪行院碑"俱遭毁坏,作者不禁因之长叹:金石尚且不寿,何况于人?末四句既表达了寻访碑亭不遇的失望情绪,也寓含着对人世无常的慨叹,有很强的人生意味。

注释

〔1〕"庄周"二句:意谓庄子在论书的时候,便说到蝌蚪文了。丁字有尾,《庄子·天下》所列惠施学说中的二十一命题之一:"卵有毛,鸡三足,郢有天下,犬可以为羊,马有卵,丁子有尾……"丁字,古楚地人称蛤蟆为丁子,蛤蟆有尾便是蝌蚪。此指蝌蚪文。

〔2〕八分:汉字书体名。字体似隶而体势多波磔。相传为秦时上谷人王次仲所造。

〔3〕"缅昔"二句:缅怀从前因天降粟米,才有了仓颉创造的古文字。雨(yù)粟,天降粟。象占者认为禾稼歉收的征兆。仓颉(jié),亦作苍颉,传说中黄帝的史官,古文字的创造者。《淮南子·本经训》:"昔者苍颉作书,而天雨粟,鬼夜哭。"高诱注:"苍颉始视鸟迹之文造书契,则诈伪萌生,诈伪萌生则去本趋末,弃耕作之业而务锥刀之利。天知其将饿,故为雨粟。"

〔4〕大篆:汉字书体的一种。相传周宣王时史籀所作,故亦名籀文或籀书。秦时称为大篆,与小篆相区别。

〔5〕籀文:我国古代书体的一种。也叫"籀书"、"大篆"。因著录于《史籀篇》而得名。字体多重叠。春秋、战国间通行于秦国。与篆文近似。今存石鼓文即这种字体的代表。《法书要录》卷七载唐张怀瓘《书断上·籀文》:"案籀文者,周太史史籀之所作也。"与古文大篆

小异,后人以名称书,谓之籀文。

〔6〕小篆:秦代通行的一种字体,省改大篆而成。亦称秦篆,后世通称篆书。秦始皇统一中国后,采取李斯的意见,推行统一文字的政策,以小篆为正字,淘汰通行于其他地区的异体字,小篆成为通行全国的标准字,对汉字规范化起了很大的作用。

〔7〕聚讼:众说纷纭,久无定论。已:停止。

〔8〕武将乃造笔:传说中国毛笔为秦国大将蒙恬所造,故称。《史记》:"及蒙将军拔中山之毫,始皇封之管城子,世遂有名。"《古今注》:"自有书契,便应有笔。蒙恬所造之笔,实即秦笔也。"

〔9〕中涓更造纸:谓宦官蔡伦又发明了造纸术。中涓,亲近之臣,若谒者、舍人之类。后世一般用作宦官之称。诗中指蔡伦。

〔10〕"斯也"四句:李斯呀毁灭圣人经书,罪恶大得都不容以死抵偿。发明小篆这件事虽然可以遮盖他的部分罪行,但那也不过能遮盖很轻的一点罢了。

〔11〕汉隶:汉代通行的隶书。元郝经《书〈磨崖碑〉后》诗:"正笔篆玉藏李斯,出笔存锋兼汉隶。"

〔12〕阳冰李:即李阳冰。李阳冰(722—789),中国唐代文字学家、书法家。字少温。赵郡(今河北赵县)人。为诗人李白的族叔。曾任缙云令、当涂令,集贤院学士,晚年为将作少监,人称李监。李阳冰工小篆,传说开始学习李斯《峄山碑》,以瘦劲取胜。后见孔子《吴季札墓志》,得其渊源,笔法劲利豪爽,活泼飞动,自创一格。颜真卿当时名满天下,书碑必待阳冰篆额,以呈联璧之美。李白《献从叔当涂宰阳冰》诗中有"吾家有季父,杰出圣代英"、"落笔洒篆文,崩云使人惊"之句,对他推崇备至。唐吕总《续书评》说:"阳冰篆书,若古钗倚物,力有万钧,李斯之后,一人而已。"《三坟记》是李阳冰篆书代表作。

〔13〕骑省:即徐铉。其仕历见前作者小传。因随李煜归宋后官至散骑常侍,故世称徐骑省。徐铉与其弟徐锴俱精通文字学,时号大小二徐,铉为大徐,锴为小徐。曾与句中正等共同校订《说文解字》,经其校订增补的《说文解字》,世称大徐本。尤好李氏小篆,笔正而

纯,能臻其妙。宋朱长文《墨池编》谓:"自阳冰之后,篆法中绝,而铉于危难之间,能存其法,虽骨力稍歉,然亦精熟奇绝。"宋黄庭坚云:"鼎臣笔实而字画劲,亦似其文章。至于篆则气质高古,与阳冰并驱争先。"《学古编》曰:"小篆各有笔法,李斯方圆廓落;李阳冰圆活姿媚;徐铉如隶无垂脚,字下如钗股,稍大。"由此可见其篆书的师承关系及艺术成就。

〔14〕"清峭"二句:写南唐中主元宗李璟事。陆游《南唐书》载,元宗失江北,迁豫章龙州。至赵屯,举酒望皖公山曰:"好青峭数峰,不知何名?"家明对曰:"此舒州皖公山也。"因献诗曰:"皖公山纵好,不落御觞中。"元宗叹息,罢酒而去。

〔15〕"当时"二句:谓徐铉被贬谪至舒州这一闭塞荒陋之地。柴,闭塞,阻塞。

〔16〕金源:金朝别称。金先祖绥可徙居安出虎水上源,至阿骨打,以此水一带为基地兴起建国。安出虎,女真语意为"金",金人以世居安出虎水之源海古水(今黑龙江省阿城县境内阿什河上游大、小海沟),故以金为国号,史又以金源为金之别称。

〔17〕山趾:山脚。此山指彰法山。

陈廷机

陈廷机,安徽潜山人,顺治间诸生。少英敏,学贯经史。方应童试,即代父鸣冤。国初有土人踞山寨称王,廷机奉操抚李日芃檄入山招抚,毅然陈大义,伪王感悟出降,关邑赖之。年八十三卒。生平事迹见《(康熙)安庆府志》卷一七、《(乾隆)潜山县志》卷之九等。

春同潘含仲方尔止饮石牛古洞

吾庐只在此山东[1],枉却山花十二红[2]。今日泉源如有约,一时遗佚偶相同[3]。难逢洞口开颜酒,须效前贤痛饮风。醉卧苏黄题石处[4],羡他不到靖康中[5]。

辑自《(康熙)潜山县志》卷一二《艺文下》

解题

此诗写作者会同友人潘煜如、方文等春日于石牛古洞口宴饮一事。诸人都是明朝遗民,经历了改朝换代的变故,今日石牛洞口偶然相逢,身旁又有苏轼与黄庭坚的题名石刻,三人不免效前贤痛饮一番。觥筹交错、酣饮大醉之余,大家仍不能忘却心中的亡国之痛。

注释

〔1〕庐:指简陋的居室,这是谦称自己的住宅。
〔2〕"枉却"句:意谓十二年未游此山。
〔3〕遗佚:亦作"遗逸",指前一朝代留下来的人,此指明朝遗民。
〔4〕苏黄:苏轼与黄庭坚。石牛古洞多宋人题石,已见前注。
〔5〕靖康:宋钦宗年号(1126—1127)。北宋宣和七年(1125),金军南下,渡黄河。徽宗惧而传位太子赵桓(钦宗)。靖康元年(1126)十月,金兵第二次南下,东西两路会师围攻宋都东京(今河南开封)。闰十一月,都城被攻破,宋钦宗亲往金营投降。次年正月,钦宗复至青城金营被留。二月,金废钦宗及太上皇为庶人;三月,立张邦昌为傀儡皇帝。四月初一,俘徽、钦二帝及宗室、后妃、官僚、百工等数千人,并携法驾、仪仗、礼器、珍宝玩物、皇家藏书、天下州府地图等北归。宋都被抢掠一空,北宋统治也至此结束。史称"靖康之难"。

梁清标

梁清标(1620—1691),字玉立,号苍岩,又号蕉林、棠村。直隶真定(今河北正定)人。明崇祯十六年(1643)进士,选庶吉士。入清以原官起用，寻授编修，历官侍读学士，詹事，秘书院学士，礼部、吏部侍郎，兵部、礼部、刑部、户部尚书，保和殿大学士。清标身处显宦，风雅好文。著有《蕉林诗集》《棠村词》行世。生平事迹见《清史列传》卷七九、《大清畿辅先哲传》卷一等。

望潜山

皖山天柱郁岧峣[1]，江左风流大小乔。霸气销沉人不见，碧烟如黛锁春潮。

辑自〔清〕陶梁辑《国朝畿辅诗传》卷六

【解题】

此诗写远望潜山，妙于秀艳中特露警拔，笔力不凡。

【注释】

〔1〕岧峣：高峻；高耸。

梅 清

梅清（1623—1697），原名士羲，字远公，一字渊公，号瞿山，别署梅楞、雪庐、瞿山道者、新田山长、敬亭山农、敬亭画逸、莲峰长者、瞿硎老人等。安徽宣城人。顺治十一年（1654）举人。赴礼部试不第，往还南北，士大夫多与之交，王士禛、徐元文尤赏之。性爱丘山，常与诸友好赋诗饮酒，流连光景。其画多奇气，与戴务旃、渐江、石涛同为"黄山画派"领袖。亦工书，学颜真卿。所为诗凡数变，壮年盛气，叱咤成篇，晚取旧作校删过半。施闰章序其集，谓其诗"见沉至缠绵之意"。著有《天延阁前后集》《瞿山诗略》，编有《梅氏诗略》。生平事迹见《清史稿》卷四八四、《清史列传》卷七〇、《国朝先正事略》卷三七、《国朝耆献类征》卷四三〇等。

天　　柱

汉武寻仙此径长，一时回首思茫茫。不知天柱峰头月，何似祈年殿里光[1]？

辑自《(乾隆)潜山县志》卷二一《艺文志》

【解题】

汉武帝登临天柱山一事，已多见前注。而历来认为，汉武来天柱祭岳封禅也有求仙的目的，早在唐代独孤及《酬皇甫侍御望天潜山见示之作》中便已言及。作者此诗感慨汉武求仙其事已为历史陈迹，茫然无所知晓，唯有天柱峰顶的月亮依旧似当年；他又联想到今日皇城里祭天之事，不禁心有所感：也许当年汉武来天柱求仙，与今日皇帝在祈年殿里祈谷是同样情景吧。

【注释】

〔1〕祈年殿：殿名。在北京天坛内圜丘北，明永乐时建，初名"大祀"，为旧时合祀天地之所。嘉靖间改名"大享"，专以祈谷，又名"祈谷坛"。后以名实不符，始改称"祈年殿"，为每年正月上辛日皇帝祀天祈谷之所。

毛奇龄

毛奇龄(1623—1716)，原名甡，字大可，一字于一，又字齐于，号河右、西河、僧弥、僧开、初晴、秋晴、晚晴、春庄、春迟等。浙江萧山人。明末诸生。明亡后,曾入保定伯毛有伦军。后仇家屡陷之,乃变姓名为王士方,亡命浪游。康熙十八年(1679),荐举博学鸿词,授检讨,充明史纂修官、会试同考官。假归不复出。经术湛深,撰《四书改错》,于朱熹《四书集注》有所抨击。工诗文,亦工词,通乐律。著作宏富,诗文有《西河文集》,全集称《西河合集》。生平事迹见《清史稿》卷四八一、《清史列传》卷六八、《国朝先正事略》卷三二、《国朝名家诗钞小序》等。

吊乔公故居

皖水茫茫绕碧渠,青天环映石楼虚[1]。漫嫌江北无春色[2],只在乔公一故居。

辑自《西河集》卷一三九

【解题】

作者一面感慨当年繁华的宅邸如今已人去楼空,另一面又欣喜于此时此地的无边春色。阮元称毛奇龄之诗"咀含六朝三唐之胜,沉博绝丽,窈眇情深"(阮元《定香亭笔谈》卷四),徐世昌则谓其"诗多伫兴而成,然格律严,骨韵隽,思力亦沉"(《晚晴簃诗汇》),以此诗观之,不无道理。

【注释】

〔1〕虚:空着。
〔2〕漫:休,不要。江北:潜山县在长江北岸,故称。

陆 进

陆进,字荩思。浙江仁和(今浙江杭州)人。岁贡生,曾官温州府学训导。工诗,古风法汉魏,近体宗初盛唐。与弟隽称"大陆子"、"小陆子",为"西泠十子"后杰出诗人。有《巢青阁集》《付雪词》。顺治年间曾与徐士俊合编《西湖竹枝词续集》。

望天柱峰

霞光拂袖松涛起,危峰壁立层霄里[1]。森森一剑撑青空[2],芙蓉远插苍烟中[3]。振衣扫石凌风舞[4],隆隆仿佛鸣天鼓[5]。侧首时闻鹤唳声[6],千岩万壑风凄清。长啸忽惊老猿坐[7],丹嶂排空望欲堕[8]。惟见峰头高接天,白云来往山坳边[9]。

辑自《巢青阁集》卷四

【解题】

作者远望天柱峰,只见它陡峭地耸立于深远的高空,有如一把丰满修长、寒光侵人的倚天宝剑支撑着天空,又如同一朵清纯美丽的芙蓉花盛开在苍茫的云海中。他遂把自己想象为山中修道的隐者,振衣扫石,凌风而舞,叩齿修炼,超尘出世。此时侧耳可听鹤唳风声,可闻老猿长啸。夕照中,众多耸立如屏障的山峰都被染成红色,凌空而起,使人目眩;而天柱峰顶则上与天接,山坳边有白云缭绕,飘忽不定。一切都恍若世外仙境。

【注释】

〔1〕危峰:高峻的山峰。壁立:像墙壁一样耸立,形容山崖石壁的陡峭。层霄:深远的高空。亦指重重云气。

〔2〕森森:寒光侵人貌。丰满修长貌。一剑:指天柱峰。青空:碧空。蔚蓝的天空。

〔3〕芙蓉:荷花的别名。此指天柱峰峭壁耸立,直入云端,有如芙蓉花开。苍烟:苍茫的云雾。

〔4〕振衣:抖衣去尘,整衣。扫石:谓清扫山中场地。多指修身养生者的居处。

〔5〕鸣天鼓:天鼓,天神所击之鼓。传说云天鼓震则有雷声。"鸣天鼓"亦为道家的一种养生之术。即中央牙齿上下相叩。唐段成式《酉阳杂俎·广知》:"夫学道之人,须鸣天鼓以召众神也。左相叩为天钟,卒遇凶恶不祥叩之。右相叩为天磬,若经山泽邪僻威神大祝叩之。中央上下相叩,名天鼓。"《云笈七签》卷三一:"叩齿之法……中央上下相对相叩,名曰鸣天鼓。"

〔6〕鹤唳(lì):鹤鸣。

〔7〕长啸:此指猿鸣。

〔8〕丹嶂:红色耸立如屏障的山峰。盖作者望天柱时在傍晚,山峰被晚霞染成红色。望欲堕:在眺望中似乎要坠落。形容极其高峻,使人目眩。

〔9〕山坳:山间的平地;两山间的低下处。

李子翼

李子翼,字甘伯,湖北孝感人。顺治三年(1646)举人,授黄州府学教授;康熙四年(1665),改任衡州府学教授。事见《(康熙)孝感县志》卷一五《选举志》、《(康熙)衡州府志》卷六《学校志》、《(光绪)黄州府志》卷一一上《职官志》。

石 牛 溪

欲洗尘襟净〔1〕,山泉一掬秋〔2〕。真源何处发〔3〕,泼泼不停留[4]。

辑自朱康宁主编《天柱山摩崖石刻集注》

解题

此诗刻于石牛洞口溪流旁。末署"李子翼"。原无诗题,今题系笔者所加。诗写作者到石牛溪旁双手捧一捧山泉之水,欲一洗世俗之胸襟;只见这溪水充满着旺盛的生命力,没有任何束缚和障碍,一刻不停地向前流去。他希望弄清楚这水的源头在哪里。诗意一语双关,字面是说欲寻山泉之源,其实则暗寓有探究人性本源的哲学意蕴。而作者将这二者整合得天衣无缝,有浑然天成之妙。

注释

[1] 尘襟:世俗的胸襟。

[2] 一掬:一捧。

[3] 真源:本源。亦指本性。唐赵元一《奉天录序》:"缅寻太古之初,真源一味,自然朴略,不同浮华,虽垂不载。"发:发源,开始流出。

[4] 泼泼:象声词。旺盛貌。

金抱一

金抱一,原名汝阶,梦神授以今名。京卫籍。顺治五年(1648)中顺天武解元,六年殿试复第一,武状元及第,授山东参将。调守江西,升潜山营副将,战功称最。康熙十年(1671)升两江督标中军。十三年任副总兵。耿精忠反,抱一率兵万余随辅国将军巴山、江宁将军额楚恢复徽州。以积劳成病,乞致仕,遂家金陵。为人好风雅,喜佛法。在潜山时,曾捐资创建及第庵,迎愚谷贤禅师开堂说法。生平事迹见《(道光)上元县志》卷二〇、《(道光)歙县志》卷四之二等。

山 谷 流 泉

清泉一条线,来自山中涧[1]。自古而成流,源头不改变。

辑自朱康宁主编《天柱山摩崖石刻集注》

解题

此诗作于康熙三年(1664)二月,原刻于皖公山谷石牛溪石谷上,末署"甲辰仲春同东源和尚游,金抱一弁氏"。东源和尚(1615—1683),俗姓周,讳智海,号东源。江宁人。十五岁出家,康熙间任山谷寺住持。原诗无题,今据诗意加之。全诗写山谷流泉的流动样态并追溯其源头,语言直白浅显而无半点文饰,颇似打油诗,风格十分符合作者身份。

注释

〔1〕涧:两山间的水沟。

何玄之

何玄之,生平事迹不详。

游 山 谷

乘兴幽人访薜萝[1],卧坐高石道从波。若痕似食梁风雨[2],草色犹香留绮罗[3]。不信牛蹄石可入,空间翅锡□同过[4]。从来仙释荒唐甚,我爱涪翁字不磨[5]。

辑自朱康宁主编《天柱山摩崖石刻集注》

【解题】

　　此诗作于康熙五年(1666),原刻于石牛溪石谷上,诗末署名仅"康熙丙午春游山谷何玄之"等字可辨,其余多残缺。诗写作者偕友人游皖公山谷,卧坐高石,观牛蹄迹,赏摩崖石刻中黄庭坚题字。他感觉山上南朝梁代以来的遗迹依稀可寻,但不相信牛蹄迹真的是牛蹄嵌入石中,尤其对白鹤道人和宝志禅师斗法的故事感到怀疑,认为那是荒诞不经、不符合常理人情之事,只有崖壁上黄庭坚的题字是真实可信的,自己十分喜爱。看来作者是个遇事较真的人。

【注释】

　　〔1〕幽人:幽隐之人;隐士。薜萝:薜荔和女萝。两种野生植物。后借指山林隐士之服。亦借指隐士住所。白居易《偶题邓公》:"偶因携酒寻村客,聊复回车访薜萝。"
　　〔2〕若痕:杜若的痕迹。若,杜若,香草名。
　　〔3〕绮罗:泛指华贵的丝织品或丝绸衣服。
　　〔4〕"空间"句:写白鹤道人与宝志禅师争潜山林麓之胜事。翅,指白鹤道人展翅飞空;锡,即飞锡,谓高僧宝志掷锡飞空而往。
　　〔5〕涪翁:指黄庭坚。磨:磨灭,磨损。

姚　亮

　　姚亮,字揆采,号峡巢,安徽桐城人。明季诸生。学问渊博,工文章书画。国变后潜心著述。性好游,足迹半天下。知交皆一时名士,与孙豹人、龚子栋交尤厚。所著有《读史辨疑》及《绛雪堂诗稿》等。《(道光)续修桐城县志》卷一六有传。

喜晤龚中翰子栋

满头霜雪两人分,廿载难言别后情。官拜先朝推左席[1],老当末劫厌浮名[2]。漆园辞爵终无济[3],勾漏餐砂或有成[4]。栖息昔闻天柱好,钞方劚药卫余生[5]。

辑自〔清〕王灼《枞阳诗选》

解题

此诗描写喜晤友人龚子栋情景。龚子栋,安徽潜山人,南明时曾任内阁中书。子栋为其字,名不详。作者与龚子栋二十年未曾谋面,其间又经历了明清易代之变,如今二人都是满头白发,见面后自然是感慨万千。诗中尤其对龚子栋的遭遇表示了同情,他在先朝官拜内阁中书之职,地位尊崇,如今退居园林,修仙学道,以行医为生,使人嘘唏不已。全诗语言平易自然,而感情却如层漪叠浪,波澜起伏。

注释

〔1〕先朝:指明朝。左席:上座,尊位。

〔2〕末劫:佛教语。谓末法(佛法的衰微时期)之劫。宋邵博《闻见后录》卷二八:"庆历中,齐州言:有僧如因,妖妄惑人,辄称正法一千年一劫,像法一千年一劫,末法一千年一劫。今像法已九百六十年,才余四十年即是末劫,当饥馑、疾疫、刀兵云云。"后因借指黑暗的世道。

〔3〕漆园:古地名。战国时庄周在宋国蒙邑为吏督管漆事之处。其地在今河南省商丘市北。后世因以"漆园"代指清静逍遥的园林居处。

〔4〕勾漏:山名。在今广西北流市。因山中岩穴勾曲穿漏,故称。相传晋葛洪修炼于此,故道教定其为第二十二洞天。皮日休《寄

琼州杨舍人》:"清切会须归有日,莫贪勾漏足丹砂。"亦借指葛洪。葛洪曾为勾漏令,故称。杜甫《奉送二十三舅录事之摄郴州》:"永嘉多北至,勾漏且南征。"餐砂:服用丹砂。

〔5〕钞方:抄写医方。剧药:挖草药。

方中发

方中发,字有怀,号鹿湖。安徽桐城人。邑庠生,候选州同。中丞方孔炤之孙。祖孔炤归隐白鹿山,中发随侍,孝养备至。闻伯父以智避难,追及于西江市汉舟中。后以智卒于万安水月庵,又同其子中履千里奔丧,护榇以归。中履临卒托以遗孤,为抚其子正瑗,教养成立。又尝捐宇建先人理学祠,刊《两世遗书》百卷。性简淡而爱林泉,年八十三犹卷不释手。所著有《白鹿山房集》传世。生平事迹见《(康熙)安庆府志》卷二〇、《(乾隆)江南通志》卷一六〇、《(光绪)重修安徽通志》卷二三五等。

沙 河

触目方凄绝,鹃声不肯停[1]。沙开荒碛白[2],路转乱峰青。旅宿争山店,官程数驿亭[3]。离家才一日,踪迹已飘萍[4]。

辑自《白鹿山房诗集》卷五

【解题】

此诗是作者赴任途中经过沙河时所作。荒碛,杜鹃,乱峰,飘萍,萧瑟而凄冷的意境中,充满着一份落寞失意的孤寂感。

注释

〔1〕鹃声：杜鹃鸟的叫声。古人以为鹃声无限哀切。
〔2〕荒碛：荒芜的沙滩。碛，浅水中的沙石；沙石浅滩。
〔3〕官程：官吏赴任的旅程。
〔4〕飘萍：飘流的浮萍。多比喻飘泊无定的身世或行踪。

潜　山

天柱入青霄，云峰四望遥。晴滩荒野渡，急雨断山桥。封禅归千古，风流想二乔。即今凭吊处，惟见草萧萧[1]！

辑自《白鹿山房诗集》卷五

解题

此诗前二联是即眼前之清景，后二联则抒思古之幽情。作者用朴素简练的语言，虚实相生的手法，将潜山古朴的风貌、悠久的历史和动人的传说移入静美的诗境之中。

注释

〔1〕萧萧：稀疏，萧条。

柬潜山龚中翰子栋二首

雪鬓丹颜老逸民，早从南渡侍枫宸[1]。渴沾金掌盘中露[2]，泪洒铜驼陌上尘[3]。皂帽半生甘作客[4]，青囊一卷稳藏身[5]。尊前莫话游仙梦，曾到蓬莱有几人？

缟纻情亲三十年[6],萍踪逐处聚江天[7]。秣陵耆旧悲何限[8],邗水笙歌意惘然[9]。推命笑逢磨蝎守[10],卜居断在拂龟先[11]。岁寒倘许长相共[12],百遍题名皖岳巅。

辑自《白鹿山房诗集》卷九

解题

这是作者寄给潜山龚子栋的两首七言律诗。第一首写龚子栋的遭际,他由南明时代陪侍皇帝左右的内阁中书,如今成为头戴黑帽、身背青布囊的一位平民医生。亡国之痛使得龚子栋向往仙境,脱离尘俗;但作者却劝龚子栋不要做这样的美梦,因为世间能真正修炼成仙的没有几人。第二首叙二人深厚的友谊和对南明灭亡的看法,笑谈自己命运不济,遇事多磨折不利,并打算在一年的严寒时节也即人生困顿之际,与龚子栋共游皖山,于山巅题名百遍,以消解心中烦忧。全诗从一个侧面揭示了南明灭亡后明遗民的心境,表达了他们"思悠悠,恨悠悠"的愁绪和万般无奈的情怀。

注释

〔1〕枫宸:朝廷的别称,皇帝治事之所。宸,北辰所居,指帝王的殿庭。汉代宫廷多植枫树,故有此称。

〔2〕金掌:铜制的仙人手掌。汉武帝迷信神仙,于建章宫筑神明台,立铜仙人舒掌捧铜盘承接甘露,冀饮以延年。

〔3〕"泪洒"句:《晋书·索靖传》:"靖有先识远量,知天下将乱,指洛阳宫门铜驼,叹曰:'会见汝在荆棘中耳!'"后因以"泣铜驼"、"泪洒铜驼"用作感叹国家衰亡之典,或用以形容亡国后的残破景象。铜驼陌,在今河南省洛阳市中。为汉代洛阳宫门前的大道,因门旁有铜铸骆驼,故称。

〔4〕皂帽:黑色的帽子。平民所用。

〔5〕青囊:古代医家存放医书的布袋。借指医书、医生。

〔6〕缟纻:《左传·襄公二十九年》:"(吴季札)聘于郑,见子产,如旧相识。与之缟带,子产献纻衣焉。"后因以"缟纻"喻深厚的友谊。

〔7〕萍踪:像浮萍那样行踪不定。江天:多指江河上的广阔空际。

〔8〕秣陵:地名。在今江苏省江宁县。相传春秋时越王勾践灭吴,在此建越城,楚威王灭越,改称金陵,秦始皇统一中国后,东巡至此,听说此间有王者之气,乃改称秣陵。此指南京。耆旧:故老,年老的旧好。

〔9〕邗水:也称邗江、邗沟、邗溟沟等。春秋时吴王夫差为争霸中原,引江水入淮以通粮道而开凿的古运河。宋秦观《邗沟》诗:"霸落邗沟积水清,寒星无数傍船明。"笙歌:吹笙唱歌,泛指奏乐欢歌。惘然:失意貌,不知所以。

〔10〕"推命"句:意谓按出生时的星宿位置、运行情况推算,我是命遭磨蝎。推命,星命家语。指按人出生时的星宿位置、运行情况,或按人的生辰八字推算命运。磨蝎守,指磨蝎守宫,命遭磨蝎。磨蝎,亦作磨羯,星名。为十二宫之一。苏轼《东坡志林》:"退之诗云:'我生之辰,月宿直斗。'乃知退之磨蝎为身宫,而仆乃以磨蝎为命。平生多得谤誉,殆是同病也。"后因谓生平遇事多磨折不利者为磨蝎命,又谓命遭磨蝎。

〔11〕"卜居"句:用烧龟甲占卜选择居地的吉凶,在把龟甲拂拭干净之前龟甲就断了。卜居,占卜选择吉地以建都城或居处。古人占卜多用龟卜。即灼龟甲,然后根据龟甲所显示的颜色、裂纹占吉凶。

〔12〕岁寒:一年的严寒时节。喻困境,乱世。

潘 江

潘江(1628—1711),字蜀藻,号木厓,又号耐翁。安徽桐城人。少孤,母吴氏教之学。十岁试文郡邑,有神童之目,长益博极群书。

明末天下大乱,避居金陵。乱定还里,以著述自娱。康熙十八年(1679)举博学鸿词,不就。卒年八十四。工诗古文,四方从游者甚众。诗取法白居易,亦时出入钱起、刘长卿。著有《木厓诗文集》《桐城乡贤实录》,编有《龙眠风雅集》,其他尚有《六经蠡测》《字学析疑》《诗韵尤雅》《记事珠》,均佚。生平事迹见金天羽《皖志列传稿》卷二、《晚晴簃诗汇》卷四六等。

潜山道中

客行潜山道,日暮投茅茨[1]。荒店门扉乏,兼无壁与篱。向夜天忽变[2],雨打风复吹。衣裘皆濡湿,寒威裂肌脾。虽在室庐中,无异露处危。主人何不恕,反嗔徒旅嗤[3]!自夜达天明,无一劝慰辞。所喜舆论直,能知父母慈[4]。言有前邑宰[5],善政到今垂。自彼下车来,讼堂无人窥。租赋取正供[6],苞苴绝馈遗[7]。官斋何所有[8],自种菽与葵[9]。一饭才脱粟[10],家人恒苦饥。至于茹吐间[11],矢志抚茕嫠[12]。有利靡弗举[13],有害靡弗咨[14]。算田斥豪强[15],均役起衰羸[16]。豆区至微小[17],市人不敢欺。自称有世父,临行致良规[18]。宁遭上官骂,勿贻父老悲[19]。所以清白操[20],五年甘如饴。一朝迁擢去[21],哭送到江湄[22]。极盛信难继,余风犹可追。我闻重叹息,古道良在兹。贪吏满天下,只顾饱妻儿。白昼撄金钱[23],奚畏暮夜知[24]。吁嗟此廉吏,匪独明心期[25]!上膺不次擢[26],下留去后思[27]。谁云时代异,廉吏不可为[28]?

辑自《木厓集》卷六

解题

这首诗是记述在潜山县旅行途中所发生的一件事。作者傍晚投宿一爿茅草盖的小店,客店极其简陋,甚至不能遮风避雨。店主也没有一点仁恕宽容之心,旅客的衣服都沾湿了,他非但无一句劝慰之词,反而骂客人愚蠢。所喜的是他能秉持公论,颇知晓父母官对老百姓的慈爱之心。他向人们讲述了前任县令常大忠如何勤政爱民,清正廉洁,令作者钦慕感叹不已,为此写下此诗歌颂这位廉吏,并呼吁天下父母官都以他为榜样。全诗且叙且议,内容转折之处矫健自然,略无痕迹,语言亦具一定表现力。

注释

〔1〕茅茨:茅草盖的屋顶。亦指茅屋。

〔2〕向夜:傍晚。

〔3〕嗔:怒。徒旅:旅客。蚩:通"蚩"。痴,愚蠢。

〔4〕父母:此处指"父母官",即地方官。

〔5〕邑宰:即县令。

〔6〕正供:常供;法定的赋税。

〔7〕苞苴(jū):苞,通"包"。指贿赂。馈遗(wèi):赠与。遗,通"馈"。

〔8〕官斋:犹官舍。

〔9〕菽:豆类的总称。葵:蔬菜名。

〔10〕才:只有。脱粟:糙米,只去皮壳、不加精制的米。

〔11〕茹:吃,吞咽。

〔12〕矢志:立下誓愿,以示决心。茕(qióng)嫠(lí):孤寡的人。亦泛指孤苦无依的人。

〔13〕靡弗:无不。

〔14〕咨:商议,谋划。

〔15〕算田:指清查田亩数,防止豪强兼并土地。

〔16〕均役:使徭役公平。起:扶助。衰羸:衰老瘦弱。

〔17〕豆区:两种量器名。《左传·昭公三年》:"齐旧四量:豆、区、釜、钟。"杜预注:"四豆为区;区,一斗六升。"

〔18〕"自称"二句:意谓来这里上任前,他的伯父给了他很好的规谏,劝他好好做官。世父,大伯父。后用为伯父的通称。致,给予。良规,有益的规谏。

〔19〕贻:遗留,致使。父老:对老年人的尊称。

〔20〕操:操守;志节。

〔21〕迁擢:谓升官。

〔22〕江湄:江岸。

〔23〕撄:攫取。

〔24〕"奚畏"句:意谓不惧怕暗中行贿。奚,何,哪里。暮夜知,据《后汉书·杨震传》载:"故所举荆州茂才王密为昌邑令,谒见,至夜怀金十斤以遗震。震曰:'故人知君,君不知故人,何也?'密曰:'暮夜无知者。'震曰:'天知、神知、我知、子知。何谓无知。'密愧而出。"后遂以"暮夜无知"或"暮夜知"形容暗中贿赂。暮夜,暗中。

〔25〕匪独:犹言不单是,不只是。心期:期望,期许。

〔26〕膺:膺受,承受。不次擢:不依寻常次序升迁。犹言超擢,破格提拔。

〔27〕去后思:离开后的思念。

〔28〕"廉吏"句:原诗后作者自注:"前邑宰常公,名大忠,山西交城人。"

挽潜山王尔玉先生

讳振基,学博止泓之尊公也[1]。

潜岳有高士,立德富春秋[2]。振衣天柱巅[3],濯足皖水流[4]。弱龄捖文藻[5],矢志恣冥搜[6]。有弟虽登朝[7],铅椠弗少休[8]。祭酒缝掖间[9],名高位不酬。一朝遘阳九[10],万事同云浮。寒毡方需次[11],巢父已掉头[12]。图史满四壁[13],诗书为弓裘[14]。闲抚无弦琴,其声清且幽。席丰志常淡[15],履约道弥修[16]。孝德冠里闬[17],任恤遍交游[18]。树惇如彦方[19],植躬比太丘[20]。世人逐腥膻[21],畴足回君眸[22]。凶问一旦至,春杵辍邻讴[23]。愧无磨镜具[24],酹酒拜松楸[25]。时至复何恋[26],憺焉与天游[27]。鸿翩翔高旻[28],凡鸟何啁啾[29]!

辑自《木厓集》卷七

解题

王振基,字尔玉,岁贡生。明末湖广巡抚王扬基之兄,学博王章奎之父。振基与弟扬基并以才名著。崇祯中,贼寇踞邑,里众避万涧山,振基设计捍卫衣食之全,活人无数。所著《伊洛薪传》《麟经指掌》等书,远迩传诵。卒年八十一,赴吊者数千人。《江南通志》《安庆府志》《潜山县志》均有传。

此诗即为祭吊哀挽王振基而作。全诗回顾了王氏一生为人行事。他少年即以文采闻名于当世,但因科举失利,于是避世隐居,以礼乐诗书为事,是当地儒生中领袖人物。他洁身自好,生活恬淡自足;躬行简约,并能给人以同情帮助。立性敦厚、朴实,以清高有德行闻名于世,乡里凡事有争论者,多趋振基请判曲直。所以其噩耗传来,邻里都停止了舂米杵粮劳作时的歌唱,陷入悲痛之中。作者说,我不能施药物挽救他的生命,只以酒浇地祭奠其墓。人们死期到来没有什么可留恋的,因为死后可在供神的宫殿里安乐地与天一起遨游,可似鸿鹄一样展翅高飞,而凡俗之人在世间只不过像普通的鸟儿一样发着细碎的鸣叫声而已。全诗表达出作者内心的悲恸和悼念之意,也表现了作者对于死亡颇为达观的看法。

> 注释

〔1〕学博:唐制,府郡置经学博士各一人,掌以五经教授学生。后泛称学官为学博。止泓即王章奎,顺治九年岁贡,曾任绩溪县教谕、徽州府教谕、颍州府训导,故称为"学博"。尊公:对人父亲的敬称。

〔2〕富春秋:指年少,年轻。

〔3〕振衣:抖衣去尘,整衣;亦指洁身自好。

〔4〕濯(zhuó)足:本谓洗去脚上的污垢。后以比喻清除世尘,保持高洁。

〔5〕弱龄:泛指幼年、青少年。掞(shàn):铺张,发舒。文藻:指文章,文字。

〔6〕恣:尽力,尽情。冥搜:深思苦想。

〔7〕登朝:指在朝做官。作者自注:"谓大中丞石云公。"按,石云公即王扬基。

〔8〕铅椠(qiàn):古人书写文字的工具。铅,铅粉笔;椠,木板片。喻指写作,校勘。

〔9〕"祭酒"句:意谓其人在当地儒生中为领袖人物。祭酒,古代飨宴时酹酒祭神的长者。后亦以泛称年长或位尊者。缝掖,大袖单衣,古儒者所服。亦指儒者。

〔10〕遘(gòu):遇。阳九:古代数术以四千六百一十七岁为一元,初入元一百零六岁,内有旱灾九年,谓之"阳九"。后以此指厄运、灾祸,此处疑指科举失利。

〔11〕寒毡:形容寒士清苦的生活。亦指清苦的读书人。需次:旧时指官吏授职后,按照资历依次补缺。

〔12〕"巢父"句:意谓放弃了科举取功名之路,选择隐居。巢父,传说为尧时的隐士。掉头,转过头,表示不顾而去。

〔13〕图史：图书和史籍。

〔14〕弓裘：谓父子世代相传的事业。

〔15〕席丰：谓饮食丰盛，生活阔绰。

〔16〕履约：躬行简约。弥：更。修：远，美好。

〔17〕里闬(hàn)：乡里。闬，里门。

〔18〕任恤：谓诚信并给人以帮助同情。

〔19〕树惇：谓立性敦厚、朴实。彦方：东汉名士王烈，字彦方，平原人。少师事陈寔，市居以德感化乡里。凡事有争论者，多趋烈请判曲直。里有盗牛者被获，请曰："刑戮所甘，但勿使王彦方知之。"

〔20〕植躬：犹立身。太丘：东汉名士陈寔，字仲弓。颍川许县人。曾除太丘长，故后世称其为"陈太丘"。与同邑钟皓、荀淑、韩韶等以清高有德行闻名于世，合称为"颍川四长"。

〔21〕腥膻(shān)：难闻的腥味，指肉食。此处喻指功名利禄。

〔22〕畴：谁。足：值得。

〔23〕"凶问"二句：意谓一听说先生的噩耗，邻里都停止了舂米杵粮劳作时的歌唱，陷入悲痛当中。凶问，凶信，去世的消息。辍，停止。讴，歌。

〔24〕磨镜具：相传汉代有负局先生常背着磨治铜镜的工具在吴市中为人磨镜，同时施舍药物为人治病。见汉刘向《列仙传》。后用以为咏仙道之典。刘得仁《赠道人》："长安城中无定业，卖丹磨镜两途贫。"

〔25〕酹(lèi)酒：以酒浇地，表示祭奠。松楸(qiū)：松树与楸树。墓地多植，因以代称坟墓。

〔26〕时至：指死期到来。

〔27〕憺(dàn)焉：安乐、安定貌。屈原《九歌·云中君》："蹇将憺兮寿宫，与日月兮齐光。"

〔28〕鸿：大雁。翮(hé)：鸟的翅膀。高旻(mín)：高空，天空。

〔29〕啁啾：象声词，状细碎的鸟鸣声。

白玉涧歌为孝烈张公赋

公讳清雅,字玉楚。

我闻潜山张公家住白玉涧,崇祯十年罹寇患[1]。老翁八十病在床,濒危不肯鸟鼠窜。公曰父在敢出乡[2],父存与存亡与亡。病则视药殁视殓[3],谁知贼骑登吾堂。公然斫棺齐举火[4],忽惊人从梁上堕[5]。双手伏棺泣父尸,子尸已仆父尸左。此时天日惨欲昏,一子一仆皆断魂。一子十六从父死,一仆七十报主恩。呜呼!寇难以来逢百罹[6],未有全家死如饴[7]。张氏一门六十口,如公父子主仆尤称奇。南昌王子作佳传[8],描画须眉开生面[9]。修史谁当失斯人,从容慷慨都堪羡。公有长君早辞荣[10],乞言海内非为名[11]。分明永抱蓼莪痛[12],老去弥深乌鸟情[13]。至今白玉涧水常呜咽,赖公一门名不灭。子死孝兮仆死忠,与玉争光水争洁。

辑自《木厓集》卷一〇

解题

明末孝烈张清雅死难事已多见前人吟咏。本诗除叙述张氏一门死难的详细经过并予以表彰外,后半部分还透露了作者赋此诗的缘由。原来是张清雅的长子张超载为表达孝亲之思,辞官后向海内广乞褒美之言,故作者应张超载请求而作此诗。我们由此可知清初的诗坛大量出现凭吊张清雅诗歌的原因。

注释

[1] 罹:被;遭受。寇患:贼寇侵掠的祸害。
[2] 敢:不敢;岂敢。

〔3〕视药:察看服侍汤药。殁(mò):死,去世。视殓:察看给死者穿衣入棺。

〔4〕斫:砍。举火:放火,点火。

〔5〕堕:坠落。

〔6〕百罹:很多不幸的遭遇和困苦。

〔7〕死如饴:视死如饴之省。饴,糖。把死去当作像吃糖一样。指十分愿意地死去。

〔8〕南昌王子:作者自注:"王于一也。"

〔9〕开生面:展现新的面目。生面,如生的面貌,生动的面目。

〔10〕长(zhǎng)君:成年的公子,长子。作者自注:"超载,官慈利令。"辞荣:谓辞官退隐。

〔11〕乞言:请求教诲之言,请求褒美之言。

〔12〕蓼(lù)莪(é):本《诗·小雅》篇名。《诗·小雅·蓼莪》诗:"蓼蓼者莪,匪莪伊蒿;哀哀父母,生我劬劳。"此诗表达了子女追慕双亲抚养之德的情思。故后世以蓼莪之思表示孝子的思念。

〔13〕乌鸟:乌鸦之属。古称乌鸟反哺,因以喻孝亲之人子。

自桐城至黄州道中杂诗 (选五)

桐潜原接壤,形胜亦相同。河水村村绕,桥流处处通。年丰偏乏酒,霜薄转因风。惜不偕元礼,谈谐逆旅中[1]。

潜山一夜雨,客况最凄然。须冻裘添领,手皲袖裹鞭[2]。石河镜马足[3],墟里隔人烟[4]。白发南来叟,冲风更可怜[5]。

冒雨穿城远,迎风下堰低。山河冬不涨,沙路湿无泥。伏雉冲人起,饥乌向客啼。冻僵才卸马,借笔写诗题。

怪杀沿山路,投村尽仆夫。客房全不管,马栈只愁无。藉草为床蓐,编柴作户枢[6]。霜风何太紧,凄绝夜啼乌[7]。

天寒沙冻坼[8]，野阔水潆洄[9]。上马未三里，过河已十回。茶亭明驿路[10]，烟树隐烽台[11]。日暮前村叟，悬灯待客来。

辑自《木厓集》卷一四

解题

《自桐城至黄州道中杂诗》原有十六首，叙自桐城至黄州途中所见所闻。今所选五首，皆记潜山途中事。诗歌描写了潜山古朴的乡村风貌、战后的萧条景象和作者顶风冒雪在野外跋涉的悲凉境况。全诗语言简朴，明白如话。有人说潘江诗取法白居易，于此诗可见一斑。

注释

〔1〕"惜不"二句：作者自注："李士雅将往潜山，约予同行，不果。"

〔2〕皲（jūn）：皮肤因寒冷或干燥而裂开。

〔3〕镵：刺，扎（zhā）。

〔4〕墟里：村落，村庄。

〔5〕冲风：顶着狂风；冒着风。

〔6〕户枢：门轴。亦谓门户。

〔7〕凄绝：谓极其悲凉。

〔8〕冻坼：冻裂。

〔9〕潆洄：水流回旋貌。

〔10〕驿路：驿道；大道。古代驿路沿途则设驿站，供传递公文的人和来往官员歇宿、换马。

〔11〕烽台：即烽火台。

送陈遐伯还芜阴

海内遗民少,孤云独尔闲[1]。鸠兹江上泪[2],天柱梦中山[3]。画理丹青外,交情缁素间[4]。如何都是客[5],客里尚言还。

辑自《木厓集》卷一四

解题

陈遐伯即陈延,延字遐伯,潜山人。幼而多慧,凡技之善者,见即摹仿,尤精篆刻。折右手,一切书画皆用左腕。移居芜湖鸠兹(在今芜湖市东),与萧云从称画苑二妙。著有《孤竹集》行世。芜阴即芜湖。

作者此诗借送别友人陈延回客居之地芜湖,歌咏了他清静高雅的秉性、清贫漂泊的生活以及对故乡山水的深情厚意。

注释

[1] 孤云:孤独飘浮的云片。喻指漂泊无依的贫士。

[2] "鸠兹"句:意谓在芜湖江边常因思念故乡而落泪。鸠兹,古邑名。《左传·襄公三年》:"楚子重伐吴,为简之师,克鸠兹。"杨伯峻注:"鸠兹,吴邑,当在今安徽芜湖市东南二十五里。"

[3] "天柱"句:意谓天柱山常出现于梦寐之中。作者自注:"陈,潜山人,客于芜湖。"

[4] 缁素:指僧俗。缁,黑色;素,白色。在印度,佛教徒无论僧尼都穿深紫色(接近黑色)的僧服,平民百姓喜穿白色服装,故"缁素"代称僧俗两种人。

[5] 如何:奈何。

送龚子栋还潜山

频年桐子客[1],山水足清秋。今日真归去,高踪不可留[2]。夕阳随马渡,残雪夹冰流。天柱峰头好,何须五岳游。
君过沙河渡[3],云烟早问津。几年曾别处,百里乍归人。名是老年重,装仍去日贫[4]。述堂吾旧雨[5],相见莫沾巾[6]。

辑自《木厓集》卷一五

解题

潜山友人龚子栋常年客居桐城,今归故里,作者赋此二诗送别。第一首称颂龚子栋有高尚的行迹,并歌咏沙河渡边送别时环境的清丽,称赞潜山天柱峰的秀美。第二首写作者送行时的感喟。他想到年年到这里送客,友人已渐渐老去,虽然他的名声越来越大,但其行装仍像过去一样缺少财物。此时作者不禁又想起潜山的另一位老友陈襄云,劝他们相见时莫要因伤感而流泪。全诗情意宛转蕴藉,表现了作者对友人依依不舍的情怀。

注释

〔1〕桐子客:指客居桐城。桐子,指桐城县。桐城古称桐子国,隋设同安县,唐改桐城县。

〔2〕高踪:高尚的行迹。

〔3〕沙河:在县东六十里,至练潭,达枞阳入江。

〔4〕装:行装。仍:仍旧。

〔5〕"述堂"句:作者自注:"谓陈襄云也。"旧雨:唐杜甫《秋述》:"常时车马之客,旧,雨来;今,雨不来。"谓过去宾客遇雨也来,而今遇雨却不来了。后以"旧雨"作为老友的代称。

〔6〕沾巾:沾湿佩巾。巾,擦拭用的织物。"沾巾"多用来表示因

伤感而眼泪流下,沾湿了佩巾。

涂远靖

涂远靖,字若愚,安徽潜山人。邑廪生。博极经史,诗歌、古文词有奇气,所授生徒多知名士。县令周克友重其文行,延修邑志,是岁轮贡,卒馆舍。著作甚富,散佚不传。《(乾隆)潜山县志》卷一〇有传。

吊孝烈张先生

吾乡孝烈张夫子,寇至捐躯父梓前[1]。白玉涧边凝碧血,皖公山畔冷青烟。畹兰方茂甘同折[2],墓柏难凋拟并传[3]。此世受恩谁独异,贪生舍义愧前贤。

辑自《(康熙)潜山县志》卷一二《艺文下》

【解题】

这又是一首凭吊明末张清雅父子、主仆死难的诗。诗中"白玉涧边凝碧血,皖公山畔冷青烟"一联,作者通过环境渲染表达悲伤的气氛,具有较好的艺术感染力。

【注释】

〔1〕梓:内棺。泛指棺材。
〔2〕畹兰:园圃中的兰草。喻优秀子弟,此指张清雅父子。畹,泛指园圃。兰,兰草。《楚辞·离骚》:"余既滋兰之九畹兮,又树蕙之百亩。"《晋书·谢玄传》:"(玄)少颖悟,与从兄朗俱为叔父安所器重。安尝戒约子侄,因曰:'子弟亦何豫人事,而正欲使其佳?'诸人莫有言者。玄答曰:'譬如芝兰玉树,欲使其生于庭阶耳。'"

〔3〕墓柏：旧时风俗，人死葬后，在其坟墓上栽种松柏树，以避魍魉。《汉书·东方朔传》："柏者，鬼之廷也。"颜师古注曰："言鬼神尚幽暗，故以松柏之树为廷府。"

金梦先

金梦先，字肯公，号雪鸿，安徽潜山人，金承蜩之子。廪贡生。康熙二十二年(1683)，聘修《江南通志》，以"星野"一则为人所赏；又与修《(康熙)潜山县志》。考选博学鸿词，筑就花轩，著书数百卷，尽括天人古今事物。学以朱子为归，所著《中庸说统》，人争传之。卒年六十二。生平事迹见《(康熙)安庆府志》卷一五、《(乾隆)潜山县志》卷八、《(光绪)重修安徽通志》卷二二三等。

吊孝烈张先生

彝伦原不问沧桑〔1〕，节孝年来事事荒〔2〕。独值子终寻子始〔3〕，更从天变立天常〔4〕。白虹气壮山河色，青史名争日月光。安得立朝忠荩客〔5〕，斜阳挥泪酹君觞〔6〕。

辑自《(康熙)潜山县志》卷一二《艺文下》

【解题】

潜山孝烈张清雅父子明末死难一事，前人多有吟咏。作者此诗写于事后约六十年，此时在人们心中，明清易代的惨痛已渐被抚平，国家百废待兴。作者借凭吊张氏父子，表达了重建社会伦常秩序的愿望。

【注释】

〔1〕彝伦：指伦常。沧桑："沧海桑田"的略语。指朝代更迭。

〔2〕节孝：守节和孝道。年来：近年以来。

〔3〕值：恰逢。子终：一甲子（六十年）结束，亦指子年结束。寻：不久；接着。子始：下一甲子（六十年）开始。张清雅父子死难为崇祯十年，上一年为丙子年，正当"子终"；由此可知此诗作于张氏父子死难后六十年的丙子年，即康熙三十五年（1696）。

〔4〕更：重新。天变：指朝代变换。天常：天的常道。常指封建的纲常伦理。

〔5〕忠荩(jìn)：犹忠诚。

〔6〕酌(zhuó)：斟酒。觞：酒杯。

梦游天柱山

始从山谷游[1]，乃至佛光寺[2]。逶迤达皖巅[3]，度桥心神悸[4]。拔地孤云眠，通天飞鸟坠。峰顶忽大溪，沿溪境乃异。鬼斧劈灵源[5]，凤宇环仙吏[6]。问此何名欤[7]，答是蓉城地[8]。玉渠累累垂，丹泉浩浩出。略无土木形，仿佛金绳位[9]。清冽警寒毛，幽微穷远背。湛若琉璃绀[10]，间以鹣鹣翠[11]。床笫露不收[12]，胪列古书笥[13]。浩荡无村烟，廓落鲜朋类[14]。更随一水涯，支筇境转邃[15]。始见丫髻童[16]，把卷相游戏[17]。凝睇犹张皇[18]，觌面益真至[19]。远游岂无因，穷高果何为[20]？赠遗苦不多，道远恐难致。玉镜大如拳，聊当陇头寄[21]。珍重置怀间，委曲铭高义[22]。一枕快仙游，荒鸡醒余寐。因思古高人，寄怀多旷致。揣摩出奇思，结撰多新意[23]。如何恣卧游，亲睹桃源记[24]。

辑自《(乾隆)潜山县志》卷二〇《艺文志》

【解题】

此诗记述了作者遨游天柱山的梦境。游踪始于现实中的两座寺庙,但很快便转入梦幻中的仙境。其中屋宇恢宏、林泉清幽自不必说,而所遇童子都是那么天真无邪,又慷慨赠人玉镜。在作者看来,梦中所游历的天柱山,境界就好比陶渊明笔下的桃花源。

【注释】

〔1〕山谷:山谷寺。
〔2〕佛光寺:在山谷寺西,县北四十里,原名马祖庵。详前徐龙光诗注。
〔3〕逶(wēi)迤(yí):曲折行进貌。
〔4〕"度桥"句:原注:"皖巅有天池,上有桥,名试心。"按,试心桥,又名渡仙桥,俗称三步两道桥,在皖山天池峰顶。悸:惊惧。
〔5〕灵源:对水源的美称。
〔6〕凤宇:恢宏壮丽的宫殿。仙吏:仙界、天廷的职事人员。
〔7〕欤(yú):语气词。表疑问。
〔8〕蓉城:即芙蓉城,古代传说中的仙境。
〔9〕金绳:佛经谓离垢国用以分别界限的金制绳索。唐李白《春日归山寄孟浩然》诗:"金绳开觉路,宝筏度迷川。"王琦注引《法华经》:"国名离垢,琉璃为地,有八交道,黄金为绳,以界其侧。"
〔10〕湛(zhàn):水深貌;深沉貌。绀:深青色。
〔11〕鹔(sù)鹴(shuāng):鸟名。雁的一种。颈长,羽绿。
〔12〕床笫(zǐ):床和垫在床上的竹席。泛指床铺。
〔13〕胪(lú)列:犹陈列。书笥(sì):书箱。
〔14〕廓落:空阔貌。鲜:少。朋类:同类。
〔15〕支筇(qióng):拄着拐杖。筇,筇竹,可以做手杖。邃(suì):幽深;深远。

〔16〕丫髻:谓梳着丫形发髻。
〔17〕把卷:拿着书卷。
〔18〕凝睇(dì):注视;注目斜视。张皇:惊慌;慌张。
〔19〕觌(dí):见。益:更加。真至:纯真,情感真挚。
〔20〕穷高:穷尽高处,指登山。
〔21〕陇头:陇山。借指边塞。此指远方。
〔22〕委屈:曲折委婉,殷勤周到。
〔23〕结撰:构思撰述。
〔24〕桃源记:指东晋陶渊明的名作《桃花源记》。

南湖采莲歌

海棠谢却絮飞尽,又剪吴丝缕续命[1]。尽日疏帘宛转情[2],长嬴天气教人困[3]。闻说湖干好荷花[4],十里横塘烂锦霞。香泥细滑黏春屐,芳树低亚碍绣车[5]。不如兰桨堪欢逐,争启香奁旋结束[6]。阿姨衫子试鹅黄,小姑云鬓堆鸦绿。行行花坞转平堤,沙棠拍岸衔尾齐[7]。停桡髣髴秋千动[8],解缆飘摇眉黛低[9]。初从浅渚看莲蕊[10],须臾荡入湖心里。此时人面娇如花,此际花容清似水。花容人面转堪怜,最是风流浪软天。枝攀翠髻千丝乱,露溅罗裳万颗圆[11]。望里西陵松柏路,油壁青骢何处度[12]?愿为湖上云雨行,愿为花下鸳鸯宿。采采莲花莫采心,采采莲叶莫采根。盈房空惜侬心苦[13],魄腕追怜半臂温[14]。谁家水调歌声缓[15],箫鼓阑珊月照岸[16]。赠遗欲折并头枝,征途只恐香丝断[17]。

辑自《(乾隆)潜山县志》卷二〇《艺文志》

解题

南湖,在潜山县治南,一名灵湖,旧曰南园。三面倚城,古木参天,湖浸甚广,宜于植莲。

此诗的前半部写南湖环境之美好,人物体态之优雅,采莲之欢愉,妖娆的人与人一样妖娆的荷花交相辉映,描绘出一幅和平安详宁静的采莲图,体现了江南特有的生活情调。后半部转写采莲女的心事,表达了她对男女间真挚爱情的渴望,颇得南朝民歌之余韵。

注释

〔1〕吴丝:吴地产的蚕丝。

〔2〕疏帘:指稀疏的竹织窗帘。

〔3〕长赢:亦作"长嬴"。夏天的别称。

〔4〕湖干:湖岸,湖边。

〔5〕低亚:低垂貌。绣车:指女子乘坐的车。

〔6〕香奁(lián):妇女妆具。盛放香粉、镜子等物的匣子。旋:立刻。结束:装束;打扮。

〔7〕沙棠:神话中的树名。《山海经·西次三经》:"昆仑之丘……有木焉,其状如棠,黄华赤实,其味如李而无核,名曰沙棠,可以御水,食之使人不溺。"衔尾:谓前后相接。

〔8〕停桡(ráo):停着的小船。桡,船桨。指代船。髣(fǎng)髴(fú):类似,好像。

〔9〕缆:指系船的缆绳。眉黛:指女子的眉毛。古代女子用青黛画眉,因称眉为眉黛。

〔10〕渚:小洲;水中的小块陆地。

〔11〕罗裳:犹罗裙。

〔12〕"望里"二句:借南朝苏小小故事,写男女爱情。南朝齐苏小小《同心歌》:"妾乘油壁车,郎跨青骢马。何处结同心?西陵

松柏下。"罗隐《江南行》:"西陵路边月悄悄,油壁轻车苏小小。"西陵,今杭州西泠桥一带。油壁车,古人乘坐的一种车子。因车壁用油涂饰,显示美观漂亮,为妇女所乘。青骢(cōng),毛色青白相杂的骏马。

〔13〕侬:我。

〔14〕魄腕:同皓腕。洁白的手腕。

〔15〕水调:水上曲调。历代怨诗中有《水调》《水调歌》《水调词》,内容多写征戍别离,语意凄婉。

〔16〕阑珊:残尽,将尽。

〔17〕香丝:谐音"相思"。

游 虎 头 岩

峰顶看平野,洞中窥小天[1]。云来添石发[2],风起碎炊烟。旧榻犹堪卧,幽人何处眠[3]?上方清若水[4],薄醉语缠绵[5]。

辑自《(乾隆)潜山县志》卷二〇《艺文志》

解题

虎头岩又称白云岩,其胜概已见前胡缵宗诗解题。作者此诗写游虎头岩所见所感。站在虎头岩峰顶能眺望平坦辽阔的原野,洞穴中则可见别具一格的小天地。白云飘来好像为岩石添上了头发,风儿刮起则会弄碎袅袅炊烟。旧的石床上仍旧可以卧睡,那曾在此间修炼的道人到哪里去了呢?此时天空清澈如水,面对此景,我像喝了酒有点微醉,嘴里喃喃地说着深情的话语。全诗情韵恬适,情思古远,倾注着作者对故乡景物深厚的感情。

【注释】

〔1〕小天:小天地。指别具一格的局部环境。
〔2〕发:头发。
〔3〕幽人:幽隐之人,隐士。此指曾隐于此地的修道者。
〔4〕上方:天上。
〔5〕缠绵:犹绵绵。连续不断。亦指情意深厚。

书虎头岩石壁

丹灶石床尚可寻[1],一湾流水洞门深。仙郎采药骑云去[2],芳草六朝青到今[3]。

辑自《(乾隆)潜山县志》卷二一《艺文志》

【解题】

作者游虎头岩,但见岩洞中丹灶、石床尚存,室外溪流、洞门依旧,想到山中芳草自六朝以来年年泛着青色,而传说中在此修炼的仙人鲁道人却早已杳无踪迹,心中遂有世事沧桑、人生无常之感慨。

【注释】

〔1〕"丹灶"句:相传虎头岩为古代鲁道人修炼处,上有丹灶,有石松,其松如盖;洞穴内有石屋、石床、石壁、石门、石凳。其遗址至今尚存,故诗云"丹灶石床尚可寻"。
〔2〕仙郎:指鲁道人。
〔3〕六朝:中国三世纪初到六世纪末前后四百余年的历史时期的泛称。三国的吴,东晋,南朝的宋、齐、梁、陈,均以建康(今江苏南京)为首都,历史上合称六朝。

水吼岭道中

鸟道多崎石[1],游人费苦心。山高日落早[2],溪浅水痕深。峻岭难移步,寒梅应可寻。石龛才小憩[3],梵贝有余音[4]。

辑自《(乾隆)潜山县志》卷二〇《艺文志》

【解题】

水吼岭,地名。在县西北五十里。作者冬日前往水吼岭镇,虽然山路崎岖难行,旅途辛苦,但仍不减看溪寻梅的兴致。途中行至石龛小憩片刻,远处隐约传来寺庙中的诵经之声,令作者顿忘尘劳。

【注释】

[1] 鸟道:险峻狭窄的山路。崎:不平貌。
[2] "山高"句:作者自注:"每午后即不见日。"
[3] 石龛(kān):地名,在县治西三十五里。憩:休息。
[4] 梵贝:即梵呗。佛教寺院吟诵、唱赞佛经的音乐,即指念经之音调。

丹　　灶

溪水声如吼,丹台一探奇[1]。残烟寻活火,斜照住荒碑[2]。径转寒梅待,春微芳草知[3]。王乔如可问[4],控鹤好相期[5]。

辑自《(乾隆)潜山县志》卷二〇《艺文志》

【解题】

此诗所咏"丹灶",为东汉左慈在天柱山炼丹处,今基址尚存。作者于暮冬时节前往此处探幽,但见残烟荒碑,寒梅草微,萧瑟的冬景中隐含着春天的希望。联想到此地有仙人炼丹的传说,他忍不住期望自己能像王子乔那样飞升成仙。

【注释】

〔1〕丹台:道教称神仙居住之地。明章潢《图书编》:"(潜岳)有炼丹上山、中山、下山,昔人丹台在焉,相传为左慈炼丹处。"
〔2〕住:停。
〔3〕春微:指刚露春天的迹象。微,几微,些微,一点点。
〔4〕王乔:即王子乔,名晋。相传为周灵王太子,喜吹笙作凤凰鸣,被浮丘公引往嵩山修炼,后升仙。
〔5〕控:骑。相期:相约。

古 佛 寺

着屐寻山寺,逢僧爱暂闲。草濡知雾宿[1],林响见猿攀。天入山中小,风当谷口旋。良朋来子敬[2],归咏乃开颜。

辑自《(乾隆)潜山县志》卷二〇《艺文志》

【解题】

据《潜山县志》载,古佛寺又名西峰寺,在清照乡,县北一百二十里,宋代庆历年间创建。作者清晨蹬木屐游古佛寺,与寺中僧人闲聊,见寺庙周围环境僻静清幽,风物古朴宜人,恰又逢好友子敬亦来,不禁欣然开怀,吟诗而归。

注释

〔1〕濡：湿。雾宿：指昨夜有雾。

〔2〕子敬：为三国吴鲁肃之字。鲁肃为人忠厚，此指代友人。或好友亦字"子敬"。

宿山谷寺楼

高阁牖洞达[1]，蟾光烂宝林[2]。风回巢鸟乱[3]，秋入草虫吟。上界灯光暗[4]，悬崖云气深。绳床持半偈[5]，何处觅尘心？

辑自《（乾隆）潜山县志》卷二〇《艺文志》

解题

作者夜宿山谷寺阁楼，因其地高敞，可通过窗户畅通无阻地洞悉窗外一切。此时夜空月光灿烂，照耀着佛寺周围的树林。偶有风儿打旋，引起巢里的鸟儿一阵骚乱；天已入秋，虫儿在野草中鸣唱。寺院里灯光暗了，悬崖边雾气深沉。他躺在绳床上暗暗下定决心参禅学佛，觉得自己再无尘世的烦恼了。

注释

〔1〕牖（yǒu）：窗户。洞达：畅通无阻。看得很清楚。

〔2〕蟾光：指月光。烂：光明；明亮。宝林：佛教语。指极乐净土之七宝树林。后泛指佛寺附近的树林。

〔3〕回：旋。此指风打旋。

〔4〕上界：天界，仙佛所居之地。此指寺庙。

〔5〕绳床：结绳穿织制成的坐卧用具，又称"胡床"。《晋书·艺

术传·佛图澄》："乃与弟子法首等数人至故泉上，坐绳床，烧安息香，咒愿数百言。"持半偈(jì)：借用释迦牟尼的故事做比喻，表示自己学佛的决心。据《大般涅槃经》卷十四《圣行品》载，释迦牟尼先在雪山苦修，天帝变为罗刹恶鬼来试探他，先仅说过去佛说的"诸行无常，是生灭法"上半偈，就不说了。释迦便许愿终身为其弟子，求罗刹说出全偈。罗刹说他太饿，释迦又许愿把自己身体让他充饥。于是罗刹说出了"生灭灭已，寂灭为乐"下半偈。释迦便在石上、壁上、树上到处写下此偈，以备广泛传播。最后他从高树上纵身投向地下，准备舍身给罗刹吃。此时，树下的罗刹又恢复为天帝模样，伸手把释迦接住。偈，梵语"偈佗"(Gatha)的简称，即佛经中的唱颂词。通常以四句为一偈。内容或为宗师对学佛者的开示，或为学佛者向宗师的呈示，以表达佛家的理念和意境。

游 皖 山

一到慧光寺[1]，凌虚添羽翰[2]。木雕山骨立[3]，峰断雁声残[4]。胸有层云荡[5]，风生两腋寒。当年旧封禅[6]，应忆鹤鸾还[7]。

辑自《(乾隆)潜山县志》卷二〇《艺文志》

解题

作者一到慧光寺，便觉得自己像长着双翅飞在空中一般。在这里眺望皖山群峰，只见深秋季节，万木凋落，山石嶙峋骨立；而天柱一峰高峻突兀，阻断了大雁南飞的路线，所以只能偶尔听到几声零星的雁叫。此时作者望着山中层云叠生，舒展飘拂，心胸为之激荡。遂又想起汉武登临皖山封禅一事如今早已为陈迹，不禁生出人世变化无常的感叹。

注释

〔1〕慧光寺：在皖山天池峰下。参见邑令张步瀛《游天柱峰记》。今《潜山县志·寺观》不载。

〔2〕凌虚：飞升凌空。羽翰：翅膀。

〔3〕"木雕"句：谓因树木落叶而露见山石嶙峋。雕，通"凋"。指树木落叶。

〔4〕"峰断"句：意谓天柱峰高峻，阻断了大雁南飞的路线，故只能偶尔听到几声雁叫。今湖南省衡阳市旧城城南有回雁峰，为衡山七十二峰之一。据传，因其地势高峻，大雁至此不再南飞。诗句本于此。

〔5〕"胸有"句：意谓望见山中层云叠生，舒展飘拂，心胸为之激荡。杜甫《望岳》诗有"荡胸生层云"句，"胸有层云荡"诗意本于此。

〔6〕封禅：汉武帝登临皖山封禅事，已多见前注。

〔7〕"应忆"句：暗用丁令威化鹤还乡的典故，见旧题晋陶潜《搜神后记》卷一。后借以咏仙道，多喻指人世变化。鹤鸾，鹤和鸾凤，皆为传说中仙人的坐骑。

分赋天宁寺前荷亭八景 （选三）

隔池烟树

翳然虚碧漾灵湖[1]，摇曳清光淡欲无。塔影空悬云半霭，酒帘斜挂树横铺[2]。平分远岫青螺髻[3]，遥映疏帘碧玉壶[4]。残醉欲招邻舍叟[5]，劳君装入辋川图[6]。

辑自《（乾隆）潜山县志》卷二一《艺文志》

解题

此诗写天宁寺脚下南湖对岸烟雾笼罩中的林树及远山风景。所有景物因湖面产生的雾气间隔,而显得隐约缥缈。在醉意朦胧中看来,这里仿佛就像是唐代王维画笔下的辋川胜景一般。

注释

〔1〕翳然:遮蔽貌。虚碧:清澈碧蓝。灵湖:即南湖。

〔2〕酒帘:酒店所用的幌子。以布缀竿,悬于门首,作招徕酒客之用。横铺:谓树木沿道路生长成林。

〔3〕远岫:远山。螺髻:螺壳状的发髻。此处比喻耸起如髻的峰峦。

〔4〕碧玉壶:指酒壶。

〔5〕残醉:余醉,残留的醉意。叟(sǒu):老人。

〔6〕辋川图:唐诗人王维自绘辋川山庄的名作。辋川位于今陕西蓝田县境,风景绝佳,诗人王维曾在此居住,绘有辋川二十景图,并各附诗一首。原作已无存,现只有历代临摹本存世。

碧荷飞鹭

倏然健翮自回翔[1],蹴起青波点点行[2]。惊避茶烟如解舞[3],偶沾莲露带微香。缟衣应入临皋梦[4],虚步还疑洛浦妆[5]。点缀芰荷饶胜景[6],临流争卷碧筒觞[7]。

辑自《(乾隆)潜山县志》卷二一《艺文志》

解题

此诗写白鹭在南湖碧绿的芰荷中翩翩起舞。其舞姿如同仙家,如同洛水女神一般超尘出世,高妙无双。对此胜景,人们不禁顿生雅兴,临流畅饮。

注释

〔1〕倏(shū)然:迅疾貌。翮:指鸟的翅膀。

〔2〕蹴:踢。

〔3〕茶烟:指烧茶煮水泡茶时产生的烟气。此处喻指湖上的烟雾。解:明白;理解。

〔4〕缟(gǎo)衣:白绢衣裳。此处用以比喻洁白的羽毛。临皋(gāo)梦:典出苏轼《后赤壁赋》:"须臾客去,予亦就睡。梦一道士,羽衣蹁跹,过临皋之下,揖予而言曰:'赤壁之游乐乎?'"临皋,亭名,在黄冈南长江边上。苏轼初到黄州时住在定惠院,不久就迁至临皋亭。

〔5〕虚步:步型之一。一只脚站立,另一只脚尖在斜前方点地。洛浦妆:指洛水女神的梳妆打扮。典出曹植《洛神赋》。浦,水边。

〔6〕菱荷:指菱叶与荷叶。饶:增加;增添。

〔7〕碧筒觞:即碧筒杯。一种用荷叶制成的饮酒器。

断岸红桥

长堤行尽阻莓苔,小结朱桥锁碧隈[1]。远藻乍开浮鹭过[2],垂杨斜拂野僧来。春衫隐跃雕栏见[3],画桨徘徊锦缆开[4]。暂解芒鞋频徙倚[5],花潭还任踏歌回[6]。

辑自《(乾隆)潜山县志》卷二一《艺文志》

解题

此诗写作者在南湖的一座为连接断缺堤岸而修造的红桥上欣赏湖光春色。浮鹭点点,垂杨依依,画船锦缆,游人如织。见此情景,作者心花怒放,流连徘徊久之,然后才一边走路,一边唱着歌回家。

注释

〔1〕"长堤"二句:意谓长堤尽头有大片青苔阻断人们继续前行,因简单地修一座红桥在这湖水弯曲隐蔽处。莓苔,青苔。小结:简单地修造。指桥很短。结,连接,造。隈,水弯曲隐蔽处。

〔2〕藻：指水萍等浮在水面上的植物。

〔3〕春衫：指穿春衫的游人。隐跃：犹隐约。

〔4〕画桨：刻有画纹的船桨。锦缆：用锦制的缆绳。皆极言船之精致奢华。

〔5〕芒鞋：草鞋。徙倚：流连徘徊，流连不舍。

〔6〕花潭：桃花潭。李白《赠汪伦》诗："桃花潭水深千尺，不及汪伦送我情。"踏歌：边走边歌，行吟。李白《赠汪伦》："李白乘舟将欲行，忽闻岸上踏歌声。"

金丝先

金丝先，字音三，号仰岳，安徽潜山人。金闉之子。髫龄入泮，抚军徐观风江左首拔之，爱其才，见屡试南闱不第，为捐俸援例入监，赴试北闱。康熙十五年（1676）春，北上途中被盗，奔彭城。邑令常大忠闻知，延为师。羁旅无聊，作《水中雁字诗》三十首以自况。邑侯段舒屡造其庐，诗歌倡和无间。生平博涉经史，著作盈笥。与兄梦先齐名。卒年六十二。生平事迹见《（乾隆）潜山县志》卷一〇。

吴塘龙舟竞渡歌

葵榴烧空眼看热〔1〕，角黍蒲觞竞时节〔2〕。吴塘水满绿波洄，中流好放双龙舶〔3〕。画舰箫鼓错综游，锦标彩队参差结。良久逡巡挥让分〔4〕，须臾踊跃雌雄决。鹢首吼成卷地风〔5〕，浪花喷作炎天雪。冯夷击鼓赑蛟舞〔6〕，骊龙抱珠眠不得〔7〕。汉女敛佩湘娥潜〔8〕，蛟人织绢机杼辍〔9〕。士女喧阗拥若云〔10〕，笙歌涣发芬如列〔11〕。两岸依山如堵墙〔12〕，冠盖履底层层接。俱怜光景趁欢娱，各逞风流恣观阅。山光欲暮澹忘归,棹歌竞发催难别⁽¹³⁾。我有怀古心,悠然不可愍⁽¹⁴⁾;屈子忠魂聚不散,清流犹是当时洁。不料前贤万苦辛,翻与后人资怿悦⁽¹⁵⁾。五丝难续汨罗魂⁽¹⁶⁾,龙舟莫挽怀王辙⁽¹⁷⁾。对此沉吟意绪孤,狂歌击楫舒骚屑⁽¹⁸⁾。且呼浊酒酹江神,乘风破浪终须获⁽¹⁹⁾。

辑自《(乾隆)潜山县志》卷二〇《艺文志》

解题

端午节赛龙舟是中国古代传统习俗之一。据说,赛龙舟、吃粽子、饮菖蒲酒的习俗,都是从纪念爱国诗人屈原之死而来,其中赛龙舟是专为抢救溺水的活动。吴塘地当潜河之滨,水面宽阔,绿波深洄;两岸山光柳色,映带远近。古代是赛龙舟的好去处。

此诗前半部极力铺叙龙舟竞渡的热烈场景。船头上画着鹢鸟,船体涂着各种色彩,船上结彩张旗,箫鼓齐奏,各个参赛龙舟的队伍在水上参差排列。竞渡时,勇士们大声怒吼,如狂风卷地而起;水手奋力划船,激起浪花似雪。河边观者如云,伞盖鞋底相接,士女喧阗,笙歌焕发,万人喝彩,气氛热烈。人们纵情欢愉,直至山中日色将暮仍不肯回家。诗的后半部写作者的思考:想不到前代圣贤经受千辛万苦之事,反倒让后人凭借它而纵情怡悦。但五彩丝线续不了屈原的魂,龙舟也挽救不了楚国灭亡的命运;人们狂放高歌、敲击船桨,不过是为了舒缓心中的烦忧而已。姑且喊人送来一杯浊酒祭奠水神,但愿我也像这龙舟一样,乘风破浪、不畏艰难地奋勇前行吧。全诗场面宏大,诗中不仅有浓墨重彩的渲染,还借用各种神话故事表现赛龙舟的热烈气氛,有较强的艺术表现力和感染力。

注释

〔1〕葵榴:葵花与石榴。烧空:映红天空。
〔2〕角黍:即粽子。以箬叶或芦苇叶等裹米蒸熟而成。状如三

角,古用黏黍,故称"角黍"。蒲觞:菖蒲酒。即以菖蒲为药料、白酒(或黄酒)为原料的药性酒,是古人在传统的五月初五端午节上饮用的酒。菖蒲是一种生长在山涧泉流旁边的药材,具有开窍、豁痰、理气活血、散风和祛湿等功用,所以人们饮菖蒲酒来辟恶去毒,以祓除不祥之气。

〔3〕龙舶:龙船,龙舟。

〔4〕逡巡:恭顺礼让貌,徘徊不进貌。

〔5〕鹢首:船头。古代常在船头上画上鹢鸟,故称。卷地风:小旋风。

〔6〕冯夷:中国古代神话中的水神。赑(bì):传说中一种像龟的动物,力大,好负重。蛟:传说中的龙类动物。

〔7〕"骊龙"句:意谓鼓声喧天,深渊里抱珠而眠的黑龙也睡不着了。骊龙,黑龙,传说深渊中的骊龙颔下有夜光宝珠,它抱珠而眠,故常人很难得到。见《尸子》卷下。

〔8〕汉女:传说中的汉水女神。杜甫《渼陂行》:"湘妃汉女出歌舞,金支翠旗光有无。"湘娥:指舜妃娥皇、女英。传说二女死后,成为湘水之神。

〔9〕蛟人:传说居于海底的人。

〔10〕喧阗(tián):喧哗热闹。

〔11〕棼:纷乱貌。

〔12〕棹歌:船工行船时所唱之歌。

〔13〕如堵墙:喻观者极多。

〔14〕愸:通"辍"。停止。

〔15〕"屈子"四句:屈原的忠魂聚而不散,至今犹在,所以清澈的流水还是当年一样洁净;但想不到前代圣贤经受千辛万苦之事,反倒让后人凭借它而纵情怡悦。屈子,指屈原。名平,字原,战国中后期楚国人。年轻时即官至"左徒"。他主张内行革新,外联齐抗秦,但楚怀王后来听信上官大夫靳尚的谗言,疏远了屈原,将他降为"三闾大夫"。怀王十六年,秦国派张仪入楚,诱骗楚与齐绝交。后来楚怀王

发觉受骗,起兵攻秦,被秦军打得大败。秦又骗楚怀王入秦会晤,屈原劝阻,楚怀王不听,结果被秦国扣留,客死于秦。太子横立,是为顷襄王;怀王幼子子兰为相。由于屈原对子兰鼓动怀王赴秦不满,于是上官大夫趁机进谗,子兰便将屈原放逐于南方荒僻之地。秦军攻破楚都,顷襄王迁都至陈,时屈原年老体衰,眼看国家将亡,自己无法救治,于是写了《怀沙》赋,于农历五月初五投汨罗江而死。楚百姓闻讯,纷纷乘船赶来打捞,但不见屈原尸体。有人把粽子扔进江里,为让鱼虾吃饱而不伤屈原身体;有人拿来菖蒲酒倒进水里,让酒醉倒蛟龙水兽,使屈原免遭其害。端午节赛龙舟、吃粽子、饮菖蒲酒的习俗,都可以从纪念屈原的传说中找到依据。宋朝封屈原为忠烈公,定五月初五为端午节。资,凭借,依靠。怪悦,怡悦。

〔16〕五丝:五色丝线。古代端午节有用五色丝线系臂的习俗。清晨,大人们起床后的第一件事,就是在孩子手腕、脚腕、脖子上拴五色丝线。并且,在系线时,禁忌儿童开口说话。五色丝线不可任意折断或丢弃,只能在夏季一场大雨或第一次洗澡时,抛到河里。据说,这意味着让河水将瘟疫、疾病冲走,儿童由此可以保安康。汨罗魂:指屈原的魂魄。

〔17〕莫挽怀王辙:表面指不能阻止怀王赴秦的车轮,实际指挽救不了楚国灭亡的命运。辙,车辙,车轮在地面上碾出的痕迹。

〔18〕骚屑:忧烦。凄清愁苦。

〔19〕"乘风破浪"句:比喻胸怀远大的理想和抱负,不畏艰难奋勇前进。原作"乘长风,破万里浪"。语出南朝梁沈约《宋书·宗悫传》:宗悫少年时就非常勇敢,有远大志向。其叔父宗炳问他将来的志愿,他说:"愿乘长风,破万里浪。"又见唐李白《行路难》诗:"长风破浪会有时,直挂云帆济沧海。"

刘 岩

刘岩,山东济南人。生平事迹不详。

送何承锡归潜

三高旷代邈难攀[1],最爱君家大小山。山谷读书庄好在,还容吟啸翠微间[2]。

辑自《(乾隆)潜山县志》卷二一《艺文志》

解题

《(乾隆)潜山县志》卷十载:"何承锡,字元祉。邑增生,有文行。三举优行。曾修《济南府志》,刘岩等赋诗送归。邑令常器重之。""邑令常",即常大忠。据《潜山县志》,常大忠顺治十六年任潜山知县,此诗当作于其前后数年间。

何承锡是"何氏三高"的后裔,山谷寺的基址及其周围山场系梁天监年间何氏三高所捐献。刘岩此诗表达了对何承锡先人的崇仰之情;并表示,将到潜山山谷寺一游,寻访山谷读书台等名胜古迹,在青翠缥缈的山光水色中高声吟唱。

注释

[1] 三高:指何求、何点、何胤三人。山谷寺基址本何氏三高隐居读书之所。梁武帝时,高僧宝志卓锡于此,三高遂捐其宅为山谷寺。
[2] 翠微:形容山光水色青翠缥缈。

汪伯飞

汪伯飞,生平事迹不详。

雨中望天柱

孤峰天际隐空蒙[1],欲觅仙踪不见公。瀑布千寻飞涧白,霏烟几度障炉红[2]。流澌石上疑飘玉[3],雪晴崖前□带雱[4]。汉武封坛何处是?只应遥怅草荤荤[5]。

辑自《(康熙)潜山县志》卷一二《艺文下》

解题

孤峰缥缈,瀑布千寻,朦胧的云气遮蔽了炼丹的炉火,解冻的溪水从石上流过时像飘动的玉块,天柱晴雪崖前雾气蒙蒙,野草茂盛,使人不知汉武当年封禅的祭坛在何处。此诗处处从远望着笔,表现了天柱山雨中朦胧的美感。

注释

[1] 空蒙:迷茫貌;缥缈貌。
[2] 霏烟:朦胧的云气。
[3] 流澌:河流解冻时随流水飘动的冰块。亦指解冻时的流水。
[4] 雱(méng):雾。
[5] 荤荤:同"蓬蓬"。蓬勃茂盛貌。

汪世奕

汪世奕,字贻远,号枫岸,安徽潜山人。早岁丧母,八岁复丧父,奉后母孝谨。濡染家学,诗文皆有根柢。以监贡入对,需次铨补。叔伯恒省试覆舟,世奕扶榇归里,经纪其丧。《(乾隆)江南通志》卷一六〇、《(乾隆)潜山县志》卷九、《(光绪)重修安徽通志》卷二三五有传。

游 真 源 宫

寻山得得到幽溪[1],绝壁穿云洞壑迷。古木半悬晴壑外,落霞偏在暮峰西。向来白鹤曾无恙?望里丹梯好共跻[2]。坐待期仙馆月上[3],疏钟声送引黄鹂。

辑自《(康熙)潜山县志》卷一二《艺文下》

解题

此诗以俊爽之笔描绘了真源宫超凡脱俗的环境,从而表现出作者对学道修仙的企慕与赞美。

注释

〔1〕幽溪:幽静的溪谷。
〔2〕跻:登攀。
〔3〕"坐待"句:在期仙馆等待月亮升起。期仙馆,馆名。期仙,期望等待仙人降临。

方 辅

方辅,字乘秋,国子监生。安徽桐城人。家贫,藉笔耕以养父母。居丧哀毁逾礼,庐于墓侧,颜曰"二瞻"。有白燕来巢,里人为诗文称之。《(道光)续修桐城县志》卷一七有传。

游山谷寺

自觉尘心入世喧[1],十年梦想此林泉[2]。白云岭上飞晴雪,丹汞炉中起暮烟[3]。得遇乡僧频指迹,纵逢野客解谈禅[4]。惭予不是苏黄辈[5],胜地难将胜事传[6]。

辑自《(康熙)潜山县志》卷一二《艺文下》

解题

作者觉得自己常年为名利之念、尘世喧嚣所困扰,早就梦想到山谷寺这样的山水清幽之地畅游一番。在这里,不仅可眺望天柱晴雪、丹灶苍烟这些山中胜景,连遇见的山野之人都懂得谈说佛教教义。他惭愧自己不是苏轼、黄庭坚同一类群的人,所以虽身在名胜之地,却不能将亲身所经历的这些赏心悦目的事儿,用诗歌的形式表达出来,流传于世。

注释

〔1〕尘心:指凡俗之心,名利之念。已见前注。
〔2〕林泉:山林、泉石。多指山水清幽的隐居之地。
〔3〕丹汞炉:炼丹炉。
〔4〕野客:山野之人。解:懂得。谈禅:谈说佛教教义。
〔5〕苏黄辈:苏轼、黄庭坚同一类群的人。
〔6〕胜地:名胜之地。胜事:快意的事,赏心悦目的事儿。多指游赏风景。

汪伯寅

汪伯寅,生平事迹不详。

游 山 谷 寺

古寺逶迤曲径幽,撑天老树罩溪流。峰头积素晴飞雪[1],塔上残红色带秋。钟杂松声喧涧户[2],山招雾气湿僧楼。重寻绝壁苏黄迹[3],任我支筇次第游[4]。

辑自《(康熙)潜山县志》卷一二《艺文下》

解题

此诗写游山谷寺,曲径、老树、峰头、宝塔、钟声、僧楼、苏黄遗迹,这些景观在诗中次第展开,胜境纷呈迭出。结句表现了作者对眼前景色的极力赞美之情和意得志满之态。

注释

〔1〕积素:喻积雪。
〔2〕涧户:山沟的出口。
〔3〕苏黄迹:指苏轼、黄庭坚的遗迹。
〔4〕支筇:拄杖。筇,竹名,可以做杖。次第:依次。

卢 渤

卢渤,安徽潜山人。附贡生,历官苏州府学训导、徽州府学训导。生平事迹见《(康熙)安庆府志》卷三四、《(乾隆)潜山县志》卷七等。

登 天 柱 峰

岳势凌空竟若何,扪萝绝顶少人过[1]。乍来尘迹云边尽[2],俯听秋声树杪多。呼吸近堪通帝座[3],凭陵直欲挽星河[4]。恐惊天上神仙侣,不敢岩前学放歌。

辑自《(康熙)潜山县志》卷一二《艺文下》

【解题】

此诗写登天柱峰,不具象地描写种种胜景奇观,而重在表现主观精神感受。作者豪情逸兴,溢于纸外。

【注释】

〔1〕扪萝:攀援葛藤。

〔2〕尘迹:尘世的足迹。

〔3〕帝座:古星名。属天市垣。即武仙座α星。甘德、石申《星经》:"帝座一星在市中,神农所贵,色明润。"王安石《和吴冲卿集禧斋词》:"帝坐遥临物,星图俯映人。"

〔4〕凭陵:凌驾,超越;登临其上。挽:拉,牵引;弯手钩住。星河:银河。

徐益相

徐益相,生平事迹不详。

山谷寺怀古

青牛白鹤老松筱[1],劫火曾经几度烧[2]。汉武封禅影已没,梁僧飞锡响全消。香台花雨何年碎[3],石壁苔云几片招。赖有苏黄题石在[4],流泉声里认前朝。

辑自《(康熙)潜山县志》卷一二《艺文下》

【解题】

此诗不事雕琢,明白如话,围绕"怀古"摄物取象,能引发人们对山谷寺深远幽隐的情思。

注释

〔1〕松筱:松与竹。

〔2〕劫火:佛教谓世界毁灭时的大火为劫火。劫,佛教称天地由生成到毁灭为一劫。

〔3〕香台:指佛殿。花雨:佛教语。诸天为赞叹佛说法之功德而散花如雨。《仁王经·序品》:"时无色界雨诸香华,香如须弥,华如车轮。"后用为赞颂高僧颂扬佛法之词。

〔4〕苏黄题石:指苏轼、黄庭坚题名石刻。

姚 琅

姚琅,号书岑,浙江石门人。顺治九年(1652)拔贡,除授长乐知县,历任有声。康熙九年(1670),擢安庆知府,廉洁敏干,宽猛互济,游刃有余;培植学校,抚字残黎,案无留牍,狱无枉纵,一时有神明之誉。三十三年,大兵征滇,王师往来,水陆悉经皖,琅区画得宜,村市安堵。署臬篆,谳决明慎;修郡乘,记载详明。以积劳成疾乞休,皖人扳辕失声。归二载,以疾终。生平事迹见《(康熙)安庆府志》卷一二等。

天 柱 峰

天柱峰高俯皖山[1],千寻耸立苍冥间[2]。三台森列如拱揖[3],狮子麟角相回环[4]。皎晴一望皆空翠,峰顶紫云覆华岐[5]。鹤驾真人时往来,道书洞天第十四。当年汉帝钦嶙峋,潜岳封移南岳尊。中有桃花开五色[6],令人不忆武陵春^[7]。

辑自《(康熙)潜山县志》卷一二《艺文下》

【解题】

此诗以形象的语言描写了天柱山的种种胜景奇观,回顾了当年汉武帝来此祭岳封禅之事,赞美它有如陶渊明笔下桃花源一般的仙境。

【注释】

〔1〕"天柱"句,皖山诸峰中,天柱峰最高,故云"天柱峰高俯皖山"。

〔2〕苍冥:指苍茫深远的天空。

〔3〕三台:山峰名。章潢《图书编》:"潜岳在潜山县西北二十里,一曰天柱山,一曰潜山,一曰皖山。……有天柱峰,其峰突出众山之上,屹然独尊,峭拔如柱。倚连二峰,其势鼎峙。一曰飞来,其巅有巨石,如人置于其上;一曰三台,上台如丽,中台如倚,下台如随。"

〔4〕狮子、麟角:亦皆山峰名。

〔5〕紫云:指祥瑞的云气。华帔:五彩披肩。

〔6〕桃花开五色:据旧志载,天柱山旧有桃源,其处即中炼丹,俗称汪家坂。四山环绕,中有田野百亩,出产野桃,花开五色,其实可食。

〔7〕武陵春:指陶渊明《桃花源记》中武陵人入桃花源事。

渡沙河入潜山境

溪走沙能白,微风起溯洄^[1]。流同怀水合^[2],源自霍山来^[3]。估客乘桴下^[4],行人唤筏开。凫鸥眠正稳,莫使鼓桡催[5]。

辑自《(康熙)潜山县志》卷一二《艺文下》

解题

沙河在潜山县治东六十里,是潜山与桐城之间的界河。此诗描写了作者渡沙河进入潜山县境时的情景。清溪沙白,微风水泂,竹筏、估客、行人、凫鸥,全诗文笔洗练,动静结合,情景相生,犹如一幅明澈清新的淡墨画屏,读后使人心旷神怡。

注释

[1] 溯(sù)洄:逆流而上。
[2] 怀水:怀宁县的河流。
[3] 霍山:位于安徽省西部。西北接大别山,东北延伸出两支丘陵,一支在巢湖北,一支在巢湖南,称北硖山。主要为东北-西南走向。与大别山的走向近于垂直,称霍山弧。主峰白马尖(海拔1774米)在霍山县南。
[4] 估客:流动的商人。桴(fú):小的竹、木筏子。
[5] 鼓桡:划桨。扰动。

入潜山县

抚字群歌德[1],心知茂宰贤[2]。民淳风近古,官守久能坚[3]。兵屋分城半,山田贡税全[4]。未能长缓二,揽辔意怆然[5]。

辑自《(康熙)潜山县志》卷一二《艺文下》

解题

此诗写巡行潜山县时所见所感。潜山有贤能的县官,民风淳朴,接近古代;但县城里有一半的房屋用作兵营,山间的田地要全额征收各种赋税,作者为此感到悲哀。

注释

〔1〕抚字:爱护养育。
〔2〕茂宰:贤能的县官。
〔3〕官守:官位职守;官吏的职责。
〔4〕贡税:赋税。
〔5〕揽辔:挽住马缰。怆然:悲伤的样子。

出桐城已望见天柱高峰矗立,玉笋如削,一望青空,中有紫霞停盖其上,渐近正欲瞻仰,倏已云封半顶。里老为言:虽晴明,每日有云气覆护,不可逼视。中峰有石桥,阔仅数寸,长二丈许,下临深涧,空洞无底,非得道人不能上也。感而再赋

近欲瞻天柱,凝云已半封。洞留丹灶迹,桥绝世人踪。窈蔼神灵集[1],苍茫风雨从。何年成道服[2],直上最高峰。

辑自《(康熙)潜山县志》卷一二《艺文下》

解题

此诗《(康熙)安庆府志》题作"望天柱峰感而再赋"。全诗重点写天柱峰云封半顶之奇观和中峰石桥下临无地之险峻,作者希望自己有朝一日修道成仙,登上它的最高峰。

注释

〔1〕窍：洞穴。蔼：盛多貌。
〔2〕成道服：指修道成仙。道服，道士的服饰。

乔公故居

国色当年重二乔，犹传旧井说丰标[1]。伯符公瑾皆英妙[2]，消得春风两阿娇[3]。

辑自《(康熙)潜山县志》卷一二《艺文下》

解题

"乔公故居"已多见前注。此诗歌咏年少而才华出众的孙策、周瑜与二乔之间的风流韵事。全诗一改前人思念古人古事时的感伤情调，而洋溢着一股蓬勃向上的青春气息。

注释

〔1〕旧井：指胭脂井，在广教寺。相传东汉末年，乔玄因避乱迁居潜山，有二女，皆国色。孙策克皖，娶大乔，周瑜娶小乔。二女以残剩脂粉倒井中，后井常有胭脂色。丰标：丰采姿容不同凡响。

〔2〕伯符：指孙策。孙策字伯符。公瑾：指周瑜。周瑜字公瑾。

〔3〕阿娇：原指汉武帝陈皇后。陈皇后幼名阿娇，是武帝刘彻姑母的爱女。《汉武故事》有武帝"若得阿娇作妇，当作金屋贮之"之语。后泛指美女。

吊张清雅孝烈

天柱山高毓灵异[1],九天阊阖排名字[2]。玉楚原是睢阳裔[3],父子君臣易地事。我行潜上咨黎老[4],国乘家铭足搜讨[5]。未式当年处士庐[6],空闻墓道生秋草。伏尸抱棺昔曾数,肝胆遭残君独苦。稚子哀号那忍言[7],更怜老仆同殉主。郁郁岗头万马屯[8],群来和泪写三人。白虹积雪阴崖里[9],杀贼长闻呼鬼神。

辑自《(康熙)潜山县志》卷一二《艺文下》

解题

张清雅明末死难事,明清之际影响颇大,《明史》亦有记载。作者搜寻访求国史家乘、研究探讨后作此诗凭吊。他认为,张清雅死于明末农民军之手可与唐代张巡死于安禄山叛军之手相比拟,因为他们都是为父子君臣这等法纪纲常而献身,只是死的地方不同而已。诗末以天柱山背阳处的山崖间常常听到呼唤鬼神杀贼声作结,既表达了对明末农民军滥杀无辜的憎恶痛恨,也加深了诗歌意境。

注释

〔1〕毓:孕育;养育。

〔2〕九天阊阖:指朝廷。九天,谓天空最高处。喻指宫禁。阊阖(hé),传说中的天门。

〔3〕玉楚:即张清雅,清雅字玉楚。睢阳:指张巡。唐代蒲州河东(今山西永济)人,开元二十四年(736)进士,天宝中为清河令,更调真源令。安禄山反,巡起义军讨贼,与许远合力守睢阳(今河南商丘),阻敌南进,蔽遮江淮。自春迄冬,固守十月,终因粮尽援绝,城陷

被害。人称"张睢阳"。新、旧《唐书》有传。裔：后代。

〔4〕潜上：指潜山。黎老：老人。

〔5〕国乘：国史。家铭：犹家乘，指私家笔记或记载家事的笔录。搜讨：搜寻，访求；研究探讨。

〔6〕式：车过里门，人立车中，俯凭车轼，表示敬意。式，通"轼"。处士：古代称隐居不仕的士人。诗中指张清雅。

〔7〕稚子：幼子；小孩。

〔8〕郁郁：繁盛貌。

〔9〕白虹：日月周围的白色晕圈。亦宝剑名。宋吴淑《事类赋·服用·剑》："阳纹阴缦之奇，紫电白虹之异。"阴崖：阴处的山崖，背阳的山崖。

庄名弼

庄名弼，原名汝生，江苏武进人。顺治十八年(1661)进士。康熙四年(1665)，任安庆府学教授。升刑部郎中，终礼部郎中。生平事迹见《(康熙)常州府志》卷一七、《(康熙)安庆府志》卷一〇、《(乾隆)武进县志》卷之七。

怀天柱峰次姚郡伯韵[1]

皖山一柱倚天起，嵯峨特出星汉间[2]。耸然垂绅并挂笏，罗立诸峰相回还[3]。苍崖剥落余空翠，道书灭没司玄字[4]。巍巍南岳汉皇封，作镇中江渎有四[5]。瞻彼云根何嶙峋[6]，烟霞屐齿逐时新[7]。上盘复磴游踪杳[8]，五马登攀绝去尘[9]。安得追随贤太守，花封雉县快行春[10]。

辑自《(乾隆)潜山县志》卷二〇《艺文志》

解题

此诗追忆随同知府姚琅春日游山之事。一行人着木屐登天柱山,在烟霞缭绕中拾级盘升,途中可见周遭群峰环绕耸立,怪石嶙峋,苍崖剥落,山色空明;沿途又观赏了山中四条著名的溪流天柱源、桃源、蒳茶源、白水源。知府登山的速度很快,作者希望有一天能跟随他春日出巡所辖地域,劝课农桑,遍植花木,施行仁政,使境内成为风物美好、泽及鸟兽的人间乐土。

注释

〔1〕郡伯:明清时对知府的尊称。

〔2〕嵯峨:山高峻貌。

〔3〕"耸然"二句:意谓天柱山群峰陡峭,环绕耸立,有的像系着坤带,有的像用笏板支撑着脸颊。绅,古代士大夫束于腰间,一头下垂的大带。拄笏(hù):即柱笏看山。拄,支撑;笏,古代大臣上朝时拿的手板。用笏板支撑着脸颊,观望小景。比喻为官而有高尚的情趣,或比喻清高脱俗。典出南朝宋刘义庆《世说新语·简傲》:"王子猷作桓车骑参军。桓谓王曰:'卿在府久,比当相料理。'初不答,直高视,以手版拄颊云:'西山朝来,致有爽气。'"

〔4〕"苍崖"二句:意谓苍青的山崖剥落了,只剩下绿色的草木;原来道书上说的崖壁上刻有"司玄洞府"的字迹也灭没了。空翠,指绿色的草木,亦指空明苍翠的山色。道书,道家典籍。灭没,湮没,隐没。司玄字,指崖壁上题刻的"司玄洞府"的字迹。宋王象之《舆地纪胜》:"按《道录》,九天司命洞府在天柱山。《洞天福地记》:大洞十,小洞三十六,潜山在十四,号司真。"又明章潢《图书编》:"潜岳……其山之高七千二十丈,广二百五十四里,周八百里,道家以为第十四山司玄洞府。"

〔5〕作镇:镇守一方。中江:指长江中段,潜山地处长江中游地域。渎(dú)有四:指有四渎。四渎本为古人对独流入海的长江、黄

河、淮河、济水四条大川的总称。渎,江河大川,亦指沟渠、谷水。此"渎有四"指天柱山的四条溪流。《潜山县志》:"源四:曰天柱源、桃源、莳茶源、白水源。"

〔6〕云根:指深山之石,古人认为云自石中生。嶙峋:形容岩石突兀高耸。

〔7〕"烟霞"句:意谓在烟雾缭绕中登山行步,不断留下足迹。屐齿,这里是指木鞋的底齿在地上留下的痕迹。

〔8〕上盘:上升盘旋。复磴:重复不尽的石阶。杳:高远,深远。

〔9〕五马:汉时太守乘坐的车用五匹马驾辕,因借指太守的车驾。亦是太守的代称。此指知府姚琅。绝去尘:形容跑得极快,脚不沾尘土。

〔10〕花封:指境内花木遍地。晋潘岳为河阳令,满县遍种桃花,人称"河阳一县花"。见《白孔六帖》卷七七。后遂以"花封"为治县的美称。雉县:东汉鲁恭为中牟宰,有仁政。山雉栖落在人身旁,没有人去惊扰它。事见《后汉书·鲁恭传》。后因以为称颂地方长官施行仁政,泽及鸟兽之典。行春:官员春日出巡所辖地域,劝民农桑。

龙 燮

龙燮,字理侯。安徽望江人。康熙十七年(1678)以荐举鸿博,授翰林检讨,与修明史。迁编修,改大理寺正,据经以决疑狱,众共推之。后为工部员外郎卒。《(光绪)重修安徽通志》卷一八〇有传。

烈 犬 行 有引

潜山营卒某畜猎犬二,极驯。一日出畋[1],猝遇巨虎,卒引弓射之。虎走,攫卒伤肩[2]。二犬自草间跃起,一踞虎脊,一啮其喉,虎狼狈遁去,卒赖以全。时丁未十月事[3]。

左牵黄狗右臂苍[4],猎夫较猎山之阳[5]。腰悬大羽手挽强[6],岂顾林间麋与獐。白日欲没朔风扬,有虎斑斑戏南冈。赳赳者谁弓独张[7],抽箭射虎虎不僵[8]。虎走搏之翻被伤,凌霄汗血俱摧藏[9]。携来猰㺄勇且良[10],欻然豹变虬龙骧[11]。直踞虎脊扼虎吭[12],怒攫猛虎如豚羊。掉头急去何披猖[13],七尺甘饵委道旁。古之烈士趋镬汤[14],英风豪气畴低昂[15]。无论宋猋与楚黄[16],昆蹏㹠耳亦寻常[17]。若兹二犬乃骏庞[18],呜呼二犬真骏庞!

辑自《(康熙)潜山县志》卷一二《艺文下》

解题

康熙六年十月,潜山兵营的士兵某出猎猝遇巨虎,张弓射之而被虎抓伤。此时,这位士兵蓄养的两只猎犬从草中跃起,一只蹲踞在老虎背脊上,一只去咬它的喉咙。老虎狼狈逃走,士兵得以保全性命。这首歌行体的古诗即描述了这一事件的经过,并歌颂了两只猎犬的勇猛无畏及其对主人的忠诚。全诗句句押平声韵,旋律回环而音调铿锵,受"柏梁体"诗歌影响较深。

注释

〔1〕畋(tián):打猎,畋猎。

〔2〕攫:鸟兽以爪抓取。

〔3〕丁未:指康熙六年(1667)。

〔4〕臂苍:臂上架着苍鹰。苏轼《江城子·密州出猎》:"老夫聊发少年狂,左牵黄,右擎苍。"

〔5〕较猎:亦作校猎。即围猎,打猎。

〔6〕大羽:即大羽箭。强:指弓硬,有力。杜甫《前出塞九首》:"挽弓当挽强,用箭当用长。射人先射马,擒贼先擒王。"

〔7〕赳赳：矫健威武。《诗·周南·兔罝》："赳赳武夫，公侯干城。"

〔8〕僵：倒下。

〔9〕凌霄：指鹰。汗血：指汗血马。古代西域骏马名。因流汗如血，故称。后多以指骏马。摧藏：摧伤，挫伤。受到伤害。

〔10〕猃猲（xiǎn xiē）：泛指猎犬。猃，长喙猎犬。猲，即歇骄。短喙猎犬。

〔11〕欻（xū）然：迅疾貌。豹变：谓如豹文那样发生显著的变化。龙骧：昂举腾跃貌。

〔12〕吭（háng）：喉咙；颈项。

〔13〕披猖：猖獗，猖狂。

〔14〕镬汤：鼎中沸腾的开水。镬，无足鼎。古时煮肉及鱼、腊之器，亦用鼎镬作煮杀人刑具。

〔15〕畴：齐等。

〔16〕宋䝙（què）：战国时宋国良犬名。楚黄：楚国良犬。昆蹄：马名。传说昆蹄之马蹄平如砚而善登山。酋耳：传说中的义兽名。似虎而大，尾特长。

〔17〕骏庞：笃厚。《诗·商颂·长发》："受小共大共，为下国骏庞。"

刘 材

刘材，字笃公，诸生。安徽怀宁人。湛于经史。康熙十二年（1673），与纂邑志。《（民国）怀宁县志》卷一九有传。

游皖山寻石牛洞步黄山谷先生旧韵

盘空上诣青松宅[1]，塔影孤撑烟雨隔[2]。白鹤飞过岭头云,锡杖年年驻游客[3]。偶闻清磬落人间[4],石牛骑去几时还?洞门绿字新苔露,溪声唤出前人路[5]。

辑自《(康熙)潜山县志》卷一二《艺文下》

解题

此诗是用黄庭坚《书石牛溪旁大石上》诗的原韵原字,并依其先后次序而作。诗中既写眼前雨中清景,又含无限怀古之情。意境浑成,情思渺渺。

注释

〔1〕盘空:谓在空中盘旋。亦指凌空,横空。诣:造访。
〔2〕塔:指山谷寺三祖塔。
〔3〕"白鹤"二句:当年的白鹤道人似岭头的白云一样飞走了,而宝志大师卓锡之处年年引来游人驻足观看。
〔4〕清磬(qìng):清脆的磬声。磬,佛寺中钵形的铜乐器,敲击发声。
〔5〕"洞门"二句:石牛洞口的摩崖石刻上又增添了新的苔藓,石牛溪中的流水声唤起了对前人来此游历的回忆。

李 骥

李骥(1634—1710),字西骏,号虬峰,江苏兴化人。明大学士李春芳之孙。明清易代后移居扬州,以教书度日,与八大山人、石涛等交往颇密。著作有《虬峰文集》《虬峰外集》《楚吟集》《读易臆谈》等。骥卒后六十余年(乾隆四十四年,1779),乾隆帝征集遗书,兴化县礼房书办沈殿三购得《虬峰集》,知县多泽厚、两江总督萨载、江苏巡抚杨魁查得集中有"杞人忧转切,翘首待重明"等"悖逆"言论,并多载抗清志士事迹,其书被列为禁书专案,人则遭刨墓剖尸,枭首示众。生平事迹见故宫博物院编《清代文字狱档》等。

潜山张孝子歌

　　皇天不崩地不裂,忠孝千年永不灭。忆昔丁丑寇焰张[1],七十二营遍湖湘。转掠突入潜山县,官兵闭城不敢战。男啼女哭走边贼,身无完肌窜荆棘。张翁初殁尸在床[2],其子清雅号尸旁[3]。老仆云满窥势急,昇棺猝殓贼已入[4]。拔刀斩棺雅奔护,贼断雅指血如注。雅有幼子曰超艺,伏背代父首复碎。不忍父死已独生,呜咽抱父同父毙。云满攀刀骂且泣,三日不食死何烈! 都城城陷甲申春[5],煤山殉国真酸辛[6]。食君之禄为君死,鼎湖攀髯曾几人[7]? 烈哉张氏有云满,乱臣贼子气为短[8]。子殉父兮奴殉主,一门忠孝空今古。呜呼,一门忠孝空今古!

辑自《虬峰文集》卷五

解题

　　潜山张清雅明末被张献忠农民军杀害事,前人多有吟咏。作为明代大学士李春芳之嫡孙,李骐赋诗凭吊的角度自然与他人有所不同。所以他在诗中除了描述张氏父子、主仆死难的经过,还由此发端,讽刺了那些食君之禄却不能为君而死的明末大臣,更抨击了那些推翻明王朝的"乱臣贼子"。由此诗看,作者对明王朝怀有很深的感情,而这种感情正是后来他遭刨墓剉尸、枭首示众的根源所在。

注释

　　〔1〕丁丑:指崇祯十年(1637)。寇焰张:贼寇气焰嚣张高涨。

〔2〕殁(mò)：同"殁"，死亡。

〔3〕号(háo)：高声哭叫。

〔4〕舁：抬。

〔5〕甲申：指崇祯十七年(1644)。

〔6〕煤山殉国：指崇祯皇帝自缢于煤山事。煤山，即今北京市城内景山公园中的景山。相传明永乐迁都北京后，修建宫殿时曾在此处堆煤，故名。明崇祯十七年春，李自成率领农民军攻入北京，崇祯皇帝自缢于此。

〔7〕鼎湖攀髯：传说黄帝铸鼎于荆山下，鼎既成，有龙垂胡髯下迎黄帝，黄帝及从属七十余人飞升而去。后便以"鼎湖"借指皇帝之死，以鼎湖攀髯喻指为国君捐躯。

〔8〕乱臣贼子：历代统治者把统治阶级内部反对朝廷的人叫作"乱臣贼子"。也用来称那些反抗或起义的人们。

九日卓鹿墟饷潜山茶因忆舅氏徐三山甫明府 起句用杜

空囊苦羞涩〔1〕，茗椀久生尘〔2〕。讵意登高节，翻成解渴辰。碧倾才媚眼，香发早沾唇〔3〕。助我吟诗兴，撚须日几巡〔4〕。

舅昔司潜铎〔5〕，俜来及早莺〔6〕。新茶频寄姊，余沥定沾甥〔7〕。炭熟垆常暖，香焚几更清。伤心成往事，回忆泪盈盈〔8〕。

辑自《虬峰文集》卷七

解题

诗题中的"卓鹿墟"，即卓尔堪。尔堪字子任，号鹿墟，又号宝香山人。江苏江都人。康熙间曾从征耿精忠，为右军前锋，摧坚陷阵，居士卒先。后壮游四方,有豪侠名。工诗,尝辑《胜国逸民诗》(今名《明遗民诗》),另著有《近青堂集》。《扬州府志》有传。题中"舅氏徐三山甫明府",即徐哲。哲字山甫,号冬庵,江苏兴化人。顺治十一年贡生。康熙初任潜山县学训导,敦尚名节,讲学课文,著《学颜录》,有《去思碑》。康熙十一年升教谕,十五年曾捐俸重修潜山启圣祠正殿。因后升任福建南平知县,故称"明府"。《潜山县志》《兴化县志》均有传。

此二诗写友人卓尔堪九月九日重阳节赠送潜山茶,作者因忆念舅氏徐哲任潜山县学训导时,每年早春皆遣使馈赠新茶之事。第一首描写了作者因囊中羞涩不能饮茶的无奈和收到卓尔堪所赠潜山茶后冲泡品尝之欣喜。第二首写舅氏任职潜山时频年寄茶与大姐,自己也沾光喝到潜山茶,而今舅氏亡故,一切皆成往事,忆念及此,不禁热泪盈眶。二诗描写细腻生动,情思真挚感人,堪称佳作。

注释

〔1〕"空囊"句:苦于口袋里没钱,自己感到难为情。

〔2〕茗椀:茶碗。

〔3〕"碧倾"二句:意谓才向倾倒碗中的碧绿色的茶汤投以媚眼,散发的香气早已沾满自己嘴唇。媚眼,美丽动人的眼神,喜爱的眼神。亦指飞眼,谓以眼神示意。

〔4〕撚须:用手指搓弄胡须。几巡:几遍,几周。

〔5〕司潜铎:掌管潜山的文教。相传古代宣布教化的人必摇木铎以聚众,故称掌管文教之官为司铎。

〔6〕伻(bēng):使者。早莺:初春的黄莺。

〔7〕余沥:剩余的茶滴。沥,滴水。

〔8〕盈盈:充积貌,充盈貌。

王士禛

王士禛(1634—1711),雍正朝避帝讳,改名士正,乾隆时又改称士禛。字子真,一字贻上,号阮亭、渔洋山人。山东新城(今桓台)人。顺治十五年(1658)进士,授扬州推官。康熙朝历官礼部主事、员外郎,户部郎中,侍讲,侍读,侍讲学士,国子监祭酒,詹事府詹事,兵、户部侍郎,左都御史,刑部尚书等。卒谥文简。士禛少年时为钱谦益称赏,康熙朝继钱主盟诗坛。论诗创神韵说。早年诗作清丽澄淡,中年后转为苍劲。擅长各体,尤工七绝。清末谭献称"本朝诗终当以渔洋为第一"(《复堂日记》)。与朱彝尊齐名,称"北王南朱"。袁枚则有"一代正宗才力薄"(《论诗绝句》)之贬语。古文以天姿朗悟、自然修洁取胜,读书考订,评论得失,辨别真伪,时有独到之见。著有《渔洋诗集》《蜀道集》《渔洋续集》《渔洋文略》《蚕尾集》《续集》《后集》《南海集》《雍益集》,总为《带经堂全集》。另著有《渔洋诗话》《居易录》《池北偶谈》《古夫于亭杂录》《香祖笔记》等。晚年自删定其诗为《渔洋山人精华录》,词集单行者名《衍波词》。生平事迹见《清史稿》卷二六六、《清史列传》卷九、《国朝名家诗钞小传》、《渔洋山人自撰年谱》、金荣《渔洋山人年谱》等。

望盛唐山

前路临天柱[1],崇朝过盛唐[2]。舳舻蔽千里,曾此薄枞阳[3]。急雪迷江介[4],雄风忆武皇。诗歌谁载笔[5],不继大风章[6]。

辑自《带经堂集》卷五六《蚕尾续诗》二

解题

作者前面的路程已邻近天柱峰,而今天一早先要经过盛唐山。此时江上风雪交加,作者遂忆及元封五年冬汉武帝巡守南郡登天柱封禅时曾行幸此处一事。当时船只首尾相连,遮蔽千里,汉武帝曾作

《盛唐枞阳之歌》,不知是谁携带文具以记录王事,却没有将歌词记录下来,以致像汉高祖《大风歌》这样歌颂太平的乐章没有续篇,作者对此深感遗憾。

注释

〔1〕天柱:指天柱山。在安庆市西北一百二十里。

〔2〕崇朝:终朝。从天亮到早饭时。有时喻时间短暂,犹言一个早晨。亦指整天。崇,通"终"。盛唐:指盛唐山。《(嘉靖)安庆府志》:"南五里曰盛唐山。汉武帝过此作《盛唐歌》,唐缘此置盛唐郡。"

〔3〕"舳(zhú)舻(lú)"二句:写元封五年冬汉武帝巡狩南郡事。《汉书》卷六《武帝纪》:"(元封)五年冬,行南巡狩。至于盛唐,望祀虞舜于九嶷,登潜天柱山。自寻阳浮江,亲射蛟江中,获之。舳舻千里,薄枞阳而出,作《盛唐枞阳之歌》。"舳舻,船头和船尾的并称。多泛指前后首尾相接的船。薄,迫近。

〔4〕江介:江岸,江边。

〔5〕载笔:携带文具以记录王事。此处指史笔。

〔6〕"诗歌"二句:作者自注:"汉武帝作《盛唐枞阳之歌》,《史》《汉》失其词。"大风章,即《大风歌》。《史记·高祖本纪》:"高祖还归,过沛,留。置酒沛宫,悉召故人父老子弟纵酒,发沛中儿得百二十人,教之歌。酒酣,高祖击筑,自为歌诗曰:'大风起兮云飞扬,威加海内兮归故乡,安得猛士兮守四方!'"后多以为颂扬帝王或天下太平之典。

潜山道中雪

处处溪山好,倪黄画亦难[1]。雪云数峰白,枫柏万林丹[2]。高下松毛积[3],凄清石溜寒[4]。天心爱羁旅[5],岩壑饱经看^[6]。

辑自《带经堂集》卷五六《蚕尾续诗》二

解题

作者于冬日行经潜山道中,只见群峰为积雪白云包裹,林中万棵枫树柏树红遍,又有高高低低堆积的松毛,凄凉清冷的岩石间急流。眼前优美的景色连元代著名山水画家倪瓒与黄公望也很难将它画下来。作者本性便爱行旅在外,他饱览了天下山水,认为潜山的峰峦和溪谷特别耐看。

注释

〔1〕倪黄:倪瓒与黄公望。二人都是元代画家,擅画山水,与王蒙、吴镇合称"元四家"。

〔2〕枫柏(jiù):枫树乌柏树。

〔3〕高下:参差起伏。松毛:松叶的别称。松叶如针,繁盛如毛,故称。

〔4〕石溜:岩石间的水流。

〔5〕天心:本性,本心。羁旅:行旅在外。

〔6〕岩壑:山峦和溪谷。

自沙河至唐婆岭即事

皖公山色望迢遥[1],皖水清泠不上潮[2]。青笠红衫风雪里[3],一林枫柏马萧萧[4]。

辑自《带经堂集》卷五六《蚕尾续诗》二

{ 解题 }

此诗是作者就眼前所见事物,抒写一时之感受。唐婆岭,在潜山县与怀宁县之间的官道上。作者旅行途经沙河至唐婆岭时,远远地便望见皖公山朦胧的身影,此时皖水清澈寒凉,没有涨潮。风雪中有一位头戴青竹斗笠之人行进在一片枫柏林中,枫树柏树上的红叶如同给他披上了红衫,而他胯下的坐骑则发出一声长鸣。全诗描绘了唐婆岭如画之冬景,词采清丽,色彩鲜明;其中"青笠红衫风雪里,一林枫柏马萧萧"一联尤为出色,至今仍被人们作为名言警句解读欣赏(见中国对外翻译出版公司《中华名言警句大词典》)。

{ 注释 }

〔1〕迢遥:远貌。
〔2〕清泠:清澈寒凉。上潮:涨潮。
〔3〕青笠:青竹制的斗笠。
〔4〕萧萧:指马拉长声音嘶叫。

二 乔 宅

彰法山广教寺

修眉细细写春山[1],松竹萧萧响佩环[2]。霸气江东久销歇[3],空留初地在人间[4]。

辑自《带经堂集》卷五六《蚕尾续诗》二

{ 解题 }

作者至潜山游乔公故宅。他望见翠绿的远山,仿佛自己见到了二乔姣好的长眉;二乔宅边风吹青松翠竹发出萧萧声响,他怀疑那是她们身上的佩玉互相撞击的声音。但三国时代的英雄霸业、美人风流毕竟消歇已久,其地只空留一座寺院,不禁令诗人黯然神伤。

注释

〔1〕修眉:长眉。春山:春日的山。喻指妇女姣好之眉。《西京杂记》:"文君姣好,眉色如望远山,脸际常若芙蓉。"牛峤《菩萨蛮》词之一:"愁匀红粉泪,眉剪春山翠。"

〔2〕萧萧:象声词,形容风声。佩环:玉佩。

〔3〕销歇:止歇,消逝。

〔4〕初地:佛教语。谓修行过程十个阶位中的第一阶位。三乘共修"十地"中,以"乾慧地"为"初地";大乘菩萨"十地"中,以"欢喜地"为"初地"。此处指佛教寺院。唐王维《登辨觉寺》诗:"竹径从初地,莲峰出化城。"

雪中欲谒三祖山不果 即山谷寺

僧宝昔开此[1],人传三祖禅。本来无住着[2],初地空云烟。雪暗石牛洞,溪流山谷泉。罗浮行脚地[3],瓢笠亦随缘[4]。

辑自《带经堂集》卷五六《蚕尾续诗》二

解题

作者将入粤,途经潜山,欲拜谒三祖山,因天降大雪,最终没有成行,心中颇为不爽。但他转念一想:禅宗教人不要对某一事物坚持不放,否则不能超脱;如今这三祖禅寺被云雾笼罩,大雪封山,石牛洞中昏暗,山谷流泉等胜景也不能观赏。当年三祖付法后即往罗浮山,我也即将入粤,既然不能谒山,自己的行踪还是顺应机缘,任其自然吧。诗中所反映的正是禅宗"无执着即为清静"的人生观和世界观。

注释

〔1〕僧宝：僧人。佛教以佛、法、僧为三宝，故称。此指梁代高僧宝志禅师。其开山建寺一事，已见前注。

〔2〕住着：佛教语。犹执着。指对某一事物坚持不放，不能超脱。

〔3〕"罗浮"二句：作者自注："三祖付法后即往罗浮，时予亦将入粤。"罗浮，指罗浮山，在今广东博罗。三祖僧璨大师曾与道友去游罗浮山，后又回到舒州。行脚，指禅僧为修行而游走四方寻师求道。

〔4〕瓢笠：和尚云游时随身携带的瓢勺和斗笠。这里借指行踪。随缘，佛教语。谓佛应众生之缘而施教化。缘，指身心对外界的感触。亦指顺应机缘；任其自然。

田　雯

田雯(1635—1704)，字纶霞，一字紫纶、子纶，号山姜，又号漪亭，晚号蒙斋。山东德州人。康熙三年(1664)进士，授内阁中书，历官工部郎中，湖广督粮道，光禄寺卿，江苏、贵州巡抚，刑部、户部侍郎。论诗推重黄庭坚，不依附王士禛之门墙，《四库全书总目》谓雯"负其纵横排奡之气，欲以奇丽驾士禛上，故诗文皆组织繁富，锻炼苦刻，不肯规规作常语"。著有《古欢堂集》《黔书》《河志籍考》，编有《历代诗选》《历代文选》。生平事迹见《清史稿》卷四八四、《国朝先正事略》卷三七、《国朝名家诗钞小传》及《蒙斋自编年谱》。

皖城西拜山谷老人墓[①]　　试士

长风沙口木叶黄[1]，大江绕郭流汤汤[2]。三桥坂北红鹤砦[3]，涪翁墓在潜山冈[4]。松枳蓊荟路荦确[5]，野烟漠漠狐狸藏。摩围老子洪都住[6]，溪园十亩双井塘[7]。何年游皖遂不返，石牛精舍来偯佯[8]。司空天柱纷在眼[9]，罗隐元放群相将[10]。追昔党祸遘章蔡[11]，宜州儋耳同心伤[12]。几欲买田清颍尾，风炉煮茗西湖旁[13]。苏门词杰晁秦辈[14]，斑斑熊豹非寻常[15]。公才乃如大国楚，曹邹浅陋难颉顽[16]。我来思识古人面，寒飙吹下芙蓉裳[17]。吟魂剪纸招不出，四山云气空茫茫。秋林红压千头橘，江船白跳八尺鳇[18]。酹酒再拜日已夕[19]，秋风突兀摩青苍[20]。

辑自《古欢堂集》卷六

解题

据《(嘉靖)宁州志》卷一一《丘墓》载，宋徽宗崇宁四年(1105)黄庭坚卒于宜州贬所后，大观三年(1109)，苏伯固护丧归葬其故里双井村祖茔之西。此诗所咏"山谷老人墓"，实际是舒州人为了怀念黄庭坚而为他建的衣冠冢，冢在今怀宁、潜山二县交界处的红鹤砦，地属潜山(天柱山)的支脉。

作者到安庆主持安徽省士子考试，前往府治西七十里的红鹤砦拜谒黄庭坚的衣冠冢而作此诗。黄庭坚幼年便随其六舅李常在舒州读书，元丰三年赴任太和途中，又与友朋在舒州盘桓月余，后又任舒

---

① 山谷老人墓：即黄庭坚墓。《(康熙)安庆府志》卷之四《山川》："宋黄庭坚墓：考《江西志》，庭坚墓在宁州。皖司李黄敬玑谓在怀宁，寻于三桥坂红鹤嘴访得其处，封而祭之。置墓田。"

州知州。他爱舒州山水之胜,写下了不少歌颂舒州山水景物的优美诗篇,而舒州也留下了很多有关他的动人传说。作为黄庭坚的崇拜者,诗人田雯在此诗中既歌咏了黄庭坚在舒州的形迹,也为他仕途坎坷而鸣不平,更为他非凡的诗歌才能大唱赞歌。全诗组织繁富,意脉千运百转而又纵横排奡;情调则悲咽而衰飒,形成苍凉的氛围和意境,密切配合悼亡主题,具有很高的艺术造诣。

注释

〔1〕长风沙:地名,在今安徽省安庆市长江边上。

〔2〕郭:外城。汤汤(shāng shāng):波澜壮阔貌。

〔3〕三桥坂:地名。在安庆府城西七十里,潜山县治东五十里。为潜山、怀宁二县交界处。今属怀宁。

〔4〕潜山冈:潜山山脉的一座小山。冈,本指山梁,后来泛指山岭或小山。

〔5〕蓊荟(wěng huì):草木繁密貌。莘确:山石险峻貌。

〔6〕摩围老子:指黄庭坚。摩围,泉水名。《(乾隆)江南通志》卷三四《舆地志》:"山谷流泉,在潜山县山谷寺佛殿后,有黄庭坚题额。始为流泉,后以石甃周围,澄澈不流,名曰摩围泉。庭坚最爱饮之,遂自号摩围老人。"洪都:旧南昌府的别称。

〔7〕双井:地名。指双井村,在江西修水县西十余里,为黄庭坚故里。

〔8〕石牛精舍:《(乾隆)江南通志》卷三四《舆地志》:"石牛精舍,在山谷寺中。"儴(ráng)佯:游荡貌。从容徘徊貌。司马相如《上林赋》:"招摇乎儴佯,降集乎北纮。"

〔9〕司空:指司空山,旧属舒州太湖县。今属岳西。与潜山县天柱山遥遥相对。天柱:即天柱山。

〔10〕罗隐:字昭谏,唐代余杭(今属浙江)人,一说新城人,以十举进士不第,尝隐居舒州望江县北六十里小茗山之莲花峰。参见

《(万历)望江县志》卷之六《侨寓》、《(康熙)安庆府志》卷之二《山川》。元放:即左慈,汉末隐于天柱山修炼道术,已多见前注。相将:相偕,相共。

〔11〕党祸:指元祐党争。遘:遇,遭遇。此指遘难,即结成怨仇。章蔡:章,指章惇(1035—1105)。北宋浦城(今福建浦城)人,字子厚,性豪隽,博学善文,后随父章俞迁居江苏苏州(今江苏苏州市),举嘉祐进士,王安石悦其才而引进之。哲宗初立,知枢密院事;旋高后听政,黜知汝州,太后崩,复起用,引其党蔡京、蔡卞等尽复新法,力排元祐党人,徽宗初,贬睦州卒。蔡,指蔡京。蔡京(1047—1126),宋仁宗、钦宗时人。兴化仙游(今福建仙游)籍,字元长。熙宁三年(1070)进士。徽宗时,拜尚书左丞右仆射。崇宁元年(1102)年拜相,不久为太师,尽贬元祐年间上书攻击新政者,立《元祐党籍碑》,刻石文德殿门。政和二年封鲁国公,曾四次秉持国政。靖康时,金兵南侵,人皆以为是蔡京祸国乱政所致,被认为是"六贼"之首。

〔12〕宜州:唐乾封中改粤州置,治所在龙水县(今宜州市)。辖境相当今广西壮族自治区宜州市一带。宋属广南西路。哲宗时黄庭坚预修《仁宗实录》,迁著作佐郎,升起居舍人。哲宗绍圣初,知鄂州。章惇、蔡京以修《实录》不实,贬涪州别驾。至徽宗初召还。崇宁二年(1103)又以文字罪除名,贬宜州,卒于其地。儋耳:地名,在今海南境内。苏轼曾贬其地。苏轼《桄榔庵铭》:"东坡居士,谪于儋耳。"

〔13〕"几欲"二句:意谓黄庭坚曾多次表示要弃官归隐。颍尾,颍水之尾,指颍水的下游。这一带曾是古人向往的隐居的地方。诗中泛指退隐之地。风炉,古代煮茶的器具。陆羽《茶经》:"风炉,以铜铸之,如古鼎形。……三足之间设三窗,底一窗以为通飙漏烬之所。"西湖,指颍州西湖,又称汝阴西湖,在今阜阳市西北一公里处。始建于隋唐,后经北宋著名文学家晏殊、欧阳修、苏东坡等人经营而成"天下绝胜"。黄庭坚曾表示要归隐其地。黄诗《谢黄从善司业寄惠山泉》:"安得左辖清颍尾,风炉煮茗卧西湖。"又,《拜刘凝之画像》:"弃官清颍尾,买田落星湾。"

〔14〕晁秦辈：晁补之、秦观等人。《宋史·文苑·黄庭坚传》："与张耒、晁补之、秦观俱游苏轼门,天下称为四学士。"

〔15〕斑斑熊豹：比喻才华出色。斑斑,色彩鲜明貌。

〔16〕"公才"二句：意谓黄庭坚的诗才如楚,有泱泱大国之风,而自己则像曹、郐这样的小国,浅薄鄙陋,诗歌难与其匹敌抗衡。曹郐,皆古小国名。周武王克商后,封其弟叔振铎于曹（今山东定陶县境）。《诗经》有"曹风"。郐,亦作桧,周初封祝融氏之后于此,其地在今河南中部。《诗经》有"桧风"。颉颃,谓不相上下,相抗衡。黄庭坚亦曾以相近的诗句称誉苏轼："我诗如曹郐,浅陋不成邦。公如大国楚,吞五湖三江。"（《子瞻诗句妙一世乃云效庭坚体盖退之戏效孟郊樊宗师之比以文滑稽耳恐后生不解故次韵道之》）

〔17〕寒飙：寒冷的大风。飙,旋风；暴风。芙蓉裳：以芙蓉为裳,象征人的志行高洁。屈原《离骚》："制芰荷以为衣兮,集芙蓉以为裳。"黄庭坚《赣上食莲有感》："安得同袍子,归制芙蓉裳。"

〔18〕鳇：鳇鱼。又名鲟鳇鱼。鱼纲鲟科。形体与鲟相似,唯左右鳃膜相连。大的体长可达五米。此指祭品。

〔19〕酹酒：以酒洒地表示祭祀。

〔20〕突兀：突然。亦高耸貌。青苍：深青色。常借指天空,亦借指山林。

徐 釚

徐釚(1636—1708),字电发,号拙存,又号虹亭,晚号枫江渔父。江苏吴江人。康熙十八年(1679)举博学鸿词,授检讨。早受业于宋实颖。袁景辂《国朝松陵诗征》评其诗"体尚华秀",王昶《国朝词综》引梁云麓语称其词"高处在秾艳中时见本色"。其词流入朝鲜,有会宁都护官仇元吉,用金一饼购去。而其《词苑丛谈》一书,史传称其"援据详明,具有鉴裁",大有裨益于后世治词学者。著有《南洲草堂集》《青门集》《菊庄词》《词苑丛谈》《本事诗》《啸虹笔记》。生平事迹见《清史稿》卷四八四、《清史列传》卷七一、《国朝耆献类征》卷一一九、《国朝名家诗钞小传》等。

梦游天柱峰歌

我昔梦游泰岱峰[1],手攀日观摩秦松[2]。云霞出没荡海峤[3],天鸡夜叫开空蒙[4]。我今作客皖江北,崇嶂连江跨绝壁[5]。司空天柱闻最奇[6],欲游未游盘胸臆。夜凉如水枕高秋,鸣蛩唧唧霜华流[7]。薄帏萧疏鉴明月[8],梦魂飞度凌丹丘[9]。丹丘拔地几千尺,玉柱金庭轰空矗。山腰片雨杂黑云[10],山顶微茫见白日。我来倏忽松风边,飞珠喷沫惊流泉。恍惚四万八千顷,直与衡霍相周连[11]。西来妙义传灯续[12],五蕴参同憩山谷[13]。紫燕差池拂玉床[14],白鸾夭矫飞灵木[15]。嵯岈峻壑何纵横[16],万山之中山欲崩。巍然天柱撑天表,不然天汉东南倾。举首苍茫山月小,攀磴穿云历窅缈[17]。石林飒沓风雨来[18],迷离一片钟声晓[19]。

辑自《南州草堂集》卷二

解题

作者此诗写自己作客皖江北,夜梦登游天柱峰。全诗驰骋想象,以瑰丽的语言、夸张的笔调,表现了天柱峰的高峻巍峨,描绘了山中仙宫道府、三祖道场及种种胜景奇观。而这一切都笼罩于一片烟云朦胧之中,迷离惝恍,仿佛神秘的灵境。人称此诗"豪放不减青莲"(《菊庄词》后附宋荦语)。

注释

〔1〕泰岱:即泰山。泰山又名岱宗,故称。

〔2〕日观：泰山峰名。为著名的观日出之处。摩：抚摸。秦松：秦始皇二十八年封禅泰山，风雨暴至，避于松树下，因此松树护驾有功，按秦官爵封为五大夫。事见《史记·秦始皇本纪》。

〔3〕海峤（qiáo）：海边山岭。

〔4〕天鸡：古籍中所说日出先鸣的雄鸡。《初学记》卷三十引晋郭璞《玄中记》："桃都山有大树曰桃都，枝相去三千里，上有天鸡。日出照木，天鸡即鸣，天下鸡皆鸣。"李白《梦游天姥吟留别》："半壁见海日，空中闻天鸡。"空蒙：烟雨迷茫貌。

〔5〕崇：高。崿（è）：山崖。

〔6〕司空：指司空山。位于今岳西县西南。旧属太湖县。相传战国时有淳于氏，官至司空，清正廉明，隐居于此，后人遂称"司空山"。

〔7〕鸣蛩（qióng）：即蟋蟀。唧唧：虫吟声。霜华：喻指皎洁的月光。

〔8〕鉴：照；映照。

〔9〕丹丘：传说中神仙所居之地。《楚辞·远游》："仍羽人于丹丘兮，留不死之旧乡。"王逸注："丹丘昼夜常明也。"

〔10〕片雨：阵雨；局部地区降落的雨。

〔11〕衡霍：指天柱山。参见乌以风《天柱山志》卷三《衡霍今辨》。

〔12〕西来妙义：指佛法，因从西方传来。传灯：佛家指传法。佛法犹如明灯，能破除迷暗，故称。

〔13〕"五蕴"句：意谓在山谷寺休息。作者自注："山有山谷寺，即三祖道场也。"五蕴，佛教语。指色、受、想、行、识五者假合而成的身心。色为物质现象，其余四者为心理现象。佛教不承认灵魂实体，以为身心虽由五蕴假合而不无烦恼、轮回。又名"五阴"、"五众"。参同，参悟同一无别之理。

〔14〕差池：参差，形容羽毛长短不一。语出《诗经·邶风·燕燕》："燕燕于飞，差池其羽。"

〔15〕鸾:传说中凤凰一类的鸟。夭矫:屈伸纵姿貌。灵木:神异的树木。亦为传说中的长寿木名。

〔16〕嵯(cī)岈(yá):错杂不齐貌。峻壑:深的沟壑。

〔17〕磴:石阶。窅(yǎo)纱:深远貌。

〔18〕飒沓(tà):风雨迅疾貌。

〔19〕迷离:模糊不明,难以分辨。

重过皖江

珠宫依旧俯城隈[1],多少残碑没草莱[2]。故垒烟荒人迹断[3],霜笳晴弄客帆开[4]。地连皖口山无数[5],潮落枞阳水自哀[6]。怊怅涪翁亭下路[7],廿年曾记此重来。

辑自《南州草堂集》卷一〇

解题

作者于二十年后重过皖江,望岸上一片荒芜景象,追想汉武帝登天柱祭岳经过此地时舳舻千里、争出枞阳的盛况,又想到黄庭坚曾在这里走过的贬谪之路,不禁感慨万千。

注释

[1] 珠宫:指道院或佛寺。城隈:城角,城内偏僻处。

[2] 草莱:犹草莽。杂生的草。

[3] 故垒:古代的堡垒;旧堡垒。皖江口自古来为军事要地。

[4] 霜笳:霜天笳声。笳,古管乐器。即胡笳。汉时流行于塞北和西域一带。传说为春秋时李伯阳避乱西戎时所造,汉张骞从西域传入,其音悲凉。后形制递变,名称亦各异。弄:谓拨弄、吹奏乐器。

〔5〕皖口:在今安徽安庆市西南,即皖水入江口。已见前注。

〔6〕枞阳:《汉书·郊祀志下》:"登礼潜之天柱山,号曰南岳。浮江,自寻阳出枞阳。"

〔7〕怊(chāo)怅:犹惆怅。涪翁:宋黄庭坚的别号。

邵长蘅

邵长蘅(1637—1704),一名衡,字子湘,号青门山人。江苏武进人。十岁即为诸生。后因奏销案除名,乃谢去举子业,肆力于诗古文辞。康熙间游京师,施闰章、王士禛、朱彝尊、陈维崧等皆与之交。又入太学试得州同知,不就,束装归。宋荦巡抚苏州,致之幕府。著有《青门簏稿》《旅稿》《剩稿》,合为《邵青门全集》。生平事迹见《清史稿》卷四八四、《清史列传》卷七一、《国朝名家诗钞小传》、宋荦《青门山人墓志铭》等。

甘　人

唐大中十年,舒州有鸟,人面、绿毛、绀爪嘴,其声曰"甘人"。占国有兵,人相食。

甘人甘人,人肉腊作脯[1],人骨炊作薪。前有春磨寨[2],后有盐尸车[3],束缚屠割如羊猪。不见乾符之后尸如麻[4],大中妖鸟先鸣呼[5]。

辑自《邵子湘全集·青门簏稿》卷一

解题

甘人,是传说中的幽冥之神,旧称此物以食人肉为美味,出现必有灾异。《太平御览·羽族部》载:"大中十年(《旧唐书·宣宗本纪》

作大中十一年),舒州吴塘堰有众禽成巢,阔七尺,高七丈,而水禽、山鸟、鹰隼、燕雀之类,无不驯狎。又有鸟,人面绿毛,爪喙皆绀色,其声曰'甘人',呼为甘虫。"

此诗即根据历史记载而敷衍成篇。作者认为,晚唐黄巢起义时发生人吃人的现象先有征兆,因为早在唐宣宗大中十年,舒州吴塘堰便有妖鸟呼唤以食人肉为美味的幽冥之神出现。这当然是古人迷信的说法,不可信;不过,从中可以看出古代舒州吴塘堰水面宽阔、禽鸟众多、自然环境美好的事实。

注释

〔1〕腊(xī):干肉。此处用作动词,指制成干肉。

〔2〕舂磨寨:即把人活生生地放在碓磨上舂捣碾碎,然后连骨带肉一块吃下去。《旧唐书》卷二〇〇《黄巢传》:"贼俘人而食,日杀数千。贼有舂磨寨,为巨碓数百,生纳人于臼碎之,合骨而食。"

〔3〕盐尸车:载运盐醃尸体的车辆。《旧唐书》卷二〇〇《秦宗权传》:"贼首皆慓锐惨毒,所至屠残人物,燔烧郡邑,西至关内,东极青齐,南出江淮,北至卫滑,鱼烂鸟散,人烟断绝,荆榛蔽野。贼既乏食,啖人为储,军士四出,则盐尸而从。"

〔4〕乾符:唐僖宗年号。

〔5〕大中:唐宣宗年号。

王大经

王大经(1641—1722),字轴长,安徽潜山人。康熙十一年(1672)选贡。历任镇江、句容、江宁司训,摄平陵邑篆,所至有声。以孙凤诏贵,赠奉政大夫山东兖州府泇河同知。殁年八十二。《(康熙)安庆府志》卷二〇、《(乾隆)潜山县志》卷之八有传。

山 谷 寺

地僻绝尘氛,幽深山更嵘[1]。雨余松韵响,月到竹风清。鹤去仙何在,禅空锡阒声[2]。我来寻古寺,凭眺不胜情[3]。

辑自《(乾隆)潜山县志》卷二〇《艺文志》

解题

在远离尘世、偏僻而峥嵘的深山里,大雨已停止,残留的水珠沿着松针有节奏地滴落到地面上,发出清脆的响声;朗朗的月光下,竹林里不时有清风吹过。白鹤已飞走了,但在禅宗万物皆空的佛理中,似乎仍能听见宝志禅师的空中飞锡之声。自己前来寻访这座古老的寺院,登高望远,实在无法承担心中涌起的思古之情。此诗既以细腻的笔触写出了山谷寺幽深、宁静的环境,又婉转含蓄地表达了作者悠悠不尽的情思。

注释

[1] 嵘:峥嵘。形容山势高峻突出。
[2] "鹤去"二句:写南朝梁武帝时白鹤道人与宝志禅师来潜山山麓争胜事,已见前注。阒,空。
[3] 凭眺:据高远望。

皖峰绝顶看天柱

登封犹自说当年,绝巘凌空欲接天[1]。草木有情多异境[2],身心到此即安禅[3]。峰回罗列儿孙立,水曲潺湲石乳涎[4]。挈伴饱看奇胜处,蓬壶缥缈隔云烟[5]。

辑自《(乾隆)潜山县志》卷二一《艺文志》

解题

身在皖峰绝顶眺望天柱峰,只见它高高耸立空中,几乎与天相接,有大大小小的山峰像儿孙绕膝一般分布排列在它的周围。山上的草木仿佛有情之物而呈现出奇特的境界,弯曲的小溪在缓缓流动,钟乳石上有水珠绵绵不尽地往下滴淌。人到此处身心俱得到净化,有如佛教徒静坐入定,沉浸在一种庄严的向往之中。再看远处,海上仙山蓬莱岛隔着云雾,若有若无,时隐时现。全诗不仅描绘了天柱峰雄奇壮丽的景观,而且融入了作者眺望时的美妙感受。

注释

〔1〕绝巘:山之最高峰。巘,山顶。又险峻貌。
〔2〕异境:奇特的境界。
〔3〕安禅:佛教徒静坐入定,息心凝虑的一种修炼方法。
〔4〕潺湲(chán yuán):溪水缓缓流动的声音。石乳:钟乳石。涎:流口水。此指钟乳石上滴水。
〔5〕蓬壶:即蓬莱山。古代传说中的海上仙山,形如壶器,故称。

许清沅

许清沅,字湘如。安徽潜山人。家贫少孤,事母邓氏备极孝养;母殁,居丧尽礼。生平一介不苟,有狷者风。《(民国)潜山县志》卷一七有传。

游 白 鹤 宫

萝叶纷披石径回[1],宫门斜背碧峰开。丹池泉接吴塘水〔2〕,药围篱通皖伯台。今日青松犹自长,往年白鹤可还来?仙翁不避尘寰客〔3〕,笑煮云英进一杯〔4〕。

辑自《(乾隆)潜山县志》卷二一《艺文志》

解题

白鹤宫,即白鹤观,又称真源宫。已多见前注。此诗描写了白鹤宫美好的境界,表现了道教徒的生活状况及其与凡俗之人的交往。全诗如行云流水,风格潇洒而飘逸。

注释

〔1〕纷披:繁盛貌。
〔2〕丹池:炼丹池。
〔3〕尘寰客:指世人,凡俗之人。尘寰,人世间。
〔4〕云英:云母的一种。道家认为服云英可以轻身。晋葛洪《抱朴子·仙药》:"又云母有五种……五色并具而多青者名云英,宜以春服之。"唐白居易《早服云母散》诗:"晓服云英漱井华,寥然身若在烟霞。"

余光全

余光全,字完子,号皖柱,安徽潜山人。康熙二十一年(1682)进士。受业于朱彝尊,为分校《经义考》。二十六年(1687)出知贵州安南县。邑多苗人,或群聚滋事。光全为严行保甲法,有游手者畀以牛耕,劝使归田。一时安堵,士民立祠祀之。又尝捐资助修县学。后升户部主事,解组归养。居乡恂恂,议抑无宦态。所著诗文甚富。《(乾隆)潜山县志》卷之八、《(光绪)重修安徽通志》卷一八〇、《(咸丰)兴义府志》卷一六有传。

吴塘晓渡

两山排闼一泓澄[1],匹练光涵云气蒸[2]。白涌波心星乍落,红凝水面日初升[3]。野塘舟泛松溪客,古寺钟敲竹院僧[4]。薄暮归来争渡晚[5],满篷明月照疏灯[6]。

辑自《(乾隆)潜山县志》卷二一《艺文志》

【解题】

此诗描写了吴塘渡口的秀丽景色和早晚泛舟争渡的情景,表达了诗人对美好境界的爱恋之情。

【注释】

〔1〕排闼(tà):并排的两扇门。亦指推开门。王安石《书湖阴先生壁二首》之一:"一水护田将绿绕,两山排闼送青来。"一泓(hóng):清水一道或一片叫一泓。澄:清澈。

〔2〕匹练:一匹白绢,喻水。李白《秋浦歌十七首》之十二:"水如一匹练,此地即平天。"

〔3〕"白涌"二句:星星刚落山,吴塘水中央翻滚着白色的波浪;旭日初升,水面上凝聚着一片红色。

〔4〕"野塘"二句:在这郊野的吴塘水里,有喜爱山水的客人在泛舟;不远处山谷寺的紫竹禅院中,有和尚在敲钟。

〔5〕薄暮:傍晚。

〔6〕疏灯:稀疏的灯光。

酒 岛 流 霞

　　幽壑灵崖百卉香,临溪石色映波光。烟生深岛飞晴霭[1],花落长堤点夕阳。王氏兰亭同曲水[2],习家池馆继流觞[3]。游人坐对青樽满,醉倚层云任酒狂[4]。

辑自《(乾隆)潜山县志》卷二一《艺文志》

解题

　　此诗写在酒岛所感受到的风物之美和游人的欢乐气氛,勾画出潜山万千春色中动人的一幕。

注释

　　〔1〕晴霭:清朗的云气。
　　〔2〕王氏:指王羲之。兰亭,在绍兴市城南兰渚山下。东晋大书法家王羲之曾与亲朋在此修禊,写下了著名的《兰亭集序》,兰亭因此闻名。曲水,回环曲折的水道。古时风俗,于农历三月上旬的巳日(魏晋以后固定为三月三日)为修禊日。人们引水环曲为渠,列坐水旁,流觞取饮,相与为乐,称为"曲水"。
　　〔3〕习家池馆:亦名高阳池馆。在湖北省襄阳城南。东汉初年,襄阳侯习郁在此建造府第时,引白马泉凿池养鱼,于池中筑钓台,池侧建馆舍,为游宴之所。流觞(shāng):传递着的酒杯。
　　〔4〕层云:积聚着的云气。

何　迪

　　何迪(1648—1707),字训侯,号雪崖,安徽潜山人。家贫力学,淹通经史、制艺,屡取优等。郡守张延讲经史,称曰道学真传,授徒三十年,多知名士。邑侯高其文行,欲其一投刺而不可得。平生敦行孝友,然诺不欺。康熙四十五年膺岁荐,时年五十九,六十殁。所著诗、古文词数十卷未梓,今不传。《(康熙)安庆府志》卷之八、《(乾隆)潜山县志》卷一〇、《(光绪)重修安徽通志》卷二二三有传。

乔公故址

雨过荒亭薄霭收,东风吹老杜鹃愁。飘零红粉花千片,想象蛾眉月一钩[1]。水井只今存汉字,霸图何处识吴侯[2]?可怜梦幻须臾事,笑指层山但点头。

辑自《(乾隆)潜山县志》卷二一《艺文志》

解题

这首凭吊诗虽亦深含人生如梦之意,但在写法上轻松活泼,不同一般,景物描写富有情趣。结尾处更是慰藉人们,要以达观的态度对待世事和人生。

注释

[1] 蛾眉:蚕蛾触须细长而弯曲,因以喻女之眉。亦借指女子容貌姣美。

[2] 霸图:霸者之雄图。吴侯:指孙策。

咏山谷流泉

翠壁烟萝绕化城[1],灵源天辟最澄清[2]。斜穿竹屋当窗白,暗咽松风抱石鸣。断岸有苔留鸟迹[3],碧潭无日不云生。

风流千古成追赏^[4],谩说苏黄最擅名^[5]。

辑自《(乾隆)潜山县志》卷二一《艺文志》

解题

此诗描写了山谷流泉壮观而秀美的景色及作者面对佳景时的潇洒情怀。

注释

〔1〕烟萝:草树茂密,烟聚萝缠,谓之"烟萝"。化城:指佛寺。
〔2〕灵源:对水源的美称。
〔3〕断岸:溪边绝壁。
〔4〕风流:风雅潇洒。亦指流风余韵。追赏:追随游赏。宋苏辙《登真兴寺楼赋》:"非有意于求慕兮,徒令世之追赏。"
〔5〕谩说:犹休说。苏黄:指苏轼和黄庭坚。

雪 湖 春 涨

春风淡荡卷春烟^[1],买得青尊放画船^[2]。况是雨余新涨足,桃花流出小桥边。

辑自《(乾隆)潜山县志》卷二一《艺文志》

解题

雪湖,在潜山县旧治南。与南湖相邻,产藕尤美。春风淡荡,轻烟迷蒙,新雨之后,雪湖中水已涨满,不时有片片桃花从小桥边流出,诗人正在湖中的画船上饮酒。全诗重在描写雪湖春日涨水后迷人的景色,也表现了作者淡然悠然的生活情趣。

注释

〔1〕淡荡:和煦舒展。陈子昂《修竹篇》:"春风正淡荡,白露已清泠。"春烟:形容春天烟雾迷蒙的样子。

〔2〕青尊:盛酒的酒杯。酒别名绿蚁,故称酒杯为青尊。

查嗣瑮

查嗣瑮(1653—1734),字德尹,号查浦。浙江海宁人。查慎行弟。康熙三十九年(1700)进士,官至侍讲。坐兄查嗣庭狱案被捕,谪遣关西,卒于戍所。数岁即能解切韵谐声,诗作名气与查慎行相等。著有《查浦诗钞》《音类通考》。生平事迹见《清史列传》卷十一、《国朝耆献类征》卷一二二、《清史稿》卷四八四、《国朝先正事略》卷四〇、《国朝诗人征略》初编卷一八等。

潜 山

频征不起逐榛荒[1],恬退何人识此伧[2]?他日锋车如霹雳[3],直从知诰到舒王[4]。

天柱茶香小角开,摩围泉好一瓶来[5]。倦飞高鸟应重到[6],试作他年观主猜[7]。

辑自《查浦诗钞》卷一〇

解题

此二诗名为咏潜山,实则咏与潜山相关的两位历史人物。

第一首咏王安石事迹。王安石在舒州任通判期间屡次被朝廷征召,均固辞不就,甘愿屈居在这荒野之地。后入京任直集贤院、知制谄,到神宗时终于一举为相,主持变法。于元丰元年(1078)受封舒国公。元祐元年(1086)逝世后,宋徽宗政和三年(1113)又追封舒王。此诗重在表现王安石仕途的闻达,而他的声誉名望均与舒州关联。

第二首咏黄庭坚。写他在山谷寺中煮泉品茗的恬然雅趣。作者猜想他虽欲在仕途作一番挣扎,最终定会身心疲倦,再次回到他钟爱的舒州地方,为一道观之主,过恬淡怡然的生活。

注释

〔1〕征:征召;征聘。多指君召臣。榛荒:指荒草丛生之地。逐榛荒,即指隐居不仕。

〔2〕恬退:淡于名利,安于退让。伧(cāng):泛指村野之人。

〔3〕锋车:即追锋车。常指朝廷用以征召的疾驰之车。霹雳:响雷,震雷。如霹雳,形容神速。

〔4〕知诰:即知制诰。官名。唐代翰林学士加知制诰者起草诏令,余仅备顾问。宋代除翰林学士,他官加知制诰者亦起草诏令,称为外制,翰林学士虽皆起草诏令而亦带知制诰衔,称为内制。舒王:政和三年,徽宗对已逝世的王安石追赠的封号。王安石初为舒州通判,后入相,于元丰元年(1078)受封舒国公,两年后改封荆国公。元祐元年(1086)逝世后,追封舒王。

〔5〕摩围泉:在山谷寺佛殿后,有黄庭坚题额。始为流泉,后以石砌周围,澄泓不流,名曰摩围泉。其水清冽,酷暑饮之,沁人心脾。烹茶酿酒尤佳。相传黄庭坚最爱饮此泉,遂自号摩围老人。

〔6〕"倦飞"句:高飞的鸟儿疲倦了知道要回树林。喻人久居仕宦而欲归隐。陶渊明《归去来辞》:"云无心以出岫,鸟倦飞而知还。"黄庭坚《题山谷石牛洞》:"司命无心播物,祖师有记传衣。白云横而不度,高鸟倦而犹飞。"

〔7〕观主:道观之主。猜:看;看待。

刘前彬

刘前彬,字又彬,号劢山,安徽怀宁人。邑庠生。敬姊爱弟,父母丧,俱守庐墓三年,建陟望台、永思楼祀奠之。年七十六卒。《(康熙)安庆府志》卷一八、《(光绪)重修安徽通志》卷二三五、《(民国)怀宁县志》卷二〇有传。

丹灶苍烟

仙踪缥缈复何常,藤杖逍遥挂药囊。九转汞铅成粟粒[1],半铛龙虎自玄黄[2]。欲将余沥开尘眼[3],故放轻烟出玉堂[4]。安得乘云随子晋[5],猴山绝顶弄笙簧。

辑自《(康熙)潜山县志》卷一二《艺文下》

解题

"丹灶苍烟"其处常年烟雾缭绕,又有左慈炼丹的传说流行,所以作者想象了一番道士于其中挂杖采药、炼丹修仙的景象,并表达了对修道成仙的渴慕情怀。

注释

〔1〕九转:道教谓丹的炼制要经历九次提炼,有一至九转之别,而以九转为贵。粟:俗称小米,古称"稷"。

〔2〕铛:古代的锅。有耳和足。以金属或陶瓷制成。这里指炼丹炉。龙虎:道教语。指水火。玄黄:道教指称水银和铅液化融合后的液体,为合成丹药的一种原料。

〔3〕余沥:指丹液的余滴。

〔4〕玉堂:玉色白属肺,玉堂喻肺部。这句是说吐出浊气以修炼

仙道。

〔5〕子晋：王子乔的字。相传为周灵王太子，喜吹笙作凤凰鸣，被浮丘公引往嵩山修炼，三十年后于缑氏山（即下句的缑山）升仙。

刘前彭

刘前彭，生平事迹不详。

九 井 西 风

隐隐声腾夜半雷，刁翏九井迭相催[1]。锡藏多劫犹嘘动[2]，鹤去千年可溯洄[3]。漏尽庭蕉翻细雨[4]，晓来林叶满苍苔。青山未始分仙佛，何事人间诧怪哉[5]！

辑自《（康熙）潜山县志》卷一二《艺文下》

解题

旧志载，"宝志公与白鹤道人斗智，道人设九厕于左，志公卓锡九井，为西风反吹焉"。作者于夜半风雨之时，听闻隐隐雷鸣与庭院中雨打芭蕉声，想象着此时宝志公正与白鹤道人斗法、各显神通的神奇之景。天明后风收雨散，满地落叶覆盖于苍苔之上，作者遂感觉旧志之说实为不经。

注释

〔1〕刁翏（lù）：形容草木动摇、风声长久的样子。刁，原作"刀"，据乾隆县志改。

〔2〕锡：指志公卓锡。已见前注。多劫：佛教传说，世界经历若干万年毁灭一次，重新再开始，这样一个周期叫作一"劫"。多劫，即

表示很久远的时间。嘘:慢慢地吐气。

〔3〕溯洄:逆流而上。

〔4〕漏尽:计时器具中的水已漏完。指拂晓。蕉:芭蕉的简称。

〔5〕诧(chà)怪:惊诧奇怪。

刘前彤

刘前彤,字觊侯,安徽桐城人(《(民国)怀宁县志》作怀宁人)。康熙间任江浦训导。性温谨,博物洽闻,士林振勖。《(嘉庆)重刊江宁府志》卷二八有传。

天 柱 晴 雪

雪赋曾传继两京[1],谁知滕六技难成[2]。新晴着屐沙光动[3],历夏披襟暑气清[4]。点入丹炉颜自驻,收归诗管色愈莹。却疑仙侣霞觞罢[5],醉驭琼□落佩珩[6]。

辑自《(康熙)潜山县志》卷一二《艺文下》

解题

作者于盛夏天气着木屐登山,观赏"天柱晴雪"胜景,遂想起南朝宋诗人谢惠连《雪赋》中对雪的精彩描写,想象眼前白沙犹如三九寒冬时晶莹的雪花,又洁白如玉,好似仙人掉落的玉佩一般。

注释

〔1〕"雪赋"句:意谓谢惠连的《雪赋》可以直追《两都赋》或《二京赋》这样的名篇。《雪赋》,南朝谢惠连所作。赋将下雪前"河海生云,朔漠飞沙"的天气变化,下雪时漫天飞舞的动势,及下雪后"万顷同

缟"、"千岩俱白"的静态,勾画得形象逼真,呈现出一种清丽、素净、浩渺的境界。作者最后通过将雪人格化的手法,来表达自己委运随化、无虑无营的人生观。两京:指东汉班固的《两都赋》或张衡的《二京赋》,都是描写首都长安与洛阳繁华的名篇,是赋体文学中的杰作。

〔2〕滕六:传说中雪神名。此诗其实写于夏季,"天柱晴雪"也并非真雪,而是岩石风化后形成的白沙似雪。故曰"技难成"。

〔3〕屐(jī):木制的鞋,底大多有二齿,以便登山。

〔4〕披襟:敞开衣襟。

〔5〕霞觞:犹霞杯。这里指仙人饮酒。

〔6〕驭:驾。佩珩(héng):亦作"珩佩",指杂佩。各种不同的佩玉。珩,佩上的横玉,亦泛指佩玉。

刘庆誉

刘庆誉,字树声,安徽潜山人。康熙四十一年岁贡,府学生。待人处物,多有义举。生平事迹见《(康熙)安庆府志》卷一八、《(乾隆)潜山县志》卷一〇等。

石 牛 古 洞

怪石遍搜经洞口,仙牛化石石尤奇。双蹄印藓留灵迹[1],一窰眠云自秉彝[2]。雪积汸山驯牿伏[3],霞封函谷去轮迟[4]。五丁可识深藏处[5],牧笛无声懒动移。

辑自《(康熙)潜山县志》卷一二《艺文下》

解题

作者遍寻怪石,经过石牛洞口时发现石牛一动不动,石牛溪中大石上有天然二蹄印,蹄印中长满苔藓,遂引起关于牛的无限丰富的联想。

注释

〔1〕藓:苔藓。

〔2〕秉彝:持执常道。

〔3〕沩(wéi)山:山名,湘江支流沩水的发源地,在湖南宁乡西北。驯(xùn):顺服的。牯(gǔ):母牛,亦俗称阉割过的公牛。亦泛指牛。唐代高僧百丈禅师怀海曾作禅诗《沩山牛》云:"放出沩山水牯牛,无人坚执鼻绳头。绿杨芳草春风岸,高卧横眠得自由。"

〔4〕函谷:函谷关,老子骑青牛出函谷关一事,已多见前注。

〔5〕五丁:神话传说中的五个力士。《艺文类聚》卷七引汉扬雄《蜀王本纪》:"天为蜀王生五丁力士,能献山,秦王献美女与蜀王,蜀王遣五丁迎女。见一大蛇入山穴中,五丁并引蛇,山崩,秦五女皆上山,化为石。"一说"秦惠王欲伐蜀而不知道,作五石牛,以金置尾下,言能屎金,蜀王负力。令五丁引之成道"。见北魏郦道元《水经注·沔水》。

刘庆履

刘庆履,生平事迹未详。

诗崖漱玉

崖横莲子作诗堂[1],百丈花开水亦香。雨洗龙蛇生古壁[2],风飘珠玉落飞觞。依稀剩墨犹堪诵[3],想见狂歌不费商[4]。欲问山灵借余石,可容新句附群章?

辑自《(康熙)潜山县志》卷一二《艺文下》

解题

作者饱览"诗崖"处如画之胜景,还有崖上前贤隽永的题咏书法,不禁自己也跃跃欲试。

注释

〔1〕崖横莲子:指莲子崖。在潜水之南,吴塘之左。壁削千寻,潭深百尺,清流潆洄,与石相激,如漱玉然。崖上旧多唐宋人题刻,故亦称"诗崖"。
〔2〕龙蛇:喻指石壁上的书法文字。
〔3〕依稀:隐约貌。剩墨:比喻零星残存的作品。
〔4〕商:古代五音(宫、商、角、徵、羽)之一,这里指代奏乐。

葛荫龙

葛荫龙,生平事迹未详。

游虎头岩

虎岩惊乍到,宿梦醒何之?洞坳云深霭[1],天光石陆离[2]。叶迷樵子路,苔没古人诗。五十三参上[3],尘心已净时。

辑自《(乾隆)潜山县志》卷二〇《艺文志》

解题

虎头岩洞内幽黑,云雾弥漫;洞外阳光灿烂,岩石色彩斑斓。树叶遮蔽了樵夫打柴的小径,苔藓吞没了石壁上古人的题诗。来到这岩颠之上,从前的梦醒了,凡俗之心、名利之念亦皆涤荡殆尽。诗歌描写了虎头岩那远离尘嚣的幽美景致,呈现出各种意象所构成的静谧、空灵的画面,带给读者无限遐思。

注释

〔1〕坳:同"黝"。幽黑。
〔2〕陆离:色彩斑斓。
〔3〕五十三参:亦称"善财童子五十三参"。指善财童子遵文殊菩萨之嘱,从福城出发南行寻访五十三位名师(善知识),请教如何学习、修行和实现菩萨行的问题,最后在普贤菩萨处实现成佛"行愿"。为大乘佛教宣传"即身成佛"的例证,并为以后禅宗奉为僧人行脚遍参的榜样。潜山虎头岩巅有"五十三参"胜迹。

何 焻

何焻,字曙侯,号藕斋,安徽潜山人。康熙五十三年(1714)岁贡。性聪颖,经史传记,过目成诵,屡试第一。古学魁六皖,名重江左,所交尽一时之英。诗画琴棋,无不入妙。尤精书法。片言只字,人争宝之。人称为东坡后身。邑侯重其文行,请为掌教,多所造就。所著诗文未梓,年六十六卒。《(乾隆)潜山县志》卷一〇、《(民国)潜山县志》卷一二有传。

偕皖属友人游山谷寺

披襟深坐竹间楼[1],午榻茶烟事事幽[2]。赤日未消冰涧暑,清涛先响寺门秋[3]。山中把臂惟长啸,天下何人更胜游?若使流泉能化酒,也拚老作醉乡侯[4]。

辑自《(乾隆)潜山县志》卷二一《艺文志》

解题

作者陪同皖属友人游山谷寺,中午在竹间小楼上小憩,大家抽烟喝茶。此时虽赤日炎炎,暑气未消;但听着寺院门前那清澈的潺潺流水声,使人心生寒凉之意,仿佛是到了秋天。作者与朋友们不禁互相握持手臂,放声长啸:天下还有什么比这更快意的游览呢!如果能使山谷流泉都变成美酒,我们都愿封往醉乡,永不离去了。

注释

〔1〕披襟:敞开衣襟。
〔2〕午榻:中午小憩的竹榻。
〔3〕清涛:清波。清澈的水流。
〔4〕拚(pàn):舍弃,豁出去。醉乡侯:谓愿封往醉乡,永不离去。嗜酒者常用以自拟。宋黄公度《秋夜独酌》诗:"投老相从管城子,平生得意醉乡侯。"

乔 公 故 址

废址犹传国丈遗,六朝烟景夕阳知。草封故垒余冰井,云暗荒山没断碑。顾曲台空杨柳怨[1],倚妆花老杜鹃悲[2]。可怜风月仍如旧,铜雀谁歌武帝词[3]?

辑自《(乾隆)潜山县志》卷二一《艺文志》

解题

作者站在乔公故址前,作诗凭吊怀念古人,心情沉重,词意忧伤。

注释

〔1〕顾曲:《三国志·吴书·周瑜传》:"瑜少精意于音乐,虽三爵之后,其有阙误,瑜必知之,知之必顾,故时人谣曰:'曲有误,周郎顾。'"后遂以"顾曲"为欣赏音乐、戏曲之典。旧传潜山乔公故址有顾曲台。

〔2〕倚妆:倚仗盛装容貌。

〔3〕铜雀:指铜雀台。三国魏曹操建铜雀、金虎、冰井三台,临死,遗命将众宫嫔歌妓置于铜雀台上,让她们在台上能时时望见自己的陵墓,并嘱咐将宫中剩余香料分给众宫嫔歌妓。唐杜牧《赤壁》诗:"东风不与周郎便,铜雀春深锁二乔。"

汤右曾

汤右曾(1656—1722),字西厓,浙江仁和(今杭州)人。康熙二十七年(1688)进士。由编修累官吏部侍郎,兼掌院学士。性亢直,在谏垣侃侃持正议,条议甚多。以文学重于时,工诗。才大而能恢张,与秀水朱彝尊并为浙派领袖。亦工书善画。著有《怀清堂集》。生平事迹见《清史稿》卷二六六、《清史列传》卷九、《国朝先正事略》卷四〇、《国朝名家诗钞小传》等。

望天柱山

峨峨天柱峰[1],可望不可梯[2]。苍然紫翠内[3],大有幽人栖。冈前走白鹿,洞口封香泥。似闻绀瞳翁[4],金鼎分刀圭[5]。千秋灵仙观[6],名与潜岳齐。时有嘉莲花,千瓣流清溪[7]。仙源自何处,路绝人已迷。烟月弄婵娟[8],遥挂玉镜西[9]。忽焉海色动[10],夜半鸣金鸡。安坐鞭石牛,为予起锄犁。寸田一成熟,磊落枣与梨[11]。兹焉宿夕留,王事未敢稽[12]。攀星摘日月,行待醉墨题。云空焙药岩[13],水激风凄凄。试呼左元放[14],恐复群老羝[15]。

辑自《怀清堂集》卷一四

解题

天柱山群峰巍峨高耸,云雾缭绕,山岩之间,有仙花嘉莲,且山上多寺庙宫观,并种种胜景奇观。作者于公事途中夜宿于此,见眼前一切恍如仙境,不禁联想起许多有关此地的历史记载和故事传说。

注释

[1] 峨峨:高貌。

[2] 梯:爬,攀援。

[3] 紫翠:形容林间缭绕的雾气。

[4] 绀(gàn)瞳:深青而泛红的瞳仁。绀,深青色。苏轼《送仲素寺丞归潜山》诗:"潜山隐君七十四,绀瞳绿发初谢事。"

[5] 金鼎:指道士炼丹之鼎炉。借指炼丹或炼丹之术。刀圭:中药的量器名。借指药物。此处指丹药。

[6] 仙观:道观。此处指真源宫。

[7] "时有"二句:宋王象之《舆地纪胜·安庆府·风俗形胜》:"(潜山)山岩之间,有仙花嘉莲。……潜、皖二水,莫究其源。或山雨泛壅,流出莲叶,可及尺余。张君房《脞说》云:'山岩之间,有仙花嘉莲'云云。又古诗云:'玉光白橘香争秀,金翠嘉莲蕊斗开。'"

[8] 弄:显现。婵娟:形容月色明媚。

[9] 玉镜:指玉镜峰,其胜概已见前注。

[10] 海色:天将晓时的天色。

[11] 磊落:众多委积貌。

〔12〕稽:延误;延迟。

〔13〕焙药岩:在天柱山良药坪东北,距上炼丹五里,相传为汉左慈焙药处。一名麒麟岩。焙(bèi),微火烘烤。

〔14〕左元放:即左慈,字元放。"丹灶苍烟"景观及左慈于山中炼制仙药的传说,已多见前注。

〔15〕羝(dī):公羊。据《后汉书·方术列传》记载,曹操屡次想捕杀左慈。有一次左慈走入羊群,变为一老羝(公羊),曹操知不可得,就告诉羊群:"不复相杀,本试君术耳。"忽有一老羝屈前两膝,人立而言曰:"遽如许。"即竞往赴之,而群羊数百皆变为羝,并屈前膝人立,云"遽如许",遂莫知所取焉。

陈大章

陈大章(1659—1727),字仲夔,号雨山,湖北黄冈人。康熙二十七年(1688)进士。以母老乞归,筑室松湖,以教读终其生。工诗、古文,精于《毛诗》,有《诗传名物集览》《玉照亭诗钞》等传世。

望 皖 公 山

昨日见五老[1],复兹望皖公。灵山故多异,宛转为我容[2]。石楼势巉绝[3],隐见云雾中。皖公尔何人,独擅兹山雄!颇闻青冥顶[4],时有列仙踪。安得凌天翅,一举开心胸!

辑自《玉照亭诗钞》卷一六《秋篷集》上

【解题】

作者游览了庐山的五老峰,再来眺望皖公山,感觉皖公山更加雄奇壮丽。山上那美妙多姿的景色,仿佛是一位缠绵多情的女子,为了登山者而将自己精心打扮得楚楚动人。听说那青苍幽远的山顶常有仙人出没,作者希望有一天能腋生双翅,一飞冲天,登上那皖山之巅,一举使自己豁然开朗,心情舒畅。

注释

〔1〕五老:指五老峰。五老峰为江西庐山东南著名山峰。五峰形如五位老人并立,故称。

〔2〕宛转:蜿蜒曲折。亦谓缠绵多情,依依动人。

〔3〕石楼:指石楼峰,皖山诸峰之一。在皖山东,状若楼观,故名。巉绝:险峻陡峭。

〔4〕青冥:形容青苍幽远。

吴铭道

吴铭道(1665—1750),字复古,号古雪山民,安徽贵池人。吴应箕之子。平生喜游名山大川,精诗文,擅长书法。康熙间曾参与纂修《江南通志》。著有《复古诗集》《古雪山民诗后集》等。《明复社姓氏补录》有传。

望天柱山六首

七千七百七十丈[1],想见增城十二楼[2]。恨不身同孤鹤健,戛然鸣向最高头。

武帝移封迹已荒,南巡何事惮浮湘[3]?中州莫道衡山远,更有苍梧舜所藏[4]。

幼从尔雅识图经[5],劫火天留画有灵。决眦今来想遗事[6],不殊五岳见真形。

名山久入卧游真[7],阅尽沧桑貌尚新。今日东南太寥落[8],振衣千仞遂无人[9]。

列岳称尊谢不如,名山虽众汝犹孤。不知曾到峰头者,得见东瀛日出无[10]?

灵均辛苦问何为[11],底事东南只道亏[12]?昆仑若在九州内[13],焉费离骚无限辞[14]!

辑自《古雪山民诗后》卷三

解题

这是歌咏天柱山的六首七言绝句。第一首咏天柱山的高峻伟岸;第二首追忆汉武帝以衡山辽远,乃徙南岳之祭于天柱之事;第三首写根据《尔雅》记载,自己曾从附有地图的书籍或地理志中考察天柱山;第四首写自己曾以欣赏山水画方式代替游览,并说明家中藏有方以智绘赠其父的《天柱峰图》;第五首写天柱山如今位不列五岳,被贬为名山,在众山中显得孤高而特立。第六首言自己见中国混浊,将像屈原《离骚》中所说的那样,欲渡白水而登神明之山,屯车系马而留止焉。全篇六首互相印发,兴象深微,借歌咏天柱而表明了自己的人生态度。

注释

〔1〕"七千"句:唐曹松《霍山》:"七千七百七十丈,丈丈藤萝势入天。"

〔2〕增城:古代神话传说中的地名。《楚辞·天问》:"增城九重,其高几里?"《淮南子·坠形训》:"掘昆仑虚以下地,中有增城九重,其高万一千里百一十四步二尺六寸。"唐刘禹锡《思黯南墅赏牡丹花》诗:"偶然相遇人世间,合在增城阿姥家。"

〔3〕惮:害怕,畏惧。浮湘:指乘船由湘水抵衡山。徐灵期《南

岳记》云:"衡山,五岳之南岳也。至于轩辕,乃潜霍之山为副焉。故《尔雅》云:'霍山为南岳。'盖因其副也。至汉武南巡,又以衡山辽远,道隔汉江,乃徙南岳之祭于庐江。"

〔4〕苍梧:地名。在今湖南宁远县南。相传舜帝南巡,至苍梧而死,葬九疑山中,娥皇、女英二妃远寻至苍梧,不见踪迹,泪洒湘竹,投湘水而死。后因以"苍梧"为咏帝王死亡之典。

〔5〕尔雅:训诂书。著者为谁,说法不一。大概由汉初学者辑录周汉诸书旧文并递相增益而成。是中国古代第一部解释词义的书,至唐宋时被列为儒家经典"十三经"之一。图经:附有图画、地图的书籍或地理志。

〔6〕决眦:睁大眼睛。

〔7〕卧游:指以欣赏山水画代替游览。

〔8〕寥落:衰落,衰败。

〔9〕"振衣"句:作者自注:"余家藏方密之先生画一幅,其题识云:'江上有天柱峰,东南望也。次尾盟兄有振衣千仞之概,故写此图以赠。'先公集中有诗。"

〔10〕东瀛:东海。

〔11〕灵均:战国楚著名诗人屈原的字。

〔12〕底事:何事,为什么。

〔13〕昆仑:山名。九州:传说中我国上古行政区划。相传大禹治水成功后,始划定九州。这里指中国。

〔14〕离骚:楚辞篇名。战国屈原作。司马迁说:"《离骚》者,犹离忧也。"(《史记·屈原列传》)无限辞:意谓《离骚》涉及昆仑山之言辞甚多。《离骚》言及昆仑山者如:"朝发轫于苍梧兮,夕余至乎县圃",王逸《章句》:"县圃,神山,在昆仑之上。《淮南子》曰:昆仑县圃,维绝乃通天。言己朝发帝舜之居,夕至县圃之上,受道圣王,而登神明之山。"又如:"世溷浊而不分兮,好蔽美德而嫉妒。吾将济于白水兮,登阆风而绁马。"王逸《章句》:"济,渡也。《淮南子》言:白水出昆仑之山,饮之不死。"洪兴祖补注曰:"河图曰:昆仑山出五色流水,

其白水入中国,名为河也。五臣云：白水,神泉。""阆风,山名,在昆仑之上。泄,系也。言已见中国溷浊,则欲渡白水登神山,屯车系马而留止也。"

鲁之裕

鲁之裕(1666—1746),字亮侪,安徽太湖人,晚寓居湖北麻城(一说麻城人)。康熙五十九年(1720)举人。雍正间授河南确山令,与总督田文镜不洽,屡被劾,然田亦服其为人。被世誉为"奇男子"。乾隆间历直隶清河道布政司参政等职。为官数十年,在兴修水利、革除旧习等方面多有建树,曾主持疏浚畿南河道七百余条。著有《式馨堂诗文集》《长芦盐法志》等传世。《国朝耆献类征初编》卷二二一有传。

同人避暑山谷分阶字

谷邃风凉境便佳,出尘僧侣善诙谐[1]。已判病影山岩画[2],何惜闲身曲蘖埋[3]。敲石慢添蒸术火[4],引泉亲洗泐诗厓[5]。夜来太史占天象,应纪贤星聚泰阶[6]。

辑自《式馨堂诗文集》诗集前集卷五

【解题】

作者在山谷寺养病,恰好有一群志同道合的朋友来此避暑,大家分韵题诗。作者分得"阶"字韵,他便依韵作得此诗。诗中描写了僧人说话有趣,引人发笑;与朋饮蘖酒,观岩画,用泉水冲洗摩崖石刻,自己不时用慢火煎药等诸多场景。全诗充满着轻松闲适的生活情调,炎热的暑气或许能被这种情调所冲淡,作者的病情亦可因之得缓解。尾联以贤星聚于泰阶比喻同人在山谷寺相聚,既寓含天下太平之意,也对朋友们的前程充满期待。

注释

〔1〕出尘:超出世俗。佛教则指脱离烦恼的尘垢。诙谐:说话有趣,引人发笑。

〔2〕"病影"句:全句应为"病影已判山岩画",因"病影"须与下句"闲身"对仗,故倒置于"已判"后。判,评判,区分。山岩画,中国古代凿刻或绘制在山崖石壁上的图画。

〔3〕曲蘖:制酒的酒母。亦借指酒。

〔4〕"敲石"句:此写慢火煎药。蒸术,通过高温蒸气使之变熟的方法。皮日休《重玄寺元达年逾八十好种名药凡所植者多至自天台四明包山句曲丛萃纷糅各可指名余奇而访之因题二章》有句云:"白石静敲蒸术火,清泉闲洗种花泥。"

〔5〕泐(lè)诗厓:指摩崖石刻。泐通"勒",铭刻。

〔6〕贤星:星名。又名进贤星。旧云进贤星现,主卿相进贤任能。亦指贤能的人。泰阶:古星座名。即三台。上台、中台、下台共六星,两两并排而斜上,如阶梯,故名。亦借指朝廷。《黄帝泰阶六符经》曰:"泰阶者,天之三阶也……三阶平则阴阳和,风雨时,社稷神祇咸获其宜,天下大安,是为太平。"唐贾至《闲居秋怀寄阳翟陆赞府封丘高少府》诗:"信矣草创时,泰阶速贤良。"

宿狮子岩

一径来来几折盘,洞天深处九峰攒[1]。石钟晚揭松涛起,铁笛秋掀岳月寒[2]。茶煮白云泉液旨[3],人穿红树叶声干。幽怀自与山灵契[4],所恨劳身不离鞍[5]。

辑自《式馨堂诗文集》诗集前集卷五

解题

作者夜宿狮子岩而作此诗。作者此番游山,沿着一条小路绕来绕去,几经曲折盘旋才到此处;在这风景胜地簇集着众多的山峰,别有一番天地。夜晚的狮子岩,耳畔松涛阵阵,仿佛是敲击岩间石钟震荡所引起;山上月光清寒,似乎因鲁道人吹铁笛而使然。在这里,茶叶生长在白云中,再煮山间的泉水冲泡清茶,味道十分甘美;白天人从红树间穿过,枯叶发出清脆的响声。自己内心的情感已经完全和此山之精灵,和这清静幽深的环境融合在一起了。遗憾的是身不由己,明天还要踏上征程。

作者笔下的狮子岩,似非天池峰旁之狮岩;据诗中写到"石钟、铁笛"二古迹,所咏之地当近虎头岩。据乌以风《天柱山志》称,虎头岩"多怪石,陡峭巍峨,嵌插玲珑,如狮、如虎、如船、如悬钟、如玉壶",作者所称狮子岩,或即虎头岩"如狮"之怪石也。

注释

〔1〕洞天:道教称神仙的居处,意谓洞中别有天地。后常泛指风景胜地。攒:簇聚,聚集。

〔2〕"石钟"二句:作者自注:"石钟、铁笛,岩间二古迹也。"按,石钟、铁笛,相传为远古鲁道人所用之物。

〔3〕旨:味甘美。

〔4〕幽怀:隐藏在内心的情感。契:契合,投合。

〔5〕劳身:劳碌之身。

醉　　歌

维己丑之秋[1],作客潜山县。潜山多故人,为我陈兼馔[2]。有酒如渑令如军[3],骰子声喧天半闻。长烛高烧四五易,啸歌鼎沸情殷勤。须臾尽醉兴尤泼,扬觯飞觞竞轩豁[3]。仙仙屡舞狂态生[4],雅谑雄谈终夜聒[5]。或则猜拳奋臂呼,或则拈韵行踟蹰。或则掀髯榷今古,或则倾耳眼模糊。醉者不觉形容丑,左右旁观各掩口。连宵酩酊意未休,还订明朝相聚首。人生行乐贵及时,兴适那顾群儿嗤。况复良朋千里会,安能矩矱相绳持[6]。座中愧我酒肠窄,仅能容斗不能石。挥毫为赋醉中歌,歌竟人浮三大白[7]。君不见,长安五侯七贵之华堂,三揖百拜行一觞。缄口结舌吐还茹[8],谁能放言高论恣徜徉?呜呼,放言高论恣徜徉,此会此乐何可量!

辑自《式馨堂诗文集》诗集前集卷五

解题

康熙四十八年(1709)的秋天,鲁之裕到潜山县作客,一群相知的朋友设宴招待他。酒酣耳热之后,鲁遂作此诗。诗中描写了宴会上投壶掷骰、猜拳行令、传杯满饮、大快朵颐、啸歌起舞、雅谑雄谈的喧闹场景与热烈气氛。表现了诗人睥睨世流、不拘礼俗、及时行乐、追求自由的人生态度。全诗笔酣墨饱,语极狂放,节奏疾徐多变,极参差错综之致,读者于雄快之中,可得其一往豪迈之概与深远宕逸之神。

注释

〔1〕己丑:指康熙四十八年。
〔2〕兼馔:多种食品。
〔3〕有酒如渑:此原为春秋时齐景公与晋昭公饮酒时投壶(一种助酒兴的游戏)所用的"投壶辞"。《左传·昭公十二年》:"齐侯举矢,

曰:'有酒如渑,有肉如陵。寡人中此,与君代兴。'"后用以咏酒宴。渑,古水名。源出今山东省淄博市东北,西北流至博兴县东南入时水。久湮。令:酒令。

〔4〕扬觯:举起酒器。古时饮饯时的一种礼节。飞觞:指传杯行酒令。形容欢宴畅饮。轩豁:谓轩昂开朗,气宇不凡。

〔5〕仙仙:飘飘然起舞貌。《诗·小雅·宾之初筵》三章:"舍其坐迁,屡舞仙仙。"

〔6〕雅谑:谓趣味高雅的戏谑。雄谈:高谈阔论。聒(guō):喧扰;嘈杂。

〔7〕矩矱:矩,古画方形的用具,即今之曲尺;矱,尺度。矩矱犹言规矩,法度。

〔8〕人浮三大白:每人满饮三大杯酒。浮,指满饮。大白,大酒杯。宋司马光《昔别赠宋复古张景淳》诗:"须穷今日欢,快意浮大白。"

〔9〕缄口结舌:把口闭住,把舌卷起,不使说话。茹:吞咽。

〔10〕徜徉:安闲自得貌。唐韩愈《送李愿归盘谷序》:"膏吾车兮秣吾马,从子于盘兮,终吾生以徜徉。"

山谷寺僧德秀以画册八页请题为之走笔

松下读书人,貌癯神则苦[1]。似缘书误渠[2],欲欣不能吐。

蠢然一怪石[3],不语不开花。女娲如复起[4],万物不如他。

山盘水复曲,竹茂而田肥。照图能买得,即日挈家归[5]。

横笛骑牛背,徐行稳似船。天衢驰怒马[6],多少坠花鞯[7]。

燕子舞春风,移家不相见。今逢旧主人,应归宝墨殿[8]。

侧立苍鹰俊,脱韝正得霜[9]。鸢鸠何足击[10],金眼注豺狼。

绿柳缘溪植,柴门向水开。忘机鸥与鹭[11],飞去又飞来。

田田荷叶里[12],曲榭好乘凉[13]。不见红尘客,才闻君子香。

辑自《式馨堂诗文集》诗集前集卷五

解题

这是鲁之裕应潜山县山谷寺僧人德秀的请求而挥毫疾书的八首题画诗。作者用诗歌描述画中情形:第一幅是一个清瘦的读书人在松下读书,表情痛苦;作者猜想,看样子他觉得是书耽误了他吧,所以他一点都高兴不起来,但又不能直说。第二幅画的是怪石,它似人却不语,似花却不开。别看他笨重的样子,如果女娲重新起来补天的话,那世间万物没有谁的作用比它大。第三幅是山盘水复、竹茂田肥的园林图。作者以为,若真有风光如此优美之地,可以买回家。第四幅是牧童骑牛图。牧童于牛背横吹竹笛,缓缓而行,与那四通八达的坦途或京都大道上疾驰的鲜车怒马的豪华宽绰相比,相差真大呀。后四幅画分别是春风燕子、霜中苍鹰、柳溪鸥鹭、荷塘曲榭,作者亦皆一一发挥想象,并融入自己的人生感悟而赋之。诗是有声画,画是无声诗。总之,这八首诗作为诗画交融之产物,不仅能将画面生动传神地表现出来,而且具有品评画作、迁想发挥、抒情写志的艺术特色。使读者既能欣赏到画之美感,又能领略诗之韵味。

注释

〔1〕癯(qú):同"臞"。体瘦。
〔2〕渠:他。

〔3〕蠢然：笨重貌。

〔4〕女娲：中国古代神话中造人和炼石补天的女神。女娲风姓，人面蛇身，一日中七十变。本为伏羲之妹，后兄妹相婚，为人类始祖。据说上古时天柱倾折，大地崩裂，烈火洪水和猛兽鸷鸟危害人类。于是女娲炼五色石以补苍天，断鳌足支撑天的四极，杀黑龙拯救了中原，积芦灰止住了泛滥的洪水，消灭了凶禽猛兽，使人民得以安居。

〔5〕挈：挈带，携带。

〔6〕天衢：四通八达的坦途。亦指京都或京都的大道。怒马：肥硕的骏马。与下句"坠花鞯"均喻豪华阔绰。

〔7〕坠：犹缀。插饰，垂挂。鞯(jiān)：衬托马鞍的垫子。

〔8〕宝墨：皇帝写的字。泛指珍贵的书画。

〔9〕脱韝(gōu)：指鹰脱离臂衣。韝，革制臂衣，打猎时用以停立猎鹰。

〔10〕鹘鸠：鸟名。即斑鸠。也称鸣鸠。多用以比喻小人。

〔11〕忘机：消除机巧之心。常用以指甘于淡泊，与世无争。宋司马光《花庵独坐》诗："忘机林鸟下，极目塞鸿过。为问市朝客，红尘深几何？"

〔12〕田田：叶子繁盛貌。

〔13〕曲榭：曲桥水榭。榭为木构单体建筑，是建在高台上的敞屋，特点是只有楹柱，没有墙壁。其临水而建者称"水榭"。

挽张翰仙于潜山

忽地贤星落大丘[1]，西风走马哭灵帏[2]。哲人竟萎明珠谤[3]，仙籍原归白玉楼[4]。延水龙沉孤倚剑[5]，楚天魂断枏悲秋[6]。伤心多少山阳泪[7]，谁向江干赠麦舟[8]。

辑自《式馨堂诗文集》诗集前集卷五

解题

张翰仙,即张步瀛。步瀛字翰仙,河南新安人。康熙三十三年(1694)进士,三十七年任潜山知县。有才名,卒于官。著有《周易浅解》等。

潜山知县张步瀛去世,作为朋友,鲁之裕前去奔丧吊唁,并作此诗挽之。全诗句句用典,意义紧密关联。张步瀛死后遭受的诽谤,无人助丧的凄凉,以及自己与逝者生前的友谊,对其死后的哀伤,都通过典故一一表现了出来。诗歌如泣如诉,感情含蓄而深沉,读之不禁为死者的遭际而一掬同情之泪,更为诗人的顾念旧情怀所感动。

注释

〔1〕贤星落大丘:喻张步瀛逝世。古人以为天人合一,人间英杰皆上应天星,故以"星落"喻重臣或贤人死亡。大丘:大的山丘。

〔2〕灵帏:即灵帐,灵堂内设置的帐幕。

〔3〕明珠谤:此用薏苡明珠的典故。据《后汉书·马援传》载:当初,马援在交趾时,经常食用薏苡(薏米),因其能轻身省欲,以胜瘴气。南方薏苡果实大,马援打算引其种回来栽种,所以班师回朝时便载了一车。马援生前没人敢说什么,等他死后,有人上书进谗言,说是马援以前带回来都是明珠和犀牛角之类的珍宝。皇帝一听,既震惊,又愤怒,忙派人去查处。马援的妻子、儿女都受到了牵连。直到后来,有知道实情的人上书皇帝,为马援辨冤,这才真相大白,知道马援从交趾带回的那一车东西并非人们猜想的珍宝,而是薏苡的种子。后因称蒙冤被谤为"薏苡明珠"、"薏苡之谤"或"明珠之谤"。

〔4〕白玉楼:传说唐诗人李贺昼见绯衣人,云"帝成白玉楼,立召君为记",遂卒。见唐李商隐《李长吉小传》。后因以为文人逝世的典故。宋岳珂《桯史·王义丰诗》:"碧纱笼底墨才干,白玉楼中骨已

寒。"元陈庚《吊麻信之》诗之二:"君恩未赐金莲炬,天阙俄成白玉楼。"

〔5〕"延水"句:意谓你我如龙泉、太阿二剑因缘凑巧会合,如今你龙泉剑沉水了,只剩我太阿孤独一人。此句化用"延津宝剑"的典故。延津,即延平津,古代渡口名。在今福建省南平市东南。《晋书·张华传》载:张华见牛斗二星之间有紫气,后雷焕果于丰城掘得龙泉、太阿二剑。龙泉与太阿分离后于此会合化龙而去。后人遂用"延津剑合"比喻因缘会合。此反其意而用之。

〔6〕山阳泪:指怀念故友之泪。晋向秀经山阳旧居,听到邻人吹笛,不禁追念亡友嵇康、吕安,因作《思旧赋》。后因以"山阳笛"、"山阳泪"为怀念故友的典实。北周庾信《伤王司徒褒》诗:"唯有山阳笛,凄余《思旧》篇。"清陈维崧《满路花·赠梵公》词:"平山堂下,鸿爪依稀记,北邙王与宋,曾同醉。重逢瓶拂,顿下山阳泪。"

〔7〕栂:同"梅"。

〔8〕江干:江岸。赠麦舟:指赙赠助丧。据宋惠洪《冷斋夜话》卷十载:范仲淹之子范纯仁去苏州取麦五百斛,船返至丹阳时,得知石延年无资迁葬亲人,遂以麦船赠之。后遂用"麦舟之赠"或"麦舟之惠"指捐资帮助别人办丧事。

重游山谷寺题德秀禅室　时德秀已归省其母于池州

梦断烟霞已四年[1],重来石上证因缘[2]。毒龙不待安禅制[3],一榻勾消大愿船[4]。

辑自《式馨堂诗文集》诗集前集卷五

【解题】

四年前作者与僧德秀相会于潜山山谷寺,四年后再来时德秀已回池州老家探望母亲。作者遂题此诗于其修习禅定的居室。说是我日夜思念这山水胜境已经四年了,如今重来见证我们的友谊。我到你的禅室并非是为了静坐入定,消除内心魔障;也不是为了登上佛菩萨普度一切众生的"大愿船",而驶向净土的"彼岸";我来这里,只是希望得到一张可供卧睡的床榻就可以了。全诗表现了作者欲借住山谷寺僧德秀禅室不果的失望情绪,但语言含蓄蕴藉而不直白,并略带调侃意味,使全诗显得诙谐幽默,轻松风趣。

注释

〔1〕烟霞:云气,烟气。此指山水胜境。
〔2〕因缘:佛教名词。"因"和"缘"的合称,泛指一切事物生灭所依赖的原因和条件。亦谓关系,情谊。
〔3〕毒龙:佛教传说,释迦佛于过去世中曾作大力毒龙,众生受害。但受戒以后,忍受猎人剥皮,小虫食身,以至身干命终,后卒成佛。见《大智度论》卷十四。后用以比喻妄心、内心的魔障。安禅:佛教语。指静坐入定。俗称打坐。唐王维《过香积寺》诗:"薄暮空潭曲,安禅制毒龙。"
〔4〕榻:床。古代一种狭长而矮的坐卧用具。勾消:取消,抹掉。大愿船:佛菩萨普度一切众生的广大愿心谓之"大愿船",西方净土谓之"彼岸",众生及其恶业谓之"大石"。佛教认为,众生信佛念佛,好比登上了"大愿船",不但不至于沉入"苦海",而且还能从生死"此岸"驶向净土"彼岸"。《净土传》谓:"菩萨乘大愿船,往生死海,就此世界呼引众生上大愿船,如是送至西方。如有往者,无不得生。"

孝 烈 篇

天柱高于云,上挹青冥秀[1]。自周秦及明,咸谓英髦囿[2]。末造产张翁[3],迈种德良懋[4]。家于白玉涧[5],牙齿日清漱。安贫无俗营[6],食力服耕耨[7]。时雨育英才,洪纤惟所受[8]。孝友无比伦,天真轶前后[9]。兄弟交怡怡[10],爱昵仍童幼。雁足折西风,痛绝肝如镂。触柱丧厥明,不欲自保寿。藻躬愓冰渊,华国瞻文绣。一朝红巾尘[11],飞扬失白昼。沧海蛟螭翻[12],赤县貔貅斗[13]。江北无完坡,潜川列斥堠[14]。其时亲病革[15],含殓猝未就[16]。贼兵蜂入门[17],残虐雨风骤。腥血溅旄倪[18],妖燹烬堂构[19]。挺身护棺衾[20],若鸟翼其彀[21]。凶魁忿螳臂,刀加断胫脰[22]。人生谁不死,此死辉宇宙!皇天佑遗孤,头角璨莹琇[23]。官楚称神明[24],雅化及猿狖[25]。引吭陈亲节,乞言遍岩岫[26]。竹帛芳千秋,孝烈冠耆旧。我吟孝烈诗,血泪迸襟衷[27]。吾家沐国恩,吾祖席华胄。当明天步移,命为君亲授[28]。骂贼撄贼锋,刚眉死不皱。一家散如水,荡逐东西溜。可怜先君子,百苦脱机彀[29]。生余薄劣姿,四十尚孤陋。未能展前徽,直上彤庭奏[30]。吁嗟孝烈翁,吾祖真同臭[31]。其生岂偶然,应是中天宿[32]。报明养士恩,为补苍苍漏。愿言两姓孙,孔李须穷究[33]。努力追前踪,循循拓圭窦[34]。大道坦如砥[35],侧足即云谬。慎勿趋歧途,歧途非邂逅。

辑自《式馨堂诗文集》诗集前集卷四

解题

明崇祯十年(1637),农民军张献忠部犯潜山,侵扰百姓,乱杀无辜,张清雅为护父棺而被农民军杀害的故事,前已有多首诗篇述及。清雅遇流寇而死,其子张超载自诸生及筮仕为官,逢人辄涕泣,乞言表彰。此诗即应张氏请求而作。诗篇前半部分歌颂张清雅孝友美德,并赞其子张超载为官神明,才华和气质美好,为了父亲得到表彰而四处乞言。后半部则写自己祖父忿流寇三犯麻城,乃倾家结客率义旅保境,与张献忠战于华山,援绝被执不屈死,亦被从游者私谥为孝烈先生。谓张、鲁二家先人彼此心意相同,品德像兰花一样芳香。希望二姓的子孙永结通家之好,共同追踪先人遗迹,拓展光大门庭。诗篇由张清雅事而述及己之先祖,虽有自我标榜之嫌,但也揭示了一段鲜为人知的历史,对人们全面认识明末农民起义的性质不无意义。

注释

〔1〕挹:汲取。青冥:指青天。形容青苍幽远。

〔2〕英髦:英才。英俊而杰出的人。囿:本为古代帝王畜养禽兽以供观赏的园林。此指英才萃集之处。

〔3〕末造:犹末世,指朝代末期。

〔4〕迈种:勉力树德。懋:通"茂"。盛大。

〔5〕白玉涧:地名。在潜山县治东北十五里。

〔6〕俗营:鄙俗的经营。

〔7〕耕耨:耕田除草。亦泛指耕种。

〔8〕洪纤:大小,巨细。

〔9〕轶:超越。

〔10〕怡怡:和协貌。

〔11〕红巾尘:指农民军的战尘。因农民军以红巾包头和红旗为号,故称红巾尘。

〔12〕蛟螭(chī):蛟龙。

〔13〕赤县:"赤县神州"的省称。战国齐人邹衍创立"大九州"学说,谓"中国名曰赤县神州。赤县神州内自有九州"。后以借指中原或中国。貔貅:古代传说中的两种猛兽。

〔14〕潜川:潜水。斥堠(chì hòu):亦作"斥候"。古代军中侦探敌情的哨兵。斥,侦察,料量。候,望视,窥伺。

〔15〕亲：此指父亲。病革：病势危急。

〔16〕含殓：古代丧礼,纳珠玉米贝等于死者口中,并易衣衾,然后放入棺中,曰"含殓"。

〔17〕蜂：比喻众多而杂乱。

〔18〕旄倪：意指老人与幼儿。旄可通"耄",即老龄人；倪指小儿,即年幼儿童。

〔19〕妖燹烬堂构：意谓妖兵放火将房舍烧成灰烬。燹,火。指兵火,战火。堂构,房舍。

〔20〕棺衾：棺材和衾被。泛指殓尸之具。

〔21〕鷇(kòu)：初生的小鸟。

〔22〕胫脰：小腿和颈项。胫,小腿；脰,颈项。

〔23〕头角：比喻才华和气质。璨莹琇：璀璨如美石。

〔24〕"官楚"句：作者自注："子超载以明经知湖南慈利县事。"

〔25〕雅化及猿狖(yòu)：意谓纯正的教化施及于苗民。猿狖,猿猴。此指苗民。据《慈利县志》《潜山县志》载,张超载施政重视德化。曾捐资修建学宫。慈利县与苗洞相连,苗人多侵民田,掠男妇。超载单骑入洞宣谕,放还人以千计。

〔26〕"引吭"二句：意谓张超载高调宣扬父亲的气节,请求表彰,连山穴和石窟都留下了他的声音。《(乾隆)潜山县志》卷之八："载父清雅遇流寇死孝,载自诸生及宦,逢人辄涕泣,乞言表彰。"引吭,拉开嗓子,谓高鸣或高声吟唱。此指高调宣扬。岩岫,山穴和石窟。亦代指山岳。

〔27〕襟衷：内心,心中。

〔28〕"吾家"四句：作者自注："先王父辉伯公忿流寇三犯麻城,乃倾家结客,率义旅保境,与献贼战于华山。援绝被执不屈死。从游者亦私谥为孝烈先生。"

〔29〕机彀：机关,圈套。

〔30〕彤庭：古代宫殿以朱漆涂饰,故称朝廷皇宫为彤庭。

〔31〕同臭(xiù)：成语"同心之言,其臭如兰"之省。意谓彼此心

意相同,像兰花一样芳香。臭,香气。

〔32〕中天宿:天上的星宿。

〔33〕"愿言"二句:意谓希望张、鲁二姓的子孙,永结通家之好。孔李,即"孔李通家"之省。据《三国志·魏书·崔毛徐何邢鲍司马传》裴松之注:东汉末,河南尹李膺名气非常大,想见他的人很多。李膺吩咐门人简通宾客,不是当世英贤或世交的子孙一律不见。孔融当时十余岁,想看看李膺,便来到他门前,对门人说,自己是李君世交的子孙。李膺见了孔融,问:"你的父祖曾和我一起共事吗?"孔融说:"是这样。我的祖先孔子与您的先人李老君,同德比义而相为师友,我与您是累世通家啊!"

〔34〕循循拓圭窦:有步骤、有次序地拓展光大门庭。圭窦,形状如圭的墙洞,借指寒微之家。

〔35〕砥:质地较细的磨刀石。

寄怀潜山明经金肯公梦先徐用勉千之操子卜其相秀才何曙侯畧丁元长弘远[1]

碧梧凉月坐深更,百里相思彻夜萦[2]。长是无书虚雁影[3],可堪有梦枕蝉声。遥怜旧契晨星落[4],朗诵雄文秋水清。早晚骑驴向天柱,青鞋同傍岳云行。

辑自《式馨堂诗文集》诗集前集卷四

解题

这是一首怀念潜山友人的诗。作者在梧桐树下静坐,夜已深了,月光清凉,他仍在思念远方的朋友而不去。因为长久没有书信来往,他忍受不了彻夜在枕上听那哀婉不绝的蝉鸣,所以在这里坐至天亮。作者想到许多旧交如晨星一般陨落,朋友越来越少了;他希望有一天自己能回到潜山去,和大家一起骑着毛驴,穿着青布鞋,再登天柱山游览。全诗借助环境景物点染人的情思,用笔委婉,亲切感人。

注释

〔1〕明经金肯公梦先、徐用勉千之、操子卜其相、秀才何曙侯嵒、丁元长弘远:即金梦先、徐千之、操其相、何嵒、丁弘远。金梦先、何嵒、丁弘远,详本书作者小传;徐千之,字用勉,拔贡生。任舒城教谕,升国子监学正。所著有《静远堂文稿》。《(民国)潜山县志·人物志》有传。操其相,字子卜,康熙四十七年岁贡。见《(民国)潜山县志·选举志》。

〔2〕萦:牵缠;牵挂。

〔3〕虚雁影:指无书信寄来。

〔4〕旧契:旧交。晨星:晨见之星。常以喻人或物之稀少。

答潜令太康段仁九明府

名舒,丁丑进士。

衷染天香出紫微[1],景星东向霍云飞[2]。风清皖水冰千尺,雨秀桑田春十围。已识桐声经爨烈[3],又看骥骨局辕痱[4]。中郎伯乐当前遘[5],海岳遥知引领归[6]。

辑自《式馨堂诗文集》诗集前集卷四

解题

段舒,字仁九,河南太康人。康熙三十六年(1697)进士,四十四年任潜山知县。此诗是作者为答段舒寄诗而作。前四句是对段舒的赞美之辞。说是你中进士后身上沾染着御香从皇宫中出来,如同一颗景星向东飞向了天柱山;潜山县山清水秀,你的到来将有益于民人,使这里风物更加美好。后四句是希望段舒明鉴人才,自己能得到其赏识:历史上有蔡邕"暗辨桐声"的典故,又有伯乐识千里马的故事,你就是当今的蔡邕和伯乐,自己历经磨难和冷落,如果能得到你的赏识,那么四海五岳的人才便都热切企望归向你了。据诗意看,此诗当作于段舒任潜山知县未久,即康熙四十四年或稍后;作者康熙五十九年始中举人,此时热切希望得到段舒的引荐和推举,也在情理之中。

注释

〔1〕衷染:即身染。天香:指宫廷中用的熏香;御香。紫微:指帝王宫殿。

〔2〕景星:星名。瑞星,大星。其状无常,多见于晦朔月隐之时。星占家以之为人君有德之兆。《史记·天官书》:"天精而见景星。景星者,德星也。其状无常,常出于有道之国。"《白虎通》:"景星,大星也,月或不见,景星常见,可以夜作,益于民人也。"霍:霍山。此指天柱山,因天柱亦名霍山。

〔3〕"已识"句:此用"暗辨桐声"的典故。晋干宝《搜神记》卷十三:"吴人有烧桐以爨(cuàn)者,(蔡)邕闻火烈声,曰:'此良材也。'因请之,削以为琴,果有美音,而其尾焦,因名'焦尾琴'。"后因用"暗辨桐声"形容明鉴人才;用"焦桐"等指好琴,也可指历尽磨难的良才;用"爨下焦"等比喻良才受冷落,被扼杀。

〔4〕"又看"句:此用伯乐相马的典故。骥骨,指良马。局,拘束,局限。辕,指驾车;痱,病。春秋时,有一位著名的相马专家伯乐,他善于鉴别马的优劣,能从马群中识别出千里马来。有一次,他有事外出,正在路上走着时,看见一匹骏马正拉着一辆沉重的盐车上太行山。那马十分费力,只见它的蹄子用力地蹬着,腿尽量地弯着,散垂着尾巴。马的皮肤上有的地方还溃烂了,而且累得大汗淋漓。尽管它用尽了全身的力气,可是那车子还是上不了坡。伯乐看着那马费

力的样子,很是同情。他走上前准备帮它一把。但突然眼前一亮,原来他看到的这匹马,竟是一匹真正的千里马。

〔5〕中郎:即中郎将。此指东汉蔡邕。蔡邕曾任中郎将,故称。逭:遇;遭遇。

〔6〕海岳:谓四海与五岳。引领:伸长脖子。多以形容殷切盼望。

元日沙河道中口占二首[1]

璇运开元万象华[2],桃符门户烂仙霞[3]。六花浅槟红尘软[4],一道鸾铃辇玉沙[5]。

沙河澄景皱龙纹,春店椒浮一瓮云[6]。下马买温空洞腹,不教长负党将军[7]。

辑自《式馨堂诗文集》诗集前集卷九

解题

这是正月初一作者于沙河道上所作的两首小诗。第一首写在沙河道中所见元日热闹繁华场景。元旦是新的一年的开始,也是万象更新之时。家家门上贴着春联,人们都沉浸在新春快乐的气氛之中。作者也被这种气氛感染了,他的车子在白色的沙子上经过,自己觉得雪花映衬着滚滚红尘,似乎也很美丽。第二首写春店买酒。沙河中水流清澈,水面上荡漾着龙鳞状的波纹,河边的小店里有椒酒可卖,自己下得马来买点酒喝,暖暖身子,填填空腹,也不枉来沙河一趟哦。此二诗为作者未拟草稿随口吟成之作,表情达意通晓明白,并不借助雕琢润饰,有自然天成之妙。

注释

〔1〕口占:作诗的一种方式。随时脱口吟诵而成,不拟草稿者。

一般是小诗,如"口占一绝"、"口占一律",就是随口吟成绝句一首或律诗一首。

〔2〕"璇运"句:璇玑运转,又是新的一年开始,万事万物一片繁华。璇运,璇玑运转。璇玑,古代观测天象的仪器中能运转的部分。亦指整个测天仪器。开元,泛指开端,开头。

〔3〕桃符:古时旧俗,于农历元旦,在桃木板上画符或画神荼、郁垒二神于其上,悬于门户,每年换一次,以驱鬼辟邪,叫桃符。南朝梁宗懔《荆楚岁时记》:"正月一日……帖画鸡户上,悬苇索于其上,插桃符其旁,百鬼畏之。"五代后蜀的宫廷里开始在桃符上题联语。其后改书于纸,桃符遂成为春联的代词。烂:绚丽;有光彩。

〔4〕六花:指雪花。雪花结晶六瓣,故名。樣:衬。

〔5〕鸾玲:马玲。辇:车。此用为动词。

〔6〕椒浮:指胡椒酒,以椒实浸酒制成。古人认为椒为玉衡星精,服之令人身轻。椒酒起源较早,屈原《九歌》中就有"奠桂酒兮椒浆",椒浆即椒酒。汉代长安以椒酒供祭祀用。汉魏民俗,正月元旦,子孙向家长进椒酒。《初学记》卷四引汉崔寔《四民月令》:"正月之朔,……子妇曾孙,各上椒酒于家长,称觞举寿,欣欣如也。"瓮云:指酒。苏轼《庚辰岁正月十二日,天门冬酒熟,予自漉之,且漉且尝,遂以大醉》诗:"自拨床头一瓮云,幽人先已醉浓芬。"

〔7〕党将军:传说中的水神。

潜山余皖柱先生宴予于晴雪山房因出诗集属评即席分厅字六韵

先生名□□,壬戌进士,户部主政。

天柱倚云青,秋香卫画屏。击撞金石响,欸唾芭兰馨[1]。扪腹罗三极[2],挥毫役万灵。瓮香融琥珀,麈玉挹沧溟[3]。

问字门成市[4],投辖客聚星[5]。独惭徐孺子[6],潦倒绿莎厅[7]。

辑自《式馨堂诗文集》诗集前集卷四

解题

余皖柱先生,即余光全。光全号皖柱,安徽潜山人。康熙二十一年(1682)进士。官至户部主事,后解组归潜。晴雪山房为其别墅名。一日,余光全邀请鲁之裕等一帮朋友至其别墅晴雪山房宴饮,并于席间拿出自己的诗集请大家品评。鲁之裕分得"厅"字韵,于是即席而作此诗。全诗歌咏了余光全不凡的谈吐、优雅的风度和宾客盈门的盛况,并对这位品行高洁的清廉之士早早退隐表示惋惜。

注释

〔1〕欬唾(kài tuò):喻谈吐。《晋书·夏侯湛传》:"咳唾成珠玉,挥袂出风云。"茝(chǎi)兰馨:像茝草和兰花一样芳香。茝,一种香草;兰,兰花。馨:芳香,特指散布很远的香气。

〔2〕三极:三才。

〔3〕麈玉:犹玉麈。玉柄麈尾。东晋士大夫清谈时常执之。挹:酌,以瓢舀取,吸取。此指称引。沧溟:大海。亦指高远幽深的天空。

〔4〕问字:求教学问。

〔5〕投辖:犹投门。即上门。

〔6〕徐孺子:指品行高洁清廉的隐士。三国吴谢承《后汉书》:"徐稚,字孺子,豫章南昌人也。少为诸生,隐处笃行,常身躬耕,非其衣不服,非其食不食,糠秕不厌,所居闾里服其德化。"

〔7〕绿莎厅:泛指隐居之处。明龙膺《元夕后一日寿六兄六十》:"洞口神仙碧桃馆,河中吏隐绿莎厅。"

魏廷珍

魏廷珍(1667—1756),字君璧,一字董村,直隶景州(今河北景县)人。康熙五十二年(1713)一甲三名进士,授编修。历官偏沅巡抚、安徽总督、漕运总督兼署两江总督、工部尚书,坐事免,还原衔。卒谥文简。学问宏富,曾参与校订《乐律渊源》。有《课忠堂诗钞》传世。《晚晴簃诗汇》卷五九有小传。

赠潜山张节孝

骨肉本天属,不以忧患间。张公至性人,高节光寓县[1]。献逆乱天常,残伤及枯干。守死护父灵,竟以血同溅。弱孙初髫龄[2],詈贼气冲汉[3]。兰玉甘摧折,行路尽悲怨。有仆枕尸股,泣诉肠欲断。精诚格豚鱼[4],渠凶为感叹[5]。三世归楄柎[6],匡勷成馈奠[7]。人生岂无死,天纲明如电。至今潜山族,华簪享余善[8]。

辑自《晚晴簃诗汇》卷五九

【解题】

潜山张清雅父子明末被张献忠农民军杀害事,已多见前人吟咏。此诗再次表彰了张清雅与其幼子的节操和孝行,歌咏了家仆对主人的忠诚。作者认为,他们的精神能感动豚和鱼这样的微贱之物,连贼寇中的元凶亦为之感叹。其恩泽甚至惠及子孙,潜山张氏家族中现多有贵官,当乃享其先人余荫而叨光所致。

【注释】

[1] 寓县:犹天下。

〔2〕髫龄:幼年。
〔3〕詈(lì):骂。
〔4〕格:至。豚鱼:豚和鱼。多比喻微贱之物。
〔5〕渠凶:元凶,大恶人。
〔6〕楄柎:古时棺中垫尸体的长方木板。代指木棺。
〔7〕匡勷:帮助;辅助。馈奠:指丧中祭奠之事。
〔8〕华簪:华贵的帽簪,比喻贵官。

张廷玉

张廷玉(1672—1755),字衡臣,号研斋(一作砚斋)。安徽桐城人。张英次子。康熙三十九年(1700)进士。历官内阁学士、吏部侍郎。雍正帝继位,擢礼部尚书,入值南书房,任《圣祖实录》副总裁,纂修缮写实录及起居注。办事练达,文思敏捷,才干出众,军国大事,多与参决,鸿典巨文,也多出其手。与鄂尔泰同为军机大臣,颇为雍正帝所倚重。乾隆十四年,以老病许致仕。立朝五十年,富贵寿考号为清代之最。卒谥文和。著有《传经堂集》,并奉敕任纂修《明史》总裁等。

孝 烈 诗

孝子居庐日[1],妖氛逼缌帏[2]。非云锋可犯,真觉死如归。致命孤儿苦,捐生义仆稀[3]。昨朝披史稿,涕泪不胜挥[4]。虎口存遗骨,鸿毛视薄躬[5]。贞心千载见[6],奇节一门同[7]。丹血埋黄壤,青磷照碧空[8]。至今天柱侧,呜咽起悲风。

辑自《(康熙)安庆府志》卷三〇《艺文志》

解题

作为奉敕纂修有明一代正史的总裁官,作者在翻阅史稿时,详细了解到明末张清雅父子及其仆人被张献忠农民军杀害之始末,他为主人公的事迹感动得涕泪交零,于是写下此诗。诗中高度赞扬了张氏一门视死如归的精神,并对传主的不幸遭遇表示了深深的同情。全诗语言平易流畅,抒情方式亲切自然,颇有汉魏古诗的流风余韵。

注释

〔1〕居庐:住在守丧的房子中。指守孝。
〔2〕妖氛:不祥之气,比喻灾祸、贼寇。缞帏:缞帐。设于灵柩前的帷幕。
〔3〕捐生:舍出生命。
〔4〕"昨朝"二句:作者自注:"华亭司农□二公奉敕修《明史》,已详其事。"披,翻阅。
〔5〕薄躬:微薄之躯。
〔6〕贞心:坚贞不移之心。
〔7〕奇节:奇特的节操。
〔8〕青磷:人和动物尸体腐烂时,会分解出磷化氢,常在夜间田野中自燃,发生青绿色的光焰,古称"青磷"。俗称鬼火。此喻指死者的灵魂。柳亚子《咏史》之二:"可怜半壁东南劫,十万青磷带血飞。"

李 绂

李绂(1673—1750),字巨来,号穆堂,又号巨洲。江西临川人。康熙四十八年(1709)进士,改庶吉士,授编修。历官侍讲学士、内阁学士、左副都御史、兵部侍郎、广西巡抚、直隶总督。雍正五年

(1727),坐事当斩,免死,令纂修《八旗通志》。乾隆初起为户部侍郎,旋降詹事。以母丧归。起迁内阁学士,以病致仕。其学宗陆九渊、王守仁。著有《穆堂类稿》、《穆堂别稿》(合称《李穆堂诗文全集》)、《春秋一是》、《朱子晚年全论》、《陆子学谱》、《阳明学录》等。生平事迹见《清史稿》卷二九三、《清史列传》卷一五、《国朝名家诗钞小传》、全祖望《阁学临川李公绂神道碑铭》。

挽潜山赵烈妇胡氏

鸳故怜双宿,鸾应怨独飞。自甘心断草,并谢首阳薇[1]。一死谁能夺,三生识所归。何须望潜岳,天柱此巍巍。

辑自《穆堂类稿》初稿卷一五

解题

赵烈妇胡氏,方志未见记载。据此诗看,胡氏于丈夫死后独自生活,最后为恪守节操而饿死。作者歌颂了她高洁的情怀,并认为她的形象可与巍巍天柱媲美。

注释

〔1〕首阳薇:《史记·伯夷列传》:"武王已平殷乱,天下宗周,而伯夷、叔齐耻之,义不受周粟,隐于首阳山,采薇而食之。"后因以"首阳薇"为恪守节操的典故。

陈正璆

陈正璆(1675—1744后),即方正璆,方以智之孙,字子芳,号序左、五峰。安徽桐城人。曾任职宜春。其所著《五峰集》曾被清廷禁毁,然禁而未绝。张廷璐序其《集》云:"其为诗风调遒逸,格律峻整,一以少陵为宗。虽与表圣、鲁望所作间有不同,要其绝俗离尘之识则一也。"(《五峰集》卷首)

天 柱 峰

曾此代南岳,称尊汉武年[1]。至今立云表,谁与抗峰颠[2]。仪卫屏开帐[3],光芒剑倚天[4]。皖封三百里[5],一柱镇长川[6]。

辑自《五峰集》卷四

解题

此诗回顾了汉武帝曾登临天柱封禅并号其为南岳的历史往事,描绘了天柱一峰如宝剑独插云霄,而众山如仪仗卫士拱卫周围为其屏障的地形地貌特征,并歌咏了它镇守长江、镇守皖国封疆的重要地位。全诗写得意气豪迈,气势不凡。

注释

[1] 称尊:称尊号。此指号称南岳。汉武年:汉武帝时代。此指元封五年。
[2] 抗:匹敌,抗衡。
[3] 仪卫:古代仪仗与卫士的统称。屏:屏障之物。开帐:堪舆家称龙脉出身或度水处山势开阔扩大,如拉开帐幔状。
[4] 剑倚天:形容天柱峰高耸挺立,如宝剑直插云霄。
[5] 封:封疆,疆域。
[6] 长川:指长江。

张廷璐

张廷璐(1675—1745),字宝臣,号药斋。安徽桐城人。张英第三子。康熙五十七年(1718)进士,授编修,直南书房。雍正元年(1723),典福建乡试,迁侍讲学士。督学河南,以封丘生员罢考事夺职。寻起侍讲,迁詹事。七年,督江苏学政;十年,典浙江乡试。十一年,擢礼部侍郎,再典江苏学政,武进刘纶、长洲沈德潜皆出其门。乾隆十年卒。《清史稿》卷二六七、《清史列传》卷一四有传。

孝 烈 诗

潜山突兀千万峰,碧天削出青芙蓉[1]。云蒸霞蔚不可状[2],挺生异人标奇踪。吾家孝烈抱至性,养亲无计为书佣[3]。截竹为筒袖甘旨[4],欣欣色笑何从容。一朝哀毁方骨立[5],忽传楚豫来边烽[6]。居人骇散独留守,有如松柏当严冬。淋漓洒血十指断,抱棺号泣惊顽凶。时危不肯求苟活,终叹一死婴贼锋[7]。有子幼少复殊异,敢与贼刃相撞摏[8]。骂贼报仇特慷慨,妙龄至性天所钟。老仆何知致感激,勃然义愤生于胸。两棺殡殓事则已[9],长号亦以死相从。我闻古初身扞火[10],斯人已矣难再逢。今观此事重太息,一门奇节非愚蠢。采风太史具甄异[11],会当勒石传郊雍[12]。

辑自《(康熙)安庆府志》卷三〇《艺文志》,又见《(乾隆)潜山县志》卷二〇《艺文志》

解题

明末张清雅父子死难一事,前人多有题咏,已见前注。本诗作者因自己亦姓张,与张清雅父子为同宗,故全诗歌咏之间充满着对家族先贤的自豪感,并认为此诗经官员采进可以令皇帝听闻,流传天下。

注释

〔1〕"潜山"二句:意谓潜山诸峰高耸特立,直入云端,有如数朵芙蓉花开。芙蓉,荷花的别名。此处美称潜山诸峰。

〔2〕云蒸霞蔚:比喻绚丽多姿。云蒸,云彩蒸腾。霞蔚,彩霞聚集。状:描述。

〔3〕书佣:受雇于书贾、为其做事以维持生计的人。

〔4〕袖:指袖藏。甘旨:指养亲的食物。

〔5〕哀毁:谓居亲丧悲伤异常而毁损其身。后常作居丧尽礼之辞。骨立:形容人消瘦到极点。

〔6〕"忽传"句:意谓忽然传来消息,明末流窜于湖北、河南一带的农民军,已越过边境,即将侵入潜山。楚豫,湖北与河南,均与潜山邻近。边烽,边境报警的烽火。喻指战乱。

〔7〕婴:遭受。

〔8〕㨃(chōng):撞击。

〔9〕殡殓(liàn):入殓和出殡。

〔10〕古初:孝子名。扞(hàn):遮蔽;遮挡。《后汉书·郅恽传》:"先是长沙有孝子古初,遭父丧未葬,邻人失火,初匍匐柩上,以身扞火,火为之灭。恽甄异之,以为首举。"

〔11〕采风:古代称民歌为"风",因此称搜集民间歌谣为采风。古代设采诗之官,巡行各地,采集民间歌谣,访问民间风俗,然后提供给统治者作为施政的参考。甄(zhēn)异:谓经审察而以为奇异。

〔12〕会当:定当;定将。勒石:刻石。传郊雍:意谓可列于郊祀志。郊雍,汉代天子到雍城进行郊祀祭天称"郊雍"。

丁弘远

丁宏远,字元长。安徽潜山人。雍正元年(1723)举人,仕如皋县学教谕。修学课徒,卓有成绩。七十归潜,老而益壮。楚抚张蒿亭延掌安襄书院,年垂八十弗衰。邑侯请主三立讲席,经术教士,诗酒自娱,而晨夕不倦。寿八十五将终,告亲属以期,临时沭毕,口诵"淡如秋水闲中味,和似春风静后功",端坐含笑而逝。门人称为文介先生。长子承基,庠生;次承培,岁荐,候选儒学;三承堂,监生;四仙芝,庠生;五珠,乡魁,甘省知县。生平事迹见《(乾隆)潜山县志》卷七《选举志》、卷八《人物志·名贤》等。

重游虎头岩题寺壁

廿载与山别,虎头尚俨然[1]。钟悬云里石,笛响壁间泉[2]。笑悟三千法[3],慵参五十禅[4]。晦翁题字处,元气满苍烟[5]。

辑自《(乾隆)潜山县志》卷二一《艺文补遗》

解题

作者出仕二十年后还归故里,重游虎头岩,在该处白云寺墙壁上题作此诗。全诗描写了虎头岩的灵迹与佳境,抒发了对故乡景物的悠悠情思。

注释

[1] 俨然:严肃庄重貌,真切、明显貌。
[2] "钟悬"二句:作者自注:"岩间二景。"
[3] 三千法:佛教天台宗用语。泛指一切万法之总称。亦称三

千、三千法门、三千世间、三千诸法。

〔4〕"慊参"句：作者自注："五十三参在岩巅。"

〔5〕"晦翁"二句：作者自注："岩前船石上朱子题'元气磅礴'四大字。"按，据《(民国)潜山县志·艺文志·金石》载，"元气磅礴"四字，为南昌罗文博题刻。

乙酉早秋偕金丈雪鸿、鲁大素园、周二笔峰、胡二袭参、方十九引蘧游山谷寺

纷披黄叶上，同啸白云中。宝殿瞻梁代，传衣玩璨公[1]。塔新龙洗水[2]，锡响鹤飞空。泉好烹山谷，西来一扇风。

辑自《(乾隆)潜山县志》卷二一《艺文补遗》

解题

诗题中所称"金丈雪鸿"者即金梦先，梦先号雪鸿，潜山人，本书所辑其诗前有小传。"胡二袭参"即胡宗绪，宗绪字袭参，桐城人，举人。荐充《明史》纂修官，成雍正庚戌进士，特旨授编修，迁国子监司业。"方十九引蘧"即方正瑗，正瑗字引蘧，安徽桐城人。康熙庚子举人，官至潼关道。其余二人生平事迹皆不详。此诗写康熙四十四年乙酉(1705)早秋，作者偕五位友人同游山谷寺的经过。全诗反映了山谷寺悠久的历史，介绍了有关它的典故和传说，并流露出作者游览山谷寺的愉悦情怀。

注释

〔1〕传衣：指传法。璨公：指三祖僧璨大师。均已见前注。

〔2〕"塔新"句：作者自注："塔曾被火龙洗，复新。"

程之鵕

程之鵕(1681—1741),字羽辰,号采山,安徽歙县人。以邑诸生贡太学。性好游览,工吟咏。邑宰王鸣以其诗呈礼部尚书沈德潜,德潜遴其突出者曰《练江诗钞》,梓以行世。生平事迹见《(道光)歙县志》卷八之九等。

望 潜 山

龙眠道上望潜山[1],皖伯台高缥缈间[2]。四洞近含琪树卉[3],三峰遥瞰海门关[4]。岩腰怪石双萦抱[5],岫顶孤云独往还[6]。仿佛轩辕台并峙[7],药炉丹鼎驻仙颜。

辑自《练江诗钞》卷八

解题

作者行于龙眠山道,远望天柱山三峰巍峨,又岩岫间云雾缭绕,联想到上古帝王赫胥氏的陵墓在朝阳峰以及东汉左慈于此山修仙的传说,遂感觉潜山大体相似于传说中的古轩辕台,认为两者可相峙并立。

注释

〔1〕龙眠:山名。古称龙舒山,在安徽桐城西北,与潜山接界。
〔2〕皖伯台:即潜山,亦名皖公山,又称皖伯台。
〔3〕四洞:相传左慈尝修炼于天柱山,有所谓二岩、三峰、四洞。琪:美玉。
〔4〕三峰:即潜、皖、天柱三座山峰。海门关:即今安徽宿松县东南小孤山。《古今图书集成·山川典·小孤山部》载:山屹江心,

一峰孤峙,周围里许,高穷千丈。与彭泽县大孤山对称,名为小孤山。孤峰峭拔,如同中流砥柱,别称"天柱"。矶削水涌,海潮至此,不能再上,因名"海门山",或称"海门关"。山下波涛汹涌,有旋涡三处,谓之"海眼",行舟艰险。又内河通海的入海口亦称"海门关"。

〔5〕岩:山峰。

〔6〕岫(xiù):峰峦。

〔7〕"仿佛"句:意谓潜山大体相似于轩辕台。仿佛,大体相像,类似。轩辕台:古台名,故址在今河北怀来乔山上。相传为黄帝擒蚩尤之处,亦是轩辕皇帝陵寝所在。轩辕台又别称"轩丘"。晋葛洪《抱朴子·广譬》:"灵凤所以晨起丹穴,夕萃轩丘。"上古帝王赫胥氏陵墓在潜山朝阳峰左,故曰"仿佛轩辕台并峙"。

忆乔公故居

如云高谊薄苍穹[1],近代谁人可与同[2]!为问秀英亭在否[3],二乔不忆忆乔公。

辑自《练江诗钞》卷八

解题

前人咏乔公故居,多言孙周霸业与二乔风流,作者的笔墨却倾心于追忆乔公高义,这是此诗不同凡响之处。

注释

〔1〕高谊:崇高的道义;高尚的德行。薄:迫近。

〔2〕近代:指过去不远之时代。

〔3〕秀英亭:在彰法山广教寺乔公宅内。久废。

徐士林

徐士林(1684—1741),字式儒,号两峰,山东文登人。康熙五十二年(1713)进士。由教习授内阁中书,迁刑部主事,改礼部主事,晋员外郎。雍正五年(1727)授安庆知府。明于听断,勤于治事,廉俭自励,教士矜名节,务根柢。属吏来谒,辄具狱命判,以试其才;每谳定,必先摘大略牌示,吏不得因缘为奸。后官至江苏巡抚。乾隆六年请假归,卒于途中。生平事迹见《(光绪)重修安徽通志》卷一四一、《(光绪)文登县志》卷九、《(民国)怀宁县志》卷一四。

天柱山道中

谁辟小蚕丛[1],层峦一线通[2]。马蹄缘树杪[3],人语入云中。涧水千寻黑[4],渔灯几点红。深山何处寺,疏磬响秋空。

辑自《(乾隆)潜山县志》卷二一《艺文补遗》

解题

此诗写天柱山道路崎岖难行和途中所见所闻。全诗词采清新俊逸,意境空灵入妙,让人思味不已。

注释

[1] 蚕丛:此指蚕丛路,即入蜀之路。蚕丛本蜀国古君王名,亦指入蜀的险峻之路。李白《送友人入蜀》:"见说蚕丛路,崎岖不易行。山从人面起,云傍马头生。"

[2] 层峦:层叠的山峦。

[3] 缘:表示经过的路线,相当于"沿"、"顺"。

〔4〕千寻：形容山高，涧水落差极大。寻，八尺。

偕丁松园同门舒台怀古

驻潜寻古迹，与客眺舒台。心誓流泉洗，眼迎晴雪开。孤怀千载感[1]，相惜半山才[2]。问把何书读，月来人不来。

辑自《(乾隆)潜山县志》卷二一《艺文补遗》

解题

夜间，作者与师出同门的友人丁松园一起到舒王台上登眺游览。此时他感觉心胸好似经过山谷流泉洗涤过一般清澈明净，眼中眺望着"天柱晴雪"那洁白的山峰，心胸豁然开朗。他不禁怀念起千载之上那位情怀孤高、博学多才的王安石：听说你曾在此间戴月夜读，你当年读的都是些什么书呢？为什么现在月亮升上了天空，你人却还没来呢？诗人以天矫之笔，表达了对王安石这位先贤无穷的思念。

注释

〔1〕孤怀：孤高的情怀，独特的见识。
〔2〕半山：指王安石。王安石晚年自号"半山"。

题天柱晴雪

巉绝奇峰自昔闻[1]，今观晴雪信超群。千寻玉照悬秋月[2]，一柱冰寒散夏云。丹嶂晓开明皑皑[3]，紫烟暮卷白纷纷。天风愿借吹为雨，活水时滋万亩耘[4]。

辑自《(乾隆)潜山县志》卷二一《艺文补遗》

解题

此诗歌咏了"天柱晴雪"这一天柱山的胜景奇观,作者不仅想象险峻陡峭的山峰都披上了冰凌和皑皑白雪,而且希望这些冰雪都化为雨水,浇灌滋润山下的万亩耕田。

注释

〔1〕巉绝:险峻陡峭。
〔2〕玉照:玉光照耀。形容华美。潜山有玉照峰。黄庭坚《玉照泉》:"仙人持玉照,留在潜西峰。"自注:"玉照泉与潜山之玉照峰相直。舅氏李公择始坎石,因采而名之。"
〔3〕丹嶂:红色如屏障的山峰。皑皑:雪洁白貌。
〔4〕耘:指耕田。

寿葛节母聂太君六十

盛世崇名节,高闺著母仪[1]。自弹别鹤操[2],永赋柏舟诗[3]。凤擅闺中秀,今推阃内师。徽音扬间闬[4],懿范肃庭帏[5]。皎皎千秋志[6],呱呱三岁儿[7]。饥寒谁轸恤[8],朝夕自维持。就傅丸熊日[9],传经剉荐时[10]。芹香欣馥郁[11],泮水乐涟漪[12]。待折月中桂[13],权烹松下葵[14]。阶前笋称孝[15],堂上竹名慈[16]。岁月冰霜冷,丰标金石奇[17]。于焉增鹤算[18],自此迓鸿禧[19]。宠锡来天上[20],光荣到水湄。三春滋雨露,寸草报恩私。正气留寰宇[21],芳名泐鼎彝[22]。一言持介寿[23],化俗作端倪[24]。

辑自《(乾隆)潜山县志》卷二〇《艺文志》

解题

这是一首祝寿诗。题称"葛节母聂太君"者其人不详,史志未见记载。全诗歌颂了葛母聂太君美好的道德风范,尤其对她的为母之道作了详细的描述。聂氏年轻守寡,孤身一人含辛茹苦地将儿子抚养成人,特别在儿子读书求学方面花费了大量心血。她的事迹拨动着每一位读者的心弦,能唤起天下为人子者亲切的联想和对母亲的深挚忆念。

注释

〔1〕高闳:高大的门。亦指显贵门第。母仪:作母亲的仪范。为母之道。

〔2〕别鹤操:古曲名。晋崔豹《古今注》卷中载:商陵牧子娶妻五年而无子,父兄为之另娶,牧子夫妇伤感而歌,后人因以为乐章,名《别鹤操》。后常用以指夫妻分离,亦表伤别之情。

〔3〕柏舟诗:《诗经·鄘风》篇名。《毛诗序》说:"《柏舟》,庄姜自誓也。卫世子早死,其妻守义,父母欲夺而嫁之,誓而弗许,故作是诗以绝之。"

〔4〕徽音:犹德音。指令闻美誉。闾闬:古代里巷的门。借指街坊,里巷。

〔5〕懿范:美好的道德风范。庭帏:指妇女居住的内室。

〔6〕皎皎:洁白貌。清白貌。

〔7〕呱呱:形容小儿哭声。借指婴儿。

〔8〕轸恤:深切顾念和怜悯。

〔9〕就傅:从师。《礼记·内则》:"十年,出就外傅,居宿于外,学书记。"郑玄注:"外傅,教学之师也。"丸熊:用熊胆和制的药丸助勤。《新唐书·柳仲郢传》:"母韩,即皋女也,善训子,故仲郢幼嗜学,尝和熊胆丸,使夜咀嚼以助勤。"后以"丸熊"为母教的典实。

〔10〕传经：传授经学。剉荐：南朝宋刘义庆《世说新语·贤媛》载，陶侃家贫，冬日客至，无以招待。侃母湛氏遂切褥草喂客马，剪发出卖以置菜肴。一时传为美谈。后人因以"剉荐"喻妇人贤明。

〔11〕芹香：古时学宫有泮水，入学则可采水中之芹以为菜，故称入学为"采芹"、"入泮"。芹香指考中秀才，成了县学生员。

〔12〕泮水：古代学宫前的水池，形状如半月。《诗·鲁颂·泮水》："思乐泮水，薄采其芹。"毛传："泮水，泮宫之水也。"泮宫，西周诸侯设立的学校。后即为学校的代称。

〔13〕"待折"句：意谓科举尚未及第。折桂，《晋书·郤诜传》："武帝于东堂会送，问诜曰：'卿自以为何如？'诜对曰：'臣举贤良对策，为天下第一，犹桂林之一枝，昆山之片玉。'"后因以"折桂"谓科举及第。

〔14〕"权烹"句：意谓暂且煮野菜充饥。权，暂且，暂时。烹，煮。葵，野菜名。别名冬寒菜。

〔15〕笋称孝：《三国志·吴书·孙皓传》"司空孟仁(孟宗)卒"，裴松之注引《楚国先贤传》："宗母嗜笋，冬节将至。时笋尚未生，宗入竹林哀叹，而笋为之出，得以供母，皆以为至孝之所致感。"后因以"孝笋"为称颂孝子之典。北周庾信《周上柱国齐王宪神道碑》："君亲惟一，臣子惟宁。忠泉出井，孝笋生庭。"

〔16〕竹名慈：慈竹，又称义竹、慈孝竹、子母竹。丛生，一丛或多至数十百竿，根蔸盘结，四时出笋。竹高至二丈许。新竹旧竹密结，高低相倚，若老少相依，故名。唐王勃有《慈竹赋》。清孙枝蔚《追挽徐镜如》诗："慈乌亦有儿，慈竹亦有孙；孤儿称丈夫，敢忘祖母恩！"

〔17〕丰标：风度，仪态。

〔18〕鹤算：鹤寿，长寿。

〔19〕迓：迎。鸿禧：洪福。

〔20〕宠锡：帝皇的恩赐。天上：指朝廷。

〔21〕寰宇：天下，全世界。

〔22〕"芳句"句：意谓其美名将铭刻钟鼎彝器之上。泐，通"勒"。

铭刻。

〔23〕介寿:祝寿。《诗·豳风·七月》:"为此春酒,以介眉寿。"郑玄笺:"介,助也。"后以"介寿"为祝寿之词。

〔24〕化俗:谓风俗受德教而发生变化。端倪:开端;事物细微的初始。

金 明

金明,生平事迹不详。

山 谷 寺

舒州传古刹,胜地壮舆图[1]。谷口吞雷雨,山形控楚吴。鸟回金佛界[2],龙绕玉浮屠[3]。法象开梁殿[4],神灵溯汉都[5]。流泉涵月镜,舍利吐星珠[6]。白鹤惊飞锡[7],青牛卧坦途。上人参妙偈[8],过客饭香厨。谁醒晨钟梦[9],诗怀黄与苏[10]。

辑自《(乾隆)潜山县志》卷二〇《艺文志》

【解题】

此诗写山谷寺悠久的历史、有利的地理形势和周围美景;并认为,黄庭坚和苏轼等前贤在石牛洞崖壁题刻的有关时间流逝的诗句,能使人警醒,值得怀念。全诗含蕴丰富,语言凝练,用典精审,兴象深微,堪称佳作。

【注释】

〔1〕舆图:疆土,版图。

〔2〕鸟回：鸟回旋飞翔。金佛界：诸佛的境界。借指寺院。

〔3〕"龙绕"句：写龙洗塔事。参见明李元阳《皖山寺》诗注。浮屠，指佛塔。

〔4〕"法象"句：意谓这里的佛教是梁代宝志禅师创建寺院以后兴起的。法象，指佛教，佛法。亦指佛菩萨等圣像。

〔5〕"神灵"句：意谓山中的神灵之事要追溯到汉武帝的封祭。

〔6〕"流泉"二句：山谷流泉中涵浸着月影，水面有如镜子一般平静；三祖大师的舍利子像星辰一样吐露出光芒。舍利，意译"身骨"。本指释迦牟尼佛遗体火化后结成的坚硬珠状物。又名舍利子。后泛指佛教徒火化后的遗骸。山谷寺有三祖大师舍利塔。《（康熙）潜山县志·寺观》："天宝乙酉，舒别驾李常因菏摩禅师言，同僚佐启师圹，取真仪阇维之，得五色舍利三百粒。以百粒出己俸建塔南窦，塑师像。"星珠，泛指星辰。唐李绅《忆登栖霞寺峰》诗："星珠错落耀，月宇参差虚。"

〔7〕"白鹤"句：写白鹤道人与宝志禅师争山麓之胜事。已多见前注。

〔8〕上人：对和尚的尊称。参妙偈：佛教语。参悟含意深远的偈语。偈，即偈语，偈颂。梵语"偈佗"的又称。即佛经中的唱颂词。每句三字、四字、五字、六字、七字以至多字不等，通常以四句为一偈。亦多指释家隽永的诗作。

〔9〕晨钟：晨钟暮鼓之省。佛寺中晨撞钟暮击鼓以报时，后因以"晨钟暮鼓"谓时日推移。亦比喻使人警醒的语言。清宣鼎《夜雨秋灯录·玉红册》："三复此编，可当晨钟暮鼓，唤醒众生。"

〔10〕黄与苏：指黄庭坚与苏轼。因黄庭坚与苏轼在山谷石牛洞有诗刻，故称之。

张期愈

张期愈（1684—1761），字慕韩，号沙村，安徽潜山人。邑廪生。

性嗜佳山水,遍游宇内名山。爱白云岩之胜,曾率三四同人选胜避暑于虎头岩寺,盘桓谈宴,辄逾月余。寿七十八。子四人:长必位,早卒;次必禄,拔贡生,任直隶祁州州同;必刚,丙辰进士,官广东澄迈知县;必受,邑庠生。生平事迹见《(乾隆)潜山县志》卷之九、《(民国)潜山县志》卷一六等。

虎头岩寺题壁

往古今来递嬗[1],青山白水重围。望前贤而仰止[2],探胜迹以忘归。

辑自《(乾隆)潜山县志》卷一七《艺文志》

【解题】

此诗作于乾隆十一年(1746),原题于虎头岩寺壁。乾隆二十三年(1758),因寺遭火灾,题诗被毁。又三年,期愈殁。其子张必刚遂书其父旧作刻于虎头岩石壁。诗用王安石《题舒州山谷寺石牛洞泉穴》六言绝句诗韵而作,诗中俯仰天地,感慨古今,表现了作者阔大之胸怀,豪迈之气概。

【注释】

[1] 递嬗(shàn):依次更替;逐步演变。
[2] 仰止:仰慕;向往。止,语助词。语出《诗·小雅·车辖》:"高山仰止,景行行止。"

张世松

张世松,安徽青阳人。清乾隆间在世。

重修观音阁

江南池州府青阳县景村张世松敬修祖师像,又重修观音阁,因成数语,以自叙焉。

俭朴和辛苦,攒储几两金[1]。解囊作佛愿[2],福缘总无心[3]。

辑自朱康宁主编《天柱山摩崖石刻集注》

解题

此诗作于乾隆十二年(1747)十二月,原刻于白云岩林间石壁上,末署"大清乾隆岁在丁卯季冬立"。诗为作者捐资重修观音阁后作。作者说,他辛苦劳作,又省吃俭用,积攒了些银钱,先是捐资修了白云寺的佛祖像,现又捐资重修观音阁。他相信,这些都是在实践佛祖希望众生成佛之大愿,而人们的福缘总是在有了解脱邪念的真心之后才能得到。诗写作者一心向佛的真心,并宣扬了佛家的因果观念。

注释

〔1〕攒储:积攒,积蓄。
〔2〕解囊:打开钱袋。作佛愿:实践佛祖愿众生成佛的大愿。佛愿,佛之誓愿,指愿众生成佛之心。亦指佛愿救众生之心。
〔3〕福缘:受福的缘分,福分。无心:无意,没有打算。佛教指解脱邪念的真心。

钱陈群

钱陈群(1686—1774),字主敬,号香树,又号集斋、柘南居士。浙江嘉兴人。康熙六十年(1721)进士,改庶吉士,授编修。历官赞善、庶子、侍讲学士、侍读学士、右通政兼顺天学政、太仆寺卿、詹事、内阁学士、刑部侍郎。以病乞归,清高宗赐诗送之。高宗南巡时又先后加刑部尚书、太子太傅衔。卒谥文端。著有《香树斋集》。生平事迹见《清史稿》卷三〇五、《清史列传》卷一九、姚鼐《钱文端公墓志铭》、钱仪吉《文端公年谱》等。

潜　山

　　一峰高插天,且晚呈异景。绰约青螺髻[1],突兀古佛顶。嵌空泻玲珑[2],瘦削复严整。晴云出山腰,五色艳于靓[3]。腾踏如奔马,到此不敢骋。众峰属吏承,受辖伏管领[4]。行人百里外,仰见立而挺。此而以潜名,其义未深省。潜水经其下,作镇界吴郢[5]。或以水名山,动者根于静。涪翁读书处,千载犹一憬[6]。安得继此风,竟置田二顷;放竹千万竿,翛然寄高迥[7]。随手对一山,举杯曰酩酊。

辑自《香树斋诗集》卷一二

解题

　　此诗歌咏了潜山的高峻秀美和它作镇一方、界分吴楚的地理位置,介绍了山中安静的环境和黄庭坚曾在山麓读书的典故传说。并希望自己继黄庭坚之后,能在这里置田二顷,放竹万竿,对山举杯,酩酊而醉,过一种无拘无束、悠然自得的生活。

注释

　　[1] 绰约:形容女子姿态柔美。青螺髻:形如青螺的发髻。

〔2〕嵌空：凹陷。玲珑：玉声，清越的声音。亦明彻貌。形容涧水。

〔3〕靓：妆饰，修饰。艳丽，美好。

〔4〕"众峰"二句：其他许多山峰就像它的下属官吏，受它的管辖，服从它的统领。

〔5〕作镇：镇守一方。界吴郢：划分吴地和楚地的界限。郢，古邑名。春秋战国时楚国都城。今湖北省江陵县纪南城。这里代称楚国、楚地。

〔6〕憬：憧憧；向往。

〔7〕翛然：无拘无束貌；超脱貌。高迥：高远。

厉 鹗

厉鹗(1692—1752)，字太鸿，号樊榭。浙江钱塘(今杭州)人。康熙五十九年(1720)举人。乾隆元年(1736)荐举博学鸿词，报罢。扬州马曰管、马曰璐小玲珑山馆富藏书，延鹗馆其家，尽探其秘籍。大江南北，主盟坛坫凡数十年。学问渊博，诗词兼工，尤熟于辽史、两宋朝章典故，所撰《辽史拾遗》《南宋杂事诗自注》，考史事者重之。著作宏富，以所辑《宋诗纪事》最为巨帙。另有《樊榭山房集》。生平事迹见《清史稿》卷四八五、《清史列传》卷七一、朱文藻原编缪荃孙重订《厉樊榭先生年谱》、陆谦祉《厉樊榭年谱》。

送人归潜山

汉帝祠南岳，还封天柱山。翠微终不改，玉检久应闲[1]。君住皖公下，青苍对掩关[2]。鲈香秋尽后[3]，归去听潺湲。

辑自《樊榭山房集》外诗

【解题】

此诗为送友人归潜山而作。一二两联咏汉武帝至天柱山封岳之事,作为熟悉朝章典故的学者,他特别关注当年封禅玉检的状况。三四两联想象友人归去后面对着深青的树色、山色、天色、水色,闭关静坐,修炼参禅;并美慕他在秋后能品尝到鲈溪中鲈鱼的美味,听到溪涧里那潺湲的流水声。全诗风格清幽淡雅,意境颇佳。

【注释】

〔1〕玉检:玉牒书的封箧。《汉书·武帝纪》"登封泰山",颜师古注引三国魏孟康曰:"玉者功成治定,告成功于天……刻石纪号,有金策石函,金泥玉检之封焉。"段玉裁《说文解字注》:"玉牒检者,玉牒之玉函也,所谓玉检也。"桂馥《义证》:"《六书故》:检状如封箧。"

〔2〕青苍:深青色。常用以形容树色、山色、天色、水色等。掩关:坐关。指佛教徒闭门静坐,以求觉悟。唐白居易《秋山》诗:"何时解尘网,此地来掩关。"

〔3〕鲈香:鲈鱼的香味。相传潜山吴塘之左有鲈溪,产鲈鱼甚美。

桑调元

桑调元(1695—1771),字伊佐,号弢甫,又号独往生、五岳诗人、南邻处士。浙江钱塘(今杭州)人。年十五受教于劳史,究心宋儒之学。雍正四年(1726)中举人,十一年召试通知性理,赐进士,授工部屯田司主事,引疾归。历主濂溪、鸳湖、滦源书院讲席,弘扬师说。为人清鲠绝俗,有游山癖。《四库全书总目》谓其"才锋踔厉,学问亦足以副之,故诗文纵横排奡,摆落蹊径,毅然自为一宗,而恃其才学,不主故常,豪而失之怒张,博而失之蔓衍者,亦时有之"。著有《桑弢甫集》《论语说》等。生平事迹见《清史稿》卷四八〇、《清史列传》卷六七、《国朝先正事略》卷三〇。

潜　山

　　潜山亦岳副〔1〕,请命于轩皇〔2〕。辉赫赤虬车〔3〕,辅佐临朱方〔4〕。我登衡峰顶,咫尺摩穹苍。万灵萃南极,霓旌荡飘飏〔5〕。潜君秋会燕〔6〕,神来服紫光。安得飞仙挟,从骑骏龙翔。

辑自《弢甫集》卷三

解题

　　潜山在汉代为南岳,正史载之甚明。然而后世道教方士捏造黄帝画野分州之说,谓黄帝封衡山为南岳,潜山为南岳之副。其神称潜山储君,为衡岳储贰。宋张君房作《云笈七签》曾述及此事:"潜山储君,黄帝所命,为衡岳储贰。时参政事,今职似辅佐者也。道士入其山者,潜山君服紫光绣衣,戴参灵之冠,佩朱宫之印,乘赤龙之车,而来迎子。"此诗便是据《云笈七签》等道书的记载敷演成篇。

注释

　　〔1〕岳副:即副南岳。《洞天记》:黄帝封五岳,南岳山最远。以潜岳副之。
　　〔2〕轩皇:即黄帝轩辕氏。
　　〔3〕辉赫:犹显赫,煊赫。形容气势盛大。赤虬车:赤色虬龙驾的车。虬,赤色虬龙。赤虬车为神话中仙人的坐骑。
　　〔4〕朱方:指南方。

〔5〕霓旍：相传仙人以云霞制成的旗帜。旍，旌旗的飘带。亦泛指旌旗。

〔6〕潜君："潜山储君"之省，指潜山之神。

李继圣

李继圣（1696—？），字希天，号振南，湖南常宁人。雍正二年（1724）举人。历游晋、赵、齐、鲁间，曾官江西万年、广丰知县，著有《春秋经传合解》《奇男女衍义》《万年县志》《寻古斋诗文集》等。生平事迹见《国朝耆献类征初编》卷二二八。

潜峰阁

潜峰雄一阁，安石误三余[1]。草似青苗长[2]，花疑金带舒[3]。刚风尘满栋[4]，酷暑水焦渠。劝勉犹当日，韩公藻鉴疏[5]。

辑自《寻古斋诗文集》诗集卷一

解题

潜峰阁，在宋舒州州治（今潜山县治）之通判厅，为王安石任舒州通判时读书处。此诗借咏潜峰阁批评"王安石变法"，除首联切题外，其余皆与主题无涉。且纯以议论为诗，实犯诗家之大忌。

注释

〔1〕三余：中国古代指三种空余时间。即冬为岁之余，夜为日之余，雨为时之余。三国时魏人董遇教育学生，要充分利用三余，抓紧一切时间读书学习。

〔2〕青苗：青色的禾苗。又指"青苗法"，宋王安石变法所行新法之一。

〔3〕金带：金饰的腰带。古代帝王、后妃、文武百官所服腰带，有革、金、玉、银等差别，其制度各代不同，亦多变易。宋梅尧臣《十一日垂拱殿起居闻南捷》诗："腰佩金鱼服金带，榻前拜跪称圣皇。"

〔4〕刚风：强劲有力的风。尘满栋：比喻朝廷无栋梁之材。栋，屋的正梁。亦比喻优秀的人才。

〔5〕藻鉴：品藻镜察，指品评鉴别人才。

天 柱 山

南岳何能代？长惭汉主封[1]。即堪天作柱，不类岱为宗[2]。湘水环三面，衡云压万峰。有灵知僭拟[3]，卷石已无容[4]。

辑自《寻古斋诗文集》诗集卷一

【解题】

作者说，南岳是不能替代的，天柱山应愧对当年汉武帝祭岳封禅。即使它能胜任做支撑天的柱子，但它不似泰山那样是五岳之长，它也不比衡山三面有湘水环绕、万峰之上有云雾覆盖的自然环境。神灵知道天柱山是越分妄比称为"南岳"的，所以山中石如拳大，亦不文饰其仪容。作者如此贬低天柱山，历史上绝无仅有。

【注释】

〔1〕汉主：指汉武帝。

〔2〕岱：指东岳泰山。宗：长；泰山为五岳之长，故称岱宗。

〔3〕僭拟：越分妄比。谓在下者自比于尊者。

〔4〕卷石:如拳大之石。《礼记·中庸》:"今夫山,一卷石之多,及其广大,草木生之。"清魏源《湘江舟行》诗之一:"采石黄鹄矶,卷石非雄岠。"无容:不文饰仪容。亦谓无地可容。

乔 公 故 居

大小乔家艳,春来一色青〔1〕。芙蓉明月夜,翡翠秀英亭〔2〕。幸免庸人妇,齐光婺女星〔3〕。韶华双寂寞〔4〕,风雨户长扃〔5〕。

辑自《寻古斋诗文集》诗集卷一

解题

此诗写乔公故居的凄凉清冷与萧条孤寂的景象,表达了对古人的凭吊与怀念。

注释

〔1〕"大小"二句:大乔、小乔这两位美艳女子曾经居住之地的废墟上,春天里呈现出一片青绿之色。艳,艳丽,亦指美艳的女子。此指大乔、小乔。

〔2〕"芙蓉"二句:夜里明月照着乔公宅边水塘里盛开的荷花,月光下秀英亭像色彩鲜艳的翡翠。

〔3〕齐光:谓一样光明。婺女星:星宿名,即女宿。又名须女,务女。二十八宿之一,玄武七宿之第三宿,有星四颗。

〔4〕韶华:美好的年华。

〔5〕长扃:长年关闭。扃,关闭;亦指从外关闭门户的门闩。

杭世骏

杭世骏(1696—1773),字大宗,号堇浦,晚号秦亭老民。浙江仁和(今杭州)人。雍正二年(1724)举人。乾隆元年(1736)举博学鸿词,授编修,校勘《廿四史》《十三经》,纂修《三礼义疏》。改御史,以言"朝廷用人,宜泯满汉之见",得罪罢归。晚主讲安定、粤东书院。后迎驾西湖,赐复原官。年七十八卒。著作有《道古堂集》《词科掌录》与《余话》《续礼记集说》《经史质疑》《榕城诗话》等。生平事迹见《清史列传》卷七一、《国朝先正事略》卷四一,应澧《杭大宗墓志铭》等。

新安方如琎潜山寻墓诗

盗塞潜山路,人今藁葬闻[1]。瓦棺樵竖识[2],簪髻老姑云[3]。枯骨收岩溜[4],寒旌散阪云。荒江征旧史[5],浣笔写清芬[6]。

辑自《道古堂全集》诗集卷二一《闲居集》

解题

方如琎,徽州休宁人。明末,其曾祖避兵客死潜山。祖已先卒,父不在侧,道梗阻,丧未归。如琎既长,问家中老婢,言有族姑嫁程氏,年七十余,知其事。访之,则姑曾参与其曾祖丧葬,遂一同前往觅其踪迹。至黄石坂,叩问金城寺僧,僧指普同塔曰:"此吾亡师乱后敛战骨处,恐收入此中了。"于是相向而哭。后听人说,此处一石洞内旧有一口厝置的棺材。于前往洞中察看,发现棺已朽坏;开棺一看,遗骸发髻尽落,得白金簪一枚于发,族姑验之,乃其曾祖入殓时物。于是如琎负骨归葬,距其曾祖之卒,时已五十有六年。

此诗即记叙了方如琬潜山寻墓一事的经过,赞扬了他高洁的德行。

注释

〔1〕藁葬:草草埋葬。
〔2〕瓦棺:古代陶制的葬具。指瓮之类。樵竖:打柴的孩子。
〔3〕"簪髻"句:老族姑说,入殓时发髻上插有簪子。簪,古人用来绾定发髻或冠的长针。
〔4〕岩溜:顺山岩滴下的水滴或小水流。
〔5〕荒江:荒野之江。
〔6〕浣笔:洗笔。清芬:清香。喻高洁的德行。

刘大櫆

刘大櫆(1698—1779),字才甫,又字耕南,号海峰。安徽桐城人。雍正间登副榜,未能中举。乾隆元年(1736)举博学鸿词,十五年举经学,皆不遇。年逾六十,得选黟县教谕,数年告归,居枞阳江上不复出。善古文,游方苞之门,得其义法,下传姚鼐,世称"方刘姚",而桐城派古文遂风行天下。诗宗唐人,能熔诸家为一体。从学者多以诗文名世,而以姚鼐、吴定为最著。著有《海峰集》,编有《历朝诗约选》。生平事迹见《清史稿》卷四八五、《清史列传》卷七一、吴定《刘先生大櫆墓志铭》、姚鼐《刘海峰先生传》。

旅　　怀

辽海东边月[1],流晖照旅颜。凄其望乡县[2],空忆皖公山[3]。未有一枝托[4],惟余两鬓斑。何时听瀑水,响落碧云间[5]。

辑自《海峰诗集》今体诗四

解题

这是一首抒发旅中情怀的五言律诗。作者虽不是潜山人,但桐城与潜山相毗邻,古代同属舒州,在他心目中,那巍峨高耸、俊逸秀美的皖公山便是故乡的地标。所以旅途中思念故乡,首先便想起了皖公山。他说,自己已无栖身之地,两鬓也已斑白,现在最想知道的便是,何时能再次听到皖公山上的瀑布流水从碧云间悬垂而下发出的响声。作者借思念皖公山的景物,抒发了孤凄的思乡之情。

注释

〔1〕辽海:辽东。泛指辽河以东沿海地区。

〔2〕凄其:寒凉貌,凄凉貌。乡县:故乡所在之县。亦泛指家乡。

〔3〕空忆:徒然地忆念。

〔4〕枝:一根枝杈。《庄子·逍遥游》:"鹪鹩巢于深林,不过一枝。"晋张华《鹪鹩赋》:"其居易容,其求易给,巢林不过一枝,每食不过数粒。"后用以比喻栖身之地。

〔5〕碧云:青云,碧空中的云。亦喻远方或天边。多用以表达离情别绪。唐韦应物《寄皎然上人》诗:"愿以碧云思,方君怨别余。"宋柳永《倾杯》词:"最苦碧云信断,仙乡路杳,归雁难倩。"

孝 孙 诗

歙人方如班子正寻其四世祖慕塘之柩于潜山,得之归葬。裔孙辅述其事征诗,为作此篇。

浮生飘转如浮沤[1],狐死犹能正首丘[2]。春秋霜露辄凄感[3],忍令祖骨捐遐陬[4]？孝孙哀号痛至骨,四顾茫然将往求。上有仓浪之高天,下有滚滚不尽之江流。七十老姑斑白头,誓扶残喘同寻搜。跋山涉水几千里,天柱峰前呼石牛。披拂榛莽跣双足[5],逢人跪拜空咿嚅[6]。僧言骨入普同塔[7],血泪迸出酸风眸。再越一陇逾一沟,父老尔岂知其由。或云此山石洞内,旧有厝椁无人收[8]。果竟得之敛髻饰[9],一与老姑言相雠[10]。舁归故里叶吉卜[11],巍然华表凌清秋。吁嗟乎！血气有知爱伦类,小至燕雀犹啁噍[12]。盘石画像尽垂涕,远方心痛无不酬。至诚信足感天地,孝思所结通显幽[13]。旷荡空虚似响答[14],山神社鬼皆与谋。书之家乘传万祀[15],萧何后嗣仍封侯[16]。我诗鄙陋无与俦,聊为孝子仁人讴[17]。

辑自《海峰诗集》古体诗五

解题

休宁人方如琔至潜山寻曾祖墓并负骨归葬始末,已见前杭世骏《新安方如琔潜山寻墓诗》解题,亦可参阅笔者所辑校整理的《潜山文献集成》中清人郑虎文《书潜山寻墓记后》一文。此诗则是作者应方如琔裔孙方辅述其事征序而作。

这首长歌,极尽淋漓地叙述了方如琔至潜山寻墓全过程,并表达了"反本之义,仁人所先；事亲之终,孝子攸慎"这一中国传统的伦理道德观念。由于诗歌具有浓郁的人情味,所以有一定的感人力量。

注释

〔1〕浮生：人生。语本《庄子·刻意》："其生若浮,其死若休。"以

人生在世,虚浮不定,因称人生为"浮生"。浮沤:水面上的泡沫。因其易生易灭,常比喻变化无常的世事和短暂的生命。

〔2〕首丘:《礼记·檀弓上》:"古之人有言曰:'狐死正丘首',仁也。"孔颖达疏:"所以正首而向丘者,丘是狐窟穴根本之处,虽狼狈而死,意犹向此丘。"后以"首丘"比喻归葬故乡。

〔3〕凄感:凄恻感慨。

〔4〕遐陬:边远一隅。远方。

〔5〕披拂:拨开。榛莽:杂乱丛生的草木。跣:赤脚,光着脚。

〔6〕咿嚅:象声词。形容人叹息或呻吟声。

〔7〕普同:普通。

〔8〕厝(cuò):把灵柩暂时停放或浅埋以待安葬或改葬。椑:内棺。后亦泛指棺材。

〔9〕敛髻饰:给死者穿衣入棺时插在发髻上的首饰。敛,同"殓"。

〔10〕相雠:相符合。相应验。

〔11〕叶(xié):和洽;相合。吉卜:吉利的卜兆。

〔12〕喁噍:象声词。鸟虫鸣声。

〔13〕显幽:指阴阳二界。

〔14〕响答:响应,应答。

〔15〕家乘:家谱,家史。万祀:万世,万代。

〔16〕"萧何"句:萧何死后,后嗣有四世因犯罪而失掉爵位,但是天子总是再找到萧何的后嗣,重新封侯。

〔17〕"我诗"二句:我的诗歌庸俗浅薄,没有可与相比者;姑且就让我用它为孝子仁人歌唱吧。鄙陋,庸俗浅薄。这里用作谦辞。

送人归潜山

沽酒城南典鹔鹴[1],故人相送返江乡[2]。胸中长抱天人策[3],天柱峰前对夕阳。

辑自《海峰诗集》今体诗二

【解题】

潜山有人金殿对策未中式而返归故乡,作者将自己名贵的皮衣典当了买酒为之送行。他劝这位友人回到天柱山中,仍旧要勤习对策,再来京城参加科举考试。

【注释】

〔1〕鹔鹴:指鹔鹴裘。相传为汉司马相如所穿的裘衣,用鹔鹴鸟的皮制成。一说,用鹔鹴飞鼠之皮制成。这里指名贵皮衣。

〔2〕江乡:多江河的地方。多指江南水乡。

〔3〕天人策:本来指汉儒董仲舒对答武帝之策问。这里泛指金殿对策。对策即策问对答。汉代试士,书简策以问,应试者因所问意旨,陈述对政事、经义的见解,谓之对策。以对策优劣,定高下等第,区别授官。晁错、董仲舒等人皆有著名对策。对策又简称策,为一种应试文体。试策亦为后来科举考试重要方法与内容。

彭启丰

彭启丰(1701—1784),字翰文,号芝庭。江苏长洲(今苏州)人。彭定求孙。雍正五年(1727)进士第一,授修撰,迁左中允。乾隆间历官侍读学士,左佥都御史,内阁学士,刑部、吏部、兵部侍郎,左都御史,兵部尚书。以事降职,又命原品休致。后主讲苏州紫阳书院。卒谥文勤。性耽吟咏。著有《芝庭文稿》《芝庭诗稿》。生平事迹见《清史稿》卷三〇四、《清史列传》卷一九、《国朝先正事略》卷一六、王芑孙《兵部尚书彭公启丰神道碑铭》。

雨中发潜山,泥滑难行,作禽言纪之

泥滑滑[1],路欹碮[2],愁杀早行人,征车不得发。雾冥冥[3],雨凄凄[4],猿狖啸[5],鸺鹠啼[6],荒山足茧增愁疾[7],不辞失路迷东西。

行不得也哥哥[8],我今到此其奈何!皇穹不复太阳照[9],月离于毕占滂沱[10]。云暗苍梧路[11],绵联接九疑[12],天门高高陈陛辞[13]。长相思,远别离。

辑自《芝庭诗文稿》诗稿卷三

解题

"禽言"为诗体名。以禽鸟为题,将鸟名隐入诗句,象声取义,以抒情写态。当代学者钱锺书先生则说:"模仿着叫声,给鸟儿起一个有意义的名字,再从这个名字上引申生发,来抒写情感,就是'禽言'诗。"

作者此诗用"禽言"体写因公事前往湖南,途经潜山而遇雨,道路泥滑难行。诗中不仅描写了当时在荒山中跋涉的辛劳,迷路的惨状,而且表现了自己糟糕的心境。结尾处说是此时思念远在京城的皇帝,或许是受宋朝淹仲淹"处江湖之远,则忧其君"(《岳阳楼记》)思想的影响。

注释

[1] 泥滑滑:道路泥泞难行。
[2] 欹:倾斜。碮:高危,险峻。
[3] 冥冥:昏暗貌。
[4] 凄凄:寒冷状。

〔5〕猿狖(yòu)：猿猴。狖,黑色的长尾猿。

〔6〕鸺鹠：即枭鸟,古代也指猫头鹰。

〔7〕足茧：脚掌因摩擦而生出硬皮。喻指跋涉辛劳。

〔8〕行不得也哥哥：鹧鸪鸣叫的模拟声。鹧鸪啼声凄厉,极似"行不得也哥哥"。喻路途艰难。

〔9〕皇穹：皇天。

〔10〕"月离"句：月亮附着于毕宿,根据星占,是下大雨的征兆。毕,指毕宿。二十八宿之一。旧说毕宿主雨。《诗·小雅·渐渐之石》："月离于毕,俾滂沱矣。"毛传："月离阴星则雨。"离,附离,著。占,指星占。滂沱,雨大貌。

〔11〕苍梧：地名。在今湖南宁远县南。相传舜帝南巡,至苍梧而死,葬九疑山中,娥皇、女英二妃远寻至苍梧,不见踪迹,泪洒湘竹,投湘水而死。

〔12〕九疑：即九疑山。又称九嶷山、苍梧山,在湖南宁远县南。因山有九峰皆相似,故名。相传虞舜死葬于此。

〔13〕陛辞：臣下谒见天子后,辞别而出都,谓之陛辞。

自龙眠至太湖

树密云深隔绿溪,登登樵径辟町畦〔1〕。公麟老去仙灵在〔2〕,何处山庄不可栖。

皖公积翠照江东〔3〕,天柱龙湫一线通〔4〕。欲访丹台飞不到,玲珑楼观落杯中。

修篁鸣佩响珊珊〔5〕,列岫参差拥髻鬟〔6〕。不信乔公无故宅,秀英婉约在人间〔7〕。

松毛栎叶间青苍,石溜泠泠漱涧凉〔8〕。荦确邮程谁辨路〔9〕,小池驿后接枫香〔10〕。

太湖沙溆望非遥[11],楚尾吴头逐去潮[12]。潜岳迥看回雁过[13],浔江更待鲤鱼朝[14]。

辑自《芝庭诗文稿》诗稿卷三

解题

龙眠,即龙眠山,在桐城县境内,因形如卧龙得名。宋代著名画家李公麟归老于此,号龙眠居士。此代指桐城县。作者自桐城起程经潜山而往太湖,途中作此诗。诗中表达了对隐居龙眠山的北宋画家李公麟的敬意,描绘了沿途所见迷人的自然风光,歌咏了分布各地的名胜古迹。作者特别赞美了万峰积翠的皖公山,为不能访其丹台而遗憾;还凭吊了乔公故宅和秀英亭,将一排排山峰想象成二乔头发盘曲于顶的发式。诗中将潜岳与衡山的回雁峰相比拟,并吟咏了其他有关掌故和传说。全诗意境清新,文词隽美。前人称彭诗"写景关情,神妙独到"(王昶《湖海诗传》),"有中晚唐名家风度"(徐世昌《晚晴簃诗汇》),由此诗看,评价不无道理。

注释

〔1〕樵径:樵夫走的小路。町畦:田与田之间的界域,或称田间的界路。

〔2〕公麟:即李公麟。舒州人,北宋画家。已见前注。

〔3〕积翠:深绿色。江东:三国时,江东是吴国的根据地,故当时把吴国的全部疆土统称为江东。

〔4〕龙湫:上有悬瀑下有深潭谓之龙湫。据《(嘉靖)安庆府志》,怀宁大龙山有龙湫。

〔5〕修篁:长竹。鸣佩:佩玉因互相撞击而鸣响。形容美妙的声音。珊珊:象声词,状风、雨、铃、钟等舒缓的声响。

〔6〕列岫:一排排的山峰。岫,山洞、山峰。髻鬟:古时妇女发式。将头发环曲束于顶,称髻鬟。这里用以比喻山峰。

〔7〕秀英:秀美英俊的女子。诗中指二乔。潜山二乔宅旁有秀英亭。

〔8〕漱涧:冲荡溪涧。漱,冲刷;冲荡。

〔9〕荦确:怪石嶙峋貌。

〔10〕小池驿:驿站名。邻近潜山县,距潜山县青口驿六十七里。

〔11〕沙潊:沙滩临水处。

〔12〕楚尾吴头:意谓舒州地理位置位于楚地下游,吴地上游,似首尾相接,故称楚尾吴头。

〔13〕回雁:指回雁峰。在衡阳市南,为衡山七十二峰之首。谓雁飞至此峰,不敢越过,往往折回原地。

〔14〕浔江:在九江。

曾 劭

曾劭,字翼堂。江西南城人。早岁入邑庠,与同辈镞砺,为文声名日起。雍正七年(1729)举于乡。后得疾卒。以子廷枟贵,赠朝议大夫;以孙燠贵,晋赠荣禄大夫。《(同治)南城县志》卷八、《晚晴簃诗汇》卷六七有传。

登天柱峰绝顶

天际真人想,于今可得言。东西悬日月,吴楚画乾坤。题壁飞鳌矫[1],攒岩伏虎尊[2]。划然成一笑[3],翠石落惊猿。

振衣千仞处[4],徙倚得奇观[5]。剑指浮云冷,鸦飞落照寒。附庸称小从[6],鼎立逼幽峦。为念韶光逝,山灵诵到难[7]。

俯视壑前云,松涛足下闻。游人能拔俗,到者信超群。

石窦留丹灶[8],金庭闷赤文[9]。茫茫天寓近[10],仙众有谁分[11]。

辑自《晚晴簃诗汇》卷六七

解题

作者登上天柱峰绝顶,左右徘徊,所见皆胜景奇观,白云松涛踩于足下,山中又有道家丹炉、宫观与红色图像,于是他感到茫茫天宇离自己是如此之近,在这里神仙和凡俗之人也分辨不清了。

注释

〔1〕鳌:传说中海中能负山的大鳖或大龟。矫:强健;雄健。此处是形容题壁书法的遒劲有力。

〔2〕攒(cuán):簇聚,聚集。

〔3〕划然:忽然;突然。

〔4〕振衣:抖衣去尘,整衣。仞(rèn):古代长度单位。八尺为一仞。一说,七尺为一仞。

〔5〕徙倚:犹徘徊;逡巡。

〔6〕称(chèn):相当;符合。小从:指小的山峰。从,通"耸"。

〔7〕"为念"二句:意谓想到我年纪已老,山神都称道我能到此实属不易。诵,颂扬,称道。

〔8〕石窦:石穴。丹灶:即炼丹炉。

〔9〕金庭:传说中天上神仙所居之处。此处指道观。闷(bì):藏。赤文:红色图像。古代谶纬家谓帝王受命的祥瑞。此处大概指符箓一类。

〔10〕寓:同"宇"。

〔11〕仙众:神仙和凡俗之人。

魏其琠

魏其琠,字灿如,号朴庵,直隶大兴人。雍正十一年(1733)进士,乾隆二年(1737)莅任潜山知县。其律身刻有《景行编》,一以宋五子为法;其造士刻有《课士录》,一以振兴文教为先。在任八载,无废不举,无利不兴,无弊不革,以实心行实政。因箴贪酷以自警,有曰:"贪亦何难,只凭天理。照来这般作孽钱,剜肉医疮,怎叫子孙受用?酷真不可,须把良心勘去那个无情棒,敲肤抉髓,枉担父母称呼。"虽寻常对联中,皆寓有自警警人之意恳恳笔墨间,以故吏畏而民安之。其廉能事迹具详《去思碑》中。潜人士称颂贤父母者,必曰前有常公,后有魏公。《(乾隆)潜山县志》卷六、《(民国)潜山县志》卷九有传。

送潜山徐试誉茂才省试

三年承乏宰群舒[1],驿路槐黄意自如[2]。政绩我方惭健令,文涛子欲犯灵胥[3]。珊瑚曾架凌云笔[4],玉笋将题淡墨书[5]。却笑心情同待放,团司早望寄双鱼[6]。

辑自《(乾隆)潜山县志》卷二一《艺文补遗》

解题

秀才徐试誉即将赴省城参加乡试①,知县魏其琠作此诗为之送行。诗中称徐试誉此去应试一定会得其所愿,因为他是天下英杰,文笔纵横,才气不凡,放榜时定会高中"礼部贡院"之榜。恰好此时上司也在对作者自己考察政绩,所以他希望到时与徐试誉双双都收到报

---

① 按,题中所称茂才,即秀才。西汉本称秀才,东汉时为避光武帝刘秀名讳,改作茂才。后世因之。省试,唐宋时由尚书省礼部主持举行的考试。又称礼部试、会试。元代以后指分省举行的考试。又称乡试。

喜的书信。

注释

〔1〕承乏：谦辞，表示自己所任职位一时无合适人选，暂由自己充数。宰群舒：出任舒州的一个知县。此指任潜山知县。

〔2〕槐黄："槐花黄"之省。古指士子忙于准备科举考试的季节。唐代长安举子，自六月以后，落第者不出京回家，多借静坊庙院及闲宅居住，习业作文，直到当年七月再献上新作的文章，谓之过夏。时逢槐花正黄，因有所谓"槐花黄，举子忙"之语。后便以"槐花黄"指士子忙于应试。

〔3〕"政绩"二句：在政绩方面与"健令"满朝荐相比，我觉得自己很惭愧；但你的文思如波涛，快要冒犯那涛神伍子胥了。健令，明万历间，有位叫满朝荐的县令，为匡扶法纪，维护社会秩序的安定，裁抑阉宦，"出死力以抗凶锋，幽深牢而弗悔"，人称"健令"。灵胥，指春秋吴国伍子胥。相传伍子胥死后为涛神，故称。

〔4〕珊瑚：喻俊才。清汪懋麟《沁园春·赠次功》词："羡珊瑚照耀，词源似海，珠玑错落，笔阵如流。"凌云笔：称人文笔纵横，才气不凡。

〔5〕玉笋：笋的美称。此喻英才济济。《新唐书·李宗闵传》："俄复为中书舍人，典贡举，所取多知名士，若唐冲、薛庠、袁都等，世谓之玉笋。"淡墨书：指榜上有名，中式。宋曾慥《类说》："淡墨书：贡院进士榜粘黄纸四张，以淡墨毡笔书'礼部贡院'四字。"

〔6〕团司：唐代新进士及第，负责筹办同年游宴及纠察诸事的机构。主其事者亦称为"团司"。双鱼：指书信。

马德洋

马德洋，安徽潜山人。监生。马高梧之父。妻汪氏，乾隆四十六年(1781)年七十三。事见《(乾隆)潜山县志》卷一二。

长冲山庄即事

地僻人踪少,柴门尽日开。两山当户立,一涧过村来。翠荫烟笼竹,香清雨熟梅[1]。幽情何自遣[2],田舍酒多杯[3]。

辑自《(乾隆)潜山县志》卷二〇《艺文志》

解题

长冲,即麻岭山,在潜山县治北三十里。麻岭山土名"长冲"(见《(乾隆)潜山县志》卷一《山川》)。

此诗是作者就眼前所见事物,抒写一时之感受。全诗描写了长冲山庄周围幽静的环境,表现了作者深远、高雅的情怀。

注释

[1]"翠荫"二句:竹子被雾气笼罩着,连日影也是翠绿色的;梅子熟了,雨中散发着清香。

[2]幽情:心底的情怀。深远、高雅的情怀。自遣:发抒排遣自己的感情。

[3]田舍:农家,村舍。

山 谷 寺

萧寺春光好[1],幽栖半掩关[2]。门前自流水,屋角见青山。花落鸟还下,月明僧共闲。远公先有约[3],谢客许追攀[4]。

辑自《(乾隆)潜山县志》卷二一《艺文补遗》

【解题】

此诗歌咏了山谷寺周围美景和高僧的世外生活。句内含禅理,句外有神韵。

【注释】

〔1〕萧寺:相传南朝梁武帝萧衍造佛寺,令萧子云书一"萧"字为寺名。后泛称佛寺。

〔2〕幽栖:幽僻的栖止之处。亦指隐居。掩关:掩门,闭门。

〔3〕远公:晋高僧慧远,居庐山东林寺,有高行,精佛旨,世人称之为远公。此用为对高僧的尊称。

〔4〕谢客:即谢灵运,灵运小名客儿,世称谢客。追攀:追随相伴。《高僧传·慧远传》:"陈郡谢灵运,负才傲俗,少所推崇,及一相见,肃然心服。"灵运《慧远法师诔》:"自昔闻风,志愿归依。山川路邈,心往行违。"

张 挺

张挺,字端亮,别号劲亭,安徽潜山人。邑增生。幼敏悟。工诗文,楷法秀整。为人宽厚质讷,惟课子授徒,不预外事。卒年五十三。子三:司陶,郡庠生;司觉,邑庠生;司直,弱冠领乡荐。《(乾隆)潜山县志》卷一〇有传。

吴 塘 晓 渡

水碧山青晓气稠[1],吴塘锦浪漾扁舟[2]。一声欸乃沉残月[3],两岸烟光报早秋。倒影帆从天上挂,平波人在镜中游。

济川有待凭兰枻[4],漫羡开陂赖仲谋[5]。

辑自《(乾隆)潜山县志》卷二一《艺文志》

解题

此诗前三联写秋日清晨吴塘渡口两岸迷人的风光与水中扁舟渡人场景,一切皆栩栩如生,似在目前。尾联赞孙权开凿吴塘陂之功,语意隽永,耐人寻味。

注释

〔1〕晓气稠:清晨的雾气十分浓密。
〔2〕锦浪:形容阳光下的波浪如同锦缎一般。扁(piān)舟:小舟。
〔3〕欸乃:划船摇橹声。
〔4〕济川:渡河。兰枻(yì):用木兰制的船桨。
〔5〕开陂:开凿吴塘陂。仲谋:指孙权。孙权字仲谋。

天 柱 晴 雪

天柱峰西石壁斜,晴光朗耀雪同华。瑞凝六出辉银汉,白蕴千秋灿镆铘[1]。一缕云生飘柳絮,半山阴合隐梅花[2]。近天玉露沾来早,就日冰姿分外奢[3]。

辑自《(乾隆)潜山县志》卷二一《艺文志》

解题

此诗以丰富的想象和形象的比喻歌咏了"天柱晴雪"这一自然界奇特景观,语言清新,境界阔壮丽,令人神往。

注释

〔1〕"瑞凝"二句:它像应时好雪一样辉映着银色的天河,它全身洁白,矗立千年,像宝剑莫邪一样灿烂夺目。六出,花分瓣叫出,雪花六角,因以"六出"为雪的别名。千秋,千年,形容岁月长久。镆铘,即莫邪,古代传说中春秋时的宝剑名。

〔2〕"一缕"二句:山峰上生出一缕缕白云,像飘动的柳絮;半山腰繁荫相合,那里隐藏着梅花。

〔3〕就日:靠近太阳。分外奢:格外奢华美好。

张必刚

张必刚(1708—1792),字健夫,安徽潜山人。乾隆元年(1736)进士①。性伉直,好读书。十六年任广东琼州澄迈知县,未几告归,键户著述。所著有《三礼会通》二卷、《浚元书》十六卷。子绅能世其学,有《古学发微偶编》。生平事迹见《(乾隆)潜山县志》卷之七、《(光绪)重修安徽通志》卷二一八等。

天 柱 山 歌

翠侵空猗山弄色,香出壑猗花迎客[1]。峨峨石笋猗拔地倚天[2],万里江光猗近在履舄[3],欲浇杯酒猗添江白。

辑自《(乾隆)潜山县志》卷二一《艺文补遗》

---

① 按,《(乾隆)潜山县志》载张必刚乾隆丙辰进士,《(光绪)重修安徽通志》《(民国)潜山县志》称张必刚乾隆壬戌进士。乾隆《志》张必刚亲自参修,今据所记。

解题

此诗以骚体的形式,描写了天柱山翠色连空、花香出壑的秀美英姿,歌颂了它雄伟和高大的气势,并感叹在这里放眼远望,万里江上风光如同近在足下。全诗表现了作者博大的胸襟和气概。

注释

〔1〕"翠侵"二句:作者自注:"家大人诗云:'花香出壑能迎客,苔翠连空欲染衣。'首二语本此。"猗,作语助,犹"兮"。亦叹美之词。弄色,显露自己的姿色。

〔2〕石笋:挺直的大石,其状如笋,故名。

〔3〕江光:指江上风光景色。近在履舄:犹近在足下。履舄,古代单底鞋称履,复底鞋称舄,故以"履舄"泛称鞋。借指脚或足迹。

炼 丹 台

荒冈凄草猗断霞落照[1],仙踪杳不可寻猗空烟灶[2]。

辑自《(乾隆)潜山县志》卷二一《艺文补遗》

解题

天柱山有炼丹台三所,相传为东汉左慈炼丹处。此诗描绘了炼丹台荒凉的景象,表达了神仙踪迹不可追寻的怅惘与无奈。全诗仅二句,疑非完璧。

注释

〔1〕断霞:片段的云霞。落照:夕阳的余晖。
〔2〕烟灶:指炼丹的炊烟和炉灶。

叶　丛

叶丛,字朴若,安徽潜山人。乾隆元年(1736)岁贡。才思敏赡,制艺尤工。司铎苏州,兴学礼士。考满归,囊橐萧然。邑侯重其文行,延主潜岳书院,教生徒多所造就。《(乾隆)潜山县志》卷一〇有传。

常桂芳墓歌　有序

桂芳者,邑侯常公讳大忠女也。清心玉映,有古闺秀风。公爱之甚,年十七暴病卒。公悲之,卜乔公故址葬焉。至今潜之士女过之有流涕者,以公德泽犹在人心也,予因为此歌云:

舒州城北二三里,山环水抱乔公址。此间应是小蓬莱,两朵芙蓉并蒂开[1]。名花移作东吴侣[2],秀英亭畔无人语[3]。只今惟有胭脂井[4],曾与二乔双照影。胭脂井旁一孤坟,深深葬玉揭碑文[5]。从宦舒州年十七[6],北风吹断太行云[7]。常公当日来何暮,花满潜阳迷归路。忍使闺中柳絮才[8],化为南国甘棠树[9]?潜有贞女千金黄[10],骨葬山头草木香。香魂月下同来往,胜似乔家姊妹行[11]。

辑自《(乾隆)潜山县志》卷二〇《艺文志》

解题

常桂芳墓,在广教寺旁。清初潜山县令常大忠为其女所筑。常大忠,号二河,太原交城县人。顺治九年(1652)进士,十六年任潜山知县时,其女常桂芳跟随在任内。康熙二年(1663),桂芳暴病卒,常大忠遂卜葬于乔公故址,并为之铭曰:"桂芳常氏,从宦舒州。历年十七,与造物游。康熙二载,葬此荒丘。灵魂妥贴,永世无尤。"

此诗描述了常桂芳墓址所在位置及其周围名胜古迹,认为常桂芳不仅具有晋代著名才女谢道韫那样的才华,而且有古大家闺秀的风范,可与宋代本地烈女黄千金相媲美,而远胜于纯粹以貌取悦于孙策、周瑜的大小二乔。诗中还歌颂了常大忠这位循吏的德政和遗爱,表达了对他深切的怀念。

注释

〔1〕两朵芙蓉:指大乔、小乔。
〔2〕"名花"句:指二乔嫁与孙策、周瑜为妻。
〔3〕秀英亭:在彰法山麓广教寺乔公故宅旁。后人为纪念大乔、小乔而建。
〔4〕胭脂井:亦称乔家故井,在广教寺前。旧志载,"汉末乔玄居此,有二女,皆国色。孙策克皖,娶大乔,周瑜娶小乔。二女以残脂粉投井中,至今井水有脂粉色"。又曰:"后人于上建秀英亭,今废井栏有建康年号。"
〔5〕揭碑文:作者自注:"文载阡墓。"
〔6〕从宦:指家属跟随在任内。
〔7〕"北风"句:谓常大忠来潜山任职后未曾回故乡。
〔8〕柳絮才:指晋代著名才女谢安的侄女谢道韫。南朝宋刘义庆《世说新语·言语》:"谢太傅寒雪日内集,与儿女讲论文义。俄而雪骤,公欣然曰:'白雪纷纷何所似?'兄子胡儿曰:'撒盐空中差可拟。'兄女曰:'未若柳絮因风起。'公大笑乐。即公大兄无奕女,左将军王凝之妻也。"刘孝标注引《妇人集》:"谢夫人名道韫,有文才。所著诗、赋、诔、颂传于世。"后遂以"柳絮"为典,多指才女或佳句。苏轼《谢人见和前篇》之二:"渔翁句好真堪画,柳絮才高不道盐。"
〔9〕甘棠树:本为木名,即棠梨。《史记·燕召公世家》载:周武王封召公于燕,召公巡行,决狱治政于甘棠树下,上下称善。民人思召公

之政,作《甘棠》诗以咏之。后遂以"甘棠"称颂循吏的美政和遗爱。

〔10〕千金黄:即黄千金,宋代舒州著名烈女。已多见前注。其墓在潜山县东门千金巷内。

〔11〕行:辈。

吊孙瑛夫妇

天台掷地作金声[1],应使前贤畏后生。文战三场将起凤[2],帆归半路竟骑鲸[3]。千层浪里寻王勃[4],万顷波中访屈平[5]。夫觅封侯今已矣,幽闺望断石头城[6]。死缓须臾为有身[7],不生男息敢因循?蓬头撞壁凄风雨,烈性捐躯泣鬼神。玉骨虽埋天柱麓,香魂却绕大江滨。裙钗谁是如卿者[8],应许千金后一人[9]。

辑自《(乾隆)潜山县志》卷二〇《艺文志》

【解题】

据《(乾隆)潜山县志》载:孙瑛,邑庠生,有文才,善书法。雍正十年(1732),省试返棹,坠江而死。妻刘氏恸不欲生,因有妊数月,婆婆及大嫂力劝乃止。及产一女,遂以头触柱,昏扑于地,勺水不入口,七日卒。当事者题请,奉旨给银建坊东门城外(见《(乾隆)潜山县志》卷一二《烈女传》)。

此诗即为凭吊孙瑛夫妇而作。诗中歌咏了孙瑛文学才华之高,对其不幸溺水身亡表示惋惜。作者更赞扬了其妻刘氏的节烈行为,认为她殉夫捐躯的事迹"凄风雨"、"泣鬼神",可与宋代烈女黄千金相媲美。

【注释】

〔1〕"天台"句:谓孙瑛才华甚高,文辞优美,声调铿锵。天台,指

魏晋文学家孙绰所作《天台山赋》。此句出自《世说新语·文学》："孙兴公作《天台赋》成,以示范荣期云:'卿试掷地,要作金石声。'"又见《晋书·孙绰传》:孙绰"尝作《天台山赋》,辞致甚工。初成,以示友人范荣期,云:'卿试掷地,当作金石声也。'"后遂以"掷地作金石声"或"作金声"形容文章之美,后也用来称人才华之高。

〔2〕文战:指科举考试。起凤:凤凰展翅高飞。比喻科举中式。

〔3〕帆归:乘船归来。骑鲸:俗传李白醉骑鲸鱼,溺死浔阳。后遂以骑鲸喻溺死。金李端甫《太白扇头》诗:"岩冰涧雪谪仙才,碧海骑鲸望不回。"明李东阳《李太白》诗:"人间未有飞腾地,老去骑鲸却上天。"

〔4〕"千层"句:王勃,唐诗人,字子安,绛州龙门(今山西稷山)人。十四岁时作《滕王阁诗》并《序》,受世人称赞。二十七岁在探望父亲途中,渡南海溺水而死。故云"千层浪里寻王勃"。

〔5〕"万顷"句:屈平,即屈原。屈原自沉于汨罗江,诗故云"万顷波中访屈平"。

〔6〕石头城:南京的别称。明清科举,应天府乡试及江南乡试皆在南京国子监举行。

〔7〕有身:有身孕,怀孕。

〔8〕裙钗:妇女着裙插钗,因用为妇女的代称。卿:对人的敬称。犹"您"。

〔9〕千金:指潜山著名烈女黄千金,已多见前注。

李 溁

李溁,字右勋,号静轩。潜山人。诸生。制义法律详明,课经授徒,多所成就。《(乾隆)潜山县志》卷一〇有传。

吊孙烈妇

邑诸生孙瑛妻,已蒙旌建坊入祠。

烈哉妇出子荆门[1],秋试哀夫葬水村。泣血诉姑身有孕[2],伤心生女命难存。青燐誓伴黄泉鬼[3],白练甘悬黑夜魂。巾帼谁知全节义,名香国史是天恩[4]。

辑自《(乾隆)潜山县志》卷二一《艺文补遗》

解题

自宋儒对于妇女贞节的态度加严后,夫死守节成为妇女的义务及崇高的道德行为。明清时期,贞节观念发挥至极端,即变成夫死而妻以身殉,称为"殉夫"、"殉节"或"节烈"。自尽而死的妇女则称为"烈妇"。许多"烈妇"受到朝廷的旌表。由于统治者的提倡,很多妇女竞相效尤,乃至"殉夫"、"殉节"成为一种社会风俗。

此诗和上一首叶丛的《吊孙瑛夫妇》,都反映出当时殉夫殉节的道德观念和社会风气。诗中写到,丈夫孙瑛落水而死时,妻刘氏因有孕在身,并未殉夫;只因生下的是女儿,最后不得不悬梁自尽。此诗不仅歌颂了自宋儒发端的这种腐朽的道德观念和社会风尚,客观上还反映了在封建社会里,重男轻女思想对妇女、对人性的摧残。

注释

〔1〕子荆:子荆为晋代孙楚的字。孙楚字子荆,有英才,气度超拔不群,但仕途多艰。此以指孙瑛。

〔2〕姑:丈夫的母亲。婆婆。

〔3〕青燐:亦作"青磷"。人和动物尸体腐烂时,会分解出磷化氢,常在夜间田野中自燃,发生青绿色的光焰,古称"青燐"。俗称

鬼火。

〔4〕天恩：皇恩。朝廷的恩典。

王国瑞

王国瑞，号觉轩。安徽潜山人，孝子王宜相之少子，邑庠生。应童子试，以第四获隽，虽棘闱屡踬，而穷经汲古，至老不辍。享年八十三。子孙俱蜚声庠序。生平事迹见《（民国）潜山县志》卷一八。

纪邑侯常公政绩歌

汾阳佳气郁苍苍，沁水城畔水流光[1]。笃生俊杰才名重，一琴一鹤来潜阳[2]。岂弟之风堪千古[3]，善政多端难仆数[4]。有脚阳春化雨多，至今津津歌杜母[5]。田值兵燹亩荒芜，物土既辨多寡区。昼行阡陌晚萧寺[6]，几经筹画成规模。更念不均惟里役，百四十亩定为籍。先后连收无杂徭，士民输将著为式[7]。吴塘水涌谷变迁，玉渠蓄泄异从前。乐从鼖鼓构堤堰，年丰不别上中田[8]。祠祀辉煌崇皖伯[9]，俎豆仍传游黄绩[10]。巍然先师殿独存，建庑新列诸贤席[11]。讲堂大启三立名，教继养兮治道成[12]。六德六行景前哲[13]，弦歌之声韵满城[14]。讼庭花落存公道，只知稼穑民之宝。但觉清风拂袖来，暮夜黄金弃如草。时跨蹇驴走民间[15]，疾苦咨诹不畏艰[16]。樵夫牧竖群争羡，高悬冰镜烛民奸[17]。嶙峋天柱俯芳甸[18]，甘棠遗爱仁风扇[19]。欣逢继起多循良[20]，政事文章今复见。

辑自《（乾隆）潜山县志》卷二〇《艺文志》

解题

邑侯常公,指常大忠。常大忠顺治十六年(1659)任潜山知县,康熙三年(1664)去任,升保定知府。此诗歌颂了常大忠在任潜山县令期间种种美德懿行,政事建树。据诗有"欣逢继起多循良"之句,作此诗时常大忠离任当有相当时日。作为一任县令,去后多年还能为百姓歌颂和怀念,说明他确实深得民心,受到老百姓的拥护和爱戴。

注释

〔1〕"汾阳"二句:谓常大忠出生于山青水秀之地。常大忠故乡交城在汾水之北地区,有沁水流经其地。诗故言之。

〔2〕一琴一鹤:喻为官清廉。宋代赵抃携一琴一鹤入蜀为官,宋神宗赞他,并希望他为政简易,一如他行装的简少。见《宋史·赵抃传》。后用为居官清廉的典故。潜阳:指潜山县。已见前注。

〔3〕岂弟(kǎi tì):同"恺悌",和易近人。

〔4〕难仆数:形容事物繁多,数不胜数。

〔5〕杜母:东汉杜诗为南阳太守,性节俭而政治清平,想方设法造福百姓。南阳为之语曰"前有召父,后有杜母"。见《后汉书·杜诗传》。后因以"杜母"来称颂勤政爱民的父母官。

〔6〕尽行阡陌:走遍了田间道路。晚萧寺:晚上借宿于寺庙。

〔7〕输将:指缴纳赋税。著为式:写下来作为定式条例。

〔8〕"吴塘"四句:谓曾新修吴塘堰。据《(民国)潜山县志》载,清康熙初知县常大忠曾迁吴塘堰其址"去旧堰里许,别为新堰"。鼛(gāo)鼓:大鼓。古代用于役事。

〔9〕"祠祀"句:谓曾新建皖伯祠。《(乾隆)潜山县志》卷三:"皖伯祠,祀周大夫皖伯也。天柱西南,久废。康熙二年,知县常大忠移建于县北门北察院旧址。"

〔10〕俎豆：两种古代祭祀用的器具，以盛祭品。引申为祭祀、崇奉之意。游黄：指游酢和黄榦。二人宋代先后在舒州任职，有治声。

〔11〕"巍然"二句：谓常大忠为兴学育才，曾捐俸为先师殿增廊舍，以列诸贤弟子。《（民国）潜山县志》卷九："至兴学育才，捐俸以新圣宫。"

〔12〕"讲堂"二句：谓曾新创三立书院，教育培养学生，使知治理政事的道理。《（民国）潜山县志》卷六："三立书院，在县北门皖伯祠后，即北察院故址。康熙三年知县常大忠捐俸创建。"

〔13〕六德：古代道德教育的内容，具体指智、仁、圣、义、中、和六种道德规范。六行：西周大司徒教民的六项行为标准，即孝、友、睦、姻、任、恤。景：景仰。

〔14〕弦歌：指礼乐教化。

〔15〕蹇驴：跛足之驴。

〔16〕咨诹：咨询，访问。

〔17〕冰镜：河水结冰，光亮如镜。此处指明亮的眼睛。烛民奸：洞察民间的奸谋。

〔18〕芳甸：芳草丰茂的原野，开满鲜花的郊野。

〔19〕甘棠遗爱：卸任的地方长官有惠政于民，是谓"甘棠遗爱"。典出《史记·燕召公世家》。仁风扇：称誉地方官施行仁政，多用于送别时。典出晋孙盛《晋阳秋》。

〔20〕循良：谓官吏奉公守法。亦指奉公守法的官吏。

刘 棠

刘棠，字巨麓，号震庵，安徽潜山人。善诗、古文辞。弱冠补弟子员，乾隆九年甲子（1744）科经魁。弟棣，邑庠生，文行与棠埒，人称"棠棣争辉"。《（民国）潜山县志》卷一二有传。

游上炼丹望天柱峰

潜岳嶙岣第一峰[1],青山到处望芙蓉。眼从碧落看丹灶[2],身在晴空听午钟。云薄九霄和日霭,泉飞百道带烟浓[3]。七千几丈高如许,直峙天南镇皖封[4]。

辑自《(乾隆)潜山县志》卷二一《艺文志》

解题

上炼丹,在潜山县治西三十里潜峰之左,其处岩径深邃,传说汉末左慈烧药于此。至今天晴日朗,烟霏起林薄间,苍翠明灭,浓淡不常。故又称"丹灶苍烟",为潜山十大著名景观之一。

此诗描写作者在上炼丹眺望天柱峰时所见所感。山峰重叠幽深,状如出水芙蓉,山中云气蒸腾,直迫九霄之外。浓盛的云气之下,悬挂着飞泉百道。此时眼观丹灶,耳听中午寺庙钟声,皆仿佛自己身在碧落晴空。再看那天柱峰,它高七千余丈,笔直耸立于南方,镇守着古皖国的封疆。全诗笔力雄健,气象雄浑,风格深沉凝重。

注释

〔1〕嶙岣:形容沟壑、山崖、建筑物等重叠幽深。
〔2〕碧落:道教语。天空;青天。
〔3〕九霄:天之极高处;高空。霭:云气烟雾笼罩貌,浓盛貌。
〔4〕峙:耸立。天南:泛指南方。镇皖封:镇守着古皖国的封疆。皖,为春秋时封国名。

熊会瓒

熊会瓒,字赞玉。安徽潜山人,熊良巩之子。太学生。诗宗韦、孟,有《萃堂集》。工弈,人称古今第一手。生平事迹附见《(乾隆)潜山县志》卷一〇《熊良巩传》。

吴塘堰落成魏明府索诗因赋长句

霭霭山岚淡荡风[1],吴塘新续汉时功[2]。烟浮柳色长堤暗[3],石咽泉声一脉通[4]。谷口春来花弄影[5],陇头秋尽水涵空[6]。三农泽遍琴鸣室[7],颂及松阴犊背童[8]。

辑自《(乾隆)潜山县志》卷二一《艺文志》

【解题】

自三国时曹操命朱光为庐江太守屯皖开凿陂堰以溉稻田,近两千年来,历朝历代不断重修。乾隆二年(1737),魏其瑸莅任潜山知县,任内再修吴塘堰。落成后,他向擅长诗歌者征诗以示庆祝,作者遂赋此诗以进。

诗歌描写了新开凿的吴塘陂及其周围迷人的景色,赞扬了此次新修之功。说是这次新修吴塘堰德泽遍及所有农民,他们在室中鸣琴相庆,连坐在牛背上放牧的儿童也知道歌功颂德。全诗格调清新,文笔优美,但对执政者亦不乏阿谀之词。

【注释】

[1] 霭霭:云烟密集貌。山岚:山林中的雾气。淡荡:和煦舒展。

[2] 汉时功:汉代开凿之功。因吴塘陂初始为三国时曹操命朱光为庐江太守屯皖时所开,故云。参见《三国志·吴书·吕蒙传》。

[3] "烟浮"句:水雾弥漫,柳色青青,吴塘长堤全被遮蔽了。暗,指被遮蔽使看不清。

[4] "石咽"句:意谓原先因大石阻挡,泉流曲折穿行,水声幽咽,

现在是一脉贯通了。咽,填塞,充塞。亦形容声音滞涩。王维《过香积寺》:"泉声咽危石,日色冷青松。"

〔5〕花弄影:谓花影随风不停地摇摆着。

〔6〕陇头:此指陇亩边。水涵空:指水天相接。

〔7〕三农:古谓居住在平地、山区、水泽三类地区的农民。后泛称农民。

〔8〕犊背童:坐在牛背上放牧的儿童。犊,小牛。

马 敬

马敬,字仲起,安徽潜山人。幼聪颖,博览群书,善文词,工书法。张大中丞赏之,两拔第一。《(乾隆)潜山县志》卷一〇有传。

马 祖 寺

马祖开山处[1],武皇驻跸时[2]。气钟舒霍胜[3],门抱洞天奇[4]。地僻松杉老,峰高日月迟。此中有佳趣[5],那许俗人知!

辑自《(乾隆)潜山县志》卷二〇《艺文志》

解题

马祖寺,别名马祖庵。相传乃江西马祖道一禅师行脚至天柱山习静修持处,后人因建为庵。此诗描写了马祖寺周围幽深旷远的自然环境,表达了诗人隐身山水的古朴高洁情怀。

注释

〔1〕马祖:指马祖道一禅师。开山:佛教指在名山创立寺院。

〔2〕武皇：指汉武帝。驻跸：古代帝王出行途中暂时停留称"驻跸"。跸，指帝王的车驾。

〔3〕钟：（情感等）集中；专注。舒霍：舒州霍山，即天柱山。

〔4〕洞天：道教称神仙的居处，意谓洞中别有天地。后常泛指风景胜地。道教称潜山为第十四洞天。

〔5〕佳趣：美好的情趣。

听僧悟成话天柱之胜

听说高峰北斗连，七千七百薜萝牵。传为汉代副南岳[1]，别是人间一洞天。断涧石桥通曲磴[2]，片云灵雨出飞泉[3]。登临最好春三月，直待东风上翠巅。

辑自《（乾隆）潜山县志》卷二一《艺文志》

解题

此诗描写了天柱山高峻巍峨的不凡气势，歌咏了它"别是人间一洞天"的秀美景色，语言质朴，意境幽深。

注释

〔1〕副南岳：参见前桑调元《潜山》诗解题及注释。

〔2〕断涧：断壁悬岩间的溪涧。曲磴：曲折的石阶。

〔3〕灵雨：好雨。及时雨。

钱 载

钱载（1708—1793），字坤一，号箨石。浙江秀水（今嘉兴）人。乾隆十七年（1752）进士，选庶吉士，授编修。历官中允、侍读、庶子、侍读学士、少詹事、詹事、内阁学士、山东学政、礼部侍郎。屡典乡试、会试。诗学黄庭坚,险入横出,崭然成一家。亦能画,苍秀高劲,如其诗。著有《萚石斋诗集》与《萚石斋文集》传世。生平事迹见《清史稿》卷三〇五、《清史列传》卷二五、朱休度《礼部侍郎秀水钱公载传》、吴文溥《故礼部侍郎钱公传》。

天柱峰出云歌

昨朝望峰峰笔尖,一峰青出群峰纤[1]。今朝峡岬道其左[2],桃花色云惊所瞻。笔尖不没千丈顶,肩腰覆抱浓如黏。其下全山骨纯紫,献疑谓照晨光暹[3]。余峰自碧身自露,余云自白心自骛。兹独吉贝弹松松[4],轻茜染之久喷吐[5]。明而相透层层兴,软不欲飞片片驻。五里十里缦缦华[6],赤霄绛霄亭亭媷[7]。藏精降神潜固然[8],汉武南岳根株连。含阳而起可无为[9],司命君住司玄天[10]。为霖岂私皖伯国[11],欢喜自指书生鞭[12]。花色烝空又何湿,缤纷锦曳溟蒙烟[13]。我随云行云已后,踟躅马蹄回马首。三祖塔边月茫茫,七星池上风飗飗[14]。势参吴楚云将孤[15],壑判阴晴云族偶。云中不入转山前,豁达秋原几培塿[16]!

辑自《萚石斋诗集》卷九

解题

这是一首以天柱峰云彩为主题的长歌。诗人征引了多种历史文献,运用了描写、比喻、铺叙、排比等各种表现手法,将天柱峰的云彩写得变幻万千,壮丽无比,极具生命的动感。清人吴应和以为,作者之诗"其旨敦厚,其气清刚,其意沉着,其辞排奡,汉魏六朝、三唐两宋体制,靡不兼有,尤得力于少陵,造诣深沉,脱尽肤言浮响,自成一大家面目"(《浙西六家诗钞》)。以此诗观之,颇为近似。

注释

〔1〕"一峰"句:作者自注:"郭祥正《天柱阁》诗:'群峰奔来一峰起。'"

〔2〕峡峥:山足。

〔3〕献疑:提出疑问。晨光:曙光,阳光。暹:太阳升起。

〔4〕吉贝:梵语或马来语的译音。兼指棉花和木棉。

〔5〕轻茜:浅红色。茜,绛红色。亦谓秀美、生动。

〔6〕缦缦:纡缓回旋貌。

〔7〕亭亭:长久貌。嘑:同"呼"。呼出气体。

〔8〕"藏精"句:作者自注:"徐锴《潜山序》:'于此藏精降神。'"

〔9〕"含阳"句:《春秋说题辞》:"云之为言运也。触石而起谓之云,含阳而起,以精运也。"

〔10〕"司命"句:作者自注:"唐玄宗梦九天司命真君现于天柱山,置祠宇。"

〔11〕为霖:喻施惠于民。霖,甘雨,时雨。

〔12〕"欢喜"句:作者自注:"《法华经》:'云有七德,含水电光雷声,欢喜掩蔽,普覆清凉。'"

〔13〕溟蒙:烟雾弥漫、景色朦胧貌。

〔14〕七星池:在皖山之巅。《(乾隆)潜山县志》:"七星池:天池北环列七池,其形如斗,清水盈溢。"

〔15〕"势参"句:作者自注:"孙仅《潜山》诗:'势参吴楚分。'"

〔16〕培塿:小土丘。

近青山驿，沿潜山麓三十里入山谷寻石牛，天已昏黑，小吏云在隔水草中，同游者萧检讨广运

名山僧既占，名人来借山。其人慧且杰，专己性若悭[1]。不与古雷同，独辟天地间。时贤遂和之，文字娱其闲。今朝客此偕，实为双井谩[2]。涉水历村落，行田越冈峦。无雨风故凉，有云日已残。登顿再三云，导之径右盘。如洞巨石叠，是涧微泉干。脚踏诸公题，天影俯徒观。老僧吹细火，小吏指荒菅[3]。谓牛伏于彼，我亦舍之还。皖公峭且排，铁色石不顽。嶕峣而崱屴[4]，颇亦藏神奸[5]。好奇酷搜趾，必欲惊尘颜。岂知泄秀灵，去落龙眠弯[6]。才人寂寞怀，寄托非所艰。造物辄听之，傅会凭存删[7]。县中迎炬遥，露叶穿沙湾。堤上蒇马迟[8]，长桥出重滩。

辑自《蒋石斋诗集》卷三五

解题

按，此诗题名中之青山驿，当作"青口驿"。同行者萧广运，湖北黄陂人。乾隆三十四年（1769）进士，官翰林院检讨。

此诗记录了作者傍晚进入皖公山谷寻访传说中的石牛不果后，失望而归的经历。诗歌除描写沿途风景外，重在议论石牛的传说。他认为，石牛的故事是黄庭坚于寂寞困顿之时创编出来以寄情托兴的，由于有画家李公麟为其绘像，又经过文人附会，这才有了石牛的传说。自己今日偕萧广运一起来访石牛，实际是受了黄庭坚的蒙骗。全诗议论太过，且有散文化的倾向；但末四句写遥见县中以火炬穿沙湾来迎，自己与随行者聚集坐骑出长桥重滩而归，能在一定程度上体现诗歌的形象性，使人印象颇为深刻。

注释

〔1〕专己：固执己见，独断专行。悭：吝啬，乖舛。

〔2〕双井：古地名。在今江西省修水县西。为宋诗人黄庭坚（山谷）家乡。黄庭坚《公择用前韵嘲戏双井》："万仞峰前双井坞，婆娑曾占早春来。"此借指黄庭坚。谩：欺骗；蒙蔽。

〔3〕荒菅：荒草，野草。

〔4〕嶕峣：峻峭；高耸。剺屼：高耸直立貌。

〔5〕神奸：指鬼神怪异之物。

〔6〕"岂知"二句：指李公麟为黄庭坚绘骑坐石牛像事。参见前注。

〔7〕蔟：凑集，聚集。

〔8〕傅会：谓虚构或歪曲事实，强加比附。

青 口 驿

忆访石牛洞，归乘灯火遥[1]。由来春草歇[2]，终古夕阳销[3]。骠骑名何减[4]，东风嫁小乔[5]。皖公山自好，未必记南朝[6]。

辑自《蘀石斋诗集》卷四〇

解题

这是一首怀古诗。作者为公务在外跋涉，再次来到潜山县，宿于青口驿。他回忆起前次来潜山入山谷寻访石牛洞的情景，更想起三国周郎嫁小乔，东晋何准的"高尚寡欲"，还有南朝时当地许多名人的遗闻逸事。如今皖公山色依旧美好，但这些古人古事都像春草枯干、夕阳落山一样消逝了。忆念及此，不禁黯然神伤。

注释

〔1〕灯火遥：指远远迎接自己的火炬。参见前诗。

〔2〕"由来"句：自始以来，春草都要干枯。由来，历来，自始以来。歇，干枯，凋谢。王维《山居秋暝》诗："随意春芳歇，王孙自可留。"

〔3〕"终古"句：自古以来，夕阳都要消歇。终古，自古以来。形容经历的年代久远。

〔4〕"骠骑"句：咏东晋何准事。《晋书·何准传》："何准，字幼道。穆章皇后父也。高尚寡欲，弱冠知名。州府交辟，并不就。兄（何）充为骠骑将军，劝其令仕。准曰：'第五之名，何减骠骑！'准兄弟中第五，故有此言。"骠骑，古代将军的名号。此指何充。潜山人。

〔5〕"东风"句：咏三国周瑜事。嫁小乔，指周瑜。宋邓肃《咏史》："五湖范蠡携西子，三国周郎嫁小乔。盖世功名聊唾手，何妨樽酒醉妖娆。"

〔6〕南朝：晋元熙二年（420）六月，刘裕即皇帝位，国号宋，为南朝之始。由宋而齐而梁而陈，共经四朝。

嵇 璜

嵇璜（1711—1794），字尚佐，一字黼庭，晚号拙修。江苏无锡人。大学士嵇曾筠第三子。雍正八年（1730）进士。授编修。历官左谕德、侍读学士、右佥都御史、户部郎侍。乾隆十八年（1753）黄淮并涨，上宜防八事，提出"欲固堤防，宣讲宣泄之法"。并前往督修。二十二年，任江南副总河，主张湖河宣导，疏修结合。三十二年，擢河东河道总督。曾奏请令黄河仍归山东故道，被否定。官至文渊阁大学士。卒谥文恭。

节烈熊应辉妻卢氏

潜邑环诸峰,有坳曰莲塘。灵钟节烈妇,万古生辉光。慨自明季末,贼寇殊猖狂。屠惨遍郡县,崩腾势莫当[1]。士夫先被执[2],赎以金帛将。终未饱厥欲,一命须臾亡。烈妇闻之恸,视死如寻常。迫胁不受辱,殒身千仞冈。贼党钩之上,诱以巧语簧[3]。於赫眦尽裂[4],愤骂同犬羊。贼怒解肢体,魄落飞秋霜。九原见夫面[5],同穴夙愿偿[6]。忠贞必有后,天道理则昌。贤裔守清白,出宰心慈祥[7]。行且隆建树,功业昭焜煌[8]。懋哉膺恤典[9],俎豆罗馨香[10]。作歌弼世教[11],永永留芬芳。

辑自《(乾隆)潜山县志》卷二一《艺文补遗》

【解题】

据载,孝廉熊应辉妻、卢万煌之女卢氏名孝莲,明崇祯末年,与丈夫避贼莲塘坳,藏于茂密的草丛。贼搜山时应辉被捉,卢运资给贼,请求赎人。贼杀了应辉,并企图奸污卢氏。卢无计脱身,便欺骗贼人说:"青天白日之下怎么可以干那种事。前面崖边有洞,到那里可惟命是从。"贼信以为真。到了悬崖边,卢氏投身而下,为菁莽支撑,贼人把她钩上来。卢氏拔簪自刺其面,血流被体,骂贼不止,誓死不受污辱。贼大怒,将其肢解,并把她的肉给吃了。后卢氏受到朝廷旌表。

作者此诗描述了这一事件始末,表彰了卢氏坚贞不屈的行为;并企图通过自己的歌咏来达到辅助教化的目的,为当代人们遵守正统的礼教增添正能量。

【注释】

[1]崩腾:动乱、动荡貌。

〔2〕士夫：通称男子。亦指士大夫，读书人。此指卢氏丈夫。

〔3〕巧语簧：巧语如簧之省。即能说会道，花言巧语。簧，乐器中如笙等簧片，用以鼓吹动听。

〔4〕於赫（wū hè）：叹词。眦尽裂：眼眶全都裂开。形容怒目而视，愤怒至极。

〔5〕九原：春秋时晋卿大夫墓地。后亦泛指墓地。

〔6〕夙愿：平素的心愿。偿：实现；满足。

〔7〕出宰：出任县令。

〔8〕焜煌：辉煌，明亮。

〔9〕膺：膺受，承受。恤典：朝廷给予的赐祭、旌表、树碑、立坊、建祠、恤赏、恤荫等的典例。

〔10〕俎豆：俎和豆。古代祭祀、宴飨时盛食物用的两种礼器。亦泛指各种礼器。馨香：指用作祭品的黍稷等。

〔11〕弼世教：辅助教化。世教：指当世的正统思想、正统礼教。

袁　枚

袁枚（1716—1798），字子才，小字瑞官，号存斋，一号简斋，世称随园先生。浙江钱塘（今杭州）人。乾隆四年进士，授翰林院庶吉士。历官江苏溧水、江浦、沭阳、江宁等县知县。著有《小仓山房诗文集》《随园诗话》等行世。

节烈熊应辉妻卢氏

振肃纲维坤德成[1]，道揆法守激烈平。探丸发匮等儿戏[2]，揭竿斩木狐宵鸣[3]。疾风劲草知何在？流水桃花去相逮。宜人大节古今无[4],披读青编发长慨[5]。于时避寇潜山幽,夫君为质须金求。入金夫死身被劫,痛心疾首何缘休[6]!奋身跃入莲塘里,泉下相从斯已矣。草木皆兵苦暂留,巾帼完人乃如此[7]。蕙质挺立青山前[8],毁容洒血呼苍天。祸罹支解身洁白,司农忠义宜人传[9]。予曾载笔銮坡左[10],仰止高风郁岋峨[11]。宜人今已表徽音,彤管尤当亟传播[12]。吁嗟呼!堂堂七尺事二君[13],视此还应发深省。

辑自《(乾隆)潜山县志》卷二一《艺文补遗》

解题

潜山熊应辉妻卢氏明末被武装造反的贼寇杀害、清代受到旌表事件始末,具见前首嵇璜《节烈熊应辉妻卢氏》诗解题。袁枚此诗为同一事件而作。诗中除了按照表彰烈女诗歌的常例,称颂主人公具有蕙质兰心、高风亮节之外,结尾处还对那些"事二君"者进行了讽刺,这或许是有感而发,是对明末清初那些降清的大臣们心存芥蒂,在此予以婉言相讥。

注释

〔1〕纲维:总纲和四维。比喻法度。坤德:地德。喻指女德。

〔2〕探丸:指市井亡命的行径。发匮:打开柜子。指偷窃。

〔3〕揭竿斩木:举起竹竿作军旗,砍削树木当兵器。比喻武装造反,反对朝廷。语出汉贾谊《过秦论上》:"斩木为兵,揭竿为旗,天下云集响应,赢粮而景从,山东豪俊遂并起而亡秦族矣。"

〔4〕宜人:封建时代妇女因丈夫或子孙而得的一种封号。宋代政和年间始有此制。文官自朝奉大夫以上至朝议大夫,其母或妻封宜人;武官官阶相当者同。元代七品官妻、母封宜人,明清五品官妻、母封宜人。

〔5〕青编：青简，青史。

〔6〕痛心疾首：形容痛恨到极点。

〔7〕巾帼：古代妇女的头巾和发饰。借指妇女。完人：指德行完美的人。

〔8〕蕙质：比喻女子高洁的品性。蕙，香草。

〔9〕司农：官名。上古时代负责教民稼穑的农官。汉置司农，掌钱谷之事。亦称大司农，为九卿之一。历代相沿，或称司农，或称大司农。清代以户部司漕粮田赋，故别称户部尚书为大司农。

〔10〕銮坡：唐德宗时，尝移学士院于金銮殿旁的金銮坡上，后遂以銮坡为翰林院的别称。

〔11〕仰止：仰慕；向往。止，语助词。语出《诗·小雅·车舝》："高山仰止，景行行止。"高风：高尚的风操。

〔12〕彤管：杆身漆成朱色的笔。古代女史记事用。

〔13〕堂堂七尺：指男子。事二君：侍奉两个君主。旧时认为忠臣不侍奉二姓的君主，烈妇不再嫁第二个丈夫。《史记·田单列传》："忠臣不事二君，贞女不更二夫。"

蒋雍植

蒋雍植(1720—1770)，字秦树，号渔村，又号待园。安徽怀宁人。少从陈祖范游，精古文。乾隆南游，召试，与钱大昕等五人同赐举人，授内阁中书舍人。乾隆二十六年(1761)进士。选庶吉士，授翰林院编修。著有《平定准噶尔方略》《待园诗文集》等。《国朝耆献类征初编》卷一二九有传。

望 天 柱 山

千仞芙蓉削画屏[1]，皖公佳气接青冥[2]。登封西汉神能代,上寿南唐影不停〔3〕。迢递石梁飞雪瀑〔4〕,依稀松径敛云扃〔5〕。望衡底事疑英霍,欲向名山注水经〔6〕。

辑自《(乾隆)潜山县志》卷二一《艺文补遗》

解题

此诗热情讴歌了天柱山清新秀美的风光,回顾了汉武帝登山封禅和南唐中主李璟因丢失北方四郡望皖山匆匆而过的历史往事,并为有人认为《水经注》中的霍山不是天柱山而鸣不平。

注释

〔1〕芙蓉:指天柱山峰峦秀美如芙蓉。已多见前注。画屏:绘画的屏风。诗中喻山美。

〔2〕佳气:美好吉祥的云气。青冥:青天。

〔3〕"上寿"句:写南唐中主元宗李璟江中望皖公山事。已多见前注。上寿,献祝寿之礼。

〔4〕迢递:高耸貌。石梁:山中阻水的石堰。亦指石桥。

〔5〕云扃:高山上的屋门。借指高山上的屋室。亦借指隐者屋宇或寺院。

〔6〕"望衡"二句:意谓天柱山与霍山互相邻近,为什么怀疑《水经》上所说的霍山便不是天柱山;我打算到名山去重新注释《水经》。望衡,望衡对宇之省。屋门和屋檐相互对望,形容住处很近。底事,何事,为什么。英霍,偏义复词,指霍山。

四 望 山

已公茅屋赞公房〔1〕,畅好层山矗四望〔2〕。杉径停云侵袂冷〔3〕,竹笼缊火焙茶香〔4〕。尘心比似初来净〔5〕,高论能教我相忘？拄颊却愁终日雨[6],园林未得恣徜徉[7]。再宿五龙庵。

辑自《(乾隆)潜山县志》卷二一《艺文补遗》

解题

四望山,在潜山县治西一百六十里清照乡,兼太湖界。今属岳西县境。山有四望庵,亦即五龙庵,康熙初年蒋胜祖建。

此诗为作者游四望山再宿五龙庵时所作。这座茅庵像杜甫笔下的已公、赞公的茅屋那般清幽雅致,它矗立于四望山之上,四周可见层叠的群峰。两旁长满高大杉树的小径上空被云彩覆盖着,使行人感到寒意;竹笼外罩内藏着微火正在烘烤新茶,散发出阵阵清香。自己的凡俗之心比起初来时清净多了,我怎么能忘记这里禅僧的高论呢？只是终日下雨,自己只能支颐沉思冥想,不能纵情游赏庵中的园林了。全诗意境清丽幽雅,表现出作者对隐居生活的渴求。

注释

〔1〕已公茅屋:已公,即已上人。唐代高僧。杜甫《已上人茅斋》诗:"已公茅屋下,可以赋新诗。枕簟入林僻,茶瓜留客迟。江莲摇白羽,天棘蔓青丝。空忝许询辈,难酬支遁辞。"赞公房:赞公,即赞上人,亦唐代高僧。杜甫《寄赞上人》:"一昨陪锡杖,卜邻南山幽。年侵腰脚衰,未便阴崖秋。重冈北面起,竟日阳光留。茅屋买兼土,斯焉心所求。"已公、赞公,诗中是对五龙庵僧人的美称。

〔2〕畅好:正好;甚好。

〔3〕停云:指行云被高大的杉树阻遏而停住不走。侵袂:进入衣袖。

〔4〕竹笼缊火:指焙茶时里面藏着无焰的微火,外面罩上竹笼。

〔5〕比似:与……相比;比起。

〔6〕拄颊:以手或他物支颊,形容人有所思之状。

〔7〕恣:纵情。徜徉:盘旋往返。此指游赏园林。

王 昶

王昶(1724—1806),字德甫,又字述庵,号兰泉。江苏青浦(今属上海)人。乾隆十九年(1754)进士。清高宗南巡召试,授内阁中书,充军机章京,三迁刑部郎中。以事夺职。佐阿桂、温福幕府,从征缅甸、金川,叙劳授吏部主事,再迁郎中,擢鸿胪寺卿,三迁左副都御史,历江西、直隶、陕西按察使,云南、江西布政使,刑部侍郎,以老乞归。搜采金石,编为《金石萃编》;选乾隆间诗续沈德潜《国朝诗别裁集》,编为《湖海诗传》;选明、清词编为《明词综》《国朝词综》。早从沈德潜游,与王鸣盛、钱大昕等号"吴中七子",在京与朱筠互主骚坛,有"南朱北王"之目。著有《春融堂集》。生平事迹见《清史稿》卷三〇五、《清史列传》卷二六、阮元《刑部右侍郎王公昶神道碑》、秦瀛《刑部侍郎兰泉王公墓志铭》。

重 过 潜 山

四面烟波一苇杭[1],江城风景未全荒。绕篱藤荚垂垂紫[2],隔垄苔心冉冉黄[3]。碌碡鸣场将刈麦[4],桔槔戽水待栽秧[5]。白沙翠竹乡村小,又有幽人盖草堂[6]。

辑自《春融堂集》卷二〇

【解题】

此诗写作者再次经过潜山县时所见和平宁静的田园风光。全诗所写皆是农村寻常景物,充盈着浓郁的乡土气息,给人以亲切自然之感。

【注释】

[1] 烟波:烟雾笼罩的水面。一苇:比喻一叶扁舟。杭:通"航",渡河,渡江。

〔2〕藤荚:藤蔓上长有荚角的菜。此指扁豆,俗称篱笆菜。垂垂:枝条下沉的样子。

〔3〕苔心:蔬菜开花时抽出的茎。如韭苔,蒜苔。冉冉:轻轻摇动貌。

〔4〕碌碡:碾压用的农具。用牲畜或人力牵引来压平田地、碾脱谷粒等。

〔5〕桔槔(jié gāo):古代提取井水用以灌溉园圃的机械。戽(hù)水:汲水灌田。

〔6〕幽人:避世隐居的人。

钱大昕

钱大昕(1728—1804),字晓征,号辛楣,又号竹汀。江苏嘉定(今属上海)人。乾隆十九年(1754)进士,选庶吉士,授编修,擢右赞善、侍讲学士,官至少詹事,典山东、湖南、浙江、河南乡试,提督广东学政。四十年,丁艰归,不复出,历主钟山、娄东、紫阳三书院垂三十年。大昕为清代著名朴学大师,于经史之学造诣极深。工诗文,少与王鸣盛等有"吴中七子"之目。著述甚富,有《廿二史考异》《元史艺文志》《疑年录》《十驾斋养新录》《潜研堂集》等。今人辑有《嘉定钱大昕全集》。生平事迹见《清史稿》卷四八一、《清史列传》卷六八、《国朝汉学师承记》卷三、自编(钱庆曾补订)《竹汀居士年谱》。

入潜山境,行乱山中,山甚高而平坦易上,不露崭绝之迹〔1〕,赋诗美之

遥望白云封,盘旋路几重。崇高君子德,坦易达人胸。浅水千头鸭,连冈五鬣松〔2〕。畲田如可买〔3〕,此地作山农。

辑自《潜研堂集》诗续集卷二

解题

此诗写作者在潜山境内乱山中行路情状。远远望去,有白云遮蔽着山顶,所幸的是山虽高而平坦易上,不露险峻之迹;但上山之路却是盘旋曲折,走了一重又一重。浅水塘里放养着上千只鸭子,互相衔接的山冈上生长的都是五针松。这些刀耕火种的旱地如果可买的话,自己愿意在这里当一名山农。诗人通过描写和议论,赞美了潜山古朴的风貌,并表达了景慕的情怀。

注释

〔1〕崭绝:山高险峻。
〔2〕五鬣松:松树的一种,又称五粒松、五针松。因松叶每簇五针,故名。
〔3〕畲(shē)田:古代山区采用刀耕火种法耕种的旱地。

寄题山谷寺

梦游山谷已多年,咫尺真源又邈然[1]。诗慕涪翁全未似,衣传三祖想无缘。瞑牛石上蹄痕印,洗墨池头绀影圆[2]。输与嘉禾老学士,扶筇到处有新篇[3]。

辑自《潜研堂集》诗续集卷二

解题

作者多年在梦境中游览山谷寺,今朝夙愿终于得偿:真源宫近在咫尺,却因对道教茫然无知而没有登攀。他观赏黄庭坚遗迹时,想到自己虽然企慕他的诗,却一点没有学像;看到三祖传衣亭,觉得自己和学佛参禅没什么缘分。他还游赏了牛蹄印、洗墨池等名胜古迹。此时作者想到,自己这次来潜山虽然写了几首小诗,但比不上内阁学士钱载,他拄着拐杖在这里游览,所到之处都有新的作品。此诗边叙边议,既描写了山谷寺周围的名胜古迹,又表现了游览时复杂的心理活动。王昶评钱大昕诗"清而能醇,质而有法"(《湖海诗传》),以此诗观之,颇中肯綮。

注释

〔1〕真源:即真源宫。邈然:茫然貌,懵懂貌。
〔2〕绀:天青色,深青透红之色。
〔3〕"输与"二句:作者自注:"谓箨石阁学。"按,"箨石阁学"指钱载。载号箨石,嘉兴人,曾任内阁学士。"嘉禾"为嘉兴府别称。故称钱载为"嘉禾老学士"。

潜 山 城 外

邑小城初筑,民淳吏得闲。人家篁竹里,客路柳松间。红入秋深树,青排晓后山[1]。灵仙知不远[2],怊怅未跻攀[3]。

辑自《潜研堂集》诗续集卷二

解题

此诗描写了潜山县淳朴的民风和城外所见秀美的秋色,尾联表达了此番途经潜山未能寻访灵仙观的惆怅与懊恼。

注释

〔1〕"红入"二句:进入秋季,树叶变成了深红色;拂晓之后,只见(不远处)排列着一座座青山。
〔2〕灵仙:指灵仙观,也即真源宫。

〔3〕怊怅(chāo chàng)：犹惆怅。因失意或失望而伤感、懊恼。跻攀：登攀。跻，登，升。

朱 筠

朱筠(1729—1781)，字竹君，又字美叔，号笥河。直隶大兴(今属北京)人。乾隆十九年(1754)进士，改庶吉士，授编修。由赞善擢侍读学士，先后提督安徽、福建学政，历充福建乡试正考官、顺天乡试同考官及多年会试同考官，一时名士，多出门下。筠博学多才，聚书至数万卷，尤好金石小学。曾奏请将《永乐大典》中罕见之书悉为抄录，并广求天下遗书。诗宗韩愈、李贺，出入唐宋。古文亦深厚奥博。著有《笥河集》。生平事迹见《清史稿》卷四八五、《清史列传》卷六八、朱珪《先叔兄朱公墓铭》、孙星衍《笥河先生行状》、姚名达《朱筠年谱》。

潜山种花图为琨霞川作

潜山古南岳，长养松桧老。河阳种花人〔1〕，于此费幽讨〔2〕。君年二十三，肘壶自悬宝〔3〕。忽坐江上亭，大观写英抱〔4〕。揭来山水县〔5〕，读书欲近道。呼童移杂花，参差石根好〔6〕。祝雨水朝来，沃及阶下草〔7〕。紫茎兰扬风，玉质梅睎皓〔8〕。共尔秋及冬，四时各相保。此意与松桧，无彼此寿夭。花不一时荣，艺之惬所抱〔9〕。人不百年守，鞠之如吾褓〔10〕。一夕绾绶行〔11〕，潜山倚苍昊〔12〕。君子树在斯，嗣勿蘖而倒。

辑自《笥河诗集》卷一一"癸巳"

解题

琨霞川即琨玉，满洲人，乾隆三十二年(1767)由安庆府推官署任潜山知县。霞川为其别号"霞川刺史"的省称;"霞川"本指道士隐居之地,他以霞川自号,可知其对道教的崇尚和景仰。

正是受道家清静无为思想的熏陶和潜山美丽山川景色的影响,琨玉来潜山后最大的兴趣爱好便是种花。他既种紫茎扬风的兰花,也种质美如玉的梅花。琨玉对自己所种的花儿都精心照看,就像对待襁褓中的婴儿一样。琨玉种花,不仅是为了美化环境,也是为了自己心里满足,畅快惬意。

琨玉不仅爱种花,还善丹青。他将自己在潜山种花之事绘制成一幅《潜山种花图》,请时任提督安徽学政的朱筠题咏,朱氏遂为作此诗。诗中赞扬了琨玉德才超群,在治理潜山时有美政,尤其对其种花一事大加赞赏。并认为,像种花改善环境这类美政是君子所为,希望后来者不要剪除它。作者的思想时至今日仍有借鉴意义。

注释

〔1〕河阳种花:晋潘岳任河阳(今河南省孟县西)县令,于一县遍种桃李,传为美谈。后便以"河阳一县花"、"河阳种花"作咏县令或咏花之典。

〔2〕幽讨:穷尽深入地探求。讨,寻觅,访问。

〔3〕悬宝:指腰悬宝篆。

〔4〕"忽坐"二句:谓琨玉曾在安庆府任职。大观,指大观亭,在安庆市西。今废。写,倾吐,发抒。英抱,德才超群的怀抱。

〔5〕曷(hé)来:何来。山水县:以山川景色著称的县。此指潜山县。

〔6〕石根:石头的底部。

〔7〕沃:浇灌。

〔8〕睎皓:谓使人仰慕它的洁白。睎,望,仰慕。皓,光明,洁白。

〔9〕"艺之"句:意谓种花是为了自己心里满足,畅快惬意。艺,种植。惬,快心,满足。

〔10〕"鞠之"句:意谓养花就如同自己在襁褓中一样,需要细心

照看。

〔11〕一夕：一夜。亦指极短的时间。绾绶：指任职。绶，绶带，用以系官印。

〔12〕苍昊：苍天。

李文藻

李文藻(1730—1778)，字素伯，一字茝畹，晚号南涧、贷园。山东益都(今青州)人。乾隆二十六年(1761)进士，选恩平知县，署新安，调潮阳。擢桂林府同知。出钱大昕之门，致力经术，又治金石学。生平乐表人善，与周书仓访张尔岐、惠栋、江永等人之遗书汇刻为《贷园丛书》。称赏冯敏昌、胡亦常、张锦芳，作《岭南三子歌》。尤推重黎简。著作有《岭南诗集》《南涧文集》《诸城金石略》等。生平事迹见《清史列传》卷七二、《国朝汉学师承记》卷六、钱大昕《李南涧墓志铭》等。

怀宁道中三首

一

左慈丹灶隔烟岚，沙没吴陂路未谙〔1〕。雨后扁舟过皖口，数峰青峭是江南〔2〕。

二

赤壁勋名未寂寥，红颜一代恨难销〔3〕。巴丘曾识周郎墓〔4〕，又向双溪吊小乔〔5〕。

三

天柱坛临白鹿洞〔6〕，千秋香土奉真君〔7〕。回头国学庐山里,却道南唐最好文[8]。

辑自《岭南诗集·桂林集》卷二

解题

此诗是作者由怀宁赴潜山途中所作。诗中歌咏了潜山的左慈丹灶、吴塘陂、周瑜与小乔、双溪寺、白鹿洞、香泥洞、南唐诗文等名胜古迹、历史人物和典故传说,表明了作者无限向往的情怀。钱大昕序称作者之诗"读之似近而远,似质而雅,似浅而深"。于此诗观之,是为的评。

注释

〔1〕吴陂:吴塘陂之省。谙:熟悉;知道。

〔2〕"数峰"句:陆游《南唐书》载:"元宗失江北,迁豫章。龙舟至赵屯,举酒望皖公山曰:'好青峭数峰,不知何名?'家明对曰:'此舒州皖公山也。'"

〔3〕"赤壁"二句:谓周瑜赤壁之战的卓越功绩,将永远被人们传颂;但他英年早逝,壮志未酬,此恨难消。勋名,功名。红颜,喻指年少,这里指年轻的周瑜。

〔4〕巴丘:地名。即巴丘山。在今湖南岳阳西南。赤壁大战中曹军进退都经过巴丘。大战后,巴丘是孙、刘两军的交界处,周瑜于此暴疾而卒。

〔5〕双溪:指双溪寺。原乔公遗宅,后改建为寺。已见前注。

〔6〕白鹿洞:在天柱山。已见前注。

〔7〕香土:即香泥。九天司命真君祠宇后有香泥洞,唐时曾取其泥为真君塑像。

〔8〕"回头"二句:谓南唐时舒州诗文发达,其中有不少作者曾在庐山国学读书。国学庐山,唐贞元中,李勃隐居读书于庐山白鹿洞,至南唐时,在其遗址建学馆,以授生徒,号为"庐山国学"。孙岘等曾

读书其中。

韩梦周

韩梦周(1730—1799),字公复,号理堂,山东潍县人。乾隆二十二年(1757)进士,官来安知县。有《理堂诗集》。《(道光)来安县志》卷九、《(光绪)重修安徽通志》卷一四九有传。

赠安潜山改亭

卅载隐茅屋,未识官吏貌。颇闻野人言,威凛霜雪曜。私拟牧牛羊,何用作虎豹。及兹苙皇堂[1],泥首列稚耄[2]。鞭扑竟时施[3],气急遂成躁。那无道路口,诅我以为暴[4]。黾勉事抚恤[5],尔汝相慰劳。立法在惩奸,平人使有告[6]。未获神君名,时凛苍鹰号[7]。循循守往训,居官如学校[8]。以兹懒趋走,中颇鲜欣懊。安有老乳母,乃作倚门笑[9]。皖江春色高,萧寺径相造。问君从何来,百里承恩诏[10]。学至非饥驱,渊明谐特妙。果腹事则已,要有韩才报[11]。爱民即为国,好事在忠孝[12]。勿谓人莫知,至宝光自耀。太史书循良[13],千里独仰眺[14]。

辑自《晚晴簃诗汇》卷八八

解题

题中"安潜山改亭"即安清翰。清翰字亦甫,号改亭,一号雪湖。山西垣曲县人。乾隆十八年(1753)癸酉科举人,三十一年(1766)丙戌科进士,三十二年任安徽潜山知县。以儒术饬吏治,礼士爱人,政迹载入《(乾隆)潜山县志》。著有《尚书缘》《毛诗谱声》《诸葛遗文疏》《雪湖集》等。

这首五言古诗是韩梦周为安氏初赴潜山知县任而作。作者在诗中劝诱安清翰要努力抚恤百姓，不要滥施刑罚，要立法惩奸，使平民有告状之所。并遵守往训，为国爱民，忠于君国，孝于父母，在潜山做一些值得称道、于世有益的事。结尾处说，将来史官为奉公守法的官吏作传记，希望在那上面能看到你的名字。全诗质朴无华，侃侃而谈，作者诱掖后进，有循循长者风度，令人景仰。后来安清翰在潜山政绩卓著，恐怕与作者的诱导不无关系吧。

注释

〔1〕皇堂：旧时官府治事之所。通称大堂。

〔2〕泥首：指顿首至地。稚耄：小孩和老人。

〔3〕鞭扑：用作刑具的鞭子和棍棒。亦指用鞭子或棍棒抽打。

〔4〕诅：诅咒；咒骂。

〔5〕黾勉：努力，尽力。

〔6〕平人使有告：使平民有告状之所。

〔7〕凛：寒冷。号：号叫。

〔8〕"循循"二句：意谓如果遵循规矩，把往古流传下来的训诫作为准绳，那么担任官职就如同学校教书一样容易。往训，往古流传下来的可以作为准绳的话。居官，担任官职。

〔9〕倚门笑：倚门卖笑之省。指妓女生涯。

〔10〕承恩诏：奉皇帝诏书，奉旨。

〔11〕韩才报：指以韩信的材质报答漂母。

〔12〕好事：值得称道、于世有益的事。

〔13〕循良：谓官吏奉公守法。亦指奉公守法的官吏。

〔14〕仰眺：仰视，仰望。

姚　鼐

姚鼐(1732—1815),字姬传,一字梦谷,号惜抱,安徽桐城人。乾隆二十八年(1763)进士,选庶吉士,改礼部主事,擢员外郎,历充山东、湖南乡试副考官,分校会试,擢刑部郎中,《四库全书》纂修官,乞养归。主梅花、钟山、紫阳、敬敷诸书院讲席凡四十年。鼐为桐城派"三祖"之殿军,首倡"义理、考证、辞章"三者合一之说。并著《九经说》以见义理考证之合,辑《古文辞类纂》以尽古今文体之变,选《五七言今体诗钞》以明振雅祛俗之旨。自为文颇多高谈义理之辞,佳者则结构严密,文字简古,处处见出文字锤炼之力。其诗承其伯父姚范及刘大櫆之说,兼采唐、宋,而尤重视黄庭坚诗,自成一家,影响嗣后之宋诗派。张之洞、张裕钊、沈曾植、范当世俱加推崇。有《惜抱轩集》传世。生平事迹见《清史稿》卷四八五、《清史列传》卷七二、姚莹《姚先生鼐家状》、郑福照《姚惜抱先生年谱》。

望　潜　山

道边只堠复双堠[1],天半大山宫小山[2]。客子出林暮唤渡[3],居人微雨寒闭关[4]。横空积树云漠漠,交流断径溪潺潺[5]。不知苍谷最深处,乔松白鹤谁往还[6]。

辑自《惜抱轩诗文集》诗集卷六

解题

乾隆二十三年(1758)秋,姚鼐自京师南旋,游扬州,遂由潜山、宿松、黄梅至九江,十月归。此诗系途经潜山时作。诗中歌咏了潜山"大山宫小山"的地形地貌特征,描绘了山中树木繁盛、白云飘飘、溪水潺潺的自然环境,还特别摄取了客子唤渡、居人闭关、鹤巢乔松等几个场景。全诗以清美的意象,空灵的画面,带给读者无限遐思。诗评家对此诗以"天半大山宫小山"形容重峦叠嶂的景象尤为赞赏。清朱庭珍《筱园诗话》卷一曰:"言简意该,词近旨远……包罗万有,众妙皆臻,如岱宗之长五岳,以大山宫小山,中包无数峰峦溪涧。"

注释

〔1〕只堠复双堠:意谓一程又一程。堠,古代在路旁标明里程的土堆,五里只堠,十里双堠。犹今之里程碑。唐韩愈《路旁堠》诗:"堆堆路旁堠,一双复一只。"

〔2〕大山宫小山:大山围绕小山。宫,围绕。《尔雅·释山》:"大山宫小山,霍。"郭璞注:"宫,谓围绕之。"邢昺疏:"谓小山在中,大山在外围绕之,山形若此者名霍。"

〔3〕客子:离家在外的人。

〔4〕居人:居民。闭关:闭门。

〔5〕"横空"二句:积聚的树木与横亘天空的云彩一样无边无际;和小径交叉的溪流阻断了小径,发出潺潺的声音。漠漠,广大无边貌。亦指阴沉迷蒙之状。

〔6〕"不知"二句:不知苍青色山谷的最深处,那栖息于高大松树上的白鹤,与谁在交往呢?往还,往返,来回;交游,交往。

初雪忆去年是时经潜山下

窗外闻风竹,缘阶雪遂深。我思山谷寺,天远大江阴[1]。石气青霞嶂[2],秋声黄叶林[3]。更穿岩径去[4],应阻故人寻[5]。

辑自《惜抱轩诗文集》诗集卷六

解题

乾隆二十四年(1759),入冬后第一次下雪,作者遂想起去年此时途经潜山山麓的情景,于是写下此诗。他说,如今远在天涯的自己,特别思念那江南的山谷寺。当时那耸立如屏障的山峰上笼罩着青云,环绕着雾气;满是黄叶的树林里,充斥着西风撼动万物的肃杀声。然后这声音又穿越山径而去,大概是为了阻止我这位故人去寻访它吧。诗人借写潜山深秋的肃杀之景,表达了自己当时落寞的情怀。

注释

〔1〕大江:长江。
〔2〕石气:环绕山石的雾气。青霞:犹青云,喻高远。嶂:耸立如屏障的山峰。
〔3〕秋声:指秋季时,西风撼动万物的肃杀声。
〔4〕岩径:山路,山径。
〔5〕故人:老朋友。此为作者自指。

寄天柱山人

天柱万重云,云中抗栋棼[1]。岩花稀见客,松荫独随君[2]。浣手旁行字[3],琴心内景文[4]。坐忘如著论[5],须与谪仙闻[6]。

辑自《惜抱轩诗文集》诗集卷九

解题

天柱山人,姓名不详。有人怀疑是潜山张必刚(见清姚永朴《惜抱轩诗集训纂》卷九),未知确否。作者在这首寄给自号为"天柱山人"的隐者诗中,称颂了他纯白清介、光色内敛的品格。最后希望他在自己修道时如果有所著述,要与有才学者或被谪降的官吏共同分享,其中不乏调侃的意味。

注释

〔1〕抗:举,支撑。栋棼:栋梁。棼,复屋、阁楼之栋。
〔2〕君:指天柱山人。
〔3〕旁行:遍写。亦指横写。
〔4〕琴心:琴声表达的情意。内景:谓光色表现在内。
〔5〕坐忘:道家谓物我两忘、与道合一的精神境界。
〔6〕谪仙:谪居世间的仙人。常用以称誉才学优异的人。亦借指被谪降的官吏。

翁方纲

翁方纲(1733—1818),字正三,号覃溪,晚号苏斋。直隶大兴(今北京)人。乾隆十七年(1572)进士,选庶吉士,授编修,擢国子司业,迁内阁学士。历广东、江西、山东学正,典江西、湖北、顺天乡试。治经学尚考订训诂,衷于义理;擅金石之学,精鉴赏;书学欧阳询、虞世南,与同时的刘墉、梁同书、王文治齐名。能诗文,论诗创"肌理说",所作有以学问考据为诗之弊,然"其深厚之作,魄力既充,韵味亦隽,非尽以斗靡夸多为能事"(《晚晴簃诗汇》)。著有《复初斋文集》《复初斋诗集》《复初斋外集》《石洲诗话》《两汉金石记》等传世。

雨　后

雨后潜山县,青山抱郭稠。稻畦新水响[1],竹径湿云流。

跋马低于岸[2],编桴小过舟[3]。晴光贪向晚,小驿肯淹留?

辑自翁方纲《复初斋外集》诗卷二

【解题】

雨后的潜山县清新可爱,稠密的青山环抱着城郭;稻畦里的春水在淙淙流淌,竹林中的小径飘着潮湿的雾气。岸边有人骑马驰逐,河里有人撑着比舟还小的竹排,一切都让人流连不已。因为贪看晴光,天色已晚,这里的小驿站是否可以让我多住宿几晚呢?留恋之情溢于言表。

【注释】

[1]新水:春水。
[2]跋马:骑马驰逐,亦指勒马使回转。
[3]桴:用竹木编制而成,大曰筏,小曰桴。

返　　照

返照潜山山径中,赤云透日似丹枫。云闲却泻山泉下,暖翠浮岚一水红[1]。

辑自翁方纲《复初斋外集》诗卷二

【解题】

夕阳照在潜山山间的小路上,天上的赤云被落日穿透,好似经霜打而泛红的枫叶一般。山中云雾缭绕,泉水从中倾泻而下,在这落日的余晖中,青翠的山色、飘动的山林雾气和山中泉流一起,全都染上了一层暖暖的红色。诗人用细腻的笔触描绘了自己在潜山山径中所观察到的落日景象,给人一种愉悦的心理感受。

【注释】

〔1〕暖翠：天气晴和时青翠的山色。浮岚：飘动的山林雾气。

潜山县二首

孤城开暮雨，数里露岩松。日满潜江水[1]，云藏天柱峰。溪流非一渡，坡路有千重。半日舟兼陆，深烦地主供。

稻田高下熟，我到正深秋。迎马喧山雀，飞鸦趁水牛。郡人常备潦[2]，此邑独蒙休[3]。夜晤倪明府[4]，须勤教养谋[5]。

辑自《复初斋外集》诗卷二

【解题】

傍晚的潜山县雨后放晴，太阳照着涨得满满的潜河水；天空清朗，云彩都躲到了天柱峰上。全县到处有溪流渡口，斜坡之路有上千重。诗人来到这里时正值深秋季节，只见高高低低的稻田里水稻熟了，山雀迎着自己的马头喧叫着，不时有飞鸦落到水牛背上。诗人为潜山古朴的田园风光所倾倒，更为这里的居民素质而谋虑。当时安庆各地频频遭受涝灾，而潜山独无。作者想到要在夜晚和县令倪廷模见面时，告诉他要利用机会在提高人民的文化品德修养方面多下功夫。

【注释】

〔1〕潜江：即潜水，亦称潜河、前河。《（嘉庆）清一统志·舆地志·山川》："潜水，今名前河，源出天堂山相近之罗源山，曰罗源涧，东南流经潜山县城北，又东合皖水。"

〔2〕蒙休:承蒙天赐福佑。原注:"时安庆诸邑惟潜山无水灾。"

〔3〕潦(lào):同"涝"。雨大成灾。

〔4〕倪明府:指潜山县县令倪廷模。廷模字春岩,浙江仁和人,乾隆二十六年莅潜山县令,颇有政声。明府,官职名,唐以后多此用以专称县令。

〔5〕教养:指文化品德的修养。

望天柱峰

班掾昔作郊祀志,盛唐不著枞阳歌[1]。射蛟雄风空想像,大江骇浪浮鼍鼋[2]。祠官具仪侍臣颂,不徒鄘黍北里禾[3]。南讹谱入邹子乐,桐生靡讪知谓何[4]?是时诸经先后出,说经议礼宜同科[5]。二月五月记巡狩[6],五礼五器均骈罗[7]。虞书中央溯蒲阪[8],一岁四仲皆经过[9]。禹随高山奠淮服,道水并纪江汉沱[10]。惜哉欧阳夏侯辈,同异未及深编摩。后儒断断来辨驳,释山释地谁偏颇[11]?我涉炎荒五千里[12],昆仑远溯于羊牱[13]。衡岳东门亦曾到[14],桂阳水接潇湘波。及兹七千二十丈,入云万叠青藤萝。以大宫小斯谓霍,楚南江北区则那[15]。名山大泽钟气异,出云降雨用物多[16]。他时紫盖石廪侧,手抚绿树量巍峨[17]。

辑自《复初斋外集》诗卷八

解题

作者遥望天柱峰,联想起汉武帝元封五年来南郡巡守时登此山封禅以代南岳的典故传说。诗人根据《汉书·郊祀志》,对史书中有关汉武帝来此祭山途中的某些具体细节以及当时的祭祀礼仪等进行了细致的考辨,对汉代治《古文尚书》者未能编摩同异,遂使得后世儒者对于大山和地名的注释争论不休而表示遗憾。作者通过自己实地考察并参考《尔雅》的有关注释,厘清了衡山和天柱山并称为"霍山"的缘由。全诗虽有以学问考据为诗之弊,但诗人于结尾处想象自己在将来的某一天立于衡岳的紫盖、石廪二峰之侧,手抚绿树为古今两南岳"量巍峨"的形象,颇为鲜明隽永,令人难忘。

注释

〔1〕"班掾"二句:班固往昔作《汉书·郊祀志》,没有著录汉武帝《盛唐枞阳之歌》的歌词。班掾(yuàn),指班固;掾,官名,西汉始设。为诸官僚机构佐官、属吏通称;其正职称"掾",副职称"史"。郊祀志,指《汉书·郊祀志》。枞阳歌,《汉书·武帝纪》:"(元封)五年冬,行南巡狩,至于盛唐,望祀虞舜于九嶷,登潜天柱山。自寻阳浮江,亲射蛟江中,获之。舳舻千里,薄枞阳而出,作《盛唐枞阳之歌》。"

〔2〕"射蛟"二句:意谓汉武帝射蛟的雄风是人们凭空想象的,在长江的惊涛骇浪中游弋的只有癞头鼋和扬子鳄。鼋鼍,动物名。鼋,也称绿团鱼,俗称癞头鼋,背甲近圆形,暗绿色,生活于河中。鼍,也称扬子鳄,俗称猪婆龙,背部暗褐色,穴居池沼底部。《中庸》:"今夫水,一勺之多,及其不测,鼋鼍、蛟龙、鱼鳖生焉。"

〔3〕"祠官"二句:谓帝王郊祠或封禅时,祠官安排仪式行礼,侍臣念赞颂词美盛德以成功告于神明,而不仅仅是陈列鄗上黍、北里禾这些上等供品。祠官,掌管祭祀之官。具仪,安排仪式,行礼。颂,赞颂美德。《诗大序》:"颂者,美盛德之形容,以其成功告于神明者也。"鄗黍、北里禾,鄗即鄗上,鄗上、北里皆地名,古代帝王封禅多以鄗上产的黍、北里产的禾为上等供品。《汉书·郊祀志》:"穆公立九年,齐桓公既霸,会诸侯于葵丘,而欲封禅。……于是管仲睹桓公不可穷以辞,因设之以事,曰:'古之封禅,鄗上黍,北里禾,所以为盛;江、淮间一茅三脊,所以为藉也。东海致比目之鱼,西海有比翼之鸟。然后物

有不召而自至者十有五焉。今凤凰、麒麟不至，嘉禾不生，而蓬蒿藜莠茂，鸱鸮群翔，而欲封禅，无乃不可乎？'于是桓公乃止。"

〔4〕"南讹"二句：在《郊祀志》中，耕作及劝农等乐歌中谱入邹子的音律，草木皆通达而生，美悦光泽，各无所讹，知道这是为什么吗？南讹，指夏时耕作及劝农等事。邹子乐，亦作邹子律、邹律。相传战国齐人邹衍精于音律，吹乐能使地变暖而禾黍滋生。桐生靡讹，《汉书·郊祀志》："《青阳》三《邹子乐》：'桐生茂豫，靡有所讹。'师古曰：'桐，读为通。茂豫，美盛而光悦也。言草木皆通达而生，美悦光泽，各无所讹，皆申遂也。'"

〔5〕同科：同等，同一种类。

〔6〕巡狩：亦作巡守。指天子出行，视察邦国州郡。

〔7〕五礼五器：五礼，指吉礼、凶礼、宾礼、军礼、嘉礼等五种礼制。五器，五种礼器。或谓指埙、篪、竽、筑、瑟五种乐器。骈罗：骈比罗列。

〔8〕虞书：《尚书》组成部分之一。相传是记载唐尧、虞舜、夏禹等古代帝王事迹之书。今本凡《尧典》《舜典》《大禹谟》《皋陶谟》《益稷》五篇。蒲阪：又作蒲坂，地名。在今山西永济县西南蒲州镇，相传虞舜建都于此。

〔9〕四仲：指四季中每季的第二个月。即仲春、仲夏、仲秋、仲冬。《史记·封禅书》："五月尝驹，及四仲之月祠。"

〔10〕"禹随"二句：谓《虞书》中记载了禹随山刊木，奠高山大川，因而也奠定了淮河流域；至于大禹治水，长江、汉水、沱江这些江河的治理在"虞书"中都有记载。奠，定。《尚书·禹贡》："禹敷土，随山刊木，奠高山大川。"淮服，指淮河流域。

〔11〕"惜哉"四句：可惜呀，汉代治理《尚书》的欧阳生与大小夏侯氏之流没有能深入地编集研究其异同。后来的儒者因此争论不休，互相辩驳，不知对于大山和地名的注释究竟谁有偏向。欧阳夏侯辈，指汉代治《古文尚书》的欧阳生、大小夏侯氏三家。《后汉书·儒林传》："秦燔书禁学，济南伏生独壁藏之。汉兴亡失，求得二十九篇，

以教齐鲁之间。授济南张生及千乘欧阳生,欧阳生授同郡儿宽,宽授欧阳生之子,世世相传,至曾孙欧阳高,为《尚书》欧阳氏学;张生授夏侯都尉,都尉授族子始昌,始昌传族子胜,为大夏侯氏学;胜传从兄子建,建别为小夏侯氏学;三家皆立博士。"编摩,编集研究。斯斯,争辩貌。

〔12〕炎荒:炎热荒远之地。

〔13〕牂牁(zāng kē):古国名,在今贵州省东境。西汉置牂牁郡。又水名,牂牁水即今北盘江,一说即今蒙江。又有沅江、乌江等说。

〔14〕"衡岳"句:原文小字注"连州浛洸口"。

〔15〕"及兹"四句:谓等我来到这高达七千零二十丈高的天柱山,只见各种云彩千重万叠,山中长满了青色的藤萝。以大山围绕着小山便称之为"霍",所以楚南的衡岳与江北的天柱山都称"霍山",只是在区间上移动了位置。藤萝,紫藤的通称,亦泛指有葡卜茎和攀援茎的植物。宫,围绕。《尔雅·释地》:"大山宫小山,霍。"郭璞注:"谓围绕之。"邢昺疏:"谓小山在中,大山在外围绕之,山形若此者名霍。"姚鼐《望潜山》诗:"道边只堠复双堠,天半大山宫小山。"那,用同"挪",移动位置。

〔16〕"钟气"二句:名山大泽凝聚着天地间的灵秀之气,无论是产生云彩还是降落雨水都要消耗很多有用之物。钟,积聚。出云降雨,古人以为云雨由名山大泽而生。

〔17〕"他时"二句:将来的某个时候我一定要立在衡岳的紫盖、石廪二峰之侧,手抚着绿树,比较一下它和这里的天柱峰究竟谁更高峻。紫盖、石廪,皆衡岳山峰名。南岳衡山山势雄伟,有七十二峰,其中祝融、天柱、芙蓉、紫盖、石廪五峰最为著名。此以紫盖、石廪二峰代指衡岳。

雨宿山店四首

塞山那便说携筇[1],欲雨斜阳翠转浓。数日炎蒸来快洗，一窗收得两青峰。

妙在空蒙烟霭中，远山不与近山同。横风疾雨迷离意，此语凭谁叩放翁[2]？

圆通石耳梦巉岩[3]，记得匡庭暮卷帘[4]。青峭皖公非隔浦，微茫雪里问双尖[5]。

半卷空青锦绣纹，一层黛绿一层云。只缘坐对翻惆怅，不得磨厓写八分[6]。

辑自《复初斋外集》诗卷一四

解题

作者因雨阻隔，寄宿于天柱山下的小店。此时傍晚西斜的太阳映照着山色，显得更加浓丽可爱。雨水不仅洗去了数日以来的炎热熏蒸之气，而且使得自己能倚在窗边欣赏天柱山的两座青色山峰。烟雨迷蒙中遥望天柱山，远处与近处的景色各有不同，但俱臻其妙。横风疾雨中那种迷离的感觉，还是请谁去问问陆放翁吧。此时虽有佳句，但遗憾的是不能磨平山崖刻诗其上，使自己的得意之作流传百世，诗人对此感到一丝惆怅。

注释

[1] 携筇：犹携杖。筇，竹名。筇竹肿节实心，宜作手杖。

[2]"横风疾雨"二句：横风疾雨中那种迷离的感觉，这句话还是请谁去问问陆放翁吧。迷离，模糊不清，难以分辨。叩，问。放翁，指陆游，陆游号放翁。《陆游诗全集》卷四《戏赠园中花》："横风疾雨为花厄，霁日暄风又不禁。"

[3] 巉岩：山势险峻。

[4] 匡庭：犹匡庐，即庐山。

[5] 双尖：犹双峰。

〔6〕磨厓:即摩崖。磨平山崖石壁镌刻文字。八分:即八分书。一般指有波磔的隶书,即汉隶。

大关三首

万叠青来似故人,蒙蒙绿雾洒衣巾。笑予前度看山眼,未识匡庐面目真〔1〕。

舒州山色似滁州〔2〕,原隰东西句并收〔3〕。若对大关怀大柳〔4〕,只无形胜比清流。

坏壁重寻太傅题〔5〕,小栏如画数峰西。石牛潜皖还相接,诗格如何肯放低〔6〕?

辑自《复初斋外集》诗卷一九

解题

大关在潜山县西四十里,地名龙口。又西十里有小关,地名茅岭。从大关看山,自是另一番景象。千重万叠的青山好似老朋友,蒙蒙的绿色细雾洒湿了衣服和头巾。作者自嘲以前对天柱山的印象不完整,正如苏东坡所言,"不识庐山真面目,只缘身在此山中"。他认为舒州的山色与滁州相似,面对眼前的大关使他想起滁州的大柳驿,只是那里没有什么形胜可比得上这里清澈的流水。在这如画的风景里重新寻找钱文端公的题壁,诗人想到,此地与石牛古洞这样的名胜古迹、与潜皖这样著名的风景名胜之区相连接,钱文端公作诗怎么可能会放低格调呢?

注释

〔1〕匡庐:即庐山。相传殷周之际有匡俗兄弟七人结庐于此,故

称。苏轼《题西林壁》:"不识庐山真面目,只缘身在此山中。"

〔2〕滁州:位于安徽省东部,江淮之间。其地汉属全椒县,东晋置顿丘县,隋改清流县,于此置滁州。境内名胜古迹遍布。东有天长县胭脂山,日光掩映,赤色灿烂。西有定远县韭山洞,洞内石形如器,变幻莫测。南有全椒县神山寺,古木参天,香烟缭绕。北有凤阳县明皇陵、中都城等,雕饰奇巧,豪华侈丽。中有滁州琅琊山,琳宫梵宇,景色清幽,而尤以醉翁亭驰名于世。

〔3〕原隰:泛指原野。

〔4〕大柳:指大柳驿。大柳驿在今安徽省滁州市南谯区西北,古代是中原通往南京的重要驿站,因沿河柳树密集得名。今其地设大柳镇。

〔5〕太傅:原注曰:"钱文端公。"按,钱文端公即钱陈群,陈群为浙江嘉兴人,字主敬,号香树,一号柘南居士。康熙六十年进士,官至刑部右侍郎。深受乾隆帝知遇,进诗必赐和,与沈德潜并称为江南二老。卒谥文端。

〔6〕诗格:诗的格调。

皖公山谷歌

我行潜山望南岳[1],极天青峭来皖公[2]。夜来梦落青牛背,畏佳万窍山木风[3]。摩围老子枯坐处[4],金华野草追羊踪[5]。老狐精语三十载[6],祖师何力能发蒙[7]?却想李翱手书在[8],山围水出源谁穷[9]?雪云松竹三祖塔[10],帝青郁窈排诸峰[11]。小寒来蹋天柱雪[12],石盆泻露从初冬[13]。粲师坟与宝公井,便房曲阁回环通[14]。龙眠只画伏牛迹[15],人闲一笑蹄涔同[16]。岂知心精叩真宰[17],半夜石响闻冬隆。今之存者盖陈迹,篆沙江岸寒涛冲[18]。初平谁知况关尹[19],任渊那易证史容[20]。后来作亭重辟寺[21],流泉丹灶交杉松[22]。传闻山中读书室[23],鹤飞岩户苔犹浓。当时憩此默有获,万古杳渺追无从。海棠巢闲梅花侧,竹舆徙倚来匆匆[24]。斯文灵气上牛斗,如何商略镌石工。邑人哦诗更荒陋[25],孰与拨薶开聋憃。我趋豫章先过此,岚烟日夕来荡胸。祝融朱鸟配咫尺,尔雅霍名释以宫[26]。瓣香凤昔丹篆在[27],飞鸟肯限层云封!天社精华久讹误[28],老庞一吸何由逢?名山默祷若有应,他日勒石酬吟笻[29]。霡阴四合润千里[30],霞光为我飞长虹。

辑自《复初斋外集》诗卷一九

解题

诗人一入潜山县境便望见了古代曾被封为南岳的皖公山,只见它青翠高峻,上极云天。诗人坐着竹轿匆匆来到心仪已久的皖公山谷,他瞻仰了这里的摩崖石刻,看到前贤题词并题诗,尤其联想起诗人黄庭坚与皖公山谷的种种历史因缘,不由心生崇敬与仰慕;而皖公山的诸多神话传说和古朴雄奇的自然风光,则像山中的烟岚一样激荡着他的心胸。最后诗人感叹古迹渐渐消失,有的讹误已久而无人辨别;他期待有一天自己能再勒石刻,重振斯文。清人袁枚曾讥诮翁方纲"误把抄书当作诗"(《论诗绝句》),本诗多少亦犯有此病。

注释

〔1〕南岳:此指天柱山,即皖公山。
〔2〕"极天"句:谓皖公山青翠高峻,上极云天。
〔3〕"夜来"二句:谓夜里梦见自己来到皖公山谷,骑在石牛背上,耳边响着畏畏佳佳的石谷流水声,山中所有的孔穴都发出风刮树木的轰鸣。青牛,指皖公山谷的青石牛。黄庭坚《书石牛溪旁大石

上》:"青牛驾我山谷路",宋史容注:"《同安志》云:石牛洞在三祖山山谷寺之西北,其石状伏牛,因以为名。李伯时画鲁直坐石牛上,因此号山谷道人,题诗石上,所谓'青牛驾我山谷路'也。"畏佳万窍山木风,黄庭坚《题山谷大石》:"畏畏佳佳石谷水,冬冬隆隆山木风。"参见本书该诗注释。万窍,指大地上大大小小的孔穴。

〔4〕摩围老子:指黄庭坚。摩围,泉水名。《(乾隆)江南通志》卷三十四《舆地志》:"山谷流泉,在潜山县山谷寺佛殿后,有黄庭坚题额。始为流泉,后以石甃周围,澄澈不流,名曰摩围泉。庭坚最爱饮之,遂自号摩围老人。"枯坐,默坐,呆坐。

〔5〕"金华"句:谓黄庭坚曾在此起心发愿,想做世外之人。黄庭坚《书石牛溪旁大石上》:"六时谒天开关钥,我身金华牧羊客。羊眠野草我世间,高真众灵思我还。"野草追羊踪,用葛洪《神仙传》中黄初平学道修仙的典故,参见黄庭坚该诗注释。

〔6〕"老狐"句:指像老狐狸精那样,欺诳他人三十年。喻指说法三十年。《禅宗颂古联珠通集》卷六:"梁魏山河本太平,无端容此老狐精。九年皮髓分张尽,只履空棺更诳人。"

〔7〕"祖师"句:谓众生得道凭自悟,何须祖师来启蒙。

〔8〕李翱手书:指皖公山谷唐李翱题名石刻。详本书王安石《题舒州山谷寺石牛洞泉穴》诗注。

〔9〕山围水出源谁穷:王安石《题舒州山谷寺石牛洞泉穴》:"水泠泠而北出,山靡靡而旁围。欲穷源而不得,竟怅望以空归。"

〔10〕"雪云"句:黄庭坚《同苏子平李德叟登擢秀阁》:"松竹二桥宅,雪云三祖山。"

〔11〕"帝青"句:黄庭坚《书石牛溪旁大石上》:"郁郁窈窈天官宅,诸峰排霄帝不隔。"

〔12〕"小寒"句:黄庭坚《擢秀阁》诗后题云:"广陵苏子平、南康李德叟、章水黄鲁直,庚申小寒后一日同来观潜山天柱雪。"(宋黄𦬊《山谷年谱》卷十一引)

〔13〕"石盆"句:黄庭坚《书石牛溪旁大石上》:"石盆之中有甘

露,青牛驾我山谷路。"

〔14〕"粲师"二句:宋黄䎆《山谷年谱》卷十一:"(元丰三年)十一月小寒日上潜峰。先生有题名石刻云:'建康李参,彭蠡李秉彝、秉文,磁湖吴择宾,华阳丘楫,豫章黄廷坚,岁庚申日小寒,过饭而西上潜峰,谒司命。所过道人寝室将十区,便房曲阁,所见山皆不同,辄有佳处。行憩宝公井,瞻礼粲禅师塔,坐卧傅岩亭下,下酒岛,归宿晓老生生堂西阁下。漏下十刻所。'"

〔15〕"龙眠"句:龙眠,指宋代著名画家李公麟。公麟字伯时,致仕后归老于龙眠山,自号龙眠居士。李公麟画伏牛事详本诗注〔3〕引宋史容注。又《(嘉庆)清一统志》:"石牛洞,在潜山县西北十五里,有唐李翱题咏。《县志》:山谷寺有大石,如牛眠石上,有二蹄迹。宋黄庭坚读书于此,时李公麟画庭坚坐石牛上,庭坚因自号山谷道人,题诗其上,所谓'青牛驾我山谷路'是也。"

〔16〕蹄涔:牛蹄印中的雨水。比喻容量、体积等微小。

〔17〕心精:心神专一;亦指心神。真宰:古人认为天为万物的主宰,故称天为真宰。

〔18〕"今之"二句:现在留存下来的只是一些遗迹,如同鸟在沙上留下爪印一样刻在河岸上,经受着寒涛的冲洗。篆沙,即鸟篆沙。江,指潜水。

〔19〕初平:即黄初平,参见黄庭坚《书石牛溪旁大石上》诗注。关尹:即关尹子。相传春秋时人,一说姓尹名喜,又说名轨,字公度。曾任函谷关尹。师事老子,其学说以"贵清"为特色。认为不存己见方能认识事情,主张动如流水,静如明镜,应和变化如回响,一切听任自然。被后世道教尊为"无上真人"。

〔20〕任渊:宋成都新津人,字子渊。高宗绍兴元年,以文艺类试有司第一。历官提点潼州刑狱。著有《山谷内集注》。史容:宋青衣人,字公仪,号芗室居士。仕至太中大夫。著有《山谷外集注》。

〔21〕作亭:指做涪翁亭。《(乾隆)江南通志》卷三十四《舆地志》:"涪翁亭,在潜山县山谷寺中,以黄庭坚得名。又有涪翁书台。"

〔22〕丹灶：宋王象之《舆地纪胜》卷四十六："左慈，东汉庐江人，居潜山，有炼丹房。今丹灶基址尚存。"

〔23〕读书室：指涪翁书堂。《（光绪）重修安徽通志》卷四十四《舆地志》："涪翁书堂，在潜山县黄山，宋黄庭坚读书处。"

〔24〕"海棠"二句：谓在徐老海棠巢闲、梅花盛开之时，我乘着竹轿匆匆来到这里。海棠巢闲梅花侧，黄庭坚《题潜峰阁》："徐老海棠巢上，王翁主簿峰庵。梅花破颜冰雪，绿丛不见黄甘。"竹舆，竹轿。

〔25〕"邑人"句：作者自注："《县志》载山谷《题潜山》七言长句，乃赝作也。"按，《题潜山》系五言长句。

〔26〕"祝融"二句：谓衡山与皖公山两相匹敌媲美，相隔不远，都在南方；它们的形状都是小山在中，大山在外，根据《尔雅》释名，并称为霍山。祝融，相传为帝喾时的火官，后被尊为火神。又为南方之神。祝融峰是衡山七十二峰中的最高峰，这里指代南岳衡山。朱鸟，又名朱雀，二十八宿中的南方七宿，亦为南方之神。这里喻皖公山。

〔27〕瓣香：崇敬的心意，亦指仰慕某人。丹篆：用朱砂书写的篆文。

〔28〕天社：星名。《晋书·天文志》："弧南六星为天社，昔共工氏之子句龙，能平水土，故祀以配社，其精为星。"

〔29〕吟筇：诗人的手杖。

〔30〕霖阴四合：淫雨霏霏，阴云四布。

题争坐位帖后

不虚颜氏兰亭目，真见升山落水时。将字若论昭楷则，漏痕更觉气淋漓〔1〕。

丙午冬，之江西学政任，十月廿九日漏下二鼓，于潜山县城北渡河，骡舆堕水，此帖淹浸全湿。烘焙竟夜，次早仍带湿入装。今至江西南昌使院,始出曝之,而精气充溢,弥觉古厚,信神物之不侔也。

辑自《复初斋外集》诗卷一九

解题

《争座位帖》亦称《论座帖》《与郭仆射书》,是唐广德二年(764)颜真卿写给定襄王郭英义的书信手稿。传有七纸,约六十四行,为颜真卿行草书精品。《争座位帖》与颜氏《祭侄文稿》《祭伯文稿》合称为"颜书三稿";与王羲之的《兰亭序》并称为"行书双璧"。此帖信笔疾书,苍劲古雅,为世所珍。其真迹已佚,刻石存西安碑林。今中国国家图书馆所藏北宋拓本,北京故宫博物院、上海图书馆所藏南宋拓本颇有名。

翁方纲此诗作于乾隆五十一年(1786)赴任江西学政之时。当年十月二十九日二更天光景,翁方纲在潜山县城北渡河,所乘的骡车掉入水中,随身携带的《争座位帖》全都浸湿了;他用火烘了一整夜,第二天早晨上路仍带湿入装。到了江西使院后才把该帖取出曝晒,却发现此帖有了水痕,精灵之气充溢淋漓,使人更加感觉到它的凝重古厚。诗人认为这便是神物与普通物件不相等同之处,于是作此诗记叙了事件过程。这也算是中国书法史上一件遗闻轶事吧。

注释

〔1〕"将字"二句:作者自注:"赵子固落水《兰亭》,'不知老之将至','将'字右半有水湿痕。"昭,显扬;显示。楷则,法式,楷模。

陆锡熊

陆锡熊(1734—1792),一名锡荣,字健男,号耳山,又号篁村、淞南老人。江苏上海(今属上海市)人。乾隆二十六年(1761)进士,归班候铨。次年春,清高宗南巡,献赋行在,召试一等,赐内阁中书,充方略馆撰修官。奉敕编撰《通鉴纲目辑览》称旨,遂入直军机处。历官宗人府主事,刑部员外郎、郎中,侍读,右庶子,侍读学士,光禄寺、大理寺卿,福建学政,左副都御史。与纪昀同为《四库全书》总纂官。晚年潜心于经济之学,亦擅诗文。著有《宝奎堂文集》《篁村诗集》,编有《三元诗》《娄县志》,并与纪昀总纂《历代职官表》。生平事迹见《清史稿》卷三二六、《清史列传》卷二五、《国朝先生正事略》卷四二、王昶《左副都御史陆公锡熊墓志铭》。

潜山道中爱其风景清绝漫成一律

诘曲山行爱软舆[1],连村竹色称幽居[2]。风披碧稻不藏鹭,雨破白萍时跳鱼[3]。一水争桥寒碓急[4],数峰当户晚帘疏。他年若乞祠官去[5],潜岳安茅读道书[6]。

辑自《篁村集》卷五

【解题】

坐着自己爱坐的轿子在曲折的山路上行进,一村连着一村都能看到竹子的绿色,这里堪称是僻静的居住之地啊。稻田里,风儿吹开了簇簇绿色的稻茎,没看见藏身其中的白鹭;池塘中,雨水打破了成片的白萍,不时有鱼儿跃出水面。一条小溪上,人们正在争相过桥,溪边的水碓在春捣谷物;傍晚,因窗帘稀疏,可隐隐看见几座青峭的山峰对着门户。将来的某年我如果向朝廷请求作个祠官的话,一定来这潜岳,安居茅屋,阅读道书。诗歌赞美了潜山乡村清绝的环境,表达了作者的快适之意。

【注释】

[1]诘曲:屈曲,曲折。软舆:即轿子。

〔2〕幽居：僻静的居处。元洪希文《幽居》诗："投老安闲世味疏，深深水竹葺幽居。"
〔3〕白萍：水中浮草。
〔4〕寒碓：指水碓。即利用水力舂米的器械。
〔5〕祠官：掌管祭祀之官。
〔6〕安茅：安居茅屋。安，安居，居处。

自潜山至太湖山行杂书所见四首

大宫小为霍[1]，连绵不知里。苍然水石精，松栝孕清美。骈枝既交缪[2]，密干亦相倚。笼冈复被谷，离立竞尺咫。风来四山动，高下丝霏靡[3]。如收天水碧，染入鸦青纸[4]。一片活光明，揽之不容指。童山半河北[5]，色与死灰似。蒙头谢铅粉，袒背矢衣履。奈此面目何，取憎固其理。南来饱岩绿，茏葱尽可喜。峨冠隽不疑，气折暴公子[6]。苟无櫑具剑，孰表男儿伟[7]？

连冈断如玦[8]，复嶂来抱之[9]。一曲复一重，尻脽互撑持[10]。中渟呀成洼[11]，十亩涵清漪。嫣然白芙蕖，韶颜发春姿。抽茎或琐细，偃叶交离披。可怜委丛莽，尽日无人窥。亭亭袅东风，独立欲待谁？何当乘晓月，来看新妆时？

山田绣层畦，灢灢水注谷[12]。村童挽双角[13]，涉水晨放犊。时闻五经师，叩诵声出屋。红妆点明镜，浣女下空渌。人家在清晖，日对小横幅[14]。住山非知山，意趣自不俗。何须访真隐，佣贩亦冰玉。

千山收瞑烟，曳作匹练横。风吹不肯散，要待升长庚[15]。寥寥三家村，畏虎关柴荆。但见深竹底，闪睒灯初明[16]。群鸦暮归巢,得食还喧争。鹭鸶独容与,徐步沿溪清。水清亦无鱼,饮啄不自营[17]。嗟哉此标致,愧我尘中缨[18]。

辑自《篁村集》卷五

解题

这四首五言古诗记叙自潜山往太湖途中所见与所感,描绘了潜山古朴自然的风光。

第一首写潜山山势连绵不绝,山中植被丰茂,树木苍葱。诗人并将这里青碧的山色与从京城来时途中所见黄河以北的山做对比,认为那些草木不生的"童山"好比不着铅华的丑妇,招人憎恶;而潜山则如同是汉代的隽不疑那样头戴高冠、身着盛服的伟男子。

第二首写池沼中的莲花。沿途山峰重叠交错,中间形成了很多池沼湖泊。水中白莲花盛开,它们如同娇媚的少女,尽情地展示着自己青春的容颜。只是可惜被遗弃在这杂乱丛生的草木之中,整天都没有人来偷窥它们一眼。它们亭亭玉立,在东风中袅娜娉婷,好像在那里等什么人。那么,什么时候我们就乘着拂晓的残月,来看看它们着新装时的样子吧。

第三首写原野与山村。山谷下有层层畦田,扎着双髻的牧童蹚着河水去放牛,私塾里不时传来教经书的老先生叩问学生的声音。原野上有红色的衣装点缀着明镜,原来那是洗衣女子站在空明澄澈的水里洗衣服。这里的人家都住在山水画中,人们每天所面对的就是山水画的一个小横幅。在这桃源仙境般的地方,不需要去访求真正的隐士,因为这里连佣工贩夫都是冰清玉洁的隐士。

第四首写傍晚所见与所感。黄昏时分,因为害怕老虎,村民们都关上了柴门。只见竹林深处,有人家刚点的灯光在闪烁。此时群鸦争食,而独有一只鹭鸶,悠闲地漫步在清澈的溪水中;小溪水清无鱼,可见它饮水啄食并非为自己生计谋虑。看此情景,不由想起自己在尘世中为官职所累,真是惭愧呀。

注释

〔1〕大宫小为霍:《尔雅·释山》曰:"宫,犹围绕也。谓小山在中,大山在外,围绕之山形此者名霍。"此指天柱山,见前翁方纲《望天柱峰》《皖公山谷歌》有关注释。

〔2〕交螑:交相屈曲盘绕貌。

〔3〕靡靡:草木柔弱披敷貌。

〔4〕鸦青纸:纸名。色暗青若鸦羽,故称。

〔5〕童山:无草木的山。

〔6〕"峨冠"二句:隽不疑,西汉勃海人,字曼倩。治《春秋》,为郡文学。武帝末,为直指使者暴胜之表荐,拜青州刺史。昭帝初,因破获齐孝王孙刘泽谋反,擢京兆尹。为官严而不残,京师吏民敬其威信。常以儒家经术决事。始元五年(前82)有男子乘黄犊车,建黄旃,衣黄衣,诣北阙,自谓卫太子。时长安吏民聚观者数万人,丞相、御史、中二千石至者莫敢发言。他到后即叱从吏收缚,以《春秋》断其为"罪人",遂送诏狱,及廷尉治所获男子,果为下筮成方遂所伪称。峨冠,高耸的帽子。

〔7〕"苟无"二句:《汉书·隽不疑传》:"不疑冠进贤冠,带櫑具剑,佩环玦,褒衣博带,盛服至门上谒。"颜师古注:"褒,大裾也。言着褒大之衣,广博之带也。"櫑具剑,古剑名,剑首以玉作井鹿卢形。

〔8〕玦(jué):古玉器名。环形,有缺口。此处比喻连绵的山冈之断缺处。

〔9〕复嶂:重叠的山峰。

〔10〕尻脽:脊椎末端和臀部。

〔11〕渟:水聚集不流。谺(xiā):空旷貌。

〔12〕瀰瀰:水流声。

〔13〕双角:指古代孩童或青年女子头顶上的两束发髻。

〔14〕横幅:指横的山水图。
〔15〕长庚:亦作"长赓"、"长更"。古代指傍晚出现在西方天空的金星。亦名太白星、明星。
〔16〕闪睒:指灯光闪烁。
〔17〕不自营:不用自己谋虑、思虑。
〔18〕尘中缨:指在尘世中为官。缨,系冠的带子,仕宦的代称。

李调元

李调元(1734—1802),字雨村,又字羹堂,号童山,又号卍斋、蠢翁、醒园、赞庵、鹤洲、蔗尾、墨庄、卧雪山人。四川绵州(今绵阳)人。乾隆二十八年(1763)进士,改庶吉士,授吏部主事。迁考功司员外郎。提督广东学政。擢通永兵备道。以事罢官,遣戍伊犁,以母老赎归。遂不复出,以著述自娱。肆力于学,凡经史百家稗官野乘,无不博览,诗文词曲兼工。与从弟鼎元、骥元有"绵州三李"之目,于同时诗人,推重袁枚、赵翼、纪昀。尝作《南宋宫词》百首,论者比之王建、厉鹗。孙桐生《国朝全蜀诗钞》谓其"诗文敏捷,天才横溢,不假修饰"。而朱庭珍《筱园诗话》则称调元"专拾袁枚余唾以为能,并附和云松(赵翼),其俗鄙尤甚"。著有《童山集》《蠢翁词》《雨村四话》,编有《粤风》《蜀雅》《全五代诗》,辑蜀人罕见秘籍三百余种汇刊为《函海》。生平事迹见《清史列传》卷七二、《国朝先正事略》卷四四、杨懋修《李雨村先生年谱》。

过潜山春甫自以入青阳故乡境让余先行

柳堤莎径马蹄迟[1],竹绕人家槿绕篱[2]。秧绿无边田稏稏[3],松青不断岭㠂㠂[4]。皖山似展倪迂画[5],潜水惭无许浑诗[6]。安得与君连辔语[7],蕉衫箬笠点鞭丝[8]。

辑自《童山集》诗集卷一五

解题

作者与春甫有事同往潜山①。路过青阳县时,因春甫为青阳人,经过故乡欲多逗留几日,故让作者先往潜山,自己随后再至。时值阳春,作者单人匹马前行。一路只见河边杨柳依依,人家都被竹子环绕着,篱笆外则栽着木槿。无边的稻田里绿意盎然,高山上青松绵亘不绝。此时的皖山,仿佛倪瓒笔下的山水画卷展延开来;而面对潜水,作者遗憾自己写不出许浑那样文辞工丽的诗歌。他想到,此时要是与春甫骑马同行,身着蕉衫,头戴箬笠,用马鞭指点着眼前这些美丽的景观,品评欣赏,那该有多么惬意呀!

注释

〔1〕莎(suō)径:长满莎草的道路。莎,草名。即莎草。

〔2〕槿:木名。即木槿。

〔3〕櫊(bà)稏(yà):稻多摇动貌。

〔4〕厜(zuī)㕒(wēi):山峰高峻。

〔5〕倪迂:即倪瓒。瓒字元镇,号云林子、幻霞子、荆蛮民等。元画家,以善绘山水著称。时与王蒙、黄公望、吴镇并称"元四家"。亦工诗词书法。然以不合流俗,被称为"倪迂"。

〔6〕许浑:唐代诗人,字用晦(一作仲晦),润州丹阳(今江苏丹阳)人。晚唐最具影响力的诗人之一,诗多登临怀古之作,以整密圆熟称。文辞工丽,属对精切,声律谐婉。诗中多用"水"字,《桐江诗话》评其诗曾有"许浑千首湿"之语。

〔7〕连辔(pèi):骑马同行。

---

① 按,春甫当为字,姓与名未详。

〔8〕蕉衫：用麻布缝制的衣衫。箬(ruò)笠：用箬竹叶及篾编成的斗笠。点：指点。鞭丝：丝制的马鞭。

至潜山县县令光斋兄载阳来见

梅山初至使车安^[1]，况复乡情触万端。水亦如人清到底，山能迎客笑相看。日斜茅舍归豚苙^[2]，雨过萍池放鸭栏。到处风光全似蜀，羡兄只作蜀中官。

辑自《童山集》诗集卷一五

解题

此诗为作者出使潜山到达县治、县令李载阳来见时作。作者与李载阳均是蜀人，有同乡之谊；蜀地又号天府之国，山水秀美颇类江南。故诗中说他与李载阳见面叙乡情触动了心中万般思绪；又因这里"到处风光全似蜀"，羡慕李载阳在这里任职如同在故乡蜀地做官一样。全诗赞美了潜山秀美的山水景色，表达了对故乡的思念之情。

注释

〔1〕梅山：植梅之山。潜山多梅，故其县治称"梅城"。使车：使者所乘之车。
〔2〕豚苙：猪栏，猪圈。苙，畜圈。

钱　塘

钱塘(1735—1790)，字学渊，又字禹美，号溉亭。江苏嘉定(今属上海)人。钱大昕族子。乾隆四十五年(1780)进士，改教职，选江宁府学教授。与大昕共学，又与大昕弟大昭及弟坫相切磋，为考证之学,于音律、文字、推步,尤有神解。著有《鹤原诗草》《述古编》《律吕古义》《史记三书释疑》《伴官雅乐释律》《说文声系》《淮南天文训补注》。生平事迹见《清史稿》卷四八一、《清史列传》卷六八、《国朝先正事略》卷三四、钱大昕《钱教授塘别传》。

沈 周 画

几家茅屋接渔湾,枥坞松林夕照间[1]。忆得卸帆亭畔望,晚烟红树皖公山。

辑自〔清〕王昶辑《湖海诗传》卷三六

解题

此诗写观画有感。沈周是明代著名的山水画家,与文徵明、唐寅、仇英并称为明四家,沈氏名气最大,是吴门画派领袖。他在一幅山水画中画着几家茅屋与渔湾相接,夕阳斜照着村庄、马槽和周围的松林。作者说,此情此景让他想起有次在长江边的卸帆亭畔眺望,看见皖公山傍晚烟气蒙蒙,在晚霞中林树被染红的迷人景色。由此可见诗人对皖公山的印象是多么深刻,仅路过时于江中一瞥,若干年后,皖公山的晚烟、红树仍萦绕在他心间。

注释

[1] 枥:马槽。坞:四面如屏的花木深处。此指村坞,村落。北周庾信《杏花诗》:"依稀暎村坞,烂熳开山城。"唐羊士谔《山阁闻笛》诗:"临风玉管吹参差,山坞春深日又迟。"

涂逢豫

涂逢豫,字长卿,一字怪堂,号莼溪,江苏江宁人。从父学诗字茗樵,以进士官中书,有学行,逢豫少从之游。充乾隆二十二年(1757)优贡,游燕赵间,举二十四年顺天乡试,选潜山教谕。凤与同县陈嘉谟、陈制锦、上元吴近光善,喜为绮丽之词,晚乃证入悟境。著有《山墨集》《凤城编》《皖江集》《晋游草》《通潞集》《淮海录》《潜阳录》《蜀游草》等。生平事迹见清蒋启勋《(同治)续纂江宁府志》卷一四之三。

皖山纪游

巍峨岳势尊,祭秩三公埒[1]。兹山介南服[2],气宇信雄杰。维衡太迢递[3],巡幸杳难达[4]。茂陵昔登封[5],驻跸景前喆[6]。琅函久荒芜[7],遗址亦澌灭[8]。洞天第十四[9],众峰排崒崔[10]。风雷所震荡,神鬼斯出没。蛟龙偃松盖,犀豹蹲石窟。连朝困登顿[11],未到力先苶[12]。目奢济胜艰,心境两脆觬[13]。终然鼓勇登,聊藉支筇挈[14]。山灵摄我神[15],怪变见仓猝。毛女惊婀娜[16],莲花散秘醑[17]。胅蠁喷炉烟[18],镜光灿宝月[19]。其余十数峰,奇秀争顽颉[20]。鸾鹄分停峙[21],鲸鹏振块圠[22]。昭旷复黯黮,阳施更阴设[23]。陡起见天柱,万仞芙蓉削[24]。长空绝依毗[25],卓尔立孤孑[26]。轻盈紫霞标[27],缥缈青黛缬[28]。旭映露晶莹,晴昊常积雪[29]。疑有谪仙人,啸吟坐峻绝。群岭如儿孙,千嶂气俱夺。伸手引匏瓜[30],高云襟袖截。危梁窄且修[31],其上古苔滑。下有无底潭,飞鸟不敢越。遥瞻骨已悚[32],乍触心逾慄[33]。徘徊日已晏[34],颠磴行蹩躠[35]。旋反复回瞵[36],春霭尚披拂[37]。他时裹粮随,揽胜眠云窟[38]。

辑自《(乾隆)潜山县志》卷二〇《艺文志》

解题

这是一首记叙攀登皖山的五言长篇古诗。诗中回顾了汉武帝来皖山祭岳封禅的典故传说,描写了登山途中因山势高峻难攀而产生的复杂心态。当然,着笔最多的还是对皖山美好境界的歌咏。皖山众峰,或像婀娜多姿的少女,或似口吐芬芳的莲花,或如明镜宝月,或有丹灶喷青烟。随着昼夜交替、日升月落,它们呈现出光明与昏暗两种完全不同的境界。而天柱一峰更是卓尔孤高,孑然而立,毫无依傍,独自直插云霄。它美如芙蓉,晶莹似雪,万仞如削,站在峰顶,可以手摘星辰。其上有一危桥,下临无底深潭,远远望去便使人恐惧,接触它时更加害怕。诗人在皖山之巅徘徊了很久,天色已晚,意犹未尽,决心下次携粮再来。说是到那时在尽情观赏了秀丽景色之后,便在山中的岩洞里与云共眠。全诗笔势繁复跌宕,语言质朴刚健,既描绘出皖山的壮观秀美景象,又寄寓着作者挚爱它的情怀。

注释

〔1〕"祭秩"句:意谓汉武帝按等级祭祀山川,皖山的等级与三公相同。秩,官职品位。三公,古代中央三种最高官衔的合称。西汉以丞相(大司徒)、太尉(大司马)、御史大夫(大司空)为三公,东汉以太尉、司徒、司空为三公。埒,等同,比并。《礼记·王制》:"天子祭天下名山大川,五岳视三公。"

〔2〕介:居,在。南服:古代王畿以外地区分为五服,故称南方为"南服"。

〔3〕维:思,计度。衡:衡山,在今湖南省。迢递:遥远貌。

〔4〕巡幸:指皇帝巡游驾幸。杳:远。

〔5〕茂陵:指汉武帝刘彻。葬于茂陵。

〔6〕驻跸(bì):古代帝王出行途中停留暂住。景:仰慕。喆:同"哲"。

〔7〕琅函：书匣的美称。此指埋藏封禅诏书的玉匣。

〔8〕澌灭：消亡，消失。

〔9〕洞天第十四：道家把天下名山洞府封为三十六洞天，七十二福地，称天柱山为第十四洞天，第五十七福地。

〔10〕崪（zú）崿（lù）：高峻貌。

〔11〕困登顿：因攀登而困顿。困顿，疲惫，伤痛乏力。

〔12〕苶（nié）：疲倦困乏。

〔13〕"目奢"二句：意谓眼睛奢望看到更多更美的景观，但胜景奇观都需要通艰难危险的攀登才能欣赏；所以我内心在满足目之奢望和履艰历危这二者之间动荡摇摆，而不安宁。卼（wù）臲（niè），动摇不安貌。

〔14〕支筇（qióng）：拄着拐杖。挈：挈持，扶持。

〔15〕摄：吸引。

〔16〕毛女：指毛女峰，已见前李庚《毛女峰》诗注。

〔17〕馝（bì）馞（bó）：形容香气浓郁。此句末作者注："毛女以下皆峰名。"

〔18〕肸（xī）蠁（xiǎng）：亦作"肸蠁"。弥漫。

〔19〕"镜光"句：此写玉镜山。

〔20〕颃（háng）颉（xié）：又作"颉颃"。原意是指鸟上下飞。此指不相上下，互相抗衡。

〔21〕鸾（luán）鹄（hú）：鸾与鹄。鸾，传说中凤凰一类的鸟。鹄，天鹅。停峙：栖止耸立。这里指的也是山峰的形状。

〔22〕振：指作势欲飞。坱（yǎng）圠（yà）：亦作"坱轧"。漫无边际貌。

〔23〕"昭旷"二句：意谓随着昼夜交替、日升月落，皖山众峰或光亮豁然，或昏暗不明。昭旷，光亮，光明。黯（àn）黕（dǎn）：亦作黚黯。昏暗不明。

〔24〕芙蓉：此指天柱峰美如芙蓉。削：形容陡峭如经刀削一般。

〔25〕"长空"句：谓山峰毫无依傍连接、独自直上天空。依毗，

倚仗。

〔26〕孤孑(jié):犹孤高,孤洁。

〔27〕标:悬挂,显现。

〔28〕青黛:青黑色的颜料。古代女子常用以画眉。此指山体颜色。缬(xié):染有彩纹的丝织品。亦指眼发花时出现在眼前的星星点点,多用于形容醉眼。

〔29〕"旭映"二句:写"天柱晴雪"景观,已多见前注。晴昊,晴空。

〔30〕"伸手"句:意谓伸手可以攀摘星星。引,攀引,拉。匏(páo)瓜,星名。《史记·天官书》:"匏瓜,有青黑星守之。"司马贞《索隐》引《荆州占》:"匏瓜,一名天鸡,在河鼓东。"

〔31〕危梁:极高的桥。修:长。

〔32〕悚(sǒng):恐惧,惶恐。

〔33〕逾:更加。惙(chuò):担忧害怕。

〔34〕晏(yàn):晚,迟。

〔35〕颠磴:颠簸不平的石阶。蹩(bié)躠(xiè):跛行貌。

〔36〕瞁(qì):犹望。

〔37〕霭(ǎi):云气,烟雾。披拂:吹拂,飘动。

〔38〕揽胜:观赏秀丽景色。云窟:高山上的岩洞。

闰十月十日将游山谷寺以
雨阻未果用陶集游斜川韵

秋日客江上[1],役车暂归休[2]。及兹值闰余[3],将为山谷游。入夜剧风雨[4],坳堂渠水流[5]。树间鸣泥滑[6],湖上迟沙鸥[7]。老怀如平地,不着壑与丘。山灵岂有意,登践羁吾俦[8]?独抱无弦琴,高吟若为酬[9]。不知摇落候[10],丹枫尚存否？仰视行云低，引满销夙忧[11]。行止等梦幻[12]，一醉靡所求[13]。

辑自《(乾隆)潜山县志》卷二〇《艺文志》

解题

用陶集游斜川韵，是指用东晋陶渊明诗集中《游斜川》诗的韵脚而作此诗。

作者整个秋天都因公事在长江边的安庆府城忙碌，空余时间暂时回到潜山休息，准备闰十月十日游山谷寺。不料一夜狂风暴雨打乱了他的计划。他怀疑这是山神故意约束他。于是他拿来无弦琴边弹边高声吟唱，而心里却惦记着：在这草木摇落的时节，山谷寺边那经霜打树叶泛红的枫树还在不在呢？此时他斟酒满杯而饮，因为他觉得人生行踪有如梦幻，为了消解平素的忧愁，他要一醉方休，别无所求。此诗借游山谷寺不成而抒发胸中块垒，流露出孤寂感愤的情怀。

注释

〔1〕江上：江边。此指安庆。

〔2〕役车：供役之车，庶人所乘。这里是谦词，指自己公务外出所乘之车。

〔3〕值：遇上，赶上。闰余：即指闰月。

〔4〕剧：猛烈。

〔5〕坳堂：堂上的低洼处。

〔6〕泥滑："泥滑滑"之省。竹鸡的别名。因其鸣声如此，故名。宋王安石《送项判官》诗："山鸟自呼泥滑滑，行人相对马萧萧。"

〔7〕迟：缓慢行走。沙鸥：栖息于沙滩、沙洲上的鸥鸟。

〔8〕登践：登临。羁：拘束，约束。吾俦(chóu)：我辈，我类。

〔9〕若为。怎样，怎样的。

〔10〕摇落候：指草木凋残零落的时节。即秋冬季。《楚辞·九辩》："悲哉秋之为气也！萧瑟兮草木摇落而变衰。"清曹寅《和程令彰十八夜饮南楼》："客心摇落傍孤箔，步屟随时向酒家。"候，时节，时候。

〔11〕引满：谓斟酒满杯而饮。

〔12〕行止：犹言一举一动，行踪。

〔13〕靡：无，没有。

暮春南湖即事

莺飞草长遍天涯，燕子归来尚有家。千里山光匀柳色[1]，一湖春涨泊桃花。常教寂寞愉心少，渐喜清莹道味加[2]。空谷何须慨蓬藋[3]，已从趺坐觅丹砂[4]。

辑自《(乾隆)潜山县志》卷二一《艺文志》

解题

南湖，潜山著名景观之一。其胜概参见前金梦先《南湖采莲歌》解题。作者于莺飞草长、羽燕归来的暮春时节游赏南湖，只见千里山光映衬着眼前遍地的柳树，湖中春天水涨，水面上漂浮着片片凋零的桃花，他不禁从中领受到一种超凡出世的情味。最后他说，不必在那空旷幽深的山谷草野中发表感慨，自己已经领悟到佛道二教教义的真谛了。这真谛是什么呢？大概就是从大自然中求得心灵的解脱吧。

注释

〔1〕山光：山的景色。匀：遍。

〔2〕道味：佛道教义之真意，超凡出世的情味。

〔3〕空谷：空旷幽深的山谷。多指贤者隐居的地方。慨：叹。

蓬藋(diào)：两种草名。借指草舍，贫者所居。

〔4〕趺(fū)坐：盘腿端坐。是佛教徒的修行方式。丹砂：指丹砂炼成的丹药，这里喻指道教徒的修炼法门。

秦　潮

秦潮，江苏无锡人。乾隆三十一年(1766)进士，历官翰林院编修，国子监司业，安徽学政。著有《竹外山房诗文集》。生平事迹见《(光绪)无锡金匮县志》卷一六、《(光绪)重修安徽通志》卷一二九、《国朝耆献类征初编》卷一二九等。

示潜山周生

生名新，性敏，能背诵《十三经》，拔取入泮[1]。

周新年十二，磊落多英姿。日记数万言，背诵无一遗。丹穴产雏凤[2]，光彩生羽仪[3]。渥洼出骅骝[4]，风云起霜蹄[5]。天柱七千仞，秀拔东南奇。蟠郁几百里[6]，孕毓方在兹。我来及三载，甲乙劳纷披[7]。珊瑚及木难[8]，文彩光陆离。当其意有得，辄自忘其疲。乃知不世珍[9]，近在皖之湄[10]。朴邀得真趣[11]，沉潜无躁思。黄鹄志千里，不睨鹪鹩枝[12]。生岂张童子[13]，我非韩退之。同门尚劘切[14]，况有一日知。六经贵通贯[15]，百氏争纷驰。导源探星宿，饮海遗糟醨。国家盛搜讨[16]，四部灿列眉[17]。天府之所储[18]，诏许群臣窥。生乎策高足[19]，趻踔登天逵[20]。咄咄江夏黄[21]，生年与之齐。

辑自《(乾隆)潜山县志》卷二一《艺文补遗》

【解题】

潜山学童周新,性敏悟,年仅十二岁便能背诵《十三经》。当时作者任安徽学政,便破格选拔他入学为生员,并作此诗称美他。诗中把周新比作丹穴山的凤凰、渥洼的骏马、南海的珊瑚和宝珠、志在千里的黄鹄,又说他就是韩愈笔下的张童子,是汉代天下无双的江夏黄童,将来定会登上去京城之路,尽阅国家所有藏书。并认为是秀拔东南的天柱山孕毓了这位天下英才。作者穷尽各种溢美之词称赏潜山这位十二岁的学童周新,其中蕴含着作者对年轻一代的期望,流露出他寄国家希望于青少年的良苦用心。

【注释】

〔1〕入泮:科举时代学童(童生)入学为生员称入泮。

〔2〕丹穴:即丹穴山。传说丹穴山出凤凰。其状如鸡,有五彩文,出现则天下安宁。见《山海经·南山经》。李商隐《越燕二首》之二:"记取丹山凤,公为百鸟尊。"雏凤:幼凤,比喻有才华的子弟。

〔3〕羽仪:羽翼,羽翮。

〔4〕渥洼:水名。在今甘肃省安西县内。汉武帝时有人得神马于渥洼水中。骅骝:古代骏马名。传说为周穆王八骏之一。亦泛指骏马或喻指贤才。

〔5〕霜蹄:喻骏马奔驰,四蹄翻飞,似霜雪之白。

〔6〕蟠郁:盘曲郁结。盘曲起伏。清方东树《刘悌堂诗集序》:"楚地尽江淮间,自蕲黄以东,迤北讫寿春,其山脉起伏蟠郁千余里,舒广雄远,自古以来,多产贤豪英杰异士。"

〔7〕甲乙:甲科、乙科的合称。亦泛指科举。纷披:繁多、繁盛貌。烦扰貌。

〔8〕木难:宝珠名。《文选·曹植〈美女篇〉》:"明珠交玉体,珊瑚间木难。"李善注引《南越志》:"木难,金翅鸟沫所成碧色珠也。"

〔9〕不世珍：非凡的人才。不世，罕有，非常。珍，珠玉等宝物。此比喻贤才。

〔10〕皖之湄：皖水边。

〔11〕朴邀：犹朴素。

〔12〕鹪鹩：小鸟，亦称"巧妇鸟"。《庄子·逍遥游》："鹪鹩巢于深林，不过一枝。"

〔13〕张童子：其名不详，因其中"童子科"，故称。张童子聪明异常，九岁时，即"自州县达礼部，一举而进立于二百之列。又二年，益通二经。有司复上其事，由是拜卫兵曹之命"。韩愈曾为作《赠张童子序》。

〔14〕同门：指同师受业者。劘切：切磋。

〔15〕六经：儒家六部经书的合称。六经包括：《诗》《书》《礼》《乐》《易》《春秋》。糟醨：薄酒。

〔16〕搜讨：谓深入研究探讨。

〔17〕四部：古代图书分类法，将图书分为经、史、子、集四部。此指经、史、子、集四部之书。

〔18〕天府：指朝廷藏物之府库。

〔19〕策：驱赶，鞭策。高足：捷足，指良马。

〔20〕蹀躞（dié xiè）：小步行走貌。天逵：通向京城的大道。逵，四通八达的道路。

〔21〕咄咄：感叹声。江夏黄：江夏黄童之省。指东汉江夏人黄香。黄香少年失母，事父至孝。十二岁，太守召而署门下弟子。博学多才，善文章，通经术，京师号曰："天下无双，江夏黄童。"并亲得汉章帝的称许。见《后汉书·黄香传》。后因以"江夏黄童"称美年少有才者。

王凤诏

王凤诏，字奉书，安徽潜山人。邑庠生。家素贫，勤苦绩学，于兵刑、钱谷、河渠诸书靡不究心。幕游泰兴，劝邑令报灾，全活甚众。循例为闸官，蓄泄有功，擢巨野主簿。累升济宁州判。乾隆三十五年

(1770),官东平州同知。迁泉河通判,升沁河同知,调上南河同知,所至俱著循声。旋奉檄监理祥符堤工,目不交睫者数旬,以勤劳致疾,卒于官,年六十六。开封民为立碑祠之。所著有《身世格言二十四则》。《(乾隆)潜山县志》卷之八、《(光绪)东平州志》卷一四有传。

水帘洞观瀑

　　山有窝兮水有滨,名山览胜超嚣尘[1]。就中结屋极奇特,洞门澹荡晴湖春[2]。晴春匹练浮朝日[3],溟漾天光明镜出[4]。轻烟漠漠一帘垂,滴沥飞泉韵瑶瑟[5]。岩栖真与仙游同,耳畔谡谡生长风[6]。苍松森森百千尺,一泓乳窦穿蒙茸[7]。品概亭亭孰可况[8],逸情自昔凌云上。鸣皋孤鹤遗迹传[9],昭明高阁遥相望[10]。君不见,山川锦绣霞更妍,螺盘于髻翠逾鲜[11]。又不见,龙眠佳气诸峰绕[12],别有幽人慊素缘[13]。

　　　　　　　　辑自《(乾隆)潜山县志》卷二〇《艺文志》

解题

　　水帘洞,在皖公山下炼丹四井崖梁公泉流处。其胜概已见杨朴斋《水帘洞》诗解题。

　　此诗写一个春天的早晨,作者至水帘洞观瀑情景。起首八句咏水帘洞所在处的地形地貌特征和作者观瀑时所见奇妙境界。水帘洞是一处崖石向后凹进的山窝,洞前的下方即是滨水之地;作者前来名山观览胜境,发觉这里是一个完全超脱了尘世纷扰的世界。其中所建的屋宇非常奇特,洞门下方的湖中波光粼粼,呈现出春日晴天的景象。崖头的瀑布奔泻而下,如同一匹白练,在朝阳的照射下浮现着光彩;湖中水波溟漾,似明镜一般映照着天光云影。洞前瀑流溅起水珠,弥漫着烟雾,好似下垂的帘幕;水滴之声就像用珠玉装饰的琴瑟,正在演奏着一首美妙动听的乐曲。中间八句写作者至四井崖寻觅瀑布源头所见及当时主观感受。作者来到崖头之上,只听得耳边大风劲吹,感觉自己好像是在仙游。这里松树高大繁密,一泓清泉正穿过茂盛的草木汩汩流出。面对品质如此高洁的泉水,看到近处白鹤道人留传的遗迹,再远眺那天柱寺里昭明太子读书的高阁,不禁使人生出一种超脱世俗、意气高迈的情怀。结尾处作者用两个"君不见",讴歌了天柱山的锦绣山川和吉祥兴隆的龙脉云气,并表达了自己归隐其中的愿望。全诗以清新的语言,细腻形象的感触,描绘了水帘洞幽丽的景致,表现了作者对故乡山水的挚爱。

注释

〔1〕嚣尘:指纷扰喧嚣的尘世。

〔2〕澹荡:摇曳不定,微微动荡。

〔3〕匹练:白绢,瀑布倾泻而下的样子。

〔4〕滉漾:水摇动貌。

〔5〕滴沥:水滴之声。瑶瑟:用玉装饰的琴瑟。

〔6〕谡谡:劲风声。

〔7〕一泓:一潭。乳窦:指泉眼。蒙茸:草木繁盛貌。

〔8〕品概:品格;气节。亭亭:高耸挺拔貌,端正美好貌。孰可况:谁可与它相比。

〔9〕鸣皋孤鹤:指白鹤道人。鸣皋,鹤鸣九皋之省。谓鹤鸣于沼泽深处,很远都能听到其声音。比喻贤士虽隐而名犹著。《诗经·小雅·鹤鸣》:"鹤鸣于九皋,声闻于野。"

〔10〕昭明高阁:指太子阁。相传为梁昭明太子读书处,在天柱寺。阁久圮。

〔11〕螺盘于髻:喻指山峰。

〔12〕龙眠:指龙脉。佳气:美好的云气。古代以为是吉祥、兴

隆的象征。

〔13〕幽人：幽隐之人，指隐士。慊：通"嗛"，满足。素缘：即夙缘。前生的因缘。

玉 照 泉

秀嶂嵯峨碧涧悬，玉虹飞影吸晴川[1]。苔痕滴破含清照[2]，风籁凌空石激泉[3]。

辑自《(乾隆)潜山县志》卷二一《艺文志》

解题

玉照泉，在玉镜山，其胜概见黄庭坚《玉照泉》诗解题。此诗写到，耸立如屏障的秀美山峰上有一条山涧悬垂而下，像是天上飞下的一道玉虹从晴川中吸水。泉水滴破了初生的苔藓，显现出清如明镜一般的水潭。有时大风凌空而起，冲击着悬垂的涧水，水与岩石相激，发出阵阵喧阗声。全诗写出了玉照泉的壮观景色。诗中以"玉虹"比"碧涧"，从色泽和形态上进行描摹，形象具体可感，给人以深刻的印象。

注释

〔1〕玉虹：白色的虹霓。晴川：晴天的河流。
〔2〕苔痕：苔藓滋生之迹。
〔3〕风籁：风声。

鹤 鸣 泉

品高仙客别鸡群，涧底鸣湍声亦闻[1]。化鹤梦成飞夜月[2]，九皋风起澈清云。

辑自《(乾隆)潜山县志》卷二一《艺文志》

解题

鹤鸣泉，又称白鹤泉，在真源宫，因白鹤道人与宝志禅师斗法、鹤止于此得名。此诗以清新流丽的语言，描绘了鹤鸣泉周围幽美的景色，表达了对品格高尚的白鹤道人的深切怀念，并寄寓着对世事变迁的感慨。

注释

〔1〕鸣湍：形容急流。
〔2〕化鹤：晋陶潜《搜神后记》载：辽东人丁令威在灵墟山学道成仙，千年后，化鹤归辽，落在城门华表柱上。有少年欲射之，鹤乃飞鸣作人言："有鸟有鸟丁令威，去家千年今始归。城郭如故人民非，何不学仙冢累累。"后常以"化鹤"比喻人死亡。亦喻指世事的变迁。

王文城

王文城，安徽潜山人。例贡生。候补县佐。以弟文在贵貤赠从六品儒林郎。事见《(乾隆)潜山县志》卷之七、《(民国)潜山县志》卷一二。

题 滴 水 岩

山深晴亦雨，秋意媚萝薜[1]。幽人耽清晓[2]，兀坐据磐石[3]。飞泉洒半空，势欲断山脊。群峰绝复连，流影讶虚掷[4]。云气杳霭间[5]，林翠湿犹积。仰探天可扪[6]，俯视衣生碧[7]。襟怀谈无言,终古意脉脉[8]。

辑自《(乾隆)潜山县志》卷二〇《艺文志》

解题

滴水岩,在九井河。俗称四井岩。因受四井瀑布飞溅的水雾笼罩,岩壁终年滴水不断,故名滴水岩。

此诗写滴水岩静谧清幽的景色。这里群峰断而复连,光照时间很短;飞泉洒于半空,遮蔽了山脊,晴天亦像是雨天。云气幽深渺茫,打湿了山林,山中翠色重叠,草木繁盛。在这里仰身探手,似乎可触摸青天;俯视则见碧绿的潭水中映照着自己的影子,身上的衣服似乎也是绿色的。这里周围全是女萝与薜荔,是隐士们绝佳的隐居之地。他们喜爱这里清新的早晨,喜欢独自端坐在这巨大的岩石上。面对滴水岩,你可用无声的语言与它交流,倾吐你的襟怀;而它则自古以来就那样永远不变地凝视着每一个前来观赏它的人,脉脉无语。诗人在结尾处的景物描写中融入了对时间与生命的感怀,也表达了自己孤独寂寞的心境。

注释

〔1〕萝薜(bì):女萝和薜荔。两种野生植物。后借指山林隐士之服。亦借指隐士住所。

〔2〕耽:爱好。

〔3〕兀坐:独自端坐。磐石:厚而大的石头。

〔4〕流影:流动的日光。讶:惊奇;诧异。虚掷:白白地丢弃、扔掉。

〔5〕杳霭:幽深渺茫貌。

〔6〕扪(mén):抚摸。

〔7〕衣生碧:指俯视时潭水把自己的衣服也映成了绿色。

〔8〕终古:久远。自古以来。脉脉:凝视貌;相视无语貌。

刘斯极

刘斯极,字儒传,号砚邻,安徽潜山人。乾隆七年(1742),补弟子员;九年,膺房荐。后益力于学,筑黄杨书屋,罗列卷轴,搜研秘奥,经史传记、百家诸子无不博观,文益有根柢。二十七年(1762)举于乡,会试不第。卒年四十二。刻有《试草》《砚邻文钞》行世。《(乾隆)潜山县志》卷一〇有传。

南 湖 泛 舟

霁景下澄湖[1],晴光豁天朗。暇日足销忧,水域穷欢赏。圆岸任洄沿[2],方舟恣还往[3]。泛泛凫惊桡[4],娟娟蝶依桨[5]。纷披荇藻牵[6],淅沥芰荷响[7]。理楫神先怡[8],凌波胸益荡[9]。凉飚吹雨过[10],衣襟飒秋爽。林霏澹夕烟[11],净理归象罔[12]。清晖倏在船[13],云端月初上。沙鸟向人还,客心弥倜傥[14]。浩荡狎群鸥[15],愿言谢尘鞅[16]。

辑自《(乾隆)潜山县志》卷二〇《艺文志》

解题

作者似乎特别钟爱南湖,《潜山县志·艺文志》所收作者之诗,内容全写"南湖泛舟"。从体裁看,既有五古、五律、五绝,又有七律、七绝;从游湖时序看,有的是在春天,有的则在秋季。在这些诗歌中,作者或全面描绘,或摄取一两个镜头,歌咏了南湖水色碧澄,岸柳葱翠,花红荷绿,中流弄笛,游鱼惊棹,人鸥相狎的美好景致,且词境清新,语言靡丽,表现了诗人倜傥洒脱、向往自然的胸襟。

注释

〔1〕霁景：雨后初晴的景色。澄湖：清澄之湖。

〔2〕圆岸：环形的湖岸。

〔3〕方舟：两舟相并之称。

〔4〕泛泛：漂行貌，飘荡貌。凫：野鸭。

〔5〕娟娟：姿态柔美貌。

〔6〕荇藻：荇，荇菜。多年生水生草本植物。茎圆柱形，多分枝，具不定根，在水底土壤中生长地下茎，匍匐状。叶圆形，近革质，漂浮水面。藻，水草。

〔7〕菱荷：指菱叶与荷叶。

〔8〕理楫：划船。

〔9〕凌波：在水上行走。

〔10〕凉飑（biāo）：秋风。飑，巨风。

〔11〕林霏：林中雾气。

〔12〕净理：清静无为之理。象罔：《庄子》寓言中的人物。此谓无心、无形迹之意。

〔13〕清晖：明净的光辉，指月光。倏：表示速度极快，相当于"转眼之间"、"忽然"。

〔14〕弥：更加，越发。偶傥：洒脱、不拘束。

〔15〕狎群鸥：与鸥鸟一起亲近狎玩。

〔16〕尘鞅：世俗事物的束缚。鞅，套在牲畜颈上的皮带。亦比喻束缚。

南湖泛舟 二首

其 一

佳境渐能入，还过莲叶东。鸭头羞水绿，人面映花红[1]。

云引催诗雨,波摇醒酒风。回舟瞻北郭,山色远空蒙。

其 二

山城新雨过,湖水绿参差。柳影浮空翠,莎痕漾曲漪[2]。游鱼惊棹急,宿鹭避桡迟。胜地延清赏[3],何须醉习池[4]!

辑自《(乾隆)潜山县志》卷二〇《艺文志》

注释

[1]"鸭头"二句:意谓鸭头的绿色远逊于湖水之绿,女子的脸和桃花相辉映,均艳丽异常。

[2]"柳影"二句:柳树的影子好似飘浮在空中,呈现出一片翠绿之色;初生的莎草在水中摇动,荡漾起一圈一圈的涟漪。

[3]清赏:谓清标可赏。亦指幽雅的景致。

[4]习池:即习家池。已见前注。

南 湖 泛 舟

万柄新张翠盖重[1],荷花牵动水溶溶[2]。半天云影摇清浅,两岸烟光映淡浓。引兴中流三弄笛,催归古寺一鸣钟。点波燕子飞回处[3],近市楼台对雪峰[4]。

辑自《(乾隆)潜山县志》卷二一《艺文志》

注释

[1]翠盖:荷叶。

[2]溶溶:形容水波荡漾。

[3]点波:指在水面上轻掠而过。

〔4〕雪峰:指天柱晴雪。

南湖泛舟 二首

其　　一
湖口花迎棹,湖心荇碍桡[1]。采莲双女伴,避客绿杨桥。

其　　二
鱼出听歌曲,鸥飞拂酒筵。双桡回别渚[2],冲断柳塘烟。

辑自《(乾隆)潜山县志》卷二一《艺文志》

【注释】

〔1〕荇碍桡:谓水中荇菜阻碍了船桨,使不能顺利划行。
〔2〕别渚:其他的小洲。

南　湖　泛　舟 二首

其　　一
山城南望水盈盈[1],柳陌菱塘相映明[2]。偶向湖中闲弄棹,鱼鳞细浪晚风生。

其　　二
桂楫兰桡兴若何[3],百壶且试醉颜酡[4]。花间笑语风传出,人影衣香隔芰荷。

辑自《(乾隆)潜山县志》卷二一《艺文志》

注释

〔1〕盈盈:清澈貌;晶莹貌。
〔2〕柳陌:柳树成荫的小路。
〔3〕桂楫兰桡:制作精美的船桨。也代指豪华的舟船。楫、桡,船桨。
〔4〕颜酡:指酒醉脸红。

熊光陞

熊光陞,安徽潜山人。熊应吉之子。邑庠生,能以家学世其家。附见《(乾隆)潜山县志》山县志卷一〇、《(民国)潜山县志》卷一四《熊应吉传》。

天堂秋色

商气来深谷[1],风高雁影迟[2]。白云山外树,黄叶岭头诗。杨柳烟销处,梧桐月上时。地偏凉渐重,惟有菊先知。

辑自《(乾隆)潜山县志》卷二〇《艺文志》

解题

天堂山在潜山县治北一百四十里,四壁高峻,中敞如堂。上有温泉,四时可浴。有龙湫,最灵。有主簿原,上有双乳峰。一九三六年新设岳西县,天堂山遂划归其管辖。

此诗描写天堂山秋天的景色。风高雁迟,白云黄叶。因肃杀的秋气来临,枝条稠密如烟的杨柳已不见;地僻凉重,惟有菊花开放。全诗歌咏天堂山秋色寒凉萧条,巧妙地暗示出诗人凄凉的心境和人生失意的惆怅;而那瑟瑟秋意中傲霜的秋菊,别有一番苍凉的美感,也隐隐象征着作者的气节操守。

注释

〔1〕商气:秋气。
〔2〕雁影:雁的身影,即雁。

仲夏住天堂

小窗连日雨霏霏[1],席卷层峦碧四围。野涧鸣弦声自落,白云归壑树偏肥。十年对酒思前哲,几度垂纶上钓矶[2]。地在深山炎不到,夜阑犹自捡寒衣[3]。

辑自《(乾隆)潜山县志》卷二一《艺文志》

解题

此诗描写了天堂山仲夏的景色和诗人自己凄冷落寞的心境。

注释

〔1〕雨霏霏:雨盛貌。
〔2〕垂纶:垂钓。
〔3〕寒衣:御寒的衣服。

望皖山思家

嶙嶙石笋矗晴空,传说遗封汉代中。万仞峰高泉瀑布,半天松老鹤梳风[1]。烟霞有窟留神住[2],斧凿无痕认鬼工[3]。极目寒岚秋共远[4],吾庐还在白云东。

辑自《(乾隆)潜山县志》卷二一《艺文志》

解题

此诗写眺望皖山所见与联想。诗中描绘了皖山雄奇壮美的景观,抒发了悠悠不尽的思古之情,并表达了对故乡的怀念。笔力雄健,气象雄浑,风格凝重深沉。

注释

〔1〕"万仞"二句:在那万仞高的山峰上,涓涓泉流汇集成瀑布;矗立于半空中的老松上立着一只白鹤,风儿正在给它梳理羽毛。
〔2〕烟霞:烟雾云霞。
〔3〕斧凿无痕:不见人工雕凿的痕迹。鬼工:谓事物精妙高超,非人工所能为者。
〔4〕极目:尽视力所及向远处眺望。寒岚:寒冷的山林雾气。

周道宁

周道宁,浙江人。其余不详。

三月三从邑侯张往三祖寺宣讲圣谕沿途口占一首

兰亭禊事传千古[1],上巳年年作祓除。沙岸板桥山寺路,土墙茅屋野人居。贤侯申谕鸣金铎[2],老衲翻经响木鱼[3]。最爱流泉清澈骨,竹筒斜引入香厨[4]。

辑自《(乾隆)潜山县志》卷二一《艺文志》

【解题】

题所称"邑侯张",指潜山知县张海。海为浙江钱塘人,于作者为同乡。乾隆三十一年(1766)任潜山知县。邑侯,县令的别称。汉代侯国等于县,又称县为邑,故县令亦称为邑侯。张海令潜山仅一年,次年即为琨玉所代(参见《(民国)潜山县志·秩官志》)。故此诗当作于乾隆三十一年或三十二年春。

作者跟随时任潜山知县的张海到山谷寺宣讲皇帝诏令手谕,见沿途风光景物古朴宜人,山谷寺内外环境清幽,遂作此诗。诗中所写"沙岸板桥"、"土墙茅屋"、"老衲翻经"、"流泉清漱"以及庙中将泉水用竹筒引进厨房的几个画面,显示出作者观察仔细而入微,描写细腻而真切,给人以鲜明的印象。

【注释】

〔1〕兰亭禊事:指古代三月三于水边修禊以袚除不祥的风俗。已多见前注。

〔2〕金铎:古乐器名。即大铜铃。

〔3〕木鱼:佛教法器。相传佛家谓鱼昼夜不合目,故刻木像鱼形,用以警戒僧众应昼夜忘寐而思道。有两种:一为圆状鱼形,诵经礼佛时扣之以调音节;一为挺直鱼形,粥饭或集会众僧时用之,俗称梆。诗中指前者。

〔5〕香厨:即香积厨。指规模较大、历史比较久远的寺庙厨房。

琨 玉

琨玉,号霞川刺史①。满洲人。乾隆三十年(1765)拔贡,任颍川令。三十二年署任潜山知县。历官含山知县、霍丘知县、和州知州、

---

① 按,霞川,指道士隐居之地。

滁州知州等。著有《挂笏轩存草》。生平事迹见《(光绪)重修安徽通志》卷一二九、《(民国)潜山县志》卷一〇《秩官志》等。

潜阳十景

山谷流泉

静院经声影殿空,缘崖泉细响琤琮[1]。寒潭泻月和清磬,素练穿云挂碧松[2]。石上煎来风谡谡[3],花间酌罢玉溶溶。尘心到此俱澄澈,何待安禅制毒龙[4]。

辑自乌以风《天柱山志》卷一一《诗选·清诗》

解题

此诗描写皖山山谷清寂幽静的环境和自己在石上煎茶、花间酌饮的情景。作者认为,到得此地的人,一切凡俗之心、名利之念都没有了,心中就像这山谷流泉一样澄澈明净,根本用不着以安坐参禅的方法来消除妄心。

注释

[1] 琤琮:象声词。此处状水声。宋范成大《岁旱邑人祷第五罗汉得雨》诗:"海山之湫龙所宫,溅瀑下赴声琤琮。"

[2] 素练:白绢,喻飘浮的白云。

[3] 煎:指煎水煮茶。谡谡(sù sù):劲风声。

[4] 安禅:指僧人坐禅时身心晏然入于清寂宁静之境。制毒龙:佛教故事。佛本身曾作大力毒龙,众生受害。但受戒以后,忍受猎人剥皮,小虫食身,以至身干命终,后终于成佛。见《大智度论》卷十四。后用以比喻戒除妄心。唐王维《过香积寺》诗:"薄暮空潭曲,安禅制毒龙。"

诗崖漱玉

千叠烟鬟浸水湄[1],莲崖十丈足留题。潺湲风起珠玑涌[2],星宿光寒雷雨移。泛艇客闲搜藓壁[3],飞觥月好媚涟漪[4]。欲凭斗酒浇傀儡[5],更挟岑参咏汉陂[6]。

辑自乌以风《天柱山志》卷一一《诗选·清诗》

解题

诗崖,又称莲崖、莲子崖,在潜水之南,吴塘之左;因崖壁多唐宋人题诗,故又称"诗崖"。已多见前注。此诗描写了诗崖壮观而秀丽的景色,歌咏了诗人泛舟崖下时与客石壁寻诗及传杯宴饮情事。全诗气象雄浑,格调高昂,表现了作者对诗崖深挚的情愫。

注释

[1] 烟鬟:指女子美丽的鬟发,此处比喻云雾缭绕的峰峦。湄:水边。
[2] 珠玑涌:指风卷潭水打在崖壁上激起的水珠向上腾起。
[3] 搜:搜索,搜寻。藓壁:长满苔藓的峭壁。
[4] 飞觥:指频繁不断地传杯。觥,酒杯。
[5] 傀儡:比喻郁结在心中的闷气或愁苦。傀,通"块",即"块"。
[6] 岑参:唐代著名诗人。汉陂:即渼陂。古湖名,在陕西户县西,是唐代长安远郊的游览胜地。杜甫《渼陂行》云:"岑参兄弟皆好奇,携我远来游渼陂。"

石牛古洞

天遣青精下汉关[1],偶留仙迹白云间。几经尘劫顽皮老[2],一任摩挲苍藓斑。自有沧浪湔浊耳[3],断无羁绁到深山[4]。悬崖椽笔依稀识[5],太息涪翁去不还[6]。

辑自乌以风《天柱山志》卷一一《诗选·清诗》

【解题】

此诗构想了石牛的来历，描绘了它苍健古朴、无拘无束的神态，歌咏了石牛洞边的摩崖石刻，表达了对黄庭坚的怀念之情。

【注释】

〔1〕青精：星名。道教认为木星中的九青帝之一。汉关：汉时的关隘，汉代的边关。亦泛指关隘。

〔2〕尘劫：佛教的时间概念，一世为一劫，无量无边劫为尘劫，后泛指尘世的劫难。

〔3〕沧浪：青苍色。借指青苍色的水。湔浊耳：即洗耳。据汉蔡邕《琴操·箕山操》及晋皇甫谧《高士传》载，尧时隐士许由，在箕山耕田，尧请他做九州之长，他认为这利禄之言玷污了耳朵，特到颍水边洗耳，以除其污浊。

〔4〕羁绁：本指马的络头和缰绳，亦泛指驭马或缚系禽兽的绳索。引申为束缚之意。

〔5〕悬崖椽笔：指摩崖石刻。椽笔，笔大如屋椽，形容大手笔；也比喻笔力雄健。这是对前贤诗刻的美誉。

〔6〕太息：叹息。

酒岛流霞

溪山何处最双清[1]，短棹今犹指赤城[2]。花片香浓朝旭艳，酿泉波泡晚霞明[3]。百年歌管思瑶岛[4]，前辈风流忆酒舣[5]。待起苏黄更疏瀹[6]，一泓仍返旧晶莹[7]。

辑自乌以风《天柱山志》卷一一《诗选·清诗》

【解题】

作者认为，"酒岛流霞"清新美好的境界能使人思想及行事皆无尘俗之气,这方面可与浙江的赤城山相比。这里花片香浓,与旭日争艳;晚霞映在积聚的泉水里,显得更加鲜明耀眼。几百年来的歌声和管弦乐声绵延不绝,使人感觉酒岛便是仙岛;前辈们在这里行曲水流觞之风流雅事,至今令人怀念它。只待那苏轼、黄庭坚们死而复生将这里的河流重新疏通,到那时,这里一泓溪水便会像过去一样光亮而透明。全诗描写了酒岛美好的境界,也为溪水不比旧时澄澈而遗憾。诗中还以巧妙的方式,表达了对苏轼、黄庭坚等前辈们的缅思和怀念。

注释

〔1〕双清:谓思想及行事皆无尘俗气。唐杜甫《屏迹》诗之二:"杖藜从白首,心迹喜双清。"

〔2〕短棹:划船用的小桨。亦指小船。赤城:即赤城山,在今浙江天台县北。李白《梦游天姥吟留别》诗:"天姥连天向天横,势拔五岳掩赤城。"

〔3〕浥:沾湿,湿润。

〔4〕歌管:谓唱歌奏乐。瑶岛:传说中的仙岛。

〔5〕酒觥:犹酒杯。

〔6〕起苏黄:使苏轼、黄庭坚死而复生。疏瀹:疏浚,疏通。

〔7〕晶莹:光亮而透明。此指清澈。

吴塘晓渡

曙色苍苍静碧潭,两涯积翠尚虚涵[1]。绿杨烟乱孤帆出,红雨香飘客梦酣[2]。已有沙禽冲晓雾[3],渐看晨爨破晴岚[4]。几声泼剌人飞渡[5],隐隐霜钟隔水南[6]。

辑自乌以风《天柱山志》卷一一《诗选·清诗》

{ 解题 }

　　此诗以清新流丽的语言、细腻形象的感触,描绘了吴塘渡口的秀美景色。碧潭青山,绿杨红雨,沙禽晨爨,还有那水浪冲击船头的声音,从寺院隐隐约约传来的钟声,全诗重在自然景物的传神描绘和抒写,但其中也流露了诗人在岸边观赏时那种身心两忘的境界和不能自已的愉悦情绪。

{ 注释 }

〔1〕积翠:翠色重叠。形容草木繁茂。指青山。虚涵:包含。
〔2〕红雨:比喻落花。客梦:异乡游子的梦。酣:睡眠甜浓。
〔3〕沙禽:栖息在沙地上的水禽。
〔4〕晨爨:清早烧火作饭。此指炊烟。晴岚:晴天山中的雾气。
〔5〕泼剌(pō là):形容拨水声或水浪冲击声。
〔6〕霜钟:钟声。

九 井 西 风

　　九派真源一线开^{〔1〕},此中橐钥自潆洄^{〔2〕}。风腥怪石鸣雌犹^{〔3〕},云卷晴空走怒雷。疑涌智珠吹地肺^{〔4〕},愿将霖雨化春醅^{〔5〕}。涵濡毕竟东皇力^{〔6〕},吩咐商飙且谩催^{〔7〕}。

辑自乌以风《天柱山志》卷一一《诗选·清诗》

{ 解题 }

　　作者此诗描写了九井河险峻雄奇的风光,认为是大自然的力量造就了"九井西风"这一神奇现象。作者希望造物主不仅要让九井之水如甘霖般浇灌大地,还能让它变成春天酿制的美酒,滋润隐士们的心田。

注释

〔1〕九派：九条保持原始本性的水流。一线开：像一条线一样排列。

〔2〕橐钥(tuó yào)：古代冶炼时用以鼓风吹火的装置，犹今之风箱。此喻指大自然的化育。潆洄：水回旋貌。

〔3〕犰(qiú)：即犰狳。古代传说中的兽名。据《山海经·东山经》载，此兽似菟而鸟嘴，鸱目而蛇尾，见人则装死。古代象占者认为犰狳出现是庄稼有蝗害的征兆。

〔4〕智珠：谓智慧圆妙，明达事理。地肺：地名。泛指隐居之地。

〔5〕霖雨：甘霖，甘雨。春醅：春天制的美酒。

〔6〕涵濡：润泽，浸润。东皇：指天神东皇太一。亦指司春之神。

〔7〕商飙：秋天的大风。谩催：休要催促。

舒台夜月

老木苍烟万井风[1]，登临清夜思何穷。月明古寺翔玄鹤[2]，秋入疏砧惊塞鸿[3]。树杪湖波浮潋滟[4]，云中岚翠落空蒙[5]。啸歌却忆庾开府[6]，逸兴千秋谁许同[7]。

辑自乌以风《天柱山志》卷一一《诗选·清诗》

解题

作者于清静的夜晚登上舒王台，只见皓月当空，周围古木苍苍，万井人烟在目；台边的天宁寺上空有一只黑鹤在飞翔。此时耳畔传来稀疏的捣衣声，循声望去，山脚下南湖边的树梢隐约可见，湖中则水波荡漾，映照着天上的白云和舒王台周围的翠色山雾，朦胧而看不真切。此时作者逸兴遄飞，想在这里长啸放歌，放纵情怀；只是感到自己没有北周庾信那样的文学才能,而心生一丝遗憾。

注释

〔1〕万井:古代以地方一里为一井,万井即一万平方里。此指千家万户,人烟稠密。

〔2〕古寺:指天宁寺。玄鹤:黑鹤。原以避康熙皇帝"玄烨"讳作"元鹤",今改回。

〔3〕疏砧:稀疏的捣衣声。砧,捣衣石。此指砧声。

〔4〕潋滟:水波荡漾貌。

〔5〕空蒙:朦胧,不真切。

〔6〕啸歌:长啸放歌,放纵情怀。此指吟诗作赋。庾开府:指北周庾信。庾信在北周官至骠骑大将军、开府仪同三司,故称"庾开府"。庾信有文学才能。杜甫有诗叹曰:"庾信平生最萧瑟,暮年诗赋动江关。"

〔7〕逸兴:超脱凡俗的兴致。

乔公故址

铜雀荆榛锁暮云〔1〕,江东国色委荒渍〔2〕。远峰犹画蛾眉色〔3〕,古井还凝兰麝芬〔4〕。霸业可能消二美,山禽似解说三分〔5〕。即今佛火香灯外〔6〕,碧月长依太尉坟〔7〕。

辑自乌以风《天柱山志》卷一一《诗选·清诗》

解题

此诗描写乔公故址所见之处一片荒芜凄凉的景象,对世事的变迁表达了深沉的感慨。

注释

〔1〕铜雀:指铜雀台。已见前注。荆榛:两种灌木名,泛指丛生

灌木。

〔2〕江东国色：指大乔、小乔。荒濆：荒芜的水边高地。濆,水边,涯岸。

〔3〕蛾眉：比喻女子的秀眉。

〔4〕古井：指乔家妆井,亦称胭脂井。兰麝芬：像兰草与麝香一样芳香。兰麝,皆名贵香料。

〔5〕解：懂。三分：三分国之省。指三国时期。

〔6〕佛火香灯：乔公故址后改建为双溪寺,宋以后改名广教寺,故曰"佛火香灯"。

〔7〕太尉坟：即乔玄之墓。因乔玄东汉曾官太尉,故称。

天柱晴雪

一柱巉屼耸碧霄[1],晴空匹练挂条条[2]。乍惊细响月将曙,疑是清寒雪未消。星斗有光连上界[3],炎燠无梦到林梢[4]。兴来鹤氅峰头立[5],错被人呼王子乔[6]。

辑自乌以风《天柱山志》卷一一《诗选·清诗》

解题

此诗歌咏"天柱晴雪"的壮观景象。一峰直插蓝天,雪白的瀑布如同一条条白绢挂在山上。拂晓前的月光下,那山峰看上去像是寒天的冰雪没有消化,山顶与闪耀的星斗相连,似乎可直通仙佛所居之地。眼下天气暑热,暂不做登临之梦。但到兴来之时,我将披着鹤氅,立于"天柱晴雪"之巅,到那时,人们还以为是仙人王子乔来了。诗人对"天柱晴雪"的热爱之情溢于言表。

注释

〔1〕巉屼：峻峭突兀。碧霄：青天,蓝天。

〔2〕匹练：白绢,此处比喻雪白的瀑布。

〔3〕上界:天界。指仙佛所居之地。

〔4〕炎熇(hè):暑热。

〔5〕鹤氅:鸟羽制裘,用作外套,美称鹤氅。多指高洁之士的服装。

〔6〕王子乔:传说中的仙人。相传他是周灵王太子晋,隐居修行,后驾鹤升仙而去。后用为咏神仙之典。已见前注。

丹灶苍烟

崖有丹砂可驻颜〔1〕,药炉茶具且消闲。细推物幼经千劫〔2〕,静养天和胜九还〔3〕。霭霭林霏穿竹杖,迢迢云碓响禅关〔4〕。采芝驯鹤他年事〔5〕,宁待衰慵始买山〔6〕。

辑自乌以风《天柱山志》卷一一《诗选·清诗》

解题

此诗描写当年左慈炼丹处静谧而幽深的景色。作者表示,尽管自己也信道,但却重视静心休养以得自然和顺之气的修炼法门。认为如此修炼,远远胜过外丹家所倡导的服用九转金丹。并进一步表示,眼下自己还年轻,采摘芝草、驯养仙鹤这等求仙或隐居者的行为,还是等将来自己衰老慵懒之时在这里买山归隐时再说吧。作者署任潜山县令作此诗时才二十三岁,正当风华正茂之年;结尾处的这种想法,正符合他当时的实际情况。

注释

〔1〕驻颜:使容颜不变老。

〔2〕千劫:佛教语。指旷远的时间与无数的生灭成坏。劫,佛教称世间一成一坏为一劫。

〔3〕静养天和:静心休养,得自然和顺之理。天和,谓自然和顺之理,天地之和气。九还:即九还丹,又称"九还金丹"。古代传说的

经过九次循环反复炼制成的金丹。外丹家认为,此为金丹中的极品,得服之可成真仙。

〔4〕迢迢:幽深貌。云碓:云中水碓。唐白居易《寻郭道士不遇》诗:"药炉有火丹应伏,云碓无人水自舂。"禅关:禅门。

〔5〕采芝:采摘芝草。古以为服之可长生的神草,故用以指求仙或隐居。驯鹤:驯养白鹤。亦修道求仙者所为。

〔6〕衰慵:衰老慵懒。

李载阳

李载阳,字光斋,四川泸州人。乾隆二十七年(1762)举人,三十八年任潜山知县。乾隆四十四年主修《潜山县志》,一时誉为善本。

舒台夜月辨

舒台在天宁寨,宋王荆公读书处也。台高,得月最多。旧说:台上有石,石中吐光如月,后为识宝者窃去。又一说:郡太守取此石载舟中,光发浪作;以石投江,浪遂息。二说皆附会也。兹修邑乘[1],不可不辨。

荆公读书处,夜月生辉光。台高月皎洁,清影照回廊。至今留胜迹,千古有余香。如何好事者,漫云石中藏。骊珠韫宝匣[2],百丈露光芒。识者窃之去,说已近荒唐。神物逞灵异,顷刻动波浪。大川利用涉,雷轰风雨狂。石投澜甫静[3],事更涉渺茫。世人竞好怪,往往道其详。惟台斯有月,惟月照无疆。荆公不可接[4],台与月俱长。何从复何去,君子但语常[5]。

辑自《(乾隆)潜山县志》卷二〇《艺文志》

解题

"舒台夜月"为"潜阳十景"之一,其胜概已见前各同名诗解题。舒台本为宋代王安石任舒州通判时读书之通判厅遗址,后人于此处筑台纪念他;又因其地势高敞,无所遮挡,受月光照耀时间最长,遂成为舒州著名景观。但对于"舒台夜月"名称的由来,民间还流传着另外两个不同的版本:一种说法是,这里曾经有一块大石,石中吐光如月,后来大石为识宝者窃去;另一种说法则谓,有位舒州太守将此石载于舟中运走,在江中巨石吐出光芒,顿时风浪大作,太守将该巨石投入江中,大浪才止息。作者写此诗是为了批判附会于"舒台夜月"景观的民间神怪故事,表现了不语怪力乱神的儒家理性精神。同时,作者在诗中还表达了对王安石的思慕和崇仰之情,认为他的高行和美德,自己是无法赶上的。

注释

〔1〕邑乘:指县志。

〔2〕骊(lí)珠:宝珠。传说出自骊龙颔下,故名。此指台上神石。韫(yùn):藏。

〔3〕甫:方才。

〔4〕不可接:不可接近,即无法赶上之意。

〔5〕但:只。语常:谈论平常的事物,即不语怪力乱神。

吊黄千金

松柏有本心,翠竹多劲节。卓哉黄贞女,心节双奇绝。女箴凤所娴[1],大义时凛烈。玉壶比其清,冰霜方其洁。未迎丧所天[2],从一坚如铁。之死矢靡他[3],伤心肠百结。父命拂厥衷,母兮命无别[4]。何颜立天地,刺目惨流血。百问无一言,七日乃永诀。春和万卉彫[5],风雨助幽咽[6]。有宋七百年[7],芳魂渐泯灭。明月吊古冢,鬼神护断碣[8]。邑乘我重修[9],千金人之杰。

辑自《(乾隆)潜山县志》卷二〇《艺文志》

解题

此诗是乾隆年间作者领衔重修《潜山县志》作"烈女传"时作。自宋代烈女黄千金殉夫以来,歌颂之声不绝于耳。值得注意的是,在本诗中可以看到黄千金是为反抗父母命其改嫁而主动刺瞎双眼、最后绝食而死的,这些惨烈的细节在之前的同类诗中并未提及。如此悲怆的场面,令我们对封建纲常如何压迫、摧残妇女有了更形象的认识。而诗中关于春和之时千金墓所在之处草木凋零,风雨幽咽,七百年来香魂渐灭,以及月光下古冢残碑的描写,则渲染出悲惨凄凉的气氛,增强了诗篇的艺术感染力。

注释

〔1〕女箴(zhēn):古代针对妇女的规劝、告诫性的韵文。箴,规谏劝诫之意。"箴"又为文体名。起于先秦之时。专门针对妇女的训诫文字则源于东汉曹大家(读音 gū,即班昭)的《女诫》。西晋晋惠帝时,贾后专权善妒,张华曾作《女史箴》一文来讽刺她,并借此教育宫廷妇女。后代续作"女箴"者甚多。此处"女箴"泛指古代约束妇女的种种道德准则。夙所娴,是平素所熟习的。

〔2〕未迎:尚未迎娶。所天:旧称所依靠的人。天可指君王、父母或夫。此指丈夫。

〔3〕之死矢靡(mǐ)他:发誓至死没有异心(指改嫁)。语出《诗经·鄘风·柏舟》。《毛诗序》认为该诗是卫世子共伯早死,其妻共姜守义自誓的诗。之,到。矢,通"誓"。靡,无。

〔4〕"父命"二句：意谓其父亲的命令违背了黄千金出自内心的意愿，母亲的命令也一样，别无二致。拂，逆，违背。厥，其。衷，出于内心的。

〔5〕卉(huì)：泛称草木。彫：通"凋"。凋谢。

〔6〕幽咽：谓声音低沉、轻微。常形容水声和哭泣声。

〔7〕有宋七百年：意谓黄千金死节之事发生在宋朝，从那时到现在代大约七百年左右。

〔8〕断碣：断碑。碣，指墓碑。

〔9〕邑乘：指县志。已见前注。

溪沸滩

西北乡，距城八十里。相传滩中有温泉数处，与溪水相间，虽冬可浴。

大块钟灵异[1]，阴阳互倚伏。一暖与一寒，摩荡水之曲[2]。河流诚浩浩，中有温泉蓄。鹑火透石罅[3]，冯夷酿炎燠[4]。气不结寒冰，力岂随波逐？冷暖一溪分，冷者未可掬[5]。一泻走千里，浩荡如转轴[6]。胡当湍激处[7]，偏有泉堪浴。妙哉造化工，阴变阳斯复。临流我溯洄[8]，会心别有属[9]。

辑自《(乾隆)潜山县志》卷二〇《艺文志》

解题

溪沸滩，一名鸡飞滩，在潜山县治西八十里之西北乡，居水吼岭上游，亦潜河所流经之处。滩中有温泉数处涌出，因它们与潜河之水中间有物阻隔，不相混合，所以即使是冬天，也可在其中洗浴。

作者此诗歌咏溪沸滩温泉。当他得知一条溪水之中冷暖不同,冷者刺骨不能用手捧,暖者则可沐浴,不禁赞叹大自然奇妙的造化神功。尾联写作者临流心有别属的茫然神态,则表现出他善于思考、企求解开自然奥秘的探索精神。

注释

〔1〕大块:大自然,大地。钟:汇聚,集中。

〔2〕摩荡:摩擦振荡。亦谓相切摩而变化。

〔3〕鹑火:指二十八星宿中的柳宿,南方朱雀七宿的第三宿,有星八颗。这里喻指火气、热量。石罅(xià):石缝。罅,裂缝、缝隙。

〔4〕冯夷:传说中的黄河之神,即河伯。泛指水神。炎燠(yù):炎热。

〔5〕掬(jū):两手相合捧物。

〔6〕转轴:指转动乐器上张弦的木轴。此比喻水流旋转。

〔7〕胡:代词。表示疑问或反诘。湍激:水流猛急。

〔8〕溯洄:逆流而上。又同泝回。追溯探究。

〔9〕别有属:别有所属。

试 心 桥

在皖山,与天柱近。

石崖对参差,巉峭分两岸[1]。中有试心桥,高悬在天半。一峰参其前[2],俯瞰深无算[3]。虹龙挂绝壁[4],虎豹形炳焕[5]。藤萝远莫扳[6],凌虚岩忽断[7]。云护径迷离,虹飞影摇乱[8]。心旌正悬悬[9],欲度神先惮[10]。古人御风行,稳步历霄汉。居高验真修[11],临深非汗漫[12]。天台路未遥[13],

看余过石畔。

辑自《(乾隆)潜山县志》卷二〇《艺文志》

解题

　　试心桥,一名渡仙桥,俗呼三步两道桥,在皖山天池峰顶。试心桥乃一天然而成的石桥,二石架于悬崖石隙间,长仅三步,下临深谷,胆怯者每不敢过。游人于此处可仰望天柱,俯瞰深壑。下有试心崖。是天柱山又一奇观。

　　作者此诗描绘了试心桥及其周围悬崖深谷险峻的形势和雄奇壮丽的风光,抒写了自己度桥时惴惴不安的心情。全诗气象雄浑,状景写物生动逼真,使读者如同身临其境。

注释

〔1〕"石崖"二句:石崖面对面参差而立,桥的两岸分别是险峻陡峭的崖壁。参差,高低不齐貌。巇峭,险峻陡峭。

〔2〕参:立。

〔3〕深无算:深度不计其数。犹言深不见底。

〔4〕虬龙:指古松。

〔5〕虎豹形:谓岩石形如虎豹。炳焕:显明焕发,光彩耀目。

〔6〕扳:同"攀"。

〔7〕凌虚:凌空。

〔8〕"云护"二句:白云遮蔽着山中小路,使人眼睛迷糊而分辨不清;彩虹飞舞,影子摇动乱摆。

〔9〕心旌:喻不宁静的心神。语本《战国策·楚策一》:"寡人卧不安席,食不甘味,心摇摇如悬旌,而无所终薄。"

〔10〕神:心神。惮(dàn):畏惧,害怕。

〔11〕真修:精诚修持。明陈汝元《金莲记·证果》:"对章子厚数语暗嘲,顿起琼崖祸祟,仍在京师寄住,还期净土真修。"

〔12〕汗漫:渺茫不可知。
〔13〕天台:天台山,已见前注。此处借指天柱峰。

过十二牌岭偶题

四月初十日赴北乡踏勘^[1],道中口占^[2]。

巫山峰十二^[3],形钦势崒崔^[4]。兹山排云端,迢遥径难入。神工运仙斧,画清岭与幅^[5]。羊肠一线通,鸟道九回曲。一岭踞其巅,众岭叠相属。当其层累升,前峰正六六^[6]。我马力已疲,我仆气已促。策励陟崔嵬^[7],努哉从人勖^[8]。牌尽岭亦穷,气舒神转足。振衣千仞岗^[9],恍在青云窟。天柱参吾前,皖山豁吾瞩^[10]。超然出尘表,横眺卑侪俗^[11]。公余访旧蹊^[12],气象更磅礴^[13]。夕照返峦隈^[14],紫雾迷山麓。落霞杂晚烟,莫辨陵与谷。徐步谢危岩^[15],从容度林陆^[16]。回首忆层巅,依稀在心目。岩峣十二牌^[17],巫峰堪仿佛^[18]。

辑自《(乾隆)潜山县志》卷二〇《艺文志》

解题

十二牌岭在龙潭河。登岭西望天柱,巉岏削拔,愈不可名状,岭下为通槎水、黄柏、官庄、龙山之要道①。

作者赴北乡实地勘察民情,公事闲暇之余,外出游览登十二牌岭眺望,返回的路上随口而吟此诗。全诗描绘了十二牌岭群峰连绵不绝、山道险峻难行的地理特征,歌咏了自己立于高耸重叠的山峰之上,所产生的那种超出尘世之外、睥睨世俗之流的心理感受。诗中反

---

① 参见乌以风《天柱山志》。

复将十二牌岭与巫山的壮景相比,巫山是古代出川的必经之地,作者如此属意于巫山,恐怕其中也暗寓一点思乡的情怀吧。

注释

〔1〕北乡:其区域原属潜山县,民国二十五年(1936)新设岳西县,北乡划归其管辖。踏勘:到现场实地查看。

〔2〕口占:谓作诗文不起草稿,随口而成。

〔3〕巫山:山脉名,现在主要指四川盆地东部、湖北、重庆、湖南交界一带南北走向的连绵群峰。此处借指十二牌岭。

〔4〕钦(qīn):高而峻险。崒崔:亦作"崒崪"。高峻貌。已见前注。

〔5〕幅:幅员,尺度。

〔6〕六六:六的六倍,三十六。指巫山三十六峰。此处亦借来形容十二牌岭。

〔7〕策励:督促勉励。陟:登。崔嵬:本指有石的土山。后泛指高山。

〔8〕努:勉力,用力。从人:随从,仆从。勖(xù):勉励。

〔9〕振衣:抖衣去尘,整衣。

〔10〕豁:开阔。瞩:望。

〔11〕侪俗:世俗之流。《史记·游侠列传》:"今拘学或抱咫尺之义,久孤于世,岂若卑论侪俗、与世沉浮而取荣名哉!"

〔12〕公余:公务之余暇。蹊:小路。亦泛指道路。

〔13〕磅勃:亦作"磅礴",气势盛大貌。

〔14〕峦隈(wēi):山边。

〔15〕谢:辞别。

〔16〕林麓:犹山林。

〔17〕岧(tiáo)峣(yáo):高峻,高耸。

〔18〕仿佛:比拟、相比。

游山谷寺偶题

皖山青在目,岚举势非缅[1]。登陟谢远峰[2],夷犹从近巚[3]。拾级扪薜萝[4],搴芳入林崦[5]。清磬时一声[6],微霭自舒卷[7]。碧涧掬冽泉[8],选石坐芳鲜。楼殿郁岩峣[9],经行路广演[10]。兹山传镜智[11],遗塔历幽显[12]。密藏二千年,一灯明不掩[13]。后来涪山翁[14],吟啸就深浅。至今岩洞迹,暗水流云展。古来为政者,抚字勤浍畎[15]。如何韦与苏[16],丘壑分余善[17]?爱知智仁乐[18],山水供游衍[19]。观碑识遐瞩[20],怀古慨寰变[21]。愧乏理人术[22],赏心聊与遣[23]。

辑自《(乾隆)潜山县志》卷二〇《艺文志》

解题

此诗为作者游览山谷寺时作。诗中描绘了拾级登寺的过程和寺中高大的楼殿建筑,讨论了山谷寺佛教的兴衰和有关禅宗的流传发展。此番除了游览佛寺,作者还观赏了周围山水清幽的风景,和山谷中的石牛古洞以及历代文人所留题刻。作者感慨,自古以来的为政者都以安抚体恤百姓、勤于农事为己任;而像韦应物、苏轼那样的父母官,处理好地方政务之余,还能寄情山水,这是因为他们懂得孔子所说的"智者乐水,仁者乐山"的道理。观看古代这些题刻,作者非常欣赏其诗文中的远见卓识,但亦为它置此地后碑体发生变化而感慨。最后他说:我为自己缺乏治人之术而惭愧,既然如此,那就姑且让我与古人一样在这里游山玩水,愉悦自己的情志吧。

注释

[1] 岚:山林中的雾气。缅:尽貌。

〔2〕登陟(zhì)：攀登,登高。谢：辞。避开。

〔3〕夷犹：亦作"夷由"。从容自得。巘(yǎn)：小山。

〔4〕扪(mén)：攀,挽。薜萝：薜荔和女萝。两者皆野生植物,常攀缘于山野林木或屋壁之上。

〔5〕搴芳：采摘花草。崦(yān)：亦作"嶞"。山,山曲。

〔6〕磬(qìng)：一种铜制钵形的法器,铺上棉褥并一起安放在台上,用桴敲击,在开法会或课诵时,作为起止之节。

〔7〕霭：云气,烟雾。舒卷：舒展和卷缩。

〔8〕冽泉：寒冷的泉水。

〔9〕郁：草木繁茂貌。

〔10〕广演：宽广平坦。

〔11〕镜智：即大圆镜智,亦作"大圆鉴智"。佛的"四智"之一。谓洞照一切的清净真智。镜智又指三祖僧璨。大历七年,唐代宗李豫册谥僧璨为"镜智禅师",塔曰"觉寂"之塔。

〔12〕遗塔：指三祖塔。幽显：黑暗与光明。这里既喻指佛教经历了黑暗与光明的时代,也指冬夏四季交替、时光流逝。

〔13〕一灯：佛教以一灯明喻智慧破迷暗。《华严经》："譬如一灯入于暗室,百千年暗悉能破尽。"《大集经》："譬如百年暗室,一灯能破。"《楞严经》："身然一灯,烧一指节。"

〔14〕涪(fú)山翁：指黄庭坚,已见前注。

〔15〕抚字：谓对百姓的安抚体恤。浍(kuài)畎(quǎn)：泛指田间水道。此处指农事。

〔16〕如何：奈何。韦与苏：唐代韦应物与宋代苏轼。

〔17〕丘壑：山陵和溪谷。泛指山水幽美的地方。余善：指政事以外的长处,指文学创作。这前后两句是说,像韦应物与苏轼那样的人,担任地方官之余,还能寄情当地的山水,发挥文学才华,创作诗文。

〔18〕爰(yuán)：助词。无义。智仁乐：即"智者乐水,仁者乐山"之省,语出《论语·雍也》。意思是,聪明的人喜爱水,仁德之人喜

爱山。

〔19〕游衍：畅游。纵情游览。

〔20〕识：懂得，欣赏。遐瞩：远见，高见。

〔21〕寘：同"置"。

〔22〕理人：治理百姓。

〔23〕赏心：心意快乐，愉悦心志。此指游山玩水。聊：姑且。遣：遣怀，发抒。

天　堂　行

嵚崎突兀几重重[1]，巨灵鞭策驱神工[2]。阊阖明堂数十里[3]，排拓云霄碧落中[4]。我来著屐寻佳胜，遂历幽遐探曲径[5]。鸟道羊肠一线通，扪萝拾级岭俱峣。秣马穿云度碧崖[6]，千峰万壑眼中来。层峦崷崒俨屏幛[7]，削出芙蓉万朵开[8]。一峰天柱插云表，公盖嶙峋青未了[9]。柳暗花明云外村，潆洄曲水中和抱[10]。村村篱落霭烟光，处处朝岚逼画廊。人歌陌上霞为侣[11]，士卧林中月正长。寻芳览胜心神足，更有温泉堪沐浴。浴罢弹冠涤素襟[12]，飘飘身在天台窟[13]。羡尔居民有静缘，如入蓬莱小洞天[14]。耕可让兮畔可让[15]，荷锄月下看云烟。圣代方今多化雨[16]，泽国山区皆乐土。天堂山畔我行吟，山月无心自吞吐。

辑自《（乾隆）潜山县志》卷二〇《艺文志》

解题

天堂山胜概已见前熊光陛《天堂秋色》诗解题。作者身为潜山的父母官，勤于政务，在巡视自己治下的天堂山区之际，不仅欣赏到了风景绝佳、美如画廊的秀丽风光,也欣喜地看到山麓田舍俨然,居民安居乐业的太平盛世景象。于是他情不自禁地写下此诗,以表达自己的心声。全诗以景见情,情景相融,颇具诗情画意。

注释

〔1〕嵚(qīn)崎:亦作"崎嵚"。形容山路险阻不平。

〔2〕巨灵:原指劈开华山的河神。这里泛指神灵。

〔3〕阊阖:神话传说中的天门。明堂:古代帝王宣明政教的地方。凡朝会、祭祀、庆赏、选士、养老、教学等大典,都在此举行。

〔4〕排拓:开拓。碧落:天空,青天。

〔5〕幽遐:幽深僻远之处。

〔6〕秣(mò)马:饲马,喂马。即准备马匹。

〔7〕崱(zè)屴(lì):形容山峰高大险峻又连绵不断。俨:宛如,十分像。

〔8〕芙蓉:荷花的别名。此指天柱诸峰峭壁耸立,直入云端,有如数朵芙蓉花开。

〔9〕公盖:指公盖山。《(乾隆)潜山县志》卷之一《山川》:"公盖山,县北百八十里,为江北诸山之祖。其连出者有后霍山、东山、后山、嬴山、金龟山。"嶙峋:形容突兀高耸。青未了:青,指青苍的山色;未了,不尽。

〔10〕潆洄:形容水流清澈回旋貌。

〔11〕陌上:田间小路上,田间。

〔12〕弹冠:拂除帽子上的灰尘,清洁服装,表示洁身自好。涤素襟:洗涤平素的襟怀。

〔13〕天台:天台山,已见前注。洞天:中国道教对神仙的居处的通称。

〔14〕蓬莱:传说中海中仙岛。已见前注。

〔15〕"耕可让"句:古代传说由于圣王的德化,种田人互相谦让,

在田界处让对方多占有土地。后遂用"让耕""让畔"作为称颂君王德政的典故。《史记·五帝本纪》:"舜耕历山,历山之人皆让畔;渔雷泽,雷泽之人皆让居。"又《周本纪》:"西伯阴行善,诸侯皆来决平。于是虞、芮之人有狱不能决,乃如周。入界,耕者皆让畔,民俗皆让长。"

〔16〕圣代:圣朝。此指有清。作者为清人,因称自己所处的朝代为"圣代"。化雨:长养万物的时雨。比喻良好的教化,潜移默化的教育。

皇华桥遇雨口占

冠盖往来地[1],时经四牡车[2]。旗亭倚绿竹[3],官道号皇华。桥断迷烟雨,虹飞落彩霞。星轺看早度[4],何事泛仙槎[5]。

辑自《(乾隆)潜山县志》卷二〇《艺文志》

解题

皇华桥,在潜山县治东官道上。"皇华"一词最早出现于《诗·小雅·皇皇者华》。《诗大序》曰:"皇皇者华,君遣使臣也。送之以礼乐,言远而有光华也。"郑《笺》认为,其诗写使臣出使,远扬君之美,也即远而有光华。后因以"皇华"为赞颂奉命出使或出使者的典故。

作者因事路经县治东皇华桥时遇雨,于是即眼前之景随口而作此诗。诗中描写了断桥上烟雨迷蒙、彩虹凌空而起映照着落日晚霞的美丽景色,歌咏了酒楼依竹园而建、官道上使者车马往来络绎不绝的繁忙景象。诗歌词采清丽,画面错落有致;尾联以询问结句,颇具情韵。

注释

〔1〕冠盖：泛指官员的冠服和车乘。冠，礼帽；盖，车盖。
〔2〕四牡车：指官员所乘的公车。语出《诗经·小雅·四牡》："四牡骓骓，周道倭迟。岂不怀归？王事靡盬，我心伤悲。"四牡，指驾车的四匹雄马。
〔3〕旗亭：酒楼。悬旗为酒招，故称。
〔4〕星轺（yáo）：使者所乘的车。亦借指使者。
〔5〕仙槎（chá）：神话中能来往于海上和天河之间的竹木筏，后亦借称行人所乘之舟。

夜宿湖田草堂

勘罢鼠牙日已偏[1]，荒村缓辔暂停鞭[2]。蛙声杂唱和禽语，野火烧畲带晚烟[3]。茆舍数椽侵月幌[4]，客心一缕卧云天。鸣鸡促我晨征早[5]，策马星驰意倍惬[6]。

辑自《（乾隆）潜山县志》卷二一《艺文志》

解题

作者白天出县城审理完一起有关男子施暴的诉讼案件后，天色已晚，遂夜宿于湖田边的草堂。夜里只听得蛙声一片，与鸟鸣声交织在一起；烧荒种田的野火上空腾起缕缕烟雾。草堂的几间茅草屋中，月光从屋顶的缝隙中射进来照着帷幔，自己作客借宿于此，心中仿佛是睡卧在云天之上。度过民间宁静恬淡的一夜后，又被鸡叫声催促着早早启程，一路上策马奔驰，快如流星，心中倍感愉悦。全诗描写了纯朴自然的乡村景色，表现了作者审案归来的舒适快乐心情。诗句风格明快，对仗工巧，描绘活泼而富有意趣。

注释

〔1〕勘:勘查,审问。鼠牙:比喻强暴势力。鼠,喻强暴之男。亦泛指狱讼或引起争讼的细微小事。

〔2〕辔:驾驭马的缰绳。

〔3〕烧畲(shē):指烧荒种田。

〔4〕茆:同"茅"。数椽(chuán):即数间。椽,房屋的椽子,代指房屋的间数。侵:指月光射入。幌(huǎng):帷幔。

〔5〕征:行。

〔6〕星驰:如流星一般奔驰。喻疾速。恬:舒适,快乐。

望 天 柱 峰

孤峰高与碧云连,撑起江南半壁天。万里遥空开厦巨,四围环拱列垣坚〔1〕。朝来鹤驾翩翩举〔2〕,望去云封漠漠烟〔3〕。自昔名山尊五岳〔4〕,惟兹鼎峙并高骞〔5〕。

辑自《(乾隆)潜山县志》卷二一《艺文志》

解题

作者仰望天柱峰,只见它高峻如巨厦般耸立于遥远的空中,众山如坚固的城墙环绕在它周围。早晨有白鹤轻快地从那里飞起,远远望去,峰峦上方有云雾密布。因为天柱山从前曾被尊为五岳之一,所以它至今仍旧如鼎足并峙,孤傲地、洁身自好地俯视着群山。全诗意境开阔,气象雄浑,真切地描绘出天柱峰苍茫幽渺的伟岸形象。

注释

〔1〕垣(yuán):城墙,此处喻指众山峰环绕如城墙。

〔2〕鹤驾:道家以鹤指称仙人的车驾。这里指鹤。翩翩:轻快飞行貌。举:飞。
〔3〕云封:指云雾密布犹如封锁。漠漠:密布貌,布列貌。
〔4〕"自昔"句:天柱山隋代前曾被尊为五岳之一的南岳,诗故有此语。
〔5〕鼎峙:谓如鼎足并峙。高骞(qiān):孤傲貌,洁身自好貌。

汪振坤

汪振坤,安徽和州人。生平事迹不详。

过王荆公舒台故址

不见读书人,空见读书处。读书志圣贤[1],文章特余绪[2]。荒台草青青,春风飞柳絮。但爱一轮月,流连不忍去。

辑自《(乾隆)潜山县志》卷二〇《艺文志》

解题

作者访问游览舒王台遗址,见台思人,物是人非,不禁心生感慨。

注释

〔1〕志圣贤:立志成为圣贤。
〔2〕特:只是。余绪:指次要的部分。

试 心 桥

莫谓心难试,请君渡此桥。但能鉴白水[1],即可对青霄[2]。仰止一峰秀[3]，俯觑万斛遥[4]。苍茫人独立，霞举自飘飘[5]。

辑自《(乾隆)潜山县志》卷二〇《艺文志》

解题

试心桥，其胜概已见前李载阳同名诗解题。此诗前二联系就桥名而发议论。作者认为，渡此桥可以测试人心，只要人心像明净的水一样纯洁，就不会心生胆怯，而是可以立于桥上坦然地面对青天。后二联写自己独立于试心桥上，向往前方秀美的天柱峰，俯瞰脚下深不见底的崖谷，不禁心生飞升轻举之感。全诗语言质朴，意气豪迈，表现了作者洒脱的胸襟。

注释

〔1〕鉴白水：清澈的水能照见人的心。形容人心像明净的水一样纯洁。

〔2〕青霄：青天，高空。

〔3〕仰止：仰慕；向往。止，语助词。一峰：指天柱峰。

〔4〕俯觑(qù)：俯看。万斛(hú)：极言崖谷之深。

〔5〕霞举：飘行，飞升。

和李明府望天柱峰元韵[1]

一山独出万山连，此是人间几洞天？九曲芙蓉丹灶古[1]，数重云嶂碧岩坚[2]。江南砥柱崚嶒石[3]，汉武封台漠漠烟。飘渺虚无凝望处，将携蜡屐步高骞[4]。

辑自《(乾隆)潜山县志》卷二一《艺文志》

> **解题**
>
> 李明府指李载阳,唐以后尊称县令为"明府"。此诗系用李载阳《望天柱峰》诗原韵而作。两诗内容大致相同。或许是受李氏诗韵拘限的缘故吧,此诗命意布局不及李诗考虑周详,语言也不及原诗自然洒脱。诗中多拼凑之语,此非作者才力不逮,乃受李诗原韵拘絷而不能别创新辞、另成佳作也。

> **注释**
>
> 〔1〕芙蓉:指天柱峰状如芙蓉,已见前注。丹灶:指左慈炼丹处。
> 〔2〕云嶂:耸入云霄的高山。
> 〔3〕崚崚:重叠貌,突兀貌。
> 〔4〕蜡屐:涂蜡的木屐,登山可防雨水。

李廷仪

李廷仪,字石帆,直隶滦州(今属河北)人。乾隆二十七年(1762)举人,五十二年任潜山知县。累官至亳州知州。著有《杏琼斋诗集》。

潜山道中

地僻居人少,衡茅三五家[1]。孤村屯落叶,野水削平沙[2]。竹径门深掩,松毛岭半遮。黄云收晚稻[3],妇子庆汗邪[4]。

辑自《晚晴簃诗汇》卷九〇,又见《国朝畿辅诗传》卷四五

解题

此诗描写了古朴自然的乡村田园风光和妇女儿童喜庆丰收的情景。意境清远,格调冲淡,让人思味不已。

注释

〔1〕衡茅:衡门茅屋,指简陋的住所。衡,同"横";横木为门。
〔2〕平沙:指广阔的沙原。平坦的沙地。
〔3〕黄云:比喻田中成熟的稻子。明高启《看刈禾》诗:"黄云渐收尽,旷望空郊平。"
〔4〕汗邪:谓人高烧出汗,神智昏迷,语言错乱的现象。俗谓中邪。此处用以形容妇女儿童庆祝丰收时狂喜的神态。

熊履泰

熊履泰,生平事迹不详。

雪 湖 莲 花

曲崦平铺映晓光[1],暗香时复泄银囊[2]。宓妃不试宫娥步[3],屈子宁裁隐士裳[4]?浥露临风甘寂寞[5],飘烟抱月剧苍凉[6]。回思载酒红桥日[7],满酌畴花入醉乡[8]。

辑自《(乾隆)潜山县志》卷二一《艺文志》

解题

雪湖在县治南,与南湖相邻,其胜概见前何迪《雪湖春涨》诗解题。此诗描写了雪湖莲花曼妙的身影和清幽的香气,赞扬了它在苍凉岁月中自甘寂寞的品格,并表达了对隐士生活的向往。诗中拟人化手法和典故恰到好处的运用,使全篇更富感人的情韵和优雅的风味。

注释

〔1〕曲崦:山曲,山势弯曲隐蔽处。平铺:平着铺展开。唐白居易《南湖早春》诗:"乱点碎红山杏发,平铺新绿水苹生。"宋陆游《晨起坐南堂书触目》诗:"奇峰角立千螺晓,远水平铺匹练秋。"

〔2〕暗香:清幽的香气。银囊:喻指荷花的蓓蕾。唐白居易《东林寺白莲》诗:"泄香银囊破,泻露玉盘倾。"

〔3〕宓妃:相传为古帝宓(fú)羲氏之女,溺死于洛水,化而为神,名宓妃。宫娥步:犹言凌波微步。据三国魏曹植《洛神赋》载,一次他在回封地途经洛水时,曾遇见宓妃这位美貌的女神。她体态轻盈柔美,宛转多姿,"凌波微步",行于洛水之上。"宫娥步"即指此。

〔4〕屈子:指屈原。隐士裳:隐士穿的衣服。屈原《离骚》:"制芰荷以为衣兮,集芙蓉以为裳。"

〔5〕浥露:浸润着露水,为露水打湿。

〔6〕飘烟抱月:形容体态轻盈,舞姿轻巧飘逸。此以人喻莲。温庭筠《张静婉采莲歌》:"抱月飘烟一尺腰,麝脐龙髓怜娇娆。"

〔7〕红桥:在天宁寺前,近雪湖、南湖。参见前金梦先《断岸红桥》诗。

〔8〕畴花:指酒。

游虎头岩

披露历岭岈[1],窈丹望东杲[2]。群峰碧玲珑,余霞散鸟道。清磬度林端,释策憩烟岛[3]。彩翠忽成岚,风光畅怀抱。岩花布绮罗,泉绅垂素缟[4]。松阴响黄鹂,涧底宿沙鸨[5]。

笔阵稽前修,莓苔恣挥扫[6]。楼外金姑声,列缺震晴昊[7]。高台费攀援,故址余丰草[8]。当年拥琴书,荣名何足宝?徐公汐社人[9],吁嗟骨已槁。人生信如寄[10],焉能长寿考[11]!我思绥山桃[12],兼之安期枣[13]。饱饫佐琼浆[14],苍颜渐姣好。时光纵代谢[15],不使速人老。逍遥此山中,宁羡采芝皓[16]。

辑自《(乾隆)潜山县志》卷二一《艺文补遗》

解题

此诗描写了虎头岩深邃空旷的地形地貌和清新幽美的自然风光,歌咏了山中古迹因时光流逝而被剥蚀甚至消失的景象,并因此表达了对人生短暂的感喟,希望自己能像古人安期生、像商山四皓那样去修仙学道,寻求长生不老。全诗意境浑成,情思古远,体现了作者对生命的思考。

注释

〔1〕披露:拨去露水。岹岈:深邃空广貌。亦指空谷与险峡。

〔2〕窃丹:鹝鸟的别称。羽毛为浅红色,故名。东杲(gǎo):东方日出明亮貌。《诗·卫风·伯兮》:"其雨其雨,杲杲出日。"

〔3〕释策:放下马鞭。

〔4〕烟岛:烟波中的岛屿。此指雾中的小山。

〔5〕泉绅:指高处飞泻的泉水。绅,白绸带。韩愈《答张彻》:"泉绅拖修白,石剑攒高青。"

〔6〕沙鸨:鸨鸟的一种。常栖息沙滩或沙渚上,故称。

〔7〕"笔阵"二句:作者自注:"石镌元气磅礴四字,剧为遒劲。"笔阵,比喻书写运笔如行战阵。此指崖壁石刻。稽,考,计。前修,前贤,前代的贤才。莓苔,青苔。

〔8〕"楼外"二句：作者自注："时闻竹爆。"金姑声，闽人谓破竹声为金姑声。列缺，指闪电。晴昊，晴空。

〔9〕"故址"句：作者自注："访徐秋亭先生书室，今已荒落。"按，徐秋亭即徐桂，徐桂字子芳，号秋亭。明嘉靖十四年进士，官至郧阳知府。解组归潜后，筑室白云岩（即虎头岩），日事著述吟咏。

〔10〕汐社：宋遗民谢翱创立的文社名。此盖泛指诗社。

〔11〕信：确实。如寄：好像暂时寄居。比喻时间短促。《古诗十九首·驱车上东门》："人生忽如寄，寿无金石固。"

〔12〕长寿考：长寿，长生不死。考，老。《古诗十九首·回车驾言迈》："人生非金石，岂能长寿考？奄忽随物化，荣名以为宝。"

〔13〕绥山桃：古代传说的仙桃。

〔14〕安期枣：传说中的仙枣名。据说大如瓜，人食之可得长生。安期，即安期生，传说系居住在蓬莱仙山上的仙人。

〔15〕饱饫（yù）：饱食。琼浆：仙酒。

〔16〕代谢：指新旧更迭，交替。

〔17〕采芝皓：指商山四皓。即秦末东园公、绮里季、夏黄公、甪里先生四人。他们隐居商山，年皆八十有余，须眉皓白，故称。四皓以采芝草为食，故又称为"采芝皓"。多用为咏隐士之典。

凌正谟

凌正谟，字若鳌，安徽潜山人。乾隆二十七年（1762）岁贡。《（乾隆）潜山县志》卷之七《选举志》有小传。

山 谷 流 泉

谁把天池一线流[1]，云深洞迥足遨游。光辉月映禅心净，荡漾波回紫气浮。莲叶飞来弭谷口[2]，桃花逐去点津头[3]。祖灵不昧宗风振[4],激浊扬清万载休[5]。

辑自《(乾隆)潜山县志》卷二一《艺文补遗》

解题

此诗描写了"山谷流泉"周围宁静恬淡而怡人心目的景色,对三祖及其流传下来的禅宗风格传统表达了崇仰之情。

注释

〔1〕天池:天上仙界之池。亦指山顶之池。

〔2〕弭:满。

〔3〕"桃花"句:桃花一片一片争相漂去点缀于吴塘渡口。津头,渡口。此当指吴塘渡。山谷流泉在吴塘上游,泉流入潜水后须经吴塘。

〔4〕"祖灵"句:三祖英灵不灭,宗风振扬。宗风,指佛教各宗系特有的风格、传统,多用于禅宗。

〔5〕激浊扬清:语出《尸子·君治》:"水有四德……扬清激浊,荡去滓秽,义也。"本指冲去污水,浮起清水。后用以喻斥恶奖善。

张 高

张高,字台赞,安徽潜山人。邑庠生。苦思力学,为文渊博典重。与兄翼应童子试,尝迭第一。屡蹶棘闱,遂键户授徒。为人谦厚,生徒贫窘者,资以薪米,委曲成之。寒暑手持一编,至老不倦。卒年七十八。《(乾隆)潜山县志》卷之九、《(民国)潜山县志》卷一六有传。

天 柱 峰

汉帝登封地,千秋天柱雄。奇峰擎日近,仙灶逐烟空[1]。

云写青莲句[2],花争白傅工[3]。摩霄贞万古[4],翘首竟谁同[5]？

辑自《(乾隆)潜山县志》卷二〇《艺文志》

解题

此诗回顾了汉武帝登天柱封禅之事,描写了"奇峰擎日"的壮丽景观和山中"丹灶苍烟"等名胜古迹,也对曾以精致工巧之诗颂美此山的前贤,表达了殷切的景仰和思慕之情。

注释

〔1〕仙灶：指东汉左慈炼丹之灶。

〔2〕"云写"句：青莲,指唐代诗人李白。李白号青莲居士,人称"李青莲"。李白有《江上望皖公山》诗。诗有"奇峰出奇云"句,作者认为写得很好。

〔3〕"花争"句：白傅,唐代诗人白居易的代称。白居易晚年曾官太子少傅,人尊称"白傅"。《潜山县志》载有署名白居易所作《题天柱峰》诗一首,中有句"玉光白橘香争秀,金翠佳莲蕊斗开",咏花最为工巧精致,故此诗曰"花争白傅工"。其实署名白居易《题天柱峰》一诗作者非白居易,而是南唐李明。参见该诗注释。

〔4〕摩霄：接近云天,冲天。贞：美好,高洁。

〔5〕翘首：抬头而望。多以喻景仰、盼望或思念之殷切。

葛宗旧

葛宗旧,字率章,号晴川,安徽潜山人。乾隆二十九年(1764)岁贡生。官祁门训导。工书法,诗古文词有韩、欧风味。性嗜山水,多游览,所历名胜古迹,随时撰述。乾隆庚子(1780),与修邑志。著有《晴川汇稿》,今不传。生平事迹见《(乾隆)潜山县志》卷之七、《(民国)潜山县志》卷之十二。

冬日过罗汉庵

悬崖盘鸟道,古刹白云中[1]。涧洌横桥水,楼穿落叶风[2]。忽交方外客[3],正觅主人翁。扫石留题处,千山夕照通。

辑自《(乾隆)潜山县志》卷二〇《艺文志》

解题

罗汉庵,即罗汉寺。在清代的潜岳乡,县治西六里。宋嘉泰(1201—1204)年间创建。此诗描写了访寻罗汉寺时所见远离尘嚣的环境和冬日萧瑟景象。末句写通红的夕阳将千山照遍,不仅给全诗增添了一抹亮色,而且带着浓浓的禅意,使人心有所悟。

注释

〔1〕古刹:古寺。
〔2〕"涧洌"二句:涧水寒冷,有座小桥横跨其上;风吹着落叶,从楼道里穿过。
〔3〕方外客:即方外人。即不涉尘世或不拘世俗礼法的人。多指僧、道、隐者。

游妙道山晚宿

小径缘溪入,悬崖向寺开。奇峰天列笋,香岸雪生梅[1]。妙道千村月,禅心一镜台[2]。挑灯闲对酒,深坐话如来[3]。

辑自《(乾隆)潜山县志》卷二〇《艺文志》

解题

妙道山,在潜山县治西一百五十六里。一九三六年新设岳西县后,妙道山划归其管辖。此诗写日游妙道山、晚宿萧寺情景。作者笔下的景观既奇妙秀美,又清寂幽静,这里没有尘世的烦扰,一切皆入禅净之境,诗人似乎从中找到了心灵的归宿。

注释

〔1〕"奇峰"二句:神奇的山峰像笋子一样排列在天空中,崖岸边的梅花似雪一般绽放,散发出香气。

〔2〕"妙道"二句:妙道山上千座村庄都洒满了月光,清静寂定的心境就像梳妆台上面装着的镜子一般明净。一镜台,作者自注:"寺前有镜台山。"按,"镜台"一语双关,既是山名,亦指装着镜子的梳妆台。禅宗神秀和尚诗:"身似菩提树,心如明镜台。时时勤拂拭,莫使惹尘埃。"

〔3〕话如来:即谈论佛理。如来,佛的别名。梵语意译。"如来"即从如实之道而来开示真理的人。

游天竺庵

拨云寻古道,斜日叩僧扉。楼竹栖青霭,崖松接翠微[1]。秋风留客醉,寒月送人归。钟定禅心寂,空山落叶飞。

辑自《(乾隆)潜山县志》卷二〇《艺文志》

解题

据《潜山县志》载,境内天竺庵有二:一在清朝乡,建于县北四十里之山西岭;一在清照乡,建于县北一百六十里之妙道山。诗中的天竺庵当指后者。因作者游妙道山后顺便访天竺庵,事在情理之中。

此诗借咏天竺庵幽静之景抒发了作者向往禅寂之境的情怀。全诗通体幽绝,兴象深微,笔笔超妙,字字入神,虽为五律,有似古体。末联写钟定心寂,空山叶飞,尤可叹赏。

注释

〔1〕"楼竹"二句:小楼坐落于翠竹丛中,周围笼罩着青色的雾霭;崖上的松树与青翠掩映的山腰幽深之处相接。翠微,指青翠掩映的山腰幽深处。亦泛指青山。

游端友

游端友,字存堂,四川珙县人。举人。乾隆三十四年(1769)任江西定南县知县,三十五年去职。四十四年李载阳主持纂修《潜山县志》,聘端友与本县进士原任澄迈知县张必刚任纂修。

和张同曾留别原韵

搜罗邑乘共探奇[1],未识言旋已订期[2]。百六年来储琬琰[3],七千里外强栖迟[4]。通都盛迹评题日[5],往代繁芜铲削时[6]。意匠经营归去后[7],笔花犹觉一枝枝[8]。

辑自《(乾隆)潜山县志》卷二一《艺文志》

解题

此诗为和张司直《志馆告归北上留别游存堂及同事诸子》诗原韵而作。诗中歌咏了与张司直修《县志》时一起删削往代繁多芜杂之文,搜罗近代有德之人、感人事迹和优美文词载之邑乘的经历,对他的离去表示遗憾。并称誉张司直修县志所撰之文经过精心筹划,才思俊逸,文笔优美;在他归去之后,仍旧会忆念他的生花妙笔。

注释

〔1〕邑乘:此指《潜山县志》。
〔2〕言旋:回还。言,语首助词。订期:约定日期。
〔3〕百六年来:指自康熙修《潜山县志》至此已历时一百零六年。琬琰:泛指美玉。比喻品德或文词之美。诗中指品德高尚的人、感人的事迹和优美的文章等。
〔4〕"七千"句:意谓故乡在七千里之外,如今勉强在这里游息。游端友家在四川珙县,距离潜山七千里当是极言其远,恐非确数。
〔5〕通都:四通八达的都市。评题:即品题。指评论。
〔6〕繁芜:繁多,芜杂。
〔7〕意匠:谓作文、绘画、设计等事的精心构思。经营:筹划营造。此指修《志》。
〔8〕笔花:即笔生花。相传李白少时,梦见所用笔头上生花,后来文才横逸,名闻天下。事见五代王仁裕《开元天宝遗事·梦笔头生花》。后因以"笔生花"谓才思俊逸,文笔优美。

马 骧

马骧,岁贡生,曾官秀水县丞。其余不详。事见《(光绪)重修安徽通志》卷一六七《选举志》。

暮过沙河亭

驱车临北郭^[1],夕照满河亭。南陌重阴隔^[2],西风一路经。堤高低覆柳,村暗照飞萤[3]。遥指涪翁宅[4],苍苍暮色青。

辑自《(乾隆)潜山县志》卷二〇《艺文志》

解题

此诗写傍晚经过沙河边供人休息的亭子后一路向潜山进发的情景。诗歌描绘了沿途所见美丽风光,流露出对先贤黄庭坚的景仰之情。

注释

[1] 北郭:古代指城邑外城的北部。亦指城外的北郊。
[2] 南陌:南面的道路。重阴:犹浓阴。汉王粲《七哀诗》之二:"山冈有余映,岩阿增重阴。"唐王维《与卢员外象过崔处士兴宗林亭》诗:"绿树重阴盖四邻,青苔日厚自无尘。"
[3] 飞萤:萤火虫。
[4] 涪翁宅:黄庭坚的家。

陶 埠 河

淑气乘风暖[1],行行到水涯[2]。十余沽酒店,一半力田家[3]。驿路来高岸[4],官桥架浅沙[5]。短亭暂息足,不觉夕阳斜。

辑自《(乾隆)潜山县志》卷二一《艺文补遗》

解题

陶埠河在潜山县治东乌石堰下游。皖水流经乌石堰后至陶埠河再分二支。其处设有官驿,名陶埠河铺。此诗写陶埠河铺在交通方面的重要地位和酒店林立的繁华景象,尾联谓在此做短暂停留,不知不觉已夕阳斜照,既表明作者为公事在外跋涉的辛苦劳顿,也暗示出陶埠河风光迷人。

注释

〔1〕淑气:春季阳和之气。
〔2〕行行:走了又走,不停地行走。水涯:水边。
〔3〕"十余"二句:十多个卖酒的小店,一半都是种田人家所开。力田,努力耕田。
〔4〕驿路:中国古代设有驿站的官路。
〔5〕官桥:官路上的桥梁。

丁承基

丁承基,安徽潜山人。丁宏远长子。县庠生。生平事迹附见《(乾隆)潜山县志》卷之八《丁宏远传》。

潜阳十景次马扶九元韵

梅城十景冠江东[1],山谷泉鸣九井风。天柱雪浮晴树白,舒台月映夜登红。吴塘槎渡诗崖客,丹灶仙招酒岛翁。不及石牛眠古洞,笑看金翠二乔空[2]。

辑自《(乾隆)潜山县志》卷二一《艺文志补》

解题

诗题中的马扶九,即马高鹏。高鹏字扶九,潜山人。乾隆元年恩贡。能文,兼擅钟、王书法,选灵璧训导。未任卒(《(乾隆)潜山县志》卷七《选举志》)。

此诗为次马高鹏原诗韵而作。马氏原诗未见,当已遗佚。全诗将潜山十大著名景观的名称按一定排列组合方式连缀成篇,虽为文字游戏性质,但也在一定程度上反映了作者的文学根柢。

注释

〔1〕梅城:古县名。据《新唐书》载,唐武德五年,析怀宁县置皖城、安乐、梅城、皖阳四县。后废除。梅城故城在今潜山县治北。诗中指潜山县城。潜山县城别称梅城。

〔2〕金翠:黄金和翠玉制成的饰物。此指二乔佩戴之物。

丁承培

丁承培,字黝浅,一字墨滋,安徽潜山人。丁宏远次子。乾隆三十五年(1770)岁贡,候选儒学。《(乾隆)潜山县志》卷之七《选举志》、《(民国)潜山县志》卷一七有传。

潜阳十景总咏

东城皓月上舒台,十景光连北郭隈[1]。晴雪高临山谷照,西风徐度石牛来。吴塘水漱诗崖字,丹灶烟浮酒岛杯。不借胭脂妆井色,分明图画自天开。

辑自《(乾隆)潜山县志》卷二一《艺文志》

解题

此诗亦是将潜山十景名称连缀成篇。也许是文字功力不逮的缘故吧,诗中写十景名称并不到位:只咏晴雪而不言天柱,只有山谷而没有流泉,只知西风而不知九井,只写吴塘而不咏晓渡,只见酒岛而不见流霞。若非潜山籍的读者,殊不知十景确为何物。而且诗中词语搭配组合亦颇可商榷。如"丹灶烟浮酒岛杯",苍烟岂可浮杯?本诗解题作如是说,并非笔者有意唐突古人,只是说明文字游戏不易做也。

注释

〔1〕北郭隈:城外北郊的山边。

舒台夜月

台为舒王特号舒,当年对月竟何如?思行宋代三农法[1],误读周官一部书[2]。不是冰心夸洁白,应看水境愧清虚。静山堂外迷芳草[3],春夜高吟惜有余。

辑自《(乾隆)潜山县志》卷二一《艺文志》

解题

此诗借咏"舒台夜月"之景批评王安石变法,封建时代绝大多数士大夫的传统思想,在这里又得到一次诗意的体现。

注释

〔1〕三农法:指"王安石变法"中有关农民的新政,如"青苗法"、"农田水利法"、"方田均税法"等。三农,古代指居住在平地、山区、水泽三类地区的农民。后泛称农民。已见前注。

〔2〕周官:书名。《周官》,相传周公为记载周代官制而作;现代

有研究者认为其书定型是在战国时期,书的内容是理想中的政治制度与百官职守。王安石为推行变法,改革时弊,曾附会《周官》经义而撰《周官新义》,提出理财、整军等主张,并提倡为天下安危治乱而治经之新学风,开宋儒义理之学先河。

〔3〕静山堂:在潜山县治内。王安石《题静山堂》诗:"皖城终日静如山,府掾应从到日闲。"后人摘其诗句名堂。

乔家妆井

妆阁繁华久寂寥,井栏犹纪建康朝[1]。君臣霸业分三国,姊妹香名占二乔。罗绮飘风应共化[2],胭脂泛水未全消。双魂千载如能返,故址还堪弄玉箫[3]。

辑自《(乾隆)潜山县志》卷二一《艺文志》

解题

此诗描写了乔公故址萧瑟凄凉、繁华不再的景象,表达了对乔氏姐妹的怀念之情。

注释

〔1〕"井栏"二句:《(乾隆)潜山县志》卷之一《山川》:"乔公故址:乔公逸其名,汉末避地于潜之北三里名彰法山。山麓溪水环曲,松竹郁茂,为其故居。今改为广教寺,墓在寺后。寺前有井,相传公二女梳妆,至今有脂粉色,后人于上建秀英亭。今废井栏有建康年号。"建康朝,指建都于建康的朝代。建康为三国吴、东晋、宋、齐、梁、陈六朝古都,此指三国时的吴国。

〔2〕罗绮飘风:华丽的衣服在风中飘舞。形容迷人的风采。

〔3〕弄玉箫:即弄玉吹箫。汉刘向《列仙传》卷上载:"萧史者,秦

穆公时人也,善吹箫,能致孔雀、白鹤于庭。穆公有女字弄玉,好之,公遂以女妻焉。日教弄玉作凤鸣,居数年,吹似凤声,凤凰来止其屋。公为作凤台,夫妇止其上,不下数年,一旦皆随凤凰飞去。故秦人为作凤女祠于雍,宫中时有箫声而已。"

吴塘晓渡

便民古渡在潜乡,善士坊前一苇杭[1]。秋涨澹浮霜月影,春波轻漾晓星光[2]。浅深水尽无徒涉,南北风皆自在行。魏武空劳争筑闸,到今樵牧号吴塘[3]。

辑自《(乾隆)潜山县志》卷二一《艺文补遗》

【解题】

此诗描绘了吴塘渡口秋天与春天美丽的风光,和小船渡人终年无休的景象;并歌咏了曹操开凿吴塘陂的筚路蓝缕之功,也为这一段历史不为人知而惋惜。

【注释】

〔1〕善士坊:在县北十五里,昔刘源屯兵处。俗名野人寨。一苇杭:一苇,捆一束苇草为一筏,后为小船的代称。杭,通"航",渡河。典出《毛诗·卫风·河广》:"谁谓河广,一苇杭之。"

〔2〕"秋涨"二句:秋天河水上涨时,水波摇曳不定,水中浮现着寒夜的月亮;春天河水轻轻荡漾,其中倒映着拂晓的星光。澹,澹荡,摇曳不定貌。霜月,寒夜的月亮。

〔3〕"魏武"二句:意谓魏武帝曹操当初命庐江郡太守朱光凿陂筑堰蓄水以溉稻田是空忙一场,因为后来此陂为吴国大将吕蒙所夺,所以时至今日,樵夫与牧童都称它为"吴塘"啊。魏武,指曹

操,死后被尊为魏武帝。曹操命朱光为庐江太守屯皖开稻田事,已见前注。

诗崖漱玉

苍厓壁立水之湄,珠玉镌成古篆碑[1]。字迹虽经波汩没[2],云根仍自墨淋漓[3]。行山獬豸眸难识,破浪蛟龙爪可披。小艇昔停三复览,半疑黄句半苏诗。

辑自《(乾隆)潜山县志》卷二一《艺文补遗》

解题

此诗描写诗崖题刻字体古朴及笔墨酣畅之态,谓自己曾坐小船在崖壁下反复察看,怀疑上面刻的都是苏轼和黄庭坚的诗歌。诗崖上的题刻早在明初便已模糊难辨,作者的猜想未知确否。不过,无论作者所言事实真假如何,他对苏黄的景仰之情均昭然可见。

注释

[1] 镌:刻。古篆碑:古代篆体的碑文。
[2] 汩没(gǔ mò):淹没。湮灭。
[3] 云根:深山云起之处。此指崖壁的高处。
[4] 墨淋漓:笔墨酣畅貌。
[5] 獬豸(xiè zhì):古代传说中的异兽。一角,能辨曲直,见人相斗,则以角触邪恶无理者。
[6] "小艇"二句:从前曾乘小游艇在这里反复观看,怀疑崖壁上题刻的,一半是黄庭坚的诗句,一半是苏轼的诗。黄句,黄庭坚的诗句。苏诗,苏轼的诗。

酒 岛 流 霞

岛名为酒自谁游,几饮三春几九秋[1]。谷口涓涓红雨滴[2],河心片片紫霞流[3]。夕阳影送桃花泛,寒月光迎桂酿浮[4]。想是仙家遗妙迹,教人长羡醉乡侯[5]。

辑自《(乾隆)潜山县志》卷二一《艺文补遗》

解题

此诗写酒岛春天落花缤纷,秋天桂酒飘香。人们在岛上过着神仙般的生活,一到此地便希望永不离去。

注释

〔1〕"几饮"句:意谓不知多少个春天、多少个秋天都在岛上饮酒。三春,春季的第三个月,即暮春。亦泛指整个春季。九秋,季秋九月,亦泛指秋天。

〔2〕红雨:比喻落花缤纷。

〔3〕紫霞:紫色云霞。道家谓神仙乘紫霞而行。亦指仙酒。唐钱起《宋征君让官还山》诗:"紫霞开别酒,黄鹤舞离弦。"宋赵通判《沁园春·寿太守李宗丞》词:"清辉庭桂方花。映潋滟仙杯浮紫霞。"元萨都刺《相逢行赠别旧友治将军》:"稽首武夷君,借我幔峰顶。分我紫霞浆,与子连夜饮。"

〔4〕桂酿:桂花酒。

〔5〕醉乡侯:谓愿封往醉乡,永不离去。戏称嗜酒者。已见前注。

九井西风

古传九井九龙宫,朝出云霓夜出风[1]。卯静无声微动西[2],西吹有力疾飘东。添寒冬发三更后,解暑秋生六月中。能助丰年多稼穑,雄威荡杀食苗虫。

辑自《(乾隆)潜山县志》卷二一《艺文补遗》

【解题】

传说九井所在之处是九座龙宫,早晨有云和彩虹从那里升起,夜里则生出风来。这风儿卯时还寂静无声,酉时便微微飘动,然后从西方吹来,有力快速地向东方飘去。当冬天夜里三更之后吹起这西风时可给人增添寒冷,而夏季六月间吹出的西风则能解暑热之气,使人感觉中仿佛到了秋天。这西风呀,它还有助于多种粮食,年成丰收,因为它能吹杀那些啃食禾苗的害虫。此诗将九井西风的传说,发生的经过,能"添寒"、"解暑"的特点,和有益于农作物的功用,做了全方位的描述,使人印象深刻。尤其是九井西风能吹杀害虫之事,民间确有此说,前人咏九井之诗均未提及,这是作者慧眼独到之处。

【注释】

〔1〕云霓:云和虹。
〔2〕卯:指卯时。酉:指酉时。

石牛古洞

不是金牛不土牛,脱胎古石洞门留。慵耕东亩春忘晓[1]，饱卧西风夜吼秋[2]。老子未曾骑得去[3]，安公无用挞来收[4]。千年免受三农苦，惟喜诗人扣角讴[5]。

辑自《(乾隆)潜山县志》卷二一《艺文补遗》

解题

此诗通过丰富的想象和各种典故传说刻画了石牛的形象。末句以拟人化的手法和反客为主的表达方式，歌咏了历代诗人对石牛钟爱有加，并为之讴歌吟咏不绝。

注释

〔1〕慵：困倦，懒得动。东亩：周代对井田中不同方位之田亩分别称南亩、东亩。南北纵向长方形，称为南亩；东西横向长方形，称为东亩。此泛指田亩、耕田。忘晓：犹失晓。即不知天晓。多指起身晚。

〔2〕"饱卧"句：秋天里，牛吃饱了，睡卧在怒吼的西风之中。

〔3〕"老子"句：相传老子见周德衰微，乃骑青牛出函谷关而西游。已见前注。

〔4〕"安公"句：安公，指潜山县令安清翰。旧俗，州县长官于立春日与百姓一起鞭打春牛，象征春耕开始，以祈丰年。谓之"鞭牛"，也称"鞭春"。因诗中所咏之牛为石牛，故曰"无用挞来收"。

〔5〕"惟喜"句：只喜欢诗人叩击着牛角讴歌吟咏。扣，同"叩"，敲击。

天 柱 晴 雪

两曜曾称一柱擎[1]，奇峰更比雪山明。千年练影朝如夕[2]，六月晶光雨亦晴[3]。皎皎信非冰削出，莹莹疑是玉雕成。何当天半风雷动,化水为霖润火耕[4]。

辑自《(乾隆)潜山县志》卷二一《艺文补遗》

解题

此诗描写了天柱峰终年晶莹如雪的奇妙景观,并希望有一天满山的冰雪化为甘霖,滋润山下的刀耕火种之田。

注释

〔1〕"两曜"句:有人曾有诗句称"天柱一峰擎日月"。按,此是唐五代李明《题天柱峰》诗中名句,《潜山县志》署白居易作。两曜,指太阳和月亮。

〔2〕练影:指日、月、水波等的白色光影。亦指瀑布。练,白绢。

〔3〕晶光:晶莹的光亮、光辉。

〔4〕霖:甘霖,及时雨。火耕:烧掉野草,开辟耕地。此指刀耕火种之地。

山谷流泉

十四洞天流古泉,名因山谷到今传。三冬无火温调酒,六月如冰冷浸馔[1]。望去旧惊云影泛,汲来新试雪花煎[2]。得陪知味黄公赏[3],何羡品题陆羽仙[4]。

辑自《(乾隆)潜山县志》卷二一《艺文补遗》

解题

此诗歌咏了山谷流泉悠久的历史和名称的由来,形象地描述了它冬暖夏凉的特点,并着重强调了用此泉之水煎茶,可得甘醇之美味。

注释

〔1〕"三冬"二句:三九寒冬即使没有火,也可用这泉水烫酒,以调节酒的温度;六月泉水寒冷如冰,可以把稀粥(盛在容器里)浸于其中,以便冷却。三冬,此指季冬。月饘,稀粥。

〔2〕雪花煎:指将水煎煮至冒出雪白的气泡再投茶末于其中的煎茶方法。参见前所收唐秦韬玉《采茶歌》诗解题。

〔3〕黄公:指黄庭坚。

〔4〕陆羽仙:即陆羽(733—804)。陆羽一名疾,字鸿渐,又字季疵。唐代竟陵(今属湖北天门)人。嗜饮茶,著有《茶经》三卷,分别论述说明茶树的性状、品种、产地,茶叶的采摘、烤焙、储藏的各种方法以及烹茶用水、火候与茶杯的色彩等。为我国最早的茶叶专著。后世尊陆羽为茶圣。

丹灶苍烟

尘寰何处觅金仙[1],闻道丹台小洞天。石灶千年无活火,松崖一隙有苍烟。阴阳炭炼女娲石[2],天地炉生佛钵莲[3]。遐想功成元放去[4],空余缥缈白云还。

辑自《(乾隆)潜山县志》卷二一《艺文补遗》

解题

此诗描写了左慈炼丹之处幽深苍远的景色,抒发了悠悠不尽的怀古之情。

注释

〔1〕尘寰:人世间。金仙:指佛。

〔2〕女娲石:本指神话故事中女娲补天之石。后称具异彩之石为女娲石。此指炼丹用的朱砂等矿物原料。

〔3〕佛钵莲:指丹药。

〔4〕元放:指左慈。左慈字元放。

丁承堂

丁承堂,安徽潜山人。丁宏远第三子。监生。生平事迹附见《(乾隆)潜山县志》卷之八《丁宏远传》。

潜阳十景次马扶九元韵

遥望舒台月正东,石牛洞口啸西风。玉津晚漱诗崖碧,霞彩春流酒岛红。晴雪柱高传赋客[1],苍烟灶古忆仙翁[2]。乔公山谷今何在,晓渡吴塘漾碧空。

辑自《(乾隆)潜山县志》卷二一《艺文补遗》

【解题】

这又是一首以潜阳十景名称连缀成篇的七言律诗。全诗描写了各大景观迷人的景色,但与前面作者二兄丁承培《潜阳十景总咏》诗一样,词语搭配组合亦颇有粗疏之处。如"乔公故址"、"山谷流泉"二景,诗中径省称为"乔公山谷";潜山哪里有什么乔公山谷?乔公故宅早已不存,慨叹可曰"今何在";而山谷流泉千百年来长存世间,时至今日仍吸引着游客前往观赏,曰"今何在"则与事实不符。如此拼凑,诗不作也罢。

【注释】

〔1〕赋客:辞赋家。此处盖指为"天柱晴雪"赋诗的人。

〔2〕仙翁：指左慈。

丁仙芝

丁仙芝，安徽潜山人。丁宏远第四子。县庠生。生平事迹附见《(乾隆)潜山县志》卷之八《丁宏远传》。

酒 岛 流 霞

石岛流来饮兴赊[1]，酒仙应在水仙家。河边村欲名黄土，波上舸疑泛紫霞。月舫无须沽竹叶[2]，春泉堪当酿桃花。此乡漫借刘伶住[3]，只恐山隈满曲车[4]。

辑自《(乾隆)潜山县志》卷二一《艺文补遗》

解题

此诗描写酒岛桃花盛开的景色，歌咏了游人在弯曲的溪水中流放酒杯及开怀畅饮美酒时放达不羁的情景。

注释

〔1〕赊：指情绪高涨。
〔2〕月舫：月光下的船只。沽：买，特指买酒。竹叶：酒名。即竹叶青。因酿造时须配以竹叶，酒色呈青绿色，故名。亦泛指美酒。唐白居易《忆江南》词之三："吴酒一杯春竹叶，吴娃双舞醉芙蓉。"
〔3〕刘伶：晋沛国名士，字伯伦，竹林七贤之一，曾任建威参军，嗜酒放达。见《晋书·刘伶传》。后用作不拘礼法、放达纵酒之典。
〔4〕山隈：山边弯曲隐蔽之处。曲车：酒车。

熊新阳

熊新阳,字荣山,安徽潜山人。乾隆四十一年(1776)岁贡。曾参与修纂《(乾隆)潜山县志》,任采辑。事见《(乾隆)潜山县志》卷七《选举志》、卷首《重修潜山县志姓氏》。

游山谷寺

杖锡开山话昔时[1],东坡鲁直并栖迟[2]。云藏秘阁烟藏石[3],松满青山鹤满池。野涧流觞鸣曲水[4],空岩瀑布洗残诗[5]。洞门不闭禅关静[6],分得高僧茗最宜。

辑自《(乾隆)潜山县志》卷二一《艺文志》

【解题】

此诗描写了山谷寺周围苍秀的景色,并向开创寺院的宝志禅师及后来常到此游息的苏轼、黄庭坚等表达了敬意。末联以禅门清静,向高僧讨杯茶喝做结,补足了诗意。

【注释】

[1] 杖锡开山:指宝志禅师卓锡开山事。已见前注。
[2] 东坡:指苏轼。苏轼号东坡居士。鲁直:指黄庭坚。黄庭坚字鲁直。栖迟:游息。
[3] 秘阁:本宫廷藏书之处,此指藏经楼。
[4] 野涧:野外的溪流。流觞鸣曲水:古人于三月三日在环曲的水流旁宴集,在水的上流放置酒杯,任其顺流而下,杯停在谁的面前,谁就取饮,称为"流觞曲水"。已见前注。
[5] 残诗:指残缺不全的摩崖诗刻。

〔6〕禅关：禅门。

马高梧

马高梧，安徽潜山人。马德洋之子。邑廪生。曾参与修纂《(乾隆)潜山县志》，任分修。见《(乾隆)潜山县志》卷首《重修潜山县志姓氏》。

天 柱 山

云构亭亭斗汉缠[1]，一峰高出皖公巅[2]。翠屏直上七千丈[3]，洞府遥开十四天[4]。岚罨碧空看舞鹤[5]，雨余峭壁听飞泉[6]。三台稳称三公职[7]，五月南衡应并传[8]。

辑自《(乾隆)潜山县志》卷二一《艺文志》

解题

此诗描写了天柱山高出众峰之上那孤独而高洁的形象，歌咏了山中岚掩碧空、白鹤飞翔和飞流的泉水悬挂于峭壁间这些胜景奇观，并讨论了天柱山在道教及在全国名山大川中的历史地位。全诗意境高远，气象雄浑，表现出作者对天柱山的崇仰之情。

注释

〔1〕云构：高大的建筑物，大厦。此指高山。亭亭：高耸貌。高洁美好貌。斗汉：天河，银河。
〔2〕皖公巅：皖公山顶。
〔3〕翠屏：形状排列如绿色屏障的山峰。
〔4〕十四天：即十四洞天。

〔5〕罨:掩盖,覆盖。

〔6〕雨余:下雨之后。

〔7〕"三台"句:三台,山峰名。明章潢《图书编·潜岳》:"潜岳……有天柱峰,其峰突出众山之上,屹然独尊,峭拔如柱。倚连二峰,其势鼎峙。一曰飞来,其巅有巨石,如人置于其上;一曰三台,上台如丽,中台如倚,下台如随。"三台又为职官名。三台亦称三公。周代以太师、太傅、太保为三公;汉代以司马、司徒、司空为三公。论官职三台即是三公,古代祭祀五岳是按照三公的规格祭祀,故诗谓"三台稳称三公职"。

〔8〕南衡:南岳衡山。并传:并列流传。

舒台夜月

晚寻萧寺路蘼芜[1],径转高台万象殊[2]。云影净随风度岳,霄光朗照月当湖[3]。千家楼阁归菱镜[4],十里山城入画图。莫道提鱼人已去[5],到今犹自仰冰壶[6]。

辑自《(乾隆)潜山县志》卷二一《艺文志》

解题

此诗写舒王台夜景兼具怀古之意。山色朦胧,云影飞度,明月朗照,湖光缥缈,十里山城如画,千家楼阁在目。而舒王已去,只有他清白廉洁的品德留在人间,令人景仰。全诗以山水景色之美衬托王安石的孤高品格,清丽典雅,为人称道。

注释

〔1〕蘼芜:披靡芜没。谓草木倒伏,道路掩没于荒草间。

〔2〕万象殊:宇宙间一切事物或景象都特别美好。殊,特出;

超绝。

〔3〕霄光:犹月光。陈子昂《酬晖上人秋夜山亭有赠》诗:"风泉夜声杂,月露霄光冷。"月当湖:明月临照着南湖上空。湖,此指南湖。

〔4〕菱镜:菱花镜。指古代六角形或背面刻有菱花的铜镜。

〔5〕"莫道"句:作者自注:"荆公《题何氏宅壁》有'有兴提鱼就公煮'之句。"

〔6〕冰壶:盛冰的玉壶。常用以比喻品德清白廉洁。

经长垣坂道中

取道东城外,行行卓越溪[1]。春风刚十里,驿路夹双提。竹里人家远,陇头麦穗低[2]。短亭无限意[3],一望任留题。

辑自《(乾隆)潜山县志》卷二一《艺文补遗》

【解题】

长垣坂,具体地理位置不详;据诗所叙,当在县治东,近卓越河。此诗描写了作者经行长垣坂沿途所见淳朴自然的田园风光,表达了轻松愉悦的情怀。

【注释】

〔1〕卓越溪:即卓越河。在县东十里,旧名破越河。其处设有官驿卓越河铺,又十里则为陶埠河铺。

〔2〕陇头:此指陇亩边。犹言田间。

〔3〕短亭:旧时城外大道旁,五里设短亭,十里设长亭,为行人休憩或送行饯别之所。

卢 柱

卢柱,字柱山,安徽潜山人。侍养继母,友爱昆季,尝造清凉阪及东瓜店石桥,克世其德,不愧祖父云。《(乾隆)潜山县志》一〇、《(民国)潜山县志》一七有传。

丹灶苍烟

苍苍一缕烟,袅袅出萝薜。仙风四散吹,俱带金丹气[1]。

辑自《(乾隆)潜山县志》卷二一《艺文志》

【解题】

此诗画面鲜明,形象生动,有中国山水画诗一般的意境。

【注释】

[1] 金丹:古代方士炼金石而成的丹药,服之以求长生不老。

诗崖漱玉

坐听崖下水,行寻石上诗。悠然今日意[1],已有古人知。

辑自《(乾隆)潜山县志》卷二一《艺文志》

【解题】

此诗格调清新,意境优雅,表现了诗人的一种闲情逸致。

注释

〔1〕悠然:悠闲自得貌。

徐余光

徐余光,生平事迹不详。

石牛古洞

洞口石数武[1],牛蹄双迹古。环迹多留题[2],历历犹堪睹[3]。

辑自《(乾隆)潜山县志》卷二一《艺文志》

解题

此诗歌咏石牛洞前岩石上的牛蹄印及其周围的题刻,语言直白而含蕴丰富。

注释

〔1〕数武:几步长的距离。武,脚步,足迹。
〔2〕留题:题字刻诗留念。
〔3〕历历:清晰貌。犹堪睹:还可以看清楚。

丹灶苍烟

左慈留丹灶,晴日烟清袅[1]。水火二池边[2],苍烟见古道。

辑自《（乾隆）潜山县志》卷二一《艺文志》

解题

此诗描写了左慈丹灶遗迹和水火二池边晴日里清烟袅袅上升的情景。语言不枝不蔓，有开门见山、简洁明快之妙。

注释

〔1〕清袅：清亮悠扬。
〔2〕水火二池：《（乾隆）潜山县志》卷之一《山川》："丹灶苍烟，县西三十里潜峰左，岩径深窈，名上炼丹。昔左慈烧药于此，至今天晴日朗，烟霏起林薄间，苍翠明灭，浓淡不常。上有火池，久雨不盈；水池，大旱不涸。阁部史道邻常登此，叹为奇绝。"

王国诏

王国诏，生平事迹不详。

秋日题翠云庵

其 一

遥山淡欲波，远水涵虚静[1]。茅舍寂无人，斜阳落秋影[2]。

其 二

野竹寒逾翠[3]，青枫叶半红。不知秋远近，画入碧云中。

辑自《（乾隆）潜山县志》卷二一《艺文志》

> **解题**
>
> 翠云庵,在潜山县治北,距城六里。此诗描绘了翠云庵清虚恬静的环境氛围与竹翠枫红的景色,全诗格调清新,意境优雅,表达了诗人的一种闲情逸志。

> **注释**
>
> 〔1〕涵:蕴含,包容。虚静:清虚恬静,宁静。
> 〔2〕秋影:秋天的日影。
> 〔3〕逾:更加。

李光清

李光清,字湛溪,安徽潜山人。庠生。侍奉继母,终身敬谨;友爱两弟,推食让衣;族戚告急,解囊周济。怀才负气,嗜经史,工书法,棘闱屡荐,未遂科第。著有《天下全墨》《直省乡墨萃英》《考卷信传》及《文集》行世。游历各省,与士大夫宾主水乳交融。晚归旧里,好谈所知因果故事,开导劝善。同弟史照、侄珠捐基业修桥路,里人镌碑于水吼岭。子三:荣向,荣芝,荣添,皆有才学。《(乾隆)潜山县志》卷一〇有传。

陆 公 堤

北郭沙河十里西,陆公曾此筑长堤[1]。流来势杀波涛缓[2],挹去支分灌溉低[3]。青口遥瞻春柳淡[4],黄山近看夏苗齐[5]。三春禹甸勤农事[6],一邑贤侯障万畦[7]。

辑自《(乾隆)潜山县志》卷二一《艺文补遗》

解题

陆公堤是崩河之沙河堤、清凉堤的合称,最初为明万历年间潜山知县陆玄锡所筑,因百姓利赖殊多,为纪念陆玄锡的惠民之功,便称此堤为"陆公堤"。

作者在诗中讴歌了陆玄锡首次在崩河筑堤的历史功绩,强调了陆公堤保障大片农田不遭水患的重要作用。如今站在陆公堤上,看到远近各处春柳吐绿,夏苗整齐,人们都勤于农事,作者不禁心花怒放,再次对陆玄锡这位前朝县令表示敬意。

注释

〔1〕陆公:即陆玄锡。浙江仁和(今浙江杭州)人,万历二十九年(1601)进士,三十五年任潜山知县。《县志》称,陆"天才骏发,诗文超逸,兼善行草。令潜时,干理敏决,案无留牍。百废具兴。建青冥楼、采真轩、流云亭于北察院旧址;建漱玉亭于北河堤上白沙庵;于崩河甃沙河堤、清凉堤,利赖殊多,至今称陆公堤。"

〔2〕势杀:水势减弱。

〔3〕挹:抑制。此指引流,使原来河水减退。

〔4〕青口:即青口驿。已多见前注。

〔5〕黄山:在潜山县治西北十里,以黄庭坚得名。参见后郑懋勋《游黄山》诗解题。

〔6〕禹甸:中国的别称,犹言九州。

〔7〕贤侯:对县令的美称。障万畦:保障大片农田不遭水患。万畦,极言田亩之多。《说文解字》:"田五十亩曰畦。"

李荣向

李荣向,安徽潜山人,李光清长子。其余不详。

飞 来 峰

其 一

何处一峰飞,南来岹翠微。朝阳晴雪照[1],向夕宿烟霏[2]。雨不随龙去[3],云仍引鹤归[4]。动形千古静,天柱立枢机[5]。

其 二

海上忽飞来,奇峰矗九陔[6]。只留鹦鹉宿[7],不逐凤凰回[8]。玉柱擎天插[9],金屏捧日开[10]。夕阳高眺处,惟见白云堆[11]。

其 三

飞来飞不去,留作插天峰。月照疑回雁[12],云游欲化龙[13]。千寻凌玉笋[14],万朵压金蓉[15]。终古依南岳,今颁凤诏封[16]。

辑自《(乾隆)潜山县志》卷二一《艺文志》

解题

在皖山西南诸峰中,飞来峰最为高峻,它是皖山中仅次于天柱峰的第二高峰。此峰与朝阳峰相近,三面皆峭壁,险不可登,惟北面悬绳可上。峰顶有一大石,势如天外飞来,故曰飞来峰。

此诗一面用多种生动的比喻、形象的语言描绘飞来峰雄奇壮观的景色,一面将它与天下名山奇峰做比较,认为飞来峰的高峻和秀美都超过了那些著名的山峰。全诗境界开阔,气象雄浑,其中颇有前人未写之景和未道之语。

注释

〔1〕"朝阳"句：作者自注："潜有朝阳峰。"晴雪，"指天柱晴雪"。

〔2〕"向夕"句：作者自注："蜀有夕烟峰。"烟霏，云烟弥漫。

〔3〕"雨不"句：作者自注："闽有龙雨峰。"

〔4〕"云仍"句：作者自注："归鹤峰在胡州。"

〔5〕枢机：比喻事物的关键部分。此指飞来峰所在之天柱山处于关键地理位置。

〔6〕九陔：九天。

〔7〕鹦鹉：作者自注："鹦鹉石在天柱山。"

〔8〕凤凰：作者自注："潜有凤凰山。"

〔9〕玉柱：作者自注："玉柱峰在天目山。"

〔10〕金屏：作者自注："天台山有金屏峰。"

〔11〕白云：作者自注："润州有白云峰。"

〔12〕回雁：作者自注："衡阳有回雁峰。"

〔13〕"云游"句：作者自注："徐州有云龙山，闽有游龙峰。"

〔14〕玉笋：作者自注："玉笋峰在天目山。"

〔15〕金蓉：作者自注："芙蓉峰在衡山。太白诗云：'青天削去金芙蓉。'"

〔16〕"终古"二句：作者自注："潜号南岳，由汉武登封。今将有封禅之典，故云。"凤诏，即诏书。

丁　珠

丁珠，字星树，安徽潜山人。丁宏远第五子。乾隆三十五年（1770）举人，官灵州知州。以事改灵壁训导。所著有《西溪诗草》。《（光绪）重修安徽通志》卷二二三、《（民国）潜山县志》卷一四有传。

石 牛 古 洞

古洞悠然小洞天,石牛得此本天全[1]。谁迎紫气谁能杖[2],不粪黄金不受鞭[3]。齿洁无劳临水漱[4],心闲惟爱枕云眠。千秋山谷真知己[5],信是烟霞一品仙[6]。

辑自《(乾隆)潜山县志》卷二一《艺文补遗》

解题

作者认为,古洞中的石牛既不是当年老子骑着它出函谷关西游的青牛,也不是民间传说中鞭之即能撒粪成金的神牛。石牛洞本身是一个小小的洞天福地,此牛能得此洞便能保全自己的天性。石牛牙齿很清洁,无须再劳烦去溪水边洗漱口腔;它心中闲静,只爱枕着白云睡眠。这经历了漫长岁月的山谷啊,真是自己的知心朋友;盘桓其中,感觉自己便是山水胜景中的一品神仙。此诗寄兴深远,托物见人,作者在赞美石牛、讴歌皖公山谷的同时,也表达了自己热爱山水、热爱自然的高逸情怀。

注释

〔1〕天全:谓保全天性。亦指浑然天成,无斧凿雕饰之迹。
〔2〕紫气:据汉刘向《列仙传》载,老子将过函谷关西游时,关令尹喜曾见紫气从东来,浮在函谷关上。故后以"紫气"为咏老子或函谷关之典。杜甫《秋兴八首》之五:"西望瑶池降王母,东来紫气满函关。"
〔3〕粪黄金:民间传说,石牛洞古有金牛,能用烟囱上生长的青草将其引出,鞭之能撒粪成金。粪,排泄。
〔4〕漱:含水洗荡口腔。
〔5〕千秋:千年。形容岁月长久。

〔6〕烟霞:指山水胜景。一品仙:最高品级的神仙,最高境界的神仙。

丁青莲

丁青莲,字凤鬶,安徽潜山人。诸生。著有《周官注疏摘要》《四书增注疏义》。直补先贤笺注所未及。子万淳,邑增生。《(民国)潜山县志》卷一四有传。

南 湖 秋 泛

南湖景与雪湖同,桨荡波心仰泮宫[1]。秋色犹含莲叶露,天香已动桂花风。烟飘文塔挥毫底[2],月满舒台漾酒中。欸乃一声歌未了[3],漏声初报画楼东[4]。

辑自《(乾隆)潜山县志》卷二一《艺文补遗》

【解题】

这是一幅金秋暮晚泛舟图。诗中深情地歌咏了南湖周围美丽的风光景物,有声有色地描绘了浩月之下湖上泛舟情景,并表现了作者的兴奋与快适之意。全诗境界朦胧,意象清美,韵律和谐,语调流畅,能给读者带来快乐与美的享受。

【注释】

〔1〕泮宫:西周诸侯设立的学校。规模比辟雍小,只设一院,因半环以水,故称泮宫。此指县学。
〔2〕文塔:即文峰塔。《(乾隆)潜山县志》卷之二三《杂类志》:"文峰塔,在县南。万历壬寅知县于廷采为儒学文笔创。"

〔3〕欸乃：划船摇橹声。歌未了：歌尚未唱完,歌声尚未结束。
〔4〕漏声初报：指一更天。漏声,漏壶滴漏之声。初报,初次报时。画楼：精巧有雕饰的楼阁。

山 谷 寺

山谷近如何,秋来景更多。泉流红树杪,磬响白云窝。避锡曾飞鹤[1],闻经几化鹅[2]。壁间寻古句,独爱诵东坡[3]。

辑自《(乾隆)潜山县志》卷二一《艺文补遗》

解题

此诗描写了山谷寺周围绚丽的秋色,歌咏了宝志和尚卓锡开山的故事;并写自己在崖壁间搜寻古诗,表达了对苏东坡的敬仰。

注释

〔1〕"避锡"句：谓宝志和尚在此卓锡开山,白鹤道人败退飞走。多见前注。
〔2〕化鹅：宋陈葆光《三洞群仙录》卷十九引《幽闲鼓吹》及《真仙通鉴》,记有成君平指白石化鹅羊事。此指世事沧桑。
〔3〕诵东坡：朗诵崖壁间苏轼的诗歌。

蒋 昌

蒋昌,字克猷,安徽潜山人。监生。聪敏嗜学,敦崇孝友,督修宗谱,建祠屋之东隅,置祀田于英邑。乾隆间曾与修邑志及考棚。《(民国)潜山县志》卷一二有传。

宿 三 祖 寺

一从飞锡列蒲团[1],塔影高悬七宝栏[2]。照水云霞晴亦雨,近山楼阁昼常寒。伽陵鸟语逢秋半[3],蒼蔔花开坐夜阑[4]。玉板果然禅味悦[5],四时还报竹平安。

辑自《(乾隆)潜山县志》卷二一《艺文补遗》

解题

此诗写夜宿三祖寺时所感受到的清嘉幽雅气氛。塔影高悬,栏饰七宝,云霞照水,楼阁常寒,还有那美妙动听的伽陵鸟语、郁金花的香气和玉板敲击的声音,一切都渲染出环境的轻安寂静,一切又都含着禅味,使人易入禅定,心生愉悦。

注释

[1] 蒲团:用蒲草编成的圆形垫子。多为僧人坐禅和跪拜时所用。

[2] 七宝栏:以多种宝物装饰的栏杆。七宝,佛经中所说的七种宝物。《法华经》以金银、琉璃、砗磲、玛瑙、珍珠、玫瑰为七宝。《元景寻经》《阿弥陀经》《大智度论》《般若经》亦有"七宝"之说,但所指皆略有不同。

[3] 伽陵鸟语:迦陵鸟,指壁画中一种特殊的人首鸟身的造型,头为童子或戴冠菩萨头,身子似仙鹤,翅膀张开,或作舞,或持乐器奏乐,佛教里称之为伽陵鸟乐伎。伽陵鸟又称歌罗频伽、羯罗频伽、毗伽等,均为印度梵音转译。传说伽陵频伽鸟发出的声音美妙动听,故又名美音鸟。当年释迦牟尼在祇园精舍修行,此鸟回绕其间,且歌且舞,妙音天模拟其声,奏"伽陵频曲",阿难传之,成为"林邑八乐"之一。

〔4〕薝葡：西域传入的花卉，梵语，又译作瞻博迦，即郁金香花。夜阑：夜深。

〔5〕玉板：美称击节的拍板。

蒋高矗

蒋高矗，生平事迹不详。

定 心 台

灵奥开洪蒙[1]，往往有奇迹。高台屹孱颜[2]，葱郁仙灵宅。曰余本悻人[3]，到来尘鞅隔[4]。向须勤苾蒭[5]，此即安禅石[6]。

辑自《（乾隆）潜山县志》卷二一《艺文补遗》

解题

定心台，在皖山顶"天池北，仙花峰南，方广数丈，下临千仞，视之悚栗"（《（乾隆）潜山县志》卷之一《山川》）。

此诗描写了定心台高耸挺立之貌，和登台时所产生的恍若离开尘世的奇妙感觉。作者勉励自己要入定敛心，像佛教传说"苾蒭洗业"中的那位贫苦独居的修行者一样，一心济世治病。据此诗推断，诗人似乎是一位信佛的医者。

注释

〔1〕灵奥：神奇奥妙。洪蒙：指辽阔、混沌的宇宙。
〔2〕孱颜：高峻貌。
〔3〕悻人：劳苦之人。

〔4〕尘鞅：本指世俗事务的束缚。此犹曰"尘世"，即人世间。

〔5〕勤苾蒭：指佛教传说中的"苾蒭洗业"。说的是给孤独园东北一座塔下，一位贫苦独居的修行人受佛点化济世治病的故事。苾蒭，即比丘。本西域草名，梵语以喻佛的弟子。

〔6〕安禅石：指供学佛者打坐参禅入定的石头。安禅，佛教语。指静坐入定，俗称打坐。已见前注。

蒋明良

蒋明良，生平事迹不详。

双 蜍 泉

危岩乍上客怀摅[1]，最爱清泉似玉渠。石骨谁教开一罅，山灵顿使跃双蜍。光涵冰轴秋容淡[2]，色映银涛月影虚[3]。数角有茶天柱近[4]，松风蟹眼乐何如[5]。

辑自《(乾隆)潜山县志》卷二一《艺文补遗》

解题

双蜍，即两只蟾蜍。《(乾隆)潜山县志》卷之一《山川》载："双蜍泉，在皖山绝顶明慈庵禅师住处。师四十余年足不至山麓，惟苦汲水远甚。邑绅刘若实游至此，见师提罌数里外，心恻之，为草檄乞水于山灵。偶至室后，石罅微湿，疑可得泉。掘尺许，土忽陷，有两蜍跃出，泉随涌焉。味至冽。"

此诗描写了双蜍泉的来历和泉流清澈之貌，歌咏了作者在皖山之巅煎此泉之水泡茶，享受着大自然的美景和人间至味时轻松愉悦的心态。

注释

〔1〕客怀：身处异乡的情怀。摅：舒展。
〔2〕冰轴：比喻月亮。
〔3〕银涛：银白色的波涛。
〔4〕"数角"句：数角，指数量少。角，古代量器。十角为一升。此句典出五代尉迟偓《中朝故事》："赞皇公李德裕，博达之士也。……有亲知授舒州牧，李谓之曰：'到彼郡日，天柱峰茶可惠三数角。'其人献之数十斤。李不受，退还。明年罢郡，用意精求，获数角投之。赞皇阅之而受曰：'此茶可消酒肉毒。'乃命烹一瓯，沃于肉食，以银合闭之。诘旦同开，视其肉，已化为水矣。众伏其广识也。"
〔5〕蟹眼：螃蟹的眼睛。比喻泡茶前煎水初沸时泛起的小气泡。

徐 兴

徐兴，安徽潜山人。徐龙光长子。郡廪生，嘉庆五年岁贡。事见《(乾隆)潜山县志》卷一〇《徐龙光传》、《(民国)潜山县志》卷一一《选举志》。

梅 花 女 墓

卖花声过女郎坟，梅雨芜烟锁墓门[1]。留得隔帘花影在，横斜一幅写芳魂[2]。

辑自《(乾隆)潜山县志》卷二一《艺文志》

解题

梅花女，又称梅花小姐，其身世民间有二说。一说，梅花女系梅姓县令之女，宋末，元兵入侵，欲掠此女而强行污辱之。梅花女誓死不从，遂投水而死。临死前嘱家人将财产尽付抗元义军。因女子梅姓，又以县治内外遍植梅花，故称梅花女。又一说，梅花女为浙江人，姓袁，明代清官袁志刚之女。梅花自幼许配官宦之子李某为妻，李父遭奸臣陷害，满门抄斩，袁志刚遭株连削职。为避祸，袁受卜师指点，赴潜山依附邢大人；袁女梅花侍父前往。因家遭不幸，梅花女看破红尘，决心终生不嫁，恪守孝道，践行善事，为父解忧。时潜山县城地势低洼，下雨满城积水，交通极不便利。梅花女便拿出私房积蓄，雇人挑坝，将天宁寨与后北街连接起来，以方便行人。后袁梅花疾病缠身，不久谢世。十里八乡闻者皆为送葬。

梅花女墓，在清初县治捕厅官署后。顺治十五年，典史丁鸣鹤为立碑，并题曰："明乎宋乎？莫知其自。卒斯葬斯，颇著灵异。孰为主之？宜斯者事。"乾隆二年，典史金国治暨贡生刘维嵩再为立碑，又题曰："墓灵祭诚，相继宋明。悠悠舆论，贞烈留名。梅花遗世，千载如生。"

徐兴此诗一、二两句描写了梅子黄熟时节阴雨连绵不绝之时，自己经过梅花女墓所见凄凉景象；三、四两句则写作者访墓归来，于窗下铺纸，画一幅株枝横斜的梅花图，以纪念梅花女的芳魂。全诗以景见情，以情烘景，情景相融，体现了作者高超的诗歌表达技巧。

注释

〔1〕梅雨：梅子黄熟时节所下的连绵雨。芜烟：丛生草木中的雾气。

〔2〕横斜：指枝条倾斜。

唐婆岭

望望唐婆岭[1]，篮舆趁暮鸦[2]。祇林闻梵呗[3]，剥啄到僧家[4]。寂寂看牛迹，萧萧听马挝[5]。年来行脚惯[6]，尝遍赵州茶[7]。

辑自《(乾隆)潜山县志》卷二一《艺文补遗》

解题

唐婆岭，在潜山县与怀宁县之间的官道上。已见王士禛《自沙河至唐婆岭即事》诗解题。此诗写作者乘竹轿从唐婆岭归来途中所见所闻。作者乘一顶竹制的便轿依依不舍地离开了唐婆岭，行进中冲散了几只归巢的乌鸦。此时耳边听到庙里的诵经声，于是准备上前去敲门。看着路边清寂冷落的牛蹄印，又听到有鞭马的声音，作者似乎悟到了一点禅意。他感叹自己近年来游走四方寻师求法，吃遍了寺院招待的茶水；今日既到此地，也去讨杯茶吃，再次领悟一下禅的奥义吧。

注释

〔1〕望望：望了又望，表示依恋不舍。

〔2〕篍舆（biān yú）：竹制的便轿。趁：赶走，驱散。

〔3〕祇（qí）林：祇林精舍的省称。此指寺院。梵呗：佛教指作法事时的歌咏赞颂之声。

〔4〕剥啄：象声词，状敲门声。

〔5〕萧萧：马鸣声。马挝：马鞭子。诗中指鞭马声。宋苏轼《至下马碛憩于怀贤阁》诗："吏士寂如水，萧萧闻马挝。"

〔6〕行脚：行走，行路。亦指为修行而游走四方寻师求道。

〔7〕赵州茶：相传赵州（唐代高僧从谂的代称）曾问新到的和尚："曾到此间么？"和尚说："曾到。"赵州说："吃茶去。"又问另一个和尚，和尚说："不曾到。"赵州说："吃茶去。"院主听到后问："为甚么曾到也云吃茶去，不曾到也云吃茶去？"赵州呼院主，院主应诺。赵州说："吃茶去。"赵州均以"吃茶去"一句来引导弟子领悟禅的奥义。见《五灯

会元·南泉愿禅师法嗣·赵州从谂禅师》。后遂用为典故,并以"赵州茶"指寺院招待的茶水。

徐 蕃

徐蕃,安徽潜山人。徐龙光次子。贡生。曾参与修纂《(乾隆)潜山县志》,任分修。见《(乾隆)潜山县志》卷首《重修潜山县志姓氏》。

自青崖至万涧望天柱峰

振衣度高岭[1],细路妨跬屦[2]。万壑赴青崖,奇峰攒石戟[3]。自昔爱溪山,烟霞性所适[4]。峨峨天柱峰[5],缥缈看惊魄[6]。望望翠微开[7],螺黛如鬟碧[8]。归来余兴留,横侧千峦积。

辑自《(乾隆)潜山县志》卷二〇《艺文志》

【解题】

青崖,具体地理位置不详。万涧,在天柱山北麓,属清照乡。作者从青崖行至万涧山游览,放眼望去,似乎千山万壑都朝着青崖奔赴而来,这些神奇的山峰像是许多石戟攒聚在一起。而天柱峰更是高峻壮美,远眺中,它隐隐约约,若有若无,极具魅力,使人心中受到强烈震撼。青翠掩映的山腰幽深处的雾气消散了,只见那山色有如女子画眉的螺黛,山形则似女子头上的环形发髻。回家后作者余兴未尽,他仿佛身边仍旧积聚着千座山峰。全诗以形象的语言、丰富的想象,描绘了皖山的山水胜境,表现了作者愉悦的心情。

【注释】

〔1〕振衣:抖衣去尘,整衣。

〔2〕蹉(wō)屐:木鞋折断。
〔3〕攒(cuán)石戟:像许多石戟攒聚在一起。攒,簇聚,聚集。戟,古代兵器名。流行于商代至战国时期。
〔4〕适:向往。亦指愉悦,满足。
〔5〕峨峨:高峻貌,盛壮、盛美貌。
〔6〕惊魄:形容极具魅力,使人心中受到强烈震撼。
〔7〕翠微:指青翠掩映的山腰幽深处。开:指雾气消散。
〔8〕螺黛:即螺子黛。古代妇女用来画眉的一种青黑色矿物颜料。喻指盘旋高耸的青山。鬟:古代妇女的环形发髻。此处喻山形。

环松书屋题壁

鸟语危檐小苑晴[1],茶烟一榻自煎烹[2]。柴门竟日无人到[3],松下风涛时有声。

辑自《(乾隆)潜山县志》卷二一《艺文志》

【解题】

环松书屋,作者书斋名。天气晴了,小小园林的屋檐上有鸟儿在歌唱;卧榻边煎茶的烟气袅袅上升。茅屋柴门,终日无人前来烦扰,耳畔不时传来风撼松林的阵阵涛声。作者笔下的环松书屋,鸟语花香,环境幽静,真是个修身养性、读书写作的好地方!

【注释】

〔1〕危檐:高檐。苑(yuàn),园林。
〔2〕茶烟:指煎茶的烟香气。煎烹:指花香熏人犹如煎烹。
〔3〕柴门:用木柴做的门。言其简陋。竟日:终日。

山 谷 寺 题 壁

山谷幽栖处[1],林岩证宿盟[2]。苔花双树老[3],松雪半山明。摩诘灯前影[4],华岩竹里声[5]。何当拂尘服[6],跌坐学长生[7]。

辑自《(乾隆)潜山县志》卷二一《艺文补遗》

解题

作者游观山谷寺这座古刹,感受到一种幽寂出尘的意境,因此不禁心生参禅学佛之心。

注释

〔1〕幽栖:居处幽僻,也指隐居。
〔2〕宿盟:从前的盟约。佛教指前世因缘。
〔3〕苔花:苔藓斑驳,其状如花。或指苔藓所开的小花。清袁枚《苔》:"苔花如米小,也学牡丹开。"双树:即娑罗双树。也称双林。为释迦牟尼入灭之处。此处借指寺中老树。
〔4〕摩诘灯:摩诘,是维摩诘(梵语 vimalakīrti)的省称。意译为"净名"或"无垢称"。摩诘灯,此处指寺庙中的佛灯。
〔5〕华岩:长满苔藓、颜色斑斓的岩石。
〔6〕何当:犹何日,何时。拂尘服:脱除人世间的服饰。
〔7〕跌坐:盘腿端坐。为修行者的坐姿。

题游存堂先生雪湖志馆图并送回蜀

雪湖风景佳,胜境传舒州。先生淡荡人[1],日向湖边游。

竭来七千里,缥碧分校雠[2]。史学具三长[3],遗文恣寻求。著书兼读画,客馆何清幽。更请老画师,痴绝如虎头[4]。三毫貌古色[5],秋水明双眸。画成书亦成,长啸还故丘[6]。曰余周旋久,杖履相绸缪[7]。岁月隙驹过[8],聚散如浮沤[9]。人生不如画,清景能长留。披图还一粲[10],骊歌何啾啾[11]。

骊歌唱彻蒲帆挂,别意也知难入画。思君长在雪湖边,西窗夜雨巴山话[12]。

辑自《(乾隆)潜山县志》卷二一《艺文补遗》

解题

游端友,字存堂,蜀地人。乾隆三十四年(1769)曾以举人出任江西定南县知县,一年后去职家居。潜山县令李载阳与端友有同乡之谊,乾隆四十四年修《潜山县志》,他聘端友为纂修。端友从七千里外的故乡赶来共襄盛事。当时修《县志》的志馆设在雪湖边,这里风景优美,环境清幽,端友游憩其中,十分惬意。志乘已成将回故乡时,他请来一位老画师,为自己画了一幅《雪湖志馆图》,以资留念。作者徐蓘见其图,遂题作此二诗,并以它留别游端友。

这两首诗第一首为五古,第二首为七绝,原在同一诗题下。五言古诗歌咏了游端友为人散淡的作风,称赞他史学上具三才之长,修《县志》时能广搜博求,精心校雠。作者还回顾了三年来与对方的交往,对一起扶杖漫步、紧密相随的日子十分怀念;并感叹光阴易逝,人生短促,聚散无常。七言绝句承前首诗意而来,一方面向友人倾诉了分别的惆怅,一方面向对方表示,将来一定会在雪湖边常常想念他,并渴望二人能很快重逢。二诗纯用白描手法,语言平易自然,而感情却如层漪叠浪,波澜起伏,且极富人生意义。后诗的结尾处将对朋友的思念化作对重逢的期待,更是低回深婉,耐人寻味。

注释

〔1〕淡荡人：犹散淡,悠闲自在。清钱谦益《感叹旧游如在宿昔作此诗以寄之》："羡君真作淡荡人,闲即牵舟湖上住。"

〔2〕缥碧：苍青色。此代指书籍。因古籍书的函套为苍青色的织物制成。校雠：一人独校为校,二人对校为雠。谓考订书籍,纠正讹误。

〔3〕三长：指才、学、识三种长处。《旧唐书·刘子玄传》："史才须有三长,世无其人,故史才少也。三长,谓才也,学也,识也。"

〔4〕痴绝：痴憨到了极点。比喻人对所从事之事入迷至极或不合流俗。虎头：指东晋大画家顾恺之。恺之小字虎头,多才气,尤工丹青。俗传顾恺之有三绝,即才绝、画绝、痴绝。故世有"虎头痴绝"之说。

〔5〕三毫：颊上三毫之省。亦作颊上三毛,比喻文章或图画生动传神。南朝宋刘义庆《世说新语·巧艺》："顾长康画裴叔则,颊上益三毛。人问其故。顾曰：'裴楷俊朗有识具,正此是其识具。看画者寻之,定觉益三毛如有神明,殊胜未安时。'"后遂用作典故。以"颊上三毫"比喻文章或图画的得神之处。清张岱《石匮书自序》："至其论赞,则淡淡数语,非颊上三毫,则睛中一画。"

〔6〕故丘：家乡的山丘；故乡。

〔7〕杖履：扶杖漫步。绸缪：情意殷切,紧密相随。

〔8〕隙驹过：《庄子·知北游》："人生天地之间,若白驹之过隙,忽然而已矣。"后因以"过隙驹"比喻光阴易逝,人生短促。

〔9〕浮沤：漂在水面的泡沫。常比喻变化无常的世事和短暂的生命。

〔10〕一粲：一笑。

〔11〕骊歌：告别的歌。啾啾：象声词。此指凄切尖细的声音。

〔12〕夜雨巴山：比喻渴望与朋友再次相逢。典出唐李商隐《夜雨寄北》："君问归期未有期,巴山夜雨涨秋池。何当共剪西窗烛,却话巴山夜雨时。"

何恩华

何恩华,安徽潜山人。生员。曾参与修纂《(乾隆)潜山县志》,任分修。事见《(乾隆)潜山县志》卷首《重修潜山县志姓氏》。

玉 镜 山

紫府宣明诏[1],新开宝镜光。一朝离阆苑[2],千古耀岩郎[3]。稳系仙娥掌,频催玉女妆。象星何皎皎,映日更洋洋[4]。上下圆规合,高低素影长。烛奸能不敝[5],鉴物自无量[6]。雨过磋磨净[7],风来色相扬[8]。涪翁高咏后[9],谁复步苏黄[10]!

辑自《(乾隆)潜山县志》卷二一《艺文补遗》

解题

玉镜山,在今潜山县治北二十里。唐贞元二年,皖山东南忽然爆裂,皎莹如玉,行人远见如悬镜然。刺史吕渭奏闻,因改万岁乡为玉镜乡。故亦名玉照山。黄庭坚诗"仙人持玉照,留在潜峰西",即写此山。山的东面有主簿山,相传唐毕诚读书于此。

此诗歌咏了玉镜山洁白美盛之貌,说它照物无数,能明察奸恶,可使世间一切事物穷形尽相。此皆借题发挥,表达了作者对玉镜山的爱慕之心。尾联对曾为此山写过佳作的黄庭坚表达了敬意,并为无人能步其高韵而遗憾。

注释

[1] 紫府:即神仙洞府。道教称仙人所居。
[2] 阆苑:即阆风苑,传说中仙人所居。

〔3〕岩郎：亦作岩廊。高峻的廊庑。
〔4〕洋洋：盛大貌,美盛貌。
〔5〕烛奸：明察奸恶。不蔽：不被蒙蔽。蔽,同"蔽"。
〔6〕鉴物：鉴照物体。无量：数量极多,难以计算。
〔7〕磋磨：磨治器物。此指磨去尘垢。
〔8〕色相：佛教用语。指一切事物所呈现出的形状外貌。
〔9〕涪翁高咏：黄庭坚的佳作。黄庭坚曾为此山作《玉照泉》,见本书前辑录注解。高咏,好诗篇,佳作。
〔10〕苏黄：指苏轼和黄庭坚。苏轼未曾作有关玉镜山的诗歌,此处是言黄而及苏。

刘嵩华

刘嵩华,安徽潜山人。邑庠生。妻王氏入《烈女传》。事见《(民国)潜山县志》卷二六。

舒台夜月歌

悠悠念今古,抱琴登荒台。醉我一尊酒,因之意徘徊[1]。曲尽云亦归,东山皓月来。

辑自《(乾隆)潜山县志》卷二〇《艺文志》

【解题】

此诗写到,作者抱琴登台,饮酒奏曲,曲尽而皓月临空,作者却徘徊流连不肯离去。诗中将作者因思念古人往事而迷离惝恍的神态表现得惟妙惟肖。

【注释】

〔1〕徘徊：流连；留恋。

山谷寺题壁

乔高古篆谁寻得？骑省名高忆旧墟[1]。莫讶徘徊三日久，岩端山谷有真书[2]。

辑自《(乾隆)潜山县志》卷二一《艺文补遗》

解题

作者因为徐铉曾为乔公故址撰文并以古篆刻碑，他以为山谷寺摩崖石刻也留有他的手迹，于是前来寻找，连续盘桓了三日，结果却一无所获。不过，他发现在岩石的顶端有黄庭坚的楷书真迹，心中还是感到非常欣慰。

注释

[1] 骑省：指北宋徐铉。以其官至散骑常侍，世称徐骑省，也省称骑省。旧墟：故居。

[2] 山谷：指黄庭坚。黄庭坚号山谷道人。真书："楷书"的别称。

徐兆燕

徐兆燕，安徽潜山人。生平事迹不详。

天柱峰歌

我家居在天柱麓，出门遥见峰六六[1]。汉帝登封有祭台，岳振南州临百谷[2]。皎皎晴雪下崖巅，万斛流珠与瀑连[3]。道旁举首向空指，摄人耳目心旌悬[4]。阿谁杖策依石窟[5],斜阳去后来江月。暮雨朝云洞里仙,自诩乾坤终不没[6]。试上嶙崌俯翠微[7],我欲凭高奋翼飞[8]。道人可识山中事,毛女夜深归不归[9]?

辑自《(乾隆)潜山县志》卷二〇《艺文志》

解题

此诗以俊逸爽朗之笔描绘天柱山风光景物之珍异,风姿之潇洒,表现了作者对故乡的自豪感和极力赞美之情。从艺术形式来说,它一气相生,珠圆玉润,音调铿锵,而韵味无穷,显示出作者对那种超凡脱俗风格的企慕与欣赏。而末句奇诡一问,更使全诗显得摇曳多姿,而平添许多亮色。

注释

〔1〕六六:六的六倍,三十六。据说天柱山有三十六座山峰。

〔2〕南州:泛指南方地区。

〔3〕万斛流珠:意谓山中飞泉流淌,如万斛珠玉倾泻。极言泉源丰富。万斛,极言容量之多。古代以十斗为一斛。流珠,泉水流淌飞溅如珠玉。宋辛弃疾《鹧鸪天·石门道中》词:"山上飞泉万斛珠,悬崖千丈落鼪鼯。"

〔4〕摄人耳目:形容具有很强的吸引力。

〔5〕阿谁:即谁,"阿"为代词前缀。

〔6〕自诩:自夸。不没:不灭。

〔7〕嶙崌:亦作崌嶙。山相连貌。

〔8〕奋翼:犹奋翅,振翅。

〔9〕毛女:皖山有毛女峰。李庚诗:"皖伯山前毛女峰,何物女子成奇功。日食黄精夜宿露,遍身毛羽如飞蓬。金丹力转费烧炼,超凡脱俗功相同。我亦有此长生术,特来山下追遗踪。"据李诗所言,毛女是一位修炼成仙的女道士。

永兴庵题壁

我爱永兴庵,窗前挂飞瀑。忽闻钟磬音,白云满丹灶。花落点苍苔[1],竟日无人扫。向晚闭禅门[2],空阶鸟争噪。

辑自《(乾隆)潜山县志》卷二〇《艺文志》

解题

永兴庵,在玉照乡,位于县北三十里鹿角尖南。朱远照捐建。此诗以动写静,通过对一系列动的景物的描写,表现了永兴庵幽静的环境,同时又使诗显得富有生机而不枯寂。尤其是末句"鸟争噪"的场景描写,更是画面生动,令人印象深刻。

注释

〔1〕苍苔:青苔。
〔2〕向晚:傍晚。向,义同"接近"。

过西溪馆

薄暮无行伴[1],途长人意懒。浣女临清流[2],捣衣声续断[3]。凉风溪边来,吹我带襟散[4]。目送暮山青[5],记过西溪馆。

辑自《(乾隆)潜山县志》卷二〇《艺文志》

解题

西溪馆,在今潜山县治西。旧《志》载:"唐刺史吕渭喜舒州山水奇秀,乃于城西一里创馆,带水夹沼,为一州之胜概。今废。"

此诗写作者傍晚访问西溪馆遗址时所见风光景色和失望迷惘的心情。作者经过长途行走孤身一人来到西溪馆,只见有洗衣的妇女蹲在清澈的溪水边,耳边断断续续传来棒槌敲打衣服的声音。忽起一阵凉风,吹开了作者的衣襟,他打了个寒颤。见曾经是"一州之胜概"的西溪馆,如今这般荒凉,他心中失望,神情迷茫,凝望着远处的青山,目送它渐渐消失在暮色中。

注释

〔1〕薄暮:傍晚时分。
〔2〕浣女:洗衣的妇女。
〔3〕捣衣:用棒槌敲打衣服。
〔4〕带襟:衣带和衣襟。
〔5〕暮山:傍晚的山峰。

仙 人 桥

天然约略驾灵鼍[1],曾有仙人发啸歌[2]。笑我寻秋多济胜[3],白云红叶两经过[4]。

辑自《(乾隆)潜山县志》卷二一《艺文补遗》

解题

仙人桥,在县治西北四十里斜岭山腰。两山相夹,中通一涧。有大石横架两头,高丈余,阔四丈。人行桥下,虽盛暑,凉入心腹(《(乾隆)潜山县志》卷之一《山川》)。

此诗前两句描写仙人桥的样貌和得名之缘由。说是此桥是一天然石桥,样子约略似鼍龙横跨在两山之间;曾经有仙人在桥上长啸高歌,放纵情怀,所以称为"仙人桥"。诗的后两句写仙人桥周围绚丽的秋色和自己喜爱攀登览胜的情怀。在白云飘飘、红叶满山的秋天,作者两度经过仙人桥,可见作者对它的挚爱。

注释

〔1〕灵鼍:即鼍龙。一种与鳄鱼相似的动物。
〔2〕啸歌:高歌。亦指长啸放歌,放纵情怀。
〔3〕济胜:攀登胜境。清赵翼《偕孙渊如汪春田两观察游牛首山》诗:"衰老自怜难济胜,层椒临眺亦忘还。"清王韬《登杜拉山》诗:"济胜惭无腰脚健,探幽陡觉心胸开。"
〔4〕红叶:秋天,枫、槭、黄栌等树的叶子都变成红色,统称红叶。

登鹿角峰

巨岫郁崔嵬〔1〕,登临烟雾开。河随平野去,山带塞鸿来〔2〕。秋老浮云变〔3〕,林深白鹿回〔4〕。皖峰遥峙处,飞思入三台〔5〕。

辑自《(乾隆)潜山县志》卷二一《艺文补遗》

解题

鹿角峰,在潜山县治东二十六里。山麓特起一峰,怪石槎牙如鹿角,故曰"鹿角峰"。

此诗写登鹿角峰所见风光景物与作者邈邈情思。初登此峰,满目都是高大的峰峦,茂盛的草木,还有正在消散的云雾。待至峰顶远眺,只见大河随着平坦辽阔的原野滚滚流去,从北方边塞飞回的大雁正朝此山飞来。秋色已晚,天上的浮云不断地变换着色彩;密林深处不见白鹿,它可能是回到皖山的白鹿洞中去了吧。再遥瞻耸立的皖山三台峰,作者情思邈邈,陷入对古人往事的忆念之中。全诗意境开阔,气象雄浑,景物清新,情韵悠长。

注释

〔1〕巨岫:高大的峰峦。郁:草木茂盛貌。崔嵬:高耸貌。

〔2〕"河随"二句:大河随着平坦辽阔的原野滚滚流去,高山招来了从北方边塞飞来的大雁。平野,平坦辽阔的原野。塞鸿,从北方边塞飞来的大雁。

〔3〕秋老:秋深。秋色已晚。

〔4〕白鹿:白色的鹿。古人以白鹿为祥瑞。皖山有白鹿洞,已见前注。

〔5〕三台:皖山山峰名,已见前注。

金 枝

金枝,字象盛,安徽潜山人。乾隆四十五年(1780)岁贡。曾参与修纂《(乾隆)潜山县志》,任采辑。事见《(乾隆)潜山县志》卷七《选举志》、卷首《重修潜山县志姓氏》。

炼 丹 台

洞岂神工凿[1],池如仙手剜[2]。烟云生杖履,萝薜挂巾衫[3]。石滑溪防险,林深树耐芟[4]。炼丹人不见,霜月白松杉[5]。

辑自《(乾隆)潜山县志》卷二一《艺文补遗》

解题

此诗写左慈炼丹台遗址幽深凄冷、绝俗离尘的景色,反映了诗人的思古之情。

注释

〔1〕神工：犹神人。

〔2〕池：指水池、火池。左慈炼丹台有水火二池。已见前注。剟：刻凿。

〔3〕"烟云"二句：意谓游炼丹台时，云雾从扶杖漫步者的脚下生起；女萝和薜荔会勾住他们的头巾和衣衫。

〔4〕耐芟：经得起删削。芟，删削，清除。

〔5〕"霜月"句：寒夜月光如霜，照在松树杉树上呈现一片白色。霜月，寒夜的月亮。

登舒台眺望潜阳十景

舒台高矗古舒州，十景遥凭一望收。月印诗崖如玉漱，烟凝酒岛带霞流。吴塘渡接乔公址[1]，山谷泉环石洞牛。九井风飘天柱雪，尽同丹灶至今留。

辑自《(乾隆)潜山县志》卷二一《艺文补遗》

解题

这又是一首以潜阳十景名称连缀成篇的七言律诗。全诗写月夜在舒王台眺望潜山各大著名景观。在短短八句中嵌入十景之名，且能状物抒情曲尽其妙，需要很深的文字和文学功底，才力不逮者不作为好。与前所辑同类诗一样，此诗亦有不尽如人意之处。

注释

〔1〕"吴塘"句：谓吴塘渡口与乔公遗址相连。所言并非事实。

万廷伟

万廷伟,字绍尹,安徽潜山人。敦伦力行,与弟析居,后弟业中落,厚为补给。中年失偶,不再娶。族戚有急难者拯恤之,争讼者调释之。性嗜书,师事田左泉名垒者。晚构北谷草堂课子,寿七十余。子睹,邑庠生。《(乾隆)潜山县志》卷一〇、《(民国)潜山县志》卷一七有传。

金 城 寺

最爱金城古佛坛[1],香烟朝暮绕禅关。虎溪吐纳千家水[2],鹫岭高低万叠山[3]。几亩伊蒲供佛馔[4],满林祇树荫僧闲[5]。天花漫逐春风落[6],留待谈经去复还[7]。

辑自《(乾隆)潜山县志》卷二一《艺文补遗》

解题

金城寺,在玉照乡,位于潜山县治北一百二十里之黄石坂。南宋绍兴年间创建。此诗描绘了金城寺所在之处千条溪涧归流、万叠山峰错列的山川形势和金城寺浓郁的宗教气氛。画面清新,形象鲜明,给人以身临其境之感。

注释

〔1〕金城:即金城寺。佛坛:供奉佛像的高台。
〔2〕虎溪:溪名。在江西省九江市南的庐山东林寺前。相传晋代慧远法师居此,送客不过溪;过此,虎辄号鸣,故名虎溪。诗中借指金城寺边的溪流。
〔3〕鹫岭:即耆阇崛山。亦称"灵鹫山"、"鹫峰"、"鹫台"。位于

古印度摩揭陀国王舍城东北部。相传释迦牟尼曾在此居住和说法多年。此指金城寺所在的高山。

〔4〕伊蒲：梵文音译。原意是素食，诗中指为僧人提供素食之田亩。

〔5〕祇树：即祇园之树。祇园在古印度舍卫城，与王舍城的竹园同为释迦牟尼时代的两大精舍之一。释迦牟尼在祇园住了二十五年左右，宣讲了许多精典。参见《大唐西域记》。此指金城寺。

〔6〕天花：佛教语。天界仙花。

〔7〕谈经：讲说佛经。

余必联

余必联，安徽潜山人。贡生。曾题潜山猪头尖仙女岩云："尘寰那晓蓬莱境，到此方知即是仙。"事见《（乾隆）潜山县志》卷之一《山川》。

双 虹 崖

崖分两道金光耿[1]，拟作双虹垂半岭[2]。闪烁晴空玉影横[3]，夕阳斜照天然景。

辑自《（乾隆）潜山县志》卷二一《艺文补遗》

解题

双虹崖在金紫山（又名诸佛山，俗名猪头尖），为该山十二景观之一。《（民国）潜山县志》卷一《山川》称："双虹崖，夕阳返照，金光炫目。中有龙井，芦苇丛生，祈雨者悬绠以入，辄有奇验，否则云迷不得入。"

此诗写夕阳返照时光明照耀,如同双虹悬于晴空,给自然景物涂上了一层金色。全诗色彩明丽,风光如绘。

注释

〔1〕耿:光明;照耀。
〔2〕拟作:比作。
〔3〕玉影:犹玉光。

聂 魁

聂魁,安徽潜山人。乾隆五十三年(1788)岁贡。事见《(民国)潜山县志》卷一一《选举志》。

南 湖 秋 泛

藕花风晚起城南[1],舟泛湖心水色蓝。金粟香浮秋欲半[2],玉钩影照月初三[3]。文峰塔助挥毫捷,古寺钟催饮兴酣。停棹整衣登岸去,露萤送客到书龛[4]。

辑自《(乾隆)潜山县志》卷二一《艺文补遗》

解题

此诗写南湖泛舟。湖中荷花竞秀,沿岸桂子飘香,天上一钩新月,不远处有文峰塔和古寺。一群县学的学生们泛舟湖心,开怀畅饮。突然古寺晚钟传来,大家结束了聚会,停止划船,整衣登岸而去,在流萤的陪伴下,他们回到了藏书楼。全诗有声有色、有情有味地描绘了一幅南湖立体秋泛图,笔触细腻,格调清新,把读者引入了对金秋美景和风流雅事的心慕神往之中。

【注释】

〔1〕藕花：荷花。
〔2〕金粟：桂花的别名。因其色黄如金，花小如粟，故称。
〔3〕玉钩：喻新月。唐李白《挂席江上待月有怀》诗："倏忽城西郭，青天悬玉钩。"
〔4〕露萤：萤火虫。书龛：指藏书处。

陈昌国

陈昌国，安徽潜山人。县学生员。曾与生员储恩澧、徐魁、理问蒋高元、监生刘芃章、王承凤、储恩潮等于学署圣庙左倡建"德配天地、道冠古今"二坊。事见《(乾隆)潜山县志》卷之三《学署》。

题潜山十景

古洞何年卧石牛，西风夜吼夏如秋。仙遗丹灶烟犹袅，人去舒台月尚留。酒岛霞蒸晴雪暖，诗崖玉漱谷泉流。二乔妆井残脂在，晓渡吴塘一曲讴[1]。

辑自《(乾隆)潜山县志》卷二一《艺文补遗》

【解题】

此诗亦以潜山十景名称连缀成篇。与以前同类诗相比，无论是就词语搭配组合而言，还是从状景写物曲尽其妙来说，此诗都是翘楚。

【注释】

〔1〕讴：歌曲；民歌。

登三祖塔

直上千寻碧宇游[1],一声长啸万山秋。惟闻鹤去摩空唳,不见龙来带雨流[2]。我欲挥毫题佛顶[3],谁招飞锡落云头[4]。振衣渐有天风起,吹送惊人句子留。

辑自《(乾隆)潜山县志》卷二一《艺文补遗》

解题

宝塔高达千寻,登此塔游览像是游于青天之上。此时万山秋色在目,顿觉心旷神怡,不禁长啸一声。自己耳畔只听见白鹤向天空飞去的鸣叫声,却没看到神龙洗塔时带来的降雨和洗塔的水流。正打算在这佛顶之上挥毫题诗,眼前似乎有一支锡杖飞落云头。于是我振衣去尘,准备写作,恰好此时有天风吹起,但愿它送来惊人的诗句,长留人间吧。全诗描写了三祖塔的高峻和登塔所见美丽秋色,表达了对宝志禅师的怀念,流露出内心的恬适愉悦之情。

注释

[1] 千寻:形容宝塔极高。寻,八尺。碧宇:青天。
[2] 摩:接触。唳:鹤鸣声。
[3] 龙来带雨流:指神龙洗塔事。见前所辑明李元阳《皖山寺》诗注解及其所撰《游皖山记》。
[4] 飞锡:谓高僧执锡杖飞空。此指宝志卓锡开山事,已见前注。

郑懋勋

郑懋勋,安徽潜山人。贡生。曾参与修纂《(乾隆)潜山县志》,任采辑。事见《(乾隆)潜山县志》卷首《重修潜山县志姓氏》。

游 黄 山

黄山见水经[1],巍巍德会源[2]。兹山绝葱倩[3],名以涪翁存。我来杖策游,萝薜争攀援。群峰开苍翠,众鸟鸣朝暾[4]。风微竹烟淡[5],石溜山泉奔[6]。樵路石径斜[7],屐齿冲苔痕[8]。兹游惬素志,泉石应细论。何当营数椽[9],筑室秋树根[10]。

辑自《(乾隆)潜山县志》卷二一《艺文补遗》

解题

诗人所游之黄山,在潜山县治北十里,以黄庭坚得名。山上有涪翁读书堂等遗迹。此诗对山中原生态的景色样貌做了形象而热情的描绘,表达了作者醉心自然、向往幽居的情怀。

注释

〔1〕黄山:山名。《(乾隆)潜山县志》卷之一《山川》:"黄山,县北十里。上有黄山谷书堂,山得名以此。"水经:即《水经》。书名,是中国第一部记述河流水系的专著。旧说汉桑钦撰。书中所载水道据称有一百三十七条,因部分亡佚,仅存一百二十三条。此书系统地记述了诸水源流及流经的地方,确立了因水证地的方法。《水经》实际是依赖北魏郦道元《水经注》流传于后世。

〔2〕巍巍:显赫高大貌。德会源:德会,河流名。郦道元《水经注》:"时水自西安城西南分为二水,枝津别出西流,德会水注之,水出昌国县黄山,西北流经昌国县故城南。昔乐毅攻齐有功,燕昭王以是县封,为昌国君。德会水又西北五里,泉水注之。水出县南黄阜北,流径城西北入德会,又西北,世谓之沧浪沟。"

〔3〕葱倩:草木青翠而茂盛。

〔4〕朝暾：初升的太阳。亦指早晨的阳光。

〔5〕竹烟：竹林中的雾气。

〔6〕石溜：石濑，山石上浅而急的水流。

〔7〕樵路：打柴人走的小路。

〔8〕苔痕：苔藓滋生之迹。

〔9〕营数椽：修建几间茅屋。椽，指房屋的间数。唐杜甫《秋日夔府咏怀奉寄郑监李宾客一百韵》："甘子阴凉叶，茅斋八九椽。"

〔10〕秋树根：杜甫《孟氏》："负米夕葵外，读书秋树根。"

潜 岳

山石荦确烟鬟垂[1]，苍颜老树鳞之而[2]。长风千尺拂飞瀑，青天挂出银琉璃[3]。偶来天柱正秋晓，曙色冥蒙云浩浩[4]。须臾日出浮岚开，山翠如眉才淡扫。中峰突兀万丈强，乍见冰柱摩穹苍。却疑五丁力复绝[5]，开此奇境令我心彷徨[6]。鬼工皴皱行径窄[7]，石关穿漏容足劣[8]。盘旋绝顶登屭颜，大江如练空蒙隔。茂陵昔日登封时[9]，山灵呵护纷丞疑[10]。秋风瓠子寻常事[11]，射蛟千载称神奇[12]。

辑自《(乾隆)潜山县志》卷二一《艺文补遗》

解题

此诗描绘了攀登潜岳览胜所见险峻雄奇的风光，歌咏了盘旋绝顶时眼中大江如练的优美景色，赞美了当年汉武帝来此登山封岳的历史功绩。全篇画面愈转愈宽，境界越写越广，气脉流注，隽永洒脱。

注释

〔1〕荦确：山石险峻貌。烟鬟：形容山上草木如女子蓬松的

鬓发。

〔2〕鳞之而:龙须。龙颊侧须鬣上出者曰"之",下垂者曰"而"。
〔3〕银琉璃:形容瀑流清澈,如银和琉璃一般洁白透明。
〔4〕冥蒙:幽暗不清。浩浩:声势盛大貌。
〔5〕五丁:即五丁力士。已见前注。敻(xiòng)绝:超绝。
〔6〕彷徨(páng huáng):心神不定。
〔7〕皴(cūn)皱:谓像画工用皴法画出来的一般。皴,中国画技法名。是表现山石、峰峦和树身表皮脉络纹理的画法。
〔8〕石关:石门。明刘基《次韵退和音上人》:"绝顶浮云锁石关,曲途危磴阻跻攀。"穿漏:破败有漏孔。亦指破漏之屋。
〔9〕茂陵:指汉武帝。已见前注。
〔10〕纷烝:纷烝,纷乱众多貌。烝,通"烝"。
〔11〕瓠子:指《瓠子歌》。乐府歌辞名,汉武帝刘彻作。据《史记·河渠书》载,汉武帝元光年间,黄河决入瓠子河,东南流入巨野泽,与淮水、泗水相通,梁、楚一带连年遭灾。元封二年(前109),武帝封禅泰山归来,亲临瓠子决口,沉白马、玉璧以祭河神,令群臣从官将军以下皆负薪置决河。当时东郡民皆烧草,因而柴薪少,则令伐淇园之竹为楗以塞决河。武帝痛悼塞河久而无功,乃作《瓠子歌》二首。
〔12〕射蛟:指汉武帝元封五年登天柱祭岳途中射蛟江中事。已多见前注。

韩梦黎

韩梦黎,生平事迹不详。

九　井

石脉流泉九井通,岩端竟夕发秋风[1]。尚书故实分明在[2]，偏自荒唐说志公[3]。

辑自《（乾隆）潜山县志》卷二一《艺文补遗》

解题

皖山天祚宫前有九井河，水流曲折，高下落差极大，冲激成潭，深不可测，名之曰井，大者有九，曰天井、雷井、云井、风井、龙井、三牲井、珍珠井等等。因河上多悬流飞瀑，西风每夜从此刮起，称为"九井西风"。但亦有传说认为，九井有西风与宝志禅师有关。是宝志与白鹤道人争山麓之胜时，二人斗智，"道人设九厕于左，志公卓锡九井，为西风反吹"而引起的。

作者此诗引《尚书故实》之说，认为九井就是九眼泉水，西风的发生是与泉水的流动有关，并反驳了志公卓锡九井为西风反吹白鹤道人九厕臭味这一荒诞不经之言。

注释

〔1〕竟夕：整个晚上。

〔2〕尚书故实：书名。《尚书故实》，唐李绰撰。其书杂记近事，兼考旧闻。其中有关于潜山九井的记载，曰："公云：舒州潜山下有九井，其实九眼泉也。旱即煞（杀）一犬投其中，大雨必降，犬亦流出。"

〔3〕"偏自"句：偏要根据荒唐的传说，认为刮西风是与宝志禅师有关。旧《志》载，宝志禅师与白鹤道人争山麓之胜，"宝志公与白鹤道人斗智，道人设九厕于左，志公卓锡九井，为西风反吹焉"。

蔡朝林

蔡朝林，安徽潜山人。蔡从龙之子，髫年入泮。其余不详。姓名附见《（乾隆）潜山县志》卷之十《蔡从龙传》。

游鹿角峰

群鹿下高天,清泉鸣石齿[1]。山深不见人,一路落松子。

辑自《(乾隆)潜山县志》卷二一《艺文补遗》

解题

鹿角峰,在潜山县治北二十六里。其胜概已见前徐兆燕《登鹿角峰》诗解题。此诗写游鹿角峰所见静谧美景,诗中以动衬静手法的运用,使人想起唐代诗人王维"人闲桂花落"、"鸟鸣山更幽"这些山水名句的韵味。

注释

〔1〕石齿:形容山石尖锐。

雷天铨

雷天铨,字晋风,安徽太湖人。乾隆四十五年(1780)贡生。著有《古丧礼家喻》及《玉洞诗草》(一作《玉洞诗略》)一卷。生平事迹见《(光绪)重修安徽通志》卷二二三、《(同治)太湖县志》卷一八与卷二二等。

黄千金墓

庵重千金墓,人传百代芳。舒台安有月,贞烈自生光[1]。

辑自《(乾隆)潜山县志》卷二一《艺文补遗》

解题

黄千金殉夫而死的故事及其阡墓所在已多见前注。此诗作者高度赞赏黄千金的贞烈行为,认为她的姓名可流芳百世。她刚正有志节的事迹自能发出光辉,而为纪念王安石所筑的舒王台上空的月光,远远不能和黄千金的光辉相比。作者思想迂腐于此诗可见一斑。

注释

〔1〕生光:发出光辉。

熊文泰

熊文泰,字退中,安徽潜山人。诸生。熊良巩之孙。工五言诗,自诩长城,人亦以长卿目之。著有《文昌摭史录》六卷、《春草间房诗赋》三卷、《四十贤人集》一卷。生平事迹见《(光绪)重修安徽通志》卷三四四《艺文志》及《晚晴簃诗汇》卷七〇所附小传。

游 山 谷 寺

志公停锡处,缓步遍登临。白鹤有禅意,苍松无杂音。泉流山腹暗,云影井中深。向晚西风起[1],飘飘吹客襟[2]。

辑自《(乾隆)潜山县志》卷二一《艺文补遗》,又见〔民国〕徐世昌辑《晚晴簃诗汇》卷七〇

解题

白鹤,苍松,泉流,云影,还有那志公卓锡的故事,作者将山谷寺的奇妙景色和典故传说尽收笔底。末联一语双关,字面说是傍晚西

风吹来,自己的衣襟飘拂不定;实际是说,西风在为自己洗尘,欢迎自己这位游子从远方归来。

注释

〔1〕向晚:傍晚。
〔2〕吹客襟:喻洗尘。

王汝璧

王汝璧(1741—1806),字镇之,号铜梁山人,四川铜梁(今属重庆)人。乾隆三十一年(1766)进士,授吏部主事,累迁郎中。历官直隶顺德知府、保定知府、山东按察使、江苏布政使、江苏巡抚、安徽巡抚、内阁学士、礼部侍郎、兵部侍郎、刑部侍郎等职。后以病辞归,嘉庆十一年(1806)卒。少受沈德潜、钱陈群诗教,通籍后,与程晋芳、钱沣联会赋诗,时称作手。著有《铜梁山人诗集》。生平事迹见《清史稿》卷三〇八、《国朝先正事略》卷九九等。

伐 蛟 行

皖山多蛟患,雍正间署总督魏公廷珍曾刻《伐蛟说》通行,兹重刊,颁示各属,余为诗纪之。

是何神兽非土埒〔1〕,天龙遗卵胎鸿厐〔2〕。奰屃黄宫积岁纪〔3〕,庚泥含嚼滋脟肛〔4〕。厥土赤坟气缊黑,冲星贯月凌天江〔5〕。素娥散花不着地〔6〕,勾芒瑟缩无荄桩〔7〕。鸿鹄惊飞睌欲堕,离哉翻起时双双。几番雷雨忽蟄蠢〔8〕,夜深往往吟蝉蛖〔9〕。又如醉者语唵喳,欢呶狎洽声哝哝〔10〕。是时上地尺有咫,劈山忽尔腾空箜[11]。吁嗟富媪自毓害[12],平地歘欲翻涛泷[13]。毺崖走石莽灭没[14],田庐荡漓连床杠[15]。由来弭患贵早辨[16],玄黄氛色明阴虦。制之在气机在目,多其金鼓悬灯幢[17]。鸠夫集械趣杷扣[18],其施七尺非耕稷[19]。及泉霍忽动光怪[20],肥白如瓠围如瓨[21]。一胔软美老饕笑[22],奚翅朋酒分羊腔[23]。皖山巉岩水沉塈[24],老蛟聚族非一邦。年年伏雨肆毒虐,高浪白勃如飞䰎[25]。昔贤捍御有良法[26],垂之令典传非哤[27]。亟诏山农理铫鑋[28],慎斯术也心无㦂。嗟我赤子本忠信,豚鱼可孚百怪降[29]。莫教墨吏猛如虎[30],岂独蛟水忧洪洚[31]!善哉人害一时去,荆溪父老非愚蠢[32]。

辑自《铜梁山人诗集》卷二四

解题

蛟是中国古代传说中的一种爬行类动物,据说能发洪水,为害百姓。皖山传说多蛟。为翦除蛟患,雍正十二年(1734),署两江总督魏廷珍访之故老,考之传闻,识产蛟之处,得伐蛟之法,并刊刻《伐蛟说》通颁部下。乾隆五十一年(1786)冬,皇帝允廷臣之请,敕下直省,酌量办理;五十二年正月,安徽巡抚王汝璧命抚江使者何裕城重刊《伐蛟说》,通发各属,流传奉行。

这首歌行体古诗即是王汝璧在重刊《伐蛟说》时作。全诗描述了蛟之诞生、蛟之为害及治蛟之法,表现了作者悲天悯人的情怀。大意是说,蛟并非土精,而是天龙遗卵所生。它在黄土窝中孕育多年,以含嚼坚硬的黄土而长得臃肿肥大。产蛟之地,冬不积雪,草木不生,鸟雀不集;土面赤色而隆起,有气蒸出,朝黄而暮黑,星夜视之,黑气上冲于天江星。嫦娥、树神、鸿鹄望见那黑气都胆战心惊。蛟未起之前数月,往往有躁动之象,雷雨之夜不时发出像蝉与蝼蛄一样的鸣声,又如醉人之语音。及其动身之时,离地面还有咫尺之遥,便在深山大壑中辟山腾空而起,此时平地涌出急流大波,撞击山崖,漂没房屋与农田,其为害不可胜言。消除蛟患之法,须早早辨识产蛟之地,善观地之色与气,把握铲除之时机,并多办锣鼓,多悬灯笼。伐蛟时,纠集人夫,手持铁锹长锄,掘到泉水处,可得其卵。蛟卵肥白如瓠瓜瓷器,体软味美如豚肉,亲友相聚时煮而食之,不啻是在品尝那肥嫩的羔羊。皖山高峻,水多积滞,年年遭受蛟害,幸有先贤传下捍御良法,赶快告知山农伐蛟之术。可叹我那些纯洁无邪、忠诚守信的百姓,不仅屡遭百怪降临之害;而且贪官污吏猛如虎,祸害他们的岂止是蛟水洪涝呢!

《晚晴簃诗汇》编者称作者王汝璧"其诗专学昌黎,戛戛独造,力洗凡庸,但喜押险韵,时有附会"。王氏全集未曾通读,其诗是否篇篇都是"戛戛独造,力洗凡庸",笔者不敢置喙;若说"喜押险韵",却是颇中肯綮。由此诗观之,作者不啻押险韵,且喜用僻字、奇字,唯恐有人读懂他的诗。

注释

〔1〕埲(bāng):手形土精。

〔2〕鸿厖(máng):大而厚重。

〔3〕赑屃(bì xì):蠵龟的别名。亦称"赤蠵龟"。爬行动物。黄宫:指黄土窝。岁纪:十二年。亦指多年。

〔4〕庚泥:犹言硬土。胮肛(pāng gāng):肥大,臃肿。

〔5〕"厥土"二句:作者自注:"产蛟地色赤气,朝黄暮黑,星夜冲霄。"坟,指高出地面的土堆。纁,绛色。天江,简称"江"。星官名。含四星。位紫微垣下,尾北。属东宫或尾宿。旧说天江主太阴。江星不见,天下津河关道不通;星明且动摇,则为大水出,兵大起。

〔6〕素娥:嫦娥。

〔7〕勾芒:古代传说中主管树木的神。瑟缩:蜷缩不出。形容胆小。荄桩:草根和树桩。

〔8〕蹸(chén)蠢:亦作蹸蜳(dūn),怵惕不安貌。《庄子·外物》:"有甚忧两陷而无所逃,蹸蜳不得成,心若县于天地之间。"

〔9〕虻(máng):蟆蛄一类虫。

〔10〕"又如"二句:作者自注:"其地冬不积雪,草木不生,飞鸟不敢集。欲出时,在远听之,或如蝉在手鸣,或如醉人语。"欢哦,喧哗叫闹。狔洽,和谐;融洽。哝哝,低声絮语。

〔11〕空谾(hōng):空而深的大壑。

〔12〕富媪:指地神,因为大地蓄积宝藏,所以称"富媪"。毓害:孕育灾害。

〔13〕歕欲(pēn hē):吹吸。亦作欲歕。《文选·班固〈东都赋〉》:"吐焰生风,欲野歕山。"吕延济注:"欲歕,犹吹吸也。言车骑仪饰之盛,可以吹吸山野之气。"涛泷:急流大波。

〔14〕歷崖:撞击山崖。莽:草,草丛。

〔15〕荡潏:涌腾起伏。

〔16〕弭患:消除忧患;消除灾害。

〔17〕"多其"句:作者自注:"蛟畏金鼓火光。"灯幢,犹灯笼。

〔18〕鸠夫:聚集人夫。杷:农具名。一端有柄,一端有齿,用以聚拢、杷梳谷物或整地等。齿用竹、木或铁等制成。扣:挖掘,发掘。

〔19〕耕稷(chuāng):耕种。

〔20〕霍忽:疾速貌。

〔21〕瓠:即瓠瓜。亦指葫芦。瓨(xiáng):长颈大腹的陶器。

〔22〕一脔((luán):一块肉。脔,切成块的肉。老饕:贪吃。亦指贪食者。

〔23〕奚翅(xī chì):何止。翅通"啻"。朋酒:谓亲友聚饮。羊腔(qiāng):掏去内脏的羊的躯体。

〔24〕巉岩:山势险峻。沉埤:积滞;郁积。

〔25〕白勃:即勃勃,盛貌。飞艭(shuāng):飞帆。

〔26〕捍御:防卫;抵御。

〔27〕令典:好的宪章法令。亦指垂范后世的典籍。此指魏廷珍

《伐蛟说》。哤(máng):言语杂乱。

〔28〕诏:告知;告诫。铫醆(diào chā):锹锸之类农具。铫,大锄。醆,即锹。

〔29〕豚鱼可孚:犹言信及豚鱼。豚,小猪。孚,信,信用。谓信用所及,无微不至,虽小至猪、鱼,也信用之。

〔30〕墨吏:黑官,贪官污吏。

〔31〕洪泽(féng):洪水。

〔32〕荆溪父老:此借指受蛟害并斩蛟的皖山之民。苏轼《与叶淳老侯敦夫张秉道同相视新河秉道有诗次韵二首》:"荆溪父老愁三害,下斩长蛟本无赖。平生倔强韩退之,文字犹为鳄鱼戒。"

赵良澍

赵良澍(1743—1817),字肃徵,号肖岩,安徽泾县人。乾隆六十年(1795)进士。时年已五十余,官内阁中书。嘉庆三年为广东乡试正考官。所著有《读易经》《读诗经》《读礼记》《肖岩诗文集》等。生平事迹见《国朝耆献类征初编》卷一四八。

为云石咏物六首 (选一)

锡　杖

踏遍神洲不记归,揭来高卧闭岩扉[1]。应嫌世上知名姓,一任潜山白鹤飞。

辑自《肖岩诗钞》卷二

🔸解题🔸

此诗小题"锡杖"二字原在诗末,今移至诗前。作者以咏云石老和尚锡杖而忆及潜山山谷寺宝志禅师卓锡开山事,使人浮想联翩。

注释

〔1〕岩扉:山洞的门。泛指山间住所的门。

自桐城至潜山

北道喜平衍〔1〕,南途苦险艰。自从渡徐河〔2〕,日日行山间。未若桐与潜,所历尤巑岏〔3〕。入深坠地底,凭高出林端。涪翁爱山谷,伯时栖龙眠〔4〕。兹乡山水窟〔5〕,直冠东南天〔6〕。胜概未能践〔7〕,足力已先殚〔8〕。障日举蒲箑〔9〕,挥汗沾罗纨〔10〕。吁嗟我仆御〔11〕,担负方赪肩〔12〕。

辑自《肖岩诗钞》卷一一

解题

此诗描写了潜山、桐城二县高峻的山峰、"直冠东南天"的风景佳胜之地,歌咏了黄庭坚、李公麟这两位历史风流人物,也描绘了自己与仆役因公事而在山路中跋涉的艰困情状。全诗不事雕琢,明白如话,颇得自然之趣。

注释

〔1〕平衍:平坦辽阔。
〔2〕徐河:古又称徐水。即今河北省满城、徐水等县的漕河。
〔3〕巑岏(cuán wán):山峰峻峭。
〔4〕伯时:即北宋著名画家李公麟,公麟字伯时。
〔5〕山水窟:风景佳胜之地。

〔6〕"直冠"句：意谓在东南方数第一。
〔7〕践：登临。
〔8〕殚：用尽；竭尽。
〔9〕障日：遮挡太阳。蒲箑(shà)：蒲扇。箑，扇子。
〔10〕罗纨：泛指精美的丝织品。此指罗巾。
〔11〕仆御：指仆役。
〔12〕赪肩：肩头因负担重物而发红。

秦　瀛

秦瀛(1743—1821)，字凌沧，号小岘，晚号遂庵。江苏无锡人。乾隆三十九年(1774)举人。四十一年，高宗巡游山东时，召赐一等，并赐内阁中书，充军机章京。累官至刑部左侍郎。后以眼疾解职。家居十年，以著述为务。其文章在风格上力追古人，与姚鼐相推重，文章体势也与"桐城派"较为接近。著有《小岘山人诗文集》《己未词科录》《遂庵日知录》《重订淮海公年谱》《政余偶存》等。

江行杂诗 （选一）

武帝雄风皖水间，射蛟浦近盛唐山。数峰青峭看无恙〔1〕，一去降王竟不还〔2〕。

辑自《小岘山人集》诗集卷二

解题

"江行杂诗"是作者行船于江西九江至安徽当涂牛渚山一段江面上所作的四首咏史诗，这是其中的第三首。此诗前二句咏汉武帝元封五年巡守南郡登天柱祭岳时，在靠近盛唐山的江面上射蛟事；后二句咏南唐中主李璟因荒淫误国丢失江北舒州等四郡,致使皖公山落入后周之手,再也无力收复事。全诗简明洁清,疏淡质朴,以深微之寄兴,发古人之幽思。

注释

〔1〕数峰青峭:指皖公山。
〔2〕降王:投降的君主。此指李璟。

汪学金

汪学金(1748—1804),字敬箴,号杏江,晚号静厓。江苏镇洋(今江苏太仓)人。清乾隆四十六年(1781)进士,授翰林院编修,嘉庆四年(1799)召修《纯庙实录》,擢中允,次年,升侍读,充文渊阁校理,日讲起居注官。官至左春坊左庶子,以病乞休。有《井福堂文稿》《静厓诗集》传世。

潜山道中

夹涧浅横青竹筏,重林遥带白沙冈[1]。翠微深处钟声度[2],知有当时古道场[3]。

辑自《静厓诗稿》初稿卷一二

解题

涧水清浅,竹筏横陈,重林沙冈,翠微深处隐隐传来钟声。全诗运笔自然,却又包含匠心,达到了清空高妙的境界。

注释

〔1〕"夹涧"二句：两山中间夹着一条溪流的浅水中，横陈着一只青竹筏；远望中层叠的山林，与白沙冈相连接。重林，犹层林。常指远望中众多的树木。
〔2〕度：飞越。
〔3〕道场：释道二教称诵经礼拜的场所。

黄景仁

黄景仁(1749—1783)，字汉镛，一字仲则，号鹿菲子。江苏武进人。家贫，早年奔走四方，以谋生计。入安徽督学朱筠幕，上巳修禊太白楼赋诗，顷刻成数百言，名大噪。尝自恨其诗少幽并气，遂游京师。乾隆四十一年(1776)，高宗东巡召试，列二等，例得主簿，陕西巡抚毕沅奇其才，助其纳赀为县丞。补官有日，而为债家所迫，抱病逾太行，卒于道。诗学李白、韩愈、李商隐，与洪亮吉、孙星衍、赵怀玉、杨伦、吕星垣、徐书受号"毗陵七子"。亦能词。著有《悔存诗钞》《两当轩集》《竹眠词》。生平事迹见《清史稿》卷四八五、《清史列传》卷七二、《国朝耆献类征》卷四三八、《国朝先正事略》卷四四、王昶《黄子景仁墓志铭》。

渡江之皖城

舲舷轻一叶〔1〕，横渡正惊风〔2〕。去岸辞罗刹〔3〕，回帆挹皖公〔4〕。九江淮垒接，一柱海门通〔5〕。尚想周公瑾，当年作镇雄。

辑自《悔存诗钞》卷五，又见《两当轩全集》卷六

【解题】

作者乘一叶小舟要到皖城去,正准备由长江南岸朝北岸行驶,此时江面上刮起了猛烈的大风。所以船刚刚从罗刹洲离岸,不得不又朝回开。作者不能很快一睹皖公山的真容,只能向它拱手为礼表示歉意了。此时他远眺上游的九江,似乎见到了三国时期曹魏与孙吴对峙时的军营壁垒,又望见有"江天一柱"、"海门第一关"之称的小孤山,不禁想起了当年周瑜在舒州镇守一方的英雄气概。全诗边叙事边怀古,表达了对皖公山的崇敬向往和对周瑜这位传奇英雄人物的怀念。诗句写景浑茫辽阔,眼前景物和忆念中的图景互相切换转移,恰到好处地表现了诗人心中的情愫,不愧是老手健笔,令人折服。

【注释】

〔1〕舲舫:有窗户的小船。亦泛指船。

〔2〕惊风:指猛烈、强劲的风。

〔3〕罗刹:指罗刹洲。亦名罗家洲,在长江中,今属贵池县境。南宋端平三年(或曰二年),安庆府曾移治罗刹洲。参见本书所辑南宋董嗣杲《安庆新城》诗题注。

〔4〕回帆:船往回驶。揖皖公:指向皖公山拱手为礼。

〔5〕"九江"二句:意谓罗刹洲所在之处,上与九江淮地的军营壁垒相接,不远处的江面上还有被称为"江天一柱"、"海门第一关"的小孤山。淮垒,淮南的军营壁垒。九江,秦郡之一,治所在寿春(今安徽寿县),地属淮南。曹魏与孙吴对峙,寿春成为军事重镇,故曰"九江淮垒接"。海门,指海门关,即今安徽宿松县东南小孤山,在贵池上游。其处山势陡峭,耸峙水面百余米,十分险要。有"江天一柱"、"长江绝岛"、"海门第一关"之称,是闻名的游览胜地。参见前程之鵕《望潜山》诗注。

枞　阳

枞阳歌尽水连天[1]，汉武旌旗在眼前。草木似闻惊百战，鱼龙何处徙重渊。舳舻千里江云散[2]，金碧三泉隧道迁[3]。只有射蛟台畔立[4]，雄风犹为想当年。

辑自《悔存诗钞》卷五，又见《两当轩全集》卷六

解题

望着茫茫的江水，诗人似乎看到了汉武帝当年巡守南郡时仪仗队伍的旌旗在招展，听到了他在高声吟唱《盛唐枞阳之歌》，同时眼前还浮现出江中船只前后衔接、绵延千里，汉武帝射蛟江中的壮观场面。当时那声势是何等宏大，两岸的草木闻之皆心惊胆战，江中鱼龙等水族亦因害怕而迁到深渊中去了。然而，往事已矣，伟人逝矣，眼下自己只有站在射蛟台畔遥想一下汉武帝当年的雄风了。全诗意境浑成，情思古远。诗人借歌咏汉武帝巡狩南郡途中的一段往事，追思缅怀汉武帝的雄风英气，寄抚着对奋发不懈、大有作为时代的追恋和向往。

注释

〔1〕枞阳歌：即《盛唐枞阳之歌》。参见下条注。
〔2〕舳舻千里：形容船多，前后相衔接。绵延千里之状。《汉书》卷六《武帝纪》："(元封)五年冬，行南巡狩。至于盛唐，望祀虞舜于九嶷，登潜天柱山。自寻阳浮江，亲射蛟江中，获之。舳舻千里，薄枞阳而出，作《盛唐枞阳之歌》。"
〔3〕三泉：三重泉，即地下深处。多指人死后的葬处。
〔4〕射蛟台：台名，位于枞阳县城西达观山之巅。元封五年冬，汉武帝刘彻登潜岳(天柱山)举行封禅大典后，曾射蛟江中。后人因

于江边筑台纪念,名之曰"射蛟台"。已见前注。

千秋岁·二乔宅

旁有井水,常作胭脂色。

倾城俊杰[1],流韵江东壁[2]。空腹痛[3],西陵客[4],玲珑齐解佩[5]。照耀分联璧[6]。谁不羡,一门佳婿,东风力。　　并倚摊书策,旧地余荒宅。风雨暗,莓苔碧,土消兰麝气[7]。井汲胭脂色,曾染出、南朝千载生香国[8]。

辑自《两当轩全集》卷一八《诗余》

解题

千秋岁,词牌名。又名"千秋节",双调,七十一或七十二字,仄韵。这首词歌咏了大乔、小乔与孙策、周瑜两对伉俪之间的风流韵事,描绘了二乔故址的荒凉景象。词中特别属意于供二乔梳妆打扮的胭脂井,说是它如今虽被尘土掩埋,兰麝之香不闻,但二乔爱美的流风余韵却影响了在南方建都的六朝以来长达千年之久。全词蕴含着无限沧桑变迁之感,表达了作者吊古伤今的情怀。

注释

[1] 倾城:姿色绝美的女子。此指二乔。俊杰:才能出众的人。指孙策、周瑜。

[2] "流韵"句:意谓二乔与孙、周之间的风流韵事,传遍了江东的军营。壁,军营,营垒。

[3] 空腹痛:形容有病态美。

[4] 西陵客:西陵,南朝齐钱塘名妓苏小小墓名。此以"西陵客"

喻二乔有苏小小那般美艳。

〔5〕解佩：解下佩带的饰物。表示男女相悦，赠物传情。汉刘向《列仙传·江妃二女》："江妃二女者，不知何所人也，出游于江汉之湄，逢郑交甫，见而悦之，不知其神人也，谓其仆曰：'我欲下请其佩。'……遂手解佩与交甫。交甫悦受而怀之。"

〔6〕联璧：并列的美玉。喻大乔与孙策、小乔与周瑜两者可相媲美。

〔7〕"土消"句：尘土掩埋了兰麝的芳香。兰麝，兰与麝香。指名贵的香料。

〔8〕南朝：泛指建都于南方的历代王朝。即三国吴、东晋、宋、齐、梁、陈等。

顾宗泰

顾宗泰(1749—?)，字景岳，号昆桥。江苏元和(今苏州)人。清乾隆四十年(1775)进士，官广东高州知府。家有月满楼，文酒之会无虚日，海内知名之士无不交投。著有《月满楼诗集》《月满楼文集》等。

南唐杂事诗 (选一)

龙舟千里荡轻风，举酒空波一望中。青峭数峰依旧好，皖公山色隔江东[1]。

辑自《月满楼诗集·南唐杂事诗》

解题

乾隆三十四年(1769)季夏，作者归隐闲居，浏览书史，有感于南唐李氏政权风流侈靡，荒政崇佛，导致国家灭亡，因"网罗杂志，采厥轶事,写为诗歌",共成四十二首,总曰《南唐杂事诗》。这是其中的第十首。

此诗咏南唐中主李璟因荒淫侈靡而丢失国土,致使清新秀丽的皖公山落入后周之手,并因此而表达了对历史兴亡的感慨。

注释

〔1〕按,作者于此诗后自注曰:"陆游《南唐书》:'元宗失江北,迁豫章龙州。至赵屯,举酒望皖公山曰:"好青峭数峰,不知何名?"家明对曰:"此舒州皖公山也。"因献诗曰:"皖公山纵好,不落御觞中。"元宗太息罢酒去。'按家明姓李,元宗时优人。"

法式善

法式善(1753—1813),原名运昌,字开文,号时帆,又号梧门。蒙古族乌尔济氏,隶属内务府正黄旗。乾隆四十五年(1780)进士,改庶吉士,授检讨,历官司业、左庶子、侍读学士,左迁工部员外郎。升祭酒,以事免官,后起官至侍讲学士,又贬秩为庶子。善诗文,喜奖掖后进,王昙、孙原湘、舒位"三君"之名,即为其首称。著有《存素堂集》《陶庐杂录》《清秘述闻》《槐厅载笔》等。生平事迹见《清史稿》卷四八五、《清史列传》卷七二、《国朝耆献类征》卷一三二、《国朝先正事略》卷四三。

吴种芝贻咏庶常饷潜山笋

我生嗜食笋,北地少修竹。空参玉板禅[1],从事每枵腹[2]。梅花红入龛,松叶绿围屋。吁嗟寒士胸,原应餐苜蓿[3]。太史怜老饕[4],箨龙饷一束[5]。清风生徐徐,冷云来矗矗[6]。滋味淡弥旨[7],胜彼花猪肉。维笋产江南,晚者潜山麓[8]。托根较众殊,一陂烟水独[9]。物胜自云贵,安论迟与速。冬心老益坚[10],晚节寒更馥[11]。濯濯春前枝[12],仅足娱耳目。

辑自《存素堂诗初集录存》卷四

解题

题中所称"吴种芝贻咏",即吴贻咏。贻咏字惠连,号种芝,安徽桐城人。乾隆五十八年(1793)进士,时年已五十八岁。由翰林院庶吉士,改刑部主事。旋授吏部验封司主事。著有《芸晖馆诗集》《种芝堂诗文集》等。"庶常",是庶吉士的别称。因庶吉士又称庶常士(语出《尚书·立政》),故称。清有庶常馆,为庶吉士深造之所,属翰林院。

南方浙、赣、皖三省多产竹笋,安徽省潜山县产的笋虽然上市较晚,但味道却特别鲜美,远远超过其他各处所产。作者法式善虽然是北方人,但却酷爱食笋。吴贻咏与法式善是好朋友,他买了一束邻县的特产潜山笋赠送给作者,作者遂作此诗回赠他。全诗歌咏了潜山笋味之美,认为其味所以胜于他处,乃是佳山胜水孕育所致。结尾处以潜山笋最晚出而味最美,比喻吴贻咏高年进士做官,说他年纪愈老而冬心弥坚,晚节越寒而香气更浓郁,向他表示敬意。

注释

〔1〕玉板:笋的别名。宋惠洪《冷斋夜话·东坡作偈戏慈云长老》:"(苏轼)尝要刘器之同参玉版和尚……至廉泉寺烧笋而食,器之觉笋味胜,问此笋何名,东坡曰:'即玉版也。此老师善说法,要能令人得禅悦之味。'于是器之乃悟其戏。"

〔2〕枵腹:谓空腹,饿着肚子。

〔3〕苜蓿:古大苑语 buksuk 的音译。植物名。豆科,一年生或

多年生。原产西域各国,汉武帝时,张骞使西域,始从大宛传入。又称怀风草、光风草、连枝草。可供饲料或作肥料,亦可食用。

〔4〕太史:官名。掌记载史事、编写史书、起草文书,兼管国家典籍和天文历法等。此指吴贻咏。老饕:贪食的人。已见前注。此处是作者自指。

〔5〕箨龙:竹笋的异名。宋朱松《新笋》诗:"春风吹起箨龙儿,戢戢满山人未知;急唤苍头劚烟雨,明朝吹作碧参差。"箨,笋壳。

〔6〕矗矗:重叠貌。宋司马光《夏夜》诗:"溽暑郁不开,矗矗云万迭。"清曹寅《望雨谣》:"海云矗矗吹龙凤,玄芝倏变金芙蓉。"

〔7〕弥旨:味更美。弥,益,更。旨,味美,美味。

〔8〕"维笋"二句:作者自注:"来札云:笋产浙江为早,江西次之,潜山最晚,而味特胜。"胜,形容事物优越,美好。

〔9〕一陂烟水:形容山水佳胜。陂,池塘,亦指山坡。烟水:雾霭迷蒙的水面。

〔10〕冬心:晚年孤寂凄清的心情。

〔11〕馥:香气浓郁。

〔12〕濯濯:明净清新貌。

张司直

张司直(1754—1823)[①],字同曾,号介石。安徽潜山人。乾隆三十九年(1774)举人,按资历补官豫工监收料厂,伛偻称量,无丝毫侵渔。上游深器之,保奏有"洁己任事,老成可靠"之语。历署长葛、罗山、商水、上蔡篆,明敏恺恻,一以理冤泽民为己任。补修武。旋调汤阴,力除夙弊。适漕仓不戒于火,部使者入觐过之,以言恐吓,阴使人索三千金。司直弗与,拂衣归。与两兄白头唱和,怡怡养志。暇则闭

[①] 按,张司直传记称司直弱冠举于乡,检《(乾隆)潜山县志》卷七《选举志》,张司直为乾隆甲午(1774)科举人,故其生年在乾隆十九年左右,传记称年七十卒,卒年当为道光三年(1823)。

门训子孙。年七十卒。生平事迹见《(民国)潜山县志》卷一一《选举志》、卷一三《人物志》。

读书朝阳庵

精舍开云背[1],山空养性灵[2]。烟消窗列岫,风静树燃星[3]。月洗清泉白,天垂广野青[4]。拥书真可富,仙景拟槐厅[5]。

辑自《(乾隆)潜山县志》卷二〇《艺文志》

解题

朝阳庵在清代玉照乡,建于县治东北三十里的大吴山上。此诗描写作者借读于朝阳庵时,所感受到的山中空旷优美的景色对自己内心世界的陶冶,并为自己在这里拥有丰富的藏书、可比拟唐宋时代学士院中的"槐厅"而自豪。

注释

[1] 精舍:道士、僧人修炼居住之所。亦指学舍;书斋。云背:犹言云外、云表。

[2] 性灵:内心世界。泛指精神、思想、情感等。

[3] "烟消"二句:雾气消散了,从窗口可望见排列的一座座峰峦;风静止了,夜里可见树梢上闪耀的星星。岫,此指峰峦。

[4] "月洗"二句:月亮像被泉水洗过,呈现出洁白的颜色;天际广阔的原野一片青绿。

[5] 拟:比拟,似。槐厅:唐宋时学士院中的厅名。

志馆告归北上留别游存堂及同事诸子

兰臭同心遇亦奇[1],碧山招我促归期。息惟六月原多暇,学在三余应未迟[2]。笔削直须推硕彦[3],文章深恐负熙时[4]。最怜别后相思意,彻骨清香庾岭枝[5]。

辑自《(乾隆)潜山县志》卷二一《艺文志》

解题

作者于北京国子监读书休假六个月期间,参加了纂修《潜山县志》的部分工作。如今学校来信催促他回去读书,作者遂赋此诗与同在志馆的游端友及其他同事告别。诗中歌咏了与游端友诸人相逢后的情投意合,谦逊地表示,自己文笔不好,特别担心辜负太平盛世,删削改正旧志还有待游端友这些才智杰出的学者。最后以梅花的彻骨清香比喻他们之间的友谊纯洁高尚,并表示,分别以后会经常想念他们。

注释

[1] 兰臭同心:喻情投意合。《易·系辞上》:"同心之言,其臭如兰。"孔颖达疏:"谓二人同齐其心,吐发言语,氤氲臭气,香馥如兰也。"后因以"兰臭"指情投意合。

[2] 三余:泛指空闲时间。

[3] 笔削:指著述。笔,书写记录;削,删改时用刀削刮简牍。亦指对作品删改订正。宋欧阳修《免进五代史状》:"至于笔削旧史,褒贬前世,著为成法,臣岂敢当。"直须:应当;还要。硕彦:指才智杰出的学者。

[4] 熙时:盛时。

[5] 庾岭枝:指梅花。庾岭,山名。即大庾岭。为五岭之一。在

江西省大庾县南。岭上多植梅树,故又名梅岭。清康熙四十八年状元赵熊诏《咏梅》诗:"庾岭枝何在,含章殿已虚。"

沙琛

沙琛(1759—1822),字献如,号雪湖,又号点苍山人。回族,云南太和(今大理)人。清乾隆四十五年举人,嘉庆间任怀远知县,继在怀宁、建德、合肥、霍丘、六安等地任职。后获罪,落职戍边,士民集资代为申冤,赦免。工诗,被誉为"滇中人材"。有《点苍山人诗钞》传世。

望天柱山忆春初北上滞雨

客路梅花忆早春,旧游薄宦亦前因[1]。炎蒸忽地清凉雨[2],马首青山似故人。

辑自《点苍山人诗钞》卷二

解题

遥望天柱山,自己不禁想起春初北上京城经过此处时为雨所阻的情景。记得那时正是春寒料峭,一路所见都是梅花。而今再到此地,却是暑热熏蒸的夏季。天上忽地下起一阵清凉雨,此时望见马首前方的青山,就好像是见到相交多年的老朋友了。

注释

[1] 薄宦:卑微的官职。谦辞。
[2] 炎蒸:亦作"炎烝",暑热熏蒸。

望天柱山

平沙烟树簇长桥[1],天柱三峰露碧霄[2]。玉叶片云驰岳雨[3],桃花千涧上江潮。一官道路经春驶,几度名山入望遥。布袜青鞋真不易,黄生清兴自超超。

辑自《点苍山人诗钞》卷二

【解题】

在平沙烟树簇拥的长桥上遥望天柱山,只见它的三座山峰都显露在青天之上。玉叶般的云彩疾驰而过,山中下起了急雨;上千条山涧桃花水盛,引起江潮上涨。自己因为一介官职几度经过这座名山,都只是远远地眺望;而黄生穿着布袜青鞋登览游玩,其清雅的兴致自是超逸不凡。

【注释】

〔1〕平沙:广阔的沙原,亦指含沙量一般的沙地。烟树:云烟缭绕的树木、丛林;亦指连绵的山林,远望如烟似雾。

〔2〕三峰:指潜、皖、天柱三峰。《记纂渊海·安庆府·形胜》:"潜山,在怀宁西北。上有三峰,一曰天柱,二曰潜山,三曰皖山。"宋徐俯诗有云:"久留舒子国,惯作北门游。山远三峰出,溪长二水流。"碧霄:青天。

〔3〕玉叶:对花木叶子的美称,亦喻云彩。

潜山城外寄王四约斋

山行不觉远,松籁水声兼[1]。秋树迷黄谷,晴云蓊岳尖[2]。翠微城郭暝[3],潭影塔稜渐[4]。欲访飞凫侣[5],匆匆未许忺[6]。

辑自《点苍山人诗钞》卷三

解题

这是诗人在潜山城外寄给朋友的一首诗。这位朋友号约斋,兄弟中排行第四。生平事迹不详。据诗所言,当住在潜山城中。诗中描写了一路山行而来,亲眼所见潜山迷人的风光,也表达了因天色已晚欲访友人而未遂的惆怅。全诗流溢出一种安闲恬淡的情调。

注释

〔1〕松籁水声兼:松涛声和流水声混在一起。松籁,松涛声。
〔2〕"秋树"二句:秋天黄叶遍布山谷,白云聚集在山峰顶端。蓊,聚集貌。
〔3〕翠微城郭暝:在青淡的山色掩映中,城里天色已晚。
〔4〕潭影塔稜渐:潭水中宝塔棱角的影子渐渐模糊。
〔5〕飞凫:犹飞凫舄,借指官员。
〔6〕忺(xiān):惬意。

微雪望皖公山

风雪少人事,登楼得偶闲。相看头半白[1],老却皖公山。

辑自《点苍山人诗钞》卷三

解题

风雪中芜杂的人事减少,偶然得空登上楼阁观眺。和皖公山这样相对而看、互相凝视不知有过多少回,如今头发都已斑白了,那么就让自己在皖公山终老吧。诗人用相看头半白、愿在山中终老,表达了自己对皖公山的挚爱。

注释

〔1〕相看:端详,观察。也指相对而看。李白《独坐敬亭山》:"相看两不厌,唯有敬亭山。"

出差太湖雪中巡行三首 (选一)

天柱峰头雪,随风飘客衣。晴云散高树,万壑生清辉。行役不知晚,居人相见稀。自非衔使急[1],那得款山扉[2]。

辑自《点苍山人诗钞》卷二

解题

此诗是作者《出差太湖雪中巡行三首》诗中的最后一首。前二首分别写"大观亭上雪"、"三日长江雪"。

作者在雪天匆匆赶路,天柱峰顶不时有雪花随着大风飘到自己衣襟上。大雪初晴后的云彩分散地挂在高树上空,千山万壑都绽放出清朗的光辉。由于旅行天色已晚,很少见到居民,诗人不得不敲开这里山野人家的柴门而借宿。诗歌描写的虽是诗人旅行的一个片断,但将天柱山雪后初晴的景色及自己敲山野人家柴门的借宿情景表现得真实感人。

注释

〔1〕衔使:奉命出使。
〔2〕款:敲。山扉:山野人家的柴门。

望三祖山雪

雪花三日扑尘颜,欲礼禅宗未许攀。万壑千峰齐浩渺[1],不知何处粲公山[2]。

辑自《点苍山人诗钞》卷二

【解题】

接连三天的大雪扑打着自己尘俗的容颜,打算到三祖山礼拜禅宗祖师,却因雪大而不能登攀。千山万壑一眼望去,无边无际全都铺满了皑皑白雪,不知何处是粲公祖庭所在之山呢?诗中既抒发了诗人礼佛未遂的惆怅,也客观地描绘了三祖山迷人的雪景。

【注释】

[1] 浩渺:广阔无边貌。
[2] 粲公山:即三祖山。禅宗三祖名璨,亦写作粲,其祖庭所在之山人称三祖山,亦称粲公山。

二乔宅雪

欲落不落雪花轻,月华出水摇空明。二乔宅畔攲斜竹[1],夜静时时闻佩声[2]。

辑自《点苍山人诗钞》卷二

【解题】

轻轻的雪花,欲落不落;月光映在水中,摇曳空明。二乔宅畔竹枝斜倚,夜深人静之时,竹竿相撞时常常发出清脆的声响,仿佛是二乔戴着环佩在雪夜归来。抒情的描写,奇特的想象,优美的意境,淋漓尽致地表现了诗人的思古情怀。

注释

〔1〕欹(yī):通"倚"。靠着。
〔2〕佩:环佩,古代妇女所佩带的玉饰。

出皖途中即事 (选一)

半生尘路感交游,每饮醇醪忆好仇[1]。何处道南公瑾宅[2],青山黄叶满舒州。

辑自《点苍山人诗钞》卷三

解题

作者将要离开舒州而去他处任职,途中即兴作此诗。半生漂泊,感念交游,每当喝酒时就会想起好朋友。今日离去,何处何时才能再次遇到舒州这些好同伴,才能见到舒州这样的古迹和胜景呢?末联"何处道南公瑾宅,青山黄叶满舒州",表达了诗人对舒州的无限留恋,也点出诗人离别的季节,使人领受到一种含蓄而神远的意味。

注释

〔1〕好仇:好同伴。
〔2〕公瑾宅:指周瑜故宅。周瑜字公瑾。这里借指舒州古迹。

赵文楷

赵文楷(1760—1808),字逸书,号介山,安徽太湖人。嘉庆元年(1796)状元,授修撰。四年,受命任册封琉球国王正使。册封礼成,琉球王赠以厚礼,坚辞不受,举国敬之,特为立祠。归国复命未久,母病逝。服丧期满,任山西雁平兵备道,卒于官。所著有《楚游稿》《独秀草堂古今文》《槎上存稿》等。

登 黄 山

在潜山县,以山谷得名。

昔贤不可作[1],兹山名独存。竭来古原上[2],将以穷泉源。飞雨西南来,萧然洒孤村[3]。千里一秋色,平沙烟雾昏[4]。言寻涪翁堂[5],荆棘日已繁。林际来独鹤,岩畔愁孤猿。忆昔论文时,席此倾壶尊[6]。如何数百载,堂构成颓垣[7]!纷吾尚元素[8],畏闻尘寰喧[9]。杖策来此地,不觉清心魂[10]。溪流静涓涓[11],萍藻亦可飡[12]。何时小筑成[13],偃卧青松根[14]。

辑自《石柏山房诗存》卷一《砾存集》

解题

诗人所登之黄山,在潜山县治西北十里,以黄庭坚得名。山上原有涪翁读书堂等建筑。其胜概已见前郑懋勋《游黄山》诗解题。

作者赵文楷慕名来游黄山,访前贤遗迹,寻涪翁书堂。结果发现这里满目都是颓垣断壁和繁茂的荆棘,处处呈现出一派衰落破败景象。追忆当年黄庭坚在这里谈论文章、设席与宾客畅饮的情景,作者不禁为世事变迁、胜概不复当年而感伤。不过，作为一个厌烦尘世喧嚣之人，他策杖来游时，看到这里有小溪缓缓流淌，水中有可食的萍藻，且林边有白鹤，岩畔有孤猿，顿觉心魄宁静。他希望在这里建个规模小而比较雅致的住宅，如此便可避免俗人纠缠而过一种悠然避世的生活。诗歌反映出作者热爱黄山的情怀和厌恶世俗的心境。

注释

〔1〕昔贤：先贤。古代对具有高尚德行和精深学问的前代哲人的尊称。

〔2〕曷来：何不来。

〔3〕孤村：孤寂的小村庄。

〔4〕平沙：平坦的沙地。

〔5〕言：语助词。涪翁堂：即涪翁书堂。《（民国）潜山县志》："涪翁书堂，在县北黄山。宋黄庭坚读书处。"

〔6〕倾壶尊：指饮酒。壶尊，古代盛酒器。

〔7〕颓垣：倒塌的短墙。形容房倒屋塌，一片衰落破败景象。

〔8〕尚：崇尚。元素：犹言本质，根本要素。

〔9〕尘寰喧：犹尘嚣。即人世的烦扰。

〔10〕清心魂：使心魂得到清静安宁。

〔11〕涓涓：细流舒缓貌。

〔12〕萍藻：两种水草名。

〔13〕小筑：指规模小而比较雅致的住宅，多筑于幽静之处。

〔14〕偃卧：仰卧，睡卧。

游 潜 岳

天高木落溪光寒[1]，山色惨淡阴霾蟠[2]。长风万里拂霜彩[3],片片飞入青云端。我来天柱正秋晓[4],万壑千岩极幽渺[5]。须臾日出天气清,二十七峰尽尘表[6]。中峰突兀高且长,壁立千仞摩穹苍。却疑造化苦镌削[7],造此绝境何茫茫[8]！路转峰回溪洞改,杖策登临未云怠。东瞻泰岱西莲华[9],郁结萦盘接沧海。却忆武皇巡幸时[10],事经千载良难追[11]。残碑断碣不可见,春入桃源花满枝[12]。

辑自《石柏山房诗存》卷一《砾存集》

解题

此诗写游览潜岳天柱山。作者并没有具象而细致地描写每一处胜景,而是从宏观角度把握,简洁而传神地描绘了天柱山峭拔秀美的景色,并歌咏了自己游山的过程。全诗意境幽渺,情韵悠长;格调冲淡,却有壮逸之气。

注释

〔1〕木落:树木落叶。溪光:指溪流的水色。

〔2〕阴霾:天空阴沉浑浊的现象。蟠:盘曲,缭绕回旋貌。

〔3〕霜彩:霜的色彩。指寒霜。亦作"霜采"。

〔4〕秋晓:秋天的早晨。

〔5〕幽渺:精深微妙。

〔6〕二十七峰:据载,潜岳有二十七座著名山峰。徐俯诗:"二十七峰常对门。"尘表:尘世之外。

〔7〕造化:创造化育。旧时指天地、自然界。

〔8〕绝境:极其美好的境界。

〔9〕泰岱:指东岳泰山。莲华:指西岳华山。

〔10〕武皇:指汉武帝。

〔11〕良难追:实在是难以追寻。良,确实,实在。追,寻求,

追寻。

〔12〕桃源：桃花源的省称。潜山亦有桃源,在茶庄西侧江家坂,又名下炼丹。此处四面环山,琼阳川之水穿流其中。旧时盛产野桃,花开五色。

杨瑛昶

杨瑛昶,字米人,安徽桐城人。年甫冠,以诗赋受知于督学朱筠。后屡应乡试不售,遂由考职吏目拣发直隶大吏罗致幕府,主笺奏。嘉庆四年(1799),任蓟县知县。擢同知,迁天津运同,权大名河间知府。所莅之处,振兴文教,修理河防,调剂蹉务,政绩皆卓然可纪。卒年五十六。著作有《衍波亭诗词全集》《中隐轩诗话》《东野鄙谈》《悔轩杂俎》等。生平事迹见《(道光)续修桐城县志》卷一六。

雪夜至葛家湖

积雪步平坂[1],雾色没林表[2]。山田生暮寒,东上孤月小。疏灯隐红树[3],犬吠出烟杪[4]。马足循长堤[5],深柳宿飞鸟。长松似人立,森然攫龙爪[6]。野渡板桥横,天空翠未了。

辑自《(乾隆)潜山县志》卷二〇《艺文志》

解题

葛家湖,具体地理位置不详。作者于雪后的傍晚来到葛家湖,此时孤月初上,林田间犹有寒雾,远处红叶林中隐约透出几处人家灯火,而犬吠声遥遥从雾气缭绕的树梢传来。自己乘马沿长堤而行,只见飞鸟已归宿柳林;路边长松矗立如人,横枝侧逸有如龙爪一般,颇令人心惊。最后来到渡口,一座供行人上下渡船的木板桥横在眼前,此刻天空还是蓝色,尚未全暗。全诗描写了雪夜葛家湖的静谧景色,意境清空而优美,使人神往。

注释

〔1〕平坂(bǎn):平缓的坡路。坂,斜坡,山坡。
〔2〕霁色:雨、雪晴后的景色。林表:林梢,林外。
〔3〕红树:指经霜打叶泛红之树,如枫树等。
〔4〕烟杪(miǎo):雾气或水汽缭绕的树梢。
〔5〕循:沿着,顺着。
〔6〕森然:因惊恐而毛发耸立貌。攫(jué):抓。

偕友人游山谷寺下石牛洞寻苏黄遗迹得长句

天柱之山高峨峨,巍然屹立盘卷阿[1]。巨灵赑屃蠹四极[2],重峦叠嶂纷嵯峨[3]。蜿蜒直下数百里,郁为名胜争逶迤[4]。神斤鬼斧凿地脉[5],禹迹不到穷搜罗[6]。就中山谷寺尤胜,苏黄少小同婆娑[7]。凌空飞观插天半,琳宫梵宇声相和[8]。通幽曲径万籁寂,枯僧兀坐参娑婆[9]。草珠骈睛木垂耳[10],幽篁深箐杂涧藙[11]。高楼四面挹空翠[12],轩楹八达春光涐[13]。坐见吴塘对窗户,朝光滟滟扬横波。老僧导引入后苑,古石细路妨足跻[14]。攀藤附木下峭壁,流泉数里折复涡[15]。崤岈石洞走魑魅[16],化虫枯挶萦榛萝[17]。怪石罅穴大如掌,依稀牛足曾蹉跎[18]。阴崖倒立泻积雪,噌吰漭湃归洪河[19]。倦眼惊看俯巨石,斓斑古字封苔窠[20]。上通太古结蝌蚪[21],谁其题者为涪皤[22]。复有隶形渺莫辨[23],髣髯巨笔为东坡[24]。大如擘窠破瑰礧[25],右军镇定张颠诃[26]。锋刃犀利没铁石,巉岩绝巘连巀嵯[27]。惊鸿直走恣光怪,龙翻江海鱼腾梭[28]。迷离五色闪云气,心眼手口争烦挼[29]。诗歌淡荡更潇洒,书法峭健含婀娜。搨摩直可冠古帖[30],魄力况复穷虞戈[31]。剜苔剔藓扫尘翳[32],趺坐想象思镌磨[33]。二首六身自忖度[34],八分峭崛多巘蓰[35]。其上四字益奇绝,流觞曲水无偏颇[36]。飞泉溅溅石齿齿[37],掬手潄流醒愁魔。呜乎涪翁坡老不可见[38],雄才逸兴公辈多。遗诗石壁委流水,悲风落日空吟哦。携樽坐石吟复酌,一杯未尽颜先酡[39]。前林寒气冷侵袂[40],春山无数修青螺[41]。迟迟归路发三叹,俗学随在悲呙唆[42]。更千百年不复辨,谁欤拂拭来磨磋。平生好古衿一得[43],譬彼长歌七发[44]、顿令勿药消沉疴[45]!儒生耳目托茫昧[46],凭谁更读石鼓歌[47]?吁嗟乎,凭谁更读石鼓歌!

辑自《(乾隆)潜山县志》卷二〇《艺文志》

解题

作者与友人一同游览山谷寺,并至三祖山西边下首的石牛古洞旁搜寻苏轼、黄庭坚等人遗迹。只见寺庙内外一片清幽,僧人在打坐参禅,远近处景色秀丽,深谷中流水潺潺。但作者更为关心的则是前去观赏石牛洞周围的摩崖石刻。在一位高年僧人的引导下,他攀藤附木从峭壁上方下来,从一块岩石上朝下俯视。只见各种斑斓的古字被苔藓和虫窠覆盖着,其中有蝌蚪文,有隶书,有大篆,有与王羲之《兰亭序》帖不相上下的行书,有唐代虞世南那样具有平和中正气象的楷书,还有张旭那般的狂草。有的署名为黄庭坚作,有些如橼巨笔的作者仿佛是苏东坡。崖上的这些石刻,诗歌淡荡潇洒,书法峭健婀娜。如果把它们拓印下来,简直可冠于书法古帖之首。归途中,作者又想到,当今世俗流行之学随处存在,学风歪斜不正,贻害儒生,而石刻就像长歌《七发》一样,可以医治学界那些久治不愈之病。因此他认为,要像韩愈在《石鼓歌》中呼吁重视保护石鼓文那样,请朝廷保护山谷寺石牛洞边这些日渐磨损的摩崖石刻。

此诗全篇七十四句,五百余言,洋洋洒洒,笔势纵横古今,气势豪迈开阔。议论风生,任意驰骋,且一韵到底,使许多亘古诗文黯然失色,表现了作者的风流才华。

注释

〔1〕卷阿:泛指蜿蜒的山陵。

〔2〕赑屃(bì xì):传说中的灵兽。龙生九子之一,形似龟,好负重。古代碑下石座多雕此兽形。四极:传说中四方的擎天柱。

〔3〕嵯(cuó)峨:山高峻貌。

〔4〕逶迤(tuó):亦作"逶迤",从容自如貌,连绵曲折貌。迤,本读作 yí,但这里为了押韵,应读 tuó。

〔5〕神斤鬼斧:犹鬼斧神工。斤,斧头。

〔6〕禹迹:相传夏禹治水,足迹遍于九州。

〔7〕苏黄:苏轼与黄庭坚,二人与潜山之因缘,已多见前注。婆娑:盘桓。亦逍遥舒闲貌。

〔8〕琳宫:仙宫。此处指道观。梵宇:佛寺。

〔9〕兀坐:独自端坐。娑婆:原作"娑麽",据文意改。娑婆即"娑婆世界"的省称。佛教语。娑婆,梵语 Sāhā 音译,意译为"堪忍"。"娑婆世界"又名"忍土",系释迦牟尼所教化的三千大千世界的总称。南朝齐谢镇之《重与顾道士书》:"故知天竺者,居娑婆之正域,处淳善之嘉会。"隋智顗《法华经文句》卷二下:"娑婆此翻忍,其土众生安于十恶不肯出离,从人名土,故称为忍。"元无名氏《度柳翠》第一折:"我则待向娑婆世界游,做连花国里人。"

〔10〕草珠:指草本植物的果实,小而圆黑如眼珠者,如龙葵、黄

精等。骈：聚集，罗列。木垂耳：指木耳之类寄生于树木的真菌类植物。

〔11〕筼：竹名。亦泛指竹子。箐（qìng）：竹木丛生的山谷。薖（kē）：宽大貌。

〔12〕挹（yī）空翠：谓收取胜景。空翠，指绿色的草木、青色潮湿的雾气、碧空蓝天、清澈的泉水等。

〔13〕轩棂（líng）：窗棂，即窗格。沲（duǒ）：同"沱"，明净貌。

〔14〕踒（wō）：足骨折断。亦指手足等由于猛然弯曲而受伤。

〔15〕涡（wō）：水旋流。

〔16〕崡（hán）砑（yà）：亦作崡岈。深邃空广貌。魑魅：古谓能害人的山泽之神怪。亦泛指鬼怪。

〔17〕化虫：指会脱壳变态的昆虫，如蝉等。枯挶（jū）：指昆虫脱壳后其壳仍僵在植物的茎干上。挶，执，持。《诗·豳风·鸱鸮》"予手拮据"毛传："拮据，撠挶也。"孔颖达疏："谓以手爪挶持草也。"唐韩愈、孟郊《城南联句》："干遂纷挂地，化虫枯挶茎。"集注引孙汝听曰："言化虫已枯，尚挶持于草木之茎也。"榛（zhēn）：丛木。

〔18〕蹉跎：失足跌倒。

〔19〕噌（chēng）吰（hóng）：形容水奔流声。渀（bēn）湃（pài）：波浪互相冲击。洪河：大河。

〔20〕窠（kē）：动物的巢穴，或如蛛网、虫窝之类。

〔21〕蝌蚪：谓蝌蚪文，古文字体的一种。笔画多头大尾小，形如蝌蚪，故称。

〔22〕涪皤（pó）：宋黄庭坚之号。其《筼竹杖颂》云："亲尔畏友，予琢予磨，百世以俟圣人而不惑，则涪皤不负筼竹；危而不扶，颠而不持，惟筼竹之负涪皤。"宋无名氏《爱日斋丛钞》卷五："鲁直贬涪州别驾，自号涪皤。或其俗云。按景文所记云：蜀人谓老为皤，音波，取'皤皤黄发'义。"

〔23〕隶形：指隶书。

〔24〕髣髴：同"仿佛"，好像。东坡：即苏轼。

〔25〕擘(bò)窠(kē)：写字、篆刻时，为求字体大小匀整，以横直界线分格，叫"擘窠"。擘，划分；窠，框格。磈(kuǐ)礧(lěi)：亦作"磈磊"，垒积不平的石块。因以喻郁结在胸中的不平之气。

〔26〕右军：指东晋大书法家王羲之，官会稽内史，领右将军。张颠：指张旭，唐著名草书家，因为醉后往往有癫狂之态，所以人称张颠。诃：大声斥责；责骂人。又通"歌"。

〔27〕巉(chán)：嶙峋突兀。巘(yǎn)：山，山顶。巀(jié)嵯(cuó)：形容山势高峻不齐。

〔28〕腾梭：腾跃穿梭。

〔29〕挼(nuó)：捏、揉之意。亦指搓洗。

〔30〕搨(tà)摩：即拓印。在钟鼎碑碣等器物上蒙上纸，用搨包蘸墨椎印出其文字或图像。

〔31〕虞戈：虞世南是唐代书法家，他的书法外柔内刚，具有平和中正的气象。唐太宗李世民向他学习书法，但笔画中的"戈"旁总是写不好。有一次，他练习"戬"字，因怕写不好有失体面，便故意将"戈"字空着不写，私下请虞世南补上。然后，他将作品拿给大臣魏徵看。魏徵看后说，"戬"字中只有"戈"写得高妙绝伦。唐太宗听后，感叹不已。后来便用"虞戈"形容虞世南高妙绝伦的书法。

〔32〕尘翳(yì)：被灰尘遮掩。翳，遮蔽，隐没。

〔33〕趺(fū)坐：盘腿端坐。镌磨：雕刻，磨磋。此处指石碑上书法的运笔。

〔34〕二首六身：指"亥"字。七十三岁的隐语。春秋时晋绛县人自谓，"臣生之岁，正月甲子朔，四百有四十五甲子矣，其季于今，三之一也。"吏不知，问诸朝，师旷曰，"七十三年矣"。史赵曰："亥有二首六身，下二如身，是其日数也。"按亥之篆体上二横为首，以象二万；下三"人"字，"人"字形同"六"字，象六千六百六十。二万六千六百六十，即为此老七十三岁的日数。参阅《左传·襄公三十年》文及孔颖达疏。后用以喻高寿。此处大概只指书法的笔画而言。忖(cǔn)度(duó)：推测。

〔35〕八分：指八分书。一般指有波磔的隶书，即汉隶。峭崛：刚健挺拔。齾(yà)齹(cuó)：残缺。

〔36〕"流觞"句：意谓石刻上的书法比起《兰亭集序》来也毫不逊色。流觞曲水，指王羲之的书法名作《兰亭集序》，中有"又有清流激湍，映带左右，引以为流觞曲水"一语。偏颇，偏向一方。

〔37〕齿齿：排列如齿状。

〔38〕涪翁：指黄庭坚。坡老：指苏轼。

〔39〕酡(tuó)：饮酒脸红貌。

〔40〕袂(mèi)：衣袖。

〔41〕青螺：喻青山。

〔42〕俗学：世俗流行之学。随在：犹随处，随地。喎(wāi)唆(suō)：指学风歪斜不正。

〔43〕衿：胸怀，怀有。《(民国)潜山县志·艺文志》单行本《岳云集》作"矜"，即注重、崇尚。

〔44〕七发：汉代辞赋家枚乘的赋作《七发》。赋中假设楚太子有病，吴客前去探望，通过互相问答，描述音乐、饮食、乘车、游宴、田猎、观涛等六件事的乐趣，一步步诱导太子改变生活方式，最后要向太子引见"方术之士"，"论天下之精微，理万物之是非"，太子乃霍然不药而愈。

〔45〕沉疴(kē)：指久治不愈的病。

〔46〕托：寄托，依赖。茫昧：幽暗不明。模糊不清。

〔47〕石鼓歌：《石鼓歌》是唐代文学家韩愈的诗作。此诗从追溯石鼓文的起源到论述它的价值，其创作目的是呼吁朝廷予以重视与保护文物。石鼓文，为我国现存最早的刻石文字，刻在十块鼓形石上，故名石鼓文。所刻书体为大篆，即籀文。刻石原在天兴(今陕西宝鸡)三畤原，唐初被发现。每块石鼓高约三尺，径约二尺，分别刻有小篆四言诗一首，共十首，计七百一十八字。石鼓尚存，现藏北京故宫博物院。

龙关瀑布歌

我家山居依龙眠,披雪瀑布飞流泉。九天直下成长川,势与龙山相周旋[1]。储子招我情拳拳[2],龙关瀑布书中传。清晨襆被游兴湍[3],壮游直至潜山边[4]。龙关关外山争峭,春山策蹇挥蒲鞭[5]。满鬂霜气生寒烟[6],四蹄蹀燮蹴复跧[7]。阴岩一线心旌悬,下临百丈闻潺湲。旁观震骇伏锦鞯[8],云深缓步两足便。仰视俯瞰双眸穿,苍黄落日虬松颠[9]。石梯峭壁相钩连,群峰曲折争排联。山容面面如丽娟[10],天柱秀出清且妍。一步一折行人趄[11],谁欤凿险疑彭籛[12]。两山环抱马足竣[13],上有一关居中权[14]。遥飞匹练流溅溅,冰柱迸裂蛟龙涎。鳌背瘦立如弯弮[15],春岸济湃云硙碨[16]。跳珠散玉冰花圆[17],白龙平地游蜿蜒。珠玑瑟瑟腾重渊[18],阴风飒沓悬崖前[19]。怪石怒踞榛蔓缠[20],银河积雪垂千年。似见毛女梳云鬟[21],不少翠羽黄冠仙[22]。离宫福地绝尘缘[23],目所眺瞩谁能宣[24]?便欲上拍洪厓肩[25],直将胜地骄前贤。倦游归去开华筵,促我作赋裁云笺[26]。长歌那得空言诠[27],龙眠三月春波沺[28]。请君更赋披雪篇[29],请君更至龙山巅。

辑自《(乾隆)潜山县志》卷二〇《艺文志》

解题

龙关,即龙井关。在潜山县治北八十里。两山对峙,悬崖峭壁下通一骑,旧时扼险设关,旁建营房数间(今已圮)。其处有瀑布百余丈,为天然形胜。下有深潭九处,人称"龙井",据说"祷雨辄验"(参见《(民国)潜山县志》卷一《要塞》)。

此诗重在写龙井关瀑布。作者应储姓友人之招前往龙井关一游，一大早便整理好行装，满怀壮志豪情地来到龙井关关外。只见群山争峭比高，石梯峭壁钩联。作者骑驴登临，在经历种种艰难险阻，并饱览了清妍美妙的山色之后，终于见到那著名的龙关瀑布了。远远望去，瀑布如同一匹白绢挂在山上，正发出溅溅响声向下急速奔流，它看上去似冰柱迸裂，又像是蛟龙吐涎。待来到瘦如鳌背的山脊弯腰朝下看，只见瀑布下方的山涧中，汹涌澎湃的水波冲击着崖岸，如同石碓舂米时的石落声。溅起的水珠如跳动散落的珠玉和圆形的冰花，而涧水则翻滚着白浪，似一条白龙在平地曲折爬行一般。瑟瑟跳动的水珠从深潭中腾空而起，致使悬崖前阴风不停地盘旋。这里怪石峥嵘，瀑布似银河积雪已垂挂上千年了。如此胜景恍若仙区神域，谁都无法将登高远望所见情景用语言表达出来。诗的最后写到，游览已倦，归去后大家在一起举行丰盛的宴会，友人们催促自己将此番游览所见写成诗篇。作者谦逊一番，并邀请大家三月一起到自己故乡龙眠山游览，请友人们赋写关于"披雪瀑"的诗篇。

此诗以新奇的比喻，逼真的描绘，创造了飞动而瑰异的境界，把龙井关瀑布的壮观景象临摹毕尽，并将其周围雄深秀雅的山景呈现在人们眼前，使读者能从中享受到一种崇高的美感。

注释

〔1〕"势与"句：龙山，在潜山县治北一百一十里。其有支出之山曰阳城山，龙井关瀑布奇观即在其处。因龙山是主山，阳城山是支脉，故曰"势与龙山相周旋"。周旋，环绕，盘旋。

〔2〕储子：姓储的友人，子是对男性的尊称。拳拳：诚挚貌。

〔3〕襥(pú)被：用包袱把衣服、被子等包起来。意为整理行装。湍：急迫。《岳云集》作"遄"，义同。

〔4〕壮游：谓满怀壮志豪情出门远游。

〔5〕策蹇(jiǎn)：即策蹇驴。乘跛足驴。蒲鞭：蒲草做的鞭子。

〔6〕鬃(zōng):马、驴等的鬣毛。

〔7〕踩蹙:行进艰难貌。蹴(cù):踏。跮(quán):踢,踹。

〔8〕鞯(jiān):指马鞍。

〔9〕苍黄:暗黄色。白居易《闲忙》:"斑白霜侵鬓,苍黄日下山。"

〔10〕丽娟:汉武帝所宠爱的宫女名。后多泛指美女。

〔11〕邅(zhān):难行不进。

〔12〕欤(yú):语气词。表示疑问语气。彭铿(jiān):即彭祖。古代传说中的长寿者。姓籛名铿,颛顼后裔,陆终之子。常食桂芝,善导引行气。自夏而至殷末,活八百余岁。相传尧封之于彭城,故称彭祖、彭铿。

〔13〕竣:退,返回。

〔14〕中权:合乎时宜的情势。亦指中枢。

〔15〕鳌(áo):传说中海中能负山的大鳖或大龟。弯弮(quān):指弯腰如弩弓。

〔16〕舂(chōng):冲,冲击。濟(bèn)湃:波浪互相冲击。云碓:指石碓。磌(tián):石落声。

〔17〕冰花:冰初结时所凝成的细碎片块,形状如花。

〔18〕珠玑:珠宝,珠玉。此处指水珠。瑟瑟:指碧绿色。亦寒凉貌,发抖貌。

〔19〕阴风:朔风;阴冷之风。飒沓(sà tà):盘旋貌。

〔20〕踞(jù):蹲。榛蔓:丛生的灌木和藤蔓。

〔21〕毛女:指毛女峰,已见前注。鬈(quán):发好貌。

〔22〕翠羽:翠鸟的羽毛。古代多用作饰物。在此处指冠的饰物。黄冠:道士之冠。

〔23〕离宫:本指正宫之外供帝王出巡时居住的宫室。此处或指道观而言。

〔24〕眺瞩:登高远望。宣:言。

〔25〕洪厓:亦作"洪崖"、"洪涯"。传说中的仙人名。黄帝臣子伶伦的仙号。已见前注。

1293

〔26〕云笺：有云状花纹的纸。

〔27〕言诠：谓以言语解说。

〔28〕沺(tián)：水势叠起貌。

〔29〕披雪篇：指歌咏"披雪瀑"的诗篇。披雪，指披雪瀑，位于桐城县西北碧峰山下，距县城约八里，因瀑如雪帘披挂而得名。两侧悬崖峭壁，怪石嶙峋，左有"披雪洞"，岩壁间有宋代绍圣年间（1094—1098）游人题刻。为桐城重要名胜之一。

汪居敬

汪居敬，安徽潜山人。嘉庆二十年（1815）岁贡。其余不详。事见《（光绪）重修安徽通志》卷一七二《选举志》、《（民国）潜山县志》卷一一《选举志》。

南 湖 泛 舟

选胜来芳渚[1]，催桡意若何[2]？山城三面近，烟水一湖多。岸窄频穿柳，香清暗袭荷。双双桥畔女[3]，惯唱采莲歌。

辑自《（乾隆）潜山县志》卷二〇《艺文志》

解题

此诗写春日泛舟南湖。湖水三面近城，水面雾霭迷蒙。船上急鼓催桡，小舟频频在柳树伸向湖中的枝条间穿行，时而又碰到湖中的荷叶，送来阵阵清香。断岸红桥边有一对对年轻女子，正在唱着动听的采莲歌谣。全诗调动了人的视觉、听觉审美功能，把南湖那无限美好的风光景物展现在读者眼前，使人陶醉其中。

注释

〔1〕选胜:寻访游览名胜。芳渚:长有芳菲花卉的水边。
〔2〕催桡:催促桡手急速划船。催桡者一般以鼓声为号。
〔3〕桥畔:桥边。此桥指断岸红桥。参见前金梦先《断岸红桥》诗注。

天 柱 山

江北名山福地传,高峰直立众峰偏。莹莹朗积晴时雪,隐隐斜横洞里烟。峭壁千寻刚插汉,凌空一柱独倚天。自来作镇膺群望[1],零雨苍生莫计年[2]。

辑自《(乾隆)潜山县志》卷二一《艺文补遗》

解题

此诗描写了天柱山险峻雄奇的风光,歌咏它镇守一方的地理形势和受天子诸侯望祭的尊崇地位,并为在无数年份里百姓前往山中求雨、它能普降甘霖而心怀敬意。

注释

〔1〕作镇:镇守一方。膺:承当,承受。群望:指受天子、诸侯的望祭。望,谓不能亲到,望而遥祭。
〔2〕零雨苍生:指百姓至皖山祈雨而降甘霖事。零雨,慢而细的小雨。此犹言甘霖,及时雨。苍生,本指生长草木的地方,诗中借指百姓。

汪居仁

汪居仁,生平事迹不详。

龙关晓发

鸡催茅店起扬鞭[1],晓月犹将翠嶂连[2]。柝启关门通过客[3],钟鸣野寺杂流泉。半天曙色横空见,一路危岩瀑布悬。多少情怀驴背上[4],征途唤起酒家眠。

辑自《(乾隆)潜山县志》卷二一《艺文补遗》

解题

龙关胜概已见杨瑛昶《龙关瀑布歌》解题。作者昨夜住在龙关内简陋的客店中,今天一早便动身赶路。此时月亮还挂在天上,正照着耸立如屏障一般的青色山峰。在守夜人击柝报晓声中关门开启了,过路的客人一个个通过关卡,野寺的钟声伴随着泉水流动的声音不断传进耳鼓。待曙光横空初露,一路上不知经历了多少危岩瀑布。此时,诗人在驴背上情趣盎然,他准备在前方的路途中唤起酒家再睡一觉。全诗描写了龙关在黎明前那种朦胧而清新的景象,记录了作者与行人凌晨出关赶路情景,字里行间浸透了作者的喜悦之情。

注释

[1] 茅店:用茅草盖成的旅舍。言其简陋。

[2] 翠嶂:青色耸立如屏障的山峰。

[3] 柝(tuò):古代巡夜人敲以报更的木梆。诗中用作动词,指守夜人击柝报晓。

[4] 情怀:此指情趣;兴致。

张 鉴

张鉴(1768—1850),字春冶,号秋水,又号荀鹤、贞疾居士。浙江乌程(今湖州)人。嘉庆九年(1804)副贡生。馆南浔刘氏、洞庭西山葛氏,尽读其所藏书。授官武义教谕。以博学多通见赏于阮元,受聘为诂经精舍讲席,佐修《盐法志》,助辑《经籍籑诂》。尝从阮元督师宁波,剿海寇及赈灾事,皆为之筹划。其学根柢经史,兼通天文历算。工诗文,袁行云《清人诗集叙录》谓其诗"无芜鄙空疏之病,惟不免填实考据之嫌耳"。著有《冬青馆甲乙集》《西夏纪事本末》《古文尚书脞说》《夏小正集说》《说文补注》等。生平事迹见《清史稿》卷四八六、《清史列传》卷七三。

潜　山

皖公山色清且腴[1],传是仙人炼丹地[2]。栈云遥泄石楼峰[3],天柱如闻岳南祡[4]。吾来西北由蓟门[5],忽迩南游不自意[6]。岚蒸气候寒暑迁[7],霏霅晴光朝暮异[8]。千条飞瀑地腹通,一角斜阳云背坠。茅茨时闻练鹊喧[9],抢篱却少银麖睡[10]。衣稜飒飒飘枫香,屦齿萧萧落松翠。饐馏岩窦瀹云烟[11],尝恐精灵自珍秘。吾生山岳成攒讥[12],后日松萝任高议[13]。一两蜡屐偿阮孚[14],足茧还来叩云寺[15]。

辑自《冬青馆集》甲集卷二诗二

解题

作者自京城南游至潜山,自己没有料到不经意间会与如此美好的景色相遇。皖公山清新而且丰美滋润,此山不仅是古代仙人炼丹之地,而且有汉武帝封禅的传说。它高出云表,岚蒸霞蔚,四季风光不同,甚至早晚的景色都有很大差异。山间又有奇峰飞瀑,珍禽异兽,仿佛超尘出世之境。作者生性钟爱这样的山岳,他非但不怕流俗争相讥笑,而且还会像晋代阮孚那样着蜡屐游山,即使脚底走成厚茧,劳苦备至,也要拜访那云中的寺院。全诗物象层折迭换,境界婉转回环,吐露了诗人对皖公山一片赤诚的爱恋之情。

注释

〔1〕清且腴(yú):清新而丰美滋润。腴,丰美,腴润。

〔2〕仙人:指左慈,其在此地炼丹修仙事,已多见前注。

〔3〕栈云:谓栈道高与云连。石楼峰:在石印峰(良药坪正北)前,一峰叠石,形若楼观。峰下多兰蕙,由西关寨至总关,每经峰前,时闻异香。

〔4〕岳南:即南岳,汉武封天柱山南岳事,已多见前注。祡(chái):古指烧柴生烟以祭天。

〔5〕蓟(jì)门:古地名。在北京城西德胜门外西北隅。此以指代北京。

〔6〕忽迩:同忽尔,犹忽然,突然。不自意:自己没有料到。不是自己意料之中的。

〔7〕岚蒸:山林中雾气蒸腾。

〔8〕霏罨(yǎn):弥漫的云气覆盖。罨,掩盖,覆盖。

〔9〕茅茨:茅草盖的屋顶。亦指茅屋。练鹊:鸟名。属鸣禽类,体似鸲鹆而小。明王圻《三才图会·练鹊》:"《禽经》:练鹊名带鸟,俗名寿带鸟,似山鹊而小,头上有披带,雌者短尾,雄者长尾。"

〔10〕抢篱:竹篱笆。麕(jūn):獐子。

〔11〕饙(fēn)馏:亦作"馎馏",指蒸腾的气体。岩窦:即岩穴。滃(wěng):云气腾涌貌;青烟弥漫貌。

〔12〕攒(cuán)讥:被争相讥笑。攒,簇聚,聚集。

〔13〕松萝:即女萝。地衣类植物。体呈丝状,直立或悬垂,灰白

或灰绿色,基部多附着在松树或别的树的树皮上,少数生于石上。此借指山林。高议:大发议论。

〔14〕一两:一双。蜡屐:古人穿的一种底下有齿的木鞋,以蜡涂抹其上。偿:谓抵得上。阮孚:字遥集,晋代尉氏(今河南省尉氏县)人。其父阮咸为"竹林七贤"之一。初仕为太傅府掾。渡江,元帝授与安东参军,官至散骑常侍。明帝时,随讨王敦有功,转任吏部尚书,封侯。酗酒成性,终日酣饮,尝用金貂换酒。阮孚爱好木屐,以至经常擦洗涂蜡。并慨叹说:"未知一生当着几量屐!"见《晋书·阮孚传》。后遂用"蜡屐、阮屐"等指对常物爱之过甚的癖好。

〔15〕足茧:脚走成厚茧。喻劳苦备至。茧通"趼"。叩:叩拜。云寺:指高山上的寺院。

陈文述

陈文述(1771—1843),初名文杰,字隽甫,号云伯,又号退庵。浙江钱塘(今杭州)人。嘉庆五年(1800)举人,历官江都、全椒、昭文等县知县。与族兄鸿寿称"二陈",又与无锡杨芳灿齐名称"陈杨"。为阮元门人,阮以二陈与陈浦合称"武林三陈"。在官有贤声,生平与王昙、郭麐、查揆、屠倬交最契。诗学钱谦益、吴伟业,沉博艳丽,以多为贵,仅"香奁"一体,即有二十卷。后期一变,渐归雅正。王昙称其诗集百八十年诗人大成。谭献谓其"虽涂泽为工,颇能骀宕,风骨未靡"(《复堂日记》)。著有《碧城仙馆诗钞》《颐道堂集》《秣陵集》《西泠怀古集》等。生平事迹见《清史列传》卷七三、《清代学者像传》卷四等。

江上望皖公山用太白韵

三峰出云表[1],烟树得灵气。皖伯尔何人[2],登览定快意。我从江上来,日饱烟霞味。九华翠可挹[3],兹山亦殊异[4]。羁宦迹方始[5],求仙志难遂。何年脱尘鞅[6],来寻锄药地[7]!

辑自《颐道堂集》诗选卷七

解题

作者在他乡做官因公务在外旅行时,乘船于大江之上望见皖公山,他想起唐代著名诗人李白曾作《江上望皖公山》一诗,遂亦用其原韵唱和一首。诗中描述了皖公山秀美的自然风光和它的神奇灵异之处,表达了自己内心期望摆脱世俗事务的束缚,来此山过隐逸修仙生活的愿望。

注释

〔1〕三峰:指皖峰、潜峰、天柱峰。已多见前注。云表:云外。

〔2〕皖伯:即皖公。周大夫,伯爵,史逸其姓氏,周封之于皖,而皖之名始著。

〔3〕九华:山名。在今安徽省青阳县。旧称九子山。因有九峰如莲花,故改为今名。翠可挹:谓山色喜人。

〔4〕殊异:奇异;不寻常。

〔5〕羁宦:在他乡做官。寄居外地为官。

〔6〕尘鞅:世俗事务的束缚。已见前注。

〔7〕锄药:锄地种药。借指隐居修仙。

二 乔 宅

江东形胜占三分[1],玉女风姿也出群。姊妹天人双国色,英雄夫婿两郎君[2]。赤乌残碣埋春草[3],铜雀荒台冷暮云[4]。留得当年妆井在[5],白花飞蝶吊罗裙[6]。

辑自《颐道堂集》诗选卷七

{解题}

　　作者凭吊二乔故宅，追想三国时代吴国这两位美女拔萃出群的绰约风姿，和她们嫁与贵家子弟孙策周瑜之间的风流佳话，到而今断碑埋于春草，英雄的霸业早已全然逝去，二乔的妆井边生长着白色的小花，有蝴蝶在飞舞，当年的繁华已然成为历史的陈迹，作者不禁生出兴亡之慨与沧桑之感。

{注释}

　　〔1〕形胜：谓地理位置优越，地势险要。三分：指魏、蜀、吴三国鼎立。
　　〔2〕夫婿：丈夫。郎君：通称贵家子弟为郎君。
　　〔3〕赤乌：东吴大帝孙权年号(238—250)。残碣：断碑。
　　〔4〕"铜雀"句：铜雀，即"铜雀台"，亦作"铜爵台"。汉末建安十五年冬曹操所建。周围殿屋一百二十间，连接榱栋，侵彻云汉。铸大孔雀置于楼顶，舒翼奋尾，势若飞动，故名铜雀台。曹操"置伎妾于台上，每月朝十五，辄向帐前作伎"。铜爵台故址在今河北省临漳县西南古邺城的西北隅。唐诗人杜牧曾作《赤壁》诗，中有句曰"东风不与周郎便，铜雀春深锁二乔"，意思是：要是当时老天爷不吹东风给周瑜方便的话，大乔小乔两姐妹就会被曹操抓到铜雀台里锁起来，她们也别想自由自在地欣赏明媚的春光了。此句暗用其意。
　　〔5〕妆井：即乔家妆井，亦即胭脂井。已多见前注。
　　〔6〕罗裙：丝罗制的裙子。诗中以物代人，指代二乔。

寄题潜山天柱峰

　　霍山为南岳[1]，最高者天柱[2]。其名见周礼[3]，其典隆汉武[4]。元封后五载[5],巡狩莅南土[6]。南郡至江陵,登礼事毕举[7]。惟昔皇帝圣,抗志慕三古[8]。封禅采羲黄[9],巡狩稽舜禹[10]。八神岳麓祠[11],万岁嵩高语[12]。宝鼎迎甘泉[13],芝房奏乐府[14]。方士谈燕齐[15],明堂议邹鲁[16]。且战且学仙[17],振兵还泽旅[18]。东南曰扬州[19],兹山百神主[20]。玉帛俯荆涂,丹篆压峋嵝[21]。隔江卅六峰,轩皇所延伫[22]。想见礼成后,登高览云树。会稽号南镇,相视若主辅[23]。厥后改衡岳[24],九面环湘浦[25]。苍梧重华云,斑竹娥皇雨[26]。山灵有盛衰,帝子渺何许[27]!忆昔登岱顶[28],摩厓天尺五[29]。石磴秘玉牒[30],何处访璜琥[31]。一卷相如文[32],于世究何补[33]!指点起封中[34],青天云一缕[35]。

辑自《颐道堂集》诗选卷七

解题

元封五年冬,汉武帝登临天柱山祭祀,并封其为南岳,是天柱山历史上的特大盛事。本诗不仅铺叙汉武登山封岳一事,而且交代其深刻的历史背景,介绍当时它在东南众多名山中的重要地位。作者认为,汉武帝是在对外军事上取得全面胜利之后,从而效仿古帝王巡守天下、遍祀天下名山大川之典而前来登山祭岳的,并且还带有学习道家修习长生不老之术的目的。而就当时的地位来说,天柱山俯视荆涂,势压衡山,让黄山钦美,以会稽山为辅佐,是何等尊崇显赫!然而世事沧桑,山亦有盛衰,隋朝后天柱山失去了南岳的地位,汉武封禅的盛事也早为陈迹,又不禁令作者为之惋惜感叹。全诗叙事写景两相结合,风格苍凉沉郁,抒发了人世的盛衰兴亡之感。

注释

〔1〕霍山:天柱山的别名。在今安徽省潜山县。汉武帝以衡山

辽旷,移岳祠于天柱山,以后俗人呼之为南岳,故又名天柱山为霍山、霍岳。

〔2〕"最高"句:意谓天柱山的最高峰是天柱峰。

〔3〕周礼:《周礼》是儒家经典,十三经之一。世传为周公旦所著,但实际上可能是战国时期归纳创作而成。五岳之名始见于《周礼·春官·大宗伯》:"以血祭祭社稷、五祀、五岳。"

〔4〕"其典"句:意谓五岳典制兴盛于汉武帝。按,汉之前五岳之制因时而异,各有不同。汉武帝巡游四方,遍祭名山大川,奠定了封禅制度的基础,五岳典制才真正兴盛起来。汉宣帝神爵元年(前61)颁发诏书,确定以泰山为东岳,华山为西岳,潜山(即天柱山)为南岳,恒山(在河北曲阳县西北)为北岳,嵩山为中岳(《汉书·郊祀志》)。隋开皇七年,又改今湖南的衡山为南岳,隋以后遂成为定制。至明代,又以今山西浑源县的恒山为北岳,清代移祀北岳于此。遂为定论。

〔5〕元封:汉武帝年号。

〔6〕"巡狩"句:意谓天子出行,视察邦国州郡,亲自来到南方。《汉书》卷六《武帝纪》:"(元封)五年冬,行南巡狩。"

〔7〕"南郡"二句:意谓汉武帝到达南郡江陵,然后向东进发,登上潜山的天柱山,完成了祭祀大典。南陵,郡名,始置于秦朝。秦及西汉二朝南陵郡治所均在江陵县(今湖北荆州)。《史记》卷一二《孝武本纪》:"其明年(元封五年)冬,上巡南郡,至江陵而东。登礼潜之天柱山,号曰南岳。"

〔8〕抗志:志向高尚。三古:上古、中古、下古的合称。所指时限各别。一说,伏羲为上古,神农为中古,五帝为下古。此处泛指古代。

〔9〕"封禅"句:意谓汉武帝祭祠名山采用的是伏羲、黄帝时代的礼仪。封禅,古代帝王祭祀天地的大典。最初,在泰山上筑土为坛,报天之功,称封;在泰山下的梁父山上辟场祭地,报地之德,称禅。后亦在其他名岳行封禅之礼。据司马迁考证,封禅产生于伏羲氏以前

的无怀氏。羲黄,指伏羲神农氏、黄帝轩辕氏。

〔10〕"巡狩"句:意谓武帝出行、视察邦国州郡,是查考了舜和禹的事迹而效仿他们的。巡狩,谓天子出行,视察邦国州郡。稽,考核,查考。舜,五帝之一,姚姓,有虞氏,名重华,史称虞舜或舜。相传舜尝耕于历山,渔于雷泽,陶于河滨。陶唐时为尧所用,试诸难而委之政。舜为帝后,天下大治。舜子商均不肖,舜传帝位于禹,儒家誉其为"盛德之君"。据《尚书》记载,舜上任后干的第一件大事,便是巡狩四岳;后亦因巡狩南方,死于苍梧之野。禹,亦五帝之一。原为夏后氏部落领袖,姓姒,名文命,字高密。史称大禹、伯禹、帝禹、戎禹。奉舜命治水有功,受舜禅让,为夏朝开国之君。《史记·夏本纪》:"十年,帝禹东巡狩,至于会稽而崩。"

〔11〕"八神"句:意谓皇帝祭岳时要在山麓祭祀八神神主。八神,古代帝王祭祀的八种神主(牌位)。据《史记·封禅书》,八种神主分别为:天主、地主、兵主、阴主、阳主、月主、日主、四时主。

〔12〕万岁:《史记·封禅书》载:"三月,(汉武帝)遂东幸缑氏,礼登中岳太室。从官在山下闻若有言'万岁'云。问上,上不言;问下,下不言。于是以三百户封太室奉祠,命曰嵩高邑。"中岳太室,即嵩高山。

〔13〕"宝鼎"句:意谓汉武帝返至甘泉宫时,宫中奏《宝鼎歌》迎接。宝鼎,此指《宝鼎歌》。西汉宫廷歌曲,又名景星之歌,汉武帝元鼎五年(前112)所作。公元前116年,汉武帝因得宝鼎,改年号为"元鼎"。元鼎五年六月,又得宝鼎于汾阴后土祠之旁,武帝认为这是上天赐予他巡祭后土以祈丰年的祥瑞,令人作《宝鼎歌》。其词载于《汉书·礼乐志》。该歌并被列入郊祀歌作为一章。甘泉,宫名。故址在今陕西淳化西北甘泉山。本秦宫,汉武帝增筑扩建,在此朝诸侯王,飨外国客;夏日亦作避暑之处。

〔14〕"芝房"句:乐府奏《芝房之歌》。芝房,即《芝房歌》,汉郊祀歌名。又称《齐房》。《汉书·武帝纪》:"(元封二年)六月,诏曰:'甘泉宫内中产芝,九茎连叶。上帝博临,不异下房,赐朕弘休……作《芝

房之歌〉'。"亦省称"芝房"。汉班固《两都赋序》:"《白麟》《赤雁》《芝房》《宝鼎》之歌,荐于宗庙。"乐府,古代主管音乐的官署。起于汉代。汉惠帝时已有乐府令。武帝时定郊祀礼,始立乐府,掌管宫廷、巡行、祭祀所用的音乐,兼采民歌配以乐曲,以李延年为协律都尉。乐府之名始此。

〔15〕方士:方术之士。古代自称能访仙炼丹以求长生不老的人。燕齐:指战国时燕国和齐国。后亦泛指其所在地,即今河北、山东一带。《史记·孝武本纪》:"居久之,李少君病死。天子以为化去不死也,而使黄锤史宽舒受其方。求蓬莱安期生莫能得,而海上燕齐怪迂之方士多相效,更言神事矣。"

〔16〕邹鲁:邹,孟子故乡;鲁,孔子故乡。后因以"邹鲁"指文化昌盛之地,儒学礼义之邦。此处指代儒学之士。明堂:古代帝王宣明政教的地方。凡朝会、祭祀、庆赏、选士、养老、教学等大典,都在此举行。《史记·孝武本纪》:"上欲治明堂奉高旁,未晓其制度。济南人公玉带上黄帝时明堂图。"《汉书·武帝纪》:"议立明堂。遣使者安车蒲轮,束帛加璧,征鲁申公。"

〔17〕"且战"句:意谓汉武帝一边发动战争,一边学习道家修习长生不老之术。战,指汉武帝在位期间进行的一系列军事行动。最重大者,即派卫青、霍去病进攻匈奴,取得胜利。

〔18〕"振兵"句:收缴兵器,解散军队。《史记·周本纪》:"纵马于华山之阳,放牛于桃林之虚;偃干戈,振兵释旅,示天下不复用也。"振兵释旅,亦作"振兵泽旅"。《史记·孝武本纪》:"其来年冬,上议曰:'古者先振兵泽旅,然后封禅。'"

〔19〕扬州:《禹贡》所言九州之一,范围相当于淮河以南、长江流域及岭南地区。《周礼·夏官·职方氏》:"东南曰扬州。"汉朝将全国划分为十三刺史部,其中天柱山所在的庐江郡即属扬州刺史部。

〔20〕兹山:指天柱山。百神主:百神之主。

〔21〕"玉帛"二句:意谓祭祀天柱山时,其品级远远高于荆山、涂山;汉武帝祭山时用朱砂书写的篆文,也力压夏禹封赠衡山所书写的

《岣嵝碑》。玉帛，祭品名。即瑞玉和束帛的并称。周制，凡禋祀，须用玉帛、牺牲置于祭坛之上，以火燔之而告上天。荆涂，荆山、涂山。在今安徽省怀远县淮河两岸。古籍《图经》说，荆涂两山，本相联属，禹凿为两，以通淮流。丹篆，用朱砂书写的篆文。岣嵝，衡山七十二峰之一，在湖南省衡阳市北。为衡山主峰，故衡山又名岣嵝山。古代传说，禹曾在此得金简玉书。其山有岣嵝碑，传为禹帝所书。

〔22〕"隔江"二句：天柱山有三十六座山峰，黄帝望着它久立而不去。字面说黄帝倾慕向往天柱山，实际是说黄山与天柱山隔江相望。卅六峰，指天柱山。已见前注。轩皇，指黄帝，号轩辕氏，故称。延伫，久立，久留。黄山原名"黟山"，因峰岩青黑，遥望苍黛而名。后因传说轩辕黄帝曾在此炼丹，故改名为"黄山"。

〔23〕"会稽"二句：会稽山号称"四镇"之一，天柱山与它相对而视，好像一个是主人，一个是辅佐者。会稽，会稽山，在浙江省绍兴县东南。相传夏禹大会诸侯于此计功，故名。南镇，镇守南方的大山。镇，一方的主要山岳。《周礼·春官·大司乐》："凡日月食，四镇五岳崩。"郑玄注："四镇，山之重大者，谓扬州之会稽山，青州之沂山，幽州之医无闾，冀州之霍山。"

〔24〕"厥后"句：其后改封衡山为南岳。厥后，其后，之后。

〔25〕湘：指湘水。浦：水边，河岸。

〔26〕"苍梧"二句：意谓舜帝南巡，至苍梧而死，葬九疑山中；娥皇、女英二妃千里寻夫，远寻至苍梧，不见踪迹，泪洒湘竹，投湘水而死。娥皇，传说舜妻，尧长女。舜年三十经四岳推举被尧起用，尧使长女娥皇、次女女英嫁舜以观其内。在舜与其弟象的斗争中，娥皇多出奇谋，并以神力助舜脱险。舜主持政事期间，每事与娥皇相谋。娥皇不以帝女自居，甚有妇道。舜南巡，死于苍梧，娥皇、女英奔赴哭之，殒于湘江。俗称娥皇为湘君，并祀以为湘水之神。

〔27〕帝子：即舜帝的二妃娥皇、女英，因是尧帝的女儿，故称帝子。渺：水远貌。《楚辞·九歌·湘夫人》："帝子降兮北渚，目眇眇兮愁予。"

〔28〕岱：泰山。

〔29〕摩厓：亦作"摩崖"。指在山崖石壁上镌刻文字。天尺五：谓离天甚近。极言其高。

〔30〕礛(gǎn)：古代帝王封禅时贮藏金匮玉册的石箧。秘：藏。玉牒：古代帝王封禅、郊祀的玉简文书。

〔31〕璜琥(huáng hǔ)：两种玉器名。璜，状如半璧；琥，雕成虎形的玉器。璜琥分别为古代帝王祭祀天地四方的六大玉制礼器(指璧、琮、圭、璋、璜、琥)之一。《周礼·春官·大宗伯》："以玉作六器，以礼天地四方，以苍璧礼天，以黄琮礼地，以青圭礼东方，以赤璋礼南方，以白琥礼西方，以玄璜礼北方。"诗中以"璜琥"指代六大玉器。

〔32〕相如文：司马相如所写的文章。相如，即司马相如(约公元前179—前118)，字长卿，蜀郡成都人，西汉辞赋家，为汉武帝文学侍臣，文章写得很精致。

〔33〕究：到底；究竟。

〔34〕起封：指封禅时所建的祭坛。

〔35〕"青天"句：意谓汉武帝封禅之事就像青天上的一缕白云一样，转瞬即逝。

吴荣光

吴荣光(1773—1843)，字伯荣，号荷屋。广东南海(今广州)人。嘉庆四年(1799)进士，改庶吉士，授编修。迁监察御史，以事革职。起授刑部员外郎、郎中，历陕西陕安道、福建盐法道，福建、浙江、湖北按察使，贵州、福建、湖南布政使，湖南巡抚，降福建布政使，以原品休致。荣光为岭南名宿，于金石书画，鉴别最精。张维屏《艺谈录》谓"粤东百余年来，论书法推四家：冯鱼山敏昌、黎二樵简、吴荷屋荣光、张澥山岳崧"。《晚晴簃诗汇》称其诗"纪事述情，不规规摹仿前人"。著有《石云山人集》《历代名人年谱》。生平事迹见《清史列传》卷三八、《国朝耆献类征》卷一九九、《国朝书人辑略》卷八。

望天柱山

众山皆在下,一柱到天门[1]。峻绝为衡副[2],居然似岳尊。蛟龙疑起伏,云雾自朝昏。安得凌风上,岩巘手遍扪[3]!

辑自《石云山人集》诗集卷四

解题

此诗描写了天柱山高大险峻之貌和山势似蛟龙起伏、自早至晚山中云雾缭绕的自然景观,歌咏了它曾为副南岳的历史地位,表达了欲登其绝顶、用手摸遍所有险峻山岩的迫切愿望。诗歌语言简练,写景叙情有独到之处,但也流露出对天柱山的不敬之意。

注释

〔1〕天门:天宫之门。
〔2〕峻绝:峻峭之极。衡副:衡岳之副。即副南岳。
〔3〕岩巘:险峻的山石。

扁舟二十四首 (选一)

皖公山色接舒台,几辈登临几酒杯。不分潜峰好楼阁,滥容安石读书来[1]。

辑自《石云山人集》诗集卷一八

解题

《扁舟二十四首》写舟行湘水、长江、济水、淀津等处事,本诗是其中的第八首。全诗由远望中所见皖公山秀丽的景色,而联想到舒州名胜潜峰阁、舒王台,并借机宣泄了对王安石的不满情绪。

注释

〔1〕滥容:过分而不恰当地容许。

胡承珙

胡承珙(1776—1832),字景孟,号墨庄,安徽泾县人。嘉庆十年(1805)进士,改庶吉士,授编修。充广东乡试副考官,迁御史,转刑科给事中。二十四年,授延建邵道,寻调补台湾道。在台三年,乞假归里。究心经学,专精《毛诗》,与陈奂反复讨论,剖析精微。著《毛诗后笺》,四易其稿,未成病卒,遗嘱奂足成之。亦长于小学,熟于《尔雅》《说文》。少以诗赋鸣,后潜心朴学。著有《求是堂诗文集》,另有《小尔雅义证》《仪礼古今文疏义》等。生平事迹见《清史稿》卷四八二、《清史列传》卷六九、胡培翚《福建台湾道胡君别传》。

天 柱 山 歌

千山万壑皆如龙,头尾夭矫牙须雄[1]。林扃石栈互钩贯[2],其来乃自西南天柱之高峰。陡然拔地七千丈,但有屴崱无回容[3]。下穷玄泉洞幽穴[4],上碍白日回苍穹。何烦巨灵劈太华[5],讵畏怒触来共工[6]。擎天有力此终古[7],南巡往事思元封[8]。盛唐枞阳屯万骑,銮舆警跸如岱嵩[9]。兴酣直下射江水,一矢截潮蛟血红[10]。古来此地号南岳,不数米廪堆祝融[11]。茂陵千载闷秋草[12],金泥玉检无遗踪[13]。平生五岳有奇癖,褐来指点开心胸[14]。但见四无依傍,亭亭在空,白云缭之,一西一东。颇闻沈初明[15],通天有表无由通[16]。我欲乘元气,倏忽陵长风[17]。摩顶抚投子[18],挥手谢皖公。一声咳唾落天外,坐看江山万古青蒙蒙。

辑自《求是堂诗集》卷一一《隃领集》

【解题】

此诗为作者因公事跋涉潜山途中望天柱山而作。全诗描写了天柱山陡然拔地而起,上有一峰擎天碍日,下有瀑流洞穿幽穴的奇观妙景;回顾了元封五年汉武帝来天柱祭岳封禅的宏大壮观场面,并廓清了天柱山号曰南岳远远早于衡山称南岳的历史真相。诗的最后表达了欲登天柱而不可得的遗憾。全诗笔势洒脱跌宕,语言质朴刚健,读之令人荡气回肠。

【注释】

〔1〕夭矫:纵恣貌。

〔2〕林扃(jiōng):犹林园,林野。石栈:在山间凿石架木作成的通道。钩贯:勾连贯通。

〔3〕屴崱(lì zè):形容山峰高耸。回容:弯曲的形态。

〔4〕玄泉:瀑布。玄,通"悬"。洞:穿透。幽穴:幽深的洞穴。

〔5〕巨灵:神话传说中劈开华山的河神。太华:即西岳华山,在陕西省华阴县南,因其西有少华山,故称太华。

〔6〕讵(jù):副词。表示反诘。相当于"岂"、"难道"。共工:古代传说中的天神,与颛顼争为帝,有头触不周山的故事。《淮南子·天文训》:"昔者共工与颛顼争为帝,怒而触不周之山,天柱折,地维绝。天倾西北,故日月星辰移焉;地不满东南,故水潦尘埃归焉。"

〔7〕终古:久远,自古以来。

〔8〕元封:汉武帝年号。汉武帝于元封五年(前106)冬南巡,登祭天柱山,号曰"南岳"。其事已多见前注。

〔9〕"盛唐"二句：意谓汉武帝南巡时，在盛唐山、枞阳县一带屯驻着上万人马，皇帝所乘车驾和沿途侍卫警戒的规格，都和登临东岳泰山和中岳嵩山时一样。盛唐，盛唐山。其地在今安庆市，与枞阳相近。枞阳，县名。盛唐、枞阳均已见前注。骑(jì)，一人一马的合称。銮(luán)舆，即銮驾，天子车驾。警跸(bì)，古代帝王出入时，于所经路途侍卫警戒，清道止行，谓之"警跸"。岱嵩，岱，指东岳泰山；嵩，指中岳嵩山。汉武帝曾登临过两山。

〔10〕截潮：越过潮水，直渡潮水。

〔11〕"不数"二句：意谓自古以来天柱山号称南岳，当时还数不上衡山。不数，数不上，算不上。米廪，即石廪峰，衡山山峰名。因其形如米仓，故名。祝融，衡山的最高峰。衡山有七十二峰，以祝融峰、天柱峰、芙蓉峰、紫盖峰、石廪峰最为著名。诗中以石廪、祝融指代衡山。唐韩愈《谒衡岳庙》诗："紫盖连延接天柱，石廪腾掷堆祝融。"

〔12〕茂陵：汉武帝的陵墓。闷(bì)秋草：遮蔽，隐藏于秋草之中。闷，遮蔽，掩没。

〔13〕金泥玉检：金泥，以水银和金粉和而为泥，作封印之用；玉检，玉牒书的封箧。或谓玉检是玉制的标签。金泥玉检为古代天子封禅所用，是告天的书函。无遗踪：没有遗留下来的痕迹。遗踪，犹遗迹。

〔14〕曷来：何不来。指点：指手指点示，评说。开心胸：使胸怀开朗，心情愉快。

〔15〕沈初明：即梁代沈炯。字初明，吴兴武康（今属浙江）人。仕南朝梁为吴令。侯景之乱被迫为景将宋子仙掌书记。子仙败后归王僧辩，梁元帝复征为给事黄门侍郎。江陵陷落后为西魏所虏，授仪同三司。因母在东常思归国，绍泰二年得归，官御史中丞。陈受禅后加通直散骑常侍，文帝即位解中丞加明威将军，遣归将兵吴中，以疾卒。

〔16〕通天：指通天台。西汉甘泉宫内建筑之一，汉武帝元封二年（前109）建造。因该台极高，故以通天为名。通天台高三十丈（一

说三十五丈,还有一说百余丈,可能百余丈是言台极高,并非实指),望云雨皆在其下,立于其上可望见长安城。上有承露盘,雕有仙人掌,手持玉杯,以承接云中甘露。汉武帝祭祀太乙(泰一)神时,要集中童男童女在此歌舞,并派人上通天台等候天神,有流星光芒陨下即为天神降临,通天台上等候者即举烽火,皇帝于下面竹宫遥拜。汉昭帝元凤年间,通天台自毁,传说其橼桶建构化为龙凤随风雨飞去。有表:沈炯被西魏俘去后曾作《经通天台奏汉武帝表》,借描述汉武帝求仙、田猎、游宴表现自己羁旅在外乡的哀怨与对故国亲人的思念。无由通:没有门径、没有办法到达。作者自注:"昨晤桐城令沈君,云曾任潜山,欲登不可得。"

〔17〕陵长风:驾长风。陵,凌驾。长风,远风,大风。

〔18〕摩顶:迫近山顶。抚摩山顶。投子:指投子山。位于今桐城市区北约四里处。相传三国时吴将鲁肃兵败后将子投此为僧,故名投子山。山中有寺,即名投子寺。

潜 山 县

一片溪山色,真成玉照乡[1]。陂塘瓜蔓水[2],篱落豆花香。露草含秋气,风枝带早凉。前河遥望好[3],城郭霭苍苍[4]。

辑自《求是堂诗集》卷一一《陨领集》

解题

此诗描写了潜山县早秋时节如绘如画的田园风光。作者虽究心朴学,但诗却"清婉自然,不似考据学家之寡味"(袁行云《清人诗集叙录》)。

注释

〔1〕"真成"句：作者自注："县本怀宁县之玉照乡，元至治间析置。"
〔2〕陂塘：池塘。瓜蔓水：谓瓜实蔓延于水边。
〔3〕前河：作者自注："潜水经县北，今名前河。"
〔4〕霭：雾气。苍苍：深青色。

邓廷桢

邓廷桢（1776—1846），字嶰筠，江苏江宁（今南京）人。嘉庆六年（1801）进士，选庶吉士，授编修。历官浙江与陕西各地知府、湖北按察使、江西布政使、陕西按察使、陕西布政使。道光六年（1826），任安徽巡抚。十五年擢两广总督。十九年与林则徐协力整顿海防，查禁鸦片。次年一月调闽浙总督，七月率军击退进犯厦门之英军舰队。十月受诬害，与林同被革职，充军伊犁。四十三年释还，授甘肃布政使，擢陕西巡抚，署陕甘总督，卒于官。著有《双砚斋诗集》《双砚斋词》《双砚斋词话》。生平事迹见《清史稿》卷三六九、《清史列传》卷三八、《国朝先正事略》卷二四、梅曾亮《陕西巡抚邓公墓志铭》。

咏怀古迹四首 （选二）

射 蛟 台

舳舻千里薄枞阳，南岳峰高俯盛唐。便拟琅琊驱海鳄[1]，真看弧矢堕天狼[2]。强弓定有麟胶续[3]，绝塞空传雁帛长[4]。江表荒台独凭吊[5]，龙髯何处白云乡[6]。

辑自《双砚斋诗钞》卷一一

解题

作者登射蛟台故址,想到当年西汉王朝是何等强盛,汉武帝是何等威风。武帝遍游名山大川,祭祀封禅,并号天柱为南岳;在西北对匈奴用兵,驱逐入侵的外敌。而今国家多难,自己想要断弓再续,在军事方面有所作为,但却远离边塞,只能徒然地面对从那里传来的书信而无能为力。如今自己唯一能做的,只有在江边荒台上独自凭吊那位早已去世却不知居于何处仙乡的汉武帝了。诗人借登射蛟台怀古表达了空有爱国情怀而不能为国立功的悲愤,笔力雄健,风格深沉凝重。

注释

〔1〕拟:打算,想要。琅琊:同琅玡。古台名。在今山东胶南市琅玡镇夏河城东南。据说为勾践伐吴时筑之"以望东海"。《史记·孝武本纪》:"自寻阳出枞阳,过彭蠡,祀其名山川。北至琅邪,并海上。"驱海鳄:此指驱逐海中恶兽。唐代韩愈贬官潮州有为民驱赶鳄鱼的故事。《新唐书·韩愈传》:"愈至潮,问民疾苦,皆曰:'恶溪有鳄鱼,食民畜产且尽,民以是穷。'数日,愈自往视之,令其属秦济以一羊一豚投溪水而祝之。……祝之夕,暴风雷电起溪中,数日水尽涸,西徙六十里,自是潮无鳄鱼患。"

〔2〕弧矢:弓箭。堕:掉落。此指射下。天狼:天狼星,象征入侵的外敌。苏轼《江城子·密州出猎》:"会挽雕弓如满月,西北望,射天狼。"

〔3〕麟胶:又称"续弦胶"。古代神话称凤麟洲以凤喙、麟角合煮作胶,弓弦或刀剑断折,用此胶即可连接,故名。据说汉武帝时,西海国曾献此胶。

〔4〕绝塞:极远的边塞。绝,僻远。雁帛:指书信。此盖指军事警报之类。

〔5〕江表:江边,江岸上。

〔6〕龙髯:《史记·封禅书》:"黄帝采首山铜,铸鼎于荆山下,鼎既成,有龙垂胡髯下迎黄帝,黄帝上骑,群臣后宫从上者七十余人,龙乃上去。余小臣不得上,乃悉持龙髯,龙髯拔堕,堕黄帝之弓。百姓仰望黄帝既上天,乃抱其弓与胡髯号。"后用为帝王去世之典。白云乡:《庄子·天地》:"乘彼白云,游于帝乡。"后因以"白云乡"为仙乡。

二乔故井

兜鍪夫婿各雄姿[1],花发江东嫁未迟。断粉零香犹自涴[2],飘茵堕溷不同悲[3]。雀台遗恨魂归后[4],鸡酒怀惭腹痛时[5]。绝胜石头城下路[6],寒泉呜咽泣胭脂。

辑自《双砚斋诗钞》卷一一

解题

此诗写凭吊二乔故井。作者歌咏了大乔、小乔一生中前后"飘茵"、"堕溷"两种不同的命运,并表达了对她们的悲痛哀伤之情。

注释

〔1〕兜鍪(móu):头盔。此指头戴头盔。
〔2〕断粉零香:犹剩粉残脂。女子妆后所剩的脂粉。自涴:自污,自染。
〔3〕飘茵堕溷(hùn):《梁书·儒林传·范缜》:"子良(竟陵王萧子良)问曰:'君不信因果,世间何得有富贵,何得有贱贫?'缜答曰:'人之生譬如一树花,同发一枝,俱开一蒂,随风而堕,自有拂帘幌坠于茵席之上,自有关篱墙落于粪溷之侧。坠茵席者,殿下是也;落粪溷者,下官是也。贵贱虽复殊途,因果竟在何处?'子良不能屈,深怪之。"后用其比喻由于偶然的机缘而造成富贵贫贱的不同命运。亦多指女子沦落风尘。茵,茵席。即褥垫,草席。溷,污物,粪便。
〔4〕雀台:指铜雀台。已见前注。

〔5〕鸡酒：只鸡斗酒之省。指菲薄的祭品。怀惭：心中惭愧。腹痛：曹操《祀故太尉桥玄文》："又承从容约誓之言：'殂逝之后，路有经由，不以斗酒只鸡过相沃酹，车过三步，腹痛勿怪。'虽临时戏笑之言，非至亲之笃好，胡肯为此辞乎？"后因以"腹痛"为对死者表示哀痛悲伤的典实。清钱谦益《饮酒》诗之六："誓践腹痛约，南下湘水滨。满酌黄柑酒，浇君宿草坟。"

〔6〕石头城：又称石城。在今江苏省南京市汉中门外清凉山西南麓。建安十六年（211），孙权自京口（今镇江）迁来秣陵（今南京市），次年在楚威王金陵邑旧址建石头城。城依山而筑，南北两面临江，虽系土坞，但依山为城，因江为池，十分险要，有"石城虎踞"之称。

黄本骐

黄本骐（1776—?）字伯良，号花耘，湖南宁乡人。嘉庆十三年（1808）举人，官城步县学训导。著有《三十六湾草庐稿》十卷行世。

舒 州 书 感

萧森凉气动征衣[1]，万里伤情木叶飞。敢惮星霜求菽水[2]，每逢风雨梦庭闱[3]。潜峰阁下空荒草，天柱山头惟落晖。纵到江南佳丽地，清秋长与素心违[4]。

辑自《三十六湾草庐稿》卷一

解题

作者客游古舒之地，秋天来了，秋风中草木凋零，树叶纷飞，他面对异乡秋天的景物而生伤感：自己为奉养父母虽不怕冒星辰霜露之苦，然而时常会思念故乡。看那潜峰阁下空寂无人，一片荒草；只有那天柱峰顶落日的余晖能吸引人们的目光。秋天总是让人悲愁啊,即便是这江南的风景秀美之地,清秋时节,景物也和平素本心所想的不一样。此诗字字融入了作者的悲秋之情,其中不仅寄托着游子对父母、对家乡的感怀,也蕴含有强烈的生命意识。

注释

〔1〕萧森:草木凋零衰败貌。征衣:旅人之衣。

〔2〕敢:不敢、岂敢。惮:畏难;畏惧。星霜:星辰霜露。谓艰难辛苦。菽水:豆与水。指所食唯豆和水,形容生活清苦。语出《礼记·檀弓下》:"子路曰:'伤哉,贫也。生无以为养,死无以为礼也。'孔子曰:'啜菽饮水,尽其欢,斯之谓孝。'"后常以"菽水"、"菽水之欢"指子女奉养父母,尽孝道。

〔3〕庭关:庭院的门户,代指家。

〔4〕素心:本心;素愿。

汤贻汾

汤贻汾(1778—1853),字若仪,又字雨生,号粥翁,又号琴隐道人、粒民太守,别署老雨等。江苏武进人。世袭云骑尉,授守备,擢乐清协副将。晚辞官居金陵,太平军破城,投水死。谥贞愍。画有重名,韵致疏秀,与戴熙并称"汤戴",又工行草书。与梅曾亮等为文字交。诗主性灵,又善词,著有《琴隐园诗词集》《画筌析览》及传奇《逍遥巾》。生平事迹见《清史稿》卷三九九、顾寿桢《汤将军传》、蒋敦复《汤将军行略》、陈韬《汤贞愍公年谱》。

挈家之潜山任发白门作

又作淮南客[1],金风倒玉波[2]。浮家虽莫定[3],省却别愁多。黄叶积船重,白苹随桨拖。钟山空月皎[4],无处挂烟萝[5]。

辑自《琴隐园诗集》卷一

解题

诗题中的白门,即今南京市。六朝皆都建康(今南京市),其正南门为宣阳门,俗称白门,故以"白门"代称南京。作者往潜山就任守备之职,带领全家同行,临出发而作此诗。诗中描写了出发时南京中山门外紫金山一带秋日江上夜景,表现了作者满怀的心事。全诗写得自然冷静,含蓄婉致,使人领受到一种神远的意味。

注释

〔1〕淮南客:潜山古为舒州,属淮南西路;此往潜山任职,故曰"又作淮南客"。

〔2〕金风:秋风。玉波:形容月光笼罩下的水波。

〔3〕浮家:家无定处。亦指以水上舟船为家。

〔4〕钟山:即今江苏南京市中山门外紫金山。诸葛亮所谓"钟山龙蟠"即指此山。

〔5〕烟萝:草树茂密,烟聚萝缠,谓之"烟萝"。

二 乔 宅

乔家姊妹双珍珠,无双有双从古无。从古英雄貌难卜,偏是儿夫又双玉[1]。春花艳处尘俱香,花落千年蝶断肠[2]。妆台寻觅秋烟里,剩粉残脂在溪水。溪水湾环似苧萝[3],邻娃嫁尽哀骀佗[4]。鸾镜谁怜圆未缺[5],化为天柱峰头月[6]。

辑自《琴隐园诗集》卷二

【解题】

此诗歌咏了二乔的故事,诗中将她们的居处比作西施的家乡苎罗山,说是她们的妆镜已化作天柱峰头的月亮。这些美好的想象之词,不仅表现了作者对二乔的赞美和怀念,而且意境朦胧优美,生动的气韵流露行间,读之饶有意趣。

【注释】

〔1〕儿夫:古代妇女自称其夫。双玉:一对玉。喻指两个出色的人物。
〔2〕断肠:形容极度思念或悲痛。
〔3〕苎萝:山名。在浙江省诸暨市南,相传西施为此山鬻薪者之女。清李渔《玉搔头·微行》:"常笑吴王非好色,不曾亲到苎萝村。"
〔4〕邻娃:邻家女孩。骆佗:驼背。
〔5〕鸾镜:指妆镜。
〔6〕"化为"句:作者自注:"天柱,潜山山名。"

留别潜山署

舒王台畔断春鸿[1],检点琴书付玉骢[2]。杨柳尽从行处绿,海棠偏向别时红。儒堪作将输羊子[3],兵不知农愧令公[4]。闻道荆襄烽火靖[5],何当米价贱江东[6]。

辑自《琴隐园诗集》卷二

【解题】

此诗为作者离潜山守备任,留别官署而作。阳春三月,作者收拾好琴与书籍等行装放在马背上,准备出发。此时官署周围舒王台畔的杨柳吐出一片新绿,海棠正绽放着红花。作者深切感到,从儒者能担任大将的角度说,自己比不上乐羊子;而作为一名军人,不懂农事,觉得自己愧对此地著名太守郧令公。听说荆州的战火止息了,不知皖中的米价什么时候能降下来。全诗表现了作者对潜山的留恋不舍和关心本地民生疾苦的情怀。

注释

〔1〕春鸿:春天的鸿雁。

〔2〕琴书:琴和书籍。多为文人雅士清高生涯常伴之物。玉骢:即玉花骢。泛指骏马。

〔3〕作将:担任大将。羊子:即乐羊。战国时魏将。因受翟璜之推荐,被魏文侯任为将军。魏文侯三十八年(前408),越过赵国进攻中山(今河北定县),三年始得攻克。被封于灵寿(今河北灵寿县),其子孙世代为将。乐毅即为其后。

〔4〕令公:即郧令公,亦即郧原。《(民国)潜山县志》卷九《秩官志》:"(郧)原汉末为舒州守,曹操遣张辽攻舒,公不屈,偕其妻陆氏同赴水死。至今东河有郧令潭,祠在县治东迎恩门内。"

〔5〕荆襄:地区名。即荆州。荆州曾以襄阳为治所,故以此相称。烽火:指战火,战争。靖:安定,止息。

〔6〕"何当"句:作者自注:"时皖中米贵。"

周仲超元辅青溪话旧图 (选一)

天香飘尽怨嫦娥[1],天柱峰头月色多。归去来兮休怅惘,且随猿鹤守烟萝。

辑自《琴隐园诗集》卷三五

解题

周元辅画了一幅《青溪话旧图》,作者为题诗四首。此诗即为其中的第四首。全诗通过歌咏画中景物天柱峰月色迁想发挥,表达了自己的思归之情。

注释

〔1〕天香:芳香的美称。亦特指桂、梅、牡丹等花香。

潘正亨

潘正亨(1779—?),字伯临,一字伯霖,号河渠(何衢),又号耕烟散人。广东番禺(今广州)人。贡生。室名石松山房、三长物室(因藏周叔兴父簋、唐曲江碑及宋双砚而名),亦称三长物斋。官至刑部员外郎。近代鉴赏家,善行草。著有《万松山房诗钞》等。

望天柱山 即霍山

突兀破鸿蒙[1],天南一柱雄。万灵朝自北[2],双阙配从东[3]。羲驭临丹翠[4],神鳌冠始终[5]。几时青玉杖[6],长啸倚苍穹[7]。

辑自〔清〕刘彬华辑《岭南群雅》

解题

此诗描写了天柱山高耸南天和众神来朝并有道观陪衬的雄伟景象,表达了作者欲手扶绿杖登其绝顶的本心夙愿。诗笔简洁传神,意境苍茫浩渺,作者欣欣之情,跃然纸上。

注释

〔1〕鸿蒙：宇宙形成前的混沌状态。此指高空。
〔2〕万灵：众神。
〔3〕双阙：古代宫殿、祠庙、陵墓前两边高台上的楼观。此处指位于天柱山东侧的真源宫。配：陪衬。
〔4〕羲驭：太阳的代称。羲和为日驭，故名。
〔5〕神鳌：中国神话传说中的海上有神力的大鳌，头顶大山。冠：戴，犹顶。
〔6〕青玉杖：绿竹手杖。
〔7〕苍穹：苍天。

张维屏

张维屏（1780—1859），字子树，一字南山，号松心子。广东番禺（今广州）人。道光二年（1822）进士，历官湖北长阳、黄梅、广济及江西太和知县，袁州府同知、吉州府通判。早有诗名，与黄培芳、谭敬昭称"粤东三子"。至京师，翁方纲叹为诗坛大敌。曾编《国朝诗人征略》《国朝诗人征略二编》，辑道光前清代诗人事迹，并加评述。自为诗不出乾嘉规范，较多写个人生活情趣。后经鸦片战争，目睹英军侵华暴行，曾写《三将军歌》《三元里》等爱国名篇。著有《听松庐诗钞》《松心诗录》《松心文集》《花甲闲谈》等，合辑为《张南山全集》。

潜山客舍访二乔故居弗得怅然题壁而去

周郎遗迹叹凋零，杯酒谁浇墓草青？万点落红春又老[1]，东风何处秀英亭！

辑自《松心诗录》卷二，又见〔清〕刘彬华辑《岭南群雅》

解题

诗题中"潜山客舍",《岭南群雅》作"小憩潜山旅店"。此诗描写作者于暮春时节访二乔故居,只见遗迹凋零,墓草青青,秀英亭不见踪影,万片落花在风中飘零,作者目睹此景,怅然而归。看似平淡的诗句,却包含了许多弦外之音,供人回味。

注释

〔1〕落红:落花。

张 澍

张澍(1781—1847),字时霖,一字伯瀹,号介侯,又号介白。甘肃武威人。嘉庆四年(1799)进士,选庶吉士,历官玉屏、兴文、永新知县,署临江通判,以事罢官,起补泸溪知县,复丁忧归。性亢直,居官有政声。博览经史,多有著述。好远游,踪迹半天下,诗文益富。著有《养素堂集》《五凉旧闻》《三古人苑》《姓氏五书》《续黔书》《秦音》《蜀典》。生平事迹见《清史稿》卷四八六、《清史列传》卷七三、钱仪吉《张介侯墓志铭》。

贻邓显筠廷桢抚军 (选二)

事业潜峰柱,文章玉树柯[1]。堪肩天子寄,顿起皖公疴[2]。鸿泽收哀响[3],棠舟济巨波[4]。我来三月莫[5],犹被惠风和[6]。

拔剑倚苍穹,丰毛羡远鸿。竭来皖公国,云日豁然空[7]。点检秦残碣[8],摩抄汉废铜[9]。征帆明旦挂[10],回首大江东。

辑自《养素堂诗集》卷二一《浮沤集》上

解题

邓廷桢于清道光六年至道光十五年任安徽巡抚长达十年之久。道光十一年三月间①，作者张澍沿长江东下游览，顺道至安徽省省会安庆拜访了邓廷桢，临别时赠诗四首。以上所选二首为其中的第一首和第四首。作者在诗中赞扬了邓廷桢施行仁政，很快治愈了皖公山地区的生民之病；说是皖公国政治清明，民间无悲凉之音。这其中可能不乏奉承之词，但无论如何，邓廷桢作为有清一代著名大臣，其爱民爱国之心还是有目共睹的。

注释

〔1〕玉树柯：犹言玉树琼枝。喻树木葱茏优美。此借指文章优美。柯，树枝。

〔2〕"顿起"句：意谓很快治愈了皖公山地区的生民之病。起，治愈，使病愈。痾，疾病，疾患。此指民生疾苦。

〔3〕鸿泽：巨大的恩泽。多指皇恩。哀响：悲凉的声音。

〔4〕"棠舟"句：作者自注："时有水灾。"棠舟，沙棠舟之省，即用沙棠木造的船。晋王嘉《拾遗记·前汉下》："帝常以三秋闲日，与飞燕游戏于太液池，以沙棠木为舟，贵其不沉没也。"巨波，大水。

〔5〕莫：同"暮"。

〔6〕惠风：和风。用以比喻仁爱、仁政。

〔7〕"云日"句：天空因太阳无云遮蔽而豁然开朗。喻政治清明。云日，偏指太阳。宋苏轼《巫山》诗："徘徊云日晚，归意念城市。"

〔8〕点检：查核，清点。残碣：残碑。

---

① 按，张澍《养素堂诗集》为编年诗；其卷二十一《浮沤集》上均作于道光辛卯年。

〔9〕摩挲：同"摩挲"。用手抚摸。废铜：指残存的钟鼎彝器等。
〔10〕征帆：指远行的船。

周之琦

周之琦(1782—1862)，字稚圭，号耕樵，别号退庵。河南祥符(今开封)人。嘉庆十三年(1808)进士，改庶吉士，授编修，历任山西乡试副考官，四川盐茶道，浙江按察使，广西、江西、湖北巡抚，太仆寺卿，刑部右侍郎。工词，曾选温庭筠等名家词为《心日斋十六家词选》。自为词兼擅哀婉、雄健之胜，黄燮清《国朝词综续编》称其"浑融深厚，语语藏锋，北宋瓣香，于斯未坠"。著有《金梁梦月词》《怀梦词》《鸿雪词》《退庵词》，总称《心日斋词》。生平事迹见《清史列传》卷四九及周汝筠、周汝策《稚圭府君年谱》等。

定风波·潜山驿寄答佟艾生方伯

飐鞭丝、几阵西风，人烟小市吹暝。古驿延秋，虚堂款客，暂得羁魂定[1]。翠云深[2]，玉沙净[3]，恰好潜庐秀眉映。幽兴，负松乔旧约[4]，携琴萝径[5]。　　素襟漫整[6]，任缁尘、黯澹残痕凝[7]。向银笺拂处[8]，寒香袖裹[9]，岁晚心期订[10]。倚清吟[11]，背窗影，缥晕灯摇半花冷[12]。还省。一声新雁，江南谁听。

辑自《心日斋词集》鸿雪词上

> 解题

词题中所称"佟艾生方伯"即佟景文(1776—1836)。景文字敬堂，一字艾生，号绹斋，清汉军镶黄旗人。嘉庆六年(1801)进士。自编修历官广西提刑官,道光十一年九月(1831年10月),升任安徽布政使。著有《性理修身说》《纲斋札记》等。"方伯",明清时期布政使的别称。

  这是作者因公事在外跋涉歇息于潜山驿站中寄给时任安徽布政使佟景文的一首词。"定风波"是唐教坊曲名用作词调名。《敦煌曲子词·定风波》中有"问儒士,谁人敢去定风波"句,可见此调名原意为平定变乱。词为双调,有六十二、六十三、六十字诸体。此词写自己行旅在外,作客他乡的心境。长途跋涉,惊魂甫定,看到潜山如此秀美清幽,他心中期望能实现旧时素愿,在这里过一种远离尘世烦嚣的隐居生活。全词笔触纤细,抒情婉致,行间句里却有一股清气往来。

注释

  〔1〕羁魂:指旅人的心情、心境。

  〔2〕翠云:碧云。

  〔3〕玉沙:白砂。

  〔4〕松乔:传说中的古代仙人赤松子和王子乔。后世用"松乔"指代隐居的人。

  〔5〕萝径:布满藤萝的山道。

  〔6〕素襟:原来的心意和志趣;本心。

  〔7〕缁尘:黑色的尘土,常以比喻世俗的垢污。黯澹:同"暗淡"。昏暗不明貌。

  〔8〕银笺:泛指精良的信笺。

  〔9〕裛(yì):香气熏染侵袭。

  〔10〕心期:心中期望思慕。

  〔11〕清吟:清美的吟哦;清雅地吟诵。

  〔12〕缥晕灯摇:谓灯随风摇曳,微弱的灯光照着室内。缥,缥缈,隐隐约约、若有若无貌。晕,光影四周模糊。宋蒋捷《高阳台》:

"灯摇缥晕茸窗冷。"

刘 开

刘开(1784—1824),字东明,一字方来,又字明东,号孟涂。安徽桐城人。诸生。曾客游两粤总督蒋攸铦幕,与张维屏等游。师事姚鼐,得诗古文法,与同门方东树、梅曾亮、管同并称,又与方东树、戴钧衡、姚莹有"小方、戴、刘、姚"之说。著《孟涂诗文集》,今存世。《清史稿》卷四八六、《清史列传》卷七二有传。

望 潜 岳

山形东走势崔嵬[1],散作龙眠去不回。日暖翠随千嶂出,云开天放一峰来。琼芝自昔归丹灶[2],铁镬如今闭绿苔[3]。亦有司玄仙洞在[4],几时携杖踏风雷[5]。

辑自《刘孟涂集》后集卷一三

【解题】

此诗写望中所见潜岳雄伟的气势,歌咏了它曾是道教仙山的性质和山有汉武帝祭祀时所用铁镬等遗物,并表达了欲登其绝顶的愿望。全诗气势宏肆,纵横排宕,笔力雄健,颇有气派。

【注释】

[1] 崔嵬:高耸貌。
[2] 琼芝:即玉芝。芝草的一种,又称白芝。古人以为服之可以长生。
[3] 铁镬:铁铸的无足鼎。亦指大铁锅。相传潜岳有四镬。

《(康熙)安庆府志》卷之四《地理志·古迹·潜山》:"四镬。汉武帝移南岳之祭于潜霍,山上无水,庙有四镬,可受四十斛。祭时水辄自满,事毕即空。历代岁四祭,后但三祭,一镬遂败。"清熊新阳《潜霍纪略》:"今镬在潜岳下乾元寺内,与司命岳庙紧相接。"闭绿苔:为绿色苔藓遮蔽封闭。

〔4〕司玄仙洞:即司玄洞。在潜岳朝阳峰与天柱之间,相传为司命真君之府。洞内石梯参差,石栏磊磊,空邃可容万人。

〔5〕踏风雷:意谓将风雷踩在脚下。即登其绝顶之意。

桂超万

桂超万(1784—1863),字丹盟,安徽贵池人。道光十二年(1832)进士,知江苏阳湖。同治初官至福建按察使,卒于官。著有《宦游纪略》《养浩斋诗稿》等。生平事迹见《清史列传》卷七六本传。

梦族叔祖毓台广文玉栋

梦上鳣堂又听经[1],十年怜我尚飘萍[2]。魂来潜水春如海[3],笑对梅花月在瓶。传学伏生双鬓白[4],下帷董子一灯青[5]。分明风雪围炉夜,焚到重裘读未停[6]。

辑自《养浩斋诗稿》卷六

解题

诗题中所称"族叔祖毓台广文玉栋",即桂玉栋。玉栋字毓台,岁贡生。安徽贵池人,嘉庆六年任潜山训导(《(民国)潜山县志·秩官志》),于作者为族叔祖。此诗歌咏桂玉栋任潜山训导时下帷讲诵、专心治学的精神,表达了对这位族中先辈深沉的怀念。

注释

〔1〕鳣堂：讲堂。《后汉书·杨震传》："后有冠雀衔三鳣鱼，飞集讲堂前，都讲取鱼进曰：'蛇鳣者，卿大夫服之象也。数三者，法三台也。先生自此升矣。'"后因称讲学之所为"鳣堂"。

〔2〕飘萍：漂流的浮萍。多比喻漂泊无定的身世或行踪。

〔3〕"魂来"句：作者自注："公司训潜山。"

〔4〕伏生：西汉初期今文经学家，《今文尚书》的传授者。伏姓，名胜，因系儒生，世称"伏生"。

〔5〕下帷：放下室内悬挂的帷幕，避免受外界影响。指教书。相传汉代董仲舒教授弟子，放下帷幕讲诵，三年不窥园。《汉书·董仲舒传》："孝景时为博士，下帷讲诵，弟子传以久次相授业，或莫见其面。盖三年不窥园，其精如此。"后以"下帷"为专心治学之典。董子：指董仲舒。

〔6〕"分明"二句：作者自注："公尝拥炉夜读，裘灼半幅，把卷自如，时年已八十矣。"

沈学渊

沈学渊（1788—1833），字梦塘，江苏宝山（今属上海）人。嘉庆十五年（1810）举人。曾应潘镕之召修《萧县志》，后又与修《福建通志》，著有《桂留山房词》一卷，附于《桂留山房诗集》十二卷后。学渊工于诗，为近代宝山诗派巨擘，才华笔力俱胜。词亦富情思。生平事迹参见《蜕翁所见诗录》。

二乔曲

皖公山色低鬟青[1]，一家颜色双娉婷[2]。东方夫婿各年少,碧幢十里迎云軿[3]。周郎微笑孙郎语,如我二人得二女。千秋佳话两君臣,叔隗与衰季自取[4]。春深铜雀枉相思,三步荒坟宿草悲[5]。一卷蛾眉金赎记[6],感恩独有蔡文姬[7]。

辑自《桂留山房诗集》卷三

解题

这首曲子词歌咏了二乔与孙策、周瑜之间的风流韵事,并把他们的故事与春秋时期晋文公、赵衰和叔隗、季隗的故事相比拟,认为这两对君臣娶妻的雅事已成为千秋佳话。末四句是说,由于曹操在赤壁大战中败于周瑜之手,所以他企图将二乔掳入铜雀台充当姬妾的愿望成为泡影,只能徒然地相思,一直到死都未能如愿。唯有被他用重金从匈奴赎回的美女蔡文姬才感念他的恩德。曲中对二乔的袒护褒美无以复加。

注释

〔1〕"皖公"句:皖公山色青青,如同女子低挽的发髻。鬟,古代妇女的环形发髻。

〔2〕"一家"句:意谓一家之中有两位颜色姣好、姿态娉婷的美女。娉婷,形容女子的姿态美。

〔3〕"东方"二句:意谓周瑜与孙策这两位江东的女婿都很年轻,他们乘着高级的车子,排成十里长队前去迎娶二乔。碧幢,古代高级官员舟车上张挂的以青油涂饰的帷幔,这里指代车。云軿,神仙乘的车子,以云为之,故称云軿。这里是对二乔所乘之车的美称。軿,有帷盖的车子。

〔4〕"千秋"二句:意谓晋文公为公子时曾避难入白狄,白狄献所俘咎如部落的两位美女叔隗、季隗,晋文公以季隗为妻,让随行的臣子赵衰娶叔隗为妻;汉末孙策攻入皖城,自己娶大乔,让周瑜娶小乔。这两对君臣娶美人的故事成为千秋佳话。叔隗(wěi),赵衰之妻,季

隗的姐姐。据《左传·僖公二十三年》载,晋公子重耳(晋文公)避难入白狄,白狄打败咎如,获其二女叔隗、季隗,献重耳,重耳妻季隗,重耳之臣赵衰妻叔隗。取,同"娶"。

〔5〕"春深"二句:意谓春意浓郁之时,曹操只能在铜雀台上徒然地思念二乔;直到墓上长满宿草也没能得到她们。三步,形容曹操墓到铜雀台距离很短。铜雀台在今河北省临漳县西南三台村,曹操墓亦在今河北临漳县城西南三台村一带。距离甚近,故曰"三步荒坟"。宿草,隔年的野草。

〔6〕蛾眉:代称美女。金赎:用赎金赎回,赎救。

〔7〕蔡文姬:名琰,字文姬,东汉末年陈留郡人,蔡邕之女,博学有才,通音律。初嫁河东卫仲道,夫亡,归母家。汉末大乱,文姬被南匈奴部所房,嫁与南匈奴左贤王。十二年后,曹操统一北方,用重金将蔡琰赎回。并让她继承乃父遗愿,续修汉书。八年后,左贤王病殁,文姬子女返魏,文姬作《重睹芳华》,歌颂曹操的文治武功。经曹操主婚,董祀、文姬结为夫妇。

吴廷栋

吴廷栋(1793—1873),字彦甫,一字竹如,晚号拙修老人。安徽霍山人。道光五年拔贡。好宋儒之学。入仕后,从七品小京官历刑部郎中、河间知府、直隶按察史、山东布政使。咸丰六年,奏言大钱钞票实不流通,立法当取信于民。同治初,官至刑部侍郎。去官后安于清贫,居新廊之凤池书院东十二年卒。著作有《拙修集》十卷。《(同治)续纂江宁府志》卷一四有传。

登 天 柱 山

天风吹堕碧芙蓉,化作江南天柱峰。一水倒流淮海北^[1],万山横出楚云东^[2]。凌霄树老秋盘鹤,绝顶池深夜起龙^[3]。指点仙人棋石畔^[4],断碑无字半苔封。

辑自乌以风《天柱山志》卷一一《诗选·清诗》

解题

天柱峰好像是大风从天上吹落的一朵碧绿的芙蓉花变化而成,登上山巅,只见一条大河蜿蜒在淮海地区的北部,有似倒流;而万千山峰充分表露在楚地的东面,意态横出。秋天里,耸立在空中的大树老了,上面有白鹤在盘旋飞翔;天柱峰绝顶的天池水十分幽深,夜间有龙从那里腾空而起。下棋石旁边有人用手指在点示,那里有块断碑,上面没有文字,大半都被苔藓覆盖着。此诗歌咏登天柱山所见雄奇瑰丽风光,意境开阔,气象雄浑,令人神往。

注释

〔1〕一水:指淮河。淮海:地区名。淮海之名最早见于《尚书·禹贡》,主要是指今苏鲁豫皖四省交界地区,它东濒黄海,西连中原,南邻江淮,北接齐鲁。

〔2〕横出:充分表露。洋溢。唐韩愈《雉朝飞操》诗:"群雌孤雄,意气横出。"明何景明《荷花赋》:"美曼如静女,翩跹若飞仙,姿意态之横出,匪拟像之可殚。"

〔3〕"绝顶"句:此句写天柱绝顶天池。谓其池幽深,夜间有龙从那里腾空而起。

〔4〕仙人棋石:俗称下棋石,在三祖山后赵公岭上,相传赵真人曾在此与仙人对弈。

祁寯藻

祁寯藻(1793—1866),字叔颖,又字淳甫,改字实甫,自号春圃。

山西寿阳人。嘉庆十九年(1814)进士,改庶吉士,授编修,历官侍讲学士,光禄寺卿,内阁学士,兵、户、吏各部侍郎,左都御史,兵、户、礼各部尚书,军机大臣,体仁阁大学士,太子太保,卒谥文端。诗开近代宋诗派之先声,清末民初同光体诗人陈衍选《近代诗钞》,以之冠其首。《晚晴簃诗汇》谓其"出入东坡、剑南而归宿于杜、韩,论古述今,每关掌故。罢政后所作,托意深婉,诗境益进"。著有《䜩䜩亭集》。生平事迹见《清史稿》卷三八五、《清史列传》卷四六、秦缃业《祁文端公神道碑铭》。

潜山道中十首

山灵喜我马蹄声,一笑群仙抗手迎。却被白云横截住,恼人眉黛不分明[1]。

路似鱼肠转益高,山如燕尾忽垂髾[2]。平看对岭青鞋底,下指横塘绿树梢[3]。

折取松枝压满肩,樵人未午已归山[4]。悬知细雨山坳路[5],中有凉棚三两间。

万绿平川眼底开,南山晴日北山雷。飞云莫道无心出,一片随人头上来。

涧水喧豗势不平[6],出山便解与山争。林林掉臂穿云去[7],让尔中流自在行。

绿玉千竿插水湄,四围种树当藩篱。凉蝉吸贯梢头露,不肯随声过别枝[8]。

沙滩啮水软于肉[9],稻陇吐芒高过人。竹里何曾见庐舍,忽然喧笑听偏真。

云压城头带雨浓,苍茫不辨最高峰。亦知横侧看难尽,转过沙湾恰又逢。

潴水南方胜北方[10]，但逢隙地便开塘。山田荦确成何用[11]，乱插青松当插秧。

青山缺处树弥缝，水外人家绿几重。白鸟一群栖不定，恰疑春雪下长松[12]。

辑自《馒砍亭集》卷四

解题

此诗写作者行役潜山道中所见秀美景色。山深林密，涧水喧豗，山坳横塘，万绿平川，沙滩啮水，稻陇吐芒，绿竹千竿，水外人家……还有那松枝压满肩的樵夫，那从竹丛深处的庐舍中传来的阵阵哄笑声，那一片片跟随行人飞渡的白云，一群群由水面飞上山坡，栖止不定，好似春天的雪花般飘落在高大松树上的鹭鸶或白鹤，一切都充满着生机，一切都使人心旷神怡。而全诗写景如画，有声有色，语言平浅，富有韵味，的确不愧是大家手笔。

注释

〔1〕眉黛：古代女子用黛画眉，因称眉为眉黛。

〔2〕垂髾（shāo）：燕尾形的发髻。髾，髻后下垂的头发梢。

〔3〕横塘：泛指水塘。

〔4〕"樵人"句：意谓打柴的人未到正午便自山中归来。

〔5〕悬知：料想；预知。山坳：山间的平地，两山间的低下处。

〔6〕喧豗（huī）：形容轰响。唐李白《蜀道难》诗："飞湍瀑流争喧豗，砯崖转石万壑雷。"

〔7〕掉臂：甩动胳膊走开，表示不顾而去。写自在行游貌。

〔8〕别枝：另一枝，斜枝。唐方干《字字有功》诗："鹤盘远势投孤屿，蝉曳残声过别枝。"沈砺《感怀》诗之六："新蝉噪罢夕阳移，更曳残声到别枝。"

〔9〕啮:啃,咬。

〔10〕潴(zhū)水:蓄水。

〔11〕荦确:怪石嶙峋貌。坚硬貌。

〔12〕"白鸟"二句:一群白色的飞鸟由水面飞上山坡,上下翻飞,栖止不定,好似春天的雪花落在高大的松树上。白鸟,白羽的鸟。鹤、鹭之类。

李星沅

李星沅(1797—1851),字子湘,号石梧。湖南湘阴人。道光五年(1825)中举,十二年(1832)进士。次年授翰林院编修。历广东学政、陕西汉中知府、河南粮储盐法道、陕西按察使、四川按察使、江西布政使、江苏布政使兼理臬篆、陕西巡抚、署陕甘总督、江苏巡抚、云贵总督,两江总督兼河道总督,二十九年(1849)因病解职回籍。三十年(1850)太平军起,奉命以钦差大臣赴广西办理军务,至武宣督师。卒于军中,谥文恭。后嗣刊其遗稿为《李文恭公诗文集》。

望 皖 公 山

风帆沙鸟淡如烟[1],水抱孤城塔影圆[2]。一片夕阳红不定[3],皖公山落酒杯前[4]。

辑自《李文恭公遗集》诗集卷七

解题

作者奉命往广西督办军务,乘船途经安庆,在城外的长江中眺望皖公山,因作下这首七言绝句。诗中一、二两句写城外江景。风帆行驶,沙鸟翻飞,江面上有淡淡的烟雾;安庆这座孤城被江水环抱着,宝塔的影子印在江水中。三、四两句写望中所见皖公山。一抹夕阳的红色明灭闪烁,变幻不常,皖公山的影子则倒映在眼前的酒杯中。据陆游《南唐书》载,元宗李璟失江北诸郡后,舟至赵屯举酒望皖公山,伶人李家明曾献诗曰:"皖公山纵好,不落御觞中。"此诗末句反其意而用之,意谓尽管南方有太平军起事,但江北诸郡仍控制在朝廷手里。诗歌含蕴丰富,托意深婉,既赞美了皖公山秀丽的景色,又表明了作者自己对世局的看法。

【注释】

〔1〕风帆:指船。沙鸟:沙滩或沙洲上的水鸟。
〔2〕孤城:指安庆城。
〔3〕红不定:指夕阳的红色明灭闪烁,变幻不常。
〔4〕"皖公"句:意谓皖公山的影子倒映在酒杯中。

陈 道

陈道,安徽潜山人。生平事迹不详。

过 梅 寨

携手过危巅[1],山开小洞天[2]。一声人语响,惊破碧溪烟。

辑自朱康宁主编《天柱山摩崖石刻集注》

【解题】

此诗"刻在水吼岭镇梅寨龙井河里石谷上",据"摩崖石刻"辑者称,"由林斗山先生提供资料"。梅寨,即梅家寨,在潜山县治西七十

1336

里;其处有龙井河,有太平庵,险峻异常。诗原无题,今据辑此刻者按语及诗意加之。

诗写梅家寨险峻的山势及作者翻越山顶时的心理感受,描绘了山中美妙清幽的境界。高山之巅须手牵手方能经过,可见山之高峻陡峭,使游人胆战心惊。一声人语,便惊散了碧绿溪水上的烟雾,则显环境清幽,人迹罕至。这里的确是神仙所居的风景胜地。全诗写景如画,有声有色,语言平浅,富有韵味。

【注释】

〔1〕危巅:高山顶上。
〔2〕小洞天:道教中称神仙居住的胜境名山为洞天。后常泛指风景胜地。

刘黎仙

刘黎仙,安徽潜山人。生平事迹不详。

题梅寨龙井河

古洞绕烟萝[1],山云翠欲波。不嫌流水急,添入画图多。

辑自朱康宁主编《天柱山摩崖石刻集注》

【解题】

此诗作于道光二十九年(1849),原刻于水吼岭镇梅家寨龙井河旁岩石上,末署曰"道光己酉刘黎仙题"。据"摩崖石刻"辑者称,此刻亦"由林斗山先生提供资料"。原无诗题,题系笔者所加。全诗以轻松愉悦的笔调写龙井河周围幽丽苍古的景色,使读者如置身图画之中。

注释

〔1〕烟萝：草树茂密，烟聚萝缠，谓之"烟萝"。亦借指道家幽居或修真之处。

程周易

程周易，号皖溪，安徽潜山人。清拔贡。著有《皖溪别墅诗集》四卷传世(《天柱山摩崖石刻集注》)。

题栗树州龙井河

未经神禹凿[1]，地竟似龙门[2]。潭水深千尺，龙嘘浪自惊[3]。

辑自朱康宁主编《天柱山摩崖石刻集注》

解题

据"摩崖石刻"辑者称，此诗原刻"在横冲乡高峰栗树州龙井岩。由林斗山先生提供资料"。高峰，即高峰寨，今为高峰村。笔者经访询当地居民，知其处有龙井河，河中有龙井潭，两岸悬崖峭壁，形势险峻，潭水极深。诗写栗树州龙井河两岸山势险峻对峙，有如黄河龙门；河水冲积成潭，深达千尺；潭中涌起大浪，好似龙在吐纳吹气。全诗想象奇诡，气势雄伟超逸，境界混茫阔大，表现了栗树州龙井河周围壮丽的山川景观。原无诗题，今据诗意加之。

注释

〔1〕神禹：神圣的大禹。

〔2〕龙门：即禹门口。位于山西省河津县西北和陕西省韩城市东北。黄河至此，两岸峭壁对峙，形如门阙，故名。相传为大禹治水所凿。龙门山上有禹王庙古迹。"摩崖石刻"辑者或因诗中出现两"龙"字之故，遂将"龙门"改作"夔门"，误。"夔门"位于长江三峡之一的瞿塘峡口，在奉节县白帝城下，又名瞿塘关。奉节古称夔州，故称夔门。与大禹治水没有关系。若是"夔门"，便与首句"神禹凿"不合。

〔3〕嘘：慢慢地吐气；叹气。

吴石匠

作者为开凿石料和用石料制作器物的工匠。其余不详。

题 山 谷

仙景几千秋[1]，清泉向古流。全家拂神位[2]，旁安悟放游[3]。

辑自朱康宁主编《天柱山摩崖石刻集注》

解题

此诗作于咸丰元年(1851)，原诗刻于石牛溪东畔石谷上，末署曰"咸丰元年吉日□□吴石匠"。原无诗题，今据诗意加之。全诗写作者率全家至皖公山谷祭祀黄庭坚，并歌咏了山谷清幽美妙的境界，表达了对岁月流逝的感怀。

注释

〔1〕仙景：谓景物极美，有若仙境。几千秋：几千年。
〔2〕拂神位：轻轻擦拭牌位。拂，擦拭；掸除(灰尘)。神位，旧时

祭祀时设立的牌位。

〔3〕放游：纵情游览，漫游。

方龙光

方龙光，字和甫，安徽桐城人。监生。少承家学，能以经济世其业①。咸丰初，皖省寇乱，跋涉数千里，橐笔游幕晋省，以才能为大府所倚重。初任曲沃侯马镇巡检，屡迁知州。光绪二年，署汾阳县事。四年二月，竟以疾告归。当其去，汾阳官民泣别送者塞途。《（光绪）汾阳县志》卷之四有传。

望 潜 岳

昔闻天柱名，今见天柱山。突兀百千丈，孤撑青空间[1]。经行逞遐瞩[2]，濯濯舒烟鬟[3]。歊歔金碧气[4]，画就浓绿痕。邦家仰精祐[5]，礼秩三公尊[6]。其荐以圭璧[7]，其禋以柴燔[8]。企此奠南服[9]，慭伏神与奸[10]。奈何潢池盗[11]，公然据城垣。频岁恣杀戮[12]，白骨缠草根。鬼也啾啾哭[13]，人也窃窃怨[14]。逍遥灵宫内[15]，充耳了不闻[16]。岂惟耳不闻，歌舞傲天顽[17]。我欲叫阊阖[18]，诋评陈罪言[19]。君门虎豹守[20]，五内空烦冤[21]。

辑自乌以风《天柱山志》卷一一《诗选·清诗》

※ 解题

此诗大致可分为前后两部分。前十四句写天柱山的雄奇秀丽景

---

① 经济：指经世济民。

色和汉武前来祭岳封禅之事。说是国家企图以封禅来仰求神灵护佑，奠定南方，震慑并使能害人的鬼怪神异之物屈服。其中"企此"二句承上启下，为过渡到写"潢池弄兵"留下伏笔。后十四句写造反者攻占城垣，恣意杀戮，白骨遍地，鬼哭人怨，而国之幸臣居逍遥宫内，充耳不闻，歌舞嬉戏，侮弄天听，自己欲报告朝廷而无门可入，致使五脏六腑烦躁愤懑。全诗借古讽今，表达了自己的济世情怀。

注释

〔1〕青空：碧空。蔚蓝的天空。

〔2〕逞遐瞩：纵情远眺。遐瞩，远眺，远望。

〔3〕濯濯：明净貌；清朗貌。烟鬟：指妇女的鬟发。亦形容鬟发美丽。诗中比喻云雾缭绕的峰峦。

〔4〕歊歊：气蒸发貌。唐韩愈《南山诗》："神灵日歊歊，云气争结构。"

〔5〕邦家：国家。精祐：精心护佑。

〔6〕"礼秩"句：意谓比照祭三公的崇高礼仪等级祭祀潜岳。三公，古代中央三种最高官衔的合称。已见前注。

〔7〕荐以圭璧：敬献圭璧等祭品。荐，指敬献祭品。圭璧，古代帝王、诸侯祭祀或朝聘时所用的一种玉器。《诗·大雅·云汉》："靡神不举，靡爱斯牲。圭璧既卒，宁莫我听。"朱熹集传："圭璧，礼神之玉也。"

〔8〕禋（yīn）：祭名。升烟祭天以求福。柴燔（fán）：古指烧柴生烟以祭天。燔，焚烧。

〔9〕奠南服：使南方安定。南服，古代王畿以外地区分为五服，故称南方为"南服"。

〔10〕慑伏：震慑而使屈服。神与奸：能害人的鬼神怪异之物。

〔11〕潢池盗：犹潢池弄兵。《汉书·循吏传·龚遂》："海濒遐远，不沾圣化，其民困于饥寒而吏不恤，故使陛下赤子盗弄陛下之兵

于潢池中耳。"后因以"潢池弄兵"谓叛乱,造反。

〔12〕频岁:连年。

〔13〕啾啾:象声词。泛以象各种凄切尖细的声音。唐杜甫《兵车行》:"新鬼烦冤旧鬼哭,天阴雨湿声啾啾。"

〔14〕窃窃:形容声音轻微细碎。

〔15〕逍遥灵宫:指朝廷幸臣的官署。

〔16〕了不闻:完全不愿意听别人的意见。了,完全;皆。

〔17〕"歌舞"句:谓幸臣歌舞嬉戏,轻慢侮弄朝廷,而且冥顽不灵。唐韩愈《题炭谷湫祠堂》以炭谷湫里的恶龙来比喻幸臣:"森沉固含蓄,本以储阴奸。鱼龟蒙拥护,群嬉傲天顽。"此用其意。傲,傲弄,轻慢戏弄。天,指朝廷。顽,冥顽不灵。愚昧无知而又顽固不化。

〔18〕闻阊:借指朝廷。

〔19〕诋评:诋毁攻击。

〔20〕虎豹:喻指残暴凶恶之人。

〔21〕五内:五脏。烦冤:烦躁愤懑。

俞　樾

俞樾(1821—1907),字荫甫,浙江德清人。四岁迁居杭州。道光三十年(1850)进士,改庶吉士。复试时有"花落春仍在"句,为曾国藩所赏,后遂以"春在堂"榜其室。咸丰二年(1852)授编修,五年简放河南学政,被劾罢归,遂侨居苏州,购地筑"曲园"。尝主讲苏州紫阳、上海求志等书院及杭州诂经精舍。为晚清著名经学家,黄以周、章炳麟等出其门,其名远播日本。其治经子,已在免官之后,始读王念孙父子书,一依其法,为《群经平议》以绍《经义述闻》,为《诸子平议》以绍《读书杂志》,最后作《古书疑义举例》,视《经传释词》益恢廓。于朴学外,从事文学,颇究心戏曲小说。诗学袁枚,平易自然。亦能词。著述繁富,汇刻成《春在堂全书》,中有《春在堂杂文》《春在堂诗编》《春在堂尺牍》《春在堂词录》。生平事迹见《清史稿》卷四八二、缪荃孙

《俞先生行状》、章炳麟《俞先生传》、徐澄《俞曲园先生年谱》。

冯智烈孝子诗

　　孝子名福基;智烈,其私谥也。山西代州人,安徽潜山县天堂巡检冯焯之子。咸丰七年,贼犯潜山,福基匿母山中;自出,为贼所获。挟利刃欲刺其魁[1],不得间[2],乃窃药肆砒霜置食中[3],毙贼十七人。贼魁推所自,福基惧事泄,亦食之,仆草间。贼委之去。乃为书别其父及天堂诸父老,时有刘士扶在侧,以书属之[4],并曰:"我死必殓以衣冠,庶可见先人于地下也。"俄而毒发,竟卒,年十有四。安徽巡抚以闻,有诏优恤[5]。

嗟哉孝子,厥年犹童。遘时之艰[6],贼来凶凶。匿母而出,诳贼"余降"。乃怕其首,伪若贼从。乃厉其刃,思揕贼胸[7]。无间可入,前戈后钑[8]。

嗟哉孝子,厥性甚智。市有砒霜,儿过而睨。窃而寘之,于酱于豉[9]。贼十有七,咸毙于廯[10]。贼曰怪哉,此毒畴寘[11]?儿啜厥余[12],亦踣于地[13]。

贼则行矣,儿则僵矣。二日不死,围围洋洋[14]。为书别父:诸父诸兄,我死我殓,我冠我裳。临死遗言,其言英英[15]。谁与闻之,刘叟在旁。

嗟哉孝子,虽死如在。疆吏上言[16],闻于天子。天子曰嗟,此事厪有[17]。礼部上言,表厥宅里[18]。兵部上言,赐金宜倍。天子曰俞[19],垂于永久。

　　　　　　　　　　辑自《春在堂诗编》癸丁编

解题

　　这是一首纪实的四言古诗。诗中所记之事亦见于清陈康祺《郎潜纪闻二笔》、清莫友芝《邵亭遗文》、清王先谦《东华续录（同治朝）》、《清史稿·孝义传》、《（光绪）代州志》、《（光绪）重修安徽通志》、《（民国）潜山县志》等。据诸书所述，冯福基死难事在咸丰七年，诗序所称"贼犯潜山"者为太平天国陈玉成部。其年"粤逆"陈玉成"自霍山窜天堂，潜山团练战败"，遂有福基之死。至同治元年，安徽巡抚李续宜"以童年智烈奏，奉旨旌恤银两，祀孝弟忠义祠，听本家自建专坊。天堂人义之，迎其榇（小棺材）而葬于潜岳之麓栗子原，独山莫友芝表其墓"。

此诗以纪实的手法详细记录了少年冯福基为保护母亲，与太平军周旋并最后死难的故事，表达了对逝者的伤悼之情。

注释

〔1〕魁：魁首，首领。

〔2〕不得间：无隙可乘；没得到机会。

〔3〕砒霜：一种无机化合物，白色或灰色固体。有剧毒。

〔4〕属：同"嘱"。嘱托，托付。

〔5〕优恤：从优抚恤。

〔6〕遘时之艰：遭遇艰难时世。

〔7〕揕（zhèn）：刺。

〔8〕鏦（cōng）：小矛。

〔9〕"窃而"二句：意谓从市场上偷来砒礶，放置在豆酱和豆豉这些调味品中。寘，放置。豉（chǐ），即豆豉。用煮熟的大豆发酵后制成，有咸、淡两种，供调味用。

〔10〕廨：官舍；官署。亦指官府营建的房舍。

〔11〕畴：谁。

〔12〕啜：食；饮。

〔13〕踣（bó）：向前扑倒。

〔14〕圉圉（yǔ yǔ）：要死不活。洋洋：形容死气沉沉，没有活力。

《孟子·万章上》:"昔者有馈生鱼于郑子产,子产使校人畜之池。校人反命曰:'始舍之,圉圉焉;少则洋洋焉,攸然而逝。'子产曰:'得其所哉!得其所哉!'"

〔15〕英英:形容音声和盛。
〔16〕疆吏:负镇守一方重责的高级地方官吏。上言:进呈言辞。
〔17〕厪有:指罕见之事。厪,同"仅"。
〔18〕表厥宅里:表彰其乡里。宅里,犹乡里。
〔19〕俞:表示应答和首肯,犹是、对。

袁 昶

袁昶(1846—1900),原名振蟾,字重黎,一字爽秋,号浉簃。浙江桐庐人。光绪二年(1876)进士,历官户部主事、总理各国事务衙门章京、户部员外郎、徽宁池太道、江宁布政使、光禄寺卿、太常寺卿。二十六年庚子,八国联军进犯,朝议和战,昶与徐用仪、许景澄等反对围攻使馆和对外宣战,被杀。追谥忠节。著有《浙西村人初集》《安般簃集》《于湖小集》《袁忠节公遗诗》。生平事迹见《清史稿》卷四六六、《清史列传》卷六三、谭献《太常寺卿袁公墓碑》。

怀舒州山谷寺

妙隐本无常辙迹,白衣三祖有高踪[1]。几多钝鸟芦中宿,亦有冥鸿尘外逢[2]。云护坛松花滟滟[3],春生溪縠石淙淙[4]。我如别驾栖玄李[5],泻碧还揸访古笻[6]。

辑自《于湖小集》诗二

{解题}

此诗写怀念舒州山谷寺。作者歌颂了禅宗三祖高尚的行迹,认为求道修法者要如高飞的鸿雁一般自由自在地飞翔,以到达心性自由的境界;而不应像笨鸟栖息在芦苇丛中那样,舍大求小,半路依止。诗中还回顾了山谷寺周围美丽的山水景物,表示要再次前往畅游一番。全诗熔议论与写景于一炉,表达了对舒州山谷寺的向往之情。

【注释】

〔1〕白衣三祖:佛教禅宗三祖僧璨大师,初以白衣谒二祖,既受度传法,隐于舒州之皖公山。白衣,指平民服装。高踪:高尚的行迹。

〔2〕"几多"二句:意谓求道修法者中有很多人的心境还像笨鸟栖息在芦苇丛中一样,舍大求小,半路依止;但亦有人像高飞的鸿雁一般,到达了心性自由的境界。《万松老人评唱天童觉和尚颂古从容庵录》卷二《仰山心境》:"示众云:海为龙世界,隐显优游;天是鹤家乡,飞鸣自在。为甚么困鱼止泺,钝鸟栖芦,还有计利害处么?"钝鸟,笨鸟。冥鸿,高飞的鸿雁。尘外,高空,亦指世外。

〔3〕滟滟:光彩鲜明貌。

〔4〕溪縠:溪水如绉纱似的皱纹。淙淙:流水声。

〔5〕别驾:府、州的佐吏名。

〔6〕搘(zhī):支撑;支持。筇:筇竹手杖。

到 舒 州

春生枉渚碧鳞鳞[1],夜望丹楼似隔尘[2]。江月有情来照客,堞灯相迓喜逢人[3]。海沤争席从相狎[4],阳鱬忘机那更嗔[5]。又过舒州礼三祖,塔光可许誓三身[6]。

辑自《于湖小集》诗四

解题

这是作者再次来到古舒州时所作的一首七言律诗。诗中描写了在安庆城外所见夜景,抒发了自己的主观感受。江面上弯曲之处波光粼粼,离开这里有不短时间了,夜里望着那红楼,有恍若隔世之感。江上明月朗照,哨楼里灯光明亮,似乎都在迎接自己的到来。在朋友欢迎的宴席上,海鸥与人争席,互相狎玩;我这个不召而自至的人早已消除机巧之心,哪里还会对它们发怒生气呢?我又来舒州访问,礼拜禅宗三祖,不知是否能允许我修成正果啊。诗歌写景清新,意境奇丽,表达了作者要皈依佛门的情怀。

注释

〔1〕枉渚:弯曲之渚。渚,通"潴"。蓄水处。碧鳞鳞:水碧绿而波光粼粼。

〔2〕隔尘:隔世。相隔一世。

〔3〕堠灯:瞭望敌情哨楼上的灯光。相迓(yà):相迎。

〔4〕海沤:即海鸥。沤,通"鸥"。相狎:互相狎玩,嬉戏。

〔5〕阳鱎:鱼名。比喻不召而自至的人。忘机:消除机巧之心。常用以指甘于淡泊,与世无争。

〔6〕三身:佛教语。指三种佛身。说法不一。通常指法身、报身和化身(或应身)。乃成佛所证之果。

民国

何 雯

何雯(1884—1925),安徽怀宁人。清光绪间举人。1912年1月16日,黎元洪、王正廷、蓝天蔚、孙武等二十四人发起成立"中华民国政党",何雯为秘书。后该党与统一党、国民协进会、民国公会、国民党(不同于宋教仁的国民党)合并成立共和党。1912年12月,何雯以共和党身份参加首届国会选举,并当选为众议院议员。民国建立之初,曾起草国家成文法典《大总统选举法》,并反对将"孔教"立为国教。何雯有墨迹诗文留世,潜山三祖寺前三高亭亭柱上刻有何雯民国七年(1918)题写的对联:"长揖傲夷齐看山外白云招隐共诗崖酒岛;所居在廉让访洞中丹灶编书续高士神仙。"著作有《澄圆诗集》。①

游 天 柱

山雨急敲瓦,天风乱打头。云气看起没,树木声飕飗[1]。须臾真宰现[2],遂令群怪收。为我涤尘暑,与子期淹留。始

---

① 按,何雯生平事迹见何诚斌《皖江历史人物散记》辑六"慧识宏达之士"第177—179页《何雯反对将"孔教"定为"国教"》。材料由潜山县方志办主任夏春林君提供。

得真面识,实解平生忧。纤纤出玉指,皎皎舒明眸。天阙忽开阖[3],玉女半遮羞[4]。凌空含绵邈[5],纷然垂华游[6]。炼此女娲石[7],乘彼太乙舟[8]。汉武行封禅,宋徽锡彩旒[9]。高拱班五岳[10],俯视大九洲[11]。游踪及山腹,众壑已蜉蝣[12]。白云满襟袖,飞泉过山陬[13]。佛光已非昔[14],仙人尚可求[15]。且觅谢公屐[16],再招皖伯游。

辑自乌以风《天柱山志》卷一一《诗选·民国诗》

解题

此诗主要描述作者一次游天柱山的经历。全诗可分三段。自起首至"实解平生忧"十句写游山遇雨。游山之初,山雨急来,风起云涌,树木发出飕飕响声。不一会儿真宰出现,雨散云收。刚才的阵雨洗去了暑气和飞扬的尘土,而雨停后天柱山的真实面目才显露出来。作者目睹其真容后,感到有生以来的忧愁都为之消解。自"纤纤出玉指"至"俯视大九洲"十二句为第二段,写天柱山雨后的秀美景色和历史文化。所谓"纤纤出玉指"、"皎皎舒明眸",所谓"玉女半遮羞"、"纷然垂华游",都是以女子的娇羞华美之态比喻天柱山的秀美之姿;女娲石和太乙舟的出现,汉武封禅和宋徽宗御赐九天司命冠冕,则显示出天柱山具有悠久的历史和深厚的文化底蕴;与五岳同等并列,居高临下俯视全世界,则表明历史地位之崇高且气势不凡。从"游踪及山腹"至全诗结尾写游历至山腰后所见所感。行至山腹便感觉山壑如同朝生而暮死的小虫一般,可见山之高大;白云侵袖满襟,山的偏僻处亦有飞泉,则说明天柱山遍地都是胜景。由于这次游山仅及山腹,未达山巅,所以希望再次来游。全诗写景清新明快,画面错落有致,尤其是诸多比喻手法的运用,使人耳目一新。

注释

[1] 飕飗(sōu liú):风声。

〔2〕须臾：片刻，一会儿，表示时间短暂。真宰：宇宙的主宰者。
〔3〕天阙：此指天门。开阖：即开合。
〔4〕玉女：仙女。半遮羞：谓以衣巾半掩脸部以遮掩羞耻。
〔5〕绵邈：遥远，久远。
〔6〕华游：美妙豪华的游览。
〔7〕女娲石：原指神话故事中女娲补天之石。据《淮南子·览冥训》载："往古之时，四极废，九州裂，天不兼覆，地不周载。火爁炎而不灭，水浩洋而不息。猛兽食颛民，鸷鸟攫老弱。于是女娲炼五色石，以补苍天。"后亦称具异彩之石为女娲石。
〔8〕太乙舟：太乙之神舟。太乙，亦作太一，即道家所谓"道"。又为天神名。司马迁《史记·封禅书》："天神贵者太一。"
〔9〕宋徽：指宋徽宗赵佶。锡：赐。彩旒：彩色冕冠。旒，同"瑬"。冕冠前后悬垂的玉串，此代指冕冠。据传，宋徽宗曾为真源宫九天司命真君塑像赐冠冕。
〔10〕高拱：高高凸起。班五岳：与五岳同等并列。
〔11〕大九洲：即大九州。战国末齐人邹衍的一种地理学说。谓天下共有八十一州，每九州为一集合单位，称"大九州"，共有九个"大九州"。中国九州为八十一州中的九个州，即为"大九州"中的一个州。
〔12〕蜉蝣：小虫名。幼虫生活在水中，成虫褐绿色，有四翅，生存期极短，朝生而暮死。虞世南《飞来双白鹤》："燕雀宁知去，蜉蝣不识还。"
〔13〕山陬：山角落。借指山区偏僻处。
〔14〕佛光：指佛光寺。
〔15〕仙人：指仙人岩。近佛光寺。
〔16〕谢公屐：一种前后齿可装卸的木屐。原为南朝宋诗人谢灵运游山时所穿，故称。

七　绝

江左家风爱肥遁[1]，在山应似出山泉。飞崖百丈传终古[2]，尚识人间有洞天[3]。

辑自朱康宁主编《天柱山摩崖石刻集注》

解题

此诗原刻于皖山山谷石牛溪上游石谷上，末署曰"十年来游，怀宁何雯"。原无诗题。全诗歌咏了东晋时期"何氏三高"弃官归隐、韬光山林的高洁行为，认为他们的品德与山谷中的泉流、胜景相得益彰，同样流传终古，被后人仰慕。

注释

〔1〕江左：古代地区名。指江东。古人在地理上以东为左，以西为右，故称江东为江左。东晋及南朝宋、齐、梁、陈均定都南京，根据地在江左，因而当时人又称这五朝及其辖区为江左。家风：指家庭或家族的传统风尚或作风。肥遁：指退隐。晋葛洪《抱朴子·畅玄》："知足者则能肥遁勿用，颐光山林。"唐牟融《登环翠楼》诗："我亦人间肥遁客，也将踪迹寄林丘。"三祖山及其西边下首的皖公山谷原为东晋"何氏三高"归隐之地，"爱肥遁"即指此。肥，《集注》作"淝"，误。

〔2〕终古：久远，自古以来。

〔3〕洞天：道教称神仙的居处，意谓洞中别有天地。后常泛指风景胜地。

余　震

余震（1863—1945），字皖潜，号世首，别号皖山老人。安徽潜山人。光绪二十三年(1897)举人,授湖北建始县知事。该县土匪猖獗,历任县知事皆束手无策。余震莅任后,以计诱匪首到县衙,盛宴"招待",部署卫士将其擒获,终为民除害。然该匪首为时任湖北总督之外甥,余震因此被罢官。返乡后,他读书写作,隐居不仕。1923年,受聘于安徽书院(安徽大学前身)任教席,1926年辞退后,回潜山任县图书馆馆长。三年后,以目疾辞职。晚年遍游江南名山大川,写下许多诗作。其著作有《霍南旧逸诗集》《霍南诗集续韵》等。生平事迹见1993年版《潜山县志·人物》。

虎 头 岩

造物起山山崔嵬[1],山灵起石石叠堆。汰土芟木空倚傍[2],排霄立汉谁倾颓[3]。他山飞尘落石缝,间长茅草与蒿莱。可笑兹山无宝藏,可喜兹山有云雷[4]。霍岳封礼比泰山,禅兹当如梁父陪[5]。白石烂如玦,黑石顽似铁。象形曰虎头,不美亦不劣。虎视不可迩,虎贲又何说[6]。大人虎变其文炳[7],山君虎号厥声赫[8]。状此奇岩定徽称[9],顾名思义实相得。山之坳有兰若房[10],天然石室古禅床。不知几辈坐禅去,岂无般若留智光[11]。安禅制毒自来法[12],近时毒物甚狓猖[13]。愿请山灵施神力,大驱魑魅虎威扬。此亦随缘方便者[14],山灵许我进一觞。我将勒铭石岩上,冥漠功德与表彰[15]。称心而道辞语壮[16],周秦篆刻遥相望。更欲假顾虎头沧洲妙笔[17],探吴道子嘉陵旧囊[18]。画一卷之奇峰怪石,播四远之玄圃昆岗[19]。令人观铭兮可以发宏愿[20],令人读画兮益以深景行[21]。二者实为传山传人绘声绘色不磨不灭之文章。

辑自乌以风《天柱山志》卷一一《诗选·民国诗》

{ 解题 }

　　这是一首别具一格的歌咏虎头岩的诗篇。诗中描绘了虎头岩地势高峻、多石少土的地貌特征,介绍了它显赫的历史地位,说是汉武帝当年按祭泰山之礼封天柱山为南岳,曾把虎头岩当作梁父山作为陪祭。作者还就"虎头"名称之由来做足文章,并由此状写了山中石头的颜色与形状,所谓"虎视"、"虎贲"、"虎变"、"虎号",皆是借题发挥,不仅从不同的侧面写出了虎头岩的形貌特征,而且表现了它的神采和风度,寓含着作者的褒扬赞美之情。"山之坳"以下十句写山中佛寺、石室与禅床,除了对曾在此修炼的先辈们表示怀念外,更多的则是借古讽今。作者说,希望借这里佛教的智慧之光,使近时那些飞扬跋扈的凶恶之人消除妄心,消除内心的魔障;并请山神扬虎威而全力驱逐魑魅魍魉,认为这是佛应众生之缘而施教化所应该做的。诗的最后十二句进一步叙写作者自己心愿。说是若能驱逐"毒物",自己会将山神的功德铭刻于山岩,让它与那些周秦篆刻相媲美;更希望借顾恺之、吴道子那样的画笔,将虎头岩的奇峰怪石、佛寺石室形之于绘画,并让它们广为流传。使那些观铭者萌动善心,立下普度众生的大愿;使那些观画者进一步加深对自身高尚品德的培养。认为这二者才是为虎头岩所应当做的流传千古的大文章。

　　此诗虽咏虎头岩,但大量篇幅却托物寄意,表达了对驱逐"毒物"的愿望。作者曾因剿匪而被罢免官职,诗中或许是借题发挥,以此而浇胸中块垒吧。

{ 注释 }

〔1〕造物:造物主,大自然。崔嵬:高耸貌。
〔2〕汰土芟(shān)木:剔除土壤,清除树木。
〔3〕倾颓:倾斜,倒塌。
〔4〕云雷:比喻地势高远,地位尊崇。

〔5〕"霍岳"二句：意谓汉武帝曾按祭泰山之礼封天柱山为南岳，把虎头岩当作梁父山，作为陪祭。按，古代帝王举行封禅大典时，在泰山上筑土为坛，报天之功，称"封"；在泰山下的梁父山上辟场祭地，报地之德，称"禅"。此以虎头岩比作梁父山。作者自注："霍山之南岳，当今潜县之天柱山。"

〔6〕虎贲：勇士之称。言如猛虎之奔走逐兽。亦官名。称虎贲郎。系宫廷门户的宿卫。由虎贲中郎将统领。

〔7〕大人虎变：大人，职位高的人；虎变，老虎身上花纹的变化。比喻身居高位者的居所和行动变化莫测。《易·革》："大人虎变，其文炳也。"炳：焕发，鲜明。指虎皮的花纹斑斓多彩。

〔8〕山君：老虎。旧以虎为山兽之长，故称。赫：盛怒貌。

〔9〕徽称：美称。褒扬赞美的称号。

〔10〕兰若：指寺院。梵语"阿兰若"的省称。意为寂净无苦恼烦乱之处。

〔11〕般若：佛教语。梵语的译音。或译为"波若"，意译"智慧"。佛教用以指如实理解一切事物的智慧，为表示有别于一般所指的智慧，故用音译。大乘佛教称之为"诸佛之母"。智光：佛教语。智慧之光。

〔12〕安禅：佛教语。指静坐入定。俗称打坐。制毒："制毒龙"之省。比喻消除妄心，消除内心的魔障。已见前注。

〔13〕毒物：凶恶的人。此或指土匪。狓猖：猖狂，飞扬跋扈。

〔14〕随缘：佛教语。谓佛应众生之缘而施教化。

〔15〕冥漠：广大无边，玄妙莫测。功德：功业与德行。多泛指做好事、有益的事。

〔16〕称心而道：根据内心意愿而说。称心，指事情符合心愿。

〔17〕假：借用。顾虎头：即顾恺之，恺之小字虎头，晋陵无锡（今江苏无锡）人，东晋时期著名画家。沧洲：滨水之地。古为隐士居处。

〔18〕吴道子：唐代著名画家。名道玄，阳翟（今河南禹县）人。

出身贫寒,初学书于张旭、贺知章,后改学画,师法张僧繇。曾为瑕丘(今山东兖州)县尉,后召入供奉,授内教博士等职。相传有一天,裴旻舞剑,吴道子奋笔而画,张旭亦书一壁,观者皆说:"一日之中,获观三绝。"所作人物、鬼神、鸟兽、台阁、山水画,冠绝于世。尤擅佛教和道教人物画。嘉陵:疑为"迦陵"之误。迦陵,梵语音译词"迦陵频伽"的省称。指佛教传说中的妙禽。元稹《度门寺》:"佛语迦陵说,僧行猛虎从。"迦陵旧橐,指画佛教画的笔橐。

〔19〕四远:四方偏远之地。玄圃:传说为神仙所居之地,在昆仑山顶。昆岗:即昆仑山。

〔20〕发宏愿:佛教语。谓立下普度众生的大愿。

〔21〕景行:高尚的德行。

鱼鳞木杖歌

此木与万年松为天柱山之特植。

十载不为杖者寿[1],今日称觞已落后[2]。杖者对我有怡颜[3],使我益惭思补救。忆昔涂君有馨园,约我至彼小读轩。相携上山采仙药,得此杖归便忘言[4]。馨园客腊已作古[5],旧曲不堪重入谱。抚兹正值矍铄翁[6],无思无为养生主[7]。溯源托根南岳峰,天柱巍巍世所宗。钟秀特殊鱼鳞木[8],同类并有龙麟松[9]。鱼龙各自有变化,命名欲与松匹亚[10]。信知此木有神异,奉以为杖崇声价[11]。始吾见杖情即亲,行年未满花甲辰。自身向与健为邻,不假杖力气亦振。有时行乐秋及春,风雨必偕略无瞋[12]。杖其谓我何如人,吾闻列子游行不须杖[13],凭虚御风得内养[14]。吾少失修道之真,今老安能作是想。杖果有神试化龙[15],骑我上摩仙人掌[16]。

1355

掇取仙笋当紫芝[17]，却老还童益精爽[18]。问道常到莲花峰[19]，得与仙侣联欢赏[20]。杖兮杖兮此吾昔年游山获尔之缔缘[21]，今日作歌寿尔所企仰[22]。

辑自乌以风《天柱山志》卷一一《诗选·民国诗》

解题

　　这是一首歌颂鱼鳞木手杖的七言歌行体古诗。鱼鳞木学名赤楠，叶小而呈红紫或黄绿色，形似一片片鱼鳞，具有很高的观赏价值。鱼鳞木是天柱山特植嘉树，与万年松并称。而以鱼鳞木所制的手杖则十分名贵。作者此诗回顾了自己获得鱼鳞木手杖的经过，并对赠杖的涂姓别号馨园的已故长者表达了敬意。当然，诗中属意最多还是作者对鱼鳞木手杖的珍爱以及手杖对其隐居生活的影响。作者初始一见此杖"情即亲"，尽管自己当时体尚康健，但行乐自秋及春，风雨必偕。作者虽未曾修炼道术，却希望此杖能像当年费长房的竹杖一样化为青龙，让自己骑着它去拾取仙笋当紫芝，以便食之返老还童；并借助它登上莲花峰，与那些人品高尚、心神契合的朋友们一起欣赏山中胜景。此诗借歌咏鱼鳞木手杖表达了自己畅游皖山、过隐居生活的快适之意。全篇意气激扬，语言恣纵，节奏起伏跌宕，而又一气贯注，颇见作者功力。

注释

　　〔1〕杖者：指老年人。寿：祝寿。

　　〔2〕称觞：举杯祝酒。

　　〔3〕怡颜：和悦的容颜。亦指使容颜怡悦。晋陶潜《归去来兮辞》："引壶觞以自酌，眄庭柯以怡颜。"宋岳珂《桯史·寿星通犀带》："德寿在北内，颇属意玩好。孝宗极先意承志之道，时冈罗人间以供怡颜。"

　　〔4〕忘言：指不借语言为媒介而相知于心的友谊。

〔5〕客腊：去年腊月。客，客岁。

〔6〕矍铄：形容老人目光炯炯，精神健旺。

〔7〕养生主：原为《庄子》篇名。此指处处关心养生的人。养生，指摄养身心，以保健延年。古代养生的内容和方法包括很广，如导引、服食、行气、房中等等。

〔8〕鱼鳞木：学名赤楠。叶小，呈红紫、黄绿色，对生厚革质，有光泽，卵圆形，全缘，边缘长卷，长0.5—0.7厘米，宽0.4—0.5厘米，形似一片片鱼鳞，具有很高的观赏价值。

〔9〕龙麟松：松树的一种，因树皮形似龙麟而得名。据说龙麟松比黄山松更珍奇。

〔10〕匹亚：彼此相当的；不相上下。

〔11〕崇声价：使身价增高。

〔12〕略无瞋：没有一点瞋心。瞋：瞋心，佛教语，忿怒怨恨的意念。

〔13〕列子：战国时道家人物。名列御寇，御也作"圄"或"圉"。西汉史家刘向以其为郑穆公时（前627—前606）人，《汉书·艺文志》谓先于庄子，唐成玄英《庄子疏》、柳宗元《辨列子》皆谓与郑缪公同时人。《庄子》书中多载其说。

〔14〕凭虚御风：谓凌空乘风飞行。《庄子·逍遥游》："列子御风而行，泠然善也。"内养：指修身养性。

〔15〕"杖果"句：《后汉书·方术传下·费长房》载，费长房向一卖药老翁学道，一日长房辞归，"翁与一竹杖，曰：'骑此任所之，则自至矣；既至，可以杖投葛陂中也。'……长房乘杖，须臾来归，自谓去家适经旬日，而已十余年矣。即以杖投陂，顾视则龙也。"后遂以"杖化龙"用为道家神异之典。

〔16〕仙人掌：指山峰。因形似仙人手掌，故名。

〔17〕紫芝：真菌的一种。也称木芝。似灵芝。古人以为瑞草。道教以为仙草。

〔18〕却老还童：返老还童。却老，谓避免衰老。

〔19〕问道：请教道术。莲花峰：在皖山东关寨北。旧《志》载，莲花峰状如莲花，瓣中平敞，可容百人。

〔20〕仙侣：仙人之辈。此指人品高尚、心神契合的朋友。

〔21〕缔缘：结缘。

〔22〕寿尔所企仰：为你所景仰之人祝寿。企仰，景仰，仰慕。

山 谷 寺

习禅早把意猿收[1]，偶为看山一浪游[2]。法界释迦牟佛立，道场梁宝志公留[3]。云苍霞赤旋成幻[4]，竹霭松青不似秋[5]。更祝重阳佳节会，莫教风雨撼神州[6]。

辑自乌以风《天柱山志》卷一一《诗选·民国诗》

[解题]

此诗回顾了佛祖释迦牟尼确立佛法对佛寺的影响和梁代宝志禅师开山的历史，并借歌咏山中秋天景物的变化感叹世事变幻无常。尾联更是通过对重阳佳节的祝福，表达了诗人对国家命运前途的担忧。

[注释]

〔1〕习禅：修习禅定。意猿：犹心猿意马。佛教典故。《大日经·住心品》分析六十种心相，其中之一为"猿猴心"，谓躁动散乱之心如猿猴攀缘不定，不能专注一境。"意"则犹如奔马，追逐外物，故称"意马"。佛家把"心猿意马"视为入定修道之障碍。玄奘上唐太宗《表》谓："愿托虑于禅门，澄想于定心。制情猿之逸躁，系意马之奔驰。"

〔2〕浪游：指漫游。

〔3〕"法界"二句：佛法是释迦牟尼佛确立的，寺院是梁代宝志公

留下的。法界,佛教语。梵语意译。通常泛称各种事物的现象及其本质。诗中"法界"指佛法。道场,诵经礼拜的场所。此指寺院。

〔4〕"云苍"句:天上朵朵白云一会儿变成灰色的狗状,赤色的云霞很快成为幻象。比喻世事变幻无常。云苍,白云苍狗之省。苍,灰色。

〔5〕竹霭:竹林中的雾气浓盛。

〔6〕神州:中国的别称。

山谷寺石牛洞歌

太极初释两仪手[1],洪荒宇宙何所有[2]。山谷石牛早降生,仰观日月环星斗。飞潜动植渐成群,盘古独黙始为君[3]。燧人有巢更多事[4],羲画颉造饰丘坟[5]。衣冠文物费稽考[6],城郭宫室代有造。志公璨祖起梁隋,历唐迄宋传三宝[7]。山川气运有时开,号召荆公涪叟来[8]。从兹石牛少闲暇,载酒镌诗壁为摧[9]。石牛原卧先天洞[10],不合头角露大众。纵无牧竖强服从[11],时有名流恣玩弄[12]。石为骨兮草为毛,雨露为刍兮天地为牢[13]。风雪虽冽兮俯仰嚣嚣[14],若论志节兮当与三高分道而扬镳[15]。牛身伏入深溪里,溪身长约五六里。不知溪孰与牛长,两岸青松一湾水。江头居士有舒冯[16],远道来参三祖风。礼塔下山兴高发,骑牛放歌声满空。二子本是奇杰士[17],幼擅诗歌老禅理[18]。遂揭禅理发诗歌,暮鼓晨钟只如此[19]。我诵石牛歌默默,昔住西方在尔侧[20]。自笑终岁作比邻[21],曾无只字标奇特。牛兮牛兮几沧桑,世间唯有尔寿长。海不枯时尔不烂,坐视终古波澜狂。波澜狂兮尔何乐,毋乃力难挽兮心实伤[22]。我今为牛进一语,尔听三祖经几许[23]。终当发愿饭世人[24],奋尔大力遍地布禾黍[25]。

辑自乌以风《天柱山志》卷一一《诗选·民国诗》

解题

　　这是一首歌咏山谷寺石牛洞的长诗。开篇二十四句写山谷创建寺院后石牛命运的变化。山谷石牛洪荒时代便已降生,在经历了盘古开天地、燧人氏钻木取火、有巢氏结巢而居、伏羲画八卦、仓颉造字这些年代后,宝志和尚、僧璨大师相继来山谷传播佛教。由此,这里山川的气数命运开始兴盛,并召唤来了像王安石和黄庭坚这样的著名人士。从此之后山谷石牛也就很少有闲暇时光,人们携酒来游,刻诗石上,好端端的崖壁被毁坏。石牛原本卧在天然洞穴里,实在不该在大众面前显露头角,结果,虽然没有牧童强迫它服从命令,但常常有名士之辈对它肆意玩弄;它以石为骨,以身上长的草为毛,受雨水和露水的浇淋,天地成为它的栏圈。即便是刮风下雪的寒冷天气,石牛洞这里也到处是人声喧哗,闹腾不堪。如果论及志向和节操的话,石牛和"何氏三高"那是各不相同而分道扬镳了。中间一段写石牛溪及居住于长江边的冯、舒二位居士来参拜三祖,顺便访石牛洞,骑石牛而放歌。说他们擅长禅理,揭示禅理而发为诗歌,其诗歌使人警醒精进不亚于暮鼓晨钟。这当然是恭维之词。但由此可知,冯、舒二人是作者的朋友,是由作者陪同来游山谷寺石牛洞的。从"我诵石牛"至篇末写作者的感慨和希望。石牛历时长久,永远不变,而世事沧桑,变幻无常,石牛坐观人世变化而伤心,这是作者借咏石牛而表达了对生命短暂的感叹,表现了人生的无奈。最后作者希望多次听三祖讲经传法的石牛,最终要许下愿心,让遍地长满庄稼,使世人有饭吃,则表现了作者关心民生民瘼的情怀。

　　此诗穿越古今,纵横驰骋,含蕴丰厚,意境浑成。其中涉及环境保护意识和人的生命意识、自由意识等诸多问题,能引发人们的反思和警醒。

注释

〔1〕太极：古代哲学家称最原始的混沌之气。谓太极运动而分化出阴阳，由阴阳而产生四时变化，继而出现各种自然现象，是宇宙万物之原。《易·系辞上》："易有太极，是生两仪，两仪生四象，四象生八卦。"孔颖达疏："太极谓天地未分之前，元气混而为一，即是太初、太一也。"两仪：指天地。

〔2〕洪荒：混沌、蒙昧的状态。借指远古时代。

〔3〕盘古：中国古代神话中的开天辟地之神。据三国时期吴人徐整《三五历纪》载，上古之时，天地混沌如鸡子，盘古生在其中。经历一万八千岁，天地开辟，阳清为天，阴浊为地。盘古的智慧和能力超过天地。天日高一丈，地日厚一丈，盘古日长一丈。又经过一万八千岁，天数极高，地数极深，盘古极长。后乃有三皇。黠：聪慧，机敏。

〔4〕燧人：即燧人氏。传说中的古帝王，钻木取火的发明者。有巢：即有巢氏，传说中巢居的发明人。

〔5〕羲画：伏羲画八卦。伏羲，中国古代神话中人类的始祖和三皇五帝之一。风姓。传说宇宙初开之时，只有伏羲、女娲兄妹二人，他们在昆仑山结为夫妻，繁衍了人类。又相传伏羲始画八卦，教民渔猎，取牺牲以供庖厨。颉造：仓颉造字。仓颉，传说中汉字发明者。一作"苍颉"。传说为黄帝的史官。丘坟：传说中的古代典籍《九丘》《三坟》的简称。

〔6〕衣冠文物：衣冠，士以上各种等级人物的穿戴服饰；文物，具有历史、艺术价值的古代遗物。亦指礼乐制度。"衣冠文物"连称多比喻文人众多，文化兴盛。稽考：查考，考核。

〔7〕三宝：佛教语。原指佛、法、僧。后以指佛教。

〔8〕荆公：对王安石的尊称。安石曾被封为荆国公。涪叟：指黄庭坚。

〔9〕壁为摧：崖壁被毁坏。

〔10〕先天洞：天然洞穴。

〔11〕牧竖：牧童，放牛的小孩。

〔12〕名流：知名人士；名士之辈。恣：肆意。

〔13〕刍：牲口吃的草。

〔14〕"风雪"句：意谓即使是刮风下雪这样寒冷的天气，在石牛洞这里低头和抬头所见，也是一片喧闹的景象。冽，寒冷。嚣嚣，喧哗貌。

〔15〕"若论"句：如果论及志向和节操的话，石牛和"何氏三高"那是互不相同而各走各的路了。志节，志向和节操。分道而扬镳，比喻因志向不同而各走各的路。作者自注："山谷寺本何氏三高故居，山腰建有三高亭。"

〔16〕江头：长江边。居士：古代称有德才而隐居不仕或未仕的人。亦用以称呼受过"三皈依"和"五戒"的在家佛教徒。

〔17〕奇杰士：奇异杰出之士。

〔18〕老禅理：年老擅长佛学之义理。

〔19〕暮鼓晨钟：原指佛寺中晚击鼓、早撞钟，以报时间，并劝人精进修持。后比喻使人警醒的语言。

〔20〕"昔住"句：作者自注："祖塔山下别有禅林，俗呼为'西方'，民国乙卯，余馆此授徒。"

〔21〕比邻：乡邻，邻居。

〔22〕毋乃：犹无奈。

〔23〕几许：多少；若干。

〔24〕发愿：许下愿心。饭世人：使世人有饭吃。养活世人。

〔25〕遍地布禾黍：使遍地长满庄稼。禾黍，禾与黍。泛指黍稷稻麦等粮食作物。

雨后望天柱峰

天柱雄南岳，连年惨淡中[1]。胡为今夕雨，一洗旧尘封[2]。霄汉翠欲滴[3]，岩峦瘴已空[4]。还疑绝顶上，定有梵王宫[5]。

> 辑自乌以风《天柱山志》卷一一《诗选·民国诗》

【解题】

此诗借描写天柱峰雨后青翠欲滴、山峦瘴气一扫而空的景色,表达了对连年战乱止息、国家暂时摆脱悲惨凄凉境遇的欣喜之情。作者认为这一切都是佛祖功德,这正反映了他劫后余生的心境。

【注释】

〔1〕惨淡:暗淡,悲惨凄凉。这里形容国家的形势、境遇。
〔2〕尘封:闲置已久,被尘土所封盖。
〔3〕翠欲滴:深绿的颜色浓得几乎要流下来了。
〔4〕岩峦:山峦。瘴已空:瘴气已清扫一空。瘴,瘴气,瘴氛。本指山林间湿热蒸发能致病之气。此盖指敌患、匪患等。
〔5〕梵王宫:梵王是婆罗门教最尊之神大梵天王,"梵王宫"即泛指佛寺。

霍 岳

尔雅水经尊霍岳[1],轩辕汉武驻旌旄[2]。无边云物相关引[3],不尽江河属望劳[4]。归卧久忘沧海事[5],登临犹想雁门豪[6]。隆神申甫尤宜伟[7],大陆长戈未易操[8]。

> 辑自乌以风《天柱山志》卷一一《诗选·民国诗》

【解题】

此诗首联歌咏天柱山光辉的历史和曾经显赫一时的地位。颔联称颂它有引人入胜的山川景物,立于其上可眺望祖国旷远无际的山河。颈联写自己归隐后虽久忘世事,但登天柱之巅尚能使自己产生至雁门关御敌的豪情。尾联希望天降贤能的辅佐之臣,指挥军队,驱逐外敌,治理好国家。据诗中所言,此诗当作于抗日战争之时。全诗对仗工整,格调苍凉,表现了作者的爱国情怀。

【注释】

〔1〕"尔雅"句：意谓《尔雅》和《水经》这两部书上都尊称天柱山为"霍岳"。晋郭璞《尔雅注》卷中《释山第十一》："泰山为东岳,华山为西岳,霍山为南岳,即天柱山,潜水所出。恒山为北岳,常山。嵩高为中岳。太室山也。"南北朝郦道元《水经注》卷四十《斤江水》："霍山为南岳,在庐江潜县西南。天柱山也。《尔雅》云：大山宫小山曰霍。'《开山图》曰：'其山上侵神气,下固穷泉。'"

〔2〕轩辕汉武：指黄帝和汉武帝。驻旌旆：犹驻扎。旌旆,泛指旗帜。

〔3〕云物：指山川景物。引：吸引,诱引。引人入胜。

〔4〕江河：犹江山,山河。属望：瞩目；眺望。劳：频繁。

〔5〕沧海事：言沧海桑田,世事变迁。此指世事。

〔6〕雁门豪：雁门关御敌的豪情。雁门,指雁门关,在山西省代县西北雁门山腰。长城重要关口之一。

〔7〕隆神：降神。隆,通"降"。申甫：周代名臣申伯和仲山甫的并称。《诗·大雅·崧高》："维申及甫,维周之翰。"借指贤能的辅佐之臣。唐元稹《赠乌重胤父承玭等》："载诞颇牧,降生申甫。"

〔8〕长戈：古时用以勾刺敌人的一种长柄兵器。唐李商隐《韩碑》诗："不据山河据平地,长戈利矛日可麾。"亦借指军队。

望天柱峰次韵和黄县长[1]

何年碧柱耸青天,首出东南峰万千。望岳不登劳梦想,舆图好置簿书前[2]。

辑自乌以风《天柱山志》卷一一《诗选·民国诗》

解题

诗题中所称黄县长,即黄新彦,民国二十二年(1933)任潜山县县长①。据作者引黄县长诗原注,黄氏因自己莅任潜山数月,多次想要探幽访胜,均因要处理官署中的文书簿册等职事而纷扰繁忙,登天柱山的愿望始终没能实现,所以作"望天柱峰"诗以寄怀。作者步其原韵而和此诗。认为天柱峰在远古之时便耸立于青天之上,力压东南万千群峰。黄县长望岳不登只是空劳梦想,而应当把考察地图、考察疆域土地的位置摆在处理官署中的文书簿册等杂务之前。据《县志》载,黄新彦任潜山县长仅一年,故此诗应为民国二十二年作。

注释

〔1〕作者自注:"原作有'我欲寻幽无胜具'之句,注云'宰潜数月,屡欲寻胜;簿书鞅掌,竟成虚愿。'"

〔2〕舆图:地图。亦指疆土,土地。《清史稿·天文志一》:"圣祖亲厘象数,究极精微,前后制新仪七,测日月星辰,则穷极分秒;度舆图经纬,则遍历幅陨(员)。"簿书:官署中的文书簿册。

宿虎头岩白云寺

碧柱山前勤扫墓,白云寺里偶参禅。泉流四壁潇潇雨,雾锁群峰漠漠天[1]。入夜月耀星挂岫[2],当春麦秀水明

---

① 参见 1993 年版《潜山县志》第二章《行政机关·民国时期知事、县长名录》。

田^{〔3〕}。此时色相心无住^{〔4〕},何必晨钟暮鼓宣^{〔5〕}。

辑自乌以风《天柱山志》卷一一《诗选·民国诗》

解题

白云寺,亦称白云庵,在虎头岩下。其处有石室、石床、石壁、石门、石臼、石磴;有丹灶,旁有石松,其松如盖,生石上不知其几千年。

此诗一方面写白云寺周围的春景,并以超妙之笔将这些景物表现得空寂幽深,清爽怡人;另一方面则高扬超脱的宗教意蕴,让人们不要以固定的观念看待现象,认为眼前这些景物的形貌不会凝住不变,明白这一点,就不用应晨钟暮鼓的宣召去过单调孤寂的修炼生活了。全诗画面清新,写景说理过渡自然,显示了较高的艺术造诣。

注释

〔1〕"泉流"二句:四面山壁上的泉流水花飞溅,像下起了小雨;云雾遮盖着群峰,天空阴沉迷蒙。潇潇,小雨貌。漠漠,阴沉迷蒙之状。

〔2〕明田:作者自注:"凡种麦每间二三尺阔,开一道长沟以渗水。雨后沟道皆有水,月照水白,故曰明田。"

〔3〕星挂岫:星星挂在峰峦上。岫,峰峦。

〔4〕色相:佛教语。指万物的形貌。已见前注。无住:佛教语。亦称"不住"。原指现象之不会凝住不变的本质或特质,后又引申为人也不应以固定的观念看待现象。般若理论以此为一切现象本质为空性的主要内容,并以缘聚缘散,解释生灭无常的现象。要言之,佛教以"无住"作为现象共有的特征,以"空性"为现象的本质,并以"空性"作为现象"无住"的理论基础。

〔5〕宣:宣召。

施树岩[1]

施树岩,湖北黄梅人。民国三十二年(1943)游皖公山谷。其余不详。

题山谷石牛溪

水流云自在,去住各无心[2]。以此得真理[3],悠悠成古今。

辑自李丁生主编《天柱山山谷流泉石刻》

【解题】

此诗刻于石牛溪石谷上,末署"民国三十二年黄梅施树岩偕弟树北与君□同游,作此志感"。原无诗题,今题为笔者所加。诗写游皖公山谷时闲散的心情,在淡淡的叙述中蕴含着自然恬适之真趣,表现了佛家的出世哲学。

【注释】

〔1〕施树岩:朱康宁主编《天柱山摩崖石刻集注》作"于树岩"。

〔2〕去住无心:佛家对佛法的一种阐述,表现了佛家的出世哲学。意谓事物的运动或停止,生命的存在或消失,一切都不存留于心,或者思想中根本就不去考虑它。万事万物都与己无关。

〔3〕真理:最纯真的道理。佛教徒多用以指佛法。

黄任琦

黄任琦,字文鍒。湖北黄冈人。其余不详[①]。

---

① 按,黄任琦以下三位作者,均因生活时代不明,暂将其诗列于民国间,待考。

观王苏韵因赋

前古游人来往[1],崖头姓字朗朗[2]。我来石上观泉,又见鸣琴诗榜[3]。

辑自朱康宁主编《天柱山摩崖石刻集注》

解题

此诗刻于石牛溪北畔石谷上,末署"楚黄任琦文錴氏识"。所谓"观王苏韵",指观赏摩崖石刻中王安石与苏轼的诗作。石牛洞崖壁刻有王安石《题舒州山谷寺石牛洞泉穴》六言绝句诗,苏诗今未见。此诗写到,古代有许多游人曾来这里,并在崖壁上留下了他们的姓名。如今自己也来石上观泉,又见到那悬崖上的清泉向下流泻,发出鸣琴般美妙的音响,并看到古人留题在崖壁上的诗刻。全诗笔调冷峻,却把景物依旧而人事已非的慨叹融入客观叙述之中。

注释

[1] 前古:古代,往古。
[2] 朗朗:明亮貌,清晰貌。
[3] 鸣琴:弹琴。此指悬崖上的清泉向下流泻,发出弹琴一般美妙的音响。王勃《郊园即事》:"断山疑画障,悬溜泻鸣琴。"诗榜:原指品第诗的高下,张榜公布,称诗榜。此指摩崖诗刻。

王光约

王光约,生平事迹不详。

山 谷 寺

山崎岖兮四绕,水浅湛兮中流[1]。问凿基兮谁知[2],曰志公兮建修[3]。

辑自朱康宁主编《天柱山摩崖石刻集注》

解题

此诗刻于石牛溪畔崖石上,末署"游后王光约题"。原无诗题,题系笔者所加。诗写山谷寺周围群山环绕、溪流潺潺的胜景,表达了对开山之祖宝志禅师的怀念之情。

注释

〔1〕浅湛:浅而澄清。湛,澄清貌。中流:水流中央。
〔2〕凿基:指开凿山谷寺基址。
〔3〕志公:即宝志禅师,山谷寺开山之祖。已多见前注。

周汝篪

周汝篪,字仲和,安徽绩溪人。其余不详。

石 牛

尔为我伴,我坐尔立。函谷关前,曾忆相识[1]。

辑自朱康宁主编《天柱山摩崖石刻集注》

【解题】

此诗刻于石牛洞中巨石上,末署"仲和周汝箧重游再题"。作者来到皖公山谷石牛洞,骑坐在石牛背上,遂联想到老子骑着青牛出函谷关的神话故事,或许他也想骑此牛而仙去吧。

【注释】

〔1〕"函谷"二句:据传,老子见周德衰微,遂离家出游,西至函谷关。当时守关的官吏尹喜望见有紫气从东方飘来,随后见老子骑着青牛走过来。于是留数日,在写完《道德经》后,才获放行。老子出关以后,不知所终。后因以"函谷青牛"为咏仙道之典。

乌以风

乌以风(1901—1989),又名乌以锋,字冠君,号忘荃居士、一峰老人、天柱老人等。山东聊城人,后定居安徽潜山。1928年就读于北京大学哲学系,历任浙江省图书馆编纂,省立高中教师,安徽省教育厅秘书,宣城中学、安庆一中校长,四川重庆大学副教授、潜山景忠中学校长、天柱山开发委员会委员、安庆师范学院教授等职。著作有《中国中古时期儒释道三教关系史》《性习论》《李卓吾著述考》《马一浮先生学赞》《天柱山志》《岳云诗集》等。

汉武帝祭台

周封事远汉非遥,谷口清辉犹可招[1]。今日江山胜昔日[2],荒台空对岳云高[3]。

辑自乌以风《天柱山志》卷一一《诗选·附录》

解题

作者题下原有题注曰:"汉武帝封南岳祭台,据考定确在潜山西北二十里谷口上岗三里真源宫前,至今尚有遗迹可寻。"

此诗写皖山谷口汉武帝登山封岳的祭台仍在,而国家的政权却经历了沧海桑田之变。诗中既寓含着"景物依旧,人事已非"的深沉感慨,也表达了对新生政权、对国家命运前途的殷切期望。

注释

〔1〕"周封"二句:周朝分封皖国之事已窎远难觅踪迹;但汉武帝封天柱为南岳一事却并不十分遥远,如今在皖山谷口的山水中尚可访求。清辉,山水的代称。招,访求。

〔2〕江山:指国家的疆土、政权。

〔3〕"荒台"句:荒凉的祭台在山岳的云雾中徒然地展现着自己高大的身影。

题七人洞

同是江湖爱山客,每临天柱倍流连。云开万壑千峰外,洞在青都绛阙边[1]。怀抱乾坤忘世味[2],心存风雅即仙缘[3]。寻幽揽胜非常事,作者愧无一字传。

辑自乌以风《天柱山志》卷一一《诗选·附录》

解题

作者诗下原有题注曰:"洞在天柱峰拜岳台下,大石堆叠,楼开两层,谹达清幽,为诸洞冠。原名石门洞。一九四五年,予与友朋七人捐资重修,因易今名。洞口石壁有'大宋李东之宿'刻字。"

此诗描写了"七人洞"地势开阔通敞、风景秀丽幽静的自然环境，表达了不思功名宦情、只想避世隐居的情怀。并认为，探寻幽深奇异之境，观赏秀美的景色乃人生一大快事，只是自己这方面没有一字流传，因此感到很惭愧。作者钟情山水，热爱自然，于此诗可见一斑。

注释

〔1〕青都绛阙：借指仙宫。即道家幻想的仙境，天帝所居的宫阙。青都，犹上清。绛阙，宫殿寺观前的朱色门阙。

〔2〕怀抱乾坤：指修炼者所达到的境界。意谓意念中只有天地、日月，心无旁骛，一心悟道。世味：尘世滋味。指功名宦情。

〔3〕风雅：风流儒雅。仙缘：道家谓修道成仙的缘分。

九 井 观 瀑

悬崖绝巘出云低[1]，翠竹苍松入谷迷。九曲奔流天上下[2]，风雷长在画桥西[3]。

辑自乌以风《天柱山志》卷一一《诗选·附录》

解题

九井，指九井河。源出皖山茶庄北的九曲河，至宋板桥与余河交汇，绕九曲岭而入九井河，其间溪深幽谷，瀑流高悬，流水落处，穿石成潭。沿途深潭数十，大者有九，俗称九井，因以名河。此诗描写了九井河流经之处险峻的山势和幽美的环境，歌咏了瀑流从高处奔泻而下、响声如雷的壮观景象，表达了作者的新奇之感和喜悦之情。

注释

〔1〕绝巘：极险峻之山。

〔2〕九曲：指九曲河。该河源出茶庄北的脚岭，经茶庄，聚九曲泉，绕九曲岭，至宋板桥汇余河而入九井河。全长约六里。其间溪深幽谷，瀑流高悬，飞珠泻玉，蔚为奇观。

〔3〕风雷：形容响声巨大。画桥：雕饰华丽的桥梁。南朝陈阴铿《渡岸桥》诗："画桥长且曲，傍险复凭流。"此指九井河桥。《(乾隆)潜山县志》卷之一《山川》："九井河桥，耆民王星捐赀建。"

题胭脂井

前贤咏二乔诗，多美其为风流佳话。予意孙策克皖，娶大乔，周瑜娶小乔。二女迫于权势，不得已，乃将残脂投井中。因作此诗哀之。

双双身世付王侯〔1〕，倾国空怜汉鼎休〔2〕。谁识深闺残井水，至今似有泪痕流。

辑自乌以风《天柱山志》卷一一《诗选·附录》

解题

大乔、小乔徒然无奈地怜念着汉代江山社稷渐次逝去，不得已将自己的一生分别交付给了孙策和周瑜。有谁知道那乔家残井之水，至今好像还有她们眼泪留下的痕迹呢。此诗哀叹二乔红颜薄命，不似前人咏二乔，多美其为风流佳话。作者别具眼光。

注释

〔1〕王侯：国君与诸侯，泛指显贵者。此指孙策与周瑜。

〔2〕汉鼎：汉代的鼎。鼎为国之重器，故亦用以指汉代社稷。

登天柱峰绝顶作 有序

天柱峰奇绝险峻,游人登者绝少。一九三七年十月,予觅药农六人相助,以长绳系腰缒之而上[1]。平生壮游,此为第一。

独步孤峰作壮游,恍如御气上丹丘[2]。玄崖秘洞开宫殿[3],万壑千岚拜冕旒[4]。立极方知天地大[5],凌空不见古今愁。飘然遗世烟尘外[6],一啸鸾飞下九州[7]。

辑自乌以风《天柱山志》卷一一《诗选·附录》

解题

此诗描写了作者登临天柱峰绝顶时的切身感受。绳系腰间缒之而上时,仿佛御风而行,飞向神仙所居之地;见到悬崖上的神秘洞穴,似乎那里有神仙宫阙,而千岩万壑中的各种云气都像是在参拜上帝。作者登上天柱绝顶,放眼四顾,才知道天地是如此之大,在这广阔无际的天空中,心中的古今愁绪全都没有了。此时他感觉到是避世隐居在战乱之外,自己真想发一声长啸,像鸾凤一样飞下九州。全诗境界高远,想象丰富,豪情逸兴,溢于纸外。而尾联则表达了作者期盼消除战乱、国家早日出现升平景象的情怀。

注释

[1] 缒(zhuì):以绳拴人或物而下或上。
[2] 御气:乘风而行。丹丘:传说中神仙所居之地。
[3] 玄崖:即悬崖。亦指黑红色的山崖。
[4] 冕旒:皇冠。亦借指皇帝、帝位。
[5] 立极:立于天柱之巅。极,传说中支撑天的柱子。《淮南子·览冥训》:"往古之时,四极废,九州裂,天不兼覆,地不周载……

于是女娲炼五色石以补苍天,断鳌足以立四极。"

〔6〕遗世:超脱尘世,避世隐居。烟尘:烽烟和战场上扬起的尘土。指战乱。

〔7〕啸:长声鸣叫。鸾飞:鸾,传说中的一种神鸟。古代常以"鸾飞凤舞"形容环境祥和美好和国家升平景象。九州:指中国。

主要征引书目

一

《舆地纪胜》	〔宋〕王象之著	清影宋钞本
《明一统志》	〔明〕李贤纂	清文渊阁四库全书本
《(天顺)直隶安庆郡志》	〔明〕张翔修 张浞纂	明天顺六年刻本
《(正德)安庆府志》	〔明〕胡缵宗纂修	明正德十六年修嘉靖元年刻本
《(嘉靖)安庆府志》	〔明〕李逊纂修	明嘉靖三十年刻本
《(康熙)安庆府志》	〔清〕张楷纂修	清康熙六十年刻本
《(康熙)潜山县志》	〔清〕周克友纂修	清康熙十四年刻本
《(乾隆)潜山县志》	〔清〕李载阳修 游端友、张必刚纂	清乾隆四十六年刻本
《(民国)潜山县志》	吴兰生、王用霖修 刘廷凤纂	民国九年铅印本
《岳云集》(《(民国)潜山县志》诗文单行本)	刘廷凤纂	民国九年铅印本
《新安文献志》	〔明〕程敏政著	清文渊阁四库全书本
《吴兴艺文补》	〔明〕董斯张辑	明崇祯六年刻本
《(康熙)江西通志》	〔清〕谢旻纂	清文渊阁四库全书本
《天柱山志》	乌以风著	安徽教育出版社1983年版
《天柱山志》	天柱山志编纂委员会编	社会科学文献出版社1992年版
《天柱山摩崖石刻集注》	朱康宁主编	内部交流本
《天柱山山谷流泉石刻》	李丁生主编	安徽美术出版社2011年版

二

《艺文类聚》	〔唐〕欧阳询编	清文渊阁四库全书本
《中兴间气集》	〔唐〕高仲武辑	四部丛刊影明本
《太平广记》	〔宋〕李昉纂	民国影明嘉靖谈恺刻本
《文苑英华》	〔宋〕李昉编	明刻本
《唐百家诗选》	〔宋〕王安石编	清文渊阁四库全书补配清文津阁四库全书本
《古文苑》	〔宋〕章樵辑	四部丛刊影宋本
《众妙集》	〔宋〕赵师秀辑	明天启五年刻本
《唐僧宏秀集》	〔宋〕李龏编	明末毛氏汲古阁刻本
《万首唐人绝句诗》	〔宋〕洪迈编	明嘉靖刻本
《侯鲭录》	〔宋〕赵令畤著	清知不足斋丛书本
《唐诗纪事》	〔宋〕计有功编	四部丛刊影明嘉靖本
《两宋名贤小集》	〔宋〕陈思编	清文渊阁四库全书本
《夷坚支志》	〔宋〕洪迈著辑	清影宋钞本
《阳春白雪》外集	〔宋〕赵闻礼辑	清嘉庆宛委别藏本
《罗湖野录》	〔宋〕释晓莹著	民国影明宝颜堂秘籍本
《宋诗拾遗》	〔元〕陈世隆辑	清钞本
《敬乡录》	〔元〕吴师道辑	清文渊阁四库全书本
《宛陵群英集》	〔元〕汪泽民辑	清文渊阁四库全书本
《瀛奎律髓》	〔元〕方回编	清文渊阁四库全书补配清文津阁四库全书本
《草堂雅集》	〔元〕顾瑛编	清文渊阁四库全书补配清文津阁四库全书本
《尧山堂外纪》	〔明〕蒋一葵辑	明刻本
《石仓历代诗选》	〔明〕曹学佺	清文渊阁四库全书补配清文津阁四库全书本
《宋艺圃集》。	〔明〕李蓘编	清文渊阁四库全书补配清文津阁四库全书本
《古今禅藻集》	〔明〕正勉辑	清文渊阁四库全书补配清文津阁四库全书本
《古今图书集成》	〔清〕陈梦雷纂	蒋廷锡等撰雍正六年武英殿铜活字本

《全唐诗》	〔清〕曹寅编	清文渊阁四库全书本
《全唐诗录》	〔清〕徐倬编	清文渊阁四库全书本
《御选唐诗》	〔清〕陈廷敬编	清文渊阁四库全书本
《全五代诗》	〔清〕李调元编	清函海本
《宋百家诗存》	〔清〕曹庭栋编	清文渊阁四库全书本
《宋诗纪事》	〔清〕厉鹗编	清文渊阁四库全书本
《宋诗纪事补遗》	〔清〕陆心源编	清光绪刻本
《宋元诗会》	〔清〕陈焯编	清文渊阁四库全书本
《四朝诗》	〔清〕张豫章编	清文渊阁四库全书本
《鄱阳五家集》	〔清〕史简编	清文渊阁四库全书本
《元诗选》	〔清〕顾嗣立编	清文渊阁四库全书本
《列朝诗集》	〔清〕钱谦益编	清顺治九年毛氏汲古阁刻本
《广东文选》	〔清〕屈大均辑	清康熙二十六年三阁书院刻本
《明诗综》	〔清〕朱彝尊编	清文渊阁四库全书本
《明诗纪事》	〔清〕陈田编	清陈氏听诗斋刻本
《佩文斋咏物诗选》	〔清〕汪霦编	清文渊阁四库全书本
《题画诗》	〔清〕官修	清文渊阁四库全书本
《清诗别裁集》	〔清〕沈德潜编	清乾隆二十五年教忠堂刻本
《淮海英灵集》	〔清〕阮元辑	清嘉庆三年小琅嬛仙馆刻本
《岭南群雅》	〔清〕刘彬华辑	清嘉庆十八年玉壶山房刻本
《古谣谚》	〔清〕杜文澜辑	清咸丰刻本
《国朝畿辅诗传》	〔清〕陶梁辑	清道光十九年红豆树馆刻本
《国朝诗人征略二编》	〔清〕张维屏辑	清道光二十二年刻本
《枞阳诗选》	〔清〕王灼编	清道光刻本
《诗铎》	〔清〕张应昌辑	清同治八年秀芷堂刻本
《晚晴簃诗汇》	〔民国〕徐世昌辑	民国退耕堂刻本

三

《李太白全集》	〔唐〕李白著	宋刻本
《皇甫冉诗集》	〔唐〕皇甫冉著	四部丛刊三编影明本
《昼上人集》	〔唐〕释皎然著	四部丛刊影宋钞本
《毗陵集》	〔唐〕独孤及著	四部丛刊影清赵氏亦有生斋本
《吕衡州文集》	〔唐〕吕温著	清粤雅堂丛书本
《松陵集》	〔唐〕陆龟蒙编	清文渊阁四库全书本

《禅月集》	〔唐〕释贯休著	四部丛刊影宋钞本
《白莲集》	〔唐〕释齐己著	四部丛刊影明钞本
《徐公文集》	〔宋〕徐铉著	四部丛刊影黄丕烈校宋本
《西昆酬唱集》	〔宋〕杨亿等著	四部丛刊影明嘉靖本
《林和靖诗集》	〔宋〕林逋著	四部丛刊影明钞本
《武夷新集》	〔宋〕杨亿著	明刻本
《景文集》	〔宋〕宋祁著	清武英殿聚珍版丛书本
《宛陵先生集》	〔宋〕梅尧臣著	四部丛刊影明万历梅氏祠堂本
《公是集》	〔宋〕刘敞著	清文渊阁四库全书补配清文津阁四库全书本
《苏魏公集》	〔宋〕苏颂著	清文渊阁四库全书补配清文津阁四库全书本
《临川集》	〔宋〕王安石著	四部丛刊影明嘉靖本
《王荆公诗注》	〔宋〕王安石著〔宋〕李壁注	清文渊阁四库全书本
《彭城集》	〔宋〕刘攽著	清武英殿聚珍版丛书本
《节孝集》	〔宋〕刘积著	明嘉靖四十四年刻本
《云巢编》	〔宋〕沈辽著	四部丛刊三编影明翻宋刻本
《青山集》	〔宋〕郭祥正著	清文渊阁四库全书本
《青山续集》	〔宋〕郭祥正著	清文渊阁四库全书本
《东坡诗集注》	〔宋〕苏轼著〔宋〕王十朋注	四部丛刊影宋本
《东坡词》	〔宋〕苏轼著	明刻宋名家词本
《补注东坡编年诗》	〔宋〕苏轼著	清文渊阁四库全书本
《栾城集》	〔宋〕苏辙著	四部丛刊影明嘉靖蜀藩活字本
《清江三孔集》	〔宋〕孔平仲等著〔宋〕王遽编	清文渊阁四库全书补配清文津阁四库全书本
《无为集》	〔宋〕杨杰著	南宋刻本
《演山集》	〔宋〕黄裳著	清钞本
《山谷内集诗注》	〔宋〕黄庭坚著〔宋〕任渊注	清文渊阁四库全书本
《山谷外集诗注》	〔宋〕黄庭坚著〔宋〕史容注	四部丛刊影元刊本
《豫章黄先生文集》	〔宋〕黄庭坚著	四部丛刊影宋乾道刊本

《鄱阳集》	〔宋〕彭汝砺著	清文渊阁四库全书本
《庆湖遗老集》	〔宋〕贺铸著	民国宋人集本
《鸡肋集》	〔宋〕晁补之著	四部丛刊影明本
《张右史文集》	〔宋〕张耒著	四部丛刊影旧钞本
《刘给谏文集》	〔宋〕刘安上著	清同治十二年刻本
《日涉园集》	〔宋〕李彭著	民国豫章丛书本
《石门文字禅》	〔宋〕释惠洪著	四部丛刊影明径山寺本
《老圃集》	〔宋〕洪刍著	清文渊阁四库全书本
《北山小集》	〔宋〕程俱著	四部丛刊续编影宋写本
《茶山集》	〔宋〕曾幾著	清武英殿聚珍版丛书本
《酒边词》	〔宋〕向子諲著	明刻宋名家词本
《家世旧闻》	〔宋〕陆游著	民国影明穴砚斋钞本
《渭南文集》	〔宋〕陆游著	四部丛刊影明活字本
《相山集》	〔宋〕王之道著	清文渊阁四库全书补配清文津阁四库全书本
《潜山集》	〔宋〕朱翌著	清知不足斋丛书本
《松隐集》	〔宋〕曹勋著	民国嘉业堂丛书本
《雪溪集》	〔宋〕王铚著	清钞本
《海陵集》	〔宋〕周麟之著	清文渊阁四库全书本
《石湖居士诗集》	〔宋〕范成大著	四部丛刊影清爱汝堂本
《文忠集》	〔宋〕周必大著	清文渊阁四库全书本
《雪山集》	〔宋〕王质著	清文渊阁四库全书本
《诚斋集》	〔宋〕杨万里著	四部丛刊影宋写本
《定庵类稿》	〔宋〕卫博著	清文渊阁四库全书本
《江湖长翁集》	〔宋〕陈造著	明万历刻本
《义丰集》	〔宋〕王阮著	宋淳祐三年刻本
《蠹斋铅刀编》	〔宋〕周孚著	清文渊阁四库全书补配清文津阁四库全书本
《双溪类稿》	〔宋〕王炎著	清文渊阁四库全书本
《尊白堂集》	〔宋〕虞俦著	清文渊阁四库全书本
《淳熙稿》	〔宋〕赵蕃著	清武英殿聚珍版丛书本
《涧泉集》	〔宋〕韩淲著	清文渊阁四库全书本
《秋江烟草》	〔宋〕张弋著	清文渊阁四库全书本
《沧洲尘缶编》	〔宋〕程公许著	清文渊阁四库全书本

主要征引书目

书名	作者	版本
《后村集》	〔宋〕刘克庄著	四部丛刊影旧钞本
《阆风集》	〔宋〕舒岳祥著	清文渊阁四库全书本
《庐山集》	〔宋〕董嗣杲著	清文渊阁四库全书本
《芳洲诗余》	〔宋〕黎廷瑞著	民国彊村丛书本
《陈刚中诗集》	〔元〕陈孚著	明钞本
《松雪斋集》	〔元〕赵孟頫著	四部丛刊影元本
《翠寒集》	〔元〕宋无著	明元人十种诗本
《萨天锡诗集》	〔元〕萨都剌著	四部丛刊影明弘治本
《燕石集》	〔元〕宋褧著	清文渊阁四库全书补配清文津阁四库全书本
《青阳先生文集》	〔元〕余阙著	四部丛刊续编影明本
《圭峰集》	〔元〕卢琦著	清文渊阁四库全书补配清文津阁四库全书本
《北郭集》	〔明〕徐贲著	四部丛刊三编影明成化刻本
《草阁诗文集》	〔明〕李晔著	清文渊阁四库全书本
《陶学士集》	〔明〕陶安著	清文渊阁四库全书补配清文津阁四库全书本
《斗南老人集》	〔明〕胡奎著	清文渊阁四库全书本
《文毅集》	〔明〕解缙著	清文渊阁四库全书本
《南湖集》	〔明〕贡性之著	清文渊阁四库全书本
《运甓漫稿》	〔明〕李昌祺著	清文渊阁四库全书补配清文津阁四库全书本
《琼台会稿》	〔明〕丘濬著	清文渊阁四库全书补配清文津阁四库全书本
《静观堂集》	〔明〕顾潜著	清玉峰雍里顾氏六世诗文集本
《鸟鼠山人小集》	〔明〕胡缵宗著	明嘉靖刻本
《李元阳集》	〔明〕李元阳著	云南大学出版社2008年版
《泉厓诗集》	〔明〕邵经济著	明嘉靖张景贤王询等刻本
《皇甫司勋集》	〔明〕皇甫汸著	清文渊阁四库全书本
《镡墟堂摘稿》	〔明〕雷礼著	明刻本
《崇质堂集》	〔明〕李万实著	清康熙四十年李长祚刻本
《瑶石山人稿》	〔明〕黎民表著	清文渊阁四库全书补配清文津阁四库全书本
《欧虞部集十五种》	〔明〕欧大任著	清刻本

1381

书名	作者	版本
《左华丙子集》	〔明〕张光孝著	明刻本
《弇州山人四部稿》	〔明〕王世贞著	明万历刻本
《喙鸣诗集》	〔明〕沈一贯著	明刻本
《紫柏老人集》	〔明〕释真可著	明天启七年释三炬刻本
《憨山老人梦游集》	〔明〕释德清著	清顺治十七年毛褒等刻本
《林初文诗文全集》	〔明〕林章著	明天启四年刻崇祯印本
《吴歈小草》	〔明〕娄坚著	清康熙刻本
《荷华山房诗稿》	〔明〕陈邦瞻著	明万历四十六年牛维赤刻本
《陶文简公集》	〔明〕陶望龄著	明天启七年陶履中刻本
《小草斋集》	〔明〕谢肇淛著	明万历刻本
《石仓诗稿》	〔明〕曹学佺著	清乾隆十九年曹岱华刻本
《漉篱集》	〔明〕卓发之著	明崇祯传经堂刻本
《杨文弱先生集》	〔明〕杨嗣昌著	清初刻本
《谢石渠先生诗集》	〔明〕谢士章著	明天启刻本
《凌忠介集》	〔明〕凌义渠著	清文渊阁四库全书本
《咏怀堂诗集》	〔明〕阮大铖著	明崇祯八年刻本
《咏怀堂诗外集》	〔明〕阮大铖著	明崇祯八年刻本
《郑中丞公益楼集》	〔明〕郑二阳著	清康熙世德堂刻本
《楼山堂集》	〔明〕吴应箕著	清粤雅堂丛书本
《朴巢诗集》	〔明〕祝祺著	清初刻本
《牧斋初学集》	〔清〕钱谦益著	四部丛刊影明崇祯本
《亦园全集》	〔清〕姚孙棐著	清初刻本
《田间诗集》	〔清〕钱澄之著	清康熙刻本
《藏山阁集》	〔清〕钱澄之著	清光绪三十四年本
《茗斋集》	〔清〕彭孙贻著	四部丛刊续编影写本
《姚端恪公集》	〔清〕姚文然著	清康熙二十二年姚士塈等刻本
《嵞山集》	〔清〕方文著	清康熙二十八年王槩刻本
《学余堂集》	〔清〕施闰章著	清文渊阁四库全书本
《西河集》	〔清〕毛奇龄著	清文渊阁四库全书本
《巢青阁集》	〔清〕陆进著	清康熙刘愫等刻本
《白鹿山房诗集》	〔清〕方中发著	清刻本
《木厓集》	〔清〕潘江著	清康熙刻本
《虬峰文集》	〔清〕李骥著	清康熙刻本
《带经堂集》	〔清〕王士禛著	清康熙五十年程哲七略书堂刻本

《古欢堂集》	〔清〕田雯著	清文渊阁四库全书本
《南州草堂集》	〔清〕徐釚著	清康熙三十四年刻本
《邵子湘全集》	〔清〕邵长蘅著	清康熙刻本
《查浦诗钞》	〔清〕查嗣瑮著	清刻本
《怀清堂集》	〔清〕汤右曾著	清文渊阁四库全书本
《玉照亭诗钞》	〔清〕陈大章著	清乾隆九年陈师晋刻本
《古雪山民诗后》	〔清〕吴铭道著	清乾隆刻本
《式馨堂诗文集》	〔清〕鲁之裕著	清康熙乾隆间刻本
《穆堂类稿》	〔清〕李绂著	清道光十一年奉国堂刻本
《五峰集》	〔清〕陈正璆著	清乾隆九年刻本
《练江诗钞》	〔清〕程之鵕著	清乾隆十八年王鸣刻本
《香树斋诗集》	〔清〕钱陈群著	清乾隆刻本
《樊榭山房集》	〔清〕厉鹗著	四部丛刊影清振绮堂本
《弢甫集》	〔清〕桑调元著	清乾隆刻本
《寻古斋诗文集》	〔清〕李继圣著	清乾隆刻本
《道古堂全集》	〔清〕杭世骏著	清乾隆四十一年刻光绪十四年汪曾唯修本
《海峰诗集》	〔清〕刘大櫆著	清刻本
《芝庭诗文稿》	〔清〕彭启丰著	清乾隆刻增修本
《箨石斋诗集》	〔清〕钱载著	清乾隆刻本
《春融堂集》	〔清〕王昶著	清嘉庆十二年塾南书舍刻本
《潜研堂集》	〔清〕钱大昕著	清嘉庆十一年刻本
《笥河诗集》	〔清〕朱筠著	清嘉庆九年朱珪椒华吟舫刻本
《岭南诗集》	〔清〕李文藻著	清乾隆刻本
《惜抱轩诗文集》	〔清〕姚鼐著	清嘉庆十二年刻本
《复初斋外集》	〔清〕翁方纲著	民国嘉丛堂丛书本
《篁村集》	〔清〕陆锡熊著	清道光二十九年陆成沉刻本
《童山集》	〔清〕李调元著	清乾隆刻函海道光五年增修本
《铜梁山人诗集》	〔清〕王汝璧著	清光绪二十年京师刻本
《肖岩诗钞》	〔清〕赵良澍著	清嘉庆五年泾城双桂斋刻本
《小岘山人集》	〔清〕秦瀛著	清嘉庆刻增修本
《静厓诗稿》	〔清〕汪学金著	清乾隆刻嘉庆增修本
《悔存诗钞》	〔清〕黄景仁著	清嘉庆刻本
《两当轩全集》	〔清〕黄景仁著	清咸丰八年黄氏家塾刻本

《月满楼诗集》	〔清〕顾宗泰著	清嘉庆八年刻本
《存素堂诗初集录存》	〔清〕法式善著	清嘉庆十二年王墉刻本
《点苍山人诗钞》	〔清〕沙琛著	民国云南丛书本
《石柏山房诗存》	〔清〕赵文楷著	清咸丰七年赵畇惠潮嘉道署刻本
《冬青馆集》	〔清〕张鉴著	民国吴兴丛书本
《颐道堂集》	〔清〕陈文述著	清嘉庆十二年刻道光增修本
《石云山人集》	〔清〕吴荣光著	清道光二十一年吴氏筠清馆刻本
《求是堂诗集》	〔清〕胡承珙著	清道光十三年刻本
《双砚斋诗钞》	〔清〕邓廷桢著	清末刻本
《三十六湾草庐稿》	〔清〕黄本骐著	清三长物斋丛书本
《琴隐园诗集》	〔清〕汤贻汾著	清同治十三年曹士虎刻本
《松心诗录》	〔清〕张维屏著	清咸丰四年赵惟濂羊城刻本
《养素堂诗集》	〔清〕张澍著	清道光二十二年刻本
《心日斋词集》	〔清〕周之琦著	清刻本
《刘孟涂集》	〔清〕刘开著	清道光六年姚氏檗山草堂刻本
《养浩斋诗稿》	〔清〕桂超万著	清同治五年刻惇裕堂全集本
《桂留山房诗集》	〔清〕沈学渊著	清道光二十四年郁松年刻本
《馒靱亭集》	〔清〕祁寯藻著	清咸丰刻本
《李文恭公遗集》	〔清〕李星沅著	清同治五年李概等刻本
《春在堂诗编》	〔清〕俞樾著	清光绪二十五年刻春在堂全书本
《于湖小集》	〔清〕袁昶著	清光绪袁氏水明楼刻本

图书在版编目(CIP)数据

舒州天柱山诗词辑校注解:全2册/韩结根著.—上海:复旦大学出版社,2019.4
ISBN 978-7-309-14031-6

Ⅰ.①舒… Ⅱ.①韩… Ⅲ.①古典诗歌-注释-中国 Ⅳ.①I222

中国版本图书馆 CIP 数据核字(2018)第 248845 号

舒州天柱山诗词辑校注解:全 2 册
韩结根 著
责任编辑/杜怡顺

复旦大学出版社有限公司出版发行
上海市国权路 579 号 邮编:200433
网址:fupnet@fudanpress.com http://www.fudanpress.com
门市零售:86-21-65642857 团体订购:86-21-65118853
外埠邮购:86-21-65109143 出版部电话:86-21-65642845
江阴金马印刷有限公司

开本 890×1240 1/32 印张 44.5 字数 1137 千
2019 年 4 月第 1 版第 1 次印刷

ISBN 978-7-309-14031-6/I·1125
定价:280.00 元

如有印装质量问题,请向复旦大学出版社有限公司出版部调换。
版权所有　侵权必究

韩结根 著

舒州天柱山诗词
辑校注解（上）

复旦大学出版社

本书系安徽省潜山地方志办公室合作出版

内容提要

舒州天柱山在今安徽省潜山市（新改），不仅山上有诸多著名的自然景观、宗教建筑，而且区域内拥有大量积淀着深厚历史人文内涵的名胜古迹，并发生过许多精彩动人的故事。由此激发起历代文士游人的诗情雅兴，他们创作了难以计数的具有鲜明特色的诗词作品，成为舒州地域文化的一个重要组成部分。作者以"中国基本古籍库"为基础，系统梳理了一万种左右古籍文献，最终辑得诗词一千二百余首。并对这些诗词一一加注释，做解题，不仅可帮助读者解决诗词理解障碍，而且能引领读者探究深蕴其中的文化精神，感悟它们的内在之美。书中的原作大部分都是第一次被发掘出来，而且也是第一次系统地对其加以研究，因此，本书具有较高的文献价值与学术价值。

作者简介

韩结根,安徽潜山人。复旦大学教授,文学博士,曾先后在复旦大学古籍整理研究所、复旦大学出版社工作。著有《明代徽州文学研究》《康海年谱》《钓鱼岛历史真相》《洛阳伽蓝记注》《洛阳伽蓝记选译》《李白诗歌选注导读》《杜甫诗歌选注导读》《苏东坡诗词赏析》等。其中《钓鱼岛历史真相》一书被译成7种外文在世界范围内发行。并曾担任《全明诗》副主编,《越南汉文燕行文献集成》《琉球王国汉文文献集成》丛书编委,参与撰写《中国禁书大观》、整理《中国近代小说大系》,发表学术论文50余篇。

一柱擎天

云浮莲花

天柱云海

蓬莱仙境

丹湖灵泉

以上照片由黄俊英拍摄提供

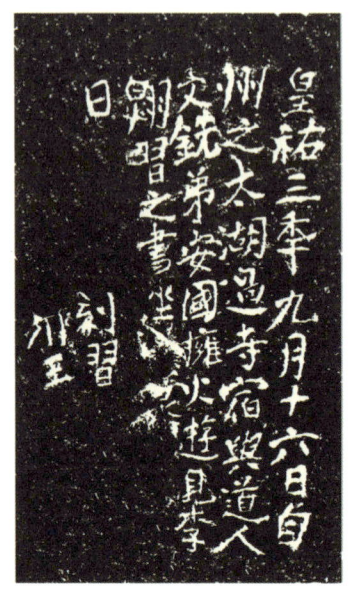

宋·王安石六言诗序题刻

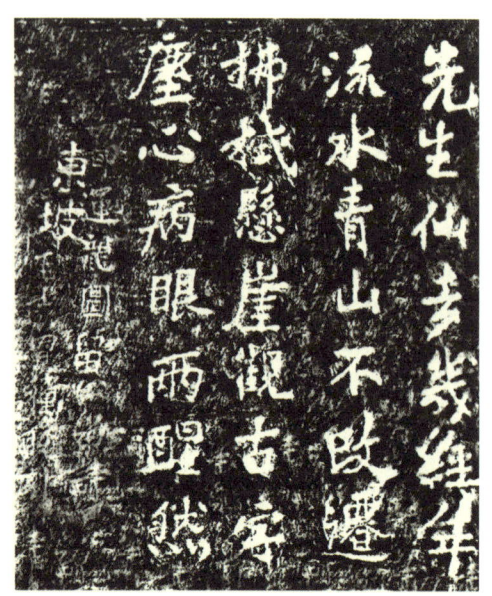

宋·留正诗题刻

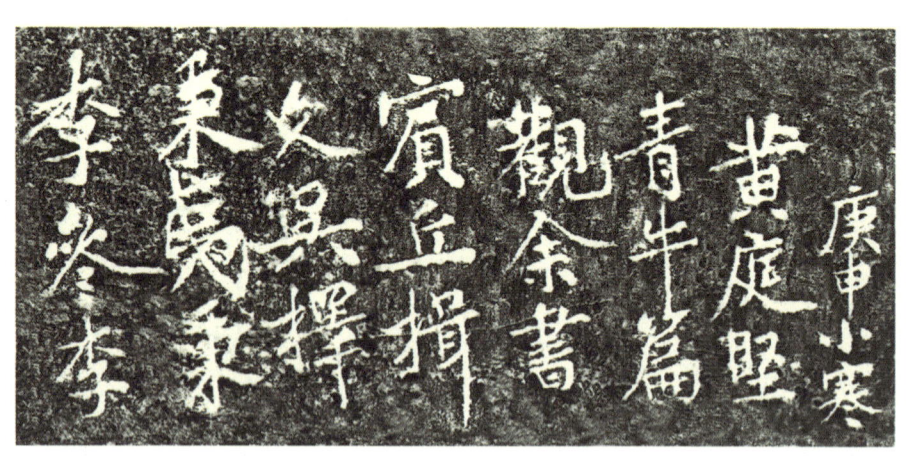

宋·黄庭坚等题名刻

以上摩崖石刻拓片由李丁生提供

前　言

舒州是一个历史的区域概念，其范围大约包括今潜山、怀宁、桐城、太湖、宿松、望江、岳西等县市。舒州名称的确立是在唐高祖武德四年(621)。此一区域春秋时是皖伯所封之国，后被楚所灭，"为楚东鄙"。秦置三十六郡，属九江郡。汉于其地置皖县，建安中属庐江郡。晋安帝于旧皖县城置怀宁县。梁置南豫州，后改为晋州。北齐改曰江州。隋初又为熙州，炀帝大业三年废州为同安郡。唐武德四年又改为舒州。南宋庆元二年(1195)，宋宁宗赵扩因自己未即位以前的住所在舒州，即位后便将舒州升为安庆府。舒州的名称沿用了将近六百年，而且这一时期也是区域内经济文化发展最为鼎盛的时期，所以后代人们在非正式场合仍多以"舒州"称其地。我们仍沿用这一称呼。

天柱山在舒州州治(即今潜山市)西北二十里，绵亘深远，与六安州霍山县接界，为江北淮南诸山之冠。它"突出众山之上，屹然独尊，峭拔如柱"，镇守在长江中游区域，镇守着古皖国的封疆。天柱山又称潜山，亦名皖山或皖公山，一山而具三名。旧志的解释是："盖以形言之则曰潜山，谓远近山势皆潜伏也。以地言之则曰皖山，谓皖伯所封之国也。或谓之皖公山，亦曰皖伯台。以峰言之则曰天柱，其峰突出众山之上，峭拔如柱也。名虽有三，实一山耳。"

天柱山有着悠久的历史和显赫的声名。上古时，与黄帝齐名的古帝王赫胥氏曾"曜迹于潜山"，死后葬在朝阳峰之左。唐成玄英疏《庄子》和陆德明作《经典释文》，均认为赫胥氏便是炎帝。当然，此说还有待进一步考证。元封五年(前106)，汉武帝巡狩南郡，曾"登礼潜之天柱山，号曰南岳"。至今山中仍有祭台、拜岳台、旌驾桥、回龙桥

1

等古迹。汉宣帝神爵元年(前61),诏太常制五岳四渎之礼,正式定潜山为南岳,并由朝廷派遣使者手持符节,每年"一祷而三祠"(《汉书·郊祀志》)。只是到了隋开皇七年(587),隋文帝因开发南方疆土的需要,才以衡山为南岳,取代天柱山。天柱山这才失去了五岳的尊崇地位。

天柱山以雄峻秀奇著称于世。山有二十七峰(一说三十六,或称四十二)。除了"千仞层岩,突起如柱,高出诸峰,相峙而不相连"的天柱主峰外,其他著名的山峰则有飞来峰、莲花峰、天池峰、三台峰、石榴峰、皖伯峰、丹霞峰、石楼峰、麟角峰、天狮峰、覆盆峰、天书峰、丹砂峰、玉镜峰、主簿峰、毛女峰、卓锡峰、白鹤峰等。它们如同仪仗卫士,拱卫在天柱峰周围,为其屏障。除了这些著名的山峰,天柱山还有许多崇峻的山岭,高危的山崖,瑰奇的岩石,神秘的洞穴,清澈的泉水,秀美的瀑布。人们说,天柱山"峰无不雄,石无不奇,洞无不幽,水无不秀",此语的确能函括天柱山自然景观的特点。

天下名山胜景,大半为僧道所占。东汉末,左慈居潜山,在山上建有炼丹房、炼丹灶。丹灶基址尚存。梁武帝天监四年(505),佛道二教为争潜山林麓之胜,宝志禅师与白鹤道人曾相互斗法。结果宝志禅师飞锡先至灵山胜地。其处原为"何氏三高"故宅,自宝志卓锡山中,"三高"遂舍宅为寺。梁大同二年(536),以"山谷"为寺名。宝志禅师由此成为山谷寺的开山祖师。白鹤道人则于谷口北里许建立白鹤宫。至隋炀帝大业二年,三祖僧璨大师自罗浮归山谷,为四众广宣心要,于法会大树下合掌立化,葬于寺后。唐玄宗天宝四载(744),舒州别驾李常素仰祖风,打开墓穴,取真身火化之,得五色舍利三百粒,以百粒出己俸建塔南窦,塑师像。乾元元年(758),唐肃宗赐名"三祖山谷乾元禅寺",所以后世又称山谷寺为三祖寺或山谷乾元寺。

道教虽然在梁朝的"鹤锡之争"中没能占得先机,但并未因此而沉寂。天宝九载(749),唐玄宗因梦九天司命真君现于天柱山,梦醒后即遣中官王越宾、道士邓紫虚携内府缯帛,到潜山为真君创制祠宇。宋太平兴国七年(982),太宗皇帝命就真君祠改建灵仙观,派大黄门綦政敏亲督其役，总成殿宇房舍"六百三十区"。政和七年（1117），徽宗赵佶下旨重修这座宫观。又将灵仙观更名为真源万寿宫，并亲笔御书"真源万寿宫"和"庆基殿"的匾额。这次重修，共"为钱三千万，合新旧屋三千六百余间"，可见其规模之宏伟。可惜的是，舒州这座规制巨大的道教宫观毁于历代战火，如今早已荡然无存了。

舒州不仅天柱山有诸多自然景观、宗教建筑，在州治及其周围，乃至潜皖二水之内，也有着大量的名胜古迹，并发生过许多故事。舒州州治，别称梅城，是春秋时皖国都城，后又相继成为县、郡、州、府的治所，作为区域政治、经济、文化的中心，有着三千多年的历史。虽远古之事已窅然无闻，但汉代以来的历史却有文献可征。如"孔雀东南飞"的故事便发生在这里，城南十五里有小吏港，为焦仲卿妻刘氏投水处。汉太尉乔玄及其二女大乔、小乔亦曾流落此城，城北三里彰法山麓有其故址。孙策、周瑜攻克皖城，孙策娶大乔，周瑜娶小乔，《三国志》中有记载。唐代著名古文运动的先驱独孤及和古文家李翱都曾在舒州任职。五代时，为中国文字研究和书法艺术发展作出过杰出贡献的著名诗文家徐铉曾流放此地。这里有宋代大臣王珪的故宅，有陈瓘的读书楼，二人皆由舒州发迹而登高位。舒州还是北宋著名政治家、文学家王安石工作和生活过的地方，是著名诗人、书法家黄庭坚及其外甥徐俯的第二故乡。州城内外都有他们的遗迹。

优美的自然景观、辉煌的宗教建筑、哀婉凄绝或令人称羡的婚姻爱情故事，还有许许多多积淀着厚重历史人文内涵的名胜古迹，激发起无数文士游人的诗情雅兴。他们或叙事，或抒情，或咏物，或纪游，写下了大量内容丰富且具鲜明艺术特色的诗词作品，成为舒州地域文化的一个重要组成部分。

笔者以求学寓居海上几近四十年，乡情旅思，萦回胸际。因于教书、著述、编辑图书之余暇，留意这些诗词的搜辑整理工作。最终辑成诗词一千二百余首。且不揣固陋，为这些诗词一一加注释，做解题，以试图探求它们的思想内容和艺术成就。今将整理加工后的这些作品，以"舒州天柱山诗词辑校注解"为书名，即将在上海复旦大学出版社出版。下面简要介绍一下本书的撰写过程。

撰写本书的第一步工作便是"辑"。笔者利用复旦大学的学术平台,系统地检索梳理了"中国基本古籍库"中一万种左右的古籍图书,凡其中歌咏舒州天柱山区域内自然景观、名胜古迹、朋友往还、本境物产以及相关情事的作品,一概予以收录。

本书辑录作品,秉持谨慎原则。如在舒州天柱山诗词中出现频率较高的景观名称有"天柱山"、"天柱峰"、"南岳"、"霍岳"等,其实天下有八座天柱峰,先后有二南岳,且天柱、南岳、霍岳之名,旧时因霍山县与潜山县争持而至有淆乱误解者。至于其他景观,天下同名者也很多。仅"天柱"一词,我们搜索到的信息目录便有 345 页,共 12 067 条;"南岳"名称的出现也有 4 994 次。除了剔除一般性的文章外,对于其中的诗词作品,我们均一一严加考订,确认为吟咏舒州天柱山景物,或发生于境内情事者,方敢阑入;否则,不予收录。如朱熹的《天柱峰》诗,旧有人误以为写舒州天柱山,并收入潜山有关文献中;但在朱熹的《晦庵集》里,《天柱峰》为《武夷七咏》之一。抗金名臣李纲的《天柱峰》亦为"游武夷作",其文集卷六有文字说明。此二诗我们显然不能收。又如,清桂超万的《登天柱山》,题下有小注曰"一名祠□山,即南岳",诗中又言及山上有"弩台"等古迹。此诗亦非为舒州而作。此外,陆游的《登太平塔》作于邛州,当然也不能收。其他被我们剔除的还有很多,兹不能尽举。

撰写本书的第二步工作便是"校"。我们所收录的诗词,有的作者有本集传世,有的仅见于总集、地方志、地理总志及其他有关文献中。若有本集传世者,我们便以本集为底本,再以方志或他书参校,文字择善而从。有的作者无本集传世,作品仅见于方志或他书,我们便以不同朝代编纂的方志互校,或以方志与他书互校。由此也解决了不少问题。如胡缵宗与余珊、齐之鸾同游天柱山返归时有一首题为"下山柬萧比部若愚"的诗,因本集刻本质量较差,很多字根本无法辨认,我们便以胡氏本人编纂的《(正德)安庆府志》中的同题诗校正。又如,《(康熙)潜山县志》于一首题为"灵仙观"的诗下著录姓名处有

"李师中,天章阁待制"八字,《游潜山叙寄苏子平》题下有"张商英,丞相"字样,《(乾隆)潜山县志》则漏载作者姓名、仕履,且因其诗列苏轼诗后,遂使后人误以为两诗均为苏轼所作。本书亦并予校正。至于其他文字异同,除有重大错讹者须改正外,一般不予校改,只在注释中略作说明。

  撰写本书的第三步工作便是为每一首诗或词做注释。这是最难、也是耗费时间和精力最多的一项工作。我们本着"体会作者意图"、"照顾读者需要"的原则,除了注释一般性难懂的字、词外,还对诗词中出现的人名、地名、历史事件、文物制度、神话故事、典故传说等,均一一加注,这样既可帮助读者理解诗词的意思,又可给读者增加一些历史文化知识。对某些很难把握的句子,我们则进行串讲,或以一句为单位,或前后几句为一组,疏通文义,理清作者思想脉络,帮助读者解决诗词理解障碍。为诗词做注释最多的一篇多达50余条,有时为做一条注释要花半天时间。特别是那些喜欢"掉书袋"的诗人,他们爱在诗中引证古书,卖弄渊博,注释起来更加费力。如清代大学者翁方纲,他的长篇古诗《望天柱峰》《皖公山谷歌》,诗中大量引经据典,几乎每一句诗都有来历和出处;又如宋代程俱的几首长诗,亦均用典生僻,语意深晦,又极尽铺陈之力。对于此类诗歌,笔者都是硬着头皮,耐着性子,每首诗花了几天时间才完成注释的。

  撰写本书的最后一项工作是做"解题"。解题包括的内容有:介绍歌咏客体的有关情况,交代诗词的写作背景,扼要说明诗词内容,并简析其艺术特色。在很多情况下,"解题"是以串讲或诠释全篇大意的方式进行的,但也有评点和考辨。诗歌是以情动人的艺术,所以我们在解题时还特别注意揭示演绎诗词中所反映的作者主观感情。尤其是有的诗词写得情深意切,感人肺腑,我们则用简洁的语言把读者的注意力吸引到诗歌所创造的特定的境界中去,以引起读者感情上的共鸣。当然,"诗无达诂",对诗歌的评价是具有主观性的,不同的人具有不同的思想感情,对同一首作品也会有不同的理解,不可能完全一致。所以我们对每一首诗或词所做的解题,尤其是其中对内容和艺术的评价,对作者主观情感的揭示或演绎,只能给读者以参考,或者说只能起一个抛砖引玉的作用。解题的篇幅有大有小,有话则多言,无话则少说,力争做到要言不烦,但务求尽心中所蕴。

笔者搜辑、注释和解读舒州天柱山诗词,断断续续用了十余年时间。其间曾经历过一些复杂而微妙的感情经历。我在接触某些景观名称的瞬间,记忆的闸门突然被打开了。儿时的嬉游,亲人们的身影,故乡的陈年往事,像电影一般不断在眼前闪现,温情和伤感纷至沓来。我常常沉浸在对儿时美好时光的回忆中。

搜辑注释和解读这些诗歌,也耗费了我大量的时间和精力,甚至影响了我的健康。因为我每天起得很早,一边写作一边抽烟。去年体检,发现肺部出了问题。当时我想到的第一件事,就是这部书稿尚未完成,我深恐自己会带着遗憾离开。治疗后做进一步检查,发觉并无大碍,原来只是虚惊一场。又经过一年的努力,如今这部书稿终于完成了。

值此书即将正式出版之际,我要感谢我的老友、同事陈士强教授,他是国内外知名的佛学专家,诗歌中有关佛教问题的解读,得到了他的指点。我要感谢汤志波、石晓玲、江涛三位博士,他们在复旦大学古籍所攻读博士研究生期间,先后协助我做了部分工作。我还要感谢我的太太沈根妹女士,是她承担了所有家务,我才能把全部精力放在这部书的撰写上;没有她的支持,很难想象此书能顺利问世。此书由于部头较大,内容庞杂,肯定还存在不少错误,敬请读者不吝赐教指正。

韩结根

2018年11月1日于上海兰花教师公寓

凡　　例

　　一、本书收录的诗词，主要是前人歌咏古舒州天柱山核心区域内自然景观、文物古迹或其他情事的作品，地域范围包括今潜山市全境乃至潜皖二水之内；其他县市有关者亦偶尔及之。时间上自汉代，下迄民国。

　　二、本书著录作者姓名，以谨慎为原则。作者如有本集传世，尽量用本集而不用方志。若无本集，则参考较早的地理总志或其他权威性文史书籍。由此，本书更正了一些诗歌作者的署名。如各本《安庆府志》《潜山县志》收有署白居易所作《题天柱峰》诗一首。今白居易诗文集中无此诗，且其自编《白香山诗长庆集》末云："若集内无，而假名流传者，皆谬为耳。"诗显非白居易作。此诗中有"天柱一峰擎日月，洞门千仞锁云雷"一联，曾被宋王象之《舆地纪胜》、明李贤《明一统志》、清《御选唐诗》所征引，皆言此诗为唐代李明作。故我们不依方志署该诗作者为白居易，而署李明。又如，各本《安庆府志》、《潜山县志》均收有署黄庭坚所作《题潜山》五言长诗一首，此诗实乃宋舒州人张澂作，笔者有专文考证，发表于《复旦古籍所学报》第一期。故本书亦将其诗作者署名易为张澂。方志中著录作者姓名张冠李戴者还很多，在有确凿证据的情况下，我们均一一予以辨正，兹不能尽举。

　　三、笔者辑录作品，发现多有重出情况。如宋杨杰《无为集》中的《潜山行》，与方志载徐俯作《望潜峰》，题虽异而诗相同。郭祥正《青山集》中咏舒州景物之《寄舍弟》，与《清江三孔集》中孔平仲所作《寄舍弟》，题、诗皆相同，仅有一字之讹。又如，《（天顺）直隶安庆郡志》收明初曾文博《题潜山》诗三首，实即《（康熙）潜山县志》所收宋张昌作《和曾太傅游山》五言律二首、《和曾太傅游山》七言律一首，其题名虽不同而诗中字句无一字相异。对于这些作品,我们无法判定其真正的作者,只能两存,并于"解题"中略作说明,以俟后人考证。

四、本书所收诗词按朝代排列,基本上以作者生年为先后。至生年无考者,便据其卒年。生卒年皆无考,则参考科举进士先后或据其他情况,估计其大致年代,列入相应时期。对于生活于朝代之交的作者排序略作调整。习惯上被认为是后一朝代的作者,即使年龄稍长,排序也只能靠后。

五、本书于每一作者诗前作一小传,叙其生平,以助读者知人论世;不知姓名之作者,均标以"佚名"二字。事迹无考者则直书"不详"。

六、本书标点诗歌正文,不使用引号、书名号及破折号。

目录(上)

汉

佚 名
　古诗为焦仲卿妻作 ………… 1

南朝

王 融
　寒晚敬和何征君点诗 ………… 7
任 昉
　答何征君子晳 ………………… 10

唐五代

唐玄宗
　送玄同真人李抱朴谒潜山仙祠
　………………………………… 13
王越宾
　使至潜山 ……………………… 16
李 白
　江上望皖公山　宿松 ………… 17
吴 筠
　舟中遇柳伯存归潜山因有此赠
　………………………………… 19
皇甫冉
　送元晟归潜山所居 …………… 21

释皎然
　五言送常清上人还舒州 ……… 23
　五言送潘秀才之舒州 ………… 24
独孤及
　酬皇甫侍御望天潜山见示
　之作 …………………………… 26
　登山谷寺上方答皇甫侍御卧
　疾阙陪车骑之赠 ……………… 31
　暮春于山谷寺上方遇恩命加
　官赐服酬皇甫侍御见贺
　之作 …………………………… 33
戴叔伦
　题天柱山图 …………………… 35
　潜山(残句) …………………… 36
窦 参
　登潜山观 ……………………… 37
卢 纶
　送浑别驾赴舒州 ……………… 39
舒州人
　舒州人为郑谷歌 ……………… 40
畅 当
　天柱隐所重答韦江州 ………… 42
吕 温
　郡内书怀寄刘连州窦夔州 …… 43

I

韦 曾
　谒天柱山真君祠 …………… 44
马 戴
　过潜岳 ………………………… 47
顾非熊
　舒州酬别侍御 ………………… 48
赵 嘏
　舒州献李相公 ………………… 50
　回于道中寄舒州李珏相公
　　……………………………… 51
姚 鹄
　送刘耕归舒州 ………………… 53
薛 能
　谢刘相寄天柱茶 ……………… 55
秦韬玉
　采茶歌 ………………………… 57
皮日休
　茶鼎 …………………………… 59
张 乔
　天柱寺（残句） ……………… 61
曹 松
　霍山 …………………………… 62
　题鹤鸣泉 ……………………… 63
释贯休
　送人归夏口 …………………… 64
罗 隐
　送舒州宿松县傅少府 ………… 66
李廷璧
　咏愁诗 ………………………… 67
释齐己
　浣口泊舟晓望天柱峰 ………… 68

殷文圭
　龙舒太守（残句） …………… 70
韩熙载
　送徐铉流舒州 ………………… 71
李 明
　题天柱山 ……………………… 72
伍 乔
　宿潜山 ………………………… 75
李家明
　咏皖公山 ……………………… 76
汤 悦
　送季大夫牧舒州 ……………… 77
唐诗僧
　三十六岩（残句） …………… 78

宋

徐 铉
　寄舒州杜员外 ………………… 80
　谪居舒州累得韩高二舍人书
　　作此寄之 ………………… 82
　和张先辈见寄二首 …………… 83
　题雷公井 ……………………… 84
　印秀才至舒州见寻别后寄诗
　　依韵和 …………………… 85
　送彭秀才 ……………………… 86
　移饶州别周使君 ……………… 88
　送乐士知舒州 ………………… 89
　寄舒州乐学士 ………………… 91
舒 雅
　答内翰学士 …………………… 92

答钱少卿 …………………… 94
答刘学士 …………………… 96
林逋
山谷寺 ……………………… 97
孙仅
题潜山 ……………………… 99
刘筠
寄灵仙观舒职方学士 …… 103
杨亿
秘阁舒职方知舒州 ……… 106
寄灵仙观舒职方学士 …… 107
钱惟演
寄灵仙观舒职方学士 …… 110
晏殊
送虞部慎员外监灵仙观 …… 112
王延龄
金氏松壑别墅 …………… 114
宋祁
孙景赴怀宁尉 …………… 116
梅尧臣
送尹瞻驾部监灵仙观 …… 117
李师中
灵仙观 …………………… 119
题太平寺 ………………… 120
题山谷寺（残句）………… 121
刘敞
同梅圣俞送尹郎中监舒川灵
　仙观 …………………… 122
送刘郎中监灵仙观尽室而往
　………………………… 124

送柳舒州 ………………… 125
苏颂
效范景仁侍郎次韵和君实端
　明长句奉呈龙舒杨守 …… 127
王安石
到舒次韵答平甫 ………… 129
到郡与同官饮　时倅舒州
　………………………… 131
舒州被召试不赴偶书 …… 132
既别羊王二君与同官会饮于
　城南因成一篇追寄　用药名
　………………………… 133
舒州七月十一日雨 ……… 135
招同官游东园 …………… 136
九日随家人游东山遂游东园
　………………………… 138
九日登东山寄昌叔 ……… 139
题舒州山谷寺石牛洞泉穴
　………………………… 140
次韵春日即事 …………… 142
壬辰寒食 ………………… 143
望皖山马上作 …………… 144
九井　得盈字 …………… 146
杜甫画像 ………………… 149
璨公信心铭 ……………… 152
自舒州追送朱氏女弟憩独山
　馆宿木瘤僧舍明日度长安
　岭至皖口 ……………… 153
阴漫漫行 ………………… 155
发廪 ……………………… 156
感事 ……………………… 159

兼并	161
发粟至石陂寺	164
次韵昌叔怀潜楼读书之乐	164
寄曾子固	167
凤凰山二首	168
书何氏宅壁	170
别潜阁	171
别潜皖二山	172
过皖口	174
别皖口	175
别雷国辅之皖山	176
怀舒州山水呈昌叔	177
次韵曾子翊赴舒州官见贻	179
戏长安岭石	180
代答	181
送逊师归舒州	182
送灵仙裴太博	183
封舒国公三绝	185

曾宰

舒州寄王介甫	187

姚震

观唐贤题名	188

刘攽

次韵和苏子瞻赠王仲素寺丞	190

释法演

送佛眼禅师	193

李常

皖公山（残句）	194

徐积

寄王十七丈	195

沈辽

寄赠舒州徐处士	197
奉寄持平兄弟	198

郭祥正

潜山行	200
山中吟	202
山中乐	204
留题潜山山谷寺	206
舒州使宅天柱阁呈朱光禄	210
赠舒州李居士惟熙	214
赠潜山伊居哲先生	216
寄致政苏子平大夫	217
寄舍弟	219

苏轼

送柳子玉赴灵仙	220
昭君怨·金山送柳子玉	221
赠王仲素寺丞　名景纯	222
送仲素寺丞归潜山	226
东坡八首（选一）	228
次韵李公择梅花	229
次韵韶倅李通直二首	233
李伯时画其弟亮功旧隐宅图	238

李斯立

灵仙观（残句）	240

苏辙

柳子玉郎中挽词二首	241

次韵吕君见赠 …………… 243

孔平仲
离合转韵寄常父 ………… 246
新作西庵将及春景戏成两诗
　请李师中节推同赋　以下
　药名 ……………………… 247
再赋 ………………………… 250
再赋 ………………………… 252
再赋 ………………………… 252
送李师中服阕入京 ……… 253
药名离合四时四首 ……… 253
药名离合寄孙虢州 ……… 253
又一首寄孙虢州 ………… 254
十三日南湖之集宾主六人谨
　成诗十韵拜呈 ………… 254
寄舍弟 …………………… 256

杨杰
潜山行 …………………… 257

张商英
游潜山叙寄苏子平 ……… 259

黄裳
赠崔风子 ………………… 262
道中有作呈崔风子 ……… 263
三祖 ……………………… 263

黄庭坚
题山谷石牛洞 …………… 266
书石牛溪旁大石上 ……… 267
题山谷大石 ……………… 269
题潜峰阁 ………………… 270
次韵公择舅 ……………… 272

同苏子平李德叟登擢秀阁
　………………………… 272
灵龟泉上 ………………… 274
灵龟泉铭 ………………… 276
从丘十四借韩文二首 …… 277
以右军书数种赠丘十四 … 279
三至堂 …………………… 281
玉照泉 …………………… 283
发舒州向皖口道中作寄
　李德叟 ………………… 286
庭坚得邑太和，六舅按节出同
　安，邂逅于皖公溪口。风雨
　阻留十日，对榻夜语，因咏
　"谁知风雨夜，复此对床眠"。
　别后更觉斯言可念，列置十
　字，字为八句，寄呈十首
　………………………… 288
延寿寺僧小轩极萧洒，予为名
　曰林乐，取庄生所谓林乐而
　无形者，并为赋诗 …… 293
延寿寺见红药小魏扬州号为
　醉西施 ………………… 295
题万松亭 ………………… 295
山谷次荆公韵 …………… 297

释刹书记
天柱雉儿行 ……………… 298

彭汝砺
送徐望之郎中提举舒州
　灵仙观 ………………… 303
宿舒州境上 ……………… 304
雨中望皖公山不见因寄提举

马大丞 …………………… 305
贺　铸
　　题皖山北濒江田舍 …………… 306
晁补之
　　皖口寄怀前太平守陈公度
　　　龙舒人 ………………… 308
张　耒
　　和柳郎中山谷寺翠光亭长韵
　　　 ………………………… 309
　　和柳郎中舒州潜庵二首 …… 311
周邦彦
　　宿灵仙观 ………………… 313
方千里
　　题真源宫 ………………… 314
张　昌
　　游真源宫二首 …………… 316
　　游真源宫 ………………… 317
　　和曾太傅游山 …………… 318
　　和曾太傅游山 …………… 320
释清远
　　别僧演 …………………… 321
张继先
　　无题 ……………………… 323
佚　名
　　舒州下寨驿中诗 ………… 323
佚　名
　　潜皖云游 ………………… 324
刘安上
　　重九宴集天柱间 ………… 325
　　和胡子文游山寺值雨 …… 326

　　登炼丹山三绝句 ………… 327
　　舒州西门送客亭 ………… 329
李师道
　　游潜山 …………………… 330
　　游潜山 …………………… 331
李　彭
　　胡少汲名直孺，龙舒佳士，清修
　　可喜，往岁见之金陵。闻除
　　侍御史，因作此诗以见意
　　 ………………………… 335
胡直孺
　　宿丹霞馆 ………………… 338
　　游灵仙观 ………………… 339
释惠洪
　　鲁直弟稚川作屋峰顶名云巢
　　 ………………………… 340
　　送贤上人往太平兼简卓首座
　　 ………………………… 341
徐　俯
　　游潜峰 …………………… 343
　　宿五云亭 ………………… 344
　　题潜峰 …………………… 345
　　舒州杂咏 ………………… 346
洪　刍
　　送师川还龙舒 …………… 350
张　澂
　　题潜山 …………………… 352
　　真源万寿宫二首 ………… 359
程　俱
　　山谷寺 …………………… 360

石牛洞 ……………… 363
灵山观 ……………… 365
题灵山息轩 ………… 367
送崔闲归庐山四首（选一）
　　　　　　　………… 368
故人张达明澂饷舒木将以古
　句次韵酬之 ………… 369

梅执礼
宣和四年，东阳梅某出守蕲春，
　以五月十九日宿斋山谷，黎
　明奉亲朝谒真源万寿宫，少
　休五云亭赋此 ……… 372

释惟照
答淮西陆提举四首 …… 374

曾幾
次曾宏甫见寄韵 ……… 377

曾惇
题潜山 ……………… 378
天柱阁 ……………… 380

向子諲
减字木兰花 ………… 381

陆宰
访山谷寺惟照长老不遇 … 382

李宏
游天休观道流索诗 …… 384

陈楠
用山谷韵书 ………… 385

王之道
西灵鹫 ……………… 386
憩灵鹫道院 ………… 388

题龙舒天祚宫玉虹亭 …… 388
题三祖山 …………… 389
次因上人韵 ………… 391
和秦寿之题天祚宫 …… 392

朱翌
西园月夜竹影满堂 …… 393
简宗人利宾 ………… 394
次韵傅丈见寄 ……… 396
示同会 ……………… 398

张祁
题灵仙观 …………… 399

曹勋
与马通判 …………… 401

王铚
送王道元运判致政归潜皖
　　　　　　　………… 402

吴亿
灵仙观 ……………… 404

周麟之
以珠子香建茶寄皖公山
　马先生 …………… 405

杨偰
题真源宫 …………… 407

范成大
天柱峰 ……………… 408

陆修
谒万寿宫 …………… 410

周必大
望皖公山 …………… 411
和龙舒兄春日出郊韵　甲辰
　　　　　　　………… 413

石塘民
　　舒州石塘民为周必正歌 …… 414
王　质
　　八声甘州·怀张安国 ……… 415
杨万里
　　朱新仲舍人潜山诗集其子𫐄
　　　叔止见惠且有诗和以谢之
　　　…………………………… 417
　　再和谢朱叔止机宜投赠奖及
　　　南海集之句 …………… 418
黄辅之
　　丹霞晓步 ………………… 419
留　正
　　题山谷 …………………… 421
卫　博
　　送杨舒州 ………………… 422
陈　造
　　闻舒州书生聚众为盗 …… 424
周　孚
　　寄赵从之 ………………… 427
王　炎
　　送朱大卿归龙舒 ………… 428
王　阮
　　龙舒朱献宾主汉阳簿弃官以
　　　归予亦不合丐去为赋一首
　　　…………………………… 431
虞　俦
　　舒州清明二首 …………… 432
赵　蕃
　　初到舒州 ………………… 433

出北门记所见二首 ………… 434
游山谷寺赠住山钦老钦嗣
　愚丘诗 ………………… 435
呈叶怀宁陈参军章簿公 …… 436
早出小北门 ………………… 437
游彰法寺打攞秀阁诗以行
　………………………… 438
游太平寺 …………………… 439
寄送周子中监丞赴舒州二首
　………………………… 440
寄李舒州二首 ……………… 441
挽李舒州二首 ……………… 442
呈折子明丈十首（选一）…… 443
张同之
　　题三祖寺 ………………… 444
讷　庵
　　山谷夜坐 ………………… 446
赵汝骅
　　题山谷 …………………… 447
韩　淲
　　庆元己未二月戊子寄皖山
　　　隐翁史虎囊 …………… 448
　　元默书来作溪翁亭成且索诗
　　　因寄四章 ……………… 449
　　呈晁元默 ………………… 451
张　弋
　　舒州岁暮 ………………… 452
　　广教寺　即二桥故宅 ……… 453
张　琼
　　雨中自万寿宫归 ………… 454

张仲威
　游山 …………………… 455
　设醮灵仙观 …………… 456
李 壆
　瑞应歌 ………………… 457
喻习学
　题真源宫 ……………… 459
程公许
　饯秘书郎刘侯出守龙舒分韵
　　得亭字 ……………… 462
刘克庄
　陈虚一 ………………… 464
赵希衮
　题石牛洞 ……………… 465
郑 霖
　水调歌头·甲辰皖山寄治中
　　秋招客 ……………… 467
舒岳祥
　子瞻在惠州以十月初吉作重九
　　和渊明己酉九月九日韵，余
　　去年以此日奔避万山，今日
　　则有间矣，有野人馈菊两丛，
　　对之叹息，因继韵陶苏之后
　　……………………… 469
　二十四日还龙舒旧隐 …… 470
董嗣杲
　江上晚眺 ……………… 470
　安庆新城 ……………… 471
　过安庆旧城 …………… 472
黎廷瑞
　清平乐·舒州 ………… 473

元

陈 孚
　泊安庆府呈贡父 ……… 475
赵孟頫
　题二乔图 ……………… 477
佚 名
　梅花诗 ………………… 478
吴 仮
　山谷寺 ………………… 479
宋 无
　赠皖山道士 …………… 480
　南岳李道士画双松图 …… 481
释明本
　和皖山隐者 …………… 482
萨都剌
　次张举韵题皖山金氏绣野亭
　　……………………… 485
张 翥
　道士崖 ………………… 486
王 泽
　寿真源宫刘道士 ……… 487
宋 褧
　潜山县廨和赵伯常宪副韵
　　……………………… 490
蒋师文
　题潜山双庙 …………… 491
张天英
　题二乔图 ……………… 493
斡玉伦
　游山谷寺一首 ………… 494

张 昱
- 游山谷寺次韵 …… 496
- 重游山谷寺 …… 497

余 阙
- 登太平寺次韵董宪副 …… 498
- 奉和旨南上人喜雨之什叔良
  虽不作诗不妨一观也 …… 499

卢 琦
- 天柱狮岩 …… 502

明

刘 基
- 赠尚义处士葛暹 …… 504

徐 贲
- 二乔观书图 …… 506

李 晔
- 二乔观兵书歌 …… 508

陶 安
- 望皖公山 …… 511

胡 奎
- 题二乔玩月图 …… 512

胡 俨
- 汉武射蛟台 …… 513
- 山谷读书台 …… 515
- 皖山草堂为卢士恒题 …… 516

曾文博
- 游潜山 …… 517

解 缙
- 望潜山歌 …… 518
- 寄邓经 …… 520

贡性之
- 林壑深秀为邓宗经赋 …… 521

邓 经
- 题山谷寺 …… 522
- 潜阳十景 …… 524
- 游真源宫 …… 532
- 题真源宫程可久听雪轩 …… 534
- 游天宁寺鹫峰禅房 …… 534
- 皖山草堂为卢士恒题 …… 536
- 颐老庄自咏 …… 537

李昌祺
- 题会乩邓宗经先生颐老庄 …… 539

罗 庄
- 潜山古风 …… 541

范 准
- 题小画留别韩文忠二尹 …… 543

顾 勋
- 潜峰毓秀 …… 544

吴文遵
- 题周瑜庙 …… 545
- 登山谷寺钟楼 …… 546
- 游真源宫 …… 548
- 云林庄自咏 …… 549

周 忱
- 题孟端所赠凤尾竹 有序 …… 550
- 怀颐老庄邓林壑先生 …… 552

林 枝
- 飞锡峰 …… 553

张叔豫
 闲题 …… 554

彭 勖
 题潜阳十景 …… 555
 自太湖司空山过潜山 …… 556

任 伦
 游三祖寺 …… 558
 题真源万寿宫 …… 559

梁 煜
 游龙舒观 …… 560

李 庚
 登天柱山 …… 561
 毛女峰 …… 562

李 匡
 舒台夜月 …… 563
 乔公故址 …… 564
 诗崖漱玉 …… 565
 酒岛流霞 …… 566
 石牛古洞 …… 567
 九井西风 …… 568
 山谷流泉 …… 569
 天柱晴雪 …… 570
 吴塘晓渡 …… 571
 丹灶苍烟 …… 572

陈 栻
 乔公故址 …… 573
 诗崖漱玉 …… 574
 天柱晴雪 …… 575
 吴塘晓度 …… 576
 丹灶苍烟 …… 577

丘 濬
 哭刘文灿 …… 578

韩 雍
 诗崖 …… 579

卞 训
 上炼丹 …… 580

史 瑾
 中炼丹 …… 581

韦 龄
 下炼丹 …… 582

黄仲昭
 龙井 …… 584

陆 珩
 天祚宫 …… 585

铁处义
 吊余忠宣公 …… 586

吴 裕
 潜山 …… 587

张文锦
 望潜岳二首 …… 589
 游山谷寺一首 …… 590
 吴塘陂一首 …… 591

顾 潜
 阅龙舒净土文 …… 592

钱如京
 过万寿宫小憩 …… 595

萧世贤
 次胡可泉下潜岳韵 …… 597

胡缵宗
 望安庆 …… 599

皖公门赠林郡丞有禄 …… 599
月 …… 600
望皖山次韵一首 …… 601
马上见天柱峰 …… 602
至山谷再叠前韵柬余齐二子
…… 602
山谷分题得帘崖 …… 603
登舒台有怀余齐二子 …… 604
入山谷闻余德辉齐瑞卿至
…… 605
奉答蓉川途中见怀 …… 605
陪翁山谷三首 …… 607
陪翁山谷 …… 609
山谷夜集 …… 610
登塔 …… 611
分得白鹤观 …… 612
天柱寺 …… 613
皖山高 …… 614
石牛 …… 615
石松 …… 615
石屋 …… 616
天柱山 …… 617
白云岩 …… 617
雨行二首 …… 618
下山柬萧比部若愚 …… 619
吴塘陂新成二首 …… 621
乌石陂新成 …… 622
开堰 …… 623
堰上微见皖峰 …… 624
天柱山 …… 624

望皖山归来马上尽见诸峰
…… 625
南岳 …… 626
陪戴仲鹖宿西谷 …… 627
再与戴仲鹖夜坐 …… 629
登天柱阁三首 …… 630
登天柱阁二首 …… 632
天柱阁行 …… 633
赠潜山徐生 …… 633

余 珊
马上见天柱峰一首 …… 634
登塔一首 …… 635
陪翁山谷三首 …… 636
石牛一首 …… 638
山谷夜集一首 …… 638
分题得石蛟一首 …… 639
分得白鹤山一首 …… 640
开堰一首 …… 641
堰上微见皖峰一首 …… 642
天柱山一首 …… 642
天柱寺一首 …… 644
石屋一首 …… 644
石松一首 …… 645

齐之鸾
途中奉简可泉 …… 646
马上见天柱峰一首 …… 647
皖山高一首 …… 648
登塔一首 …… 648
陪翁山谷三首 …… 649
石牛一首 …… 651
山谷夜集一首 …… 651

分题得钓岩一首 ……… 653
分得白鹤泉一首 ……… 654
开堰一首 ……………… 655
堰上微见皖峰一首 …… 655
天柱山一首 …………… 656
天柱寺一首 …………… 657
望皖山归来马上尽见诸峰
　一首 ………………… 658
石屋一首 ……………… 659
石松一首 ……………… 659
白云岩一首 …………… 660

杨朴斋
　水帘洞 ………………… 661

汤惟学
　登妙高台 ……………… 662

金 蓁
　思补园 ………………… 663

金 藻
　泛舟吴塘 ……………… 665

简 霄
　三祖寺 ………………… 666
　宿三祖寺文洽僧院 …… 667

翁直指
　千金烈女 ……………… 668

邵经济
　登潜山三祖台对酒用李中溪
　　侍御韵 ……………… 670
　潜山吴丞玺助予行色有感
　　……………………… 671

李元阳
　皖山寺即事 …………… 672

饮天香台 ……………… 674
天柱十景 ……………… 674
望皖山 ………………… 676
虎头岩 ………………… 678

刘 教
　山谷寺次韵 …………… 680

王 畿
　三祖塔院 ……………… 681

薛一泓
　游山谷 ………………… 682

皇甫汸
　潜山道中五日 ………… 684
　潜山五日卜尹惠酒 …… 684
　过潜山寄嘲卜令自无锡迁此
　　……………………… 686

冯汝弼
　祝皖山遇雨山谷 ……… 687

沃汝瀹
　祝皖山遇雨山谷次韵 … 688

陈 暹
　游山谷 ………………… 689
　山谷寺登眺 …………… 689
　潜山郊行 ……………… 690

雷 礼
　潜山道中 ……………… 692

邢 址
　游山谷寺 ……………… 693

徐 桂
　游山谷寺 ……………… 694
　石屋 …………………… 696

XIII

邹 守
　　山谷寺 ………………… 696
　　石牛古洞 ……………… 697
陈洪濛
　　春日登山谷寺 ………… 698
路可由
　　游山谷寺 ……………… 699
李万实
　　青口驿元夕 …………… 700
黎民表
　　虎头岩 ………………… 702
　　同丁戊山人游白云寺 … 704
欧大任
　　青口驿遇乡僧介公同登三祖山
　　　望潜皖天柱诸峰 …… 707
　　泊枞阳眺览盛唐遂忆汉武
　　　之游 ………………… 708
张光孝
　　王菊溪载酒招郭鹿坪泊予游
　　　山谷寺四首 ………… 710
　　雨后招鹿坪弹棋 ……… 712
王世贞
　　过皖城 ………………… 713
李 蓘
　　隔江望潜山 …………… 714
沈一贯
　　送朱潜山鸿父 ………… 715
周思久
　　白鹤观 ………………… 718
金 燕
　　仲春陪蹇理庵朱泰庵游山谷

　　　戏成 ………………… 719
　　泛舟 …………………… 720
张应台
　　行潜山次韵 …………… 721
刘应峰
　　三祖寺次山谷韵 ……… 722
　　用荆公韵　养旦 ……… 723
吴宗周
　　同徐秋亭登皖山 ……… 724
刘一儒
　　游山谷杂韵 …………… 726
何敢居
　　山谷寺 ………………… 727
张应治
　　石牛洞 ………………… 728
郑 贤
　　同徐松泉盛湖南杨云衢游
　　　三祖寺 ……………… 729
陈一中
　　戊午自中州归潜卜筑皖峰下
　　　同社诸君子分韵得才字
　　　　………………………… 730
朱学颜
　　春游山谷 ……………… 732
方学渐
　　白云岩 ………………… 734
释真可
　　皖公灵迹 ……………… 735
　　寓皖太平寺示濯凡居士 … 735
释德清
　　舒州白云守端禅师赞 … 737

释如愚
  皖山杂咏 ………… 738
  皖山除夜示众 ………… 740

林　章
  送野云上人之金陵 ………… 741
  潜山送友还闽 ………… 742
  送潜山支广文升任涠西 ………… 743
  客潜山寄内 ………… 745
  潜山留别彭有贻年兄 ………… 746
  寄彭潜山 ………… 747

万象春
  题石牛洞次坡翁韵 ………… 748

娄　坚
  送用卿兄赴任 ………… 749
  再寄用卿兄潜山 ………… 750
  送孝伯省觐潜山兼乞蕲艾常春藤 ………… 753

王士昌
  舒台夜月 ………… 755
  乔公故址 ………… 756
  吴塘晓渡 ………… 757
  天柱晴雪 ………… 758
  九井西风 ………… 759
  丹灶苍烟 ………… 760
  酒岛流霞 ………… 761
  石牛古洞 ………… 762
  山谷流泉 ………… 763
  诗崖漱玉 ………… 765

陈邦瞻
  皖山歌 ………… 766

  望皖山作 ………… 768
  道过山谷寺不果游戏作短歌 ………… 769
  宋王烈女千金未嫁夫死,誓不他适。父知其志,从之。父卒,母忽有异议。遂抱父木主痛哭,抉目,血流满地,七日死。事载潜志 ………… 770
  潜山道中次壁间韵 ………… 772
  潜山道中四绝 ………… 773

陶望龄
  送潜山尉 ………… 775

阮自华
  天柱寺 ………… 777
  三祖乾元寺塔 ………… 778

谢肇淛
  九日风雨潜山道中 ………… 780

曹学佺
  江上望皖公山 ………… 781

金一梅
  祁家山涧坐水中石 ………… 782

陈邦符
  登三高亭 ………… 783

蔡呈图
  题涪翁读书台 ………… 785

曹履吉
  南岳二首 ………… 786

卓发之
  驴背谣皖山道上作 ………… 788

阮大铖
  李潜山庚白以诗见问用韵

赋谢 …………………… 792
　　用韵答陈潜山蝶庵见赠 …… 793
　　雪中陈潜山蝶庵见枉赋答
　　　　　…………………… 796
杨嗣昌
　　过皖公山 ………………… 798
黄圣期
　　过潜山作 ………………… 800
谢士章
　　过潜山阻雨丁年侄见顾因
　　　追吊中翰丁惺蓼年兄 …… 802
　　暮春之任西蜀行潜山道中
　　　闻杜鹃 ………………… 803
　　雨阻潜山令君曾苞野见顾
　　　未值赋谢 ……………… 804
　　潜山客舍次廖楚隆韵 …… 805
　　忆故山蕨 ………………… 806
凌义渠
　　潜山旅舍 ………………… 808
　　青口驿楼午眺 …………… 809
李　新
　　宿山谷 …………………… 810
陈周政
　　三祖塔 …………………… 811
　　祷雨皖公山登祭台 ……… 814

叶嘉士
　　三祖塔次陈蝶庵韵 ……… 815
郑二阳
　　潜山闻鸡 ………………… 818
徐显达
　　秋日游虎头岩铁笛洞。先郧阳
　　　守建别业于此，先正治少亦
　　　从此问字焉 …………… 820
金道器
　　乔公故址 ………………… 821
金道全
　　送史漱玉读书高馆 ……… 822
金道合
　　寄刘沛州习定西庵 ……… 824
吴应箕
　　方密之以智画天柱峰图相赠
　　　作此还答 ……………… 825
林　铨
　　游山谷 …………………… 828
祝　祺
　　书潜山孝烈张公传 ……… 830
　　赠陈遐伯 ………………… 832
　　潜山陈遐伯暨张龄若同集马
　　　一公东轩分得人字 …… 833

汉

佚 名

古诗为焦仲卿妻作

　　汉末建安中,庐江府小吏焦仲卿妻刘氏,为仲卿母所遣,自誓不嫁。其家逼之,乃投水而死。仲卿闻之,亦自缢于庭树。时人伤之,为诗云尔[1]。

孔雀东南飞,五里一徘徊。十三能织素,十四学裁衣,十五弹箜篌,十六诵诗书。十七为君妇,心中常苦悲。君既为府吏,守节情不移。贱妾留空房,相见常日稀。鸡鸣入机织,夜夜不得息。三日断五匹,大人故嫌迟。非为织作迟,君家妇难为! 妾不堪驱使,徒留无所施。便可白公姥,及时相遣归。府吏得闻之,堂上启阿母:儿已薄禄相,幸复得此妇,结发同枕席,黄泉共为友。共事二三年,始尔未为久。女行无偏斜,何意致不厚? 阿母谓府吏:何乃太区区! 此妇无礼节,举动自专由。吾意久怀忿,汝岂得自由! 东家有贤女,自名秦罗敷,可怜体无比,阿母为汝求。便可速遣之,遣去慎勿留! 府吏长跪告:伏惟启阿母,今若遣此妇,终老不复取! 阿母得闻之,槌床便大怒:小子无所畏,何敢助妇语!

吾已失恩义,会不相从许!府吏默无声,再拜还入户。举言谓新妇,哽咽不能语:我自不驱卿,逼迫有阿母。卿但暂还家,吾今且报府。不久当归还,还必相迎取。以此下心意,慎勿违吾语。新妇谓府吏:勿复重纷纭。往昔初阳岁,谢家来贵门。奉事循公姥,进止敢自专?昼夜勤作息,伶俜萦苦辛。谓言无罪过,供养卒大恩;仍更被驱遣,何言复来还!妾有绣腰襦,葳蕤自生光;红罗复斗帐,四角垂香囊;箱帘六七十,绿碧青丝绳,物物各相异,种种在其中。人贱物亦鄙,不足迎后人,留待作遗施,于今无会因。时时为安慰,久久莫相忘!鸡鸣外欲曙,新妇起严妆。著我绣夹裙,事事四五通。足下蹑丝履,头上玳瑁光。腰若流纨素,耳著明月珰。指如削葱根,口如含朱丹。纤纤作细步,精妙世无双。上堂拜阿母,阿母怒不止。昔作女儿时,生小出野里。本自无教训,兼愧贵家子。受母钱帛多,不堪母驱使。今日还家去,念母劳家里。却与小姑别,泪落连珠子。新妇初来时,小姑始扶床;今日被驱遣,小姑如我长。勤心养公姥,好自相扶将。初七及下九,嬉戏莫相忘。出门登车去,涕落百余行。府吏马在前,新妇车在后。隐隐何甸甸,俱会大道口。下马入车中,低头共耳语:誓不相隔卿,且暂还家去;吾今且赴府,不久当还归。誓天不相负!新妇谓府吏:感君区区怀!君既若见录,不久望君来。君当作磐石,妾当作蒲苇,蒲苇纫如丝,磐石无转移。我有亲父兄,性行暴如雷,恐不任我意,逆以煎我怀。举手长劳劳,二情同依依。入门上家堂,进退无颜仪。阿母大拊掌:不图子自归!十三教汝织,十四能裁衣,十五弹箜篌,十六知礼仪,十七遣汝嫁,谓言无誓违。汝今何罪过,不迎而自归?兰芝惭阿母:儿实无罪过。

阿母大悲摧。还家十余日,县令遣媒来。云有第三郎,窈窕世无双。年始十八九,便言多令才。阿母谓阿女:汝可去应之。阿女含泪答:兰芝初还时,府吏见丁宁,结誓不别离。今日违情义,恐此事非奇。自可断来信,徐徐更谓之。阿母白媒人:贫贱有此女,始适还家门。不堪吏人妇,岂合令郎君?幸可广问讯,不得便相许。媒人去数日,寻遣丞请还,说有兰家女,丞籍有宦官。云有第五郎,娇逸未有婚。遣丞为媒人,主簿通语言。直说太守家,有此令郎君,既欲结大义,故遣来贵门。阿母谢媒人:女子先有誓,老姥岂敢言!阿兄得闻之,怅然心中烦。举言谓阿妹:作计何不量!先嫁得府吏,后嫁得郎君,否泰如天地,足以荣汝身。不嫁义郎体,其往欲何云?兰芝仰头答:理实如兄言。谢家事夫婿,中道还兄门。处分适兄意,那得自任专!虽与府吏要,渠会永无缘。登即相许和,便可作婚姻。媒人下床去,诺诺复尔尔。还部白府君:下官奉使命,言谈大有缘。府君得闻之,心中大欢喜。视历复开书,便利此月内,六合正相应。良吉三十日,今已二十七,卿可去成婚。交语速装束,络绎如浮云。青雀白鹄舫,四角龙子幡。婀娜随风转,金车玉作轮。踯躅青骢马,流苏金镂鞍。赍钱三百万,皆用锦丝穿。杂彩三百匹,交广市鲑珍。从人四五百,郁郁登郡门。阿母谓阿女:适得府君书,明日来迎汝。何不作衣裳?莫令事不举!阿女默无声,手巾掩口啼,泪落便如泻。移我琉璃榻,出置前窗下。左手持刀尺,右手执绫罗。朝成绣夹裙,晚成单罗衫。晻晻日欲暝,愁思出门啼。府吏闻此变,因求假暂归。未至二三里,摧藏马悲哀。新妇识马声,蹑履相逢迎。怅然遥相望,知是故人来。举手拍马鞍,嗟叹使心伤:自君别我后,人事不可量。果不如先愿,又非君所详。我有亲父母,逼迫兼弟兄。以我应他人,君还何所望!府吏谓新妇:贺卿得高迁!磐石方且厚,可以卒千年;蒲苇一时纫,便作旦夕间。卿当日胜贵,吾独向黄泉!新妇谓府吏:何意出此言!同是被逼迫,君尔妾亦然。黄泉下相见,勿违今日言!执手分道去,各各还家门。生人作死别,恨恨那可论?念与世间辞,千万不复全!府吏还家去,上堂拜阿母:今日大风寒,寒风摧树木,严霜结庭兰。儿今日冥冥,令母在后单。故作不良计,勿复怨鬼神!命如南山石,四体康且直!阿母得闻之,零泪应声落:汝是大家子,仕宦于台阁。慎勿为妇死,贵贱情何薄!东家有贤女,窈窕艳城郭,阿母为汝求,便复在旦夕。府吏再拜还,长叹空房中,作计乃尔立。转头向户里,渐见愁煎迫。其日牛马嘶,新妇入青庐。奄奄黄昏后,寂寂人定初。我命绝今日,魂去尸长留!揽裙脱丝履,举身赴清池。府吏闻此事,心知长别离。徘徊顾树下,自挂东南枝。两家求合葬,合葬华山傍。东西植松柏,左右种梧桐。枝枝相覆盖,叶叶相交通。中有双飞鸟,自名为鸳鸯。仰头相向鸣,夜夜达五更。行人驻足听,寡妇起彷徨。多谢后世人,戒之慎勿忘!

《姚志》云:仲卿,庐江小吏。《一统志》所载庐州列女,未及焦妻。而潜山现有小吏港[2],则仲卿为潜人无疑。此诗郭茂倩、梅禹金俱编入乐府之后[3],其于人地俱未及详。今取以冠皖风之五古,非特元音铿然,如摩禹鼎而扣泗磬,于以敦伦厚俗,亦庶几"二南"遗教云[4]。

(《(民国)潜山县志》:按建安中庐江郡治皖城,事在今县境无疑。)

辑自《(康熙)安庆府志》卷三〇,又见乾隆、民国《潜山县志·艺文志》

解题

　　这是我国文学史上出现的第一首长篇叙事诗,与后来北方的《木兰辞》并称为古代长篇叙事诗的"双璧"。全诗讲述的是,东汉末建安年间,在庐江郡治所皖城附近即今潜山县境内所发生的一起悲壮的爱情故事。女主人公刘兰芝美丽、善良、勤劳、能干,十七岁时嫁给了庐江府小吏焦仲卿。婚后,夫妻相濡以沫,情笃意深。但生性急躁、专横暴戾的婆婆却容不下兰芝。她使出了浑身解数,处处刁难,强逼儿子休妻。生性软弱的仲卿虽忠于爱情,但又不敢违抗母命,只好劝兰芝暂回娘家。分手时,双方指天而誓:互不负心,愿爱情坚如磐石。兰芝返家,县令和太守闻其贤淑,先后派人为儿子求婚。刘母初欲使女儿改嫁,后依兰芝心意,婉言谢绝。利欲熏心的兄长却硬逼兰芝改嫁太守之子。仲卿闻变,急忙赶来,与兰芝相约同死。在太守迎娶的那天,兰芝自沉于清池,仲卿缢死于庭树,双双殉情。死后两家合葬,冢墓间种松柏梧桐,枝相覆盖,叶尽交通。兰芝与仲卿则化作一对鸳鸯鸟,朝朝暮暮生活在枝繁叶茂的绿树丛中。

　　此诗揭露和鞭笞了封建礼教的罪恶,对主人公的悲惨遭遇和反抗精神给予了同情和赞扬。结尾处以焦、刘化作一对鸳鸯鸟的美丽形象,表达了青年男女追求自由幸福爱情生活的理想。

　　作为我国第一首长篇叙事诗,《古诗为焦仲卿妻作》取得了巨大的艺术成就。诗歌将叙事与抒情有机结合,既有跌宕起伏的故事情节、个性鲜明的人物形象,又有浓烈的抒情意味。诗末借助想象力创造诗的世界,更使诗歌增添了一层迷人的浪漫主义色彩。叙事诗大多是在民间集体创作的基础上由文人加工完成,从这个意义上说,此诗也是当地人民为中国文学的发展所作的重要贡献。

注释

　　〔1〕按,诗前《小序》所言刘氏与焦仲卿故事,《安庆府志》有载。

清《(康熙)安庆府志》卷之二十二《列女志·潜山烈妇·汉》："刘氏，焦仲卿妻。十七归仲卿，为府小吏。母性燥不能容，遣之归家。氏与仲卿相诀，誓死不从。县令闻其贤淑，遣媒议亲，为第三郎妇。氏母及兄俱喜，百端相劝，氏闭目无言。黄昏后，揽裙脱履，赴水死。府吏闻之，亦自缢。后两家合葬，冢间种松柏梧桐，枝相覆盖，叶尽交通。汉建安末事。其投水处，即今之小吏港云。"因本诗流传极广，为省笔墨，本书对其正文文字不加注释，仅对事件背景或相关史实略作说明。

〔2〕小吏港：清《(乾隆)潜山县志》卷之一《山川》："小市港，县南十五里。即小吏港，汉焦仲卿妻刘氏投水处。隔河为怀宁界。受潜水，达石牌。"

〔3〕"此诗"句：郭茂倩，北宋人，编《乐府诗集》一百卷，其中收有《古诗为焦仲卿妻作》。梅禹金，即梅鼎祚。梅鼎祚字禹金，明代文学家。所编《古乐苑》系因郭茂倩《乐府诗集》而增辑之。

〔4〕二南：指《诗经》中的《周南》和《召南》。《诗大序》认为："《周南》《召南》，正始之道，王化之基。王者之道，始于家，终于天下。而'二南'正家之事也。"所以《府志》诗后附言说《古诗为焦仲卿妻作》庶几"二南"遗教。

南朝

王 融

王融(467—493),字元长,南朝齐琅琊临沂(今属山东)人。少聪慧,博涉有文才。举秀才。由竟陵王萧子良举为法曹行参军,迁太子舍人、秘书丞、宁朔将军等。与子良友善,为"竟陵八友"之一。武帝欲北伐,使毛惠秀画《汉武北伐图》,命融掌管其事,融上疏阿谀颂德。又奉武帝命作《曲水诗序》,文藻富丽,为当世称颂。兼精通声律,与沈约共创"永明体"。武帝病危,他谋奉子良继皇位,未遂。及郁林王即位,下狱死。明人辑有《王宁朔集》。

寒晚敬和何征君点诗[1]

疏酌候冬序[2],寒琴改秋律[3]。如何将暮天,复直西归日[4]。摇落迎轩牖[5],飞鸣乱绳荜[6]。烟萝共深阴[7],风篁两萧瑟[8]。虚堂无笑语,怀君首如疾。早轻北山赋[9],晚爱东皋逸[10]。上德可润身[11],下泽有余甓[12]。

辑自《(康熙)潜山县志》卷一二《艺文下》,又见宋章樵辑《古文苑》卷九

【解题】

何点为潜山人,他素无宦情,不入城市,遨游人间,"清言赋咏,优游自得"。齐武帝永明九年(491),朝廷以安车蒲轮征召何点至都城建业,请其出仕,被何点拒绝了。秋冬之交,他西归故里隐居之所,别后作诗寄京城相知故交,作者王融和此诗应之。诗中描写了何点隐居之所的萧瑟景象,表达了对何点的思念之情,赞扬了何点对本朝孔稚珪《北山移文》中所讽刺的假隐士心自睥睨,而唯对东皋隐居之事爱之如初。并认为这样做表现了何点的盛德,将惠及其身。全诗将客观的自然景物与诗人内心的主观情感融为一体,达到了情景交融的境界。

【注释】

〔1〕何征君点:即何点(437—504),字子晳,史称"庐江潜人"。少以父母俱遭祸死,遂绝婚宦。博通群书,善谈论,遨游人世,恣心尽意。宋征太子洗马,齐累征中书郎、太子中庶子,均不就。与梁武帝有旧,诏征为侍中,又不就。时人号为"通隐"。何点与兄何求、弟何胤俱隐居不仕,世称"何氏三高"。梁天监中,高僧宝志来潜山之麓卓锡,何氏遂舍宅为寺,名曰山谷寺。何点、何胤卒后俱葬天柱山下蔡家坦,何求则葬今岳西县菖蒲镇报恩观。后世为纪念何氏之德,在山谷寺前建"三高亭",又于大殿后建三高书院。何氏先祖坟茔、宅院均在佛寺周围①。现存各本《安庆府志》《潜山县志》皆有传。征君:征士的敬称,指不接受朝廷征聘的隐士。

〔2〕疏酌:少量饮酒。冬序:指冬季,冬天。古代将一年分为四序,即春、夏、秋、冬四季。《魏书·律历志上》:"然四序迁流,五行变易。"

―――――――――

① 按,文中"何氏三高"葬所及其祖宅坟茔所在皆据潜山方志办主任夏春林君调查潜山、岳西《何氏宗谱》所得。参见其所撰《读明代安庆府郡志札记》。

〔3〕寒琴：一本作"闲琴"。秋律：古人以四季与十二律相配，因称秋季为秋律。

〔4〕摇落：凋谢零落。指秋天的景象。轩牖：窗户。

〔5〕直：同"值"。遇到，碰上。

〔6〕飞鸣：指风声。绳枢：即绳枢荜门。以绳子系门轴，用竹荆编织成门。常指房屋简陋破旧。

〔7〕烟萝：草树茂密，烟聚萝缠，谓之烟萝。借指幽居或修真之处。

〔8〕风篁：风和竹林。篁，竹。

〔9〕北山赋：指《北山移文》。南朝齐孔稚珪作。北山即钟山，位于建业（今南京）之北，故名。汝南人周颙，初隐于钟山，后一改夙操，应诏出为县令，秩满入京，拟经钟山。孔稚珪即以山灵口吻作此文予以讥嘲。全文对周颙表面退隐山林，实则心怀官禄的假隐士面目的揭露颇深刻，亦是对当时趋名逐利而又自标清高之徒的辛辣嘲讽。

〔10〕东皋：向阳的田野或高地，多指归隐后的耕地。《文选·阮嗣宗诣蒋公》："方将耕于东皋之阳，输黍稷之税，以避当涂者之路。"逸：逸士。即节行高逸之士，隐逸者。

〔11〕上德：至德；盛德。润身：谓使自身受益。《礼记·大学》："富润屋，德润身。"

〔12〕下泽：即下德。谓德之下者。或谓下泽指下泽车，一种适宜在沼泽地上行驶的短毂轻便车。用于田间运载。余辔：辔，马缰绳，亦指代马。一本作"徐辔"。说者谓何点嗜酒好佛，此番何点至京城建业，竟陵王萧子良好不容易在法轮寺见到何点，向他赠送了嵇康用过的酒杯、徐邈（字景山，曹魏时不随时俗变易车服辔佩）用过的酒铛，这便是下泽有"徐辔"之所指。①

---

① 参见赵以武《唱和诗研究》。

任　昉

任昉（460—508），字彦昇。南朝梁乐安博昌（今山东寿光）人。历仕宋、齐、梁三朝。昉自幼好学，知名乡里。年十六辟为宋丹阳（今江苏丹阳）尹刘秉主簿。齐武帝时为义兴、新安（今浙江淳安）太守。明帝时为侍中、中书监、骠骑大将军，出任扬州刺史、御史中丞、秘书监等职。任职期间，有政声。时秘书阁四部篇卷纷杂，昉亲核校之，于是篇目拟定。当世王公贵族表奏、朝廷文诰等多出其手。其藏书多至万余卷，与沈约、王僧儒为"三大藏书家"。著《地记》《杂传》等四百卷，均佚。明人辑有《任彦昇集》。

答何征君子晢

散诞羁鞿外，拘束名教里[1]。得性名教同[2]，山林亦朝市[3]。勿以耕蚕贵[4]，空笑易农仕[5]。凤昔仰高山[6]，超然绝尘轨[7]。壶已等药命，管亦齐符玺[8]。无为叹独游[9]，若路方同止[10]。

辑自《（康熙）潜山县志》卷一二《艺文下》，又见〔唐〕欧阳询《艺文类聚》卷三六、〔宋〕李昉《文苑英华》卷二三〇

解题

齐梁年间，何点为朝廷征聘之事寄诗给任昉，其中涉及名教与自然、隐与仕的问题，任昉遂作此诗答之。他说，人们放任天性，崇尚自然，与拘束于名教之中，其实并无尖锐矛盾。即使身在尘世，"拘束名教里"，只要主观上"得性"、超然物外，那隐居山林与在朝为官也没什么不同。所以不要以从事农桑之事为贵，也不要徒然地嘲笑那些务农的人。我一直像仰望高山那样崇敬仰慕你，因为你的行为超然远

举,非世间所有。你把饮酒视为你的药物和生命,将命笔赋诗作文当作用印信一样严肃认真。不要感叹自己在山林间孤独地游赏,我在朝市里与你同进退。此诗高度肯定了何点绝世高蹈的隐士情怀,也反映了齐梁时期宽松平和的社会环境和政治氛围。

注释

〔1〕"散诞"二句:散诞,放诞不羁;逍遥自在。羁鞿,驭马之具。喻牵制、束缚。《县志》原作"羁勒",据《艺文类聚》改。名教,中国哲学概念。指以正名分、定尊卑为基础的封建礼教和道德规范。与自然相对。先秦时期,孔子重名教,老子重自然,但名教与自然尚未形成对立的范畴。至魏晋时期,思想家们的政治态度不同,产生了名教与自然的争论。正始年间,司马氏集团打着名教的幌子,罗织罪名,诛锄异己,把名教变成了残酷争权夺利的工具。人们被迫在名教与自然之间作出选择,由此名教与自然形成尖锐的对立。令人窒息的政治环境迫使一些文人只能以自然对抗社会,所以,他们的写景咏物,往往浸透着一股对现实虚伪的痛恨和对人生之苦的喟叹。阮籍、嵇康是这一时期文人的代表。齐梁时期,政治上呈现出较为开明的局势,统治者又特别喜欢山水,在这种宽松、平和的政治氛围中,名教和自然并不像魏晋时代那样构成尖锐的矛盾和对立,人们不必有放迹山水而违背社会秩序的担心,更不必有以自然而抗名教的顾虑,相反,名教与自然可互为表里:虽然在朝为官,却照样可以"得性"、"超然"。齐梁时期的许多文人便是这样过着半官半隐的生活①。所以诗谓"散诞羁鞿外,拘束名教里"。

〔2〕"得性"句:得性,《诗·小雅·鱼藻》"鱼在在藻"毛传:"鱼以依蒲藻为得其性。"后以"得性"谓合其情性。名教,《艺文类聚》作"千乘",另本作"千年"。

〔3〕朝市:朝廷与集市。亦专指朝廷。

---

① 参见普慧著《南朝佛教与文学》,北京:中华书局,2002年版,第136—138页。

〔4〕耕蚕：耕田与养蚕。亦泛指从事农业。

〔5〕农仕：务农与出仕。《艺文类聚》作"农士"，指务农的人。

〔6〕夙昔：平昔。

〔7〕尘轨：尘世的轨辙。犹言世途。

〔8〕"壶亦"二句：壶，盛酒器。此犹言"壶中物"，指酒。药命，药和命。管，笔。此指命笔，下笔。符玺，印信。此二句《文苑英华》作"倾壶已等药，命管亦齐喜"。

〔9〕"无为"句：原作"为君叹独游"，据《艺文类聚》改。无为，不用，不要。

〔10〕若路：你所走的道路。同止：犹同进止。

唐五代

唐玄宗

唐玄宗(685—762),名李隆基,又称唐明皇。公元712—756年在位。唐睿宗李旦第三子。唐景云元年(710),以拥睿宗即位有功被立为太子。延和元年(712)八月,受禅即位,改年号为先天。次年又改开元。为政前期,励精图治,社会经济发展,史家誉为"开元之治"。晚年爱好声色神仙之事,奸相弄权。天宝十四载(755)安史乱起,次年逃往蜀中。肃宗即位灵武,尊为太上皇。两京收复后返还长安。卒谥明,葬泰陵。有《唐玄宗皇帝集》行世。

送玄同真人李抱朴谒潜山仙祠[1]

城阙天中近[2],蓬瀛海上遥[3]。归期千载鹤[4],春至一来朝。采药逢三秀[5],餐霞卧九霄[6]。参同如有旨[7],金鼎待君烧[8]。

辑自《全唐诗》卷三

解题

《旧唐书》中说,"玄宗御极多年,尚长生轻举之术","天下名山,令道士、中官合炼醮祭,相继于路。造精舍,采药饵,真诀仙踪,滋于岁月"。潜山道教历史悠久,上古赫胥氏便"曜迹"于此(详《神仙传》、《路史》),更因汉武帝将其封为南岳亲往祭拜而名满天下。作为一位同样爱好神仙之事的后代君主,唐玄宗也许是平日有关传闻听多了的缘故,天宝九载(750)的一天晚上,他梦见自己也来到了潜山,并在一口水井边遇见九天司命真君。玄宗大喜,于是便派中官王越宾、道士邓紫虚携内府缯帛,到潜山为九天司命真君塑像,创置祠宇。次年,又命谏议大夫李抱朴与中使道士送御额斋庆(详唐阳玙《司命真君祠碑》及《神异录》)。此诗当是天宝十载李抱朴往潜山送御额之前,唐玄宗为其送行所作。从全诗看,当时唐玄宗完全沉迷于神仙之事中,不仅满纸都是修仙学道之语,而且李抱朴潜山之行尚未启程,他就迫不及待等其回来为自己烧鼎炼丹。关于玄宗"尚长生轻举之术",于此诗可见一斑。

注释

〔1〕潜山:山名。即天柱山,又名皖公山、皖山,俗称万岁山、万山。在今安徽省潜山县西北。潜,本作"灊",本书以下均从俗改作"潜"(个别容易引起歧义者除外)。汉武帝元封五年(前106)冬,曾"登礼潜之天柱山,号曰南岳";汉宣帝神爵元年(前61),正式定潜山为五岳之一①。仙祠:指九天司命真君祠。唐玄宗天宝九载(750)敕建。唐阳玙《司命真君祠碑》:"司命洞府在天柱山。以天宝九载春三月,遣中官王越宾、道士邓紫虚,赍内府缯帛创置祠宇。事资胜概,以集群仙。历选千峰,累克设坛醮祭,焚香诚请。越有二白鹿见于高岗,领徒就之,遂得其地。而赍事畚土絜瓶,悉资山下。石磴盘出,初

---

① 《汉书·郊祀志》:"其三月,(宣帝)幸河东,祠后土,有神爵集,改元为神爵。制诏太常:'夫江海,百川之大者也,今阙焉无祠。其令祠官以礼为岁事。(师古曰:言每岁常祠之。)四时祠江海雒水,祈为天下丰年焉。'自是五岳、四渎皆有常礼。东岳泰山于博,中岳泰室于嵩高,南岳灊山于灊,(师古曰:灊与潜同也。)西岳华山于华阴,北岳常山于上曲阳。……皆使者持节侍祠。唯泰山与河岁五祠,江水四,余皆一祷而三祠云。"

或剺人；无何，清泉自折，甘土呈脉。工不告劳，事亦集矣。真君设像，使者俨侍。暮山秋夜，层窣有声息，旨抽精修道士二人，庙户三人，焚香洒扫。明年夏五月，敕洞玄先生谏议大夫李抱朴与中使道士送御额斋庆焉。"按，此诗各本《安庆府志》《潜山县志》题作"送玄洞真人李抱朴谒司命真君祠"（或无"李抱朴"三字，或无"真君"二字）。

〔2〕天中：犹中天。喻上界，神仙世界。

〔3〕蓬瀛：蓬莱和瀛洲。海上神山名，相传为神仙所居之处。

〔4〕千载鹤：传说辽东人丁令威学道成仙，千年后化鹤归辽，时人不识，举弓欲射之。丁乃歌曰："有鸟有鸟丁令威，去家千年今始归，城郭如故人民非。"（见《搜神后记》卷一）

〔5〕三秀：灵芝草的别名。植物开花称秀，灵芝一年开花三次，故又名三秀。

〔6〕餐霞：餐食日霞，指修仙学道。九霄：天之极高处，道家指仙人居处。

〔7〕参同："参同契"之略称。《参同契》，书名，亦称《周易参同契》，东汉炼丹术士魏伯阳所作。书中多言坎离、水火、龙虎、铅汞之旨要，大抵附会东汉流行的黄老思想及《周易》象数学原理，以论述修仙炼丹之道。所谓"参同契"者，即参同"大易"、"黄老"、"炉火"三家以归于一而妙契大道之意。此书为现存最早论述炼丹原理的著作，对后世影响甚大，道教中言炉火一派尊之为"丹经王"。

〔8〕金鼎：道士炼丹的鼎炉。

王越宾

王越宾，玄宗时中官。曾奉敕于天宝九载春三月，与道士邓紫虚赍内府缯帛，至舒州潜山创置九天司命真君祠宇。事详唐阳玮《司命真君祠碑》及《神异录》。

使 至 潜 山

《神异录》：明皇尝梦游潜岳，遣越宾祀之。

碧坞烟霞昼未开[1]，游人到处尽裴回[2]。凭谁借问岩前叟[3]，曾托吾皇一梦来[4]。

辑自《全唐诗》卷七三二，又见《(康熙)潜山县志》卷之二《舆地志·山川》

【解题】

此诗系天宝九载(750)三月王越宾奉旨往潜山创制九天司命真君祠宇时作。它描写了作者初至潜山时所见游人如织的景象，交代了此次奉使潜山系因唐玄宗梦游潜岳时见到九天司真君的缘故。早晨碧绿的山坞中烟雾云霞尚未散去，便到处有游人任意徘徊，可见在唐玄宗天宝年间，潜山便是人们游览胜地。司命真君仅梦中一见，便数千里命使创制祠宇，则显唐玄宗笃信道教痴迷之程度。

【注释】

〔1〕碧坞：碧绿的山坞。坞，指山坞，即山坞，山间平地。烟霞：烟雾云霞。山间的云气。开：散。

〔2〕裴回：同"徘徊"。

〔3〕岩前叟：《史记·殷本纪》载，殷高宗武丁夜梦得圣人，后果于傅岩前找到傅说，举以为相。后用以赞美贤才。此指唐玄宗梦中所见之老叟，即九天司命真君。

〔4〕吾皇：指唐玄宗。托梦：《(康熙)潜山县志》卷之一《舆地志·山川》："应梦井，真源宫前。唐玄宗尝梦游于此，因赐名。中使王越宾题云：'碧坞烟霞昼未开，游人到处尽徘徊。凭谁借问岩前叟，

曾托吾皇一梦来。'"

李 白

李白（701—762），字太白，号青莲居士。祖籍陇西成纪（今甘肃静宁西南），出生于碎叶城（今吉尔吉斯斯坦托克马克城，当时属唐王朝所建置的安西都护府）。幼时随父迁居绵州昌隆（今四川江油）青莲乡。二十六岁离蜀，长期在各地漫游。天宝初以道士吴筠荐被召入京，任翰林待诏。玄宗颇为赏识太白才华，相传有龙巾拭吐、御手调羹、力士脱靴、贵妃捧砚等种种故事。后受权贵谗毁，玄宗赐金放还。安史乱中，曾为永王李璘幕僚，因璘败连累，流放夜郎。中途遇赦东还。晚年漂泊困苦，卒于当涂（今属安徽）。李白诗风雄奇豪放，史有"诗仙"之美誉。著有《李太白集》传世。

江上望皖公山　宿松

奇峰出奇云，秀木含秀气。清宴皖公山[1]，巉绝称人意[2]。独游沧江上[3]，终日淡无味[4]。但爱兹岭高，何由讨灵异[5]。默然遥相许，欲往心莫遂[6]。待吾还丹成[7]，投迹归此地[8]。

辑自《李太白全集》卷二一，又见各本《安庆府志》《潜山县志》之《艺文志》

解题

李白一生游历名山大川，留下了大量流传千古的名篇佳作。此诗作于至德二载（757）九月。是年二月，永王兵败，李白坐罪系狱，宰相崔涣及御史中丞宋若思为之覆勘昭雪，李白出狱后往宿松时作此诗。

17

皖公山在今安徽省潜山县西北。其山空青积翠，万仞如翔，仰摩层霄，俯瞰旷野，瑰奇秀丽，不可名状。此诗首四句即赞美皖公山清晏巉绝的景色。在诗人笔下，皖公山峰奇、云奇、木秀、气秀，既清静明朗，又险峻陡峭，十分称人心意。诗中的每一种景物都经过诗人感情的锤炼，表达出他在直观自然时的深切感受，凝结着他对皖公山由衷的喜爱之情。尤其首联"奇"字、"秀"字的重复出现，更是把诗人对皖公山的赞美表达到极致。"独游"二句写自己独自在江上游览，没有兴味，心神不宁，这当然与永王兵败、自己坐罪系狱有关。古代人们在尘世间不如意往往都向往神仙世界，所以此时，皖公山的另一方面特征又强烈地吸引着作者。皖公山不仅风景可人，而且它还是一座道教名山，山中有许多神话传说令人心驰神往。诗人说，自己早就在心里默默地以身相许，只是因为仙丹尚未炼成，去了也无法访问山中的灵仙，所以前往的心愿一直没有达成；待自己还丹炼成之后，一定把这里作为归宿之地。诗篇的后半部分写自己"欲往心莫遂"的无奈及"投迹归此地"的誓言，渲染了皖公山的神话气氛，凸显了诗人对它的仰慕，从而也使得这座高峻奇特的山岳更加风采迷人。

注释

〔1〕清宴：清静明朗。

〔2〕巉绝：险峻陡峭。陆游《入蜀记》："北望，正见皖山。太白《江上望皖公山》诗云：'巉绝称人意。'巉绝二字，不刊之妙也。"

〔3〕沧江：泛称江水，江水呈青绿色，故称。

〔4〕淡无味：没有滋味，没有兴味。指心神不安。

〔5〕何由：从什么途径，凭借什么。讨：寻觅，访问。灵异：灵仙。

〔6〕"默然"二句：谓自己只能远距离默默地赞许它，想要前往的心愿却没有达成。相许，赞许。亦指愿许终身。遂，完成，如愿。

〔7〕还丹：相传道家炼丹，使丹砂烧成水银，积久又还成丹砂，此丹便称还丹。一说还丹系合九转丹与朱砂再次提炼而成的仙丹。道

家称服此丹可即刻成仙。甄鸾《笑道论》:"《神仙金液经》云:'金液还丹,太上所服而神。'今烧水银,还复为丹。服之得仙,白日升天。求仙不得此道,徒自苦耳。"

〔8〕投迹:投身,举步前往。

吴 筠

吴筠(?—778),字贞节,华州华阴(今属陕西)人。少即笃志道教,隐于南阳倚帝山。天宝初,受召至京师,试进士不第,乃请度为道士。后入嵩山嵩阳观,依道士冯齐整学正一之法。为陶弘景之四传弟子。天宝十三载(754)再召入京,入大同殿,为翰林供奉。旋自请归山。安史乱后,隐于庐山,后游浙中。卒于宣城道观,弟子私谥宗玄先生。能诗善赋,文辞工美。诗文多咏历代神仙高士之事,亦有游历山水、感怀时事之作。主要著作有《神仙可学论》《玄纲论》,今传《宗玄先生文集》。

舟中遇柳伯存归潜山因有此赠

浇风久成俗[1],真隐不可求[2]。何悟非所冀[3],得君在扁舟[4]。目击道已存[5],一笑遂忘言[6]。况观绝交书[7],兼睹箴隐文[8]。

见君浩然心[9],视世如浮空[10]。君归潜山曲[11],我复庐山中[12]。形间心不隔[13],谁能嗟异同。他日或相访,无辞驭冷风[14]。

辑自《全唐诗》卷八五三

解题

盛唐时期,独具个性、隐逸不仕的风雅高趣,上承初唐进一步向社会文化渗透。吴筠身为道士,同样深受时代的影响。在此二诗中,他歌咏了柳伯存拒绝出仕、归隐潜山的行为,赞赏他超世独立的人格。认为这样不仅能独善其身,还可矫世励俗,并引自己为同调。全诗直抒胸臆,真率感人。诗末与柳伯存的调谑,则活跃了诗的气氛。

注释

〔1〕浇风:浇薄的社会风气。

〔2〕真隐:真正的隐士。

〔3〕悟:通晤,晤对。

〔4〕得:一本作"与"。扁舟:小舟。

〔5〕目击道已存:出《庄子·田子方》,谓一见面就知道其为得道之人。

〔6〕忘言:指不以言语为媒介而相知于心。

〔7〕绝交书:断绝交谊的书信。魏嵇康有《与山巨源绝交书》。其书自说不堪流俗,声言"非汤武而薄周孔",表明自己超世独立的人格。此当指柳伯存的同题作品。或谓此处用嵇康写"绝交书事"表现柳伯存拒不出仕。

〔8〕箴隐文:规诫隐世之文。箴,规谏,告诫。

〔9〕浩然心:归隐之心。浩然,无所阻遏、无所留恋貌。《孟子·公孙丑下》:"夫出昼,而王不予追也,予然后浩然有归志。"朱熹集注:"浩然,如水之流不可止也。"

〔10〕视世如浮空:意谓把尘世看得很轻。

〔11〕曲:指山间。

〔12〕复:回。庐山:一称匡山或匡庐,相传殷、周间有匡姓兄弟结庐隐此得名。在今江西省九江市南部,耸立鄱阳湖长江之滨。与潜山相去约三百里。

〔13〕间:间隔。

〔14〕"他日"二句:将来的某一天如果前去拜访你,不要推辞说

你要御风出行哟。辞,推辞,借口。驭泠风,即驭风,指仙道御风而行,此指出行。冷当为"泠"。

皇甫冉

皇甫冉(718—771),字茂政,润州丹阳(今属江苏)人。天宝十五载(756)进士,授无锡尉。避安史乱居越州,后任左金吾卫兵曹参军。广德二年(764)入王缙河南幕,为节度掌书记。大历二年(767)入朝为左拾遗,转右补阙。与弟曾齐名,时人比之晋张载、张协。唐高仲武谓其"巧于文字,发调新奇,远出情外","可以雄视潘、张,平揖沈、谢"(《中兴间气集》)。有《皇甫冉诗集》传世。

送元晟归潜山所居[1]

深山秋事早[2],归去复何如?裛露收新稼[3],迎寒葺旧庐[4]。题诗即招隐[5],作赋是闲居[6]。别后空相忆,嵇康懒寄书[7]。

辑自《皇甫冉诗集》卷三,又见〔唐〕高仲武辑《中兴间气集》卷上、〔宋〕赵师秀辑《众妙集》、〔清〕徐倬编《全唐诗录》卷四一

解题

此诗借送友人归潜山所居表明了作者自己的人生态度。深山里秋日农事来得早,回去后又干些什么呢?你将冒着露水收一收新成熟的庄稼,为迎接寒气初来,则修理修理旧房子。空闲时就写写招隐诗,或是赋一首闲居赋,咏一咏隐居生活之乐与优游养拙之志。分别之后嘛,互相心里忆念忆念就行了,我也像嵇康一样,朋友之间懒得寄什么书信。多么平凡的生活,又是多么真实的人生,朴素的话语中

也传达出诗人与朋友的亲密无间及对他的款款真情。

从作法上说,开篇点秋日送人还山,接下二联便写对元晟别后山中居事的想象,尾联写自己对朋友的态度,十分得体。

注释

〔1〕元晟:河南洛阳人。天宝中(742—756)师事萧颖士,为河南府乡贡进士。后隐居江东潜山、天目山等地,与李端、皇甫冉、皎然等友善。事见《唐诗纪事》卷二七。诗题一作"送王山人归别业"。

〔2〕秋事:秋日农事。事,一本作"意"。

〔3〕裛(yì)露:被露水沾湿。裛,通浥,沾湿。晋陶潜《饮酒》诗之七:"秋菊有佳色,裛露掇其英。"

〔4〕葺:修理。

〔5〕招隐:指招人归隐。晋左思、陆机皆有《招隐》诗,咏隐居之乐。

〔6〕闲居:避人独居曰闲居,亦指安闲居家。西晋潘岳有《闲居赋》,抒写绝意荣宠、优游养拙之志。

〔7〕嵇康:三国魏谯郡铚(今安徽宿州西南)人。娶魏宗室女,官中散大夫,世称"嵇中散"。工诗文、善鼓琴,精乐理。与阮籍、山涛、向秀、阮咸、王戎、刘伶友善,游于竹林,称"竹林七贤"。时司马氏掌朝政,友人山涛为选曹郎,荐康自代。康作《与山巨源绝交书》,拒绝出仕。司马昭恶之。景元中遭钟会诬陷,为司马昭所杀。临刑之际,索琴奏《广陵散》而终。懒寄书:嵇康《与山巨源绝交书》中有"素不便书,又不喜作书"之语。

释皎然

释皎然(720—796),唐诗僧,俗姓谢,字清昼。湖州长城(今浙江长兴)人。自云谢灵运十世孙。早岁勤学,出入经史百家。中年慕神仙,曾博访名山。又游长安,干王侯。后皈依佛门,从杭州僧守直受戒。至德后,居湖州苕溪草堂、杼山妙喜寺等地。江南文士陆羽、皇甫曾等均与交游,历任湖州刺史崔论、卢幼平、裴清、颜真卿、袁高、陆长源、于頔等亦与唱和。与清江合称"会稽二清"。于頔序其集,谓其"极于缘情绮靡","词多芳泽","律尚清壮"。刘禹锡评其诗"能备众体"。今有《昼上人集》及《诗式》行世。

五言送常清上人还舒州[1]

潜人思尔法[2],楚信有回船[3]。估客亲宵语[4],闲鸥偶昼禅[5]。经声含石潋[6],麈尾拂江烟[7]。常说归山意,诛茅庐霍前[8]。

<small>辑自《昼上人集》卷五,又见〔宋〕李龏编《唐僧宏秀集》卷一、《全唐诗》卷八一九</small>

解题

舒州高僧常清上人游越,潜山山谷寺来信促其回山说法,于是他搭乘商人便船返潜,皎然作此诗为之送行。全诗除首联交代常清上人还舒州缘起外,余下三联均为对其归程的想象之词。这是一次令人愉悦的旅行。船中商人们夜里在窃窃私语,十分亲切和谐;白天闲鸥野鹭偶尔飞来,似乎是为参禅。诵经的声音与水波动荡拍打岩石的声音融合在一起,上人麈尾轻拂,因为江上有许多烟霭云气。你嘴里常说有归山之意,这次回去可以在潜山好好结庐安居了。全诗画面清新动人,在诗人笔下,一切景物不仅具有浓烈的诗情,而且极富禅的意境,表现了作者超然脱尘的高逸情怀。

注释

〔1〕常清上人:生平事迹不详。上人,佛教称谓。原指德高道尊

之人。后引申指佛弟子。唐代以后多以此尊称僧人或高僧。舒州：唐宋时州名。辖境相当于今安徽省安庆市，治所在今潜山县城，旧为怀宁县治。《通典》卷一八一《州郡·古扬州上》："舒州，今理怀宁县。古皖国也，亦舒国之地。战国时属楚，秦属九江郡。二汉属庐江郡，献帝时吴克皖城，遂为重镇。晋安帝置晋熙郡，宋、齐皆因之。梁置荆河州，后改为晋州。北齐改曰江州，陈又曰晋州。隋初曰熙州，炀帝置同安郡。大唐为舒州，或为同安郡。领县五：怀宁、宿松、望江、太湖、桐城。"《（嘉庆）清一统志》卷一一〇《舆地志·古迹》："怀宁旧城，即今潜山县治。汉置皖县，属庐江郡。……武德四年改为舒州，以怀宁为州治。……南宋为安庆府治，端平三年，元兵入安庆，寻引去。时以城去江远，控御为难，乃徙治罗刹洲，而故城遂废。元至治三年，始复分怀宁县之清朝、玉照二乡于故城置县，名曰潜山。"

〔2〕潜：山名。潜山在舒州州治西北二十里（见唐玄宗《送玄同真人李抱朴谒潜山仙祠》诗注），山麓有山谷寺。

〔3〕楚信：舒州潜山战国时属楚地，从那里寄来的书信故称楚信。

〔4〕估客：即行商。

〔5〕偶：爱恋。禅：指参禅。

〔6〕潋：即潋滟，水波动荡貌。《唐僧宏秀集》作"浪"。

〔7〕麈（zhǔ）尾：即拂尘。古人闲谈时执以驱虫掸尘的一种工具，用麈（鹿类兽，亦称驼鹿，俗称四不像）的尾毛制成。古人清谈时必执麈尾，为名流雅器；不谈时也常执在手。

〔8〕诛茅：芟除茅草，指结庐安居。屈原《卜居》有句云："宁诛锄草茅以力耕乎？"因用为卜居之典。庐霍：原为庐山、霍山的并称，此处为偏义复词，指霍山，因舒州潜山又称霍山、霍岳。

五言送潘秀才之舒州

楚水清风生，扬舲泛月行[1]。荻洲寒露彩，雷岸曙潮声^[2]。东道思才子^[3]，西人望客卿^[4]。从来金谷集^[5]，相继有诗名。

辑自《昼上人集》卷第五，又见《全唐诗》卷八一九

解题

秀才，指应举者。此诗写送别潘秀才往舒州。前二联想象潘秀才归途情景：楚地江面上清风吹拂，潘秀才乘船在月光下扬帆航行。夜里长满芦苇的小洲上寒冷的露水闪耀着光彩，天亮时大雷岸潮声澎湃。悠悠的清风，淡淡的月光，闪闪的寒露，澎湃的潮声，多么优美的景色，多么空灵的意境！后二联称誉潘秀才的才能。说他像潘岳一样有文学才能，又像秦国的客卿范雎、李斯等人一样有治国之才，并相信他参加"金谷集"之后，一定会获得诗坛盛名。诗句中充满着对潘秀才的赞美和期待。潘秀才何许人也？也许是师从皎然这位唐代著名诗僧学诗的弟子吧。

注释

〔1〕扬舲：犹扬帆。舲，有窗的船。泛月行：在月光下行船。

〔2〕荻洲：长着芦苇的小洲。寒露：寒冷的露水。雷岸：雷水之岸，也称大雷岸。古雷水流至舒州积为雷池，即今安徽宿松至望江之间的大官湖。鲍照有《南登大雷岸与妹书》。

〔3〕东道：东方，东部地区。或谓指舒州的长官。才子：指潘秀才。此以潘秀才比潘岳，潘岳为西晋著名的文学家，甚有文才。

〔4〕客卿：秦官名。请别国的人在本国做官，其位为卿，而以客礼待之，故称客卿。战国末范雎、李斯等人曾入秦为客卿。这里借喻潘秀才。

〔5〕金谷：地名，也称金谷涧，在河南洛阳市西北。晋太康年间石崇筑别馆于此，世称金谷园。园极尽豪华，崇常与潘岳等游宴赋诗于此，崇曾作《金谷园诗序》。后亦借指仕宦文人游宴饯别的场所。

集:集会。

独孤及

独孤及(725—777),字至之。洛阳(今属河南)人。天宝十三载(754),以洞晓玄经对策上第,补华阴尉。安史之乱,避地东南。上元元年(760),入江淮都统李峘府掌书记。永泰元年(765),召为左拾遗,旋改太常博士,迁礼部员外郎、吏部员外郎。大历间(766—779),历任濠州、舒州、常州刺史。为唐代古文运动先驱之一,与李华、萧颖士同以古文齐名。又喜鉴拔后进,梁肃、崔元翰、陈京、唐次等均从其学。为文主张"以五经为泉源"(《赵郡李公中集序》),推崇两汉文章。长于议论,文风峭丽奇警,不尚骈俪辞藻。所作《仙掌铭》《吴季子札论》皆为传世名篇。著有《毗陵集》。《旧唐书》卷一六八、《新唐书》卷一六二有传。

酬皇甫侍御望天潜山见示之作[1]

早岁慕五岳,尝为尘机碍[2]。孰知天柱峰,今与郡斋对[3]。隐嶙抱元气[4],氤氲含青霭[5]。云崖媚远空,石壁寒古塞[6]。汉皇南巡日,望秩此昭配[7]。法驾到谷口[8],礼容振荒外[9]。焚柴百神趋[10],执玉万方会[11]。天旋物顺动,德布泽雰霈[12]。讲武威已耀,学仙功未艾[13]。黄金竟何成,洪业遽沦昧[14]。度世若一瞬,昨朝已千载[15]。如今封禅坛[16],惟见云雨晦[17]。长望哀往古,劳生惭大块[18]。清辉幸相娱,幽独知所赖[19]。寒城春方至[20],初日明可爱[21]。万殊喜阳和[22],余亦荷时泰[23]。山色日夜绿,下有清浅濑[24]。愧作拳偻人[25],沉迷簿书内[26]。登临叹拘限,出处悲老大[27]。况听郢中曲[28]，复识湘南态。思免物累牵[29]，敢令道机退[30]。瞞然诵佳句[31]，持比秋兰佩[32]。

辑自《毗陵集》卷三

解题

　　这不是一首普通的应酬之作，而是一首歌咏天柱山的著名诗篇。诗人从早年慕五岳之名而不得一游的遗憾，写到如今天柱峰与郡斋相对、早晚可尽情欣赏的快意；从天柱山拔地而起的伟岸之躯，写到它怀抱中青紫色的云气，还有那在远空下呈现出来的秀丽媚人的英姿，以及陡峭的岩石给人的心理感受，处处都显示出天柱山的高峻瑰奇与不同凡俗。不过，诗人着笔最多的还是历史上汉武帝那次著名的天柱之行。所谓"汉皇南巡日，望秩此昭配"，这是《史记》《汉书》中文字记载的诗化形式；所谓"法驾到谷口，礼容振荒外"，这是对汉武帝此行的车驾仪卫与礼制仪容的描绘和渲染；所谓"焚柴百神趋，执玉万方会"，这是铺叙当年祭岳的宏大场面，其中不乏想象与夸张的成分；所谓"天旋物顺动，德布泽霶霈"，这是对汉武帝巡狩南郡的肯定，也是对他此次前来天柱祭岳的称颂和赞扬。当然，作为一名正统的儒家学者，诗人对汉武帝一味求仙问道也提出了委婉的批评。"度世若一瞬"四句是作者深沉的感慨，也是诗篇从历史的回忆切换到对现实歌咏的巧妙过渡；诗中既言人生之短暂，又咏世事之沧桑，山川依旧、人事已非的强烈对比，给读者以巨大的心灵震撼。接下来诗人说，自己长久地凝望着天柱山，望着武帝祭岳之处，既为古人往事而悲哀，又为人生活在这个世界上因生计辛苦劳累而惭愧。所幸的是日月的光辉可以给自己娱乐，寂静孤独之时知道只有它才是自己的依赖。这是诗人面对天柱山时生发的对人生的进一步思考，其中包含着多少感伤、多少无奈，寂寞的心境与人生的孤独感几乎触手可及。"寒城"四句写春日方至，阳光明媚，万物复苏，自己也感受到了太平清世的祥和气氛。诗人将眺望的目光从天柱之巅移向眼下的寒城,也让吊古伤世的沉重感得到些许消解。"山色"以下照应诗题,是对皇甫氏出示的有关潜山的诗篇作出应答。诗人为自己是个驼背之人,行动不便,加上年事已高、冗务缠身,不能亲自陪同登山游览而深感愧疚。但他表示,一定好好诵读皇甫氏的诗作,并将其诗篇比作秋天兰草那般高雅美好。

此诗纵横捭阖,出入古今,既写天柱名岳之高峻奇特,又写关于它的历史故事,复写面对此山所生发的思考与感喟。全诗熔描写、叙事、抒情、议论于一炉,虽头绪纷繁,但章法紧密,起承转合自然。由此观之,作者不仅是古文大家,也堪称诗歌圣手。

注释

〔1〕皇甫侍御:指皇甫曾。曾字孝常,排行十六,润州丹阳(今属江苏)人,郡望安定(今甘肃泾川)。皇甫冉弟。天宝十二载(753)进士及第。大历初,为殿中侍御史。大历六年(771)左右,坐事贬舒州司马。时独孤及为舒州刺史,二人常相唱和。秩满辞官,归洛阳故居。后还丹阳,游湖州。大历末任阳翟令,贞元元年(785)卒。《新唐书》卷二〇二、《唐才子传》卷三有传。此诗当作于大历五年(770)至大历七年(772)皇甫氏贬舒州司马而独孤及为舒州刺史时。参见《唐才子传校笺》卷三。按,各本《安庆府志》《潜山县志》辑此诗,均题作"天柱峰"。

〔2〕尘机:世间俗事。亦指尘俗的意念。

〔3〕郡斋:郡守起居之处。

〔4〕隐嶙:拔地而起。突兀貌。元气:天地未分之前的浑沌之气。

〔5〕氤氲:指天地阴阳之气的聚合。亦为云烟弥漫貌。青霭:青紫色的云气。

〔6〕"云崖"二句:矗立于云中的山崖在远空中显得分外秀媚,古塞之上那陡峭如壁的岩石使人感到寒意。云崖,形容山崖高峻。媚,《安庆府志》《潜山县志》均作"迷",义近。

〔7〕"汉皇"二句：谓汉武帝南巡时，按等级望祭山川，此山之神居于祭祀序列之中。汉皇，指汉武帝。南巡，指元封五年（前106）巡狩南郡。望秩，谓按等级望祭山川。望，望祭，特指祭祀山川。昭配，原指宗庙中神主的排列次序，此指山川之神的次序。《史记》卷十二《武帝本纪》："其明年冬，上巡南郡。至江陵而东，登礼潜之天柱山，号曰南岳。浮江，自寻阳出枞阳，过彭蠡，祀其名山川。北至琅邪，并海上。四月中至奉高，修封焉。"《汉书》卷六《武帝纪》："元封……五年冬，行南巡狩，至于盛唐。望祀虞舜于九嶷，登潜天柱山。自寻阳浮江，亲射蛟江中，获之。舳舻千里，作盛唐枞阳之歌。遂北至琅邪，并海。所过礼祠其名山大川。"

〔8〕法驾：天子车驾之一种。天子车驾分大驾、法驾、小驾三种，其仪卫繁简各有不同。法驾一曰金根车，驾六马。有五时副车，皆驾四马，侍中陪乘，属车三十六。此指武帝车驾。谷口：地名，即皖山山谷入口处。在汉皖城（后为舒州州治，今为潜山县城）西北二十里。

〔9〕礼容：礼制仪容。荒外：八荒之外，指未开化的边远地区。

〔10〕焚柴：同燔柴。古代祭天仪式。将玉帛、牺牲等置于积柴之上而焚之。《尔雅·释天》："祭天曰燔柴。"邢昺疏："祭天之礼，积柴以实牲体、玉帛而燔之，使烟气之臭上达于天，因名祭天曰燔柴也。"

〔11〕执玉：指持玉祭神。手持玉器为古代祭神仪式之一。万方会：从天下各地会聚到这里。

〔12〕"天旋"二句：谓皇帝出巡，万物都顺时而动；天子施行恩德，雨露也因此而丰沛起来。天旋，比喻皇帝出巡。泽，雨露。雰霈，雨雪盛貌。

〔13〕"讲武"二句：谓武帝讲习武功的威势已彪炳天下，但他学道修仙之事却不停止。讲武，讲习武事。指汉武帝征匈奴、通西域。艾，停止。

〔14〕"黄金"二句：道家仙药终究没有炼成，帝王大业却因此而很快沦落了。此二句对汉武帝求仙学道甚有微词。黄金，此指道家仙药。葛洪《抱朴子·仙药》："仙药之上者丹砂，次则黄金，次则白

银,次则诸芝。"《史记·封禅书》载:汉武帝迷信神仙,胶东人栾大曰:"臣之师曰:黄金可成,而河决可塞,不死之药可得,而仙人可致也。"武帝信之,遂拜栾大为五利将军,封乐通侯。后发觉栾大所言皆妄,无一应验,武帝怒,遂诛之。洪业,大业。古代多指帝王之业。沦昧,没落,昏暗。

〔15〕"度世"二句:人活在世上有如一眨眼的工夫,武帝来祭岳之事就像发生在昨天,实际上距今已有上千年了。此二句叹时光流逝之快。一瞬,一眨眼,《安庆府志》《潜山县志》均作"瞬息",义同。

〔16〕封禅坛:指汉武帝在天柱山封禅所建的圆形土台。古代帝王筑坛祭天,报天之功,称封;辟场祭地,报地之德,称禅。封禅最初是在泰山举行,后亦在其他名山大岳举行。《(康熙)潜山县志》卷之六《古迹》:"祭台,在皖山之麓,汉武帝祭岳处。今祭皖山于此。"

〔17〕晦:阴暗,掩蔽。

〔18〕劳生:为生存而辛苦劳累。大块:造物主,大自然。《庄子·大宗师》:"夫大块载我以形,劳我以生,佚我以老,息我以死。"

〔19〕"清辉"二句:幸而有日月的光辉给我以娱乐,静寂孤独之时知道只有它才是我所依赖的。此二句兼叙自己清高孤独、不同流俗之秉性。清辉,清光。指日月的光辉。幽独,寂静孤独。知,《安庆府志》《潜山县志》均作"之"。

〔20〕寒城:寒天的城池,指舒州城。

〔21〕初日:初升的太阳。

〔22〕万殊:各种不同的事物与现象。阳和:春天的暖气,祥和的气氛。

〔23〕荷:蒙受。时泰:太平清世。荷时泰,意谓蒙受恩德,生活在太平清世。

〔24〕濑:石上激流。

〔25〕拳偻:佝偻,曲背。

〔26〕簿书:指官衙中的文书簿册。

〔27〕"登临"二句:谓可叹自己登山游览已受到拘束限制,行动

举止也因年纪大而受影响。登临,登山临水,指游览。出处,进止。老大,年纪大。

〔28〕郢中曲:宋玉《答楚王问》:"客有歌于郢中者……其为《阳春》《白雪》,国中属而和者不过数十人。引商刻羽,杂以流徵,国中属而和者不过数人而已。是其曲弥高,其和弥寡。"后因以郢中曲比喻高雅的诗作或乐曲。此指皇甫曾见示之诗。

〔29〕物累:外物给予的拖累。

〔30〕道机:道心,道性。

〔31〕瞒然:惭愧貌。《庄子·天地》:"子贡瞒然惭,俯而不对。"一本作"永日"。《安庆府志》《潜山县志》均作"浩然"。

〔32〕秋兰:秋日的兰草。屈原《离骚》:"扈江离与薜芷兮,纫秋兰以为佩。"此以秋兰比喻皇甫侍御诗作之高雅美好。

登山谷寺上方答皇甫侍御卧疾阙陪车骑之赠[1]

梵宫香阁攀霞上[2],天柱孤峰指掌看[3]。汉皇马踪成蔓草[4],法王身相示空棺[5]。云扶踊塔青霄库,松荫禅庭白石寒[6]。不见戴逵心莫展[7],赖将新赠比琅玕[8]。

辑自《毗陵集》卷三

解题

这是一首歌咏山谷寺的七言律诗。首联写佛寺台阁之高,攀登之难,并将在山谷寺上方眺望天柱峰的印象与感觉融入其中。颔联咏与山谷寺有关的两个古迹。汉武帝游山时的马蹄印中长满蔓草,三祖大师的遗塔仅存空棺,感物思人之意即在言外。颈联分叙宝塔与禅院。云扶踊塔,青天也显得低矮,足见宝塔何等之高;松荫禅庭,白石也给人以寒意,可知佛寺周遭松树之高大绵密。尾联写自己对皇甫氏的惦念,并赞美其所赠诗歌以照应诗题而收束全篇。全诗气象雄浑,出语不凡,是一首不可多得的上佳之作。

注释

〔1〕山谷寺:佛寺名,在舒州州治(今安徽省潜山县治)西北二十里天柱山山麓。始建于南朝梁武帝天监四年(505),开山祖师为高僧宝志。梁武帝大同二年(536)赐名"山谷寺"。隋禅宗三祖僧璨云游至此,出任住持,扩建寺院,选场建坛,故又称"三祖寺",为禅宗祖庭。《太平寰宇记》卷一二五《淮南道三·舒州》:"山谷寺,在(怀宁)县西二十里,梁大同二年以山谷为名。寺东北隅有第三祖塔,大历七年敕改为觉寂塔。"《明一统志》卷一四:"山谷寺,在潜山县西北二十里。相传梁僧宝志卓锡之地,东北有唐僧三祖大师塔。前有溪,溪旁有二石,曰诗崖,曰酒岛。"《(乾隆)江南通志》卷四七《舆地志·寺观》:"山谷寺,在县北十五里,旧名乾元寺。梁僧宝志卓锡之地。宋太宗时有舒民柯萼,遇老僧住万岁山,指古松下掘得石篆,乃志公记圣祚绵远之文。进之朝,名瑞石。遣使致谢,谥曰宝公,赐号道林真觉禅师。东北隅有第三祖璨大师塔,又有舍利塔,唐代宗赐号觉寂。至今苺苔不茁,鸟雀不栖。岁有龙来洗塔,雷电晦冥,则龙爪悉见。"参见前释皎然《五言送常清上人还舒州》诗注〔1〕"舒州"。上方:佛寺住持僧所居的内室。皇甫侍御:指皇甫曾。见上诗注〔1〕。赠:一本作"后"。

〔2〕梵宫:本指大梵天王的宫殿,此指佛寺。香阁:佛寺的台阁。攀霞上:援引云霞而上。形容佛寺台阁之高。

〔3〕"天柱"句:谓在山谷寺的香阁上很容易清晰地看见天柱山那孤峭的山峰。指掌,比喻事情很容易办到;指掌看,即清晰可见、了若指掌之意。

〔4〕"汉皇"句:汉皇,指汉武帝。马踪,马蹄迹。作者自注:"寺中间石上有窍穴,故老相传,云汉武帝马迹。"

〔5〕"法王"句:法王,本指释迦牛尼,后亦用作对佛教宗派祖师

的尊称,此指三祖僧璨大师。身相,身体形相。作者自注:"禅门第三祖璨大师遗塔在此坊。天宝中,别驾李常开棺取金身荼毗,收舍利,重起塔供养。"荼毗,梵语音译。意译为焚烧、火化。《(康熙)潜山县志》卷之六《寺观》:"山谷寺,旧名乾元寺,在清朝乡,县北十五里,真源宫右。梁武帝时志公卓锡于此。……隋炀帝大业二年丙寅十月十五日,三祖璨禅师于山谷大树下合掌立化,葬山谷寺后。唐玄宗谥师为鉴智禅师。天宝乙酉,舒别驾李常因菏摩禅师言,同僚佐启师圹,取真仪阇维之,得五色舍利三百粒。以百粒出己俸建塔南窦,塑师像。"

〔6〕"云扶"二句:云彩依傍着高耸的宝塔,青天显得低矮了;松树遮盖着禅院,寺中的白石也使人感到寒意。踊塔,佛教中本指多宝塔的涌现。据说古代东方宝净国有佛曰多宝如来,曾作大誓愿云,灭度之后,十方国有说《法华经》处,彼之塔庙必涌现其前,以为证明。此借指高耸之塔。青霄,犹言青天。庳(bì),低下。

〔7〕戴逵:字安道,谯郡铚县(今安徽宿州西北)人,东晋著名的文学家、画家、雕塑家。少博学,好谈论。善属文,能鼓琴,工书画。不乐当世,常以琴书自娱。太宰武陵王司马晞使人召其鼓琴,他摔琴不赴。后徙居会稽剡县。孝武帝时累征不就,逃于吴。性高洁,常以礼度自处,深以放达为非道。又善铸佛像及雕刻,曾为山阴灵宝寺造丈六无量佛木像及菩萨像;又为瓦棺寺塑五世佛,与顾恺之壁画《维摩诘像》及狮子国(今斯里兰卡)所赠玉佛并称"三绝"。此以喻指皇甫曾。心莫展:不开心,心情不爽。

〔8〕琅玕:似珠玉的美石,比喻珍贵美好之物。

暮春于山谷寺上方遇恩命加官赐服酬皇甫侍御见贺之作[1]

天书到法堂[2],朽质被荣光[3]。自笑无功德,殊恩谬激扬[4]。还登建礼署[5],犹忝会稽章[6]。佳句惭相及,称仁岂易当[7]!

辑自《毗陵集》卷三

解题

这是一首与山谷寺有着密切关系的诗歌。作者由于在舒州刺史任上政绩卓著,受到朝廷加官赐服的奖赏。这一天他正在山谷寺住持的内室听其讲论佛法,皇帝封赏的诏书到达法堂。同行的皇甫侍御赋诗向他表示祝贺,作为酬答,作者写下此章。全诗处处都是谦抑之词,处处又都流露出抑制不住的满心喜悦。透过诗中那雍容舒缓的旋律节奏,欲抑还扬的自谦之语,我们完全可以领略到诗人当时的得意之态。

注释

〔1〕加官赐服:独孤及于大历五年(770)任舒州刺史,"居一年,玺书劳问,就加尚书司封郎中,锡以金章紫绶"(崔祐辅《独孤及神道碑铭》)。"加官赐服"即指此。皇甫侍御:指皇甫曾,已见前注。

〔2〕天书:帝王的诏书。法堂:佛教语,指寺中演说佛法的讲堂。

〔3〕朽质:衰朽之躯。自谦之词。被:蒙受。

〔4〕"殊恩"句:谓皇上特别加恩,对自己不恰当地做了激励宣扬。亦谦辞。

〔5〕"还登"句:谓自己加尚书司封郎中之职。建礼署,指尚书郎署,登建礼署表示升任此职。建礼,汉宫门名,为尚书郎值勤之处。

〔6〕"犹忝"句:谓自己有愧于皇上计功行赏、加官赐服的恩命。忝,忝辱,有愧于。会稽,古代天子大会诸侯,计功行赏,称为会稽。《史记·夏本纪》:"自虞夏时,贡赋备矣。或言禹会诸侯江南,计功而崩,因葬焉,命曰会稽。会稽者,会计也。"

〔7〕"佳句"二句：很惭愧你用美好的诗句向我表示祝贺，但称说我是仁人，哪里敢当呢！

戴叔伦

戴叔伦（732—789），字幼公，一字次公，或云名融，字叔伦，润州金坛（今属江苏）人。历官秘书正字、广文博士、湖南转运留后、监察御史、河南转运留后、新城令、东阳令、抚州刺史，终容管经略史。其诗多写隐逸生活与闲适情调。原有集，已佚。明人辑有《戴叔伦集》。《重修戴氏宗谱》卷三《戴公神道碑》、《新唐书》卷一四三有传。

题天柱山图

拔翠五云中[1]，擎天不计功[2]。谁能凌绝顶[3]，看取日升东[4]。

辑自《全唐诗》卷二七四

解题

这是一首题画诗。诗中所说的《天柱山图》，不知出自哪位画家之手，诗人没有交代，我们也无从知晓。明陈邦彦《历代题画诗类》卷二七、《全唐诗》卷二七四、清圣祖《御选唐诗》卷二六、清官修《题画诗》卷二七收此诗皆署唐戴叔伦作；而清钱谦益《列朝诗集》甲集前编卷六、清顾嗣立《元诗选》初集卷六三、清光绪《琳琅秘室丛书》本《鹤年先生诗集·哀思集》卷二，皆谓诗作者为元末明初人丁鹤年。无论是从编书时间的先后来看，还是就书的权威性来说，我们认为还是定作者为戴叔伦较妥。

此诗的前两句写天柱山超拔群山，峰峦直插云霄，似一根巨大的柱子,不计功利,不计岁月地托举着整个天空,无愧其"天柱"之名。后两句用杜甫《望岳》"会当凌绝顶,一览众山小"之意,不仅写出了天柱山的雄伟高大,气势非凡,而且抒发了由观图而生发的登临天柱山绝顶的欲望,显示了诗人宽阔的胸襟和雄心勃勃、俯视一切的气概。全诗色彩鲜明,气势磅礴,可与天柱争雄。

注释

〔1〕拔翠:谓从重叠的青山中高高拔起。五云:五色瑞云。多作吉祥的征兆。

〔2〕擎天:托住天。形容坚强高大有力量。不计功:不计功利,亦指不计岁月。

〔3〕凌绝顶:登上最高峰。杜甫《望岳》诗:"会当凌绝顶,一览众山小。"

〔4〕看取:看。取,做助词,无义。

潜 山(残句)

明日西南望,潜山尚可亲。

辑自〔宋〕王象之《舆地纪胜》卷四六《安庆府·山川诗》

解题

此诗为作者访问天柱山离别前夕所作五言诗之一联。句中表达了对潜山这座名岳的无限留恋之情。

窦 参

窦参(734—793),字时中,京兆始平(今陕西兴平)人,或岐州(今陕西凤翔）人。代宗时以门荫入仕，累官至万年尉，坐事贬江夏尉。约德宗建中时任大理司直，历迁监察御史、金部员外郎、刑部郎中、御史中丞、户部侍郎。贞元五年（789），以中书侍郎拜相；八年，贬郴州别驾。九年，再贬驩州司马，赐死于道。生平见新、旧《唐书》本传。参尚古诗，高仲武评曰："窦君诗，亦祖述沈千运，比于孟云卿，尚在廊庑间。"（《中兴间气集》）《全唐诗》存诗三首。

登 潜 山 观[1]

山势欲相抱，一条微径盘。攀萝歇复行，始得凌仙坛[2]。闻道葛夫子[3]，此中炼还丹[4]。丹成五色光，服之生羽翰[5]。灵草空自绿[6]，余霞谁复飡？至今步虚处[7]，犹有孤飞鸾。幽幽古殿门，下压浮云端。万丈水声落，四时松色寒。既入无何乡[8]，转嫌人事难。终当远尘俗，高卧从所安[9]。

辑自《中兴间气集》卷下，又见《全唐诗》卷三一四、各本《安庆府志》及《潜山县志》之《艺文志》

解题

作者虽曾身居相位，但仕途后期却一贬再贬，此诗即写于其身处人生低潮之时。全诗记录了他登潜山道观时所见及当时心理活动。首四句写登观情景。山势环抱，一条小径盘曲旋绕，作者攀藤附葛，歇一会走一会，终于登上这座仙坛。"闻道"八句就葛洪的有关传闻展开遐想。当作者听说这里就是传说中葛洪炼就还丹之处时，顿时眼前似乎也出现了那仙丹的五色神光，想到了服食此丹可即刻飞升成仙的传说。但如今伊人已去，只有仙草徒自呈现着碧绿之色，那剩余的日霞有谁再继续餐食呢？至今葛洪凌空步行之处，只有孤独的鸾鸟在飞翔。这是诗人思绪迅速回到现实时的想法，他似乎对葛洪的后继无人有着一丝遗憾。"幽幽"八句写道观周围环境及自己的感慨与打算。道观处于高山之中,深暗而沉重的殿门压在浮云顶端;瀑布流泻,那水声似从万丈高空跌落下来;松色常青,一年四季都使人感到寒意。身处如此清虚之境,回头想想,觉得世间之事确实太艰难了。我最终一定也会远离尘俗,隐居不仕,像葛洪那样修仙学道的。这当然是作者在人生遭受重大挫折之后的消极想法,不过他连这样的愿望最终也没能实现,因为不久之后即被朝廷赐死于贬往巂州司马的途中了。

注释

〔1〕登:各本《安庆府志》《潜山县志》均作"游"。

〔2〕"攀萝"二句:《安庆府志》《潜山县志》作"援萝歇复行,始得灵仙坛"。萝,指女萝,藤蔓类植物。凌,登上。

〔3〕葛夫子:指葛洪。《(康熙)潜山县志》卷之二《山川》:"葛洪井,真源宫西南,葛洪炼丹处。"

〔4〕还丹:道家合九转丹与朱砂再次提炼而成的仙丹。自称服后可即刻成仙。已见前注。

〔5〕"丹成"二句:葛洪《抱朴子·金丹》:"若取九转之丹,内神鼎中,夏至之后,爆之鼎热,内朱儿一斤于盖下,伏伺之。候日精照之,须臾,翕然俱起,煌煌辉辉,神光五色,即化为还丹。取而服之一刀圭,即白日升天。"生羽翰,指飞升;羽翰,翅膀。

〔6〕空:徒然,白白地。

〔7〕步虚:道家传说中的凌空步行。

〔8〕无何乡:"无何有之乡"的省称,语出《庄子·逍遥游》。原指空无所有的地方,后多形容空洞而虚幻的境界。此指道家远离尘俗的清虚之境。

〔9〕"高卧"句:谓亦将隐居不仕,像葛洪那样修仙学道。安,指安身。

卢　纶

卢纶(748—约799),字允言。郡望范阳(今河北涿州),河中蒲州(今山西永济)人。安史乱起,流寓鄱阳。大历初,数举进士不第,元载荐为阌乡尉。迁密县令。建中初,为昭应令。浑瑊任京城西面副元帅,召为判官。后随瑊镇河中,加检校户部郎中。贞元十四年(798),德宗召见禁中,令和御制诗。未几,卒于河中。纶与钱起、吉中孚等合称"大历十才子"。清王士禛以其为"大历十才子之冠冕"(《分甘余话》)。著有《卢户部诗集》(又名《卢纶集》)。

送浑别驾赴舒州[1]

江平芦荻齐,五两贴樯低[2]。绕郭覆晴雪,满船闻曙鸡[3]。鳝鲂宜入贡,橘柚亦成蹊[4]。还似海沂日[5],风清无鼓鼙[6]。

辑自《全唐诗》卷二七六

解题

此诗为卢纶送友人赴舒州任别驾而作。前二联写送别场景:江水在平缓地流淌,两岸的芦苇齐刷刷地站立并无一点倒伏,测风仪则紧贴桅杆而低垂着。城墙的四周覆盖着天晴后的积雪,整个川谷里都是鸡的啼叫报晓声。后二联为慰勉之词:舒州的物产很丰美,那里的黄鳝和鳊鱼都是可以进贡的,橘子柚子的品质也不错。你去了之后亦将如魏国的王祥一样,治郡卓有成效,使得社会清平安定,没有战事,并因此而得到百姓的歌颂爱戴。你就放心地去吧!全诗画面清新,色彩明丽,笔调俊婉,且充满着浓郁的生活气息。清王士禛称卢纶为"大历十才子之冠冕",于此诗亦能略见一斑。

注释

〔1〕别驾：府州佐吏名。汉始置，为司隶校尉与诸州刺史之上佐。唐初，中下都督府及诸州各置别驾一人，掌副府州之事，纲纪众务，通判列曹，岁终则入朝奏记。高宗后则称长史，或称别驾，迭有废复。

〔2〕五两：亦作五緉。古代的测风器。以鸡毛五两或八两系于高竿顶上，借以观测风向、风力。五两贴樯低，表示无风。

〔3〕满船：一本作"满川"。曙鸡：报晓的鸡啼声。

〔4〕"鳣魴"二句：写舒州物产之美。鳣，同鳝；魴，鳊鱼的古称。古代舒州盛产黄鳝和鳊鱼。宜入贡，言其品质好。舒州又多橘柚。黄庭坚《同苏子平李德叟登擢秀阁》诗："人家橘柚间"。成蹊，是说其橘柚物美感人，故人不期而往，其下自成蹊径。

〔5〕"还似"句：用王祥事。三国魏王祥为徐州别驾，治郡有政绩，时人歌之曰："海沂之康，实赖王祥。邦国不空，别驾之功。"事见《晋书·王祥传》。此谓浑氏亦将如魏王祥一样，治郡有成效，得到百姓的歌颂爱戴。海沂(yín)，海边。

〔6〕风清：谓社会清平。鼓鼙(pí)：古代军中常用的乐器，借指征战。

舒州人

舒州人为郑谷歌[1]

宝应中[2]，荥阳郑谷守舒州，蝗虫不入界，人歌之云云。

邻邑谷不登[3]，我土丰粱盛[4]。禾稼美如云，实系我使君[5]。

辑自《全唐诗》卷八七四，又见〔清〕杜文澜《古谣谚》卷八二

【解题】

　　这是唐代宗宝应年间舒州民间创作的一首歌谣。全篇短小精悍，词句简练，格调质朴，音韵和谐，表达了舒州人民对郑谷这位太守的感激和爱戴之情，其中也反映出当时舒州社会和谐繁荣的发展图景。

【注释】

　　〔1〕郑谷：《（正德）安庆府志·宦籍传·郑谷》："谷，荥阳人。以水曹中郎出守舒州，尝因水旱小沴，必斋告山川。宝应戊午秋，齐楚蝗虫将及舒界，舒吏驰告于公。公瞿然夙兴，祷于潜山，登九天祠，望真人以展礼。守疆者复驰告，以蝗由境旋退于他邑矣。复为雷霆风雹斥逐飘溺于陂池者无数。老幼相与歌曰：'邻邑谷不登，我土丰粢盛。禾稼美如云，实系我使君。'见《潜山录》。"按，此题《全唐诗》作"舒州人歌"，今从《古谣谚》。
　　〔2〕宝应：唐代宗年号（762—763）。
　　〔3〕登：丰收。
　　〔4〕粢盛：古代盛在祭器内以供祭祀的谷物。此指谷物。
　　〔5〕使君：汉时称刺史为使君。后以"使君"尊称州郡长官。

畅　当

　　畅当，河东（今山西永济西南）人。少谙熟武艺，后折节读书。大历七年（772）进士。贞元初为太常博士，官终果州刺史。与韦应物、卢纶、李端、司空曙相酬唱；并常往来名岳，结交方外，颇参禅道。有诗名，与韦应物、李端、卢纶等唱酬。计有功称其诗"平淡多佳句"。生平事迹见《新唐书》本传、《唐才子传》卷四。

天柱隐所重答韦江州

　　寂寞一怅望，秋风山景清。此中惟草色，翻意见人行[1]。荒径饶松子，深萝绝鸟声[2]。阳崖全带日[3]，宽嶂偶通耕[4]。拙昧难容世[5]，贫寒别有情。烦君琼玖赠[6]，幽懒百无成。
　　辑自〔清〕徐倬《全唐诗录》卷四四，又见《（康熙）江西通志》卷一五六

解题

　　此诗题一作"天柱隐所重答江州应物"。天柱，即天柱山，在舒州。韦江州，即韦应物，德宗贞元元年(785)至三年任江州(今江西九江)刺史。此诗写山中秋日清新景色，表达了自己甘愿隐居天柱山的闲情逸致。

注释

〔1〕翻意：翻，转；意，想，希望。
〔2〕深萝：指藤萝深掩。
〔3〕阳崖：阳光照耀的山崖。
〔4〕宽嶂：山峰的宽阔之处。
〔5〕拙昧：愚昧。
〔6〕琼玖：美玉。《诗·卫风·木瓜》："投我以木李，报之以琼玖。"亦喻诗文或物品。

吕　温

　　吕温(772—811)，字和叔，又字化光，河东(今山西永济西南)人。贞元十四年(798)进士，官左拾遗；二十年(804)冬，以侍御史出使吐蕃。宪宗元和元年(806)回京，迁户部员外郎。以劾奏李吉甫获罪，

贬道州刺史,后转衡州刺史,卒于任所。温与柳宗元、刘禹锡等友善,素有政治才能,亦擅文事。诗非所长,然间有佳作。著作有《吕和叔集》。其父吕渭,贞元间曾任舒州刺史。

郡内书怀寄刘连州窦夔州[1]

朱邑何为者[2],桐乡有古祠[3]。我心常所慕,二郡老人知。

辑自《吕衡州文集》卷二《诗》,又见〔宋〕王象之《舆地纪胜》卷四六《安庆府·诗》、〔宋〕洪迈《万首唐人绝句诗》卷第九、《全唐诗》卷三七一

【解题】

作者父亲吕渭唐德宗贞元年间任舒州刺史时,方志颇多载其行迹。说他爱舒州山水,曾于舒州西门一里筑西溪馆,带山夹沼,为一州胜处。唐贞元二年(786),皖山东南忽然爆裂,皎莹如玉,行人远见如悬镜。吕渭奏闻朝廷,因改万岁乡为玉镜乡等。考吕温本人未曾守舒州,故此诗当为贞元初作者侍亲来舒宜游时作。诗中对出生于舒州的古代循吏朱邑表达了倾慕和崇敬之情。据传记载,吕温后来任地方官时,注重农业生产,反对对百姓滥施刑罚,这或许与他在舒州熟知朱邑事迹并受其影响不无关系。

【注释】

〔1〕按,此题《舆地纪胜》《万首唐人绝句诗》均作"寄刘连州"。
〔2〕朱邑:邑字仲卿,舒州人。少时为舒桐乡啬夫,廉平不苛,以爱利为行,未尝笞辱人。存问耆老孤寡,遇之有恩,颇受所部吏民爱敬。官至东海太守。《汉书》卷八九有传。
〔3〕桐乡:本为舒州桐城县旧称,亦为舒州郡号。此当指代舒

州。宋潘自牧《记纂渊海·郡县部·安庆府》："郡号：灊山、同安、舒皖、皖城、德庆、桐乡。"宋王象之《舆地纪胜》卷四六《淮南西路·安庆府》："同安、龙舒、舒皖、皖城、德庆、盛唐、南豫、桐乡。"

韦　曾

韦曾，京兆杜陵（今陕西西安东北）人。万年令韦光朝之子。德宗贞元二十年（804）曾撰《巴郡太守严颜庙碑》。宪宗元和十四年（819）任监察御史里行，又任司勋员外郎、舒州刺史。生平事迹见《元和姓纂》卷二、《郎官石柱题名考》卷八等。

谒天柱山真君祠

天柱吐白云，仙宫隔青霭[1]。新亭皇黄家[2]，旧封传汉代[3]。犹持萍藻奠[4]，永荷间阊泰[5]。仿佛见群仙，凌风振青珮[6]。仰攀丹凤翼，俯跃苍龙背。暂息三峰前[7]，还逐九霄外。潜岳高似掌，皖水遥疑带[8]。半壁见雨来，空林鬼神会。今我何谓者，赤绂仍皂盖[9]。远愧黄与龚[10]，流芳及千载。

辑自《古今图书集成·山川典》八六《潜山部》，又见《（康熙)潜山县志》卷一二《艺文下》。

解题

真君祠，全称九天司命真君祠，在天柱山半壁，系天宝九载唐玄宗遣中使王越宾与道士邓紫虚持内府缯帛所创建①。作者此诗写初

---

① 参见前文唐玄宗《送玄同真人李抱朴谒潜山仙祠》及王越宾《使至潜山》诗注。

任舒州刺史拜谒天柱山真君祠情景。开篇六句写真君祠周围的环境和天柱山的祭祀历史。天柱山白云悠悠，真君祠周围青烟缭绕，真使人有飘飘欲仙之感。汉武帝元封五年便来此祭岳封禅，至今人们仍旧用萍藻来祭奠它，以期能蒙受它的护佑，使百姓永远安宁。可见对天柱山的祭祀千年未断。自"仿佛见群仙"至"空林鬼神会"十句写登天柱山。所谓仿佛看见群仙驾风而起，青色玉佩振动作响；所谓仰攀丹凤之翼，俯跃苍龙之背，皆是状写山之高峻和登山时奇妙的感觉。而潜岳状如手掌，皖水疑似衣带，则是作者登至半山腰后眺望中所见，写出了作者真实的感受。作者行至半山壁而遇雨，"空林鬼神会"是形容雨来后，渺无人迹的树林突然出现各种声响，使人惊心。"今我"以下四句，写自己虽来舒州任郡守之职，但远远比不上汉代循吏黄霸与龚遂，不像他们的事迹能流芳千载，自己深感惭愧。这是作者的谦抑之词，从中可以看出他对黄霸与龚遂的景仰，也是表示自己希望做一个循吏的决心。全诗意境清远，含蕴丰富，文字古朴高洁，颇见作者功力。

注释

〔1〕仙宫：指真君祠。青霭：青色的云气。

〔2〕皇黄家：以土德称帝之家。《三国志·魏书·文帝纪》"汉帝以众望在魏"裴松之注引汉刘艾《献帝传》："帝王之兴，不常一姓。太微中，黄帝坐常明，而赤帝坐常不见，以为黄家兴而赤家衰，凶亡之渐。"历史上黄帝、汉朝皆以土德称帝，此指汉朝。

〔3〕"旧封"句：意谓天柱山封禅祭祀之事传自汉代。汉武帝来天柱山祭岳封禅事见前独孤及《酬皇甫侍御望天潜山见示之作》注释。

〔4〕萍藻：萍与藻。皆水草名。古人常采作祭祀之用。奠：祭祀。

〔5〕荷：承受，承蒙。闾阎，里巷内外的门。后多借指里巷。此借指平民。泰，安泰，安宁。

〔6〕青珮：青色玉佩。

〔7〕三峰：指潜、皖、天柱三峰。

〔8〕"潜岳"二句：潜岳高峻，形状像手掌；皖水远远望去，疑似衣带。潜岳，即潜山（天柱山）。因汉武帝元封五年曾登天柱山祭祀，号曰南岳；汉宣元神爵元年（前61）下诏将潜山封为五岳之一，故曰"潜岳"。皖水，水名。因古为皖国地，故以为名。其上流源出皖山龙潭，经乌石堰绕县治东迤南合于潜水，达皖口而入长江①。

〔9〕"今我"二句：如今我是为什么而来舒州？是前来任郡守之职。何谓，为什么，干什么。赤绂（fú），诸侯的卿大夫所穿的、皮韦制成的赤色蔽膝。亦指系官印的红色丝带。皆为高官服饰。皂盖，古代官员所用的黑色蓬伞。《后汉书·舆服志上》："中二千石、二千石皆皂盖，朱两镭。"汉制，郡守俸禄为二千石、皂盖，所以车用皂盖可代指郡守之职。

〔10〕黄与龚：汉循吏黄霸与龚遂的并称。亦泛指循吏。黄霸，汉淮阳阳夏人，字次公，少学律令，历任廷尉正、颍川太守、丞相等职，以宽和、法平、力行教化著称。史载"自汉兴，言治民吏，以霸为首"。见《汉书·黄霸传》。后因以"黄霸"作称美州郡长官之典。龚，指龚遂。西汉山阳南平阳人。宣帝时为渤海太守，治民以宽大安抚为主，郡中盗贼平息，百姓安定。事见《汉书·龚遂传》。后因以"龚遂"代指循吏。

马　戴

马戴（约775—？），字虞臣，海州东海（今江苏连云港）人。会昌四年（844）登进士第。大中初，任河东（太原）节度使幕掌书记，以正直被斥，贬朗州龙阳（今湖南汉寿）尉。官终国子博士。一生游踪甚广，北至幽燕，南涉潇湘，东游江浙，西临陇蜀。生平与贾岛、姚合、顾非

---

① 参见《（康熙）安庆府志》卷之二《山川》。

熊、殷尧藩等相友善,酬唱赠答,颇有诗名。薛能《送马戴书记之太原》谓其"诗雅负雄名"。严羽称"马戴在晚唐诸人之上"(《沧浪诗话·诗评》)。生平事迹散见《唐摭言》卷四、《金华子》卷下及补、《唐诗纪事》卷四九、《唐才子传》卷七等。

过　潜　岳

塞上征兵久,淮南赋敛多[1]。抱琴方此去,为县欲如何[2]?潜岳积苍翠[3],皖溪生素波[4]。真君松庙近[5],公退为谁过[6]?

辑自《古今图书集成·山川典》八六《潜山部》,又见《(康熙)潜山县志》卷一二《艺文下》

解题

此诗以优游不迫之笔描写了作者经过潜岳时的一段心理活动。有感于淮南道征收赋税繁多,他希望政事要无为而治,县官要体恤百姓,认为唯有如此,才能使地方美好。全诗凝练秀朗,含思蕴藉,饶有情致,尤其"潜岳积苍翠,皖溪生素波"一联,纯以白描手法,将潜岳、皖溪表现得壮观而迷人,曾被许多地理总志征引,可见其艺术魅力。马戴所作五律超迈时人,被称为深得五言律之三昧。宋严羽《沧浪诗话》、明杨慎《升庵诗话》、清王士禛《带经堂诗话》等,咸推马戴成就在晚唐诸人之上。叶矫然甚至称"晚唐之马戴,盛唐之摩诘也"(《龙性堂诗话》续集),翁方纲亦以为马戴五律"直可与盛唐诸贤侪伍"(《石洲诗话》),由此诗观之,众人赞誉不无道理。

注释

[1] 淮南:潜山唐代属淮南道。赋敛:征收赋税。

〔2〕"抱琴"二句:《吕氏春秋·察贤》:"宓子贱治单父(县名),弹鸣琴,身不下堂,而单父治。"后多以此典称颂县令无为而治。为县,治理县政。

〔3〕潜岳:即潜山(天柱山)。参见上诗注〔8〕。苍翠:深绿。常形容草木、山峦。

〔4〕皖溪:即皖水。素波:白浪。

〔5〕真君:指九天司命真君。松庙:掩映在松树中的神庙。

〔6〕公退:公务之余。为:有。《孟子·滕文公上》:"夫滕,壤地褊小,将为君子焉,将为野人焉?"

顾非熊

顾非熊(约797—约854),苏州(今属江苏)人。顾况之子。性滑稽,好凌轹。弱冠应进士试,困场屋三十年。会昌五年(845)武宗亲放及第(一说穆宗长庆中登进士)。累佐使府。大中中,授盱眙主簿。不乐吏事,弃官归隐茅山。诗长于五律。明胡震亨称其"近体俊婉可讽"(《唐音癸签》)。《全唐诗》有《顾非熊诗集》一卷。

舒州酬别侍御[1]

故交他郡见,下马失愁容。执手向残日,分襟在晚钟[2]。乡心随皖水[3],客路过庐峰。众惜君材器[4],何为滞所从[5]?

辑自《全唐诗》卷五〇九,又见《文苑英华》卷二八八

解题

此诗歌咏的是作者与一位故人在舒州偶然相逢又倏尔分别之事。诗中描写了他们初见面的惊喜,离别时的依依不舍,以及所引发

的思乡情怀。最后诗人为这位有才能与器识的朋友迟滞一官不能升迁而感到不平，也为他身处此境却仍不离不弃而不解。全诗格调明快，词约意丰，尤其"执手向残日，分襟在晚钟"一联，作者将主观情意与所描写的形象巧妙融合，很有诗的意境。

注释

〔1〕侍御：官名，即侍御史。秦代改周代柱下史为侍御史。以后历代沿置。一般给事殿中，或督察州县，或奉使执行指定任务。唐代侍御史所居台院为御史台三院之首。因主管台内诸事，号为台端，人称端公。《文苑英华》作"上卿"。上卿，泛指朝廷大臣。

〔2〕"分襟"句：离别在寺庙傍晚的钟声敲响之时。分襟，犹分袂，指离别。

〔3〕"乡心"句：想念故乡的情思像皖水一样源源不断。皖水，河流名。自霍山县流入，经舒州城北二里，又东南流百余里入大江。

〔4〕材器：才能与器识。

〔5〕滞：滞碍，耽搁。所从：所向，所往。此指所从之事，即所担任的官职。

赵 嘏

赵嘏（约806—852），楚州山阳（今江苏淮安）人。字承祐。早年曾游吴越，侍元稹游宴。大和、开成中寓居宛陵，与沈传师、杜牧等唱和。尝入京应举，屡试不中，会昌四年（844，一作二年）方登进士第。大中年间，为渭南尉，卒年四十余。工诗。杜牧尝激赏其"长笛一声人倚楼"之句，目之为"赵倚楼"。长于七律，词采赡美，声韵流转，时有俊逸之气，纪昀谓其开剑南一派。著有《渭南诗集》行世，又《编年诗》残存三十六首于敦煌遗书中。生平事迹散见《唐摭言》卷一五、《新唐书》卷六〇、《唐诗纪事》卷五六、《唐才子传》卷七。

舒州献李相公[1]

野人留得五湖船[2],丞相兴歌郡国年[3]。醉笔倚风飘涧雪,静襟披月坐楼天[4]。鹤归华表山河在[5],气返青云雨露全[6]。闻说万方思旧德[7],一时倾望重陶甄[8]。

辑自《文苑英华》卷二六三,又见《全唐诗》卷五四九

解题

在唐代后期的牛李朋党之争中,政治上属牛僧孺党的丞相李珏因武宗朝牛党失势而被贬官岭南。会昌六年(846)岁末,北迁舒州。宣宗大中元年(847)岁初,作者赵嘏在舒州拜见了他,并献作此诗①。诗中赞美了李珏美好的风度和宁静的胸怀,感叹人世变迁,说是天下都思念他昔日的德行善绩,仰望他能再次入朝为相,治国育才。作者诗中所言很具预见性,据《旧唐书》《新唐书》中的《李珏传》记载,大中二年,即赵嘏献作此诗的次年,崔铉、白敏中赶走了李党首领宰相李德裕,征召李珏入朝为户部尚书,其后任河阳节度使。复召为吏部尚书,终检校尚书右仆射、淮南节度使。李珏不仅最终恢复了相位,而且有非常不错的归宿。

注释

〔1〕李相公:指李珏。李珏(785—853),字待价。唐赵郡赞皇(今属河北)人,客居淮阴。文宗开成三年(839)拜相。武宗立,贬昭州刺史。宣宗即位,内徙郴、舒二州刺史。入为户部尚书。终检校尚书右仆射、淮南节度使。年六十九卒,赠司空。《旧唐书》卷一七三、

---

① 参见吴在庆《增补唐五代文史丛考·赵嘏于舒州拜见李珏之时间》,合肥:黄山书社,2006年版,第167—168页。

《新唐书》卷一八二有传。相公,对宰相的敬称。李珏时下虽是舒州刺史,但曾官居宰相,此用旧称,以示尊敬。

〔2〕野人:山野之人。作者自称。五湖船:春秋末,越国大夫范蠡辅佐越王勾践灭亡吴国,功成身退,乘轻舟以隐于五湖。后因以"五湖"指隐遁之所,以"五湖船"指隐者所乘之船。

〔3〕丞相:指李珏。兴歌:歌咏,吟唱。郡国年:治理州郡之年。郡国,西汉初年,行政区划兼采封建与郡县之制,郡直属中央,国则分封王、侯。吴楚七国之乱后,王国名存实亡。至隋始正式废国立郡。后代仍以郡国连举泛指地方行政区划。诗中郡国指舒州,时李珏任舒州刺史。

〔4〕"醉笔"二句:酒酣使笔,随风倾侧摇摆,诗篇似涧水飞雪一般飘落;宁静的胸怀,头顶着月光,坐在天宇下的楼台之上。

〔5〕鹤归华表:晋陶潜《搜神后记》卷一:"丁令威,本辽东人,学道于灵虚山。后化鹤归辽,集城门华表柱。时有少年,举弓欲射之。鹤乃飞,徘徊空中而言曰:'有鸟有鸟丁令威,城郭如故人民非,何不学仙冢垒垒。'遂高上冲天。"后常用"鹤归华表"感叹人世变迁。

〔6〕青云:天上,喻指朝廷。雨露:喻皇帝恩泽。

〔7〕旧德:昔日的德行善绩。

〔8〕倾望:仰望。陶甄:本指陶人以陶轮制陶,此喻宰相治国育才。

回于道中寄舒州李珏相公

都无鄙吝隔尘埃[1],昨日丘门避席来[2]。静语乍临清庙瑟,披风如在九层台[3]。几烦命妓浮溪棹,再许论诗注酒杯[4]。从此微诚知感恋[5],七真台上望三台[6]。

辑自《文苑英华》卷二六三,又见《全唐诗》卷五四九

【解题】

　　这是作者离开舒州后,途中寄给李珏的一首七言律诗。诗中再次赞美了李珏的风度和气质,感谢在舒州逗留期间,李珏多次招呼女艺人陪同自己在溪中泛舟,又两次允许自己在席间把酒论诗。说是自己心存微诚,从此知道感念眷恋,并祝愿身在舒州道观的李珏,终有一天仍旧能官居相位,位列三台。全诗信手写来,自然流逸,不避重字,复沓歌咏,声韵流转,清圆纯熟,而风格温雅雍容,显示了较高的创作技巧。

【注释】

　　〔1〕都无:全无,一点没有。鄙吝:形容心胸狭窄。《后汉书·黄宪传》:宪有德行,陈蕃等谓,"时月之间不见黄生,则鄙吝之萌复存乎心"。

　　〔2〕丘门:孔门,亦指儒者之门。此指李珏门下。避席:古人席地而坐,离席起立,以示敬意。此指离席而聆听李珏谈话。

　　〔3〕"静语"二句:听您平静地说话,就像突然听到清庙乐章中那疏越的琴瑟声,又如同迎风敞襟站在九层高台。形容李珏说话语音平静舒缓,悠扬隽永,能使人心胸开朗。清庙瑟,古代帝王祭祀祖先的乐章;清庙,即太庙,古代帝王的宗庙。《礼记·乐记》:"清庙之瑟,朱弦而疏越,壹唱而三叹,有遗音者矣。"披风,迎风敞襟。九层台,高台。

　　〔4〕"几烦"二句:多次有烦您招呼女艺人陪同我在溪中泛舟,又两次允许我与你把酒论诗。命妓,犹唤妓。妓,指歌舞女艺人。再,两次。一本作"每"。

　　〔5〕微诚:同微忱,微薄的心意。谦辞。感恋:感念眷恋。

　　〔6〕七真台:道教奉祀"七真"的台观。泛指道观。七真,道教尊崇的七位真人,有"南宗七真"和"北宗七真"之别。台上,旧注:"集作

坛畔。"三台：原为星名，即上台、中台、下台，两两相比，共六星。起文昌，列抵太微。也作三阶，又称泰阶。古代以星宿象征人事，转称三公为三台。《后汉书·刘玄传》："夫三公上应台宿。"唐李贤注："三公在天为三台。"又东汉时，尚书为中台，御史中丞为宪台，谒者为外台，并称三台。李珏曾官居宰相，位列三台。

姚 鹄

姚鹄，字居云。成都（今属四川）人。早年隐于蜀中，常出入好士公卿之幕。武宗会昌三年（843），以宰相李德裕之荐，登进士第。懿宗咸通十一年（870），累官至台州刺史，兼御史中丞。事迹散见杜光庭《历代崇道记》、《唐摭言》卷三、《玉泉子》、《唐诗纪事》卷五五、《唐才子传》卷七。元辛文房谓其"吏材文价，俱不甚超"（《唐才子传》）。明胡震亨则称其诗如"入河残日雕西尽"、"雪坛当醮月孤明"等为"清拔不可多得"（《唐音癸签》卷八）。有《姚鹄诗集》传世。

送刘耕归舒州[1]

四座莫纷纷，须臾歧路分[2]。自从同得意，谁不惜离群[3]？旧国连青海[4]，归程在白云[5]。弃繻当日路，应竞看终军[6]。

辑自《文苑英华》卷二八一，又见《全唐诗》卷五五三

▨ 解题 ▨

唐武宗会昌三年的一天，本年春闱同科及第的进士们在京城里聚会钱别。他们有的已得到一官半职，有的则需要回家等待。马上就要各奔前程了，离别之际，大家都互道珍重，依依不舍，场面有些混

乱,也有些伤感。舒州籍进士刘耕属于待选者之列,情绪有些低落。作者便写下此诗,送给这位年轻的同年。诗篇的前两联是当时话别场景的再现与人们心境的真实写照。三四两联则为慰勉之词,谓刘耕将回到他美丽的故乡,但不会就此默默无闻,他将如汉代终军一样,少年立志,最终定能成就一番事业。

注释

〔1〕刘耕:字遵益,舒州人。会昌三年(843)进士。《全唐诗》存其诗一首。生平事迹见《唐摭言》卷三、《唐诗纪事》卷五五、《登科记考》卷二二。

〔2〕"四座"二句:四周座位上的人莫要忙乱,一会儿就要分道扬镳了。纷纷,忙乱貌。

〔3〕"自从"二句:自从我们大家一起及第之后,谁会舍得离开这个群体呢?得意,犹得志,指及第。离群,离开众人,离开群体。

〔4〕旧国:故乡。青海:东方之海。《淮南子·墬形训》:"青泉之埃,上为青云,阴阳相薄为雷,激扬为电,上者就下,流水就通,而合于青海。"高诱注:"东方之海。"舒州古属皖国,在长安的东部,有江水通向大海,故曰"旧国连青海"。

〔5〕白云:"白云乡"之简称。白云乡即仙乡。《庄子·天地》:"乘彼白云,至于帝乡。"汉伶玄《飞燕外传》:"吾老是乡矣,不能效武皇帝求白云乡矣。"道家称舒州潜山为第十四洞天,故谓其"归程在白云"。

〔6〕"弃繻"二句:汉代终军年十八被选为博士弟子,徒步入潼关就学。关吏予军繻,终军谓"大丈夫西游,终不当传还",弃繻而去。后军为谒者,使行郡国,持节出潼关。关吏识之,曰:"此使者乃前弃繻生也。"繻,古代出入关津的凭证,书帛裂而分之,出关时取以合符,乃得复出。见《汉书》卷六四下《终军传》。后"弃繻"用为少年立志的典故。

薛　能

薛能(约817—约882),字大拙。汾州(治今山西汾阳)人。会昌六年(846)进士。大中年间,历太原、陕虢、河阳、义成诸镇从事。咸通初,官侍御史,历都官、刑部员外郎。出为东川节度副使,摄嘉州刺史。入朝,累迁京兆尹。出为感化军节度,入为工部尚书,复授感化军节度,兵乱,流落汉南卒。好为诗,勤于写作,然自视甚高,好诋诃前人。所作多题咏唱和,兴旨凡近,语意刻露。有《薛许昌诗集》传世。生平事迹散见《旧唐书》卷一九、《唐诗纪事》卷六〇、《唐才子传》卷七。

谢刘相寄天柱茶[1]

两串春团敌夜光[2],名题天柱印维扬[3]。偷嫌曼倩桃无味[4],捣觉嫦娥药不香[5]。惜恐被分缘利市[6],尽应难觅为供堂[7]。粗官寄与真抛却[8],赖有诗情合得尝。

辑自《全唐诗》卷五六〇,又见《唐诗纪事》卷六〇

解题

作者此诗以夸张的手法歌咏了淮南节度使刘邺寄给他的盖有维扬印记的两串天柱名茶。说是其珍贵与夜明珠相当,味道赛过王母娘娘种的仙桃,香气比嫦娥捣制的仙药还要香。这种茶叶好,世上难觅,赶紧供奉双亲。最后两句十分风趣:我本不配得到这种好茶,然而自己是一位诗人,饮此茶能使人进入诗一般的美妙意境,所以得到此茶品尝也许是应该的吧。

舒州天柱茶在唐代已享有很高声誉。陆羽在他所著《茶经》中品评全国著名茶区出产的茶叶,舒州天柱茶列淮南第一;杨晔《膳夫经

手录》则称舒州天柱茶"亦甚甘香芳美,良可重也";连宰相李德裕也知道"天柱峰茶",且熟知它的品质①,可见天柱茶当时名气之响。作者诗中对天柱茶的赞誉可谓是实至名归。

注释

〔1〕刘相:指刘邺。僖宗乾符元年(874)十月,以门下侍郎同平章事刘邺为淮南节度使,六年,诏高骈代之(《唐方镇年表》卷五)。诗当作于其间。天柱茶:茶名,产于舒州天柱山。天柱茶唐代颇为知名。唐杨晔《膳夫经手录》:"舒州天柱茶虽不峻拔遒劲,亦甚甘香芳美,可重也。"又据五代尉迟偓《中朝故事》载:宰相李德裕有亲知授舒州牧,李谓之曰:"到彼郡日,天柱峰茶可惠三数角。"其人献之数十斤。德裕不受。明年罢郡,精意求获数角投之。德裕曰:"此茶可以消酒肉毒。"乃命烹一瓯,沃于肉食而闭之,诘旦开视,其肉已化为水。

〔2〕春团:指春季制作的团茶。团,用圆模制成的茶块。敌:对等,相当。夜光:即夜光珠。

〔3〕维扬:扬州,唐代为淮南节度使治所。舒州属古扬州,唐代属淮南道,刘邺从扬州寄天柱峰茶给作者,故曰"名题天柱印维扬"。

〔4〕曼倩:指汉东方朔。东方朔字曼倩。古代神话,西王母种桃,三千年一结子,传说东方朔曾三次偷西王母的仙桃。见《汉武故事》。

〔5〕嫦娥:传说后羿妻。相传后羿射落九日,天帝大怒,不许其夫妻上天。后来后羿赴西王母之宴,求得不死之药,未及服用,即被嫦娥偷食。嫦娥服药后,成仙飘入青天,奔月宫化为月精,即蟾蜍,在月宫任捣药之事。

〔6〕利市:本指货物好卖,引申指东西好。

---

① 参见本诗注释〔1〕引《中朝故事》。

〔7〕供堂：指供奉双亲。

〔8〕粗官：指武官。唐代重内轻外，凡不历台省便出任节镇者，人称粗官。

秦韬玉

秦韬玉，字中明，京兆（今陕西西安）人。少有词藻，工歌吟。中和二年（882）赐进士及第。曾从僖宗至蜀，官工部侍郎。所作歌行，为时人传诵。诗以七律见长，《贫女诗》较有名。今存诗三十余首。明人辑有《秦韬玉诗集》。

采 茶 歌[1]

天柱香芽露香发[2]，烂研瑟瑟穿荻箳[3]。太守怜才寄野人，山童碾破团圆月[4]。倚云便酌泉声煮[5]，兽炭潜然蚌珠吐[6]。看着晴天早日明，鼎中飒飒筛风雨[7]。老翠香尘下才热[8]，搅时绕筯天云绿[9]。耽书病酒两多情[10]，坐对闽瓯睡先足[11]。洗我胸中幽思清，鬼神应愁歌欲成。

辑自《文苑英华》卷三三七，又见《全唐诗》卷六七一、《全五代诗》卷八、各本《潜山县志·艺文志》

【解题】

在唐宋时代，茶叶并非散装，而是压成团饼形；饮茶也并非冲泡，而须烹制。烹茶的第一步，是将茶饼捶碎，放到茶碾里碾，然后放到筛箩里过滤；对其中碾得还不够细的，进一步再碾，使其全部成为很细的粉末。第二步是用茶鼎煎水，大致煎到茶鼎四周连珠般地冒出气泡、整个水面都将沸腾时，就将碾好的茶叶粉末投入鼎中，并不断搅动,使之彼此交融,泛出泡沫——汤花。人们喝茶便是将这用水调制好的茶叶粉末全部吃下。

此诗即主要描摹天柱茶的研制和烹调过程,并歌咏饮茶可提神醒脑、引发诗兴的独特感受。作者说,太守因爱我的才华,把名茶天柱香芽寄给我,茶童碾碎茶饼,用茶箩过滤,取高山上的泉水烹煮。用兽炭烧茶鼎,水在鼎中发出的声响犹如飒飒的雨声,并泛起了似龙吐珠般的气泡。等投下的深绿色茶叶粉末下沉了,茶便已烹制好,此时用茶箸搅动,鼎中泛着愁云一般的绿色汤花。我酷嗜书籍,且常病酒,使我头脑清醒的唯有饮茶。茶汤还可洗去我郁结于心的情思,从而写出感动鬼神的美妙诗歌来。此诗为我们研究唐代茶道、了解当时文人饮茶的精神内涵提供了重要资料。

注释

〔1〕按,《文苑英华》本、《全唐诗》本原题下有注曰:"一作紫笋茶歌。"

〔2〕天柱香芽:指天柱茶芽。

〔3〕烂研:精研,多次研磨。瑟瑟:象声词,状研茶声。穿荻篾:谓茶末之细,可从用荻篾编成的茶箩的缝隙中穿过。或谓"穿荻篾"是指将压成团饼形的茶块中间打孔,穿上荻篾,以便入焙烘干。荻篾,用芦苇剖制而成的薄丝。

〔4〕"山童"句:写制茶。古代制茶,皆研末作饼,有龙团、凤团诸名目,至明代始用叶茶。见明陈仁锡《潜确类书》。

〔5〕"倚云"句:言煮茶用水。倚云,形容山高。古人煮茶,"其水用山水上,江水中,井水下。其山水拣乳泉石池出者上"。见陆羽《茶经·五之煮》。

〔6〕兽炭:制为兽形的木炭。晋羊琇用屑炭和作兽形以温酒,洛下豪贵竞效之。见《晋书·羊琇传》。后亦泛指炭或炭火。潜然:暗中燃烧,燃微火。然通"燃"。蚌珠:蚌所产之珠,此喻指水烧热后所

〔7〕飒飒：象声词，状鼎中泉水煮沸之前发出的声响。筛风雨：如风雨穿过筛子分散落下。

〔8〕老翠：指深绿色的茶叶粉末。

〔9〕天：原注："一作愁。"

〔10〕耽书：酷嗜书籍。病酒：饮酒沉醉。亦指饮酒过量而生病。

〔11〕闽瓯：闽地（今福建）出产的茶瓯。瓯，杯、碗一类的器物。古代闽地茶瓯颇有名。睡先足：《广雅》谓茶"其饮醒酒，令人不眠"。

皮日休

皮日休（约838—约883），字逸少，后改字袭美，早年隐于鹿门山，自号鹿门子、间气布衣、醉吟先生等。襄阳（今属湖北）人。懿宗咸通八年（867）进士。十年为苏州刺史从事。后入为著作佐郎、太常博士。出为毗陵副使。僖宗乾符五年（878）入黄巢军。广明元年（880）为黄巢翰林学士。后下落不明，或谓其因故为黄巢所杀，或谓为唐王朝所诛，或谓南奔吴越投钱镠，诸说不一。与陆龟蒙齐名，时称"皮陆"。著有《皮子文薮》十卷。生平事迹散见《北梦琐言》卷二、《南部新书》、《渭南文集》卷三〇《跋松陵倡和集》、《唐才子传》卷八。

茶　鼎

龙舒有良匠[1]，铸此佳样成。立作菌蕈势[2]，煎为潺湲声[3]。草堂暮云阴，松窗残雪明。此时勺复茗[4]，野语知逾清[5]。

　　辑自〔唐〕陆龟蒙《松陵集》卷四《茶中杂咏·皮日休》，又见〔明〕董斯张辑《吴兴艺文补》卷四六、《全唐诗》卷六一二

解题

唐朝盛行茶道,对于茶具的选择也相当讲究。茶鼎,是煎茶用的器具,其质地有陶、石、金属之分。在金属茶鼎中,又以舒州、龙州所产最为著名。此诗所咏即为舒州茶鼎。作者在诗中赞美了舒州工匠高超的铸造技艺,介绍了舒州茶鼎的形状、功用,并极力描摹了自己以散淡自处,放神于自然,无拘无束、自得其乐的生活。

舒州茶鼎在唐代非常有名,北宋魏野诗中也顺便提到此事:"谁将新茗寄柴扉,京兆孙家小紫微。鼎是舒州烹始称,瓯除越国贮皆非。卢仝诗里功堪比,陆羽经中法可依。"①他说,茶鼎用淮南道舒州产的才叫烹茶,茶碗是越州产的为好,在煎饮茶的方法上要向陆羽和卢仝学习。魏诗说的是唐代茶具、茶道,舒州茶鼎在古代茶文化中的地位由此可见一斑。

注释

〔1〕龙舒:指舒州。按,龙舒本为西周、春秋群舒之一,偃姓,今有人谓其地在今安徽省舒城县西南。然唐宋时多以龙舒指称舒州(今潜山县)。唐汤悦《送季大夫牧舒州》:"却下乌台建隼旟,侯封归去袭龙舒。"唐殷文奎诗:"龙舒太守人中杰,风韵堂堂心似月。"(《舆地纪胜》)宋太宗《致斋宝志公青词》:"俾乃龙舒之壤,时惟天柱之峰。"宋王象之《舆地纪胜·淮南西路》:"安庆府:同安、龙舒、舒皖、皖城、德庆、盛唐、南豫、桐乡。"良匠:良工。

〔2〕菌蠢:谓如菌类之矮小,似灵芝之形。张衡《南都赋》:"芝房菌蠢生其隈。"李善注:"菌蠢,是芝貌也。"唐温庭筠《洞户二十二韵》:"朱茎殊菌蠢,丹桂欲萧森。"

〔3〕煎:指煮茶。潺湲:流水声。此指煮茶时水在鼎中所发出的声响。

---

① 魏野《东观集·谢长安孙舍人寄惠蜀笺并茶二首》。

〔4〕勺(zhuó)：舀取。茗：茗饮，饮茶。
〔5〕野语：俗语，俚语。

张　乔

张乔，生卒年不详，池州（今安徽贵池）人。年轻时刻苦读书，十年不到花园。咸通十二年(871)进士。诗句清雅，颇有名于当时。与许棠、周繇、郑谷、李昌符等并称"芳林十哲"。黄巢之乱，隐居九华山以终。

天 柱 寺 （残句）

疏钟天柱寺[1]，细雨皖溪船[2]。

辑自〔宋〕王象之《舆地纪胜》卷四六《安庆府·诗》

【解题】

天柱寺里响起了稀疏的钟声，船儿在皖溪中冒着细雨前行。此联残句从听觉、视觉两方面描写舒州优美的景色，体现出一种清雅素淡的诗歌意境。

【注释】

〔1〕疏钟：稀疏的钟声。天柱寺：在天柱半山中，北距山谷寺约二十里。唐玄宗开元年间，慧崇禅师开山。肃宗乾元年间，敕赐天柱山天柱禅寺。附近有汉武帝回龙桥、昭明太子阁、入定石、讲经石、玉镜池、三元塔诸名胜，今多废毁。

〔2〕皖溪：即皖水。已见前注。

曹 松

曹松(约830—?),字梦徵,舒州人。应进士举,屡试不第。曾栖于洪州西山,与贯休、方干等唱和。又曾至湖南、岭南。乾符初,依李频于建州。昭宗天复元年(901)登进士第,与王希羽、刘象、柯崇、郑希颜等同榜,而五人年皆七十余,时称"五老榜"。授校书郎,曾任秘书省正字。南归,卒。学贾岛为诗,清而不枯,幽而不僻。《己亥岁》诗传诵甚广。所著有《曹松诗集》。生平事迹散见《唐摭言》卷八、《容斋三笔》卷七、《唐才子传》卷一〇等。

霍 山[1]

七千七百七十丈[2],丈丈藤萝势入天[3]。未必展来空似翅,不妨开去也成莲。月将河汉分岩转[4],僧与龙蛇共窟眠。直是画工须阁笔[5],况无名画可流传。

辑自《文苑英华》卷一五九,又见《全唐诗》卷七一七、《佩文斋咏物诗选》卷八三"众山类"、《明一统志》卷一四、各本《安庆府志》《潜山县志》之《艺文志》

解题

关于此诗所写之"霍山",众说纷纭。或曰指潜岳,即天柱山,或曰是今霍山县西北五里之霍山,或曰指南岳衡山,或曰山在广东龙川县。今从各本《安庆府志》《潜山县志》之说。

全诗赞美了天柱山的神采风姿。首联叠用数字,歌咏天柱山的高峻险拔。中间两联,以"似翅"状写山峰的飞腾之势,用"成莲"赞颂山峰的华美之形;以"月"与"河汉"绘出山峰的接天之状,以僧与龙蛇共眠喻写山峰的幽险之境。尾联宕开一笔,说是画工根本无法画出天柱山曼妙多姿的立体画卷,所以世上没有关于它的名画流传。由此将天柱山的神采风姿表现得气足神完。

注释

〔1〕霍山:此指天柱山。亦即潜岳。《尔雅·释山第十一》:"霍山为南岳。"郭璞注:"即天柱山,潜水所出。"章潢《图书编·潜岳》:"潜岳在潜山县西北二十里,一曰天柱山,一曰潜山,一曰皖山。汉武帝以霍岳远在衡山,欲南狩,乃移近于潜山登封之。故今为霍山,亦以为霍岳云。"各本《潜山县志》收此诗均作《南岳山》。

〔2〕七千七百七十丈:明杨循吉撰《庐阳客记》:"南岳一名天柱峰,高七千七百七十丈。"清吴铭道《望天柱山六首》其一:"七千七百七十丈,想见增城十二楼。"(《古雪山民诗后》卷三)

〔3〕藤萝:紫藤的通称。亦泛指有匍匐茎和攀援茎的植物。

〔4〕河汉:指银河。

〔5〕阁笔:同"搁笔"。

题鹤鸣泉

仙鹤曾鸣处,泉兼半井苔。直峰抛影入,片月泻光来[1]。潋滟侵颜冷[2],深沉慰眼开。何因值丹顶[3],满汲石瓶回。

辑自〔宋〕王安石《唐百家诗选》卷一九,又见《全唐诗》卷七一六、《佩文斋咏物诗选》卷一〇七"泉类"

解题

鹤鸣泉,又名白鹤泉。在今天柱山山谷寺北约一里地的白鹤山。相传梁武帝时,白鹤道人与宝志禅师为争潜山山麓幽胜之地而斗法,鹤先飞去,至麓将止,忽闻空中有飞锡声,志公之锡卓于山麓,鹤惊飞走,止此处,遂建宫观。观后掘得清泉,名白鹤泉,又称鹤鸣泉。

　　作者在此诗中歌咏了鹤鸣泉陈旧古朴的井壁,清澈、深沉而荡漾的泉水和周围幽静美丽的山光景色,并希望有一天来此汲水时能在井边巧遇丹顶鹤。曹松学贾岛为诗,善于炼字炼句。此诗"直峰抛影入,片月泻光来"一联,谓笔直的山峰在鹤鸣泉中投下自己的影子,一片月光倾泻而下,水中波光粼粼。短短十个字,写得极富意境和韵味,向来受到诗家激赏。

注释

〔1〕片月:一片月光。亦指半月,残月。
〔2〕潋滟:水满貌,水波动荡貌。
〔3〕丹顶:丹顶鹤。

释贯休

　　释贯休(832—912),五代前蜀诗僧。俗姓姜,字德隐。婺州兰溪(今属浙江)人。少向佛,大中年间受戒。天复三年(903)入蜀,受到蜀王王建的礼遇,赐号禅月大师,或称得来和尚。善画,师阎立本所作水墨罗汉及释迦弟子诸像,笔法坚劲,大都粗眉大眼,丰颊高鼻,形象夸张,所谓"梵相"。兼工草书,世称"姜体"。尤工诗,与陈陶、方干、李频、吴融、韦庄、罗隐、齐己等唱酬。多奇思奇句,宋孙光宪谓其"骨气混成,境意卓异"(《白莲集序》)。吴融谓其诗"多以理性,复能创新意"(《禅月集序》)。著有《禅月集》三十卷,佚其五卷。生平事迹见《全唐文》卷九二二昙域《禅月集序》、《宋高僧传》卷三〇、《唐才子传》卷一〇。

送人归夏口[1]

　　雁雁叶纷纷,行行岂易闻[2]?千山与万水,何处更逢君[3]！貌不长如玉，人生只似云[4]。倘经三祖寺[5]，一为礼龛坟[6]。

辑自《禅月集》卷一四，又见《全唐诗》卷八三二、《全五代诗》卷五一

解题

这是一首送别诗。全诗写得深情款款，厚意绵绵，韵味悠悠。尾联说，如果经过三祖寺的话，一定要替我向僧璨大师的龛坟礼拜，则表现了诗人对禅宗三祖的景仰之情，从中也可看出舒州三祖寺当时在佛教界的重要地位。

注释

[1] 夏口：古城名。三国吴黄武二年（223）筑，在今湖北武汉市黄鹄山上。夏口又为地名。指汉水注入长江处。在今湖北省武汉市。古时汉水襄阳以下称夏水或襄江，故而汉水入长江处称夏口。

[2] "雁雁"二句：雁群排着整齐的队伍飞来，树叶纷纷飘落；此时怎能轻易听闻"行旅"二字呢？行行，指行旅。

[3] "千山"二句：世上有千山和万水，我将在哪里再次遇见你呢？

[4] "貌不"二句：人的容貌不会永远年轻，人的一生只是像浮云一样飘过。

[5] 三祖寺：即山谷寺，或称山谷乾元禅寺，因其为禅宗三祖僧璨祖庭，故亦称三祖寺。

[6] 龛坟：葬僧人的小塔或塔下石室。

罗　隐

罗隐（833—910），字昭谏，杭州新城（今浙江富阳西南）人，一作新登（今浙江桐庐）人。本名横，以十举进士不第，于是改名。僖宗光

启年间,入镇海军节度使钱镠幕,后迁节度判官、给事中等职。所作散文小品,笔锋犀利。诗亦多有讽刺现实之作,风格平易,明白流畅。有诗集《甲乙集》,清人辑有《罗昭谏集》。

送舒州宿松县傅少府[1]

离江漠漠树重重[2],东过清淮到宿松[3]。县好也知临皖水,官闲应得看潜峰[4]。春生绿野吴歌怨,雪霁平郊楚酒浓。留取余杯待张翰,明年归棹一从容。

辑自《甲乙集》卷四

【解题】

作者赋诗送朋友傅坚赴宿松任县尉之职,在诗中特别提到皖水、潜峰这两个舒州标志性景观,让前往任职的傅坚在闲暇时光要好好欣赏它们,其中也流露出诗人自己企慕向往的情怀。

【注释】

〔1〕傅少府:指傅坚。少府,县尉的别称。
〔2〕漠漠:阴沉迷蒙之状。
〔3〕清淮:《舆地纪胜》作"百淮",《锦绣万花谷》《方舆胜览》作"长淮"。宿松:县名。舒州属县之一,毗邻潜山。
〔4〕潜峰:潜山。宋潘自牧《记纂渊海·安庆府》:"潜山,在怀宁西北。上有三峰,一曰天柱,二曰潜山,三曰皖山。"

李廷璧

李廷璧,字冠祥。五代时陇西成纪(今甘肃秦安)人。应举二十年,方于蜀中策名。一说僖宗朝登进士第。曾为舒州军倅。

咏愁诗

到来难遣去难留,著骨黏心万事休[1]。潘岳愁丝生鬓里[2],婕妤悲色上眉头[3]。长途诗尽空骑马,远雁声初独倚楼。更有相思不相见,酒醒灯背月如钩。

辑自《太平广记》卷二七二,又见《尧山堂外纪》卷四〇《全五代诗》、《全唐诗》卷六七二

【解题】

据载,李廷璧曾任舒州军中副将,其妻猜妒。有一次,他在舒州刺史办事的地方连续宴饮三个晚上没回家,妻子托人捎话给他说:"回来一定亲手宰了你。"李廷璧便将此事哭着告诉了舒州刺史,舒州刺史将其安置到佛寺中。李廷璧连续十二天隐居匿迹,不敢回家,因在寺中作此诗咏愁。全诗通过对潘岳、班婕妤咏愁典故的引用,和长途骑马、倚楼闻雁、酒醒灯背、新月如钩等意象的运思构写,着力渲染了诗人自己惧内的苦态凄情。而语言之清丽,音韵之精美,意境之幽丽缠绵,向来受到诗家称赏。

【注释】

[1] 著骨黏心:比喻固执,不知变通。
[2] "潘岳"句:潘岳,晋荥阳人,字安仁。年少即以多才出名,善诗赋,美容止,时人称为"潘郎"。曾任河阳、怀县令等官,为西晋著名的文学家。曾作《秋兴赋》以咏愁,词曰:"余春秋三十有二,始见二毛。……斑鬓髟以承弁兮,素发飒以垂领。"
[3] 婕妤:即班婕妤。汉成帝时入宫,初得宠幸,封为婕妤。后

为赵飞燕姊妹所谗,失宠,自愿往长信宫奉养太后。作有《自悼赋》《捣素赋》《怨歌行》等诗赋抒写哀怨。《汉书》有传。

释齐己

释齐己(864—约943),唐五代诗僧。俗姓胡,名得生,自号衡岳沙门。潭州益阳(今湖南宁乡)人。本佃户子,幼颖悟,牧牛时常以竹枝画牛背为诗。后于大沩山同庆寺出家。曾至洪州、九江,住豫章观音院。又曾至袁州(江西宜春),携诗卷谒郑谷,有《早梅》诗曰:"前村深雪里,昨夜数枝开。"郑谷曰:"数枝非早也,未若一枝佳。"齐己不觉投拜曰:"我一字师也。"后居长沙道林寺,与马殷幕中文士徐仲雅辈交游。因有赘疣,人戏呼为诗囊。后梁龙德元年(921),将入蜀,至江陵,为高季兴所留,于龙兴寺安置,署为僧正。然居常悒悒,病卒。为诗尚锻炼,好苦吟,尤工五律。著有《白莲集》《风骚旨格》传世。

浣口泊舟晓望天柱峰[1]

根盘潜岳半,顶逼日轮边[2]。冷碧无云点,危棱有瀑悬[3]。秀轻毛女下[4],名与鼎湖偏[5]。谁见扶持力,峨峨出后天[6]。

辑自《白莲集》卷二,又见《全唐诗》卷八三九、《全五代诗》卷九四

【解题】

此诗描写作者早晨在皖水入大江处眺望天柱峰的情景。诗中写道,天柱峰的底部盘踞于潜岳的半山腰,顶端直逼太阳。山峰带着冷意,呈现出青碧之色,而无一点云彩;高高的崖壁上则悬挂着瀑布。它形骨清秀,好似毛女轻盈而下;因古帝王赫胥氏曜迹于此,所以名

声与黄帝飞升的鼎湖一样为世所知。自从盘古开天地以来此山即负盛美之名,是谁扶持它的呢?作者在诗中以细赋的笔触创造了一种高远的意境,使天柱峰具有傲岸的品格和素丽的风韵,其中无疑倾注着诗人自己景仰和向往它的情愫。

注释

〔1〕浣口:即皖口。皖水入江处。《太平寰宇记》:"皖水,《元和郡县志》云,西北自寿州霍山县流入,经怀宁县北二里,又东南流二百四十里入大江,谓之皖口。"

〔2〕日轮:指太阳。太阳圆如车轮,故称日轮。

〔3〕危棱:高耸突兀的崖壁。棱,棱嶒。

〔4〕毛女:潜岳山峰名,相传为毛女修炼飞升处。在九曲岭东,九曲泉出其后。

〔5〕"名与"句:意谓潜山的名声与鼎湖等地名一样普遍为世所知。鼎湖,地名。传说黄帝铸鼎于荆山下,鼎既成,有龙垂胡髯下迎黄帝,黄帝及从属七十余人飞升而去。故后名其处为鼎湖。偏,通遍。宋罗泌《路史》卷七:"赫胥氏之治也,尊民而重事。方是之时,人居不知所为,行不知所之,鼓腹而游,含哺而嘻,昼而动,夕而息,渴则求饮,饥则求食,莫知作善而作恶也。……九洛泰定,爰脱洒于潜山。"自注曰:"即天柱,第十四洞天也。《仙传拾遗》云:'薛伯高之祖玄真曰:祝融栖神于衡皋,虞帝登仙于苍梧,赫胥曜迹于潜山,黄帝飞轮于鼎湖',此也。"按,赫胥氏,传说中的远古帝王名。生于黄帝之前。或曰赫胥氏即炎帝(《庄子·马蹄》成玄英疏),或曰非是。赫胥氏卒葬于天柱山,墓在朝阳峰左(《江南通志》)。

〔6〕峨峨:高貌。盛壮,盛美。后天:指天地已判之后的状态。相对于太极之初,混沌未分的先天状态而言。

殷文圭

殷文圭,池州人(今属安徽)。宋时避讳改殷为汤。居九华苦学,所用墨池,底为之穿。唐末词场请托公行,文圭与游恭独步场屋。乾宁中及第,为裴枢宣谕判官。后事杨行密,终左千牛卫将军。《全唐诗》有诗一卷。

龙 舒 太 守 （残句）

龙舒太守人中杰,风韵堂堂心似月[1]。

辑自〔宋〕王象之《舆地纪胜》卷四六《安庆府·诗》,又见《全唐诗》卷七〇八

解题

作者称颂的这位舒州太守姓名不详。诗中说他是人中豪杰,不仅仪表魁伟不凡,庄重大方,而且他的心像月亮一样明净。不知有谁能当此盛誉。

注释

〔1〕风韵堂堂:形容仪表魁伟不凡,庄重大方。风韵,风度,韵致。

韩熙载

韩熙载(902—970),字叔言。其祖为南阳(今属河南)人,寓居于潍州北海(今山东潍坊)。后唐同光四年(926)进士。其父为明宗李嗣源所杀,因南奔归吴,后仕南唐,欲佐其伐取中原。累官至中书侍

郎，充光政殿学士承旨。南唐国势不振，朝内纷争剧烈，取中原报仇无望，便广蓄声妓，佯狂自放。南唐顾闳中《韩熙载夜宴图》即为其所作。熙载精音律，工书画，善为文，时人求文者甚夥，美其名曰"韩夫子"。著有《拟议集》《定居集》，今佚。生平事迹见《全唐文》卷八七七韩熙载《上睿帝行止状》、马令《南唐书》卷一三、陆游《南唐书》卷一二。

送徐铉流舒州[1]

时铉弟锴亦贬乌江尉[2]，亲友临江相送。

昔年凄断此江湄[3]，风满征帆泪满衣[4]。今日重怜鹡鸰羽[5]，不堪波上又分飞[6]。

辑自《全唐诗》卷七三八，又见《全五代诗》卷二四

解题

南唐中主李璟保大十一年(953)十二月，徐铉被流放舒州，弟弟徐锴也被贬为乌江县尉，亲友们都来江边送别。韩熙载有感于此，写下此诗。

伤离别是一个永恒的主题。去后无迹，会合难期，送别时总是让人倍感凄凉和无奈。所以南朝诗人江淹在《别赋》中说："黯然销魂者，惟别而已矣！"作者此诗即描写了送别徐铉赴舒州时那"黯然销魂"的场面。全诗寓情于景，情景交融，轻轻叙述，娓娓道来，从中可感受到诗人对朋友那挥之不去的牵挂和温柔的情愫。韩熙载号称才子，其流传至今的诗歌并不多；不过从这首七言绝句里，我们还是能看出他的才气横溢。

注释

[1] 徐铉(916—991)：五代至北宋初扬州（今属江苏）人。字鼎

臣。仕南唐、北宋二朝。博学多才，工诗善文，冠绝一时。与韩熙载齐名，称"韩徐"。详本书所收其诗前作者小传。流：流放。

〔2〕锴：指徐锴（920—974）。锴字楚金，扬州人。徐铉之弟，世称"小徐"。南唐中主时，为秘书郎，迁齐王景达记室。触忤权贵，贬乌江尉。岁余，召为右拾遗、集贤殿直学士。以论冯延鲁罪，贬秘书郎分司东都。后主时，累迁屯田郎中、右内史舍人。宋兵南下，死围城中。精小学，有《说文解字系传》四十卷，世称"小徐本"。徐铉校订《说文》，常采其说。锴早负大名，博学多才，工诗能文，与其兄铉齐名，号"二徐"。乌江：县名，治所即今安徽和县东北乌江。

〔3〕凄断：谓极度悲凉伤心。江湄：江边。

〔4〕征帆：远行之舟。

〔5〕鹡鸰：鸟名。亦作"脊令"。《诗·小雅·常棣》："脊令在原，兄弟急难。"后因以"鹡鸰"喻指兄弟。

〔6〕不堪：承受不起。

李 明

李明，五代时南唐人，曾任给事中、大理卿等职，有诗集五卷，早佚。其余不详。生平事迹散见《唐音癸签》卷三〇、《宋史》卷二〇八《艺文志》、《崇文总目辑释》卷五、《崇文总目》卷一二、《通志》卷七〇《艺文略》第八、《五代史记注》卷一二等。

题 天 柱 山[1]

太微星斗拱瑶台[2]，圣祖琳宫镇九垓[3]。天柱一峰擎日月，洞门千仞锁云雷[4]。玉光白橘香争秀，金翠佳莲蕊斗开[5]。时访左慈高隐处[6],紫清仙鹤认巢来[7]。

辑自《(嘉靖)安庆府志》,又见各本《潜山县志》

解题

　　这是一首歌唱天柱山的著名诗篇。诗人以如椽之笔,描绘了天柱山的英姿与神韵。天柱山不仅孤峭挺拔,一柱擎天,那里还有诸多隐藏在云雾之中的神仙洞府,有规制宏伟、瑰奇壮丽的殿堂宫观,宫观里供奉着地位最为尊崇的九天司命真君。山岩之间则有数不清的仙果仙花,天上还有仙鹤在飞翔。一切都呈现出迷人的风采,一切又都涂抹着道教的氤氲。也许是受山中气氛的感染,诗人自己最终也想来这里安个家。

　　全诗叙写山中景物,意境高远,大气盘旋。诗人全集今不存于世虽为憾事,然有此诗,已足以使其不朽矣。

注释

　　[1] "天柱山",《潜山县志》作"天柱峰"。按,此诗各本《安庆府志》及《潜山县志》之《艺文志》均著录为白居易作。今白氏诗文集中无此诗,且其自编《白香山诗长庆集》末云:"若集内无,假名流传者,皆谬为耳。"诗显非白氏作。此诗"天柱一峰擎日月,洞门千仞锁云雷"一联多被后人征引,皆谓作者为唐李明。宋王象之《舆地纪胜·淮南西路·安庆府》:"'天柱一峰擎日月,洞门千仞锁云雷。'唐李明诗。"《明一统志》卷十四《安庆府》:"天柱山与潜山连,其峰最高,道书谓为司玄洞天。汉武帝尝登封兹山,祀之以代南岳。魏左慈炼丹故迹存焉。唐李明诗:'天柱一峰擎日月,洞门千仞锁云雷。'"清《御选唐诗》卷二十六《题天柱山图》注:"李明诗:天柱一峰擎日月,洞门千仞锁云雷。"今据改。

　　[2] 太微:古星官名,三垣之一。位于北斗之南,轸、翼之北,大角之西,轩辕之东,作屏藩状。拱:环绕,环卫。瑶台:美玉砌的楼

台,多指神仙居住。

〔3〕圣祖:此指九天司命真君,即老子。琳宫:仙宫。亦为道观殿堂之美称。九垓:中央至八极之地。亦同九层,指天。

〔4〕"天柱"二句:谓天柱峰峭拔高耸,太阳与月亮像是被它高高托举在天空中;神仙洞府屹立于千仞之上,门前总是云遮雾绕,雷声不断。此二句极言天柱峰之高峻。擎,举。千仞,古代一仞为八尺,千仞极言其高。锁云雷,即为云雷所锁。

〔5〕"玉光"二句:山中的玉光与白橘的香气争秀比美,金黄翠绿的花儿与仙花佳莲竞相开放。白橘,《列仙传》:"周穆王会王母于瑶池,食碧藕白橘。"《太平广记》卷二《神仙》:"青莲黑枣,碧藕白橘,皆神仙之物。"佳莲,亦作嘉莲,即双头莲、并蒂莲,古代以为祥瑞之花,仙花。《舆地纪胜》卷第四十六《安庆府·风俗形胜》:"山岩之间有仙花嘉莲,潜皖二水,莫究其源,或山雨泛壅,流出莲叶,可及尺余。"注曰:"张君房《脞说》云:'山岩之间有仙花嘉莲'云云。又古诗云:'玉光白橘香争秀,金翠嘉莲蕊斗开。'"此二句极言天柱山景物之美。

〔6〕左慈高隐处:左慈,字元放,庐江人。东汉末方士。葛洪《抱朴子·金丹篇》载,慈为葛洪从祖葛玄之师,曾以《太清丹经》三卷、《九鼎丹经》《金液丹经》各一卷授玄。为东汉末丹鼎派道教道术集大成者。传说慈曾隐居天柱山修炼道术,山中有其炼丹台等诸多故迹。参见《潜山县志》卷一《舆地志·古迹》。

〔7〕紫清:指天上。

伍 乔

伍乔,五代时庐江(今属安徽)人。性嗜学,入庐山,以勤学苦节自励。南唐李璟时,赴金陵应试,状元及第。署宣州幕府,迁考功郎中卒。工七律。有《伍乔诗集》传世。生平事迹见马令《南唐书》卷一四、陆游《南唐书》卷一五、《唐才子传》卷七、《十国春秋》卷三一。

宿 潜 山

一入仙山万虑宽[1],夜深宁厌倚虚栏[2]。鹤和云影宿高木,人带月光登古坛[3]。芝术露浓溪坞白[4],薜萝风起殿廊寒[5]。更陪羽客论真理[6],不觉初钟叩晓残[7]。

辑自《全唐诗》卷七四四,又见《佩文斋咏物诗选》卷八三"众山类"

【解题】

这是伍乔游潜山夜宿道观时写的一首七言律诗。作者选择虚栏、野鹤、云影、月光、古坛、溪坞、薜萝、初钟等意象入诗,营造出一种清幽闲淡的意境,透露出他对闲云野鹤般隐逸生活的倾心向往。全诗自然工美,尾联谓夜里与羽客论道乃至晨钟敲响而不觉,尤为有味。《唐诗选脉会通评林》称:伍乔"为诗机法迅敏,清景空人",《宿潜山》一诗"不让大历诸才子"。由此可见此诗艺术之一斑。

【注释】

[1] 仙山:指潜山。道家称潜山为第十四洞天,故称仙山。
[2] 厌:满足。虚栏:镂空的栏杆。
[3] 坛:指道家祭坛。
[4] 芝术:灵芝、白术。均入药。溪坞:溪边的小型土堡,溪边居室。
[5] 薜萝:薜荔和女萝。两者皆野生植物,常攀缘于山野林木或屋壁之上。
[6] 羽客:道士。古代方士修炼神仙之术,以羽毛为衣,取其成仙飞翔之意,故后世将方士、道士又称为羽客。真理:指道教教义。
[7] 初钟:晨钟。

李家明

李家明,五代南唐时庐州(治今安徽合肥)人。保大时为乐部头,性诙谐滑稽,善讽谏。生平事迹见《江南野史》卷七、马令《南唐书》卷二五、《十国春秋》卷三二。

咏皖公山[1]

龙舟轻飐锦帆风[2],正值宸游望远空[3]。回首皖公山色翠,影斜不到寿杯中。

辑自《全唐诗》卷七五七,又见《全五代诗》卷三六

【解题】

公元958年,周世宗水师入长江,南唐求和。两国以长江为界,南唐失去了江北十四郡,舒州皖公山亦随之归周。其后南唐中主李璟迁都南都(今江西省南昌市),因失江北诸郡,舟楫不得不多沿长江南岸行走。至赵屯,李璟朝北望见皖公山,命停止奏乐,放下手中酒杯,问左右曰:"如此青翠陡峭的几座漂亮山峰,不知何名?"左右回答说"是皖公山",伶人李家明则应声作此诗以对。诗歌幽默诙谐,讽刺中主李璟像隋炀帝一样逸豫燕乐,导致割地求和,使国家失去江北诸郡。末二句谓皖公山斜影不能映入寿杯,一个"斜"字道尽李璟失去江北十四州的心中痛楚,难怪史书说他"悲愤欷歔","俯首而过"了。

【注释】

[1] 皖公山:即潜山,又称天柱山,在今安徽省潜山县西北。已见前注。宋陆游《渭南文集》卷四五《入蜀记》载:"南唐元宗南迁豫章,舟中望皖山,爱之。谓左右曰:'此青峭数峰,何名?'答曰:'舒州

皖山。'时方新失淮南,伶人李家明侍侧献诗曰:'龙舟千里扬东风,汉武浔阳事正同。回首皖公山色好,日斜不到寿杯中。'元宗为悲愤歔欷。"《入蜀记》载李家明所献即为此诗,文字略有出入。宋龙衮《江南野史》载家明献诗则与此完全相同。《江南野史》卷八:"李家明,世为庐州西昌人。嗣主时为乐部头,有学,解滑稽,善讽谏。……从嗣主幸南都时,既已划江,舟楫多从南岸。至赵屯,因辍乐停舫,北望皖公山,谓家明曰:'好青峭数峰,不知何名耶?'家明应声对曰:'龙舟轻飐锦帆风,正值宸游望远空。回首皖公山色翠,影斜不到寿杯中。'嗣主因惭,俯首而过。及后主嗣位,家明老而无宠焉。"

〔2〕龙舟:指南唐中主李璟所乘之船。轻飐(zhǎn):风吹使物体轻轻颤动。锦帆:指天子所乘的锦制帆船。相传隋炀帝造龙舟,以锦为帆,泛江沿淮而游。后多以感叹帝王逸乐,招致国破身亡。

〔3〕宸游:帝王的巡游。

汤 悦

汤悦(?—984),字德川,池州人(今属安徽),殷文圭子,本名殷崇义。仕南唐中主、后主两朝,历枢密使、右仆射、礼部侍郎等,开宝二年(969)拜相。南唐灭亡,降宋,以犯宋太祖父名讳而改今姓、今名。授太子少詹事,与徐铉并直学士院。悦有史才,善文,曾为后周世宗所激赏。宋时与徐铉合著《江表事迹》(《江南录》),又预修《太平御览》,并受命参详润色译经院所译佛经。《十国春秋》有传。

送季大夫牧舒州[1]

却下乌台建隼旟[2],侯封归去袭龙舒[3]。严霜尚满辞天阙[4],甘雨看随入境车[5]。

辑自〔宋〕王象之《舆地纪胜》卷四六《安庆府·诗》

解题

此诗为送季某前往舒州任太守时作。季氏原为御史大夫,在风霜严酷的冬季告别京城前往舒州任职。作者希望他此去德政广布,惠心爱民,能及时为百姓排忧解难。

注释

〔1〕季大夫:名不详。今检各本《安庆府志》及《潜山县志》,唐代未有季姓刺史或太守。牧:官名。又称州牧,一州之长。此用为动词。

〔2〕乌台:御史台的代称。典出《汉书·朱博传》:"是御史府吏舍百余区井水皆竭;又其府中列柏树,常有野乌数千栖宿其上,晨去暮来,号曰'朝夕乌'。"后因用"乌台""乌府"代称御史台。隼旐:画有隼鸟的旗帜。古代为州郡长官所建。

〔3〕侯封:封侯。

〔4〕严霜:严酷的风霜。天阙:指朝廷或京都。

〔5〕"甘雨"句:即"甘雨随车"之意。谓时雨跟着车子入境而降。比喻官吏施行仁政及时为民解忧。

唐诗僧

三十六岩 (残句)

三十六岩藏好景[1],更于何处觅瀛洲[2]。

辑自〔宋〕王象之《舆地纪胜》卷四六《安庆府·山川诗》

解题

天柱山三十六峰中藏有美妙的景色,哪里还寻觅到比这更好的仙山呢？此联残句直抒胸臆，表现了诗人对天柱山风景的赞赏和仰慕。

注释

〔1〕三十六岩：明解缙等编《永乐大典》卷八："三十六岩，在直隶安庆府。"或作"三十六峰"。

〔2〕瀛洲：海中仙山名。道教称其地在东部大海中，地方四千里。上生神芝仙草，又有玉石高且千丈，出泉如酒味，名之为玉醴泉，饮之使人长生。上多仙家。

宋

徐　铉

徐铉(917—991),五代、宋初著名文字学家、文学家。字鼎臣,原籍会稽(今浙江绍兴)。父为江都尹,徙家扬州。初仕吴,为校书郎。南唐中主李璟时,官知制诰。以平楚州之乱坐专杀罪流放舒州,徙饶州,召为太子右谕德,迁中书舍人。后主李煜时,历官礼部侍郎、翰林学士、吏部尚书。随李后主降宋,为太子率更令。官至散骑常侍。故后人又称铉为"徐骑省"。淳化二年(991),贬静难军行军司马。当年病卒。铉博学好异,精于篆籀,与弟锴齐名,世称"大小徐""二徐"。曾受诏与句中正等同校《说文》,学界称为"大徐本"。擅诗文,才思敏捷,往往操笔立就。文长于骈体,与韩熙载齐名,并称"韩徐"。所著有《徐公文集》(一作《骑省集》)、《稽神录》、《方舆记》、《古今国典》等行世。生平事迹见《南唐书》卷二三、《宋史》卷四四一及《徐公文集》所附《东海徐公墓志铭》。《(嘉靖)安庆府志》卷二八《侨寓传》、《(康熙)潜山县志》卷一○《寓贤》有传。

寄舒州杜员外[1]

信到得君书,知君已下车[2]。粉闱情在否[3],莲幕兴何如[4]？人望征贤入，余思从子居[5]。潜山真隐地[6]，凭为卜茅庐[7]。

辑自《徐公文集》卷二，又见《全唐诗》卷七五二

解题

友人杜某由京官外任舒州幕府之职，作为同年，诗人寄诗对其进行安慰。他说，别人都希望由地方官征调到京城来任职，我却想着要从京城跟随你前往舒州居处；潜山是真正的隐者所居之地，你随便在那里给我选个地方建所茅屋吧。这本来只是作者对友人的宽慰之词，想不到一语成谶，不久，他真的被流放到舒州来，而且一住就是四年，并以潜山的名胜为背景，写下了许多著名的诗文。这或许就是定数，合该诗人与舒州、与天柱山这座名岳有一段不解之缘吧。

注释

〔1〕杜员外：其人不详。员外，员外郎的简称。隋唐时六部尚书下有二十四司，每司有郎中、员外郎，员外郎为曹司次官。此后历代相沿。

〔2〕下车：指到任。

〔3〕粉闱：唐宋时由尚书省举行的试进士的考场。闱，旧称试院。唐司空图《省试》诗："粉闱深锁唱同人，正是终南雪霁春。"

〔4〕莲幕：指幕府。南朝齐庾杲之任王俭的长史官，萧缅给俭的信说："盛府元僚，实难其选；庾景行（杲之字）泛渌水，依芙蓉，何其丽也？"见《南史·庾杲之传》。当时人把俭府比作莲花池，所以信中这样称赞庾杲之。后世称幕府为"莲幕"，本此。李商隐《自桂林奉使江陵途中感怀》诗："下客依莲幕，明公念竹林。"

〔5〕"人望"二句：别人都希望因朝廷征召贤人而入京任职，而我却想要随你一起到舒州居处。入，指入朝为官。从，跟随。子，你。

〔6〕真隐：真正的隐者。

〔7〕凭:凭借,依靠。卜:原指用烧灼龟甲或兽骨所得兆象预测吉凶的行为,这里指择地居住。茅庐:草屋。

谪居舒州累得韩高二舍人书作此寄之[1]

三峰烟霭碧临溪[2],中有骚人理钓丝[3]。会友少于分袂日[4],谪居多却在朝时[5]。丹心历历吾终信[6],俗虑悠悠尔不知[7]。珍重韩君与高子,殷勤书札寄相思[8]。

辑自《徐公文集》卷三,又见《全唐诗》卷七五四

解题

此诗作于徐铉流放舒州的第二年。烟霭萦绕在天柱山之麓,诗人濒临碧绿的溪水垂钓遣兴。谪居的日子寂寞清苦,使失意孤独的骚客平添了几许忧虑。诗人想起昔日一同赋诗饮酒的同僚知己,不知何时得以相逢,心中异常悲戚。尽管如此,他对君主的忠诚却一如既往。诗人希望友人多多珍重,勤寄书信,以缓解自己对他们的思念。全诗表达情感蕴藉有致,颇能体现作者委婉含蓄的诗歌风格。

注释

〔1〕韩高二舍人:韩舍人,指韩熙载,生平事迹详熙载《送徐铉流舒州》诗前小传。高舍人,指高越①。越字仲远,幽州人。精辞赋,有名燕赵间。先仕吴为秘书郎,后仕南唐,中主李璟时累官起居郎、中书舍人。淮南交兵,书诏多出越手,援笔立成,词彩温丽。李璟以称职,不徙官者累年。后主立,始迁御史中丞、勤政殿学士、左谏议大夫,兼户部侍郎修国史。卒年六十二,谥曰穆。贫不能葬,后主为给

---

① 参见高静《徐铉年谱》稿本保大十二年甲寅谱。

葬。著作已佚,《崇文总目》录越作《舍利塔记》一卷,今不存;《全唐诗》卷七四一存诗一首。事迹详陆游《南唐书》卷九、马令《南唐书》卷一三、《十国春秋》卷二八。

〔2〕三峰：作者自注："舒人以潜、皖、天柱为三峰。"

〔3〕骚人：失意文人。这里作者自谓。理钓丝：指垂钓。

〔4〕分袂：离别。

〔5〕谪居：古代指官吏被贬官降职到边远外地居住。

〔6〕丹心：赤诚之心。历历：清晰貌。

〔7〕俗虑：世俗的思想感情。悠悠：连绵不尽貌。

〔8〕书札：书信。

和张先辈见寄二首[1]

去国离群掷岁华[2],病容憔悴愧丹砂[3]。溪连舍下衣长润,山带城边日易斜。几处垂钩依野岸,有时披褐到乡家[4]。故人书札频相慰,谁道西京道路赊[5]。

清时沦放在山州[6],印竹纱巾处处游[7]。野日苍茫悲鹏舍[8],水风阴湿弊貂裘[9]。鸡鸣候旦宁辞晦,松节凌霜几换秋[10]。两首新诗千里道,感君情分独如丘[11]。

辑自《徐公文集》卷三,又见《全唐诗》卷七五四

解题

此诗作于保大十二年(954)。诗人向朋友介绍了流放以来在舒州的生活起居,表达了自己质坚气劲的节操,与战胜困难、度过眼前黑暗的决心。并对友人在自己人生遭际低潮之时频寄书札和诗歌相慰表示由衷的谢意。全诗以理性的控制取代激情的宣泄,用对未来的希冀消解眼前的痛苦,诗歌哀而不伤,怨而不怒,符合儒家传统诗教。

注释

〔1〕张先辈:指张佖。见高静《徐铉年谱》稿本保大十二年甲寅谱。

〔2〕去国:离开国都,离开京城。掷岁华:虚度年华,虚度岁月。

〔3〕丹砂:朱砂。此指用朱砂炼成的丹药。

〔4〕褐:粗布衣,古代贫贱者所穿。

〔5〕西京:古都名。历代所指不一,南唐五代时指长安。此泛指京城。赊:远。

〔6〕清时:清平之时,指太平盛世。沦放:沦落流放;被遗弃。山州:多山的州郡,泛指偏远之地。此指舒州。

〔7〕卭竹:指手杖。卭竹产于西汉卭都县(今西昌东南)境,因"竹中实而高节,可以作杖"(李善《蜀都赋注》),故后世多用卭竹指称手杖。

〔8〕苍茫:模糊不清貌。鹏舍:谪居之所。汉贾谊《鹏鸟赋序》:"谊为长沙王傅,三年,有鹏鸟飞入谊舍,止于坐隅。鹏似鸮,不祥鸟也。谊既以谪居长沙,长沙卑湿,谊自伤悼,以为寿不得长。"后即以"鹏舍"指谪居之所。

〔9〕貂裘:貂皮制成的衣裘。

〔10〕"鸡鸣"二句:为不失晓而耽误正事、天没亮就起身的人,难道还怕黎明前的那一点黑暗吗?松树的节心抵抗霜寒,坚贞不屈,已经过了几个秋天了。鸡鸣候旦,亦作"鸡鸣戒旦",意谓怕失晓而耽误正事,天没亮就起床。语本《诗·齐风·鸡鸣序》。

〔11〕丘:山。

题雷公井

掩霭愚公谷[1],萧寥羽客家[2]。俗人知处所,应为有桃花[3]。

辑自《徐公文集》卷三,又见《全唐诗》卷七五四

【解题】

雷公井为天柱山名胜之一。所谓井,是指流水自高处跌落,冲击而成的深潭。雷公井在天柱峰北侧乌龙崖下,其处上有雷公瀑,四季水源充沛,瀑布从崖头飞流直下,声如雷鸣,井口生烟。诗人游雷公井,见其处寂寞冷落,仅有道士居住,潭面云雾弥漫,烟霞蒸腾,顿作出世之想。

【注释】

〔1〕掩霭(yǎn ǎi):云气笼罩。愚公谷:本为今山东省淄博市西一山谷名。相传齐桓公出猎,逐鹿而入山谷之中,其谷因为隐者愚公所居,故称愚公之谷。见汉刘向《说苑·政理》。后因以"愚公谷"泛指隐逸之地。

〔2〕萧寥:寂寞冷落。羽客:仙人,道士。

〔3〕桃花:用桃花源典故。武陵渔人因见溪两岸桃花,往寻其源,遂得桃花源。见陶渊明《桃花源记》。

印秀才至舒州见寻别后寄诗依韵和[1]

羁游白社身虽屈[2],高步辞场道不卑[3]。投分共为知我者[4],相寻多愧谪居时。离怀耿耿年来梦[5],厚意勤勤别后诗[6]。今日溪边正相忆,雪晴山秀柳丝垂。

辑自《徐公文集》卷三,又见《全唐诗》卷七五四

【解题】

秀才印桀慕名自建康至舒州寻访徐铉,别后寄诗,徐依韵和作此诗。诗中感谢印秀才与自己意气相投,能在自己遭贬谪时前来寻访,

并不间断地寄诗存问。说是别后一年以来,离别的情景频现于梦中,心中不能宁帖;今日雪后放晴,山色秀丽,柳丝依依,自己正在溪边忆念着你呢。全诗如行云流水,布局自然,毫无拘执,虽无深警之句,但却能给人以洒脱流畅的美感。

【注释】

〔1〕印秀才:指印崇粲。印崇粲,或作印粲,其先京兆人,父因官徙糜,遂居建康(今南京)。后举进士。其父辛,铉曾为作《唐故印府君墓志铭》(《骑省集》卷十六)。

〔2〕羁游:寄居作客。白社:地名。白社在洛阳建春门东。晋葛洪《抱朴子·杂应》:"洛阳有道士董威辇,常止白社中,了不食,陈子叙共守事之,从学道。"借指隐士或寒士的居处。

〔3〕高步:超群出众。辞场:犹文坛。

〔4〕投分:意气相投。

〔5〕离怀:离人的思绪;离别的情怀。耿耿:形容心中不能宁帖。

〔6〕勤勤:殷勤;不间断。

送 彭 秀 才[1]

贾生去国已三年[2],短褐闲行皖水边[3]。尽日野云生舍下,有时京信到门前。无人与和投湘赋[4],愧子来浮访戴船[5]。满袖新诗好回去,莫随骚客醉林泉[6]。

辑自《徐公文集》卷三,又见《全唐诗》卷七五四

【解题】

此诗为送别彭芮而作。诗人离开京城来到舒州已经三年了。三

年来，流放生活清苦而孤寂，他经常穿着粗布短衣，踽踽独自闲行在皖水之滨。虽然京城里不时也有信使到来，使诗人寂寞的心灵得到些许慰藉，可大多数日子里自己都是与屋边的野云为伴。迁谪的经历强烈地冲击着诗人的心扉，他以才高遭忌的汉代贾谊自况，又以皖水比湘水，表达了伤悼屈原的情怀，并悲叹无人能引自己为同调。诗的最后对友人慕其诗名来访甚感惭愧，告诫他不要如自己一般蹉跎岁月。

注释

〔1〕彭秀才：指彭芮。《五代诗话》卷三："徐铉谪居舒州赠彭芮云：'贾生去国已三年，褪褐闲吟皖水边。终日野云生砌下，有时京信到门前。无人与和投湘赋，愧子来浮访戴船。醉里新诗好归去，莫随骚客住林泉。'"据此，知诗称彭秀才者乃彭芮。

〔2〕贾生：指汉代贾谊。谊为西汉政治家、文学家，洛阳人。少以博学能文闻名郡中，文帝时被荐为博士，掌文献典籍，年仅二十余岁。不到一年，又擢为太中大夫。因才高遭忌，文帝又听信部分大臣谗言，将其贬为长沙王太傅，历时三年。文帝前七年（前173）被召回长安，任梁怀王太傅。后梁怀王坠马死，谊遂悲悼自责，不久去世。这里作者以贾生自况。

〔3〕皖水：《明一统志》："皖水，在潜山县北，下流会潜水，流府城西，达大江。宋徐俯诗：'久留舒子国，惯作北门游。山远三峰出，溪长二水流。'"

〔4〕投湘赋：指贾谊所作《吊屈原赋》。据《史记》载，贾谊被贬为长沙王太傅，尝数往湘江边凭吊屈原，并作赋投于湘水。其赋表达了伤悼屈原并引屈原为同调的情怀。详司马迁《史记》卷八十四《屈原贾生列传》。这里铉以皖水比湘水，全句谓无人能引自己为同调。

〔5〕访戴：指访友。《世说新语·任诞》："王子猷居山阴，夜大雪……忽忆戴安道。时戴在剡，即便夜乘小船就之。"后因称访友为"访戴"。

〔6〕骚客：失意而客居他乡的文人。这里是作者自谓。

移饶州别周使君[1]

正怜东道感贤侯，何幸高冠脱楚囚[2]。皖伯台前收别宴[3]，乔公亭下舣行舟[4]。四年去国身将老[5]，百郡征兵主尚忧。更向鄱阳湖上去[6]，青衫憔悴泪交流[7]。

辑自《徐公文集》卷三，又见《全唐诗》卷七五四

解题

此诗作于保大十四年（956）三月。诗人从保大十一年十二月流放以来，在舒州贬所度过了四个年头。本年三月，元宗李璟诏徐铉移官饶州。临行前，舒州刺史周挺在皖伯台前、乔公亭下为其设宴饯别，席上徐铉作此诗。诗中表达了对东道主的真忱谢意，和对国事的忧虑，以及自己身陷逆境、美好年华即将逝去的失意之痛。据胡克顺《徐公行状》及高静《徐铉年谱》所载，本年诗人量移饶州并未成行，因其尚未登途而周世宗的军队前来攻打舒州，诗人携家乘小舟到池州避难，不久就回到了金陵。从此官运亨通，直至南唐灭亡。

注释

〔1〕周使君：指舒州刺史周挺。详周必大《周将军庙碑》。使君，汉时称刺史为使君，汉以后则用作对州郡长官的尊称。移：调动，调迁。

〔2〕楚囚：《左传·成公九年》："晋侯观于军府，见钟仪，问之曰：'南冠而絷者谁也？'有司对曰：'郑人所献楚囚也。'"本指楚人之被俘者，后用以泛指处境窘迫之人。这里为作者自谓。

〔3〕皖伯台：《明一统志》："潜山，在潜山县西北二十里，一名皖

伯台。魏左慈尝居此炼丹。上有三峰、二岩、四洞、二池。山与皖公、天柱三峰鼎峙，层峦叠嶂，为长淮之捍蔽。"或谓皖伯台为台名，在潜山县"旧太平寺前，以周大夫封皖伯而名"。详《（光绪）重修安徽通志》卷五十七《舆地志》。据诗"皖伯台"与"乔公亭"对举，当是台名，二者皆近太平寺。

〔4〕乔公亭：亦作桥公亭。《太平寰宇记》："桥公亭在县北，隔皖水一里，即汉末桥公所居。公有二女，孙策与周瑜各纳其一女。亭基为双溪寺。"《（光绪）重修安徽通志》："桥公亭，在潜山县北三里。"徐铉有《乔公亭记》。舣：使船靠岸。

〔5〕去国：指离开京城。

〔6〕鄱阳：地名，属饶州。饶州有鄱阳湖，又有鄱阳县。

〔7〕青衫：唐制，文官八品、九品服以青。后因以指失意的官员。唐白居易《琵琶行》："座中泣下谁最多？江州司马青衫湿！"宋王安石《杜甫画像》诗："青衫老更斥，饿走半九州。"

送乐士知舒州〔1〕

忆在同安郡〔2〕，谁知是胜游〔3〕。仙山常独往〔4〕，骚客自忘忧。暂别经多难〔5〕，劳生已白头〔6〕。羡君驱䎀旆〔7〕，兼得漱清流〔8〕。民俗常如古，风光最称秋〔9〕。短歌聊抒意，为我谢沙鸥〔10〕。

辑自《徐公文集》卷二二

解题

入宋后，任史馆编修的乐史自京城前往舒州出任知州，作为南唐时的旧日僚友，徐铉作此诗为之送行。诗人回忆了自己南唐时被贬舒州的经历，对友人外迁深表同情并予以安慰。他对友人说，想当初我被贬舒州,谁知那里却是胜游之地。那里有座仙山,我常常只身一人独自前往,失意的文人到那里可以忘却忧愁。我们短暂的分别后又共同经历过许多磨难,辛苦劳累使得我们的头发都白了。真是羡慕你呀,如今你在鲜明的旗帜簇拥下去那里任职的同时,还能在那风景优美之区过上一种漱流枕石的隐者生活。那里民俗淳朴,犹如远古之时,秋天的风光最为美丽。这次你去舒州任职,替我谢谢皖水边的那些沙鸥吧,因为我在人生低潮之际,它们一直伴随着我啊。诗的结尾处,诗人借沙鸥的形象,表达了他对舒州的深切怀念。

注释

〔1〕乐士:疑作乐学士。后有诗曰《寄舒州乐学士》,当是同一人。乐学士,指乐史。学士,官名。南北朝以后,以学士为司文学撰述之官。乐史(930—1007),抚州宜黄人(今属江西),字子正,仕南唐为秘书郎;入宋,为平原主簿。太宗太平兴国五年,以现任官举进士,赐及第。历三馆编修、直史馆,知舒、黄、商州,后以老疾分司西京。乐史为官颇以贿闻,然勤于著述。自太宗雍熙至真宗咸平间,献所著书《贡举事》《登科记》《广孝传》《总仙记》《上清文苑》《广卓异记》《仙洞记》等书凡八九百卷,尤以《太平寰宇记》著名。《潜山县志·秩官志》著录宋代舒州知州有乐史之名,故徐铉此诗当为入宋后所作。

〔2〕同安郡:即舒州。舒州在隋代曾称同安郡,唐武德四年(621)始改称舒州。此用旧称。详《太平寰宇记》《明一统志》《(乾隆)江南通志》《(嘉庆)清一统志》。

〔3〕胜游:快意的游览。也指胜游之地。

〔4〕仙山:指天柱山。天柱山被道家尊为第十四洞天福地。

〔5〕多难:很多磨难。徐铉与乐史作为南唐旧臣,随后主李煜降宋,自当要经历很多磨难。

〔6〕劳生:辛苦劳累的生活。

〔7〕蒨旆:鲜明的旗帜。

〔8〕漱：饮；清流，清澈的流水。漱流枕石，多形容隐者生活。

〔9〕"民俗"二句：那里民间的风俗习惯通常还像远古时代一样，风光最值得称道的则是秋天。

〔10〕沙鸥：栖息于沙滩、沙洲上的鸥鸟。诗人被贬舒州时"短褐闲行皖水边"（见前《送彭秀才》），常与沙鸥为伴，如今已离开那里，故曰"为我谢沙鸥"。

寄舒州乐学士

皖伯台前绿树春，吴塘初下碧溪分[1]。旧游风景长牵梦，遥羡高斋望白云[2]。

辑自《徐公文集》卷二二

【解题】

诗题中的乐学士，指乐史。已见前注。此诗是乐史到舒州任职后，徐铉写的一首寄赠之作。诗人再次满怀深情地回忆了他昔日在舒州的游览，那里的名胜古迹，那里美丽的风光景物，使他别后一直魂牵梦绕；诗人表示，他十分羡慕朋友现在这种悠闲自得的生活。这虽然是对友人的慰藉之词，但也从一个侧面反映了舒州的自然环境之美，和诗人对舒州的深厚感情。

【注释】

〔1〕吴塘：即吴塘陂，或称吴陂堰。在舒州州治（元至治三年以前亦为怀宁县治，后为潜山县治）西二十里，潜水之南。《明一统志》："吴塘陂，在潜山县西二十里，魏庐江太守朱光开屯田于此。宋王安石诗：'开国桐乡已白头，国人谁复记前游？故情但有吴塘水，转入东江向我流。'"《（乾隆）江南通志》："吴塘陂，在潜山县西二十里，潜

水所注也。亦曰吴陂堰。三国魏扬州刺史刘馥开吴陂以溉稻田。又吴吕蒙凿石通水灌稻田三百顷,亦即此陂。"

〔2〕"旧游"二句:昔日游览之地的风光景色常萦于梦寐,如今只能遥远地羡慕你在那高雅的书斋里眺望着天上白云飘浮了。旧游,昔日的游览,亦指昔日游览之地。高斋,高雅的书斋,常用作对他人屋舍的敬称。"高斋望白云"比喻悠闲自得的生活。

舒 雅

舒雅(?—1009),字子正,歙县(今属安徽)人。南唐时,受知于韩熙载,保大间熙载知贡举,雅以状元及第。入宋,历将作监丞、屯田员外郎,充秘阁校理,迁职方员外郎。咸平末,出知舒州。秩满乞致仕,掌潜山灵仙观。真宗东封,加主客郎中,改直昭文馆,转刑部。大中祥符二年卒,年七十余。舒雅多预文事,于太平兴国中修《文苑英华》,淳化中校《史记》、前后《汉书》,至道中修《续通典》,咸平中校七经疏义。撰有《山海经图》《十九代史目》等。好学善属文,与吴淑齐名。晚年,与西昆派诗人相酬唱,为西昆派诗人中年最长者,然成就不及杨亿、刘筠诸人。《全宋诗》卷一八录其诗五首,《全宋文》卷四四收其文三篇。生平事迹见《南唐书》卷二二《舒雅传》、《宋史》卷四四一本传及今人郑再时所编《舒雅年谱》(见《西昆唱和诗人年谱》)。

答内翰学士

清贵无过近侍臣〔1〕,多情犹忆旧交亲。金莲烛下裁诗句〔2〕,麟角峰前寄隐沦〔3〕。和气忽飘燕谷暖〔4〕,好风徐起谢庭春〔5〕。缄藏便是山家宝〔6〕,留与儿孙世不贫。

辑自《西昆酬唱集》卷下

宋

> 解题

诗题一作"答杨刘二内翰见寄之作"。此诗是舒雅在舒州灵仙观任职时回赠给内翰学士杨亿的一首作品，杨亿原诗即后所选《寄灵仙观舒职方学士》。舒州灵仙观，位于舒州州治（今潜山县治）西面二十余里的潜山山麓，故亦称潜山灵仙观，或称天柱山灵仙观。它的前身即九天司命真君祠，为唐玄宗天宝九载（750）所创建①。宋太宗太平兴国七年（982）六月，舒州有人献瑞石，上面刻着梁代宝志和尚有关赵姓称帝及圣祚绵远的预言。太宗大喜，下令扩建舒州真君祠，派大黄门綦政敏亲督其役，总成殿宇房舍"六百三十区"，并赐名"灵仙观"。灵仙观最盛时有道士三千余人。管理者均是朝廷任命的政府官员。观中设有观监、提举、管勾等名目，级别相当于小州的行政首长，多由快到退休年龄而升迁无望的一般朝官自请担任，但也有中央政府高级官吏（如右丞相、同知枢密院事、太子太保、龙图阁大学士等）被贬谪而前来任职的。他们的职责一方面是事奉以九天司命真君（老子）为首的道教诸神，另一项任务就是为朝廷炼制丹药。舒州灵仙观在宋代的社会生活中扮演过重要角色，它见证了许多政客的宦海沉浮，其浓厚的道教氛围也抚慰过许多受伤的心灵。因为道教总是与遁世绝俗、幽隐山林、崇尚田园生活、修身养性，乃至企求长生不老、走进另一个虚幻美妙的世界等联系在一起，而这正好为处于人生低潮的人们提供了庇护所，使他们能浪漫地逃遁现实世界。

舒雅在京任职时，与杨亿、刘筠、钱惟演等同为馆阁之臣，相与友善，且文学趣尚相同，互相唱酬无虚日。人们称这些唱和的诗歌为"西昆体"。后舒雅出知舒州，秩满后又以州之潜山灵仙观有胜迹，即请掌观事。在舒雅出知舒州及监潜山灵仙观期间，他与杨亿等西昆体诗人仍旧保持着往日的唱和传统，此诗便是其中之一。舒雅先是回忆自己在秘阁时和杨亿的亲密交往，但表示自己还是喜欢眼下这

---

① 详唐玄宗《送玄同真人李抱朴谒潜山仙祠》诗注释〔1〕。

种返归自然的生活方式,并在诗中盛赞山中的气候景物之美。最后诗人劝告杨亿,也是坚定自己的立场:归隐山中,不以才能显于当世,才是可宝贵的立身之道。这样不仅自己受益,而且惠及子孙后代。从这首诗中,我们可窥见作者的道家处世哲学与生活态度。

注释

〔1〕清贵:高贵显要。

〔2〕金莲烛:金饰莲花形灯烛。宫廷用的蜡烛。烛台作莲花瓣状,故名。裁:创作;写作。南朝宋鲍照《奉始兴王白纻舞曲启》:"谨竭庸陋,裁为四曲。"

〔3〕麟角峰:天柱山主峰之一。详各本《潜山县志·山川》。这里代指天柱山。按,王仲荦《西昆酬唱集注》云:"麟角峰疑是汴都秘阁或者翰林院山石之名。"误。隐沦:指隐者或者隐居。

〔4〕"和气"句:谓这里阴阳之气交合,为事物带来温暖与生机。和气,古人认为天地间阴气与阳气交合而成之气,万物皆由"和气"而生。燕谷:即寒谷,在古燕地。传说为邹衍吹律生黍之处。《太平御览》卷五四引汉刘向《别录》:"《方士传》言:邹衍在燕,有谷地美而寒,不生五谷。邹子居之,吹律而温气至,而生黍谷。今名黍谷。"后以此典比喻带来温暖与生机的事物。

〔5〕谢庭:即谢安的门庭。喻指子弟优秀之家。

〔6〕缄藏:封存收藏。这里指不欲以才能表现于世。山家:山中人家;山里人。这里是舒雅自指。

答钱少卿⁽¹⁾

蓬莱阁下旧邻居^[2],偶别俄惊四载余。每见寒葭思倚玉^[3],忽临秋水得双鱼^[4]。人间贵盛君谁及^[5],物外优闲我自余〔6〕。闻说归舻向春渚〔7〕,深知不与道情疏〔8〕。

辑自《西昆酬唱集》卷下

解题

此诗是舒雅为酬答钱惟演寄诗而作,钱诗即后所选《寄灵仙观舒职方学士》。诗中回忆了在秘阁和钱惟演在一起的日子,暗惊分别时间之长,时光流逝之快,从而表明人生是多么的短暂。诗中充满着对钱氏的盛赞,高贵显赫的地位,玉树临风的人物,但这些都不是作者所企慕的,作者还是希望过着远离世俗、优游物外的生活。

注释

〔1〕钱少卿:即钱惟演,字希圣,钱塘人。时任太仆少卿。

〔2〕蓬莱阁:《后汉书·窦章传》:"是时学者称东观为老氏藏室,道家蓬莱山。"后来蓬莱阁就指秘书省或秘书监。诗中指内府秘阁。舒雅与钱惟演曾同在秘阁任职。

〔3〕"每见"句:此处用毛曾与夏侯玄的典故。《世说新语·容止》:"魏明帝使后弟毛曾与夏侯玄共坐,时人谓'蒹葭倚玉树'。"蒹葭,芦苇,喻微贱者;玉树,用珍宝制作的树,喻高贵者或美佳子弟。后以此典喻高攀,也用作借别人光的客套话。

〔4〕双鱼:指书信。古乐府《饮马长城窟行》:"客从远方来,遗我双鲤鱼。呼儿烹鲤鱼,中有尺素书。"后因用"双鲤""双鱼"指代书信。

〔5〕贵盛:高贵显赫。钱惟演是吴越忠懿王钱俶的儿子,随父降宋,贵盛当世,故诗云此。

〔6〕物外:世俗之外。

〔7〕归舻:归舟。春渚:春日的水边。钱惟演诗《寄灵仙观舒职方学士》有"几时春渚逐归舻"之句,故舒雅答诗云然。

〔8〕道情:指修道者的情谊。舒雅时在道观任职,故有是语。疏:疏远,不亲近。

答刘学士

往岁别京畿[1],栖山与众违[2]。君心似松柏,雁足寄珠玑[3]。学道情虽笃[4],烧丹力尚微[5]。云中鸡犬在,只候主人归[6]。

辑自《西昆酬唱集》卷下,又见《瀛奎律髓》卷四二"寄赠类"

【解题】

刘学士,指刘筠。其生平事迹见后"作者简介"。刘筠天禧中升为翰林学士,故称刘学士。

此诗为舒雅回赠刘筠寄诗所作。刘筠原诗即后所收《寄灵仙观舒职方学士》。作者在诗中表达了对刘筠寄诗的感谢,他以松柏的四季常青、书信的频繁见寄显示刘筠笃于友谊、对己关切之深。并再次表明自己享受目前幽隐山林、修身养性这种与众不同的生活方式,认为栖山不出,一心向道,炼成内丹,最后飞升成仙,这才是自己所追求的人生目标。

【注释】

[1] 京畿:指京城附近由京师直辖的地区,又称"畿辅"。此指京城。

[2] 栖山:栖息山中。舒雅此时任职的舒州灵仙观位于天柱山,故曰栖山。

[3] 雁足:用鸿雁传书的典故。珠玑:这里指刘筠的赠诗。意谓其诗之美好,字字如珠玑。

[4] 笃:专一、纯一。

[5] 烧丹:犹炼丹。指用朱砂炼药。

[6]"云中"二句:此句用鸡犬升天的故事。葛洪《神仙传》:"汉

淮南王刘安白日升天,人传去时余药器置在中庭,鸡犬舐啄之,尽得升天。故鸡鸣天上,犬吠云中也。"

林　逋

　　林逋(957—1029),字君复,杭州钱塘(今浙江杭州)人。少孤,性恬淡好古,不乐仕进,初游于江、淮间,后归杭州,结庐西湖孤山,二十年足不及城市。一生不娶,无子,所居植梅蓄鹤,人谓"梅妻鹤子"。自为墓于其庐侧。仁宗赐谥"和靖先生"。逋善行书,喜为诗。其诗澄淡高逸,且多奇句。七言律诗《山园小梅》是其代表作,尤以其中"疏影横斜水清浅,暗香浮动月黄昏"倍受后人激赏,为咏梅千古绝唱。著有《和靖诗集》四卷。《宋史》卷四五七有传。

山　谷　寺

　　才入禅林便懒还[1],众峰深壑共孱颜[2]。楼台冷簇云萝外[3],钟磬晴敲水石间[4]。茶版手擎童子净[5],锡枝肩倚老僧闲[6]。独孤房相碑文在[7],几认题名拂藓斑[8]。

辑自《林和靖诗集》卷二

解题

　　这是作者林逋游览山谷寺时所作的一首七言律诗。全诗以素淡的笔触描绘了山谷寺幽寂的环境。高耸的山峰,幽深的丘壑,被紫藤簇拥的楼台,爬满苔藓的前代碑刻,回荡在溪水岩石间的钟磬声,还有那手擎茶版清净的童子,肩倚锡杖悠闲的老僧,这一切营造出一种幽邃的意境。诗人追求的正是这种境界,所以这位被人称为"梅妻鹤子"的著名隐士,才进入这所寺院便被深深吸引,说他再也不想回去了。

注释

〔1〕禅林：指寺院。

〔2〕孱颜(chán yán)：同"巉岩"，山高峻貌。

〔3〕云萝：即紫藤。因藤茎屈曲攀绕如云之缭绕，故称。

〔4〕钟磬：指寺庙中悬挂的大钟。

〔5〕茶版：又作茶板，一名云板。佛教法器，铁铸，悬于斋堂之侧，击之以报时。板上有云彩图案，故名。宋代以后，亦有僧人手执茶板云游四方以化缘者。

〔6〕锡枝：即锡杖，僧人所持禅杖。

〔7〕独孤：即独孤及。唐代宗大历年间知舒州时曾作《舒州山谷寺觉寂塔隋故镜智禅师碑铭并序》，今碑已不存，碑文载其《毗陵集》卷九及各本《潜山县志·艺文志》。房相：指房琯。因其曾官同中书门下平章事（宰相），故称。房琯所撰碑文名为《璨大师碑铭》。宋王象之《舆地纪胜·碑目》："《璨大师碑铭》，唐宝应元年房琯文，徐浩书。"清赵绍祖撰《安徽金石略》卷一亦有著录。

〔8〕拂：擦拭。

孙　仅

孙仅（969—1017），字邻几，蔡州汝阳（今河南汝南）人。孙何之弟。真宗咸平元年（998）进士第一。时以兄弟连榜状元（孙何为淳化三年壬辰科状元），传为科举佳话。授舒州团练推官。擢光禄寺丞，入直集贤院。旋出知浚仪县。景德初，拜太子中允，授开封府推官、判官。后迁右正言、知制诰。出知永兴军。大中祥符元年（1008），知审刑院，拜右谏议大夫、集贤院学士，权知开封府。改左谏议大夫，出知河南。归朝，复领审刑院。天禧元年卒，年四十九。有集五十卷，已佚。《宋史》卷三〇六有传。

题 潜 山

　　势参吴楚分,作镇向同安[1]。地胜尘寰隔,天深洞府宽[2]。位将衡岳敌,根与霍山盘[3]。鹿见千年白,霞生万仞丹[4]。崖秋争峭拔,峰霁间巉岏[5]。日转香炉暖[6],风生玉照寒[7]。石楼平郡堞[8],天柱倚云端[9]。绝顶人游少,高空鸟度难[10]。风雷生别壑,星斗绕层峦[11]。寒暑岩间异,方隅岭际观[12]。为霖同海内,倒影压平阡[13]。砂印猿踪迹,池飘鹤羽翰[14]。烟萝交密荫[15],瀑布落飞湍[16]。蹬道莓苔滑,松痕霹雳干[17]。石奇疑虎伏,湫险认龙蟠[18]。胜好当春赏,幽宜带雪看[19]。气蒸茶蕊嫩,香老菊花残[20]。青擢凌霄干,红垂受露兰[21]。禅邻祖师塔,仙接左慈坛[22]。几客歌维岳[23],何人咏考槃[24]。玄宗曾立庙[25],武帝亦鸣銮[26]。圣代崇何极[27],灵祠辑未阑[28]。青词驰长吏[29],法服降中官[30]。千古图经里[31],高名定不刊[32]。

　　　　辑自《(嘉靖)安庆府志》卷一七《艺文志》,又见康熙、乾隆、民国各本《潜山县志》

解题

　　这是一首描写和歌颂潜山的五言长诗。全诗既写潜山峰峦之高峻奇特、风光之旖旎动人,又写这座古代名岳的特殊地位,写关于它的历史故事和传说。而诗中着笔最多的还是潜山的宗教氛围,尤其是它所具有的道教色彩。诗人以夭矫之笔,穿越着连接古代和当代的时光隧道,游走于宏观与微观之间,轻轻叙述,娓娓道来,使读者即便游踪不到,也能品味潜山这座古代名岳那孤秀的神韵,领略它神秘迷人的风采。

注释

〔1〕"势参"二句:意谓潜山的地理位置处在吴地与楚地的分界处,它在这里镇守一方,正面朝向舒州城。参,参列;吴楚分,吴地与楚地的分界。舒州所处的地理位置旧有"吴头楚尾"之说,故言之。作镇,镇守一方。同安,即舒州。详徐玄《送乐士知舒州》诗注。

〔2〕"地胜"二句:潜山环境优美但与人世间隔绝,那里天空深邃,有宽大的神仙洞府。胜,形容事物优越美好。尘寰,人世间。洞府,道教称神仙住的地方。

〔3〕"位将"二句:意谓在天下名山当中,潜山的地位和衡岳相匹敌,它的本源与霍山盘绕纠结。衡岳,即南岳衡山。匹,匹敌,相当。汉武帝以衡山辽远,曾封天柱山(潜山)以代南岳,故曰位与衡岳敌。根,根基,本源。盘,盘绕,纠结。《(嘉靖)安庆府志》卷之五《地理志》:"西北二十里曰潜岳,一曰天柱山,一曰潜山,一曰皖山。汉武帝以霍岳远在衡山,欲南狩,乃移近于潜山登封之,故今为霍山,亦以为霍岳云。"

〔4〕"鹿见"二句:山上曾出现寿命长达千年的白鹿,那万仞高的山峰上经常生出祥瑞的红霞。白鹿,白色的鹿,古时以为祥瑞。唐阳琦《司命真君祠碑》谓,潜山修司命真君祠时有"二白鹿见于高岗"。丹霞,红霞,潜山有丹霞峰,据传"顶有神丹,或现如霞",故诗云"霞生万仞丹"。详《(嘉靖)安庆府志》卷之五《地理志》。

〔5〕霁:雨止天晴。巉屼:形容山、石高而尖锐。

〔6〕香炉:潜山山峰名。

〔7〕玉照:潜山山峰名,亦作玉镜峰。黄庭坚《玉照泉》诗自注:"玉照泉与潜山之玉照峰相直。"

〔8〕石楼:指石楼峰。以其"形若楼观",故称之。详《(康熙)安庆

府志·山川》。郡堞：指舒州城墙。堞，城上呈齿形的矮墙，也称女墙。

〔9〕天柱：指天柱峰。

〔10〕度：飞越。

〔11〕"风雷"二句：大风和雷电从山上不同的沟壑中产生，星斗绕着它重叠的山峰运行。此二句极言潜山之高峻。别壑，不同的山壑；层峦，重叠的山峰。

〔12〕"方隅"句：谓站在岭上可以观看四面八方。方隅，四方和四隅；隅，角落。岭，顶上有路可通行的山，亦泛指山峰。据《(嘉靖)安庆府志》卷之五《地理志·山川》载，"潜岳，一曰天柱山，一曰潜山，一曰皖山"。有峰二十七，有岭八。

〔13〕平阡：田间的平坦小路。

〔14〕"砂印"二句：潜山中的沙地上印着猿猴行走的脚印，池水中飘着仙鹤掉落的羽毛。羽翰，羽毛。

〔15〕烟萝：草树茂密，烟聚萝缠，谓之"烟萝"。

〔16〕飞湍：急流。

〔17〕霹雳干：被雷击毁的树干。

〔18〕"石奇"二句：石头奇特，让人怀疑是老虎蹲伏在那里；深潭危险，人们认为一定有龙盘踞。

〔19〕"胜好"二句：优美的风景最好正值春天欣赏，幽雅僻静之处应当带雪观看。

〔20〕"气蒸"二句：山上雾气蒸腾，因而茶蕊新鲜柔嫩；香气浑厚浓烈，那是即将凋谢的菊花。

〔21〕"青擢"二句：青葱挺拔的是直上云霄的树干，红色而低垂着的则是披着露水的兰花。

〔22〕"禅邻"二句：对于习禅者来说，这里毗邻三祖大师的宝塔；就学仙而言，此地有左慈修炼的仙坛。祖师，指禅宗三祖僧璨大师。潜山山谷寺为三祖道场，寺中有安放其舍利的宝塔。左慈，字元放，庐江(今潜山)人。东汉丹鼎派道教道术由其一脉相传，曾在潜山修炼，山中有左真人仙坛等诸多遗迹。

〔23〕维岳：《诗·大雅·嵩高》："嵩高维岳，峻极于天。"后即以维岳表示高。

〔24〕考槃：《诗·卫风·考槃》："考槃在涧，硕人之宽。"后以喻隐居。

〔25〕"玄宗"句：唐玄宗曾于天宝九载春三月，遣中官王越宾、道士邓紫虚，赍内府缯帛至潜山为九天司命真君创置祠宇，"玄宗曾立庙"即指其事。详本书前唐玄宗《送玄同真人李抱朴谒潜山仙祠》注〔1〕。

〔26〕"武帝"句：元封五年（前106），汉武帝巡狩南郡，曾登潜天柱山祭祀，"武帝亦鸣銮"即指其事。参见本书前独孤及《酬皇甫侍御望天潜山见示之作》注〔7〕。銮，装在轭首或车衡上的铜铃，车行摇动作响称"鸣銮"。多借指皇帝或贵族出行。唐玄宗《早渡蒲津关》诗："鸣銮下蒲坂，飞旆入秦中。"

〔27〕圣代：封建时代称当代为圣代，意为圣明的时代。

〔28〕"灵祠"句：灵祠，即潜山九天司命真君祠，宋太宗时，因舒州民献瑞石预言宋国祚绵远而重加修葺，并将真君祠易名灵仙观。此后，有宋一代，累修不辍。"灵祠辑未阑"即指此。《玉海》卷一百《郊祀·太平兴国灵仙观》："七年六月。初，舒州怀宁僧过民柯萼家，诣万岁山，以杖于古松下得黝石，上刻志公记云赵号云云。萼以石刻来献。于是诏舒州修司命真君祠，内臣綦政敏董役。总成六百三十区，号灵仙观。祥符三年闰二月戊午，遣官葺之。五年闰十月丁丑，名石曰神告帝统石，作诗纪其符应，又作赞。"《续资治通鉴长编》卷二十三："先是，舒州怀宁县有老僧过民柯萼家，率萼诣万岁山取宝。僧以杖于古松下，掘得黝石，刻志公记云：'吾观四五朝后次丙子年，赵号，二十一帝，敬醮潜山九天司命真君，社稷永安。'僧忽不见。萼以石刻来献。于是诏舒州修司命真君祠，黄门綦政敏往督其役，总成六百三十区，号曰灵仙观。"阑，尽，完。

〔29〕"青词"句：意谓因为要替潜山灵仙观撰写青词，一些地位较高的官员都得为此而忙碌奔走。青词，道士上奏天庭的符箓或文词，内容多为谢罪、禳灾、祈求平安等，因为用朱笔写在青藤纸上，故

称。长吏,地位较高的官员。宋代舒州潜山灵仙观的青词多为高级官员撰写,欧阳修便曾撰写《舒州灵仙观开启上元节道场青词》。

〔30〕"法服"句:谓灵仙观中司命真君的服饰都是内廷之官颁发的。法服,原指僧道所穿的法衣,这里指灵仙观中司命真君的服饰。中官,宫内、朝内之官,宦官。据朱公绰《赐司命冕服记》所载,潜山司命之神虽作庙于有唐之中叶,而典礼隆重实肇于宋太宗太平兴国。为表崇奉之隆,宋真宗大中祥符三年(1010)、宋神宗熙宁八年(1075),均有中旨赐司命礼衣衮冕。

〔31〕图经:附有图画、地图的书籍或地理志。

〔32〕高名:盛名。不刊:不容更动或改变,此指不可磨灭。

刘 筠

刘筠(971—1031),字子仪。大名(今属河北)人。真宗咸平元年(998)进士。初授馆陶尉,咸平五年,以杨亿试选,入校太清楼书,擢为第一。除大理评事、秘阁校理,预修《图经》及《册府元龟》。累进翰林学士。真宗、仁宗两朝,屡知制诰知贡举,参预修撰国史。凡三入禁林,三典贡举,官至翰林学士承旨兼龙图阁直学士。天圣九年卒,谥文恭。与杨亿、钱惟演等人唱和之作合编为《西昆酬唱集》,后世称其诗体为"西昆体"。著作多已佚。今存《肥川小集》一卷,收入《两宋名贤小集》。又《西昆酬唱集》中亦收诗七十二首。《宋史》卷三〇五有传。

寄灵仙观舒职方学士

石渠仙署久离群[1],抗迹丹台世绝伦[2]。扬子不甘嘲尚白[3],漆园终许自全真[4]。紫烟深处鸾双舞[5],朱髓成来鸟共伸[6]。若向云中见鸡犬[7]，可能浑忘姓刘人[8]。

辑自《西昆酬唱集》卷下，又见《宋元诗会》卷五、《两宋名贤小集》卷三八《肥川小集》

解题

题中所称"舒职方"，即舒雅。雅曾任职方员外郎秘阁校理，故人称舒职方或职方学士。此诗作于景德三年(1006)，除刘筠外，杨亿、钱惟演均有同题作品。秘阁校理舒雅出知舒州，秩满后以州之潜山灵仙观有胜迹，即请掌观事。在观累年，以山水吟咏自乐。此诗是作者寄赠怀念舒雅之作。作者首先嘉尚舒雅的抗迹世俗行为，然后用扬雄自嘲、庄子全真的典故来映衬舒雅的超世脱俗，最后略点主旨，表达对舒雅的怀念之情，并请对方不要忘记自己。全诗辞藻华丽，对仗工整，大量使用典故，是较为典型的"西昆体"诗歌作品。

注释

〔1〕石渠：即石渠阁，在长安未央宫大殿的北面，是汉朝皇宫内藏书之处。相传为汉初丞相萧何主持建造，收藏入关后所得秦朝的各类珍贵图书典籍。因宫殿下砌石为渠以导水，故称石渠阁。汉宣帝时，曾征召著名学者刘向在石渠阁教授《穀梁春秋》并论析《五经》。汉成帝时，在此处珍藏皇宫各类典籍秘本，并安排博士施雠和名儒在石渠阁讲学辩论《五经》异同。石渠阁实际上是皇家图书馆兼学术讨论的所在地。后以"石渠"或"石阁"为典，用以指秘书省、集贤殿书院等藏书之处。仙署：仙官办事之所。借称道教祠观。

〔2〕抗迹：高尚的行为志趣。丹台：道教称神仙居住之地。此指灵仙观。

〔3〕"扬子"句：据《汉书·扬雄传》载，汉代学者扬雄埋头研究哲学，起草《太玄》。有人嘲笑他是个书呆子，写无用之文章。扬雄就写了一篇自我辩解的文章，题目叫"解嘲"。后以"嘲尚白"用为自我解

嘲之典。

〔4〕漆园：《史记·老子韩非列传》："庄子者，蒙人也，名周。周尝为蒙漆园吏。"后以"漆园吏"代指庄子，以"漆园"泛指隐士所居。全真：谓保全本真，保全天性。《晋真人语录》："夫全真者，合天心之道也。神不走，气不散，精不漏，三者俱备，五行都聚，四象安和，为（谓）之全真也。"三国魏嵇康《幽愤诗》："志在守朴，养素全真。"

〔5〕紫烟：紫色瑞云。晋郭璞《游仙诗》之三："赤松临上游，驾鸿乘紫烟。"宋范仲淹《上汉谣》："冉冉去红尘，飘飘凌紫烟。"亦或指山谷中的紫色烟雾。南朝梁武帝《游钟山大爱敬寺》诗："长途弘翠微，香楼间紫烟。"

〔6〕髓：丹药名。《仙传拾遗》："有真人示以阳炉阴鼎柔金炼化水玉之方，伏汞炼铅成朱髓之诀，以铅为君，以汞为臣，八石为使，黄芽为田。"鸟伸：亦作鸟申。古代方士的一种导引养生之术，犹今之健生体操。其法仿鸟颈之伸（或曰像鸟之飞空伸脚），故称鸟伸。

〔7〕"若向"句：用淮南王刘安全家白日升天的典故。参见舒雅《答刘学士》诗注〔6〕。

〔8〕姓刘人：一语双关，既指淮南王刘安，又指作者刘筠自己。

杨　亿

杨亿（974—1020），字大年。建州浦城（今属福建）人。七岁能文，十一岁，太宗诏送阙下试诗赋，授秘书省正字。淳化三年（992），命试翰林，作《舒州甘露赋》，赐进士第，直集贤院。真宗即位，超拜左正言，预修《太宗实录》。景德二年（1005）与王钦若同修《册府元龟》。三年，召为翰林学士，又同修国史。天禧二年（1018），拜工部侍郎。四年，复为翰林学士，兼史馆修纂、判馆事。十二月卒。仁宗时追谥"文"。亿为"西昆体"主要作家之一，诗作内容多为受诏修书、宫廷游宴、描摹物态之属，然用典贴切，属对工巧，音节和谐，风格精丽繁缛。某些作品还能营造一种美的意境。亿文格雄健，长于典制，《册皇太子文》《寇准拜相制》等为其代表作。著有《武夷新集》《西昆酬唱集》等传世。《东都事略》卷四七、《宋史》卷三〇五有传。

秘阁舒职方知舒州

西昆册府控千庐[1],铅笔多年校鲁鱼[2]。厌享双鸡太官膳[3],贪乘五马使君车[4]。明光画省辞青琐[5],天柱仙坛访紫书[6]。只恐政成抛印绶[7],携家深入白云居[8]。

辑自《武夷新集》卷四

【解题】

舒雅除舒州知州,辞都赴任之际,杨亿作此诗为之送行。诗中开篇处追忆了和舒雅在秘阁时的生活。内府规制气势的宏大,秘阁藏书的丰富,馆阁文人的工作性质,以及他们生活待遇的优渥丰厚,一一呈现在读者面前。但舒雅厌倦了这样精致的宫廷生活,他主动请求去舒州任职。舒州天柱山是道教圣地,天柱山灵仙观中藏有大量道教经典,这对于一心求道访仙的舒雅来说有着极大的吸引力。诗的尾联说:只怕你政成之后连地方官也不想做了,会带着全家修仙入道去吧。诗人的预见可谓一语成谶,杨亿作此诗后三年,舒雅任舒州知州秩满,又自请留在舒州任灵仙观监,即做个监督管理道士的官员,这与修仙入道其实并无多大区别。全诗格调高雅,辞藻典丽,对仗工整,在"西昆体"诗歌中可称是上乘之作。

【注释】

〔1〕西昆:指西方昆仑群玉之山,相传是古代帝王藏书之所。册府:指帝王册书的存放处。西昆、册府,诗中指内府秘阁。千庐:犹千家,众多的人家。

〔2〕"铅笔"句：谓舒雅多年在内府秘阁校雠图书。铅笔，指蘸铅粉涂改错字之笔。古人常用铅粉雌黄以点校书籍。鲁鱼，"鲁"和"鱼"字因形近往往容易传抄讹错。《抱朴子·遐览》："书字人知之，犹尚写之多误。故谚曰：'书三写，鱼成鲁，虚成虎。'此之谓也。"后因以"鲁鱼"指文字错讹。

〔3〕太官：官名。秦有太官令、丞，属少府。两汉因之。掌皇帝膳食及燕享之事。

〔4〕"贪乘"句：指舒雅主动要求到舒州出任知州一事。五马，汉时太守乘坐的车用五匹马驾辕，因借指太守的车驾。使君，汉代称州刺史为使君，汉以后用作对州、郡长官的尊称。

〔5〕明光：汉代宫殿名，后亦泛指朝廷宫殿。画省：指尚书省。汉尚书省以胡粉涂壁，紫素界之，画古烈士像，故别称"画省"。或称"粉省""粉署"。青琐：装饰皇宫门窗的青色连环花纹。借指宫廷。

〔6〕天柱：天柱山。仙坛：仙人住处。此指灵仙观。紫书：道家经典。《汉武帝内传》："地真素诀，长生紫书。"《云笈七签》卷五一："有青鸟来翔，口衔紫书，集于玉轩。"

〔7〕印绶：印信和系印信的丝带，这里借指官爵。抛印绶即指辞官。

〔8〕白云居：谓仙家所居之处。

寄灵仙观舒职方学士

绿发郎潜不计年[1]，却寻丹灶味灵篇[2]。华阴学雾还成市[3]，彭泽横琴岂要弦[4]？晓案只应餐沆瀣[5]，夜滩谁见弄潺湲[6]。须知吏隐金门客[7]，待乞刀圭作地仙[8]。

辑自《西昆酬唱集》卷下，又见《宋元诗会》卷四、《两宋名贤小集》卷四《杨文公集》

解题

此诗是杨亿怀念寄赠舒雅之作。舒雅离开秘阁去舒州任职,秩满后又自请留在舒州灵仙观任观监,这在馆阁诗人杨亿看来,颇是超凡脱俗之举,可与历史上著名隐者齐名。最后诗人告诉舒雅,自己虽在朝廷为官,但也并非因功名利禄萦心,不过是做个吏隐金门之客。并揶揄地说,将来也要向舒雅讨点丹药,作个云游天下名山的人间仙人。全诗技法娴熟,感情真挚,但大量堆砌道家典故,不仅晦涩难懂,且使诗歌蒙上了一层神秘的道教色彩。

注释

〔1〕"绿发"句:谓舒雅年轻时即处郎署,久不升迁,也不知过了多少年。绿发,黑发,指年轻。郎潜,谓老于郎署,喻为官久不升迁。《汉武故事》:"上至郎署,见一老郎,鬓眉皓白,问:何时为郎,何其老也。对曰:臣姓颜,名驷,以文帝时为郎。文帝好文而臣好武,景帝好老而臣尚少,陛下好少而臣已老,是以三叶不遇也。上感其言,擢为会稽都尉。"后即以"郎潜"谓老于郎署,喻为官久不升迁。计:或作"记"。

〔2〕味:旨趣,意义,这里用作动词,即探讨……旨趣。灵篇:指道教经文。《云笈七签》卷四:"命东华青宫,寻俯仰之格,拣校古文,撰定灵篇,集为宝经。"

〔3〕"华阴"句:用张楷学雾成市之典。《后汉书·张霸传》:"(霸中子)楷字公超,隐居弘农山中,学者随之,所居成市,后华阴山南遂有公超市。性好道术,能作五里雾。"

〔4〕彭泽横琴:指陶渊明弹无弦琴。《晋书·陶潜传》:"(陶潜)性不解音,而畜素琴一张,弦徽不具,每朋酒之会,则抚而和之,曰:但识琴中趣,何劳弦上声。"

〔5〕沆瀣(hàng xiè):夜间的水气,露水。旧谓仙人所饮。《楚

辞·远游》:"餐六气而饮沆瀣兮,漱正阳而含朝霞。"王逸注:"《凌阳子明经》言:春食朝霞……冬饮沆瀣。沆瀣者,北方夜半气也。"《文选·嵇康〈琴赋〉》:"餐沆瀣兮带朝霞。"张铣注:"沆瀣,清露也。"按:"应",《西昆酬唱集》《瀛奎律随》等作"应";《两宋名贤小集》作"因"。

〔6〕潺湲(chán yuán):水徐流貌。

〔7〕吏隐:指居官而无意于功名仕进,或指人官职低微,隐于下位。《晋书·孙绰传》:"尝鄙山涛,而谓人曰:'山涛吾所不解,吏非吏,隐非隐,若以元礼门为龙津,则当点额暴鳞矣。'"这里指自己不以利禄萦心,虽居官而犹如隐者。金门客:这里用东方朔的典故,形容在朝廷做官、在官署的金马门中可以避世保身。《史记》卷一百二十六《滑稽列传·东方朔》:"朔行殿中,郎谓之曰:'人皆以先生为狂。'朔曰:'如朔等,所谓避世于朝廷间者也。古之人,乃避世于深山中。'时坐席中,酒酣,据地歌曰:'陆沉于俗,避世金马门。宫殿中可以避世全身,何必深山之中,蒿庐之下。'金马门者,宦者署门也,门旁有铜马,故谓之曰'金马门'。"后用此典形容虽在朝廷做官而消极避世。

〔8〕刀圭:古代量取药物的器具,此指丹药。《入药境》潜子注:"刀圭者,丹药之异名。字义,二土成圭。盖以金丹乃戊己二土和合而成。"又《金丹大要》卷六:"刀者,乃戊土中之铅也。圭者乃戊己二土合为一圭也。"地仙:一般认为是住在人间的仙人,为仙乘中之中乘,游于名山者属此类。晋葛洪《抱朴子·论仙》:"《仙经》云:上士举形升虚,谓之天仙;中士游于名山,谓之地仙;下士先死后蜕,谓之尸解仙。"后亦借喻闲散安逸之人。

钱惟演

钱惟演(977—1034),字希圣,临安(今属浙江)人。吴越王钱俶之子。随父降宋,为右神武将军。因博学能文辞,编修《册府元龟》,历官知制诰、翰林学士、枢密副使、工部尚书,加同中书门下平章事。仁宗时,因事落职,出为崇信军节度使。能文辞,尤工诗。与杨亿、刘筠齐名,为西昆诗派领袖之一。其互相唱和作品,合辑为《西昆酬唱集》。钱惟演词仅存两首,格调凄婉。著有《典懿集》及《金坡遗事》等。

寄灵仙观舒职方学士

方瞳玄鬓粉闱郎^[1],绛阙斋心奉紫皇^[2]。征士高怀云在岭^[3],骚人秋思水周堂^[4]。闲园露草开三径^[5],灵宇华灯烛九光^[6]。知有美田堪种玉^[7],几时春渚逐归舻^[8]?

辑自《西昆酬唱集》卷下,又见《宋元诗会》卷三

解题

这是钱惟演寄赠怀念舒雅的一首七言律诗。诗中写到,舒雅作为馆阁之臣却一心向道,去舒州事奉道教传说中最高的神仙九天司命真君。他不接受朝廷征聘,视秀美的天柱山为自己的家园,把灵仙观作为隐居之所。而作者却一直思念着他,希望其能早日归来。诗中绛阙、紫皇、灵宇等意象不断显现,使全诗蒙上了一层神秘色彩;隐士、诗人、道教徒的形象叠加在一起,构成了诗人笔下舒雅的形象。全诗虽讲究用典,但属对工巧,造型布局堪称完美,显示了西昆体诗人善于锤炼的艺术造诣。

注释

〔1〕方瞳:方形的瞳孔,古人以为长寿之相。道家认为的仙人之相。玄鬓:黑色的鬓发。粉闱:尚书省之别称。闱,宫中小门。郎:郎中。

〔2〕绛阙:神话传说中天帝神仙所居之宫阙。此指灵仙观。斋心:祛除杂念,使心神凝寂。即清心寡欲。紫皇:道教传说中最高的

神仙,即九天司命真君。

〔3〕士:指不接受朝廷征聘的隐士。清赵翼《陔余丛考·征君征士》:"有学行之士,经诏书征召而不仕者,曰征士,尊称之则曰征君。"《文选·颜延之〈陶征士诔〉》:"有晋征士,寻阳陶渊明,南岳之幽居者也。"张铣题注:"陶潜隐居,有诏礼征为著作郎,不就,故谓征士。"高怀:大志;高尚的胸怀。云在岭:形容山色秀美。

〔4〕人:诗人,文人。水周堂:水环绕堂屋。《九歌·湘君》:"鸟次兮屋上,水周兮堂下。"喻思恋。南朝梁刘孝威《苦热》诗:"白羽徒摇握,绿水自周堂。"

〔5〕闲园:荒园,空置之园。三径:汉时蒋诩辞官归乡里,塞门不出,舍中辟三径,唯与求仲、羊仲来往,见晋代赵岐《三辅决录·逃名》。晋代陶潜《归去来兮辞》:"三径就荒,松菊犹存。"后因以"三径"指家园或称隐士所居。

〔6〕"灵宇"句:此句指舒雅提举灵仙观。灵宇,祠堂,寺观。烛,照亮,照见。九光,谓九色霞光。亦指四射的光芒;绚烂的光芒。

〔7〕美田:肥沃的田地。种玉:神话传说,杨伯雍因向行人施舍汤饮感动神仙,仙人送他石头,告他种石可得玉及好媳妇。后果种出白璧、聘来好妇。事见晋干宝《搜神记》卷一一。后因用"种玉"咏仙道之事。卢纶《酬畅当寻嵩岳麻道士见寄》:"开云种玉嫌山浅,渡海传书怪鹤迟。"亦用以咏富饶美丽的山水佳胜。刘禹锡《奉和中书崔舍人八月十五日夜玩月二十韵》:"水是还珠浦,山成种玉田。"

〔8〕春渚:春日的水边。亦指春水。归艎:即归舟。

晏 殊

晏殊(991—1055),字同叔。抚州临川(今属江西)人。真宗景德二年(1005),以神童召试,赐同进士出身,官至翰林学士、右庶子。仁宗朝,曾出知应天府,后召拜为御史中丞,累官至集贤殿大学士,同中书门下平章事,兼枢密使。曾先后知宋州、颍州、陈州、许州、永兴军、河南府兼西京留守。卒谥元献。殊素有文名,历任要职,知人善任,范仲淹、欧阳修、韩琦、富弼等皆得其举荐。与梅尧臣、张先等友善。词最工,风格清丽疏朗,在当时独具一格。有《晏元献遗文》一卷、《珠玉词》一卷传世。

送虞部慎员外监灵仙观[1]

潜岭岹峣副祝融[2],上真行观隐阳峰[3]。人瞻外监饭南岳[4],诏许仙游访赤松[5]。琼蕴赐书期自抱,绿章论事与谁封[6]?他年紫府如相遇[7],但恐丹灵改旧容[8]。

又

吏隐无营世所稀[9],都门行斾有光辉[10]。天河八月灵槎去[11],辽海千年独鹤归[12]。翠岭烟霞严宿馆,绛坛星斗护仙闱[13]。阳平欲校修真籍[14],莫遣缨尘上羽衣[15]。

辑自《(康熙)潜山县志》卷一二《艺文下》

解题

虞部慎员外是晏殊的挚友,这年秋天,他出监舒州灵仙观,都门离别之际,晏殊作诗为之送行。作者在诗中表达了对友情的珍惜和对朋友的安慰。由于舒州灵仙观是北宋道教的圣地,诗中的慰勉之词多用道家事典,读之颇为聱牙。

注释

〔1〕虞部:古职官名。隋、唐时工部置虞部司,长官为虞部司郎中,掌帝都的街道、苑囿及草木、山泽等。员外:员外郎的简称,指正

员以外的郎官。自隋代始,各部都有员外郎,位在郎中之次。慎员外,其人不详。监:监察,此指任主管监察的官员。宋代舒州灵仙观有监、提举、管勾等多种名目。

〔2〕潜岭:即潜山。岧峣:山高耸貌。副祝融:副,副贰。祝融,山峰名,祝融峰为衡山的最高峰,这里指代衡山。据南朝吴郡道士徐灵期《南岳记》载,汉武帝以南岳衡山辽远,乃移近潜山登封之,以代南岳,故潜山又名"副南岳"。"副祝融"即是其意。

〔3〕上真:道教称修炼得道者为真人,也称上真、真仙、上仙。行观:出行在外所居之宫观。阳峰:指朝阳峰,潜山山峰名。

〔4〕外监:此次慎员外是由京城外调至舒州灵仙观任监察之职,故称外监。皈:归向,依附。南岳:此指潜山(即天柱山)。

〔5〕诏:皇帝颁发的命令。仙游:指远出修仙问道。赤松:即赤松子。上古之仙人名。《列仙传》卷上:"赤松子者,神农时雨师也,服水玉以教神农,能入火自烧。往往至昆仑山上,常止西王母石室中,随风雨上下。炎帝少女追之,亦得仙俱去。"赤松子服水玉而登仙的故事流传甚广。在流传过程中,作为雨师的赤松子已成为具有浓厚道家色彩的真仙。历代人们常吟咏其事,以表达对其飞升成仙的欣羡,和自己向往轻举遨游、脱离世间烦恼以求长生的愿望。

〔6〕"琼蕴"二句:你胸怀高洁,来信期望我自坚其操守;可是以后你在那里写祈天的奏章表文,与谁一起封缄呢?琼蕴,高洁的胸怀。赐书,称人来信的敬辞。自抱,犹自持,自守。绿章,即"青词"。旧时道士祈天时用青藤纸朱笔所写的奏章表文。参见前孙仅《题潜山》诗注。封,密封,封缄。

〔7〕他年:犹言将来,以后。紫府:道教称仙人所居之洞府。

〔8〕"但恐"句:只怕是仙丹灵验,你已改变了昔日的容颜。

〔9〕吏隐:旧时一些清高的士大夫,常不满世俗的混浊,又以官小,而自称"吏隐",意为隐于下位,而非隐于山林。谓不以利禄萦心,虽居官而犹如隐者。无营:无所谋求。

〔10〕都门:京都城门。行旆:出行时所树的旗帜。

〔11〕"天河"句：晋张华《博物志》卷十："旧说云天河与海通。近世有人居海渚者，年年八月有浮槎去来，不失期。"灵槎(chá)，指传说中按期通往天河的船筏。

〔12〕"辽海"句：指辽东丁令威得仙化鹤归里事。《搜神后记》卷一："丁令威，本辽东人，学道于灵虚山，后化鹤归辽，集城门华表柱。时有少年举弓欲射之，鹤乃飞，徘徊空中而言曰：'有鸟有鸟丁令威，去家千年今始归，城郭如故人民非，何不学仙冢累累！'遂高上冲天。"

〔13〕绛坛：仙坛，道教中仙人所居或举行法事的场所。绛，深红色。仙闱：仙室之门。

〔14〕阳平修真籍：指《阳平治》等道教经书，其内容是以张道陵天师的口吻宣讲道诫。此经之所以用"阳平"为名，乃因张道陵天师于阳平鹤鸣堂行教之缘故。修真，道教谓学道修行为修真。

〔15〕羽衣：指道士或神仙所着之衣。以鸟羽为衣，取其神仙飞翔之意。

王延龄

王延龄，生平事迹不详。

金氏松壑别墅

皖公山下乌株岭[1]，一径萦纡入九山[2]。早稻分塍随水熟[3]，古松穿壑与云闲。风前羽扇辞官后，月下蓝舆送客还[4]。取次咏诗无限意[5]，少陵怀抱最相关[6]。

辑自《(嘉靖)安庆府志》卷一七《艺文志》

【解题】

松壑别墅在拨蒿坂，宋处士金良贵隐居处。此诗首联介绍别墅所在位置及到达路径。中间两联写周围环境。此地有一派和谐的田园风光与清幽的自然景致,主人的日常生活也怡然自适,颇有山林隐逸的趣味。结尾处笔锋一转,作者表示只有像杜甫那样无论身处何地都不忘忧国忧民的怀抱才最与自己契合。从中可照见古代士大夫隐居生活中真实心态的一个侧面。

注释

〔1〕乌株岭:地名。在潜山县西五十里,旧属清照乡。

〔2〕萦纡:回旋曲折。九山:地名。旧亦属清照乡。清李载阳《(乾隆)潜山县志》卷之一《山川》:"清照乡十四里,出西门大路,至桃花铺,转北张陂坂、乌株岭、九山、埄口、五河、闵家山,上河南,交太湖界。"

〔3〕塍(chéng):田埂。

〔4〕蓝舆:竹轿。

〔5〕取次:随便,任意。

〔6〕少陵:指杜甫。杜自号少陵野老。

宋 祁

宋祁(998—1061),字子京,开封雍丘(今河南杞县)人,幼居安陆(今属湖北)。天圣二年(1024)进士。曾官翰林学士、史馆修撰。与欧阳修等合修《新唐书》。书成,进工部尚书,拜翰林学士承旨。卒谥景文。与兄庠并有文名,时称"二宋"。诗词语言工丽。《玉楼春》词中有"红杏枝头春意闹"句,世称"红杏尚书"。有《景文集》《宋景文公笔记》《益部方物略记》等传世。生平事迹见《名臣碑晒谷场主琬琰集》上集卷七载范镇《宋景文公祁神道碑》、《宋史》卷二八四。

孙景赴怀宁尉[1]

一行为吏日,千里背淮人。兰助朝昏膳,丝垂宛转纶[2]。云容侵驿晓,江态引帆春。静治龙舒邑[3],氂生盗向秦[4]。

辑自《景文集》卷八

解题

此诗是作者送别孙景赴舒州任怀宁县尉时所作。作者说,你一旦为官,就要千里迢迢离开淮人了。你任职的那里有兰花,可助你早晚进膳;还可在溪水中垂钓。天刚拂晓美丽的云彩便侵入驿站,春天里江上景色招来许多帆船。你到舒州可清静无为而治,一定会使那里政治清明,盗贼不生,社会安定。全诗充满着对孙景到舒州任职的安慰和期望。

注释

〔1〕孙景:其人不详。宋祁有《孙景随侍赴举》诗曰:"蜡凤当筵占美名,文斋大被集时英。人同颍水将车乐,赋待尚书给笔成。乡酒出郊浮蚁醑,故林驰雾暝猿惊。省知唱第蕖云幄,归梦因君到斗城。"据诗意观之,孙景当为作者同乡,或即其家族中孙辈。怀宁:怀宁县。治所即今安徽潜山县。

〔2〕"丝垂"句:意谓垂丝绳钓鱼,也指等待明主起用隐士。宛转,回旋,盘曲。纶,粗丝线。

〔3〕静治:清静无为而治。龙舒邑:指舒州,怀宁县属舒州。

〔4〕盗向秦:比喻政治清明,社会安定。此用"晋盗逃秦"之典。据《左传》载,鲁宣公十六年,晋景公任命士会统率中军,并且担任太傅的官职,于是晋国的盗贼都逃窜到秦国。羊舌职说:我听说,夏禹推举好人,不好的人就会远离,说的就是这种情况。

梅尧臣

梅尧臣(1002—1060),字圣俞,宣州宣城(今属安徽)人。宣城汉代名宛陵,故世称宛陵先生。出身农家,屡试不第。仁宗天圣九年(1031),凭借叔父梅珣门荫,任河南县主簿。得西京留守钱惟演与通判谢绛赏识。同年与欧阳修一见如故,共同倡导诗文革新。皇祐三年(1051)召试,赐进士,为太常博士,监永济仓。后以欧阳修荐,任国子监直讲,累迁尚书都官员外郎,预修《新唐书》。毕生致力诗歌创作,现存诗作二千八百余首。作品力求平淡有味,兼工古今体。上承中唐,下开两宋,成绩颇著。著有《宛陵先生集》传世。

送尹瞻驾部监灵仙观[1]

天地如转磨,屑屑今古人[2]。一落大化手[3],团品惟其新[4]。不幸积不用,衮衮同埃尘[5]。日月行何穷,过尽千万春。人生占几许,百岁犹比晨[6]。君求潜山潜[7],舍去两朱轮[8]。愿效陶渊明,蒻纱为破巾[9]。山前溪多鳞[10],山下酒甚醇。看云举大枻,构造舒州民。李白尝爱之,死生曾与均[11]。此志我亦有,更将猿鸟亲。

辑自《宛陵先生集》卷二一

解题

此诗作于嘉祐四年(1059),时梅尧臣五十八岁。这一年尹瞻出监舒州灵仙观,梅尧臣作诗为之送别。作者在诗中发出了人生如寄、造化弄人的感叹,他赞许尹瞻自请去潜山灵仙观任职这一特殊的归隐行为,并表明"此志我亦有",希望亦能幽隐山林,享受优游物外的自由生活。但不幸的是,一年以后(嘉祐五年),梅尧臣就病逝了。

注释

〔1〕尹瞻：宋成都温江人，以才思过人闻名。任本州通判时，曾借助木桶于江心水底锯掉大树，以便船只通行。此法为后代桥梁水下施工所借鉴。驾部：官职名。掌舆辇、传乘、邮驿、厩牧之事。《宋史职官志》兵部有驾部郎中、员外郎。

〔2〕屑屑：劳瘁匆迫貌。

〔3〕大化：造化。指宇宙，大自然。

〔4〕团品：名贵的茶品。

〔5〕衮衮：同"滚滚"，连续不绝貌。

〔6〕比晨：邻近的早晨，相连的两个早晨。比，近，相连。

〔7〕潜山潜：到潜山隐居。潜山，山名。亦名皖山、天柱山，在舒州州治（今安徽潜山县治）西北。

〔8〕朱轮：古代高官所乘之车，因车轮漆成朱红色，故称。借指高官。

〔9〕翦纱为破巾：指弃官归隐。纱，指纱帽，官员之服。巾，指巾帻，处士之服。

〔10〕鳞：指鱼。

〔11〕"看云"四句：典出唐李白《襄阳歌》，其诗云："舒州杓，力士铛，李白与尔同死生。"舒州杓，即舒州所产的舀酒的木勺，唐时舒州以产酒器著称。李白爱酒，所以诗云"与尔同死生"。尹瞻解官后领灵仙观，灵仙观在舒州，故有此语。

李师中

李师中（1013—1078），字诚之，应天楚丘（今山东曹县）人。年十五上书言时政，由是知名。举进士，知洛川。转太子中允，累官提点广西刑狱。善抚土著，边民称其德，呼为"桂州李大夫"，不敢直称其名。神宗即位，除河东都转运使，知凤翔府。熙宁初又拜天章阁待制,知秦州。杜衍、范仲淹、富弼皆荐其有王佐才。为吕惠卿所排,贬和州团练副使安置、舒州节度推官等职。稍迁至右司郎中。所著文集、奏议等今皆不存,有《珠溪诗集》一卷传世,收诗十九首。诗风流畅自然。生平事迹见《宋史》卷三三二。

灵 仙 观

尊祖事天严降格[1],神仙宫殿列崔嵬[2]。上方白日人难到[3],一夜秋风鹤自来。岩石正如师尹望[4],涧松自是栋梁材[5]。青云缓步真闲暇,此处蓬瀛路正开[6]。

辑自《(康熙)潜山县志》卷一二《艺文下》

【解题】

《(康熙)潜山县志》于此诗著录姓名处有"李师中,天章阁待制"八字,《(乾隆)潜山县志》漏载。乾隆志以其与张商英《游潜山叙寄苏子平》均未标作者姓名而列苏轼诗后,遂使后人误以为并为苏轼所作。《(民国)潜山县志》亦沿其讹误。今正之。

初秋的一天,诗人在舒州任职的闲暇之际前往距州治二十里地的灵仙观游览,并即兴赋下此诗。诗中描写了宫观建筑的高大雄伟,以及周围树木萧森的地理环境:岩石硕大累累,涧松挺拔伟岸。并抒发了上界人难到的感叹,表达了自己当时被贬舒州不能升迁的抑郁情怀。全诗流畅自然,反映了作者一贯的诗歌风格。

【注释】

[1] 尊祖事天:尊崇圣祖,事奉天帝。严降格:要求严格,不允许降低标准。

[2] 崔嵬:高大雄伟。

〔3〕上方：天上，上界。

〔4〕师尹：周朝诸正官的合称。

〔5〕涧松：指涧谷底部的松树。多喻德才高而官位卑的人。晋左思《咏史》："郁郁涧底松，离离山上苗。"

〔6〕蓬瀛：蓬莱和瀛洲，神山名，相传为仙人所居。亦泛指仙境。

题太平寺[1]

古寺连城邑，盘基戴巨鳌[2]。地应迎晓日，天不隐秋毫[3]。

辑自《舆地纪胜》卷四六《安庆府》

解题

古老的寺院与舒州城相连接，寺中的奠基石耸立在巨大的龟形石刻上。这里地势高敞，每天清晨迎接着朝阳从东方升起；天空明净，连秋天鸟羽新长出的毫毛也能看清楚。这首小诗短短二十言，简明清晰地勾画了太平寺的地理方位与风光景物。太平寺明末毁于战火，然凭此诗我们犹可领略它全盛时期的风采。

注释

〔1〕太平寺：《（康熙）安庆府志》卷之四《寺观·潜山》："太平寺，在清朝乡，县北三里，有塔，为五祖演禅师、佛眼、佛鉴、佛果禅师道场。晋创，明末寇焚，惟存玉皇阁。"

〔2〕盘基：犹奠基。巨鳌：传说中海中能负山的大龟或大鳖。这里指龟形石刻。

〔3〕秋毫：鸟兽在秋天新长出来的细毛。喻极纤小的事物。

题 山 谷 寺 （残句）

门无车马地无尘，只有青山是四邻。

又

坐据白云岩下地，仰看青镜匣中天[1]。

辑自《舆地纪胜》卷四六《安庆府》

解题

　　这两联描写山谷寺的残句，辑自宋代王象之的《舆地纪胜》，全诗今已不存。诗句清新明丽，如行云流水，自然流畅地描绘了山谷寺清幽的环境，表现了诗人宁静闲适的心态。

注释

　　〔1〕青镜：青铜镜。此指天，因天明净如镜，故称青镜。匣中天：因山谷寺四周均是大山，坐在地上仰望天空，视野受局限，故称匣中天。

刘 敞

　　刘敞（1019—1068），字原父，号公是。临江军新喻（今江西新余）人。仁宗庆历六年（1046）进士，通判蔡州，直集贤院，判尚书考功。历右正言、知制诰。尝奉使契丹。又知扬州、郓州，决狱讼，明赏罚，有政绩。拜翰林侍读学士，改集贤院学士、判南京御史台。敞学问渊博，淹通典籍，长于《春秋》，尤深经学，开宋儒批评汉儒之先声。欧阳修每叹服其博。著有《春秋权衡》《春秋传》《春秋意林》《春秋说例》《七经小传》《公是弟子记》《公是集》等。

同梅圣俞送尹郎中监舒川灵仙观

真人西度关[1],乃祖独知之[2]。强著五千言[3],竦身弃喧卑[4]。灵光无时没[5],人世自超忽[6]。上下千岁间,裔孙亦清出[7]。论兵复击剑,远与道同符[8]。功名不如意,白发笑桑榆[9]。藏书天禄阁[10],卜居天柱山[11]。此职无吏责,去去何时还?山中醉白云,山下弄流水。吾已了损益[12],未知生死耳。聊登千仞巅[13],下视寰中尘[14]。更因长风来[15],挥手谢世人[16]。

辑自《公是集》卷一四

解题

诗题中的梅圣俞,即梅尧臣,尧臣字圣俞。尹郎中,指尹瞻;郎中,官名。参见前梅尧臣《送尹瞻驾部监灵仙观》诗注。

此诗是作者和梅尧臣一起为送尹瞻赴舒州灵仙观监之任而作。诗歌先由老子弃世出关起兴,将函谷关的尹喜和尹瞻联系了起来。千年前尹喜慧眼识老子,让老子写下了《道德经》;千年后其裔孙尹瞻文韬武略不逊乃祖,且喜好道术志趣相同;现因功名不如意而归隐天柱山,过起了优游物外的生活。作者安慰尹瞻,认为自己能明白世间事物的"损益"之理,了解官场得失之道,最后则表明,自己亦将逃遁这个世界。此诗显示出作者学问渊博,和梅尧臣诗有异曲同工之妙。

注释

〔1〕"真人"句:指老子西度函谷关。真人,道家称"修真得道"或"成仙"之人。《庄子·天下》:"关尹老聃乎,古之博大真人哉!"

〔2〕乃祖:你的祖先,指尹喜。相传周昭王时,老子入关,尹喜时

任函谷关令,同至楼观。老子将其学说整理为《老子》一书交给尹喜,尹喜据此撰《关尹子》九篇及《高士老子内传》。庄子将尹喜与老子并列,亦为"古之博大真人"。后世道教尊老子为教祖,奉尹喜为文始真人和楼观道祖师,尊楼观为道教祖庭。

〔3〕五千言:即《道德经》。因《道德经》原文约五千字,故称五千言。

〔4〕竦身:举身向上。喧卑:喧闹卑微。借指人世间。

〔5〕灵光:神异的光辉。比喻圣贤的德泽。无时:没有一刻;无有一时。

〔6〕超忽:迅疾貌。

〔7〕裔孙:远代子孙。这里指尹郎中,即尹瞻。清出:犹超拔,突出。

〔8〕"远与"句:谓尹郎中与尹喜虽远隔千年,但在喜好道术方面是一致的。同符,与……相合。

〔9〕桑榆:指日落时余光所在处,此用来比喻人垂老之年。

〔10〕"藏书"句:自注:"郎中上所集兵书,诏藏秘阁。"天禄阁,本汉代阁名,天禄阁为汉宫中藏图书典籍之处。后亦通称皇家藏书之所。

〔11〕卜居:择地居住。

〔12〕了:了解,明白。损益:削减盈溢。损益代表着各种对立统一体,如上下、刚柔、盈虚以及官场得失等。南朝梁刘孝标《世说新语·规箴》注:"圣人见阴阳之性,明存亡之理,损益以为衰,抑进以为退。"

〔13〕聊:姑且。千仞巅:极高的山顶。仞,古代长度单位。据陶方琦《说文仞字八尺考》谓周制为八尺,汉制为七尺,东汉末则为五尺六寸。千仞极言其高。

〔14〕寰中:宇内,天下。尘:世俗。宗教称人间俗世之事,隐者称仕途皆曰尘。

〔15〕长风:大风,远风。

〔16〕谢:辞别,离开。

送刘郎中监灵仙观尽室而往

华发星郎七十余[1],碧山遥访羽人居[2]。白石不为天上药[3],淮南欲试枕中书[4]。长缨自濯沧浪水[5],高盖仍瞻驷马车[6]。福地神仙应易致,几时南岳候乘舆[7]?

辑自《公是集》卷二五

解题

刘郎中以古稀之年领舒州灵仙观监之职,并率领全家前往就任,刘敞作此诗为之送行。由于舒州灵仙观是北宋屈指可数的道教宫观,天柱山是历史上著名的洞天福地,所以诗中满纸都是言道家修炼之事,咏世人归隐之典。诗的尾联以汉武帝曾到天柱山求仙问道而想到刘郎中或许能在那里见到当今皇上,其中虽不乏调侃的成分,但我们还是能品味出诗人对僚友的祝福和关切。

注释

〔1〕华发:花白头发。星郎:指郎官。典出《后汉书·明帝纪》:"馆陶公主为子求郎,不许,而赐钱千万。谓群臣曰:'郎官上应列宿,出宰百里,苟非其人,则民受殃,是以难之。'"后因称郎官为"星郎"。

〔2〕羽人:神话中的飞仙。道家学仙,因亦称道士为羽人。

〔3〕白石:传说中神仙的粮食。汉刘向《列仙传·白石生》:"彭祖时已二千余岁……尝煮白石为粮。"唐韦应物《寄全椒山中道士》诗:"涧底束荆薪,归来煮白石。"

〔4〕淮南:指汉淮南王刘安。枕中书:指珍秘的书籍。古时枕形如箱箧,中空,可贮物藏书。《越绝书外传·枕中》:"以丹书帛,置之枕中,以为邦宝。"《汉书·刘向传》:"上复兴神仙方术之事,而淮南有枕中《鸿宝》《苑秘书》。"颜师古注:"《鸿宝》《苑秘书》,并道术篇名。

臧在枕中,言常存录之不可漏泄也。"

〔5〕长缨:古时系帽的长丝带。濯:洗涤。沧浪水:青苍色的水。《孟子·离娄上》:"有孺子歌曰:'沧浪之水清兮,可以濯我缨;沧浪之水浊兮,可以濯我足。'"屈原《渔父》中的隐者渔父亦歌此曲。后用以咏归隐江湖之典。

〔6〕高盖:高大的车盖。驷马车:指显贵者所乘的驾四匹马的高车。

〔7〕南岳:作者自注:"汉武帝南巡,礼天柱为南岳云。"乘舆:旧指皇帝和诸侯所用的车舆。后亦用作皇帝的代称。

送柳舒州[1]

金马宿儒当世贤[2],著书天禄自忘年[3]。中和屡以乐职用[4],九次方为耆老迁[5]。何恨一回仍出守,会须千室看鸣弦[6]。只因闭阁江湖上[7],正想遥心象魏前[8]。

辑自《公是集》卷二四

【解题】

此诗为送僚友柳某外任舒州知州而作。柳原在京任文学侍臣多年,年岁老大方才升迁,外任地方官。作者祝他治政有道,宽猛得中,乐于职守,平易近民,治下百姓生活安乐;并希望他身在江湖,心存魏阙,不仅要在处理地方争讼时能做到"闭门思过",而且要为朝廷大局着想,为天子分忧。

【注释】

〔1〕柳舒州:其人不详。《安庆府志·职官表》及《潜山县志·职官志》均未有载录。

〔2〕金马：即金马门，汉代宫门名，学士待诏之处。东方朔、主父偃等都曾待诏金马门。后因以"金马门"或"金马"指朝廷。宿儒：素有声望的博学之士。

〔3〕天禄：见前《同梅圣俞送尹郎中监舒川灵仙观》诗注。

〔4〕中和：中正和平。《荀子·王制》："公平者职之衡也，中和者听之绳也。"杨倞注："中和谓宽猛得中也。"乐职：乐于职守。"中和""乐职"又均为诗篇名。汉王褒《四子讲德论》："浮游先生陈丘子曰：'所谓《中和》《乐职》《宣布》之诗，益州刺史之所作也。刺史见太上圣明，股肱竭力，德泽洪茂，黎庶和睦，天人并应，屡降瑞福，故作三篇之诗，以歌咏之也。'"后用为称颂太守之词。宋王楙《野客丛书·中和乐职诗》："今人颂太守治政，往往有中和乐职之语。"杨万里《答福师张子仪尚书》："曾几何时，而平易近民之声，中和乐职之颂，已与风俱驰，与川争流。"

〔5〕耆老：年老。迁：升迁，调任。

〔6〕会须：应当。鸣弦：《论语·阳货》："子在武城，闻弦歌之声。"原谓子游以礼乐为教，故邑人皆弦歌。后以"鸣弦"泛指官吏治政有道，百姓生活安乐。

〔7〕闭阁："闭阁思过"之省称，指关起门来自我反省。古时贤明的地方官，治下有百姓因争论而诉讼，总是先闭门思过，责备自己治理无方，然后才断其案。江湖：指民间，与朝廷相对。

〔8〕象魏：古代天子、诸侯宫门外的一对高大建筑，亦叫"阙"或"观"，为宣示教令的地方。借指朝廷。

苏 颂

苏颂（1020—1101），字子容，泉州同安（今属福建）人，寓丹阳。仁宗庆历二年（1042）进士，累迁集贤校理。富弼称为古君子，与韩琦同表其廉退。英宗时迁度支判官。哲宗元祐中，拜右仆射，兼中书侍郎。为相务在使百官遵职，杜绝侥幸之原，戒疆场之臣勿要功生事，巍然独立,为时雅望。绍圣四年(1097),以太子少师致仕。赠司空、魏国公。颂宇量恢廓,学问博洽。其文则"多清丽雅赡,卓然可为典则"(《四库全书总目》)。著有《苏魏公集》传世。

效范景仁侍郎次韵和君实端明长句奉呈龙舒杨守[1]

公居幽绝谁能纪[2],欲到应须劳屐齿[3]。从官出入路萦纡[4],况今又去藩龙舒[5]。人在天南居在北,乡心千里云山碧[6]。山庭不用勒移文,时乐中和归未得[7]。他年若寻仙老会,洛下诸公尽中外[8]。百二十坊山水间,甲第相望门巷对[9]。过从不独赏芳珍[10],造适何妨谈道真[11]。回头却望朝市里[12],多少思归未去人!

辑自《苏魏公集》卷五

【解题】

这是作者效仿范镇次韵和司马光长句而呈送给出任舒州知州杨希元的一首七言古诗。范镇和诗与司马光原作今皆未见。杨希元家居幽绝之地,如今即将前往任职的舒州,同样是个道路迂曲盘绕的山区。诗人想象他在那里一定会思念自己的故乡,认为他之所以应诏出仕而没有归隐山林,并非如同自标清高的南齐假隐士周颙那样,因贪图官禄而不思念家乡故地,而是为维护朝廷的政治和平而欲归不能。诗人说,洛阳籍在朝廷内外为官者甚多,将来他们若在一起聚会,不单是要赏花、品尝美味、欣赏珍宝,还应该议一议道德的真谛,因为在名利场中,还有很多打算归隐却没有离开的人。宋代士大夫盛行所谓"朝隐",即不抛弃官职却又能过上隐士的生活,诗人在结尾处对此表明了态度。

注释

〔1〕范景仁:即范镇(1007—1088)。镇字景仁,成都华阳人,北宋著名的文学家、史学家,历仕仁、英、神、哲四朝,一生三任翰林,四知贡举。因反对王安石变法,以户部侍郎致仕。哲宗即位,提举崇福宫,累封蜀郡公。平生与司马光相好,议论如出一口。次韵:亦称步韵。诗学术语,指和诗时用原诗韵字,且先后次序与原诗相同。君实、端明:皆司马光字。司马光(1019—1086),北宋著名政治家、史学家。龙舒杨守:龙舒,指舒州,已见前注。杨守,指杨希元。杨希元(?—1088),郑州管城(今河南郑州)人。官比部员外郎,迁驾部。神宗元丰初,以朝议大夫知舒州(《续资治通鉴长编》卷三一六)。官至中散大夫。哲宗元祐三年卒。事见《柯山集》卷五〇《张夫人墓志铭》。按,据《(康熙)潜山县志·职官志》,宋代杨姓任舒州知州者有二人,一为杨澈,一为杨希元。据《宋史》本传,杨澈,祖籍建州(今属福建)蒲城,父徙居青州之北海。宋太祖建隆初(960)举进士,太宗时知舒州,真宗景德(1004—1007)间卒,年七十四。杨澈卒时苏颂尚未出生,故二人绝不可能有交集。而杨希元无论籍贯还是年龄均与"龙舒杨守"合,此诗当为送杨希元而作。

〔2〕幽绝:清幽殊绝。杨某曾"买宅近高山","门临嵩室足云烟"(见《苏魏公集》卷十《龙舒太守杨郎中示及诸公题咏洛阳新居见邀同作辄依安乐先生首唱元韵继和》诗),故曰其居所幽绝。

〔3〕劳:劳烦,劳累。屐齿:一种登山的木屐,底有齿。

〔4〕从官:皇帝的侍从官吏。萦纡:回旋曲折。

〔5〕藩:封建王朝分封的地域叫藩。此指担任知州。

〔6〕乡心:思念家乡的心情。

〔7〕"山庭"二句:据《文选》六臣注载,南齐周颙初隐钟山,后出为海盐令,欲再经钟山时,孔稚珪乃作《北山移文》,假山灵之口,阻止周颙,不许再践此山。移文中有"勒移山庭"之语。此二句反用其典,谓杨某并非像周颙那般贪图官禄而不思念家乡故地,所以不用将讨伐他的

檄文刻于山庭,他是因为忠于职守,为维护朝廷的政治和平而欲归不能。山庭,山林庭园。移文,文体的一种。用于劝谕训诫的文书。与"檄文"相似。乐中和,乐职中和之意,详前刘敞《送柳舒州》诗注〔4〕。

〔8〕洛下:指洛阳城。知州杨希元为洛阳人,故称"洛下"。《苏魏公集》卷十有《龙舒太守杨郎中示及诸公题咏洛阳新居见邀同作辄依安乐先生首唱元韵继和》诗。中外:朝廷内外,中央与地方。

〔9〕甲第:豪门贵族的宅第。相望:互相看见。形容接连不断。极言其多。

〔10〕过从:互相往来;交往。

〔11〕造适:谓寻访。与"过从"义近。道真:道德、学问的真谛。

〔12〕朝市:泛指名利之场。

王安石

王安石(1021—1086),字介甫,晚号半山,抚州临川(今属江西)人,后移居江宁(今南京)。庆历二年(1042)进士,签书淮南判官。皇祐三年(1051)三十一岁时通判舒州,至和元年(1054)任满赴阙,九月任群牧判官。嘉祐二年(1057)知常州。次年提点江东刑狱,上"万言书",主张"改易更革"。五年,入为三司度支判官。八年,以母忧去。神宗即位,命知江宁府,旋召为翰林学士兼侍讲。熙宁二年(1069),拜参知政事,积极推行新法。后因新法遭受反对,以观文殿大学士出知江宁府。十年改集禧观使,封舒国公。元丰三年(1080),拜左仆射、观文殿大学士,改封荆国公。卒谥文。安石为北宋诗文革新运动的中坚人物,唐宋古文八大家之一。有《临川集》一百卷传世。

到舒次韵答平甫〔1〕

夜别江船晓解骖〔2〕,秋城气象亦潭潭〔3〕。山从树外青争出,水向沙边绿半涵[4]。行问啬夫多不记[5],坐论公瑾少能谈[6]。只愁地僻无宾客,旧学从谁得指南[7]。

辑自《临川集》卷二四

解题

这是皇祐三年(1051)王安石就任舒州通判时写给其弟王安国的一首次韵诗,也是他到任后写的第一首作品。诗中回顾了弃船换车到达州治的经过,描绘了舒州的自然风光,抒写了自己初到舒州的感受。这里城市的深邃气象和山清水秀的自然景观给诗人留下了美好的印象,历史上循吏和名将的传说更令人鼓舞,但是他也为当地人对这些乡贤知之甚少而怅惋,更为自己身居偏僻小城、学业得不到耆儒硕学的指点而悲愁。从诗中可窥见王安石的抱负和爱好,也可了解到当时舒州的文化氛围较之通都大邑尚有不小差距。

注释

〔1〕平甫:即王安国。安国字平甫,王安石长弟。《宋史》卷三二七有传。

〔2〕解骖:指停车。骖,驾一车的三匹马,亦泛指马。

〔3〕潭潭:深邃貌。

〔4〕涵:包容。

〔5〕啬夫:乡官名。秦汉制度,乡置啬夫,职掌听讼、收取赋税。此指汉代循吏朱邑。邑字仲卿,舒人。少时为舒桐乡啬夫,廉平不苛,以爱利为行,未尝笞辱人。存问耆老孤寡,遇之有恩,颇受所部吏民爱敬。迁东海太守,官至大司农。《汉书》卷八十九有传。

〔6〕公瑾:即周瑜。瑜字公瑾,庐江舒县(今安徽舒城)人。三国时东吴名将,《三国志》卷五四《吴书》有传。《方舆胜览·安庆府》:"周瑜,字公瑾,庐江舒人。孙策取荆州,以为中护军。攻皖,拔之。得乔公两女,策纳大乔,瑜纳小乔。后破曹公于赤壁。"按,皖即皖城,

汉皖城即唐宋之舒州州治,亦即怀宁县治,元至治三年后为潜山县治。详前唐皎然《五言送常清上人还舒州》诗注〔1〕"舒州"。

〔7〕旧学:曾经从事的学业。指南:指导。

到郡与同官饮　时倅舒州[1]

泻碧沄沄横带郭[2],浮苍霭霭遥连阁[3]。草木犹疑夏郁葱,风云已见秋萧索[4]。荒歌野舞同醉醒,水果山肴互酬酢[5]。自嫌多病少欢颜[6],独负嘉宾此时乐[7]。

辑自《临川集》卷一二,又见《王荆公诗注》卷一八

解题

皇祐三年(1051)初秋,王安石任舒州通判刚一到任,同僚们即为他摆酒接风。宴会上,嘉宾们欣赏着贫困地区民间原始的歌舞,品尝着水果与山珍野味,杯觞交错,饮酒作乐。面对此情此景,诗人却怎么也打不起精神来,独自心事重重,寂寞寡欢。

注释

〔1〕倅(cuì):充任州郡长官的副职。时王安石任舒州州判,故曰"倅舒州"。

〔2〕泻碧:僧栖蟾《宿巴江》:"江声五千里,泻碧急于弦。"沄沄(yún yún):水流汹涌貌。

〔3〕浮苍:浅青色,指山。霭霭:云烟密集貌。

〔4〕"草木"二句:看那草木苍翠茂盛的样子还怀疑仍然是夏天,但风和云已显现出秋天的萧条冷落。

〔5〕"荒歌"二句:宴会上,大家欣赏着荒僻之地的民间歌舞同醉同醒,吃着水果与山珍野味互相敬酒应酬。荒歌野舞,荒僻地区的歌

131

舞,民间原始的歌舞。山肴,山珍野味。酬酢,主客相互敬酒;主敬客叫酬,客敬主叫酢。

〔6〕欢颜:欢乐的容颜,笑脸。李白《九日》诗:"窥觞照欢颜,独笑还自倾。"

〔7〕负:辜负。

舒州被召试不赴偶书[1]

戴盆难与望天兼[2],自笑虚名亦自嫌[3]。槁壤太牢俱有味,可能蚯蚓独清廉[4]。

辑自《临川集》卷三三,又见《王荆公诗注》卷四七

解题

皇祐三年(1051),宰相文彦博上书推荐王安石,说他"恬然自守,未易多得"。朝廷下诏,令安石赴京师面试,准备另有任用。他写了《乞免就试状》与本诗,不肯应试。诗中说明辞不赴试,是因"营私家之急"与"当清要之选"事难两全,并为自己因此而得"恬退"之名感到可笑可厌。王安石的为人与抱负于此诗可略窥一斑。

注释

〔1〕按,《宋史》卷三二七《王安石传》云:"(安石)通判舒州,文彦博为相,荐安石恬退。乞不次进用,以激奔竞之风。寻召试馆职不就。"王安石《乞免就试状》曰:"臣祖母年老,先臣未葬,弟妹当嫁,家贫口众,难住京师",因"乞免就试",仍旧任舒州通判。

〔2〕"戴盆"句:戴着盆子与抬头望天,二者难以兼顾。喻事难两全。李壁注:"司马迁《书》:'戴盆何以望天。'《第五伦传》:明帝戒外戚:'苦身待士,不如为国;戴盆望天,事不两施。'小杜诗:'如今归不

得,自戴望天盆。'"

〔3〕"自笑"句:我觉得自己得了"恬退"的虚名,真是又可笑又可厌。虚名,指文彦博荐其"恬退"。参见注〔1〕。嫌,厌恶,不满。《乞免就试状》:"令臣无葬嫁奉养之急,而逡巡辞避,不敢当清要之选,虽曰恬退可也;今特以营私家之急,择利害而行,谓之恬退,非臣本意。"

〔4〕"槁壤"二句:粗劣的食品和精美的食品各有各的味道,像蚯蚓那样只食干土,那是它的喜好,怎能单单说它清廉呢? 槁壤,干土。《孟子·滕文公下》:"夫蚓上食槁壤,下饮黄泉。"赵岐注:"蚓,食土饮泉,极廉矣。"亦指粗劣的食品。太牢:古代祭祀,牛、羊、豕三牲具备谓之太牢。亦指精美丰盛的食品。

既别羊王二君与同官会饮于城南因成一篇追寄[1] 用药名

赤车使者白头翁[2],当归入见天门冬[3]。与山久别悲匆匆[4],泽泻半天河汉空[5]。羊王不留行薄晚[6],酒肉从容追路远[7]。临流黄昏席未卷[8],玉壶倒尽黄金盏[9]。罗列当辞更缱绻[10],预知子不空青眼[11]。严徐长卿误推挽[12],老年挥翰天子苑[13]。送车陆续随子返[14],坐听城鸡肠宛转[15]。

辑自《临川集》卷一二,又见《王荆公诗注》卷一八

解题

此诗亦为皇祐三年(1051)王安石初任舒州通判时作。全诗嵌入药名十七种,描绘了与友朋同僚临溪流会饮通宵达旦的盛况和对羊王二友的思念。作者傍晚带着酒肉赶很远的路为羊王二友饯别后,继续与同官会饮于城南,喝到黄昏不卷席,喝得玉壶倒尽。陆续把友朋送走后,城中鸡鸣,此时作者思念羊王二友,心中千肠百折。全诗

133

写得豪情奔放,诗中内容与药名巧妙融合,处处一语双关,浑然不见斧凿痕迹,使得全诗风趣幽默、滑稽有味,颇见作者丰富的药物学知识和高超娴熟的文字表达技巧。

注释

〔1〕羊王二君:其名不详。

〔2〕赤车使者:荨麻科植物,根入药。《唐本草》注:"苗似兰,茎叶赤,根紫赤色。"《图经》云:"根紫如茜根,生荆州、襄州山谷。"赤车使者又为天子之使者,指人。白头翁:叶似芍药而大,每茎一花,紫色,似木堇。亦兼指人。

〔3〕当归、天门冬:亦药名。天门又为帝都之门。

〔4〕与山久别:山久即山韭,性缓,入药。匆匆:《本草》:"葱有数种,冬葱、汉葱、铭葱、胡葱。"匆匆又为忙碌貌。

〔5〕泽泻:亦药名。半天河:《药性论》:"此竹篱头水及高树穴中盛天雨,能杀鬼精。恍惚妄语,勿令知之,与饮,差。"

〔6〕羊王不留行薄晚:意谓羊王二君不愿留下来,离开时已是傍晚。王不留行:一年生草本植物,中医以其种子入药。《本草纲目·王不留行》:"此物性走而不住,虽有王命,不留其行,故名。"

〔7〕肉从容:药名。《图经》:"出肃州福禄县沙中,三四月掘根,切取中央好者阴干。或言野马精所生,生时似肉。"

〔8〕临流:临着溪流。流黄:即硫黄。黄昏:草名,王孙的别名。见《本草纲目·王孙》。黄昏又为中医古方汤剂名,可治肺痈病。陈师道《赠二苏公》诗:"外证已解中尚强,探囊一试黄昏汤。"

〔9〕黄金盏:黄金制的饮酒器;黄金盏又为药名,即忍冬草花。

〔10〕列当:亦名草从容。《图经》:"生山南岩石上,如藕根。"

〔11〕预知子:又名圣知子、圣先子、盍合子、仙沼子。蔓生,依大树上。种子与根皆入药。相传取子二枚,缀衣领上,遇有蛊毒,则闻其有声,当预知之,故名。空青:孔雀石的一种。《本草纲目·空青》

〔集解〕引刘向《别录》:"空青生益州山谷及越嶲山有铜处,铜精薰则生空青,其腹中空。"

〔12〕徐长卿:《图经》:"生泰山山谷及陇西,三月生苗,叶似小桑。"

〔13〕子苑:即紫菀。《图经》:"生房陵山谷,布地生苗叶。"

〔14〕续随子:亦称千金子,大戟科。中医以种子为逐水药,可治水肿胀满、痰饮症瘕等症。《本草纲目·续随子》〔释名〕引苏颂曰:"续随子叶中出茎,数数相续而生,故名。"

〔15〕鸡肠:即鸡肠草。《图经》:"叶似荇菜而小,夏秋间生小白黄花,今南中多有之。"肠宛转:形容思念。

舒州七月十一日雨

行看野气来方勇[1],卧听秋声落竟悭[2]。淅沥未生罗豆水[3],苍茫空失皖公山[4]。火耕又见无遗种[5],肉食何妨有厚颜[6]。巫祝万端曾不救[7],只疑天赐雨工闲[8]。

辑自《临川集》卷二四,又见《王荆公诗注》卷三六

解题

诗题中的十一日,一本作十七日。皇祐三年(1051),王安石就任舒州通判后不久,即遇天大旱。巫师用尽了各种办法求雨,也无法解除旱灾。一天,好不容易盼来了乌云翻滚,最终却只下了一阵细雨,旱情还是丝毫不能得到缓解。眼看着今年农民又要颗粒无收了,而那些厚颜无耻的官吏却无动于衷。诗人深感忧愤,写下了这首七言律诗。诗中表达了对人民的深切同情和对尸位素餐者的愤慨,也显示出人在自然力面前的无奈。全诗词气峻急,颇见作者这一时期的诗作特色。

注释

〔1〕野气:指野外的云气。方:正。勇:形容云气来势很猛。

〔2〕秋声:指秋雨声。悭(qiān):吝啬。此处形容雨声细小。

〔3〕淅沥:象声词,状轻微的雨声。罗豆水:河流名。在舒州罗豆镇。

〔4〕苍茫:模糊不清貌。空失皖公山:白白地让皖公山一时失去了它的真容。指皖公山被雨云笼罩,模糊不清,结果只下了一点小雨,故谓"空失皖公山"。空,徒然,白白地。

〔5〕火耕:古代的一种原始的耕种方法,烧去草木就地种植作物。这里泛指种植庄稼。无遗种:连种子也没留下,谓颗粒无收。

〔6〕肉食:指作官的人。

〔7〕巫祝:古代称事鬼神者为巫,祭祀时主赞词者为祝。后连用以指替人祈祷为职业者。万端:各种方法。端,头绪,此指方法。曾(zēng):乃,竟。不救:指无法解救旱灾。

〔8〕雨工:雨师。古代传说中的司降雨之神。

招同官游东园[1]

青青石上蘖[2],霜至亦已凋。冉冉水中蒲[3],尔生信无聊[4]。感此岁云晚[5],欲欢念谁邀?嘉我二三子[6],为回东城镳[7]。幽菊尚可泛[8],取鱼系榆条[9]。毋为百年忧,一日以逍遥[10]。

辑自《临川集》卷一二,又见《王荆公诗注》卷一八

解题

皇祐三年(1051),王安石任舒州通判不久,他邀请同僚们游览了

舒州名胜东园,并写下这首五言古诗。在诗中,作者将自身生命的短暂、渺小与自然界景物相比拟,表达了心中的感伤和无奈。为了消解人生的迷惘和痛苦,诗人主张好好把握现在,及时行乐。诗歌继承了《古诗十九首》的创作手法,诗人感情的释放方式与古诗中的感情显现方式同样真率而感人,但那种对人生的迷惘和痛苦,那种强烈的生命意识和个体意识,那种紧紧把握现在的欲望和要求,却并非简单的历史的重复,而是赋予了新的时代的内涵,是当时社会的真实反映。

注释

〔1〕按,李德身《王安石诗文系年》(以下简称《系年》)系此诗于皇祐三年(1051),谓"为是年秋末作",所言甚是。东园:园名。下一首题为"九日随家人游东山遂游东园",据此,东园当在舒州城附近,亦近东山。

〔2〕蘖(niè):草木砍伐后长出的新芽。一作"柏",误。

〔3〕冉冉:柔弱下垂貌,亦形容柔媚美好。蒲:香蒲,水生植物名。

〔4〕信:实在,确实。无聊:犹无可奈何。《史记·吴王濞列传》:"计乃无聊。"

〔5〕岁云晚:即岁晚。云,语助词。古诗:"凛凛岁云暮。"

〔6〕二三子:犹言诸君,几个人。曹植《赠友》诗:"眷我二三子。"

〔7〕回镳:犹回马。

〔8〕泛:指饮酒。

〔9〕"取鱼"句:李壁注:"《石鼓文》:'其鱼维何?维鲔与鲤。何以贯之?维杨与柳。'公诗妙处在使事而不觉使事也。"

〔10〕"毋为"二句:古诗:"生年不满百,常怀千岁忧。昼短苦夜长,何不秉烛游。"此用其意。

九日随家人游东山遂游东园[1]

暑往讵几时[2]?凉归亦云暂。相随东山乐,及此身无憾。聊回清池柂[3],更伏荒城槛[4]。采采黄金花,持杯为君泛[5]。

辑自《临川集》卷一二,又见《王荆公诗注》卷一八

解题

九月九日重阳节,是古人登高的日子,人们在这一天又有饮菊花酒的习俗,据说这样可以消灾免祸(吴均《续齐谐记·九日登高》)。皇祐三年(1051)九月九日,是王安石来到舒州后的第一个重阳节。这一天,他随家人登上了舒州城北的东山,又游览了本地名胜东园,并一起饮了菊花酒,然后写下此诗。诗中记录了这天活动的全过程,表达了诗人对时序变化的特殊敏感,并为能与家人在一起愉快地度过这一天而感到由衷的高兴。

注释

〔1〕九日:即农历九月九日重阳节。东山:山名,在舒州城北十五里。《(乾隆)潜山县志》卷之一《山川》:"东山,县北十五里,真源宫后。道士李斯立,异人柴樵夫隐此。"
〔2〕"暑往"二句:意谓炎热的天气才过去不久天就凉了,凉爽的天气也很快就会过去的。言季节转换之快,时光流逝之迅疾。《易·系辞下》:"暑往则寒来,寒往则暑来。"讵,曾。表反诘。暂,须臾,短时间。
〔3〕柂:船舵。
〔4〕荒城:指舒州城。
〔5〕"采采"二句:采采,茂盛,众多貌。黄金花:指菊花。泛,指

饮酒。李白《忆崔郎中宗之游南阳感旧》诗:"时过菊潭上,纵酒无休歇。泛此黄金花,颓然清歌发。"

九日登东山寄昌叔[1]

城上啼乌破寂寥[2],思君何处坐岩峣[3]。应须绿酒酬黄菊[4],何必红裙弄紫箫[5]。落木云连秋水渡,乱山烟入夕阳桥[6]。渊明久负东篱醉,犹分低心事折腰[7]。

辑自《临川集》卷二四,又见《王荆公诗注》卷三六

解题

此诗也是皇祐三年九月九日重阳节所作。这天,王安石随家人到舒州城外登临东山,坐在高峻之处,他想起了妹夫朱明之,遗憾那位情同手足的知己未能和自己共度佳节,于是写下此诗寄给他。诗中描绘了登山远眺所见到的秋天景物,表达了对朱明之的深切思念,并倾诉了自己因羁系官场而屈身事人的内心痛苦。全诗语言平实,感情深沉,具有较强的艺术感染力。

注释

〔1〕昌叔:李壁注:"公女弟之壻。"按,昌叔即朱明之,仕至大理寺少卿。王安石二妹之婿,昌叔乃其字。《系年》谓此诗"当与前首(《九日随家人游东山遂游东园》)先后作"。

〔2〕寂寥:寂静无声。唐诗:"啼乌破幽寂。"

〔3〕岩峣(tiáo yáo):山高峻貌。

〔4〕绿酒:美酒。酬:应对。杜牧诗:"直须酩酊酬佳节。"

〔5〕红裙:指美女。弄:吹奏。紫箫:乐器名,因箫多为紫黑色,故称之。

〔6〕"落木"二句：落叶纷纷，山上的云雾与秋河渡口上空的云彩连成一片；山势起伏，烟岚一直飘到夕阳下的小桥。此二句写远眺所见。司马天章诗："冷于陂水淡于秋，远目初穷见渡头。"落木，落叶。渡，渡口。此当指吴塘渡，登东山能见此渡。乱山，指山势起伏不平。

〔7〕"渊明"二句：已经很久没有像陶渊明在菊圃饮酒那般清淡闲适了，因为自己还要低心下意、屈身事人。东篱，陶潜《饮酒》诗之五："采菊东篱下，悠然见南山。"后因以"东篱"指种菊之处或菊圃，"东篱醉"则指人清淡闲适的状态。低心，屈意，小心谨慎。折腰，《晋书·隐逸传·陶潜》："吾不能为五斗米折腰，拳拳事乡里小人耶！"后以"折腰"为屈身事人之典。

题舒州山谷寺石牛洞泉穴^[1]

皇祐三年九月十六日，自州之太湖，过怀宁县山谷乾元寺宿^[2]。与道人文锐、弟安国拥火游石牛洞，见李翱习之书^[3]，听泉久之。明日复游，乃刻习之后。

水泠泠而北出^[4]，山靡靡而旁围^[5]。欲穷源而不得，竟怅望以空归^[6]。

辑自《临川集》卷一二，又见《王荆公诗注》卷一八

解题

舒州石牛洞在山谷乾元寺西边下首皖公山谷，因洞前有大石如牛眠，故名。皇祐三年九月，王安石自州治前往属县太湖途中，与弟安国及道人文锐游览了山谷寺石牛洞。他为这里的山水所吸引，又因见到了唐代著名古文家李翱亲笔书写的题名石刻，心有所感，遂写下这首六言绝句，刻于李翱题名之后。诗以极简练的笔墨勾勒出石牛洞周围的山水胜景，表达了"穷源而不得"的惆怅。诗人欲穷之源，

表面上是那"泠泠而北出"的泉水,实际也许是那日益式微的古文的源头。全诗语调闲淡,余音袅袅,使人味之不尽,颇有楚辞风韵。所以晁补之把它编入《续楚辞》,朱熹作《楚辞集注》,也把它收入《楚辞后语》。三十年后黄庭坚来游山谷寺石牛洞,曾效安石此诗题了一首六言诗;后世学步者更是代有其人。由此可见此诗之影响力。

注释

〔1〕山谷寺:见独孤及《登山谷寺上方答皇甫侍御卧疾阙陪车骑之赠》诗注。石牛洞:在山谷寺西溪水旁,为舒州皖公山名胜。《舆地纪胜》卷四六《安庆府·景物下》:"石牛洞,在山谷寺西北。其石状若牛,鲁直诗所谓'山谷青石牛'是也。有唐人及本朝名贤诗甚多。"诗题一本作"留题三祖山谷寺石壁",《诗林广记》则题作"书山石辞"(见注〔6〕),《(康熙)潜山县志·艺文志》作"山谷石壁"。

〔2〕之:往。太湖:县名,舒州属县之一。怀宁县:舒州首县,治所即州治所在地,今为潜山县治。参见唐释皎然《五言送常清上人还舒州》诗注。

〔3〕李翱习之书:指李翱题名石刻。李翱,字习之,陇西成纪(今甘肃秦安)人。累官户部侍郎、山南东道节度使。卒谥文,世称李文公。唐代古文运动的倡导者与参与者。穆宗长庆间曾任舒州刺史。其题名石刻被后人题刻覆压,今可辨者仅"翱昃磷盘求壬寅年下元日习之书"十四字。

〔4〕泠泠(líng líng):形容水声清越、悠扬。

〔5〕靡靡:绵延不绝貌。而:《王荆公诗注》作"以"。

〔6〕按,此诗虽为六言绝句,但每句均以虚词连接,颇具楚辞风韵,为论者所称赏。宋罗大经《鹤林玉露》卷一五《石牛洞诗》:"荆公《题舒州山谷寺石牛洞泉穴》云:'水泠泠而北出,山靡靡以旁围。欲穷源而不得,竟怅望以空归。'晁无咎编《续楚词》,谓此诗具六艺群书之余味,故与其经学典策之文俱传。朱文公编《楚词后语》亦收此

篇。"宋蔡正孙《诗林广记》后集卷二:"《书山石辞》:'水泠泠而北去,山靡靡以旁围。欲寻源而不得,竟怅望以空归。'朱文公《楚辞后语》云:'书山石辞者,宋丞相荆国王文公安石之所作也。公游舒州山谷,书此辞于涧石。虽非学楚言者,而亦非今人之语也。是以学者尚之。'《高斋诗话》云:'舒州三祖山金牛洞山水闻于天下,荆公尝题此诗。后人凿山刊木,寖失山水之胜,非公题诗时比也。'"

次韵春日即事

人间尚有薄寒侵[1],和气先薰草树心[2]。丹白自分齐破蕾,青黄相向欲交阴[3]。潺潺嫩水生幽谷[4],漠漠轻烟动远林[5]。病得一官随太守[6],班春无助愧周任[7]。

辑自《临川集》卷二五,又见《王荆公诗注》卷三八

解题

此诗作于皇祐四年(1052)。春天来了,虽然不时还有微寒侵袭,但人间阳和之气已动,各种颜色的花儿纷纷破蕾绽放,树木也开始长出新的枝条,幽深的山谷里春水潺潺,远方的树林被轻淡的烟雾笼罩着。一切都欣欣向荣,一切生命都充满着蓬勃向上的活力。此时正是地方官发布春令督导农耕的时节,王安石虽然也随知州一起巡行乡间,但因为生病,不能帮着干点什么,他深感愧疚。全诗语言清丽,景物描写中烘托出作者积极乐观的情怀。

注释

〔1〕薄寒:微寒。侵:侵袭。

〔2〕和气:古人认为天地间阴气与阳气交合而成之气,万物由此"和气"而生。《老子》:"万物负阴而抱阳,冲气以为和。"薰:温暖。

〔3〕"丹白"二句：红色和白色的各自分开，花蕾一齐绽放；青色和黄色的互向对方长出枝条，像是要交相覆盖。丹白，红色和白色。破蕾，花蕾绽开，绽放。相向，面对面，此指互向对方长出枝条。阴，覆盖，遮蔽。

〔4〕潺潺：流水声。嫩水：春水。幽谷：幽深的山谷。

〔5〕漠漠：迷蒙貌。轻烟：轻淡的烟雾。动：浮动。远林：远方的树林。

〔6〕随太守：时安石通判舒州，故有"随太守"之说。

〔7〕班春：班布春令。古代指地方官春天发布政令，督导农耕。李壁注："《后汉》：'(崔骃)强起班春。'注：'郡国尝以春行县，劝人农桑，振救乏绝，班布春令也。'"周任：李壁注："《语·季氏》：'周任有言曰：陈力就列，不能者止。'马融注曰：'周任，古之良史也。任，音壬。'"

壬辰寒食

客思似杨柳，春风千万条[1]。更倾寒食泪，欲涨冶城潮[2]。巾发雪争出，镜颜朱早雕[3]。未知轩冕乐[4]，但欲老渔樵[5]。

辑自《临川集》卷一五，又见《王荆公诗注》卷二三

解题

寒食，指寒食节，在农历清明前一日或二日。有的地区则以清明为寒食。《燕京岁时记·清明》："清明即寒食，又曰禁烟节。古人最重之，今人不为节，但儿童戴柳、祭扫坟茔而已。"

这是皇祐四年壬辰(1052)王安石在舒州通判任上写的一首五言律诗。寒食节到了，正是祭扫坟茔的时候，诗人想念远方的亲人，思

念已故的父亲,于是写下此诗。作者在诗中运用比喻和夸张的修辞手法,生动形象地抒发了自己客居他乡的愁思,想念父亲的沉痛心情,以及羁绊官场的苦闷,流露出对隐逸生活的向往。全诗感情沉挚,笔势夭矫,读之令人伤心折肠。近人陈衍评曰:"起十字无穷生新,余衰飒太过。"(《宋诗精华录》)可谓知者之言。

注释

〔1〕"客思"二句:客居他乡的愁思千条万端,如春天柳条之多。客思,客居他乡的愁思,客中游子的思绪。

〔2〕"更倾"二句:自己在寒食节这天流下的泪水,几乎要使冶城边的江水涨潮。倾,流泻。冶城,相传为三国吴(一说春秋吴国)冶铸处。故址在今南京市朝天宫附近。后为南京之别名。宋仁宗宝元二年(1039),安石父王益卒于江宁(治今南京市)通判任上,葬于江宁牛首山,安石兄弟遂奉母家于江宁。安石家庭住所与父亲墓葬均在"冶城",其地又在江岸边,安石为思亲而流下很多泪水,故曰"欲涨冶城潮"。

〔3〕"巾发"二句:头巾下面雪一般的白发争相出现,镜中的青春容颜早早地凋谢枯萎了。巾,头巾。雪,指白发。颜,容颜。朱,红色,常形容青春的容颜。凋,凋谢,枯萎。此指面容憔悴。

〔4〕轩冕:古代大夫以上官员的车乘和冕服,借指官位爵禄。轩,是一种前顶较高而四周有帷幕的车子,供大夫以上官员乘坐;冕,礼帽,卿大夫以上所戴。

〔5〕老:终老。渔樵:渔人和樵夫,指代隐逸生活。

望皖山马上作^[1]

亘天青郁郁^[2],千峰互嶕崒^[3]。放马倚长崖,烟云争吐没。远疑嵩华低,近岂潜衡匹[4]。奚为鲜眺览,过者辄仓卒[5]。吾将凌其巅[6],震荡睨溟渤[7]。旁行告予言,世孰于此忽。邃深不可俯,储藏尽妖物。踊跃狼虎群,蜿蜒蛇虺窟[8]。惜哉危绝山,岁久沉汩没[9]。谁将除茀途,万里游人出[10]。

辑自《王荆公诗注》卷二一

解题

这是皇祐四年(1052)王安石游皖山时写的一首五言古诗。诗人任舒州通判已经两个年头了,虽然多次从皖山附近经过,但每次都是行色匆匆,无暇纵目观赏。皇祐四年,他到皖山实地考察,终于有机会尽情欣赏这座名山的风采,并在马上作下此诗。诗中赞美了皖山的雄奇秀丽,也描写了它的阴狞险怪,并为这样一座独特不凡的山岳被世人忽视以致沉沦埋没多年而深感惋惜。他期待着有人能开通这里多草而阻塞的道路,让万里之外的游人都来皖山出没,使皖山成为游览胜地。全诗险绝峭刻,受韩愈诗影响较深,展示了王安石诗歌风格的另一面,乃至有人误以为非其所作。

注释

〔1〕李壁注:"此诗疑非荆公作。"李德身《王安石诗文系年》:"此诗险绝峭刻,且安石倅舒时,屡奔波于穷山深谷中,故有是作。李注疑非安石之作,殊无据。"《系年》所言甚是。

〔2〕亘天:漫天,横贯天空。郁郁:美好貌。

〔3〕千峰:形容山峦众多重叠。崷崪(qiú zú):高峻。

〔4〕"远疑"二句:从远的来说,怀疑嵩山、华山都比它低矮;从近的来说,潜山、衡山岂能与它匹敌!

〔5〕"奚为"二句:我为什么以前很少纵目观赏呢?因为每次经过总是很仓促。眺览,纵目观赏。辄,每每,总是。仓卒,同"仓促"。

〔6〕凌：登上。巅：山顶。

〔7〕睨：顾视。溟渤：大海。

〔8〕蜿蜒：龙蛇等曲折爬行貌。蛇虺(huǐ)：泛指蛇类。

〔9〕"惜哉"二句：可惜呀，这样一座高峻而独特不凡的山岳，已经沉沦埋没很多年了。危绝：危，高峻；绝，独一无二，独特不凡。汩没，埋没。

〔10〕"谁将"二句：谁将来能开通这多草阻塞的道路，让万里之外的游人可以在皖山出没呢！茀途，多草而阻塞的道路。《国语·周语中》："道茀不可行。"韦昭注："草秽塞路为茀。"

九　井[1] 得盈字

沿崖涉涧三十里[2]，高下荦确无人耕[3]。扪萝挽茑到山趾[4]，仰见吹泻何峥嵘。余声投林欲风雨，末势卷土犹溪坑[5]。飞虫凌兢走兽栗[6]，霜雪夏落雷冬鸣[7]。野人往往见神物，鳞甲漠漠云随行[8]。我来立久无所得，空数石上菖蒲生。中官系龙沉玉册[9]，小吏磔狗浇银觥[10]。地形偶尔藏险怪，天意未必司阴晴[11]。山川在理有崩竭，丘壑自古相虚盈[12]。谁能保此千世后[13]，天柱不折泉常倾[14]！

辑自《临川集》卷一二

解题

舒州潜山九井是一个神秘的所在，从唐代起，便有逢大旱则杀狗投于九井能致雨的记载，民间亦盛行巫师求雨去九井河龙井祭奠取水的风俗。王安石对此心存疑虑，便决定亲往实地考察一番，此诗即是其实地考察的记录。诗中描绘了九井所在之处陡峭峻极的地势，状写了山上瀑流峥嵘的壮观景色，否定了天意"司阴晴"的迷信，并说明发展变化乃自然之理,冥冥之中并没有什么神灵在主宰。全诗将壮丽的景观描写、神奇的历史传说及个人的即事言理熔于一炉,形象鲜明,句法雄奇,且具哲学的意蕴。

注释

〔1〕按,李壁《王荆公诗注》谓"九井在当涂,殷仲文诗有《桓公南州九井》";《明一统志》卷十五《太平府》亦将此诗系之于当涂县九井山之下。均误。李之亮《王荆公诗注补笺》:"当涂之九井,无此峻极。"所言甚是。然《补笺》又谓:"言祷雨事,则应在宿松为是。"亦误。舒州潜山有九井,唐韦绚撰《刘宾客嘉话录》:"舒州潜山下有九井,其实九眼泉也。旱则杀一犬投其中,大雨必降,犬亦流出焉。"《太平寰宇记·淮南道三·舒州》:"潜山在县西北二十里。其山有三峰,一天柱山,一潜山,一皖山。……按《地理志》:山高三千七百丈,周回二百五十里。山东面有激水,冬夏悬流如瀑布。下有九井,一石床容百人。其若逢亢旱,杀一犬投井中,既降雷雨,犬亦流出。"安石诗中所言均与舒州潜山九井事合(参见下各条注),此诗当为潜山九井而作,非为当涂之九井山,亦非为宿松之九井也。

〔2〕荦确:怪石嶙峋貌。

〔3〕涧:指九井河。《(乾隆)江南通志》卷十五《舆地志·山川》:"九井河,在潜山县西北二十九里,源出九井,合于潜水。"三十里:指州治至九井之距离。《江南通志》谓二十九里,诗言"三十里"系取整数言之。

〔4〕扪萝挽茑:谓攀缘、挽着藤蔓而行。萝、茑(niǎo),均蔓生植物名。山趾:山脚。

〔5〕"余声"二句:瀑流轰响的余声传到树林里,仿佛风雨欲来一般;激流冲到远处,那最后的气势和力量还能卷起泥土,形成山溪和水坑。旧注:"皆状山泉淙激奔怒之势。"

〔6〕"飞虫"句:旧注:"虫兢兽骇,言瀑流荡潏,其旁虫兽怖恐。"

凌兢,战栗恐惧貌。

〔7〕霜雪夏落雷冬鸣：夏天,喷溅的水花就像霜雪飞洒;冬季,巨大的水声如同雷声轰鸣。谓瀑流四时不竭。霜雪,状瀑布之色;雷鸣,状瀑布跌落之声;夏、冬列举,以概四季。

〔8〕"野人"二句：写龙井之传说。野人,乡野之人,指土著平民。神物,神灵、怪异之物。鳞甲,指有鳞甲的水族生物,此指龙。漠漠云随行,相传龙飞腾时皆有大片云雾相伴而行。按,龙井踞九井之最上端,水面数亩,为九井之最大者;水色黑绿,为九井之最深者。据乡人言,此井为司命龙王所居。《(康熙)潜山县志》卷之二《山川》："龙井,在天祚宫前,有九流水合于吴塘。侍郎黄仲昭咏此云：'山腰石罅浸寒泓,神物蜿蜒久著名。信是地留千古迹,静涵天象一河明。洞前云雾时翻墨,岩下风雷昼作声。几度旱年祈祷处,解施霖雨济苍生。'"

〔9〕"中官"句：指朝廷遣使投金龙玉简事。龙,即金龙,以铜为之。道教用以投于名山洞府的水中作祭祀。玉册,古代册书的一种,帝王祭祀或上尊号所用,用玉制成。宋范镇《东斋记事》卷一："道家有金龙玉简。学士院撰文,具一岁中斋醮数,投于名山洞府。天圣中,仁宗皇帝以其险远穷僻,难赍送醮祭之具,颇为州县之扰,乃下道录院裁损,才留二十处,余悉罢之。河南府平阳洞、台州赤城山玉京洞、江宁府华阳洞、舒州潜山司真洞、杭州大涤洞、鼎州桃源洞、常州张公洞、南康军庐山咏真洞、建州武夷山升真洞、潭州南岳朱陵洞、江州马当山上水府、太平州中水府、润州金山下水府、杭州钱塘江水府、河阳济渎北海水府、凤翔府圣湫仙游潭、河中府百丈泓龙潭、杭州天目山龙潭、华州车湘潭,所罢处不可悉记。予尝于学士院取金龙玉简视之,金龙以铜制,玉简以阶石制。"《(康熙)潜山县志》卷之六《宫观》："天祚宫,俗名后宫,在真源宫右五里。宋开宝九年建,为金龙玉简之所。常遣使投金龙玉简,祈求必应。"

〔10〕磔(zhé)狗：杀狗。此指杀狗投于九井,为舒州潜山求雨仪式之一。磔,古代祭祀时分裂牲畜肢体。《同安志》："九井下有龙,旱而祷雨,必磔狗投之,辄有应。"参见注〔1〕。浇银觥(gōng)：以银酒

杯盛酒浇地,以示祭奠。亦为求雨仪式。觥,方形的饮酒或盛酒器具,古代以兽角制成,后亦以青铜或银为之。

〔11〕司:主管,掌管。

〔12〕"山川"二句:山峦会崩塌,河流会枯竭,这是合乎自然之理的;自古以来就有山陵变溪谷、溪谷变山陵的现象。理,指自然之理,即自然界事物发展变化的规律。虚盈,空和满。比喻事物的盛衰、消长、兴亡等变化。《诗·小雅·十月之交》:"高岸为谷,深谷为陵。"《庄子·胠箧》:"夫川竭而谷虚,丘夷而渊实。"

〔13〕千世:千年。

〔14〕天柱:指天柱峰。泉:指九井之水。《刘宾客嘉话录》谓九井"其实九眼泉",故称之。

杜 甫 画 像

吾观少陵诗,谓与元气侔[1]。力能排天斡九地,壮颜毅色不可求[2]。浩荡八极中,生物岂不稠?丑妍巨细千万殊,竟莫见以何雕锼[3]!惜哉命之穷,颠倒不见收[4]。青衫老更斥,饿走半九州[5]。瘦妻僵前子仆后,攘攘盗贼森戈矛[6]。吟哦当此时,不废朝廷忧[7]。常愿天子圣,大臣各伊周[8]。宁令吾庐独破受冻死,不忍四海寒飕飗[9]。伤屯悼屈止一身,嗟时之人我所羞[10]。所以见公像[11],再拜涕泗流[12]。惟公之心古亦少,愿起公死从之游[13]。

辑自《临川集》卷九

解题

皇祐四年,王安石在舒州通判任上辑录了唐代大诗人杜甫的一部诗集,并撰有《老杜诗后集序》。研究者们均认为此诗内容与序文极其相近,当亦为同时所作。诗中热情赞美了杜甫诗歌雄伟壮阔的气势、丰博而多彩的内容与卓越高超的艺术表现手法,对杜甫一生坎坷不幸的命运深表同情,尤其是对杜甫身处离乱之中仍不忘君国之忧及其推己及人、同胞物与的博大胸怀推崇备至,并表示要以杜甫为榜样,继承他的精神。全诗于七古槎桠中透出浑灏之气,颇见杜诗风致。宋人胡仔在《苕溪渔隐丛话》中说:"李杜画像,古今诗人题咏多矣。若杜子美,其诗高妙,固不待言;要当知其平日用心处,则半山老人之诗得之矣。"胡氏所言即是此诗。

注释

〔1〕"吾观"二句:我读杜甫的诗歌,认为它可与创生世界万物的元气相等同。少陵,指杜甫。少陵本为汉宣帝许后之陵墓。长安城南秦时为杜县,汉代因宣帝墓在此,故称"杜陵";杜陵东南为宣帝许皇后墓,因其墓比宣帝墓小,故称"少陵"。杜甫远祖是长安京兆人,自己在长安时又曾在少陵附近居住,故常自称"杜陵布衣""少陵野老",世则称"杜少陵"。谓,以为,认为。元气,天地未分前的混沌之气,古人认为是产生和构成世界万物的原始物质。《论衡·言毒》:"万物之生,皆禀元气。"侔,等同。

〔2〕"力能"二句:它的力量能开拓天宇,旋转大地;那雄壮的容颜,刚毅的神色,不可能再找到了。排,推开。斡,旋转,运转。九地,大地。极言地之深。

〔3〕"浩荡"四句:广大旷远的世界中,各种生长的物体难道不多吗?它们丑美大小,千差万别,竟看不出它们是怎样被杜甫雕镂刻画出来的。八极,八方极远之地,指整个世界。《淮南子·墬形训》:"九州之外有八寅,八寅之外有八纮,八纮之外有八极。"又《淮南子·原道训》:"夫道者,覆天载地,廓四方,柝八极。"稠,多而密。妍,美。雕镂(sōu),雕镂刻画,这里指修饰文辞。

〔4〕"惜哉"二句:可惜啊,他的命运穷厄,困顿潦倒,不被朝廷容

纳。穷,困厄。颠倒,困顿潦倒。不见收,指不被朝廷容纳任用;收,接纳,这里指被朝廷任用。杜甫"自七岁所缀诗笔,向四十载……衣不盖体,尝寄食于人"(杜甫《进雕赋表》)。天宝五载(746),到长安谋求官职,先后向唐玄宗献《雕赋》《三大礼赋》和《封西岳赋》,虽然"文采动人主",但却未曾得官,只是待制集贤院。直到天宝末,才任为河西尉,后又改任右卫率府胄曹参军,一个看管兵器甲仗和门禁锁钥的从八品小官。至德二载(757),方被肃宗任为左拾遗。

〔5〕"青衫"二句:当个小官,到老来还遭斥逐,饥饿流离,走遍半个中国。青衫,下级官吏的服饰。斥,斥逐,贬谪。九州,古代分中国为九州,此处指代全中国。杜甫任左拾遗未久,以房琯罢相而上疏营救,结果触怒肃宗,虽经新任宰相张镐说解而免罪,但到乾元元年(758)五月,肃宗将房琯贬往外地,而杜甫也被目为同党而被贬为华州司功参军。至乾元二年七月,以关中大饥,杜甫弃官举家向西南迁徙,先后寓居成都、梓州(今四川三台)、阆州(四川阆中)、夔州(四川奉节),晚年出三峡,辗转漂泊于江陵、岳州(岳阳)、潭州(长沙)、衡州(衡阳),最后病死在由潭州往岳州的小舟中。

〔6〕"瘦妻"二句:先是瘦弱的妻子病倒了,后来儿子又死了;遍地都是盗贼,到处皆逢战乱。瘦妻,杜甫诗中多称自己妻子为"瘦妻"。《北征》:"瘦妻面复光,痴女头自栉。"僵,倒下。仆,倒毙。杜甫《自京赴奉先县咏怀五百字》:"入门闻号咷,幼子饥已卒。"攘攘,众多纷乱貌。森,密集貌。戈矛,两种兵器名,指代战争。

〔7〕"吟哦"二句:即使是在这种时候,他吟咏诗歌,仍不忘为朝廷担忧。

〔8〕"常愿"二句:总是希望天子圣明,大臣们每个人都像伊尹、周公。伊周,指伊尹和周公。伊尹,商汤大臣,名伊,一名挚,尹是官名。相传生于伊水,故名"伊"。原为汤王妻陪嫁奴隶,后助汤伐夏桀,被尊为阿衡。汤去世后历佐卜丙(即外丙)、仲壬二王,后太甲即位,因荒淫无度,伊尹将其放逐桐宫,三年后迎之复位。周公,名旦,文王子,武王弟,成王叔。辅武王灭商。武王崩,成王幼,周公摄政。

东平武庚、管叔、蔡叔之叛,继又厘定典章制度,复营洛邑为东都,天下臻于大治。伊尹和周公均为古代贤臣的典范,故常并称。

〔9〕"宁令"二句:宁愿让自己房舍独破,受冻至死,也不忍心天下人在风雨中挨冷受寒。庐,房屋,住所。飕飕(sōu sōu),风声。杜甫《茅屋为秋风所破歌》:"安得广厦千万间,大庇天下寒士俱欢颜,风雨不动安如山?呜呼,何时眼前突兀见此屋,吾庐独破受冻死亦足!"

〔10〕"伤屯"二句:可叹现在的人只会为个人的困顿屈辱而忧伤,我真替他们感到羞耻。屯,艰难,困顿。悼,忧伤,伤心。嗟,叹词。

〔11〕公:对杜甫的尊称。

〔12〕再拜:拜了又拜,表示恭敬。涕泗:眼泪和鼻涕。

〔13〕"惟公"二句:料想像你那样的思想胸怀古代也很少见,我真希望能让你起死回生,跟随你一起游从。推,推想,推求。之,你。游,交游,游从。

璨公信心铭

汋彼有流〔1〕,载浮载沉〔2〕。为可以济〔3〕,一壶千金〔4〕。法譬则水,穷之弥深〔5〕。璨公所传,等观初心〔6〕。

辑自《临川集》卷三八

解题

此诗是王安石在山谷寺所作的一首四言诗。璨公,即僧璨大师,禅宗三祖,山谷寺为其祖庭。《信心铭》是璨公所作的一篇四言体韵文。全篇计一百四十六句,五百八十四字,为禅宗的早期文献,对研究中国禅宗史有史料价值。其内容大致发挥了达摩一系"自性清净"的禅学思想。王安石于山谷寺见《信心铭》后而留下此诗。作者在诗中称赞了禅宗关于兴衰、贵贱的辩证思想,认为佛法如水一般深不可测;尤其对璨公所传授的以平等之心观察万事万物,提倡学佛者不忘"初心",表达了由衷的赞赏。

注释

〔1〕沔:水流满貌。流:即水流,河流。
〔2〕载浮载沉:在水中上下沉浮。载,动词词头。沉、浮,比喻兴衰消失。
〔3〕济:渡河。
〔4〕一壶千金:比喻物虽微贱,关键时得其所用,便十分宝贵。
〔5〕"法譬"二句:佛法就好比河水,越是想穷尽它,就越觉得它深不可测。
〔6〕等观:佛教语,谓以平等心观察万事万物。《无量寿经》卷下:"等观三界,空无所有。"初心:佛教语。指初发心愿学习佛法者。佛教认为,初心学人,能息心静念,使心潮澄停。

自舒州追送朱氏女弟憩独山馆宿木瘤僧舍明日度长安岭至皖口[1]

晨霜践河梁[2],落日憩亭皋[3]。念彼千里行,恻恻我心劳[4]。揽辔上层冈[5],下临百仞濠[6]。寒流咽欲绝[7],鱼鳖久已逃。暮行苦遭回[8],细路隐蓬蒿[9]。惊麏出马前[10],鸟骇亡其曹[11]。投僧避夜雨[12],古檗昏无膏[13]。山木鸣四壁,疑身在波涛[14]。平明长安岭[15],飞雪忽满袍。天低浮云深,更觉所向高[16]。

辑自《临川集》卷一二,又见《王荆公诗注》卷一八

解题

皇祐四年冬天,王安石二妹以葬亲事过舒州左近(据李德身《王安石诗文系年》说,见注释〔1〕),安石自州治追而送之。沿途憩独山馆,投宿木瘤僧舍,第二天冒雪翻越长安岭,直到皖口镇。此诗即是这次行程的记录。诗中描绘了沿途所见到的冬日萧瑟景象,表现了舒州乡村的穷僻与荒凉。作者在这满目凄凉的景况描写中实则寄寓着自己忧伤的情怀,其中既有失去亲人的伤痛,亦有对舒州乡村穷困状况的悲哀。

注释

〔1〕朱氏女弟:指作者二妹。王安石有三个妹妹,次妹嫁朱明之,"朱氏女弟"即其人。参见《九日登东山寄昌叔》诗注〔1〕。木瘤:李壁注:"木瘤,地名,在舒州。"《江南通志》:"木榴寺,唐建,在安庆怀宁县受泉乡。"长安岭:地名。《明一统志》:"长安岭,在怀宁县西三十里,甚高且长,路通潜山县。"皖口:地名。《太平寰宇记·淮南道三·舒州》:"皖水在县西北,自寿州霍山县流入,经县北二里,又东南流二百四八十里入大江,谓之皖口。"《明一统志》:"皖口镇,在怀宁县西十五里,皖水入江之口也。"按李德身《王安石诗文系年》系此诗于皇祐四年,且谓:"安石兄安仁卒于皇祐三年,是年葬于江宁;皇祐五年,安石祖母谢氏卒,葬于抚州,朱氏女弟当为此而过舒州左近。此诗必作于皇祐四五年间。"

〔2〕河梁:桥梁。旧题汉李陵《与苏武》诗:"携手上河梁,游子暮何之?"后因以"河梁"借指送别之地。

〔3〕亭皋:水边平地。

〔4〕恻恻:忧伤貌。劳:愁苦。

〔5〕揽辔:挽住马缰。层冈:高冈。

〔6〕濠:沟渠。

〔7〕寒流：寒冷的水流。咽(yè)：形容声音滞塞悲切。《韩集·联句》："冰期时咽绝。"

〔8〕邅(zhān)回：难行不进貌。

〔9〕细路：小路。隐蓬蒿：为草丛所覆盖遮蔽。蓬蒿，蓬草和蒿草，泛指草丛、草莽。

〔10〕麇(jūn)：獐子。

〔11〕亡：散失。曹：群。淮南王《招隐词》："禽兽骇兮亡其曹。"杜甫诗："哀鸣独叫求其曹。"

〔12〕投僧：到僧舍投宿。

〔13〕古檠(qíng)：旧灯架。檠，灯架、烛台。膏，油。

〔14〕"山木"二句：山上的树木被大风刮着发出的轰鸣声从四周传来，还怀疑自己身在波涛之中。韩愈诗："夜风一何喧，桧杉屡磨飐。犹疑在波涛，忧惕梦成魇。"

〔15〕平明：天亮。

〔16〕所向：所往。

阴漫漫行

愁云怒风相追逐[1]，青山灭没沧江覆[2]。少留灯火就空床，更听波涛围野屋。忆昨踏雪度长安[3]，夜宿木瘤还苦寒[4]。谁云当春便妍暖[5]，十日九八阴漫漫[6]。

辑自《临川集》卷九，又见《王荆公诗注》卷一二

解题

此诗与上一首内容关联，当是先后作。诗中描绘了狂风怒号、愁云满天的天气状况，追忆了行程中为严寒所苦的难忘经历，对天气的持续阴冷表达了由衷的痛恨。全诗运用比喻和夸张的修辞手法，情

切语工。有人评曰:"今人以为谶者,此世道之感也。"(李之亮《王荆公诗注补笺》)

注释

〔1〕"愁云"二句:猛烈的大风驱赶着色彩惨淡的烟云,青山隐没了,江水似乎也要被吹得倾倒出来。愁云,指色彩惨淡,望之能引发愁思的烟云。怒风,猛烈的大风。

〔2〕灭没:隐没。沧江:江水,江流。覆:倾出,倾倒。李壁注:"李白诗:'北风三日吹倒江。'倒,即覆也。"

〔3〕长安:即长安岭。见上诗注释〔1〕。

〔4〕苦寒:为严寒所苦。李壁注:"魏武有《苦寒行》。"

〔5〕妍暖:谓晴朗暖和。

〔6〕"十日"句:十天当中有八九天都是阴沉沉的。漫漫,广远无际貌。杜甫诗:"元日到人日,未有不阴时。"甯戚《饭牛歌》:"长夜漫漫何时旦?"

发 廪

先王有经制,颁赉上所行[1]。后世不复古,贫穷主兼并[2]。非民独如此,为国赖以成。筑台尊寡妇[3],入粟至公卿[4]。我尝不忍此,愿见井地平[5]。大意苦未就[6],小官苟营营[7]。三年佐荒州[8],市有弃饿婴。驾言发富藏[9],云以救鳏惸[10]。崎岖山谷间,百室无一盈[11]。乡豪已云然,罢弱安可生[12]?兹地昔丰实,土沃人良耕。他州或告窳[13],贫富不难评。豳诗出周公,根本讵宜轻[14]?愿书七月篇,一寤上聪明[15]。

辑自《临川集》卷一二,又见《王荆公诗注》卷一七

解题

这是皇祐五年(1053)王安石在舒州通判任上写的一首政治诗。诗中反映了舒州民众所遭受的苦难,描绘了"市有弃饿婴""百室无一盈"这样悲惨的社会现实。他对国家允许富豪吞并掠夺贫民土地财产深表不满,并反对纳粟于官府可买官或赎罪的政策制度,希望朝廷重视农业生产,要求恢复井田制。诗人的很多政治主张在今天的许多研究者看来也许是不合时宜的,但诗人怜悯弱者、同情贫民之心可鉴日月。蔡上翔说:"盖自三年至五年,所见闾阎之疾苦,官吏之追呼,无不具托于诗篇。"此语颇得诗人之初衷。

注释

〔1〕"先王"二句:先王,指上古贤明的君主。经制,治国的制度。颁赉:犹颁赐,指君主将财颁发赏赐给臣下或百姓。《周礼》:"廪人掌九谷之数,以待国之匪颁、赒赐、稍食,以岁之上下数邦用。凡万民之食食者,人四鬴,上也;人三鬴,中也;人二鬴,下也。若食不能人二鬴,则令邦移民就谷。"

〔2〕兼并:即吞并。本指以武力吞并他国,后世多指豪门贵族吞并贫民土地财产。《汉书·武帝纪》:"又禁兼并之途。"颜师古注:"李奇曰:'谓大家兼役小民,富者兼役贫民,欲平之也。'"

〔3〕"筑台"句:台,指怀清台,秦始皇所筑,故址在今四川长寿县南。《史记·货殖列传》载:巴地有寡妇名清,其家好几代靠垄断丹砂生产,成为巨富。清"能守其业,用财自卫,不见侵犯。秦始皇以为贞妇而客之,为筑女怀清台"。

〔4〕入粟:指纳粟于官府可以买官或赎罪。入,缴纳;粟,谷物。公卿:三公九卿的简称,亦泛指高官。李壁注:"如卜式、黄霸之徒。"

〔5〕愿:希望。井地:即井田。相传为古代的一种土地制度。以方九百亩为一里,划为九区,形如"井"字。中间一区为公田,外八

区为私田,八家各得私田百亩,但要共同无偿耕种公田,以养活土地所有者。

〔6〕大意:要义,要旨。就:成,实现。

〔7〕苟营营:犹言蝇营狗苟,形容不顾廉耻,忙忙碌碌,到处钻营。

〔8〕佐荒州:指任舒州通判。荒州,指舒州;通判为知州的副贰,故曰佐荒州。李壁注:"公以皇祐三年倅舒州,至和元年除馆阁。"

〔9〕驾言:指出行。驾,乘车。言,语助词。或谓托言,传言。

〔10〕鳏茕(qióng):泛指没有劳动能力而独居无依靠的人。

〔11〕盈:满,丰实。

〔12〕"乡豪"二句:乡里的富豪都已经这样了,那些疲困弱者怎能生存呢?然,如此,这样。罢(pí)弱,同疲弱;罢,弱,无能。

〔13〕呰窳(zǐ yǔ):贫弱。呰,病;窳,指器中空空。旧注:"《汉书·地理志》:'呰窳偷生,而亡积聚。'如淳曰:'呰,音紫;窳,音庚。'师古曰:'呰,短也。窳,弱也。'"

〔14〕"豳诗"二句:周公还写了《豳风·七月》这样的农事诗,农业这个根本难道可以轻视吗?豳诗,指《诗·豳风·七月》。《周礼·春官·籥章》:"中春,昼击土鼓,籥《豳诗》,以逆暑。"郑玄注:"《豳诗》,《豳风·七月》也。"《七月》诗的内容,《诗序》认为是"陈王业"。其实是一首农事诗,描写一年的劳动和生活。全诗共八章,每章十一句,按月历述农家生活,包括耕种收获、蚕桑染织、狩猎禽兽、修葺房舍、节气物候、风俗典礼等。周公,西周初期政治家。姓姬,名旦。文王之子,武王之弟,成王之叔。辅武王灭商。武王崩,成王幼,周公摄政。曾东平武庚、管叔、蔡叔之叛,继而厘定典章制度,复营洛邑为东都,作为统治中原的中心,天下臻于大治。后世多以周公为圣贤的典范。《豳风·七月》相传为周公所作,故曰"出周公"。根本,指农业生产。中国古代是农业社会,历代以农业为根本,以工商业为末业。

〔15〕"愿书"二句:希望书写《七月》这样的诗歌,使皇上的视听觉醒。寤,觉醒、醒悟。上,皇上。聪明,指听觉和视觉。

宋

感　事

　　贱子昔在野[1]，心哀此黔首[2]。丰年不饱食，水旱尚何有[3]？虽无剽盗起，万一且不久[4]。特愁吏之为，十室灾八九[5]。原田败粟麦，欲诉嗟无赇[6]。间关幸见省，笞扑随其后[7]。况是交冬春，老弱就僵仆[8]。州家闭仓庾，县吏鞭租负[9]。乡邻铢两征，坐逮空南亩[10]。取赀官一毫，奸桀已云富[11]。彼昏方怡然，自谓民父母[12]。揭来佐荒郡，懔懔常惭疚[13]。昔之心所哀，今也执其咎[14]。乘田圣所勉，况乃余之陋[15]。内讼敢不勤，同忧在僚友[16]。

辑自《临川集》卷一二，又见《王荆公诗注》卷一七

解题

　　此诗亦为皇祐五年作者任舒州通判时所作。诗中有力地揭露了当时黑暗的社会现实，用大量篇幅描述了舒州民众"十室灾八九"，甚至丰年也不得一饱的苦难生活。在官府"鞭租负"和地主"铢两征"的双重压迫下，舒州老百姓处于冻饿而死的悲惨境地，以致无力生产，农田大量荒废。诗人不仅从现实生活中概括出这些富有表现力、使人触目惊心的典型细节，而且把它们和豪强兼并、官吏腐败联系起来，指出造成民众苦难的社会根源及其严重后果。同时诗人表示，自己不仅为老百姓的生活担忧，而且要"执其咎"，——为了百姓，自己要敢于建言，不怕任过。此诗所描述的社会状况与所表达的主观情怀，正是作者后来向宋仁宗"上万言书"，提出变法革新主张的现实根据和思想基础。

注释

〔1〕贱子：作者对自己的谦称。野：民间。指未作官时。

〔2〕黔首：指平民,老百姓。黔,黑色；古代平民以黑巾覆头,故称黔首。

〔3〕"丰年"二句：在丰收的年月里尚且吃不饱饭,到了水旱灾年还能有什么吃的呢?

〔4〕"虽无"二句：虽然还没有抢劫、掠夺发生,但一有意外之事,那出现这种情况就不会很久了。剽(piāo)盗,抢劫、掠夺。

〔5〕"特愁"二句：特别担忧的是吏卒的行为,会使百姓十家之中有八九家遭受灾难。

〔6〕"原田"二句：平原上的田地里庄稼枯败了,想要诉求(减免赋税),却又感叹无财物贿赂官府。败,枯败。粟麦,谷子与麦子,泛指庄稼。嗟,感叹。赇(qiú)：贿赂。

〔7〕"间关"二句：费尽周折侥幸让官府知晓了灾情,但随之而来的却是鞭子棍棒的抽打。间关,本指道路崎岖难行,此指费尽周折。见省(xǐng),指灾情为官府所了解。省,省察,知晓。笞(chī)扑,用鞭子或棍棒抽打。

〔8〕就：接近。僵仆：直挺挺地倒下,这里指死亡。

〔9〕"州家"二句：州郡的官府关闭了粮仓(不给灾民救济),县衙的吏卒还因欠租而鞭打他们。州家,指州郡官府。仓庾(yǔ),仓库。

〔10〕"乡邻"二句：乡中的大地主们一铢一两都要征收,穷人因此而无力生产,以致农田荒芜,空无所有。乡邻,同乡、邻居,此指农村中的大地主。铢两,均为古代重量单位,铢为一两的二十四分之一；铢两并举喻极轻的分量。坐逮,因此而达到。坐,因此；逮,及,到。南亩,田地。

〔11〕"取赀"二句：征收来的财物官府只得到很少一点,奸恶的魁首却已成了富翁。赀(zī),财物。一毫,喻数量很少。奸桀,奸恶的魁首,指豪强势力。云,语助词。

〔12〕"彼昏"二句：那些昏庸的地方官正在怡然自得,还自称是老百姓的父母。彼,那,那些。昏,昏庸,指地方官。怡然,高兴的样子。

〔13〕"朅来"二句：我来帮助治理这个荒凉的地区,心里总是战

战兢兢地感到惭愧和内疚。朅（qiè）来，犹言来；朅，语助词，用于句首。佐，辅佐。荒郡，荒凉的地区，荒僻的州郡，此指舒州。当时作者任舒州通判，通判是副职，故曰"佐荒郡"。懔懔，危惧貌，戒慎貌。

〔14〕"昔之"二句：过去我所哀怜的这些平民百姓，如今则承担着为他们建言任过的责任。执，承担，担负。执其咎，《诗·小雅·小旻》："发言盈庭，谁敢执其咎？"郑玄笺："谋事者众，讻讻满庭，而无敢决当是非，事若不成，谁云已当其咎责者。言小人争知而让过。"后遂以"执其咎"或"执咎"指敢于建言，不怕任过。

〔15〕"乘田"二句：做乘田这种小官圣人尚且勉力而为，何况我这种才能低下（而又担任重要官职）的人呢！乘田，春秋时鲁国主管畜牧的小官。圣，圣人，指孔子。孔子年轻时曾做过乘田。《孟子·万章下》："孔子……尝为乘田矣。"赵岐注："乘田，苑囿之吏也，主六畜之刍牧者也。"余，我，作者自称。陋，低下，卑贱。

〔16〕"内讼"二句：我内心哪敢不勤勉责备自己，但我的同僚也应该同我一起为百姓的生活担忧（以便把这个地方治理好）。内讼，内心自责。僚友，指一起为官者。

兼　　并

三代子百姓，公私无异财[1]。人主擅操柄，如天持斗魁[2]。赋予皆自我，兼并乃奸回[3]。奸回法有诛，势亦无自来[4]。后世始倒持，黔首遂难裁[5]。秦王不知此，更筑怀清台[6]。礼义日已偷，圣经久埋埃[7]。法尚有存者，欲言时所咍[8]。俗吏不知方，掊克乃为材[9]。俗儒不知变，兼并可无摧[10]。利孔至百出，小人私阖开[11]。有司与之争[12]，民愈可怜哉！

辑自《临川集》卷四，又见《王荆公诗注》卷六

【解题】

此诗作于皇祐五年,是王安石的重要作品之一。诗人来任舒州通判已经三年了,三年来,他多次到民间考察,发觉兼并土地和财富的现象日趋严重。他深知长此下去势必造成严重的社会危机,威胁到封建王朝的长治久安,于是写下了这首著名的政治诗。诗中描绘了想象中没有兼并的理想的古代社会模式,追述了兼并的由来和发展,揭露了兼并现象给百姓带来的祸害,提出了抑制和打击兼并的主张。

此诗进一步奠定了王安石变法的思想基础,为后来设青苗之法等做了舆论准备,颇为反对派所诟病。苏辙在《诗病五事》中说:"能使富民安其富而不横,贫民安其贫而不匮,贫富相恃以为长久,而天下定矣。王介甫,小丈夫也。不忍贫民,而深疾富民以惠贫民,不知其不可也。方其未得志也,为《兼并》之诗,其诗曰云云;及其得志,专以此为事,设青苗法以夺富民之利。……至于今日,民遂大病。源其祸,出于此诗。盖昔之诗病,未有若此酷者也。"无论当时的政敌们怎样攻击,也无论后代怎样评价,诗人同情贫民的初衷是应该得到肯定的。

【注释】

〔1〕"三代"二句:三代时君主把百姓当成亲子,公家和私人的财物是不分的。三代,指夏、商、周三个朝代。子,用作动词;子百姓,即把百姓当作亲子之意。异财,分财。

〔2〕"人主"二句:君王独自掌握权柄,就像天把持北斗星一样。人主,君王。擅,专擅,独揽。操柄,把握权柄。斗魁,北斗星前四颗星称"斗魁",后三颗星称"斗柄",这里指北斗星。

〔3〕"赋予"二句:征收和赏赐都由君王自己决定,兼并土地和财富是奸恶邪僻的行为。赋,收税。予,给予,指赏赐。我,指君王自

己。奸回,奸恶邪僻。

〔4〕"奸回"二句:奸邪行为按照法律要受到制裁,所以兼并的形势就无从产生。诛,惩罚,制裁。

〔5〕"后世"二句:后代的君主才本末倒置,将征收和赏赐的权柄授予他人,于是兼并盛行,老百姓就难以管理了。后世,指三代以后的君主。倒持,《汉书·梅福传》:"倒持泰阿,授楚其柄。"颜师古注:"泰阿,剑名……譬倒持剑,而以把授与人也。"此指将赋予的权柄交到他人手中。裁,治理。

〔6〕"秦王"二句:秦始皇不懂得这个道理,甚至还为巴蜀寡妇筑了怀清台。秦王,指秦始皇嬴政。怀清台,台名,见前《发廪》诗注。

〔7〕"礼义"二句:礼义日益败坏沦丧,儒家经典久被埋没于尘埃之中。礼义,礼法道义。偷,浇薄,此处为败坏、沦丧之意。圣经,指儒家经典。堙(yān),埋没。埃,尘埃。

〔8〕"法尚"二句:三代先王之法即使还有一部分保存下来,但谁想要提起,就会遭到时人的讥笑。法,指三代先王之法。哈(hāi),讥笑。

〔9〕"俗吏"二句:才智凡庸的官吏不知道治理的方法,认为能搜刮民财就是才干。方,方法。掊(póu)克,亦作掊刻,指搜刮民财。

〔10〕"俗儒"二句:浅陋而迂腐的儒士不知变通,认为对兼并势力可不必打击。俗儒,浅陋而迂腐的儒士。《荀子·儒效》:"亿然若终身之虏而不敢有他志,是俗儒者也。"摧,挫败,打击。

〔11〕"利孔"二句:国家财利来源渠道众多,奸诈的小人乘机操纵。利孔,生财的渠道,经济利益的来源。《管子·国蓄》:"利出于一孔者,其国无敌;出二孔者,其兵不诎;出三孔者,不可以举兵;出四孔者,其国必亡。"小人,指奸诈之人。阖(hé)开,关闭和开启,此指对财利的操纵。

〔12〕有司:官府,此指主管官吏。与之争:与奸诈的小人争夺财利。

163

发粟至石陂寺[1]

蓦水穿山近更赊[2],三更燃火饭僧家。乘田有秩难逃责[3],从事虽勤敢叹嗟[4]。

辑自《临川集》卷三三

解题

王安石哀矜舒州贫民,不仅用语言文字为他们号呼,而且以实际行动来减轻他们的痛苦。此诗即写作者的一次济贫活动。为了发粮救荒济贫,他穿山越水,远远近近地奔忙,直到三更天才来到石陂寺里生火做饭吃。并且认为,自己官职虽小,但拿了国家的俸禄,百姓没饭吃就难逃其责,办事再辛苦也不应该嗟叹。由此可知他的思想境界。

注释

〔1〕石陂寺:《(康熙)安庆府志》卷之四《地理志·寺观·潜山》:"石陂寺,在县东三十里,梁创。"《(康熙)潜山县志》之六《古迹·寺观》:"石陂寺,俗名石壁寺。在玉照乡,县东三十里朱家冲,梁天监创。"
〔2〕蓦水:渡水。蓦,穿越,跨过。赊,远。
〔3〕乘田:春秋时鲁国主管畜牧的小吏。孔子少时曾任此职。秩:俸禄。
〔4〕从事:办事。

次韵昌叔怀潜楼读书之乐[1]

志食长年不得休[2],一巢无地拙于鸠[3]。聊为薄宦容身者,能免高人笑我不[4]? 道德文章吾事落,尘埃波浪此生浮[5]。看君别后行藏意[6],回顾潜楼只自羞[7]。

辑自《临川集》卷二二,又见《王荆公诗注》卷三三

解题

王安石任舒州通判时,经常在通判厅的潜峰阁内读书写作,他把那里当成自己的家。任大理评事的朱明之,既是他的二妹婿,又是他志同道合的朋友,朱明之来探望他时,二人一起读书其中。明之回去后寄诗怀念在潜峰阁读书的乐趣,王安石步原韵和了此诗。

自古以来,中国的文人一旦进入官场便不再经常读书了,——尽管他们有的曾经是一流学者,有的则有着一流学者的潜质。因为官场里除了要处理那些冗长乏味的案牍文书与日常工作,还有许多交际应酬。为了人际关系,他们要呷着清茶与僚友们一遍遍地神聊,为讨好上级或因下级讨好自己而要去吃一桌桌的酒席,这些活动占去了他们大部分时间,读书写作自然是无暇顾及。王安石和大多数官场文人不一样,他不仅仍旧保持着读书的习惯,而且乐在其中,甚至经常一个人把自己关在潜峰阁读书到下半夜①。即便如此,他还经常担心自己因做官而耽搁了对道德修养的培养,担心才识学业因此而荒疏。或许正是因为王安石付出了比别人更多的努力,他最终能高人一头。就政治方面来说,他位至宰相,而且为谋"富国强兵"曾大胆革新朝政,这革新史书便以他的名字来命名:王安石变法。就才学而言,他是"唐宋八大家"之一,而且在文字学、训诂学上也很有造诣。不言而喻,这些都是勤奋好学给他带来的结果。

注释

〔1〕昌叔:即朱明之,王安石二妹婿。见《九日登东山寄昌叔》诗

---

① 参见后面所收王安石《别潜阁》诗。

注。潜楼：指潜峰阁。陆应阳《广舆记》卷二："潜峰阁，府治。王安石判郡时读书处。"《明一统志》卷十四《安庆府》："潜峰阁，在故州治之通判厅，王安石为通判时读书处。"《(乾隆)江南通志》卷三十四《舆地志》："潜峰阁，在潜山县境内。王安石通判时读书处。"沈钦韩《王荆公诗文补注》云："介甫通判舒州，州治在怀宁，何能远至潜山读书？盖即与朱昌叔所游者尔。"按，史书言舒州州治在怀宁，系指怀宁旧城，元至治三年（1323）后为潜山县治。沈氏读书不广，不知地理沿革，妄下断语，有负名家之称。《清一统志》卷一百十《舆地志·古迹》："怀宁旧城，即今潜山县治。汉置皖县，属庐江郡。……（唐）武德四年改为舒州，以怀宁为州治。……南宋为安庆府治。端平三年，元兵入安庆，寻引去。时以城去江远，控御为难，乃徙治罗刹洲，而故城遂废。元至治三年，始复分怀宁县之清朝、玉照二乡于故城置县，名曰潜山。"参见释皎然《五言送常清上人还舒州》诗注。

〔2〕志食：谓志以求食。语出《孟子·滕文公下》："滕文公曰：'士无事而食，不可也。有人于此毁瓦画墁，其志将以求食也，则子食之乎？'曰：'否。'曰：'然则子非以食志也，食功也。'"赵岐注："人旦破碎瓦画地，则复墁灭之，此无用之为也。"

〔3〕"一巢"句：自己连个居所都没有，真是比鸠鸟还要笨。巢，鸟类的窝，亦指人的居所。无地，没有地方。《诗·召南·鹊巢》："维鹊有巢，维鸠居之。"毛传："鸤鸠不自为巢，居鹊之成巢。"

〔4〕"聊为"二句：姑且任个卑微的官职以使自己有个容身之地，如此不堪，能免得了才识超人之士嘲笑我吗？聊，姑且。薄宦，卑微的官职。多为谦辞。高人，不同凡俗之人，才识超人之士。不（fǒu），同"否"。杜甫诗："长恐死道路，永为高人嗤。"

〔5〕"道德"二句：培养道德修养和文章修养，自己所做的这两件事如今都已经荒疏了；如同尘埃与波浪，我这一生虚浮不定。道德，旧指"仁义"等社会意识形态。《礼记·曲礼上》："道德仁义，非礼不成。"注："道者通物之名，德者得理之称。"文章，指才学。落，荒落，荒疏。《庄子·天地》："伯成子高谓禹：今子赏罚而民且不仁云云。夫

子阘行耶？无落吾事。俋俋乎耕而不顾。"此生浮,指人生虚浮不定。《庄子·刻意》:"其生若浮。"

〔6〕行藏:出处或行止。岑参《武威送刘单判官赴安西行营便呈高开府》:"功业须及时,立身有行藏。"

〔7〕回顾:回头看。

寄曾子固

斗粟犹惭报礼轻[1],敢嗟吾道独难行。脱身负米将求志[2],勠力乘田岂为名[3]？高论几为衰俗废[4],壮怀难值故人倾。荒城回首山川隔[5],更觉秋风白发生。

辑自《临川集》卷二四

解题

曾子固,即曾巩。巩字子固,世称南丰先生。建昌军南丰(今属江西)人。"唐宋八大家"之一,曾为王安石所推许。

这是王安石在舒州通判任上寄给曾巩的一首七言律诗。作者早年便与曾巩相识,并引为知己,互相之间有不少诗文往还。作者在诗中向故友倾诉了壮志难酬的苦闷,同时也为对方见解高明的理论不为世俗所接受而鸣不平。作者当时虽为小吏,但位卑志高,以大道之行为己任,可见他最终能进入最高统治集团亦非偶然。

注释

〔1〕斗粟:一斗之粟。指少量的粮食。报礼:报答之礼。

〔2〕负米:谓外出求取俸禄钱财等以孝养父母。《孔子家语·致思》:"子路见于孔子曰:'负重涉远,不择地而休;家贫亲老,不择禄而仕。昔由也,事二亲之时,常食藜藿之实,为亲负米百里之外。'"

〔3〕勤力:勉力;尽力。乘田:春秋时鲁国主管畜牧的小吏。后指小官。

〔4〕高论:不平凡的、见解高明的议论。常用以称对方的言论的敬辞。衰俗:衰败的世俗。

〔5〕荒城:荒凉的古城。此指舒州城。荆公诗中称舒州多称"荒州"、"荒城",盖舒州尽管多风景名胜之区,然经济欠发达自古已然。

凤凰山二首

其 一

驱马信所适[1],落日望九州[2]。青山满天地,何往为吾丘[3]?贫贱身只辱,富贵道足羞[4]。涉世谅如此[5],惜哉去无由。

其 二

欢乐欲与少年期,人生百年常苦迟[6]。白头富贵何所用,气力但为忧勤衰[7]。愿为五陵轻薄儿[8],生在贞观开元时[9]。斗鸡走犬过一生[10],天地安危两不知。

辑自《王荆公诗注》卷八

解题

凤凰山在舒州城北十里。一天傍晚,诗人驱马来到凤凰山,登上山头眺望。只见满目都是青山,神州广阔无垠,在浩瀚的大自然面前,他愈加感到个人的渺小和无奈。从小就胸怀建功立业大志的诗人,想到自己如今还在这个荒僻的小州里做个通判,他感到无比失落,不知何处是归宿。而眼下官场的实际状况更使他彷徨。若是就这样甘于贫贱,自己肯定感到很屈辱;若是要富贵显达,则又必须放弃道义,做出一些违背自己良心的事,这对于从小就深受传统儒家思想熏染的诗人来说,显然又难以接受。真是进退维谷,左右为难。转念一想,人生欢乐当在少年之时,而自己生命中美好的时光正在一天天流逝,即使将来富贵显达了,人也老了,气力都因为忧愁和辛劳而衰竭,那富贵显达还有什么用?倒不如趁着自己年纪还轻,也像贞观、开元时代的长安侠少那样,整天无忧无虑,斗鸡走狗,不知道什么是天高地厚,也不知道什么叫安全危险,更不知道什么是"愁滋味",就这样懵懵懂懂、快快乐乐过一生吧。唐代大诗人李白曾在《少年行二首》中热情赞美过长安五陵侠少们风流倜傥的生活,但王安石不是李白,他从小就接受儒家思想教育,经邦济世是他的理想,稷、契等古代名臣是他心中的楷模,所谓"愿为五陵轻薄儿,生在贞观开元时。斗鸡走犬过一生,天地安危两不知",不过是作者的一时愤激之词,是他面对挫败时的一段心路历程。不过,从诗人的这段心路历程,我们正可窥见其思想的丰富性与复杂性。

注释

〔1〕信:听任,任意。适:往。韩愈《秋怀》诗:"驱马适所愿。"

〔2〕九州:古代分中国为九州,州名说法不一。《尚书·禹贡》作冀、兖、青、徐、扬、荆、豫、梁、雍九州。《尔雅·释地》有幽州、营州,而无青、梁二州。《周礼·夏官·职方》有幽州、并州,而无徐州、梁州。此处九州泛指天下。

〔3〕吾丘:《补笺》:"吾丘,吾之丘壑也,谓隐居之处。"

〔4〕"贫贱"二句:身处贫穷低贱之位,自己总是感到很屈辱;富贵显达了,又会因放弃道义而感到羞愧。《补笺》:"《汉赞》:'依世则废道,违俗则危殆。此古人所谓难受爵位也。'诗意盖类此。"

〔5〕涉世:经历世事。

〔6〕"欢乐"二句:人们都期望少年时期便能得到欢乐,但人生百

年,总是苦于欢乐迟迟不来。李白诗:"人生待富贵,欢乐常苦迟。"

〔7〕"白头"二句:人老了,富贵又有什么用?精力都因为忧愁和勤劳而衰竭了。白头,指年老。杜甫诗:"可惜欢娱地,都非少壮时。"

〔8〕五陵轻薄儿:犹五陵年少,指长安五陵一带的豪侠少年。五陵,长安附近有汉代帝王的五座陵墓,即汉高祖长陵、惠帝安陵、景帝阳陵、武帝茂陵、昭帝平陵,合称"五陵"。汉元帝以前,每建陵墓,都把四方豪族侠者迁至附近居住,以供奉陵园。后世遂以五陵为豪侠之士的居处。李白《少年行》其二:"五陵年少金市东,银鞍白马度春风。落花踏花游何处,笑入胡姬酒肆中。"

〔9〕贞观:唐太宗年号(627—649)。开元:唐玄宗年号(713—741)。

〔10〕斗鸡走犬:亦作斗鸡走狗。鸡与鸡互相搏斗,狗与狗互相赛跑,都是古代的赌博游戏。《史记·袁盎列传》:"袁盎病免居家,与闾里浮沉相随行,斗鸡走狗。"

书何氏宅壁〔1〕

有兴提鱼就公煮〔2〕,此言虽在已三年。皖潜终负幽人约〔3〕,空对湖山坐惘然〔4〕。

辑自《临川集》卷二九,又见《王荆公诗注》卷四三

【解题】

这是至和元年(1054)作者将要离开舒州时所作的一首题壁诗。何氏是舒州望族,"当晋、宋、齐、梁之时,公侯将相,布列于朝,印累累而绶若若,始不可以更仆数"(魏其璟《重建三高亭记》)。后其子裔有感于家庭之变,乃终身不仕。山谷寺基址即其后裔何求、何点、何胤所捐献。诗题中所书何氏宅壁或指其裔孙之宅壁。诗人离别在即,行色匆匆,仓促间题诗于故交之壁,虽不及细细琢磨,但字里行间所

流露的殷殷之情,确也有动人之处。

注释

〔1〕按,李德身《王安石诗文系年》系此诗于皇祐五年(1053),谓"必为倅舒三年时所作"。所言甚是。然系于皇祐五年似不妥。味诗"皖潜终负幽人约"之意,当为离别舒州时作,即作于至和元年(1054);诗中"三年"盖为倅舒实足之年数。

〔2〕有兴句:《王荆文公诗笺注》:"《世说》:卫君长为温峤长史,温甚善之,每提酒脯就卫论书。又,桓冲在荆州,张玄为侍中。使至江陵,路经阳岐村,见一人持半笼生鱼径来造船,云有鱼寄作鲙。张乃维舟纳之,问其姓字,云是刘遗民。张素闻其名,大相忻待。张甚欲话言,刘了无停意,既进鲙便去,云:'向得此鱼,观君船上当有鲙具,是故来耳!'于是便去。遗民,刘骥之字。杜诗:知子松根长茯苓,迟暮有意来同煮。陆龟蒙诗:今朝有客卖鲈鱼,手提见我长于尺。"

〔3〕皖潜:泛指舒州核心区域,即皖水、潜水以内地区。幽人:幽隐之人,隐士。

〔4〕湖山:指山水或江山。惘然:迷惘失意貌,遗憾貌。

别　潜　阁

一溪清泻百山重[1],风物能留郏曼容[2]。后夜肯思幽兴极[3],月明孤影伴寒松。

辑自《临川集》卷三三,又见《王荆公诗注》卷四七

解题

潜阁,即潜峰阁,王安石通判舒州时读书处。《明一统志》卷十四《安庆府》载:"潜峰阁在故州治之通判厅,王安石通判时读书处。将

去,作别阁诗云云。"

　　此诗作于至和元年(1054)春天王安石在舒州即将离任之际。诗人来舒州生活已经四个年头了,他对这里的一切都产生了深厚的感情。那清澈见底急速奔流的溪水,那大大小小重重叠叠的山峰,如此美丽的风光景物连邴曼容那样的清誉之士都会流连不去,更何况是对这里的一草一木都十分熟稔的诗人!特别令他难忘的是那通判厅中的潜峰阁,诗人三年多来日夜读书其中,不知有多少回,兴到极致处,他在那里思考问题一直到后半夜。那时更深人静,陪伴自己的只有挂在天宇的一轮明月,与那远山的寒松。全诗由远及近,由一般到个别,层层深入地表达了诗人对潜阁的留恋与不舍。尤其是那皓月下穷思苦读的孤影,更是以优美的意境,鲜明的形象,将诗人对潜峰阁的不尽情思表达得空灵入妙,韵味无穷。

注释

〔1〕一溪:指潜水。

〔2〕风物:风光景物。邴曼容:西汉哀帝时琅琊人。名丹,字曼容,邴汉侄。养志自修,为官不肯过六百石,过辄自免去,时有名望。见《汉书》卷七二《两龚传》。又《儒林传》:"施雠以田王孙《易》授琅琊鲁伯,鲁伯授太山毛莫如少路、琅琊邴丹曼容,著清名。"杜牧《长安杂题长句六首》其四:"九原可作吾谁与?师友琅琊邴曼容。"

〔3〕肯思:乐意思考,愿意思考。幽兴:幽雅的兴味。

别潜皖二山[1]

　　乡垒新恩借旧朱[2],欲辞潜皖更踌躇[3]。攒峰列岫应讥我[4],饱食穷年报礼虚[5]。

　　　　　　　辑自《临川集》卷三三,又见《王荆公诗注》卷四七

解题

诗人即将到京城任职,离别之际,他向潜皖二山辞行,并写下此诗。诗中为自己心怀官禄而没能退隐山林而愧疚,又因多年来没对山灵行报答之礼深表歉意。诗人的自我告白,表现了他当时矛盾与复杂的心情,而对潜皖二山的热爱与依恋尽在不言之中。

注释

〔1〕潜皖二山:指潜山与皖山。李壁注:"二山在舒州。潜山,即天柱山;皖山,即皖公山。"按,潜山与皖山实为同一座山,习惯上误为两座山或三座山,王安石亦一直认为是两座山。参见王安石《望皖山马上作》等诗注。

〔2〕"乡垒"句:意谓自己蒙受皇恩升迁,将由舒州到京城任职。乡垒,乡间城堡,此指舒州城。旧朱,即"旧朱衣"之略称;朱衣,唐宋时四五品官员所着的绯服。杜牧《新转南曹出守吴兴书此篇以自见志》:"喜抛新锦帐,荣借旧朱衣。"

〔3〕踌躇:犹豫,迟疑不决。

〔4〕"攒峰"句:潜山与皖山中密集众多的山峰都应争相讥笑我。攒(cuán)峰列岫(xiù),密集众多的山峰;岫,峰峦,多指有洞的山。按,南朝齐汝南人周颙起初隐居北山,后一改夙操,出任海盐令。期满到京待职,拟再经北山。孔稚珪作《北山移文》,以山灵口吻深刻揭露周颙表面退隐山林、实则心怀官禄的假隐士虚伪面目,辛辣嘲讽了当时趋名逐利、热衷富贵功名而又自标清高之徒的行为,文中有"南岳献嘲,北垄腾笑;列壑争讥,攒峰竦诮"之语。安石"攒峰列岫争讥我"句本此,借以嘲讽自己早年拒绝文彦博之荐不肯应试(见《舒州被召试不赴偶书》),今却愿意到京城任职。"应",一本作"争"。

〔5〕穷年:一本作"频年"。报礼:报答之礼。虚:空缺。

过 皖 口[1]

皖城西去百重山[2],陈迹今埋杳霭间[3]。白发行藏空自感,春风江水照衰颜。

辑自《临川集》卷三三,又见《王荆公诗注》卷四七

【解题】

此诗是至和元年春天王安石离任过皖口时所作。皖口,在今怀宁县西十五里,流经舒州全境的皖水在这里进入长江。诗人离开舒州前往京城任职,到了皖口便意味着他即将离境。诗人回首西顾,那舒州城如今已隔着百重山头,杳然不见,眼中只有云雾缥缈;而往日在那里的种种行迹,亦将随着自己的离开而远之,如同被那皖城上空的雾霭掩埋起来一般。再临水自照,年虽未老,但发白颜衰,而功业及道德修养等行止出处均未能有所成就,想到这一切,自己只能徒增感慨。全诗描写王安石离任途中的一段心理活动,表现了作者积极进取的儒家情怀。诗中将抒情和写景结合起来,达到了情景合一的境界。

【注释】

〔1〕按,此诗李德身《王安石诗文系年》以为至和元年作。《系年》:"诗云:'皖城西去百重山,陈迹今埋杳霭间。'盖言往日倅舒之种种,今已随我之去而远矣。李注以为'公尝倅舒州,故言陈迹。'疑非是。此诗当为舒州任满别舒时作。"姑从《系年》。

〔2〕皖城:指舒州州治,即今潜山县城。《(乾隆)江南通志》卷二百《杂类志》:"今之潜山即古皖伯所封之国,在吴谓之皖城,在东晋以后谓之怀宁,在元以后谓之潜山。"

〔3〕陈迹:遗迹,旧日的行迹。李壁注:"公尝倅舒州,故言陈

迹。"杳霭:云雾缥缈貌。

别　皖　口

浮烟漠漠细沙平[1],飞雨溅溅嫩水生[2]。异日不知来照影,更添华发几千茎[3]!

辑自《临川集》卷三三,又见《王荆公诗注》卷四七

解题

皖口是舒州一个具有标志性的场所,诗人曾多次到过这里。现在即将离它远去,心中百感交集,他要最后看一眼自己曾经生活和工作过多年的土地,只见浮烟漠漠,飞雨溅溅,于是即兴写下此诗。诗歌首二句寓情于景:烟雾蒙蒙既是眼前景物的实录,又表现了作者内心的离愁别绪;飞雨溅溅对于旅途中的人来说固然可厌,但因之而生的春水却是生机盎然、生命蓬勃向上的象征。末二句想象异日重回故地,对水自照,不见朱颜,更添白发数千,诗人借物发端,抒写人生感慨,既含蓄蕴藉,又扣人心扉。

注释

〔1〕漠漠:广阔貌。
〔2〕溅溅:雨迸射声。嫩水:指春水。杜牧《早春赠军事薛判官》:"晴梅朱粉艳,嫩水碧罗光。"
〔3〕"异日"二句:将来的某一天再到这水里来照一照自己的影子,不知又要增添几千根白发了!异日,他日。将来的某一天。华发,白发。李壁注:"白诗:'重重照水看容鬓,不见朱颜见白丝。失却少年无觅处,沉他湖水欲何为!'牧之诗:'弄溪终日到黄昏,照数秋来白发根。'"

别雷国辅之皖山

侍郎忧国最贤劳[1],太尉西州第一豪[2]。家庙比来闻泽厚[3],公孙今果见才高[4]。明时尚使龙蛇蛰,壮志空传虎豹韬[5]。莫厌皖山穷绝处[6],不妨云水助风骚[7]。

辑自《王荆公诗注》卷三七

【解题】

此诗为作者告别雷国辅往皖山而作。雷国辅出身名门贵族,且才高八斗,然而仕途却郁郁不得志。作者先是对其先人褒美一番,既而对雷氏才能称赏有加。复以大才之人并非皆为世所用之世道常情宽慰对方。尾联则以奉劝雷氏游皖山作结:不要嫌弃那高峻的皖山绝顶,那里的风景将助长你的诗文才情。全诗节奏舒缓,平实厚重。诗歌虽非专为咏山而作,却借宽慰他人间接地赞美了皖公山。又,味"莫厌"二字之文意,作者当仍在舒州通判任上,雷氏此时似亦在舒州。

雷国辅,"据诗意,当是雷德骧之孙,雷有终之子"(《补笺》)。此诗题一本无"之皖山"三字。

【注释】

[1] 侍郎:指雷德骧。李壁注:"雷德骧,闻州人。尝斥宰相赵普不法事得谪。太宗时,普再入相,德骧乞归田里,以避仇怨。上召见,慰安之,迁工部侍郎,赐白金二千两,终保全之。诗称侍郎即此人也。"按,李注"闻州"当作"同州"。据《宋史》二七八本传:雷德骧,字善行,同州郃阳人。周广顺三年举进士。宋初,拜殿中侍御史。端拱初,迁户部侍郎。淳化三年(992)卒,年七十五。贤劳:劳苦,辛劳。

[2] 太尉:指雷有终。李壁注:"雷有终,德骧子也。父任为莱芜

尉,太宗闻其名,召为大理丞,累加工部侍郎。王均乱,除庐州观察使,知益州。贼平,为保信军留后。契丹入寇,有终赴援,威声甚振。契丹修好,命还屯所。寻召拜宣徽北院检校太保。景德二年卒。景祐二年,赠侍中。疑太尉字当为太保。"按,李注"庐州"当作"泸州"。据《宋史》二七八本传:雷有终,字道成。真宗嗣位,加工部侍郎。益州王均为乱,即拜有终泸州观察使,知益州,兼川峡两路招安捉贼事。事既平,有终加保信军节度观留后。景德初,为并代副都步署,召拜宣徽北院使检校太保。景德二年暴疾卒,年五十九。

〔3〕"家庙"句:谓听说雷氏祖庙新近得到朝廷厚重的封赐。家庙,祖庙,宗祠。比,近。

〔4〕"公孙"句:谓雷国辅不仅出身于贵族之家,亦有如王粲般高才。公孙,对贵族官僚子弟的尊称。李壁注:"蔡邕见王粲,惊曰:此王公孙,有异才,吾不如也。畅尝为司空。"

〔5〕"明时"二句:谓朝廷清明之时尚使得杰出的人物隐居不仕,胸怀壮志之人往往徒然地学了满腹的兵法韬略。龙蛇,比喻杰出的人物。蛰,蛰伏,此指隐居不仕。虎豹韬,古代兵书《六韬》中的《虎韬》《豹韬》,借指兵法韬略。李壁注:"《易》:龙蛇之蛰,以存身也。《六韬》有《虎韬》《豹韬》,皆篇名也。"

〔6〕皖山:李壁注:"皖山,即舒州皖公山。"穷绝处:穷尽之处,此指皖山绝顶。

〔7〕云水:借指风景。亦谓漫游,以漫游如云水般漂泊无定,故云。风骚:原指《诗经》中的《国风》和《楚辞》中的《离骚》,借指诗文,亦指文采、才情。

怀舒州山水呈昌叔

山下飞鸣黄栗留[1],溪边饮啄白符鸠[2]。不知此地从君处,亦有他人继我不[3]?尘土生涯休荡涤[4],风波时事只飘浮。相看发秃无归计[5],一梦东南即自羞。

辑自《临川集》卷二二,又见《王荆公诗注》卷三四

解题

　　此诗作于嘉祐元年(1056),当时作者在提点江南东路刑狱公事任上。离开舒州后,作者凡几易官职,先是在京城任群牧判官,很快又被任命为提点开封府界诸县镇公事;六个月后,即出知常州;不到一年,又调任提点江南东路刑狱公事。仕途奔波劳顿,头发都落光了,但职场却无多少起色,他感到身心疲惫。这时他想起了在舒州的美好时光,想起了那里优美的山水环境,于是写下此诗,并把它送给曾与自己同游的二妹婿朱明之。诗的前四句是忆舒州山水,后四句述当前窘境。山下黄鸟飞鸣,溪边浮鸥饮啄,在如此清幽、人禽和谐相处的山水环境中与志同道合者一起畅游,这是何等的惬意;而眼下生活动荡不安,世事飘浮无定,想回到那样的环境中去再无可能,只能在梦境中见到它了。诗人前后情绪的强烈反差与对比,表现出他对舒州的深切怀念。只可惜打他离开舒州后,就再也没有回到过这让他一生中魂牵梦绕的旧游之地。

注释

　　[1] 黄栗留:鸟名。亦作"黄鹂留",即黄鹂。《诗·周南·葛覃》"黄鸟于飞",三国吴陆玑疏:"黄鸟,即黄鹂留也,或谓之黄栗留……当葚熟时,来在桑间。故里语曰:'黄栗留看我麦黄葚熟。'应是应节趋时之鸟。"

　　[2] 白符鸠:亦鸟名。一本作"白浮鸥"。李壁注:"《晋·乐志》:'杨泓云:"自到江南,见白符舞。"或言白凫鸠舞。云有此来数十年矣,似苦孙皓虐政,思属晋也。'"

　　[3]"不知"二句:不知道这些曾经跟随你游赏之处,也有别人继我之后与我一样欣赏它们吗? 从,跟随,此处为谦辞。不(fǒu),同

"否"。或谓"此云'他人继我',谓不知谁继我为舒州通判"(《补笺》)。

〔4〕生涯：人生,生命。亦指生活。荡涤：冲洗。此指摇动,动荡。

〔5〕发秃：头发脱光。归计：回家乡的打算。

次韵曾子翊赴舒州官见贻[1]

皖城终岁静如山,官府应从到日闲[2]。一水碧罗裁缭绕,万峰苍玉刻屏颜[3]。旧游笔墨苔今老[4],浪走尘沙鬓已斑[5]。揽辔羡君桥北路[6],春风枝上鸟关关[7]。

辑自《王荆公诗注》卷二九

解题

嘉祐六年(1061),好友曾宰进士及第,授舒州司户参军;到官后寄诗给王安石,诉说职事忙碌,仕途奔走辛苦,说是自己想弃官回乡(诗见后载)。此诗即步其原韵而作,但却与曾诗格调完全不同。作者说,舒州城市环境安静,居官闲暇。那里有碧绿的如绸罗般回环盘绕的潜水,有苍青色似玉石般被大自然的鬼斧神工雕刻得斑驳陆离的万座山峰,有自己从前游览时题刻的可以留之久远的文字。真的羡慕你呀,在这春风骀荡的时节,能在舒州城桥北的路上挽住马缰,聆听那悦耳的鸟鸣声。王安石的确具有大家风范,一次在曾宰看来是那么不堪的任职,在王安石心中却能联想到如此众多美好的事物。这固然与他曾任舒州通判对这里有深厚的感情有关,但也与他具有阔大的胸襟气度不无关系,他日后能官居相位,当非偶然。

注释

〔1〕按,题下宋李壁注:"子翊名宰。予居抚州,访遗文于其孙

极,止得其寄公诗云:'官居隐几望潜山,不似茅檐旧日闲。顾我尘沙添白发,怜君道路失朱颜。江涵秋老鲈鱼美,岸入春风荻笋斑。此味纵佳吾不乐,惟思一马返乡关。'"

〔2〕"皖城"二句:李壁注:"言官无事,如山林之静。《元和郡国志》:'舒州本春秋时皖国,咎繇之后。在汉时为皖县,属庐江郡。三国初属魏,后孙权征皖,克之。获乔公二女。'即其地。""官府",一作"府掾"。

〔3〕"一水"二句:一条河流像碧绿的绸罗,被裁剪得回环盘旋;万座山峰如同苍青色的玉石,被雕刻得斑驳陆离。缭绕,回环盘旋。屠颜,斑驳陆离貌。李壁注:"韩诗:'江作青罗带,山为碧玉簪。'公尝为舒倅,旧题最多。"

〔4〕旧游笔墨:指从前游览处题写的诗文。苔:苔藓。李白《秋浦歌十七首》其八:"题诗留万古,绿字锦苔生。"

〔5〕浪走:四处奔走,胡乱奔走。尘沙:犹尘世。

〔6〕揽辔:挽住马缰。李壁注:"范滂:'登车揽辔,慨然有澄清天下之志。'"按,李注见《后汉书·党锢传》。味其意,"揽辔"当为"揽辔澄清"之义,即指在乱世有革新政治、安定天下的抱负。

〔7〕关关:鸟类雌雄相和的鸣声,后亦泛指鸟鸣声。《诗·关雎》:"关关雎鸠。"毛传:"关关,和声也。"

戏长安岭石

附巘凭崖岂易跻[1],无心应合与云齐[2]。横身势欲填沧海[3],肯为行人惜马蹄[4]?

辑自《临川集》卷三三,又见《王荆公诗注》卷四六

【解题】

这是一首咏物诗。所咏之物,乃是舒州长安岭上的一块巨石。

这长安石,它虽身居高位,但却无心于此,而是形势使然;它横身欲填沧海,有精卫精诚之志,且不吝惜伤害行人的马蹄。这是一块志存高远之石,是一方刚毅果决之石。《尚书·尧典》中说"诗言志",这首诗所咏的自然也是作者自己的主观情志,所谓"长安石",不就是"王安石"么! 所谓不为行人惜马蹄,不就是要贬退那些反对变法的人么! 据诗之内容观之,当是作者拜相后作。

注释

〔1〕巘(yǎn):山,山顶。跻(jī):攀登。

〔2〕无心:无意,没有打算。陶潜《归去来辞》:"云无心以出岫,鸟倦飞而知还。"应合:应当,该当。

〔3〕填沧海:填塞大海。李壁注:"隋人虞茂石诗:'徒然抱贞介,填海意谁知。'精卫以石填海,言精诚之至。"

〔4〕惜马蹄:吝惜马蹄。唐张渭《同诸公游云公禅寺》:"共许寻鸡足,谁能惜马蹄?"杜甫《陪郑广文游何将军山林十首》之一:"平生为幽兴,未惜马蹄遥。"

代　　答

　　破车伤马亦天成[1],所托虽高岂自营[2]! 四海不无容足地,行人何事此中行[3]?

辑自《临川集》卷三三,又见《王荆公诗注》卷四六

解题

　　所谓"代答",意谓"代长安岭石回答"。前首《戏长安岭石》末句云:"肯为行人惜马蹄?"故作者戏作此诗以答之。在此诗中,作者主要就长安石"破车伤马"与所托之高表明态度。诗中亦石亦人,其中

熔铸着作者自己的处世哲学、为政风格与个性特征,凸显出一个坚持人格理想、我行我素的诗人形象。宋时人们戏称王安石为"拗相公",于以上二诗可略窥一斑。

注释

〔1〕"破车"句:谓若是经过长安岭,弄得车破马伤亦是合于自然之事。天成,不假人工,自然而成。亦指合于自然。

〔2〕"所托"句:长安石托身虽高,难道是它自己谋求的吗?自营,自己谋求。亦指为自己打算。

〔3〕"四海"二句:天下到处都有立足之地,赶路的人为什么偏偏要从这里经过呢?四海,犹言天下,全国各处。容足,立足。形容所处之地狭小。《庄子·外物》:"地非不广且大也,人之所用容足耳。"

送逊师归舒州[1]

山川相对一悲翁[2],往事纷纷梦寐中。邂逅故人恩意在,低回今日笑言同[3]。看吹陌上杨花满[4],忽忆岩前蕙帐空[5]。亦见桐乡诸父老,为传衰飒病春风[6]。

辑自《临川集》卷二一,又见《王荆公诗注》卷三二

解题

宋神宗熙宁九年(1076)十月,王安石离开了北宋中央政治舞台后一直居住在金陵。此时他虽仍旧带着尚书左仆射、同中书门下平章事判江宁府的官衔,实际却不视事,而是在钟山一带过着退隐的生活。元丰七年(1084),舒州逊师有事于金陵,顺道拜访了王安石。当时王安石已六十四岁,见到阔别多年的故人,阅尽了人间沧桑的老人

先是欣喜若狂,继又感慨万千,忆念起在舒州的往事,他为自己因仕途升迁离开舒州而耿耿于怀,并以朱邑事自比,表达了对舒州百姓的思念和关切。

注释

〔1〕逊师:其人不详。师,对僧人或道士的尊称。

〔2〕悲翁:忧伤的老人。

〔3〕低回:流连,留恋不舍。

〔4〕陌:田间小路。杨花:柳絮。唐王昌龄《初日》诗:"云发不能梳,杨花更吹满。"

〔5〕蕙帐:指隐士的帷帐。蕙,香草名。南朝齐孔稚珪《北山移文》:"蕙帐空兮夜鹄怨,山人去兮晓猿惊。"

〔6〕"亦见"二句:如果见到舒州的众位父老,也替我传个口信,说我衰老了,春天里又生病了。桐乡,本为舒州桐城县旧称,亦为舒州郡号。此当指代舒州。宋潘自牧《记纂渊海·郡县部·安庆府》:"郡号:潜山、同安、舒皖、皖城、德庆、桐乡。"宋王象之《舆地纪胜》卷四十六《淮南西路·安庆府》:"同安、龙舒、舒皖、皖城、德庆、盛唐、南豫、桐乡。"衰飒,犹衰老。李壁注:"以朱邑事自比。刘沧诗:'若到乡关人见问,为言归思满秋风。'"

送灵仙裴太博[1]

一官留隐太常中[2],生事萧然信所穷[3]。有力尚期当世用,无求今见古人风[4]。遒回旧学皆残藁[5],邂逅相看各老翁。他日卜居何处好[6],溪山还欲与君同。

辑自《临川集》卷二四,又见《王荆公诗注》卷三六

【解题】

太常博士裴煜一生仕途不顺,他虽有用世之志,但却一直在太常寺里做个冷官,且生计萧条;然其为人正直,不愿蝇营狗苟求得高位。临到退休之际,他见仕途无望,便请求前往舒州出任灵仙观监,王安石作此诗为之送行。诗歌感情真挚,其中有对裴太博遭遇的同情和惋惜,有与故友年老邂逅的人生喟叹。诗人最后说,他将来择地居住,也要和裴氏一样,把风景优美的舒州作为自己的终老之地。此虽为慰藉之词,却也流露出他对舒州的美好印象与深切怀念。

【注释】

〔1〕灵仙:《临川集》作"灵山",此据《王荆公诗注》。太博:"太常博士"的省称,太常属官之一。专掌撰五礼仪注,大礼时则导引乘舆,赞相祭祀,定谥谥及守陵庙等。李壁注:"舒州灵仙观。太博必食祠禄者,疑太博即裴煜也。"按,各本《潜山县志》此诗题作《送裴太傅监灵仙观》;据诗意,"太傅"当为"太博"之误。

〔2〕一官:《潜山县志》作"先生"。太常:官署名。秦置奉常,汉景帝六年更名太常,掌宗庙礼仪,兼掌选试博士。历代因之,则专掌宗庙祭祀礼乐之事。属官有太常丞、太乐令、太祝令、太宰令、太史令、太仆、太医令及太常博士等。

〔3〕生事:犹生计,指资财,生活用度。萧然:萧条冷落貌。

〔4〕"有力"二句:李壁注:"韩退之诗:'有力未免遭驱使。'公诗意谓裴虽有当世之志,而不苟求也。"

〔5〕邅(zhān)回:难行不进貌,此指反复研究学问。旧学:昔时所学。

〔6〕卜居:择地居住。

宋

封舒国公三绝[1]

其　　一

陈迹难寻天柱源[2]，疏封投老误明恩[3]。国人欲识公归处，杨柳萧萧白下门[4]。

其　　二

桐乡山远复川长，紫翠连城碧满隍[5]。今日桐乡谁爱我，当时我自爱桐乡[6]。

其　　三

开国桐乡已白头[7]，国人谁复记前游。故情但有吴塘水[8]，转入东江向我流[9]。

辑自《临川集》卷二八，又见《王荆公诗注》卷四二

【解题】

宋神宗熙宁九年十月，王安石第二次罢相后回到金陵，从此离开了北宋中央政治舞台，在钟山一带过着退隐的生活。元封元年（1078），宋神宗以王安石为尚书左仆射、集禧观使，并因其在舒州为官多年，封他为舒国公。作者抚今追昔，感慨万端，写下了这三首绝句。诗人以饱含深情的笔墨回忆了舒州一些标志性的景观，并让这些美好的风光景物在与自己眼下境况之间反复对比切换，以故地景物之有情反衬现实之无情，从而表达出他对舒州深切的怀念。全诗旋律回环往复，音节自然流畅，显示了很高的创作技巧。

【注释】

〔1〕按，蔡上翔《王荆公年谱考略》云："元丰元年戊午……正月，

以王安石为尚书左仆射、舒国公、集禧观使。"诗即作于其时。时王安石五十八岁,居钟山。

〔2〕陈迹:旧迹,遗迹。天柱源:舒州天柱山名胜之一,在朝天峰下。《(康熙)潜山县志》卷之二《山川》:"(县)北三十里曰天柱源。朝天峰下,乃间丘方远栖处。"李壁注:"介甫尝通判舒州,故云陈迹。舒州怀宁县西北二十里潜山,其山有三峰:一天柱山,一潜山,一皖山。"

〔3〕疏封:分封。指帝王把土地或爵位分赐给臣子。投老:告老。明恩:贤明君王的恩惠。李壁注:"公熙宁十年以南郊恩封舒国公。集有《谢表》云:'唯兹邦土之名,乃昔宦游之壤。久陶圣化,非复鲁僖之所惩;积习仁风,乃尝朱邑之见爱。'元丰三年九月,又自舒改荆。"

〔4〕萧萧:稀疏,亦指草木摇落声。白下:古地名。在今江苏省南京市西北,后为南京的别称。

〔5〕"桐乡"二句:舒州山峦绵亘不绝,河流悠长,紫翠之色遍及全城,碧绿的河水注满护城壕。桐乡:李壁注:"桐乡属桐城县。"按,桐乡亦为舒州郡号,此当指代舒州。详前《送逊师归舒州》诗注〔6〕。远,遥远,指山峦绵亘不绝。隍,护城壕。

〔6〕"今日"二句:李壁注:"公又自有二十字,此只添'今日''当时'四字。言'吾无德与桐乡之人,人岂知爱我;我自爱之耳'。何其蔼然,君子之言也。《选》诗潘安仁诗云:'齐都无遗声,桐乡有余谣。'"

〔7〕开国桐乡:指封舒国公。开国,建立邦国。此指加封号。

〔8〕吴塘:指吴塘陂,在舒州州治西二十里,潜水流经其处。李壁注:"《寰宇志》:舒州有吴塘陂,在县西二十里,皖水所注。曹公遣朱光守庐江,屯皖,大开农田。吕蒙曰:'皖地肥美,若一收熟,彼众必增。如是数岁,操态见矣。宜早除之。'于是权亲征皖,破之。此吴塘即朱光所开也。"《(嘉庆)大清一统志》卷一百十《舆地志》:"吴塘陂,在潜山县西,潜水所经也。"顾祖禹《读史方舆纪要》卷二十六:"潜水亦出天堂附近之罗源山,流为开源涧,亦曰埭口,经水吼岭、吴塘堰,至县治西转北而东合于皖水,达府西石牌口,下流入江。"

〔9〕"转入"句:东江:指长江。潜水经吴塘陂东流,下游与皖水

合,达郡之石牌口入于江。时王安石居金陵钟山,在其下游,故诗云"故情但有吴塘水,转入东江向我流"。

曾　宰

曾宰(1022—1068),字子翔,建昌军南丰(今属江西)人。曾巩弟。仁宗嘉祐六年(1061)进士,历官舒州司户参军、潭州湘潭主簿,所至有能政。善文章,通"六经""百子",旁究法制度数、声音训诂等。生平事迹见曾巩《元丰类稿》卷四六《亡弟湘潭县主簿子翔墓志铭》及《宋诗纪事》卷二二等。

舒州寄王介甫[1]

官居隐几望潜山[2],不似茅檐旧日闲[3]。顾我尘沙添白发[4],怜君道路失朱颜[5]。江涵秋老鲈鱼美[6],岸入春风荻笋斑[7]。此味总佳吾不乐,惟思一马返乡关[8]。

辑自《宋诗纪事》卷二二

> **解题**

嘉祐六年(1061)作者进士及第后,第一任官职便是舒州司户参军。此职为州之佐吏,掌户籍、赋税、仓库、受纳之事,工作颇为琐细,也颇繁忙。寒窗苦读几十载,才博得个金榜题名,最终却只能得到司户参军这么一个职位,心中自然不爽。于是他寄诗给好友王安石,诉说心中垒块。诗的前四句写居官的忙碌与仕途奔走之辛劳,后四句则说自己想弃官回乡。从此诗看,作者性格忧郁卷缩,缺乏一种大度的情怀。管子曰:"徒卷缩忧郁,成疾病于胸中。"诗人只做了两任小官,很快便离开了人世,这与他的性格可能不无关系。

注释

〔1〕李壁《王荆文公诗注》："予居抚州，访遗文于其孙极，止得此诗。"

〔2〕隐几：靠着几案，伏在几案上。

〔3〕茅檐：犹言茅屋、茅舍，谦称自己未出仕时的住宅，与上句官居相对。

〔4〕尘沙：犹尘世。

〔5〕君：对王安石的尊称，犹"您"。道路：奔走，跋涉；此指仕途奔走。朱颜：红润的脸色，青春的容颜。

〔6〕秋老：深秋。鲈鱼美：南朝宋刘义庆《世说新语·识鉴》："张季鹰辟齐王东曹掾，在洛，见秋风起，因思吴中菰菜羹、鲈鱼脍，曰：'人生贵得适意尔，何能羁宦数千里以邀名爵？'遂命驾便归。俄而齐王败，时人皆谓为见机。"后因以"鲈鱼脍"或"鲈鱼美"为思乡的典故。

〔7〕荻笋：荻的幼苗，像笋，故名，又称荻芽。古人以为美味。宋欧阳修《离峡州后回寄元珍表臣》："荻笋时鱼方有味，恨无佳客共杯盘。"王安石《歌元丰》诗："鲥鱼出网蔽洲诸，荻笋肥甘胜牛乳。"

〔8〕乡关：犹故乡。

姚 震

姚震，字起道，丹阳（今属江苏）人。与曾宰生活于同一时代，宋嘉祐八年（1063）在世。其余不详。

观唐贤题名

唐贤曾此濯尘缨[1]，石上镌磨列姓名[2]。因检青编求美迹[3],几人流誉似泉声[4]。

辑自李丁生主编《天柱山山谷流泉石刻》

解题

唐贤题名,指皖山山谷石牛洞边石崖上的唐人题刻。

此诗作于宋仁宗嘉祐八年(1063)。其年七月初一,作者与时任舒州司户参军的曾宰同游山谷寺石牛古洞,见石壁上唐人题刻,遂作此诗镌于石牛洞东侧崖壁。作者与曾宰在石牛洞东壁隙穴中另有题名,曰"临川曾宰子翊、丹阳姚震起道癸卯七月庚子同游"。作者在此诗中表达了对前贤避世脱俗、保持高风亮节的景仰,又为他们大多数人在史籍中未能留下美迹清誉不能广泛流传而遗憾。诗中以流誉比泉声,是即眼前之景而言事,形象鲜明生动,给读者留下了深刻的印象。

注释

〔1〕濯尘缨:洗濯冠缨。表示避世脱俗,保持高风洁行。语本《孟子·离娄上》:"沧浪之水清兮,可以濯我缨。"已见前注。

〔2〕镌磨:雕刻;磨磋。

〔3〕青编:即青丝简编。借指史籍。

〔4〕流誉:声誉广传。

刘 攽

刘攽(1023—1089),字贡父,一作赣父,或作赣父,号公非。临江军新喻(今江西新余)人。与其兄刘敞同登仁宗庆历六年(1046)进士,仕州县二十年,始为国子监直讲。神宗熙宁初,判尚书考功、同知太常礼院。尝贻书王安石,论新法不便,出知曹州。曹地盗匪横行,重法不能止。攽为治尚宽平,盗亦衰息。哲宗元祐初,起知襄州,加直龙图阁、知蔡州。苏轼等人上疏力荐,召拜中书舍人。攽博览群书,于史学造诣尤深,与司马光同修《资治通鉴》,专职汉史,其学问才华,时人莫不推重。所作诗文亦足称道。平生著述甚丰,多亡佚,今有《孟子外书》四篇、《东汉书刊误》四卷、《汉官仪》三卷、《彭城集》四十卷、《中山诗话》一卷传世。生平事迹见《宋史》卷三一九本传。

次韵和苏子瞻赠王仲素寺丞[1]

龙虎不受羁,鸾凤不啄泥[2]。仙人云涛观,俗子闾巷迷[3]。念昔喜读书,五车号轻赍[4]。东瞻识津涯[5],西顾分町畦[6]。博物辨鼮鼠[7],诵赋嗤雌蜺[8]。轩冕不克求[9],舌在徒问妻。世事莫相告,慕虚但攀稽[10]。赖有逍遥篇[11],尔来颇思齐[12]。道真本微眇[13],至言乃筌蹄[14]。壹气中夜存[15],大方刓角圭[16]。勉从赤松子[17],定有青云梯[18]。非若朝市门[19],强力相排挤。晚友王子乔[20],如得照水犀[21]。因之喻苏耽[22],衰暮毋噬脐[23]。缅思潜天柱[24],云白风凄凄。筑居留四邻,与子参杖藜[25]。

辑自《彭城集》卷四

解题

熙宁十年(1077),太常寺寺臣王景纯致仕归潜山,苏轼作《赠王仲素寺臣》古诗一首(见后载录)相赠,作者亦步其原韵和作此诗赠之。诗中赞赏王景纯崇尚自由,品性高洁;眼光远大,不同凡俗。说是自己虽读书颇多,博知众物,但仍轩冕难求。幸喜有《庄子·逍遥游》为自己指明了道路,如今也想要达到庄子所说的那种人生要各任其本性、逍遥自在、无往而不适的境界。他为自己过去选择的人生道路而后悔,并为晚年以王景纯这样的高人为友而庆幸,所以想要效仿古仙人赤松子、苏耽等去修仙学道。因为那样,就没有尘世间名利场上"强力相排挤"的烦恼和困扰。作者并且想象着潜山天柱峰上白云飘飘,冷风凄凄,自己将居所留与四邻,与在此修炼的王景纯拄着藜木拐杖并肩而立的情景。此诗全篇侃侃而谈,条理清晰,层次分明。末四句遥想随王景纯在潜山天柱峰修仙学道的情景描写,形象鲜明生动,意境苍凉幽美,令人印象深刻。

注释

〔1〕苏子瞻:即苏轼,轼字子瞻。其赠诗见后所收。王仲素:名景纯,字仲素,舒州人。曾任太常寺太祝、太常寺丞等职。景纯善修炼之术。初致仕时,曾自潜山往彭城,留三日;临去,刘攽与苏轼、苏辙均有诗赠行。参见孔凡礼《三苏年谱》及本书后所收苏轼《赠王仲素寺丞》诗注〔1〕。寺丞:官署中的佐吏。宋代各寺如太常寺、光禄寺、太仆寺等均设有寺丞,位仅次于卿、少卿。

〔2〕"龙虎"二句:龙和虎不受羁系管束,鸾鸟和凤凰不啄泥而食。比喻生性自由,志行高洁。

〔3〕"仙人"二句:神仙立于翻滚如波涛的云层上面观看世界,故眼光远大;而凡俗之人却因为身居里巷而分辨不清,迷失方向。俗子,凡俗之人。闾巷,里巷、乡里,借指民间。

〔4〕五车:形容书多。《庄子·天下》:"惠施多方,其书五车。"后亦用以形容读书多,学问渊博。轻赍:轻装。

〔5〕津涯:渡口,水边。

〔6〕町畦:田界,田垄。

〔7〕鼮鼠:一种斑纹如豹的鼠。

〔8〕嗤:讥笑,嘲笑。雌蜺:虹有二环时,内环色彩鲜盛为雄,名虹;外环色彩暗淡为雌,名蜺(即霓),亦称副虹。

〔9〕轩冕:古时大夫以上官员的车乘和冕服。借指官位爵禄。

〔10〕慕虚:爱慕虚名。攀稽:同攀嵇。攀,即攀附;嵇,指三国

魏高士嵇康。《文选·颜延年〈五君咏·向常侍〉》："交吕既鸿轩,攀嵇亦凤举。"李善注引《向秀别传》："秀常与嵇康偶锻于洛邑,与吕子灌园于山阳,收其余利以供酒食之费。"后因以"攀嵇"用为结交高士或文人雅士相交欢娱的典实。

〔11〕逍遥篇:指《庄子·逍遥游》。篇中借大鹏与学鸠、大椿与朝菌的比喻,说明任何事物都不能超越自己本性和客观环境,主张各任其性,放弃一切大小、荣辱、死生、寿夭的差别观念,便能逍遥自在,无往而不适。

〔12〕思齐:思与之齐。表示想要达到《庄子·逍遥游》中所说的人生境界。

〔13〕微眇:精微要妙,幽微杳远。

〔14〕筌蹄:《庄子·外物》:"筌者所以在鱼,得鱼而忘筌;蹄者所以在兔,得兔而忘蹄。"筌,捕鱼竹器。蹄,捕兔网;后以"筌蹄"比喻达到目的的手段或工具。

〔15〕壹气:亦作"一气",指混沌之气。

〔16〕大方:谓识见广博或有专长的人。刓:雕镂,凿刻。角圭:有棱角的圭玉。

〔17〕赤松子:中国古代神话中的仙人,相传为神农氏的雨师;一说是帝喾之师。后为道教所信奉。

〔18〕青云梯:指天梯。

〔19〕朝市:指朝廷。亦泛指名利之场或尘世。

〔20〕王子乔:传说中的仙人名。汉刘向《列仙传·王子乔》:"王子乔者,周灵王太子晋也。好吹笙作凤凰鸣。游伊洛间,道士浮丘公接上嵩高山。三十余年后,求之于山上,见柏良曰:'告我家,七月七日待我于缑氏山巅。'至时,果乘鹤驻山头,望之不可到。举手谢时人,数日而去。"此以比喻王景纯。

〔21〕照水犀:南朝宋刘敬叔《异苑》卷七载:晋温峤至牛渚矶,水底有音乐之声,水深不可测。人云下多怪物,峤乃燃犀角而照之。须臾,见水族覆火,奇形异状。后因用此典比喻洞察事物的内情。

〔22〕苏耽：传说中的仙人。又称"苏仙公"。相传他飞升前留给母亲一个柜子，扣之可得日常所需，后其母开柜视之，从中飞出两只白鹤，柜就不再灵验了。三百年后，有一只白鹤停在郡城东北楼上，它就是苏耽。事见晋葛洪《神仙传·苏仙公》。

〔23〕噬脐：自啮腹脐。喻后悔不及。

〔24〕缅思：遥想。潜天柱：潜山天柱峰。

〔25〕"与子"句：意谓与你一起拄杖而行。参，并立。藜杖，拐杖。亦指拄着手杖行走。

释法演

释法演(约1024—1104)，亦称演和尚，俗姓邓，绵州巴西(今四川绵羊)人。年三十五出家。曾住持舒州太平寺，后住蕲州，为临济宗五祖，故亦称五祖演或五祖法演。南岳十四世白云端禅师法嗣。徽宗崇宁三年卒，年八十余。生平事迹见《补禅林僧宝传》、《五灯会元》卷一九等。

送佛眼禅师

皖伯台前送别时[1]，桃花如锦柳如眉[2]。明年此日凭栏看，依旧青青一两枝。

辑自《罗湖野录》卷二，又见《宋诗纪事补遗》卷九六

解题

佛眼禅师，即释清远。清远法号佛眼，俗姓李，临邛(今四川邛崃)人。年十四出家。出蜀游江淮间，元祐间至舒州太平寺，师事五祖演禅师七年。

这是法演和尚于元祐三年(1088)春天在舒州皖伯台前送别弟子佛眼的一首偈诗。本年佛眼为舒州太平寺持钵,刚从泗州行街市化缘乞食回来,而法演将迁住太湖县海会寺。海会寺虽亦属舒州,但地处荒陋,不似太平寺居郡城之郊繁华,若是跟随前往那座残破荒芜、百废待兴的寺院,必然俗务重重,杂事繁多,影响参禅。故佛眼不愿随师同行,并作偈诗告辞(佛眼诗见后载录)。其师法演遂作此诗送别他。全诗即景感时,一方面感叹于人情繁复时自然风光的繁复,一方面感慨于大自然永恒面前人情的无常。全诗寓情于写景之中,含蓄蕴藉,余音袅袅,韵味无穷。

注释

〔1〕皖伯台:在太平寺前,以周大夫封皖伯而名之。已见前注。

〔2〕锦:有彩色花纹而艳丽的丝织品。柳如眉:因初柳叶细长,有如女子眉毛,故称。

李 常

李常(1027—1090),字公择。南康军建昌(今江西永修)人。皇祐元年(1049)进士。历官蕲州推官、秘阁校理兼史馆检讨、右正言、同管勾国子监、滑州通判、鄂州知州、提点淮南西路刑狱、太常少卿、吏部侍郎、户部尚书、御史中丞兼侍读、邓州知州、成都府学。著有《文集》《奏议》《诗传》,今不传。

皖 公 山 (残句)

皖公山下开轩处[1],坐听龙吟十里长[2]。

辑自〔宋〕王象之《舆地纪胜》卷四六《安庆府·山川诗》

{解题}

　　这是作者诗中的一联残句,写自己坐在皖公山下一所屋宇里,推开窗户,聆听欣赏自然界发出的像龙吟一样悠长的天籁声,表现了诗人虚静的心态和闲逸的情致。

{注释}

　　〔1〕开轩:开窗。
　　〔2〕龙吟:龙鸣。多形容声音深沉或细碎。

徐　积

　　徐积(1028—1090),字仲车,楚州山阳(今江苏淮安)人。治平四年(1067)进士,未调官,因丁母忧回乡,遂不复仕。元祐元年(1086)经监司举荐,先授扬州司户参军,后为楚州教授及防御推官。卒谥"节孝处士"。徐积立身"操守坚正",而"其文乃奇谲恣肆,不主故常"(《四库全书总目》),古诗尤甚。苏轼曾"伏读惊叹"。史称其"自少及老,日作一诗",而其作今仅存《节孝集》《节孝语录》。生平事迹见《节孝集》所附行状、《宋史》卷四五九本传,及清段朝端编《宋徐节孝先生年谱》。

寄王十七丈

　　舒州怀宁尉〔1〕,是我丈人行〔2〕。两遗小书去〔3〕,其礼若非抗〔4〕。何德称殊礼,胡颜拜首貺〔5〕。更致附吟哦〔6〕,以问公无恙〔7〕。

辑自《节孝集》卷十一

【解题】

题中的十七,指兄弟间排行。丈,对长辈的尊称。

这是作者寄给舒州怀宁县尉王十七的一首小诗。当时的怀宁县包括今日的潜山县,其县治即舒州州治,今为潜山县城。县尉,县之属官,主管查禁盗贼,维护治安。王十七,其人不详。诗中写到,舒州怀县尉王十七是自己的长辈,寄特别重的礼物给自己。自己虽两次写信并回赠礼物,但都不足以报答王十七的礼物与情义。此次寄信还附上一首小诗问候平安。全诗风格朴实自然,语言通俗易懂,有一种浅淡情致、内蕴风神之美。

【注释】

〔1〕怀宁:舒州首县,其县治即舒州州治,今为潜山县城。

〔2〕丈人行:犹言父辈;长辈。

〔3〕遗(wèi):寄赠。小书:对己作之谦辞。

〔4〕抗:抗衡,不相上下。

〔5〕拜首:亦作"拜手",古代男子跪拜礼的一种。跪后两手相拱,俯头至手。贶:赐给,赐予。

〔6〕吟哦:写作诗词;推敲诗句。此指自己所写之诗。

〔7〕无恙:没有疾病;没有忧患。多作问候语。

沈 辽

沈辽(1032—1085),字睿达,号云巢,钱塘(今浙江杭州)人。神宗熙宁初为审官西院主簿。初与王安石友善,后因议论不合见疏。曾摄华亭县,受人诬陷入狱,流永州。后流连江湖,筑室齐山,自号"云巢"。元丰八年卒。长于诗,宋人多比为陶潜。其诗风格多样,既有疏淡之什,又有生峭劲硬之作。文则简洁明快而又雄奇峭丽。著有《云巢编》传世。生平事迹见《云巢编》后附《沈叡达墓志铭》、《宋史》卷三三一本传。

寄赠舒州徐处士

昔爱潜川游,青林覆幽石[1]。道人携手行,萧然名山客[2]。谁知堕世路[3],譬如羁飞翮[4]。林皋未脱去[5],纷纷头欲白。轻负皇人经[6],犹怀稚川策[7]。幸已弃韦带[8],远谢功名迹。聊希闭关士[9],正苦身为役。别来二千日,还丹应有获[10]。毋忘锋囊赠[11],使我升仙籍。将酬金镮脆[12],青绫三万尺[13]。

辑自《云巢编》卷一

解题

这是作者寄给舒州徐道人的一首五言古诗。诗中回顾了六年前自己与徐某相携游潜水与皖山时的悠然与潇洒;后悔自己堕入官场,失去了个性的自由。不过葛洪的道书仍旧藏在身边,幸喜如今已然弃官不仕,打算闭门修炼,但又受不了那样的苦役。他揣测徐道人炼还丹已经多年,此时应有斩获,希望对方能将炼成的宝物赠一些给自己,助自己飞升成仙,而自己则将回赠金环与青绫作为酬谢。诗中对官场的厌倦之情溢于言表,透露出其孤单落寞的心境。

注释

[1] 幽石:黑色的石头。
[2] 萧然:潇洒;悠闲。
[3] 世路:指世间人事的经历。

〔4〕羁：束缚，被拘系。飞翮：鸟的翅膀。羽毛。翮，鸟羽的茎。

〔5〕林皋：指树林高阜，犹山林。

〔6〕皇人经：皇人，又称天真皇人，相传为黄帝之师，居于峨眉山，传授真一之道，属道家神话人物。《抱朴子·内篇·地真卷》云："昔黄帝到峨眉山，见天真皇人于玉堂，请问真一之道。"又据《峨眉县志》载：天真皇人即广成子，著有《九仙经》一卷。《五符经》又说：皇人在峨眉山北绝岩之下，苍玉为屋，黄帝往受"真五一牙"之法。"皇人经"即其所著各种道经的总称。

〔7〕稚川策：指葛洪所著《抱朴子》等道书。洪字稚川，号抱朴子。丹阳句容（今属江苏）人。葛玄从孙。少好神仙、导引、养生、服食之法，从葛玄弟子郑隐受炼丹术。所著《抱朴子内篇》言"神仙方药、鬼怪变化、养生延年、禳邪却祸之事"，另外，书中还具体地记载了魏晋时代多种炼丹方法，成为后世研究中国古代炼丹术的代表作。策，通"册"。古代用竹片或木片记事著书，成编的叫策。

〔8〕韦带：古代平民或未仕者所系的无饰的皮带。

〔9〕希：希冀，希望企及。闭关：闭门谢客，断绝往来。谓不为尘事所扰。此指闭门修炼。

〔10〕还丹：相传道家炼丹，使丹砂烧成水银，积久又还成丹砂，此丹便称"还丹"。一说还丹系合九转丹与朱砂再次提炼而成的仙丹。道家称服此丹可即刻成仙。参见前所收李白《江上望皖公山》诗注。

〔11〕锋囊：锥锋在囊之意。喻所宝之物。

〔12〕金镮：同金环。脆：指声音清脆。

〔13〕青绫：青色的有花纹的丝织物。古时贵族常用以制被服帷帐。

奉寄持平兄弟

平昔相从三十年〔1〕，白云唯识皖公山〔2〕。当时肺腑半黄壤,何用枯槁留人间[3]！

辑自《云巢编》卷五

解题

这是作者寄给舒州友人持平兄弟的一首诗。持平兄弟均为隐者,究为何人,不详。作者在诗中追叙了自己与持平兄弟多年的友谊,赞美他们的品德如皖公山上的白云一般高洁;感叹当年那些亲密的朋友如今多半都已作古,而自己穷困潦倒却独能活在人世间。全诗娓娓道来,明白如话,表现出疏淡的风格特征。

注释

〔1〕相从:相交往。
〔2〕白云:喻归隐与高洁。
〔3〕"当时"二句:当年那些亲近的人有一半都死了,像我这穷困潦倒者留在世上还有什么用呢?肺腑,比喻极亲近的人。黄壤,即黄土。枯槁,原指草木枯萎,此指消瘦憔悴、穷困潦倒。

郭祥正

郭祥正(1035—1113),字公父(亦作功甫、功父),号谢公山人,又号醉吟先生、漳南浪士等。太平州当涂(今属安徽)人。传说母梦李白而生。少有诗名,梅尧臣誉之为"太白后身"。举进士。熙宁中知武冈县,升金书保信军节度判官。时王安石用事,祥正奏乞天下大计专听安石处画,有异议者,虽大臣亦当屏黜。神宗以其才可用,询之于王安石,安石却极口陈其无行,遂以殿中丞致仕。后复出,通判汀州,知端州,又弃去,隐于当涂青山。著述颇丰,诗存近两千首,风格多样。有《青山集》三十卷、《续集》七卷、《钱塘西湖百咏》一卷传世。生平事迹见《东都事略》卷一一五、《宋史》卷四四四本传。

潜 山 行

　　笑别姑孰州[1],来作潜山游。潜山闻名三十载,写望可以销吾忧[2]。晴云如绵挂寒木,广溪镜静涵明秋[3]。山头石齿夜璨璨[4],疑是太古之雪吹不收[5]。信哉帝祖驻銮跸[6],异景怪变谁能求[7]?若非青崖见白鹿,安得此地排珠楼[8]!群仙长哦空洞绝[9],绿章封事乘虚輧[10]。灵乌盘旋老鹤舞,华灯散采祥飙浮[11]。噫吁哦[12]!汉武登坛求不得[13],明皇夜梦推五百[14]。宁知司命抱真符,为宋真人开社稷。诏书数下修琳宫,殿阁缥缈平诸峰[15]。六朝德泽施愈远[16],九天福佑来无穷。君不见,潜山之下、潜水之涯,菖蒲有九节,白术多紫花,采之百拜献君寿,陛下盛德如重华[17]。

辑自《青山集》卷二

解题

　　这是一首歌行体古诗。作者以自由的韵律、奔放的激情,歌咏了潜山清淳美丽的自然风光、闳伟壮丽的道教建筑以及山中浓郁的宗教气氛。诗歌还咏唱了潜山道教史上几件重要的历史事件和传说,所谓"汉武登坛"、"明皇夜梦",还有"司命抱真符,为宋真人开社稷",正是历代最高统治者的信仰和扶植,潜山的道教才得以繁荣兴盛,潜山的灵仙观才成为当时天下屈指可数的道教宫观。

注释

　　〔1〕姑孰:亦作姑孰,一名南洲(南州),即当涂(今属安徽)。因地临姑孰溪而得名。东晋、南朝历为豫州、南豫州治所。隋开皇九年(589)韩擒虎伐陈,自横江渡采石,攻拔姑孰,遂移当涂县治此。

〔2〕销：同"消"，消除，排解。

〔3〕"晴云"二句：晴天的云彩如同丝棉挂在耐寒不凋的树木上，宽阔的溪水像镜子般平静映照着明净的秋色。寒木，耐寒不凋的树木，如松、柏等；亦泛指寒天的树木。涵，映。

〔4〕石齿：齿状的石头。亦指山石间的水流。璨璨：明亮貌。

〔5〕太古：远古，上古。指史前的洪荒时代。不收：不停。收，停止，结束。

〔6〕信：真实。銮跸：犹銮驾。天子的车驾。

〔7〕求：探寻。

〔8〕"若非"二句：唐阳璹《司命真君祠碑》："司命洞府在天柱山。以天宝九年春三月，遣中官王越宾、道士邓紫虚，赍内府缯帛，创置祠宇。事资胜概，以集群仙。历选千峰，累尅设坛醮祭，焚香诚请。越有二白鹿见于高冈。领徒就之，遂得其地。而赍事畚土絜瓶，悉资山下，石磴盘出，初或勤人。无何，清泉自折，甘土呈脉；工不告劳，事亦集矣。"又《太平寰宇记》卷一百二十五《淮南道三·舒州》："潜山在县西北二十里，其山有三峰，一天柱山，一潜山，一皖山。三山峰峦相去隔越，天柱即司玄洞府，九天司命真君所主。魏时，左慈居潜山，有炼丹房，今丹灶基址存。唐天宝年中，玄宗梦九天司命真君现于天柱山，置祠宇。有二白鹿现，号曰白鹿洞。洞中有香土，色入金，号香泥洞，今殿基在洞之上也。皇朝就修真君祠为灵仙观。"珠楼，华丽的楼阁，此指灵仙观。

〔9〕群仙：此指道士。长哦：指诵经。哦，吟咏。

〔10〕绿章封事：指青词，即旧时道士祭天时写的奏章表文。因用朱笔写在青藤纸上，故名绿章；封事，密封的奏章。虚辀：轻捷之车，无人驾驭之车。辀，车。

〔11〕祥飙：瑞风。

〔12〕噫吁(xū)哦：叹词，表示惊异或慨叹。李白《蜀道难》："噫吁哦！危乎高哉，蜀道之难难于上青天！"

〔13〕汉武登坛：指汉武帝祭皖山事。详唐玄宗《送玄同真人李

抱朴谒潜山仙祠》、独孤及《酬皇甫侍御望天潜山见示之作》相关注释。求：指求仙。

〔14〕"明皇"句：指唐玄宗梦游潜山遇司命真君事。见前注。五百，指天运之变。语本《史记天官书》："夫天运……五百载大变。"

〔15〕"宁知"四句：指宋太宗时因舒州民献瑞石预言宋国祚而修灵仙观事。《玉海》卷一〇《郊祀·太平兴国灵仙观》："七年六月。初，舒州怀宁僧过民柯萼家，诣万岁山，以杖于古松下得黝石，上刻志公记云赵号云云。萼以石刻来献。于是诏舒州修司命真君祠，内臣綦政敏董役。总成六百三十区，号灵仙观。祥符三年闰二月戊午，遣官葺之。五年闰十月丁丑，名石曰神告帝统石，作诗纪其符应，又作赞。"《续资治通鉴长编》卷二十三："先是，舒州怀宁县有老僧过民柯萼家，率萼诣万岁山取宝。僧以杖于古松下，掘得黝石，刻志公记云：'吾观四五朝后次丙子年，赵号，二十一帝，敬醮潜山九天司命真君，社稷永安。'僧忽不见。萼以石刻来献。于是诏舒州修司命真君祠，黄门綦政敏往督其役，总成六百三十区，号曰灵仙观。"真人，此指统一天下的所谓真命天子。社稷，原指古代帝王所祭的土神和谷神，后用作国家的代称。琳宫，仙宫，此为灵仙观的美称。缥缈，高远隐约貌。

〔16〕六朝：指宋太祖开国以来的六个朝代，即太祖、太宗、真宗、仁宗、英宗、神宗六朝。

〔17〕陛下：本指帝王宫殿的台阶之下，旧时用作对帝王的尊称。此指宋神宗。重华：虞舜的美称。《尚书·舜典》"帝舜曰重华"孔安国传："华，谓文德。谓其光文重合于尧，俱圣明。"

山　中　吟

　　山中吟，白日长，碧霄泉暖菖蒲香[1]。仙翁劝我采为食，登高遂觉足力强。登高望远远思发[2]，春风浩浩天茫茫[3]。

美人一别隔沧海[4],青鸟寄与双明珰[5]。青鸟东飞亦不返,草色绿缛云徜徉[6]。草色几回绿,云飞无故乡。魂迷梦断意何在?山中吟,白日长。

辑自《青山集》卷二

解题

吟,古乐府命题之一。宋张表臣《珊瑚钩诗话》卷三曰:"吁嗟慨叹,悲忧深思谓之吟。"姜夔《白石道人诗说》则谓:"悲如蛩螀曰吟。"此诗虽未言明何地所作,然于文集中列于上一首《潜山行》与下一首《山中乐》之间,前后诗均作于舒州潜山,且诗意关联,此诗当亦作者于此次游潜山时作。

这是一首借潜山发端,抒写忧郁、慨叹悲凉的古诗。春天时节,天空青碧,山泉变暖,菖蒲散发着清香。诗人登临潜山的高处向远方眺望,只觉耳边春风浩荡,大地广远无际。此情此景引发了他深远的思虑。他想到,自打致仕离开京城之后,与皇上相隔辽远,曾两度派信使传递消息,可如今都杳无回音。此时诗人的心情就像眼前繁盛的绿草,又像那飘浮不定的白云:草色绿了一回又一回,希望也是产生过一遍又一遍,但最终都如那无根的白云,没有着落。正是这无休止的等待,使他竟然觉得白天的时光很漫长。宋张表臣谓:"吁嗟慨叹,悲忧深思谓之吟。"姜夔谓:"悲如蛩螀曰吟。"我们在此诗中听到的正是诗人内心忧郁悲苦的声音。

注释

〔1〕碧霄:青天。
〔2〕远思:深远的思虑。
〔3〕浩浩:风势强劲貌。茫茫:广远无际貌。
〔4〕美人:喻君上。《楚辞·九章·抽思》:"结微情以陈词兮,矫以遗夫美人。"王逸注:"举与怀王,使览照也。"沧海:大海。

〔5〕青鸟：神话传说中为西王母取食送信的神鸟。见《山海经·西山经》及旧题汉班固作《汉武故事》。后遂以"青鸟"为信使的代称。明珰：用珠玉串成的耳饰，亦用以泛指珠玉。此处代指信物。

〔6〕绿缛：形容草木繁茂。徜徉：犹徘徊。盘旋往返。

山 中 乐

寻山佳兴发，一夜渡江月[1]。首到庐江元放家[2]，水洞清光数毫发。爱之便欲久栖息，又闻灵仙之境敞金阙[3]。清风吹我衣，不觉过皖溪[4]。危梁千步玉虹卧[5]，松行十里青龙归[6]。烟霞绕脚变明晦[7]，忽见殿阁铺琉璃。重檐却在迥汉上，倚栏俯视白日低[8]。虚庭自作箫籁响[9]，屋角更无飞鸟飞。霓幡重重蔽真御[10]，髣髴遥见星文垂[11]。长廊纱笼绝笔画，老龟稳载青瑶碑[12]。更逢逍遥不死客[13]，齿清发翠桃花肌[14]。箫台可到亦非远[15]，云间况有白鹿骑[16]。细窥绝景辄大笑[17]，吾曹何事尘中为[18]？安得良田三百亩[19]，可以饱我妻与儿。长年只在名山里，万事纷纷都不知！

辑自《青山集》卷二

▎解题▎

这又是一首乐府古题诗。作者在诗中描写了自江南渡江经庐江、皖溪再到潜山灵仙观游历的经过与所见所感。其中着墨最多的是潜山灵仙观及其周边环境。那高架于山谷间的石桥，如玉虹般美丽；宫观前的道路两边栽满了松树，有似青龙来归。烟雾云霞在脚下缭绕，并且时隐时现、或明或暗地变换着色彩，原来那是因为殿堂楼阁上铺着的琉璃瓦在闪闪发光。宫观建筑的双层屋檐翘起在高远的天空中，在那上面倚靠着栏杆朝下看，觉得太阳的位置也很低。空旷的厅堂由于极其高大，自行发出箫籁般的声响；屋角高得连飞鸟也飞不上去。如云霓般的旗帜遮蔽着真君的御座，那感觉仿佛遥远地望见天上的星光在垂降。长廊的墙壁上轻纱蒙覆着绝妙无比的书画，石龟稳稳地驮载着用青玉制成的碑刻。在这里还能遇上那些优游自得、安闲自在天仙般的美女，她们牙齿洁白，头发乌黑，有着如桃花般粉嫩的肌肤。身处此境，仿佛觉得箫史的吹箫台也是能到的，并非离自己那么遥远；何况山上白云之间还有白鹿可供骑乘。诗人最后说：我仔细观看这美妙的景色后频频大笑，我辈为什么要生活在尘世之中呢？不知从哪里能得到三百亩良田，可以让吾之妻儿衣食无忧，然后我就能长年待在这座名山之中，人间万事、尘世纷扰都不用知道。此诗对潜山灵仙观的描写极尽铺排之能事，这座宋代著名的道教宫观早已在历代战火中灰飞烟灭，然凭此诗，我们仍可领略它全盛时期的风采。

注释

〔1〕一夜渡江月：一夜之间在月光下渡过长江。李白《梦游天姥吟留别》："一夜飞渡镜湖月。"

〔2〕元放：即左慈。慈字元放，庐江（今属安徽）人。据葛洪《抱朴子·金丹篇》载，是其从祖葛玄之师，东汉丹鼎派道教道术系其一脉相传。

〔3〕灵仙：指灵仙观，在潜山。见前注。金阙：道家谓天上有黄金阙，为神仙或天帝所居，这里是对灵仙观的美称。阙，宫门或城门两侧的高台，中间有道路，台上起楼观；亦泛指门户。

〔4〕皖溪：即皖水。

〔5〕危梁：高架于山谷间的桥梁。步：古代长度单位，历代定制不一，周以八尺为步，秦以六尺为步，旧制以营造尺五尺为步。"千步"极言其长，非确数。玉虹：白虹，诗词中多以之喻石拱桥。

〔6〕青龙：指吉地。

〔7〕"烟霞"句：烟雾云霞在脚下缭绕，并且时隐时现、或明或暗地变换着色彩。明晦，指时隐时现、或明或暗。

〔8〕"重檐"二句：宫观的双层屋檐翘起在高远的天空中，在那上面倚靠着栏杆朝下看，觉得太阳的位置也很低。重檐，双层屋檐。《礼记·明堂位》："复庙重檐。"孔颖达正义引皇侃曰："谓就外檐下壁复安板檐，以避风雨之洒壁。"迥汉，高远的天空；汉，天河，银河，代指天空。

〔9〕虚庭：空旷的厅堂。箫籁：泛指箫笛之类的管乐器。籁，箫类的乐器。

〔10〕霓幡：像云霓一般的旗帜。幡，旗帜。真御：真君的御座。

〔11〕星文：星光。垂：落。

〔12〕纱笼：谓以纱蒙覆贵人、名士壁上题咏的手迹或书画，表示崇敬。

〔13〕老龟：指龟形石刻。青瑶：青玉。

〔14〕逍遥不死客：优游自得、安闲自在的神仙。

〔15〕发翠：头发乌黑。桃花肌：谓肌肤如桃花般粉嫩。

〔16〕箫台：箫史的吹箫台，亦称凤台，传说中箫史及其妻成仙处。汉刘向《列仙传·箫史》："箫史者，秦穆公时人也，善吹箫，能致孔雀、白鹤于庭。穆公有女，字弄玉，好之，公遂以女妻焉。日教弄玉作凤鸣，居数年，吹似凤声，凤凰来止其屋。公为作凤台，夫妇止其上，不下数年，一旦皆随凤凰飞去。"

〔17〕细窥：仔细观看。绝景：无比美妙的景色。

〔18〕"吾曹"句：我辈为何要生活于尘世之中呢？吾曹，我辈。尘中，尘世，世俗之中。

〔19〕安得：从哪里得到。

留题潜山山谷寺

山如连环不可解[1]，玉溜穿崖鲸尾摆[2]。中天化出清凉宫[3],汗漫琉璃翠光洒[4]。回头无路通人间,毛发森森神魄骇[5]。长碑突兀压巨鳌,字刻雄文入模楷[6]。乃知梁僧挈刀尺[7],来此幽栖聊脱屣[8]。地祇掣锁岩户开[9],纵有堆金岂能买[10]!粲祖传衣当第三,至今异骨藏斯岩[11]。我朝重赐七宝塔[12],舍利感应符至诚[13]。谁曾磨崖记名姓[14],习之健笔深镌镵[15]。盘鼍皴鳞想风概[16],云雾惨淡遮松杉。至宝不独世所惜[17],定有山鬼长扃监[18]。愿借雷公霹雳斧,坚珉斫断载以函[19]。高僧邀我恐忘返,虎豹堪惊日将晚。归来拂榻坐虚堂,软煮黄菁荐香饭[20]。千年遗迹安足夸,幻妄非真生有涯[21]。奈何吾势未能已,梦想长在金仙家[22]。

辑自《青山集》卷三

解题

这是作者游潜山山谷寺时留题的一首七言古诗。诗歌起首六句从远处、大处落笔,展示出潜山独特的风貌和山谷寺所在处美妙的境界;"长碑"十句与"谁曾"八句则从近处、实处着墨,分别歌咏寺前所立碑铭与寺旁摩崖石刻。长碑所载志公开山、粲祖传衣及宋代太后赐七宝塔的故事,显示出山谷寺悠久的历史和佛教在各个朝代不同的际遇;而对摩崖石刻中"习之题名"的歌咏,则流露出诗人对李翱这位唐代先贤的仰慕之心。诗的最后以应高僧之邀回寺中用饭及自己游山谷寺后情绪不能自已、梦想长年生活在佛家做结,表明佛教徒生活对他充满着吸引力。诗人晚年做了居士,长年游走于江南各大佛寺,或许正是在这次游潜山山谷寺时发心动念的。

注释

[1] 连环:连接成串的玉环。此指山势延绵起伏、连续不断。
[2] 玉溜:指清泉或流水。

〔3〕中天：喻上界，神仙世界。清凉宫：指月亮。神话传说，月中有宫，清虚广寒，故称。

〔4〕汗漫：广大，漫无边际。翠光：青绿色的光辉。

〔5〕神魄：心魄。骇：惊。

〔6〕"长碑"二句：长长的石碑高耸在巨大的石龟上，碑上刻着内容精深、气势雄伟的铭文，那字体可以作为学习书法的楷模。突兀，特出，高耸貌。巨鳌，传说中海中能负山的大龟或大鳖。这里指龟形石刻。

〔7〕梁僧：指宝志禅师。挈：携带。刀尺：喻法度规矩。

〔8〕幽栖：隐居。脱屣：比喻看得很轻，无所顾恋，犹如脱掉鞋子。

〔9〕地祇（qí）：地神。挈锁：打开锁钥。

〔10〕堆金：形容财富众多。

〔11〕"粲祖"二句：粲祖，即禅宗三祖僧璨大师（？—606）。粲同"璨"。生年、籍贯不详，或谓是北齐徐州人。年逾四十，以白衣拜见二祖慧可大师，得法受具后，随侍慧可数年。曾三罹风疾，痊愈后唯头发不复黑，时人称为"赤头璨"。后隐居舒州（今安徽潜山）皖公山。正逢后周武帝灭佛，僧璨往来于太湖县（亦属舒州）司空山，居处不定。传法四祖道信后，与同门宝月、神定南游罗浮山。两年后，北返故山，月余而寂。葬于山谷寺后山岩间。唐玄宗赐谥曰镜智禅师。详《宝林传》卷八唐房琯撰《三祖僧璨碑文》、唐独孤及《毗陵集》卷九《舒州山谷寺觉寂塔隋故镜智禅师碑铭并序》、《景德传灯录》卷三《中华五祖并旁出尊宿·第三十祖僧璨大师》。传衣，犹"传衣钵"，指传授佛法。

〔12〕七宝塔：指用七种宝物装饰的佛塔。佛家关于"七宝"说法有二，一指七种珍宝，一指七种王宝。七种珍宝亦有多说：《法华经》以金、银、琉璃、砗磲、玛瑙、真珠、玫瑰为七宝；《无量寿经》以金、银、琉璃、珊瑚、琥珀、砗磲、玛瑙为七宝；《大阿弥陀经》以黄金、白银、水晶、琉璃、珊瑚、琥珀、砗磲为七宝；《恒水经》以白银、黄金、珊瑚、白珠、砗磲、明月珠、摩尼珠为七宝。据《轮王七宝经》，七种王宝则指轮宝、象宝、马宝、主藏臣宝、主兵臣宝、摩尼宝、女宝。

〔13〕舍利：梵语sarira的音译，意译"身骨"。原指释迦牟尼遗体火化后结成的坚硬珠状物，亦称舍利子。后泛指佛教徒火化后的遗骸。此指三祖僧璨遗骸。《景德传灯录》卷三《中华五祖并旁出尊宿·第三十祖僧璨大师》："初，唐河南尹李常素仰祖风，深得玄旨。天宝乙酉岁，遇荷泽神会，问曰：'三祖大师葬在何处？或闻入罗浮不回，或说终于山谷，未知孰是。'会曰：'璨大师自罗浮归山谷，得月余方示灭。今舒州见有三祖墓。'常未之信也。会谪为舒州别驾，因询问山谷寺众僧曰：'闻寺后有三祖墓，是否？'时上坐慧观对曰：'有之。'常欣然与寮佐同往瞻礼，又启壙，取真仪阇维之，得五色舍利三百粒。以百粒出己俸建塔焉，百粒寄荷泽神会，以征前言，百粒随身。"感应：谓神明对人事的反响。

〔14〕磨崖：亦作摩崖，指磨平山崖石壁镌刻文字。

〔15〕习之：指李翱。翱字习之，其题名石刻在山谷寺石牛洞东侧崖壁。参见本书前所辑王安石《题舒州山谷寺石牛洞泉穴》注〔3〕。健笔：雄健之笔。镌镵：雕刻。

〔16〕盘罍皴(cūn)鳞：指题名石刻笔势卷曲如龙，而裂纹形同鱼鳞。风概：风度气概。

〔17〕至宝：最珍贵的宝物。

〔18〕山鬼：山神。扃监：锁闭看守。

〔19〕"愿借"二句：希望能借得雷公霹雳之斧，将这坚硬而似美玉般的石刻砍断，用匣子把它装起来。珉，似玉的美石。此指石刻。函，匣子。

〔20〕黄菁：亦作"黄精"，植物名，多年生草本，中医以根茎入药。道家以为芝草之类，为服食要药。三国魏嵇康《与山巨源绝交书》："又闻道士遗言，饵术黄精，令人久寿，意甚信之。"明李时珍《本草纲目》："黄精为服食要药，故《别录》列于草部之首，仙家以为芝草之类，以为坤土之精粹，故谓之黄精。"荐：佐食。

〔21〕幻妄：虚幻不实。有涯：有限。

〔22〕金仙家：即佛家。金仙，指佛。

舒州使宅天柱阁呈朱光禄[1]

群山奔来一峰起,千丈芙蓉碧霄倚[2]。嫦娥却月愁推轮,王母呼烟结缯绮[3]。分明有路金阙通,翠滑无尘玉壶洗[4]。老松自作孤凤吟,骇浪时翻三井水[5]。峨嵋绝巅安足论,力不擎天亦徒尔[6]!懊恼茂陵客[7],白日求攀天[8]。遗坛犹在半芜没[9],隐约龙驭回瑶鞭[10]。直至唐家六皇帝[11],梦感异境开重玄[12]。真符预告后五百,佐佑宝历推鸿延[13]。城头建阁旧丞相[14],窗户再新光禄贤。手携大笔恣吟览[15],老句气焰摩星躔[16]。当时数赴范公辟,秀骨照坐谁差肩[17]。功名自许出绝域,岁月漫往修途遭[18]。丈夫有命岂嗟戚[19],投老得地多云泉[20]。霜柑正熟蟹螯美,白蚁旋漉浮金船[21]。伊予困踬坐小邑,怅望珠履参华筵。祝公自此早归隐,幅巾藜杖诗中仙[22]。

辑自《青山集》卷九

解题

这是诗人在舒州天柱阁的酒宴上献给朱公绰的一首长诗。诗的前半部分极铺排想象之能事,描写了天柱山的高峻秀丽,歌咏了有关它的历史故事和神话传说。中间"城头"四句咏朱氏再新天柱阁之功,褒美其阁上题诗的气势和力量。诗的后半部分回顾朱公绰的历史功绩,对其左迁舒州、投老云泉深表不平;并劝他早早归隐,逍遥快乐地生活。全诗采用纵横开阖、循环往复的结构,不拘一格、迅疾变化的用韵形式,以及非凡的想象、新奇的比喻、巨大的夸张,加之以浩渺混茫的历史故事和动人的神话传说,使得全诗具有飞动博大的境界、奇谲变幻的画面、浑茫苍劲的格调和磅礴不凡的气势,这在宋人的诗歌中是较少见到的。由此诗看,梅尧臣称誉郭祥正为"太白后身"(详作者简介),不无一定道理。

注释

〔1〕天柱阁:《(光绪)重修安徽通志》卷五十七《舆地志》:"天柱阁,在潜山县。《明一统志》:在旧郡圃。宋郭祥正、曾宏父皆有诗。久废。"朱光禄:指朱公绰,公绰字成文(或作成之),苏州府吴县人。宋仁宗天圣八年(1030)进士。景祐四年(1037)由秘书调盐官令。升光禄寺卿。熙宁间(1068—1077)左迁舒州知州。"光禄"系以前官称之。撰有《加司命冕服记》。生平事迹见《(洪武)苏州府志》卷十三、《(崇祯)吴县志》卷三十三、《(康熙)安庆府志》卷之十、《(康熙)潜山县志》卷之七、《(乾隆)海宁州志》卷之七。按,《明一统志》、明李袠编《宋艺圃集》卷十一、各本《安庆府志》《潜山县志》之《艺文志》均辑有郭祥正《天柱阁》诗,诗曰:"群峰奔来一峰起,千丈芙蓉碧霄里。老松自作孤凤吟,潮浪时生三井水。"实即节录本诗一、四两联,而文字亦有出入。

〔2〕"群山"二句:山连岭接奔赴而来,一座山峰高高耸起,如同千丈高的芙蓉撑拄着青天。芙蓉,指莲花或木莲花。碧霄,青天。倚,撑,拄。

〔3〕"嫦娥"二句:嫦娥推车在此遇阻,却月眉上现出愁色;王母娘娘从山中呼唤烟云,结成华美的织物。二句写天柱之高。嫦娥,古代神话,后羿从西王母处请得不死之药,其妻嫦嫦偷吃之后,从此便孤身一人住在那里。却月,即却月眉。古代妇女十大眉型之一。推轮,推车前行。王母,神话传说中一个地位崇高的女神。缯,丝织品的总称。绮,华美的丝织品。

〔4〕"分明"二句:山上分明有路可以通向天上的黄金阙,它颜色翠绿而润泽就像洗过的玉壶。金阙,道家谓天上有黄金阙,为天帝或仙人所居。玉壶,美玉制成的壶,可以盛物。亦指仙境。

〔5〕"老松"二句：山上古老的松树自行发出失偶孤凤般的鸣叫声，三牲井中井水不时翻起大浪。三井，即三牲井，又名龙井，在潜山天祚宫前，为九井之最深者。《（康熙）潜山县志》卷之二《山川》："三牲井，岁旱杀犬投其中，大雨必降，犬亦流出焉。按三牲井即龙井，即祭台前九井之最深者，一井而异名耳。"参见前王安石《九井》诗注。

〔6〕"峨嵋"二句：那峨眉山的绝顶哪里值得评说呢，它的力量不能托举青天，秀美也枉然。峨嵋山，在今四川省峨眉山市西南，有山峰相对如蛾眉，故名。主峰万佛顶，海拔3099米。峰峦挺秀，山势雄伟，有"峨嵋天下秀"之美誉。绝巅，绝顶，最高峰。徒尔，徒然，枉然。

〔7〕茂陵客：指汉武帝。以其墓曰茂陵，故称。唐李贺《金铜仙人辞汉歌》："茂陵刘郎秋风客，夜闻马嘶晓无迹。"

〔8〕"白日"句：道教谓人修炼得道后，能白昼飞升天界成仙。汉武帝来祭拜天柱山，其目的实为求仙问道，故曰"白日求攀天"。攀天，即升天。

〔9〕遗坛：指汉武帝来天柱祭岳所遗留的祭台。《（康熙）潜山县志》卷之六《古迹》："祭台，在皖山之麓，汉武帝祭岳处。今祭皖山于此。"芜没：谓掩没于荒草间。

〔10〕龙驭：天子车驾。亦借指皇帝。瑶鞭：鞭的美称。

〔11〕唐家六皇帝：指唐玄宗李隆基。唐朝自李渊始，李隆基为第六位皇帝。

〔12〕"梦感"句：指唐玄宗梦游潜山之事。详唐玄宗《送玄同真人李抱朴谒潜山仙祠》注〔1〕。重玄，亦称又玄。道教教义概念。是南北朝后期至隋唐之际一部分道教学者借用《老子》的语言形式，吸收魏晋玄学和佛教义理的部分思想内容，熔铸形成的具有思辨特征的新的道教教义理论。语出老子《道德经》："玄之又玄，众妙之门。"

〔13〕"真符"二句：指宝志禅师预言宋朝国祚事。详作者《潜山行》注〔15〕。豫告，预先告知。豫同"预"。宝历，指国祚，皇位。鸿延，永久延续。

〔14〕建阁：即建天柱阁。旧丞相：指王安石。

〔15〕恣吟览：恣意吟咏观赏。

〔16〕老句：老练的诗句。气焰：指诗文的气势和力量。摩：迫近。星躔：日月星辰运行的度次。

〔17〕"当时"二句：您当年曾多次应范公征召，不凡的气质光照满坐，谁能与您比肩呢？范公，指范仲淹。辟，征召，荐举。范仲淹抗西夏军，曾征召朱为幕府。秀骨，不凡的气质。差肩，比肩，并列。

〔18〕"功名"二句：自己期许能征服极远之地获取功名，但岁月漫无边际地逝去，长途中难行不进。绝域，极远之地。修途，长途。遭，难行不进，喻困顿不得志。

〔19〕丈夫：犹言大丈夫，指有所作为的人。有命：由命运主宰。嗟戚：嗟叹悲伤。

〔20〕投老：垂老，临老。云泉：白云清泉，借指胜景。

〔21〕"霜柑"二句：现在正是柑橘成熟、螃蟹肥美的季节，酒很快过滤好了，我们满饮此杯吧。霜柑，指柑橘。因柑橘经霜打后成熟，故称。蟹螯，螃蟹变形的第一对脚，状似钳，用以取食或自卫。舒州古代盛产柑橘与螃蟹。白蚁，酒面漂浮的白色泡沫，借指酒。漉（lù），指漉酒，即滤酒。浮，满饮。金船，一种金质的酒卮。北周庾信《北园新斋成应赵王教》："玉节调笙管，金船代酒卮。"倪璠注："金船即鸭头杓之遗，陈思王所制也。后李白诗云：'却放酒船回。'李商隐诗云：'雨送酒船香。'皆云酒卮，盖本此也。"一作"金盘"。

〔22〕"伊予"四句：我困顿窘迫居留于小小的县城，惆怅地看望您有谋略的门客而参与了丰盛的宴席。祝您老人家从此早早归隐，裹着头巾，拄着藜杖，做个诗中之仙。困踬，受挫，困顿窘迫。坐，居留，停留。邑，旧时县的别称。又泛指人民聚居之处，大曰都，小曰邑。怅望，惆怅地看望或想望。珠履，珠饰之履，指有谋略的门客。语本《史记·春申君列传》："春申君客三千余人，其上客皆蹑珠履。"唐武元衡《送裴戡行军》诗："珠履三千醉不欢，玉人犹恐夜冰寒。"李白《寄韦南陵冰》："堂上三千珠履客，瓮中百斛金陵春。"华筵，丰盛的宴席。幅巾，古代男子以全幅细绢裹头的头巾。藜杖，以藜茎做的手杖。

赠舒州李居士惟熙

李居士,存心最慕韩伯休[1]。州城卖药不二价[2],世人求我我何求!颜如渥丹眼如漆,和气酣酣吐朝日[3]。偶来握手为一言,照尽五脏平生疾[4]。箧中自取三粒丹,瘦骨坐使春阳还[5]。便当投印弃冠带[6],与君海上巢名山[7]。深锄茯苓酿浓酒[8],极饮形骸可长久。乘槎鼓枻入云涛[9],醉放一丝携六鳌[10]。

辑自《青山集》卷一〇

解题

李惟熙是舒州城里一位著名的医者,他不仅博通医术,而且为人清妙,善论物理。与苏轼、郭祥正等著名士大夫均有交往。苏轼《东坡志林》卷五、《仇池笔记》卷上等均载有关于他的事迹。

这是郭祥正到舒州游历时赠给李惟熙的一首古诗。诗中赞美了李惟熙其人不凡的气度和高超的医术,并期望能与李氏一起隐居海上名山,服长生不老之药,像神仙一样逍遥快活。

注释

〔1〕韩伯休:即韩康,东汉高士。晋皇甫谧《高士传》卷下:"韩康,字伯休,京兆霸陵人也。常游名山,采药卖于长安市中,口不二价者三十余年。时有女子买药于康,怒康守价,乃曰:'公是韩伯休邪?乃不二价乎!'康叹曰:'我欲避名,今区区女子皆知有我,何用药为?'遂遁入霸陵山中,博士公交车连征不至。桓帝时乃备玄纁安车以聘之。使者奉诏造康,康不得已,乃佯许诺,辞安车,自乘柴车,冒晨先发。至亭,亭长以韩征君当过,方发人牛修道桥,及见康柴车幅巾,以为田叟也,使夺其

牛。康即释驾与之。有顷,使者至,夺牛翁乃征君也。使者欲奏杀亭长,康曰:'此自老子与之,亭长何罪?'乃止。康因中路逃遁,以寿终。"

〔2〕不二价:一言为定,不说两种价钱。

〔3〕"颜如"二句:面色如同润泽光艳的朱砂,眼睛黑如点漆;中气深沉旺盛,如同早晨太阳初升。和气,犹元气,中气。中医谓能使人体内各种器官发挥机能的原动力。酣酣,深沉旺盛,炽盛。

〔4〕照:察知,明白。

〔5〕坐:乃,遂。春阳:喻青春的生命和活力。

〔6〕投印弃冠带:丢弃官印官帽,指自动解职去官。

〔7〕巢:居住,栖息。

〔8〕茯苓:寄生在松树根上的菌状植物,中医用以入药,道家以为服之可以长生不老。汉刘向《列仙传》卷下:"偓佺者,邺人也。少在黑山采松子、茯苓,饵而服之且数百年,时壮时老,时好时丑,时人乃知其仙人也。"晋葛洪《神仙传》卷六:"孔元者,常服松脂、茯苓、松实,年更少壮,已一百七十余岁。"

〔9〕乘槎:亦作"乘楂",即乘竹筏或木筏。旧说天河与海通,有人居海渚者,年年八月见有浮槎去来,不失期。遂立飞阁于查上,多赍粮,乘槎而去。十余日中犹观星月日辰,自后芒芒忽忽,亦不觉昼夜。去十余日,奄至一处,有城郭状,屋舍甚严。遥望宫中多织妇。见一男子牵牛渚次饮之。牵牛人乃惊问此人何由至此,此人见说来意,并问此是何处。答曰:"君还至蜀郡访严君平则知之。"后至蜀问君平,君平曰:"某年月日有客星犯牵牛宿。"计年月,正是此人到天河之时。见晋张华《博物志》卷十。鼓枻:划桨,指泛舟。云涛:翻滚如波涛的云。此指天河。

〔10〕丝:钓丝。六鳌:神话传说中负载五座仙山的六只大龟。相传渤海之东,有一深壑,中有岱舆、员峤、方壶、瀛洲、蓬莱五山,乃仙圣所居之地。然五山皆浮于海,常随潮波上下往还。"仙圣毒之,诉之于帝。帝恐流于西极,失群圣之居,乃命禺彊使巨鳌十五,举首而戴。迭为三番,六万岁一交焉。五山始峙而不动。而龙伯之国

有大人,举足不盈数步而暨五山之所,一钓而连六鳌,合负而趣归其国,灼其骨以数焉。于是岱舆、员峤二山流于北极,沉于大海,仙圣之播迁者巨亿计。"

赠潜山伊居哲先生[1]

伊君头戴星文冠[2],遨游五岳何时还?结茅却在潜山里[3],闭息自养丹田丹[4]。闻说年龄七十九,发如鸦青亦稀有[5]。生平读尽道藏书[6],寓兴成诗仅千首。清风生我太古弦[7],弹罢时倾一壶酒。门前手植数本松,看尔凌云比予寿。高奔日月瞻玉京[8],阴气炼尽阳气成。行闻北帝呼六丁[9],紫书下诏鸾凤迎[10]。潜山空留千载名,白云不断溪长清。

辑自《青山集》卷一四,又见《宋百家诗存》卷九

解题

伊居哲是潜山著名的隐者,熙宁年间住在潜山真源宫与山谷寺之间的一所茅屋里,门前植松数本。生平读尽道藏之书,善闭息养气之术,年已七十九,仍然头发乌黑。屋里常设一把古琴,弹奏一曲结束便饮酒自乐。郭祥正久闻伊居哲之名,游潜山时便前去拜望他,伊氏此时正准备去遨游五岳,于是诗人写下此诗相赠。诗中对伊居哲逍遥世外的隐居生活表示了由衷的倾慕,并祝他早日炼成真气,好让天帝派使者前来迎接他升入天庭。

注释

〔1〕伊居哲:潜山隐士,或作伊居喆。宋王象之《舆地纪胜》卷四十七《淮南西路·安庆府》:"伊先生庵,在山谷、真源之间。先生姓伊,

名居晳,庐陵人。熙宁间结庵于此。李淑作记,王原叔书,隶法甚古。"

〔2〕星文冠:冠名。星文,星象,盖以冠上饰有星象图案而得名。究为何种形制,不详。

〔3〕结茅:编茅为屋,谓建造简陋的屋舍。

〔4〕闭息:犹闭气,古代道家的修炼术。用特殊的呼吸方法达到养生的目的。宋苏轼《养生诀上张安道》:"闭息最是道家要妙。先须闭目净虑,扫灭妄想,使心源湛然,诸念不起,自觉出入息调匀,即闭定口鼻。"自养丹田丹:指养丹田气。《黄庭外景经·上部经》:"呼吸庐间气入丹田。"务成子注:"呼吸元气会丹田中。丹田中者,脐下三寸阴阳户,俗人以生子,道人以生身。"

〔5〕鸦青:色暗青若鸦羽,形容发黑。

〔6〕道藏:道教书籍的总汇。包括周秦以下道家子书及六朝以来道教经典皆为"道藏书"。

〔7〕太古弦:远古的琴弦。太古,远古,上古。

〔8〕玉京:道家称天帝所居之处。晋葛洪《枕中书》引《真记》:"元都玉京,七宝山,周回九万里,在大罗之上。"

〔9〕北帝:即黑帝,五天帝之一,神话中的主北方之神。六丁:道教中神名。道教认为,六丁(丁卯、丁巳、丁未、丁酉、丁亥、丁丑)为阴神,为天帝所役使;道士可用符箓召请,以供驱使。《后汉书·梁节王畅传》李贤注:"六丁,谓六甲中丁神也,若甲子旬中,则丁卯为神,甲寅旬中,则丁巳为神之类也。役使之法,先斋戒,然后其神至,可使致远方物及知吉凶也。"

〔10〕紫书:帝王的诏书,此指天帝诏书。鸾凤:蛮鸟与凤凰。

寄致政苏子平大夫

十年想见苏夫子[1],闻说腰金便弃官[2]。云在皖山峰上住,龙归潜水窟中蟠[3]。已无俗垒心休洗[4],更有春醪盏不干[5]。我亦江南专一壑[6],忆君相伴把渔竿[7]。

辑自《青山集》卷二三

解题

致政,犹致仕。指官吏将执政的权柄交还给政府,即退休。苏子平,其人与宋代许多著名士大夫均有交往,文同有《夜思寄苏子平秘丞》,苏轼有《答苏子平先辈二首》,黄庭坚有《同苏子平李德叟登擢秀阁》,张商英有《游潜山叙寄苏子平》诗。潜山山谷寺石牛洞东侧崖壁上亦有元丰庚申"苏子平侍亲老来游"题刻,白云岩则有"徐望圣苏子平张翔甫张泰父李公择己巳七月七日游"题名。或谓苏子平名钧,苏京(世美)之子,苏轼老友苏颂之孙,秀才。原为蜀人,移家广陵(见李之亮《苏轼文集编年笺注》引孔凡礼《苏轼年谱》说);或谓苏子平即苏轼(见胡可涛、罗琴《文同全集编年校注》)。均误。据此诗观之,苏子平当另有其人。

作者听说故人苏子平大夫致仕后在皖山居住,便寄赠此诗慰问。诗中诉说别后十年的相思,认为苏氏归隐皖山犹如龙蟠潜水,从此便能脱离尘俗的纷扰,过上逍遥自在的世外生活。并对苏氏曾来自己所居之处一起把竿垂钓十分怀念。

注释

〔1〕苏夫子:指苏子平,"夫子"是尊称。

〔2〕腰金:古代朝官的腰带,按品级镶以不同的金饰,品级高者亦以纯金制成。因以"腰金"喻身居显要。

〔3〕潜水:《(光绪)重修安徽通志》卷二十四:"潜水,潜山县西北二十里,今名前河,源出天堂山相近之罗源涧,东南流经县城北。又东合皖水(县志:源出公盖山)经水吼岭、天柱西、吴塘堰,至县西北五里曰沙河分为二支,一绕县北东合皖水,一绕县西而南。"《(嘉靖)安庆府志·山川》:"(潜山县)西北二十里……曰潜水,即西沙河上

流,其水出潜山,偃吴塘南合于皖,其中有杨花鳜。"蟠:盘曲俯伏。

〔4〕俗坌:尘俗,世俗的气氛。

〔5〕春醪:春酒。冬酿春熟之酒,亦指春酿秋冬始熟之酒。盏不干:指不停地饮酒。

〔6〕专一壑:独占一座山谷。专,独占,独享。郭祥正当涂人,其地在长江南岸,郭氏以殿中臣致仕后隐居乡里,故谓"江南专一壑"。

〔7〕把渔竿:指垂钓。

寄 舍 弟[1]

西园草碧色,南湖水绿波[2]。五意亭上意[3],争奈艳阳何。

辑自《青山续集》卷三

解题

这是诗人在舒州寄给弟弟的一首五言绝句。诗中描绘了舒州的西园、南湖等景观美丽的春色,并写到游五云亭时的遐想。他想修仙学道,但无奈艳阳高照,乾坤朗朗,心中犹豫不决。

注释

〔1〕按,孔平仲《清江三孔集》亦收此诗(见后),文字略有出入。郭、孔二氏年相近,今不详究为何人所作,姑一并辑录,以俟考证。

〔2〕南湖:《(嘉庆)清一统志》卷一百九《舆地志》:"南湖,在潜山县南。《明统志》:在府治南,三面依城,古木参天,湖浸甚广。旧有褰芳堂在湖中,宋李师中有记。潜山《旧志》:一名灵湖,渟泓涵浸,宜于植莲。"

〔3〕五意亭:孔平仲《清江三孔集》收此诗作"五云亭",作"五云亭"者是,"五意亭"盖音近而误。《(康熙)潜山县志》卷之六《古迹》:

"五云亭,在潜山。"又据张商英《游潜山叙寄苏子平》诗序"遵松径行十里,至灵仙观。登正门半里许,有泉出松腹中,名普光明泉。又百步,登五云亭;更衣,进谒司命天尊",五云亭在灵仙观正门之内,司命天尊所在正殿之外。五云,即五色瑞云,多指仙家所在之处;"五云亭上意",指修仙学道之意。

苏 轼

苏轼(1036—1101),字子瞻,一字和仲,号东坡居士,眉州眉山(今属四川)人。仁宗嘉祐二年(1057),与弟辙中同榜进士,受欧阳修赏识。五年,授河南福昌县主簿。次年经欧阳修推荐,召试秘阁,授大理评事,签书凤翔府。仁宗熙宁二年(1069),因反对王安石新法而求外调,历任杭州、密州、徐州通判,湖州知州。后因作诗刺新法下御史狱,酿成"乌台诗案",贬黄州团练副使。哲宗时任翰林学士,曾出知杭州、颍州,官至礼部尚书。旋又以"所作词命,以为讥斥先朝"贬谪惠州、儋州。徽宗立,移廉州,改舒州团练副使,徙永州。更三大赦,遂提举玉局观,复朝奉郎。建中靖国元年(1101)卒于常州,年六十六。卒后追谥文忠。轼学识渊博,喜奖励后进。与父洵、弟辙合称"三苏"。其文纵横恣肆,为"唐宋八大家"之一。其诗题材广阔,清新豪健,独具风格。与黄庭坚并称"苏黄"。词开豪放一派,与辛弃疾并称"苏辛"。又工书画。有《东坡七集》《东坡易传》《东坡书传》《东坡乐府》等传世。

送柳子玉赴灵仙

世事方艰便猛回[1],此心未老已先灰。何时梦入真君殿[2],也学传呼观主来。

辑自《东坡诗集注》卷二二

> **解题**

　　柳子玉,名瑾,字子玉,丹徒人。庆历二年(1042)进士,与王安石为同年。曾官秘书臣。其子仲远为苏轼堂妹婿。灵仙,即灵仙观。已见前注。一本作"灵山",误。

　　此诗作于熙宁七年(1074)。当时作者从杭州往镇江赈饥,柳子玉与其同行。抵镇江后,子玉又将转往舒州任灵仙观监,作者以《昭君怨》词及此诗相赠。全诗显示了作者与情兼戚友的柳子玉分别时抑郁的心绪,说是他希望有一天也能像柳子玉一样梦见自己奉司命真君之召,去舒州灵仙观任职。这既是对柳子玉的安慰之词,也表明了作者对天柱山向往的情怀。

> **注释**

　　〔1〕猛回:猛然省悟,忽然明白过来。回,犹"省"。
　　〔2〕梦入真君殿:《查注》:"本集《杂记》云:子玉尝梦赴司命真君召,未几,果有监灵仙观之命。"

昭君怨·金山送柳子玉[1]

　　谁作桓伊三弄[2],惊破绿窗幽梦[3]。新月与愁烟[4],满江天。　　欲去又还不去,明日落花飞絮[5]。飞絮送行舟,水东流。

辑自《东坡词》

> **解题**

　　这首小词也是作者为送柳子玉赴舒州灵仙观而作。词中的场景是离别的前夜。作者先写不知何处传来悠扬的笛声,惊醒了自己本来心绪不宁的幽梦。再写醒后推窗远眺,但见新月如钩,愁烟满渚,江天迷濛。虽是写景,凄迷之情已在其中。今夜无眠,无法阻止脑海中翻滚的思绪,于是自然逗出想象中明日送别的场面:落花飞絮的渡口,浩浩东流的江水,欲去难去而不得不去的行人。词中迷濛之景与凄迷之情在这里合二为一,形成深远的意境,表达了诗人忧伤失落的情怀。

注释

〔1〕金山:在镇江西北,宋时为长江岛屿,现已与长江南岸相连。一本题无"金山送柳子玉"。

〔2〕"谁作"句:《世说新语·任诞》:"王子猷出都,尚在渚下,旧闻桓子野善吹笛,而不相识。遇桓于岸上过,王在船中,客有识之者,云是桓子野,王便令人与相闻云:'闻君善吹笛,试为我一奏。'桓时已贵显,素闻王名,即便回,下车,踞胡床,为作三调。弄毕,便上车去,客主不交一言。"本句用此典,不过说听见了笛声。桓伊,字叔夏,小名子野,东晋人。三弄,演奏三支曲子。

〔3〕绿窗:纱窗,常指女子居室。聂夷中《乌夜啼》:"还应知妾恨,故向绿窗啼。"幽梦:忧愁之梦,隐约的梦境。

〔4〕愁烟:意谓江面上雾气迷漫似心中愁绪。

〔5〕落花飞絮:唐戴叔伦《暮春感怀》其一:"落花飞絮成春梦。"

赠王仲素寺丞 名景纯

养气如养儿[1],弃官如弃泥[2]。人皆笑子拙,事定竟谁迷[3]!归耕独患贫,问子何所赍[4]?尺宅足自庇,寸田有余畦[5]。明珠照短褐,陋室生虹霓[6]。虽无孔方兄,顾有法喜妻[7]。弹琴一长啸,不答阮与嵇[8]。曹南刘夫子[9],名与子政齐[10]。家有鸿宝书,不铸金裹蹄[11]。促膝问道要,遂蒙分刀圭[12]。不忍独不死,尺书肯见梯[13]。我生本强鄙,少以气自挤[14]。孤舟倒江河[15],赤手揽象犀[16]。年来稍自笑,留气下暖脐[17]。苦恨闻道晚,意象飒已凄[18]。空见孙思邈,区区赋病梨[19]。

辑自《补注东坡编年诗》卷一五

解题

这是王景纯致仕归潜山时,苏轼赠的一首五言古诗。诗中称赞王景纯弃官归隐的行为,将他比作晋高士孙登一样的人物;介绍了他在内丹养气方面的造诣,说是他回乡后虽然贫贱,但却有参悟道法的喜悦相陪伴。作者曾向王景纯请教养气之功,对其传授内丹秘诀,助自己登升修炼内丹新境界表示敬意。最后,以王景纯比孙思邈,以此诗比卢照邻《病梨树赋》而自悲。全诗满纸多谈内丹之事、养气之术,充满着浓郁的道家思想因素。

注释

〔1〕"养气"句:意谓养气应像养小儿那样,小心谨慎,百般调护,不得粗疏,一蹴而就。养气,此指北宋流行的养气功,类似胎息,通过调神调息,调整呼吸,意守丹田,以培养精神,结成内丹。王注①:"《老子》:专气致柔,能如婴儿乎?《医经》云:欲养儿,慎风池。"

〔2〕"弃官"句:意谓抛弃官位,如同丢弃泥巴,毫不吝惜。王注:"《庄子·田子方》:弃隶者若弃泥途。"

〔3〕"人皆"二句:人们都嘲笑你致仕退休,不恋官位,这是笨拙不灵活;我倒不这么认为,事定之后看看究竟是谁分辨不清。迷,辨别不清;糊涂。

---

① 王注:指宋王十朋注。下同。

〔4〕"归耕"二句：回家种田，最怕贫穷，请问你赍持什么呢？赍(jī)，持，带。归耕，回家耕田，谓辞官回乡。这里语意双关，内丹派亦称修炼内丹为耕田。

〔5〕"尺宅"二句：一尺之宅足以作为自己的庇护依靠，一寸之田养活自己尚有多余。此二句亦双关。尺宅、寸田，本指微薄的产业，道家又称颜面(即眼耳鼻口所在处)为尺宅，三丹田为寸田。《黄庭内景经·脾部》："主调百谷五味香，辟谷虚羸无病伤，外应尺宅气色芳。"梁丘子注："尺宅，面也。"又本诗王注引李厚曰："《黄庭经》：'寸田尺宅可治生。'两眉间为上丹田，心为绛宫田，脐下三寸为下丹田。"道家许多内功均要意守丹田，按摩脸部。故两句表面讲微薄的产业足够养活自己，实际上是说，退休回家后专心养气，按摩脸部，炼三丹田之功，可以益寿，可以长生。

〔6〕"明珠"二句：意谓王仲素虽然不富裕，身穿短褐，居于陋室，但他善于养气，将成内丹，内丹之光像明珠，似虹霓，将照亮他的短褐和陋室。短褐，粗布短衣，古代贫贱者之服。

〔7〕"虽无"二句：意谓王仲素虽然没有钱，但却有闻见、参悟道法的喜悦相陪伴。孔方兄，钱的谑称。古时铜钱外圆中有方孔，故名。法喜，谓闻见参悟佛道而产生的喜悦。施注："《维摩经》：法喜以为妻，慈悲以为女。"

〔8〕"弹琴"二句：意谓王仲素是像晋高士孙登一样的人物，弹琴长啸，不与俗人往来。长啸，撮口发出悠长清越的声音。古人常以此述志。《晋书·阮籍传》："(籍)尝於苏门山遇孙登，与商略终古及栖神导气之术，登皆不应。籍因长啸而退。至半岭，闻有声若鸾凤之音，响乎山谷，乃登之啸也。"后因称孙登啸处为长啸台。不答阮与嵇，不与俗人来往之意。王注："《晋·孙登传》：登好读《易》，抚一弦琴，见者皆亲乐之。尝住宜阳山，文帝闻之，使阮籍往观。与语，不应。嵇康从之游三年，问其所图，终不答。"

〔9〕曹南：地名。指曹南山，在济阴县(今山东曹县)东二十里。刘夫子：或曰指刘谊翁，或曰指刘安世，说法不一。然据诗意观之，

亦当为道家善炼气养生之人。

〔10〕子政：即刘向（约公元前77—前6），字子政。西汉经学家、文学家、目录学家，著有《说苑》《新序》等。《汉书》有传。

〔11〕"家有"二句：意谓刘夫子家有《鸿宝书》一类的道家秘书，可不是用来铸造马蹄形的金锭的。借喻王仲素家藏有道家奇书，以练养气之功。鸿宝书，古代炼丹术书。汉淮南王刘安招集方士撰写。又称《枕中鸿宝苑秘书》《鸿宝经》或《鸿宝》。主要记神仙黄白之术。鸿宝，珍贵之义；枕中，秘不示人之意。施注："《汉·楚元王传》：刘向，字子政，本名更生。淮南王有《枕中鸿宝苑秘书》，言神仙使鬼物为金之术。更生父德，治淮南狱，得其书。更生幼而读诵，以为奇，献之。上令典上方铸作事，费甚多，方不验，乃下更生吏。"金裹蹄，指马蹄形的金锭。

〔12〕"促膝"二句：意谓自己与王仲素仲促膝倾谈，请教道术精要，并承蒙厚爱，介绍了内丹妙药和炼气秘诀。促膝，膝与膝相接，坐得很近。多形容亲切交谈或密谈。要道，重要、关键的道理或方法。刀圭，内丹术名词。其一是指丹药。《入药境》潜子注："刀圭者，丹药之异名。字义，二土成圭。盖以金丹乃戊己二土和合而成。"《金丹大要》卷六："刀者，乃戊土中之铅也。圭者乃戊己二土合为一圭也。"其二指上丹田沿任脉下降化为津液之内气。《养命机关金丹真诀》："白马牙者，汞结成，宝在丹田。……用河车搬运入中宫下，黄庭之正炁归于下丹田。其牙变化如菊花之色，自于脑神，闭口饮津，味如栗，香如桂，名曰刀圭，又曰河车，此名六变，是第六转也。"

〔13〕"不忍"二句：意谓王仲素不忍心独自长生，遂写下内丹秘诀，助我登升炼内丹新境界。不忍独不死，施注："韩退之《太学博士李君墓志铭》：余自袁州还京师，襄阳乘舸，邀我于萧洲，屏人曰：'我得秘药，不可独不死，今遗一器。'"尺书，书信。此指写有内丹秘诀的纸。肯见梯，肯引梯助人登升。

〔14〕"我生"二句：我生性愚钝鄙陋，闻见不广，年轻时修炼内丹，反而因运气而损伤了自己身体。强鄙，愚钝鄙陋。此指闻见不

广、不知道术之意。挤,毁坏,损伤。

〔15〕孤舟倒江河:此言学道修养之诀。倒江河,即水逆流之意。喻内气由下向上逆行。内丹强调气流自尾闾沿脊柱督脉逆流上升,至百会再沿任脉下降,复归丹田,以成内丹,故称孤舟(气)倒江河。

〔16〕赤手揽象犀:赤手空拳控驭大象、犀牛。喻炼内丹养气控制呼吸、调息养气之难。

〔17〕"年来"二句:近年来我渐渐感到高兴的是,修炼时能留住真气,下达丹田之区,从而温暖我的脐部。年来辄自笑,宋陈善《扪虱诗话》引作"年来辄自悟"(或作"尔来辄自悟")。

〔18〕"苦恨"二句:深感遗憾的是,我领悟学道修养之诀已经太晚,如今身心衰飒,景象凄凉。闻道,领悟某种道理。此指领悟学道修养之诀。意象,神态、风度,指精神面貌而言。

〔19〕"空见"二句:今天徒然遇见您这位孙思邈一样的人物,也只能像卢照邻那样作一篇小小的《病梨树赋》以自悲了。空,徒然,白白地。孙思邈(581—682),唐代著名医学家、道士。京兆华原(今陕西耀县)人。精通医术,也致力于导引养生。著有《千金方》《摄生真录》和《摄养枕中方》等著作。主张人要根据自然环境和自然规律来摄生养性,强调"善养性者,则治未治之病"。赋病梨:王注:"缜曰:卢照邻得恶病,从孙思邈问养生之道,作《病梨赋》以自悲。"《旧唐书·孙思邈传》:"庭前有病梨树,卢照邻为之赋。序思邈曰:道合古今,学殚数术。高谈正一,则古之蒙庄子;深入不二,则今之维摩诘。其推步甲乙,度量乾坤,则洛下闳、安期生之俦也。"这里苏轼以孙思邈比王仲素,以此诗比卢照邻《病梨树赋》。

送仲素寺丞归潜山[1]

潜山隐君七十四[2],绀瞳绿发方谢事[3]。腹中灵液变丹砂[4],江山幽居连福地[5]。彭城为我驻三日[6],明月满船同一醉。丹青细字口传诀[7],顾我沉迷真弃耳。来年四十发苍苍,始欲求方救憔悴[8]。它年若访潜山居,慎勿逃人改名字。

辑自《东坡诗集注》卷二二,又见《(康熙)潜山县志》卷一二《艺文下》

解题

此诗作于熙宁十年(1044)八月。王仲素致仕后隐居潜山,七十四岁时游彭城(今江苏徐州市)。时苏轼任徐州知州,特款留三日,与之月下乘船同游,放怀畅饮,并向他请教内丹秘方、修养之诀,临别时赋此诗相赠。诗中描写了此番交往的过程,末二句与王仲素调侃,显示了二人亲密的关系。

注释

〔1〕按,此诗又见于刘攽《彭城集》卷七、苏辙《栾城集》卷七。刘攽《彭城集》所收诗与《东坡诗集注》卷二十二题相同,《栾城集》则题作"赠致仕王景纯寺丞"。《(康熙)潜山县志》亦收此诗,题作"赠寺臣王仲素致仕提举灵仙观",署作者为苏轼。不知诗究竟为谁人所作。今以《潜山县志》系此诗于苏轼,故仍之。

〔2〕隐君:指王仲素。一本作隐居。

〔3〕绀瞳:深青而泛红的瞳仁。绿发:乌黑而发亮的头发。谢事:辞职;免除俗事。

〔4〕"腹中"句:灵液,指唾液。《本草纲目·口津唾》:"人舌下有四窍,两窍通心气,两窍通肾液,心火流入舌下为神水,肾液流入舌下为灵液。"道教以为,练功时将口中产生的津液咽下,可以灌溉脏腑,润泽肢体。故谓"腹中灵液变丹砂"。《云笈七签》卷六〇《诸家气法·幻真先生服内元气诀法》:"乃以舌柱上腭,料口中外津液,候满口则咽之,令下入胃,存胃神承之。如此三,止。是谓漱咽灵液。"

〔5〕幽居:隐居。福地:指神仙居住之处。道教有七十二福地之说。亦指幸福安乐的地方。旧时常以称道观寺院。此指潜山,潜

山在道教中为三十六洞天、七十二福地之一。

〔6〕彭城：地名，即今江苏徐州。驻：驻留，停留。一本作"住"。

〔7〕丹青：丹砂和青雘两种颜料。亦指红色和青色。

〔8〕憔悴：瘦萎，瘦损。

东 坡 八 首 （选一）

种枣期可剥[1]，种松期可斫[2]。事在十年外，吾计亦已悫[3]。十年何足道，千载如风雹。旧闻李衡奴[4]，此策疑可学。我有同舍郎，官居在潜岳[5]。遗我三寸甘[6]，照座光卓荦[7]。百栽倘可致，当及春冰渥[8]。想见竹篱间，青黄垂屋角[9]。

辑自《补注东坡编年诗》卷二一

解题

《东坡八首》是元丰四年（1081）苏轼在黄州作的一组五言古诗。东坡，在黄冈山下，州治之东，是数十亩大小的一片荒地，苏轼被贬黄州后曾在此躬耕，并以此地名作为自己的别号。这组诗中的第六首涉及作者与舒州的一段因缘。黄州与舒州相邻，同属淮南西路，此时苏轼的密友李常任本路提点刑狱。舒州出产柑子特别有名，柑子成熟时，李常便从舒州把柑子寄给身在黄州的苏轼尝鲜。由于柑子是采摘下来以后及时派人送去的，柑子发出的光彩，满座为之生辉，超出了一般的新鲜果品。于是作者想到，他明年春天也要从舒州弄到百来株柑树苗，栽种在自己的荒地上，将来以供家中衣食之需。并且想象柑子成熟后，竹篱之间、屋前屋后果实累累的景象。此诗是作者对舒州产品的赞扬，也表现了对舒州的倾慕。

注释

〔1〕剥(pū)：通"扑"，打，击。此指打枣。

〔2〕斫：砍。

〔3〕悫：恭谨；朴实。

〔4〕李衡奴：指橘子树。三国吴丹阳太守李衡欲治家业，其妻不许，乃密令人于武陵龙阳汜洲上作宅，种柑橘千株。临死谓其儿若凭此千头木奴，足可供家中衣食之需。

〔5〕"我有"二句：苏轼自注："李公择也。"同舍郎，同居一舍的郎官。后亦泛指关系亲密的僚友。钱起《寻司勋李郎中不遇》："知己知音同舍郎，如何咫尺阻清扬。"潜岳：潜山，亦即天柱山。因汉武帝曾封为南岳，故称"潜岳"。查注："《九域志》：舒州潜山，汉之南岳。按《黄山谷年谱》：元丰庚申李公择提点淮南西路刑狱，提刑司在舒州，故云官居在潜岳。"按，李公择，即李常，生平事迹见前作者小传。

〔6〕遗(wèi)：赠送。甘：果名。即柑。三寸柑，言柑之大。

〔7〕卓荦：超绝出众。

〔8〕渥：厚。

〔9〕青黄：指柑之颜色。

次韵李公择梅花

诗人固长贫[1]，日午饥未动[2]。偶然得一饱，万象困嘲弄[3]。寻花不论命[4]，爱雪长忍冻[5]。天公非不怜，听饱即喧哄[6]。君为三郡守[7]，所至满宾从[8]。江湖常在眼，诗酒事豪纵[9]。奉使今折磨[10]，清比於陵仲[11]。永怀茶山下，携妓修春贡[12]。更忆槛泉亭，插花云髻重[13]。萧然卧潜麓[14]，愁听春禽哢[15]。忽见早梅花，不饮但孤讽[16]。诗成独寄我,字字愈头痛[17]。嗟君本侍臣,笔橐从上雍。脱靴吟芍药,给札赋云梦[18]。何人慰流落?嘉花天为种[19]。杯倾笛中吟,帽拂果下鞯[20]。感时念羁旅,此意吾侪共[21]。故山亦何有?桐花集幺凤[22]。君亦忆匡庐,归扫藏书洞[23]。何当种此花,各抱汉阴瓮[24]。

辑自《补注东坡编年诗》卷一九

解题

此诗亦为苏轼被贬黄州时所作。舒州以产梅著称,历史上"望梅止渴"的故事便发生在舒州,舒州州治即今潜山县城的别称即为"梅城",由此可见舒州产梅之一斑。元丰四年,舒州梅花盛开,时任淮南西路提点刑狱的李常作了一首咏梅长诗,并把它寄给当时在黄州贬所的好友苏轼。苏轼便依原韵和作此诗。作者在诗中借物发端,从李常的爱梅生发开去,通篇在咏赞李常豪纵和才华的同时,表现了对李常遭遇的同情,并以调谑的笔调揭示了"天公"对诗人的不公平待遇。最后以"感时念羁旅"的愁绪把李常和自己联系起来,期待二人各自回乡抱瓮浇园,同种梅花。字里行间表现出一种愤懑不平的情绪和思乡归隐的情怀。

注释

〔1〕长贫:长久贫穷。王注:"子仁:《汉书》:'张负曰:岂有美如陈平而长贫者乎?'"

〔2〕"日午"句:施注:"白乐天《祝苍华》诗:'痛饮困连宵,悲吟饥过午。'"

〔3〕"偶然"二句:意谓让诗人偶然吃一次饱饭,世上一切事物或景象便都会受他们嘲笑戏弄的困扰。此为调谑语。万象,宇宙间一切事物或景象。嘲弄,嘲笑戏弄。

〔4〕"寻花"句:意谓诗人特别爱花,乃至到了不惜生命的地步。

不论命,犹言不惜命。元祐二年(1087),作者曾将此诗中四句再书而赠李清臣,即作"不惜命"。《晚香堂苏帖·书赠李邦直探梅》:"寻花不惜命,爱雪长忍冻。三为郡太守,清似於陵仲。"

〔5〕"爱雪"句:施注:"孟东野《苦寒》诗:'冻吟成此章。'"

〔6〕"天公"二句:意谓上天并非不怜悯诗人,而是因为如果听任他们吃饱了,他们就会喧嚣哄闹。此亦为调谑语。喧哄,犹喧闹。

〔7〕三郡守:据《宋史·李常传》,熙宁中,李公择自谏院出守鄂州。未几,徙湖州。又自湖州移知徐州。故称"三郡守"。

〔8〕"所至"句:所到之处宾客随从很多。

〔9〕蒙纵:豪放不羁。

〔10〕奉使:奉命出使,此指李公择出任淮南西路提点刑狱。折磨:意谓李公择虽有才能,但命运不济,精神上遭受打击痛苦。施注:"白乐天酬微之诗:由来才命相折磨。"

〔11〕"清比"句:意谓李公择与於陵仲子一样清廉。战国时楚国於陵仲子不愿为楚王相,逃避他处,为人灌园。此以於陵仲子喻李公择,在舒州灌园种梅花。

〔12〕"永怀"二句:此二句说李公择任湖州太守时携妓制茶事。茶山,在湖州。春贡,春季的贡品。此指茶。

〔13〕"更忆"二句:此二句写李公择任齐州太守时于槛泉亭在弹筝女头上插花事。槛泉亭,齐州(今济南市)槛泉上的亭子。槛泉,本作"爆流泉",即今"趵突泉"。云鬓:高鬓。曹植《洛神赋》:"云鬓峨峨,修眉联娟。"白居易《筝》:"云鬓飘萧绿,花颜旖旎红。"

〔14〕萧然:清闲冷寂;潇洒,悠闲。潜麓:潜山之麓。麓,山脚。

〔15〕哰:鸟鸣声。

〔16〕孤讽:独自吟诗讽谕。

〔17〕愈头痛:《三国志·魏书·陈琳阮瑀传》注引《典略》:魏太祖病头风,卧读陈琳所作《檄》,翕然而起,曰:"此愈我病。"

〔18〕"嗟君"四句:可叹您本是侍奉帝王的近臣,当像司马迁那样橐书簪笔跟随皇上到雍地去以备顾问,像李白那样引足令高力士

脱靴而吟芍药之诗，像司马相如那样让尚书供奉笔札而作天子羽猎之赋。侍臣，侍奉帝王的廷臣，李公择原任朝中谏官，故称其为"侍臣"。笔囊，携带文具用的袋子，喻文学侍臣或文章渊薮。从上雍，跟随皇上到雍地，语出司马迁《报任安书》。脱靴吟芍药，用高力士为李白脱靴，李白为杨贵妃作《清平调词》的典故。给札赋云梦，指司马相如为汉武帝作《羽猎赋》。以上四句皆用比喻。

〔19〕"何人"二句：意谓有什么能抚慰你漂泊外地、穷困失意之心呢？只有上天为你所种的这么美的梅花了。流落，沦落。此指漂泊外地，穷困失意。

〔20〕"杯倾"二句：意谓对着长笛吹出的梅花曲调饮酒，乘着矮马穿行于果树下，帽子被树枝拂掉。施注："杜荀鹤《梅花》诗：'谢公吟赏愁飘落，可得更拈长笛吹。'《摭遗》：'蜀州红梅阁东壁有诗：凭仗高楼莫吹笛，大家留取倚阑干。因笛中有《落梅曲》故云。'"施注："果下鞯，后汉濊貊，献果下马，高三尺，乘之可于果树下行。"鞯，马笼头，借指马。

〔21〕"感时"二句：感慨时序的变化，哀怜自己寄居他乡，这种心情是我辈所共有的。感时，感慨时序的变迁或时势的变化。羁旅，寄居异乡。吾侪，我辈。

〔22〕"故山"二句：我的故乡现在有什么呢，那里有绿毛幺凤，桐花开时喜集树上。故山，旧山。喻家乡。幺凤，鸟名。又称桐花凤。羽毛五色，体型比燕子小。暮春桐花开时喜集树上。唐李德裕《画桐花凤扇赋序》："成都夹岷江，矶岸多植紫桐。每至暮春，有灵禽五色，小于玄鸟，来集桐花，以饮朝露。及华落则烟飞雨散，不知其所往。"王注："次公：西蜀有桐花鸟，似凤而小，而先生眉人，故称故山也。师民瞻：人谓之倒挂子。先生《梅》词所谓'倒挂绿毛幺凤'是也。"

〔23〕"君亦"二句：您也一定想念庐山，想回去打扫打扫你的藏书洞吧。匡庐，即庐山。归扫藏书洞，王注："盖谓李公择尝读书庐山五老峰山白石僧舍故也，事见先生《李氏山房藏书记》。"施注："先生《李氏山房记》：公择少时读书于庐山五老峰下白石庵之僧舍，藏书

凡九千余卷。"

〔24〕"何当"二句：什么时候我们种植此花，像汉阴老人那样安于拙陋的淳朴生活呢？何当，犹何时、何日。汉阴瓮，典出《庄子·天地》。大意是说，孔子的学生子贡在游楚返晋经过汉水南岸时，见一老者在整治菜畦。他一次又一次地抱着瓦罐汲水灌溉，十分吃力而收效甚微。子贡说："有一种机械，一天能浇百畦，用力少而收效大，难道你不想采用？"老人生气说："我听我的老师说，有了机械，就会生机巧之事、机巧之心，有机巧之心的人就不能保持内心纯洁；保持不了纯洁，心神就不会安定；心神不定的人就再也不能拥有正道。我不是不知道这种机械，而是耻于用它。"子贡听了无言以对。后因用"汉阴抱瓮"的典故表示安于拙陋的淳朴生活或退隐学道。

次韵韶倅李通直二首

　　一篇泷吏可书绅[1]，莫向长沮更问津[2]。老去常忧伴新鬼[3]，归来且喜是陈人[4]。曾陪令尹苍髯古，又见郎君白发新[5]。回首天涯一惆怅[6]，却登梅岭望枫宸[7]。

　　青山只在古城隅[8]，万里归来卜筑初[9]。会见四山朝鹤驾[10]，更看二李跨鲸鱼[11]。欲从抱朴传家学[12]，应怪中郎得异书[13]。待我丹成驭风去，借君琼佩与霞裾[14]。

辑自《苏文忠公全集》东坡后集卷七，又见《补注东坡编年诗》卷四四

<u>解题</u>

　　韶倅，韶州通判。韶州，唐始置，在今广东省曲江县西。倅，州郡副职。李通直，一说是李惟熙，一说为李公寅。李惟熙，舒州著名医者。李公寅，字亮工。神宗熙宁三年（1070）进士。苏轼老友、北宋著名画家李公麟之弟。以文鸣缙绅间，与其兄号"龙眠二李"。据诗观

之,说作李公寅者是。

此诗作于元符三年(1100)。该年宋哲宗去世,徽宗即位,苏轼自海南儋州贬所渡琼州海峡北归。十二月途经韶州(今属广东),此时舒州李公寅任韶州通判,遂相与同游南华,盘桓山水间数日。李公寅劝作者此番回去在舒州定居下来,并作诗相赠,作者遂步其原韵赋此诗作答。第一首诉说了心中的怨愤与不平。这不平既是为李公寅,也是为诗人自己。李公寅作为熙宁三年进士,整整三十年了,还在这边远的韶州任个副职;而自己年届六十五,刚从天涯海角贬所归来,并且都要常常为侍奉那些新的得势者而担心。所以他说还是不要像孔子那样奔波求仕了。第二首是就李公寅劝其在舒州定居的建议作答。说是自己万里归来之日,便是在舒州定居之时。他想象在舒州可以见到天柱山中神仙车驾来朝司命真君的壮观场景,可步抱朴先生后尘在舒州潜山修仙学道,在那里还能得到道家珍贵秘籍。他期待自己在舒州把内外丹炼成之后,将御风飞升,离开人间。此二诗所言虽侧重点不同,但都表现了作者在人生迭遭挫折后的消极情绪。后诗所言在舒州事,不过想象之词,却仿佛已经到了舒州,足见其向往舒州之殷切。

注释

〔1〕"一篇"句:意谓像韩愈《泷吏》那样的作品是应该牢记的。《泷吏》,元和十四年韩愈赴潮州时所作诗篇。元和十四年初,韩愈因上《论佛骨表》获罪于宪宗,由刑部侍郎贬为潮州刺史。赴潮州途中,心中不平。此诗借向昌乐泷小吏探问潮州景况,抒发自己被贬后的委屈心情。诗中借小吏之口责问:在朝为官,是否于国有益?是否仁义其外而奸巧其中?韩愈的回答半推半就,全是反话正说,于"正言若反"中表达自己的怨愤。书绅:把要牢记的话写在绅带上。语本《论语·卫灵公》:"子张书诸绅。"邢昺疏:"绅,大带也。子张以孔子之言书之绅带,意其佩服无忽忘也。"后亦称牢记他人的话为

"书绅"。

〔2〕"莫向"句：莫要再像孔子那样奔波求仕了。长沮，传说中春秋时楚国的隐士；问津，询问渡口。语出《论语·微子》："长沮、桀溺耦而耕，孔子过之，使子路问津焉。"后常用作奔波求仕之典。

〔3〕"老去"句：意谓年纪老了，还要常常担心自己陪伴那些新的占得先势者。新鬼，"新鬼大、故鬼小"之意。王注："《左传》：'夏父弗忌为宗伯，尊僖公，且明见曰：吾见新鬼大，故鬼小。'"按，王注语出《左传·文公二年》。春秋时，鲁闵公死后，由他的异母兄僖公继位。僖公死后，其子文公继位。依照世序，宗庙中牌位的位次，应是闵公在先，僖公在后。但是文公二年八月祭祀太庙时，将他父亲僖公的灵位升置于闵公之前，说是"新鬼大，故鬼小"，意思是说僖公虽然后为君、后死，但他年长为兄；闵公虽然先为君、先逝，但他是弟弟，死时年纪又小，故牌位不应排在前头。文公的这种做法，实质上是打破了鲁国原来的宗法制度的规定，故史书说是"逆祀"。后常以"新鬼大，故鬼小"喻指新的、现时的占先得势，旧的、过去的退居其后而不得势。

〔4〕陈人：旧人，故人。与"新鬼"相对。

〔5〕"曾陪"二句：意谓曾与你胡须花白的父亲相处，如今又见到他新添白发的儿子。王注："次公：令尹指李侔之父也，郎君言李侔也。古人于识其父而又识其子，则谓为郎君。如李义山《与令狐绹》诗：'郎君官贵施行马。'子仁：李白诗云：'朱颜雕落尽，白发一何新。'"

〔6〕天涯：犹天边。指极远的地方。此指海南岛，海南岛称"天涯海角"。

〔7〕梅岭：山名。即大庾岭。五岭之一。在江西、广东交界处。向为岭南、岭北的交通咽喉。古岭道崎岖险峻，唐开元初张九龄主持开凿新路，多植梅树，故又名梅岭。枫宸：宫殿。宸，北辰所居，指帝王的殿庭。汉代宫廷多植枫树，故有此称。

〔8〕青山：王注："次公：青山，指言舒州之山也。"古城隅：古城

墙的角隅。隅,角,角落。

〔9〕"万里"句:万里归来之后,便是择地筑屋的开端。卜筑,择地筑屋。王注:"子功按,先生《与李惟熙帖》云:'偶得生还,平生爱龙舒风土,欲卜居为终老之计。'"苏轼《答苏伯固三首》(其三):"住计龙舒为多。……龙舒闻有一官庄可买,已托人问之,若遂,则一生足食杜门矣。"

〔10〕"会见"句:意谓那时将会见到潜山等舒州诸山中神仙车驾来朝的壮观场景。四山,一说指潜山、皖山、天柱山、龙眠山等舒州之山①;一说指潜山之飞来、石榴、狮子、三台四峰。鹤驾:仙人的车驾。因驾鹤而行,故名。王注:"次公:四山亦是舒州之山,但未详其名。如潜山上有左慈炼丹处,有孔、左二真人潭,而天柱山尤多异迹,则其地为仙居旧矣,故云朝鹤驾也。"施注:"按先生《与李惟熙帖》云:'偶得生还,平生爱龙舒风土,欲卜居为终老之计'云云,是青山当指舒州,但四山未详其名耳。《一统志》:龙眠山在桐城县。又舒州有潜山,左慈修炼处;皖山、天柱山,道书称司玄洞天,汉武帝尝登封于此以代南岳,或即指此数山也。"查注:"四山,《皖山图序》云:'潜山一名皖伯台,有四峰,曰飞来、石榴、师子、三台,在潜山县西北二十里。'朝鹤驾,唐明皇《送玄洞真人李抱朴谒舒州潜山司命真君祠》诗:'归期千载鹤,春至一来朝。'"按,潜山之朝鹤驾,宋张春《鹤驾词并引》记之甚详:"潜山之有鹤驾,或谓来经庐阜。率以岁仲春期共至,道家者类言之。元丰间,李公择为诗引,可言不诬。绍兴己卯二月十有五日,有自西南来,如甲马千骑,衔枚顿辔,肃然而行彝途也。仰而视之,盖所谓鹤驾者。乘云御风,颉颃九霄之上。先后行列,悉有遐征远引之势。俄有数千百回翔飞舞,当天之中,侧势鼓翼。傍射阳光,色如烂银,混荡下饬,又若浪花翻白而涌江河。去也稍远,益入于廖廓不可得而见矣。呜呼,神仙之事难详也。"

〔11〕二李:指李公麟、李公寅。一本作"三李"。查注:"三李,王

---

① 按,顾祖禹《读史方舆纪要》以潜山、皖山、天柱山系一山而异名。

明清《挥麈三录》：'元祐中，舒州有李亮公者，以文鸣缙绅间，与兄伯时、元中号龙眠三李，同年登进士，出处相若，其后仕俱不显。'"跨鲸鱼：犹骑鲸鱼。典出《文选·扬雄〈羽猎赋〉》："乘巨鳞，骑京鱼。"后因以比喻隐遁或游仙。

〔12〕"欲从"句：意谓打算步抱朴先生后尘在舒州潜山修仙学道。抱朴，宋王十朋注引次公说以为指葛洪，因葛洪号抱朴子。王注："次公：葛洪自号抱朴子，从祖玄，吴时学道得仙，以其炼丹秘术授弟子郑隐，而洪乃就隐更学其法焉。"清查慎行则以为指唐玄宗时道士玄洞真人李抱朴。查注："抱朴，《神异录》：'明皇敕玄洞先生谏议大夫李抱朴赍御额，为九天司命塑像于舒州潜山。初至，忽殿后石壁裂，中有泥五色，即取以竣事。'按明皇又有《送玄洞真人李抱朴谒司命真君》诗，今先生所引乃舒州事，通直君姓李，故云'传家学'。若以为葛稚川，失之远矣。"家学，家传之学，此指道家修炼事。

〔13〕"应怪"句：意谓惊羡李通直像蔡邕得到王充《论衡》那样得到道家珍贵秘籍。中郎得异书，宋王十朋注以为指蔡邕得王充《论衡》事。王注："蔡邕为中郎将，得王充《论衡》，以为护助，时人称其才进。或曰：不见异人，当得异书。"按王注事见《后汉书·王充传》注引《袁山松书》："充所作《论衡》，中土未有传者，蔡邕入吴始得之，恒秘玩以为谈助。其后王朗为会稽太守，又得其书。及还许下，时人称其才进。或曰：不见异人，必得异书。问之，果以《论衡》之益，由是遂见传焉。"中郎，明指蔡邕，因邕曾任中郎将；实则指"李通直"，因中郎又为"次子"之意，李公寅排行第二，故称之"中郎"。异书，珍贵罕见之书。字面指王充《论衡》，实则指道书。

〔14〕"待我"二句：意谓待自己在舒州把内外丹炼成之后，将御风飞升，离开人间。苏轼自注："仆昔为开封幕，先公为赤令，暇日相与论内外丹，且出其丹示仆。今三十年而见君曲江，同游南华，宿山水间数日，道旧感叹，且劝我卜居于舒，故诗中皆及之。"琼佩，玉制的佩饰。霞裾，犹霞衣，仙人的衣裾。

李伯时画其弟亮功旧隐宅图[1]

乐天早退今安有,摩诘长闲古亦无[2]。五亩自栽池上竹,十年空看辋川图[3]。近闻陶令开三径,应许扬雄寄一区[4]。晚岁与君同活计[5],如云鹅鸭散平湖[6]。

辑自《补注东坡编年诗》卷四四

解题

此诗作于元符三年(1100)岁末。是年,舒州著名画家李公麟为其弟公寅旧时隐居之宅绘制《归来图》。图中有小池,池边水竹丛生,池中鹅鸭成群,如云散平湖,一派田园风光,可与唐代王维所作《辋川图》媲美。苏轼见图,为作此诗,既赞美了画中幽景,又借此表达了自己归隐之意。而全诗对仗工稳,诗笔老健,向来受到诗家称赏。乾隆皇帝御评曰:"'池上'承乐天句,'辋川'承摩诘句,陶令比李,扬雄自喻,一意直下,舒展自如,斯为律诗神境。"(《唐宋诗醇》)

注释

〔1〕李伯时:即李公麟。舒州人,宋代著名画家。李亮功,即李公寅,李公麟弟。字亮功。功,一作"工"。生平事迹参见前《次韵韶倅李通直二首》解题。李亮功旧宅:施注:"《舆地纪胜》:'飞霞亭,乃李公寅隐居处,其兄伯时为作旧宅图。亭在尉署后。据此,亮功名公寅。史容注黄山谷诗云名寅,脱去公字。当从《舆地纪胜》。"

〔2〕"乐天"二句:像白居易那样很早就退出政坛,如今哪有这样的人呢?像王维那样长期赋闲,古代也是没有的。乐天,指白居易(772—846),居易字乐天,唐代著名诗人。早退,指提早退出政坛。白居易四十四岁时因越职言事得罪,被贬为江州司马。这一打击使他早年"兼济天下"的生活理念发生动摇,而向佛道思想靠近。他在

庐山东林寺建了草堂,礼佛参禅,走向了"独善其身"式的闲适自娱。其后虽又担任过忠州、杭州、苏州刺史,秘书监、河南尹、太子少傅,但心中受佛道的浸染却越来越深,最后长期闲居洛阳香山,并自号香山居士。摩诘,指王维。王维字摩诘,罢官后闲居辋川十年。

〔3〕辋川图:唐代诗人王维绘的名画。绘辋川别业二十胜景于其上,故名。唐朱景玄《唐朝名画录》:"(王维)画《辋川图》,山谷郁盘,云水飞动,意出尘外,怪生笔端。尝自题诗云:'当世谬词客,前身应画师。'其自负也如此。"施注:"辋川图,《国史补》:王维立性高致,得宋之问辋川别业,山水绝胜。《雍录》:辋川在蓝田县西南二十里。董广川《画跋》:古传辋水如车缚头,因以得名。王维自罢官至辋口者十年,此图想象得之。其后维舍此地为浮屠居,今清源寺也。"

〔4〕"近闻"二句:听说公麟辞官回乡,新建家园,应该允许我在那里有一所寄居之宅吧。陶令,陶渊明,此指辞官之李公麟。三径,晋陶渊明《归去来辞》:"三径就荒,松竹犹存。"后因以"三径"指归隐者的家园。扬雄(公元前53—18),字子云,蜀郡成都人。汉代著名学者、文学家。《汉书·扬雄传》载:"楚汉之兴也,扬氏溯江上,处巴江州。""汉元鼎间避仇复溯江上,处岷山之阳曰郫,有田一廛,有宅一区,世世以农桑为业。自季至雄,五世而传一子,故雄亡它扬于蜀。雄少而好学……家产不过十金,乏无儋石之储,晏如也。……雄以病免,复召为大夫。家素贫,嗜酒,人希至其门。"后因以"扬雄宅"为典,咏隐居学者简陋的住所。唐权德舆《数名诗》:"一区扬雄宅,恬然无所欲。"这里苏轼以扬雄自指。

〔5〕活计:维持生计,生活。

〔6〕"如云"句:意谓池上鹅鸭成群,如云散平湖。

李斯立

李斯立,舒州东山灵仙观道士。尝从苏轼、黄庭坚游。年逾八十卒。

灵 仙 观 （残句）

岩溜连云冻，溪梅带雪香[1]。

又

有意峰峦千嶂出，无名花草百般香[2]。

辑自《（康熙）安庆府志》卷二一，又见《（乾隆）潜山县志》卷二三

【解题】

这是李斯立诗中的两联残句，据说都是写灵仙观的。

第一联是五言诗，写雪景。岩石间的水流与天上的云彩一起都被冻住了，可见天之寒冷。但就在如此严寒的天气里，溪边有一树梅花凌霜傲雪，正在开放，散发出阵阵清香。诗中写景词文清丽，风骨凛冽，情境入化。

第二联是七言诗，写春景。在春光里，上千座直立如屏障的山峰似乎有意出现在人们的视野中，一展它们的风采；山上许多无名的花草，吐着各种各样的芬芳。作者将景物拟人化，使诗歌显得摇曳多姿，情韵浓郁。这两联不仅写景如画，而且对仗精工，向来受到诗家称道，誉作者"诗思不凡"。

【注释】

〔1〕岩溜：岩石间的水流。
〔2〕千嶂：千座直立如屏障的山峰。

苏 辙

苏辙(1039—1112)，字子由，一字同叔，号颍滨遗老。眉州眉山

(今属四川)人。苏轼弟。与轼同登仁宗嘉祐二年(1057)进士,又同策制举。授商州军事推官。神宗朝王安石以执政领三司条例,命辙为之属。安石行青苗法,辙力陈其不可,出为河南推官。哲宗召为右司谏,蔡确、韩缜、章惇在位,辙皆论去之。累迁御史中臣,拜尚书右丞,进门下侍郎。哲宗亲政,落职知汝州。复谪雷州安置,移循州。徽宗立,徙永州、岳州,已而复大中大夫致仕。卒谥文定。辙为唐宋古文八大家之一。著有《栾城集》《后集》《三集》等传世。

柳子玉郎中挽词二首

晚岁抽身尘土中[1],潜山仍乞古仙宫[2]。羞将白发随冯叟[3],欲就丹砂继葛洪[4]。龙虎未能留物化[5],芭蕉久已悟身空[6]。骚人欲作招魂赋[7],蝉蜕疑非世俗同[8]。

新诗锦绣烂成编[9],醉墨龙蛇洒未干[10]。共首卜居空旧约,宛丘携手忆余欢[11]。风流可见身如在[12],乡国全归意所安[13]。行到都门送君处,长河清泪两泛澜[14]。

辑自《栾城集》卷六

解题

此诗作于熙宁十年(1077)。柳子玉(柳瑾)于熙宁七年到舒州灵仙观任观监,本年在舒州病逝。噩耗传来,苏轼、苏辙兄弟深感悲痛,苏轼为作《祭柳子玉文》,苏辙则作此二诗挽之。第一首是说,柳子玉晚年从朝廷辞官退隐,到舒州灵仙观去任观监,是因为他羞于像汉朝的冯唐那样年纪老了还在朝廷任职,而愿意学晋代的葛洪到天柱山去炼丹修道。但铅汞等炼成的药物并未能延缓他的死亡,将他长留人间;因为人生无常,且不坚实,这便如同芭蕉,本是危脆之物,若更开花生实,不久便即枯死。自己打算作一篇《招魂赋》招其魂魄归来,但又怀疑修道者羽化仙去与凡人死亡的风俗不同。第二首写柳子玉诗作精美,绚烂成编;草书淋漓酣畅,放肆纵横。曾与他宛丘携手,共话卜居。他生前美好的风度宛然在目,仿佛仍旧活在世上一样;如今他保身而得善名以终,死后回到故乡,心中也稍稍感到安慰了。自己来到都门之外当初送别他的地方,眼泪不停地流淌,就像眼前的黄河之水泛着波澜一样。此二诗从写柳子玉晚年弃官学道仍不免一死,转到写柳子玉生前才华、与其相处的点滴回忆及自己的哀伤之情,几经跌宕,境界层出,文笔细腻绵密,音调萦绕回环,真情郁勃,哀婉动人。尤其是末句,作者即眼前景,将长河、清泪对举,不仅表达了内心沉痛,在表现手法上也令人叫绝。

注释

〔1〕抽身:谓弃官引退。尘土:指尘世。

〔2〕"潜山"句:意谓柳子玉自请到潜山灵仙观任职。古仙宫,指舒州灵仙观。

〔3〕冯叟:指冯唐。汉冯唐文帝时为郎中署长,年已老。当时,文帝常以匈奴为患,思得良将安边。冯唐乘机为云中守魏尚辩解,指出"赏太轻,罚太重"之失。文帝遂再以魏尚为云中守,而任冯唐为车骑都尉,主管中尉及郡国车士。景帝时,任楚相。武帝即位,求贤良,地方举荐冯唐,时已年高九十余。

〔4〕葛洪:晋丹阳句容人,字稚川,自号抱朴子。为著名神仙家,曾在舒州潜山(天柱山)炼丹修道。今山中仍存其遗迹。

〔5〕龙虎:指道家炼丹所用铅汞等药物。唐李咸用《送李尊师归临川》诗:"尘外烟霞吟不尽,鼎中龙虎伏初驯。"宋苏轼《和章七出守湖州》之二:"鼎中龙虎黄金贱,松下龟蛇绿骨轻。"物化:死亡。

〔6〕芭蕉:多年生草本植物。叶长而宽大,花白色,果实似香蕉,但不能食用。佛教以为,芭蕉本是危脆之物,若更开花生实,不久即枯死。以喻人生无常,亦不坚实。佛经中常用芭蕉比喻虚幻、转瞬即

逝的事物。《佛所行赞》卷二:"虚伪无坚固,如芭蕉梦幻。"

〔7〕骚人:诗人,文人墨客。这里是作者自指。招魂赋:人死之后为了招其灵魂归来所写的文章。楚辞中有《招魂》一篇,汉王逸以为是宋玉作,因"怜哀屈原忠而斥弃,愁懑山泽,魂魄放佚,厥命将落,故作《招魂》"。

〔8〕蝉蜕:蝉自幼虫变为成虫时脱下的壳。道教喻指修道成真或羽化仙去。宋葛立方《韵语阳秋》卷十二:"自左元放蝉蜕之后,金丹九转之妙不闻。"

〔9〕"新诗"句:意谓柳子玉诗作精美且多。锦绣,绣上花纹的锦缎,比喻诗作精美。烂,绚烂。成编,形容作诗之多。关于柳子玉之诗,苏轼在《柳子玉祭文》中亦有言及:"猗欤子玉,南国之秀。甚敏而文,声发自幼。从横武库,炳蔚文囿,独以诗鸣,天锡雄咮。元轻白俗,郊寒岛瘦,嘹然一吟,众作卑陋。"祭文中对柳子玉诗歌的敬服之情溢于字里行间,惜其诗今皆不传。

〔10〕醉墨龙蛇:意谓柳子玉草书淋漓酣畅,放肆纵横。柳子玉善草书,苏轼有《观子玉郎中草圣》诗曰:"柳侯运笔如电闪,子云寒悴羊欣俭。百斛明珠便可扛,此书非我谁能双。"

〔11〕宛丘:地名,在今河南淮阳县东南。春秋时陈国建都此丘之侧。余欢:充分的欢欣。

〔12〕风流:犹风度。美好动人的风韵。

〔13〕乡国:故乡。全归:谓保身而得善名以终。

〔14〕长河:长的河流,此指黄河。北宋都城开封在黄河边。清泪:眼泪。

次韵吕君见赠[1]

偶然倾盖接清言[2],不觉门前昼漏传[3]。老病低摧方伏枥[4],壮心坚锐正当年[5]。莫嫌客舍一杯酒,试论潜山三祖禅[6]。明日程文堆几案[7]，只应衰懒得安眠。

辑自《栾城集》卷一一

解题

此诗作于元丰四年(1081)八月，时苏辙在筠州(治今江西高安)监盐酒税。一天，曾在舒州任团练副使的吕希纯有事筠州，苏辙与其一见如故，在客舍中设酒席招待他，吕希纯赋诗相赠，苏辙则次韵作答。诗中写到他们倾盖如故的情谊，自己年老无用的悲哀，特别提及席间他向吕希纯请教潜山三祖禅宗玄奥，因吕氏官舒州时曾在三祖寺参禅问答。宾主彻夜长谈，直至天亮。筠州远在江西，舒州潜山三祖禅竟然成了他们酒筵上的主要话题，可见"三祖禅"在当时影响之大。诗中对这一事件的特别提及，也表明了作者对舒州的向往。

注释

〔1〕吕君：当指吕希纯。今检《潜山县志·秩官志》，吕姓官舒州且可能与苏辙有交集者有吕希纯、吕大防二人，吕希纯官舒州早于吕大防，二人皆任舒州团练副使之职。考吕大防仕履，天圣四年(1097)贬舒州团练副使、循州安置，行至虔州(治今江西赣州)而病逝，并未实际到舒州任职。故与作者诗后自注"吕前官舒州，问禅潜山"不合。又诗言自己"老病低摧方伏枥"，而吕君"壮心坚锐正当年"，写此诗时作者已老，而吕君尚在壮年，此亦与吕大防(1027—1097)年龄不合，因吕大防年长于苏辙。而吕希纯虽不知其确切年龄，但知其为吕公著次子，吕公著(1018—1089)年长苏辙二十一岁，苏辙年已老而作为公著次子的吕希纯方当壮年，亦在情理之中。吕希纯，北宋大臣吕公著次子，宰相吕夷简之孙。寿州人，字子进。登进士第，为太常博士。元祐初，历宗正、太常、秘书丞，擢起居舍人，权太常少卿。宣仁太后死，立即奏请哲宗勿复行新法，旋授中书舍人、同修国史。出知亳州，

为谏官张商英所劾,任舒州团练副使,徙睦州、归州。祖父夷简曾因废新法而追贬,希纯亦贬居金州、道州安置。徽宗即位,起知瀛州,旋改颍州。崇宁初,入元祐党籍。按,今人戴佳臻编著《苏辙的筠州岁月·苏辙筠州诗文系年》系此诗于元丰四年八月。

〔2〕倾盖:路上相遇,车盖相倾。比喻一见如故。清言:高雅的言论。

〔3〕昼漏传:谓已到白天的时间。漏,漏壶,古代计时的器具。

〔4〕低摧:低首摧眉。形容憔悴的样子。伏枥:马伏在槽上。比喻年老无用。

〔5〕坚锐:坚强敏锐。当年:壮年。指身强力壮的时期。

〔6〕"试论"句:作者自注:"吕前官舒州,问禅潜山。"按,问禅,佛教禅宗用语。即参禅问答之意。又作问话。宋代以后的禅院,逢施主求住持升座说法时,有选派一特定僧人向住持质问的惯例。此质问僧称为禅客,其问答即称"问禅"。

〔7〕程文:此指公文。几案:一种长方形无屉桌案的泛称。

孔平仲

孔平仲,字义甫(一作毅父)。临江新喻(今江西新余)人。英宗治平二年(1065)进士,为集贤校理,江东转运判官,提点江浙铸钱、京西刑狱。哲宗绍圣中,坐党籍谪知衡州。移韶州。元符元年(1098),以上书讥毁先朝政事,谪惠州别驾,安置英州。徽宗立,召复朝散大夫、金部郎中,提举永兴路刑狱,帅鄜、延、环庆。党论再起,罢主管兖州景灵宫。平仲长史学,工文辞。与兄文仲(1033—1088)、武仲(1041—1097)俱以文名,合称"清江三孔"。著有《朝散集》,宋室南渡后已不传。宋宁宗庆元五年(1199),临江守王莲辑孔氏三兄弟遗文,刊成《三孔先生清江文集》四十卷,收平仲《朝散集》二十一卷。并著有《续世说》《孔氏谈苑》《珩璜新论》等传于世。

离合转韵寄常父

舒州寄官舍[1],舍在潜峰下[2]。密迩豫章城[3],山川无十程[4]。音书常络绎[5],日日通消息。况复多唱酬[6],兄埙弟竽笛[7]。秋风鸣竹林,火退避新金[8]。怅望南来雁,长年空此心[9]。

辑自《清江三孔集》卷二六

解题

这是作者在舒州为寄资官时寄给兄长孔武仲的一首离合体五言古诗。所谓"离合"诗,是指先拆开字形,取其一半,再与另一字的一半拼成新字,有文字游戏的性质。也有只离而不合,或只合而不离的。本诗属于前者。如第一联首字"舒"离"予",即为次句首字"舍"。第二联首字"密"离"宓",即为次句首字"山"。第三联首字"音"离"立",即为次句首字"日"。第四联首字"况"离"水",即为次句首字"兄"。第五联首字"秋"离"禾",即为次句首字"火"。第六联首字"怅"离"心",即为次句首字"长"。所谓"转韵",即"换韵"。古代韵文中,除律诗、绝句不得转韵和词曲的转韵须有定格外,古体诗赋和其他韵文每隔若干句就可以转换一韵,转韵一般比较自由。本诗即转了三次韵。常父,即孔武仲,平仲之兄。武仲字常父,仁宗嘉祐八年(1063)进士,累迁礼部侍郎,以宝文阁待制知洪州(治今南昌市),徙宣州。徽宗崇宁元年(1102)坐元祐党夺职。居池州卒。有《宗伯集》传世。据诗"密迩豫章城"云云,平仲此诗当作于其兄武仲以宝文阁待制出知洪州时。全篇写作者身为寄资官居住舒州之际,在潜山天柱峰下的官舍里对在洪州任知州的兄长孔武仲的思念之情。

注释

〔1〕寄官：即寄资官。宋代用以表示资历待遇的一种官称。即本职比附一定的官品，若年限已到则提升若干级仍留用，其被提者称为寄资官，亦可简称为"寄官"或"寄资"。

〔2〕潜峰：潜山有三峰，即皖、潜、天柱三峰。此指潜山。

〔3〕密迩：贴近，靠近。豫章城：即今江西南昌市。

〔4〕程：指以驿站邮亭或其他停顿止宿地点为起讫的行程段落，一程约三十里。唐白居易《从陕到东京》诗："风光四百里，车马十三程。"

〔5〕音书：音讯；书信。络绎：往来不绝。

〔6〕唱酬：以诗词相酬答。

〔7〕埙（xūn）：古代的一种吹奏乐器。陶制，也有用石、骨、象牙制成者。竽笛：都是吹奏乐器。

〔8〕火退：意谓夏天已经过去。五行学说谓夏天为火。汉董仲舒《春秋繁露·五行之义》："五行之随，各如其序。五行之官，各致其能。是故木居东方而主春气，火居南方而主夏气，金居西方而主秋气，水居北方而主冬气。"新金：新秋。五行学说谓秋天为金。

〔9〕"怅望"二句：惆怅地望着从南方飞来的雁群，而你我兄弟却长年分离，对此心中感到空虚。古代称兄弟为"雁行"，故作者见雁飞而触景生情。

新作西庵将及春景戏成两诗
请李师中节推同赋[1] 以下药名

鄙性常山野，尤甘草舍中[2]。钩帘阴卷柏[3]，障壁坐防风。客土依云实[4]，流泉架木通[5]。行当归老去，已逼白头翁[6]。

昨叶何摇落[7],今逢淑景天[8]。山椒红杏火[9],岩石绿苔烟[10]。炉火沉香烬[11],琴丝续断弦[12]。忍冬已彻骨[13],衰白及长年[14]。

辑自《清江三孔集》卷二六

解题

舒州天柱山盛产药材,作者便用药名连缀成篇以言怀,并请时任舒州节度推官的李师中同赋。李当亦有作,然今已不存。此二诗描写了当地春天的风光景物,表现了诗人闲适的情怀。

注释

〔1〕李师中:别本或作"李思中",亦作"李斯中"。李师中生平事迹详本书前作者小传。节推,节度推官之简称。唐置节度推官,为节度使属僚,掌推勘刑狱诉讼。宋沿置,实为郡佐。

〔2〕"鄙性"二句:我鄙陋的本性使自己的乐趣常在于山野之间,尤其喜爱住在茅屋之中。常山,药名,亦称"黄常山""鸡骨常山"。虎耳草科,落叶灌木。根入药,性寒、味苦辛,有毒,能祛痰截疟,主治疟疾及痰积等症。甘草,药名,豆科。多年生草本。根状茎入药,性平、味甘,功能缓中补虚,泻火解毒,调和诸药。

〔3〕卷柏:中药名。卷柏科,别名还魂草、九死还魂草、万年松、一把抓、长生草、打不死。多年生常绿草本,高5—15厘米。生于向阳山坡或岩石上。全株成莲座状,干后向内卷缩,形如握拳。治吐血、便血。

〔4〕云实:中药名。为豆科云实属植物云实的种子。主泄痢,肠澼,杀虫蛊毒,去邪恶结气,止痛,除寒热。其根或根皮,味苦辛,性温,无毒。祛风,散寒,除湿。治感冒咳嗽,身痛,腰痛,喉痛,牙痛,跌打损伤,鱼口便毒。

〔5〕木通：中药名。别名通草、丁翁、万年滕。为木通科木通属植物木通、三叶木通、白木通的干燥藤茎。可治心力衰竭所致的水肿，喘促，小便不利等症。

〔6〕"行当"二句：当归，中药名，为伞形科多年生草本植物当归的根。功能补血活血，调经止痛，润肠通便。白头翁，中药名，即毛茛科白头翁属植物部分种类的根。白头翁根含白头翁皂苷，水解产生三萜皂苷、葡萄糖、鼠李糖等，还含白桦脂酸、胡萝卜苷、白头翁素、原白头翁素等。为燥湿活血止痛药，治产后带下、痔疮肿痛及出血及胃火牙痛。

〔7〕"昨叶何"二句：昨叶何，药名，一名瓦松。苗初生叶似蓬，高尺余，生年久瓦屋上，远望如松，故名瓦松。用苗，味酸，性平。治头风白屑，烧灰淋汁。

〔8〕景天：中药名。别名火焰草，为景天科植物。分布我国西南及湖北、陕西、山西、河北、辽宁、吉林、浙江等地。性苦寒。入肝经。清热解毒，止血。治烦热惊狂，目赤涩痛，吐血、咯血。煎服。治风疹，漆疮，煎水洗；外伤出血，痈疮肿毒，鲜草捣汁涂。

〔9〕山椒：即山椒草，又名塌地草。为荨麻科植物，多年生匍匐草本。治关节扭伤，根可治劳伤咳嗽。

〔10〕石绿：又作孔雀石绿、岩绿青、碧青、大绿等。《本草纲目》卷十《石部·绿青》集解："（李）时珍曰：石绿，阴石也。生铜坑中，乃铜之积气也。铜得紫阳之气而生绿，绿久则成石，谓之石绿……今人呼为大绿。"

〔11〕沉香：中药名。别名蜜香。为瑞香科植物白木香或沉香含树脂的心材。沉香主要产于印度尼西亚、马来西亚、柬埔寨、越南等国。国产沉香（白木香）主产于广东、海南等地，广西、福建等地亦产。性温，能降气和胃，温肾助阳。可治寒性气滞腹痛、肾虚气喘等症。

〔12〕续断：中药名。一名接骨。性苦微温，无毒。能补肝肾，强筋骨。治肝肾不足，腰膝酸痛，脚软乏力等症。并治筋骨伤折，有接骨疗伤作用。又可止血，治妇女月经过多，为妇人胎产崩漏之首药。

〔13〕忍冬：中药名。又名左缠藤、金银花、鹭鸶藤、老翁须、金钗股。为忍冬科植物，花和茎藤入药。有清热解毒，凉散风热之功效。用于痈肿疔疮，喉痹，丹毒，血热毒痢等。

〔14〕白及：中药名，是兰科植物白及的块茎。李时珍曰："其根白色，连及而生，故曰白及。"有收敛止血，消肿生肌功效。用于咳血吐血，外伤出血，疮疡肿毒，皮肌皲裂等。

再　赋

楚泽兰纫佩[1]，蒙泉水洗心[2]。荷锄通草径[3]，戴笠钩藤阴[4]。欲芫休陈事[5]，须甘遂陆沉[6]。谩呈诗藁本[7]，李杜若知音[8]。

郁郁金舒柳[9]，青青黛染槐[10]。繁阴庭侧柏[11]，碎绿井中苔。雨漏芦檐破[12]，风熏草意回[13]。陟厘题短句[14]，自洗笔头灰[15]。

辑自《清江三孔集》卷二六

【解题】

再赋，即再次以前一诗题赋诗。作者似乎以药名为诗成癖，他在舒州为寄资官时，或赋诗言怀，或寄赠友人，以中草药名连缀而成五言诗十余首。作者创作这些诗歌固然有游戏的成分，兼有卖弄赋诗技巧之嫌，但客观上也反映出天柱山地区盛产药材的地理特征。今将此类诗歌一并附录于后，以见舒州天柱山出产药材的丰富多样性。

【注释】

〔1〕泽兰：中药名。泽兰多生水泽下湿地，叶似兰草，故名泽兰。

茎方色青节紫,叶边有锯齿,两两对生,节间微香,枝叶间微有白毛,七月作萼色纯紫,开花紫白色,其根入药,性微温,无毒。主治金疮,痈肿,疮脓。主要用治瘀血所致的胎前产后诸病。

〔2〕洗心:即洗心汤,中医方剂名。治老年性痴呆,脑血管性痴呆及混合性痴呆,脑叶萎缩症,代谢性脑病,中毒性脑病,正压性脑积水等。

〔3〕通草:别名寇脱,离南,葱草,白通草,通花等。为五加科植物通脱木的茎髓。生山侧,茎高五七尺,叶似蓖麻,秋季采收。治阴窍不利,除水肿,利小便,治五淋,明目退热。能催生,治产后乳少或乳汁不行。

〔4〕钩藤:为茜草科常绿木质藤本植物钩藤及其同属多种植物的带钩茎叶,又名双钩藤、嫩钩藤;主要含钩藤碱、异钩藤碱等。性甘、微寒,入肝经。能息风止痉,舒筋活络,清热平肝。多用于惊痫抽搐,关节痛风,半身不遂,癫痫,水肿,跌扑损伤等。

〔5〕蚤休:即草紫河车,金线重楼,俗名七叶一枝花。性苦,微寒,有毒。主治惊痫,摇头弄舌,热气在腹中,癫疾,痈疮,阴蚀,下三虫,去蛇毒。

〔6〕甘遂:又名肿手花根、陵泽。为大戟科植物,块根入药。能刺激肠管,促进肠蠕动,产生泻下作用。主治大腹疝瘕,面目浮肿,留饮宿食等病。

〔7〕藁本:又名藁茇、藁板、薇茎、野芹菜。为伞形科植物藁本根茎及根。《本草纲目》:"以其根上苗下似藁根,故名藁本。"属辛温解表药,有发表散寒、祛风胜湿功能,且善达头巅,故为治疗外感风寒所致巅顶疼痛的常用药,亦可用于治疗手足体癣。

〔8〕杜若:又作杜蘅、杜莲。叶广披作针形,味辛香。主胸胁下逆气,温中,风入脑户,头肿痛,多涕泪出。久服益精,明目轻身。

〔9〕郁金:别名玉金、马莶。为姜科植物温郁金等的块根。有行气化瘀、清心解郁、利胆退黄功效。用于经闭痛经,胸腹胀痛刺痛。

〔10〕青黛:中药名。亦名"靛花"。功能清热泻火、凉血解毒。

〔11〕侧柏：药名。为柏科植物侧柏的嫩枝叶。本品苦涩性寒,善清血热,兼能收敛止血,为治各种出血病症之要药,尤以血热者为宜。

〔12〕漏芦：味苦、咸,性寒,功能为清热解毒,下乳汁。最常用于治乳痈。

〔13〕熏草：一名蕙草,一名香草,一名零陵香。味甘,性平,无毒。明目止泪,疗泄精,去臭恶气,治伤寒头痛,上气腰痛。单用可治鼻中息肉。

〔14〕陟厘：一名石发。生水中石上,状如毛,绿色。可作脯食。味甘,大温,无毒。主心腹大寒,温中消谷,强胃气,止泄痢。

〔15〕笔头灰：即使用年久的兔毫笔头。微寒。主小便不通,小便数难,阴肿,中恶,脱肛,淋沥,烧灰水调服之。

再　　赋

冻地榆抽笋,寒山药长苗。老翁须自白,积雪草方夭。折桂心安在,屠龙胆已消。花前胡不醉,排闷合欢谣。

此地龙舒国,池隍战血余。木香多是橘,石乳最宜鱼。古瓦松杉冷,旱天麻麦疏。题诗云母纸,笺腻粉难书。<small>舒州多柚橘,石井出石鳜、鲩,甚珍。</small>

<small>辑自《清江三孔集》卷二六</small>

再　　赋

百草霜雪死,半天河汉斜。竹含轻紫粉,梅发淡红花。蘸甲香醪酽,搔头垢发华。北亭欢宴罢,灯烛夜明沙。<small>官舍有紫竹、红梅。</small>

起自然铜鼎,烹茶滴乳香。深冬灰正冷,新腊雪须当。
我意空青眼,君才贯众长。唱酬几百合,衰白荷相忘。

辑自《清江三孔集》卷二六

送李师中服阕入京

久客乌头白,家无石斛储。谙寻小草木,心合大空虚。
已耐冬寒过,新知母服除。铜青即金紫,无患子穷居。

辑自《清江三孔集》卷二六

药名离合四时四首

草满南园绿,青青复间红。花开不择地,锦绣径相通。
浆寒饮一石,蜜液和岩桂。心渴望天南,星河灿垂地。
参旗挂疏木,通夕凉如水。银汉耿半天,河桥暝烟紫。
雪片拥颓垣,衣裘冷于甲。香醁不满榼,藤枕欹残腊。

辑自《清江三孔集》卷二六

药名离合寄孙虢州

孙八远在虢,丹霞绚崔苍。耳目虽清远,志愿多参商。
陆沉众人中,白首滞铅黄。耆英绍前烈,当复佐兴王。
朴也才通贯,众安无吠狗。杞菊饭家常,山前消昼漏。
芦雁来蔽空,青眼思朋旧。历日惊晚景,天涯情更厚。

辑自《清江三孔集》卷二六

又一首寄孙虢州

鳜鮠饮石乳,鱼中最温补。字画尚茫然,何由食鲜□。漆林自小足,水绕庵前竹。君性本清高,伊人又闲熟。三堂秋际余,一枕梦回初。斤斧却无事,新诗或起予。

辑自《清江三孔集》卷二六

十三日南湖之集宾主六人谨成诗十韵拜呈[1]

律筦秋灰动[2],铢衣暑服轻[3]。居官半舜牧[4],环坐列周卿[5]。揽辔湖边集[6],谈经席上倾[7]。逸交希李白[8],奇策拟陈平[9]。博弈休言戏[10],韬钤且议兵[11]。续笺诗义白[12],重演卦爻成[13]。午日停龙驭[14],西风驻鹢程[15]。弓钩寒力壮[16],天暮霁华明[17]。绿野接乡遂[18],良辰推甲庚[19]。浴沂人已散[20],终日梦魂清。

辑自《清江三孔集》卷二七

解题

此诗歌咏了作者宾主六人在舒州名胜南湖欢聚的场景。他们骑着马来到湖边集会,其中有的是舒州地方官,有的是朝廷高级官吏。在席上或谈论儒家经义,或吟出像李白那样美妙的诗句,或能像陈平那样提出治国奇策,或博弈,或议兵,或讨论诗的注释,或演绎《周易》卦爻。时当正午,西风徐来,天上有鹢鸟飞翔。宾主六人兴味盎然,一直盘桓到月华初上。当时那种怡然的情景,颇有《论语》中所说的"浴乎沂,风乎舞雩,咏而归"的韵味,事后仍让诗人念念不忘,终日再现于清梦之中。此诗虽从一个侧面表现了舒州南湖的旧日风采,但用典过多,佶屈聱牙,有损于诗的通俗性。

注释

〔1〕南湖:宋潘自牧撰《纪纂渊海·舒州》:"南湖,在郡南,旧名南园。三面依城,古木参天,湖浸甚广。"又《明一统志》:"旧有褰芳堂在湖中,宋李师中有记。"宾主六人:此番南湖之集宾主六人其中或有郭祥正。平仲诗有句云"逸交希李白",郭祥正有"李白后身"之誉(详前郭氏小传),其《寄舍弟》诗中亦言及曾游南湖,郭应为参与此次"南湖之集"者。李师中或亦为参与"南湖之集"六人之一。平仲在舒州时与李交往甚密,李又曾为南湖作《记》。其他三人不详。

〔2〕律筦:用竹管或金属管制成的定音器具,古代亦用以测候季节变化。筦,同"管"。秋灰:古代以苇膜烧制的灰置于律管中以候气,至某一节气,则灰从中飞出。秋灰,指秋季从中飞出的灰,秋灰动,谓秋天已至。

〔3〕铢衣:传说神仙穿的衣服。重量只有数铢甚至半铢。因用以形容极轻的衣服。

〔4〕舜牧:虞舜时的地方长官。牧,指治理一方之长官。此以"舜牧"喻在场的地方官。

〔5〕周卿:西周时天子、诸侯所属的高级长官。此以"周卿"喻在座的朝廷高级官员。

〔6〕揽辔:挽住马缰。指骑马。

〔7〕谈经:谈论儒家经义。喻指长于辞令。

〔8〕逸交:志趣高雅的交游。希:望,仰慕。

〔9〕陈平:汉高祖刘邦的谋士。陈平在协助刘邦统一中国,建立和巩固刘汉王朝所进行的斗争中,曾六出奇计,立下功劳。

〔10〕博弈:博,局戏,用六箸十二棋;弈,围棋。

〔11〕韬钤(tāo qián):古代兵书《六韬》及《玉钤》,后称用兵的谋略为"韬钤"。

〔12〕笺:指注释,以显明作者之意。白:明了,清楚。

〔13〕演:指以蓍草算卦。卦爻:《易》的卦及组成卦的爻合称卦爻。

〔14〕龙驭:《淮南子注》:"日乘车,驾以六龙,羲和御之。"后因以"龙驭"指太阳。

〔15〕驻:止住,阻止。鹢:指一种像鸬鹚的水鸟,能高飞。《左传·僖公十六年》:"六鹢退飞过宋都。"

〔16〕弓钧:《左传·定公八年》:"士皆坐列,曰:'(颜高)之弓六钧。'皆取而传观之。"杜预注:"颜高,鲁人。三十斤为钧,六钧百八十斤。古称重,故以为异强。"谓张满弓用力六钧,后因以指强弓。

〔17〕霁华:明月光。

〔18〕乡遂:周代的行政区划。周制离王城五十里至一百里之间为乡,百里之外二百里之内为遂。后亦泛指都城之外的地区。此指舒州南郊。

〔19〕甲庚:科第与年龄。意谓从科第与年龄上推算都是旧相识。

〔20〕浴沂:语出《论语·先进》:"浴乎沂,风乎舞雩,咏而归。"后多比喻一种怡然处世的情操。

寄 舍 弟

西园草碧色,南湖水绿波。五云亭上意,争奈艳阳何!

辑自《清江三孔集》卷二十一

解题

此诗与前郭祥正《寄舍弟》实为同一诗,仅有一字之别("五云亭",郭诗作"五意亭",盖传抄之讹),当为同一作者所作。考孔氏兄弟三人，文仲、武仲皆其兄长，平仲排行最末，故疑此诗非平仲作。又考平仲有诗曰《十三日南湖之集宾主六人谨成诗十韵拜呈》（见前所收），诗有句云"逸交希李白"，郭有"李白后身"之誉（详前郭氏小传），盖平仲、郭祥正皆参与此次"南湖之集"者，集会后郭有诗《寄舍弟》，平仲得之，后人误将其编入集中。

杨　杰

杨杰，字次公，自号无为子，宋无为军（治所在今安徽无为）人。仁宗嘉祐四年（1059）进士。神宗元丰中官太常博士。哲宗元祐中为礼部员外郎，出知润州，除两浙提点刑狱。卒年七十。著有文集二十余卷、《乐记》五卷，已佚。高宗绍兴十三年（1143），知无为军赵士粲编次其诗文为《无为集》十五卷；其有关释老二家诗文另编《别集》十卷，今佚。

潜　山　行

昔年会稽探禹书[1]，探得六甲开山图[2]。图载潜南天柱山，上侵霄汉下渊泉。真人秘语世不传，但见绝顶蒙云烟。汉武射蛟浮九江，舳舻千里来枞阳。筑坛祈仙瞻杳茫，茂陵桧柏空青苍。石牛一卧叱不起[3]，白鹿还归深洞里[4]。二月灵鹤有时来[5]，洞口桃花泛流水[6]。

辑自《无为集》卷三"古诗"，又见《宋百家诗存》卷六

【解题】

这是一首写到潜山游览的七言歌行体古诗，与方志载徐俯作《望潜峰》题虽异而诗相同。杨杰年略长于徐俯，未知此诗究竟为谁人所

作。今两诗并予收录,以俟考证。在此诗中,作者歌咏了天柱山悠久的历史与神话传说,回顾了汉武帝巡狩南郡时来天柱山筑坛祭仙这一历史事件,介绍了石牛、鹤驾、桃源洞等名胜古迹。诗歌虽多用典,但作者巧妙地将典故化入诗句中,娓娓道来一气贯注,毫无佶屈聱牙之感,且画面形象生动,体现了较高的创作技巧。

注释

〔1〕禹书:《宋百家诗存》卷六《无为集》作"禹穴"。禹穴,在会稽山阴,昔黄帝藏书处。禹治水至会稽山,得黄帝《水经》于穴中,按而行之,而后水土平,故曰"禹穴"。后二千余年,而司马迁氏来,探书禹穴归而作《史记》,文章焕然,为百代冠,说者谓是得山川之助。

〔2〕六甲开山图:书名,又称《遁甲开山图》。荣氏撰,三卷,《隋书·经籍志》曾著录,后佚。《汉唐地理书钞》有辑录。其书所记皆天下名山及上古帝皇发迹之处,其中多为神话传说。

〔3〕石牛:潜山山谷寺(亦称三祖寺)西溪水旁有大石如牛卧,有洞曰石牛洞,为山中胜景之一。

〔4〕白鹿:天柱山山谷寺东一里处白鹿冈岩下旧有白鹿洞,为山中名胜。据唐阳玿《司命真君祠碑》载,天宝九载春三月,唐玄宗遣中官王越宾、道士邓紫虚赍内府缯帛至天柱山创置司命真君祠宇。为选基址,多次设坛醮祭,焚香诚请,乃有二白鹿现于高冈示祥,遂得其地。

〔5〕二月灵鹤:相传潜山有"鹤驾",每年二月,各方仙人驾灵鹤飞来拜见山中司命真君。宋张春《鹤驾词并引》:"潜山之有鹤驾,或谓来经庐阜。率以岁仲春期其至,道家者类言之。元丰间,李公择为诗引,可言不诬。绍兴己卯二月十有五日,有自西南来,如甲马千骑,衔枚顿辔,肃然而行彝途也。仰而视之,盖所谓鹤驾者。乘云御风,颉颃九霄之上。先后行列,悉有遐征远引之势。俄有数千百回翔飞舞,当天之中,侧势鼓翼。傍射阳光,色如烂银,混荡下饬,又若浪花

翻白而涌江河。去也稍远,益入于寥廓不可得而见矣。呜呼,神仙之事难详也。"《(乾隆)江南通志》卷三十四《舆地志》:"鹤驾,在潜山县城外。"

〔6〕"洞口"句:写桃源洞。桃源洞在潜山茶庄西侧的仙桃崖下,洞旁旧有野桃,花开五色,世称仙桃。

张商英

张商英(1043—1121),字天觉,号无尽居士,蜀州新津(今属四川)人。英宗治平二年(1065)进士,授通川县主簿,知南川县。神宗熙宁四年(1071),以章惇荐,权检正中书礼房公事;五年,权监察御史裹行,坐事监荆南税。哲宗元祐元年(1086),授开封府推官,屡诣执政求进,反对稍更新法。出提点河东刑狱,连使河北、江南、淮南等路。哲宗亲政,召为右正言、左司谏,力攻元祐大臣司马光、吕公著等。元符元年(1098),为江淮荆浙等路发运使。召为工部侍郎,迁中书舍人。徽宗建中靖国元年(1101),以户部侍郎召改吏部、刑部,为翰林学士。崇宁初,除尚书右丞,迁左丞。以与蔡京议政不合,谪知亳州、蕲州。入元祐党籍,提举舒州灵仙观。大观四年(1110),除资政殿学士。顷除中书侍郎,拜尚书右仆射,变更蔡京所为,为政持平。政和元年(1111),为台臣疏击,出知河南府,寻落职邓州。再谪汝州团练副使,衡州安置。宣和三年卒,年七十九,赠少保。著述甚富,原有集一百卷,已佚。

游潜山叙寄苏子平

商英与子平别于广汉二十八年[1],元祐癸酉会舒州,遂相与游潜山。四月丁巳,出北门,遵松径行十里,至灵仙观。登正门半里许,有泉出松腹中,名普光明泉。又百步,登五云亭;更衣,进谒司命天尊[2]。时峰峦敛气,云雨偕霁[3]。出山,入谯门以别[4]。薄暮,宿独山驿[5]。感物念昔,作叙诗梗概以寄。

少年相别老相逢,月满潜山照肺胸。恩录破除仙录在[6],世缘消灭道缘浓[7]。寻思钝鸟难如鹤[8],些拟夭桃却是松[9]。九井共投青竹简[10],谁知老子自犹龙[11]。

辑自《(康熙)潜山县志》卷一二《艺文下》

解题

《(康熙)潜山县志》著录此诗为张商英作,题下有小注曰:"张商英,丞相。"至乾隆李载阳修《潜山县志》,题下已无"张商英,丞相"五字,盖漏抄。古人纂书体例:若同一作者名下收录诗或文多篇,有时仅于第一篇下标以名氏,余则不标,以省笔墨。各本《潜山县志》均仿此例。此诗前首为苏轼《次韵昭倅李通值》诗,《乾隆志》于《游潜山叙寄苏子平》诗下漏载作者姓名,遂使人误以为此诗亦苏轼所作。至民国九年刘廷凤氏编《潜山县志》,非但沿袭其误,且卷二十八《艺文志·金石》于"苏子平题名"下,径谓"苏子瞻有《游潜山叙寄苏子平》诗"。盖刘氏纂书之时,未曾经见《康熙志》,其录前代之事仅凭借《乾隆志》而已。据王象之《舆地纪胜》,张商英尚有《游潜山记》,可惜今已不传。诗中所称苏子平,其人不详。参见前郭祥正《寄致政苏子平大夫》诗解题。此诗全篇借写游潜山发端,抒发了诗人胸中不平垒块。

注释

〔1〕广汉:郡名。汉高帝六年(前201)分巴、蜀二郡置。治雒县乘乡(今四川金堂县东),东汉移治雒县(今四川广汉市北)。西汉辖境相当今甘肃文县、陕西宁强两县和四川广元市、剑阁、蓬溪以西,遂宁市、新都以北,什邡、平武以东地区。其后渐小。

〔2〕司命天尊:老子的徽号。道教本称老子为太上老君。唐高宗时追尊为太上玄元皇帝,至玄宗时又加号为大圣祖玄元皇帝。宋

真宗时,因唐故事,上徽号为九天司命天尊。潜山旧有九天司命天尊祠,号曰灵仙观,后改曰真源万寿宫,简称真源宫,最盛时有房舍三千六百余间。

〔3〕霁:雨止天晴。

〔4〕谯门:建有瞭望楼的城门。

〔5〕独山驿:驿站名。具体位置不详,当在舒州。

〔6〕恩禄:朝廷赏赐的禄位。仙禄:仙家的禄位。

〔7〕世缘:俗缘、尘缘,即人世间的缘分。道缘:与道家的因缘。

〔8〕钝鸟:笨鸟。

〔9〕"些拟"句:稍许模仿别人画一点桃花,却画成了松树。比喻事与愿违。拟,效法、摹拟。夭桃,《诗·周南·桃夭》:"桃之夭夭,灼灼其华。"后以"夭桃"称艳丽的桃花。

〔10〕"九井"句:意谓在九井里投下了上面载有道家符箓的竹制简札。九井,在潜山天柞宫前。参见前王安石《九井》诗注。青竹简,竹制的简札,指道家的符箓。

〔11〕犹龙:谓道之高深奇妙,如龙之变化不可测。语出《史记·老子韩非列传》:"孔子去,谓弟子曰:'……至于龙吾不能知,其乘风云而上天。吾今日见老子,其犹龙邪!'"亦称有道之士。

黄　裳

　　黄裳(1044—1130),字冕仲,一作勉仲,一云字道夫,号演山。延平(今属福建南平)人。神宗元丰五年(1082)进士第一,累迁端明殿学士、礼部尚书。《四库全书总目》引《福建通志》云:"政和、宣和间三舍法行,裳上书谓宜近不宜远,宜少不宜老,宜富不宜贫,不如遵祖宗科举之制,人以为确论,要亦伉直有守之士。"又谓"裳素喜道家玄秘之书,又自称紫元翁,往往爱作尘外语"。工诗能文,作品多以儒学为宗,部分作品亦有飘然物外之气。其诗骨力劲健,兼众体而有之。著有《演山集》传世。

赠崔风子

崔风不风人莫测,只恐时人问消息。子闻妙道今几年,百刻光阴贯今昔。天柱峰头独看月,火里青龙产芽雪[1]。屋上无霜春势强,十二危楼电光彻。剑潭居士心相从[2],何时遂扣逍遥翁[3]。自知心骨异凡物,岂愿老死浮生中!

辑自《演山集》卷四

解题

崔风子,即崔之道。风子,即疯子,亦指佯作颠狂或浪荡不检之人。宋王象之《舆地纪胜》卷第四十六《淮南西路·怀宁县·仙释》:"崔仙翁,名之道,舒州人,为真源宫道士。尝游石幢岭,见二仙人对棋,与崔一棋子,令吞之。自此言人祸福辄验。黄裳未第日,见之,云:'速去,速去!状元,状元!'明年果举进士第一。后尸解而去。"

此诗与下首《道中有作呈崔风子》即记述了诗人黄裳尚未举进士时与舒州真源宫道士崔之道的一段交往因缘。诗中描写了潜山山中道教建筑,讨论了道家玄理,歌咏了宫观里炼丹情景和自己至潜山寻仙访道的经历。从中可见舒州潜山浓郁的道教气氛和作者当时的心境。前人说黄裳"往往爱作尘外语",部分作品"亦有飘然物外之气",当指此类诗歌而言。

注释

〔1〕火里青龙产芽雪:写炼丹。
〔2〕剑潭居士:作者自谓。剑潭,即延平津。在今福建南平市东南。相传为"龙泉"、"太阿"双剑沉水之处。居士,佛教名词。指称在家奉佛者。作者为延平人,故自称"剑潭居士"。

〔3〕扣:同"叩"。叩问,请教。逍遥翁:此指崔之道。

道中有作呈崔风子

有分寻真莫道难[1],蓬莱诗句请君看[2]。双轮转出三清路[3],二气烧成九转丹[4]。烟霭楼台金虎绕,雪霜宫殿玉龙盘[5]。解颜为向潜山近[6],天柱峰头月夜寒。

辑自《演山集》卷九

注释

〔1〕寻真:寻访仙道高僧或隐逸之人。
〔2〕蓬莱诗句:指所作游仙诗。蓬莱,古代传说中的神山,亦常泛指仙境。
〔3〕双轮:指日月。三清:道教认为人天两界之外的三处仙境。即玉清、上清、太清三清境。亦称"三清天"。据说是由玄、元、始三气化成,为神仙所居最高仙境。
〔4〕二气:指阴阳二气。九转丹:道家烧炼金丹以经九次提炼为贵,谓服此可成仙,因称此丹为九转丹。
〔5〕"烟霭"二句:写宫观建筑。意谓烟霭之中,霜雪之下,楼台宫殿为金色的虎和玉雕的龙等饰物所盘绕。
〔6〕解颜:开颜,欢笑。

三　　祖

入道从来自有缘,许谁心地是金仙[1]?如来止止教休说,妙法难思莫妄传[2]。衣法曾传莫己知[3],两山禅定了何疑[4]？本无一物非何有[5]，大道宁嫌得小儿[6]！地种精华总是无[7]，无中和会一神珠。前缘谁是传衣子，水月如心可上图[8]。

辑自《演山集》卷三六

【解题】

三祖，即僧璨，又作僧粲，曾跟随二祖慧可学佛数年，后得授衣钵，被尊为中国佛教禅宗三祖。祖庭在舒州皖公山（天柱山）山谷寺，又称三祖寺。诗人此次潜山之行，既参观了山中的道教宫观，又拜谒了三祖祖庭，此诗即拜谒三祖祖庭时所作。诗中叙说了三祖得二祖传授佛法之事，讨论了主张心无万物、心即是性、直指本心即能顿悟成佛等禅宗法门。由此诗看，诗人对佛教禅宗教义造诣颇深。

【注释】

〔1〕心地：佛教术语，指心，即思想、意念等。佛教认为，心为万物之本，能产生一切事物和现象，故称之为心地。《心地观经》卷八："众生之心，犹如大地，五谷五果从大地生……以是因缘，三界唯心，心名为地。"金仙：指佛。《释氏稽古略》卷四："宋徽宗宣和元年，诏改佛为大觉金仙"。

〔2〕"如来"二句：《法华经·方便门》："止止不须说，我法妙难思。"如来，佛的十种名号之一。止止，停止，止住。

〔3〕衣法：指衣与法。禅宗传法时，以传付法衣（袈裟）为表征，故称衣法。莫己知：没有人知道自己。《五灯会元》卷一："三祖僧璨大师者，不知何许人也。初以白衣谒二祖，既受度传法，隐于舒州之皖公山。属后周武帝破灭佛法，祖往来太湖县司空山，居无常处。积十余载，时人无能知者。"

〔4〕两山：指舒州皖公山、司空山。禅定：佛教"三学"（戒律、禅

定、智慧)之一。《翻译名义集》卷四："防非止恶曰戒,息虑静缘曰定,破惑证真曰慧。"一心审考为禅,息心凝虑为定。佛教修行者以为静坐敛心,专注一境,久之达到身心安稳、观照明净的境地,即为禅定。了何疑:没有一点疑问。

〔5〕"本无"句:意谓世上本来就没有任何一种事物,哪里还有什么尘埃呢?《六祖坛经》所载六祖慧能得法偈,说"菩提本非树,明镜亦非台,本来无一物,何处惹尘埃"。

〔6〕"大道"句:大道难道因为是小孩子就不能得之吗?大道,最高的道理,这里指佛法。嫌,妨碍。禅宗认为,不论大人小孩,只要直指本心,便能成佛。

〔7〕"地种"句:《法宝坛经》:"第三祖僧璨和尚颂曰:花种虽因地,地上种化生;花种无性生,于地亦无生。"

〔8〕"水月"句:谓心如水、如月亮般清明,便能得到佛法。

黄庭坚

黄庭坚(1045—1105),字鲁直,自号涪翁,又号山谷道人。洪州分宁(今江西修水)人。英宗治平四年(1067)举进士,调叶县尉。后教授北京国子监。苏轼见其诗文大为激赏,由是名声始振。神宗元丰二年(1079)知吉州太和县,六年移监德州德平镇。哲宗立,召秘书省校书郎,元祐元年(1086)任《神宗实录》检讨官。六年,《实录》成,擢起居舍人。八年,为秘书丞,提点明道宫,兼国史编修官。绍圣元年,贬涪州别驾、黔州安置。元符元年移戎州。徽宗起知舒州。以吏部员外郎召,辞不赴。崇宁元年(1102),知太平州,为转运判官陈举所劾除名,羁管宜州;四年,卒于宜州贬所。与张耒、晁补之、秦观俱游苏轼门,时称"苏门四学士",而庭坚于诗影响尤大,于元祐间即与苏轼并称"苏黄"。其诗以杜甫为宗,有"夺胎换骨""点铁成金"之论,语言生新瘦硬,音节拗峭挺拔,开创"江西诗派",在宋代影响颇大。书兼行、草,楷法亦自成一家,与苏轼、米芾、蔡襄合称"宋四家"。著作有《豫章黄先生文集》、《山谷诗》内、外、别集等。

题山谷石牛洞[1]

司命无心播物,祖师有记传衣[2]。白云横而不度,高鸟倦而犹飞[3]。

辑自《山谷内集诗注》卷一,又见《豫章黄先生文集》卷一二

解题

石牛洞在舒州天柱山山谷寺西山谷间。三十年前王安石在舒州任通判时,便曾夜宿山谷寺,与道人文锐、弟安国拥火游石牛洞,次日又游,刻六言诗于石壁间。黄庭坚面对荆公旧作,也兴致勃勃地写下了这首六言绝句:东边有真心化育万物的九天司命真君祠宇,西边是受二祖传授佛法的禅宗三祖祖庭。我置身皖公山谷眺望着天空,只见白云横亘,似乎定格在那里而不愿飘去;高飞的鸟儿虽然疲倦了,却仍旧在飞翔。这首六言诗描述的是一幅清新动人的画面,虽然语调平静,但从独特的意象中可窥诗人心迹。那横而不度的白云,似乎表明诗人想永远留在这风景清幽的道佛二教圣地;倦而犹飞的高鸟,则表明诗人虽累遭贬谪,却还想去仕途做一番挣扎。有传记中说,黄庭坚爱舒州山谷寺林泉之乐,愿在这里以终老。但他最终还是离去了。诗人之所以没有实践自己的诺言,其实在这首诗中已显露出思想的端倪。

注释

〔1〕宋任渊注此诗曰:"石牛洞在舒州三祖山。皇祐中,王荆公通守舒州,尝题诗云:'水泠泠而北出,山靡靡以旁围。欲穷源而不得,竟怅望以空归。'故山谷亦拟作。"宋黄𮬇《山谷年谱》卷十一:"(元

丰三年)十一月小寒日上潜峰。先生有题名石刻云：'建康李参，彭蠡李秉彝、秉文，磁湖吴择宾，华阳丘揖，豫章黄廷坚，岁庚申日小寒，过饭而西上潜峰谒司命。所过道人寝室将十区，便房曲阁，所见山皆不同，辄有佳处。行憩宝公井，瞻礼粲禅师塔，坐卧傅岩亭下，下酒岛，归宿晓老生生堂西阁下。漏下十刻所。'以长历考之，即元丰三年十一月二十一日也。"据《年谱》，此诗当为本次游潜峰时所作。《(康熙)安庆府志》卷之三十《诗》著录此诗为赵君绰作，误。

〔2〕"司命"二句：宋任渊注："潜山在舒州怀宁县北，有九天司命真君祠。山谷寺在县西，有三祖僧璨大师塔。《汉书·贾谊赋》曰：'大钧播物，坱北无垠。'《传灯录·达摩传》：'以袈裟授慧可曰：内传法印，以契证心；外付袈裟，以定宗旨。汝今受此衣，用以表明其化无碍。至吾灭后二百年，衣止，不传法周沙界。'"无心，指脱解邪念、朴实无华的真心；播物，化育万物。传衣：谓传授师法或继承师业，此指传授佛法。参见黄裳《三祖》诗注。

〔3〕"白云"二句：宋任渊注："退之诗：'云横秦岭家何在？'老杜诗：'野留行地日，江入度山云。'《汉书·韩信传》曰：'高鸟尽，良弓藏。'渊明《归去来词》曰：'鸟倦飞而知还。'"度，过，此指飘走。高鸟，高飞的鸟。

书石牛溪旁大石上[1]

郁郁窈窈天官宅[2]，诸峰排霄帝不隔[3]。六时谒天开关钥[4]，我身金华牧羊客[5]。羊眠野草我世间，高真众灵思我还[6]。石盆之中有甘露[7]，青牛驾我山谷路[8]。

辑自《山谷外集诗注》卷一〇

【解题】

石牛溪在石牛洞和山谷泉之间，溪水从青牛石旁流过，两岸青山翠竹,林木茏葱。此诗由眼前所见天柱山景物发端,将其与神话传说、历史典故巧妙地糅合在一起,亦典亦景,典景交融,既表现了诗人骑石牛赏林泉的得意心态,也为山谷寺石牛洞增添了古老幽胜的动人色彩。

注释

〔1〕宋史容注:"《同安志》云:石牛洞在三祖山山谷寺之西北,其石状伏牛,因以为名。李伯时画鲁直坐石牛上,因此号山谷道人,题诗石上,所谓'青牛驾我山谷路'也。"

〔2〕郁郁:旺盛貌。窈窈:深冥貌,幽暗貌。天官:道教所奉三官之一,三官即天官、地官、水官。也泛指天上神仙居官者。宋史容注:"《黄庭经》云:'郁郁窈窈真人墟。'真人即天官也。"天官宅,此指天柱山司命真君祠宇,即灵仙观,后称真源宫。

〔3〕"诸峰"句:意谓天柱山众多的山峰排列着直入云霄,与天帝没有阻隔。排霄,排列而直入云霄。

〔4〕六时:古分一昼夜为十二时,昼夜分言,则谓"六时"。常以指白日。

〔5〕金华牧羊客:借称世外之人。典出晋葛洪《神仙传·黄初平》。略谓:皇初平者,丹溪人也。年十五,家使牧羊,有道士见其良谨,便将至金华山石室中四十余年,不复念家。其兄初起,入山寻索,历年不得。后见市中有一道士,问:"吾有弟名初平,因令放羊,失之四十余年,莫知生死所在,愿道君为占之。"道士曰:"金华有一牧羊儿,姓皇名初平,是卿弟非耶?"初起闻之,即随道士去,遂得相见,悲喜。语毕,问初平:"羊何在?"曰:"近在山东。"初起往视之,不见,但见白石而还。谓初平曰:"山东无羊也。"初平曰:"羊在耳,但兄自不见之。"初平与初起俱往,初平叱曰:"羊起!"于是白石皆变为羊数万头。初起曰:"弟独得仙道如此,吾可学否?"初平曰:"惟好道便可得之。"初起便弃妻子,留住就初平学,共服松脂茯苓,至五百岁,能坐在

立亡,行于日中无影,而有童子之色。后乃俱还,乡里诸亲族死亡略尽,乃复还去。唐李白《古风》之十七:"金华牧羊儿,乃是紫烟客。"宋杨万里《饮酒》诗:"我本非搢绅,金华牧羊儿。"

〔6〕高真:得道成仙之人。众灵:诸神。

〔7〕甘露:甘美的露水。古人认为甘露降,是太平瑞征。仙家以为饮之可得长生。唐舒州刺史宇文适曾奏天柱山东南山谷寺降甘露,崔元翰作《为百官贺舒州甘露表》;宋朝淳化三年,舒州灵仙观降甘露,地方官以之闻于朝,杨亿于学士院试《舒州进甘露颂》,遂赐及第。"石盆之中有甘露"当本此。

〔8〕青牛:《史记·老子韩非列传》:"于是老子乃著书上下篇,言道德之意五千言而去,莫知其所终。"唐司马贞《索隐》引汉刘向《列仙传》:"老子西游,关令尹喜望见有紫气浮关,而老子果乘青牛而过也。"后因以"青牛"指神仙道士之坐骑。宋史容注:刘向《列仙传》:李耳,字伯阳,陈人也。生于殷时,为周柱下史,转为守藏吏,积八十余年。后周德衰,乃乘青牛车去入大秦。西过关,令尹喜知其真人也,乃强使著书,作《道德上下经》。"舒州石牛洞有青石如牛状卧溪水旁,作者将之比作神仙道士之坐骑"青牛"。

题山谷大石

畏畏佳佳石谷水[1],冬冬隆隆山木风[2]。炉香四百六十载[3],开山者谁梁宝公[4]。

辑自《山谷外集诗注》卷一〇

解题

这是一首题刻在潜山山谷寺大石壁上的七言绝句,全诗赞扬了南朝梁武帝时宝志和尚来这座名山创建寺院的历史功绩。诗中以

"石谷水"与"山木风"对举,既是寺院周围环境的真实写照,又隐含着山川依旧、人事已非的历史沧桑感,能引发人们对宝志这位开山祖师的怀念与景仰。

注释

〔1〕畏畏佳佳:高峻参差貌。宋史容注:"《庄子·齐物篇》:'山林之畏佳。'注云:大风之所扇动也。释音云:畏,于鬼反;佳,醉癸反。"

〔2〕冬冬隆隆:象声词。冬冬,多形容鼓声。隆隆,雷声。这里均状风声。

〔3〕"炉香"句:谓寺院自创建以来香火不断,至今已有四百六十年。

〔4〕开山:在名山创立寺院。志公:指宝志。宝志,南朝僧,世称宝公或志公。金城人,俗姓朱。少出家于京师道林寺。宋明帝泰始中,出入钟山,往来都邑。好作预言,语如谶记,当时帝王士庶皆奉为神僧而信奉之。今有《十二时歌》《十四科颂》《大乘赞》《禅宗法语》《公镜图》《四柱记》《宝公符》等传于世。梁武帝天监六年(507),宝志来舒州潜山卓锡开山。《神僧传》卷四:"舒州潜山最奇绝,而山麓尤胜,志公与白鹤道人皆欲之。天监六年,二人俱白武帝。帝以二人皆具灵通,俾各以物识其地,得者居之。道人云:'某以鹤止处为记。'志云:'某以卓锡处为记。'已而,鹤先飞去,至麓将止,忽闻空中锡飞声,志公之锡遂卓于山麓,而鹤惊,止他所。道人不怿,然以前言不可食,遂各以所识筑室焉。"

题 潜 峰 阁[1]

徐老海棠巢上[2],王翁主簿峰庵[3]。梅花破颜冰雪,绿丛不见黄甘[4]。

辑自《山谷内集诗注》卷一，又见《豫章黄先生文集》卷一二

解题

潜峰阁原在舒州州治之通判厅，王安石任舒州通判时曾读书其中（详《次韵昌叔怀潜楼读书之乐》诗注）。后此处属淮南西路提刑司。元丰二年（1079），黄庭坚六舅李常来任淮南西路提点刑狱，潜峰阁即在其治所内。阁边植有梅花数本并柑橘几株，李氏经常与客盘桓其中；并曾作《梅花》诗、采庭中之"黄柑"寄给在黄州贬所的苏轼。黄庭坚此次来舒州已为冬季，他与当地著名医者徐佺、主簿山禅僧王道人一起到潜峰阁作客，只见早梅正在绽放，红花绿叶，在晶莹洁白的冰雪背景衬托下，显得格外好看；可惜的是绿色的树丛中没有见到黄柑。黄柑哪里去了呢，也许是主人寄给苏轼了吧！

注释

〔1〕潜峰阁：宋任渊注："阁在舒州提刑司。"

〔2〕"徐老"句：宋任渊注："徐佺乐道，隐于药肆中。家有海棠数株，结巢其上。时与客巢饮其间。"

〔3〕王翁句：宋任渊注："王道人参禅四方；归，结屋于主簿峰上。尝有毛人至其间问道。"《方舆胜览》卷四十九《安庆府》："主簿山，在玉镜山之东。昔唐相毕諴读书于此。"《（乾隆）江南通志》卷十五《舆地志》："玉镜山，在潜山县北。……山东有主簿山。"

〔4〕"梅花"二句：宋任渊注："乐天诗：'一放狂歌一破颜。'东坡《和李公择梅花诗》云：'何人慰流落，嘉花天为种。'又《怀公择》诗云：'我有同舍郎，官居在潜岳。遗我三寸柑，照坐光卓荦。'时公择作淮西宪使，治所在舒州。"梅花，一本作"梅蕊"。绿丛，绿色的树丛。黄甘，即黄柑。柑的一种。《文选·司马相如〈上林赋〉》："黄甘橙楱。"郭璞注："黄甘，橘属而味精。"

次韵公择舅[1]

昨梦黄粱半熟[2],立谈白璧一双[3]。惊鹿要须野草[4],鸣鸥本愿秋江。

辑自《山谷内集诗注》卷一

解题

这是黄庭坚本年来舒州游览时,步其六舅李常诗歌原韵写的一首和诗,李常的原诗未能留传下来。诗人说,他过去的岁月像做了一场黄粱美梦,以为高官显爵瞬间可致。如今经历了官场的挫败,自己如同受惊的野鹿,只求衣食不缺,并能像江上的鸥鸟那样自由自在、无拘无束地生活就行了。诗歌反映了作者被贬谪时抑郁的心境。

注释

〔1〕公择:指李常,常字公择。

〔2〕黄粱:指黄粱梦。喻虚幻的事和不能实现的欲望。

〔3〕立谈:比喻时间短暂。汉扬雄《解嘲》:"或七十说而不遇,或立谈而封侯。"唐卢照邻《对蜀父老问》:"或立谈以邀鼎食,或白首而甘布衣。"白璧:喻指官爵。宋任渊注:"《史记·虞卿传》曰:'说赵孝成王一见赐黄金百镒、白璧一双。'唐人王建六言诗曰:'再见封侯万户,立谈赐璧一双。'"

〔4〕"惊鹿"句:宋任渊注:"嵇康《绝交书》曰:'禽鹿志在丰草。'"

同苏子平李德叟登擢秀阁[1]

筑屋皖公城[2],木末置曲栏[3]。岁晚对烟景,人家橘柚间[4]。独秀司命峰，众丘让高寒[5]。松竹二桥宅[6]，雪云三祖山[7]。衰怀造胜境，转觉落笔难[8]。苏李工五字，属联不当悭[9]。

辑自《山谷外集诗注》卷一〇

解题

黄庭坚与同游者来到舒州城北，登上一座高阁凭栏眺望。当他得知此阁乃陈莹中读书处，莹中由此发迹登第，当即便挥毫题写"擢秀阁"三字，并即兴赋下此诗。诗中着力描写了登阁时所目睹的城中建筑与城北的山水景物。皖公城里房屋的曲栏在树梢间隐约可见，自己面前到处都是云烟缭绕的景色，民宅住户散落在橘树柚树这些常绿乔木之间。远处有一座突出的山峰，上有九天司命直君祠。城东有三国时乔公故居，其二女为孙策、周瑜所得，传为佳话；如今那里被青松翠竹环绕着。而城西北的三祖山，是僧璨大师传法圣地，山上笼罩着降雪的阴云。诗人认为，以他那样一个被贬官者的衰颓情怀，无法写出眼前胜景，所以想请同行的苏子平、李德叟二人一展才笔。苏李二人想亦有诗吟咏此次胜游，可惜已经见不到了。

注释

〔1〕宋史容注："《同安志》曰：'擢秀阁在舒州彰法寺，乃陈莹中读书处，自此登第。黄鲁直名而书之。城中楼观与城北山水，凭栏尽见。'宋黄㽦《山谷年谱》卷十一："又《擢秀阁》诗后题云：广陵苏子平、南康李德叟、章水黄鲁直庚申小寒后一日同来观潜山天柱雪。"按，今各本此诗后无此题跋。

〔2〕皖公城：简称皖城，即舒州城（今为潜山县治）。因舒州州治春秋时为皖国地，故称。

〔3〕"木末"句：谓擢秀阁上曲折的栏杆就像安置在树梢上一样。形容擢秀阁之高峻。

〔4〕"岁晚"二句：一年将尽时我面对的是云烟缭绕的景色，民宅住户都坐落在橘树柚树这些常绿乔木之中。

〔5〕"独秀"二句：司命峰独自超群出众，与它的高峻严寒相比，其余众山要逊色不少。司命峰，潜山山峰之一，以山有九天司命真君祠而得名。宋史容注："《同安志》：司命峰至皖山二里，有九天司命真君祠。"

〔6〕二桥宅：宋史容注："《同安志》：孙策、周瑜得桥公二女。今郡城东有佛庐，世传为公故宅。"

〔7〕"雪云"句：宋史容注："山谷寺在怀宁县西，有三祖僧璨大师塔。"

〔8〕"衰怀"二句：我带着衰颓的情怀造访这风景优美之地，转而觉得难以下笔了。

〔9〕"苏李"二句：谓同游者中苏子平、李德叟二君擅长五言可比苏武、李陵，属辞作诗不应当吝惜笔墨。苏李，宋史容注："《文选》李陵、苏武相赠答诗皆五字句，以比二子，取其同姓。"五字，指五言诗。属联，指作诗。

灵龟泉上

大灵寿日月，化石皖公陂[1]。偶无斧斤寻[2]，不作宰上碑[3]。倾首若有谓，指泉来自西。泉甘崖木老，坐啸欲忘归。风流裴通直[4]，商略从我嬉[5]。苔梅盈百科[6]，洗石出崛奇[7]。更约聘石工，镵我灵龟诗。舅弟李德叟，亦复古须眉[8]。卿家北海公，笔法可等夷[9]。为我书斯文，要与斗牛垂[10]。

辑自《山谷外集诗注》卷一〇

> **解题**

灵龟泉在舒州皖口之西四十里长安岭下。元丰三年(1080),黄庭坚在此巧遇祖居婺州的隐士张庾民。庾民字翔父,唐代著名诗人并开创词坛的"烟波钓徒"张志和之后裔。张庾民仕途不顺,乃仿效先祖浪迹生涯,离井背乡,迁至舒州过着隐居生活。黄庭坚与张庾民虽素昧平生,但有同乡之谊,且气味相投,因此一见如故,煮泉品茗,逗留徘徊泉上数日。庾民斫土出石,如龟伏而吐泉;于是黄庭坚乃命名此泉为"灵龟泉",并嘱同游者裴宪之于泉之周围斩去恶木,植梅百本。又嘱擅长书法的舅弟李德叟书其所作《灵龟泉铭》,聘请石工刻于石上,以图不朽。此诗即歌咏了这一事件始末,字里行间跳动着作者无比轻快的心情。

> **注释**

〔1〕"大灵"二句:神龟寿比日月,如今化作巨石在皖公陂中。大灵,指灵龟。

〔2〕斧斤寻:宋史容注:"《左传·文七年》:谚所谓庇焉而纵寻斧焉者也。"寻斧,用斧。

〔3〕宰上碑:即墓碑。宰,指坟墓。

〔4〕风流裴通直:风流,潇洒,放逸。通直,唐、宋时文散官位名,从六品下。裴通直,据《山谷外集》卷二四《张翔父哀词有序》,裴通直名宪之,字士章。句一作"裴髯喜幽事"。

〔5〕商略:准备。亦指脱略,放任不羁。嬉:嬉游。

〔6〕莳梅:植梅,种梅。

〔7〕崛奇:峭拔,奇峻。宋史容注:"退之诗'心迹两崛奇'。"

〔8〕须眉:胡须和眉毛。古时男子以浓眉多须为美,故亦指有大丈夫气概的男子。宋史容注:"谓李邕也。"

〔9〕等夷:匹比;等同。

〔10〕斗牛垂：像牛宿和斗宿那样永远流传。斗牛，二十八宿中的斗宿和牛宿。垂，留传，流传。

灵龟泉铭

发皖口而西四十里，泉淙淙行山径乱石间，谓其来甚远，乃不能三里。裂石而发源，坎甃清澈[1]，鱼鰕辈游见其中。顶有大石如龟，引气出源上。酌泉饮之，爱其甘。问泉上之人，曰："是不知水旱，下而为田。其溉种五百斛。"于是原德媲形，命曰灵龟泉而铭之。

云㳽㳽兮山木造天[2]，乱石却走兮扶屋椽。有龟闯首兮足尾伏匿[3]，阅游者兮不知年。钟一德兮养灵根[4]，漱石齿兮吐寒泉[5]。中深可以濯缨，下流可以濯足[6]。挹旟兮未病多[7]，瓶罍不休其汝覆[8]。虽不能火而兆兮，吉凶不欺唯汝卜[9]。

【解题】

这是一篇骚体诗。黄庭坚作《灵龟泉铭》缘由见《灵龟泉上》诗解题及此《铭》前小序。作者在这篇骚体诗中称颂灵龟泉既能滋养"灵根"，又能"濯缨""濯足"，对于贫者前来舀水"未病多"，而对于汲水不休的富者"其汝覆"，心地光明磊落，不欺心败德。这其中既蕴含着对张庱民这位隐士高尚情操的敬佩之情，也寄寓着诗人自己的人格理想。

【注释】

〔1〕坎：指水坑。《易·说卦》："坎，陷也。""坎为水，为沟渎，为

隐伏,为矫轹。"甓：用砖、石砌的井壁。

〔2〕云浡浡：形容天色阴沉、雨水不止的样子。造天：直插天穹。造,至。

〔3〕闯首：探头观望貌。

〔4〕钟一德：谓始终如一,永恒其德。灵根：植物根苗的美称。亦指道德修养。

〔5〕漱石齿：犹枕石漱流。比喻隐居山水间,情志高洁。《晋书·孙楚传》："楚少时欲隐居,……（王）济曰：'流非可枕,石非可漱。'楚曰：'所以枕流,欲洗其耳,所以漱石,欲厉其齿。'"

〔6〕"中深"二句：《孟子·离娄上》："沧浪之水清兮,可以濯我缨；沧浪之水浊兮,可以濯我足。"本以"濯缨""濯足"指洗去帽缨和脚上的污垢。后以借喻超凡脱俗,保持高洁。

〔7〕挹：酌,舀取。舫（fǎng）：捏土而制的瓦器。多为贫者所用。病：怕,担心。

〔8〕瓶罃（yīng）：泛指小口大腹的陶瓷容器。富者所用。覆：倾出；倒出。

〔9〕"虽不能"二句：意谓你虽然不能像一般灵龟那样以灼龟甲而得兆象,但你预测吉凶光明磊落,不会欺心败德。

从丘十四借韩文二首[1]

其 一

吏部文章万世[2],吾求善本遍窥。散帙云窗棐几[3],同安得见丘迟[4]。

其 二

中有先君手泽[5],丹铅点勘书诗[6]。莫惜借行千里,他日还君一鸥[7]。

辑自《山谷外集诗注》卷一二

解题

此诗记载了发生在中国文学史上的一段佳话。黄庭坚在舒州逗留期间,来到陪同他游览的丘揖家做客。只见丘氏居室的几案上堆满了各种打开的书帙,其中居然有黄庭坚父亲亲自校点的韩愈文集。黄庭坚一见激动不已。他本来就十分推崇韩愈的文章,认为韩文能万世不朽,故而多方访求它的善本供自己阅读;何况此一刻本是他已过世的父亲亲手校点过的,更使他倍感亲切,如获至宝。于是他作诗二首,向丘揖求借此本携带回去一观。

注释

〔1〕丘十四:郑永晓《黄庭坚年谱新编》:"丘十四当即《黄谱》前文所述之丘揖。此诗有'同安得见丘迟'之句,舒州古称同安,故此诗及下篇亦为山谷在舒州逗留时所作。据前谱所引山谷题名,二诗当作于与丘氏等上潜峰前后。"韩文:指韩愈文集。

〔2〕吏部:指韩愈。韩愈曾为吏部侍郎,故称。

〔3〕散帙:打开的书帙。宋史容注:"谢灵运诗:'散帙问所知。'"云窗:云雾缭绕的窗户。借指深山中僧道或隐者的居室。棐几:以棐木做的几案,亦泛指几案。宋史容注:"太白诗:'得憩云窗眠。'《王羲之传》:'诣门生家,见棐几滑净,因书之。'"

〔4〕同安:舒州的古称。丘迟(464—508):南朝梁文学家。吴兴乌程(今湖州)人。累官至司空(一说司徒)从事中郎。史称其"词采丽逸"。钟嵘评其诗"点缀映媚,似落花依草"(《诗品》)。其文以《与陈伯之书》最著名,劝伯之自魏归梁,义正辞严,而措辞委婉绮丽,为当时骈体文中的优秀作品,至今传诵。此以丘迟指称丘十四,誉其词采之美有如丘迟。

〔5〕先君：指已故的父亲。手泽：犹手汗。多用以称先人或前辈的遗墨或遗物等。《礼记·玉藻》："父没而不能读父之书,手泽存焉耳。"孔颖达疏："谓其书有父平生所持手之润泽存在焉,故不忍读也。"

〔6〕丹铅：指点勘用的朱砂和丹粉。亦借指校订之事。宋史容注："退之《秋怀》诗：'不如觑文字,丹铅事点勘。'"

〔7〕一鸱：指酒一瓶；鸱,盛酒器。古人借书,归还时以酒一瓶为酬。

以右军书数种赠丘十四[1]

丘郎气如春景晴,风暄百果草木生[2]。眼如霜鹘齿玉冰[3],拥书环坐爱窗明[4]。松花泛砚摹真行[5],字身藏颖秀劲清[6]。问谁学之果兰亭[7],我昔颇复喜墨卿[8]。银钩虿尾烂箱簏[9],赠君铺案黏曲屏[10]。小字莫作痴冻蝇[11],乐毅论胜遗教经[12]。大字无过瘞鹤铭[13],官奴作草欺伯英[14]。随人作计终后人,自成一家始逼真[15]。卿家小女名阿潜[16],眉目似翁有精神[17]。试留此书他日学,往往不减卫夫人[18]。

辑自《山谷外集》卷一二

解题

此诗亦为元丰三年黄庭坚游舒州时作。黄庭坚不仅是宋代著名的文学家,在书法方面也造诣颇深。他兼善行、草书,楷法亦自成一家,与苏轼、米芾、蔡襄合称"宋四家"。在舒州时,他见丘揖在临摹王羲之的《兰亭序》,便将王羲之的另外几种书帖赠给他,并作此诗以纪之。诗中描写了丘揖的神情意态和学习书法情况,并希望丘揖能在继承传统的基础上努力创新。所谓"随人作计终后人,自成一家始逼真",既是强调书法不要受古人书帖束缚,要有独创精神,也是对丘揖学书的委婉批评。作者曾有文论及此诗曰:"晁美叔尝背议予书唯有韵耳,至于右军波戈点画,一笔无也。有附予者传若言于陈留,予笑之曰:'若美叔则与右军合者,优孟抵掌谈说,乃是孙叔敖邪?'往尝有丘敬和者摹仿右军书,笔意亦润泽,但为绳墨所缚,不得左右。予尝赠之诗,中有句云:'字身藏颖秀劲清,问谁学之果兰亭。大字无过瘗鹤铭,晚有石崖颂中兴。小字莫作痴冻蝇,乐毅论胜遗教经。随人作计终后人,自成一家始逼真。'不知美叔闻此论乎?"(《题乐毅论后》)这段文字可为读此诗者参考。文中称丘敬和者当即丘揖,盖丘揖字敬和。

注释

〔1〕右军:指王羲之。王氏曾任右军将军,故称。

〔2〕"丘郎"二句:丘郎的神情气质,好像春天景物,晴朗明媚,惠风和畅,百果结实,草木繁生。丘郎,指题中丘十四,也即丘揖。气,气质,才气。暄,暖。

〔3〕"眼如"句:眼睛如秋天的鹘鸟般敏锐有神,牙齿像玉冰一样整齐洁白。霜鹘,即鹘。鹘鸟性猛鸷凶残,故称。

〔4〕拥书环坐:四周簇拥着书籍。

〔5〕松花:松花墨,一种丸状松烟墨。真行:楷书与行书。

〔6〕藏颖:藏锋。指写字时毛笔的锋尖藏于笔画之内,不显露出来,使字的意态含蓄。

〔7〕问谁学之:询问其书法学习谁的书体。兰亭:即《兰亭序》,王羲之的名作。

〔8〕墨卿:指书法。

〔9〕银钩虿(chài)尾:书法术语,形容笔画遒劲有力。虿尾,蝎子尾巴,向上翘起。前人评晋代书法家索靖的字为"银钩虿尾"。烂:光彩夺目。箱籯(yíng):木箱、竹笼。

〔10〕曲屏:可以折叠的屏风。

〔11〕"小字"句：意谓小字应写得疏朗而有活力，不应如冻僵了的苍蝇那般萎缩刻板。痴冻蝇，苍蝇畏冷，遇寒则僵缩如死。

〔12〕乐毅论：《乐毅论》为著名小楷法帖。三国魏夏侯玄文，晋王羲之书。四十四行，相传为王羲之于永和四年十二月书。唐褚遂良称其"笔势精妙，备尽楷则"，被评为王羲之正书第一。遗教经：即《佛遗教经》。亦小楷法帖，一百一十行，相传王羲之于永和十二年六月书。此帖字较局促，宋欧阳修认为是唐经生所书。

〔13〕"大字"句：大字楷书没有什么帖能超过《瘗鹤铭》。《瘗鹤铭》，著名摩崖石刻，原题华阳真逸撰，上皇山樵正书。其时代和书者，前人众说纷纭，有以为晋王羲之，有以为梁陶弘景，有以为隋人，也有以为唐王瓒、顾况，但均无确据。黄庭坚认为是王羲之所书，他平生得力于此书，曾说："《瘗鹤铭》，大字之祖也"，"其胜处乃不可名貌"，对之备加推许。原刻在今江苏省镇江市焦山西麓崖壁上。曾崩落长江中。乾隆二十年移置焦山定慧寺，今存焦山碑林博物馆。

〔14〕"官奴"句：意谓王献之写的草书胜过张伯英。官奴，指王献之，献之小名官奴。欺，压倒，胜过。伯英，指东汉书法家张芝，张芝字伯英，世称"草圣"。

〔15〕"随人"二句：跟在前人后面跑，始终赶不上他；只有摆脱束缚，自成一家，才能使书法艺术臻于化境。作计，谋划，考虑。逼真，极似真品，此谓书法进入化境。

〔16〕卿家：你家。

〔17〕翁：父亲。

〔18〕往往：处处。卫夫人：指卫铄。东晋著名女书法家。

三 至 堂

杨公父子孙，俱出文昌宫[1]。朱轓与别驾，同最治民功[2]。当年竹马儿，市上白鬓翁[3]。相语府门前，郎君有家风[4]。筑室俯飞鸟[5],我来岁仲冬。人烟空橘柚,梅花破榛丛[6]。延客煮茶药,使君语雍容[7]。畴昔识二父,只今天柱峰[8]。故开堂北门,突兀在眼中。千秋万岁后,野人犹致恭[9]。借问经始谁,开国华阴公[10]。

辑自《山谷外集》卷一二

解题

三至堂在舒州郡厅之东,元丰年间知州杨希元所建。希元之祖杨澈淳化间任舒州知州,父杨峦天圣中为舒州通判,三代为官于此,故建"三至堂"。作者在此诗中称颂了杨希元祖孙三代在舒州的治绩,赞扬了杨希元为人处事的风格,并回顾了自己与舒州的情缘,表达了对舒州美丽景色的爱慕之情。《黄庭坚年谱》及《黄庭坚全集辑校编年》等书均系此诗于元丰三年作,然据宋王象之《舆地纪胜》载,三至堂为郡守杨希元元丰四年所建,若《舆地纪胜》所言不虚,此诗当作于元丰四年后。

注释

〔1〕"杨公"二句:谓杨氏三代俱出自台省。文昌宫,本为星座名。旧时尚书省又别称文昌台、文昌省。汉代宫中又有文昌殿。此以文昌宫指代朝廷台省。

〔2〕"朱轓"二句:意谓杨氏祖孙三代在舒州无论是出任知州还是通判,在治理方面功劳同样都是第一。朱轓,红色的车,古代高官所乘,也借指高官。别驾,郡守佐吏。最,功第一。《宋史》卷九六《河渠六》:"元丰五年九月,淮南监司言:'舒州近城有大泽,出潜山,注北门外。比者,暴水漂居民,知州杨希元筑捍水堤千一百五十丈,置泄水斗门二,遂免淫潦入城之患。'并玺书奖谕。"

〔3〕"当年"二句:意谓由于你祖、父在舒州有治声,民怀其德,所以你再来任职,就像当年东汉大臣郭伋第二次任并州牧一样,儿童老

者都夹道欢迎你。竹马,儿童游戏时当马骑的竹竿。当年竹马儿,用郭伋任并州牧的典故。据《后汉书·郭伋传》载,王莽时,郭伋迁并州牧。文始帝立,征拜左冯翊。光武帝即位,累拜尚书令,历守中山、渔阳、颍川等处,后复为并州牧。州民怀其德,争出逢迎,始至行部,到西河美稷,有童儿数百,各骑竹马,于道次迎拜。

〔4〕郎君:旧通称贵家子弟为郎君。家风:家族传统风尚。

〔5〕"筑室"句:形容所造房屋之高。

〔6〕"人烟"二句:意谓人家都隐藏于橘树柚树这些常绿乔木之中,而梅花正在丛生的草木中破颜绽放。

〔7〕使君:汉时称刺史为使君,后为州郡长官的尊称。此指杨希元。雍容:形容仪态温文大方。

〔8〕"畴昔"二句:从前就知道两位老人,都是因为这座天柱山的缘故。父,对老年人或长辈的尊称。据陈永正、何泽棠《山谷诗注续补》言,黄庭坚未仕前曾"于嘉祐间随舅父李常游学淮南",故诗有是语。

〔9〕致恭:表达敬意。

〔10〕"借问"二句:请问开创杨氏事业的是谁呢?是北齐的开国功臣华阴郡公。经始,原指开始营建,此指开创事业。华阴公,指杨愔。杨氏为北朝望族。据《北史·杨愔传》载,愔先封华阴县侯,后封华山郡公。杨希元当为杨愔之裔孙。

玉　照　泉

　　玉照泉与潜山之玉照峰相直,舅氏李公择始坎石,因采而名之。

仙人持玉照[1],留在潜西峰。一往不返顾,尘痕废磨砻[2]。想当光溢匣,云山迭万重[3]。有井冽寒泉,照影互相容[4]。得名未觉晚,学士古人风[5]。持节按九成,乐此水一钟[6]。税车来井上[7],谈笑考百工[8]。金瓶煮山腴[9],茗椀不暇攻[10]。苏侯亦静者[11],疏凿济成功。排遣尘滓行,石奁清如空[12]。能令水源浊,鱼虾来其中。生子岁月多,往往隐蛟龙[13]。玉照不见影,盘桓蜗螺宫[14]。一朝揭源去,枯涘草蒙茸[15]。

辑自《山谷外集》卷一二

解题

潜山玉镜峰有一眼清冽的泉水。元丰年间,时任淮南西路提点刑狱的李常任所在舒州,他爱此泉,于是请怀宁县苏姓县令派人加以疏凿,在周围砌砖石为井壁,并根据所在山名亲自将此泉命名为"玉照泉"。作者此诗即描写了这一事件始末。诗中除了称颂李常与苏姓县令掘泉之功,还描写了玉镜峰优美的景色,疏凿玉照泉及竣工时的场景,尤其对保护水源、保护水环境不受污染提出了自己的看法。认为只有保住水源,才能使泉水永不枯涸。如今玉照泉早已不知所在,可见作者此诗有很强的预见性。

注释

〔1〕玉照:镜的异名。此指玉镜山,在今潜山县北。《太平寰宇记》:唐贞元二年,从皖山东忽然暴裂,皎莹如玉,行人远见如悬镜然。刺史吕渭奏闻,因改万岁乡为玉镜乡,故一名玉照山。

〔2〕"一往"二句:意谓仙人一离开便不回头,丢下的这玉照也无人赏识了。返顾,回头;回头看。磨砻:磨治。赵晔《吴越春秋·勾践阴谋外传》:"雕治圆转,刻削磨砻。"此以镜之生尘、无人磨治喻玉照泉无人赏识。

〔3〕"想当"二句:意谓在这万叠重山中,玉镜山应当像出匣的宝

剑一样,光芒四溢。溢匣,指剑光。

〔4〕"有井"二句:这里有一眼清冽的泉水,与玉镜山相对,互相能照见对方的影子。

〔5〕"得名"二句:这眼泉水得名并不算晚,它是由有着古人风范的李学士给它命名的。学士,指李常。据《宋史·李常传》载,元丰年间,李常曾拜御史中丞兼侍读、加龙图阁直学士。

〔6〕"持节"二句:他手持符节巡按淮南西路来到这最高处,特别喜爱的就是这一眼环状泉水。持节,节,指符节,古代使臣出使所持。魏晋以后,以权力大小,给刺史、州牧加使持节、持节、假节之号。唐时废。使持节得杀二千石以下,持节杀无官位之人,假节唯有军事时得杀犯军令者。此指李常任淮南西路提点刑狱。九成,犹"九重",指极高处。一作"九城"。乐,《论语·雍也》:"知者乐水,仁者乐山。"水一钟,指环状泉水。韩愈《峡石西泉》:"石眼环环水一钟。"

〔7〕税车:停车。

〔8〕百工:中国古代主管营建制造等事宜官员的称谓。

〔9〕山腴:山茶。

〔10〕茗椀:茶碗。攻:治。

〔11〕苏侯:指时任职怀宁县的苏姓县令,名不详。侯,对县令的尊称。静者:深得清静之道、超然恬静的人。

〔12〕"排遣"二句:排除污秽之类的东西,状如镜匣的石潭与天空一样明净。尘滓,比喻污秽或污秽的事物。石奁,比喻状如镜匣的石潭。

〔13〕"能令"四句:意谓能引起水源污浊的,往往是因为有鱼虾来到水潭里面。它们子又生孙,孙又生子,时间久了,就会有食鱼虾的蛟龙隐藏其中。

〔14〕蜗螺宫:螺蛳的巢穴。

〔15〕"一朝"二句:一旦它们向上翻滚爬去,堵塞了水源,那样枯竭的水沟里就只有杂乱的野草了。揭,向上翻。蒙茸,杂乱貌,草木繁盛貌。一作"茸茸"。

发舒州向皖口道中作寄李德叟

黑云平屋檐,晨夜隔星月[1]。晓装商旅前,冰底泥活活[2]。野人让畔耕,蹇马不能滑[3]。驼裘惜蒙茸[4],俱落水塘缺。孤村小蜗舍[5],乞火干履袜[6]。前登极峥嵘[7],他日飞鸟没。寒花委乱草,耐冻鸣风叶[8]。江形篆平沙,分派回劲笔[9]。髯弟不俱来[10],得句漫剞劂[11]。却望同安城,唯有松郁郁[12]。遥知浦口晴,诸峰见明雪[13]。

辑自《山谷外集诗注》卷一〇

解题

此诗是元丰三年冬天黄庭坚离开舒州城前往皖口途中所作。本年十月,黄庭坚赴吉州太和县任县令途中来到舒州,与舅弟李秉彝等游潜峰、山谷寺诸名胜,盘桓五十余日。今天他从舒州城出发前往皖口,将从那里乘船而去,所以写了一首五言长诗寄给舅弟李秉彝,一方面告诉他沿途情况,一方面也是向他道别。从诗句看,这天天气不好,作者清晨便已整好行装,甚至比旅行的商人起得还要早,但路上却是泥滑难行。幸好郊野的种田人让畔而耕,田界处留得很宽,作者骑的跛脚马不至于滑倒。不过风太大,为了驼绒皮袄不被风吹得摇摆不定,他连人带皮袍都落水了。到一孤村陋室中讨火烘干鞋袜后才得以继续赶路。前面经过一座很高的山,又经过一片梅花零星绽放的野草地,终于要到达皖口了。此时他发现长江的形状就如同广阔沙原上呈现的篆书似的条纹,而皖水便是其中折回遒劲有力的一笔。当时天气已转好,作者回头想再望一眼舒州城,由于相隔太远,什么都看不见,眼前只有松树葱葱郁郁;而天柱诸峰上白色的积雪却格外明亮,十分醒目。在此诗中,作者娓娓而谈,不仅将自舒州城至皖口的一段行程描写得细致而生动,使读者如同亲临其境;结尾处字里行间所流露的对舒州的留恋之情,也使人感动。

注释

〔1〕晨夜隔星月:指天将黎明。

〔2〕活活:泥泞;滑。一说在泥水中行走时发出的声音。杜甫《九日寄岑参》诗:"所向泥活活,思君令人瘦。"仇兆鳌注引赵汸曰:"活活,泥水深多,行有声也。"

〔3〕"野人"二句:意谓由于住在郊野的种田人让畔而耕,田界处留得很宽,我骑的跛脚马也不会滑倒。野人,古指居于郊外的农业生产者。让畔,古代传说,由于圣王的德化,种田人互相谦让接壤的田界,让对方多占有土地。形容风俗淳美。典出《史记·五帝本纪》:"舜耕历山,历山之人皆让畔。"

〔4〕驼裘:驼绒皮袄。蒙茸:指皮袍随马势风势飘摆不定而显出的纷乱之态。

〔5〕蜗舍:喻居室简陋狭小。

〔6〕履袜:鞋袜。

〔7〕峥嵘:形容山势高峻。一本作"高寒"。

〔8〕"寒花"二句:梅花隐藏于野草间零乱地开放,它们不怕霜冻,树叶在风中鸣响。寒花,寒冷时节开放的花。多指梅花。二句一本作"耐冻风叶间,梅苔零乱发。"

〔9〕"江形"二句:长江的形状有如广阔沙原上呈现的篆书似的条纹,而分出的支流皖水便是其折回的有力一笔。篆平沙,指沙原上呈现的篆书似的条纹。唐韩愈、孟郊《城南联句》:"窑烟幂疏岛,沙篆印回平。"分派,分为几支较小的水流。亦指支流。此指皖水。

〔10〕髯弟:指舅弟李秉彝,亦即李德叟,因其多髯,故称。

〔11〕刿劂:同奇崛,形容雕词琢句独特不凡。

〔12〕"却望"二句:回过头来眺望舒州城,只见到一片郁郁葱葱的松树。同安城,即舒州城。舒州古称同安。郁郁,茂盛貌,繁多貌,

美好貌。

〔13〕"遥知"二句：在这很远的地方便知道皖水入江处天已放晴，因为天柱山诸峰有白色的积雪。古谚有所谓"雪后晴"，故诗有此语。浦口，此指皖水入江之处。明雪，一本作"松雪"。"松雪"谓松上积雪。南朝宋颜延之《赠王太常》："庭昏见野阴，山明望松雪。"

庭坚得邑太和，六舅按节出同安，邂逅于皖公溪口。风雨阻留十日，对榻夜语，因咏"谁知风雨夜，复此对床眠"。别后更觉斯言可念，列置十字，字为八句，寄呈十首[1]

鹄白不以乌[2]，兰香端为谁[3]？外家秉明德[4]，晚与世参差[5]。乖离岁十二[6]，会面卒少期[7]。何言潜丘底[8]，玉稻同一炊[9]。

沧江渺无津，同济共安危[10]。四海非不广，舅甥自相知。孔鸾在榛梅[11]，鹪鹩亦一枝[12]。千里同明月[13]，相期不磷缁[14]。

少小长母家，拊怜辈诸童。食贫走八方[15]，略已一老翁[16]。不能成宅相，颇似舅固穷[17]。何以报嘉德，取琴作南风[18]。

德人心寂寥[19]，立朝实庄语[20]。虎节坐山城[21]，孤云犹能雨。文章被甥侄，孝友谐妇女。偃息一亩宫[22]，植梅当歌舞。

江都克家才[23]，万卷书插架[24]。愿言渠出仕，从舅问耕稼。谁云濒老境，此子即长夜[25]。归欤森前期，莳橘锄甘蔗[26]。

曩窥涉世方,白驹且场苣[27]。平生漫岁晚,志尚向山木[28]。返身观小丑,真成覆车辙[29]。否臧太磊磊,从此更三复[30]。

负薪反羊裘[31],爱表只伤里。补纫虽云工,岁晏安可恃？洗心如秋天[32],六合无尘滓[33]。浮云风去来,在彼不在此。

阿髯学升堂[34],干母思靡悔[35]。文成艺桃李,不言行道兑[36]。阿苏妙言语,机警欲无对。子姓何预人,兰玉要可佩[37]。

解衣卧相语,涛波夜掀床。十年身百忧,险阻心已降[38]。涉旬风更雨,宿昔烛生光。衾帱无端冷[39],明月一船霜。

亲依为日浅[40],爱不舍我眠[41]。教我如牧羊,更著后者鞭[42]。得邑迩梅岭[43],开花向春妍。碌碌幸苟免[44],称觞大人前[45]。

辑自《山谷外集》卷五

解题

元丰三年十月,黄庭坚赴太和任知县,自金陵溯江而上,恰逢其六舅时任淮南西路提点刑狱的李常自舒州治所外出巡视察访,两人在皖水入长江处不期而遇。因天气连续刮风下雨,甥舅二人在此逗留十日,每日对床夜语。黄庭坚感慨此番和亲人团聚,与唐代诗人韦应物《示全真元常》诗中所描述的情境十分相似,因此情不自禁地咏唱其中"谁知风雨夜,复此对床眠"两句。与舅父李常分别后,他觉得当时的情境值得怀念,于是把韦诗中的"谁知风雨夜,复此对床眠"这十个字分别放在自己所写十首诗的韵脚上,每首诗八句,并把这十首诗寄送给舅父李常。作者在诗中或回顾少年时生长母家的情景，或感叹处世之艰难、相逢之不易，或追忆舅父李常对自己的关爱，或表示要像舅父一样坚持人格理想，安于贫贱穷困等等，不一而足，感情真挚而细腻，读之令人动容。

注释

〔1〕宋史容注："同安郡，舒州也，有皖公山。六舅，谓李常，字公择也，提点淮南西路刑狱。提刑司在舒州。"

〔2〕"鹄白"句：意谓天鹅不是因为天天洗澡才白的，乌鸦也不是天天日晒才黑的。史容注："庄子《天运篇》：鹄不日浴而白，乌不日黔而黑。"

〔3〕"兰香"句：史容注："《家语》：兰生深林，不以无人而不香。"端，究竟；到底。

〔4〕外家：外婆家、舅父家。明德：光明之德；美德。

〔5〕参差：不一致；矛盾。史容注："退之诗：岂敢尚幽独，与世实参差。"

〔6〕乖离：离别，分离。

〔7〕"会面"句：史容注："杜诗：主称会面难。《司马迁传》：卒卒无须臾之闲。"卒卒，匆促急迫的样子。

〔8〕潜丘：史容注："舒州有潜山，一名天柱。"

〔9〕玉稻：粳稻。

〔10〕"沧江"二句：史容注："《书·微子》云：若涉大水，其无津涯。《孙子》曰：同舟济而遇风，其相救也，如左右手。言世路风波也。"

〔11〕"孔鸾"句：史容注："《上林赋》：遒孔鸾，促鹒仪。退之诗：明庭集孔鸾。以喻公择，言处非其地。"孔鸾，孔雀和鸾鸟。常喻指高贵者。

〔12〕"鹪鹩"句：史容注："《庄子》：鹪鹩巢于深林，不过一枝。

此以自喻。"鹪鹩,小鸟。

〔13〕"千里"句:谢庄《月赋》:"美人迈兮音尘绝,隔千里兮共明月。"

〔14〕磷缁:语出《论语·阳货》:"不曰坚乎?磨而不磷;不曰白乎?涅而不缁。"磷,谓因磨而薄;缁,谓因染而黑。后因以比喻受外界条件的影响而起变化。

〔15〕食贫:谓过贫苦的生活。《诗·卫风·氓》:"自我徂尔,三岁食贫。"

〔16〕略:大约,差不多。

〔17〕"不能"二句:意谓虽然没有假舅住宅风水之相而致贵,但却能像舅舅一样信守道义,安于贫贱穷困。宅相,住宅风水之相。堪舆家认为宅相与人世有密切关系。相传晋代魏舒曾假其舅宅相致贵。《晋书·魏舒传》:"(舒)少孤,为外家宁氏所养。宁氏起宅,相宅者云:'当出贵甥。'外祖母以魏氏小而慧,意谓应之。舒曰:'当为外氏成此宅相。'"固穷,指信守道义,安于贫贱穷困。

〔18〕"何以"二句:用什么报答舅舅的美德呢,让我像舜那样致力于解除百姓的郁结,增加他们的财富吧。嘉德,美德。南风,古代乐曲名。相传为虞舜所作。《孔子家语·辨乐解》:"昔者舜弹五弦之琴,造《南风》之诗。其诗曰:'南风之熏兮,可以解吾民之愠兮;南风之时兮,可以阜吾民之财兮。'"

〔19〕德人:有德的人。指德操高尚者。

〔20〕庄语:严正的议论,正经话。史容注:"《庄子·天下篇》:以天下为沉浊,不可与庄语。公择熙宁初自太常博士改右正言,论新法,通判滑州,知鄂、湖、齐三州,徙淮西提刑。"

〔21〕虎节:周代山国使者出行时所持的符节。亦泛指符节。山城:指舒州城。

〔22〕偃息:敛藏退息,睡卧止息。一亩宫:《礼记·儒行》:"儒有一亩之宫,环堵之室,筚门圭窬,蓬户瓮牖。"后因以"一亩宫"称寒士的简陋居处。宋苏轼《次韵林子中蒜山亭见寄》:"叩头莫唤无家

客,归扫岷峨一亩宫。"

〔23〕克家:本谓能承担家事。《易·蒙》:"纳妇吉,子克家。"亦指能继承家业。

〔24〕"万卷"句:形容藏书之多。史容注:"退之诗:邺侯家多书,插架三万轴。"

〔25〕长夜:史容注:"杜诗:短褐即长夜。"

〔26〕莳:种植。

〔27〕"白驹"句:白驹,白色骏马。比喻贤人、隐士。语出《诗·小雅·白驹》:"皎皎白驹,食我场苗。絷之维之,以永今朝。"《毛诗序》认为,这是士大夫为讽刺宣王不能将贤者留于朝廷而作。东汉蔡邕认为是写离别。

〔28〕"志尚"句:史容注:"《庄子》有《山木篇》,言山中之木,以不材得终其天年。"

〔29〕"真成"句:史容注:"《晋书·石季龙传》:快牛为犊子时,多能破车。汝当小忍之。"

〔30〕"否臧"二句:意谓从前品评人物、褒贬事件太过于襟怀坦白,今后要慎于言行。否臧,品评,褒贬。磊磊,形容襟怀坦白,志节分明。三复,三复白圭之省。《论语·先进》:"南容三复白圭,孔子以其兄之子妻之。"后因以"三复白圭"谓慎于言行。

〔31〕"负薪"句:反穿皮衣,背着柴。古人穿皮衣以毛朝外为正,反裘指毛朝里。以喻愚昧或不知轻重本末。

〔32〕洗心:洗涤心胸。比喻除去恶念或杂念。《易·系辞上》:"圣人以此洗心,退藏于密。"

〔33〕六合:天地四方;整个宇宙的巨大空间。尘滓:喻污秽或污秽的事物。

〔34〕阿髯:指李德叟。

〔35〕"干母"句:史容注:"《蛊·九二》:干母之蛊。"

〔36〕"文成"二句:史容注:"《大雅·绵》曰:行道兑矣,兑成蹊也。此用《李广赞》'桃李不言,下自成蹊'。"

〔37〕"阿苏"四句：史容注："阿苏，舅氏幼子。《晋·谢玄传》：叔父安尝戒约子侄，因曰：'子弟何预人事，而正欲其佳。'玄曰：'如芝兰玉树，欲其生于阶庭耳。'"

〔38〕心已降：史容注："《诗》：我心则降。"

〔39〕衾帱：被子和帐子。泛指卧具。

〔40〕"亲依"句：意谓和亲人在一起的日子很短暂。

〔41〕"爱不"句：史容注："退之《示爽诗》：座中悉亲故，谁肯舍汝眠。"

〔42〕"教我"二句：史容注："《庄子·达生篇》：善养生者如牧羊然，视其后者而鞭之。"

〔43〕迩：近。梅岭：在今江西宁都县东北。西汉元鼎六年（前111）将伐闽越，"令诸校留屯豫章梅岭待命"，即此。

〔44〕碌碌：烦忙劳苦貌。苟免：苟且免于损害。幸免。

〔45〕称觞：指称觞上寿，即举杯祝寿。大人：自指其母。

延寿寺僧小轩极萧洒，予为名曰林乐，取庄生所谓林乐而无形者，并为赋诗[1]

积雨灵香润，晚风红药翻[2]。盥手散经帙，烹茶洗睡昏。野僧甚淳古，养拙贲丘园[3]。风怀交四境，蓬藋底百椽[4]。山林皋壤欤[5]，可为知音言。而我与人乐，因之名此轩。孟夏妪万物[6]，正昼晦郊原。隔墙见牛羊，定知春笋繁。俄顷倒干戈，水攻仰翻盆。地中鸣鼓角，百万薄悬门。部曲伏床下，少定未寒暄。疾雷将雨电，破柱取蛟蚖[7]。我初未知尔，宴坐漱灵根[8]。谅知岑寂地[9]，竟可安元元[10]。

辑自《山谷外集》卷一二

【解题】

延寿寺,在舒州州治东三十里之皇华山,宋建隆元年(960)创建。作者知舒州时见延寿寺僧人有一小轩极为清高脱俗,便根据《庄子·天运》中有"林乐而无形"之语,将其命名为"林乐轩"。并为赋此诗。

全诗歌咏了延寿寺僻静的环境与诗人当时的心境。由于淫雨不止,寺院的灵香都带着湿气。晚风吹拂,芍药在不停地翻转。僧人们洗手打开经卷,烹茶破去困意。此处隔墙就能看见牛羊,并知道墙外春笋在繁盛地生长。在这里安坐,还可培养人的性灵智慧、道德修养。这小轩是一所用草和枝条编成门窗的陋室,但却如庄子所言"山林欤,皋壤欤,使我欣欣然而乐欤!"诗人不仅愿在这样的环境中保守愚直的本性,并且希望与众人同享其中乐趣。此诗显然是作者人生低潮时的作品。据《安庆府志》《潜山县志》载,黄庭坚除元丰三年赴任太和县令途中到过舒州外,其贬涪州、移戎州后,徽宗曾命"起知舒州",诗或作于其时。

【注释】

〔1〕取庄生所谓林乐而无形者:见《庄子·外篇·天运》。郭嵩焘注:"《说文》:'丛木曰林。'林乐者,相与群乐之。五音繁会,不辨声之所出,故曰无形。"

〔2〕红药:花名,即芍药花。南朝齐谢朓《直中书省》诗:"红药当阶翻,苍苔依砌上。"此红药或指牡丹,参见下一首。

〔3〕养拙:保守愚直的本性。也指隐居不仕。丘园:田园,乡村。指隐归之所。

〔4〕蓬藋:用草和枝条编成门窗的陋室。

〔5〕皋壤:泽边之地。《庄子·知北游》:"山林欤,皋壤欤,使我欣欣然而乐欤!"

〔6〕妪:孕育。

〔7〕蛟蚓:蛟龙与蝶蜿。

〔8〕宴坐：安坐，也指坐禅。灵根：植物根苗的美称。亦指道德修养、性灵智慧。

〔9〕岑寂：高而静，亦泛指寂静。

〔10〕元元：百姓；庶民。亦指物之本源。

延寿寺见红药小魏扬州号为醉西施[1]

醉红如堕珥[2]，奈此恼人香。政尔无言笑[3]，未应吴国亡。

辑自《山谷外集》卷一四

解题

此诗咏舒州延寿寺牡丹之美，并由牡丹"醉西施"之名联想到春秋时越国美女西施。认为越国美女西施如同牡丹花醉西施一样不苟言笑，吴国并非因她而灭亡。诗人的这种历史观较之于传统观念，具有进步意义。

注释

〔1〕醉西施：牡丹的一种。宋陆游《天彭牡丹谱》："醉西施者，粉白花，中间红晕，状如酡颜。"

〔2〕堕珥：堕珥遗簪之省。珥，用珠子或玉石做的耳环。耳环坠地，簪子丢失。形容女子游玩时忘情狂欢的情态。

〔3〕政尔：正尔，正当。政，通"正"。

题万松亭

太平寺后万松亭，二十年前，涪翁为篆其榜[1]，今闻增葺，殊胜往时。远托清禅师易其牓[2]，并作伽陀六言[3]，寄刻山间石上。

天柱峰无比肩，郁郁高松满川[4]。万身苍髯老禅[5]，刳心忘义忘年[6]。说法曾无间歇，松风寺后山前。四海五湖衲子[7]，更于何处参玄[8]？若觅向上关棙[9]，灵龟石下流泉。太平堂中老将[10]，家活都无一钱[11]。会得佛头着地，不会佛脚梢天[12]。

辑自《豫章黄先生文集》卷二九

解题

舒州州治之北有古老的皖伯台，因周大夫封皖伯而得名。台后有太平寺，寺后有万松亭。诗人在舒州时曾游览其中，因爱其环境清幽，乃挥毫为之题写匾额。二十年后，当听说万松亭扩大规模，比从前修建得更好的消息时，他非常高兴，于是重新题写匾额，托清远禅师替换旧匾；并且按佛教赞颂词写了一首六言长诗，赞美"天柱峰无比肩，郁郁高松满川"的雄奇秀丽风光，以寄刻山间石上。此时，诗人在屡遭迁谪、备尝苦辛之后，他的情思又回到舒州，又萦绕在"松风寺后山前"、"灵龟石下流泉"这些昔日曾经游览的舒州胜景之中了。

注释

〔1〕涪翁：黄庭坚自号。牓：匾额。
〔2〕清禅师：即释清远。详本书后作者小传。
〔3〕伽陀：梵语 Gātha 的音译，意译偈颂、颂、偈，佛经中的韵文。
〔4〕郁郁：茂盛貌。
〔5〕万身：万年修行而成的身体。苍髯：灰白色的胡子。
〔6〕刳心：清除内心杂念。忘义忘年：忘却礼义、辈分。
〔7〕衲子：僧人。
〔8〕参玄：参禅问道，为佛教禅宗的修行方法。

〔9〕关棙：禅宗用语。原意为门闩，喻指事物的紧要关键之处。此指参禅得悟的要诀。

〔10〕太平堂中老将：指清远禅师。

〔11〕家活：日用物品、器具。《五灯会元》卷三《百丈怀海禅师》："云岩问：'和尚每日区区为阿谁？'师曰：'有一人要。'岩曰：'因甚么不要教伊自作。'师曰：'他无家活。'"

〔12〕"会得"二句：意为参禅得道为佛头，参禅不得道为佛脚。

山谷次荆公韵

水无心而宛转[1]，山有色以环围。欲徘徊而不尽，坐石上以忘归。

辑自《(康熙)潜山县志》卷一二《艺文下》

解题

所谓"次荆公韵"，指次王安石皇祐三年（1051）九月十六日所作《题舒州山谷寺石牛洞泉穴》诗韵。皖公山谷石牛洞前有石牛溪，溪自及第庵发源，曲折行六七里，至山谷间，两崖巉峭，松萝丛覆，泉流其中，激洄宛转，水声潺潺，终年不断。每值日落，山谷清寂，小坐听泉，最是怡情。此诗即描写了皖公山谷的清幽胜景，表达了诗人无限爱恋的情怀。

今人朱康宁主编《天柱山摩崖石刻集注》收有"王安石六言诗"二首。其一为本书前所辑《题舒州山谷寺石牛洞泉穴》（水泠泠而北出）诗，另一首词曰："水无心而宛转，山有色而环围。穷幽深而不尽，坐石上以忘归。"集注者称，前诗"刻在石牛溪东侧崖石上"，而"此刻在石牛洞东侧巨石上。据所展示的图片看，此诗后有"荆公"二字，字较小，集注者谓"是后人所刻"；"山有色而环围"之"而"，似有修改描摹的痕迹。《(康熙)潜山县志·艺文志》收《山谷次荆公韵》诗,署作者为"黄庭坚";与《天柱山摩崖石刻集注》所收"王安石六言诗",虽有四字不同,但显然是同一首作品。笔者检王、黄本集皆无此诗,不知作者究竟为谁。今据《康熙志》诗后作者署名,姑置此诗于黄庭坚诗之末,以俟后来者考证。

注释

〔1〕无心:犹无意,没有打算。宛转:指委宛曲折。

释刹书记

刹书记,即寺院之书记僧,为职事名,而非人名。姓名籍贯不详,宋神宗元丰三年至五年(1080—1082)间在世①。

天柱雉儿行

舒州皖公山天柱寺廊下有巨碑云[1]:唐时崇惠禅师卓庵山中[2],前有盘石[3],每日对之诵《法华经》。一野雉来倾听[4],略不动足[5]。如是三年,不以寒暑辄废。一旦不至,试于草间求之,已立化矣[6]。为用僧法茶毗之[7]。夜梦雉来告云:"以听经之故,得免禽身。今托生山下农家作男子,师不相忘,后三日愿访我。"及期而往,见婴儿相顾而笑,左胁下尚存翎痕[8]。师谓其父曰:"善视之。到十岁后,教从我出家。"父如所戒。师名之曰定体,且呼为"灵休侍者"。又九岁,坐亡于西原,瘗塔故在,今天

---

① 按,据作者《天柱雉儿行》诗中言,诗所叙野雉听惠崇诵经故事发生在"乾元中",乾元为唐肃宗李亨年号,即公元758—760年;三年后,雉托生为人,又十九年而亡。以此推之,其事刻碑约在公元780—782年。又据诗"三百年前刊异事"句,知诗篇作于三百年后,若以"三百年"为确数,则诗作于公元1080—1082年间,时为宋神宗元丰三年至五年。

柱寺，及塟基也。刹书记者[9]，不知何时人，作《雉儿行》一篇，宣扬其事。黟僧善祐传之[10]。故书于此，以广释证[11]。其词曰：

当年江上杨风舲[12]，淮山望极排空青。今登天柱赏潜皖，元是吾家翡翠屏。禅丛一室因栖寄，选胜寻幽辨真伪。虚廊揩藓读残碑，三百年前刊异事。此山开辟至唐初，乾元中作金仙居。彭门大师曰崇惠，裁基创始成茅庐。牛头道化将雄镇[13]，浮世劳生未知信。乘开石上诵莲文[14]，非谓疏慵效精进。空山白昼接清宵，坏衲披肩度寂寥。玲珑宛转断人虑，七轴圆音震海潮[15]。奇哉有物名缘会，锦绣毛衣胜彩绘。常伴山鸡与鹧鸪，优游饮啄烟霞外。山梁畴昔叹时哉，此日祇园应世来[16]。昂头敛翼傍禅石，下风侧听忘惊猜。醍醐洒尽烧心火[17]，暮去朝还无不可。宜成水向佛菩提，春燕秋鸿岂知我！俄闻荒草蜕其身[18]，梦魂夜告生为人。幽奇溪石验端的，右胁遗翎迹尚新。妙龄自厌居民俗，祝发依师隐林麓。他经虽授难遽通，唯有芬陀利精熟[19]。师因叹息省前缘，法种慈熏岂偶然？立名定体标殊特，灵休表示为佳传。闲行宴坐何超脱，古鉴无尘罢挥拂。登高临远快幽情，满目风光旧时物。几席巾瓶侍服勤，阒阒孜孜十九春[20]。西原危坐顺圆寂，戒珠数粒辉香薪。真源始觉初无碍，月转辽空水归海。千圣徒中孰后生，一片灵台长不昧[21]。回观轮里漫啁啾，暖日和风戏未休。息冤追逐荡不返，六道三途岂自由[22]！君不见潘安夸射赋，洞尔胸兮穿尔嗉[23]；又不见退之咏猎诗，马前五色堕离披[24]！云间哮击惧鹰隼，草中窜伏忧狐狸。鲁恭去后无消息[25]，更有仁恩沾动植。桑下驯游哺影时，未必儿童能隐恻。浮屠窣堵镇盘冈，累闻继夕腾辉光。圣贤田地亦如此，方寸凡情未可量。蜀

299

川鹦鹉持经法[26],舍利精荧满金匣。至今忌日惨岩峦,群类悲鸣绕层塔。近岁濡须释子家[27],松枝雀化皆称嗟。纤毫不动几寒暑,翻然只恐临苍霞。贤王国士称奇绝,巨石丰碑争颂说。妙墨高文灿斗星,陵迁谷变相磨灭[28]。也知灵识尽超冥[29],证出斯禽事显明。寄言嗜欲沉迷者[30],请看天柱雉儿行。右二事善祐说。

辑自〔宋〕洪迈撰辑《夷坚支志》庚卷二

解题

此诗约作于宋神宗元丰三年至元丰五年间(1080—1082),系舒州天柱寺的书记僧根据寺中回廊下的巨碑所记载的故事敷演成篇。南宋洪迈(1123—1202)则根据黟县僧人善祐口述,将此诗编入其所撰笔记《夷坚志》中。并以小序说明事件原委。

这是一首值得注意的奇诗。它以纪实的手法,讲述了唐乾元年间发生在天柱山佛门的一件感应故事。一只野鸡,因听崇惠禅师诵《法华经》三年,最终得免禽体,托生为人,从而进入佛门,弘扬佛法。毋庸讳言,诗中灵雉变人的故事有很大的虚构成分,目的在于证道,在于说明《法华经》所具有的巨大感召力。全篇亦弥漫着佛教劝化的神学色彩。但诗中的时间、地点以及与这一故事有关的主要人物惠崇大师,都是真实可信的。拂去细节上的虚构,透过本诗,我们可以了解《法华经》在唐宋时期大行于天下的事实。而诗中雉儿形象宛然可爱,也是因为《法华经》在宋代高度象征化的结果。

注释

〔1〕天柱寺:在舒州治北三十五里清朝乡。唐乾元间崇惠禅师开山,永泰元年(765)敕赐额"天柱寺"。寺周遭有汉武帝回龙桥,昭明太子阁,崇惠讲经石、入定石,玉镜池诸名胜。

〔2〕崇惠禅师：舒州天柱寺开山祖师，彭州人，俗姓陈。初得法于牛头威禅师，唐乾元初往舒州天柱山创寺。崇惠禅师禅学造诣颇深，《五灯会元》载有其与僧问答。这些问答多以天柱之景为喻，迅捷锐利，不落迹象，含意深刻，可见其机锋。禅师大历十四年（779）示寂，塔于玉镜山之北。传说其肉身不坏，数百年犹在。卓庵：建立寺院。

〔3〕盘石：厚而大的石头。

〔4〕野雉：野鸡。

〔5〕略不动足：意谓脚一动也不动。

〔6〕立化：站着死去。

〔7〕荼毗：佛教语。梵语音译。意为焚烧。指僧人死后将尸体火化。

〔8〕翎痕：羽毛的痕迹。

〔9〕刹书记：即寺院之书写僧。其人不详。一本作"利书记"。

〔10〕善祐：黟县僧人，其余不详。

〔11〕释证：指佛教的种种灵验，诸如信佛者受到福佑，免除灾难；毁佛者或杀生者受到惩罚等等。

〔12〕风舻：乘风行驶的游船。

〔13〕牛头道化：指得法于牛头威禅师。

〔14〕莲文：犹莲经，即《妙法莲华经》的简称。

〔15〕圆音：圆，佛教指圆通，即无偏移，无障碍，这里泛指佛教教义；七轴圆音，即诵佛教经典、唱佛教赞歌、讲佛教教义之音。

〔16〕祇园：即祇树给孤独园，简称祇园精舍。亦泛指佛寺。

〔17〕醍醐：从酥酪中提制出来的油。比喻佛性。

〔18〕蜕：死的讳称。

〔19〕芬陀利：梵语，花名。即白莲花。又作芬陁利。此指《法华经》。

〔20〕阒阒（qù qù）：寂静，默默地。孜孜：勤勉，勤奋努力的样子。

〔21〕灵台:指心。

〔22〕六道三途:佛教语。六道指众生轮回的六去处:天道、人道、阿修罗道、畜生道、饿鬼道和地狱道。三途,即火途(地狱道)、血途(畜生道)、刀途(饿鬼道)。《新唐书·傅弈传》:"西域之法,无君臣父子,以三涂六道吓愚欺庸。"

〔23〕嗉:即嗉囊。指禽鸟类食管的囊状膨大部。位于胸腔入口的左前方。

〔24〕"又不见"二句:退之,指韩愈。退之为韩愈字。咏猎诗,指韩愈在徐州时随张建封射猎而作《雉带箭》诗。马前五色堕离披,韩愈《雉带箭》诗有"五色离披马前堕"句。五色,指雉的彩色羽毛。离披,散乱的样子。

〔25〕鲁恭:字仲康,东汉扶风平陵(今陕西咸阳)人。鲁恭受赵熹荐举为中牟县令,后天下发生蝗灾,独不入中牟县境。河南尹袁安派仁恕掾肥亲往中牟察访,与恭"俱坐桑下,有雉过,止其旁。旁有童儿,亲曰:'儿何不捕之?'儿言:'雉方将雏。'"肥亲知鲁恭为政之贤,惠及鸟兽。后因以"鲁雉"称美县令有德政。

〔26〕鹦鹉持经法:佛教传说:须达长者有二鹦鹉,阿难为说四谛之法。闻而信解,死而生天。

〔27〕濡须:古河流名。在今安徽南部,古代长江的支流。源于巢湖,东南流,经无为县,东入长江。其水入江处称濡须口(在今安徽无为东)。释子:僧人。

〔28〕陵迁谷变:犹陵谷变迁。丘陵变成山谷,山谷变成丘陵。比喻自然界或世事巨变。

〔29〕灵识:谓灵魂有知。亦指灵魂。

〔30〕嗜欲沉迷者:沉迷于贪恋欲望中的人。

彭汝砺

彭汝砺(1047—1095),字器资,饶州鄱阳(今江西鄱阳)人。英宗治平二年(1065)举进士第一。历保信军推官、武安军掌书记、彰州军事推官。王安石善其所著《诗义》,补国子直讲。元丰初以馆阁校勘为转运判官,改提点京西刑狱。哲宗元祐二年(1087)召为起居舍人。旋进中书舍人。官至权吏部尚书。绍圣二年卒。其立身行事,恪守儒家教义,然于佛学禅宗亦多浸染。《宋史》本传论其辞雅正,有古人风。其诗谐婉多讽,明瞿佑《归田诗话》极推其情致缠绵。著有《鄱阳集》十二卷传世。

送徐望之郎中提举舒州灵仙观

江濆远别几秋萤,汴曲相逢眼更青[1]。予志自能同豹变[2],弋人安得望鸿冥[3]?风流绿蚁千钟酒[4],香火黄庭一卷经[5]。只恐诸公还荐鹗[6],未容轻去老岩扃[7]。

辑自《鄱阳集》卷六

解题

徐望之郎中提举舒州灵仙观,作者赋此诗为之送行。作者在诗中回顾了与对方的交往,表达了对其为人的敬重与欣赏。告诉他此去虽然过的是"风流绿蚁千钟酒,香火黄庭一卷经"的道家生活,但不要就此消极退隐,因为大臣们可能还会荐举贤士。这虽然只是安慰之词,但惜别之情、关怀之诚充溢于字里行间。

注释

〔1〕汴曲:汴水边。眼更青:谓更加使人器重喜爱,进一步成为知心朋友。青眼,表示对人器重或喜爱,亦借指知心朋友。司马光《同张圣朋过杨之美明日投此为谢》:"呼儿取次具杯盘,青眼相逢喜无极。"

〔2〕豹变：如同豹文那样发生显著变化，亦喻人的行为变好或势位显贵。

〔3〕弋人：射鸟的人。鸿冥：鸿飞冥冥的缩略语，指鸿雁飞向又高又远的天际，亦喻指隐者的高远踪迹。

〔4〕绿蚁：酒面上浮起的绿色泡沫。借指酒。

〔5〕黄庭：即《黄庭经》。道教经典。有《上清黄庭内景经》和《上清黄庭外景经》两种。均以七言歌诀述养生修炼原理，观察五脏，特重脾土，为历代道教徒及修身养性者所重视。

〔6〕荐鹗：孔融《荐祢衡表》："鸷鸟累百，不如一鹗。使衡立朝，必有可观。"后称荐举贤士为荐鹗。

〔7〕老岩扃：终老岩扃。岩扃，山洞之门，也指山居之门，借指隐士的住所。

宿舒州境上

江淮五月水涵涵〔1〕，稍系扁舟宿翠岚〔2〕。半夜月明风转北，五湖归思满双帆〔3〕。

辑自《鄱阳集》卷一二

解题

五月的一个夜晚，诗人所乘的一叶扁舟系于舒州境内的江岸边。只见江中水波荡漾，远处的皖山山林中笼罩着一片雾气。半夜里明月当空，北风习习，此情此景，勾起了诗人归隐的念头。

注释

〔1〕涵涵：水波晃动貌。

〔2〕翠岚：山林中的雾气。

〔3〕五湖：春秋末越国大夫范蠡，辅佐越王勾践灭亡吴国，功成身退，乘轻舟以隐于五湖。后因以五湖指隐遁之所。归思：回归的念头。

雨中望皖公山不见因寄提举马大丞[1]

泊舟欲近皖公山，山在青云烟雨间。苍翠不容尘俗见，只应留着待公还[2]。

又

啼猿飞鹤近孱颜[3]，想见仙翁步屐还。贾谊行须对宣室[4]，谢安未用忆东山[5]。

辑自《鄱阳集》卷一二

【解题】

全诗歌咏了诗人雨中瞭望皖公山时所见与所感。诗人说，舟泊江边，抬眼望去，只见皖公山笼罩在烟雨迷濛之中，似乎它不容许凡夫俗子见到自己苍翠的真容，而一心只留着这美景等待久有居舒州意的您回来欣赏它。皖公山猿啼鹤飞，险峻高耸，想见仙翁漫步归来；但您还须像贾谊那样应皇上召见坐对宣室，纵论天下大事，所以您也不用像谢安那样追忆在东山的隐逸生活了。

【注释】

〔1〕提举：官名。宋枢密院编修敕令所有提举，宰相兼；同提举，执政兼。此外，有提举常平仓、提举茶盐、提举水利等官。马大丞，其人不详。

〔2〕"只应"句：自注："粹老久有居舒州意。"按，粹老当是对马大丞的尊称。

〔3〕屃颜：险峻高耸貌。

〔4〕"宣室"句：据《史记·屈原贾生列传》载，汉文帝在宣室召贾谊对问，谈至深夜，汉文帝兴仍不减，乃至挪动双膝靠近他。宣室，汉未央宫前正室。

〔5〕"谢安"句：据《晋书·谢安传》载，谢安早年曾隐居会稽之东山，经朝廷屡次征聘，方从东山复出，官至宰相，成为东晋重臣。

贺 铸

贺铸（1052—1125），字方回，原籍山阴（今浙江绍兴），生长卫州（今河南卫辉）。宋太祖贺皇后族孙。十七岁离家赴京，任左班殿直。神宗元丰元年（1078）为滏阳都作院，后苏轼荐为常侍。哲宗元符元年（1098）去职。徽宗建中靖国元年（1101）召为太府寺主簿。重和元年（1118）迁朝奉郎。晚年退居苏州，自号庆湖遗老。为人豪侠尚气，渴望建功立业，然终身悒悒不得志。工填词，因《青玉案》词中有"梅子黄时雨"句而有"贺梅子"之称（宋周紫芝《竹坡诗话》卷一）。诗亦有佳作。著有《庆湖遗老集》《东山词》等传世。

题皖山北濒江田舍

丙子四月赋

江转皖公山北流，萧闲人物美田畴〔1〕。一溪春水百家利，二顷夏秧千石收。小市竹楼张酒斾〔2〕，平桥松岛荫渔舟〔3〕。莫知农老何为者，几叶传封乐国侯〔4〕。

辑自《庆湖遗老集·诗集拾遗》

解题

此诗作于绍圣三年(1096)。本年四月下旬,作者有事于舒州,见皖山北麓的灞江处田舍甚美,便即兴而作此诗。在诗人笔下,这里人物潇洒悠闲,田野美不胜收。放眼望去,夏秧长势良好,目测估计秋收时二顷夏秧约有千石的收成。小集市的竹楼上张挂着酒旗,柳堤上有平缓的小桥,小岛上松树成荫,树下晾着渔舟。人们代代相传,过着世外桃源般的安乐生活。宋代王象之《舆地纪胜》引《图经序》,说舒州"风土清美,有山川之胜、粳稻之饶",据此诗观之,所言非虚。

注释

〔1〕萧闲:潇洒悠闲。田畴:古人把种粮食作物的土地叫做田,把种麻桑的土地叫作畴,这里泛指田野。

〔2〕酒斾:酒旗。

〔3〕平桥:温庭筠《春洲曲》:"门外平桥连柳堤。"松岛:松树成荫之岛。白居易《西湖晚归》:"柳湖松岛莲花寺。"

〔4〕几叶:几代。传封:传承而封,袭封。乐国侯:安乐的地方。《诗·魏风·硕鼠》:"逝将去女,适彼乐国。乐国乐国,爰得我直。"

晁补之

晁补之(1053—1110),字无咎,号归来子,济州巨野(今属山东)人。元丰进士。曾任吏部员外郎、礼部郎中兼国史编修等职。十七岁时至杭州,著有《钱塘七述》,为苏轼所称道。与黄庭坚、张耒、秦观并称"苏门四学士"。散文流畅,亦工诗词。著有《鸡肋集》《晁氏琴趣外篇》传世。生平事迹见宋张耒《柯山集拾遗》卷十二《晁无咎墓志铭》、《宋史》卷四四四本传。

皖口寄怀前太平守陈公度　龙舒人[1]

常爱东陵早拂衣[2],我行曾不叩荆扉[3]。凭君天柱峰头望,看我扁舟几日归[4]。

辑自《鸡肋集》卷第二一,又见《宋元诗会》卷二七

解题

这是作者在舒州皖口镇写给陈公度的一首七言绝句。陈公度曾任瑞州、太平州知州,祖籍河南,辞官后隐居舒州天柱山,至今山中仍留有其熙宁九年(1076)、熙宁十年(1077)、绍圣四年(1097)题名摩崖石刻四通(《天柱山摩崖石刻集注》)。此诗寄言抒怀,表示要像秦朝东陵侯召平和友人陈公度那样拂衣而去,辞官归隐。作者在诗中创造了两个潇洒出尘的高士形象:陈公度伫立天柱峰头凭高而望,作者自己乘一叶扁舟归游五湖。全诗也因这两个虚拟的形象而摇曳生姿,格调不凡。

注释

〔1〕陈公度:据作者题下自注为"龙舒人"。龙舒指舒州,已见前注。陈公度于熙宁九年(1076)三月、熙宁十年二月、熙宁十年三月、绍圣四年(1097)闰二月曾四度在皖公山谷石牛洞题刻,据"熙宁九年寒食前一日"题刻称,陈公度名纮,其祖籍为河南。又,陈公度仕履除此诗称曾任太平州知州外,元丰八年(1085)还曾以朝奉大夫衔任瑞州知州(《(正德)瑞州府志·历官》)。

〔2〕东陵:秦东陵侯召平,于秦亡后沦为平民,在长安东门外种瓜为生。他种的瓜被称为"东陵瓜"。拂衣:振衣而去。指归隐。

〔3〕荆扉:柴门。叩荆扉,指拜访。

〔4〕扁(piān)舟:小舟。《史记·货殖列传》:"范蠡既雪会稽之耻,……乃乘扁舟浮于江湖。"后因用扁舟作为归隐江湖的象征。

张 耒

张耒(1054—1114),字文潜,楚州淮阴(今属江苏)人。少能文,十七岁作《函关赋》传于众口。游学于陈,受苏轼嘉赏。熙宁六年(1073)进士。元祐中擢起居舍人。绍圣初以直龙图阁知润州,坐党籍徙宣州。徽宗时召为太常寺卿,通判黄州。崇宁初复坐党籍落职,主管明道官。晚年居陈州。苏轼称其文"汪洋冲澹,有一唱三叹之声"。诗亦富于韵味。与黄庭坚、秦观、晁补之并称"苏门四学士"。著有《诗说》《张右史文集》等传世。

和柳郎中山谷寺翠光亭长韵[1]

山深疑路断,古寺忽开门。乔木风霜急,荒崖云雨痕。朝霞明翠霭[2],秋雨濯岚昏。幽鸟不避客,闲云时入轩。重萝深更绿,碧涧浅无浑。宝地黄金布[3],飞泉白玉喷。庭闲卧驯鹿,果熟引王孙[4]。禅静石为室,客迷桃满园。每悲尘世幻,方信梵王尊[5]。野实饥堪荐[6],阳崖冬自温[7]。便当安寂寞,何事走歊烦[8]?清梵晨斋启[9],高松夜枕喧。逢人休问道,得意已忘言[10]。直指曹溪路[11],劳将贝叶翻[12]。功名叹不偶,岁月去如奔。久分疏轩冕[13],宁辞友玃猿[14]。从容岩客话[15],粗粝野僧飧[16]。即是平生乐,心期何日论[17]?

辑自《张右史文集》卷二〇

解题

熙宁七年,郎中柳子玉来舒州任灵仙观监,他所在的这座道教宫观与山谷寺相毗邻。一天,柳子玉以山谷寺前的"翠光亭"为题作了一首五言长韵,并把它寄给"苏门四学士"之一的张耒。张耒便步其原韵和作此诗。在诗人笔下,这里的自然风光幽深而静谧,万物都沾染上了禅意。在清幽的胜景和僧人的诵经声中,什么功名利禄、人间浮沉,都变得那么遥远而虚幻。岁月如奔,人生如寄,与猿猴为友,和隐士从容对话,吃着山野的僧人吃的粗粮,这是柳子玉平生的快乐,也是作者所企慕的。他希望有一天能和柳子玉一起讨论心中企望和思慕的生活。"即是平生乐,心期何日论",结尾处既是引柳子玉为同调,向他表明心迹,也表达了对这位前辈的思念之情。

注释

〔1〕柳郎中:即柳瑾,字子玉,丹徒人。庆历二年(1042)进士,与王安石为同年。曾官秘书丞。熙宁七年任舒州灵仙观监。其子仲远为苏轼妹婿。已见前注。翠光亭:今检有关文献,山谷寺无翠光亭,然有翠虚亭,在山谷寺前天香台上。"翠光亭"或指此。

〔2〕翠霭:青云。

〔3〕黄金布:即黄金布地。取须达长者以黄金布地,买地建祇园精舍的故事。

〔4〕王孙:猴的别称。

〔5〕梵王:指色界初禅天的大梵天王。亦泛指此界诸天之王。

〔6〕野实:野生果实。荐:荐食,吃。

〔7〕阳崖:阳光照耀的山崖。

〔8〕歊烦(xiāo fán):溽热烦人。

〔9〕清梵:僧尼诵经声。

〔10〕得意已忘言:禅宗主张领悟禅法后即应忘却具体的言词;参禅悟道重在领悟禅法的要旨,不应拘泥于语言文字。

〔11〕曹溪路:指顿悟禅。曹溪,禅宗六祖慧能的别号。因慧能曾在岭南曹溪开法,传授顿悟禅,故名。禅僧常云:"自从识得曹溪

路，了知生死不相干。"

〔12〕贝叶：古代印度人用以写经的树叶。亦借指佛经。唐玄奘《谢敕赉经序启》："遂使给园精舍，并入提封；贝叶灵文，咸归册府。"

〔13〕轩冕：官员的轩车和冕服。借指官位爵禄。

〔14〕玃猿（jué yuán）：猿猴之类。

〔15〕岩客：居于山中的隐士。

〔16〕粗粝：糙米。

〔17〕心期：心中期望思慕。亦指所期望思慕的人或事物。引申为相思。

和柳郎中舒州潜庵二首

浪走尘埃竟未甘[1]，仙郎六十制潜庵[2]。门前山色云侵坐，峰下秋光水满潭[3]。野鹤避人巢古木，清猿乘月啸寒岩。从今不作轩裳客[4]，多买烟霞未是贪[5]。

苍颜华发未能甘，欲学长年先创庵[6]。坐久烟岚开翠壁[7]，梦回云雨起寒潭[8]。松风夜扫鸣琴榻，溪溜晴分种药岩[9]。不是仙翁有仙骨，幽奇争许世人贪[10]。

辑自《张右史文集》卷二二

解题

柳子玉为修习长生之术，六十岁时在舒州潜峰买山创建了一座草庵，作为自己静修之所。此庵建成后，他作七言律诗二首寄给张耒，张耒遂步其原韵和此二诗。第一首即写柳子玉创建潜庵之事，并渲染其周边环境。这里峰上峰下山色秋光相互辉映，蔚成美景，不时还有闲云飘入座中。如此清幽的境界，令作者欣美不已。古代文人向有烟霞癖，喜爱山水胜景，买山归隐成为贤人高士的追求，所以作者说"多买烟霞未是贪"。第二首想象柳子玉在潜庵的生活。在这里坐久了,山间的雾气散去,青色的崖壁呈现于眼前;梦醒时可听到寒潭上的风雨声。夜里松风阵阵,将日间弹琴时的坐榻清扫干净;溪涧中水流迅疾,溪涧的那边便是种药岩。若非您这样有仙风道骨之人,如此清幽美妙的景物,怎能允许那些凡夫俗子有非分之想呢。张耒笔下的潜庵的确"幽奇",但不知具体位置所在。今检天柱山文献,天柱源于万山丛中开一坦为良药坪,旧有庵,久废;良药坪登仙峰下有焙药岩。其地"群峰高峙,气象万千",诗人笔下的"潜庵"或许在这里吧。

注释

〔1〕浪走:四处奔走,胡乱奔走。尘埃:犹尘俗,尘世。甘:心甘,情愿。

〔2〕仙郎:对尚书省各部郎中、员外郎等郎官的美称。此指柳瑾。因其曾任秘书郎,故称"仙郎"。制:创制。

〔3〕秋光:秋日的风光景色。

〔4〕轩裳:轩车和裳服,为卿大夫所用,借指官位。

〔5〕买烟霞:犹买山,喻贤士归隐。烟霞,山间的云气。比喻隐居山林之中,过隐士生活。宋朱熹《水调歌头·次袁仲机韵》词:"何处车尘不到,有个江天如许,争肯换浮名?只恐买山隐,却要炼丹成。"

〔6〕学长年:指习长生不老术。

〔7〕烟岚:山间或山脚飘浮的雾气。

〔8〕梦回:梦醒。

〔9〕溪溜:溪中迅疾的水流。

〔10〕争许:怎能允许。争同"怎"。

周邦彦

周邦彦(1056—1121),字美成,号清真居士,钱塘(今浙江杭州)

人。元丰初,为太学生,以献《汴都赋》为神宗所赏识,命为太学正。后任庐州(今安徽合肥)教授、溧水县令。徽宗时,提举大晟府,专事谱制乐曲。精通音律,能制新腔。其词格律精严。著有《清真居士集》,已佚;今存《片玉词》。

宿灵仙观

灵宫眈眈虎守谷,羽褐出山邀客宿[1]。稽首中茅司命君[2],四叶秉符调玉烛[3]。鸣金击石天相闻,游飙倒影翻翻声[4]。戏上云崖撼琼树,脱叶出溪惊世人。

辑自《(康熙)潜山县志》卷一二《艺文下》

解题

作者受道士之邀夜宿灵仙观,遂作此诗。诗中描写了道教宫观的森然气象,和举行斋醮仪式时的热烈气氛,歌颂了道家功德,抒发了对神仙道教的向往之情。今研究者多认为此诗是作者任溧水县令时访茅山道教宫观而作,所写非舒州灵仙观。《潜山县志》载此诗,或为误收。

注释

〔1〕羽褐:即羽衣,道士服装。此指道士。
〔2〕中茅:指中茅峰。茅山三峰之一。司命君:即九天司命君,灵仙观供奉之神。
〔3〕四叶:谓道士秉道符调和四时之气。秉符:秉持符瑞。玉烛:谓四时之气和畅。形容太平盛世。
〔4〕游飙:飙,指飙车。传说中御风而行的神车。翻翻声:《周邦彦集》及《茅山志》均作声磷磷。

方千里

方千里,字号、生卒年均不详,衢州信安(今浙江衢州)人。尝官舒州签判。著有《和清真词》一卷,皆和周邦彦词。《全宋词》第四册录其词九十三首。《全宋诗》卷三七七三录其《题真源宫》诗二首。

题 真 源 宫

玉册崇司命[1],灵章焕庆基[2]。金鸡那复见[3],白鹿竟何之[4]!自献香泥湿[5],朝来羽鹤垂。洞天三十六,此地冠珍祠。

万岁丹霞府[6],千函蕊笈书[7]。时时瞻绛节[8],往往下云车[9]。近与刚风接[10],高连上帝居。登前望南岳,清跸彻空虚[11]。

辑自《(嘉靖)安庆府志》卷一七《艺文志》

【解题】

此二诗为作者题真源宫而作。真源宫在皖山谷口左上二里处。梁武帝时,白鹤道人与宝志禅师斗法,飞鹤止于此,乃居之。唐开元间,玄宗皇帝梦于潜山见九天司命真君,遂遣中官及道士邓紫虚携内府缯帛至潜山为其创置司命真君祠宇。选址时见二白鹿现于高岗,遂于其地建祠,并以洞中香泥塑像以祀之。南唐时,于真君祠旁置丹霞府,藏道书三千册。宋太祖遣使建司命三箓大醮,太宗时建殿宇六百余区,赐名灵仙观。宋徽宗御书"万寿宫",后加"真源"二字。宣和七年,重建庆基殿。合新旧屋三千六百余间。宋徐闳中《真源万寿宫记》称此宫"广殿鼎峙,修廊翼张,飞楼复阁,延袤无际",可谓极一世之盛。

在此二诗中,作者将玉册、灵章、金鸡、白鹿、香泥、丹霞、羽鹤、洞天等真源宫典故传说与"绛节"、"云车"、"刚风"、"上帝"等道家经典意象叠加堆砌,表现了真源宫浓烈的宗教氛围与典丽的宫观建筑。结尾处以前望南岳、清跸空虚,写汉武帝来此山祭岳封禅事,表达了作者的思古情怀。

注释

〔1〕玉册:指仙道之书。

〔2〕灵章:指道教的经典、符箓。庆基:指庆基殿。真源宫殿名。参见宋张昌《真源万寿宫修造记》。

〔3〕金鸡:指金鸡石,在真源宫后。见宋潘自牧《记纂渊海·安庆府》。

〔4〕白鹿:唐天宝间,明皇梦九天司命真君现于天柱山。天宝九载春三月,乃遣中官王越宾、道士邓紫虚,赍内府缯帛前往创置祠宇。选址时,有二白鹿现于高冈,王越宾等"领徒就之,遂得其地"(阳玚《司命真君祠碑》)。今山中有白鹿岩、白鹿洞。

〔5〕香泥:相传唐明皇开元间遣使赍额时出泥,其泥香。

〔6〕丹霞府:一名丹霞馆,在天柱山真源宫旁。南唐时建,藏道经三千卷(孙岘《丹霞府藏经记》)。

〔7〕蕊笈:指道书。

〔8〕绛节:传说中上帝或仙君的一种仪仗。唐杜甫《玉台观》诗之一:"中天积翠玉台遥,上帝高居绛节朝。"

〔9〕云车:传说中仙人的车乘。仙人以云为车。故称。

〔10〕刚风:罡风。高天强劲的风。唐顾况《曲龙山歌》之二:"愿逐刚风骑吏旋,起居按摩参寥天。"《朱子语类》卷二:"高山无霜露,却有雪……道家有'高处有万里刚风'之说,便是那里。"亦指西风。

〔11〕清跸:旧时帝王出行时清道路,禁行人,曰清跸。

315

张　昌

张昌(1065—1153后)，字师言。籍贯不详，或谓"潜皖"人。靖康初，曾任上元令。绍兴十二年(1142)，以右承议郎知真州。十五年，守真州代还，知楚州①。后主管台州崇道观。十八年，提举江南东路常平茶盐公事。十九年，兼权提刑。二十年，以贵溪之乱失察免官，仍削二秩。其后以右朝散大夫知台州。二十三年，因年老辞官自请主管台州崇道观。或言绍兴中尚曾以参知政事出知潭州。昌父政和中曾任舒州灵仙观奉祠官，后昌亦归老潜皖，近九十而终。诗文甚佳，多传于外。

游真源宫二首②

漠漠山云阁雨[1]，离离涧草摇风[2]。看处行穿空翠，不妨小驻孤筇[3]。

木末轻风索索[4]，云边小雨班班[5]。行尽丹霞林樾[6]，皖山下看潜山。

<small>辑自《宋艺圃集》卷一二，又见《(正德)安庆府志》卷一六《艺文志》、《宋诗纪事》卷四六</small>

解题

此二诗为六言山水绝句，同写雨中登皖山游真源宫。其一写山行遇雨。作者在山间小阁中小憩，但见云霭低沉，山雨欲来，浓密茂盛的涧边野草随风摇摆。眼前满是空明苍翠的山色，不妨停下竹杖，

---

① 按，王明清《挥麈录》称，秦桧喜昌，就官簿中减去十岁，擢知楚州。
② 按，《(正德)安庆府志·艺文志》以此二诗与下一首《游真源宫》置同一诗题下，曰《游真源宫三首》；以其有六言绝句与五言古诗之别，今分置之。

独自欣赏一番。其二写雨中观山。木末、云边，幽远恬淡；轻风、小雨，空灵轻巧；索索、班班，风声、雨声如天籁奏响。在其间悠然行走，路的尽头便是丹霞馆的林边隙地，在那里朝下看，则皖山远近山势皆作潜伏状，便成"潜山"。末句"皖山下看潜山"颇有趣味。如果说前两句似一首悦耳的小调，后两句则像一幅绚丽的画卷。两诗风格、立意相似，用语又似有意呼应，而"漠漠"、"离离"、"索索"、"班班"等双声联绵词的运用，更增加了诗歌的音乐性，不愧为六言山水绝句中的佳作，为诸多选家所称道。

注释

〔1〕漠漠：阴沉迷蒙之状。
〔2〕离离：盛多貌。浓密貌。
〔3〕孤筇(qióng)：一柄手杖。谓独自步行。
〔4〕索索：象声词。状风吹声。
〔5〕班班：络绎不绝貌；盛多貌。
〔6〕林樾：林木；林间隙地。

游 真 源 宫

意行到丹霞[1]，好风驾两腋。缘云度鸟道，所过皆岌岌[2]。青松老搀天[3]，碧涧轰霹雳。白石如群羊，草低见濈濈[4]。却失天柱峰，崭然贞主立[5]。山前桃李花，故岁已相识。嫣然迎我来，照眼明的砾[6]。西山俄出云，顷觉半空黑。谁能笺天公[7]，雨事正不急。我方事幽讨[8]，忽遭山路湿。

辑自《(正德)安庆府志》卷一六《艺文志》

解题

　　这首五言古诗与前两首六言绝句同写游真源宫遇雨,风格却大不相同,前两首绝句轻巧空灵,此诗却豪迈峻奇。好风驾两腋,既是实写山岭上好风吹拂的高爽,亦有气韵上的飞升之势。"缘云"、"青松"两联写山路险、山景奇。山间桃李仿佛旧相识,嫣然笑迎,诗人的轻快心情跃然纸上,然而顷刻间明媚山景变为乌云压顶,山雨倏忽而至,诗人不由慨叹无人能解天公意。此诗既是实写山中气候变幻无常,也抒写出诗人对自然的敬畏之情。

注释

〔1〕丹霞:指丹霞馆、丹霞阁,均真源宫旁。已见前注。
〔2〕岌岌:高耸危险貌。
〔3〕搀天:参天,高耸入天。
〔4〕濈濈:聚集貌。《诗经·小雅·无羊》:"尔羊来思,其角濈濈。"
〔5〕崭然:山高峻貌。贞主:即真主。此指司命峰。
〔6〕的砾:光亮、鲜明貌。
〔7〕笺天公:意指阐明天公意图。
〔8〕幽讨:犹言探幽。即探索深奥的事理。亦指探寻幽境。

和曾太傅游山[1]

　　雨意藏秋壑,烟光列画屏。助情诗得句,寻胜酒俱醒。木落知樵径,山回失柳汀[2]。天衢应咫尺[3],平步上青冥[4]。

又

　　风定龙吟寂[5],云蒸蚁战酣[6]。谁同使君骑[7],来访野人庵。蜡屐寻丹瓮[8],巾车驻佛龛[9]。香尘路方隐,此景未全堪。

辑自《(康熙)潜山县志》卷一二《艺文下》

解题

这两首五言律诗均为和曾太傅游山而作。第一首体现了山水诗"诗中有画,画中有诗"的特点,首联雨意秋壑、烟光画屏即如一幅渐次展开的水墨画卷。游山寻胜,诗酒相伴,可谓情致盎然。一会儿是樵夫走的小路,一会儿来到柳树成行的水边平地,山路千回百转,不觉已登高峰,天衢近在咫尺。第二首用典于无形,既叙写了雨前山中生灵各自忙碌的实景,又透露出诗人与曾太傅俱厌倦尘世纷争,向往山林隐逸生活的意绪。两诗对仗工整却不呆板,用典颇多而能自然融入诗意。

注释

〔1〕曾太傅:疑指曾布。曾布为曾巩之弟,曾任右仆射加太子太傅。其孙曾惇曾官舒州。此诗第二首又见于《(正德)安庆府志》。

〔2〕柳汀:柳树成行的水边平地。

〔3〕天衢:天街。

〔4〕青冥:青天。

〔5〕龙吟:龙鸣。亦形容声音深沉或细碎。

〔6〕云蒸:云气升腾。

〔7〕使君:受天子之命出使之官称使君。此指曾太傅。

〔8〕丹瓮:天柱山顶有丹瓮岩,两相挟,中如瓮。自古有隐士居此。见章潢《图书编》。

〔9〕巾车:有帷幕的车子。佛龛:指佛寺。

和曾太傅游山[1]

飙舆曾降延恩殿[2]，始信真源自九天[3]。潜岳旧开司命府[4]，庆基重建中兴年[5]。五云长覆三峰顶[6]，一水来从九井渊[7]。瑞石贞符符秘语，皇图丕祚正绵绵[8]。

辑自《(正德)安庆府志》卷一六《艺文志》

解题

此诗名为和曾太傅游山，实为游真源宫而作。诗中歌咏了真源宫的历史，关于它的典故传说，以及它周围美丽的山水环境。全诗气象雄浑壮阔而含蕴丰富，连续以地名入诗却无半点滞碍，可见作者的艺术匠心。

注释

〔1〕按，此诗题下《(正德)安庆府志》原尚有"风定龙吟寂"一首，已见《(康熙)潜山县志》卷一二《艺文志》所收《和曾太傅游山》诗之第二首。

〔2〕飙舆：仙人的车驾。延恩殿：宋代宫中殿名。宋王称《东都事略》卷四《本纪》四："（大中祥符五年）十月戊午，九天司命天尊降于延恩殿，谕以'本人皇九天之一，乃赵始祖，再降为黄帝，后唐时复降，主赵氏之族。'己未，大赦天下。闰月己巳，上天尊圣号曰圣祖上灵高道九天司命保生天尊大帝。辛未，谒谢太庙。壬申，诏避圣祖名，以七月一日为先天节，十月二十四日为降圣节。"

〔3〕真源：此指真源宫中所供奉九天司命真君。

〔4〕司命府：即九天司命真君祠，唐玄宗天宝九载创建。宋太宗太平兴国七年改建，赐名"灵仙观"。徽宗政和七年扩大规模重建，改称真源万寿宫。

〔5〕庆基：真源宫殿名。即崇宁万寿宫圣祖殿,徽宗政和七年重建。有宋徽宗御书匾额。

〔6〕五云：五色瑞云。多作吉祥的征兆。三峰：指潜、皖、天柱三峰。已见前注。

〔7〕一水：指九井河。

〔8〕"瑞石"二句：宋太宗太平兴国七年(982),舒州有人献瑞石,上面刻着梁代宝志和尚有关赵姓称帝及圣祚绵远的预言。此二句咏其事,详孙仅《题潜山》注。贞符,祯祥的符瑞,指受命之符。皇图：指皇位。丕祚：帝业,皇统。

释清远

释清远(1067—1120),法号佛眼,俗姓李,临邛(今四川邛崃)人。年十四出家,尝依毗尼。出蜀游江淮间,元祐间至舒州太平寺,师事五祖演禅师七年。遍历禅席,后隐居四面山大中寺,又住崇宁万寿寺,继住舒州龙门寺十二年。徽宗政和八年(1118),奉敕命住和州褒禅山寺。逾年,以疾辞,归隐蒋山之东堂。宣和二年卒,年五十四,为南岳下十四世。留存偈颂诗赞颇多,均收入《古尊宿语录》中。传详李弥逊《和州褒山佛眼禅师塔铭》(《筠溪集》卷二四)、《五灯会元》卷一九。

别 僧 演

西别岷峨路五千[1],幸携瓶锡礼高禅[2]。不材虽见频挥斧,钝足难安再举鞭[3]。深感恩光同日月[4],未能踪迹上林泉[5]。明朝且出山前去,他日重来会有缘。

辑自《罗湖野录》卷二,又见《宋诗纪事补遗》卷九六"元祐三年舒州太平寺僧"

解题

此诗作于元祐三年(1088)。本年释清远(佛眼)年二十一岁,为舒州太平寺持钵。他刚从池州乞食回来,便听说其师太平寺主持法演和尚将迁住太湖县海会寺,感愤地说:"我学禅之事才开始有成,又跟着去一处荒僻的禅院参禅,怎能究决我自己的大事呢?"于是作此偈诗告辞。诗中说,自己从遥远的四川出来,带着钵盂和锡杖投在您这位高明的禅师门下。我这个无用之材虽频频被您挥斧砍削造就,但劣马再对它举鞭也没用。您对我的恩泽光辉如同日月,但还是不能跟随您去海会寺,明天就要离您而去了,他日有缘我会再来的。

注释

〔1〕岷峨:四川境内的岷山和峨眉山。释清远为四川人,此借指其家乡。路五千:形容途程遥远。

〔2〕瓶锡:僧侣所用的钵盂和锡杖。高禅:修行高明的禅师。

〔3〕"不材"二句:不材,不成材,无用。此为自谦之辞。钝足,犹言驽马。跑不快的马。难安,一本作"难谙"。

〔4〕恩光:犹恩泽。

〔5〕林泉:山林与泉石。多指隐居之地。此指海会寺,因其地荒僻,故云。

张继先

张继先,字嘉闻。又字道正。号翛然子。信州贵溪(今属江西)人。世居江西龙虎山。父为第二十九代天师张景端,继先嗣为第三十代天师。崇宁四年(1105)应诏赴京师,赐号虚靖先生。大观元年(1107)召授太虚大夫,辞不拜。北宋末病卒。著有《虚靖真君词》。

无　题

白云闲似我，我似白云闲。二物俱无心，逍遥天地间[1]。

辑自〔宋〕王象之《舆地纪胜》卷四六《安庆府·山川诗》，又见〔清〕陆心源《宋诗纪事补遗》卷九五

【解题】

作者此诗描写自己的闲适生活，展示了道士清静无为、淡泊名利的心灵世界。

【注释】

[1] 按，此诗后原有注文曰："刻在天柱山石崖之巅，后刻玉京叟张虚靖。字皆径一二尺。"玉京，道家称天帝所居之处。晋葛洪《枕中书》引《真记》："元都玉京，七宝山，周回九万里，在大罗之上。"《魏书·释老志》："道家之原，出于老子。其自言也，先天地生，以资万类，上处玉京，为神王之宗。"后泛指仙都。张虚靖，即张继先。继先崇宁四年(1105)应诏赴京师，赐号虚靖先生。

佚　名

舒州下寨驿中诗

北堂无老信来稀[1]，十载秋风雁自飞。今日满头生白发，千山乡路为谁归！

辑自〔宋〕赵令畤《侯鲭录》卷二，又见〔清〕陆心源《宋诗纪事》卷九六

【解题】

母亲已不在了，家中来信稀少，十年来只有大雁在秋风中空自飞翔。今日自己也已白发满头，那须绕过千山万水的回乡之路，我是为谁而归呢？南宋赵令畤《侯鲭录》曰："王性之云：舒州下寨驿中所题诗，余以永感之人，读之垂涕。"

【注释】

〔1〕北堂：母亲的居室。亦引以为母亲的代称。

佚　名

潜　皖　云　游

试将潜皖问云游^{〔1〕}，何似灵岩与虎丘^{〔2〕}。应道淮南山水胜，清奇都在两三州^{〔3〕}。

　　辑自〔宋〕王象之《舆地纪胜》卷四六《安庆府·山川诗》，又见〔清〕陆心源《宋诗纪事补遗》卷九九

【解题】

一位苏州的僧道出家之人云游至舒州，见风景优美而作此诗。诗中将潜山、皖山与苏州的灵岩、虎丘相比拟，认为它们都是风景名胜之区，同样具有清新奇妙的境界。

【注释】

〔1〕云游：游历四方。亦指行踪飘忽不定。多用于僧道出家人。
〔2〕灵岩：山名。在江苏苏州，山多奇石，状似灵芝，因而得名。

灵岩胜迹自古闻名。相传春秋时,吴王夫差于此山上建馆娃宫,使西施居之。其遗址即今山顶灵岩寺及其花园一带。虎丘:在江苏苏州阊门外,距城七里。又名海涌山、海涌峰。春秋时吴王夫差葬其父阖闾于此,相传葬后三日,有白虎踞其上,故名。一说以山形如蹲虎而得名。

〔3〕此诗后原有注文曰:"怀宁驿中垦地,得碑尺许,题诗云云。"

刘安上

刘安上(1069—1128),字元礼,温州永嘉(今属浙江)人。刘安节从弟,与安节俱师事程颐,并以学行为乡里所重,时称"二刘"。哲宗绍圣四年(1097)进士,任杭州钱塘尉。徽宗时为殿中侍御史。蔡京擅权,安上两次弹劾,遂罢京相。大观三年(1109)迁谏议大夫。后出知寿州、舒州,宣和初致仕。安上为人耿介敢言,所作文章典重有法。诗工于五言,往往平淡自然之中饶具风致。著有《刘给谏集》五卷传世。

重九宴集天柱间

皖国逢重九,登临摇落天[1]。盍簪追往事[2],吹帽念前贤[3]。入眼吴萸紫[4],开觞邓菊鲜[5]。五云亭最好[6],争奈近灵仙[7]。

辑自《刘给谏文集》卷一

解题

此诗为作者出任舒州知州不久时作。起首"皖国"加一"逢"字,点出初到舒州并隐隐透露出作者心绪的不平静。在迁谪地逢重阳,于名山天柱间宴集,作者将佳节雅集、眼观美景的喜悦,和历经磨难、游宦异乡的复杂情感糅合在一起,不一味铺陈佳节,亦不直言失意,只在风俗、典故、眼前胜景中用"追""念""争奈""只是"等词轻轻一点,含蓄隽永,耐人寻味。全诗用典虽多,却能化典于无痕,且对仗工整,颇为新奇别致。

注释

〔1〕摇落天:指秋天。"摇落"语出宋玉《九辩》:"悲哉秋之为气也,萧瑟兮草木摇落而变衰。"

〔2〕盍簪:《易·豫》:"勿疑,朋盍簪。"孔颖达疏:"群朋合聚而疾来也。"后以指士人聚会。唐杜甫《杜位宅守岁》诗:"盍簪喧枥马,列炬散林鸦。"

〔3〕吹帽:《晋书·孟嘉传》:"九月九日,温(桓温)燕龙山,僚佐毕集,时佐吏并着戎服,有风至,吹嘉帽堕落,嘉不之觉。"后以"吹帽"为重九登高雅集的典故。唐杜甫《九日蓝田崔氏庄》诗:"羞将短发还吹帽,笑倩旁人为正冠。"宋柳永《玉蝴蝶·重阳》词:"良俦,西风吹帽,东篱携酒,共结欢游。"

〔4〕吴萸:即吴茱萸,插茱萸与登高同为重阳习俗。

〔5〕邓菊:河南邓菊是著名茶用菊。赏菊、喝菊花酒亦为重阳习俗。

〔6〕五云亭:《潜山县志》载,真源宫有五云亭,昔为胜地,今废。

〔7〕灵仙:灵仙观。

和胡子文游山寺值雨

偷闲出城府[1],聊以洗尘心[2]。自得林泉趣,何妨雨雾深!野亭连竹色,古寺想潮音[3]。幸接高人论,清风满素襟[4]。

辑自《刘给谏文集》卷一

解题

此诗起句即不俗,偷闲出"城府",明指抽空出舒州城游山寺,实则与"尘心"相对,喻指暂时摆脱机心,远离世俗烦扰,让心灵于自然中得到片刻休憩和洗涤,用典正与前《重九宴集天柱阁》异曲同工。颔联"林泉"、"雨雾"点题"山寺遇雨",切合情境又直抒胸臆,表达诗人对林泉之趣的向往,传为名联。山野小亭、竹林葱郁,古寺传来僧众念经之声,这里是宁静幽远、迥异尘世的佛教圣地,并且又能听到高明者的言论,如沐清风,一切令人感到轻松愉悦,诗人的心胸得到荡涤,感觉自己的本心又回来了。

注释

〔1〕城府:城市与官府。也喻指待人接物的心机。
〔2〕尘心:指凡俗之心,名利之念。
〔3〕潮音:僧众诵经的声音。
〔4〕素襟:素袍之襟。亦指本心,平素的襟怀。

登炼丹山三绝句

攀援绝壁上高峰,下瞰尘寰杳霭中〔1〕。未饮刀圭跨鸾鹤〔2〕,已如身世脱樊笼〔3〕。

神仙已往遗基在〔4〕,丹井凄清绝点埃〔5〕。归去漏残初睡醒,恍疑身到洞天来。

群峰耸拔更回环,鹤驾分明缥缈间〔6〕。金鼎丹成人不见〔7〕,但留名字镇空山。

辑自《刘给谏文集》卷一

{解题}

天柱山有三座炼丹山,亦称炼丹台,即所谓上炼丹、中炼丹、下炼丹。相传并为汉左慈修炼之区。其处溪谷幽深,峰石纵横,清秀奇绝,人迹罕至。作者这三首绝句均写登炼丹山,然各有侧重。其一写山高,诗歌突出炼丹山之高峻与登顶后的感受。攀援绝壁,登上高峰之后,隔着杳杳雾霭往下看,平日熟悉的世界变得渺小而不真实。这种空间上的隔离感使人无须饮仙丹,便已仿佛脱离尘世樊笼来到了另一个世界。其二偏重写宗教遗迹给诗人心灵带来的震撼和思考,有"昔人已乘黄鹤去,此地空余黄鹤楼"的韵味。这种心理冲击甚至在离开炼丹山后仍未消除,午夜梦醒时分,诗人恍惚间怀疑自己是否已不在人世,而是来到了洞天福地。其三则写炼丹山不仅群峰耸峙,更呈回环之势,使人置身其中有与世隔绝之感,仿佛在云雾缥缈间看到了仙人驾鹤飞翔。瞬间的迷离后,回到现实,毕竟炼丹之人已不知所踪,只留下炼丹山之名令后人怀想。诗人凭吊古迹,缅怀旧事,黯然神伤。

{注释}

〔1〕尘寰:人世间。杳霭:幽深渺茫貌。

〔2〕刀圭:道教术语。原指量取药末的用具,后引申为药物、仙丹,亦用以借指真元之气。鸾鹤:鸾与鹤,古代神话传说为仙人所乘。诗中多用作咏仙客。如张籍《送宫人入道》:"已别歌舞贵,长随鸾鹤飞。"

〔3〕樊笼:鸟笼,比喻不自在、不自由的境地。

〔4〕遗基:遗址。

〔5〕绝点埃:无一点尘埃。

〔6〕鹤驾:指仙人的车驾。

〔7〕金鼎:指道士炼丹的鼎炉。

舒州西门送客亭[1]

拂云亭外竹千竿,静听清声戛玉寒[2]。却忆谢公岩下路[3],水风凉处战檀栾[4]。

辑自《刘给谏文集》卷一,又见《宋诗纪事》卷三五、《四朝诗》宋诗卷六八

解题

此诗妙在绘声。舒州西门送客亭外种有千竿翠竹,微风拂过竹林,仿佛敲击玉片,泠然之声清脆悦耳。此情此景,使自己回想起谢公岩下,也是这样一片竹林,水风吹过,千竹簌簌,其景如画,其声如乐,这样的胜境真是令人心旷神怡呀!

注释

〔1〕按,此诗《宋诗纪事》《四朝诗》题作"舒州西门"。
〔2〕戛玉:敲击玉片。形容声音清脆悦耳。
〔3〕谢公岩:谢公,指谢庄,字希逸,南朝宋陈郡人。性爱山水。襄阳城南五里有岩景致幽胜,谢庄镇襄阳,每暇辄游此岩,人遂名为谢公岩、谢庄洞。
〔4〕战:颤动。檀栾:秀美貌。多用以咏竹。白居易《题卢秘书夏日新栽竹二十韵》:"几声清淅沥,一簇绿檀栾。"

李师道

李师道,曾任提点刑狱。其余不详。

游 潜 山

肩舆转关随俯仰[1],不忧弱水澄方丈[2]。细雾萦盘上白云,刚风肃肃天森爽[3]。夏木阴浓四月寒,涧流触石鸣惊湍。到身已喜在福地[4],肯问玄都何处坛[5]!

辑自〔元〕陈世隆辑《宋诗拾遗》卷一三,又见《(天顺)直隶安庆郡志》卷一二《题咏》、《(康熙)潜山县志》卷一二《艺文下》

解题

诗人游潜山,留下了两首同题作品。这是一首七言律诗,诗中再现了作者坐轿游山的悠然神态,描绘了山中的天气和景色,以及初到洞天福地时的喜悦和急于要拜访道教名胜的迫切心情。"夏木阴浓四月寒,涧流触石鸣惊湍"一联关于自然景色的描写颇见功力,不仅画面清新,而且渗入了诗人的主观意趣和感受,给人以深刻的印象。

注释

〔1〕肩舆:抬着轿子。此指乘坐轿子。转关:指机械上可以转动的枢纽。

〔2〕弱水:仙境水名。古代传说弱水地近西王母居处,是凡人难以渡过的一条河。方丈:即方丈神山,传说中的海中三神山之一。

〔3〕刚风:猛烈之风。肃肃:象声词。象风的振动声。

〔4〕福地:指神仙居住之处。道教谓神仙及道士所居处有十天洞天、三十六小洞天、七十二福地,潜山为三十六小洞天之十四洞天。后亦泛指名山胜境。

〔5〕玄都:古道坛名。唐杜甫《玄都坛歌寄元逸人》诗:"屋前太古玄都坛,青石漠漠松风寒。"蔡梦弼注:"玄都乃汉武帝所筑,在长安南山子午谷中。"潜山有汉武祭岳台与左慈炼丹台,玄都当指此。

游 潜 山

　　名山发天祖[1],奕世光宝胄[2]。岩岩圣祖宅[3],高拱环星宿[4]。神仙艳粉壁,金玉焕云构[5]。盘基戴鳌足,峻宇排鹓啄[6]。真官镇下土[7],举世登仙寿。崇冈指白鹿,事出天宝旧[8]。增崇兴国年,祥瑞屡臻臻[9]。天高日月间,露近松柏茂。户牖明九露[10],斋房丽三秀[11]。谒来朝帝廷[12],玉陛严青绶[13]。天关无虎守,仙子可邂逅。乘风谒蓬莱,下视尘土臭。徐行转山谷,古木惊哀猱[14]。梯空到白塔,山翼横飞鹫[15]。祖禅云水空,遗迹荆蓁覆[16]。忘言对廷柏[17],秀色欣相就[18]。穿云九井溢,飞瀑泻天漏[19]。松颜晓生寒,山色晚凝秀[20]。凭高恣心赏[21],领略安敢后。淮云兹地险,汉武昔巡狩[22]。肩舆转机栝[23],齿杖柱坚瘦。羹鼎荐溪鱼[24],茶瓯酌水溜[25]。语言不知痕,商略终宇宙[26]。未礼暂宽容,剧谈无滞留[27]。仙函灯火读[28],若获万金富。丹经稍披寻[29],药法屡研究。夜闻更软语,梅李分间豆。身闲逢故人,一笑醉方酬。岂辞青鞋底[30],故意群山囿[31]。欢然造天乐[32],恍若洞庭奏[33]。坐起发诗情,风烟供斟侑[34]。新篇出囊锦,逸韵金石扣[35]。挥毫四百言,善舞矜长袖[36]。我非云梦才[37],邾莒困偏陋[38]。万人百不如,驽马谢驰骤[39]。赍书买云泉[40],但欲清永昼[41]。长谣语非工[42],圭玷空三复[43]。

　　辑自《(天顺)直隶安庆郡志》卷一二《题咏》,又见《(康熙)潜山县志》卷一二《艺文下》

解题

这首五言古诗以宏大的体制,极力铺叙了诗人自己游览潜山的经历。作者的笔触如同现代摄影家的广角镜头,从各个方位摄取了潜山的种种奇景,那高大宏伟的道教宫观,荒寒幽寂的禅宗寺院,还有那飞瀑流泉、寒松翠柏、哀猿飞鹫,无不穷形尽相。诗人不仅登临高处尽情观赏山中景物,而且亲身体验了山中生活。他品尝了溪中之鱼,喝了用飞瀑流泉煮的茶,探讨了禅宗的世界观,稍稍翻阅了一些道家讲炼丹术的专书,并且与相逢的故人在音乐声中饮酒赋诗。全诗雄奇恣肆,卓荦不凡,颇有韩愈《南山》诗的几分风范。

注释

〔1〕天祖:天帝圣祖。

〔2〕"奕世"句:谓潜山累世为皇家增光。奕世,累世,代代。宝胄,帝位。

〔3〕岩岩:高大貌,威严貌。圣祖:对老子的尊称。道教本称老子为太上老君。唐高宗时追尊为太上玄元皇帝,至玄宗又加尊号为大圣祖玄元皇帝。宋真宗时,因唐故事,上徽号九天司命天尊,后又追尊为圣祖天尊大帝。后世因简称"圣祖"。

〔4〕高拱:高高凸起。环星宿:谓星宿环绕在其周围。南唐李明《题天柱山》:"太微星斗拱瑶台,圣祖琳宫镇九垓。"

〔5〕"神仙"二句:圣祖宫中照壁上画的神仙画像色彩鲜艳夺目,高大的楼阁台殿上所装饰的金玉闪闪发光。粉壁,也叫照壁或影壁,大型建筑如庙宇、衙门等,多立于门外对过。鲜明,光亮。云构,指高大的楼阁台殿。

〔6〕"盘基"二句:奠基石耸立在巨大的龟形石刻上,高高的屋檐被排列着的赤凤叼衔着。鳌足,古代神话中作为天柱的大龟四足。此指石刻。鹓啄,鹓是鹓鸟,即传说中的赤凤。啄,鸟嘴。鹓啄,指雕

刻的装饰物。

〔7〕真官：仙人而有官职者。下土：指人间。

〔8〕"崇冈"二句：据唐阳璹《司命真君祠碑》载，唐玄宗天宝八载，中使王越宾与道士邓紫虚携内府缯帛至潜山为九天司命真君修建祠宇，曾有"二白鹿见于高冈"。此即咏其事。

〔9〕"增崇"二句：谓宋太宗太平兴国年间，增修扩建太祖宫观，祥瑞多次降至。详孙仅《题潜山》注。

〔10〕九露：九月深秋的露水。

〔11〕三秀：灵芝草的别名。灵芝一年开花三次，故又称三秀。

〔12〕朅来：犹言来。归来；来到。

〔13〕青绶：佩系官印的青色丝带。亦借指官印或高级官吏。

〔14〕哀猱：哀声鸣叫的猿类。

〔15〕"梯空"二句：腾空来到白色的佛塔，只见山的两侧秃鹫横飞。梯空，腾空。鹫，鹫鸟。鹰科部分种类的通称，皆大型猛禽。如秃鹫、兀鹫等。又旧时常混称雕为"鹫"。

〔16〕"祖禅"二句：谓祖师禅随着祖师如行云流水一样消逝而消逝了，只有遗迹被丛生的灌木覆盖着。祖禅，即祖师禅，与"如来禅"相对。指教外别传、不立文字、祖祖相传、以心传心、见性成佛之禅。云水，佛教中指僧人云游四方，如行云流水一样，没有一个长期住脚的地方。这里指三祖如行云流水一般消逝。荆榛，泛指丛生灌木，多用以形容荒芜情景。

〔17〕忘言：谓心中领会其意，不需用言语来说明。

〔18〕秀色：指优美的景色。

〔19〕"穿云"二句：谓九井之水穿云破雾漫溢出来，瀑布飞流而下，像是从天上的漏洞中往外奔泻。飞瀑，即瀑布。因其势飞流而下，故称。天漏，天的漏洞，亦指淫雨。

〔20〕"松颜"二句：早晨松树的颜色能使人产生寒冷的感觉，傍晚山中凝聚着各种优美的景色。

〔21〕"凭高"句：登临高处尽情地观赏。

〔22〕"汉武"句：参见唐独孤及《酬皇甫侍御望天潜山见示之作》诗注〔7〕。

〔23〕机栝：犹机关。机械发动的部分。

〔24〕羹鼎：烹制或盛羹汤之鼎。荐：进献，送上。特指祭祀时献牲。

〔25〕水溜：迅急的流水。

〔26〕商略：商讨。

〔27〕剧谈：犹畅谈。滞留：停滞；停留。

〔28〕仙函：本指装仙书的函套，此指仙书，即道经。

〔29〕丹经：讲述炼丹术的专书。披寻：打开翻阅。

〔30〕青鞋：指草鞋。青鞋布袜多为隐士或平民的装束。

〔31〕故意：故人的情意；旧情。

〔32〕天乐：犹仙乐。常借指美妙的音乐。

〔33〕洞庭奏：指仙乐。《庄子·天运》："帝张《咸池》之乐于洞庭之野。"唐王勃《乾元殿颂序》："瑶山广乐，备逸调于宫悬；洞庭仙奏，纳遗歌于帝府。"

〔34〕风烟：风光，风景。斟侑：劝酒，佐酒。

〔35〕"逸韵"句：谓美妙超俗的诗歌作品读起来像敲击钟磬那样动听。逸韵，此指超俗的诗文作品。金石，指钟磬之类的乐器。

〔36〕"善舞"句：喻有所凭借，事情容易成功。矜，自夸，自恃。

〔37〕云梦才：司马相如那样的才能。

〔38〕邾莒：春秋二小国名。偏陋：偏狭浅陋。

〔39〕驽马：劣马。

〔40〕赍书：来信。

〔41〕永昼：漫长的白天。

〔42〕长谣：长歌，长诗。工：巧，精。

〔43〕"圭玷"句：《论语·先进》："南容三复白圭，孔子以其兄之子妻之。何晏集解引孔安国曰：'《诗》云：白圭之玷，尚可磨也；斯言之玷，不可为也。'南容读诗至此，三反覆之，是其心慎言也。"后因以

"三复白圭"谓慎于言行。唐骆宾王《夏日游德州赠高四》诗:"一诺黄金信,三复白圭心。"

李 彭

李彭,字商老,南康军建昌(今江西永修)人。博闻强记,诗文富赡,书法得王羲之之赡丽,用颜真卿之气骨,为世所重。所从游唱和者多为江西诗派中人,如黄庭坚、韩驹、徐俯、吕本中等。诗刻意学黄,《四库全书总目》称其"锤炼精研,时多警策"。然"诗体拘狭,少变化"。著有《日涉园集》传世。

胡少汲名直孺,龙舒佳士,清修可喜,往岁见之金陵。闻除侍御史,因作此诗以见意

闻君往年客淮西[1],及见我公无恙时。潜山皖水德星聚[2],天下中庸人表仪[3]。川行节往万事尽,我独流寓东南涯。协洽之岁秋九月[4],买船适诣秦淮湄。建康城头鸡欲曙,白下门前乌未飞[5]。有客剥啄复剥啄[6],出门一见忘尘羁。戛然野鹤下孤屿[7],意定吾子初无疑。高谈确切不跛踦[8],养此郁郁涧底姿[9]。发蒙振落笑余子[10],招之不来不可麾。判司卑官果难屈,脱身遂与篁楚辞[11]。行行且止避骢马[12],胆落于地非公谁？御炉烟动天颜喜,柱下云开春日迟[13]。侧席爱民如爱子[14],愿达民病苏疮痍[15]。要使英风触白兽[16],更遣直气生青规[17]。鄙夫养疾江汉间[18],有如不信吾谁欺！

辑自《日涉园集》卷五

解题

这是舒州胡直孺被任命为侍御史时,作者为表示心意而作的一首七言长诗。诗中赞美了胡直孺高洁的品行,奇伟杰出的气概。回顾了往年在金陵初次见面时其才气横溢、行事稳重令人刮目相看的情景。并期望胡直孺作为侍御史,应像东汉的桓典那样,执政无所回避;向朝廷如实上报老百姓的疾苦,让社会从战乱的创伤中恢复过来。全诗对胡直孺充满着溢美之词,也对孕育这位英才的潜山皖水表达了敬意。

注释

〔1〕客:客居,寓居。淮西:指淮南西路。北宋淮南西路治所在舒州城。

〔2〕德星聚:形容文士贤者聚会。也指家有贤德之人。南朝宋刘敬叔《异苑》卷四:"陈仲弓从诸子侄,适荀季和父子,于时德星聚,太史奏:五百里内有贤人聚。"

〔3〕中庸:儒家的政治、哲学思想。主张待人、处事不偏不倚,无过无不及。人表仪:人的表率。

〔4〕协洽:未年的别称。《尔雅·释天》:"太岁在寅曰摄提格……在未曰协洽。"郝懿行义疏:"协洽者,《占经》引李巡云:'言阴阳化生,万物和合,故曰协洽。协,和也;洽,合也。'"

〔5〕"建康"二句:谓南京尚未天明。建康、白下,均为南京别称。乌未飞,指太阳尚未起山。乌即金乌,喻太阳,传说太阳中有三足乌。

〔6〕剥啄(bō zhuó):亦作"剥琢"。象声词。敲门或下棋声。此指敲门。

〔7〕夐然:出众貌。

〔8〕确讱:说话谨慎,言不易出。不跛踦(bǒ qī):指行事稳重。跛踦,行步不稳貌。

〔9〕郁郁涧底姿：意谓胡直孺有才能而出身微寒。左思《咏史》："郁郁涧底松,离离山上苗。以彼径寸茎,荫此百尺条。世胄蹑高位,英俊沉下僚。"

〔10〕发蒙振落：揭开蒙盖物,摇掉将落的枯叶。喻轻而易举。

〔11〕避骢马：《后汉书·桓典传》："是时宦官秉权,典执政无所回避。常乘骢马,京师畏惮,为之语曰：'行行且止,避骢马御史。'"后以"避骢马"指回避侍御史的典故。

〔12〕侧席：谓因忧惧而坐不安稳。

〔13〕箠楚：本指棍杖之类,引申为拷打。

〔14〕柱下：周秦置柱下史,后因以为御史的代称。

〔15〕"愿达"句：谓向朝廷上报老百姓的疾苦,让社会从战乱的创伤中恢复过来。苏,苏息,恢复；拯,拯救,解救。疮痍,创伤,比喻疾苦。亦指战乱所带来的灾祸。

〔16〕英风：奇伟杰出的气概；英武的气概。白兽：即白虎。指迷信传说中的凶神。

〔17〕青规：指宫廷禁地或御前所铺蒲草之席,是进谏奏事的场所。

〔18〕鄙夫：鄙陋浅薄的人。作者自谦之词。

胡直孺

胡直孺,字少汲,祖籍奉新(今属江西),长期寓居舒州城,故志传或谓舒州人(《(洪武)苏州府志》)。哲宗绍圣四年(1097)进士。初为洺州司户参军,累迁监察御史,出知平江府。徽宗政和六年,任淮南路转运副使。宣和五年,为东南六路转运辇运拨发司官。靖康间知南京,为金人所执,不屈,久之得归。高宗朝擢龙图阁直学士知龙兴府,进兵部尚书,卒。著有《西山老人集》二十四卷,今已佚。直孺工文词,笔力雄赡,各体文字如"行云流水,自然成文,不见刀尺"(孙觌《西山老人文集序》)。又长于诗,黄庭坚《跋胡少汲与刘邦直诗》多有称誉之词。

宿丹霞馆

雪封汉帝迹[1],珠络化人宫[2]。晓雾楼台没,夜坛鸾鹤空[3]。奇峰罗北户[4],清露滴西风[5]。长使幽怀古,更欣佳客同。

辑自《(康熙)潜山县志》卷一二《艺文下》

解题

丹霞馆在天柱山灵仙观旁。馆后有丹霞泉,秋冬多涸。南唐时建丹霞阁,藏道经三千卷(《丹霞府藏经记》)。诗人夜宿于此,不由生发怀古之幽情。天柱山曾因汉武帝封禅,号称南岳;眼前的大雪封盖了汉帝当年登山的足迹,而丹霞馆这些宫观建筑群在雪中披上了银装,晶莹连贯,如同珠玉缀成的网络。首联既是写眼前冬日雪景,又糅进了历史典故和道家传说,意涵丰富,令人遐想联翩,为全诗定下基调。颔联、颈联写晨夜山中景象。早晨楼台掩映于浓雾之中,夜间祭坛上仙人所乘的鸾鹤飞走了。从朝北的窗户中放眼望去,只见一座座山峰雄奇秀丽;清晨洁净的露水在裊裊西风中缓缓滴落。在诗人笔下,丹霞馆所在处缥缈清奇,有如仙境。面对此景,怎能不使自己幽深沉静的情怀久久地思念古代的人和事呢?而更令人欣喜的是这一切都有好友相伴。全诗写景抒情颇有层次,叙事如行云流水,且对仗工整,颇见作者功力。

注释

[1] 汉帝迹:汉武帝的足迹。
[2] 珠络:缀珠而成的网络,比喻晶莹连贯之物。化人宫:仙人所居之处。此处指丹霞馆等道观建筑群。语本《列子·周穆王》:"化人之宫构以金银,络以珠玉。出云雨之上,而不知下之据,望之若屯云焉。"

〔3〕鸾鹤：鸾与鹤。相传为仙人所乘。
〔4〕罗：列。
〔5〕清露：洁净的露水。

游灵仙观

山谷古为国[1]，神仙今作乡[2]。青松连夜起，珍木绕门长。香露琼楼见[3]，绛霞水阁光[4]。同游复同饭，自有玉为浆[5]。

辑自《(康熙)潜山县志》卷一二《艺文下》

解题

舒州灵仙观由于是宋太宗亲自下诏改建，且规模宏大，在有宋一代名声显赫，加之道观所在的皖山谷口山水清幽，所以文人墨客前来游赏题咏者颇多。此诗即为作者陪友人同游此观时作。诗歌介绍了灵仙观所在处旧为古国、今作仙乡的历史变迁，描述了宫观的自然环境，诗中青松、珍木、香露、琼楼、绛霞、水阁等意象迭次出现，历史人文和宗教建筑、自然景观水乳交融，令人心旷神怡；又有友人同游同食，共饮一觞，自然甘美如琼浆玉液。此虽为游历道观之诗，却没有使人压抑的宗教气氛，结尾处以一饭一浆写友情，更是真挚感人。

注释

〔1〕古为国：舒州西周时曾封为舒国，春秋时又为皖国，故曰古为国。
〔2〕神仙：指灵仙观中所供奉的九天司命真君诸神。
〔3〕琼楼：晶莹瑰丽的高楼。
〔4〕绛霞：深红色的云霞。水阁：临水的楼阁。一般为两层建

筑，四周开窗，可凭高远望。

〔5〕玉为浆：指美酒。

释惠洪

释惠洪（1071—1128），一作慧洪，又名德洪，自称洪觉范，又称觉范道人。筠州新昌（今江西宜丰）人。俗姓喻（一作彭）。年十四父母双亡，依三峰靓禅师为童子。哲宗元祐四年（1089）试经于天王寺，落发受戒。后南归，依真净禅师于庐山，复从徙于洪州石门。禅学超诣，释注《金刚》《楞严》《圆觉》《法华》四经。博通儒书，尤工于诗，名动京师。与陈罐、黄庭坚友善，善画梅竹。徽宗时，入宰相张商英府中，赐号宝觉圆明禅师。政和元年（1111），受张商英、郭天信坐罪牵连，刺配崖州，三年后遇赦得自便。后死于南安军。著有《石门文字禅》《冷斋夜话》《林间录》等传世。

鲁直弟稚川作屋峰顶名云巢[1]

只今海上青石牛[2]，曾卧天子黄金屋。下看朱紫如堵墙，上前诸公遭抵触。眼高四海镜面空，潜山归来巾一幅。惭愧君家小冯君[3]，自是河东真鸑鷟[4]。文章五色体自然，秋水精神出眉目。人间不识但闻名，水非醴泉石非玉。江南一峰独高寒，时时笑语云间宿。弟兄出处两相高，故作云巢对山谷。

辑自《石门文字禅》卷三

【解题】

释惠洪与黄庭坚、黄公准兄弟多有唱和，今人据《山谷诗集注》卷二〇《代书寄翠岩新禅师》诗有"山谷青石牛,自负万钧重。八风吹得行,处处是日用。又将十六口,去作宜州梦"数句,推断此诗作于黄庭坚在宜州,而黄公准隐居洪州分宁之时。诗中歌咏了黄庭坚不慕世俗名利,精神高洁,其弟黄公准与之堪称大小冯君,一样是人中龙凤。两人又均爱潜山之胜,一自称山谷,一从潜山归去后作屋峰顶名云巢,与山谷相对,兄弟俩可谓志趣相投。此诗揭示了黄庭坚、黄公准兄弟与潜山的情缘,其中黄庭坚与潜山的故事,世人耳熟能详;而黄公准之事则前所未闻。

注释

〔1〕稚川:即黄公准。公准字稚川,黄庭坚从弟,洪州分宁人。自号云巢居士,有《云巢诗集》,今佚。

〔2〕青石牛:指黄庭坚,黄游舒州山谷寺,书石牛溪旁大石诗"青牛驾我山谷路",自号山谷道人。

〔3〕小冯君:汉代冯奉世之子冯野王、冯立兄弟先后为上郡太守,皆居职公廉,时人称之为大小冯君。后以"小冯君"称誉他人之弟。

〔4〕鹙鹭(yuè zhuó):凤的别称,比喻贤才。

送贤上人往太平兼简卓首座[1]

我昔游潜山,空翠插晴烟[2]。至今清夜梦,犹能历层颠[3]。天柱如玉立,贵气朝山川。下有童师庐[4],杂沓皆奇贤[5]。卓途龙山子,靖深波间莲[6]。近闻亦分座[7],道眼照人天[8]。道人使吴来[9],衣袦余芳鲜[10]。愿求奇险句,庶使大法传[11]。一拳无背触,何处见灵源[12]?

辑自《石门文字禅》卷八

【解题】

释惠洪派遣贤上人作为使者前往舒州太平寺,临别之际赋此诗送行,兼寄太平寺卓首座。诗中回顾了自己往年游潜山、作客太平寺的经历,描述了天柱峰留给自己的美好而深刻的印象和太平寺僧众人才济济的情景。尤其对尚未出道的"卓途龙山子"当年行止备加称赏。诗的后半部分写派遣贤上人出使太平寺的目的:因听说卓首座新近代住持说法布教,故而自己让贤上人前来请教大乘经典中一些奇特险怪语句的含义,以便大乘佛法流传。此诗清绮自然,虽言佛家事,却不类佛家语。

【注释】

〔1〕上人:佛教称谓。原指德高道尊之人。后引申指佛弟子。太平:指舒州太平寺。宋咸和间创建。已见前注。首座:佛教称谓。意为居席之首端,处众僧之上。多用于对寺院方丈的尊称。

〔2〕空翠:空明苍翠的山色。晴烟:晴空中的氤氲之气。

〔3〕层颠:高耸而重叠的山峰。

〔4〕童师庐:指太平寺的房舍。童师,东晋舒州太平寺僧。宋王象之《舆地纪胜》卷四十六《安庆府》:"舒州童师,文殊化身也,东晋咸和中隐于同安郡。尝有僧往五台礼文殊,道遇僧,问之,答云:'文殊即今在同安与群儿戏者是也。'"

〔5〕杂沓:众多而杂乱的样子。

〔6〕靖深:静穆深沉。波间莲:水中的莲花。

〔7〕分座:佛教语。谓禅林中首座代住持说法布教者。

〔8〕道眼:佛教语。指能洞察一切,辨别真妄的眼力。《敦煌变文汇录·维摩诘经问疾品变文》:"必使天龙开道眼,教伊八部悟深因。"

〔9〕道人：对修道之人和得道之人的通称。佛家早期称和尚为"道人"。此指贤上人。使吴：指出使舒州。舒州古属吴。

〔10〕衣祴：佛教徒挂在肩上的长方形布袋，用以拭手和盛物。《妙法莲华经·譬喻品》："我身手有力，当以衣祴，若以几案，从舍出之。"

〔11〕大法：佛教语。谓大乘佛法。《妙法莲华经·序品》："今佛世尊，欲说大法，雨大法雨，吹大法螺，击大法鼓。"

〔12〕灵源：指心。

徐　俯

徐俯(1075—1141)，字师川，号东湖居士。洪州分宁(今江西修水)人，侨寓舒州。黄庭坚之甥。以父禧死国事授通直郎，哲宗朝转奉议郎。后调通判吉州，累官至司门郎。张邦昌僭位，遂致仕。建炎初，胡直孺、汪藻等迭荐之，除右谏议大夫、中书舍人。高宗绍兴二年，赐进士出身，兼侍读；三年，迁翰林学士，俄擢端明殿学士，签枢密院事；四年，兼权参知政事。后以与赵鼎议取襄阳事不合，乃求去，提举洞霄宫。九年，知信州。十一年卒。早年从舅黄庭坚学诗，以诗受知于苏轼。曾对吕本中将其名列入《江西诗社宗派图》深表不满。喜脱化前人诗句。然所作多以巧思见长。晚年作诗则力求平易自然。亦有部分词作传世。原有集六卷已佚，宋陈思《两宋名贤小集》卷一百十四载《东湖居士集》一卷，已非完帙。

游　潜　峰

昔年会稽探尚书[1]，探得六甲开山图。载之潜南天柱山，上侵霄汉下渊泉。真人秘语世不传，但见绝顶蒙云烟。

汉武射蛟浮九江,舳舻千里来枞阳。筑坛祈仙瞻杳茫,茂陵桧柏空青苍[2]。石牛一卧叱不起,白鹿还归深洞里。二月灵鹤有来时,洞口桃花泛流水。

辑自《(天顺)直隶安庆郡志》卷一二《题咏》,又见各本《潜山县志》

【解题】

此诗与前所收杨杰《潜山行》题虽异而诗相同,未知诗究竟为谁所作,今一并收之,以俟后来者考证。本诗解题及注释参见杨诗《潜山行》。

【注释】

〔1〕尚书:《宋百家诗存》作"禹穴"。
〔2〕茂陵:原作"茂林",据《宋百家诗存》改。

宿 五 云 亭

乱云作雪峰,山月照窗户。披衣万物表[1],揖此两客语[2]。语退松风急,弥赏静中趣。数千不摇落[3],白云有零露[4]。

辑自《(天顺)直隶安庆郡志》卷一二《题咏》,又见各本《潜山县志》

【解题】

五云亭在天柱山中,近灵仙观。在此诗中,作者以清丽的笔调,融个人情绪于秋景,将五云亭的幽奇写得淋漓尽致。读者如置身于白云缭绕的天柱峰下、皓月之中,看到诗人披衣立于万物之表对着乱云和山月喃喃自语的情景;听到山中松风阵阵、草木摇落和露水从云间滴落的声音。

注释

〔1〕万物表:指超脱于世俗。
〔2〕两客:指乱云与山月。
〔3〕摇落:凋谢零落。指秋天的景象。
〔4〕零露:降落的露水。

题 潜 峰

久留舒子国[1],惯作北门游。山远三峰出[2],溪长二水流[3]。

辑自《(正德)安庆府志》卷一六《艺文志》,又见各本《潜山县志》

解题

因作者本集不传,今所见最早收录此诗的文献为南宋祝穆所撰地理总志《方舆胜览》,在其卷四九《安庆府·题咏》一款下有文曰:"溪长二水流。徐师川诗有云:'久留舒子国,惯作北门游。山远三峰出,溪长二水流。'"据此观之,诗显非完璧。《(正德)安庆府志·艺文志》及各本《潜山县志》均辑此诗,题作"游潜峰",清陆心源《宋诗纪事补遗》收此诗题作"舒州"。今从方志。全诗歌咏了诗人在舒州快意的游览,表达了对舒州山水的挚爱深情。

注释

〔1〕舒子国:古国名,即舒国。此指舒州,舒州古为舒国地。已见前注。

〔2〕三峰：指潜峰、皖峰、天柱峰。已见前注。

〔3〕二水：指潜水、皖水。潜水出潜山。皖水自霍山县流入，经舒州城北二里，又东南流百余里入大江。

舒 州 杂 咏

昔为郡下客，曾借水边居。秋水月为画，春风花作庐。

又

林依玉照远[1]，云为石盆留[2]。春色年年好，溪山事事幽。

又

曾过秋浦正逢秋，亦到枞阳皖水头。九派先将明月去，三峰少为白云留。

司 空 山

主簿峰高昔所见[3]，司空山深初未游[4]。祖愿承平无路梗[5]，不惮登陟寻岩幽。

句

竹暗乔公宅[6]，林藏伍相祠[7]。

句

白水十丈瀑[8]，吴塘千顷陂[9]。

句

此邦富山水,自昔少园池。

句

欲寻浙子水云客,共着皖川冰雪颜。

句

乔公宅下路已没,皖伯峰前云未开[10]。

句

虎头玉照南北岭[11],麟角石盆三两峰[12]。

句

三百六旬了无事,七十二峰常对门。

句

横舟千古枞阳水,一径沿容达观台[13]。

句

岁别桐乡暮,家违皖水春。

句

北峡远连南峡险[14],小龙峻逼大龙高[15]。

射蛟台

汉武射蛟浮九曲,舳舻千里来枞阳[16]。筑坛祈仙瞻杳茫[17],茂陵桂柏空青苍[18]。

辑自〔宋〕王象之《舆地纪胜》卷四十六《淮南西路·安庆府》,诗题据清陆心源《宋诗纪事补遗》卷四十九

解题

徐俯本为洪州分宁人,幼年随舅父黄庭坚侨寓舒州。因耳濡目染,他也像黄庭坚一样热爱舒州山水,足迹几乎遍布舒州的每一处名胜,讴歌吟咏也差不多涵括舒州所有景观。遗憾的是,他的诗集未能完整流传下来,我们只能从前人所撰地理总志的征引中读到一些残句。虽然只是一鳞半爪,难窥全豹,但我们还是能从中了解到他在舒州创作的梗概。这些诗歌不一定有什么深意,但写来却颇具风韵,给人一种清新爽朗的感觉,有时优雅中还带些疏野之趣。透过清丽的笔调,我们完全可以触摸到诗人那滚烫的热爱舒州的情怀。诗题"舒州杂咏"为笔者所加。

注释

〔1〕玉照:即玉照峰,天柱山山峰名。亦称玉镜山、玉镜峰。在万岁峰南。

〔2〕石盆:天柱山峰名。亦称覆盆峰。明章潢《图书编》:"覆盆峰,皖山之顶,巨顶如盘。"

〔3〕主簿峰:在主簿山。皖水经其下。黄庭坚《题潜峰阁》:"徐老海棠巢上,王翁主簿峰庵。"《方舆胜览·安庆府》:"主簿山,在玉镜山之东。昔唐相毕诚读书于此。"

〔4〕司空山:《方舆胜览·安庆府》:"司空山,在太湖东北百三十里。"

〔5〕祖愿:犹祈愿。谓祈请实现某种愿望。

〔6〕乔公宅:即"乔公故址"。乔公即乔玄。相传东汉末年,乔公因避乱迁居潜山,有二女,皆国色。孙策克皖,娶大乔;周瑜娶小乔。

州治东三里彰法山麓,旧为乔公故宅;后改为双溪寺,宋绍兴间更名广教寺。其处溪流回迁,松竹苍秀,以清幽著称。旁有乔公墓、胭脂井。

〔7〕伍相祠:指伍员祠。宋乐史《太平寰宇记·淮南道三》:"伍员祠,在(怀宁)县北二里。按《史记》云:伍员,楚人也。为父复仇,将兵伐楚,人思志烈,遂为立祠。"

〔8〕白水:即白水源。山谷寺西去数里,群山环峙,一水回流,上连药真人茇舍,景物绝嘉。远望飞瀑千丈者,即黑虎泉。

〔9〕吴塘千顷陂:指吴塘陂,在山谷寺南潜水流经处。其陂为魏扬州刺史刘馥创修,曹操使庐江太守朱光大开堰陂,以溉稻田。后为吴将吕蒙所夺,因称"吴塘"。据《太平寰宇记》载,此陂建成后,可灌稻田三百余顷。隋开皇十八年(598),刺史梁慈更广沟渠,又加稻田一百顷。诗言"千顷",当为夸张之词。

〔10〕皖伯峰:天柱山峰名。在石印峰前。旧志载,上有神仙函。天柱为周大夫皖伯始封之地,以人名峰,崇其功德。

〔11〕虎头:即虎头岩,又称白云岩。在天柱山蔡林庄上三里处。旧有白云庵、铁笛庵。岩下大石怪突,洞穴奇特,有石屋、石床、石壁、石门、石磴。有丹灶,有石松,其松如盖,相传为上古鲁道人修炼处。石屋内有宋、明人题刻甚多,犹可辨识。

〔12〕麟角:即麟角峰。在天柱峰东南约七里,西连登仙峰,北邻翠花峰。峰顶有一危石如犄角刺空,故名。

〔13〕沿容:一本作"从容"。达观台:在舒州枞阳。郭祥正《达观台黄鲁直名之》二首之一:"戴氏山头一席平,集仙椽笔写台名。长江自与天为镜,不用风云变晦明。"

〔14〕北峡、南峡:即北峡关、南峡关,俱在舒州桐城县。

〔15〕小龙、大龙:即小龙山、大龙山。俱在舒州怀宁县。

〔16〕"汉武"二句:写元封五年冬汉武帝巡狩南郡来天柱祭岳事。《史记·武帝本纪》:"其明年冬,上巡南郡,至江陵而东。登礼潜之天柱山,号曰南岳。浮江,自寻阳出枞阳,过彭蠡,祀其名山川。"

《汉书·武帝纪》:"五年冬,行南巡狩,至于盛唐,望祀虞舜于九嶷。自寻阳浮江,亲射蛟江中,获之。舳舻千里,薄枞阳而出,作《盛唐枞阳之歌》。遂北至琅邪,并海,所过礼祠其名山大川。"

〔17〕筑坛祈仙:指汉武帝在天柱山筑祭台封禅事。《江南通志·舆地志》:"祭台,在潜山县皖山麓,汉武帝祭岳处。"杳茫:渺茫,迷茫。

〔18〕茂陵:汉武帝刘彻的陵墓。在今陕西省兴平县东北。武帝在世时好神仙,相传西王母曾说他不是仙才。后因以"茂陵"指人求长生不易。

洪刍

洪刍,字驹父。洪州南昌人。黄庭坚外甥。幼年丧父,乃从祖母学经义,又从黄庭坚学诗。哲宗绍圣元年(1094)进士。放荡江湖间,不求闻达。尝主晋州州学,钦宗靖康中任谏议大夫。汴京失守,坐为金人括财(或云入诸王邸中,以势挟内人唱歌侍酒)获罪,高宗建炎元年(1127)除名勒停,流沙门岛卒。与兄朋、炎、弟羽俱负才名,刍诗尤工。著有《老圃集》《诗论》传世。

送师川还龙舒

潜岳西山各滞留[1],江头相遇话神州[2]。送君归去还为客,破涕成欢转复愁。明日东湖人已散[3],朝云南浦水空流[4]。郎官好在能乘兴[5],准拟归骢踏素秋[6]。

辑自《老圃集》卷下

【解题】

徐俯侨寓舒州时,也经常回故乡会见亲戚朋友,寻访江西名胜。

本诗即为徐俯自江西南昌行将回舒州寓所时,洪刍为之送行而作。作者企慕徐俯经常往返于潜岳与西山之间寻幽访胜的闲适生活,对他的离去流露出依依不舍之情,并期待着秋天他再次乘兴自舒州骑马归来。

注释

〔1〕西山:古称散原山,又称南昌山或逍遥山。在江西新建县境。山上名胜古迹甚多,除著名的万寿宫外,还有传说中的黄帝之臣洪崖炼丹处"洪井"、其休憩处"鸾岗"等遗迹。旧时豫章十景中的"西山积翠""洪崖丹井"均在西山。

〔2〕神州:此指神仙活动处。亦作"神洲"。宋史乐《广卓异记·潜山真君》:"(潜山真君)入劳盛山升仙,住方丈之室。神洲受太元生箓,以五芝为粮,太上补为修门郎。"

〔3〕东湖:地名。当在江西南昌左近,具体方位不详。

〔4〕南浦:在今江西南昌市西南。章江到此分流。王勃《滕王阁》:"画栋朝飞南浦云,珠帘暮卷西山雨。"

〔5〕郎官:古代对可借以步入仕途的一类官员的通称与泛称。此指徐俯。俯以父禧死国事授通直郎,哲宗朝转奉议郎。后累官至司门郎。

〔6〕归骢:骑马归来。素秋:秋季。古代五行说,以金配秋,其色白,故称素秋。

张 澂

张澂(?—1143),一作张澄,字达明,号澹岩,舒州人。徽宗大观元年(1107),知临川县。钦宗靖康元年(1126),授监察御史,受密诏将带开封府公人前往岭表追杀童贯。诛童贯于南雄州。除起居舍人。靖康二年(1127)正月,随徽、钦二宗被掳在金兵营中。三月,还朝。高宗建炎二年(1128),试御史中丞。三年二月,拜尚书右丞。旋因苗傅、刘正彦迫高宗退位,坐朋附罪知江州(一曰知洪州),兼江东湖北制置史。寻责授秘书少监,分司西京,衡州居住。绍兴元年(1131),落分司,提举嵩山崇福宫。晚寓居抚州临川县。绍兴十三年卒。著有《澹岩文集》四十卷,已佚。生平事迹散见《靖康要录》《三朝北盟会编》《宋宰辅编年录》《宋史·钦宗纪》《宋史·高宗纪》《(弘治)抚州志》《(光绪)重修安徽通志》《(民国)潜山县志》等。

题 潜 山[1]

宋之问作"缑山诗"[2],援潘骑省"天陵山下家风"诗[3],奕奕有凌云之气。余家潜山,是为名山之福地[4],视天陵、缑山不足道也。作《潜山》诗。

潜山带荆衡[5],凌厉首开辟。撑空云霞断,半岭阴晴隔。潜峰竞巉屼[6],司命最矜绝[7]。遥看芙蓉峰[8],削立矫秋色。叩之尽琼户,晴雪上白壁[9]。煌煌众真居[10],楼台自唐日。檐牙升云雨,木罅见金璧。白鸟巢青松,丹鹤磊白石。冲融波浸广[11],咸池下输液[12]。诗崖与酒岛[13],仙事凛可即。胎禽岁仲春,千百尽舒翼。云是采访驾,来肃司命谒[14]。发轫风日佳[15],旋旆雨函赤[16]。复多灵芝草,代有栖霞客[17]。崔风期羡俦[18],重言常七十[19]。意所不与投,必以恶言斥。我昨脱褐归[20],独许望巾拂[21]。顷一行作吏,遂虚丹台籍[22]。

异时庐晦溪[23],实至潜左翼。缭以九江壮,康山远相直[24]。涧水高下鸣,翠响声竽瑟。原田无旱枯,竹树间疏密。人家橘柚间,钟梵烟雨侧[25]。兰馥春被岭,桂树秋笼日。桃源信逃秦,化成真仙出。似闻王方平[26],时过蔡经宅[27]。亦或回山人,榴皮醉题壁。溪旁往来久,不见岁月积。俄忽似惊蓬,岭海无暖席[28]。三年堕瘴疠,发脱不胜栉[29]。皇恩吏嵩少,秘殿联近职[30]。稍喜还中洲[31],左蠡入舟楫[32]。潜山忽在眼,浩荡慰契阔[33]。

烟尘何日清[34],遗黎伫安集[35]。吾亦理吾庐,雅志终畴昔。溪园十亩强[36],露叶紫翠滴。自种芝田草,更撷蟠桃实。调笑赤松子[37],汗漫游八极。卧闻潜山钟,起先栖鸟发。新花醉晨露,远水耿耿月[38]。平生栖霞志,缁尘变华发[39]。岸凉竹筱净[40],洗我心源彻。脱如楼仙子[41],风波振清越[42]。众真不我简,原供鼎灶末[43]。凉风林薄喧[44],九日光翠洁。却纡俗士驾,行当广寒谒[45]。

辑自《(正德)安庆府志》卷一六《艺文志》,又见各本《潜山县志·艺文志》

解题

此诗约作于绍兴五年(1135)前后。当时作者自江西鄱阳湖乘船经由长江顺流而下返归故里,诗作于尚未抵达家乡之时。全诗写自己准备效仿唐代诗人宋之问,在经历了人生的坎坷之后,一心把充满着各种传说而又风景优美的故乡道教名山作为自己的归栖之地。大致可分为三段。

第一段叙写潜山的地理形势、山中风光景物及道教建筑与传说。略谓,潜山与荆山、衡山相连,气势雄伟,始于盘古氏开天辟地之时。它高耸于空中,阻断了云气的流动与阳光的斜射,使半山腰的背阴处与向阳处有阴天晴天之别。山上有独特超群的司命峰、陡峭壁立的芙蓉峰以及四周被翠岭环绕、长年似冰封雪压的白色岩壁"天柱晴雪"。山中仙真们居住的宫观光彩夺目,其亭台楼阁都创自唐代。山上有白鸟与丹鹤,有水波荡漾的池水,有诗崖和酒岛等名胜。每岁仲春,千百只仙鹤舒翼展翅,据说是为拜谒司命真君而来。山上又多仙草仙花,代有修仙学道之人。其中有个崔风子是古仙人安期生、羡门之流的人物,但他脾气很怪,情意不相投便恶语相向;往年我初登仕籍回乡时,曾答应允许我从他习道。后来因为作官,自己才没有名列仙籍,加入修道者行列。

第二段作者自叙仕履行踪。其中有初登仕籍在江西临川任职的惬意生活,有受密诏至广西追杀童贯的传奇经历,有谪居衡州后流转迁徙于五岭地区的三年漂泊生涯,还有以资政殿学士衔提举嵩山崇福宫、直至新近仍身兼秘殿之职的仕履官历。结尾处表达了自"蛮荒"回到中土、久在异乡奔波漂泊后初见故乡标志性景观潜山时的喜悦心情。

第三段写今后打算。当下风烟和战尘尚未消除,劫后残留的百姓们都企盼着过安定和平的生活。自己亦当修葺整理故居,归耕田园,访道求仙,一遂平生栖霞之志。

注释

〔1〕按,现存各本《安庆府志》及《潜山县志》均著录此诗为黄庭坚作。经笔者考证,诗作者为舒州人张澂,而非黄庭坚。详拙作《旧署黄庭坚所作长诗〈题潜山〉作者考》(载《复旦古籍所学报》第一期,复旦大学出版社,2012年6月版)。

〔2〕宋之问(约656—712):一名少连,字延清,虢州弘农(今河南灵宝)人。一说汾州(今山西汾阳)人,高宗上元二年(675)进士,官尚方监丞、考功员外郎,因诌附张易之,曾被贬谪岭南,后又尝流放钦州。故其远谪思乡的述怀诗颇有名。今有《宋之问集》传世。"缑山诗":缑山,在今河南偃师东南;缑山又称缑氏山、缑岭,旧时诗文多与修仙、隐居联系在一起。汉刘向《列仙传》:"王子乔者,周灵王太子晋也。好吹笙作凤凰鸣。游伊洛之间,道士浮丘公接以上嵩山。三

十余年后,求之于山上。见桓良曰:'告我家,七月七日待我于缑氏山巅。'至日,果乘白鹤于山头。望之不得到,举手谢世人,数日而去。"宋之问作"缑山"诗,指《奉使嵩山途经缑岭》,诗云:"侵晨发洛城,城中歌吹声。毕景至缑岭,岭上烟霞生。草树饶野意,山川多古情。大隐德所薄,归来可退耕。"味宋诗之意,他在经历了人生的挫败之后,厌倦了人世间的歌舞繁华,打算退耕故里,以充满着神话传说而又风景幽美的缑山作为归栖之地。

〔3〕潘骑省:即西晋文学家潘岳。岳字安仁,荥阳中牟(河南)人,曾"以太尉掾兼虎贲中郎将,寓直于散骑之省",故称"骑省"(潘岳《秋兴赋·序》)。天陵山:又称天渡山,在河南巩县。天陵山山水佳胜,为古代名士隐者向往之地。潘岳"天陵山下家风诗"今已不存,然前人或叙梗概,或征引,内容约略可知。即企望退隐故里,整理旧居,侍亲养老之类。

〔4〕"余家"二句:潜山一名皖公山,又名天柱山,是一座道教名山。汉武帝曾祀之以代南岳,山中有左慈炼丹台等故迹。在道家所谓"三十六洞天"中居第十四洞天,序故有是语。

〔5〕带:毗连。荆衡:荆,荆山,泛指湖北一带;衡,衡山,泛指湖南一带。

〔6〕巉岏:山峰峻峭貌。

〔7〕司命:指司命峰。潜山山峰名。见前黄庭坚《同苏子平李德叟登擢秀阁》诗注。矜绝:庄重而独特。

〔8〕芙蓉峰:潜山山峰名。在天柱峰东南。峰顶怪石嵯峨,绿荫簇拥,如芙蓉绽蕊,故名。

〔9〕晴雪上白壁:写天柱晴雪。在天柱山青龙涧北侧,其山岩石久经风化,变为白砂,阳光照其上,皎莹如雪。人称"天柱晴雪"。或谓"天柱晴雪"在天柱寺之左。其山面西,有石块然峭拔,色苍而黝,露泡其上,旭日自山后转映之,遍山莹然如雪,晶光四射。

〔10〕真:道家称存养本性或修真得道的人。亦泛称"成仙"之人。

〔11〕冲融:充溢弥漫貌。

〔12〕咸池:神话中谓日浴之处。

〔13〕诗崖、酒岛:宋王象之《舆地纪胜·淮南西路·安庆府》:"诗崖、酒岛,在山谷寺前。溪之南有石曰诗崖,溪之北有石曰酒岛,昔有达官者与文士赋诗饮酒其上,故名之。"

〔14〕"胎禽"四句:写鹤驾。相传潜山有"鹤驾",每年二月,各方仙人驾灵鹤飞来拜见山中司命真君。《重修安徽通志·舆地志》:"鹤驾,在潜山县城外。宋元丰间,每岁仲春,有鹤数千群蔽天而来,回翔飞舞于空。张春游潜,见之,作《鹤驾词》。"

〔15〕发轫:启行。

〔16〕旋旆:回师。函:同"含"。

〔17〕栖霞客:指学道修仙者。

〔18〕崔风:即崔风子,名之道,真源宫著名道士。因行事怪癖,人称"崔风子"。已见前注。期羡侪:期即安期生,羡指羡门,皆古仙人名。侪,辈。

〔19〕重言:反复言之。

〔20〕昨:以前;过去。脱褐:脱去粗衣。喻脱离寒贱,初登仕籍。

〔21〕巾拂:巾和拂,古代舞蹈道具。亦指巾舞和拂舞。

〔22〕丹台籍:指名列仙籍,加入道人行列。丹台,道教指神仙的居处。

〔23〕庐晦溪:溪水名。在江西临川。

〔24〕康山:即庐山。庐山一名匡山,宋开宝年间因避太祖赵匡胤讳,遂改名康山。见顾祖禹《读史方舆纪要》卷八十三《江西一》。

〔25〕"人家"二句:宋王象之《舆地纪胜·淮南西路·安庆府》:"人家橘柚间,钟梵云烟侧。张微诗。"钟梵,寺院的钟声和诵经声。按,张微,即张澂。今《舆地纪胜》仅有钞本流传,"澂"、"微"二字形相近,盖因传抄而讹误。

〔26〕王方平:即王远。晋代葛洪小说《神仙传》中人物。远字方

平,东海人。举孝廉,官至中散大夫。学通五经,尤明天文、图谶、河洛之要,能预知天下盛衰之期。后弃官,入山修道。汉桓帝使人逼其来京,王远在官门扇板上题四百余字,皆墨彻板里,愈削愈分明。王远住同郡左尉陈耽家四十多年,陈家从无疾病死丧,六畜繁息,田桑倍获。一日,远忽死去。三日后,忽失其尸。当初,远曾住小民蔡经家,知蔡骨相当仙,遂教蔡经要言,蔡尸解而去。

〔27〕蔡经宅:在江西抚州南城县城西南麻姑山(王远之妹麻姑升仙处)。传说仙人王方平来到蔡经家作客,邀妹妹麻姑前来同饮。麻姑到时,人们见她年方十八,绣花衣光彩耀眼,十分美丽。席间她对王方平说:自从上次见面以来,我已见到东海三次变为桑田了。蔡经,平民出身,为神仙王远弟子,受王远度化而成仙。见晋葛洪《神仙传·王远》。后因以"蔡经"代指道士的弟子。

〔28〕"俄忽"二句:写奉命至广西追杀童贯事。张澂于靖康元年七月二十七日奉命将带开封府公人往岭表追杀童贯,八月二十三日即诛之于广西南雄州;不足一月时间,历程凡几千里,途经数十州府,诗谓当时情景如狂风吹动的蓬草,每到一地,席不暇暖,一点也不为过。

〔29〕"三年"二句:写自己"衡州居住"后流转迁徙于五岭地区事。张澂《画录广遗序》:"予顷自右辖得请涖江,在官八十日,即有回雁之贬。期年解网,以江湖盗贼充斥,展转岭峤。久,乃仅还江南,寓于临川。"此文所言"回雁之贬"即指"衡州居住"事。湖南衡阳城南有回雁峰,为衡山七十二峰之一。相传雁至衡阳而止,逢春北回。故回雁可指代衡阳或衡州。"居住"为宋朝对犯罪官员的一种处分。即朝廷指定所贬谪官吏居住于某地区,限制其行动,这种处罚轻于"安置"。张澂文中"回雁之贬"与史所载"衡州居住"字虽异而意实同。岭峤,又称峤南,即岭南,亦泛指五岭地区。据《画录广遗序》自述,张澂在贬谪衡州期满一年后,得到朝廷宽宥,时以"江湖盗贼充斥",在岭南一带漂泊甚久,因感瘴气而致病,头发脱落很多,乃至用不上梳子了,故曰"三年堕瘴疠,发脱不胜枒"。瘴疠,瘴疠之气。指南方山

林温热地区流行的恶性传染病。枥,梳子、篦子等梳头用具,亦指梳头。

〔30〕"皇恩"二句:谓皇上加恩让自己提举嵩山崇福宫,直至新近仍身兼秘殿之职。"秘殿"是宋代独有的官称。宋观文殿、资政殿、端明殿三殿学士,通称秘殿之职。张澂虽被罢免尚书右丞,贬谪各地,然仍一直身带资政殿学士衔。宋李心传《建炎以来系年要录》卷二十二:"(癸酉)门下侍郎颜岐、尚书右丞张澂并罢为资政殿学士。岐提举南京鸿庆宫,澂知江州,兼江东湖北制置使。澂执政才四十六日。"宋徐梦莘《三朝北盟会编》卷一二七:"右丞张澂为资政殿学士知洪州。"宋李庚《天台集》续集别编卷一收有张澂诗二首,署曰"资政殿大学士左中大夫提举嵩山崇福宫张澂"。此皆为诗"秘殿联近职"之注脚。

〔31〕中洲:泛指中原地区。

〔32〕左蠡:地名。又为山名。因在江西彭蠡湖(鄱阳湖)之左而得名。

〔33〕浩荡:广大旷远。契阔:久别的情愫。

〔34〕烟尘:烟雾与尘土。多比喻战乱。

〔35〕遗黎:残留的百姓,劫后余生者。伫:期盼,等待。安集:安定辑睦。

〔36〕强:有余;略多。

〔37〕赤松子:中国古代神话中的仙人,相传为神农氏的雨师;一说是帝喾之师。后为道教所信奉。

〔38〕耿耿:明亮貌。

〔39〕缁尘:黑色灰尘,风尘。比喻世俗的污垢。

〔40〕竹筱:小竹;细竹。亦指竹林。

〔41〕脱:很,甚。

〔42〕清越:声音清脆悠扬。

〔43〕鼎灶:炼丹用的鼎和炉灶。

〔44〕林薄:草木丛生之处。纡:屈抑。俗士驾:庸俗不高尚之

人的车驾。

〔45〕广寒：即广寒宫。旧称月中仙宫为广寒宫。谒，拜谒，参谒。

真源万寿宫二首

晴新天宇高，烟霏敛将夕[1]。登山百里余，接眼即咫尺。潭影湛高寒，林隅耸危碧。发地摩云霄，诸峰颇罗绎[2]。仰嗟天行健[3]，神覆运无积。岂复须栋梁，故此遗柱石。空余蕴玉耀，炫焜昼生白。委蛇丘阜间，仍列高真宅。春秋鹤驭来，帝君朝不隔。我亦餐霞念，尘土冀扫迹。誓将促云装[4]，附此丹台籍。

冲晓蓝舆度两峰[5]，山光春色涨晴空。了无尘事关身内，迥觉烟霄入步中。数点皖山天外绿，一轮晓日海边红。五云多处藏仙阙[6]，指点蓬莱御好风。

辑自《（正德）安庆府志》卷一六《艺文志》

解题

现存各本《安庆府志》《潜山县志》著录此二诗作者为张达明；张达明即张澂，达明为其字。盖因张澂为郡人，故以字称之。诗题下又署作者为"郡守"，盖前《题潜山》诗中作者称返归故里实为任职而来。

此二诗一为五言古，一为七言律，均写潜山幽美的景色、真源万寿宫的辉煌建筑以及自己游历其中的感受。从诗中所释放的情绪来看，作者在经历了人生的坎坷之后，似乎从道教虚拟的洞天福地中，找到了羽化登仙的理想乐土。

注释

〔1〕烟霏：云雾迷茫。

〔2〕罗绎：相续不绝貌。
〔3〕天行健：谓天体运行昼夜不息。
〔4〕云装：仙人服饰。
〔5〕冲晓：破晓。蓝舆：竹轿。
〔6〕五云：五色瑞云。多作吉祥的征兆。仙阙：仙宫。

程　俱

程俱(1078—1144)，字致道，号北山，衢州开化(今属浙江)人。九岁父亡，寓居外祖邓润甫家。哲宗绍圣四年，以外祖父恩荫入仕，为承务郎。补吴江县主簿，监舒州太湖盐场。徽宗崇宁元年，以上书论时政罢归。政和元年，起知泗州临淮县。宣和三年，除礼部员外郎。高宗绍兴元年，为秘书省少监。晚病风痹，秦桧荐领史事，力辞不至。绍兴十四年卒。俱为人刚介，其制诰诸作"典雅闳奥"(《宋史》本传)，诗则"取径韦柳，以窥陶谢"，"兼得唐中叶以后名士众体"(《四库全书总目》)，大多为酬唱赠答，记游咏物之作。有《北山小集》传世。

山　谷　寺

初，梁白鹿先生请以为观，志公飞锡先之，遂为僧寺。今有飞锡泉，今灵仙、白鹿所基也。常苦无水，而山谷独有余。寺有太宗、真宗、仁宗三圣御书，岁度僧七人。[1]

竺法暨华土[2]，出传骨与书[3]。金仙屹不动[4]，坐使四海趋。山川第一胜，尽为佛者居。葱葱潜之谷，蛟鸾玄盘纡。一为飞锡先，方士回云车[5]。顾盻榛楚地，翬檐涌层虚[6]。英灵护泉脉，饮此白足徒[7]。当年盖国众，莫挽碧眼胡[8]。传衣到三叶[9],此地滋焦枯[10]。异气生杰阁,宸奎动天枢[11]。神龙尽倾向,宝此明月珠。三圣陟帝所,云章久宁渝[12]!余沾及婆塞[13],岁复六七夫。堂中老沙门,古态几皇胥[14]。定知黄龙窟[15],不着点额鱼[16]。门开两山陿,萃然七浮图[17]。沙步对石麓[18],溪流清且徐。危甍隐深樾,间见碧与朱[19]。朝来雨脚断,云气尚卷舒。悬知磴道滑[20],一水不复逾。州家有造请[21],上马及未晡[22]。

辑自《北山小集》卷一

解题

这是一首歌咏山谷寺的五言古诗。诗的前半部分追述了南朝梁武帝时期宝志禅师来此开山建寺的传说与隋代禅宗三祖僧璨大师到此传法布道的历史功绩,介绍了寺有当朝太宗、真宗、仁宗三位皇帝御书匾额、岁度僧七人的光荣显赫地位。后半部分则描写山谷寺的优美环境:寺门开于两山间的狭窄处,巍巍高大的七层宝塔耸立于空中。沙滩边的渡口正对着岩石山麓,溪中流水清澈而舒缓。寺前隔溪的山上有亭建于林间,高高的屋脊隐于浓荫之中,碧绿的琉璃瓦、朱红的柱子若隐若现。一切都显示出意境幽深而旷远,山谷寺的确是学佛的好去处。

注释

〔1〕按,此段文字叙南朝宝志禅师来潜山之麓开山建寺故事,参见本书黄庭坚《题山谷大石》诗注〔4〕引《神僧传》。

〔2〕竺法:即佛法。暨:至,到。华土:指中国。

〔3〕骨与书:骨指佛骨,舍利子;书指佛经。

〔4〕仙:指佛。

〔5〕"一为"二句:谓一旦为宝志禅师执锡杖飞空先得其地,白鹤

道人便驾云而回。方士：从事求仙、炼丹等方术的人，道教徒。云车，神仙以云为车；回云车，指白鹤道人与宝志争地败退。

〔6〕"顾眄"二句：回视这曾经荆棘丛生的荒芜之地，如今状如鸟翼飞举的建筑物大量出现在高空之中。顾眄，回视，左顾右盼。多以表示洋洋自得。榛楚地，指荆棘丛生的荒芜之地。翚檐，指檐角朝上状如鸟飞的建筑物。

〔7〕白足徒：指佛教徒。《法苑珠林》："前魏太武时，法门昙始甚有神异，常坐不卧，五十余年足不蹑履，跣行泥秽中，奋足便净，色白如面，俗呼曰'白足和尚'。"后用"白足和尚"、"白足徒"、"白足"代指佛教徒。

〔8〕碧眼胡：指禅宗初祖菩提达摩。达摩为南印度人，故称"碧眼胡"。达摩南朝宋末航海至广州，相传过金陵时与梁武帝话不投机，遂渡江北去，至洛阳传布禅学。后住嵩山少林寺。达摩传二祖慧可，慧可传三祖僧璨。

〔9〕传衣：佛教指传授师法或继承师业。三叶：三世，三代。

〔10〕滋焦枯：谓佛法滋养着这里处于水深火热中的人们。

〔11〕"宸奎"句：谓皇帝御书墨宝惊动天地。宸奎，犹御笔，即帝王的文章、墨迹。古人认为奎宿主文章，故称。天枢，星名，北斗第一星。亦指国家中央政权。

〔12〕云章：帝王的文章，亦指文采斐然的文章。

〔13〕沾：受益；沾光。婆塞：即优婆塞，梵语，指在家中奉佛的男子。即居士。《魏书·释老志》："俗人之信凭道法者，男曰优婆塞，女曰优婆夷。"

〔14〕皇胥：闲暇喜乐。

〔15〕黄龙窟：作者原注："长老嗣黄龙南。"

〔16〕点额鱼：指跳龙门不成，头额触撞石壁而还的鲤鱼。《水经注》："(鲤鱼)三月上则渡龙门，得渡则为龙矣，否则点额而还。"后因以"点额"指仕途失意或应试落第。李白《赠崔侍御》："点额不成龙，归来伴凡鱼。"

〔17〕浮图：即佛塔。梵文音译应为"窣堵波"（梵文 Stūpa），然旧译为"浮图"或"浮屠"。
〔18〕沙步：沙滩边船舶停靠处或渡口。
〔19〕"危甍(méng)"二句：高高的屋脊隐于浓荫之中，偶尔显露出碧绿与朱红的颜色。作者自注："寺前隔溪山上有亭林间。"危，高；甍，屋脊。深樾，浓荫。
〔20〕悬知：料想；预知。磴道：登山的石径。
〔21〕州家：指刺史。造请：敬辞，用来表示登门邀请。
〔22〕晡：申时。后来泛指傍晚，夜。

石 牛 洞

山上有左慈丹井，洞有荆公题。

阳城山头邍如许[1]，金华山中呼不去[2]。痴牛失脚堕天河，共向空山饱烟雾。阿瞒安知眇道士[3]，丹井至今存故处[4]。琤琮万古穿石断[5]，峡束奔流闹山坞。嵬峨上郁千仞势，洞下坡陁无块土[6]。文公古句惊旧观[7]，拂拭苍莓增媚妩。亦欲磨崖放楚狂[8]，扫迹政恐山神怒[9]。

辑自《北山小集》卷一

解题

舒州石牛洞在山谷寺西，周围松竹辉映，泉流琤琮，山势嵬峨，岩石陡峭，石壁上布满唐宋人题名石刻。而石牛洞所在的天柱山深处尚有汉左慈炼丹井等名胜古迹。作者在此诗中驰骋古今，熔典故传说和眼前所见景观于一炉，既热情讴歌了石牛洞清妙的山水环境，又表现了其厚重的人文历史内涵。结尾处以欲仿效楚狂接舆吟一首凤歌镌刻于石壁因担心山神发怒而未果，这既是戏言，也表明了作者疏狂的性格特征。

注释

〔1〕"阳城山头"句：写左慈神变事。据《搜神记》《后汉书·方术列传》《神仙传》等书载，左慈少入嵩山修道，有神通，通晓五经，擅长星相预测，尤其精通六甲之术，能役使鬼神。曹操闻之，召至许昌，闭于室中，命人守视，断其谷食，日与二升水，面色如故。曹操认为生民无不食稻，慈乃如是，必左道也，欲杀之。左慈已知，遂逃往阳城山头，入羊群。追捕者分辨不清，令牧羊者数本羊，结果多出一只，乃知左慈已化为羊。曹操知道无法捉到他，便发出话来："不复相杀，本试君术耳。"忽然有一只老公羊如人站立而言："遽如许（何必如此）。"当人赶上前去，数百只羊都变为那只老公羊一样的形状，皆如人立而言"遽如许"，追捕者莫知所取。左慈得脱后往东吴，在天柱山修炼道术，传道于葛玄，葛玄传于郑隐，郑隐传道于葛洪。

〔2〕"金华山中"句：写黄初平得仙事。黄庭坚《书石牛溪旁大石上》诗有"我身金华牧羊客"句。参见该诗注释〔5〕。

〔3〕阿瞒：指曹操。曹操小字阿瞒。眇道士：指左慈。眇，一目失明。

〔4〕丹井：炼丹取水的井。天柱山今有炼丹湖，丹井或指此。

〔5〕琤琮：象声词。宋范成大《岁旱邑人祷第五罗汉得雨》诗："海山之湫龙所宫，溅瀑下赴声琤琮。"

〔6〕坡陁：不平坦。

〔7〕文公古句：指李翱在石牛洞题刻。文公，指李翱。卒后谥"文"，文集即称《李文公集》。李翱在石牛洞东侧崖壁题刻有二处：一为长庆二年下元日；另一处亦为长庆年间题，因被凿盗，仅残存上文，具体月日不详。

〔8〕磨崖：也叫"摩崖"。指在山崖石壁上镌刻文字。放楚狂：意谓打算仿效楚狂人接舆放歌一曲。放，同仿。楚狂，楚人接舆，佯

狂不仕,人称楚狂。《论语·微子》:"楚狂接舆歌而过孔子曰:'凤兮凤兮,何德之衰!'"

〔9〕扫迹:扫除痕迹。表示准备题刻。政恐:即正恐。政同正。

灵 山 观

入梦无黄石[1],投身赖赤松[2]。濯冠临皖水[3],执简叩潜峰[4]。司命开琳阙[5],明光下玉龙[6]。高灵心拱卫,江海势朝宗[7]。清夜垂星斗,空山答鼓钟。云车来绛节[8],风马上丹封[9]。楼观参差见,岩崖转侧容[10]。山川瞻胜异[11],苹藻荐严恭[12]。凡骨应难换,幽人岂易逢[13]。他年华山藕[14],安用葛陂筇[15]!

辑自《北山小集》卷一〇,又见《两宋名贤小集》卷二〇二

解题

此诗后原有作者自注,曰:"是夕,设醮宿观中。谒崔道士,值出。明日出山,遇诸道,崔走避茅舍。余下马,亟往见之;与语,不相酬答。顷之,众中目余,袖间出藕一节遗余,且云勿馈缕,因逸去。"据作者自注,诗题所称"灵山观"实即"灵仙观",注文中行为怪僻的崔道士即为灵仙观著名道士崔之道。

此诗歌咏了灵仙观中道士设立道场祈福消灾时作者的一段心理活动。既然不能像张良那样得到黄石公的帮助在世上建立一番功业,那么便只有走赤松子那样的修仙问道之路。而灵仙观就是这样一个去处。这里不仅有皖水、潜峰可与己为伴,更有那美若仙宫的道教建筑。高高低低的楼观耸立于山崖之上,钟鼓声在空山回响;人们乘着高车快马前来朝拜,严肃恭敬地献上祭祀之物。但是凡人的躯体、气质恐怕难以更换,像赤松子那样的仙人哪能很容易遇见呢!作

者在描写灵仙观时掺入了众多的神话典故传说,将现实与历史、真实与虚幻巧妙地结合起来。最后对求仙问道提出质疑,表现了自己的矛盾心理。

注释

〔1〕黄石:指黄石公。即《史记·留侯世家》与《汉书·张良传》授张良以《太公兵法》的老父。

〔2〕赖:依靠。赤松:即赤松子,传说中上古的神仙。古时人们常将赤松子与黄石公并作修仙得道的代表。宋邵雍《题留侯庙》:"黄石公传皆是用,赤松子伴更何为。"明何景明《张良》:"一遇黄石公,还从赤松子。"

〔3〕濯冠:洗涤帽子,表示避世清高之意。

〔4〕执简:手持简册。叩:拜。

〔5〕司命:掌管生命之神。此指灵仙观所供奉之神九天司命真君。琳阙:仙宫。宫殿、道院的美称。

〔6〕明光:指神话中昼夜常明的丹丘。玉龙:传说中的神龙。

〔7〕"高灵"二句:谓上苍神灵需要用心来敬仰护卫,就像江海其势必朝宗一样。朝宗,古代诸侯春夏朝见天子,后泛称臣下朝见帝王,亦比喻小水流注大水。

〔8〕绛节:传说中上帝或仙君的一种仪仗。

〔9〕风马:指神灵的车马。唐柳宗元《雷塘祷雨文》:"风马云车,肃焉徘徊。"丹封:烧丹封鼎。

〔10〕侧容:亦作"仄容",形容恐惧不安。

〔11〕胜异:奇妙出众。

〔12〕苹藻:苹与藻,皆水草名。古人常采作祭祀之用。亦泛指祭品。荐:敬献。严恭:严肃恭敬。

〔13〕幽人:幽隐之人,这里指像赤松子那样的仙人。

〔14〕藕:相合。

〔15〕葛陂筇：《后汉书·方术传下·费长房》载,费长房向一卖药老翁(壶公)学道,一日长房辞归,"翁与一竹杖,曰：'骑此任所之,则自至矣。既至,可以杖投葛陂中也。'……长房乘杖,须臾来归,自谓去家适经旬日,而已十余年矣。即以杖投陂,顾视则龙也。"后用此典谓得道成仙,乘龙飞升。

题灵山息轩

扰扰尘劳客[1],谁能一念休[2]？向炎皆渴鹿[3],犯稼剧奔牛。舟壑虽无住[4],江河竟不流。超然随万境,转处实能幽[5]。

辑自《北山小集》卷一〇

解题

息轩是舒州灵仙观中一所宽大的廊屋。作者在此诗中出道入佛,对为世俗事务兢兢奔走者提出了批评,对世人应如何观察世间事物表达了自己的见解。他认为,世事变化无常,人们只有如佛家所言,在遇到瓶颈困难时让自己的心灵去顺应世间事物的千变万化,沉思静观,则智慧之泉将涓涓而至,展现在自己面前的将是一片妙不可言的光明世界。

注释

〔1〕扰扰：纷乱貌。尘劳客：指为世俗事务烦恼的人。
〔2〕一念：佛家语。指极短促的时间。
〔3〕向炎皆渴鹿：比喻世人愚痴无明,妄想执着,有如渴鹿见到阳焰,以为是水,拼命前奔,结果白忙一场。《楞伽经》："譬如群鹿,为渴所逼,见春焰时,而作水想,迷乱驰趣,不知非水。"炎,火焰升腾。

〔4〕舟壑：藏在山谷中的船。后借指世事。《庄子·大宗师》："夫藏舟于壑，藏山于泽，谓之固矣。然而夜半有力者负之而走，昧者不知也。"意谓世事都在不知不觉之中变化着，而昧者不察。无住，不停。

〔5〕"超然"二句：意谓世间万物都处于瞬间万变的无常状态，所以遇到瓶颈困难时，我们的心要能超脱世俗，适应一切境地而发生转变；如果能善于变换方向思考问题，展现在我们面前的将是一片妙不可言的世界。《云门匡真禅师广录》："举祖师偈云：'心随万境转，转处实能幽。'僧问：'如何是转处实能幽？'师云：'吃嚟舌头。老僧倒走三千里。'又问：'如何是随流认得性？'师云：'馒头餢子。摩诃般若波罗蜜。'"超然，谓离尘脱俗。万境，一切的境界。

送崔闲归庐山四首[1] （选一）

吾友胡少汲[2]，结庐皖公城。潜山有小隐，背负紫翠屏[3]。前临一溪水，可以濯我缨[4]。欲分青山半，留我谷口耕。信美非吾乡，翩然遂宵征[5]。闻君草堂处，亦复占地灵[6]。虚檐倚苍崖[7]，下有玉涧鸣。乐哉不可到，因君怀友生[8]。

辑自《北山小集》卷一，又见《两宋名贤小集》卷二〇一

解题

著名琴师玉涧道人崔闲自舒州回庐山，作者赋诗送之，这是其中的第四首。诗中由人及己，因崔闲归隐庐山而忆及友人胡直孺曾挽留自己在皖山谷口躬耕隐居之事，当时觉得皖山虽美，但终究不是自己的故乡，所以未能留下来。全诗通过对这一事件的绵绵回忆，表达了作者与朋友胡直孺分别后的无限怀念之情，也表达了对山水清幽

的皖山谷口的赞美和思念。

注释

〔1〕崔闲：字诚老，自号玉涧道人。北宋星子（今江西星子）人，为苏轼门下士。淡于进取，精于操琴，为当时著名琴师。

〔2〕胡少汲：即胡直孺。见本书辑注其诗前作者小传。

〔3〕紫翠屏：形容皖山诸峰有如青紫色屏风。

〔4〕濯我缨：洗濯冠缨。语本《孟子·离娄上》："沧浪之水清兮，可以濯我缨。"后以"濯缨"比喻超脱世俗，操守高洁。

〔5〕翩然：轻疾貌，潇洒貌。宵征：夜行。

〔6〕地灵：土地山川的灵秀之气。

〔7〕虚檐：凌空的房檐。

〔8〕友生：朋友。

故人张达明澬饷舒木将以古句次韵酬之[1]

忆官古龙舒[2]，妙境开禹甸[3]。漱流探九井[4]，曳屐穷四面[5]。借居龙溪上，窗户列岩巘。客怀剧梦丝[6]，撩乱不可剪。时时出登临，款段胜屈产[7]。如持古神搥，破此牢愁键[8]。地灵多草木，灌蔓森秀软。尝闻左宫仙，蕊笈发珍琜[9]。摘辞叙山精[10]，丰绮信无忝[11]。几寻青冥剟[12]，时作芙蓉塞。云琅未云剖，月醴忽以泫[13]。回观豨苓辈[14]，市积空巉巘[15]。至今阿连功[16]，焜耀华阳典[17]。宁当神而藏，正恐知者鲜。岂同西河方，但取一笑筦。力驱三彭仇，况比万金腆[18]。芳腴散灵柔，坐使百痾遣[19]。故人山中来，雅素过河点。应知藜苋腹[20]，岂复禁茗碗[21]。轻翔不可独，分送勤折简[22]。新诗出强韵[23],趣步不容挽[24]。微吟复小啜,气味清而婉。何须养生论[25],乐石问中散[26]。

辑自《北山小集》卷七

解题

老朋友张澂赠送舒州出产的中草药"舒木"给程俱,程俱赋此诗酬答他。作者在诗中回顾了在舒州任官职时,或通过阅读道教典籍,或因登山临水、枕石漱流实地考察,认识了许多名贵的舒州中草药。作者盛赞了"舒木"的功用,并对友人殷殷情意表示感谢。全诗用典生僻,语意深晦,又极尽铺陈之力,具有奇崛险怪的独特风格。

注释

[1] 张达明澂:即张澂,字达明。舒州人。靖康初官监察御史,建炎南渡至尚书右丞。后寓居临川,有《澹岩集》。详本书作者小传。饷:赠送。

[2] 忆官古龙舒:古龙舒,指舒州。作者程俱于绍圣年间(1094—1097)曾监舒州太湖茶场,诗故称"忆官"。

[3] 禹甸:中国的别称,犹言九州。

[4] 漱流:以流水漱口。多形容隐居生活。九井:在舒州治所西二十里潜山下,详本书王安石《九井》诗注。

[5] 曳屐:拖着木屐。屐,一种木制有齿的高底木拖鞋,多用于登山。四面:自注:山名。按,四面山在舒州太湖县北十五里。见宋王象之《舆地纪胜》卷第四十六《安庆府·山川》。

[6] 客怀:身处异乡的情怀。宋张咏《雨夜》诗:"帘幕萧萧竹院深,客怀孤寂伴灯吟。无端一夜空阶雨,滴破思乡万里心。"梦丝:紊乱的丝线。剧:繁多。

[7] 款段:借指马。屈产:地名。春秋晋地,产良马。地在今山西石楼县东南。

〔8〕牢愁：忧愁，忧郁。

〔9〕蕊笈：指道教经籍。珍璆：珍贵的文饰。

〔10〕摛辞：铺陈文辞。山精：药草名。术的别名。晋葛洪《抱朴子·仙药》："术，一名山蓟，一名山精。故《神药经》曰：'必欲长生，长服山精。'"亦指生长年久的何首乌。

〔11〕丰绮：内容丰富，词藻华丽。无愧：无愧。

〔12〕劚(zhǔ)：锄头。

〔13〕泫：水下滴。指泪水、露水等。

〔14〕猪苓：即猪苓。药草名。

〔15〕巉嵥：盘屈貌。

〔16〕阿连：指南朝宋诗人谢灵运从弟谢惠连。

〔17〕焜耀：照耀。华阳典：指神仙典籍。

〔18〕三彭：即三尸神。唐张读《宣室志》卷一："契虚因问桥子曰：'吾向者谒觐真君，真君问我三彭之仇，我不能对。'桥子曰：'夫彭者，三尸之姓，常居人身中，伺察功罪，每至庚申日，籍于上帝。故凡学仙者，当先绝其三尸，如是则神仙可得，不然虽苦其心无补也。'"宋陆游《病中数辱》诗："凡药岂能驱二竖，清心幸足制三彭。"腆：丰厚。

〔19〕百痾：各种疾病。遣：排除。

〔20〕藜苋：藜和苋。泛指贫者所食之粗劣菜蔬。

〔21〕禁：原注一个"平"字，即作禁字作平声。在这里作控制解，此句意为已知道自己是吃菜的贫穷命，为什么还要禁茶呢？

〔22〕折简：谓裁纸写信。

〔23〕强韵：犹"险韵"。冷僻难押的韵。

〔24〕趣步：快走和慢行。三国魏嵇康《答难养生论》："或菲食勤躬，经营四方，心劳形困，趣步失节。"

〔25〕养生论：三国魏时嵇康的一篇论文。主要讨论养生问题，并涉及形神关系问题。

〔26〕乐石：指可制乐器的石料。疑当作"药石"，泛指药物。中

散：中散大夫的省称。这里指嵇康。嵇康曾任中散大夫，世以"中散"称之。

梅执礼

梅执礼(1079—1127)，字和胜，婺州浦江（今浙江兰溪）人。徽宗崇宁五年(1106)进士，调衢州常山尉，历九域志编修官、军器监丞、比部员外郎、度支员外郎、吏部员外郎。累迁国子司业、中书舍人、给事中、礼部侍郎。以忤王黼夺职，知滁州。宣和四年(1122)，出守蕲春。钦宗靖康元年(1126)，召为吏部尚书，旋改户部。金兵围京都，劝帝亲征，又请皇后、太子皆出避。京城失守后，欲纠兵夜袭金兵帅帐，谋泄未遂。金人命执礼为搜括金帛，以数不足被杀。谥节愍。有《文安集》传世。

宣和四年，东阳梅某出守蕲春，以五月十九日宿斋山谷，黎明奉亲朝谒真源万寿宫，少休五云亭赋此

潜高风所仰[1]，好想嗟末员。邂逅一麾出[2]，安舆奉华颠[3]。骎骎涉胜境[4]，获缔香火缘[5]。徘徊庆基殿[6]，稽首颂尧年[7]。徐步俯松杪，幽寻值灵篇[8]。轩窗散急雨，四座屯非烟[9]。向来玉京梦[10]，了了堕目前[11]。恍疑鸡犬资，今在第几天[12]。平修无愧怍[13]，自耻应得仙[14]。孺子审可教，凡躯伫加鞭[15]。

辑自〔元〕吴师道辑《敬乡录》卷三，又见《宋诗纪事补遗》卷三二

【解题】

此诗为宣和四年(1122)作者出守蕲春途中陪侍父母朝谒舒州真

源万寿宫而作。全诗抒发了作者向往神仙道教之情。神仙世界原是人间世界的幻影,道家出世思想的根源则在于对现实生活的失望与不满。我们从梅执礼的仕履来看,他任礼部侍郎时因忤王黼夺职,知滁州;本年出守蕲春。此时作者思想被一种巨大的消极情绪笼罩着,所以意趣中有道家道教倾向也便不足为怪了。

注释

〔1〕所仰:《宋诗纪事补遗》作"折仰"。

〔2〕一麾:一面旌麾。旧时作为出为外任的代称。

〔3〕安舆:安车。古代可以坐乘的小车。古车立乘,此为坐乘,故称安车。供年老的高级官员及贵妇人乘用。华颠:白头。指年老。

〔4〕骎骎:急促;匆忙。胜境:佳境,风景优美的地方。

〔5〕缔:结。

〔6〕庆基殿:真源宫殿名。见宋张昌《真源万寿宫修造记》。

〔7〕尧年:古史传说尧时天下太平,因以"尧年"比喻盛世。

〔8〕灵篇:指道教经文。

〔9〕非烟:《史记·天官书》:"若烟非烟,若云非云,郁郁纷纷,萧索轮囷,是谓卿云。卿云,喜气也。"后因以"非烟"指庆云,五色祥云。

〔10〕玉京:道家称天帝所居之处。

〔11〕了了:明白;清楚。

〔12〕"恍疑"二句:鸡犬资,王充《论衡·道虚》记载,淮南王刘安学道,后来成了神仙,上天去了。剩下的仙药放在盆里,被家中的鸡犬吃了以后,鸡犬也都升了天,成为仙鸡仙犬。所谓"犬吠于天上,鸡鸣于云中"。

〔13〕平修:平日修为。愧怍:惭愧。

〔14〕自聒:自己频繁地称说,聒噪不休。

〔15〕亻加鞭:本谓打马快走,常以喻努力工作,加快进度。

释惟照

惟照(1084—1128),号照阐提,俗姓李。简州(今四川简阳)人。少入成都鹿苑寺为行童。十九岁得度,参芙蓉庵主道楷于大洪山,得其衣钵。道楷得罪远谪,他驰往侍师。后历住洛阳招提寺、舒州甘露寺。宣和间(1119—1125)住持舒州三祖寺。其后受诏住庐山圆通寺,终溆潭宝峰寺。为青原下十二世。

答淮西陆提举四首

其 一

芙蓉已入双林寂,挂角羚羊无气息[1]。立关拨转异中来[2],借问时人何处觅?

其 二

山谷今传佛祖衣,一回拈起一回疑[3]。丰干饶舌可知也[4],引得寒山不肯归[5]。

其 三

千里客来何所遇,一念超然无去住[6]。全身放下火中莲[7],谁能更为无生路!

其 四

夜堂人静雨霏霏,润泽枯焦总不知。堪笑当年净名老[8],对文殊语恰如痴[9]。

辑自〔宋〕陆游《家世旧闻》卷下

解题

此四诗为山谷寺住持惟照长老答陆宰壁间题诗而作（陆诗见本书第382页）。原无诗题，题为笔者所加。第一首大意是说，道楷师入寂后自己来山谷寺讲授禅宗高妙的意旨，但在接化学人时，发现很少有人具有与生俱来的慧根。第二首借用禅宗典故"拈花微笑"，表示佛法传授，须以心传心；并与陆宰戏谑，说是自己不如陆宰那样有诗才，害怕回寺院要互相对诗，所以吓得不敢回来。第三首是说根据禅宗超脱的观念，去留没有什么区别，所以希望陆宰不要因为自己离开了寺院未能谋面而心生烦恼、要死要活，须能身处烦恼之中而自行解脱，才能达到清凉境界。第四首是说，秋雨纷纷虽然愁人，但却能滋润干枯的禾苗；看待问题不能执着于某一观念而不肯改变。当年维摩诘居士与文殊师利菩萨对话时的痴迷神态，真值得一笑。此四诗每诗首句皆摘自陆宰之诗，顺序相承；然后敷演成篇，解以禅宗妙旨，阐扬佛法，有很高的艺术造诣。

注释

〔1〕挂角羚羊：传说羚羊夜眠防患，以角悬树，足不着地，无迹可寻。见《埤雅·释兽》。后因以"羚羊挂角"喻意境超脱，不着形迹。此指禅宗意蕴高妙，无迹可求。

〔2〕立关：指禅宗祖师在接化学人时，经常设立问题，由对方作答，以考察他的根机（根性）。如临济宗黄龙派之祖慧南常问参学者："上座生缘在何处"，"我手何似佛手"，"我脚何似驴脚"？要求对方回答，时称"黄龙三关"。立关拨转：比喻有慧根。即与生俱来的智慧的本性或根性。

〔3〕拈起：指禅宗典故"拈花微笑"。佛在灵鹫山说法时，拈华（花）示众，众皆默然，唯独迦叶一人破颜微笑。意为以心传心。

〔4〕丰干：指唐代天台山国清寺僧人丰干，以诗著称，与寒山、拾

得并称国清寺三隐。"丰干饶舌",指丰干曾行化至京兆(长安),为太守闾丘胤治病,闾丘胤后入山拜访寒山、拾得,二人连声咄叱,寒山说:"丰干饶舌。"意为他们并不如丰干说的那样有才。

〔5〕寒山:指唐代天台山国清寺僧人寒山,以诗著称。

〔6〕超然:超脱,高超出众。无去住:意谓去留没有区别。去住,犹去留。

〔7〕火中莲:佛教语。语出《维摩经·佛道品》:"火中生莲华,是可谓希有。在欲而行禅,稀有亦如是。"后因以"火生莲"喻虽身处烦恼中而能解脱,达到清凉境界。

〔8〕净名老:指《维摩诘经》中的主人公维摩诘居士。维摩诘原是古印度毗耶离城的大乘居士,非常富有,精通佛法。据说,他有一天生病,释迦牟尼派弟子文殊师利前去问候,他便借此机会与文殊师利等人讨论佛法,义理精奥,妙语横生。《维摩诘经》就是通过他和文殊师利等人的谈话,来阐扬大乘般若性空的观念。其义旨为"弹偏斥小"、"叹大褒圆",批判一般佛弟子所行和悟境的片面性,斥责歪曲佛法的绝对境界,认为达到解脱不一定要过严格的出家修行生活,关键在于主观修养,这才是真正的菩萨行。《维摩诘经》对中国禅宗的形成有过巨大作用,与《楞伽经》《圆觉经》并称为"禅门三经"。

〔9〕文殊:即指文殊师利菩萨。在《维摩诘经》中,他受佛的委托探访维摩诘居士,二人之间展开了对话。

曾 幾

曾幾(1084—1166),字吉甫,号茶山居士,河南(今河南洛阳)人,其先居赣州(治所在今江西赣县)。入太学屡中高等,后任将仕郎,赐上舍出身。出为应天府少尹。南宋初,历官广西转运判官,江西、浙西提点刑狱等。后因其兄得罪秦桧牵累被罢职,侨居上饶茶山寺七年。秦桧死,再起为浙西提刑。绍兴二十六年(1156)知台州,隆兴二年(1164)迁左通奉大夫,致仕。卒谥文清。幾以江西诗派传人自居,后受吕本中影响,主活法与顿悟。陆游曾师事之。著有《易释象》《茶山集》等。

次曾宏甫见寄韵

今晨尺书至,令我寸心宽。老去光阴速,人生会合难。竹舆云洞暖[1],钓艇玉溪寒[2]。小憩饶阳否,吾衰合挂冠[3]。

又

剖符舒子国[4],蜡屐皖公台[5]。恨不从山简[6],欣然见老莱[7]。功名身已老,交旧首空回。早晚依刘去[8],朝廷不乏材。

辑自《茶山集》卷四

解题

此两首同题五律均为和曾惇寄诗而作。两诗均表达了对隐逸悠闲生活的向往,对官场的厌倦。诗虽短小,却不乏警句。第一首颔联写老去才觉光阴飞逝,人生会合之难,正是历经世事沧桑后方有的心得,是人间至情之语。第二首用典颇多,而对仗工严,正是江西诗派要求作诗须字字有来历的体现。

注释

〔1〕云洞:洞名。在江西省上饶县西。天欲雨时先有云出,故名。亦指云雾缭绕之山洞,或指隐逸者与仙人的居处。

〔2〕玉溪:水名,即江西省信江流经玉山县境内的一段。亦为溪流的美称。

〔3〕挂冠：指辞官，弃官。

〔4〕剖符：古代帝王分封诸侯、功臣时，以竹符为信证，剖分为二，君臣各执其一，后因以"剖符"、"剖竹"为分封、授官之称。舒子国：古国名。此指舒州。舒州曾为古舒国地。

〔5〕蜡屐：以蜡涂木屐。语出南朝宋刘义庆《世说新语·雅量》："或有诣阮（阮孚），见自吹火蜡屐，因叹曰：'未知一生当著几量屐！'神色闲畅。"后因以"蜡屐"指悠闲、无所作为的生活。皖公台：即皖公山。

〔6〕山简：字季伦，晋山涛子。初仕为太子舍人，历侍中尚书，领吏部。怀帝时，出为征南将军镇襄阳。简优游终年，嗜酒成性，不理政事。每出游，置酒辄醉。时有儿童歌曰："山公出何许，往至高阳池。日夕倒载归，茗艼无所知。"见《晋书·山简传》。

〔7〕"欣然"句：作者自注："宏甫子表勋持诗以来。"老莱：老莱子的省称。春秋末年楚国隐士。相传避乱世隐于蒙山，自耕而食。楚王闻其贤，欲召其出仕，遂偕妻至江南，隐居不出。

〔8〕依刘：《三国志·魏书·王粲传》载，王粲投靠刘表希图施展才能，刘表因他貌丑，又不拘小节，不予任用。后用以比喻怀才去依附有权势有地位的人而得不到重用。

曾惇

曾惇，字宏父（亦作宏甫），建昌军南丰（今属江西）人。右仆射曾布孙，曾纡之子。绍兴三年（1133）十一月，以右通值郎为太府寺丞。十四年（1144）六月，以右朝奉郎知台州，又历知舒州、黄州。十八年（1148）八月，知镇江府。后发遣光州。惇尝以寿词谀秦桧，为世所诟。

题 潜 山

潜皖相峥嵘，江淮名最著。下枕大江流，浩荡云涛怒。

汉皇重封事,兹山奠南土[1]。上帝眷此邦,司命福黎庶[2]。斟酌赏罚柄,惠泽均雨露[3]。开元政熙洽[4],一夜一软语[5]。皇家谨司锁,剑戟森卫护。十年兵火余,所存一二数。兹地岂湮没,栋宇仅如故。两山势如抱,巉岩如虎踞[6]。下视万木杪,溪流更奔注。忽有羽客来[7],相寻恣幽步[8]。扪萝度绝嶂[9],涉水得微路。岩石掩如扉,心有神仙驻。昔年左真人[10],此是幽栖处[11]。顾君骨不凡,可以永期遇。欲下叩其扉,雷霆起烟雾。正恐渠相留,徘徊不能去。

辑自《(嘉靖)安庆府志》卷一七《艺文志》

解题

此诗描写了潜山的地理形势与风光景物,歌咏了关于它的历史故事和传说,介绍了山中道教建筑以及十年兵火对它的摧残。诗中弥漫着浓郁的道教气氛,表现了诗人向往隐逸、厌倦世俗的思想。

注释

〔1〕"汉皇"二句:写汉武帝元封五年巡狩南郡封潜山为南岳事。已见前注。

〔2〕司命:指九天司命真君。黎庶:黎民。

〔3〕惠泽:犹恩泽。

〔4〕开元:唐玄宗年号。熙洽:清明和乐。

〔5〕软语:柔和而委婉的话语。亦指劝人向善的话语。

〔6〕巉岩:山势险峻。

〔7〕羽客:指道士。古代方士修炼神仙之术,以羽毛为衣,取其成仙飞翔之意,故后世将方士、道士又称为羽客。

〔8〕幽步:闲适的行步,闲步。

〔9〕扪萝:攀援葛藤。绝嶂:极高耸立如屏障的山峰。

〔10〕左真人：指左慈。宋乐史《太平寰宇记·淮南道三》："魏左慈居潜山，有炼丹房，今丹灶基存。"

〔11〕幽栖：隐居。

天　柱　阁

坐对潜山万髻鬟，一峰孤秀独搀天[1]。

辑自《舆地纪胜》卷四六《安庆府》，又见《明一统志》卷一四

【解题】

这是作者歌咏天柱阁诗中的一联。意谓坐在天柱阁中面对潜山的诸多山峰，感觉中它们就像成千上万个女子头上的环形发髻，而天柱一峰迥然挺拔秀美，独自高耸在天空中。此联写出了天柱山的妩媚和神韵，也反衬出天柱阁的高大雄伟。诗句气势不凡，无怪乎地理志书争相引用。

【注释】

〔1〕搀：《明一统志》作"参"。"搀天"与"参天"同义，即高耸在天空中。

向子諲

向子諲(1085—1152)，字伯恭，号芗林居士。临江军清江(今江西樟树)人。元符末以恩荫补官。宣和中历官淮南转运判官、京畿转运副使。建炎中，积极筹措军费，力拒张邦昌之利诱，以与李纲善，为黄潜善所罢斥。后知潭州，率军民死守以拒金兵。绍兴初移鄂州，主管荆湖东路安抚司。历知广州、江州、江东转运使，两浙都转运使，户

部侍郎,以徽猷阁直学士知平江府。于议和金使入境时,拒不拜金诏,忤秦桧而致仕。卜居清江五柳坊,号所居曰芗林。有《芗林集》,已佚;今有《酒边词》传世。

减字木兰花

绍兴辛未冬温,腊前梅花已谢去[1]。明日立春,今夕大雪,程德远弟来自龙舒。张师言寄声相问[2],有怀其人。

青松翠筱[3],**一夜欹倾如醉倒**[4]。**残腊能佳**[5],**落尽梅花见雪花。** **诗涯酒岛**[6],**何日登临同笑傲？未老还家**[7],**饱历年华有鬓华**[8]。

辑自《酒边词》卷上《江南新词》

解题

向子諲任淮南转运判官时治所在舒州,所以与天柱山结下了一段情缘。他爱天柱山的风景名胜,并曾亲自为山谷寺旁所建涪翁亭"铭而书之"(《江南通志》)。绍兴二十一年(1151),作者致仕退居清江已十四年了,这年冬天,表弟程德远自舒州来,带来了友人张昌的问候,由是引发了作者对舒州、对友人的怀念,并作此词以纪之。词中写到,一夜大雪,青松翠竹也倾斜得如同醉倒了一样,梅花刚落便有雪花点缀腊梅枝条。松竹梅岁寒三友,在雪中美得冷艳傲岸。何日能再与友人登临笑谈于诗涯、酒岛,共话此生？只可惜年未老便已致仕回家,饱经风霜后,鬓发已经花白了。读此词,令人想见作者纵情诗酒中傲岸不群的性格;而词中流露出对舒州的美好回忆与留恋不舍的情怀,读之令人动容。

注释

〔1〕腊：腊月，即农历十二月。
〔2〕"张师言"原作"张琦言"，据《全宋词》改。张师言即张昌，昌字师言，潜皖人。见本书所辑其诗前作者小传。
〔3〕翠筱：绿色细竹。
〔4〕欹倾：歪斜；歪倒。
〔5〕残腊：农历年底。能佳：如此美好。能，如许，这般。
〔6〕诗涯、酒岛：诗涯，当作诗崖，在舒州（今潜山县）治所西二十里吴塘水南。酒岛，在舒州山谷寺前。
〔7〕老还家：作者致仕时年仅五十三岁，故云。
〔8〕鬓华：鬓发斑白。

陆　宰

陆宰（1088—1148），字元钧，越州山阴（今浙江绍兴）人，陆佃之子，陆游之父。政和初至宣和五年（1111—1123），为淮西提举常平官。宣和六年（1124），迁淮南东路转运判官。后任京西路转运副使。靖康元年落职，绍兴元年，起知临安府。十八年卒。绍兴间，朝廷起秘阁，求天下遗书，首命绍兴府录宰家书，凡一万三千余卷。著作有《春秋后传补遗》。

访山谷寺惟照长老不遇

芙蓉已入双林寂，山谷今传佛祖衣[1]。千里客来何所遇，夜堂人静雨霏霏[2]。

辑自〔宋〕陆游《家世旧闻》卷下

解题

陆游的父亲陆宰曾任淮西提举常平十余年①，官署在舒州治所。宣和元年秋天，因巡行所属部域，他来到三祖山，顺便拜访初到山谷寺任住持的惟照长老。陆宰很早便认识惟照，并且对他有很深的了解，认为惟照将为"缁流之杰"。不巧的是，陆宰这次来访，却值惟照长老外出未归，于是在壁间留下此诗。原无诗题，题系笔者据陆游《家世旧闻》叙述所加。全诗写惟照长老之师道楷入寂后，如今惟照来到山谷寺传授佛法，并对自己远道相访而未与故人谋面表示失望。末句写夜晚法堂寂静无人，只有堂外秋雨纷纷下个不停。诗中情景交融，虚实相生，通过用物象所创造的境界，来表达诗人的主观感受。意境朦胧缥缈，极富神韵。

注释

〔1〕"芙蓉"二句：谓惟照长老之师芙蓉庵主道楷已圆寂，如今他的弟子在山谷寺传授佛法。芙蓉，指惟照长老之师芙蓉庵主道楷。人称芙蓉楷。见陆游《家世旧闻》卷下。双林寂，原指佛在拘尸那城阿利罗跋提河边娑罗双树间入涅槃，此处指道楷入寂。传衣，指传佛法。

〔2〕霏霏：雨盛貌。

李　宏

李宏（1088—1154），字彦恢。宣州宣城（今属安徽）人。徽宗政和五年（1115）进士。历沧州学教授，官至御史台主簿，淮南京西转运判官。高宗绍兴二十四年（1154）卒。宏尝与吕好问、詹友端、周紫

---

① 按，提举常平，官名。简称提仓。宋神宗时为推行新法，各路差提举常平广惠仓兼管勾农田水利差役事。通称提举常平官。掌各路役钱、青苗钱、义仓、赈济、水利、茶盐等事，与转运使、提点刑狱公事分掌各路财赋，并监察各州官吏。其官署称提举常平司或提举司，简称仓司、庾司。

芝、王相等人友善。建炎中,吕好问知宣州,宏等每燕集必与。博学工文词,著有《琴溪诗集》。惜其诗所传无多。

游天休观道流索诗[1]

霓旌羽盖下飞仙[2],名揭司真列洞天[3]。一派银河悬落水,数峰石壁锁霏烟[4]。潭心雷殷龙应出,井口风回虎未旋[5]。端欲相从老岩壑[6],凌云已觉意飘然[7]。

辑自〔元〕汪泽民辑《宛陵群英集》卷七

解题

宋代是尚文的时代,文人的社会影响很大,尤其是一些著名的文人墨客。李宏博学工文词,在当时有很高的知名度。崇宁间他任淮南京西转运判官时,来游舒州天休观。观中道士竭诚款待,乞求题诗,欲借以提高道观声誉。作者遂赋此七言律诗一首。首联即点题,说明天休观系仙人在凡间的居所,标名为九天司命真君洞府。中间二联写天休观所在处的地理环境:一条瀑布从高处跌落,悬挂于山间,好似银河自天上倾泻而下;几座山峰陡峭的山岩挡住了飘飞的云雾。瀑流撞击潭心,轰鸣声如殷雷震动,似乎有龙即将出现;井口山风呼啸旋转,但老虎尚未归山。尾联直抒胸臆:见到如此胜景,我正想把这里的山峦溪谷作为终老之地;一想到此,自己似乎已直上云霄,飘飘然离开尘世了。此诗写尽了瀑布的壮观态势与天休观周围环境的幽绝清奇,笔力劲健,气势不凡。

注释

〔1〕天休观:即天祚宫。《(乾隆)江南通志》卷四十七《舆地志·安庆府》:"天祚宫在真源宫右,宋开宝间建。崇宁中赐名天休观,宣

和改作宫。有九龙井、飞龙泉,瀑布、喷雪二亭。亭久圮。"

〔2〕霓旌:霓,云霞;旌,旗帜。相传仙人以云霞为旗帜。羽盖:以羽毛为伞盖,亦是仙人仪仗。

〔3〕名揭司真列洞天:标名九天司命真君洞府。

〔4〕霏烟:飘飞的云雾。

〔5〕"潭心"二句:作者自注:山有雷潭、风井。

〔6〕端欲:正想。老岩壑:终老岩壑,指隐居。岩壑,山峦溪谷。借指隐者的居所。

〔7〕凌云:直上云霄。多形容志向崇高或意气高超。飘然:高远貌,超脱貌。

陈 楠

陈楠(? —1213),字南木,号翠虚。惠州博罗(今广东惠阳东)人。宋代著名道士,为道教内丹派南宗第四祖。初以盘栊箍桶为业,悟性超人。相传曾在黎姥山遇神人得《景霄大雷琅书》(即道士设坛请雷神驱邪诛妖的雷法秘书),南宗从其始兼传雷法。后得太乙金丹诀于薛道光,常捻土为人疗病,人称"陈泥丸"。因道术知名,徽宗政和年间(1111—1117)召至京师,擢提举道箓院事。后归隐罗浮。著有《翠虚篇》,所论皆内丹炼精化气凝神之法。元赵道一《历世真仙体道通鉴》卷四九有传。

用山谷韵书

水曲霞觞转[1],泉飞漱玉抱[2]。浩怀时觉放,风月谩相嘲[3]。

辑自李丁生主编《天柱山山谷流泉石刻》

解题

这是宋代著名道士陈楠所作的一首五言绝句，原诗刻在皖山山谷石牛溪旁石谷上。本无诗题，然诗后题"近州陈楠用山谷韵书"云云，故取之以为题。诗中写道：溪水蜿蜒曲折，盛满美酒的杯子在溪水中流转；泉流飞溅石上，声若击玉。此时顿觉情怀放纵，心胸开朗，清风明月你们可别徒劳地嘲笑我哟！全诗以天矫之笔歌咏了山谷流泉，风趣有味，是后代人们描写潜阳十景之"酒岛流霞"的滥觞。

注释

〔1〕霞觞：犹霞杯。指盛满美酒的酒杯。

〔2〕"泉飞"句：谓泉流漱石，声若击玉。语本晋陆机《招隐诗》："山溜何泠泠，飞泉漱鸣玉。"

〔3〕风月：清风明月。泛指美好的景色。谩：同"漫"。徒然。

王之道

王之道(1093—1169)，字彦猷。濡须(今安徽合肥)人，一说无为人。徽宗宣和六年(1124)进士，对策极言燕云用兵之非，以切直抑至下列。高宗绍兴间通判滁州，忤秦桧，沦废二十年。桧死，起知信阳，擢湖南运判，以朝奉大夫致仕。诗、文、词俱工，其诗自然真朴，其词清隽幽妙，其文慷慨激烈、通晓畅达。著有《相山集》《相山居士词》传世。生平事迹见《相山集》卷三〇附《加赠少师王之道敕》《故太师王公神道碑》、《(光绪)重修安徽通志》卷二二八及近人宛敏显撰《相山居士王之道传》。

西 灵 鹫

我闻西灵鹫[1]，幽奇冠龙舒。山神知我来，夜雨自涤除。

篮舁犯霏微[2]，敢惮石径纡？清风偃林柯，征衣尽沾濡[3]。樵人向我言，君行欲何如？松杉已在望，尚有七里余。崎岖雨过水，蹊云上天衢。飞楼及涌殿[4]，峥嵘映浮屠。幽鸟若相喜，好音弄笙竽[5]。为言一宿觉，何妨更踟蹰[6]！

辑自《相山集》卷一

解题

舒州西灵鹫在州治北一百二十里之黄石坂，盖因其与古印度灵鹫山相似而名之。其处有金城寺。此诗记述了作者访西灵鹫途中所见所想。作者慕舒州西灵鹫清幽美妙之名而访之，虽天有濛濛细雨，但仍挡不住作者寻幽访胜的脚步。他冒雨前行。一路清风偃林，蹊云满天。到得寺院前，只见楼阁像是飞翔在空中，殿堂如从云层中涌出，它们和高耸的宝塔互相映照。藏在树林深处的鸟儿似乎也为游客的到来而高兴，它们的鸣叫声清脆悦耳，好像在吹奏笙竽一般动听。此时作者心情大好：说好在这里住一晚，何妨再多逗留些时间呢！

注释

〔1〕西灵鹫：又称鹫岭，为古印度灵鹫山的别称，即耆阇崛山。中国古代以此名山或名寺院者甚多，然现存各本《安庆府志》《潜山县志》之《舆地志》中未见其名。今检乾隆本《潜山县志·艺文补遗》万廷伟所作《金城寺》诗中有"鹫岭"。该诗曰："最爱金城古佛坛，香烟朝暮绕禅关。虎溪吐纳千家水，鹫岭高低万叠山。"由此可知金城寺即在鹫岭。又据《（乾隆）潜山县志》卷之二十三《杂志类》称："金城寺，在玉照乡，县北一百二十里黄石坂。宋绍兴创。"则知舒州西灵鹫也即鹫岭在距州治一百二十里之黄石坂。

〔2〕篮舁：竹轿。霏微：雨雪细小貌。

〔3〕沾濡：浸湿。

〔4〕飞楼：高楼。谓楼像是飞在空中，极言其高。涌殿：谓殿堂

升腾如从云层中涌出。

〔5〕好音：悦耳的声音。笙竽：皆吹奏乐器名。

〔6〕蹰：此指逗留；歇息。

憩灵鹫道院

黎明发龙门⁽¹⁾，亭午憩西院⁽²⁾。冒雨且不辞，宁能避泥溅。是行良不恶，此处殊可恋。从今山中人，何独识吾面。

辑自《相山集》卷一

【解题】

此诗为作者寻访舒州西灵鹫、正午小憩于灵鹫道院时所作。这里的美景特别令人爱恋，作者再次感到不虚此行，他觉得黎明即从龙门出发，一路冒着小雨、不顾路上泥浆飞溅而前来寻幽访胜，现在看来，一切都是值得的。

【注释】

〔1〕龙门：山名。

〔2〕亭午：正午。

题龙舒天祚宫玉虹亭

山祇不爱宝⁽¹⁾，倾写白玉霰⁽²⁾。秋阳正炎赫⁽³⁾，喷薄争清明⁽⁴⁾。我疑石韬玉⁽⁵⁾，白虹贯岩泓⁽⁶⁾。源源自何来，万古风雷声。

辑自《相山集》卷二

解题

　　这是作者访舒州天祚宫时为其玉虹亭题写的一首五言古诗。天祚宫原为灵仙观之一部分，在天柱山真源宫西北上一里下炼丹，宋开宝九年(即太平兴国元年，公元976年)创建。此宫建成后，朝廷常遣使投金龙玉简于涧水，以祈雨求福。据说每求必应。崇宁中赐名天休观，宣和二年(1120)改称天祚宫。当地俗呼为后宫殿，真源宫则称前宫。据旧志载，天祚宫"有洞天门，九龙井，飞龙泉，瀑布、喷雪二亭"(见前引《安庆府志》)。此诗题中所称玉虹亭者，据诗中所言，或即喷雪亭，盖时代移易，名称亦随之改变也。全诗描写了玉虹亭所在处的自然景观：瀑布倾泻，溅起的水珠如玉似雪；涧中波流激荡，发出巨大声响；涧水清澈明朗，水上雾气蒸腾，有如日月周围的白色晕圈。真是幽雅清绝，美不胜收。

注释

〔1〕山祇：山神。
〔2〕倾写：倾泻。玉霙：雪花。
〔3〕炎赫：炽热，炎热暴晒。
〔4〕喷薄：形容水流激荡，发出巨大声响。清明：清澈明朗。
〔5〕韬：隐藏，包藏。
〔6〕虹：日月周围的白色晕圈。岩泓：岩石间深广的水潭。

题 三 祖 山

　　观山不惮远，有癖老增剧。是行迫王事，所过飞鸟疾。路旁四五祖，不得着脚历。朝来所干集，我愿容自适。冲寒走海会[1]，啸吟遂终日[2]。眷言三祖山[3]，经从阻良觌[4]。

僧果知我意，饭仆济行色[5]。崎岖五十里，入山及未昃[6]。山头残雪在，青瑶点微白。殷勤承老禅，倾盖同莫逆[7]。为言住此山，予宝始今日。欲以扶我衰，不鄙昔轻策。扪萝助探讨[8]，蹑石共登陟。群峰耸遥翠，一水涨深碧。行行何所喜，两脚有余力。归来饱香积[9]，清淡更过昔。

辑自《相山集》卷三

解题

三祖山在舒州城西二十里。其山自天柱发脉，蜿蜒起伏数十里，至谷口山谷中一峰突起，苍然独秀，溪山环抱，洞岩参差。堪舆家呼曰凤形，称为灵山胜地。山有三祖寺，旧称山谷寺，唐称乾元寺。原为何氏三高故宅，自梁宝志禅师卓锡山中，三高遂舍宅为寺。隋代禅宗三祖僧璨大师说法于此，合掌立化寺前亭下。寺有觉寂塔（亦曰三祖塔）；寺后有卓锡泉；寺前有三高亭、立华亭、翠光亭（翠虚亭），有天香台；其西下有山谷流泉，有石牛古洞。山左有汉武帝祭岳台和真源宫。山面临潜水而立。水南岸有诗崖，有钓崖、帘子崖，河中有酒岛，有石蛟。诗崖右下为吴塘陂。自唐以来，三祖山即为文人荟萃游览之区，讴歌吟咏不绝。此诗即记叙了作者一次来三祖山的游观经历，歌咏了山中清幽美妙的景色。笔触细赋真切，描写生动传神。

注释

〔1〕冲寒：冒着寒冷。海会：指海会寺。位于太湖县城东北三十里的白云山麓。相传唐代高僧海会曾在此修行，后在一株梅树下坐化，后人建寺纪念，取名海会寺。

〔2〕啸吟：长啸歌吟。

〔3〕良觌：良晤，欢聚。

〔4〕眷言：怀念。言，词缀。

〔5〕行色：行旅出发前后的情状、气派。此指行旅。

〔6〕未昃：太阳尚未偏西。

〔7〕倾盖：车盖相倾，喻新交。莫逆：指彼此志同道合，交谊深厚。

〔8〕扪萝：攀援葛藤。

〔9〕香积：指佛家的饭食。

次因上人韵

一从潜水别，三见菊花黄。旧好论交笃，新诗引兴长。劳生闲自笑[1]，道术淡相忘。蝴蝶秋来懒，时应到睡乡[2]。

辑自《相山集》卷九

解题

因上人，其人不详。或为作者《题三祖山》诗中所言及的"倾盖同莫逆"、陪作者游山之年老禅僧。作者距其游潜山三祖山已经三年了，因上人寄诗问候近况，作者遂步其原韵和作此诗。诗中说，别后自己懒散悠闲，连道术也淡忘了，整天好像生活在迷离惝恍的梦境。从这些谦词中，我们似可窥出作者当时不如意的心境。

注释

〔1〕劳生：《庄子·大宗师》："夫大块载我以形，劳我以生，佚我以老，息我以死。"后以"劳生"指辛苦劳累的生活。

〔2〕"蝴蝶"二句：典出《庄子·齐物论》："昔者庄周梦为胡蝶，栩栩然胡蝶也，自喻适志与！不知周也。俄然觉，则蘧蘧然周也。不知周之梦为胡蝶与，胡蝶之梦为周与？周与胡蝶，则必有分矣。此之谓物化。"后以此典喻迷离惝恍的梦境。亦指超然物外的玄想心境。

和秦寿之题天祚宫[1]

洞天无际复无旁[2],乔木梢云十万章[3]。身外轩裳谁系绁[4],壶中日月自舒长[5]。平生尘垢烦三沐[6],投老功名笑五浆[7]。白鹿青牛今在否[8],一声秋磬上寥阳[9]。

辑自《相山集》卷一二

解题

此诗为和秦焴《题天祚宫》诗而作。诗中歌咏了天祚宫宏伟的建筑规模,周围苍翠清幽的自然景色,道家神仙般的世外生活,以及自己垂老功名未能大就的遗憾,并表达了对天柱山的深切怀念。全诗写得大气回旋,结尾处更是余音袅袅,使人味之不尽。

注释

[1] 秦寿之:即秦焴,焴字寿之。秦桧之侄。绍兴二十四年(1154)进士,绍熙五年(1194)曾以朝议大夫知严州。余不详。作者集中与其诗词往还者甚多。

[2] 洞天:道教称神仙的居处,意谓洞中别有天地。后常泛指风景胜地。此指天祚宫。无旁:没有边际。

[3] 梢云:竹的别称。章:计大木、竹等的量词。

[4] 轩裳:轩车和裳服,为卿大夫所用,借指官位。

[5] 壶中日月:指道家的神仙般的生活。

[6] 三沐:再三沐浴。表虔敬。

[7] 投老:垂老;临老。功名:功业和名声。亦指官职名位。五浆:浆,指卖浆者;五浆,泛指从事各种卑贱行业的人。

[8] 白鹿:唐天宝间,明皇梦九天司命真君现于天柱山。天宝九载春三月,乃遣中官王越宾、道士邓紫虚,赍内府缯帛前往创置祠宇。

选址时,有二白鹿现于高冈,王越宾等"领徒就之,遂得其地"(阳琇《司命真君祠碑》)。今山中有白鹿岩、白鹿洞。青牛:即青石牛,在皖山山谷,今有石牛洞。

〔9〕寥阳:辽阔的天空。

朱 翌

朱翌(1097—1167),字新仲,号潜山居士。舒州(今安徽潜山)人。徽宗政和八年(1118)进士。南渡后为秘书少监,中书舍人。秦桧恶其不附己,高宗绍兴十一年(1141)责授将作少监,谪居韶州。二十五年,桧死,充秘阁修撰。三十年知宣州,移平江府,授敷文阁待制。宋孝宗乾道三年卒。翌父曾从苏轼、黄庭坚游,翌承其家学,才力富健,所作颇有元祐遗风。《四库全书总目》谓其"五七言皆极跌宕纵横,近体亦伟丽优健。喜以成语属对,率妥贴自然"。著有《潜山集》《猗觉寮杂记》等传世。

西园月夜竹影满堂

良夜天彻幕[1],林间月如筛。解与竹传神,月娥真画师[2]。东坡元不死,鹤驾相追随[3]。习气未扫除,戏笔聊一麾[4]。调和水墨匀,幻出虬龙枝。图成不挂壁,掷地容俯窥。欲进复小却[5],尚虑鞋底泥。

辑自《潜山集》卷一

解题

此诗为宋代咏月、咏竹名诗。诗人驰骋想象,把竹园月色写得生动有趣。美好的夜晚,天幕清澈;月光穿过竹林洒在地上,像是被筛过一样。这是月宫仙子的杰作。墨色的竹影，白色的月光，又仿佛东坡先生驾鹤归来，以游戏之笔一挥而成的水墨画。画中水墨调和均匀，月光与竹影配合而成的形状神秘莫测，变换无穷，幻觉中甚至能想象出那竹枝是一条条盘曲的虬龙。神作既成，不是挂壁独玩，而是掷在地上，让人们尽情俯视欣赏。作者说，他本想游园赏月，对此清景却不忍落足，生怕鞋底上的泥土玷污了地上的画卷。此诗妙在构思奇幻，摹写贴切。尤其是结尾处状写诗人进园赏月欲行又止、小心翼翼的神态，更是惟妙惟肖。

注释

〔1〕良夜：美好的夜晚。
〔2〕月娥：指传说的月宫仙子。
〔3〕鹤驾：仙人的车驾。
〔4〕戏笔：开玩笑而作的诗文书画。麾：同"挥"。
〔5〕小却：稍稍后退。

简宗人利宾

昔时桐乡汉九卿[1]，家在淮南天一柱[2]。石麒麟冷一千年[3]，子孙不敢去坟墓。我之曾高主宗盟，昭穆亦与公家叙[4]。不容妄继鄹侯萧[5]，何尝敢掘城南杜[6]！深山大泽堑劫灰[7]，甲第名园走狐兔。飘零直见似人喜[8]，何况乃与吾宗遇。为善本求乡里称，浩叹正坐儒冠误。出参留守入坐曹，抑亦为此微禄故。潜山山高潜水深，眼前谁作藩篱护[9]？心随大信小信潮[10]，梦绕长亭短亭路[11]。生涯旧欠钱一囊，归装或有经五库。今子新从彭泽来[12]，归去来兮几时去？

一杯且遣客枕安,百尺竿头同进步。

辑自《潜山集》卷一

解题

这是作者饯别宗人利宾时所写的一首七言古诗。作者在诗中首先追叙同宗先贤,抒发了作为名门后裔共同的家族自豪感。随后笔锋一转,写久违乡里之憾,并与对方叙宗亲情谊。再借历代名门望族的兴衰故事,感慨世事变迁,身世飘零;诉说了于兵火战乱之后见到宗亲的不易和欣喜之情。接着作者叙写自己的平生志向、经历和坎坷遭遇,并抒发思念故乡之情:眼下战乱中潜山潜水有谁为其屏障,保护它们呢?我的心随着大潮小潮的潮汛,身在梦境中绕过长亭短亭之路,一站一站向故乡进发了。诗人笔锋随心境起伏而流转,沉郁顿挫,颇不平静。最后借劝酒与宗人共勉"百尺竿头同进步",表现出豁达、积极、乐观的情怀。刘克庄谓"《潜山集》多不经人道语,此公读书多,气老笔遒"(《后村诗话》),此诗正体现了这一特点。诗人才情富赡,喜作长诗,此诗全篇健笔凌云,意气纵横,以沉郁之气抒宗亲之情、身世之慨、乡国之思,颇见功力。

注释

〔1〕桐乡汉九卿:指汉代朱邑。桐乡,舒州郡号。宋潘自牧撰《记纂渊海》卷十二《郡县部·安庆府》:"郡号:潜山、同安、舒皖、皖城、德庆、桐乡。"又,王安石《封舒国三绝》诗其三:"开国桐乡已白头,国人谁复记前游?故情但有吴塘水,转入东江向我流。"九卿:古代中央所设的高级官职。各代"九卿"不一。汉代以太常、光禄勋、太仆、廷尉、大行、大鸿胪、宗正、大司农、少府、卫尉、执金吾、右内史、左内史等为"九卿"。朱邑,字仲卿。少时为舒桐乡啬夫,廉平不苟,以爱利为行。历北海太守,官至大司农。及卒,其子葬之桐乡西郊外,民共为起冢立祠,岁时祀祭不绝。今各本《潜山县志·人物志》有传。

〔2〕家在淮南天一柱：意谓家在淮南天柱山。淮南，地名。西汉时，舒州属淮南国，宋属淮南西路。天一柱，即天柱山。

〔3〕石麒麟：亦省作"石麟"。古代帝王陵前或公卿大臣墓前用石材雕刻的麒麟。

〔4〕昭穆：古代宗法制度中，同宗族内辈分排列。其作用在区别长幼亲疏。以始祖居中，两旁按辈分由左到右，再到左，再到右，如此逐代排列。左为昭，右为穆。宗庙安排、墓葬位置、祭祀、宴饮等均实行昭穆制。后世泛指家族中的辈分。叙：叙次。

〔5〕酂侯萧：汉萧何的爵号。萧何在楚汉相争中，佐高祖，守关中，转漕给军，兵不乏食，因以致胜。高祖即位，论功行赏，评为第一，封酂侯。

〔6〕城南杜：唐代韦氏居韦曲，杜氏居杜曲，皆在长安城南，世为望族，时称"韦杜"。

〔7〕劫灰：本谓劫火的余灰。借指兵火战乱后的遗迹；或形容灾祸变乱，世事变迁。

〔8〕飘零：漂泊。直见：同"值见"，遇到；遭逢。

〔9〕藩篱：屏障。

〔10〕大信小信：大潮、小潮。

〔11〕长亭短亭：古时于道路每隔十里设长亭，五里设短亭，供行旅停息。

〔12〕彭泽：县名。西汉置，治所在今江西湖口县东。

次韵傅丈见寄[1]

其 一

到处能行到处藏[2]，饭余挂钵解茶囊。不缘头上五分白，始与人间万事忘。一介远劳询近日[3]，十年如此住南荒[4]。只今已是交游绝，不问比邻不择乡。

其 二

土瓜甘蔗窖深藏[5]，青李来禽子在囊[6]。胜日园林吾有分，暮年歌酒尔无忘。扫除金屑不到眼[7]，尽力石田难救荒[8]。每遇北风长引领[9]，皖公山下是桐乡。

辑自《潜山集》卷二

解题

有位傅姓长辈自故乡寄茶叶并附诗询问近况，作者次韵和此二诗作答。诗人以豁达的心态描述了十年来在南方荒凉遥远之地的田园隐居生活。他随遇而安，吃饭喝茶，交游已绝，只爱园林，不问比邻而居，过的是普通农家生活，追慕的是佛家清净之境、先贤高洁之风。世间万事均不挂怀，惟独对故乡念念不忘。每有北风吹来，他都要伸长脖子朝北眺望，因为那里有座皖公山，皖公山下的舒州是自己的故乡。

注释

〔1〕傅丈：其人不详。丈，对长辈的尊称。

〔2〕"到处"句：行藏指出处或行止。语本《论语·述而》："用之则行，舍之则藏。"晋潘岳《西征赋》："孔随时以行藏，蘧与国而舒卷。"唐岑参《武威送刘单判官赴安西行营便呈高开府》诗："功业须及时，立身有行藏。"

〔3〕一介：一个微不足道的人。表自谦。

〔4〕南荒：指南方荒凉遥远的地方。

〔5〕"土瓜甘蔗"句：作者自注："二物南中皆窖藏。候春发。"

〔6〕青李来禽：晋王羲之《与蜀郡守朱书帖》的别称。因其首有"青李来禽"，故名。宋苏轼《玉堂栽花周正孺有诗次韵》："只有《来禽

青李帖》,他年留与学书人。"亦省称"来禽"。唐温庭筠《洞户二十二韵》:"画图惊《走兽》,书帖得《来禽》。"

〔7〕金屑:黄金的粉末、碎末。亦指佛经中的片言只语,佛法中的一知半解。《五灯会元·黄檗运禅师法嗣·临济义玄禅师》:"金屑虽贵,落眼成翳。"《五灯会元·东林总禅师法嗣·龙泉夔禅师》:"岂况牵枝引蔓,说妙谭玄。正是金屑眼中翳,衣珠法上尘。"

〔8〕石田:多石而不可耕之地。亦喻无用之物。《左传·哀公十一年》:"得志于齐,犹获石田也,无所用之。"唐寒山《诗》之六六:"土牛耕石田,未有得稻日。"

〔9〕引领:伸长脖子。

示 同 会[1]

无奈春寒老不禁,喜看晴日上窗棂[2]。群花半露乾坤巧,百刻平分昼夜停[3]。挂杖有时挑菜甲[4],桔槔无复问畦丁[5]。逢群不出何为者,众醉谁知可独醒[6]。

辑自《潜山集》卷二,又见〔元〕方回《瀛奎律髓》卷八、《(康熙)潜山县志》卷一二《艺文下》

【解题】

这是一首咏春分的诗。今人据《潜山集》卷二中《同郭侯、僧仲晚至武溪亭议真率会》诗推测,此诗为朱翌与其参与的诗会真率会友的唱和之作。诗人撷取天晴阳光照窗棂、群花半露、汲水灌园、百刻平分昼夜等春分节气的典型意象,生动描绘出一副春日乡居图。尾联抒怀点题,表白心迹:平日每逢人聚集而成群便不出门,这是为什么呢?乃因众人皆醉无可与言者,唯与同会友好才可互通心曲。从而表明自己孤傲的性格特征。

{注释}

〔1〕示同会：按《(康熙)潜山县志》卷之十二《艺文志》，此诗题作"春示同会"。

〔2〕窗棂：窗格。

〔3〕百刻：古代用刻漏计时，一昼夜分为百刻。

〔4〕菜甲：即菜荚，菜初生之叶芽。唐杜甫《有客》诗："自锄稀菜甲，小摘为情亲。"

〔5〕桔槔：亦作"桔皋"。古代提取井水用以灌溉园圃的工具。一般是在井旁架上设一杠杆，一端系汲器，一端悬绑石块等重物，利用杠杆原理，用不大的力量即可将灌满水的汲器提起。畦丁：园丁。

〔6〕《瀛奎律髓》于此诗后有评语，曰："朱新仲善诗而所传不多，此首第四句言春分，以上一句唤动而知其春分也，合二句咏之甚齐，当上四下三截断看。"

张　祁

张祁，字晋彦，号总得居士。和州乌江(今安徽和县)人。张邵之弟。张孝祥之父。以兄使金恩荫补官。负气尚义，工诗文，赵鼎、张浚皆奇遇之，与胡寅交最善。高宗绍兴二十四年(1154)，子孝祥举进士第一，秦桧子埙第三，桧怒，讽言者诬祁有反谋，系诏狱。桧死获释。累迁直秘阁，为淮南转运判官。谍知金人谋，累以闻于朝，峙粟阅兵，为备甚密。言者以张皇生事论罢之。明年敌果大至。祁卜居芜湖，筑堂名归去来。晚嗜禅学，有文集，惜今未见。事迹详《万姓统谱》卷三九。

题 灵 仙 观

楼殿起山巅[1]，无尘地自偏[2]。松廊暗云雾，粉壁艳神仙。名姓藏丹府[3]，衣冠访洞天。幼舆丘壑质[4]，定合老林泉[5]。

辑自《(嘉靖)安庆府志》卷一七《艺文志》，又见《宋诗纪事》卷四八

解题

作者任淮南转运判官时游览了道教圣地舒州灵仙观，并题此诗。他说，太祖的龙楼宝殿高高耸起在潜山之巅，不着尘埃、超凡脱俗之地往往都在偏僻之处。这里松树环绕的长廊因有云气现而昏暗，粉色墙壁上的神仙画像却很鲜艳。我的姓名已藏在神仙洞府的册籍之上，今天怀着一颗赤诚之心特地来这里拜访。自己像东晋谢幼舆那样天生具有丘壑之质，所以一定会终老于山林与泉石之间。全诗既描写了舒州灵仙观道教建筑的高大宏伟与其优美的环境氛围，也抒发了积蕴于胸中的不平之气。

注释

〔1〕楼殿：即"龙楼宝殿"。堪舆家称"太祖山"的山巅，尖者为龙楼，平者为宝殿。杨筠松《撼龙经》："大龙大峡百十程，宝殿龙楼去无数。"廖瑀《泄天机·全局入式歌》："祖龙高顶名楼殿，常有云气现。"注："龙之起祖必为高山，尖者为龙楼，平者为宝殿。"

〔2〕无尘：不着尘埃。常表示超尘脱俗。

〔3〕丹府：与下句"洞天"皆指神仙的居处。丹府又指赤诚之心。

〔4〕"幼舆"句：幼舆，即谢幼舆，东晋谢鲲之字。东晋著名画家顾恺之为谢鲲写像，将他置于岩石间，人问其故，答曰："谢云：'一丘一壑，自谓过之。'此子宜置丘壑中。"（《世说新语·巧艺》）

〔5〕林泉：山林与泉石。多指隐居之地。

曹　勋

曹勋(1098—1174),字公显,号松隐。颍昌阳翟(今河南禹州)人。以父恩补承信郎。徽宗宣和五年(1123)登进士甲科。钦宗靖康元年(1126)除武义大夫。从徽宗北迁,后遁归,高宗绍兴十一年(1141)授成州团练使。后宋金议和,充金国报谢副使。二十九年拜昭信军节度使。孝宗朝加太尉。卒赠少保,谥忠靖。其诗作数量多,讽谕时事,深婉感人。著有《松隐文集》《北狩见闻录》传世。生平事迹详宋楼钥《攻愧集》卷五二《曹忠靖公松隐集序》、《宋史》卷三七九本传。

与　马　通　判

皖山邃密常若春[1],中有仙士久隐沦[2]。幅巾啸傲喜接物[3],仿佛白鹤乘孤云。朅来帝所暂戾止[4],亹亹清言偿所喜[5]。内惭已老不受教,犹幸一奉圯桥履[6]。

辑自《松隐集》卷九

解题

这是作者曹勋寄给隐居于皖公山中马通判的一首七言古诗。皖公山山深林密,四季如春,马通判久隐其中。他以布巾裹头,歌咏自得,放纵情怀,有如闲云野鹤之自在。作者希望他能到京城来暂住些时日,以聆听他的高雅言论。自己虽然年亦老,不能再如年轻时那样接受教诲,但还是希望能像汉张良那样尽一尽圯桥进履之情。据诗所言,马通判曾是作者曹勋恩师,而曹勋此时已官居高位。诗或作于宋孝宗朝作者曹勋进太尉之时。

> 【注释】

〔1〕邃密：幽深。

〔2〕隐沦：隐居。

〔3〕幅巾：古代男子束首的头巾。用缣一幅缠头，故名。古时士以上者有冠而无巾。庶民无冠而以巾裹头。啸傲：歌咏自得，放纵情怀。接物：承接事物，对待事物，指处世。

〔4〕曷来：何不来。帝所：天帝或天子居住的地方。戾止：来临。《诗·周颂·有瞽》："我客戾止，永观厥成。"

〔5〕亹亹：婉转动听貌。清言：高雅的言论。

〔6〕幸：希望。圯桥履：圯桥，即沂水桥，在今江苏邳县南。秦末，张良在圯桥遇一老父，即黄石公，公故意将鞋子掉到桥下，命张良取鞋、穿鞋，张良一一遵命。老人乃将《太公兵法》授张良。后来张良成为刘邦之师，帮助刘邦取得天下政权。见《史记·留侯世家》。

王　铚

王铚，字性之。自称汝阴老民，人称雪溪先生。汝阴（今安徽阜阳）人。绍兴初官至枢密院编修官。记问赅洽，长于宋代掌故。酷嗜收藏，尤注重搜求经、史图书，又借读和抄录秘阁藏书，积书至万卷。一生勤于著述。所著《祖宗兵制》《七朝国史》《太玄经义解》《国老谈苑》等已佚。传世有《雪溪集》八卷、《补侍儿小名录》、《四六话》、《默记》等。

送王道元运判致政归潜皖[1]

好山如幽人，深绝常避地[2]。潜峰独呈露，孤立信奇最。

高拥一峰寒,缥缈乱云气。万古招行人,谁与赏心会。我公实仙才,昆阆失品次[3]。挽公青霞襟[4],来作绣衣使[5]。终寻汗漫游,高举九霄外。行色开画图,秋容掩新霁。造化为我娱[6],神超物无累。我穷知音稀,与世久无味。落叶扫不禁,岁月水东逝。愁作送公诗,出门更何诣。赠言词亦贫,无以报高谊。野宿慎衣裘,寒霜方夜坠。

辑自《雪溪集》卷一

解题

这是一首送别朋友的诗。友人王道元致仕,即将回归故乡"潜皖",王铚作诗为之送行。作者为王道元怀才不遇而鸣不平,认为是"昆阆失品次"。全诗虽然也书写潜峰景物之清幽,但笔下却流露出了难以言状的孤寂之感。这种感受即源于友人即将远行,会面难期,自己知音愈来愈少的惆怅。所以他说觉得世事无味。末尾二句嘱咐友人,回去遨游山水,野外露宿时要"慎衣裘",言简而意深,体现了诗人对朋友关爱的拳拳之心。

注释

〔1〕王道元:其人不详,道元为其字。运判:官名,即转运判官。唐宋时,朝廷特命大臣经理江淮米粮钱币物资的转运工作,供给京师及百官所需,称转运使。转运判官为转运使的佐官。潜皖:即潜山皖山,或指潜山皖水,均为舒州标志性事物。此代称舒州。

〔2〕避地:谓避世隐居。

〔3〕昆阆:昆仑山上的阆苑。传说中神仙居住之地。亦喻指朝廷。

〔4〕青霞襟:道士的服饰,隐士的衣服。

〔5〕绣衣使:官名。汉武帝时,各地民间起事不少,朝廷派出之使者着绣衣,持节发兵镇压,此使者即绣衣使者。使者由侍御史派

遣,故亦称绣衣御史。

〔6〕造化：自然界的创造者。亦指自然。

吴 亿

吴亿,字大年,蕲春(今属湖北)人,吴择仁子。南宋初通判静江,后居余干。长于诗词,其《烛影摇红》(楼雪初消)词甚为人传诵。著有《溪园集》十卷(《宋史·艺文志》七作《溪园自怡集》),今已佚。生平事迹散见于《花草粹编》卷二、《宋史》卷二〇八、《直斋书录解题》卷一八、《宋诗纪事》卷五六等。

灵 仙 观

司命君居碧玉峰[1],洞天都在碧壶中[2]。宸圭已革当年艳[3],宝册犹传异代封[4]。笙鹤有时朝夜月[5],岭猿无伴啸秋风。霓旌羽节空山暮[6],回首云霞万道红。

辑自《(康熙)潜山县志》卷一二《艺文下》

【解题】

此诗歌咏了天柱山灵仙观所处巍峨的形势与清静超凡的环境,介绍了观中神主受唐宋两代皇帝祭祀并上尊号的尊荣,并描述了登临所见壮阔景象。全诗虽含有道家意境,但呈现给读者的却是一幅壮美动人的山川画卷,且气概豪迈,令人印象深刻。

【注释】

〔1〕司命君居碧玉峰：意谓司命峰山色美如碧玉。司命峰为潜山山峰之一,以山有九天司命真君祠而得名。已见前注。

〔2〕碧壶：即碧玉壶。《后汉书·方术传下·费长房》载：长房为市掾，见一老翁卖药，悬一壶于肆头。市罢，即跳入壶中。长房因诣翁，翁与俱入壶中，见玉堂庄严华丽，美酒嘉肴充盈其中，相与饮毕而出。后因以"碧玉壶"指仙境。亦省作"碧壶"。

〔3〕宸圭：古代帝王诸侯朝聘、祭祀等举行隆重仪式时所用的玉制礼器。革：改变，革除。

〔4〕宝册：帝王用于上尊号或册立、册封的诏册。

〔5〕笙鹤：汉刘向《列仙传》载，周灵王太子晋（王子乔）好吹笙，作凤鸣，游伊洛间，道士浮丘公接上嵩山，三十余年后乘白鹤驻缑氏山顶，举手谢时人仙去。后以"笙鹤"指仙人乘骑之仙鹤。

〔6〕霓旌：相传仙人以云霞为旗帜。羽节：用羽旄装饰的节。多指神仙仪卫。

周麟之

周麟之（1118—1164），字茂振。其先蜀人，后徙海陵（今江苏泰州）。高宗绍兴十五年（1145）进士，授武进尉。二十一年除秘书省正字。二十七年兼实录院同修撰，上《徽宗实录》。二十九年除翰林学士知制诰，充金国告哀使。三十年兼权吏部尚书。次年责授秘书少监，分司南京，筠州居住。孝宗隆兴二年（1164）复原官致仕。著有《海陵集》传世。生平事迹详宋周必大《文忠集》卷二十《海陵集序》。

以珠子香建茶寄皖公山马先生

筠谷珠玑北苑春[1]，寸诚千里托灵芬[2]。为投白鹿岩前客[3]，何日容分半席云。

辑自《海陵集》卷一，又见《宋诗纪事》卷四七

【解题】

珠子香建茶,是福建建安一带所产的名茶。因其状如珠子,故名。宋代杭州曾专门设有珠子茶坊。此时作者贬官筠州,他以珠子香建茶寄赠隐居皖公山的马先生,并作此诗。说是自己在筠州千里迢迢寄上北苑春茶,希望通过它的奇异芳香寄托自己微薄的心意。请问你这位白鹿岩前的马先生,什么时候把你那种逍遥自在的隐居生活与我分享呢?结尾处的调谑,既显示出作者与马先生关系非同一般,也表达了对皖公山的向往情怀。

【注释】

〔1〕筠谷:指筠州。古筠州有二:一即今江西高安;另一在今四川境内。珠玑:即珠子香建茶。北苑春:北苑春茶。北苑,地名,宋代属建安县,在今福建建瓯县东北,其地产茶有名。宋代熊蕃曾撰《宣和北苑贡茶录》,专论建安茶园采焙入贡的法式。

〔2〕寸诚:微诚。灵芬:奇异的芳香。

〔3〕白鹿岩前客:指隐居于皖公山的马先生。白鹿岩,在皖公山九天司命真君祠(真源宫)附近。已见前注。

杨 偰

杨偰,字子宽,代州崞县(今山西原平东北)人。杨存中之子。高宗绍兴十五年(1145)进士,擢国子监主簿。后历官大宗正丞、驾部员外郎、秘书少监、宗正少卿等。绍兴二十九年(1159),权工部侍郎,奉祠提举祐神观;三十二年(1162),知舒州。卒,谥惠懿。生平事迹散见《建炎以来系年要录》、《南宋馆阁录》卷七及《攻愧集》卷四九《杨惠懿公覆谥议》等。

题 真 源 宫

楼观沉沉司命宫,太玄神策自无穷[1]。九江知有朝真侣[2],鹤驾年年度远空[3]。

辑自《(正德)安庆府志》卷一六《艺文志》

解题

此诗题写真源宫,起首以"沉沉司命宫"和"太玄神策"勾勒出真源宫楼观的威严和道教的神秘之感,接着作者笔调一转,写有鹤驾年年自九江飞度远空而来,不仅让画面鲜活起来,再现了万羽仙鹤翱翔空中的宏大场景,而且使整个诗歌也呈现出起伏的态势。四句短诗,有抑有扬,画面壮阔,气象雄浑,意境苍茫,笔力不凡。

注释

〔1〕太玄:深奥玄妙的道理。
〔2〕朝真:道教谓朝见真人。
〔3〕鹤驾:相传潜山有"鹤驾",每年二月,各方仙人驾灵鹤飞来拜见山中司命真君。宋张春有《鹤驾词并引》记之甚详。已见前注。《(乾隆)江南通志》卷三十四《舆地志》:"鹤驾,在潜山县城外。"

范成大

范成大(1126—1193),字致能,号石湖居士,苏州吴县(今属江苏)人。绍兴二十四年(1154)进士。历任处州知府,知静江府兼广南西道安抚使,四川制置使,参知政事等职。曾使金,不畏强暴,几被杀。晚年退居故乡石湖。以善写田园诗著称。与尤袤、杨万里、陆游并称"中兴四大诗人",又称"南宋四大家"。有《石湖居士诗集》《石湖词》《桂海虞衡志》《吴船录》等传世。

天　柱　峰

　　天柱峰,英石也[1]。一峰峭竖特起,有昂霄之意[2]。天柱本在衡山,自黄帝时,即以潜山辅南岳。汉氏因之[3],遂寓其祭于潜天柱山。衡、潜盖皆有天柱,而潜名特彰[4]。九华、雁荡若他山亦皆以此名峰,不足算也[5]。

　　衡山紫盖连延处[6],一峰巉绝擎玉宇[7]。汉家惮远不能到,寓祭潜山作天柱[8]。我今卧游长掩关[9],却寓此石充潜山。形摹三尺气万仞,世间培塿何由攀[10]！南州山骨孕清淑[11],乳孽砂床未超俗。神奇都赋小峥嵘,雷雨飞来伴幽独。哦诗月明清夜阑[12],坐看高影横屋山。摩霄拂云政如此[13],吾言实夸谁敢删！

辑自《石湖居士诗集》卷二五

解题

　　范成大喜爱山水景观,他不仅遍睹名山,而且常常以欣赏山水画或欣赏盆景的方式代替游览。一次,他用广东英德县山溪中所产的石头制做了一具盆景供自己赏玩。因其形如峰峦峻峭,岩穴宛转,千姿百态,于是将其命名为潜山;又因其石有一峰陡直突起,有直冲云霄之势,便命其名为"天柱峰",并以此为题赋下此诗。诗中介绍了潜山天柱峰在古代山岳中的地位：黄帝时即以潜山辅南岳,汉武帝因害怕南岳衡山遥远,封禅时到不了,便来到潜山,把它的最高峰当作衡山的天柱峰进行祭祀。这样衡山、潜山都有天柱峰,而潜山天柱峰因汉武帝的祭祀名声特彰,甚至超过了衡山天柱峰。至于九华山、雁荡山等山的天柱峰更是不足以算数,不值得称作天柱峰了。除了介绍历史地位,作者还对潜山天柱峰清淑超俗之姿、摩霄拂云之态作了描写和刻画。当然,这些都是他卧在床上对着英石盆景,于审美静观中所生发的幻觉联想。作者承认,他对天柱峰景色的描写确实不乏夸耀之处,但那又怎么样,谁敢删我的诗呢!结尾处愤懑之情溢于言表。范成大一生颠沛流离,仕途不顺,命运多舛,常将兴趣寄托于山水之间,写了很多山水诗。当时有人颇有微词。结尾处的愤懑之语,或许即是对批评者的反驳吧。

注释

〔1〕英石:广东省英德县山溪中所产的一种石头,有微青、灰黑、浅绿、灰白等数种颜色。其形如峰峦峻峭,岩穴宛转,千姿百态。大者可用来垒叠公园假山,小者可用来制作几案盆景,颇多奇观。

〔2〕昂霄:高入霄汉。

〔3〕汉氏:即汉代,汉朝。

〔4〕彰:昭著,显明。

〔5〕不足算:不足以算数,意谓不值得称天柱山。

〔6〕紫盖:即紫盖峰,衡山山峰名。

〔7〕一峰巉绝擎玉宇:指衡山天柱峰。巉绝,高峻貌。玉宇,用玉建成的殿宇,传说中天帝或神仙的住所。

〔8〕寓祭:在祭祀对象以外的地方祭祀,即借甲地以遥祭乙地之神。

〔9〕卧游:指以欣赏山水画或盆景代替游览。撑关:闭门。

〔10〕培塿(pǒu lǒu):小土丘。

〔11〕南州:泛指南方地区。山骨:山的内在神韵。清淑:清美,秀美。

〔12〕夜阑:夜深。

〔13〕政:同"正"。

陆 修

陆修,南宋绍兴间曾任舒州知州,其余不详①。

谒万寿宫

碧瓦朱栏拥绛霄[1],紫云深绕宝风飘[2]。玉虹堕地声犹壮[3],翠木凌冬色未凋[4]。十里洞天清杳杳[5],两山林壑晚萧萧[6]。又骖仙翼朝金阙[7],月照星坛夜寂寥[8]。

辑自《(康熙)潜山县志》卷一二《艺文下》

【解题】

碧绿的琉璃瓦,深红色的栏杆,万寿宫被簇拥在南方的高空中;周围有象征祥瑞的紫云环绕,还有和风吹拂。像玉虹一般的涧水奔泻而下,发出巨大的轰鸣声;苍翠的树木在这寒冷的冬天仍未凋零。方圆十里的宫观所在之地到处呈现一片青幽之色,潜皖二山的山林涧谷中夜晚发出萧萧的风声。道人又驾驭着仙鸟参拜天帝的宫阙去了,因为月光下的星坛已空无人物。此诗描写了万寿宫的道教气氛和周围秀美的景色,清境幻思,兴象深微,对仗工整却又不显斧凿之痕,令人印象深刻。

【注释】

[1]绛霄:指天空极高处。天之色本为苍青,称之为"丹霄""绛霄"者,因古人观天象以北极为基准,仰首所见者皆在北极之南,故借

---

① 按,据《(民国)怀宁县志》卷十三《职官表》,陆修任舒州知州在周必正、李观之前,而在周方文、张渊之后。周必正乾道、淳熙间为舒州知州,周方文任舒州知州在绍兴初,故陆修任知州当在绍兴间。

南方之色以为喻。

〔2〕紫云：紫色云。古以为祥瑞之兆。宝风：对风的美称,多指和风。

〔3〕玉虹：白虹。诗词中常以喻像虹一样的事物,多比喻明洁的瀑布或流水。宋苏轼《郁孤台》诗:"山为翠浪涌,水作玉虹流。"宋陆游《故山》诗:"落涧泉奔舞玉虹,护丹松老卧苍龙。"

〔4〕凌冬：寒冬。凋：凋谢零落。

〔5〕洞天：道教称神仙的居处,意谓洞中别有天地。后常泛指风景胜地。杳杳：幽远貌。

〔6〕两山：指潜山和皖山。萧萧：象声词。状风声、草木摇落声。

〔7〕骖：乘;驾驭。仙翼：仙鸟。金阙：道家谓天上有黄金阙,为仙人或天帝所居。

〔8〕星坛：道士施法之坛。寂寥：空无人物。

周必大

周必大(1126—1202),字子充,一字洪道,自号平园老叟。吉州庐陵(今江西吉安)人。绍兴二十一年(1151)进士。中博学宏词科,授徽州司户参军。历官权给事中、中书舍人,言事不避权贵。任枢密使,创诸军点试法,整肃军政。孝宗淳熙末年拜左丞相。光宗时封益国公,后以观文殿大学士出判潭州(今湖南长沙)。宁宗初致仕。卒谥文忠。著有《玉堂类稿》《玉堂杂记》《二老堂诗话》等,后人汇编为《益国周文忠公全集》二百卷传世。

望 皖 公 山

丁亥十月十三日[1]

太婆岭独高秋浦[2],皖公山正望龙舒。端如牛女隔天汉^[3]，不似彭郎近小姑^[4]。

辑自《文忠集》卷四

【解题】

这是南宋乾道三年(1167)作者到舒州访其从兄周必正别后所作的一首小诗。诗中说，耸立于秋浦的太婆岭与舒州城边的皖公山，中间隔着一条长江，正如牛郎织女星中间隔着一道天河一样，不像彭郎矶与小姑山那么亲近。此诗写出了作者乘船在长江中遥望皖公山时的独特感受，其中不乏戏谑的成分。

【注释】

〔1〕按，作者周必大于作此诗缘起有详细记载。周氏《文忠集》卷一六九《泛舟游山录》(起乾道丁亥十月，尽是年十二月)云："壬寅，东南风大作。辰后牵挽至李王河口。久之风定，抛过对岸，入长风夹而止，风色却转。此去皖公山百余里，天色晴明方见，今为石龙山所隔。……乙巳早，与兄弟别。北风粗可挂帆，才至上口遽止。牵挽过赵屯，望见皖公山。夜泊汲阳洑，四无人烟，止可避东北风。……丁未早，风静，抛江中流，望皖公山如狮象，戏作小诗云：'太婆岭独高秋浦，皖公山正望龙舒。端如牛女隔天汉，不似彭郎近小姑。'"

〔2〕太婆岭：即太婆山，在池州府南二十里。见《(乾隆)池州府志》卷七《山川志》。秋浦：县名。秋浦县城即池州治所。秋浦又为河名，在贵池县，源出祁门县境，东北向经石台县、贵池县入长江。

〔3〕牛女：指牵牛、织女二星。民间称为牛郎星、织女星。天汉：天河。

〔4〕彭郎：彭郎矶。本名澎浪矶。在今江西彭泽县西北长江边。小姑：即小孤山。亦名小姑山、髻山，在彭泽县城东北长江中。相传有一小姑在此修仙，与澎浪矶彭郎相爱，触犯天条，遭罚打入长江，化为石山，故名小姑山。宋欧阳修《归田录》："江南有大、小孤山，在江

水中,嶷然独立,而世俗转'孤'为'姑'。江侧有一石矶,谓之澎浪矶,遂转为彭郎矶。云彭郎者,小姑婿也。"苏轼《李思训画长江绝岛图》诗:"小姑前年嫁彭郎。"即指此。

和龙舒兄春日出郊韵[1]　甲辰

庭束蒲鞭吏昼闲[2],禽声人语两关关[3]。郊坰戎队穿花里[4],阡陌儿童戏雉间[5]。禅语屡题投子寺[6],仁风常满皖公山。荐书闻道交宸几[7],尺一封泥合锡还[8]。

辑自《文忠集》卷七

解题

淳熙十一年(1184),舒州知州周必正作了一首《春日出郊》诗。作者步其原韵,和作此首。诗中歌咏了周必正治政仁厚,刑罚宽恕,境内人民和谐安适,禽鸟雌雄和鸣的美好社会图景。最后说是推荐他的奏章很多,都堆满了御前几案,不日将有奖拔的文书下来。考周必正任舒州知州几近二十年未有升迁,故作者诗中歌颂之词,实则皆为对从兄的慰解之语。

注释

〔1〕龙舒兄:指周必正。周必正乾道、淳熙间为舒州知州,于作者为从兄,故称之。参见《(康熙)潜山县志》卷之七《职官》。周必正(1125—1205),字子中,吉州庐陵(今江西吉安)人。以恩荫授将仕郎,转迪功郎,监潭州(治今湖南长沙市)南岳庙。历官袁州(治今江西宜春市)司户参军、知南丰县(今江西南丰县),官告院主管、军器监丞,知舒州(治今安徽潜山县)、赣州(治今江西赣州市),提举江东常平茶盐公事。后罢官,主管武夷山冲佑观。善书法。有文集三十卷。

〔2〕蒲鞭：以蒲草为鞭。常用以表示官吏治政仁厚，刑罚宽恕。

〔3〕关关：鸟雌雄和鸣之声。常喻指心境之和谐安适。

〔4〕郊坰：郊野。坰，远郊。戎队：女队。郑玄笺《诗经·大雅·民劳》："戎，犹女也。"

〔5〕阡陌：田间道路。

〔6〕投子寺：在舒州桐城县。

〔7〕荐书：推荐的文书。宸几：御前几案。

〔8〕封泥：中国古代封简牍并加盖印章的泥块。古人简牒、书函用绳结扎，绳结处用泥封闭，加盖印章，以防私拆。锡还：赐还。

石塘民

舒州石塘民为周必正歌

乌石陂，石塘陂。流水溅溅有尽时[1]，思公无尽时。

辑自〔宋〕陆游《渭南文集》卷三八《监丞周公墓志铭》，又见〔清〕杜文澜《古谣谚》卷七七

解题

这是一首民谣。宋陆游《渭南文集》卷三十八《监丞周公墓志铭》叙周必正在舒州政绩有云："郡东南有乌石陂，分其流旁则为石塘陂。乌石之民欲专其利，乃壅水使不得行，石塘之田岁以旱告。公命怀宁令、丞视之，得实图上于州。公按图，自以意定水门高下。甫去，壅水未尺余，得古旧迹，与所高下不少差，陂利始均。石塘民喜至感泣，乃歌曰：乌石陂，石塘陂，流水溅溅有尽时，思公无尽时。"《墓志》叙此民歌所作缘起甚详。它表达了舒州石塘百姓对知州周必正的无限思念之情。而语言生动明快，声韵流畅，情景交融，正体现了民间文学创作的特点。

> 注释

〔1〕溅溅:水疾流貌。亦形容水流的声音。

王　质

王质(1127—1189),字景文,号雪山。其先郓州(治今山东东平)人,后徙兴国(今湖北阳新)。早年游太学,博通经史,善属文,与九江王阮齐名,又与张孝祥父子交游,深见器重。绍兴三十年(1160)进士。三十一年,御史中丞汪澈宣谕荆、襄,次年枢密使张浚都督江淮,皆辟为属吏。入为太学正,孝宗即位,质上疏极言,被谗罢去。虞允文宣抚川陕,辟为幕职,草檄立就,辞气壮激,允文目为天才。入为敕令所删定官,迁枢密院编修。孝宗命拟进谏官,虞允文荐质为右正言,为中贵所阻。出通判荆南府,改吉州,皆不行。提举舒州灵仙观,奉祠山居而终。著有《雪山集》《绍陶录》传世。

八声甘州·怀张安国

海茫茫,天北与天南,吾友定要归?闻濡须江上[1],皖公山下,驾白云飞。莽苍空郊虚野,古路立斜晖。颜跖皆尘土[2],苦泪休挥。　　一代锦肠绣肺[3],想英魂皎皎[4],健口霏霏[5]。望寒空明月,无路寄相思。叹千古兴亡成败,满乾坤、遗恨有谁知?今何在?一川烟惨,万壑风悲。

辑自《雪山集》卷一六

> 解题

这是作者怀念张孝祥的一首词。词后原有一段附言:"安国死后,在淮南屡降,凭箕作诗词偈颂及结字[6],比生前愈奇伟。淮宁宰陆同得遗墨尤多[7]。"大意是说,张孝祥死后,他的神灵屡次降临淮南,凭借乩笔在沙盘上作诗词偈颂或写字,比生前更加奇特瑰伟。而舒州怀宁县令陆同得其在沙盘上所作文字最多。这显然是民间的迷信传说,王质提举舒州灵仙观多年,把这些传说记录下来,并反映到本词中,所谓"闻濡须江上,皖公山下,驾白云飞"云云,即指此事。这种迷信说法不足凭信,但也反映了张孝祥这位爱国词人与舒州、与皖公山的不解情缘,并反映了舒州人民对他的怀念。

注释

〔1〕濡须江:古水名。在今安徽南部,古代长江的支流。源于巢湖,东南流经无为县,东入长江。其水入江处称濡须口。与张孝祥(安国)家乡历阳乌江相去不远。

〔2〕颜跖:颜指颜回,孔子学生,德行超群,在封建社会被尊为"复圣";跖是春秋战国之际农民起义领袖,旧时被诬称为"盗跖"。颜回和盗跖并称,比喻好人和坏人。

〔3〕锦肠绣肺:比喻文思高妙。

〔4〕皎皎:洁白貌。

〔5〕霏霏:盛多。飘洒,飞扬。

〔6〕箕:指扶箕,亦作扶乩,古代的一种迷信活动。扶,指扶架子;箕,谓卜以问疑。术士制丁字形木架,其直端顶部悬锥下垂。架放在沙盘上,由两人各以食指分扶横木两端,依法请神,木架的下垂部分即在沙上画成文字,作为神的启示,或与人唱和,或示人吉凶,或与人处方。

〔7〕淮宁宰陆同:淮宁,即"淮南怀宁"之省。陆同,据《潜山县志》,陆同字彦和,历阳人,曾任舒州通判。王质词后附言称其为"宰",或陆同任舒州通判前曾任怀宁县令。陆同与张孝祥为同乡。

杨万里

杨万里(1127—1206),字廷秀,号诚斋,吉州吉水(今属江西)人。绍兴二十四年(1154)进士。孝宗初,知奉新县,历太常博士、太子侍读等。光宗即位,召为秘书监。累官秘阁修撰,提举万寿宫,遂不复出。爱潜山水,常游寓于舒。工诗,与尤袤、范成大、陆游齐名,称"中兴四大诗人",又称"南宋四大家"。初学江西派,后学王安石及晚唐诗,终自成一家,擅长"活法",时称"诚斋体"。一生作诗二万余首。亦能文。著有《诚斋易传》九卷、《诚斋集》一三三卷传世。

朱新仲舍人潜山诗集其子轵叔止见惠且有诗和以谢之[1]

潜山诗伯锦裁篇[2],玉树郎君手为编[3]。美似洛花争晓靓[4],清如江月赴秋圆。力追杜老今谁拟,亲得陵阳夜半传[5]。再拜一吟三太息,青灯细雨伴凄然。

辑自《诚斋集》卷二三

解题

这是一首唱和诗。自号潜山居士的朱翌逝世后,其嗣子朱轵(字叔止)亲手将他的遗作汇编成集,赠送一通给杨万里,并有诗相送。杨万里遂和作此诗以表谢忱。诗中赞美朱翌诗作高妙,力追杜牧,并表达了对朱翌这位诗坛领袖的伤悼和思念。

注释

〔1〕朱新仲舍人:即朱翌。朱翌字新仲,自号潜山居士。参见本书所收诗前作者小传。舍人,官名。多掌奏事,参机密,宣诏令,修史

书。高宗朝朱翌曾任中书舍人,故称之。其子轼叔止:即朱翌嗣子朱轼。轼字叔止,本朱翌之侄,后为翌嗣子。嘉泰间曾知南剑州。参见《宋诗纪事》卷五九。

〔2〕诗伯:诗坛领袖。锦裁篇:比喻高妙的诗文。

〔3〕玉树郎君:指朱轼。南朝宋刘义庆《世说新语·言语》:"谢太傅问诸子侄:'子弟亦何预人事,而正欲使其佳?'诸人莫有言者。车骑答曰:'譬如芝兰玉树,欲使其生于阶庭耳。'"后以"玉树"称美佳子弟。唐杜甫《题柏大兄弟山居屋壁》诗之一:"叔父朱门贵,郎君玉树高。"

〔4〕洛花:洛阳花的省称。特指牡丹。靓(liàng):方言。漂亮,好看。

〔5〕"力追"二句:意谓朱翌作诗竭力追求学习杜牧,他高妙的诗句是杜牧在陵阳山那里梦中传授给他的。杜老,指杜牧。《宋史翼·文苑传·朱翌》:"子轼类翌遗稿,周必大序之。论其诗如杜牧之,而出处亦相类云。"陵阳,山名。在今安徽宣州城内。一说在池州石台北。相传为陵阳子明得仙之地。杜牧曾任宣州、池州太守。故云。

再和谢朱叔止机宜投赠奖及南海集之句

重阳风雨不全篇,春草池塘岂满编[1]。好句谁言较多少,古人信手剧方圆[2]。自惭下下中中语,只合休休莫莫传。珍重银钩挥玉唾[3],竟无瑶报只空然[4]。

辑自《诚斋集》卷二三

【解题】

此诗为杨万里再和朱轼诗而作。因朱轼向杨赠送朱翌的《潜山诗集》时,所寄诗中对杨万里《南海集》中的诗句称颂有加,说其集中有前人"风雨近重阳"、"池塘生春草"那般妙语天成之佳句。所以杨万里再和诗答之。作者说,诗中好句不计多少,古人信手砍削即成佳妙。自己的诗句不过是中下之语,不会流传。你以矫健有力之笔,谈吐如玉,珍爱看重我的诗,我也没有什么珍贵的礼物报答你,就让我们永远做个好朋友吧。

注释

〔1〕"重阳"二句:形容人妙语天成,而得佳句。重阳风雨,宋潘大临诗有"满城风雨近重阳"孤句,文坛传为趣闻。后遂成为咏重阳节的典故。春草池塘,指谢灵运《登池上楼》诗的"池塘生春草"句。人称其句万古千秋,历时弥新。作者自注:"来诗有奖二千篇之句,故首章及之。"

〔2〕劚(zhǔ):砍。

〔3〕银钩:喻笔画的矫劲有力。玉唾:喻谈吐如玉。

〔4〕瑶报:以琼瑶为报。《诗·卫风·木瓜》:"投我以木瓜,报之以琼瑶。匪报也,永以为好也。"瑶,琼瑶,即美玉,指赠送的礼品。

黄辅之

黄辅之,字成德,福州永福人。绍兴二十七年(1157)进士。乾道间知上高县,调同安,终舒州通判。生平事迹见《(正德)瑞州府志》卷之七、《(万历)八闽通志》卷一一、《(乾隆)福建通志》卷三四、《(乾隆)永福县志》卷之七及《(民国)永泰县志·选举志》。

丹 霞 晓 步

长溪湛湛绕危亭[1],步屧初登见野情[2]。密树远连山色暗,断霞低映水光明[3]。渔舟过后波摇影,楼笛吹时市有声。坐待凉风起苹末[4],爱渠分我一襟清[5]。

辑自《(康熙)潜山县志》卷一二《艺文下》

解题

此诗写早晨登丹霞阁情景。清明澄澈的溪水,远连群山的密树,红霞映入水中闪闪发光,渔舟划过波影摇晃,还有那高楼上的笛声,市场上的喧闹声,一切都呈现着天然的情趣,一切又都流露出作者不受世事人情拘束的闲散心情。

注释

〔1〕湛湛:水深貌。清明澄澈貌。危亭:高亭。

〔2〕步屧:行走;漫步。亦指脚步。野情:天然情趣。

〔3〕断霞:片断云霞。

〔4〕苹末:苹的叶尖。指风所起处。语出战国楚宋玉《风赋》:"夫风生于地,起于青苹之末。"

〔5〕渠:他。一襟:满怀。

留　正

留正(1129—1206),字仲至,泉州永春(今属福建)人。绍兴三十年(1160)进士,授南恩州阳江尉、清海军节度判官。知循州,以论事见知孝宗,擢起居舍人。历中书舍人兼侍讲,权吏部尚书。以论宰相不能辅赞恢复大计,出知绍兴府。徙赣州、隆兴府。淳熙十三年,签书枢密院事。寻除参知政事兼同知枢密院事。十六年,拜右丞相。光宗绍熙元年,进左丞相。宁宗即位,以与韩侂胄有隙,又数事失帝意,落职。嘉泰元年,累封魏国公。卒谥忠宣。有《诗文》《奏议》《外制》二十卷,今已佚。生平事迹见《宋史》卷三九一本传,并参《宋史》

卷三四、三五《孝宗本纪》等。

题 山 谷

先生仙去几经年[1],流水青山不改迁[2]。拂拭悬崖观古字,尘心病眼两醒然[3]。

辑自李丁生主编《天柱山山谷流泉石刻》

解题

此诗原刻于皖公山谷石牛溪西侧河床石谷上。诗后题曰"都运龙图留公留诗。东坡门下士曾糵既刻"云云①。全诗表达了对苏轼的怀念与崇敬,说是观看了崖上题刻,自己老病昏花之眼也能看清东西了,凡俗之心也从名利之念中清醒过来。诗中以苏轼仙去与流水青山常在对举,表达了人事代谢、物是人非的深沉感慨,给读者心灵带来巨大的冲击力。

按,此诗前人原以为苏轼题,谓诗中的"先生"指李白。历代和作较多。皆因原诗刻石模糊难辨之故。

注释

[1] 先生:指苏轼。经年:多时;多年。
[2] 改迁:改变。
[3] 尘心:指凡俗之心,名利之念。醒然:清醒,觉悟;爽朗,清新。

---

① 按,曾糵,宋温陵(今福建泉州)人。淳熙间知舒州。曾著《大易粹言》十卷。又按,据朱康宁主编《天柱山摩崖石刻集注》,此诗后题字为:"都运龙图留公正诗。山谷门下士曾糵既刻之碑,又磨篇崖,庶几两传,以侈不朽。"与李编不同。

卫 博

卫博,字师文,号定庵,历城(今山东济南)人。一说奉贤人。绍兴三十年(1160)进士。曾参戎幕,随行淮、泗等地。乾道四年(1168)正月,为枢密院编修官,四月致仕。著有《定庵类稿》四卷传世。

送杨舒州[1]

我昔怀军书,西行尽淮泗。是时敌方张[2],长江饮渴骑。憨将何一律,两地一朝弃。川原厌膏血[3],关山接烽燧[4]。岿然舒子国,屹立干戈地。中有袴襦民,未可文法治。疮痍待良药[5],天子念循吏[6]。谁厌承明直,雅是诗书帅。淮扬君肯薄,吾丘世寡二[7]。正须烹鲜手[8],往述羡鱼意[9]。前驱触炎热,弭节及凉吹。朝衙百吏散,闭阁有余致。临州古云乐,此理敢轻议!近闻今单于,已遣朝正使[10]。公师杜征南[11],郡得汉龚遂[12]。里闾息愁叹[13],扞牧殆余事[14]。政成多暇日,寄我千金字[15]。淮鱼秋正美,潜山日空翠。匹马不作难,为公十日醉。颇见有此客,要使州人记。

辑自《定庵类稿》卷一

解题

杨偰前往舒州莅任知州,卫博作此诗为之送行。卫博所处之世,正值徽宗被俘、高宗执政之时,整个南宋王朝处于风雨飘摇之中。卫博的这首诗回顾了自己昔日西行途中的所见所闻,是时敌寇方当强盛之时,山河破碎,人民涂炭。卫博希望杨偰此番去舒州履任,一方面,要像汉代的吾丘寿王那样攻击来犯之敌,像晋代的杜预那样身虽不能武而善用兵,守土保境;另一方面,还须像汉循吏龚遂那样治民以宽大安抚为主,使百姓安定。并请杨倓政成之日寄书信来,说是自己将为此大醉十日。全诗工稳流丽,晓畅通达,字里行间充满着热切期盼和豪迈之情。

注释

〔1〕杨舒州:当指杨倓。卫博绍兴三十年进士,杨倓绍兴三十二年知舒州(见前小传),时间正合,当是其人。

〔2〕方张:谓正当扩展、强大之际。

〔3〕厌:饱,饱足。

〔4〕烽燧:古代于边境设置报警的两种信号。烽,即烽火。在高台上作桔槔,上置柴薪,有寇则燃火,举以相告。燧,则是在高台堆以积薪,有警则燔烧,远望其烟而备之。

〔5〕疮痍:战乱所带来的创伤。

〔6〕循吏:古代指奉法循理的官吏。

〔7〕吾丘:指吾丘寿王。据《汉书·武帝纪》及《汉书·吾丘寿王传》载,元光二年春,武帝以匈奴来犯,诏问公卿:今欲举兵攻之,何如?吾丘寿王上疏愿击匈奴,对诏良善,复拜郎。寡二:独一无二。《汉书·吾丘寿王传》:"是时,军旅数发,年岁不熟,多盗贼。诏赐寿王玺书曰:'子在朕前之时,知略辐凑,以为天下少双,海内寡二。'"

〔8〕烹鲜:《老子》:"治大国若烹小鲜。"后用"烹鲜"喻治国之道及统治才能。

〔9〕羡鱼:语出《淮南子·说林训》:"临河而羡鱼,不如归家织网。"比喻空有愿望,而无实际行动。

〔10〕朝正使:古代中国的属国每逢正旦要遣使者前来朝见中国皇帝,以示庆贺,所遣使节称为朝正使。

〔11〕杜征南:指西晋军事家杜预。杜预继羊祜都督荆州诸军事,拜镇南大将军。伐吴,平之,封当阳县侯。博学多通,朝野号曰

"杜武库",身不能武而善用兵。功成之后,耽思经籍,酷嗜《左传》。曾著《春秋左氏经传集解》《春秋长历》,成一家之言。卒赠征南大将军,故后世称"杜征南"。

〔12〕龚遂:西汉山阳南平阳人。宣帝时为渤海太守,治民以宽大安抚为主,郡中盗贼平息,百姓安定。

〔13〕里闾:乡里,民间。闾,里巷的门。

〔14〕扞牧:抵御敌寇,治理百姓。

〔15〕千金字:一字值千金。形容文字价值极高。此指书信。

陈　造

陈造(1133—1203),字唐卿。高邮(今属江苏)人。宋孝宗淳熙二年(1175)进士,官至淮南西路安抚司参议。后因仕途不顺,以为无补于世,遂放荡江湖,号江湖长翁,以诗文自娱。著作今存《江湖长翁文集》四十卷。

闻舒州书生聚众为盗

边头仅绝胡尘警[1],频年麦秔禾不颖[2]。淮民久矣困憔悴,淮俗岂常藏不逞[3]。槌炉血马中夜呼[4],劫吏驱民刃加颈。吾民苦旱无生意[5],更复跳梁汝为梗[6]。堂堂王度无玷缺[7],赫赫军容仍暇整[8]。前年蜑户煽凶威[9],长蛇封豨摇湖岭[10]。元戎白羽才一挥[11],欲丐微生一无幸[12]。尔曹幺么真癣疥[13],天网莫倚容蛙黾[14]。昧逐青虫千斧锧[15],盍辞绿林救要领[16]。鲸鲵薤粉有前戒[17],倘被皇恩各乡井。旱魃逞妖民倒垂[18],庙堂圣贤自司命[19]。径须委节发陈廪[20],少息流离服顽犷[21]。劝分已责可次第,庶援沉焚痊国病[22]。正资方岳佐尧禹[23],侧伫剡章伸此情[24]。

辑自《江湖长翁集》卷七

解题

舒州刚刚经历了战乱,土地荒芜,又遭逢大旱,麦子歉收。人民生活不下去。有一群书生聚众为盗,打家劫舍。陈造听说此事,遂作此长篇以讽世。一方面,作者在诗中劝那些书生不要惹事生乱,因为老百姓苦于旱灾,同样生计艰难;而且为盗生乱会受到朝廷镇压,将危及生命。另一方面,他奉劝主宰百姓命运的"庙堂圣贤",开仓发放陈粮以济时艰,并且希望坐镇一方的重臣将此写成奏章上报皇帝,使天下像尧禹时代那样清明太平。诗歌表现了作者关心民生疾苦的悲悯情怀。

注释

〔1〕边头:边境的尽头,谓边疆。胡尘:胡人兵马扬起的沙尘。

〔2〕麦秕禾不颖:麦子地里长秕子,麦子不结穗。秕,形状似禾的杂草。颖,结穗。

〔3〕不逞:不逞之徒,犯法为非的人。

〔4〕榷炉:捣毁炉灶。意同破釜。血马:杀马取血,以为祭祀。

〔5〕生意:生计,生活。亦指生机,生命力。

〔6〕跳梁:乱蹦乱跳。指上蹿下跳,惹事捣乱。

〔7〕堂堂:严肃,公正。王度:王法。玷缺:白玉上的斑点、缺损。

〔8〕暇整:"好整以暇"的缩略语。形容军队严整有序又从容不迫的样子。

〔9〕蜑(dàn)户:亦称蛋户。古代南方的一种水上居民。宋元时,因从事采集珍珠,向政府交纳,被称为乌旦户。明代称龙户,清初又称獭家。初分布于长江三峡之间,后集中于广东、广西、福建等,世

世以船为家,自为婚姻,不得陆居,以捕鱼为业。每年按户按船交纳鱼课。生活艰辛,有特殊的户籍,明令不准读书识字,更严禁入科场考试。

〔10〕长蛇封豨:亦写作长蛇封豕,比喻贪暴者。

〔11〕元戎:主将,统帅。白羽:古代军中主帅所执的指挥旗。

〔12〕丐:求。

〔13〕么么:微不足道的人;小人。癣疥:都是皮肤较小的病患。比喻小毛病。也指容易解决的小问题。

〔14〕蛙黾:蛙类。黾,金线蛙。

〔15〕斧锧:古代刑具。古代杀人时,置人于铁砧上,以斧斫之,叫"斧锧"。锧,铁砧。

〔16〕要领:腰和脖子,喻生命。

〔17〕鲸鲵:鲸鱼。鲵,雌鲸。借以比喻恶人。齑粉:喻粉碎的东西。

〔18〕旱魃:传说中的旱神。

〔19〕庙堂:指朝廷。

〔20〕陈廪:仓中陈谷。

〔21〕少息流离:使因灾荒战乱流转离散的人稍事休息。服顽犷:使顽劣而粗野之人降服。

〔22〕沉焚:犹水火。古代酷刑,没人于水中曰沉,用火烧死叫焚。痊:除,治愈。国病:国疾,国家的祸患。

〔23〕方岳:传说尧命羲和四子掌四岳,称四伯。至其死乃分岳事,置八伯,主八州之事。后因称任专一方之重臣为"方岳"。

〔24〕侧伫:侧身伫待。谓渴望。剡章:削牍写成奏章。泛指写奏章。

周　孚

周孚(1135—1177),字信道,号蠹斋。济北(今山东长清)人,寓居京口(今江苏镇江)。孝宗乾道二年(1166)进士,擢左迪功郎,并曾作吏于边境。淳熙二年(1175)任真州教授,四年(1177)卒。其诗初学陈师道、黄庭坚而归于杜甫,为文章"长于叙事,简洁而峻厉"(陈珙《蠹斋铅刀序》),今有《蠹斋铅刀编》三十二卷传世。

寄赵从之

皖公城外佳山水[1],经岁登临亦快哉[2]。未省曾逢玉蟾否[3],已应亲吊石牛来[4]。洗空俗垢吾方羡[5],收尽诗材子始回。紫笋旧芽应好在[6],午窗春鼾正如雷。

辑自《蠹斋铅刀编》卷一四,又见《宋百家诗存》卷二一

【解题】

这里作者寄给友人赵从之的一首七言律诗。诗中企慕赵氏经年登临皖公山,畅游佳山水,并艳美赵氏在这环境清幽之地洗脱了尘俗的污垢,收尽了作诗的题材。全诗不事雕绘,词旨清拔,律对精严,炼句工稳,在涵濡江西派诗风的诗人作品中,当为上乘之作。

【注释】

[1] 皖公城:即舒州州治(今潜山县城)。舒州一带相传是周朝大夫的封国皖国所在地。周大夫德高望重,故尊称为皖伯、皖公,所以舒州城又称"皖伯城"、"皖公城",以示纪念。"伯"、"公"或为爵号。

[2] 经岁:多年。

[3] 未省:不知道,不清楚。玉蟾:玉雕的蟾蜍。

[4] 石牛:即青石牛,在皖公山谷石牛溪旁。

[5] 俗垢:尘俗的污垢。

〔6〕紫笋：茶名。因其鲜茶芽叶微紫，嫩叶背卷似笋壳而得名。

王 炎

王炎（1137—1218），字晦叔，一字晦仲，号双溪。婺源（今属江西）人。孝宗乾道五年（1169）进士，调崇阳主簿。张栻帅江陵，闻其贤，邀入幕府。秩满授潭州教授，改知临湘县。累官至军器监，中奉大夫，赐金紫，封婺源县男。与朱熹交谊颇笃。宁宗嘉定十一年卒。著述甚丰，有《读易笔记》《尚书小传》等多种，总题为《双溪类稿》，然俱已佚，今唯诗文集《双溪集》传世。

送朱大卿归龙舒[1]

觚棱挂晓日[2]，浮鹢违都城[3]。今代朱伯厚[4]，勇去投簪缨[5]。津津眉睫间[6]，不见离别情。问之何能尔，内重外物轻[7]。声利诱一世，漏尽犹夜行。岂不厌逐逐[8]，无由息营营[9]。若人著眼高，不受世网撄[10]。奋身许国久，艰险亦饱更。乘传上蚕丛[11]，拥旄到龙廷。中朝豹尾班[12]，讵可欠老成。一旦念丘园[13]，拂衣即遐征[14]。君相虽贪贤[15]，欲留终不能。班以内阁奥，秩之閒馆清。皖山插天翠，淮水到海平。婆娑山水间[16]，可筑半隐亭。鸡豚入新社[17]，鸥鹭寻旧盟[18]。收身谢危机，至此全修名。嗟我为糊口，偃蹇侵颓龄[19]。仰羡冥鸿高[20]，俯惭晓猿惊。青山不负约，行矣谋归耕[21]。

辑自《双溪类稿》卷七

解题

此诗为作者送朱大卿归隐舒州而作。诗中赞扬朱大卿不慕名利、轻视身外之物的行为。说他曾为朝廷经历很多磨难,做过许多贡献,朝中正需要他这样年高有德之人,但他一旦思念故园,还是拂衣而远行。虽然皇帝宰相都渴求贤才,但仍然挽留不住他。因为他深爱故乡高插云天、山色青翠的皖公山,在那里可盘桓于山水之间,无拘无束,逍遥自在;在那里还可经常与故乡的父老聚会,与鸥鸟鹭鸶为友,过退隐生活。作者因自己为糊口年老还须备经艰辛在朝为官而惭愧,他仰慕朱大卿的高蹈行为,说是自己也正在考虑辞官,回乡种田。全诗语言流畅,一气流转,显得紧凑而不局促,灵动而不浮滑。

注释

〔1〕大卿:宋代大理卿、司农卿等寺卿的通称。

〔2〕觚棱:宫阙上转角处的瓦脊为方角棱瓣形。杜牧《昔事文皇帝三十二韵》:"凤阙觚棱影,仙盘晓日暾。"

〔3〕浮鹢:指船首上画着鹢鸟的船。鹢,一种水鸟。违:离开,去。

〔4〕朱伯厚:即朱震。字伯厚,东汉大臣。陈留(今开封东南)人。初为州从事,不畏强御,劾奏济阴太守单匡与其兄贪赃,时人语曰:"疾恶如风朱伯厚"。

〔5〕投簪缨:指弃官。投,扔,掷。簪缨,古代官吏的冠饰。指代官职。

〔6〕津津:喜气洋溢。

〔7〕外物:身外之物,多指利欲功名之类。

〔8〕逐逐:奔忙貌。

〔9〕营营:奔走忙碌貌。

〔10〕世网：比喻社会上法制礼教、伦理道德对人的束缚。撄：缠扰，束缚。

〔11〕乘传：乘坐驿车。传，驿站的马车。蚕丛：相传为蜀王的先祖，教人蚕桑。亦借指蜀地、蜀道。

〔12〕豹尾班：指随驾出行的一班近侍官员。因天子乘舆有豹尾车而得名。

〔13〕丘园：家园；乡村。

〔14〕遐征：远行。

〔15〕贪贤：渴求贤才。

〔16〕婆娑：盘桓；逍遥。

〔17〕鸡豚社：乡间父老聚会的一种组织。

〔18〕鸥鹭盟：与鸥鸟鹭鸶为友。指退隐生活。

〔19〕偃蹇：艰难困顿。颓龄：老年。

〔20〕冥鸿：高飞的鸿雁。亦用以比喻避世隐居的人。

〔21〕归耕：回家耕田。谓辞官回乡。

王　阮

王阮(1140—1208)，字南卿，德安(今属江西)人。孝宗隆兴元年(1163)进士，试礼部对策，知贡举范成大读之，誉为"人杰"。调南康都昌主簿，移永州教授。淳熙六年，知新昌县。十五年，知昌国县，尝主修《昌国志》。光宗绍熙中知濠州，修战守具，金人不敢南侵。改知抚州。召入奏，因触怒韩侂胄，罢归奉祠庐山。嘉定元年卒。其诗文气势雄劲，英丽多姿。宋吴愈《义丰集序》评曰："论边事则晁、贾其伦也，记铭则韩、柳其亚也。至于感物兴怀，酬唱嘲咏，笔力雄放，皆有深意，杜少陵其比也。"然其文已佚，仅《宋史》本传载其对策一篇。其诗存二百余首。今有《义丰集》一卷传世。

宋

龙舒朱献宾主汉阳簿弃官以归予亦不合丐去为赋一首[1]

浪作鸾栖去[2],惊随鹤怨还[3]。无心汉江水[4],有节皖公山[5]。此事真堪话,诸公宁厚颜?嗟予亦兴尽,昨夜已投闲[6]。

辑自《义丰集》

解题

汉阳主簿朱献宾抛弃官职归隐皖公山,作者赋此诗为之送行。说是自己对做官的兴趣亦一点全无,昨夜已辞去官职,将置身于清闲的境地。并讥讽那些不愿辞官者是厚颜少廉耻。诗歌表现了作者为人正直、刚正不阿的性格,也显示出他对当时朝政的极端失望和不满。据说王阮晚年知抚州(今属江西)时,朝廷宠臣韩侂胄久闻王阮大名,着意拉拢,特地让他进京入奏,暗中派人许以美官。王阮对其不予理睬,陛见之后,拂衣出京,扬长而去。惹得韩侂胄大怒,结果被旨批奉祠。王阮从此归隐庐山,过着从容觞咏、游览山水的生活。诗中所言"嗟予亦兴尽,昨夜已投闲"或指其事。

注释

〔1〕龙舒:舒州(治所在今安徽省潜山县)的别称。朱献宾:其人不详。主汉阳簿:即任汉阳主簿。汉阳,军、府名。宋辖境相当于今湖北汉阳、汉川及武汉市长江以西地区。主簿,官名。为军、府专掌簿书事务之吏。

〔2〕鸾栖:鸾鸟栖止。比喻贤士在位。

〔3〕鹤怨:南朝孔稚珪《北山移文》:"蕙帐空兮夜鹤怨,山人去兮晓猿惊。"意谓鹤因隐士出山、蕙帐空空而愁怨。后以"鹤怨"指期待

着归隐的人。

〔4〕汉江：一称汉水。长江最长支流，源出陕西西南部宁强县，在今武汉市入长江。

〔5〕皖公山：即皖山，又名潜山、天柱山，在舒州州治西北，为舒州地标性山脉。

〔6〕投闲：辞去官职，置身于清闲境地。

虞 俦

虞俦，字寿老，宁国（今属安徽）人。孝宗隆兴元年（1163）进士，初为广德、吴兴二郡教官，擢绩溪令。历知湖州、婺州。淳熙十六年，为太学博士。迁监察御史。排击权贵，朝廷肃然。累迁为浙东提刑，徙知潮州，遇荒年，救灾甚力。庆元二年，除淮南东路转运副使。三年，转江南西路转运副使兼知平江府，改两浙西路提点刑狱。四年，改知庐州。六年，为太常少卿。宁宗嘉泰元年（1201）除中书舍人。以试刑部尚书使金。终兵部侍郎。著有《尊白堂集》传世。

舒州清明二首

架竹编茅数百家，柴门随分映桃花。春风不办舒州杓[1]，习惯淮乡木杵茶[2]。

试著轻衫问晓晴，野棠花下有清明。不如独上江楼去，坐听春潮送橹声。

辑自《尊白堂集》卷四

【解题】

这是作者清明节在舒州所作的两首七言绝句。虞俦一生政绩斐然,晚年归隐田园后,他的生活虽然清苦,但却颇为闲适。此二诗写舒州清明,歌咏了迷人的田园风光和舒州民间生活习俗。语言自然淳朴,高远脱俗,表现了诗人对恬静的田园生活的热爱。全诗于平淡真朴中可见绵长的艺术韵味。

注释

〔1〕舒州杓:舒州所制之酒杓。李白《襄阳歌》:"舒州杓,力士铛,李白与尔同死生。"

〔2〕木杵茶:用木杵舂捣而成的末茶。

赵 蕃

赵蕃(1143—1229),字昌父,世称章泉先生。祖籍郑州,南宋高宗建炎后,侨居信州(治今江西上饶)。以恩荫补州文学。调浮梁尉、福州连江簿,皆不赴。后任吉州太和主簿,受知于杨万里。理宗即位,屡召不拜。奉祠家居,积三十三年。宝庆元年(1225),除太社令,三辞不拜,特改奉议郎、直秘阁,主管建昌军仙都观,又三辞不允。越三年,差主管华州云台观。绍定二年(1229)致仕。卒年八十七,谥文节。蕃终身好学,性宽平,恬淡自守,与人乐易而刚介不可夺。其诗杨万里誉为"貌恭气和,无月下推敲之势;神情骨耸,非山头瘦苦之容。一笑诗成,万象春风"(刘宰《章泉赵先生墓表》)。所著有《乾道稿》二卷、《淳熙稿》二十卷、《章泉稿》五卷存世。

初 到 舒 州

承平非不久[1],淮地只凋疏[2]。负贩资它郡[3],蒿莱塞旧闾。近江犹若此,穷徼复何如[4]!可议轻征战,仍闻急转输[5]。

辑自《淳熙稿》卷八

解题

宋高宗末至宋孝宗初,宋金间发生了连续多年的战争。后来虽然订立了和议,但战争给舒州社会和人民带来了严重的创伤。宋徐梦莘《三朝北盟会编》说:"淮西经踩残之后,荒凉无庐舍,且惊散之民犹未归也。天大寒,多雪,士卒暴露,有冻落足趾者。"周必大《亲征录》说:"淮泗间,弥望无寸木,鹊巢平地。"作者即是在这一背景下来到舒州并创作此诗的。

诗中写到,战争虽然已经过去了很久,但目之所及,到处仍是一片凋落萧条的景象。小商贩都到别的城市去了,野草在破败的房屋中生长。靠近长江的地方尚且如此,荒远之地又会是什么样子呢?虽然已议和,人们议论征战之事少了,但仍听说朝廷急需转运输送货物。从此诗中可见作者对战后人民生计的深深忧虑,字里行间跳动着诗人悲天悯人的情怀。

注释

〔1〕承平:治平相承;太平。
〔2〕凋疏:凋敝、萧条。
〔3〕负贩:担货贩卖。指小商贩。
〔4〕穷徼:荒远的边境。
〔5〕转输:转运输送货物。

出北门记所见二首

浮云冒山顶,横碧门与直[1]。所嗟蓝舆驶[2],令我头屡侧。前瞻亦何有,浮图梯七级。仿佛记遗基,当年居皖伯。

我行舒州来,触目叹荒棘[3]。今经北门道,麻麦殊翳密。乃知人力愆[4],地固有遗殖[5]。安得遍厥耕,疲羸当少息。

辑自《淳熙稿》卷二

解题

此二诗写出舒州北门后途中所见。第一首写所见山水景观与人文景观。云浮山顶,门对碧溪,优美的自然风光令作者在行进的竹轿中屡屡侧头而视;而太平寺的七级宝塔,寺前的皖伯台遗址,更引起作者对先贤的追思。第二首写战后荒凉景象与作者所想。作者来舒州后,目光所及之处大多野草荆棘丛生;但他发现,舒州北门路边的麻麦长得却很茂盛。这才知道,是由于人力缺乏,有的土地被抛荒了。他希望战争能早日停止,衰弱之民能稍事休息,所有的农田都有人耕种,老百姓能过上安稳的生活。作者结尾处的思考典型地反映了传统知识分子忧国忧民的情怀。

注释

〔1〕横碧:横亘的碧色河流。直:正对着。
〔2〕蓝舆:竹轿。
〔3〕荒棘:荒芜而长满带芒刺的草木。棘,泛指带有芒刺的草木。
〔4〕愆:丧失,缺乏。
〔5〕遗殖:指抛荒而不种植谷物。

游山谷寺赠住山钦老钦嗣愚丘诗[1]

少小已诵山谷丈[2],老大始游山谷寺。按诗寻境尽可得,落笔不容追一字。旧闻是老诗有宗,韩门更许愚丘雄。风流前辈曰已远,此道此山俱属公。

辑自《淳熙稿》卷五

解题

南宋初年,吕本中在其著作《江西诗社宗派图》中,首尊黄庭坚为江西诗派之祖,下列陈师道等二十五人。黄庭坚与山谷寺有一段不解的情缘,山谷之号正来自皖山山谷。赵蕃诗宗黄庭坚,作为诗学晚辈,他按诗寻境,来游山谷寺,发觉黄庭坚诗中所写山谷胜景,都能在实地考察中一一得到印证,由是崇仰之情顿生。如今前贤已往,愚丘禅师此时是山谷寺高僧,同时他又是江西诗派的后劲。因此,他不仅是佛门的传道者,也是江西诗派的护法中坚,所以作者说,"风流前辈曰已远,此道此山俱属公"。此道即是指黄庭坚所开创的诗风,此山即指山谷寺所在之三祖山。尾联既表达了作者对山谷寺僧愚丘的艳羡之情,同时又对他光大发扬江西诗派充满着深切的期待。

注释

〔1〕住山:指住山僧,即久住山寺修行者。与行脚(僧人为寻师求法而游食四方)相对。钦嗣:钦老法嗣。愚丘:即正宗禅师。俗姓陈,崇仁人。吕本中、曾幾、韩驹等江西诗派中坚人物寓居临川日,正宗游其门。有《愚丘诗集》。

〔2〕山谷丈:指黄庭坚。

呈叶怀宁陈参军章簿公

潜山皖山烟雨昏,山城索莫少所亲[1]。令君邀我入山去[2],复道山流方四奔。侧闻剥啄来叩门[3],疑匪索我云见存。已焉一见即倾倒,乃与诸刘相弟昆。因君又来惊坐陈,吾尝同寮义世敦[4]。不惟邂逅索诗卷,更复追随携酒尊。

辑自《淳熙稿》卷五

解题

此诗写诗人访舒州时的一次人际交往活动。怀宁县叶县令本来邀作者进山游览,但天气不好,潜山皖山烟雨濛濛,且山中流水四奔。于是他们便与陈参军及章主簿一起互索诗卷,并携樽饮酒,赋诗唱酬。

注释

〔1〕索莫:荒凉萧索貌。
〔2〕令君:对县令的尊称。
〔3〕剥啄:象声词,状敲门声。
〔4〕同寮:同寮舍。世敦:世代交谊敦厚。

早出小北门

闻道潜皖下,杂然仙佛居[1]。心期穷杖屦[2],宿昔戒车舆[3]。晨起先僧磬,逢人尽趁虚[4]。烟霏欣在望[5],风露尽侵裾[6]。

辑自《淳熙稿》卷七

解题

这是一首记事诗。作者说,他听说潜山皖山之下,聚合居住着很多修仙者和学佛之人。自己便期望能穷尽足迹,遍游山中胜景。所以夜里就准备好车轿,第二天一早在僧人敲钟之前便已起床;出小北门时,路上遇见的尽是些清晨赶早集的行人。走着走着,很快便可望见山中朦胧飘渺的烟雾云团了,心中十分欣喜,不料此时,风和露水却钻进了衣服的前后襟。在作者娓娓叙述中,对皖山的向往溢于言表。

【注释】

〔1〕杂然:聚合貌,混杂貌。
〔2〕穷杖屦:穷尽足迹。谓遍游。杖屦,拄杖漫步。
〔3〕宿昔:夜晚;夜里。
〔4〕趁虚:同"趁墟",赶集。
〔5〕烟霏:云烟弥漫,烟雾云团。唐韩愈《山石》诗:"天明独去无道路,出入高下穷烟霏。"
〔6〕风露:风和露水。裾:衣服的前后襟。

游彰法寺打擢秀阁诗以行

四海擢秀阁,兹晨彰法游。名随寺俱徙,地入道家流。尚喜黄诗在〔1〕,仍容墨本求〔2〕。从今茅屋底,自有皖山幽。

辑自《淳熙稿》卷九

【解题】

彰法寺在太平寺东一里彰法山,寺内有擢秀阁,乃陈莹中读书之所。元丰三年冬,黄庭坚赴任太和途中来游舒州,曾登上城北的一座高阁凭栏眺望。当他得知此阁乃陈莹中读书处,莹中由此发迹登第时,当即便将其命名为"擢秀阁",并挥毫题写匾额,又即兴赋下《同苏子平李德叟登擢秀阁》古诗一首。赵蕃追寻黄庭坚遗迹来游彰法寺,他欣喜黄庭坚当时所作诗歌仍在,但题写擢秀阁的真迹还需访求一番。认为只要能有黄诗和他的书法真迹,自己的陋室里自然也就拥有了皖山的幽雅了。

注释

〔1〕黄诗:指黄庭坚《同苏子平李德叟登擢秀阁》诗。
〔2〕墨本:碑帖的拓本。此指题"擢秀阁"的真迹。

游太平寺

一水萦纡渡[1],千松高下栽。童师空有塔[2],皖伯已无台[3]。似为寻山至,那因问法来。茶香从汝供,诗味遣谁陪?

辑自《淳熙稿》卷九

解题

太平寺在舒州城北三里之太平山。晋咸和间创。前有真武殿,后有玉皇阁。塔旁为寺。寺前旧有皖伯台,以周大夫封皖伯而名之。周围遍植松,寺后有万松亭。太平寺在有宋一代为五祖演、佛鉴、佛眼、佛果禅师道场,宗风盛极一世。此诗描写了太平寺周围清幽的环境,表达了对世事沧桑的感慨,并叹世间知音难觅。

注释

〔1〕萦纡:曲折回旋。
〔2〕童师:见前释惠洪《送贤上人往太平简卓首座》诗注。童师塔,即太平寺宝塔。

〔3〕皖伯已无台：谓位于太平寺前的皖伯台已毁。《明一统志》卷十四："皖伯台在旧太平寺前，以周大夫封皖伯而名。"

寄送周子中监丞赴舒州二首[1]

引嫌初补外[2]，怀绶复频年[3]。自得山水胜，定由仙佛缘。往游成旧矣，有梦尚依然。六字今谁嗣[4]，留题乞我传。

欲问淮南米，皆云岁不登[5]。疲羸不难活，摩抚政须能[6]。但使荒田辟，无劳铸铁增。素书宁敢寄[7]，苦语未宜憎。

辑自《淳熙稿》卷九

解题

周必正因避嫌由京官调外地任职，得舒州知州，作者寄诗送之。第一首多安慰之词。作者说，舒州多山水胜景，你能前往任职，一定是你有仙佛之缘。自己往年曾经游览过舒州山水，至今仍然频频出现于梦中；何况做人要知道"进退存亡得失"的道理，去舒州任职有什么不好呢？第二首告诉周必正为政之道。淮南本丰饶之地，现在却听说年成歉收。赵蕃认为羸弱之民不难存活，要对他们进行安抚，并提议多开辟荒田以增收粮食，而无须多铸铁以增加收入。所谓"但使荒田辟，无劳铸铁增"，虽能体现作者关心百姓疾苦的悲悯情怀，但也反映了中国古代士大夫经济思想中重农耕而轻工业的严重局限性。

注释

〔1〕周子中监丞：即周必正。周必正字子中，任舒州知州前任军器监臣。参见前周必大诗注。

〔2〕引嫌：避嫌。补外：谓京官调外地就职。

〔3〕怀绶：怀揣绶印。

〔4〕六字：指"进退存亡得失"。《周易·乾卦·文言》："亢之为言也,知进而不知退,知存而不知亡,知得而不知丧,其唯圣人乎？知进退存亡而不失其正者,其唯圣人乎？"

〔5〕登：丰收。

〔6〕摩抚：犹安抚。

〔7〕素书：古人以白绢作书,故以称书信。

寄李舒州二首〔1〕

剩欲寄书兼寄诗〔2〕,病余殊觉不能支。西山南浦风前恨,皖水潜山天外思。四海旧知宁我识,百年深契舍公谁？自违门第秋重老,华发萧萧异别时。

剩欲题诗诗不成,遣人空复附书行。言边讵止寒温事,纸上胡能底里倾〔3〕！以我向公深有托,知公于我未忘情。扶持未可言门户,老大相看只弟兄。

辑自《淳熙稿》卷一二

解题

这是作者寄给舒州知州李处全的两首七言律诗。李处全与赵蕃情兼师友,如今在地处皖水潜山的舒州任职,作者思念他,于是遥寄书信并寄诗倾诉衷肠。全诗如与友人对谈,如叙家常,平易亲切,在嘘寒问暖中见诸真情。但"言边讵止寒温事,纸上胡能底里倾"二句,又增添了诗歌的一唱三叹之感,有些事无须说明,但已一言胜千金。

注释

〔1〕李舒州：即李处全(1131—1189)。处全字粹伯,号晦庵,

李淑曾孙。徐州丰县人,后迁居溧阳。高宗绍兴三十年(1160)进士。历太常丞、提举湖北茶盐、秘书丞、殿中侍御史、袁州知州,淳熙间出知舒州。能文章,善书。为南宋著名文学家。赵蕃是他的门生。

〔2〕剩:尚,犹;真。

〔3〕底里:彻底,全部。

挽李舒州二首

忽报舒州逝,深同海内伤。平泉无草木,北海漫文章[1]。要作人琴叹[2],空怀道路长。临风为之恸,发色变苍苍。

一跌竟不起,两州空复更。台纲元振举[3],物论甚分明。遂绝朝天骑[4],空传跨海鲸[5]。遥知流涕者,岂但一门生[6]。

辑自《淳熙稿》卷一一

〖解题〗

舒州知州李处全与同时代的诗文名家赵蕃、曾协、范成大、周必大、吕祖谦等相交游,唱和无虚日。卒后,他的诗文同道纷纷作哀辞以悼之。赵蕃是他的门生,作诗多首以缅怀,这是其中两首。作者以诗当哭,回忆了恩师生前的学行风范,叹息老师的离去,"临风为之恸,发色变苍苍"二句尤其引人动容,赵蕃临风而立,因景生悲,此苍茫之感既是对恩师逝去的伤悼,也是对人生无常的无奈和叹息。

〖注释〗

〔1〕"平泉"二句:意谓李舒州有汉李邕、唐李德裕那样的风流雅韵和文学才能,今已逝世,人们再也见不到他的美妙文章和风流雅事

了。平泉,指平泉山居。唐代宰相李德裕退隐后筑平泉庄,种植许多奇花异草,并撰《平泉山居草木记》,世人传为美谈。北海,指汉代李邕,官至北海太守,世称李北海,以文章书翰名天下。

〔2〕人琴叹:指见物思人,怀念故交,无限伤感。《世说新语·伤逝》载,晋人王子猷(徽之)、王子敬(献之)俱病笃,而子敬先亡。子敬素好琴,子猷便径入坐灵床上,取子敬琴弹。弦既不调,掷地云:"子敬,子敬,人琴俱亡!"恸绝良久,月余亦卒。后便用"人琴俱亡"或"人琴叹"为睹物思人,悼念亡友之典。

〔3〕台纲:指朝廷的纲纪。

〔4〕朝天:指谒见皇帝。

〔5〕跨海鲸:犹骑鲸。比喻游仙。

〔6〕一门生:作者自谓。

呈折子明丈十首 (选一)

相逢几说李端公〔1〕,未报舒州谢表通。要识淮南佳绝地,潜山皖水莫之同。

辑自《淳熙稿》卷一七

解题

此诗末原有附言,曰"属李粹伯丈"。李粹伯即李处全,处全字粹伯,南宋淳熙间任舒州知州。诗中通过回忆与李处全的交往,表达了作者对淮南佳绝之地潜山皖水的爱慕之情。

注释

〔1〕李端公:原指唐李益。唐时称御史为端公。此代指李处全。

张同之

张同之(1147—1196),字野夫,世为和州乌江(今安徽和县)人。张孝祥长子。以恩授承务郎,监平江府粮料院、两浙转运司提辖催促纲运官,迁承奉郎、福建路转运司主管文字。后知舒州,除淮西提举兼权转运判官、提点刑狱兼提点江淮湖北铁冶铸钱公事。庆元元年(1195)七月除直秘阁,移江南西路转运判官。二年三月卒,年五十。生平事迹见《宋故运判直阁寺丞张公埋铭》(见《文物》1973年第4期)①。

题 三 祖 寺[1]

飞锡梁朝寺[2],传衣祖塔丘[3]。石龛擎古木[4],山谷卧青牛[5]。半夜朝风起[6],长年涧水流[7]。禅林推第一,此地冠南州[8]。

辑自李丁生主编《天柱山山谷流泉石刻》,又见《(康熙)潜山县志》卷一二《艺文下》

【解题】

此诗作于绍熙二年(1191)十月,原诗刻于三祖寺西之山谷流泉东侧崖壁上。全诗介绍了三祖寺悠久的历史,歌咏了南朝梁代宝志和尚开山创寺和隋僧璨大师传授师法的不朽功绩,描写了寺院周围

---

① 按,张同之生平事迹志传所载甚夥,然多传说无根之言。《(光绪)重修安徽通志》《(康熙)安庆府志》《(光绪)直隶和州志》《(康熙)桐城县志》均载,同之以进士为部使者至舒州,乘传游浮山而乐之,遂辟一岩,弃官辞家,隐于其中,得修炼术。后辟谷仙去。桐城龚惟慕题为张公岩,后人又名其台曰张公杵药台,井曰张公丹井。至今张公岩遗迹犹存云云。然1971年3月有农民在江浦县黄悦岭东南麓耕田时发现张同之夫妇墓,《墓志埋铭》所载与志传之说相去甚远(《墓志埋铭》原件藏南京博物院)。今据《墓志埋铭》。

名胜古迹与清静优美的环境,强调了佛寺居南州之冠的显赫地位。诗歌语言明白畅晓,抒情淋漓尽致,笔力雄健,气势不凡,当为歌咏三祖寺诗篇中上乘之作。

注释

〔1〕按,此诗各本《潜山县志》误入明代,诗题为"三祖寺"。三祖寺西山谷流泉之东摩崖石刻有此诗,诗题作"题三祖寺",题下署"历阳张同之",诗末有"绍熙二年十月"字样。今从石刻。

〔2〕飞锡:佛教语。谓高僧等执锡杖飞空。梁朝寺:三祖寺,又称山谷寺,创建于梁武帝年间,故曰梁朝寺。宋钱绅《同安志》载:"飞锡泉在三祖山后,宝公(梁宝志和尚)自金陵(南京)飞锡而至,以相山谷寺基,泉为之涌出,遂寓此山。"

〔3〕传衣:谓传授师法或继承师业。此指僧璨大师,禅宗三祖。据《历代法宝记》《景德传灯录》载:僧璨初谒二祖慧可,得法受衣钵,隐于司空山。北周武帝(560—578年在位)灭佛时,往来避难,隐居皖公山。隋开皇十二年(592),有沙弥道信前来求法,从学九年,璨传付衣法。道信遂为禅宗四祖。祖塔:指藏三祖舍利之宝塔。《(康熙)潜山县志》卷之六《寺观》:"山谷寺,旧名乾元寺,在清朝乡,县北十五里,真源宫右。……隋炀帝大业二年丙寅十月十五日,三祖璨禅师于山谷大树下合掌立化,葬山谷寺后。唐玄宗谥师为鉴智禅师。天宝乙酉,舒别驾李常因菏摩禅师言,同僚佐启师圹,取真仪阇维之,得五色舍利三百粒。以百粒出己俸建塔南窦,塑师像。"丘:山。

〔4〕石龛:供奉神像或神主的小石阁。

〔5〕"山谷"句:三祖寺西侧山谷中有青石牛卧于溪水边。故云。

〔6〕"半夜"句:天柱山九井河至山谷寺一带,每夜子时便有西风兴起,至卯时方息。风起时松吟竹韵,谷应山鸣,传言是朝三祖的。故曰"半夜朝风起"。

〔7〕"长年"句：三祖寺所在之处山谷幽深，溪水潺湲，久旱不涸，清澈异常。故曰"长年涧水流"。

〔8〕南州：泛指南方地区。《楚辞·远游》："嘉南州之炎德兮，丽桂树之冬荣。"姜亮夫校注："南州犹南土也，此当指楚以南之地言。"或谓南州指南赡部洲。

讷 庵

讷庵，生平事迹不详。

山 谷 夜 坐

山谷舍利塔，石与水俱清。夜坐不忍去，缘与禧公行[1]。

辑自李丁生主编《天柱山山谷流泉石刻》

解题

此诗作于绍熙三年（1192），原诗刻于潜山三祖寺西山谷流泉东侧崖壁上，诗后署曰"讷庵作，知非子书。绍熙壬子十一月廿日"。原无诗题，为方便阅读，今据诗意拟此题。前二句写山谷舍利塔及其周围山水清幽的环境；后二句说是夜坐不忍离开，是因为与禧公同行。据末句"缘与禧公行"所言，作者当是陪同禧公一起来游山谷寺的。

注释

〔1〕禧公：其人不详。

赵汝骅

赵汝骅,字卫道,浚仪(今河南开封)人。曾任舒州郡丞。

题 山 谷

三祖岩隈卧石牛[1],山围靡靡几春秋[2]。舒王太史俱千古[3],独有唐崖屹旧流[4]。

辑自朱康宁主编《天柱山摩崖石刻集注》

解题

此诗作于南宋宁宗开禧元年(1205),原刻于山谷石牛洞东侧巨石上,前有文曰"开禧改元秋九月二十有六日郡丞浚仪赵汝骅柯山相王山甫章郑伯明范仲钧偕子汝猷来游因赋绝句"。原无诗题,题系笔者所加。

全诗表达了对王安石和黄庭坚的怀念,寓有山川依旧、人事已非的深沉感慨。

注释

[1] 隈:山水弯曲处。
[2] 靡靡:绵延不绝。王安石《题舒州山谷寺石牛洞泉穴》诗:"水泠泠而北出,山靡靡以旁围。"几春秋:多少年。
[3] 舒王:指王安石。王安石封舒王事已见前注。太史:指黄庭坚。黄庭坚曾任国史编修,故称。千古:死的婉辞。表示永别、不朽之意。
[4] 唐崖:指唐代以来的摩崖石刻。

韩 淲

韩淲(1159—1224),字仲止,号涧泉。尚书韩元吉子。世居开封雍丘(今河南杞县),南渡后其父流寓信州上饶(今属江西),因籍之。早年以父荫入仕,为平江府属官。不久即归,隐居二十年,一意以吟咏著述为事。所作《涧泉日记》,品评人物、考证经史、品定诗文、杂记山川古迹等,颇为精审,文笔亦佳。诗与赵蕃(号章泉)齐名,时称"二泉"。其词风格婉丽。今有《涧泉日记》《涧泉集》传世。

庆元己未二月戊子寄皖山隐翁史虎囊[1]

尘世离阔苦[2],一别易寒暑。弹指十五年,翁今定何许?闻在潜山头,僧寺有谁语!方瞳狎鸥鸟[3],秃发照獐鼠。蹒跚狭虎囊,借醉忘尔汝。平生心所尊,安得伴游举。我友余伯皋[4],远游复羁旅[5]。当为翁慨然,斗酒气相与。旦夕广文来,雅趣非凡侣。岂不能趋风[6],击鲜宰肥羜[7]。独恨海潮边,恋禄赡儿女。怅望春色深,风花暗吴楚。

辑自《涧泉集》卷三

解题

蜀人史千见命运不好,上书不符合朝廷旨意,于是便弃官而去,布衣皮冠,放浪形骸,只身往来于江湖间。他曾自称"平生足迹遍九州"(《送歙砚与裴唐卿》),最终却选择皖山作为归隐之地。作者韩淲与史千见有旧,志趣亦相投。宋宁宗庆元五年(1199)二月,他想起了这位隐居皖山僧寺的朋友,于是寄诗问候。诗中表达了对史千见近况的关切和对其行为风范的倾慕,以及自己为抚养儿女而未能辞官的衷曲。诗歌情真意切,尾联谓在春色春光里,自己对着皖山怅望,不见老友身影,只有花儿在风中漫天飞舞,遮蔽了吴楚之地。作者以此表达对友人的思念之情,不仅形象鲜明生动,而且极富诗的韵味。

注释

〔1〕史虎囊:即史千见。千见字伯强,号虎囊。蜀人。豪于诗酒,议论激烈,有战国气象。只身往来江湖间。上书不偶,布衣皮冠,放浪形骸,时时醉中骂坐,语皆不徒发。见人贫苦,即解衣或借人钱物与之。平日不肯妄与人过从,世不识者多怪其好骂。事迹详韩淲《涧泉日记》卷中及曹学佺《蜀中广记》。

〔2〕离阔:久别。

〔3〕方瞳:方形瞳孔。道家认为的仙人之相。狎:亲近;接近。

〔4〕余伯皋:生平事迹不详。韩淲与其交往甚密。《涧泉集》有《八月六日伯皋见过》:"华发秋来忽满梳,故人相见意何如。强亲杯酒欢无几,尚觉篇章兴有余。世事纷然随野马,吾生老矣信蓬庐。林间已下萧萧叶,雨过空山木影疏。"又有《伯皋丈届七十寄诗庆之》(《涧泉集》卷一四)。

〔5〕羁旅:寄居作客。

〔6〕趋风:急走。恭敬之貌。

〔7〕击鲜:成语"击鲜奏食"之省。指客至数击杀牲牢,与客鲜食。鲜,新鲜之肉。典出《汉书·陆贾传》。羜(zhù):出生五个月的羔羊;泛指小羊。

元默书来作溪翁亭成且索诗因寄四章〔1〕

潜山之水兮流幽幽〔2〕,溪翁何在兮流不休。昔之隐于此地兮将何求,后世之人兮因筑亭以遨游。

潜山之水兮声潺潺〔3〕,溪翁何在兮声可观。昔之隐于此地兮应甚安,后世之人兮因名亭以考槃[4]。

潜山之水兮波涣涣[5],溪翁何在兮波可玩。昔之隐于此地兮信无患,后世之人兮因登亭以萧散[6]。

潜山之水兮源远远,溪翁何在兮源不见。昔之隐于此地兮自无怨,后世之人兮因兹亭以缱绻[7]。

辑自《涧泉集》卷六

解题

友人晁百谈隐居潜山,并在水边作溪翁亭。亭既成,请求韩淲为其题诗,韩淲便作这四首骚体诗以应之。作者在诗中分别描述了潜山之水"流幽幽"、"声潺潺"、"波涣涣"、"源远远"四个方面的特征,歌颂了晁百谈筑溪翁亭可供人遨游、隐居、赏玩,后人将因此亭而留恋不去。诗歌明白如话,通俗易懂,且有一唱三叹、宛转回环的音乐之美。

注释

〔1〕元默:即晁百谈。百谈字元默,大中大夫晁咏之曾孙。家临川,师陆象山,明理学,尤深于《春秋》。登淳熙二年(1175)进士。任吉州教授,知南康军,知道州。入仕四十年,家无余财,有《带川集》二十卷。

〔2〕幽幽:深远貌,幽静貌。

〔3〕潺潺:形容水流动声。

〔4〕考槃:亦作"考磐"、"考盘"。本指成德乐道。《诗·卫风·考槃》:"考槃在涧,硕人之宽。"毛传:"考,成;槃,乐。"陈奂传疏:"成乐者,谓成德乐道也。"《考槃序》则言此诗为刺庄公"不能继先公之业,使贤者退而穷处",故后即以喻隐居。《晋书·隐逸传·张忠》:"先生考槃山林,研精道素。"唐岑参《太一石鳖崖口潭旧庐招王学士》诗:"此地可遗老,劝君来考槃。"

〔5〕涣涣：水势盛大。

〔6〕萧散：闲散舒适。形容神情、举止等自然，不拘束。

〔7〕缱绻：缠绵。纠缠萦绕，难舍难分。

呈晁元默

九年不见新诗句，闻过名山得胜游。步转高寒潜岳耸〔1〕，眼明横绝大江流〔2〕。留连朔雪僧窗夜〔3〕，邂逅西风客舍秋。当使胸襟更陶写〔4〕，乘时谈笑上瀛洲〔5〕。

辑自《涧泉集》卷一二

解题

这是作者呈送给晁百谈的一首七言律诗。作者说，听说你正在访问名山，得到快意的游览。每天可辗转登临高寒耸立的潜岳，在那里能望见横穿境内的长江。夜里可在僧家的窗户里留连赏玩北方的雪，秋天时节在客舍中可与西风不期而遇。你在那里怡悦情性，消愁解闷，胸襟更加开阔，趁着一定的时节，定会谈笑着登仙而去。作者诗中表达了对朋友的关切，也流露出对潜岳企慕和向往的情怀。

注释

〔1〕潜岳：即潜山。又号天柱山、皖公山、皖山，在舒州州治（今潜山县城）西北。因汉武祀之以代南岳，故称潜岳。

〔2〕大江：指长江。

〔3〕留连：犹滞留。亦指留恋不舍，依恋不忍离去。朔雪：北方的雪。

〔4〕陶写：怡情养性，排遣愁闷。

〔5〕瀛洲：海上仙山名。

张 弋

张弋,字彦发,旧名奕(或作亦),一字韩伯,号无隅翁,祖籍河阳(今河南孟县)。不喜为举子业,专意于诗,每以贾岛、姚合为法。为诗苦思,未尝苟下一字,每有所作,必镕炼数日乃定。与戴复古、赵师秀等多有酬唱。曾入许定夫幕,欲拜官,不受。后卒于建业(今南京)。宋钞本《南宋群贤六十家小集》辑有弋所作《秋江烟草》一卷。

舒 州 岁 暮

穷冬日日爱天晴[1],古寺门开绝送迎[2]。野鹤忽来桥上立,山僧独向水边行。过寒梅树白全少,入腊草芽青渐生。又是舒州一年了,怕看新历动乡情。

辑自《宋百家诗存》卷二七《秋江烟草》

解题

这是作者寓居舒州时写的一首七言律诗。他说,在这隆冬时节,自己天天都喜欢晴朗的日子;那座古老寺庙的门虽然开着,但却没有香客往来。一只野鹤忽然飞来桥上,站在那儿;山僧一个人孤独地向水边走去。过了深冬,满树都开着纯白花朵的梅树便很少了;入腊以来,草儿已慢慢地长出新芽。转眼在舒州又度过了一年,真怕再见到新的年历,因为那会触动自己浓浓的思乡之情。显然,作者写此诗时心情被一股愁绪笼罩着,其中除了对故乡的思念,也有对时间悄悄流逝的感怀。

注释

〔1〕穷冬:隆冬,深冬。

〔2〕绝送迎：指无香客往来。

广 教 寺 即二桥故宅

英雄居处终奇特，几度欲来今始能。骑省文高存古篆[1]，桥公树朽长寒藤[2]。清流并绕三分涧，翠竹相依住数僧。沙鸟讵知千载恨，日斜飞下立渔罾[3]。

辑自《宋百家诗存》卷二七《秋江烟草》，又见〔宋〕陈起编《江湖小集》卷六八

解题

此诗亦为作者寓居舒州时所作。广教寺在舒州州治东三里彰法山麓。原为汉末大乔、小乔故宅，后为双溪寺，宋高宗绍兴间改称广教寺。寺中有南唐徐铉被贬舒州时亲笔篆书的《双溪禅院碑》（即《乔公亭记》）。作者在诗中缅怀旧事，并歌咏了寺院周围松竹苍秀、溪流回迂的清幽景色。尾联写不知千年遗恨的沙鸟于斜阳下飞来，立于渔网之上，不仅写眼前景物画面清新动人，而且以鸟之无情反衬人之有情，表现了诗人在面对历史遗迹时内心的遗恨。因为美好的人和事物，人们总是喜爱和怀念着，总是企望他们能永生。

注释

〔1〕骑省：即徐铉。其生平事迹见前作者小传。徐铉因随李煜归宋后官至散骑常侍，故世称徐骑省。文高存古篆：指徐铉所作并篆书《双溪院碑》。南唐时，徐铉被贬舒州，曾撰文并亲笔篆书《双溪禅院碑》（即《乔公亭记》）。宋王象之《舆地碑记目》卷二《安庆府碑记》："乔公亭记，篆法甚古，保大十三年徐骑省记。……双溪院碑，《集古录》云：南唐徐铉撰并篆记，碑以南唐保大十三年立。"

〔2〕桥公：即桥玄，又作乔玄。汉睢阳人。光和元年迁太尉，以疾罢，避地于舒州。玄有二女，长曰大乔，次曰小乔，皆国色。孙策克皖，娶大乔，周瑜娶小乔。二女以残脂投井中，水常泛胭脂色，俗呼胭脂井。后有方外之士于其故宅基址建双溪禅院。宋高宗绍兴间改称广教寺。

〔3〕渔罾（zēng）：渔网。

张　琼

张琼，曾任舒州知州。其余不详。

雨中自万寿宫归

草草登临未拟回〔1〕，烟昏雨湿赋归哉。山寒未放莺迁出〔2〕，地胜先闻鹤驾来〔3〕。老去春光都是梦，懒边心事总如灰。归寻药裹扶筋力〔4〕，准拟东风得屡陪。

辑自《（正德）安庆府志》卷一六《艺文志》

【解题】

此诗为作者参谒万寿宫归途中作。诗人感慨时世，内心充满着寂寞和消极的情绪。经历坎坷，身体有恙，使他更加信仰道教，企慕神仙，产生了出世思想。

【注释】

〔1〕草草：匆忙仓促的样子。
〔2〕莺迁：指黄莺迁升飞翔。
〔3〕鹤驾：相传潜山有鹤驾。每年二月，各方仙人驾灵鹤飞来拜

见山中司命真君。

〔4〕药裹：药包；药囊。筋力：犹体力。

张仲威

张仲威，曾任舒州知州。其余不详。

游　山

浊世何堪暑气蒸，苏门长啸忆孙登[1]。但知绿检名常在[2]，会上丹霄兴可乘[3]。半世道情秋月淡[4]，一生心事海波澄。明朝共款真仙宅[5]，步入丹城遍九层[6]。

辑自《（康熙）潜山县志》卷一二《艺文下》

【解题】

此诗为游潜山而作。作者在诗中表明了自己的高士情趣和对神仙世界的向往。

【注释】

〔1〕苏门长啸：《晋书·阮籍传》："籍尝于苏门山遇孙登，与商略终古及栖神导气之术。登皆不应，籍因长啸而退。至半岭，闻有声若鸾凤之音，响乎岩谷，乃登之啸也。"后以"苏门啸"指啸咏。亦比喻高士的情趣。

〔2〕绿检：即绿简。指绿章。旧时道士祈天时用青藤纸所写的表文。

〔3〕丹霄：谓绚丽的天空。指上帝居处。

〔4〕道情：修道者超凡脱俗的情操。

〔5〕款:叩。真仙:仙人。
〔6〕丹城:宫禁,此指灵仙观。

设醮灵仙观

瑞气葱葱雨露边[1],璧门金阙倚层巅[2]。青霓绛节严中夜[3],绿盖丹舆会九天[4]。香染旧泥封宝洞[5],声传鸣鹤湛灵泉[6]。分明步入烟霄上[7],何必餐霞驻少年[8]。

辑自《宋诗纪事》卷十,又见《(嘉靖)安庆府志》卷一七《艺文下》

【解题】

这是作者在灵仙观目睹道士设立道场祈福消灾时所作的一首七言律诗。首联歌咏了当时天上祥云聚合的旺盛气象和高耸而重叠的山峰下金壁辉煌的宫观建筑。中间二联描述设醮仪式与热烈场景。道士着青霓之服,半夜里庄严恭敬地叩头而请宫神,仙君带有绿色伞盖的红色车子纷至沓来,相会于九天之上。大殿里的香气将那已封存的香泥宝洞再度染香了,道士呼神的声音传到鹤鸣泉,使那眼灵泉水波前后翻滚。尾联写作者当时产生的幻觉:此时分明已步入云霄之上,何必还要餐食日霞让自己青春永驻呢?全诗对仗工整,用词典丽,但弥漫着浓烈的道教气氛,能使人窒息。

【注释】

〔1〕瑞气:祥瑞的云气。葱葱:形容气象旺盛。雨露:比喻恩泽。亦谓沐浴恩泽。
〔2〕璧门:汉武帝时所造建章宫南门,阶陛皆以玉为之,故称。后亦泛指宫门。此是对真源宫门的美称。金阙:道家谓天上有黄金阙,为仙人或天帝所居。层巅:高耸而重叠的山峰。

〔3〕青霓：虹。亦指道家服装。唐李贺《绿章封事》诗："青霓扣额呼宫神，鸿龙玉狗开天门。"王琦汇解："青霓，谓道士所服之衣……言道士着青霓之服，叩头而呼宫神。"绛节：传说中上帝或仙君的一种仪仗。严：庄严貌。中夜：半夜。

〔4〕九天：古人以九天泛指天的中央和八个方位。亦指天的最高处。

〔5〕"香染"句：写香泥洞。香泥洞在灵仙观后。旧志载："唐明皇开元遣使置九天司命祠，像未就，忽殿后石裂出泥，其泥香。"

〔6〕"声传"句：写鹤鸣泉。又称白鹤泉，在灵仙观前。因白鹤道人鹤止于此而得名。湛，澄清貌；波浪前后翻滚貌。

〔7〕烟霄：云霄。

〔8〕餐霞：餐食日霞。指修仙学道。

李 壁

李壁，生平事迹不详。

瑞 应 歌

潜山横矻长江南[1]，皖公天柱参错参[2]。上有峰岩起突绝，下有洞池清相涵。中藏玉镜忽裂出[3]，到今列岫常发岚[4]。昔有黄庭坚，书像石牛洞[5]。美人今复生[6]，形迹相伯仲[7]。乾坤灵秀若为来，气机能令草木动[8]。山间闲气今绝开[9]，美人身上黄金台[10]。嗟呼此地坤元泄，风云不与长安别[11]。鹊居应报天下平，瓜比王业蔓不绝[12]。草木芝秀协耆英[13]，留与皇家备采襭[14]。

辑自《（康熙）潜山县志》卷一二《艺文下》

【解题】

　　这是一首称颂潜山地区人才频出的诗。宋代大诗人黄庭坚曾在皖山山谷石牛洞边筑室读书,并被传为佳话;如今有士人行为事迹与他不相上下,且即将被朝廷礼贤下士,招聘为官。作者认为,吉祥的事,都会事先有征兆出现;士人成才也是受当地充沛的地灵之气所化育,并与一系列自然现象相互感应的结果。作者还认为,英雄伟人,上应星象,禀天地特殊之气,间世而出。潜山由于大地所资生的万物之德得以充分宣泄,所以这里的人物之美可比汉唐时代的首都长安;而且将来人才的出现有如绵绵瓜瓞,相继不绝。这里草木灵秀与高年硕德者相协相生,将有许多人才被国家选用。诗歌表达出作者对潜山地区山水秀美与人才济济的企慕与赞美。据"草木芝秀协耆英"一句,此诗似是为某人应"博学宏词"科之选而作。

【注释】

〔1〕矹(kū):高耸貌。

〔2〕嵾(cēn):嵾峨,高峻貌。错嵾:也作嵾错,形容群山参差交错。

〔3〕玉镜:指玉镜山。《(乾隆)江南通志》卷一五《山川》:"玉镜山,在潜山县北。《寰宇记》:'唐贞元二年,从皖山东忽然暴裂,皎莹如玉。行人远见,如悬镜然。刺史吕渭奏闻,因改万岁乡为玉镜乡,故一名玉照山。'黄庭坚诗'仙人持玉照,留在潜峰西'是也。"

〔4〕岫(xiù):山洞;亦指有洞穴的山。岚:山林中的雾气。

〔5〕"书像"句:谓李公麟曾在石牛洞为黄庭坚画像,黄庭坚题诗石上。已见前注。

〔6〕美人:品德美好的人。此指被朝廷招纳的贤士。

〔7〕相伯仲:比喻不相上下。

〔8〕气机:谓天地有规律运行的自然机能。

〔9〕间气：旧谓英雄伟人，上应星象，禀天地特殊之气，间世而出，故称。

〔10〕黄金台：相传战国燕昭王为招纳贤士，在易水边筑台，置千金于台上，延请天下贤士，故名黄金台。故址在今河北省易县东南北易水南。后因以"黄金台"咏君王礼贤纳士。身上黄金台，指士人赴朝廷应召。

〔11〕"嗟呼"二句：意谓由于潜山大地所资生万物之德都宣泄出来，所以这里的人物之美可比汉唐时代的首都长安。坤元，与"乾元"对称。指大地资生万物之德。风云，《易·乾》："云从龙，风从虎，圣人作而万物睹。"意谓同类相感应。后因以"风云"比喻遇合、相从。

〔12〕"瓜比"句：谓人才的出现将如绵绵瓜瓞，相继不绝。《诗·大雅·绵》："绵绵瓜瓞，民之初生。"朱熹集传："大曰瓜，小曰瓞。瓜之近本初生常小，其蔓不绝，至末而后大也。"

〔13〕耆英：高年硕德者之称。

〔14〕采襭：同采摘。诗中比喻被选用。

喻习学

喻习学，生平事迹不详。

题 真 源 宫

仙洞行，春最奇，春山草木争光辉。仙洞行，春复奇，春山禽鸟声高低。仙洞仙洞奇复奇，仙人仙人乐无涯。莫道仙人无著相[1]，醉时要呼草木为裯帐[2]。莫道仙人太寂寞，醉时要与禽鸟为仙乐。仙人本是物外人[3]，岂与草木禽鸟同其群！路逢仙洞老，借问仙洞道。仙隐在几洞，叮咛与相告。野老去不言,问着情默然。拈起瘦藤杖,兜起登山屐[4]。请公赐我酒一硕[5],醉酣踢倒仙洞石。也不问仙人觅丹药,也不问仙人借山鹤,也不求点石化为金,也不寻烂柯棋面着[6]。但问如何捏合混沌壳[7],如何系住金乌脚[8],如何留得山间春,禽鸟不惊、草木不落?仙人总不言,忘机在一觉[9]。浩歌归去来[10],洞门踏无错。

辑自《(康熙)潜山县志》卷一二《艺文下》

解题

此诗记述了作者一次寻访真源宫的经历,寄寓着对道教思想的体悟。作者认为,仙人并不能从表面的形象状态来认识他们。虽然他们喝醉酒时将草木作为被褥帷帐,寂寞时也与禽鸟们一起演奏仙乐;但这些优游山林、放浪形骸的行为并非仙人的真正内涵。而修仙学道也并非要寻觅丹药,骑鹤飞升,点石成金,或是像晋人王质那样偶遇仙人弈棋而得长寿。修仙学道就是要知道如何才能使宇宙回到天地开辟前的原始状态,如何才能使太阳不再运行,使时间停止不动,让山间四季如春,令禽鸟不惊惶恐惧,草木不再凋零。总之,一切回归事物的本原,一切都静止不变。这其中既有老子所主张的社会理想,更多的则是蕴含着庄子的思想观念。作者还省悟到,修仙学道的根本乃在于泯除机心,淡泊无为,心境安宁清静。并且认为,这种体悟在一觉醒来便可做到,这其中似乎又掺杂着禅宗的思想因素。最后写作者愉快地长歌而返,并称自己没有踏错洞门,这里"洞门"一语双关,既指真源宫这所仙宫之门,亦象征了修仙求道的法门。全诗语言畅晓通俗,音节往复回环,笔势洒脱跌宕,兴会淋漓,韵密调急,具有独特的艺术风格。

注释

〔1〕著相:佛教语。有意识地表现出来的形象状态。

〔2〕裀：同"茵"，指褥垫、毯子之类。

〔3〕物外：世外。谓超脱于尘世之外。

〔4〕兜起：犹穿起。登山屐：南朝宋诗人谢灵运发明的一种登山木屐，其前后齿可装卸，上山则去其前齿，下山则去其后齿，以保持平衡。见《南史·谢灵运传》。后常用为登山寻胜之典。

〔5〕硕：通"石"（今读 dàn）。容量单位。容十斗。

〔6〕烂柯：据南朝梁任昉《述异记》载，晋代王质上山砍柴，遇仙人弈棋，置斧而观，顷刻斧柄尽烂，而回家已看不到同时代人。后以"烂柯"谓岁月流逝，人事变迁。柯，斧柄。面着（zhāo）：面对面下棋。着，下棋落子。

〔7〕混沌壳：传说开天辟地之前，整个世界呈模糊一团的状态，其形状如鸡子。后凿破其壳，才有天地之分。《艺文类聚》卷一引《三五历记》说："天地混沌如鸡子，盘古生其中。万八千岁，天地开辟。阳清为天，阴浊为地。"

〔8〕金乌：古代神话传说太阳中有三足乌，因用为太阳的代称。

〔9〕忘机：泯除心机。机，心机。旧指淡泊无为、安宁清静的心境。一觉（jué）：睡醒。觉悟、省悟。后亦称一次睡眠为一觉。

〔10〕浩歌：指放声高歌，大声歌唱。

程公许

程公许（1182—?），字季与，一字希颖，号沧州。叙州宣化（今四川宜宾）人，一说眉山（今属四川）人。宁宗嘉定四年（1211）进士。调温州尉。未赴，丁母忧。服除授华阳尉。调绵州教授。改知崇庆县。调施州通判，行户房公事。理宗端平初授大理司直，迁太常博士。淳祐元年（1241）迁秘书少监。历起居舍人、中书舍人，权礼部侍郎。官终权刑部尚书。著作今存《沧州尘缶编》十四卷。

饯秘书郎刘侯出守龙舒分韵得亭字

皖伯疏封有故城[1],新堂犹宝李翱铭[2]。三峰秀出尘区外[3],二水空流战血腥[4]。在昔建邦专地势,只今误计寄沙汀[5]。集鸿底处容栖宿[6],冠鹖何人称使令[7]。轮对适当三馆彦[8],忠纯能耸四聪听[9]。俄闻命绾邦侯组[10],应是名题御坐屏。地有险夷何可择,事方艰棘不遑宁[11]。扶持羸惫为耕叟[12],收敛奸雄作战丁[13]。遗爱重寻朱邑庙,壮图仍访吕蒙亭[14]。可能旧观珠还浦[15],试拓新规刃发硎[16]。少待烽烟清紫塞[17],却持笔橐侍彤庭[18]。男儿莫作分携恨[19],勋业相期汗简青。

辑自《沧洲尘缶编》卷一一

解题

这是一首七言排律。秘书郎刘某在国家危难时刻外任舒州知州,程公许为之饯别,并作此诗送行。诗中回顾了舒州的历史名人和典故,他为舒州往日美丽宁静的山水景观而赞叹,更为今日遭受战争蹂躏而悲哀。他希望刘侯此去要扶持那里羸弱疲惫的百姓从事耕种,并收编那些奸雄,让他们成为抵抗侵略者的战士。勉励刘侯要像历史上循吏朱邑那样以仁爱待民,像东吴大将吕蒙那样有雄图大略。等战争结束了,再像司马迁那样手持笔橐回到宫廷中来。最后说,大丈夫离别时不要流泪,期待着你建功立业,青史留名。诗中充满对刘侯的期望和祝福,情真意切,令人感动。据诗中"在昔建邦专地势,只今误计寄沙汀"云云,此时舒州府治似已迁至罗刹洲。

注释

[1] 皖伯:周大夫。史逸其姓氏,周封大夫于皖,世称皖伯,亦称

皖公。其故城则称皖城,即今潜山县城。

〔2〕李翱铭:指李翱《新堂铭》。唐李翱任舒州知州时作。

〔3〕三峰:指潜、皖、天柱三峰。已见前注。尘区:犹尘世,尘界。

〔4〕二水:指潜水、皖水。

〔5〕沙汀:水边或水中的平沙地。

〔6〕底处:何处。

〔7〕冠鹖:头戴以鹖羽为饰之冠。武官之冠。亦指隐士之冠。

〔8〕三馆:唐有弘文(亦称昭文)、集贤、史馆三馆,负责藏书、校书、修史等事项。宋因之,三馆合一,并在崇文院中。宋又设广文、大学、律学三馆,以为教育士子的机构。彦:贤士,俊才。

〔9〕忠纯:忠诚纯正。四聪:能远闻四方的听觉。

〔10〕命绾邦侯组:任命为地方长官。绾,系结。邦侯,指地方长官。组,古代佩官印用的绶带。《汉书·严助传》:"陛下以方寸之印,丈二之组,填抚方外。"颜师古注:"组者,印之绶。"引申为官印或作官的代称。

〔11〕艰棘:困苦,危难。不遑宁:不遑宁处的缩略语。没有闲暇的时间。形容工作紧张、辛劳。

〔12〕羸惫:瘦弱疲惫。

〔13〕收敛:聚敛;收集。奸雄:才智出群,但使用权诈欺世的人。

〔14〕"遗爱"二句:意谓你要像朱邑那样仁爱待民,像吕蒙那样有雄图大略。朱邑庙,朱邑字仲卿,舒人。少时为舒桐乡啬夫,廉平不苛,以仁爱待民,未尝笞辱人。存问耆老孤寡,遇之有恩,所部吏民爱敬焉,立庙祀之。见《汉书·循吏传》。吕蒙,三国时孙吴大将,曾镇守舒州。据《三国志》载,魏扬州刺史刘馥开吴陂以溉田稻。吕蒙曰:"皖地肥美,若一收熟,彼众必增。"于是攻皖,破之。遂为重镇。吕蒙凿石通水,注稻田三百余顷,功利及人,里人以潜山庙在吴陂之侧,因指名以祀之。唐开成五年,刺史郑谷又以神不得与神仙杂处,遂于庙

垣之东别建祠宇。参见《太平寰宇记·淮南道三》。吕蒙亭,又称吕亭,在桐城北二十五里,旧称吕蒙师次于此。参见《安庆府志》。

〔15〕珠还浦:比喻去复来。

〔16〕硎:磨刀石。

〔17〕烽烟:烽火台报警之烟。亦借指战争。紫塞:北方边塞。晋崔豹《古今注·都邑》:"秦筑长城,土色皆紫,汉塞亦然,故称紫塞焉。"

〔18〕肜庭:宫廷。因以朱漆涂饰,故称。

〔19〕分携:犹离别。

刘克庄

刘克庄(1187—1269),初名灼,后更名克庄。字潜夫,号后村。莆田(今福建莆田)人。宁宗嘉定二年(1209)以荫补将仕郎。十七年(1224)知建阳,因咏《落梅诗》得罪权贵,免官家居十年。后通判吉州。理宗端平二年(1235)随真德秀入朝。淳祐初特赐同进士出身。景定元年(1260)授兵部侍郎兼中书舍人,因弹劾权相史嵩之,被免官。三年权工部尚书。五年因眼疾离朝。度宗咸淳四年(1268)特授龙图阁直学士。卒谥文定。著有《后村大全集》传世。

陈 虚 一

几载皖山耕,忽提孤剑行。战场中有骨,尺籍上无名[1]。马自寻归路,身空试贼营。却疑兵解去[2],曾说炼丹成。

辑自《后村集》卷一

【解题】

此诗作于南宋嘉定十一年(1218)。陈虚一为皖山道士,淮南抗金战死者之一。当金兵南下之际,他毅然撇下在皖山的农耕之地,提剑从军。首联活生生画出一位民间英雄的形象。颔联写陈虚一虽战死疆场,军功簿上却无其名。其实古今多少无名英雄,他们为国捐躯,尸骨弃于沙场,大多无人闻问;而陈虚一有后村此诗,还算是幸运的了。颈联倒装:先试攻贼营,主人死后,马自寻归路。人马相匹,悲在不言中。尾联忽一转:陈虚一曾跟我说仙丹已炼成,他或许并没有死,而是借兵刃解脱得道成仙了吧!这是作者的自我慰藉之词。全诗歌颂了一位具有任侠精神的皖山道士,并对那些为国捐躯者深表痛惜和崇敬。而诗对仗之工整,语言之凝练,人物形象之鲜明,亦值得称道。

注释

〔1〕尺籍:书写军功等的簿籍。
〔2〕兵解:旧称学道者死于兵刃为"兵解",意谓借兵刃解脱得道。

赵希衮

赵希衮,字君绰,号止泓。福建晋江人,宋宗室。宝庆、绍定间知安庆府,端平元年(1234)离任。后曾官宗正司宗正。生平事迹散见《(道光)晋江县志·人物》《(民国)安徽通志稿·金石古物考》等。

题 石 牛 洞

诗可弦兮介甫[1],操可砺兮涪翁[2]。已已一时陈迹[3],悠悠万古清风。

辑自《(天顺)直隶安庆郡志》卷一二《题咏》,又见李丁生主编《天柱山山谷流泉石刻》

【解题】

此诗作于南宋宝庆元年(1225),刻于皖山山谷石牛背西侧。末署曰"岁乙酉日长至赵希衮君绰题"。原无诗题,"题石牛洞"四字盖为修方志者所加。

全诗写作者观石牛洞崖壁王安石、黄庭坚题刻而心生敬意。说是石刻虽为陈迹,王、黄二位前贤亦早不在人世,但他们高洁的品格、清廉仁惠的风化则万古长存。全诗表达了对王安石、黄庭坚的缅怀之情。

【注释】

〔1〕弦:指琴瑟之类的弦乐器。此指入乐弹奏。介甫:指王安石。

〔2〕砺:磨治,磨炼。涪翁:指黄庭坚。

〔3〕已已:已,休止。迭用以加重语气。

郑 霖

郑霖,字景说,号雪岩,宁海(今浙江宁海)人。登绍定进士,除南安教授,历知嘉定、赣州。迁江淮总领。淳祐八年(1248),除直宝章阁,知平江军府事,兼主管浙西、两淮发运司公事。贾似道欲加擢用,不与言,似道衔之。后以礼部郎官召,终不就。卒年七十二,赠龙图阁直学士。著有《中庸讲义》《雪岩集》。事迹散见宋范成大《吴郡志》卷十一、明钱谷《吴都文粹续集》卷三、《景定建康志》卷二六、《浙江通志》卷一六九及《宋诗纪事》等。《阳春白雪外集》录其《水调歌头》词一首,《全宋词》据以收入。

水调歌头·甲辰皖山寄治中秋招客[1]

甫营亭子小[2],花柳斩新栽[3]。衰翁余暇[4],何妨领客少徘徊。堪叹人生离合,恰似燕鸿来往[5],光景暗中催[6]。芦荻晚风起,明月满沙堤。　　去年秋、如此夜,有谁陪?欲挽天河无路[7],满眼总尘埃。未了痴儿官事[8],行止从来难定[9],又趣到苏台[10]。不作别离句,共醉十分杯[11]。

辑自〔宋〕赵闻礼辑《阳春白雪》外集

{解题}

因作者本集不传,最早收此词之总集《阳春白雪》著录作者为郑雪岩,遂使诸多研究者不知作者生平。其实郑雪岩即郑霖,"雪岩"为其号。

淳祐四年(1244),郑霖在江淮总领任。这年他在皖山寄治内刚刚营建了一座小亭,并在亭子周围新栽了花木;但他本人却即将调离开这里,前往苏州。中秋到了,于是他邀请朋友们到亭上宴饮,并作此词向大家告别。在词中,作者感慨人的行踪飘忽不定,人生相聚之难。时光催人老,自己也不说什么离别的话了,大家满饮此杯一醉方休吧。结尾处作者的劝酒词里寓含着依依不舍的情怀与后会难期的惆怅,低回深惋,耐人寻味。

{注释}

〔1〕寄治:地方官署侨居他地。
〔2〕甫:刚刚。营:营建。
〔3〕斩新:崭新,全新。

〔4〕衰翁：老翁。作者自指。

〔5〕燕鸿来往：燕为夏候鸟，鸿为冬候鸟。因多以喻相距之远，相见之难。

〔6〕光景：光阴；时光。

〔7〕挽天河：杜甫《洗兵马》："安得壮士挽天河，洗尽甲兵常不用。"挽，引。

〔8〕未了痴儿官事：典出《晋书·傅咸传》。据载，晋代杨济与傅咸友善，有一天他写信给傅咸说："江海之流混混，故能成其深广也。天下大器，非可稍了，而相观每事欲了。生子痴，了官事，官事未易了也。了事正作痴，复为快耳！"后以此典指公事繁忙，俗务缠身。

〔9〕行止：行踪。

〔10〕趣：同"趋"。去向，奔向。苏台：指姑苏台。在今江苏吴县西南姑苏山上。相传为春秋时吴王阖闾所筑。夫差于台上立春宵宫，作长夜之饮。越国攻吴，吴太子友战败，遂焚其台。因苏台地处苏州，故亦用以借指苏州。

〔11〕十分杯：形容杯里的酒斟得非常满。

舒岳祥

舒岳祥（1218—1298），字舜侯，一字景薛。台州宁海（今属浙江）人。宝祐四年（1256）进士，官奉化尉，终承直郎。宋亡不仕，讲学以终。诗存七百余首，自然流畅，清新恬淡，颇具陶渊明诗之神韵。但身遭亡国之痛，其诗亦不乏慷慨悲歌之作。王应麟《阆风集序》评其诗："如朱弦疏越之音，一唱三叹，微婉悲壮，友陶杜于千载。"文存二十五篇。有《阆风集》十二卷传世。

子瞻在惠州以十月初吉作重九和渊明己酉九月九日韵,余去年以此日奔避万山,今日则有间矣,有野人馈菊两丛,对之叹息,因继韵陶苏之后[1]

去年十月吉,四山戎马交[2]。携家走万壑,惟恐草莽凋。今日复此日,回睇龙舒高。青黄杂远树,丹碧暧微霄[3]。黄华一斗酒[4],慰此两足劳。念兹一釜内,触之成烂焦[5]。我穷天所怜,杯水解郁陶[6]。冥心听回斡[7],聊以永今朝。

辑自《阆风集》卷一

解题

此诗作于蒙古兵入侵之际。诗中回顾了去年十月初一携家奔避万山情景,今年此日情况虽不似去年那般狼狈,但山河已残破,南宋王朝已濒临崩溃灭亡。作者望着山中秋色,对着郊野之民送的菊花饮酒,不禁深深叹息。

注释

〔1〕初吉:朔日,即阴历初一日。万山:天柱山别名。天柱山曾因汉武帝封禅,别称万岁山,当地人省称"万山"。有间:病情渐有好转。此指形势好转。
〔2〕戎马:指地方少数民族入侵的军队。此指蒙古兵。
〔3〕微霄:稀薄的云气。
〔4〕黄华:指菊华。
〔5〕郁陶:忧思积聚貌。
〔6〕冥心:泯灭俗念,使心境宁静。回斡:旋转,掉转。
〔7〕烂焦:形容残破,崩溃灭亡。

二十四日还龙舒旧隐

今朝归小隐^[1],邻里喜还悲。亡国谁修史,遗民自采诗。鼠营新穴壤,鹤理旧巢枝。见说寅年泰,冥心待运移^[2]。

辑自《阆风集》卷五

解题

本诗作于宋端宗景炎二年,也即元世祖至元十四年(1277)。诗中描述了逃难归来情景,表达了亡国之痛。丧乱之余,转盼明年天下太平。

注释

〔1〕小隐:谓隐居山林。
〔2〕"见说"二句:听说每逢寅年天下就会太平,我就心境宁静地等待时运转移吧。泰,太平。冥心,泯灭俗念,使心境宁静。作者自注:"民谣有虎啸太平年之句。"

董嗣杲

董嗣杲,字明德,号静传。临安(今浙江杭州)人。活动于理宗、度宗间。理宗景定二、三年间(1261—1262)曾榷茶九江富池,咸淳末官湖州武康令,宋末入杭州孤山四圣观为道士,改名思学,字无益,号老君山人。著有《庐山集》《英溪集》传世。

江 上 晚 眺

江北西风高,江南新酒熟。长笛吹梅花^[1],月色满营屋^[2]。

得酒终日醉,都忘醒后愁。往来狂走马,直过皖山头。

辑自《庐山集》卷五

解题

此二诗为南宋末蒙古兵入侵后作。大战虽已过去,但仍能听到军中乐曲,到处有营房,有军中巡夜人敲击报更的木梆声。诗人终日以酒浇愁,酒后他想骑马狂奔,一直奔过皖山山巅。全诗歌咏了战后舒州城乡凄凉的图景和诗人自己悲愤心情。诗中景真情真,读之使人嘘唏。

注释

〔1〕梅花:即"梅花落",汉乐府横吹曲名。古代军中有用笛子吹奏《梅花落》曲子的习惯。《乐府诗集·横吹曲辞四·梅花落》郭茂倩题解:"《梅花落》本笛中曲也。按唐大角曲,亦有《大单于》《小单于》《大梅花》《小梅花》等曲,今其声犹有存者。"

〔2〕营屋:犹营房。

安 庆 新 城①

清香凝燕寝,春色遍龙舒。市井无遗地〔1〕,人烟有定居〔2〕。柝声营屋邃〔3〕,帘影酒坊虚〔4〕。白首三山客〔5〕,编茅

---

① 按,安庆,指安庆府。其前身为舒州,州治在怀宁故城(即今潜山县治)。汉置皖县,晋置怀宁县,隋改熙州,唐武德四年改舒州,均以怀宁故城为治所。入宋,舒州为德庆军节度,本团练州。建隆元年(960),升为防御使。政和五年(1115),赐军额,称德庆军。绍兴十七年(1147),改安庆军。庆元元年(1195),以宁宗潜邸(指帝王在未即位以前所居的房宅),升为府。嘉定十年(1217),黄榦知安庆府,至则金人已破光州,榦以府治旧无城墙,为抵御金人,乃请诸朝廷而筑之。端平三年(1236),安庆府移治罗刹洲,又移杨槎洲。皆无城。景定元年(1260),沿江制置大使马光祖筑宜城。府治再移宜城,即今之安庆市治所。

作校书[6]。

辑自《庐山集》卷三

解题

安庆新城,指景定元年(1260)沿江制置大使马光祖所筑之安庆府治宜城(参见题注)。新建的屋宇散发着清香,招来了燕子前来筑巢休息;春天的景色装点着整个舒州。新城里交易的场所没有一块空闲之地,人家和住户也都已固定安居下来。但巡夜人敲击报更的木梆声仍从深邃的军营里传来;透过帘幕望去,酒肆中尚无人影。那些头发斑白的修仙学道的隐士们,此时正忙着建造茅屋,而顾不上去校勘书籍了。此诗描述了景定元年新建安庆府治宜城时,战争的创伤初愈,人们艰苦创业的景象;表现了作者大战后盼望安居乐业的情怀。

注释

〔1〕市井:古代交易的场所。遗地:空余的土地,空闲之地。

〔2〕人烟:指人家和住户。

〔3〕柝(tuò)声:古代巡夜人敲以报更的木梆声。后引申为凡巡夜所敲之器皆称柝。

〔4〕酒坊:酒肆,酒店。

〔5〕三山客:指道士或隐士。三山,传说中的海上三神山。晋王嘉《拾遗记·高辛》:"三壶,则海中三山也。一曰方壶,则方丈也;二曰蓬壶,则蓬莱也;三曰瀛壶,则瀛洲也。"

〔6〕编茅:建造茅屋。校书:校勘书籍。

过安庆旧城

市邑新荆棘,风沙旧路歧。重添多少恨,可想战争时。

蟒气缠荒塔[1]，荧光出废池[2]。纤纤城角草[3]，应是得春迟。

辑自《庐山集》卷三

解题

安庆旧城，指嘉定十年(1217)黄榦知安庆府后所筑府治之城(参见上《安庆新城》题注)，即今潜山城。战后府治已建新城，旧城便废弃了。只见荆棘满地，野草丛生，妖气缭绕于荒弃的宝塔，磷光从废旧的池苑中飞出。还有城角那可怜的小草，因为春光很晚才顾及它，所以长得十分纤细柔弱。旧城真是好一派萧条冷落的景象，战争给人们增添了多少千古遗恨呀！

注释

[1] 蟒气：妖蟒之气，妖气。
[2] 荧光：此指磷光。俗称鬼火。废池：荒废的池苑。
[3] 纤纤：细长貌，柔细貌。

黎廷瑞

黎廷瑞(1250—1308)，字祥仲，号芳洲，饶州鄱阳(今江西鄱阳)人。度宗咸淳七年(1271)赐同进士出身，时年二十二。授迪功郎，肇庆府司法参军。宋亡后，幽居山中十年，与吴存、徐瑞等游。元世祖至元二十三年(1286)，摄本郡教事，凡五年而退。后不复出，更号俟庵。武宗至大元年卒。其诗古朴幽婉，词作则沉郁悲凉。有《芳洲集》三卷传世。

清平乐·舒州

秋怀骚屑[1]，卧听萧萧叶[2]。四壁寒蛩吟不歇[3]，旧恨新愁都说。　　疏疏雨打栖鸦,月痕犹在窗纱[4]。一夜西风能紧[5],明朝瘦也黄花[6]。

辑自《芳洲诗余》,又见《鄱阳五家集》卷三宋黎廷瑞《芳洲集》三

解题

这是南宋灭亡后,作者在舒州作的一首小词:卧在床上听着风吹树木的声音,心中感到无比凄清愁苦。四面墙壁下蟋蟀不停地哀鸣,似乎在诉说着新愁与旧恨。此时月光还照在窗纱上,突然稀稀疏疏下起了几滴秋雨,惊起了栖息在树上的乌鸦。一夜西风刮得如此之急,明天早晨起来,那菊花一定会瘦了许多吧。这首小词中的每一个意象都凸显着幽冷清绝的气氛,使全词笼罩着一层浓郁的孤独与感伤情调,衬托出亡国后诗人孤寂失意的心境和郁郁寡欢的情怀。

注释

〔1〕骚屑:凄清愁苦;扰乱,动乱。

〔2〕萧萧:象声词。常形容马叫声、风雨声、流水声、草木摇落声,此处形容刮风时树叶的颤动声。

〔3〕寒蛩:深秋的蟋蟀。

〔4〕月痕:月影,月光。

〔5〕能:如许,这样。

〔6〕黄花:指菊花。

元

陈 孚

陈孚(1240—1303),字刚中,号笏斋。临海(今属浙江)人。元世祖时,以布衣上《大一统赋》,被任为上蔡书院山长,历任翰林待制兼国史院编修官、台州路总管府治中。世祖至元末,以副使身份出使安南,不辱使命。大德七年(1303),上书斥责浙江元帅脱欢察儿怙势立威、不恤民隐等罪状,又发仓赈民。以此过劳成疾,病卒于家。著有《观光稿》《交州稿》《玉堂稿》等。有《陈刚中诗集》传世。《元史》卷一九〇、徐象梅《两浙名贤录》有传。

泊安庆府呈贡父[1]

共拥旄幢度百蛮[2],今朝忽过皖公山。幸承乙夜君王问[3],更喜丁年奉使还[4]。旧梦未迷天禄阁[5],新愁犹忆鬼门关[6]。尘缨笑濯沧浪水[7],少伴沙鸥半日闲[8]。

辑自《陈刚中诗集·交州稿》

解题

这是作者泊船于皖公山下安庆府的江边时写给贡父的一首七言

律诗。贡父其人是谁不详,但从全诗所言推断,似是住在皖公山上的一位故人。作者向他报告了出使安南的经历,并庆幸自己没有像苏武那样"丁年奉使,皓首而归",而是丁壮之年即回国。说是现在并不沉迷于在朝为文学之臣的旧梦,而是担心再遇到像过"鬼门关"出使安南那样的凶险之事。尾联表示自己虽出任官职,但一定会保保持高洁的品性,并为自己在浮沉奔波的人生中,能像现在这样在江边短暂地与沙鸥为伴、得到了半日的清闲而欣喜。全诗不事雕琢,而笔力雄健;末两句在作结之中,略带意趣,使人回味。

注释

〔1〕安庆府:《陈刚中诗集》作"安府";贡父:《陈刚中诗集》作"贡文"。此据《元音》及《元诗纪事》。贡父其人不详。

〔2〕"共拥"句:此忆出使安南(今越南)事。旄幢,用牦牛尾为饰的旌旗。百蛮,泛指南方少数民族。

〔3〕乙夜:夜间二更。

〔4〕丁年:丁壮之年。《文选·李陵〈答苏武书〉》:"丁年奉使,皓首而归。"

〔5〕天禄阁:汉宫中藏书阁名。汉高祖时创建,在未央宫内。《三辅黄图·未央宫》:"天禄阁,藏典籍之所。《汉宫殿疏》云:'天禄麒麟阁,萧何造,以藏秘书,处贤才也。'"刘向、刘歆、扬雄等曾先后校书于此。后因用作咏文学之臣的典故。

〔6〕鬼门关:在广西北流县城西,由双峰对峙成关门。汉伏波将军马援征交趾,经此刻石,残碣尚在。昔时去交趾,多由此关。谚云:"鬼门关,十人去,九不还。"后亦泛指凶险之地。按,交趾,本为汉武帝所置州名,辖境相当今广东、广西大部和越南的北部、中部。后为对安南、越南的别称。因安南国(后改称越南)本古交趾地,故别称其为交趾。

〔7〕"尘缨"句:《孟子·离娄上》:"沧浪之水清兮,可以濯我缨;

沧浪之水浊兮,可以濯我足。"本谓洗去帽缨上的污垢。后借喻超凡脱俗,保持高洁。尘缨,指官吏所戴冠帽,缨为系带。沧浪水,古水名。在今湖北境内。为古汉水支流之一。一说沧浪水指水苍青色。

〔8〕沙鸥:一种水鸟。

赵孟頫

赵孟頫(1254—1322),字子昂,号松雪道人、水精宫道人。吴兴(今浙江湖州)人。为宋太祖赵匡胤子秦王赵德芳之后裔。宋亡家居,致力于学,诗文书画,无所不工。其中书画尤享盛名。元世祖征为兵部郎中,迁集贤直学士,出知济南府总管,历江浙等处儒学提举。晚年累拜翰林学士承旨。卒后封魏国公,谥文敏。有《松雪斋文集》传世。

题 二 乔 图

长江东来水滔滔,谁谓江广不容刀[1]。中有乔家女儿泪,何意师昏随二豪[2]。龙虎方争欲相啗[3],鸾鸟铩翮将安逃[4]。不见当时老诸葛,独聘丑妇何其高!

辑自《松雪斋集》卷三

解题

二乔是三国东吴乔玄之女。据《三国志》记载:周瑜跟从孙策攻皖城(今潜山县城),得乔公二女,皆国色天香。策自娶大乔,周瑜娶小乔。苏东坡的名句"遥想公瑾当年,小乔初嫁了,雄姿英发。羽扇纶巾,谈笑间,强虏灰飞烟灭",便是通过写周瑜新娶小乔时,意气风发,指挥若定,谈笑用兵,从侧面塑造了一个流芳百世的美女形象。

而赵孟𫖯此诗所持立场不同:一方面,他认为二乔是因战争而成婚姻,当时英雄龙争虎斗,互相吞噬,一旦孙策、周瑜失势,她们将无处可逃;另一方面,二乔太过美丽,容易遭人觊觎,孙策、周瑜可能因婚姻而出师。所以还不如像诸葛亮那样,娶个丑妇做妻子。这是诗人独特的看法,与唐诗人杜牧的名句"东风不与周郎便,铜雀春深锁二乔"中的观点有某种近似之处。

【注释】

〔1〕不容刀:容不下小船。刀,指小船。《诗经·卫风·河广》:"谁谓河广,曾不容刀。"郑玄笺:"小船曰刀。"

〔2〕师昏:因战争而成婚姻。亦指因婚姻而出师。昏,同"婚"。二豪:指孙策、周瑜。

〔3〕啗:啮食,吞食。

〔4〕鸾鸟:瑞鸟。与凤凰相类。此以喻孙策、周瑜。铩翮:羽毛摧落。比喻失势或失意。杜甫《敬寄族弟唐十八使君》:"鸾凤有铩翮,先儒曾抱麟。"

佚 名

梅 花 诗

扶藜踏雪访梅花[1],小驻青牛处士家。却笑十年萦组绶[2],何如一夕卧烟霞[3]。

辑自朱康宁主编《天柱山摩崖石刻集注》

【解题】

此诗刻于皓公山谷石牛洞东侧巨石下端,原无诗题,亦无作者姓名及作诗年月。《天柱山摩崖石刻集注》编著者加此题,并列其诗于宋元之际。今仍其旧,置吴伋诗前。全诗表现了作者厌倦官场、向往隐逸生活的情怀。

注释

〔1〕扶藜:扶杖。拄着手杖。
〔2〕萦组绶:为官职所羁绊。萦,牵缠,牵挂。组绶,古人佩玉系印的丝带。借指官爵。
〔3〕烟霞:云霞。泛指山水、山林。

吴　伋

吴伋,号武林山人,爱闲子。生平事迹不详。

山　谷　寺

旌驾桥连拜岳坛〔1〕,神仙何处留空山？石牛洞里诗无数,尽在烟云缥缈间。

辑自《(康熙)潜山县志》卷一二《艺文下》,又见李丁生主编《天柱山山谷流泉石刻》

解题

此诗作于元成宗大德九年(1305),原诗刻于三祖寺西山谷流泉桥头东侧石壁,末署曰"大德乙巳秋武林山人爱闲子吴伋题"。原无诗题,《潜山县志·艺文志》收有此诗,题曰"山谷寺";盖为修方志者所加。诗中描写了山谷石牛洞周围环境,表达了悠悠不尽的思古之情。

【注释】

〔1〕旌驾桥:旧志载:"旌驾桥,县西北十五里善士坊,金光祖造。"传说汉武帝登礼潜之天柱山,法驾到谷口,由此登山礼岳,后人因此名桥。拜岳坛:《(嘉靖)安庆府志》卷之五《地理志》:"拜岳坛,在旌驾桥旁山麓,相传汉武帝拜岳处。亦曰拜仙坛。"

宋 无

宋无(1260—1340),本名名世,字晞颜。改名后字子虚,号翠寒道人,吴郡(今江苏苏州)人。宋末以兵乱,迁平江(今属湖南)。元世祖至元十八年(1281),随父东征。以父病,代父职为征东万户案牍。从征日本归,以侍亲不仕。元顺帝至元六年(1340)八十一岁,犹作《吴逸士铭》。工诗,诗风秾丽缜密,见称于赵孟𫖯、邓文原。其咏史之作,则时参议论,多寓讽刺。有《翠寒集》《啽呓集》《鲸背吟集》传世。《元史类编》卷三六、《元书》卷八九有传。

赠皖山道士

世人曾不识,头带树皮冠。闲种药来卖,醉将琴去弹。鹤衔仙果下,猿窃玉书看[1]。莫服丹砂好[2],恐师生羽翰[3]。

辑自明人辑《元人十种诗·翠寒集》,又见《两宋名贤小集》卷三七六

【解题】

此诗歌咏了一位皖山道士逍遥自在的生活。他以树皮为冠,闲来种药,醉后弹琴,与鹤、猿为伴,吃着仙果,读着道书。结尾处说,你

还是不要服丹药的好,服了丹药恐怕你会飞升成仙了。语意中流露出艳美之情。

注释

〔1〕玉书:指《黄庭内景经》。亦泛指道书。
〔2〕丹砂:即朱砂。矿物名。色深红,古代道教徒用以化汞炼丹。亦指用丹砂炼成的丹药。
〔3〕羽翰:翅膀,鸟羽。窦参《登潜山观》:"丹成五色光,服之生羽翰。"

南岳李道士画双松图

道士醉卧天柱峰,睥睨石上千年之老松[1]。松精相感入梦寐[2],化作苍髯双老龙[3]。酒肠空洞生鳞角,飞出两龙醉不觉。须臾霹雳撼五岳[4],丰隆缩手不敢捉[5]。神灵顷刻归虚无,壁上但见双松图。松耶龙耶莫能诘[6],栋梁霖雨藏秃笔。

辑自明人辑《元人十种诗·翠寒集》,又见《两宋名贤小集》卷三七六、《题画诗》卷七二、《四朝诗》卷三七

解题

这是一首题画诗。作者写南岳李道士醉卧天柱峰侧构思创作双松图的全过程。诗中以龙喻松之苍劲古朴,生动而富于想象;而写松树的精魂在道士腹中化作苍髯老龙腾飞而起,最终化为壁上双松图,这是状写艺术创作过程,不仅想象奇特,而且极具声威气概,使人领略到一种震撼天地、席卷万物之壮美。

注释

〔1〕睥睨：斜视；侧目。此处形容山高,须侧头斜着眼看。
〔2〕松精：松树的精魂。
〔3〕苍髯：灰白色的胡子。
〔4〕霹雳：响雷,震雷。
〔5〕丰隆：古代神话中的雷神。
〔6〕诘：追问,询问。

释明本

释明本(1263—1323),元代禅宗临济宗僧人。高峰原妙弟子。俗姓孙,号中峰,世称"中峰明本"、"天目中峰"。又号"幻住道人"。钱塘(今浙江杭州)人。十五岁萌出家之志,并奉持五戒。二十四岁,入天目山狮子院参谒高峰原妙,甚为相得。翌年(1287),依原妙出家。原妙示寂后,隐于湖州辨山幻住庵,其间云游四方,而僧俗追随者甚众。延祐五年(1318),应请还住天目山,僧俗纷纷慕名瞻礼求法,被誉为"江南古佛"。元仁宗诏令出山,遭拒绝,乃赐号"佛慈圆照广慧禅师",并赐金襕袈裟等。著有《中峰广录》三十卷。生平事迹见祖顺《中峰和尚行录》、《佛祖历代通载》卷三六、《释氏稽古略续集》卷一等。

和皖山隐者

野人原上十五里〔1〕,寒厓白日啼山鬼〔2〕。万峰重迭路回旋,半间箬屋青松底〔3〕。老僧荷插入烟霞〔4〕,满林摇落朱藤华〔5〕。烧田种寒粟,剧地栽胡麻〔6〕。云根拨笋〔7〕,涧底寻茶,粪火深埋魁芋种[8],砂瓶烂煮黄菁芽[9]。人谓隐者闲不足,何故山翁事驱逐[10]?山翁笑指溪上桃、庭前竹,春风几度更新绿。香严不作灵云死[11],徒有是非喧两耳。争似侬家百不知[12],从教少室分皮髓[13]。

辑自《元诗选》二集卷二六

解题

此诗描写了皖山隐者简单朴素的生活和山中景物之美,表现了隐者幽居皖山的自得情趣。由于诗人和皖山隐者双方都是僧人,诗中还不忘带点禅家机锋。

注释

〔1〕野人原:在野人寨旌驾桥旁,近山谷寺。《(乾隆)江南通志》卷二七《舆地志》:"野人原,县西北十五里。宋景炎二年,邑人刘源屯兵于此。"

〔2〕山鬼:山精,山神。

〔3〕箬屋:以竹箬为顶的简陋之屋。

〔4〕荷插:肩扛铁锹。插,同"锸",锹。

〔5〕朱藤:紫藤。华:花。

〔6〕刷地:掘地;刨地。胡麻:植物名。俗称芝麻。

〔7〕云根:深山云起之处。

〔8〕粪火:煻灰。指牛粪燃烧的灰烬。魁芋:芋的块茎。

〔9〕砂瓶:陶罐。黄菁:植物名,根块可食,亦可入药。

〔10〕驱逐:指奔走劳作。

〔11〕香严:即香严智闲禅师,沩山灵祐的弟子。相传香严击竹而悟道。《景德传灯录》卷一一载:师出家,依沩山。祐和尚知其法器,欲激发智光。一日谓之曰:"吾不问汝平生学解及经卷册子上记得者,汝未出胞胎未辨东西时之本分事,试道一句来,吾要记汝。"师

噤然无对,沉吟久之,进数语陈其所解。祐皆不许。师曰:"却请和尚为说。"祐曰:"吾说得吾见解,于汝眼目何益?"师遂归堂,遍检所集诸方语句,无一言可将酬对。乃自题曰:画瓶不能充饥。于是尽焚之。曰:"此生不学佛法,且作个长行粥饭僧,免役心神。"遂泣辞山去,到奉阳睹忠国师遗迹,遂憩止。一日因山中芟除草木,以瓦砾击竹作声,俄失笑间,廓然省悟。遽归沐浴,烧香遥礼沩山。赞云:"和尚大悲,恩逾父母。当时若为我说却,何有今日事?"仍述一偈曰:"一击忘所知,而不假修知。动容扬古路,不堕悄然机。处处无踪迹,声色忘威仪。诸方达道者,咸言上上机。"不作:不起,指死。灵云:指晚唐禅僧。俗姓许,福州长溪(今福建霞浦)人。为沩山灵祐法嗣,初在沩山,因见桃花而悟道。有颂云:"三十年来寻剑客,几回叶落又抽枝。自从一见桃花后,直至如今更不疑。"沩山览偈,语其所悟,相契符。曰:"由缘悟达者,永无退失,善自护持。"见《五灯会元》四《灵云》章。

〔12〕争似:怎似,哪如。侬家:自称。犹言我。家,后缀。

〔13〕少室:山名。为嵩山的组成部分。在河南登封县北。据传,禹王第二个妻子涂山氏之妹栖于此,后人于山下建少姨庙敬之,故山名"少室"(室:妻也)。皮髓:皮肤和骨髓,比喻事物的表面和实质。据《祖庭事苑》载,达摩大师欲返天竺,乃命门人曰:"时将至已,汝等盍各言所得乎?"时道副曰:"如我所见,不执文字,不离文字,而为道用。"师曰:"汝得吾皮。"尼总持曰:"我今所解,如庆喜见阿閦佛国,一见更不再见。"师曰:"汝得吾肉。"道育曰:"四大本空,五阴非有,而我见处无一法可得。"师曰:"汝得吾骨。"最后慧可礼拜,依位而立,师曰:"汝得吾髓。"遂传衣钵。

萨都剌

萨都剌(约1272—?),字天锡,号直斋。先世为西域回回,祖、父世镇云、代,得定居雁门(今山西代县)。早岁家贫,经商吴楚。泰定四年(1327)登进士第,授镇江录事司达鲁花赤,转南台掾史,入为翰林应奉,历燕南廉访司照磨、福建闽海道知事、河南河北道经历、江浙行省郎中,官至南台侍御史,贬淮西江北道经历。其诗号为有元一代诗人之冠,亦善作词曲,有《雁门集》传世。生平事迹见《元史类编》卷三六、《元书》卷九一本传。

次张举韵题皖山金氏绣野亭

南冠犹有旧风流[1],说看舒州处处幽。最喜园林动花竹,不妨城郭带林丘[2]。一樽浊酒青山暮,三径晚香黄菊秋[3]。未识孤高金处士[4],杖藜应许约同游[5]。

辑自《萨天锡诗集》,又见《宋元诗会》卷八〇及各本《安庆府志》《潜山县志》之《艺文志》

解题

此诗各本《安庆府志》《潜山县志》题作"和张蕎题金氏绣野亭"。据旧志载,皖山绣野亭,为元代金铉致仕休沐处。此诗描写绣野亭的清幽雅静,歌咏隐逸生活的闲情逸致,并表达了诗人的羡慕向往之情。全诗语言清新流畅,文笔生动自然。

注释

[1] 南冠:即楚冠。春秋时楚人钟仪被俘,囚于晋国,仍头戴楚冠,表示不忘故国。此指楚地。风流:流风余韵。

[2] 林丘:树木与土丘。泛指山林。

[3] 三径:汉时蒋诩辞官归乡里,塞门不出,舍中辟三径,唯与求仲、羊仲来往,见汉赵岐《三辅决录·逃名》。晋陶潜《归去来兮辞》:"三径就荒,松菊犹存。"后因以"三径"指家园或称隐士所居。

[4] 金处士:指金铉。生平事迹不详。处士,指有才德而隐居不

仕的人。

〔5〕杖藜：持藜茎为杖。泛指扶杖而行。

张 翥

张翥（1287—1368），字仲举，号蜕庵。其先晋宁襄陵（今属山西）人，迁居钱塘（今浙江杭州）。少不羁，后受业于名儒李存，又从仇远学文辞音律，乃以诗文名一时。至正初，召为国子助教，分教上都。寻退居淮东。会修三史，起为翰林国史院编修官。历应奉、修撰，迁太常博士、国子祭酒等。以翰林学士承旨致仕。长于诗，尤工近体，亦善填词。今有《蜕庵集》五卷传世。《元史》卷一八六有传。

道 士 崖

仙馆深居寂寞滨[1]，千岩浓翠湿无尘。筑台一日临风雨[2]，驱石中宵役鬼神[3]。潭上昼游鱼听瑟，花间春醉鸟衔巾。山禽不识藏真境[4]，留与云栖学道人[5]。

辑自《（康熙）潜山县志》卷一二《艺文下》

【解题】

道士崖在天柱山石函峰西南，覆盆峰北壁，因远望状如羽士捧笏而立，故名。诗中描绘了道士崖清幽美妙的境界，并想象隐居于此间的仙人道士，有着高超的法力，可以自由自在地逍遥于天地山水之间。尾联表示，自己亦打算在这里过隐逸生活，以保藏清心朴素的真趣。全诗婉丽风流，颇有南宋之风。此诗《蜕庵诗》卷三题作"犀山凝翠台为上清道士刘伯达题"。

{注释}

〔1〕仙馆：仙人修道及游憩之所。亦借称道观。
〔2〕临：由上看下，居高面低。此句描写仙人的神力可以一日之间就筑成高台，直入云霄来俯瞰台下的风雨。
〔3〕驱石：《太平御览》卷五一引晋伏琛《三齐略记》："秦始皇作石桥于海上，欲过海看日出处。有神人驱石，去不速，神人鞭之，皆流血，今石桥犹赤色。"中宵：半夜。役，驱使。
〔4〕藏真：保藏清心朴素的真趣。
〔5〕云栖：指隐居。

王　泽

王泽，字叔润，天台人，侨居山阴，洪武中曾官华亭县丞。有《青霞集》。《明诗综》有传。

寿真源宫刘道士

我家天台山[1]，四万八千丈[2]。飞霞结宫殿，仙人居其上。适从几时来，玄都种桃花[3]。花开日烂熳，恰似天台霞。还随黄鹤仙[4]，更上玉京去[5]。玉京苦高寒，五月霜满树。仙老注仙籍，尔为南宫伯[6]。敕书许南归，就领南宫职。南宫接瀛洲[7]，白玉十二楼。中有龙虎君[8]，亦有元丹丘[9]。当时春正好，绿砌长瑶草。仙童日日醉，落花不曾扫。尘劫忽奕易[10]，海水下清浅。骐骥不肯出[11]，戎马生郊甸[12]。风烟成萧骚，霜气随旌旄[13]。眼中万感集，岂独玄都桃。重来问城郭，仙境了非昨。此时对山川，迥异辽海鹤[14]。忍令蓬蒿莱[15]，抚心独徘徊。还遣六丁士[16]，先扫虚皇台[17]。巍然复壮观，金碧发轮奂。纷纷徼福人[18]，日日登荐祼[19]。仙人色嬉嬉，红颜双长眉。笑理乌纱巾，倒披紫绡衣。今年向人笑，自谓八十九。蟠桃三十春，才历一甲子。重阳恰殆过，精彩粲黄菊。仙人拍手笑，正值流霞熟。仙人饮虽少，亦必强饮之。寿域同天开，民生喜同跻。子晋为吹笛[20]，曼卿为起舞[21]。更呼许飞琼[22]，邀请西王母。王母不即来，但寄青鸟信[23]。蟠桃未结实，桃熟自来进。还遣东方童，来捧黄金卮[24]。小儿颇狡猾，常遇仙人知。向前谨再拜，愿祝仙人寿。长如天台山，映我东海秀。

辑自《（康熙）潜山县志》卷一二《艺文下》

解题

这是一首向真源宫刘姓掌宫道士祝寿的诗。作者是天台人，其地天台山是道教有名的神仙洞府，因此诗中将刘道士比作天台山上的仙人。全诗大多描写想象中超尘脱俗的神仙生活和寿宴的喜庆气氛，但中间也记述了道观经历破败后重建的过程，"尘劫忽奕易"、"戎马生郊甸"、"霜气随旌旍"等句，便是元末战乱中道观历经劫难的真实写照。全诗气氛热烈，基调明快，典故与现实浑然一体，则增强了诗的表现力。

注释

〔1〕天台山：在今浙江省天台县城北，主峰海拔1098米。多悬岩、峭壁、瀑布，因其风景神奇秀丽，遂成为佛教道教的名山，山上多佛寺道观。

〔2〕四万八千丈：李白《梦游天姥吟留别》："天台四万八千丈，对此欲倒东南倾。"

〔3〕玄都：神话传说中的无上仙境，全名"玄都紫府"，乃是太上老君所居之地。玄都指的是"大罗山"，紫府指的是"八景宫"，大罗山之巅有一洞，名唤"玄都洞"。也可指道观名。唐代有"玄都观"，在长安城南崇业坊（今西安市南门外）。刘禹锡《游玄都观》："玄都观里桃千树，尽是刘郎去后栽。"这里的玄都，即指真源宫。

〔4〕黄鹄仙：传说中的仙人子安。《南齐书·州郡志下》："夏口城据黄鹄矶，世传仙人子安乘黄鹄过此上也。"

〔5〕玉京：道家称天帝所居之处。

〔6〕南宫：南方的道观，当即真源宫。伯，掌管道观的职务。

〔7〕瀛洲：指古代中国神话传说中的东海仙山。

〔8〕龙虎君：道教将守道观门的两位神称为龙虎二君。

〔9〕元丹丘：即李白《将进酒》诗中的"丹丘生"，是唐代著名的修道隐士。

〔10〕尘劫：凡间的劫难，指元末战乱。奕：重复。

〔11〕骐骥：亦作"骐麟"。传说中的兽名，即麒麟。麒麟是仁兽，麒麟不出即是天下大乱。

〔12〕戎马生郊甸：《老子》："天下无道，戎马生于郊。"甸，野。

〔13〕旌旃：军旗。

〔14〕辽海鹤：指辽东丁令威得仙化鹤归里事。据《逍遥墟经》卷一记载，丁令威为西汉时期辽东人，曾学道于灵墟山，成仙后化为仙鹤，飞回故里，站在一华表上高声唱："有鸟有鸟丁令威，去家千岁今来归，城郭如故人民非，何不学仙家累累。"以此来警喻世人。

〔15〕蘧（qú）蒿莱：长得高高的野草，形容荒废的景象。蘧，高耸貌。蒿莱，野草，杂草。

〔16〕六丁士：道教认为六丁（丁卯、丁巳、丁未、丁酉、丁亥、丁丑）是阴神，为天帝所役使；道士则可用符箓召请，以供驱使。

〔17〕虚皇：道教神名。

〔18〕徼（yāo）福：求福，祈福。

〔19〕荐：指祭神时献牲。

〔20〕子晋：仙人王子乔的字。相传为周灵王太子，喜吹笙作凤凰鸣，被浮丘公引往嵩山修炼，后升仙。已见前注。

〔21〕曼卿：即项曼卿。东汉王充《论衡》载，项曼卿好道学仙，离家三年才返。自言："欲饮食，仙人辄饮我以流霞。每饮一杯，数日不饥。"

〔22〕许飞琼：传说中西王母的侍女。

〔23〕青鸟：神话中三只脚的黑色鸟，相传为西王母的使者。

〔24〕卮(zhī)：古代盛酒器。

宋 褧

宋褧(1294—1346)，字显夫。大都(今北京)人。延祐中，携诗作随其兄宋本入京师，受知于元明善、张养浩、王士熙等，遂以文章显于朝。泰定元年(1324)举进士第，授秘书监校书郎，改翰林编修。后至元三年(1337)除监察御史，累迁国子司业，与修宋、辽、金三史，拜翰林直学士。卒谥文清。著有《燕石集》传世。生平事迹详元苏天爵《滋溪文稿》卷一三《元故翰林直学士赠国子祭酒谥文清宋公墓志铭》、《元史》卷一八二本传。

潜山县廨和赵伯常宪副韵[1]

霜气澄清日色明[2]，诗情横逐晓霞生[3]。前驱负弩休驰骤[4]，自有云山管送迎。

辑自《燕石集》卷九

【解题】

这是作者在潜山县官署里和淮西宪副赵知章的一首七言绝句。

诗中称颂了赵知章这位宪臣的刚正威肃之气,描写了迎接他到来时的隆重场面。全诗寓情于景,借景抒情,清新飘逸,富有韵味。

注释

〔1〕廨:官舍,官署。指办公处所。赵伯常宪副:即赵知章。知章字伯常,睢阳(今河南商丘)人。宪副:都察院副长官左副都御史的别称。作者另有《送赵伯常淮西宪副六首》诗。
〔2〕霜气:刺骨的寒气。亦喻刚正威肃之气。
〔3〕晓霞:朝霞。
〔4〕负弩:背负弓箭在前开路。形容对长官或使臣迎接隆重。驰骤:快速奔走。

蒋师文

蒋师文,字希良,号云岩,歙县黄山蒋村人。为紫阳耆儒,性敏儒雅,刻志诗文,年八十九而终。著有《云岩集》。明河东序《(嘉靖)徽州府志》卷一九有传。

题 潜 山 双 庙

枫木阴浓日转廊,两公心事寄睢阳[1]。生同岁月呼兄弟[2],死有江淮奉帝王[3]。简墨尚留肝胆在[4],篆烟那敌姓名香[5]!后来人物如公少,时事难言重可伤。

辑自〔明〕程敏政《新安文献志》卷五四

解题

双庙,是人们为唐代爱国将领张巡、许远建立的庙宇,又称"双王庙"。"安史之乱"中,张巡、许远以微弱兵力坚守睢阳(即今商丘),弹尽粮绝之际仍然战斗不懈,最后壮烈殉国。死后,全国许多地方都建立庙宇祭祀他们,潜山"双庙"是其中较古老的一座。作者在此诗中表达了对张巡、许远这两位大英雄的景仰之情,并发出"时事难言"的浩叹。全诗感情激荡,褒贬分明,神气流注,章法浑成。尾联叹后世无张巡、许远,当是就当时国家形势有感而发的吧。

注释

〔1〕二公:指张巡和许远。张巡,邓州南阳人,开元末进士。安禄山反时,任真源县令,起兵守雍丘。肃宗至德二载移守睢阳,诏拜御史中丞。与太守许远以数千兵力,抗击数十万叛军,苦守睢阳数月,粮尽援绝,城陷被杀。许远,唐杭州盐官人,字令威。系高宗时宰相许敬宗曾孙。安禄山反,玄宗召任睢阳太守,与张巡协力守城,外援不至,粮尽城陷被俘,械送洛阳,不屈死。睢阳:郡名,治所在今河南商丘南。

〔2〕生同岁月:张巡和许远均生于唐中宗景龙三年(709),卒于唐肃宗至德二载(757),故曰"生同岁月"。韩愈《张中丞传后叙》:"远宽厚长者,貌如其心;与巡同年生,月日后于巡。"

〔3〕奉帝王:张巡和许远死后被江淮地区尊奉为帝王事不详。

〔4〕简墨:文书,书简。此当指韩愈据友人张籍口述所作之《张中丞传后序》。肝胆:比喻勇气、血性。

〔5〕篆烟:盘香的烟缕。

张天英

张天英,字羲上,一字楠渠,浙江永嘉人。曾征为国子助教,再调不就。后居吴下,号石渠居士,以诗章自娱,尤善古乐府。有《石渠居士集》传世。

题 二 乔 图

乔公二女如花颜,玉宫仙树参差间[1]。凤裾鸾书明月环[2],宝钗压堕青云鬟[3]。手撚丹霞染天章[4],绣屏晓卧珊瑚床。石镜山前琼草香[5],春风荡漾紫鸳鸯。娇歌双笑兰烟苍[6],中军留醉牙帐光[7],回头两鬓飞秋霜[8]。

辑自〔元〕顾瑛《草堂雅集》卷三,又见〔清〕顾嗣立《元诗选》三集卷一〇、〔清〕官修《题画诗》卷四三"故实类"

解题

这是一首歌行体古诗。诗中极力描摹二乔娇艳美丽的容颜、雍容华贵的生活以及与孙策、周瑜之间的风流韵事。末句笔锋一转,谓乍一回头,两鬓已布满白发,形容人生短暂,韶华易逝,其中寄寓着作者对生命的感喟,具有震撼人心的力量。

注释

[1] 玉宫:月宫。参差:差不多,几乎。

[2] 凤裾:画有凤形图案的衣襟。裾,衣服的前后襟,亦泛指衣服的前后部分。鸾书:喻书法多姿奇妙。

[3] 青云鬟:喻女子鬓发如青云。云鬟,高耸的环形发髻。

[4] 天章:天上的彩色花纹。章,彩色花纹。

[5] 石镜山:山名。一名玉镜山。李载阳《(乾隆)潜山县志》卷之一《山川》:"玉镜山,在县北。《寰宇记》:唐贞元二年,从皖山东忽然暴裂,皎莹如玉,行人远见如悬镜然。刺史吕渭奏闻,因改万岁乡为玉镜乡,故一名玉照山。黄庭坚诗'仙人持玉照,留在灊峰西'是也。"琼草:仙草,玉芝。

[6] 兰烟:芳香的烟气。

〔7〕牙帐：主帅居住的营帐。因帐前树牙旗，故称。
〔8〕秋霜：喻白发。

斡玉伦

斡玉伦，全名应作斡玉伦徒，或斡玉伦都，亦作斡玉伦图。字克庄，号海樵。唐兀氏，西夏人。以《礼记》举进士，尝任奎章阁典签。元大德中任淮西廉访佥事。历山南廉访使，官至工部侍郎。虞集称其为人"好古博雅，学道爱人"。擅书画。文章事业复出人表。曾与泰不华、宋褧、王思诚、贡师泰、余阙、危素等人共修《宋史》。生平事迹散见《元史》卷六九、《元史艺文志》卷二、虞集《道原学古录》、欧阳玄《圭斋文集》等。

游山谷寺一首[1]

春风重到野人原[2]，修竹桃花尚俨然[3]。高塔已空多劫梦[4]，清溪犹说昔时禅。鹤知避锡归华表[5]，龙爱听经出石泉[6]。寄语宿云莫轻去[7]，岩前草树绿无边。

辑自《(天顺)直隶安庆郡志》卷一二《题咏》，又见《(正德)安庆府志》卷一六《艺文志》

解题

此诗首联写山谷寺周围美丽的春光景色。中间二联展开想象：虽然宝塔已经历许多灾劫的梦幻之境，佛学大师终离尘世，但清澈的溪水声似乎仍在宣讲着昔时的禅宗教义；经历时代变迁，僧众诵经的声音，还像从前一样能吸引石潭泉水中的苍龙前来倾听。尾联劝宿云不要离去，因为这里不仅有翠绿无边的草树，还有佛教禅宗的深远影响。诗中写实兼具怀古之意，既有对山谷寺优美风光的赞赏，也流露出对禅宗学说的无限倾慕之情。全诗清新峻拔，立意幽远，绳尺自然，在少数民族作家的作品中是十分罕见的。

注释

〔1〕按，清张豫章《四朝诗》卷五〇"七言律诗"收此诗署作者为元代鄂伦图。清孙岳颁《佩文斋书画谱》卷三八"书家传"及清倪涛《六艺之一录》卷三五八引《书史会要》曰："鄂伦图，字克庄，西夏人。官至山南廉访使。以文章事业著。书迹亦佳。"鄂伦图籍贯及字与斡玉伦徒相同，仕履与生平事迹亦相近，未知此诗作者究竟是谁。又，斡、鄂二人皆为少数民族，或是同一人，而据音译字致名有别乎？

〔2〕野人原：见前释明本《和皖山隐者》诗注。

〔3〕俨然：齐整貌。

〔4〕高塔：指山谷寺中的宝塔觉寂塔。塔为埋佛骨之所，西域谓为浮图。空，指空虚寂灭。当指僧璨大师离世事。多劫梦：许多灾劫的梦幻之境。佛教以人世一切皆为梦幻，此句即用其意。劫，佛教指火、水、风、刀兵、饥馑、疫疠、色欲等天灾人祸；又指极久远的时间。

〔5〕鹤知避锡：用白鹤道人与宝志禅师争潜山林麓胜地而斗法的典故，已见前注。归华表：据《搜神后记》载，汉朝时，辽东人丁令威在灵虚山学道。经过多年的苦修，他终于得道成仙。千年之后，他变成一只仙鹤飞回辽东，落在城门前的华表柱上。有一个少年见到，就拉起弓箭想射他。丁令威飞到空中，徘徊很久都不肯离去，并说道："有鸟有鸟丁令威，去家千年今始归。城郭如故人民非，何不学仙冢垒垒。"说完后便冲天而去。后以此感叹人世变迁。

〔6〕龙爱听经：据宋曾慥《类说》卷一九引《幕府燕闲录》：一和尚在山寺里讲经，经常有个老翁来听讲，问其姓名，他说自己就是山下水潭中的龙，幸好遇到天旱有闲暇，来此寺听讲经。后常用以赞美说法讲经的人水平高超玄妙，很吸引听众。或指虔诚的听众。

〔7〕寄语：传话，转告。宿云：夜晚的云气。

张　昱

张昱(约1289—1371)，字光弼，自号一笑居士，庐陵(今江西吉安)人。元末，曾为左丞相杨旺扎勒参谋军府事，迁右司员外郎，行枢密院判官。入明后不仕，朱元璋征至京师，悯其志，曰："可闲矣。"遂更号可闲老人。著有《可闲老人集》。《明史》卷二八五有传。

游山谷寺次韵

闻说使君曾到此^[1]，至今人说尚欣然。花飞春殿逢开讲^[2]，月照山房共坐禅^[3]。千岁鹤归华表柱，一时龙出皖山泉。当年宾客今谁在？清泪双垂古殿边^[4]。

辑自《(天顺)直隶安庆郡志》卷一二《题咏》，又见《(正德)安庆府志》卷一六《艺文志》

【解题】

此诗为和前斡玉伦徒《游山谷寺》诗并用原诗字韵而作。诗中前二联实写当时游历事，后二联惜往日情景。全诗重在抒发对世事变迁的感慨，笔调苍莽雄肆，沉郁悲凉。

【注释】

〔1〕使君：尊称州郡长官。亦用以尊称奉命出使的人。此指斡玉伦徒。

〔2〕开讲：宣讲，佛家指开始讲解经文。

〔3〕坐禅：佛教用语。静坐修禅之意。是佛教僧人的一种修行

方法。坐禅者选一静室或静地,双足交迭而坐,背直头正,不动不倚,息虑凝心,排除一切杂念、烦恼,心定于一,即为"坐禅"。

〔4〕清泪:眼泪。

重游山谷寺

千树长杉万树松,上方犹在最高峰[1]。青天自绕灵山背[2],绀殿空余劫火踪[3]。锡杖旧曾惊白鹤[4],石潭何处卧苍龙。明朝归去同安道[5],却忆潜山夜半钟[6]。

辑自《(天顺)直隶安庆郡志》卷一二《题咏》,又见《(正德)安庆府志》卷一六《艺文志》

解题

此诗明嘉靖以后所修《安庆府志》及现存各本《潜山县志》均著录为斡玉伦作,误。今据《(天顺)直隶安庆郡志》及《(正德)安庆府志》更正。诗中歌咏了山谷寺周围郁郁苍苍的环境和山上优美的景致,描写了佛寺的高大雄伟和佛殿遭劫火焚烧的遗迹,回顾了宝志禅师来此开山的历史和寺院的有关掌故,并想象别后对这座深山古寺的怀恋之情。全诗境界宏阔,气格苍凉,用典圆熟,抒怀壮郁,体现了较高的创作技巧。

注释

〔1〕上方:代指建在山上的佛寺。唐解琬《奉和九月九日登慈恩寺浮图应制》诗:"瑞塔临初期,金舆幸上方。"

〔2〕灵山:印度佛教圣地灵鹫山的简称。亦指景致优美的山。此指山谷寺所在之三祖山。

〔3〕绀殿:紫红色的殿宇。此指佛寺。劫火:佛经中指焚毁世

界的大火。

〔4〕"锡杖"句：写梁武帝时宝志禅师与白鹤道人于潜山之麓争胜事。已见前注。

〔5〕同安：地名。舒州旧称同安郡。

〔6〕夜半钟：传说当时的寺院里，有夜半敲钟的习俗。

余 阙

余阙(1303—1358)，字廷心，一字天心。色目唐兀氏，世居武威；父沙剌藏卜(蔔)官合肥，遂为合肥人。元统元年(1333)赐进士及第，授泗州同知。入为翰林应奉，转刑部主事，以不阿附权贵弃官归。寻以修辽、金、宋三史，召为翰林修撰，拜监察御史，改礼部员外郎。出为湖广行省郎中，累迁金浙东廉访司事。丁母忧归庐州。至正十三年(1353)，江淮兵起，召任淮西宣慰副使，都元帅府佥事，分兵守安庆。以功累升江淮行省参政，迁淮南行省右丞。十七年冬，陈友谅合兵来攻，次年正月城陷，阙自到沉水而死。追封豳国公，谥忠宣(或作忠愍、文贞)。时论推崇其孤忠大节可与张巡、许远争烈。有《青阳集》九卷传世。

登太平寺次韵董宪副

萧寺行春望下方[1]，城中云物变凄凉[2]。野人篱落通潜口[3]，贾客帆樯出汉阳[4]。多难渐平堪对酒[5]，一罇未尽更焚香[6]。凭将使者阳春曲[7]，消尽征人鬓上霜[8]。

辑自《青阳先生文集》卷一，又见现存各本《安庆府志》《潜山县志》之《艺文志》

{ 解题 }

此诗前二联正面抒写因春日出巡劝民农桑，登太平寺塔所见战乱后舒州景物的凄凉与大地山河之壮美;后二联则写对酒抒怀,表达其登高望远所生忧国忧民之情怀与人生短暂之感慨。全诗风格质朴淳厚,沉郁悲凉,而又不失清丽之美。尤其"野人篱落通潜口,贾客帆樯出汉阳"一联,颇受明人胡应麟称赏,以为"句格庄严,词藻瑰丽。上接大历、元和之轨,下开正德、嘉靖之途"(《诗薮外编》六),在元诗中应为上乘。

注释

〔1〕萧寺:南朝梁武帝萧衍所造的寺。亦泛指佛寺。行春:官员春日出巡所辖地域,劝民农桑。

〔2〕云物:天象云气之色。亦指山川景物。

〔3〕野人:古指居于郊外的农业生产者。篱落:篱笆。潜口:潜水入口处。

〔4〕贾客:商人。帆樯:桂帆的桅杆。借指帆船。汉阳:地名。五代后周显德五年(958)置汉阳军,元至元中以汉阳军升府,治所在汉阳县(今湖北武汉市汉阳)。

〔5〕堪:可以;能够。

〔6〕罇:盛酒器。

〔7〕使者:指董宪副。阳春曲:古歌曲名。后用以泛指高雅的曲调。此指董宪副所作歌什。

〔8〕征人:远行的人。

奉和旨南上人喜雨之什叔良虽不作诗不妨一观也

出车横门道[1],采薇皖溪水[2]。杂耕不逢年[3],军士常饥馁。奉牲走群望[4],悃迫忘汝尔[5]。皇皇大司命[6],配天奠南纪[7]。方屯起时泽[8],拯民出濒死。云章变肤寸[9],雨势来不已。睇岭三峰深[10],行阡九江起[11]。开房各莘莘[12],擢叶方泥泥[13]。说郊君牡骓[14],馌野田畯喜[15]。未论车箱满,已见沽酒旨。斯民既云乐,兵甲行可洗。赫灵有耿祉[16],寿夭诚在己。淫阴无往辄[17],薄伐有凶理[18]。抚事非偶然[19],凉薄那致此[20]。骋辞继周颂[21],屡丰自天子。

辑自《青阳先生文集》卷一,又见各本《安庆府志》《潜山县志》之《艺文志》

【解题】

这是一首记述祈雨成功的诗。方志中诗题多作"喜雨奉和旨南上人",天顺《直隶安庆郡志》作"喜雨奉和旨南宗上人"。诗歌奉和的对象"旨南上人",大概是主持这次祈雨仪式的僧侣,上人是对僧人的尊称。作者率领军队驻扎当地,实行军民杂屯,但却遇上旱情,危急之下便举行祭祀仪式而求神降雨,居然获得了成功。诗歌洋溢着对旱情得以缓解的喜悦之情,并由此充满信心地认为镇压凶顽、结束动乱也一定能获得成功,作者对国家的一片忠心令人感佩不已。而联想到其最终殉国的结局,又让人感慨万千。

【注释】

〔1〕横门:栅栏门,军营门。

〔2〕"采薇"句:在皖水边唱着《采薇》之歌。采薇,《诗经·小雅》篇名。《毛诗序》说:"《采薇》,遣戍役也。文王之时,西有昆夷之患,北有狁之难。以天子之命命将率,遣戍役,以守卫中国,故歌《采薇》以遣之。"清姚际恒《诗经通论》、方玉润《诗经原始》皆以为这是一首"戍役还归"之诗。今人陈子展《诗经直解》云:"《采薇》,描述边防军士服役思归,爱国恋家,情绪矛盾苦闷之作。"

〔3〕杂:杂耕,谓屯田之兵与居民杂居。

〔4〕群望:受祭于天子、诸侯的山川星辰。望:谓不能亲到,望

而遥祭。这里应该指祭祀祈雨。

〔5〕悃(kǔn)迫：诚恳急迫。悃，诚恳。

〔6〕大司命：战国楚地所祀神名。旧谓职司人之生死。《楚辞·九歌》载有《大司命》篇。

〔7〕配天：与天相比并。奠：奠享，指置酒食以祭祀。南纪：南方。指祭祀祈雨的仪式在南边举行。

〔8〕方屯：方形的大土阜。时泽：及时雨。

〔9〕云章：彩云。肤寸：古代长度单位，一指的宽度为寸，一肤等于四寸。形容云雾密集。《太平御览》卷七一七引《搜神记》："俄而云气上蒸，肤寸而合，比至日中，大雨总至，溪涧盈溢。"

〔10〕睇：斜着眼看。

〔11〕行阡(qiān)：道路。

〔12〕开房：指种子萌芽。莃莃：茂盛貌。

〔13〕擢叶：抽出新叶。或作"擢秀"，即拔穗扬花。泥泥：露水浓重貌。

〔14〕说(shuì)郊：说犹税，停，住。指停在郊野。牡骈：牡，雄马。骈，马奔走不停貌。《诗经·小雅·四牡》："四牡骈骈，周道倭迟"。

〔15〕馌(yè)野：给在田间耕作的人送饭。田畯：官名。古代管农事、田法的官。《诗经·豳风·七月》："馌彼南亩，田畯至喜。"

〔16〕赫灵：伟大的神灵。耿：光明的。祉：福。

〔17〕淫阴：连绵的阴霾，这里隐喻时局的动乱。往辄：旧的轨道。

〔18〕薄伐：即征伐，讨伐。凶：指凶恶叛逆的人。

〔19〕"抚事"二句：意谓祈雨成功是受上天保佑的结果，自己德才微薄，哪里能招来这样的幸事。抚事，追思往事，指祈雨成功。凉薄，德才微薄。那，即哪。

〔20〕骋辞：驰骋文辞。谓尽情地运用言语文辞歌之。《周颂》：《诗经》"三颂"之一。共三十一篇，为西周宗庙祭祀乐章。因多颂德

之作,故后用以指朝廷颂歌。

〔21〕屡丰:屡次三番获得丰收。

卢 琦

卢琦(1303—1362),字希韩,号立斋。惠安(今属福建)人。至正二年(1342)进士。十二年,授永春县尹。十六年改调宁德。二十二年除知平阳州,未赴任而卒,归葬惠安。以世居圭峰,所著称《圭峰集》。诗文矩矱严整,旨意幽远。生平事迹见《元史》卷一九二本传。

天 柱 狮 岩

岩峣天柱峰[1],幽居如白泽[2]。形若神兽蹲,影类巨鳌立。日出阳岸红,云归阴林黑。讵非凿混茫[3],犹如神禹迹[4]。

辑自《圭峰集》卷上

【解题】

天柱狮岩,又称狮子崖,在天柱峰右。有路通天池绝顶。因其岩石嵯岈,状若雄狮,故名。此诗以浪漫手法描摹狮子岩的雄奇威峻势态,设喻逼肖,形象多变。末二句谓天柱狮岩如果不是开天辟地时便已存在,也是大禹勘定九州时就有的,则反映了天柱山悠久的历史。

【注释】

〔1〕岩峣:高峻,高耸。

〔2〕白泽:兽名。似狮,传说能言语。古代象占者认为白泽出现是贤君明德的征兆。唐刘赓《稽瑞·白泽应德》:"孙氏《瑞应图》曰:

白泽者,皇帝时巡狩至于东海,白泽见出,能言语,达知方物之情,以戒于民,为时除害,贤君明德则至。"《本草·狮·释名》:"李时珍曰:《说文》云,一名白泽。今考《瑞应图》,白泽能言,非狮也。"

〔3〕凿混茫:指开天辟地。混茫,混沌蒙昧。指世界开辟前元气未分、模糊一团的状态。

〔4〕神禹迹:神圣大禹的足迹。古书记载大禹曾勘定九州,后因称中国的疆域为禹迹。

明

刘 基

刘基(1311—1375),字伯温,晚号犁眉公,浙江青田人。元至顺元年(1330)进士,是明代开国元勋,功绩卓著。明初曾任御史中丞兼太史令,洪武三年(1370)授弘文馆学士,封诚意伯,洪武四年辞官。性情刚烈,见猜于朱元璋,为胡惟庸所牵连,忧愤而卒,谥文成。刘基博学多才,精于象纬之学,通经史,诗文亦卓然成家。兼善行、草书。有《诚意伯文集》传世。生平事迹见刘㡳《翊运录》、《明史》卷一二八本传。

赠尚义处士葛暹

肩舆膺诏向京华[1],抗节辞官钓水涯。十四洞中餐石乳,七千峰内煮丹砂[2]。中原战罢楼船息,天语遥颁宠锡加[3]。阀阅四朝谁最盛,仙翁犹指葛洪家[4]。

辑自《(乾隆)潜山县志》卷一九《艺文志》

【解题】

葛暹为潜山处士。朱元璋于江西鄱阳湖攻陈友谅,葛暹为朱氏输送粮食千担,大军粮饷得以补给,从而在鄱阳湖之役大获全胜。朱元璋称帝后,欲对其加恩赏赐,葛遭却之不受,在洪武年间悄然回乡,隐居潜山,明太祖遂诏封为"尚义处士"。刘基此诗即歌咏了葛遭辞官之事,赞扬他有功不居,选择归隐山林的高尚节操。整首诗对仗工整,化用典于无形,写得自然洒脱,清新超拔。

注释

〔1〕膺诏:接受诏书。京华:京城。

〔2〕"十四"二句:潜山以其雄峰奇洞闻名,被道家奉为第十四洞天,左慈、葛玄及其族孙葛洪都在那里留下了学道炼丹的遗迹。石乳、丹砂皆为道家修炼所食之物,道家认为服食石乳、丹砂可使人长年。

〔3〕天语:指皇帝的诏书。宠锡:加恩赏赐。

〔4〕阀阅:祖先有功业的世家巨室。葛姓家族自三国葛玄至东晋葛洪、葛巢甫等均曾在朝担任官职,且在道教发展史上都有极其重要的地位,诗故称"阀阅四朝"。

徐 贲

徐贲(? —1380),字幼文,号北郭生。长洲(今江苏苏州)人。早年与高启、杨基、张羽为诗友,并称"吴中四杰",也是以高启为首的"北郭十友"之一。元末张士诚占据吴地,辟为属官,贲与张羽遁去,避居湖州蜀山。明初被荐召入京师。曾奉使晋冀查访,还朝,人检其行囊,仅有纪行诗一组,明太祖嘉之,授以给事中。累官河南布政使。洪武十二年(1379),四川民众起事,大军征讨过贲辖境,以"犒劳不时"下狱,死于狱中。工诗,以格律谨严、字句妥贴为特点。又善绘画,师法董源、巨然,有书法作品传世。著有《北郭集》。

二乔观书图

　　孙郎武略周郎智[1],相逢便结君臣义。丰姿联璧照江东[2],都与乔公作佳壻。乔公虽在流离中[3],门阑喜色双乘龙[4]。大乔娉婷小乔媚[5],秋波并蒂开芙蓉。身嫁英雄知大节,日把诗书自怡悦[6]。不学分香歌舞儿[7],铜台夜泣西陵月[8]。

辑自《北郭集》卷五

解题

　　美人配英雄,总是人们津津乐道的话题,也是文学艺术经常表现的题材。元末明初,文坛出现了一大批以二乔故事为素材的题画诗。徐贲的这首《二乔观书图》是其中影响较大的一首。诗中描摹了二乔倾国倾城的美貌和孙策、周瑜攻克皖城后抱得美人归的历史事实,歌咏了孙、周之间的君臣情义和两对伉俪堪称美满的姻缘。大乔、小乔同时嫁给两个天下英杰,郎才女貌,虽传为佳话,可惜孙策和周瑜均年寿不永,二乔红颜命薄,余生悲凉,这便有了"二乔并读,聊以解忧"的传说。据说《二乔观书图》便是为此而作,此诗中"身嫁英雄知大节,日把诗书自怡悦"一联也是对此所做的诗意解读。尾联则用"分香卖履"的典故将曹操死后众姬妾每夜在铜雀台上对着陵墓哭泣,与二乔失偶后观书解忧作对比,显示了二乔优雅的风度和女性的涵养。全诗如行云流水,一气贯注,描意画态,丝丝入妙,颇见作者功力。

　　各本《潜山县志》亦收此诗,题作"过二乔宅"(文字略有出入),又著录作者为高启,均误。不过,高启确亦曾作诗咏二乔,题作"二乔观兵书图",词曰:"共凭花几倚新妆,玉女阴符读几行。铜雀那能锁春色,解将奇策教周郎。"高启诗名远高于徐贲,然就咏二乔诗言之,高诗似不及徐诗。

【注释】

〔1〕孙郎：指孙策。周郎：指周瑜。

〔2〕丰姿：美好的风度姿态。联璧：并列的美玉。此喻两者可相媲美。

〔3〕流离：因灾荒战乱流转离散。据《安庆府志·流寓传》《潜山县志·寓贤传》载，乔（一作桥）玄本河南睢阳人，汉末避地于潜，卒葬彰法山。

〔4〕门阑：借指家门，门庭。乘龙：比喻得佳婿。亦为女婿之美称。杜甫《李监宅》："门阑多喜色，女婿近乘龙。"

〔5〕娉婷：姿容美好貌。媚：妩媚。

〔6〕把：执，持。

〔7〕分香：即"分香卖履"。曹操造铜雀台，临终要诸妾时时登台望其墓，并命把所藏的香分给各位姬妾，叫众妾学着编织鞋子卖了过活。见晋陆机《吊魏武帝文序》。后遂以"分香"或"分香卖履"为临死不忘妻妾之典。杜牧《杜秋娘诗》："咸池升日庆，铜雀分香悲。"歌舞儿：歌姬舞女，此指曹操诸妾。

〔8〕铜台：即铜雀台，亦作"铜爵台"。汉末建安十五年冬曹操所建。周围殿屋一百二十间，连接榱栋，侵彻云汉。铸大孔雀置于楼顶，舒翼奋尾，势若飞动，故名铜雀台。故址在今河北省临漳县西南古邺城的西北隅，与金虎、冰井合称三台。西陵月：曹操临终时吩咐诸妾："汝等时时登铜雀台，望吾西陵墓田。"

李　晔

李晔(1314—1381)，清刻本因避康熙讳将其名改作"昱"，字宗表，号草阁。钱塘(今浙江杭州)人。少从郑僖学，僖奇其才，以女妻之。元末官常山教谕。明洪武间以荐授国子监助教，不久以病免职，卜居于永康，开门授徒，与邑人咏觞酬唱以为乐。著有《草阁诗集》。

生平事迹见《明诗纪事》甲签卷二四、《草阁诗集》卷首宋濂序。

二乔观兵书歌

　　古来尤物多娇美[1]，家国倾危始于此。绿珠楼前红粉空[2]，马嵬坡下花钿委[3]。何似乔公之二娃，发云不髺浓如鸦[4]。倾城颜色何足羡，过人才慧真堪夸。深院无人春日好，不绣鸳鸯被情恼。临风并倚双头莲，手把兵书细论讨。大乔已作孙郎妃，小乔又作周郎妻。设机制胜妙无敌[5]，谁谓颇牧生深闺[6]。曹瞒提兵来赤壁[7]，千里旌旗蔽云黑。水军百万将奈何，吴下衣冠俱失色。小娃衽席能运筹[8]，飘飘杀气横清秋。纶巾羽扇风采发[9]，伟哉公瑾来舒州[10]。北军怕见南风起，烈火齐烧舳舻尾[11]。孟德零丁匹马逃[12]，樯橹灰飞付流水[13]。滔滔巨浪高如天，敌人不敢来戈船。乾坤从此限南北[14]，盘涡鸥鹭成安眠[15]。妇人自古无专制[16]，画师故写图中意。赵括徒能读父书[17]，堂堂八尺能无愧[18]！

辑自《草阁诗文集》诗集卷二

解题

　　传说二乔不止美貌动人，而且深具智慧，精研兵书，颇通兵法，还给夫君出谋划策。因此元明两朝，"二乔观兵书"亦成了画家的热门题材，是诗人争相吟诵的典故。此诗即歌咏了颇知韬略的舒州二乔，在深闺中设机制胜，助周瑜在赤壁之战中大破曹兵，奠定天下三足鼎立之势，开创了"乾坤从此限南北，盘涡鸥鹭成安眠"的局面。诗歌不仅再现并丰富了《二乔观兵书图》原作的内容，而且情感激越，笔力雄健,不事雕琢,表现了诗人自己对这两位"闺中颇牧"的崇敬倾慕之情。

注释

〔1〕尤物:指绝色美女。有时含有贬意。

〔2〕"绿珠楼"句:绿珠,西晋著名舞女。姓梁,生于白州博白县双角山下,美艳多姿。晋石崇为交趾采访使,以三斗珍珠将她买为家伎。石做荆州刺史时,劫夺远使,沉杀客商,成了巨富。石有别墅在河南金谷涧,依山水之势建造园馆,与绿珠居此。绿珠善吹笛,又善于舞《明君曲》。石崇自制《懊恼曲》赠绿珠。赵王司马伦叛乱,孙秀使人向石崇索要绿珠。石说绿珠是自己的至爱,不能给。于是孙秀在司马伦面前说石崇的坏话,司马伦将石满门抄斩。收捕军队到石家时,石对绿珠说:"我是为你获罪的。"绿珠哭着说:"我愿死在你面前。"石阻止她,她还是坠楼而死,后遂称此楼为绿珠楼。红粉空,即指绿珠坠楼而死事。

〔3〕"马嵬坡"句:写唐杨贵妃之死。马嵬坡在今陕西兴平。玄宗天宝十五载(756),安史叛军破潼关,玄宗仓皇奔蜀。途经马嵬时,六军不进,诛杨国忠,又胁迫玄宗赐杨贵妃死,乃缢杀于佛堂,瘗于道北。花钿委,白居易《长恨歌》:"花钿委地无人收,翠翘金雀玉搔头。"花钿,古代用金银珠翠等制成花朵形的首饰。

〔4〕髢:装衬假发。《诗·鄘风·君子偕老》:"鬒发如云,不屑髢也。"

〔5〕设机制胜:使用心机,制服对方以取胜。

〔6〕颇牧:指战国时赵国将领廉颇、李牧,皆为战功卓著的名将。

〔7〕曹瞒:即曹操。曹操小名阿瞒。赤壁:在湖北省赤壁市西北长江南岸。隔江与乌林相对。东汉建安十三年(208),孙权、刘备联军,在此用火攻,焚曹操舟船,大破曹军。

〔8〕衽席:卧席。运筹:制定策略,筹划。

〔9〕纶巾羽扇：谓头戴纶巾，手持羽扇。喻其潇洒从容，智虑深远。纶巾，古代配有素丝的头巾。

〔10〕公瑾：指周瑜，周瑜字公瑾。舒州：此以后来地名称之，汉末应称皖城。

〔11〕舳舻：泛指船只。舳，船后舵；舻，船头。

〔12〕孟德：指曹操。曹操字孟德。零丁：孤独无依貌。

〔13〕樯橹：桅杆和桨。借指战船。灰飞：像灰一样飞散。比喻彻底消失。苏轼《念奴娇·赤壁怀古》词："羽扇纶巾，谈笑间，樯橹灰飞烟灭。"

〔14〕"乾坤"句：意谓从此奠定了天下三足鼎立的局面。乾坤，国家，江山，天下。

〔15〕"盘涡"句：意谓天下形势本来如盘转的漩涡，危殆至极，战后则鸥鹭都可安然熟睡。

〔16〕专制：独断专行。指干政。

〔17〕赵括：战国时期赵国将领。马服君赵奢之子，又称马服子。少学兵法，喜空谈兵事，而不善实战。周赧王五十五年（前260），赵孝成王中秦反间计，以赵括代廉颇为将，与秦将白起所率之师战于长平（今山西高平县西北），大败，赵括被射死，赵军被俘而遭坑杀者达四十余万。徒：徒然，白白地。

〔18〕八尺：指男子。

陶　安

陶安（1315—1371），字主敬，当涂（今属安徽）人。元末从耆儒李习游，元至正四年（1344）举乡试，授明道书院山长，后避乱家居。明兴，朱元璋渡江，与李习率父老出迎，留参幕府，授左司员外郎。洪武初为知制诰，兼修国史，出为江西参政，卒于任，赠姑孰郡公。晚明福王时追谥文宪。安博涉诸经，尤长于《易》，颇受明太祖信任，曾御赐对联："国朝谋略无双士，翰苑文章第一家。"以文章宿望，人得其赠言以为荣。早有诗名,所作亦如其文,以平易典实为特点。著有《陶学士集》,另有《姚江类钞》《辞达类钞》等传世。

望 皖 公 山

平生闻说皖公山,独上崇冈见远颜[1]。螭脊踊天孤柱立,鳌头瞰海万洲环[2]。高虚有境藏仙洞,威武如神卫帝关[3]。思与英灵共酬酢[4],何时为尔一跻攀[5]!

辑自《陶学士集》卷七

解题

此诗写远望中皖公山雄奇壮丽景色。诗中设喻新奇,形象叠换,意象雄浑,境界阔大,并表现了诗人自己企慕向往的情怀。

注释

[1] 崇冈:高高的山冈。远颜:远望中的容颜。
[2] "螭脊"二句:意谓远远望去,皖公山像螭龙的背脊踊现于天,而一座孤峰独立其上;又像高高昂起的鳌头俯视着大海,成千上万座洲岛环绕在它周围。螭,古代传说中无角的龙。踊,踊现;冒出,突现。鳌,传说中海中能负山的大鳖或大龟。
[3] "高虚"二句:意谓潜山是玉虚九天之一高虚天的境界,上面有神仙洞府,它威武地守卫着天帝的宫门。高虚,即高虚天。道教"玉虚九天"之一。帝关,天帝的宫门。
[4] 英灵:精灵,神灵。南朝梁沈约《赤松涧》诗:"松子排烟去,英灵眇难测。"酬酢:宴饮时宾主相互敬酒。亦指朋友之间相互应酬。
[5] 跻攀:登攀。跻,登,升。

胡　奎

　　胡奎(1335—1409),字虚白,一字应文,号斗南老人。浙江海宁人。元末十二岁时游贡师泰之门。入明以儒学征,官宁王府教授。后以年老返乡,卒于海宁。诗多乐府古题,为元末杨维桢一派遗风。著有《斗南老人集》。生平事迹见《斗南老人集》卷前朱权序、清朱彝尊《静志居诗话》卷五《胡奎传》。

题二乔玩月图

　　皎皎天上月[1],照见大江流。江流去无已,月色满高楼。乔家二女在舒州,凭高望月楼上头。金波滟滟绮疏夕[2],玉露盈盈罗袜秋[3]。自从嫁得英雄婿,不知月落谁家去。千古山河影在天[4],江水东流年复年。

辑自《斗南老人集》卷四

【解题】

　　此诗写二乔在舒州大江边的高楼上当窗赏月情景。诗中歌咏了月色之美和大乔、小乔赏月时思夫之情,颇有"同来玩月人何在? 风景依稀似去年"①的意味,抒发了江山永恒、人生无常的感怀。全诗境界高洁,意象清幽,情思绵纱,韵味悠悠。

【注释】

　　[1]皎皎:洁白貌,明亮貌。《古诗十九首》有"明月何皎皎"。据说古诗中吟明月皎皎者多为思妇闺中望夫之词。

---

① 唐代赵嘏《江楼感旧》中名句。

〔2〕金波：指月光。滟滟：水波荡漾闪光貌。绮疏：指雕刻成空心花纹的窗户。

〔3〕玉露：指秋露。盈盈：清澈貌；晶莹貌。罗袜：丝罗织成的袜。三国魏曹植作《洛神赋》，自述郊游逢洛神宓妃之事，其中有"凌波微步，罗袜生尘"。后因以为咏郊游之典。

〔4〕"千古"句：谓蓝天上印着千古山河之影。

胡俨

胡俨(1361—1443)，字若思，号颐庵。南昌(今属江西)人。少嗜学，于天文、地理、律历、医卜无不究览。洪武中以举人授华亭教谕。建文元年(1399)荐授桐城知县。永乐初，授翰林检讨，与解缙等俱直文渊阁。永乐二年(1404)拜国子监祭酒，永乐十九年改北京国子监祭酒。仁宗时致仕，宣宗即位，召为礼部侍郎，辞归。家居二十余年而卒。俨为馆阁宿儒，朝廷纂修典籍，如重修《明太祖实录》，修《永乐大典》《天下图志》，皆充总裁官。文章气格苍老，为明初一家，其诗近于宋江西派，词旨高迈，寄托深远，不同于"三杨"为代表的台阁体。著有《颐庵集》。生平事迹见《明史》卷一四七本传、《国朝献征录》卷一二等。

汉武射蛟台

楼船溯南服〔1〕，冥搜穷山川〔2〕。驻跸潜岳区〔3〕，奠玉燔紫烟〔4〕。山泽津辽旷，竣事遂言还。鸾旗陟崇冈〔5〕，延览隘八埏〔6〕。大江去茫茫，高浪排雪山。毒雾白昼昏，馋蛟吐饥涎。期门射生士〔7〕，凭高咸控弦〔8〕。独取金仆姑〔9〕，一发中其颠。阳侯驱罔象〔10〕，安流净渊渊〔11〕。锦帆张景风〔12〕，箫鼓际远天。归来朝明堂[13]，簪组联貂蝉[14]。会海合泰山[15]，还复幸甘泉[16]。雄才与大略，气概凌九天。焉知千载后，荒台狐兔眠。我来素秋节[17]，林峦红叶鲜。矫首望京阙[18]，日暮寸心悬。

辑自《（天顺）直隶安庆郡志》卷一二《题咏》

解题

射蛟台，位于枞阳县城西达观山之巅。元封五年冬，汉武帝刘彻登潜岳天柱山举行封禅大典后，曾射蛟江中，后人因于江边筑台纪念，名之曰"射蛟台"。诗人胡俨建文元年(1399)至四年任桐城知县。桐城东邻枞阳，西接潜山。秋日里，诗人登临射蛟台，想起古代的那些人和事，遂作此诗。诗中描写了汉武帝南巡时祭奠潜岳、射蛟江中的宏大场面，歌颂了他气凌九天的雄才武略。诗人为千载之下射蛟台成为狐兔出没之所而唏嘘，更为当今皇上而忧虑。

注释

〔1〕南服：古代王畿以外地区分五服，南方称南服。

〔2〕冥搜：尽力搜寻，搜访及于偏僻幽远之处。

〔3〕驻跸：古代帝王出行途中停留暂住。潜岳：天柱山别称。

〔4〕燔柴：指烧柴生烟以祭天。柴，音柴。

〔5〕鸾旗：天子仪仗中的旗子。上绣鸾鸟，故名。

〔6〕八埏：指辽阔的大地。埏，大地的边际。

〔7〕期门：汉武帝时官名，掌执兵扈从护卫。

〔8〕凭高：登临高处。控弦：拉弓。

〔9〕金仆姑：箭名。

〔10〕阳侯：原作"杨侯"，据别本改。阳侯为古代传说中的波涛之神。罔象：水怪。

〔11〕渊渊：深广、深邃。

〔12〕锦帆：用锦制的船帆。景风：大风。

〔13〕明堂：古代帝王宣明政教的地方。凡朝会、祭祀、庆赏、选士、养老、教学等大典都在此举行。

〔14〕簪组联貂蝉：意谓与会者都是高官。簪组，冠簪和冠带。貂蝉，貂尾和附蝉，为古代冠饰。汉代制度，侍中、中常侍一类高官方可以貂蝉为冠饰。

〔15〕会海合泰山：《汉书·武帝纪》载：元封六年"夏四月诏曰：朕巡荆扬，辑江淮物，会大海气，以合泰山。"颜师古注曰："集江淮之神，会大海之气，合致于太山，然后修封总祭飨也。"

〔16〕甘泉：指甘泉宫。本秦宫，汉武帝增筑扩建，在此朝诸侯王。

〔17〕素秋：秋季。古代五行说，以金配秋，其色白，故称素秋。

〔18〕矫首：抬头。京阙：京城。

山谷读书台

昔贤去已远，荒台遗高丘。跻攀陟其颠，坐见江汉流。简册亦何有，荆榛亦何稠〔1〕！清商振林薄〔2〕，灏气凌高秋〔3〕。黄叶坠我前，寒蝉鸣啾啾。感兹时物变，川途行未休〔4〕。俯仰宇宙间〔5〕，吾道良悠悠〔6〕。

辑自《(天顺)直隶安庆郡志》卷一二《题咏》，又见《(康熙)潜山县志》卷一二《艺文下》

解题

山谷读书台在山谷寺左，亦名涪翁读书台，其处又有涪翁亭，皆因黄庭坚得名。诗人登上读书台遗址，只见其台荒废已久，遍地灌木丛生；又时值季秋，黄叶坠落，寒蝉鸣啾，想到昔贤已去，自己行役未休,不禁悲从中来,感叹人生困阻,壮志难酬。

【注释】

〔1〕荆榛:泛指丛生灌木。指所见之处一片荒芜凄凉景象。
〔2〕清商:此指秋风。林薄:指交错丛生的草木。
〔3〕灏气:弥漫于天地之间的大气。
〔4〕川途:指道路、路途。
〔5〕俯仰:俯视和仰望。
〔6〕良:甚,很。悠悠:连绵不尽貌。

皖山草堂为卢士恒题

何处人家结草堂,皖公山下树苍苍。行随鹤步云穿径,卧听猿啼月满房。砌古石粘苔晕碧[1],林疏风弄竹阴凉。平生浩有幽栖志[2],绕望洪崖逸兴长[3]。

辑自《(康熙)潜山县志》卷一二《艺文下》

【解题】

卢士恒,其人不详。卢氏所筑皖山草堂居皖公山下,这里树木苍苍,小路上云雾缭绕,行走时不时遇见仙鹤漫步其上。夜间卧睡,可闻猿猴鸣啼,可见房中洒满月光。草堂前石阶古旧,上面长着碧绿的苔藓;周围竹林疏朗,风儿吹过,送来阵阵清凉。真是一个幽静的所在呀!诗人说,自己平生本来就多有归隐之念,如此美妙的生态环境更激起在这里修仙的兴致了。

【注释】

〔1〕砌:台阶。苔晕:苔藓的模糊痕迹。

〔2〕幽栖：指隐居。

〔3〕洪崖：传说中的仙人名，黄帝臣子伶伦的仙号。后多形容神仙之事。逸兴：超脱凡俗的兴致。

曾文博

曾文博，生平事迹不详。

游　潜　山

其　　一

雨意藏秋壑，烟光列画屏。助情诗得句，寻胜酒俱醒。木落知樵径，山回失柳汀。天衢应咫尺，平步上青冥。

其　　二

风定龙吟寂，去蒸蚁战酣。谁同使君骑，来访野人庵。蜡屐寻丹瓮，巾车驻佛龛。香尘路方稳，此景未全堪。

其　　三

飙舆曾降延恩殿，始信真元自九天。潜岳旧开司命府，庆基重建太平年。五云长覆三峰顶，一水来从九井渊。瑞石真符符秘语，皇图丕祚正绵绵。

辑自《(天顺)直隶安庆郡志》卷一二《题咏》

解题

此三诗实即本书前所辑宋张昌《和曾太傅游山》五言诗二首、七言诗一首。其题名虽不同而字句无一字相异,未知诗究为谁人所作。诗之"解题"、"注释"已见张诗,此仅列诗歌原文,以俟考证。

解　缙

解缙(1369—1415),字大坤,江西吉水人。洪武二十一年(1388)进士,授中书庶吉士,颇受太祖朱元璋爱重。后以上万言书批评太祖政令屡改、杀戮太多而罢官八年。建文时为翰林待诏。成祖即位,擢侍读,与黄淮、杨士奇等入内阁参与机务。累进翰林学士,主持纂修《永乐大典》。永乐五年(1407),以赞立太子事为汉王朱高煦所恶,又因谏讨交址忤旨,谪为广西布政司右参议;寻又改任交址。永乐八年入京奏事,适成祖不在京师,谒太子而还,高煦奏以"无人臣礼"罪下狱,后在狱中被杀。缙以文思敏捷、机智渊博著称,诗文颇负盛名,有《文毅集》(别本或题《解学士文集》)传世。生平事迹见《文毅集》附录及《明史》卷一四七本传。

望　潜　山　歌

东望望见九华远[1],西望望见潜山高。江中洲渚不可数,但觉万舰春云涛[2]。前船远似飞沙起,后船烟中来似蚁。人生快意如此时,顺风微波日千里。安庆城池居要冲,一掬之地能消万古之英雄[3]！纷纷谁可掇将去？恨血不染江波红。惟有龙眠老居士,画得山川及文字[4]。更有余忠宣公百战死,荆扬夜夜天光紫[5]。乔家泪滴江水浑,红颜得失何足论[6]！三千年事堪消魂,举气嘘天天亦昏[7]。幸遇太平息征战,却忆先皇泪如霰[8]。吞声踯躅愁云屯[9],仰视红日东方暾[10]。

辑自《文毅集》卷四

明

解题

此诗为作者乘舟途经安庆眺望潜山时所作。诗中既写江山之壮观,复发怀古之幽情,最后以抒写个人独特的主观感受作结。全诗融自然、历史、社会、人生于一炉,画面生动,境界阔大,气势恢宏,情致幽远。诗中歌咏与潜山、舒州有关的历代风流人物,跳度虽大而衔接自然,转换不露痕迹,且有音节循环往复、流转明快之妙,的确是大家手笔。然在论及二乔时流露出轻视女子思想,是其局限所在。由全诗观之,诗人心情怡悦,且称"先皇"云云,诗当作于罢官八年后于建文初自家起复赴京师之时。

注释

〔1〕九华:即九华山,在池州青阳县境内。九华山位于安庆城之东,故云"东望"。

〔2〕"江中"二句:意谓江中有数不清的沙洲,此时感觉中像是有上万条战舰行驶在春天的云海中。洲渚,江中沙洲。

〔3〕一掬之地:比喻地方很小。一掬,两手所捧(的东西)。亦表示少而不定的数量。

〔4〕"龙眠"二句:咏李公麟事。龙眠老居士,指李公麟。北宋时画家,舒州人,官至朝奉郎。元符三年(1100)告老,居龙眠山,号龙眠居士。公麟画山水颇有创格,又工行、楷书,人以为有晋宋书家风范,故诗云"画得山川及文字"。

〔5〕"余忠宣公"二句:咏余阙事。余忠宣公,即余阙。元末红巾军起义爆发后,他出任淮东行省左丞,都元帅,守安庆抵抗天完红巾军。至正十七年(1357)天完将赵普胜、陈友谅等联合进攻安庆,次年被陈友谅所部包围,城破自杀。追封豳国公,谥忠宣。时人以为元末死节之臣,以阙与褚不华为第一。荆扬,荆州和扬州。亦泛指长江中下游地区。天光紫,天上出现紫光。

〔6〕"乔家"二句：写大乔小乔事。

〔7〕嘘天：朝天嘘气，叹气仰天而嘘。

〔8〕先皇：指明太祖朱元璋。霰：雪珠。白色不透明的球形或圆锥形小冰粒。

〔9〕踯躅：以足击地，顿足。亦指犹豫，迟疑，徘徊。屯：积聚，聚集。

〔10〕暾：温暖，明亮。

寄 邓 经

龙门溪石古所镌，鲁公大书光烛天[1]。凭君为借双白鹿[2]，待我重来看瀑泉[3]。

辑自《(康熙)潜山县志》卷一二《艺文下》

解题

这是解缙寄给邓经的一首七言绝句。邓经寓居潜山，生平事迹见后所收诗前小传。作者在诗中忆及与邓经同游时见到龙门溪石上镌刻的黄庭坚气势高昂的大字书法，并期待他年重来观赏潜山的瀑布流泉。

注释

〔1〕鲁公：即黄鲁公，指黄庭坚。黄庭坚字鲁直，故称。烛天：照耀天空。比喻气势极为高昂。

〔2〕双白鹿：《太平御览》卷九○六引谢承《后汉书》："郑弘为临淮太守，行春，两白鹿随车夹毂而行。"此指车骑仪仗。

〔3〕瀑泉：瀑布流泉。

贡性之

贡性之,字友初,号南湖先生。宣城(今安徽宣州)人。诗文家贡师泰族子。元末以胄子除簿尉,后补闽省理官。有刚直名,明洪武初,征录师泰后,大臣荐之,则更名避居山阴,躬耕自给以终其身。门人私谥曰"真晦先生"。会稽王冕擅画梅,得其画者无贡性之题诗则不贵重。曾题绝句云:"王郎胸次亦清奇,尽写孤山雪后枝。老我江南无俗事,为渠日日赋新诗。"故集中多题画诗。著作有《南湖集》七卷。

林壑深秀为邓宗经赋

芙蓉城郭自天成〔1〕,长日开轩看雨晴〔2〕。飞瀑晓翻千嶂雪〔3〕,惊涛秋涌万松声。双双去鸟风中度〔4〕,一一游人画里行。济世功成许归隐〔5〕,肯教林壑负深盟〔6〕!

辑自《南湖集》卷上

【解题】

这是作者为邓经隐居潜山所作的一首七言律诗。全诗歌咏了邓经隐居之所如画的美景,以及自己与邓经之间笃深的情谊。词采清丽,笔调优美生动。

【注释】

〔1〕芙蓉城郭:形容城郭之美。芙蓉,荷花的别名。
〔2〕开轩:开窗。
〔3〕"飞瀑"二句:早晨,瀑布翻越千座耸立如屏障的山峰,飞流直下,颜色如同白雪;秋天,风撼万树松林,声音似惊涛奔涌。

〔4〕"双双"二句：离去的鸟儿双双展开翅膀在风中飞翔，每一位游人都像是在画中行走。

〔5〕济世：救世；济助世人。指出仕。

〔6〕林壑：山林峡谷，借指隐者的居所。深盟：深厚的交情。指朋友间交情笃深。

邓　经

邓经，字宗经，一字翼五，浙江会稽（今浙江绍兴）人。监生。历任庐陵、永新县学训导，永乐末任潜山教谕。操行端谨，问学该洽，尤长于诗歌。与解缙、李祯等多所倡和。曾与修郡志。秩满致仕，遂家于潜东门外，筑颐老庄以自娱。《（康熙）安庆府志》《（乾隆）潜山县志》《（同治）永新县志》有传。

题　山　谷　寺

岩谷云深翠凿开，几多金碧炫楼台。传灯佛祖何年到[1]，卓锡神僧此日来[2]。共讶法幢留剪尺[3]，忽惊灵塔护风雷[4]。石牛千古眠芳洞[5]，不向人间转一回。

辑自《（天顺）直隶安庆郡志》卷一二《题咏》

【解题】

这是一首歌咏山谷寺的七言律诗。首联写山谷寺建于岩谷云深之处，万翠稠环，寺中有许多金碧辉煌的建筑。颔联写寺院历史悠久，谓佛祖菩提达摩到中国传法之年，便是宝志禅师来此名山最初创立寺院之日，可见开山之早。颈联写寺中祖师说法高妙，戒尺留传至今，宝塔有神灵呵护，则知此寺乃一所佛天灵刹。尾联写山中有石牛古洞,强调山谷寺所在之地有重要文物古迹,实为风景名胜之区。全诗对仗精工,叙事写景优游不迫,在诗法和境界上都有独到之处。

注释

〔1〕传灯佛祖:指菩提达摩。达摩为印度人,梁武帝时泛海到达中国的广州,武帝迎至建业,因与武帝话不投机,遂渡江入魏,在嵩山少林寺面壁九年,为中国禅宗之始祖。山谷寺祖师殿内供奉有达摩像。传灯,指传法。佛家认为佛法犹如明灯,能破除迷暗,故传法谓之传灯。

〔2〕卓锡神僧:指宝志禅师。卓锡,卓,植立;锡,锡杖,僧人外出所用。因谓僧人居留为卓锡。

〔3〕法幢:譬喻佛菩萨之说法。意谓妙法高耸,如幢之上出;又如猛将之建幢旗,能伏魔军而得胜也。剪尺:疑为戒尺之误。戒尺为法器之一,或单称尺,即在举行皈依、剃度、传戒、说法等法会时,用以警觉大众或安定法会秩序的法具。留戒尺,指当年祖师说法的戒尺留传下来。

〔4〕灵塔护风雷:意谓灵塔为风雷所呵护。相传山谷寺宝塔因有神灵护佑,塔上莓薛不生,每岁且有龙来洗塔,来时则雷电晦暝,腥风扑鼻。明李元阳《游皖山记》曾记其事:"皖山在潜山县,世传汉以皖为南岳,其麓有汉祠坛。嘉靖戊戌夏……渡江漫游,遥见三峰插天,遂问路至皖岳之下。登麓五里,投三祖寺宿。平旦,谒殿礼塔,因避雨塔腹。僧曰:'每岁夏仲,有龙水洗塔,今尚未也。'予疑其言,以为有雨则洗,奚必龙乎?殆僧神其说耳!顷之,忽雷电交作,予欲趋塔腹避雨,僧遽挽袖曰:'不可!观此景象,当是龙来也。'雨顿翻盆,予愀然。立廊下候之,则见大水从塔腹而出,铿鞳之声如江涛然,顷之顿止。验其流注之地,皆雀蝠余秽,起视塔腹,纤尘不存矣。尝闻浮屠所在,神龙诃护,信哉!"

〔5〕"石牛"句:石牛及石牛洞在山谷寺西石牛溪旁。参见下条

"潜阳十景"之"石牛古洞"。

潜 阳 十 景[1]

十景传自古昔,不知何人命题,考之志书亦无题咏,予因考索题意,作十律。

舒 台 夜 月

台在治南五十步,宋王安石封舒王时所筑也。当夜月初升光辉,洞达士人往往携酒吟乐,余尝与焉。

皎皎团团出海迟[2],**舒王台上立多时。四时清影诗千首,万里晴光酒一卮**[3]。**李白疏狂真可拟,庾公高兴尚堪期**[4]。**乘闲几欲频登赏,不遣愁生两鬓丝。**

注释

〔1〕潜阳:潜山县的别称。古代山的南面或水的北面称"阳",因潜山县在潜山的南面,县治在潜水的北面,故称"潜阳"。

〔2〕皎皎团团:指月亮。因月又亮又圆,故称。皎皎,洁白、明亮貌。

〔3〕卮:古代盛酒器。

〔4〕"庾公"句:庾公,指庾亮,东晋重臣,明穆皇后之兄,执朝政。《世说新语·容止》记庾亮在武昌,佐吏殷浩、王胡之等人登南楼理咏,亮率左右十许人步来,诸人欲起避之,亮徐曰:"诸君少住,老子于此处兴复不浅。""高兴"即"兴复不浅",兴致很高的意思。

乔 公 故 址

乔公,名玄,汉时为太尉[1]。寓居舒州,与曹操交密。尝□

云:"殁后过墓当下车,不尔,令腹疼。"已而果然。在县东二里,有双溪之胜。孕二女,皆国色,世传大小乔是也。

山郭云荒太尉家[2],风流文彩尚堪夸。双溪绿莹连环玉,二女红妆并蒂花。野荠寒烟迷舞蝶,疏林落日噪栖鸦[3]。鸡坛有誓元成戏[4],解使曹瞒一下车[5]。

注释

〔1〕太尉:官名。早期设太尉官多半和军事有关,汉代后期带有虚位性质,不同于丞相、御史大夫等官职。

〔2〕山郭:山城,山村。郭,古代在城的外围加筑的一道城墙。云荒:荒芜,荒凉;云,助词。

〔3〕"野荠"二句:野生的荠菜满地,寒冷的烟雾朦胧,连飞舞的蝴蝶也迷失了方向;太阳落山时,栖息在稀疏的树林中的乌鸦不停地乱叫。寒烟,寒冷的烟雾,荒野烟雾。形容荒漠凄凉的景象。

〔4〕鸡坛:指朋友盟誓之处。

〔5〕解使:能令。曹瞒:指曹操,曹操小字阿瞒。

玉漱崖诗

诗崖在治西十五里。岩谷峭绝,泉声出溪石间,琮琤如玉[1]。但不知留诗者何人,苔雨昏蚀不可辨认。然景趣绝佳,可游乐也。

断文经雨藓痕班,决决溪流响佩环。金石乱音飘象外,乾坤清气落人间。秋风动处情偏逸,夜月来时景自闲。多少游人觐访古,夕阳满地不知还。

注释

〔1〕琮琤:象声词,形容玉石相击声。"玉"字原缺,据文意补。

酒岛流霞

酒岛在治北十五里。有大石枕溪足,莹洁平坦,可容八九人。每山雨初霁,波光林影,明媚秾馥,醺然有醉人之趣,是可喜也。

一溪花雨弄新晴,满眼波光入座清。酌酒每疑鱼鸟醉,吟诗常觉鬼神惊。雷霆不入刘伶耳[1],风月偏怡李白情。纵使兰亭佳胜在[2],欢游未必称平生。

【注释】

[1] 刘伶:魏晋沛国名士,字伯伦,竹林七贤之一,曾任建威参军,嗜酒放达。
[2] 兰亭:地名。位于浙江省绍兴市兰渚山下。春秋时越王勾践种兰于此,东汉时建有驿亭。东晋永和九年,大书法家王羲之邀请四十一位文人雅士在兰亭举行曲水流觞盛会,并写下被誉为"天下第一行书"的《兰亭集序》。

石牛古洞

石牛在山谷寺后岩洞间,形状与牛无异。昔鲁直读书洞中[1],每暇日辄骑坐为乐。李龙眠作图传于世[2]。古今游者,往往镌诗石壁间,历历可见。

洞里虚明别有天,化牛端不记何年[3]。溪云起处疑嘘气,涧水枯时想饮泉。鲁直往来骑正稳,伯时老去画偏传。游人吟赏应无倦,剩把新诗石上镌[4]。

【注释】

[1] 鲁直:宋黄庭坚字。
[2] 李龙眠:即李公麟,公麟字伯时,号龙眠居士。舒州桐城人。

北宋画家。

〔3〕端:的确,实在。

〔4〕剩:更。

九 井 西 风

九井在治北二十里。岩谷险峻,瀑泉喷急,深不可测。每风起石窦间,凛凛向西[1],旦暮不息,虽盛夏亦然。他邑多蚊螨[2],此处独无,亦可喜也。

从来此地只西风,肯与人间节令同。寒气四时生枕簟[3],凉飙终日在帘栊[4]。梧桐凋叶应难定,灯火亲书信有功。夏夜几回乘月坐,不教挥扇却蚊虫。

注释

〔1〕凛凛:寒冷貌。

〔2〕蚊螨:蚊子。

〔3〕枕簟:枕席。簟,竹席。

〔4〕凉飙:秋风。帘栊:挂着帘子的窗子。栊,窗子。

山 谷 流 泉

山谷在治北十五里,境趣幽胜,今为三祖寺。泉水往往出岩石间,虽大旱不竭,民多赖焉。

重重佛屋锁岩肩[1],几处流泉入夜听。午饭斋厨分竹枧[2],春茶小鼎汲铜瓶[3]。溪头鹿饮云光动,洞底龙归雨气腥。应出寺门功更普,满田禾黍望中青。

注释

〔1〕岩肩:山洞之门。也指山居之门,或借指隐士的住所。

〔2〕竹枧：竹子做成的过水器。

〔3〕汲：从下往上打水。

天 柱 晴 雪

天柱在治北三十里，与潜皖二峰相并，独高峻秀洁。每天雨澄霁积雪，宛然如玉，光彩照耀，殊可玩也。

孤峰屹立耸层霄，积雪多年未易销。万丈寒光通碧汉〔1〕，一团晴影动琼瑶〔2〕。何人化鹤归辽海〔3〕，有客骑驴过灞桥〔4〕。安得乘风临绝顶，尽收清气入诗瓢〔5〕。

【注释】

〔1〕碧汉：青天。

〔2〕琼瑶：美玉，此指雪花。

〔3〕何人化鹤归辽海：晋陶潜《搜神后记》卷一载："丁令威，本辽东人，学道于灵虚山，后化鹤归辽，集城门华表柱。时有少年，举弓欲射之。鹤乃飞，徘徊空中而言曰：'有鸟有鸟丁令威，去家千年今始归。城郭如故人民非，何不学仙冢垒垒。'遂高上冲天。今辽东诸丁云其先世有升仙者，但不知名字耳。"此句乃化用这一典故。

〔4〕有客骑驴过灞桥：宋孙光宪《北梦琐言》卷七载："唐相国郑綮虽有诗名，本无廊庙之望……或曰：'相国近有新诗否？'对曰：'诗思在灞桥雪中驴子上，此处何以得之？'盖言平生苦心也。"

〔5〕诗瓢：据载，唐末隐士唐球喜爱做诗，每做好诗后，皆藏于瓢中，临死前，将瓢投入江中，为识者所得，曰："唐山人瓢也。"后便以"诗瓢"指贮放诗稿的器具。

吴 塘 晓 渡

吴塘在治北十里〔1〕，山谷寺西。昔曹操使郡守朱元光筑堰于此，以灌皖田，后为吴将吕蒙所夺，今济渡处是也。两岸人家，皆山光柳色,映带远近。每日出,渡者尤多。

两岸青山一叶舟,几人争竞立沙头。松边古寺分歧路,柳外人家映浅洲。霞气晓迎红日上[2],烟光晴共白云浮。当年筑堰功犹在,未必曹瞒失所筹[3]。

注释

〔1〕吴塘在治北十里:误。应在县治西南十五里。
〔2〕霞气:犹云气。
〔3〕筹:谋划。

丹 灶 苍 烟

丹灶在潜峰左址[1]。岩径深邃,名上炼丹,昔左慈烧药于此。慈多幻术,尝设盆水钓鲈鱼[2],曹操甚异之。天晴日朗,烟霏起林薄间,苍翠明灭,浓淡不常,殊可眺玩。

烧药炉倾客到稀,野烟终日护岩扉[3]。如明似暗依朝旭,乍澹还浓映落晖。抱子玄猿寻树宿[4],将离老鹤认巢归。飙车何处行仙技,定有鲈鱼坠钓肥。

以上《潜阳十景》均辑自《(天顺)直隶安庆郡志》卷一二《题咏》

注释

〔1〕潜峰左址:地址在潜峰之左。
〔2〕"慈多幻术"三句:《神仙传》载,左慈字元放,庐江人。见汉祚将尽,乃学道术。精思于天柱山中,得《石室九丹金液经》,神变百端。曹操闻而召之。闭一室中,断谷食,日与二升水,期年出之,颜色如故。操欲学道,左慈曰:"学道当清净无为。"操怒,谋杀之,为设酒。慈乞分杯。饮酒时天寒,温酒尚未热,慈拔簪以画杯酒,酒即中断,分

为两向。慈饮其半,送半与操。操未即饮,慈乞自饮。饮毕,以杯掷屋栋,杯便悬着栋,动摇似鸟飞之状,似欲落不落,一坐瞩目视杯,已失慈所在。操尝会宾,顾众曰:"珍羞俱备,所少吴鲈鱼耳。"慈求铜盆贮水,以竹竿钓。须臾引鲈出,操曰:"一鲈不周坐席。"慈更饵钩,沉之,复引出,皆三尺余。操脍之。

〔3〕岩扉:岩洞之门。

〔4〕玄猿:黑猿。

解题

潜山有所谓"潜阳十景"。

一曰"舒台夜月",即舒王台,简称舒台。在今潜山县城内天宁寨。王安石任舒州通判时曾在通判厅旁之潜峰阁中夜夜读书吟哦,兴浓时竟至通宵达旦。后安石封舒王,舒人筑台纪念他。旧志载,其台"螺旋而上者数丈,月夜登眺,山黛朦胧,湖光缥缈,万井楼台在目",为一郡之胜概。今已圮。

二曰"乔公故址"。乔公即乔玄。相传东汉末年,乔公因避乱迁居潜山,有二女,皆国色。孙策克皖,娶大乔;周瑜娶小乔。县城东三里彰法山麓,旧为乔公故宅;南唐改为双溪寺,宋更名广教寺。其处溪流回迂,松竹苍秀,以清幽著称。旁有乔公墓、胭脂井。

三曰"诗崖漱玉"。在距山谷寺一里处潜水南岸。此处苍崖瑰奇,悬削如壁。壁间镌满唐宋诗刻,因称"诗崖"。其崖下临碧潭,潜水清流萦洄,涟漪激荡,冲刷崖壁,泠泠有声。水溅如珠,石漱似玉。故称"诗崖漱玉"。

四曰"酒岛流霞"。山谷寺前溪流中有石岛,石色殷如赤玉,清流映彻,光彩绚烂如霞。游人每于此泛觞,不减兰亭辋川之胜。后为泥沙淤塞,疏浚之,石色波光如故。

五曰"石牛古洞"。在山谷寺西山谷间。其处崖头前倾,崖壁内凹,呈洞龛状。潺潺溪水自洞前汩汩而流。旁有大石如牛眠,溪涧石上有二蹄迹。环壁刻唐宋人诗。相传黄庭坚尝读书洞中,每暇日辄骑坐石牛为乐。北宋著名画家李公麟为之绘图。

六曰"九井西风"。潜山县治西二十九里天祚宫前有九井河,其间多悬流飞瀑,苍松翠竹。西风每夜从此吹起,自山谷、真源以至沙河,松吟竹韵,谷应山鸣,虽盛夏亦然。他邑多蚊螨,而此处独无。旧志载,"宝志公与白鹤道人斗智,道人设九厕于左,志公卓锡九井,为西风反吹焉"。此乃齐东野人语,恐不可信。

七曰"山谷流泉"。在山谷寺佛殿后,有黄庭坚题额。始为流泉,后以石砌周围,澄泓不流,名曰摩围泉。其水清洌,酷暑饮之,沁人心脾。烹茶酿酒尤佳。相传黄庭坚最爱饮此泉,遂自号摩围老人。

八曰"天柱晴雪"。在天柱山青龙涧北侧,其山岩石久经风化,变为白砂,阳光照其上,皎莹如雪。登山一望,见苍松翠竹间,如堆盐积玉,光彩照人,故为天柱奇观。或谓"天柱晴雪"在天柱寺之左。其山面西,有石块然峭拔,色苍而黝,露泹其上,旭日自山后转映之,遍山莹然如雪,晶光四射。夜月时亦然。

九曰"吴塘晓渡"。皖山山谷南潜水流经处有吴塘陂。其陂为魏扬州刺史刘馥创修,曹操使庐江太守朱光大开堰陂,以溉稻田。后为吴将吕蒙所夺,因称"吴塘"。吴塘陂设有渡口。旧志称:"两岸山光柳色,映带远近,每日出时,渡者尤多。及月明返棹,古寺钟声,一幅天然画图。若中天竞渡,锦标楼船,画鼓箫管,尤以胜概。"今渡口不存,已建公路大桥。

十曰"丹灶苍烟"。在县治西三十里潜峰之左,其处崖径深邃,名上炼丹,昔汉左慈烧药于此。至今天晴日朗,烟雾起林薄间,苍翠明天,浓淡不常,有似左慈烧灶炼丹,青烟袅袅。故谓之"丹灶苍烟",亦列为十景之一。

"潜阳十景"名称不知创于何时,亦不知何人命题,但系统形之于诗歌则始自邓经。其诗十首分别吟咏各景观,且各有小序交代原始,能使读者领略潜山山川之胜概,人文地理之优越,文化底蕴之深厚,宗经不朽矣!

游 真 源 宫

胜地即仙家,瀛州讵足夸[1]。径苔滋雨润,檐树拂云斜。卧榻江澄月,吟窗岭散霞。鹤晴春正哺,蜂暖晚初衙[2]。棋映垂枰柳,琴香落座花。涧光摇锦鲤,泉彩动金蛙。蒲石攒新叶[3],兰盆茁秀芽。松庭闲晒药,竹臼静敲茶。宝匣虹藏剑,丹炉火伏砂。倩僧尝法酒[4],招客饮胡麻[5]。兴饶寻山屐[6],心清上汉槎[7]。静中观会劫[8],闲里阅年华。论道冰余味,谈诗玉莹瑕。过从良不怠[9],幽思浩无涯[10]。

辑自《(天顺)直隶安庆郡志》卷一二《题咏》

解题

此诗歌咏了真源宫幽美的环境、道士悠闲的生活与自己游历其中的感受。诗人说,这所名胜之区即是神仙之家,传说中的瀛州哪里值得夸耀呢。这里小路上的苔藓下雨后更加滋润,屋檐边的树木上掠白云。卧在床上可见清澈江水中月亮的倒影,在窗边吟诗时,山岭上散射着霞光。春日晴好,白鹤正在哺育幼鸟;春暖花开,蜂儿开始排列成行。下棋时,棋枰边映着垂柳;弹琴间,座位上落下香花。溪涧中养锦鲤,游弋时波光闪闪;泉水里有金蛙,跳跃间色彩斑斓。生于石上的菖蒲正攒集着新叶,兰花在盆中刚长出好看的嫩芽。松树掩映的庭院里有人在悠闲地晒药,有人在竹臼中捣制新茶。宝匣中藏着伏妖降魔的青虹宝剑,丹炉火里正在炼制能使人长寿的朱砂。道士们有时请僧人尝一尝自己酿的法酒,有时招来客人饮用胡麻茶。兴浓时你可穿上木鞋去登山,心境清静则可在冥想中登上遨游天河的木筏。在这幽静闲暇中看着时间的流逝,经历着岁月年华。朋友们互相来往从不怠惰,大家论道谈诗,心中冰清玉洁,不带任何杂念,而深沉的思考则如水势浩渺,无边无际。真源宫这座神仙洞府真是名不虚传,难怪诗人在任潜山教谕秩满致仕后,便家于潜东门外,筑颐老庄以自娱,再也不肯离开了。

注释

〔1〕瀛州:传说中的仙山。

〔2〕衙:排列成行。

〔3〕蒲:即菖蒲。传说阳城人王兴闻仙人教汉武帝服菖蒲,乃采服之不息,遂得长生。见晋葛洪《神仙传·王兴》。攒:聚集。

〔4〕倩(qìng):请人。法酒:按官府法定规格酿造的酒。

〔5〕胡麻:即芝麻。相传汉张骞得其种于西域,故名。一说胡麻即古代五谷之一。商周时已种植,非国外传入。前冠"胡"字,乃表示在五谷中地位重要之意。晋葛洪《抱朴子·仙药》:"巨胜一名胡麻,饵服之不老,耐风湿补衰老也。"相传东汉永平年间,剡县人刘晨、阮肇入天台山采药,遇二女子邀至家,食以胡麻饭。半年后回乡,子孙已历七世。见南朝宋刘义庆《幽明录》。后因以"胡麻饭"指仙人的食物。

〔6〕山屐:登山用的木屐。

〔7〕汉槎:传说古时天河与海相通,汉代曾有人从海渚乘槎到天河,遇见牛郎织女。槎,木筏。

〔8〕会劫:此指时间流逝。会,宋邵雍《皇极经世书》卷一有"元会运世"说,邵雍将时间历程划分为元、会、运、世四个单位。一元为十二会,一会为三十运,一运为十二世,一世为三十年。每会一万零八百年。劫,佛教名词。"劫波"(或"劫簸")的略称,意为极久远的时节。古印度传说世界经历若干万年毁灭一次,重新再开始,这样一个周期叫作一"劫"。

〔9〕过从:互相往来;交往。

〔10〕幽思:深思;沉思。

题真源宫程可久听雪轩

醉骑白鹤访仙家,大地齐开六出花[1]。四座俄惊蚕食叶,八窗频听蟹行沙[2]。光摇银海秋无际[3],色映琼田夜有华[4]。虚白满空蟾影堕[5],只愁无地觅黄芽[6]。

辑自《(天顺)直隶安庆郡志》卷一二《题咏》

解题

程可久,其人不详,或为真源宫道士。本诗全篇围绕"雪"字而展开,既状雪落之声,又写眼中雪景。末句"无地觅黄芽"一语双关,且不乏调侃揶揄的意味。

注释

〔1〕六出花:雪花的别称。
〔2〕"四座"二句:蚕食叶,蟹行沙,皆状雪降落之声。
〔3〕银海:形容雪景,言白雪茫茫有如一片银海。又道家谓目为银海。
〔4〕琼田:传说中能生灵草的田。此处形容莹洁如玉的江湖、田野。华:光彩,光辉。
〔5〕虚白:洁白;皎洁。心中纯净无欲。蟾影:月影;月光。
〔6〕黄芽:道士炼外丹,以铅汞置于土鼎内,结成黄色芽状之物,名之黄芽。炼丹家认为是铅之"精华",用作丹药的基础。

游天宁寺鹫峰禅房

舒王台上梵王宫[1],山拥晴岚入座浓[2]。四境共参三世佛[3]，万家同听五更钟。莓苔石踞浑疑虎，松竹檐齐欲化龙[4]。喜有仪公能好静[5]，禅房常遭白云封。

辑自《(康熙)潜山县志》卷一二《艺文下》

解题

天宁寺，全称"天宁报恩教寺"，在县治东南。宋庆历二年佛眼禅师创建。甲辰年僧广昶徙建于舒台。明洪武重修。此寺前朝文峰塔，后有舒王台，擅一邑之胜。明末史可法驻兵于此，改称天宁寨。禅房为修禅者之房舍，总名僧之居室。鹫峰，天宁寺禅房名。鹫峰本为灵鹫山的别称，亦称"鹫岭"、"鹫台"，即耆阇崛山。位于古印度摩揭陀国王舍城东北部。相传释迦牟尼曾在此居住并说法多年。寺僧取以名禅房。天宁寺早已废毁，读此诗可领略当年寺院绿树翠竹环抱、周遭白云缭绕、四方信徒齐来礼佛、五更钟声长鸣之胜概。

注释

〔1〕梵王宫：梵王是婆罗门教最尊之神大梵天王，"梵王宫"即泛指佛寺。

〔2〕晴岚：晴天山中的雾气。

〔3〕三世佛：指过去、现在、未来三世之佛。过去佛指迦叶等佛，寺庙塑像中一般特指燃灯佛；现在佛指释迦牟尼佛；未来佛指弥勒佛。这三世佛被称为"竖三世佛"。又指三个世界的佛，即东方净琉璃世界的药师佛，娑婆世界的释迦牟尼佛，西方极乐世界的阿弥陀佛。这三世佛被称为"横三世佛"。

〔4〕"莓苔"二句：意谓石上长满莓苔，简直使人怀疑它是蹲坐的老虎；松竹与屋檐齐平，看上去似欲化龙飞去。浑，简直，几乎。

〔5〕仪公：其人不详，当为天宁寺僧。公，对人的尊称。

皖山草堂为卢士恒题

草堂深处访卢遨[1],潜岳天青手可招。畦暖绿繁天柱茗[2],堑香红绽石塘椒[3]。观书竹座秋阴转,晒药松床宿雨消[4]。老我桥东新构宅[5],过门三里未应遥[6]。

辑自《(康熙)潜山县志》卷一二《艺文下》

{ 解题 }

此诗歌咏了皖山草堂清幽的环境与主人卢士恒惬意的田园生活,诗人并引对方为同调,邀他时相过访。

{ 注释 }

〔1〕卢遨:或为卢士恒之名。盖皖山草堂主人名遨,字士恒。

〔2〕"畦暖"句:意谓天气暖了,田园中天柱茶一片碧绿,长势繁茂。畦,泛指田园。天柱茗,即天柱茶。天柱茶为舒州天柱山特产,唐代即已知名。唐佚名撰《玉泉子》:"昔有人授舒州牧,李德裕谓之曰:'到彼郡日,天柱峰茶可惠三角。'其人献之数十斤,李不受,退还。明年罢郡,用意精求,获数角,投之。德裕阅而受曰:'此茶可以消酒食毒。'乃命烹一瓯沃于肉食内,以银合闭之。诘旦,因视其肉,已化为水。众服其广识。"又唐杨晔《膳夫经手录》:"舒州天柱茶虽不峻拨遒劲,亦甚甘香芳美,可重也。"

〔3〕"堑香"句:盆地中飘着香气,那里的石塘椒正绽放着红色。堑,此指地堑,即长条形盆地。石塘,地名,在潜山县治东北十五里。

〔4〕"观书"二句:秋日里天气由阴转晴,可坐在竹椅上看书;久雨消退,则在松木床上晒药。宿雨,经夜的雨水,久雨。松床,松木床,极简陋的床。

〔5〕新构宅:指作者所筑颐老庄。参见下诗《颐老庄自咏》。

〔6〕过门:登门;上门。

颐老庄自咏

潜山县东春雨晴,三里桥下新水生[1]。村边老农驾牛出,残月常带晨星明。床头腊酒高春熟[2],瓮面飞花拂云绿。社友频来竹下亭,山僧或过梅边屋。正当二月三月时,桃花吐芳蒲叶齐。水筒车转飞雨集,鹅鸭唼喋黄莺啼[3]。开门正对溪南柳,柳色溪光淡于酒。峰峦天际看云收,数朵芙蓉落窗牖[4]。平生爱读神农书[5],石田带经还自锄[6]。扶藜懒迎俗士驾,著屐爱造高人庐[7]。宦情于我浮云薄,老至一官犹自缚。人生适意总为家,何必还乡问城廓!秋风禾黍熟黄云,箫鼓村村赛社神[8]。手携七尺东坡杖,头带一副渊明巾。逍遥皖水潜峰侧,万事无心挂胸臆[9]。划然长啸赋归欤,浩荡乾坤响金石[10]。

辑自《(康熙)潜山县志》卷一二《艺文下》

解题

邓经典教潜山时,乐其风土之厚,山川之美,遂卜居于县治东五里之三里桥。负郭有腴田三十亩,宅一区,周围美竹梅树环绕,石涧中流泉瀺灂。过从者非文学之秀,则方外清流,徜徉啸咏,穷日而止,不知身滞殊乡而老之将至也。故颜其宅曰"颐老庄",并赋诗自况。本诗歌咏了诗人自己素秉烟霞泉石之性,不愿为官自缚,只想致仕归老潜皖,带经耕耘,探幽寻胜,与隐士、修道者相往还,与田夫野老相忘于场圃间,过一种平凡自由的乡间生活。据载,诗人至京城考绩引疾辞官,赋此诗赠朝廷相知之士,时太子少傅杨士奇,左春坊、左司直金实等都有诗或文相送(见金实《赠邓先生宗经归潜山诗叙》)。

注释

〔1〕三里桥：桥名。在潜山县治东五里。

〔2〕腊酒：指腊月(农历十二月)里自酿的米酒，开春后饮用。高春：晚春。

〔3〕喽喋：象声词，鱼和水鸟鹅鸭的吃食声。

〔4〕芙蓉：荷花的别名。此指天柱诸峰峭壁耸立，直入云端，有如数朵芙蓉花开。窗牖：窗户。

〔5〕神农：即炎帝。传说中的古帝王。教民稼穑，大兴农业，遍尝百草，相传《本草》一书即为神农所作。李白《题随州紫阳先生壁》："神农好长生，风俗已久成。"韦应物《种药》："好读神农书，多识药草名。"

〔6〕带经：即带着经书锄地。

〔7〕高人庐：不同凡俗之人的居所。高人，不同凡俗之人，志行高尚之人。多指隐士、修道者。

〔8〕箫鼓：箫声与鼓声。赛社神：即设祭酬土地神。唐张籍《江村行》："一年耕种长苦辛，田熟家家将赛神。"社神，即土地神，是中国古代神话中管理一小片地面的神，又称"土地"，俗称"土地爷"、"土地公"。为道教所尊奉。

〔9〕胸臆：心意。内心所想，心中所藏。

〔10〕"划然"二句：意谓自己断然长啸一声吟着"回家吧，回家吧"辞官归里，那声音如同钟磬之声响彻在广袤无垠的天地之间。划然，断然。长啸，撮口发出悠长清越的声音。古人常以此述志。宋苏轼《和林子中待制》："早晚渊明赋《归去》，浩歌长啸老斜川。"赋归欤(yú)，《论语·公冶长》："子在陈曰：'归欤，归欤！'"后因以"赋归欤"表示告归，辞官归里。金石，此指钟磬发出的乐声。金，钟；石，磬。

李昌祺

李昌祺(1376—1452),名祯,以字行,江西庐陵(今江西吉安)人。永乐二年(1404)进士,选庶吉士。预修《永乐大典》,僻书疑事,人多就质。历广西、河南左布政使,并有惠政。致仕二十余年,屏迹不入公府,伏腊不充,故庐仅蔽风雨。卒年七十七。所著有诗文集《运甓漫稿》及文言小说集《剪灯余话》等。生平事迹见《皇明名臣琬琰录》卷二四钱习礼撰《李公墓碑铭》、《明史》卷一六一、《国朝献征录》卷九二等。

题会乩邓宗经先生颐老庄

潜郊晦晦皆稻田[1],大畦小疃相接连。先生豫为休退计[2],剩买百亩荒城边[3]。仍将数亩构书屋,扁以颐老争夸传。罢官拂袖便居此[4],肮脏肯受虚名缠!桃冠芒鞋紫竹杖[5],手版纳却轩车悬[6]。青衿问奇定载酒[7],白足结社非逃禅[8]。宁甘食力事耕耨,敢厌诲人抛简编[9]!乘闲偶出值野叟,稼穑话久因忘还。向晚归家窗户暝[10],酒浆旋设灯初燃。芹羹炊香杂薯芋,絮被卧暖兼缯绵。方知随处有佳境,奚必镜水稽山妍[11]!亲朋凋零故乡远,兹地卜筑应前缘[12]。相期与君慎终始,恐是晚节稀能全[13]。叩门昏夜得富贵[14],吁嗟有若乞丐然。但当益励固穷志[15],居易俟命从华颠[16]。

辑自《运甓漫稿》卷二

解题

此诗歌咏了邓经在潜山县城郊外颐老庄的隐居生活。诗中描绘了颐老庄周围秀美的风光,对邓经不图富贵,隐身山水,过普通人生活的古朴高洁情怀表示了景慕。诗人为晚年与其见面机会将会越来越少而伤感,并表示自己要更加磨励安守穷困之志,守道不移,处于平安的地位等待天命。诗歌语言质朴,格调冲淡,叙事亲切感人,能给人以味久弥醇之美感。

注释

〔1〕畮畮:亩亩。

〔2〕豫:同"预"。

〔3〕剩买:多买。

〔4〕拂袖:拂袖而归。即一甩衣袖归隐而去。形容坚决归隐,毫无留恋。

〔5〕桃冠:以桃木为冠。芒鞋:用芒茎外皮编织成的鞋。亦泛指草鞋。

〔6〕手版:古时官吏上朝或谒见上司时所持的狭长板子,用玉、象牙或竹制成,以备记事。纳却:缴还。轩车:古代一种有帷幕的车,为官者所乘坐。

〔7〕青衿:青色交领的长衫。古代学子和明清秀才的常服。

〔8〕白足:即白足和尚。名昙始,后秦鸠摩罗什弟子。传说其足白于面,虽跣涉泥水而未尝污湿,故称。见南朝梁慧皎《高僧传·神异下》。后用为咏高僧之典。逃禅:禅宗用语。意为逃避打坐参禅。

〔9〕简编:指书籍。

〔10〕暝:幽暗,昏暗。指天黑。

〔11〕镜水:即鉴湖,镜湖。在今浙江绍兴市会稽山北麓。稽山:即会稽山。在今浙江绍兴市东南。相传夏禹大会诸侯于此。邓经本会稽人,"镜水稽山"为其故乡标志性景观。妍:美好。

〔12〕卜筑:择地建造住宅,即定居之意。

〔13〕晚节：此指晚年。
〔14〕昏夜：黑夜。
〔15〕固穷：谓安守穷困，守道不移。《论语·卫灵公》："君子固穷，小人穷斯滥矣。"
〔16〕居易俟命：处于平素的地位等待天命的到来。《中庸》："故君子居易以俟命，小人行险以侥幸。"华颠：白头，白发。

罗　庄

罗庄，江西庐陵（今江西吉安）人。洪武二十六年（1393）癸酉科举人，后任知县。其余不详。

潜山古风

淮西胜地称舒州，人烟浩渺林木稠。山奇水秀足灵秘，古云十景何清幽。

嵯峨天柱起天杪[1]，俯视群峰绝低小。多年积雪类琼瑶，日炙风喧融未了。

何人坐石临溪涯，笑把酒岛倾流霞。一杯之泉天所酿，至今风味犹堪夸。

山谷岩深泉澈底，清音乱入群僧耳。悠悠深涧出前山，一色瑶光净如洗[2]。

乔公二女秀所钟，秋水并蒂开芙蓉。只今零落遗故址，令人千古思余风。

诗崖石刻藏幽谷，水咽泉鸣如漱玉。琉璃击碎韵铿锵，清气逼人清彻骨。

仙人炼药已成丹,飙车一去何当还。火冷丹炉烟未息,至今仙迹余名山。

舒王台上古时月,曾见舒王为相业。年年月出有亏盈,相业污隆何足说[3]。

吴塘烟晓波溶溶,扁舟一叶西复东。纷纷行客过复渡,犹诧曹瞒筑堰功。

古洞石牛生特异,头角峥嵘颇相似。当时鲁直笑攀骑,铁笛吹残鞭不去。

九龙井畔多灵湫[4],西风日夕寒飕飕。居民不特少蚊蚋[5],六月不热疑清秋。

天生好境在人世,阆苑蓬莱奚足贵[6]。何当结屋傍潜峰,收拾诗瓢贮清气[7]。

辑自《(正德)安庆府志》卷一六《艺文志》

解题

此诗全篇所咏,即所谓"潜山十景"。首四句总述潜山山奇水秀,以下四句一景,分别是天柱晴雪、酒岛流霞、山谷流泉、乔公故宅、诗崖漱玉、丹灶苍烟、舒台夜月、吴塘晓渡、石牛古洞、九井西风。末四句感叹好景胜仙境,何时能依傍潜峰结一茅屋,将潜山秀美景色尽行写入诗中,流传于世。

注释

[1] 天杪(miǎo):天末,天的尽头。

[2] 瑶光:玉的光彩。原作"瑶花",据别本改。

[3] 污隆:升与降。常指世道的盛衰或政治的兴替。

[4] 湫(qiū):水潭。

[5] 蚊蚋:蚊子。

〔6〕阆苑：又称阆风苑，传说中仙人所居。蓬莱：蓬莱山的省称。古代传说中的神山。亦常泛指仙境。

〔7〕诗瓢：宋计有功《唐诗纪事·唐球》："球居蜀之味江山，方外之士也。为诗捻稿为圆，纳入大瓢中。后卧病，投于江曰：'斯文苟不沉没，得者方知吾苦心尔。'至新渠，有识者曰：'唐山人瓢也。'"后以"诗瓢"指贮放诗稿的器具。清气：清秀。

范　准

范准，字平仲，休宁（今属安徽）人。洪武中以明经任本县儒学训导，擢陕西吴堡知县。廉介清苦，升工部主事。所著有《鏊瓮稿》《西游率稿》等。生平事迹见《大鄣山人集》卷四《范工部平仲先生集序》《新安文献志》卷五七本传。

题小画留别韩文忠二尹

夜来梦到吴塘路^[1]，月冷霜寒白雁啼。今日题诗看画处，隔江山色是淮西。

辑自《新安文献志》卷五七

解题

这是一首题画诗。画中所写为淮西山水，作者因观画而触景生情，勾起了对自己昔日游吴塘的回忆。篇中诗画交融，迁想发挥，其清幽丽景，闲远余情，令人思味不已。

注释

〔1〕吴塘：指吴塘陂，在潜山县城西十五里。已见前注。

顾 勋

顾勋,番易(今江西鄱阳)人,洪武年间任怀宁县主簿。

潜 峰 毓 秀

　　潜峰去郡西百二十余里,其山有飞来、石榴、狮子、三台诸峰,而总名曰潜。又与皖山、天柱相连鼎峙,仰摩霄汉。凡雨霁,其色苍翠,蔚然而秀气,多钟于人物焉。

芙蓉万叠郁嵯峨[1],北镇同安搤太河[2]。天际云开排玉笋[3],城头雨过拥青螺[4]。曾惊毓秀兴文教,又见生贤佐泰和[5]。几度登临回首处,九天红日近无何[6]。

辑自《(天顺)直隶安庆郡志》卷一二《题咏》

解题

此诗为《郡志》所载"同安八景"之一。全诗用新颖贴切的比喻展示了潜峰的远景,它纯净、祥和而又富有情韵,表现了作者赏爱它的深情。诗中兼以山之孕育灵秀比喻人才培养,说是生员德才兼备有助于天地间产生冲和之气,并期待着一个太平盛世的来临。

注释

[1] 芙蓉:荷花的别名,此以比喻潜山天柱诸峰。已见前注。嵯峨:山势高峻。

[2] 镇:古代称一方的名山、主山为镇。镇又有镇压,使安定之义。同安:即安庆。安庆古称同安、舒州。搤(è):同"扼",扼住。太河:大河,此指长江。

〔3〕玉笋：比喻秀丽的山峰。亦可用以比喻"才士"众多如笋并立。

〔4〕青螺：指发髻,此喻远望中秀美的潜峰。

〔5〕泰和：指天地间冲和之气。意谓太平。

〔6〕九天红日近无何：字面意思是说,潜峰距离九天红日很近,暗喻太平盛世即将到来。无何,没有什么,不久。

吴文遵

吴文遵,潜山人,儒士。

题周瑜庙

当年奋迹起江东[1],成算都归掌握中[2]。借备荆州非妙略,摧瞒赤壁见英雄[3]。君臣义重胶投漆[4],湖海胸宽气吐虹。留得城南遗庙在,令人千古仰高风[5]。

辑自《(天顺)直隶安庆郡志》卷一二《题咏》

解题

周瑜庙,又称周将军庙,在舒州州治(今潜山县治)南一里。周瑜殁后,里人竞为立祠。至南唐保大十三年(955),刺史周挺购地,展拓其庙,徐铉为作《周将军庙碑铭》,并亲书碑文刻于石。宋淳熙十一年(1184),周必正来守舒州,询访祠宇,得于州城之荒园中,乃改立新庙,筑宫刻像而祀之,且绘其成于壁。又作《周将军庙碑》,刻石书之。二碑宋王象之《舆地碑纪目》、清周绍祖《安徽金石略》有著录。今庙、碑皆不存,文字分别载徐铉《徐公文集》、《(康熙)潜山县志》。

此诗评述了周瑜这位历史风云人物的功过成败,赞扬了他的豪迈气概。诗中言,瞻周瑜遗庙能令人们于千载之下仍旧仰慕其高尚风范;而读此诗,则亦能使读者想见周瑜当年纵横驰骋的风采。

注释

〔1〕奋迹:指奋起投身从事某活动。

〔2〕成算:早已做好的打算。指心中早有打算和想法。

〔3〕"借备"二句:意谓把荆州借给刘备不是奇谋奇计,但在赤壁打败曹操却显出英雄本色。备,指刘备。荆州,东汉州名。三国时吴荆州治所江陵,故城址在今湖北江陵。赤壁大战后,周瑜占了荆州城。刘备诣京口(今江苏镇江东南丹徒镇)见孙权,求借荆州一用,说是日后取了西川便还。并立下字据画押交给鲁肃。鲁肃带上借据说服了孙权,又到荆州城说服周瑜。这样刘备便以借为名得到荆州,并以大将关羽守之。后吴国几次派人来"讨还",刘备一再拖延。直至关羽败死,荆州方还归吴国。瞒,指曹操。已见前注。赤壁,地名。在蒲圻县西北、长江南岸之南屏山上,是三国时代周瑜大破曹操处。

〔4〕胶投漆:把胶投入漆中,胶、漆相黏合,密不可分。喻情投意合,难分难舍。

〔5〕高风:高尚的风范。

登山谷寺钟楼

鲸音一叩万缘空[1],独倚危栏思不穷[2]。梵呗尽飘红日外[3],佛灯长照白云中。桫椤影转瓢棱月[4],薝蔔香通鼻观风[5]。翻忆潘王归去后[6],林间何处觅诗翁[7]。

辑自《(天顺)直隶安庆郡志》卷一二《题咏》

解题

此诗叙写作者登山谷寺钟楼时所闻、所见及所思。洪亮的钟声,飘入天际的梵呗声,供于佛前的灯火,能使人易入禅定的桫椤树和郁金花,诗中将寺院的宗教气氛描绘得活灵活现,使人如同亲临其境。末二句说是潘王二人归去之后,寺院里就再也没有会写诗的人了,其中既有对先贤的怀念,也有对后世寺院僧人的暗讽,并由此引出一段历史佳话。

注释

〔1〕鲸音:洪亮的钟声。万缘空:一切皆空。万缘,佛教指一切因缘。空,佛教名词。指事物之虚幻不实,或指理体之空寂明净。佛教认为世界一切事物和现象皆是因缘所生,刹那生灭,事物本身并不具有任何质的规定性,都不是独立存在的实体,而是虚幻不实的,故称为"空"。《般若心经》谓:"色不异空,空不异色,色即是空,空即是色。"

〔2〕危栏:高栏。

〔3〕梵呗:"呗"为"呗匿"(梵文 Pāthaka)音译之略,亦译"婆陟""婆师",意译"止断止息"或"赞叹"。指佛教徒以诗偈形式赞唱佛、菩萨功德的颂歌,须用梵音演唱,可由乐器伴奏。

〔4〕桫椤:树名。梵文音译。或译为"娑罗"。传说释迦牟尼八十岁时于拘尸那拉城外桫椤双树林圆寂。我国寺庙中多以七叶树代替。瓢棱月:指月亮的棱角像瓢形。

〔5〕薝蔔:梵语 Campaka 的音译。又译作瞻匐、瞻卜伽、旃波迦、瞻波等。意译为郁金花或金色香花。据说闻此花香可使人入禅定。《维摩经·观众生品》曰:"如人入瞻匐林,唯嗅瞻匐,不嗅余香。如是若入此室,但闻佛功德之香,不乐闻声辟支佛功德香也。"观风:《智度论》十七:"嚣尘蔽天日,大雨能淹之。觉观风散心,禅定能

灭之。"

〔6〕翻：翻转，回转。潘王：潘指潘阆。潘阆字逍遥，大名（今属河北）人。宋太宗至道元年（995）赐进士及第，授四门国子博士。以事得罪，变姓名逃遁潜匿舒州，以卖药为生。真宗时获赦，出为滁州参军。诗名甚著，时人谓有唐风。曾题咏三祖寺钟楼。宋刘攽《中山诗话》："太宗晚年烧炼丹药，潘阆尝献方书。及帝升遐，惧诛，匿舒州潜山寺，为行者。题诗于钟楼云：'绕寺千千万万峰，忘第二句。顽童趁暖贪春睡，忘却登楼打晓钟。'孙仅为郡官，见诗，曰：'此潘逍遥也。'告寺僧呼行者，潘已亡去。"或言潘阆后归骨于天柱山。王所指何人，不详。当亦为曾寄食于三祖寺，且题其钟楼者。

〔7〕林间：即丛林之间，指较多僧人集中居住的地方或场所，犹如树木丛集成林，因而得名。实为规模较大的寺院的别称。

游 真 源 宫

潜阳览胜得真源，金碧楼台势插天。白鹤夜翻松顶露，青牛晴卧洞中烟〔1〕。围棋石畔多忘世〔2〕，采药林间半是仙。笑我碧霞丹已熟〔3〕，未知何日脱尘缘〔4〕。

辑自《（天顺）直隶安庆郡志》卷一二《题咏》

解题

作者此诗以清丽的语言塑造了一个悠闲安适、清新幽美的人间乐园，有陶渊明"桃花源"的旨趣，曲折地表现了他对现实世界的不满和厌恶，对理想境界的向往和追求。

注释

〔1〕"白鹤"二句：黑夜中，归巢于松顶的白鹤不时翻飞，打落了

松树上的露水;晴日里,青石牛静卧于古洞,洞中云雾缭绕。

〔2〕围棋石:在三祖寺北之赵公岭。相传道士赵真人尝居岩下,其上有下棋石。一日,真人与一仙人对弈,仙人予一棋子令吞之,辄仙去。忘世:忘却世情。指不追求利禄,忘记尘世烦嚣。

〔3〕碧霞丹:即仙丹。碧霞,青色的云霞,多用以指神仙或隐士所居之处。

〔4〕尘缘:佛教、道教谓与尘世的因缘。

云林庄自咏

屋头岚翠滴衣浓[1],云迫蓬壶有路通[2]。龟放石池毛尽绿,鹤巢烟嶂顶全红[3]。琴书润透松溪雨[4],枕簟生凉竹径风。仙客采芝归已晚[5],数声长笛月明中。

辑自《(天顺)直隶安庆郡志》卷一二《题咏》

解题

这是作者对自己的栖隐之所云林庄的题咏。诗中着力描绘了笼罩屋顶的苍翠色山雾,盈盈舒卷的烟云,巍峨秀拔的峰峦,浓阴袭人的苍松,潺潺流过的溪水,使人生凉的竹径,放养池中的绿毛龟,以及白鹤、琴书、采摘芝草、月夜长笛等一系列悠远神奇的审美意象,传达出自己隐居遁世的人生情怀。

注释

〔1〕岚翠:苍翠色的山雾。

〔2〕蓬壶:即蓬莱山,古代传说中的海上仙山,因其形如壶器,故称。

〔3〕烟嶂:云雾缭绕的山峰。

〔4〕琴书：琴和书籍。多为文人雅士清高生涯常伴之物。

〔5〕采芝：采摘芝草。古以为服芝草可长生。故"采芝"多用以指求仙或隐居。

周 忱

周忱（1381—1453），字恂如，号双崖，吉水（今属江西）人。永乐二年（1404）进士，选庶吉士。历官刑部主事、刑部员外郎。与修《永乐大典》《五经大全》《四书大全》《性理大全》。善理财。洪熙元年（1425）起官，历越王府长史、工部右侍郎、工部尚书。著有《双崖集》八卷。

题孟端所赠凤尾竹　有序

永乐乙未冬[1]，余与孟端同在秘阁[2]，林壑先生谒选南归[3]，孟端写此以赠。数月而孟端卒。卒之后又五年为庚子之春，余过潜山，林壑出此示余，且命题之。展玩三叹，宛见谏议之面[4]。呜呼！此竹在当时已不易得，况今日乎？后数十年从可知矣。是春三月望日识。

近年写竹谁最奇，九龙山人游凤池[5]。丹青不著维水墨，挥洒甚易求难得。偶然半醉笔不停，兔起鹘落魑魅惊[6]。千丛尽得雾雨态，数叶便有风烟情。推蓬偃谷□苔径[7]，或作婵娟或幽静。日晏疑闻萧瑟声[8]，月明忽讶琵琶影[9]。当时爱者非一人，特缣不顾常发嗔[10]。一枝劲节岁寒操，为君写此诚殷勤[11]。南窗展玩空掌击[12]，此翁已无真可惜。请君什袭向床头[13]，不须更慕文庠州[14]。

辑自《（天顺）直隶安庆郡志》卷一二《题咏》

解题

诗题中的孟端,即明代画家王绂。王绂(1362—1416)字孟端,号友石生,以隐居九龙山,又号九龙山人。为明太祖洪武时生员。因事被连累,谪戍至山西达十余年。成祖朱棣永乐初,以善书法曾被推荐,供事于文渊阁,官至中书舍人。他擅画山水,或学王蒙画高山,画风苍郁清润;或学倪瓒画远水,画风平淡简逸。尤擅墨竹,其竹"出姿媚于遒劲之中,见洒落于纵横之外",一时影响很大。其山水大轴《山亭文会图》今藏台北故宫博物院。绂亦能诗,著有《友石山房集》行于世。

此诗为永乐十八年三月十六日所作。当时作者周忱途经潜山,邓经出示永乐十三年自己谒选南归时王绂所赠《凤尾竹》册页,并请题识。周忱遂作此诗并小序题其上。"序"叙作诗缘起,诗则赞墨竹笔势纵横、潇洒之态。说是王绂在文渊阁时便以画竹知名,爱者用黄缣作为酬谢的礼物求为作画,他都不屑一顾,甚至向人发怒,有竹一般坚贞的节操;但却能主动为邓经画凤尾竹,可见情意深厚。南窗下展玩此画击掌称赏,只是画竹者已死,非常可惜。希望邓经好好珍藏这幅画,不必再追慕文同所画墨竹了。画家王绂与邓经的友谊于此诗可见一斑。

注释

〔1〕永乐乙未:即永乐十三年(1415)。

〔2〕秘阁:古代宫中收藏珍贵图书之所。自汉末始,由秘书监执管,故称。也称秘馆、秘府。此指文渊阁。

〔3〕谒选:官吏赴吏部应选称"谒选"。

〔4〕谏议:官名,即谏议大夫的省称,职掌侍从规谏。明初曾设此官,后废。此指王绂,盖绂曾任此职。

〔5〕凤池:即凤凰池之省。唐以前指中书省,此指皇宫禁苑。

〔6〕兔起鹘(hú)落：如兔跃起，似鹘冲下，形容动作极为敏捷。此用以比喻作画矫健、下笔迅捷。鹘，指隼类猛禽。魑魅：古代神话传说中的鬼怪。

〔7〕推蓬：中国书画册页装裱的一种式样。册页装裱一般有推蓬式、蝴蝶式、经折式三种。

〔8〕萧瑟：萧条瑟索，形容风声。

〔9〕毰毸(péi sāi)：鸟羽奋张貌。

〔10〕特缣：特等的用双丝织的浅黄色细绢。多用为货币或赏赐酬谢的礼物。顾：回头看。

〔11〕殷勤：情意深厚。

〔12〕掌击：指拍手称赏。

〔13〕什袭：什，同"十"，喻多；袭，量词，迭次。什袭指把物品层层包裹珍藏。

〔14〕文庠州：不详。疑指北宋文同。"庠"或为"湖"之误。文同字与可，自号笑笑居士，又号石室先生、锦江道人，梓州梓潼（今四川盐亭）人。曾任陵州、洋州等地知州。后知湖州，未到任而卒，世称"文湖州"。为北宋著名画家，尤擅画墨竹，后人多追摹。成语"成竹在胸"，即出自他的画诀。

怀颐老庄邓林壑先生

天柱峰前皖水湄^{〔1〕}，卜居旧与白云期^{〔2〕}。不知解组归来后^{〔3〕}，林下嬉游日共谁^{〔4〕}。

辑自《（天顺）直隶安庆郡志》卷一二《题咏》

【解题】

此诗为怀念辞官后隐居潜山颐老庄的邓经而作。邓经曾经说要在天柱峰前、皖水之滨寻仙问道,诗人非常想知道现在与他在山林田野间嬉游的都是些什么人,终日究竟与谁在一起。关切之情溢于言表。

注释

〔1〕湄:水边。

〔2〕卜居:择地以定居。古时用占卜的方法选择居地,故称选择居地为"卜居"。白云:《庄子·天地》:"乘彼白云,游于帝乡。"后遂多以"白云"咏仙道之事。亦喻归隐之所。期:约会。

〔3〕解组:指辞官。组,系印的丝带,即印绶。解去印绶即辞官之意。

〔4〕林下:犹言山林田野,指辞官退隐的地方。日:每日,终日。

林 枝

林枝,字昌达,福建闽县(今福建闽侯)人。父曰海,仕元为莆阳学正,及明兴,累辟不起。遂以旧官戍凤翔以死。枝因绝意仕宦,屏居方山之麓,出其父书读之,自号古平山人。与永福王偁、长乐王恭辈交往甚密。一岁数聚,具蔬肴极谈,浃辰乃去。著有《效颦集》。《(崇祯)闽书》卷一二六、《(乾隆)福建通志》卷五一、《(民国)闽侯县志》卷九一有传。

飞 锡 峰

上人栖遁者[1],飞锡云外峰。去留渺莫测[2],心与浮云同。潜山几千仞,瞬息收奇功。斯人不可作[3],谁能继其踪!

辑自《石仓历代诗选》卷三〇一"明诗初集"二一

解题

飞锡峰,亦名卓锡峰。即三祖山最高处,以梁宝志禅师在此卓锡开山而得名。三祖寺觉寂塔在其下。飞锡峰峻峭挺拔,溪山四绕,青云积翠,霞彩参差,别是一番境界。峰顶旧有达摩亭,今圮。

此诗歌咏了潜山飞锡峰高耸峭拔的形势和避世隐居于此的某位和尚虚静的心态与闲逸的情致,并对无人能继承其遗踪表示惋惜。

注释

〔1〕上人:道德高尚的人。宋以后,多用作对和尚的尊称。栖遁:避世隐居。

〔2〕渺:邈远;渺茫。

〔3〕不可作:不能死而复活。

张叔豫

张叔豫,字顺动,江西永新人。永乐三年(1405)乡试第一,四年成进士,改翰林院庶吉士,与修《永乐大典》,大擅时名,朝士多重之。出为安庆通判。爱皖山之秀,遂号皖山逸叟。叔豫慨然以锄奸兴学育才为己任,故宽猛之政著于郡邑;每奖拔诸士,多所成就。坐罣误为房山督工,遘疾卒。叔豫学问充赡,平生不苟取予。精《易》学。所著有《忍庵稿》藏于家。

闲　　题

朝看皖公山,暮观皖溪水[1]。看山多白云,观水羡游鲔[2]。人生无百年,良辰知有几。何当饮美酒[3],笑傲山水里〔4〕。

辑自《(天顺)直隶安庆郡志》卷一二《题咏》

【解题】

诗人面对皖公山、皖溪水发出浩叹：人生短暂，美好的时光不多。应当多饮美酒，逍遥自在，无拘无束地寄情于山水之间。这首五言古诗，平易质朴，不假修饰，如肺腑中自然流出。无论是其中对人生的感悟，还是表现手法，都有"古诗十九首"的余韵。

【注释】

〔1〕皖溪：即皖河。位于今安徽省西南部。因古为皖国地，故以为名。上源长河、潜水、皖水均出大别山，汇流后称皖河，经怀宁县东流至安庆市西入长江。
〔2〕鲔(wěi)：鱼的一种，指鲟鱼。
〔3〕何当：合当，应当。
〔4〕笑傲：指鄙视世俗，不受约束。

彭 勖

彭勖(1390—1453)，字祖期，号春庵。江西永丰人。永乐十三年(1415)进士，授南雄府学教授。正统元年(1436)，擢御史，督南畿学校。官至山东按察副使。以老致仕归。著有《书传通释》《读书要法》等。《国朝献征录》卷九五有传。

题潜阳十景

潜阳山水少知名，忽睹新诗似梦醒。佳叶只今传宇内[1],行人不必借图经[2]。

辑自《(天顺)直隶安庆郡志》卷一二《题咏》

解题

此诗为题友人"潜阳十景诗"而作。说是自己对潜阳山水一向少知其名,忽然看到这组"潜阳十景"新诗才如梦方醒。如今有了这优美的诗歌流传天下,出行的人们再也不必借助附有地图的地理志一类书籍对这里的奇山秀水进行考察了。诗中对友人的诗作充满着溢美之词。

注释

〔1〕佳叶:疑作"佳什"。佳什,好诗,优美的诗作。只今:如今,现在。

〔2〕图经:附有图画、地图的书籍或地理志。

自太湖司空山过潜山

其 一

磅礴深蟠耸一尖[1],势凌霄汉碧纤纤[2]。承平尚设官兵守[3],只为棱层世所嫌[4]。

其 二

司空才过皖公来[5],天际芙蓉面面开[6]。无限好山看不尽,前驱又引入舒台[7]。

辑自《(天顺)直隶安庆郡志》卷一二《题咏》

【解题】

诗人因公务而出外跋涉,沿途经过司空山再到潜山,他将二山做对比,以表明自己的好恶。司空山在盘曲而深伏中,一峰尖细,直插云霄,它那高耸突兀的样子能使世人产生厌恶、不满和怨恨的情绪,乃至承平之日还要在此设官兵把守。潜山天柱诸峰则如荷花一般绽放,这里好山无限,看之不尽,而此时在前开路的侍从又把自己引入舒王台这一胜景。在诗人的对比描写中,对潜山的钟爱不言自明。诗人作为监察御史,他在巡视地方的过程中,可能发现司空山地区有民众作乱,他将此归咎于司空山的峥嵘险恶,当然失之偏颇。

【注释】

〔1〕深蟠:盘曲而深伏。
〔2〕纤纤:尖细。
〔3〕承平:治平相承;太平。
〔4〕司空:指司空山,旧《舆地志》载在太湖东北一百三十里。今属岳西县。与天柱山遥遥相对。相传战国时有淳于氏,官司空,曾隐居此山,故名。皖公:指皖公山,即天柱山。
〔5〕棱层:高耸突兀;峥嵘。嫌:厌恶,不满,怨恨。
〔6〕芙蓉:荷花的别名。此指天柱诸峰。已见邓经《颐老庄自咏》诗注。
〔7〕前驱:仪仗的前导,在前开路的侍从。舒台:即舒王台,"舒台夜月"为潜山十景之一。

任 伦

任伦,字秉彝,湖广监利(今属湖北)人。永乐间父戍安庆。伦负笈从望庠司训康报游，遂家于望江，为县学生。登永乐十九年(1421)进士，授监察御史。以母老乞近地教职迎养，得南陵教谕。材优行廉，长于吟咏。《(嘉靖)安庆府志》《(民国)南陵县志》有传。

游三祖寺

群峦毓秀削芙蓉[1]，卓锡曾闻自宝公。风袅炉香飘合殿[2]，月将塔影落层空[3]。临溪洗钵龙吞饭[4]，入座谈经虎听钟[5]。欲写狂吟寄方丈，恐惊人讶碧纱笼[6]。

辑自《(天顺)直隶安庆郡志》卷一二《题咏》

解题

周围群峰环抱，三祖山一峰突起，卓然独秀，有如荷花开放。这里有佛寺，曾经听说是创自梁代宝志禅师。微风中，寺院里炉香袅袅，飘进所有佛殿；月夜里，月光将宝塔的影子映入高高的天空。僧人们在溪水边洗钵归来，如龙一般吞咽饭食；入座讲说佛经，则似虎蹲踞听钟一般虔诚。我打算写诗寄给方丈，又担心人们会惊讶我想要诗以人重。此诗描写了三祖寺内外环境、开山历史、僧人们日常生活及月夜塔影。据末二句观之，此诗作于诗人发迹之后；而他在贫穷落魄时，似曾在此遭受过冷遇。

注释

[1] 毓秀：孕育灵秀。
[2] 合殿：整个佛殿，所有佛殿。
[3] 层空：高高的天空。
[4] 钵：僧人食器。梵语"钵多罗"的省称。龙吞饭：如龙吞咽饭食。

〔5〕虎听钟：似虎蹲踞听钟。

〔6〕碧纱笼：谓用碧纱笼罩。据五代王定保《唐摭言》载：王播少时孤贫，在扬州惠昭寺木兰院寄食。寺僧厌弃他，故意于饭后鸣钟，待王播至时，饭已吃过。因此，播题诗于寺壁，有"惭愧阇黎饭后钟"之句。后播显贵，重游旧地，见向之题壁诗已用碧纱盖护之，因感而赋诗云："上堂已了各西东，惭愧阇黎饭后钟。二十年来尘扑面，如今始得碧纱笼。"后遂用"饭后钟"作贫穷落魄，遭受冷遇的典故；以"碧纱笼"为诗以人重的典故。

题真源万寿宫

不到真源岁月赊[1]，地灵文物倍清嘉[2]。养雏成鹤今胎化，种树为松又结花。石砚墨香书宝箓[3]，药炉火烬伏丹砂。桃源自有渔郎路[4]，何必西游访泰华[5]。

辑自《（天顺）直隶安庆郡志》卷一二《题咏》

解题

此诗歌咏了真源万寿宫所在之地山川灵秀，宫中历代相传的文献古物繁多，道士生活清闲优雅。在诗人看来，这里便是陶渊明笔下的桃花源，游人外出探幽寻胜，再也不必到什么西岳华山了。

注释

〔1〕赊：长；久远。
〔2〕清嘉：美好。
〔3〕宝箓：道家的符箓。
〔4〕桃源：即中炼丹，俗称汪家坂。四山环绕，中开田野百亩。其地产野桃，花开五色，其实可食，世称仙桃。姚琅诗："中有桃花开

五色,令人不忆武陵春。"渔郎路:即陶渊明《桃花源记》中武陵渔人进入桃花源之路。《桃花源记》谓,有一武陵人以打鱼为生,渔人误入与世隔绝的桃花源,其间阡陌交通,鸡犬相闻,居住着逃避秦代战乱迁来的难民后裔,他们"不知有汉,无论魏晋",过着怡然自乐的隐者生活。渔人出洞后再往寻找,却不复得路。后人遂以桃花源指避世隐居的理想之地。

〔5〕泰华:亦作太华。即今陕西华阴县南之华山,号为西岳。古时华山环境清幽,为道士隐者所居,游人寻芳多至其地。

梁 煜

梁煜,字景辉,福建同安人。安庆府良医正。

游 龙 舒 观

翠薇迢递到仙家[1],石鼎松阴旋煮茶[2]。泉落林梢千涧雨,桃蒸山谷一天霞[3]。鹤归巢树惊残声,屐过岩肩损落花[4]。坐久不知尘世远,开炉闲共试黄芽[5]。

辑自《(天顺)直隶安庆郡志》卷一二《题咏》

【解题】

龙舒观,即舒州灵仙观,或称真源宫。此诗叙写作者游历宫观全过程。翠薇迢递,石鼎煮茶,泉落林梢,桃蒸山谷,鹤归巢树,屐踏落花,远隔尘世,共试黄芽,作者笔下的这座道教宫观,的确是神仙所居之处。

【注释】

〔1〕翠薇:形容山光水色青翠缥缈。迢递:悠长,连绵不绝。

〔2〕石鼎:石制的茶鼎。

〔3〕"泉落"二句:泉流跌落树梢,水珠飞溅落于涧水中,好像天在下雨;山谷里桃花盛开,如同满天的彩霞。蒸,兴盛貌。宋李纲《桃源行》:"溪穷路尽愰何处,桃花烂熳蒸川原。"

〔4〕"鹤归"二句:仙鹤回到树上的鸟巢,鸣叫不止,其余音使人心惊;穿着木鞋经过隐士山居之门,踏碎了门前落花。岩肩,山洞之门。亦指山居之门,或借指隐士的住所。

〔5〕黄芽:道士炼外丹,以铅汞置于土鼎内,结成黄色芽状之物,名之黄芽。已见前注。

李 庚

李庚,潜山人。永乐间贡生。任安乐知县,终户部主事。有文学。《(康熙)安庆府志》卷之八、卷之十四,《(乾隆)潜山县志》卷之七有传。

登 天 柱 山

巍然天柱峰,峻拔插天表[1]。登跻犹未半,身已在蓬岛[2]。凭虚鸾鹤随[3],举步云烟绕。天下有奇观,争似此山好!

辑自《(康熙)潜山县志》卷一二《艺文下》

解题

作者攀登巍峨高耸的天柱山,于半山间想象自己仿佛置身海外仙境蓬莱仙岛之中。并认为天下最为罕见的雄奇美丽的景观都不及此山。这其中不乏夸张的成分,或许是由于作者生于兹长于兹的缘故吧。

注释

〔1〕天表：犹天外。
〔2〕蓬岛：即蓬莱，亦称蓬莱山、蓬壶、蓬丘。是中国先秦神话传说中东海外的仙岛，被一片黑色的冥海所包围。
〔3〕凭虚：犹言凌空。鸾：古代中国神话传说中凤凰一类的鸟。

毛 女 峰

皖伯山前毛女峰〔1〕，何物女子成奇功〔2〕。日餐黄精夜宿露〔3〕，遍身毛羽如飞蓬〔4〕。金丹九转费烧炼〔5〕，超凡脱俗功相同。我亦有此长生术，特来山下追遗踪。

辑自《（康熙）潜山县志》卷一二《艺文下》

解题

毛女，中国古代传说中的仙女。据《列仙传》载，毛女字玉姜，形体生毛，在华阴山中。自言秦始皇宫中人，秦亡入山；食松叶，遂不饥寒，身轻如飞。这一神话故事不知何时被人从华山移植到皖山，而作者此诗则借歌咏皖伯山前毛女峰及对毛女的倾慕，表达了自己企求修炼成仙的愿望。

注释

〔1〕皖伯山：即天柱山，又名潜山、皖山、皖公山，已见前注。毛女峰，在茶庄北，天柱峰东南二十余里，海拔五七五米。满山苍翠馥郁，竹木葱茏，相传古时曾有毛女在此修炼。

〔2〕何物:什么人,谁人。

〔3〕黄精:药草名。多年生草本,中医以根茎入药。嵇康《与山巨源绝交书》:"又闻道士遗言,饵术黄精,令人久寿,意甚信之。"

〔4〕蓬:即蓬草,俗称"飞蓬"。

〔5〕金丹九转:即九转丹。道教认为,内丹经九次提炼,服之可以成仙。

李 匡

李匡(1406—1470),字存翼,号肃斋,浙江黄岩人。宣德二年(1427)进士,授太常博士,迁御史,弹劾无所避。正统初为按察司副使,奉例录囚徒行郡县,平反数十事,名大著。已而代巡江右。时杨士奇柄国,其子稷暴横乡里,匡按其不法事百余,逮械诣京,人大快之。调四川兵备副使,平播州之乱。擢佥都御史巡抚四川。寻以事罢归且十年。北边外族入犯,乃起匡巡视宣府,匡备御有方。以疾致仕,卒于家。《(雍正)浙江通志》《(光绪)黄岩县志》有传。

舒 台 夜 月

舒王台榭高百尺[1],舒王事业人不识。至今忽见明月来,台上犹疑照颜色。月光皎皎入秋毫,当年何不照青苗[2]?登临玩月发长唶[3],荆榛满地悲猿猱[4]。

辑自《(天顺)直隶安庆郡志》卷一二《题咏》

解题

本诗及以下九首即咏"潜阳十景"。十景之胜概见邓经诗《解题》。此诗借景抒怀,重在评价政事。说是人们只知道筑高台深榭来纪念舒王王安石,却不知道他的政治作为或功业。舒王台上月光虽然皎洁明亮,却没有照进当年他推行的"青苗法"。如今舒王台周遭灌木丛生,一片荒芜凄凉景象,王安石变法也以失败告终,真是让人悲伤啊。诗中对王安石变法委婉含蓄的批评指责,代表了封建时代绝大多数士大夫的思想。

注释

〔1〕台榭:古代一种高大的建筑组合体。台是用土石砌筑的四方而高平的基址,榭是台上的木结构建筑物,有屋顶、楹柱而无墙壁,颇像后代之亭。台榭联称,包括台基和台上建筑物两大部分。原为观赏、游娱而建。亦简称为"台"。

〔2〕"月光"二句:意谓月光皎洁明亮,能照见秋天鸟兽新生的毫毛,为什么当年却照不进"青苗法"呢?秋毫,指鸟兽在秋天新长出的细毛。青苗,指青苗法,王安石变法推行新法之一。又名常平新法、常平敛散法。其法每年夏秋两收之前,民户可五户以上结保,由第三等以上有物力人户充当甲头,至官府按户等借贷不同数量钱谷,称为青苗钱。客户也可借贷,但须与主户合保,并按主户物力贷给。俟夏秋收成后,青苗钱加纳二分利息随二税输官,防止兼并势力于青黄不接之时放债兼并。青苗法颁行于熙宁二年(1069),首行于京东、淮南、河北三路,后推广全国。青苗法遭到保守执力反对,元祐元年(1086)废罢。

〔3〕喟(kuì):叹息声。

〔4〕猱猱(náo):泛指猿猴,一般认为猿猴啼叫声有哀怨之气。

乔 公 故 址

传家奚必多男儿^[1],可怜光彩增门楣^[2]。袖揖周瑜拜床日[3],手携孙策登舆时。当年甲第倾吴楚,今日萧条长蓁莽[4]。令人缅忆雍门周[5],明月清风自今古。

辑自《(天顺)直隶安庆郡志》卷一二《题咏》

解题

"乔公故址"为"潜阳十景"之一,其胜概见邓经诗《解题》。此诗以乔家"当年甲第倾吴楚"与今日之萧条冷落对比,说明世事无常,使人悲伤。而用雍门子周的典故,喻吴国灭亡成为必然,亦使人哀痛。

注释

〔1〕奚必:何必。
〔2〕门楣:门上的横梁,也借指门第。
〔3〕拜床:指做女婿。
〔4〕蓁莽:杂乱丛生的草木。
〔5〕雍门周:指战国时齐国雍门子周。雍门子周善弹琴,求见孟尝君,孟尝君问子周能否用琴曲使他感到悲痛,雍门子周乃陈述孟尝君封地薛的形势,认为薛夹于楚、秦二国势力之下,灭亡将成为必然,诚为哀痛。并弹琴一曲,孟尝君悲泪涕流。

玉漱崖诗

山谷流泉透云浔[1],诗人尽把清气挹[2]。妙句吟成尽不如,细镌石上山灵泣。朝朝暮暮诉天工[3],真宰默遣苍苔封[4]。至今姓氏人不识,泉声叶韵飘天风[5]。

辑自《(天顺)直隶安庆郡志》卷一二《题咏》

【解题】

"诗崖漱玉"为"潜阳十景"之一,其胜概见邓经诗《解题》。此诗重在歌咏崖壁上唐宋石刻。谓因后人作诗不如前代,所以山神向代天行职事者上诉,于是天帝用苔藓将这些石刻封闭起来,导致今日无人知道这些诗歌的作者姓氏,只有泉流声与风声和谐协调依然如故。据此诗,诗崖上的唐宋石刻,在明代中早期便字迹灭没了。

【注释】

〔1〕浔:水边。
〔2〕清气:清秀之气。挹:原指用瓢舀,此指汲取。
〔3〕天工:代天行职事者。古以为王者法天而建官,故称代天行职事者为天工。
〔4〕真宰:指天帝。古人以为天为万物的主宰,故称天帝为真宰。
〔5〕叶(xié)韵:也叫"协韵"。本为诗韵术语,意谓某些字如读本音,便与其他韵脚不合,须临时改读其他音,才能协调声韵。此指泉流声与风声和谐协调,具有诗的韵律美和回环美。

酒 岛 流 霞

有客寻市江头春,伊谁指石同逡巡[1]。峰回路转六七里,老坐少立八九人。众皱前陈鸟声碎[2],不必流觞心自醉[3]。须臾落照入清溪[4],琥珀浮光湿空翠[5]。

辑自《(天顺)直隶安庆郡志》卷一二《题咏》

【解题】

"酒岛流霞"为"潜阳十景"之一,其胜概见邓经诗《解题》。此诗写几个游人在河边石岛前徘徊,欲行又止;岛上八九个人或坐或立,溪水漾起细波,小鸟鸣声悦耳,当是作者亲眼所见实景。而末二句写落日的余晖落入清澈的小溪中,水面上的反光如琥珀色,映照着蔚蓝的天空,则将"酒岛流霞"之胜概表现得如梦如幻,使人心醉。

注释

〔1〕逡巡:徘徊,欲行又止貌。
〔2〕皱:指水的细波。
〔3〕流觞:古代春游饮酒的一种风俗。人们集会在弯曲的水滨宴饮时,自水的上流放置酒杯,顺流而下,酒杯停在谁的面前,谁就取杯喝酒,以为嬉乐。晋王羲之《兰亭集序》:"又有清流激湍,映带左右,引以为流觞曲水,列坐其次。"
〔4〕须臾:片刻,一会儿。表示时间短暂。
〔5〕浮光:水面上的反光。空翠:清彻蔚蓝的天光水色。

石牛古洞

桃林归后兵戈息[1],辎运不假驰衡力[2]。寻芳误入洞天中[3],高卧年深化为石。道人背上鞭不醒,题诗错落乌啄形[4]。五丁凿破洞门窄[5],数亩白云无径耕。

辑自《(天顺)直隶安庆郡志》卷一二《题咏》

解题

"石牛古洞"为"潜阳十景"之一。此诗作者别出心裁,借古书典故与神话传说歌咏胜概。说是当年武王灭商后,息武修文,把牛放于桃林之野。由于辎重运输再也不用牛驮负或拉车,有一头牛闲来无事便出游观赏美景,误入潜山洞天福地,年深日久便化为石牛。山谷道人鞭之不醒,于是题诗其上,石刻参差不齐恰似牛轭形状。五丁力士凿破洞门,无奈门窄牛不能出,以致天上数亩白云无法耕耘。诗人的想象力真是丰富。

注释

〔1〕桃林:古关塞名。桃林塞在今河南省灵宝以西、陕西省潼关以东,相传为周武王放牛处。据《尚书·武成》载,周武王灭商后,息武修文,把马放于华山之南,把牛放于桃林之野,以示永不再用兵。

〔2〕假:借,借助。驰:同"驼","驼"与"驮"通,背负,驮负。衡:车辕前架在牲口脖子上的横木。此指牛车。

〔3〕寻芳:出游观赏美景。

〔4〕乌啄:即轭。牛马等运物时架在脖子上的器具。

〔5〕五丁:古传说中的蜀国力士名,能凿山开道。

九 井 西 风

乾象天开地维辟[1],舒州自古多灵迹[2]。前山后山龙显藏[3],远村近村风渐沥。涉春涉夏复涉冬,不北不南亦不东。莫言此地失时令,岁旱每祷回天功[4]。

辑自《(天顺)直隶安庆郡志》卷一二《题咏》

解题

"九井西风"为"潜阳十景"之一。此诗重在咏九井中龙之神功。在诗人笔下,西风源自前山后山龙之显灵,它不仅使得一年四季西风频吹,不分时令,且每值大旱,祷雨必应。

注释

〔1〕乾象：即天象。指日月星辰的位置、情状及运行等。地维：维系大地的绳子。古代以为天圆地方，天有九柱支撑，地有大绳维系四角。

〔2〕灵迹：神明显灵的事迹。

〔3〕显藏：或显或藏。即有时出现，有时隐藏。

〔4〕祷：指祷雨。即向神灵祷告，乞求降雨。宋《方舆胜览》引《汉书·地理志》：“（皖山）下有九井，有一床可容百人，其井莫知深浅。若旱，则杀一犬投其中，即降云雨，犬亦流出。”又据旧志载，九井中有龙井，自四井崖壁悬流而下，注井中，声如雷，井水深碧，土人以细铜丝四两探之，犹不到底。由陡崖攀援至井旁，则觉腥风袭人，疑中有神物，故曰龙井。每值亢旱，祷雨辄应。回天功：喻功效之大，能左右或扭转难以挽回的局势。

山 谷 流 泉

流泉一壑依兰社[1]，春去秋来宁或舍。夜深时浴听经龙[2]，岁久不饮登坤马[3]。谁家老父善治田，剖竹远引壑间泉。发源积渐成普大，目极禾黍青芊芊[4]。

辑自《（天顺）直隶安庆郡志》卷一二《题咏》

解题

"山谷流泉"为"潜阳十景"之一，其胜概见邓经诗《解题》。此诗谓山谷流泉周围的石砌矮墙是听经龙所化，可见其想象力之丰富，且与流泉依傍寺院的地理位置十分契合。善治田之老父剖竹引此泉之水灌溉，致使极目远望，禾黍芊芊，则是写眼前所见；并由此可知诗人关心农事的情怀。

{注释}

〔1〕壑:山沟或大水坑。兰社:此指寺院。

〔2〕听经龙:据说一和尚在山寺里讲经,有个老翁经常来听讲,他说自己就是山下水潭中的龙,幸好遇到天旱有闲暇,来此寺听讲经。见宋曾慥《类说》引《幕府燕闲录》。

〔3〕登埤(pì)马:指听经龙化为流泉周围的石砌矮墙。埤,原指城上呈凹凸形的矮墙,此指流泉周围的石砌矮墙。据载,此泉原为流泉,后以石甃周围,澄泓不流。

〔4〕禾黍:禾与黍。泛指黍稷稻麦等粮食作物。芊芊:草木茂盛绵远貌。

天柱晴雪

群峰飞来一峰起,削壁屹立擎天柱。千年万年雪不消,五月六月寒常在[1]。仙人驭鹤声可闻,莫辨缟翅驰车轮[2]。我疑境内重官守[3],天教宝气腾如银[4]。

辑自《(天顺)直隶安庆郡志》卷一二《题咏》

{解题}

"天柱晴雪"为"潜阳十景"之一,其胜概见邓经诗《解题》。此诗既咏天柱之高,又咏"晴雪"之景。诗人说,众多的山峰不知自何处飞来,其中一峰突兀而起,峰棱如削,高高挺立,有如擎天一柱。上有千年万年不化的积雪,五月六月寒气仍留之不去。在那里可听见仙鹤驾车的声音,但分不清哪是仙鹤白色的翅膀,哪是奔驰的车轮。尾联说,自己怀疑是因为境内重视官吏的职责,所以老天让这些宝物呈现出比白银还要亮的光气。这当然是对当地官府的恭维之词。

注释

〔1〕五月六月寒常在:"天柱晴雪"又称"六月雪",诗句由此变化而来。
〔2〕缟:白色。
〔3〕官守:官吏的职责。
〔4〕宝气:珍物、财宝等所显现的光气。

吴塘晓渡

谁人凿断吴塘水,咫尺人家隔千里。轻舟来往掷金梭,细橹咿哑鸣玉杵[1]。有客何处睡来迟,渡船已到中流时。埠头独立不知量[2],犹叫回船老楫师[3]。

辑自《(天顺)直隶安庆郡志》卷一二《题咏》

解题

"吴塘晓渡"为"潜阳十景"之一,其胜概见邓经诗《解题》。此诗具体描写了吴塘陂处小舟像穿梭那样频繁来往于潜水两岸,桨声不绝于耳的繁忙景象。而渡船已到中流时,犹有一人因贪睡来迟,独自一人站在埠头,呼唤船工把船摇回来载其同行的场景描写,画面鲜明生动,且与"晓渡"十分契合。

注释

〔1〕橹:安在船尾或船边用来摇船的工具,比桨长大。咿哑:象声词,形容橹摇船时的摩擦碰撞声。鸣玉杵:形容摇橹时声音像玉

杵舂物时那样动听。玉杵:玉制的舂杵,亦用作舂杵的美称。

〔2〕埠头:停泊船只的地方。不知量:犹不自量。过高地估计自己。

〔3〕楫师:船工,篙工师傅。

丹灶苍烟

老龙擘天神骨蜕[1],灵皋化石遗人世[2]。尚劳鬼物为扨呵[3],时有烟云久蒙翳[4]。冥冥直欲连晓霞[5],炉倾无处寻丹砂。逢人犹说洞门上,万树碧桃春自花。

辑自《(天顺)直隶安庆郡志》卷一二《题咏》

解题

"丹灶苍烟"为"潜阳十景"之一,其胜概见邓经诗《解题》。本诗写到,左慈已去,丹炉倾倒,丹砂无处寻找,只有洞门之上万树碧桃春天依旧开花如故。诗人凭吊古迹,感怀旧事,物是人非,面对现实之景,黯然神伤。

注释

〔1〕擘:分开,剖裂。蜕:蜕化,即变化,演变。
〔2〕鬼物:鬼怪。扨(huī)呵:挥斥。引申为卫护。
〔3〕蒙翳:覆盖。
〔4〕冥冥:昏暗貌。

陈 桎

陈桎(1406—1458),字叔绍,号毅斋,以字行。福建闽县人,侍读陈柂之弟。精《春秋》之学,正统十年(1445)进士,选监察御史,正直敢言。擢湖广副使,与刑部郎中许振雷审录冤案,多有平反。卒于任上。生平清廉,死时囊无余资,丧事由同僚经办,归葬故里。著有《毅斋集》行世。生平事迹见《(万历)福州府志》卷二三、《(民国)闽侯县志》卷四七、明高儒《百川书志》卷一七等。

乔 公 故 址

　　败垣荒径草茸茸[1],云是乔公旧日踪。惟有双溪环碧玉[2],犹疑二女照清容[3]。镜台夜掩凄凉月[4],眉黛春横远近峰[5]。回首吴宫亦如此,何须吊古恨重重[6]。

辑自《石仓历代诗选》卷三五八"明诗初集"卷七八

解题

　　毁坏的矮墙,荒废的小路,地上长满柔细浓密的野草,据说这里就是乔公遗址。只有双溪之水像碧玉一般环绕着,使人怀疑那是二乔在鉴照自己秀美的仪容。她们置镜的梳妆台夜里遮映衬托着凄凉的月色,春天里远近横亘的山峰便是她们青黑色的眉毛。回头看看春秋时那吴国的宫室该有多繁华,不也消失了吗? 所以不必在凭吊古迹、感怀往事时遗恨重重。全诗写景叙事,信手拈来,却极富神韵,使全诗意蕴深厚,耐人寻味。

注释

　　[1] 败垣:毁坏废弃的矮墙。茸茸:柔细浓密貌。
　　[2] 双溪环碧玉:两条溪流环绕,溪水清澈,如同碧玉之色。
　　[3] 清容:秀美的仪容。
　　[4] 镜台:置镜的梳妆台。

〔5〕眉黛：古代女子以黛画眉，故称眉为"眉黛"。黛，青黑色的颜料。

〔6〕吴宫：指春秋时吴国的宫室，其遗址在今江苏苏州，为吴王夫差所筑。相传越王进西施于吴王，夫差于灵岩山上建馆娃宫，日与西施寻欢作乐。吊古：凭吊古迹，感怀往事。

诗崖漱玉

诗客留题不记名，模糊古刻读难成。阴阴崖石封苔色[1]，滴滴溪泉作雨声。山月照来珠散乱，林风吹度玉琤琤[2]。望中便觉清人思[3]，何必临流一濯缨[4]。

辑自《石仓历代诗选》卷三五八"明诗初集"卷七八

【解题】

题诗留念的游客不曾记载姓名，这些古代摩崖石刻字迹模糊，读之难以成文。幽暗的崖石被苔藓所覆盖，呈现出深绿色；溪中的泉水从崖头滴落，好似下雨的声音。山月照射过来，水滴如同散乱的珍珠一般晶莹剔透；经林风一吹，流水冲击崖壁，发出像玉石相击的琤琤之声。这里的景物望一眼便使人神思清爽，何必再去面对流水洗濯冠缨呢？全诗紧扣"诗崖漱玉"的景观特点，描写细腻，真切感人。

【注释】

〔1〕阴阴：幽暗貌。
〔2〕琤琤：形容玉石相击的声音。
〔3〕清人思：使人神思清爽。
〔4〕濯缨：《孟子·离娄上》："沧浪之水清兮，可以濯我缨；沧浪之水浊兮，可以濯我足。"本以"濯缨"谓洗去帽缨上的污垢。后以"濯

缨"借喻超凡脱俗,保持高洁。

天 柱 晴 雪

天柱巍峨霄汉间[1],四时飞雪不曾干。凌空禅塔银为顶,承露仙茎玉作盘[2]。影混晴云同洁白,色凝华月倚高寒[3]。我来问俗过潜霍[4],几度前山揽辔看[5]。

辑自《石仓历代诗选》卷三五八"明诗初集"卷七八

解题

天柱峰巍峨耸立于霄汉间,一年四季飞雪不曾消失。它像一座高入空中、以银为顶的禅宗宝塔,又似汉武帝当年所建的干云汉而直上的仙柱上顶着一个承接甘露的玉盘。其身影和晴天的云彩混为一体,同样洁白;颜色如同皎洁的月光般清峻明亮——它们似乎都倚靠着高而寒冷的月宫。我访问风俗来到潜霍之地,好几次来到山前勒住马缰停下来观看。诗中用一连串的比喻描写"天柱晴雪"这一奇妙景观,表现了作者心慕神往的情怀。

注释

〔1〕霄汉:天河。亦借指天空。
〔2〕"承露"句:传说汉武帝于长安建章宫中建一铜仙人,舒掌捧铜盘以承接云表甘露,以露水和玉屑服之,以求长生。班固《西都赋》:"抗仙掌以承露,擢双立之金茎。"晋潘岳《西征赋》:"擢仙掌以承露,干云汉而上至。"
〔3〕华月:皎洁的月光。
〔4〕问俗:访问风俗。潜霍:指天柱山地区。潜,指潜山,即天柱山;霍,霍岳,天柱山别称霍岳。

〔5〕揽辔：拉着马缰绳。亦借指骑马。

吴塘晓度[1]

吴塘一带绿盈盈[2]，柳外频闻唤度声。人立岸沙天欲曙[3]，帆归浦溆浪初平[4]。几家篱落依桑柘[5]，千顷陂田杂稻秔[6]。自古巨川须广济[7]，不知何处大舟横。

辑自《石仓历代诗选》卷三五八"明诗初集"卷七八

解题

吴塘陂一带河水清澈，树木青翠重叠，柳荫外频频传来呼唤渡船的声音。天将亮时，只见有行人站在岸边的沙滩上，河里波平浪静，一只帆船来到水边。环顾四周，有几家人家的篱笆依桑树和柘树而建，塘边上千亩水田里种着籼稻和粳稻。自古大河须宽大的渡载工具，不知那大船停靠在何处呢？诗中描绘了春天吴塘陂一带清新秀丽的景色和拂晓渡口所见，表达了诗人向往自然的生活情趣。

注释

〔1〕晓度：即晓渡。度同"渡"。
〔2〕绿盈盈：青翠重叠貌。盈盈，清澈貌，晶莹貌，美好貌。
〔3〕天欲曙：天将亮。
〔4〕浦溆：水边。
〔5〕篱落：篱笆。桑柘：桑树和柘树。可养蚕。
〔6〕陂田：塘边的田。稻秔：籼稻和粳稻，亦泛指水稻。秔，粳稻。
〔7〕巨川：大河。

丹灶苍烟

左慈丹灶有遗踪,袅袅苍烟出碧松[1]。岩际虹光常不散[2],空中鹤驭已难逢[3]。随风飘影林峦暝,映日涵晖紫翠重。几度停骖访灵异[4],居人遥指最高峰[5]。

辑自《石仓历代诗选》卷三五八"明诗初集"卷七八

解题

左慈炼丹的炉灶至今仍有遗留的踪迹,它就在那袅袅青烟从青松林中升起之处。那里岩石间的彩色光芒一直都不散去,但空中仙人的车驾已经很难遇见了。苍烟随风飘浮,投下阴影,使丛林山峰为之昏暗;而经过阳光的照射,它又变成了浓浓的青紫色云雾。我好几次停下马来寻访神灵,居民远远地指着那座最高的山峰,说是神灵就在那里。全诗写得迷离恍惚,使人如入仙境。

注释

〔1〕袅袅:摇曳不定貌,纤柔轻盈貌。
〔2〕虹光:彩色的光芒。亦指虹的光彩。
〔3〕鹤驭:相传周灵王太子乔驾鹤飞升,后因以"鹤驭"指仙人的车乘。亦指仙人。
〔4〕骖:指马或马车。灵异:神灵。
〔5〕居人:居民。

丘 濬

丘濬(1421—1495),字仲深。广东琼山(今属海南)人。景泰五年(1454)进士,选庶吉士,改编修,预修《寰宇通志》。成化元年

(1465),充经筵讲习官,预修《英宗实录》。进翰林学士,擢国子祭酒,十六年晋礼部侍郎。弘治元年(1488),预修《宪宗实录》。四年,擢礼部尚书。著有《续通鉴纲目》《大学衍义补》《朱子学的》等;编著剧本有《五伦全备记》等四种。《明史》卷一八一、《国朝献征录》卷一四有传。

哭刘文灿

我忆刘文灿,才全德不形[1]。镕金犹在范,淬刃未离砺[2]。搜索终千古,勤劬老一经[3]。夜来翘首望,天上失文星。

辑自《琼台会稿》卷三

解题

此诗原有附言,曰:"文灿名瑛,潜山人。有声场屋,不得一官而死。尝赋十诗哭之,今失其稿,仅忆此篇前四句,因足成之。"全诗赞赏潜山刘文灿出众的才华和勤奋苦学、终生探求的精神,对他尚未服官便不幸逝世表示沉痛的伤悼。

注释

[1] 形:流露,显示。
[2] "镕金"二句:熔化的黄金还在模子里,刀刃淬火尚未离开磨刀石。比喻刘文灿尚未服官便逝世。范,模子。砺,磨刀石。
[3] 勤劬:勤劳。辛勤劳累。老一经:终生钻研一种经书。

韩 雍

韩雍(1422—1478),字永熙,长洲(今江苏苏州)人,以闿右徙实京师为宛平人。正统七年（1442）进士，授御史，巡按江西，踔厉风发。景泰中擢广东副使，寻巡抚江西。后以劾宁王得罪，勒致仕。天顺初复官，历官兵部右侍郎。宪宗立，坐累贬浙江右参政。改左佥都御史，赞理广西军务。迁左副都御史，提督两广军务。丁忧归。复以右都御史莅故任。镇压广西大藤峡瑶、壮等族起义。因柳、浔诸蛮复叛，被弹劾，命致仕。家居五年卒。正德间，谥襄毅。著作有《襄毅文集》。生平事迹见《国朝献征录》卷五八刘珝撰《韩公墓志铭》、《明史》卷一七八本传。

诗　　崖

九载名山五度过，山容郁郁势峨峨[1]。洞穿海外飞仙岛，水接天中织女河。白鹤翻风秋气近，紫箫吹月夜凉多[2]。宦情也动幽栖念[3]，争奈深恩未报何[4]。

辑自《（康熙）潜山县志》卷一二《艺文下》

解题

诗崖在潜山县治西十五里，距山谷寺一里处之潜水南岸。其处壁削千寻，崖壁间有唐宋诗刻，因称"诗崖"。相传唐李白有诗刻其上。其下潭深百丈，青流潆洄，与石相激，如漱玉然。曩昔河水深阔，诗崖为游人泛舟宴乐之地。故列为潜阳十景之一。今河床淤浅，不能行舟，当年胜概，为之大减；崖上原有唐宋石刻，今苔藓青葱，字迹漶灭。

此诗名为吟咏"诗崖"，实则歌颂天柱山。称这里树木笼葱，山势高峻，山中不仅有仙洞、仙水诸多名胜，且有白鹤飞翔、紫箫弄月。九年之中五度经过这座名山，看到环境如此美妙，自己虽身在官场也动了归隐之念，只是朝廷深恩未报，才未遂己志。看来，天柱山这座古代名岳对许多人都有吸引力，不仅文人雅士、方外清流，就连韩雍这样的武臣也爱上了它。

注释

〔1〕郁郁：繁盛貌，浓重貌。峨峨：山势高峻貌。
〔2〕紫箫：用紫竹做的箫。紫竹，竹的一种，亦名黑竹，可制笙、竽、箫、管等乐器。舒州旧多紫竹。
〔3〕宦情：居官的心情。幽栖：指隐居。
〔4〕争奈：怎奈，无奈。

卞　训

卞训，曾居官监察御史。其余不详。

上　炼　丹

百年能得几时闲，偷得闲时便看山。殿角黑云拖雨过，松头白鹤采芝还。药炉火暖春常在，仙院尘消户半关[1]。夜静月明吹紫竹，引来丹凤五云间[2]。

辑自《(康熙)潜山县志》卷一二《艺文下》

解题

天柱山有炼丹台三，即上炼丹、中炼丹、下炼丹，相传均为汉左慈炼丹处。自马祖庵上至良药坪十数里，总称上炼丹。《县志》载："县西三十里，潜峰左，崖径深邃，名上炼丹。昔左慈烧药于此。至今天晴日朗，烟雾起林薄间，苍翠明灭，浓淡不常。上有火池，久雨不盈；水池，大旱不涸。"其处旧有上炼丹庵。

此诗写登上炼丹所见所思。作者摆脱杂务，挤出空闲时间，前来游赏天柱山。只见上炼丹庵的殿角上方有雨云拖过,松树顶端站着一只白鹤。如今炼丹的炉火似乎还是暖的,但炼丹庵的烟尘已消散,门户半掩,昔时的人和事物全无踪迹。炼丹者或许像箫史和弄玉那样已经乘风登仙去了吧。诗的结尾处表现了作者怅念古人的情思和迷茫的心境。

注释

〔1〕尘消:灰尘消散。比喻人或事物全无踪迹,不复存在。仙院:指上炼丹庵。

〔2〕"夜静"二句:据汉刘向《列仙传》载,秦时有箫史善吹箫,秦穆公之女弄玉爱慕他,穆公遂使二人配为夫妻,筑玉台以居之,箫史教弄玉吹箫作凤鸣声,引来凤凰来止其家,后二人乘风而去。此用其典。紫竹,指箫。

史　瑾

史瑾(1423—?),字德辉,山阳(今江苏淮安)人。景泰五年(1454)进士,授御史。屡陈时政得失,多见采纳。迁浙江副使,持宪有体。成化间疏乞致仕,卒于家。《(万历)淮安府志》《(乾隆)江南通志》有传。

中　炼　丹

几想来游未遂心,东风到此快登临。松阴满地仙方寐,草色一帘春正深。云碓谩舂岩下水[1],羽人时弄石间琴[2]。西江道院知多少[3],似此幽奇不易寻。

辑自《(康熙)潜山县志》卷一二《艺文下》

【解题】

中炼丹俗呼汪家坂,旧有炼丹台,与上炼丹、下炼丹并为汉左慈修炼之区。今其台基址尚存,有碑。旧志载此地产桃,花开五色,其实可食,故又名桃源。沿琼阳川南行半里,有桃源洞,今已淤塞。昔有道士结庵其旁,称"中炼丹庵",今已废。

与前诗作者下训咏上炼丹迷惘的情调不同,诗人史瓘咏中炼丹则心中充满着无限快意。这里松阴满地,草色青青,岩下的流水驱动着石碓正在随意地舂米,岩石间不时有道士在轻松地弹琴。长江中下游的道院不知该有多少,似这等清幽美妙的地方还真是不容易找到啊。在诗人眼里,中炼丹真的是世外桃源了。

【注释】

〔1〕云碓(duì):指石碓,石头做成的捣米器具。谩:通"漫",胡乱,随意。
〔2〕羽人:神话中的飞仙。因道家学仙,因称道士为羽人。
〔3〕西江:唐人多称长江中下游为西江。

韦 龄

韦龄,官至副都御史。其余不详。

下 炼 丹

闻道怪峰多处有[1],江南江北让仙山[2]。天开楼阁烟霞表[3],春入园林花鸟间。俄梦不知龙化去[4],轻身长伴鹤飞还[5]。洞门岁月几千古,惟倚白云昼日闲。

辑自《(康熙)潜山县志》卷一二《艺文下》

解题

古下炼丹之地，在江家坂天祚宫往上抵贺家坂一带，亦汉左慈烧药处。其地林山环绕，良田阡陌交错，鸡犬人家，有桃源之胜。仙桃崖在其上，产野桃，味甚甘美。

此诗歌咏了下炼丹奇异罕见的山峰，描绘了它楼阁被烟雾云霞环绕、春天花鸟遍布园林的景色，并表达作者了对人世变迁、岁月流逝的感慨。

注释

〔1〕闻道：听说。怪峰：奇异罕见的山峰。
〔2〕"江南"句：意谓江南江北奇异罕见的山峰非下炼丹山莫属。让，避让，谦退。仙山，指下炼丹山。
〔3〕烟霞表：烟雾云霞之上。
〔4〕龙化去：如龙一样变化莫测，不可捉摸。三国魏嵇康《酒会诗》之五："猗与庄老，栖迟永年；实惟龙化，荡志浩然。"
〔5〕轻身：道教谓使身体轻健而能飞举。鹤飞还：此用丁令威化鹤之典。据晋陶潜《搜神后记》载，辽东人丁令威在灵虚山学道成仙，千年后，化鹤归辽，落在城门华表柱上。有少年欲射之，鹤乃飞鸣作人言："有鸟有鸟丁令威，去家千年今始归，城郭如故人民非，何不学仙冢累累。"后用以比喻人世的变迁。宋苏轼《和移居》诗："我岂丁令威，千岁复还兹。"

黄仲昭

黄仲昭（1435—1508），名潜，号退岩居士，以字行。福建莆田人。成化二年（1466）进士。官编修。以直谏被杖责，谪湘潭知县。赴任途中因谏官进言，改任南京大理评事。守孝期满，以亲不逮养，遂不出。弘治初,起江南提学佥事。久之乞归,日事著述。学者称"未轩先生"。著有《未轩集》《八闽通志》等。

龙　井

山腰石罅浸寒泓[1],神物蜒蜿久著名[2]。信是地留千古迹[3],静涵天象一河明[4]。洞前云雾时翻墨[5],岩下风雷昼作声。几度旱年祈祷处[6],解施霖雨济苍生[7]。

辑自《(康熙)潜山县志》卷之二《山川》

【解题】

龙井,在天祚宫前。有九派水绕天祚宫而后合于吴塘,其间聚水成潭者名曰井。大者共有九处,故曰九井。龙井是九井之最壮观者,又名龙潭。梁公泉自四井崖垂流,悬壁千仞,越水帘洞,下注井中,其声如雷,声闻数里外。井水深碧,相传居民以细铜丝四两探之,犹不到底。故民间有"四两黄丝打不到头"之土语。由陡崖攀援至井旁,则觉腥风袭人,疑其中有"神物",故曰龙井。旧时每逢大旱,邑人在此祷雨。

此诗首联写龙井潭水深广之貌和水中有龙的传说,颔联描绘风平浪静时潭水中可见天上物象倒影的美丽图景,颈联状龙井上方水帘洞前不时有黑云翻滚、岩下瀑流声如雷鸣的壮观景象,尾联则歌咏旧时县民至此求雨必应,能解百姓于倒悬的惠民之功。全诗描写真切,形象鲜明,读之如临其境。

【注释】

〔1〕石罅:石头的缝隙。泓:水深广貌。
〔2〕神物:神灵、怪异之物。此指龙。蜒蜿:乾隆《志》作蜿蜒。

龙蛇等曲折爬行貌。

〔3〕信是：确实是。

〔4〕天象：上天之象。指日月星辰的位置、情状及运行等。

〔5〕翻墨：变成黑色。

〔6〕祈祷：指求雨。唐韦绚《刘宾客嘉话录》："舒州潜山下有九井，其实九眼泉也。旱则杀一犬投其中，大雨必降，犬亦流出焉。"

〔7〕解施霖雨：懂得降及时雨。霖雨，甘霖，及时雨。济苍生：解救百姓。

陆 珩

陆珩，字用节。浙江归安人，徙河间。成化五年（1469）进士，授南京刑部主事。每决大狱，多所平反。历迁西安、福州知府，陕西按察副使，顺天府尹。正德初忤刘瑾，谪两淮盐运司同知，令致仕。嘉靖初复职。《（同治）湖州府志》卷七二有传。

天祚宫

潜山美景十一峰，我来无处觅仙踪。黄龙带雨耕瑶草[1]，白鹤迎风唳碧空。眼底楼台千丈远，望中花木四时同。

辑自《（康熙）潜山县志》卷六《古迹·寺观庵祠》

【解题】

此诗原本为一首七言律诗，《县志》引用缺二句。全诗描写了天祚宫所在处山水清幽的环境，歌咏了宫观宏伟的建筑规模，表达了诗人徜徉其中时愉悦恬适的心理感受。

【注释】

〔1〕黄龙：因天祚宫前有龙井，故云。瑶草：传说中的香草，代指仙境。刘威《赠道者》："闲寻白鹿眠瑶草，暗摘红桃去洞天。"

铁处义

铁处义，浙江会稽人。国子生，知潜山县。有才干。器重廉明而正直，于人不假借，于是豪猾屏息，鸡犬不惊。其时桑麻遍野，民情欢戴，邑人颂且思之。《（嘉靖）安庆府志》卷一八、《（乾隆）潜山县志》卷之六有传。

吊余忠宣公

声名曾向棘围开[1]，三策从容济世才[2]。战血未干龙北去[3]，妖氛初静凤南来[4]。愁闻父老当时事，忍听江流此日哀。迟暮舣舟吊祠下[5]，一尊聊奠后人怀。

辑自《（嘉靖）安庆府志》卷一七，又见《（康熙）潜山县志》卷一二《艺文下》

【解题】

余忠宣公即余阙。余阙字廷心，色目唐兀氏，世居武威；以父官合肥，遂为合肥人。元统元年（1333）进士，累迁金浙东廉访司事。至正十三年（1353），江淮兵起，召任淮西宣慰副使，都元帅府佥事，分兵守安庆。十七年冬，陈友谅合兵来攻，余阙困守孤城，与之血战三月余，次年正月城陷，阙自刭沉水而死。追封豳国公，谥忠宣。

本诗歌咏余阙少年登第时便名声满天下，且经世有良谋；对他为元王朝尽忠殉国表示了深沉的伤悼。全诗对仗工整,且能融情入景,尤其是"愁闻父老当时事,忍听江流此日哀"一联,作者将自己的惆怅哀愁,融入滚滚江流之中,创造了一种情景浑一的境界,手法高妙,令人叫绝。

注释

〔1〕"声名"句:意谓余阙在进士考试时便开始名声满天下。刘基过安庆作《沁园春》词哀余阙,中有句谓:"少年登第,拜命金銮,面折奸贪。指挥风雨,人道先生铁肺肝。"可与此参看。棘围,指科举时代的考场。科举时代为防作弊,进士考场用棘刺围起来,因称为"棘围"或"棘闱",后来因作考场的代称。

〔2〕三策:汉董仲舒以贤良对天人三策,为武帝所赏识,任为江都相。后用为典实,借指经世良谋。宋范成大《乙未元日书怀》诗:"纵有百年今过半,别无三策但当归。"

〔3〕龙:指帝王的车驾。

〔4〕妖氛:不祥的云气。多喻指凶灾、祸乱。凤南来:喻指余阙光临安庆。

〔5〕迟暮:傍晚。舣(yǐ)舟:使船靠岸。

吴 裕

吴裕,浙江余姚人。成化十七年(1481)进士,官御史。生平事迹散见《(万历)绍兴府志》卷三三,《(雍正)浙江通志》卷一三一、一三六《选举志》等。

潜 山

桐城西接是潜山,万合含春色尽班〔1〕。骢马晓行深愧我[2]，好除荆棘养幽兰[3]。

　　　　　　　　　辑自《（康熙）潜山县志》卷一二《艺文下》

解题

　　这是一首记述春日巡行的诗。桐城西南邻接潜山。作者由桐城往潜山巡游，到得潜山境内，只见满眼都是万紫千红、五光十色的春景，他突然想起古代著名御史桓典乘骢马出巡，令京师豪强宦官畏惮的典故来。觉得自己同样身为御史，理应像桓典那样秉公执法，铲除奸邪不法之徒，保护忠良并推举那些穷乡僻壤的高雅之士。

注释

　　[1] 万合：即天地万物。《（嘉靖）安庆府志》作"万化"。班，通"斑"。杂色，这里指春光五彩缤纷。

　　[2] 骢马：青白色相间的马。这里指御史所乘之马，或借指御史。晋司马彪《续汉书》："桓典为侍御史。是时宦官秉权，典执政无所回避。常乘骢马，京师畏惮，为之语曰：'行行且止，避骢马御史。'"

　　[3] 荆棘：喻奸邪不法之人。幽兰：生于深谷的兰花，比喻忠良，或喻指穷乡僻壤的高雅之士。

张文锦

　　张文锦（？—1524），字闇夫，号绷庵，一号海岱居士。山东安丘人，辽东广宁卫籍。弘治十二年（1499）进士，授户部主事。正德初，为刘瑾诬陷，斥为民。瑾诛，起官。历任安庆知府、太仆少卿。督税陕西，条上筹边裕民十事。有抵御宸濠攻城功。嘉靖元年（1522），任右副都御史巡抚大同。因拒贼获得重名，遂锐意振奋刷新，操之过急又无秩序。三年，兵变被杀。万历中，赠右都御史。天启初，追谥忠愍。

望潜岳二首

花雨新晴过小池[1],皖山入望更褰帷[2]。龙翔凤翥依天表[3],岱岳恒峰不道奇[4]。

秀拔荆舒紫翠浓[5],汉皇当日事登封[6]。射蛟东下知何为[7]?群后元无一奏功[8]。

辑自《(正德)安庆府志》卷一六《艺文志》

【解题】

此二诗写作者自己春日巡视地方,过太湖小池驿后眺望潜岳时所见与所思。诗歌描摹了天柱山这座古代名岳的飞扬奔腾之势,表现了它的秀丽挺拔之态,也回顾了当年汉武帝来天柱登山封禅之事。全诗境界阔大,气概非凡。

【注释】

〔1〕小池:指小池驿。在太湖县,距潜岳下之青口驿六十七里,过小池可望潜岳。参见《(光绪)重修安徽通志》卷一一〇《武备志·驿传》。

〔2〕褰(qiān)帷:揭起车帷。

〔3〕龙翔凤翥:状山的飞扬奔腾之势,亦喻瀑布飞泻奔腾。天表:天外。

〔4〕岱岳:东岳泰山的别名。恒峰:指北岳恒山,五岳之一。

〔5〕秀拔:美好特出;秀丽挺拔。荆舒:指春秋时的楚国和舒国。舒国即唐宋时舒州所在地,在今安徽省安庆市一带,春秋时为楚之结盟国,故连称。

〔6〕汉皇:指汉武帝。登封:登山封禅。

〔7〕射蛟:元封五年汉武帝登天柱山封禅后曾射蛟江中。已见

前注。

〔8〕群后:诸侯的别称。"后"与君通。亦指州郡牧守。元:同"原"。向来,原来。

游山谷寺一首

探奇蜡屐登禅林[1],坐听溪流祛俗襟[2]。卓锡泉清瑶草翳[3],石牛洞窅琪花侵[4]。崖经宿雨古诗暗,岛盔春风悬瀑深[5]。我欲飘然生八翼[6],凭虚直上潜山岑[7]。

辑自《(正德)安庆府志》卷一六《艺文志》

【解题】

此诗写游山谷寺时所见名胜古迹与清幽美景,更表现了作者心中油然而生的兴奋、快适之意。

【注释】

〔1〕蜡屐:以蜡涂木屐。亦指涂蜡的木屐。屐,一种木底鞋。禅林:指寺院。众僧聚居之所。

〔2〕祛:除去;消除。俗襟:世俗的襟怀。

〔3〕卓锡泉:《明一统志》:"卓锡泉,在潜山县山谷寺后。相传志公和尚卓锡出泉。"瑶草:传说中的香草。亦泛指珍美的草。翳:覆盖。

〔4〕窅:深邃昏暗。琪花:仙境中玉树之花。

〔5〕"崖经"二句:经夜的雨水使得诗崖上的古诗刻变得黯淡了,春风中酒岛上生气洋溢,悬垂的瀑布又长,水又充沛。崖,指诗崖。宿雨,夜雨,经夜的雨水。岛,指酒岛。盔,洋溢貌。

〔6〕八翼:八只翅膀。

〔7〕凭虚:凌空。唐参谦《登庐山》:"凭虚有仙骨,日月看推迁。"

岑：山峰，山顶。

吴塘陂一首

天柱流来绕数派[1]，吴塘分出便千支。昔年此地曾充饷[2]，今代何人更凿陂。处处田畴资灌沃[3]，村村黎庶乐丰熙[4]。自惭民事多无补，□念□□不忍欺。

辑自《(正德)安庆府志》卷一六《艺文志》

解题

吴塘陂，又名吴塘堰，在山谷口南岸济渡处，魏扬州刺使刘馥创修。曹操使庐州太守朱光大开陂堰，以溉稻田。后为吴将吕蒙所夺，因称吴塘。塘居潜水上游，横截河流，注之堰中，若建瓴然，迤逦至薛家堰，溉田三千七百余顷，约万有一千余亩。昔人曾有"吴塘千顷流"、"吴塘千顷陂"之美誉。

此诗描摹了吴塘陂水系的来源和分布，歌咏了前人开凿吴塘陂的历史功绩，并塑造出一幅年丰人和的人间乐园图，令读者神往。

注释

〔1〕派：江河的支流。
〔2〕充饷：指充军饷。饷，古代指军粮。
〔3〕资：凭借，依靠。灌沃：浇灌，滋润。
〔4〕黎庶：黎民，百姓。丰熙：犹言年丰人和。

顾 潜

顾潜(1471—1534)，字孔昭，号桴斋，晚号西岩，昆山(今属江苏人。弘治九年(1496)进士,官至直隶提学御史。以忤直忤尚书刘宇,宇谮之于刘瑾,改马湖知府,未任罢归。卒年六十四。著作有《静观堂集》。生平事迹见《五龙山人集》卷九《顾公行状》、《泾野先生文集》卷三二《顾公墓表》、《昆山人物志》卷三等。

阅龙舒净土文

客从名山来[1],一编喜惠我[2]。焚香静翻阅,蒲团久趺坐[3]。其书超大乘[4],非止结小果[5]。上述斯土佳,净乐寿无祸[6]。城阙皆金银,白日峙璨瑳[7]。中有七宝池[8],莲花烂千朵[9]。继赞佛愿宏[10],欲往悉许可。皈依心一悬[11],接引手双挲[12]。当为露蝉蜕,莫学泥鳖跛。人生百为期,倏倏石中火[13]。少壮能几何,发白齿欲堕。澄观何寥寥[14],渗积日琐琐[15]。轮回数难外[16],荐拔计已左[17]。我生五十余,稍稍就安妥。已毕儿女债,况脱名利锁。冥迷昔虽曾[18],领解今亦颇[19]。从此知向往,精进岂容惰[20]。晨夕坚十念,不在百廿颗[21]。何年谢埃壒[22],幻质任缠裹[23]。田绅无庸执[24],刘锤底须荷[25]?西指闭目到,疾甚凌风舸[26]。

辑自《静观堂集》卷二

解题

《龙舒净土文》,南宋绍兴间王日休撰集。日休字虚中,号"龙舒居士",人称"王龙舒",宋舒州怀宁人(《安庆府志》)。原为国学进士,著《六经训传》数十万言。后改信佛教,专修西方净土之业,布衣蔬食,日课千拜。净土宗为佛教中之一派,虚中以世传净土文者不一,恶其相混,故作《龙舒净土文》以正之。《净土文》初刻于绍兴三十二年(1162),十卷。元延祐三年(1316)重刊时增广成十三卷,明成化十七年(1481)由僧耆点校再刊,改为十二卷。前十卷为王日休所撰《净土文》,共十类一百五十八篇。卷十一、十二为附录,收文十六篇。此书宋、元刻本均已不存,今仅明《嘉兴藏·续藏》收录,亦见载于日本《卍字续藏》及《大正藏》。

有人从天柱山归昆山,带回《龙舒净土文》一编赠送给顾潜,顾阅后作此五言长诗。全诗写作者自己阅《龙舒净土文》深受震撼而有所省悟,并表示将精进修持净土宗。大意是说,西方极乐净土甚佳,那里的众生寿命无穷,其他境物亦甚美好。佛的愿力宏大,只要众生愿意往彼净土,我佛悉皆许可。而人一旦皈依净土宗,就要一心一意,不能半途而废。人生不满百年,岁月流逝很快。自己完成了对子女所承担的教养婚嫁等义务,何况也摆脱了名和利的枷锁。从前虽然曾经对修佛迷糊过,但现在有了颇深的领悟理解。从此之后知道自己的向往追求,定会坚持修善法,断恶法,毫不懈怠。自己将每天清晨和晚上各念十遍"南无阿弥陀佛";不必一边念,一边数佛珠,非要念一百二十遍。不知自己何年脱离尘世,到那时肉身形骸任人缠裹,但不必执绑引棺挖坑去埋,因为自己坚持晨夕十念阿弥勒陀佛的名号,西方极乐净土,一定能在临终闭目的瞬间到达,其快疾的程度比乘顺风的船只还快。此诗全篇简洁通俗地介绍了西方极乐世界、净土的修持法门,并表达了作者对净土宗的虔诚信仰和崇拜。

注释

〔1〕名山:指天柱山。

〔2〕惠:惠贶,馈赠。

〔3〕趺坐:盘腿端坐。为僧人坐法。

〔4〕大乘:指大乘佛教。梵文Mahāyāna(摩诃衍那)的意译。公元1世纪左右逐步形成的佛教派别。相对原始佛教和部派佛教的"小乘"而言。二者主要区别是,前者提倡三世十方有无数佛,宣传大

慈大悲,普度众生,建立佛国净土为最高目标。而小乘则追求个人自我解脱,把证得阿罗汉作为最高目标。

〔5〕小果:指小乘佛教。

〔6〕"净乐"二句:意谓西方极乐净土甚佳,那里清净、快乐、长寿而无灾祸。

〔7〕峙:耸立。璨瑳(cuō):玉色明洁貌。璨犹灿。

〔8〕七宝池:佛教语。西方净土中由七宝构成的莲花池。往生净土的人在该池莲花中化生。七宝,七种珍宝。佛经中说法不一,如《法华经》以金、银、琉璃、砗磲、码碯、真珠、玫瑰为七宝,《无量寿经》以金、银、琉璃、珊瑚、琥珀、砗磲、玛瑙为七宝,《大阿弥陀经》以黄金、白银、水晶、瑠璃、珊瑚、琥珀、砗磲为七宝,《恒水经》以白银、黄金、珊瑚、白珠、砗磲、明月珠、摩尼珠为七宝。

〔9〕烂:灿烂。

〔10〕佛愿宏:佛的愿力宏大。愿,愿力,即誓愿的力量。多指善愿功德之力。

〔11〕皈(guī)依:佛教语。原指佛教的入教仪式。表示对佛、法(教义)、僧三者归顺依附,故也称三皈依。后多指虔诚信奉佛教。

〔12〕双軃(duǒ):双垂。軃,下垂。

〔13〕翕倏(xī shū):倏忽。急速貌。石中火:即石中敲火。以石敲击,迸发出的火花,其闪现极为短暂。喻岁月流逝之迅速,人生之短暂。

〔14〕澄观:清楚地观看。观之清静明朗。寥寥:很少。

〔15〕沴积:沴气积聚。沴,旧谓天地四时之气不和而生的灾害。琐琐:微小貌。

〔16〕轮回:佛教语。梵语的意译,原意是流转。佛教认为众生各依善恶业因,在天道、人道、阿修罗道、地狱道、饿鬼道、畜生道等六道中生死交替,有如车轮般旋转不停,故称。也称六道轮回、轮回六道。

〔17〕荐拔:推荐提拔。左:相违;相反。

〔18〕冥迷:阴暗迷茫。迷糊。

〔19〕领解：领悟理解。

〔20〕精进：佛教语。为"六波罗蜜"之一。梵语 vīrya 的意译。谓坚持修善法，断恶法，毫不懈怠。

〔21〕"晨夕"二句：意谓每天清晨和晚上坚持念十遍"南无阿弥陀佛"；不必一边念，一边数佛珠，非要念一百二十遍。

〔22〕谢埃壒(āi ài)：指死亡。谢，辞别。埃壒，犹尘土。

〔23〕幻质：佛教语。犹幻身。即肉身；形骸。宋陆游《记梦》诗："即今相逢两幻质，转眼变灭如飞烟。"

〔24〕绋：大绳。专指下葬时引柩入穴的绳索。后泛指牵引棺材的大绳。无庸：无须，不用。

〔25〕刘锸：斧头和铁锹。底须：何须；何必。荷：肩扛。

〔26〕"西指"二句：意谓只要坚持晨夕十念，西方极乐净土就能在临终闭目的瞬间到达，其快疾的程度比驾着风的船只还快。凌风，驾着风。舸(gě)，大船。

钱如京

钱如京(？—1541)，字公溥，号桐溪，桐城(今属安徽)人。弘治十五年(1502)进士，授海盐知县。历官监察御史、天津兵备道、右副都御史、保定巡抚、南京户部尚书。嘉靖十九年(1540)，擢刑部尚书。次年以病告退，卒。如京为官清慎，仕途通达。总督两广军务间，恩威并施，机智处理土司间矛盾，地方得以安定。所著有《钟庆堂集》。生平事迹见《洹词》卷一二《赠大司徒桐溪钱公考绩序》、《方山薛先生全集》卷一四《代送钱尚书序》等。

过万寿宫小憩

绿树依依春已深，相逢莫道少知音。焚香别院传仙语，除目安能损道心[1]。

方外非常尽日闲,却怜扰扰说尘寰[2]。五千道德留余在[3],安得青牛早出关[4]。

辑自《(嘉靖)安庆府志》卷一七《艺文志》

解题

万寿宫全称真源万寿宫,亦称真源宫。作者路过道观万寿宫,便进去小憩一番,并作此二诗,表达了自己即便身处纷扰的官场仍不忘道心清净的志趣。这也是中国古代许多士大夫的处世之道吧。

《(康熙)潜山县志·艺文志》此诗题下仅录第二首,今据《(嘉靖)安庆府志》。

注释

[1] 除目:除授官吏的文书。唐姚合《武功县中作》诗之八:"一日看除目,终年损道心。"

[2] 尘寰:亦作"尘阛"。人世间。

[3] 五千道德:即老子《道德经》,约五千余字。

[4] "安得"句:司马迁《史记》载,老子姓李,名耳,字聃,因而人称老聃,曾做过周王室管理藏书的史官。后来隐居不仕,骑青牛西出函谷关后"莫知其所终"。

萧世贤

萧世贤(1478—1528),字若愚,号默林,桐城人。弘治十八年(1505)进士,授重庆府推官,擢南京刑部主事,升郎中。擢知嘉兴府,岁革羡余银千余两,却织造样绢数百匹,立三馆以造士,治行为两浙之首。迁湖广副使,中道而卒。所著有《默林集》诸稿。生平事迹见胡缵宗《鸟鼠山人小集》卷一五《萧公墓志铭》、《(嘉靖)安庆府志》卷二一《仕籍传》。

次胡可泉下潜岳韵

舒州太守谪仙才[1],天柱峰前骑鹤回[2]。群仙抚掌歌且送,青天万丈芙蓉开。千年神秀吐幽秘[3],山灵自献谁能催?鹤背答歌停留云[4],天风吹落音铿哉[5]。洞虎鼓瑟岩狮舞[6],公胡为乎不徘徊?步兵古调酬山谷,鲁公铁画镵崔嵬[7]。柱史系马牛女石[8],黄门醉卧香泥苔[9]。此时梅塘主人从不得[10],嗅花索笑空绕寒泉隈[11]。

辑自《(康熙)潜山县志》卷一二《艺文下》

解题

胡缵宗与齐之鸾、余珊游天柱山宴会游赏时,曾折书走使邀萧世贤一同前往。时萧因事婉拒。游山归来,胡缵宗作《下山谷柬萧比部》诗寄之,萧世贤依次用该诗的韵脚赓和作答。全篇写景用事,夭矫姿纵,化所和诗原韵拘限于无形。且想象丰富,豪气逼人,有李白诗歌之遗风余韵。

注释

〔1〕舒州太守:指胡缵宗。安庆府古为舒州,时胡缵宗任安庆知府,故称舒州太守。谪仙:谪居人间的仙人。常用以美称才学优异的人。此指李白。

〔2〕骑鹤:借指骑马。参见胡缵宗《下山柬萧比部若愚》诗注。

〔3〕神秀:神奇秀美。指天柱山。幽秘:深奥,神秘。此指神秘之事。

〔4〕停留云:使云停止不前。形容歌声响亮动听。

〔5〕铿哉:形容声如金石般洪亮。哉,语气词。

〔6〕洞虎鼓瑟岩狮舞:写天柱名胜黑虎洞与狮子岩。参见后胡缵宗《下山柬萧比部若愚》诗注。鼓瑟,弹奏古瑟。李白《梦游天姥吟留别》:"虎鼓瑟兮鸾回车,仙之人兮列如麻。"

〔7〕"步兵"二句:意谓胡缵宗用阮籍那样高雅脱俗的诗歌在山谷寺中唱酬赠答,将颜真卿那般刚劲洒脱的书法刻在高山上。步兵,指阮籍。阮籍字嗣宗,陈留尉氏(今河南尉氏县)人。为竹林七贤的代表人物。籍因闻步兵厨善酿酒,求为步兵校尉,世称"阮步兵"。古调,比喻高雅脱俗的诗文、言论。常以称颂他人。鲁公,指颜真卿。唐京兆万年(今陕西西安)人。字清臣。官至吏部尚书、太子太师,封鲁郡公。人称颜鲁公。为唐代著名书法家,笔力遒婉,传世书迹颇多。铁画:形容刚劲的书法。镵(chán):凿;雕刻。崔嵬,泛指高山。

〔8〕柱史:指友人余珊。见后胡缵宗诗注。牛女石:指鹊桥石。天柱山有鹊桥石,在天狮峰西南侧石壁间。桥临绝壁深壑,险象环生。古代传说牛郎、织女二星为夫妇,由于银河相隔,每年七月七日有喜鹊搭桥于银河之上以渡牛郎与织女相会。故鹊桥石亦可称牛女石。

〔9〕黄门:指齐之鸾。见下胡缵宗诗注。香泥:指香泥洞。香泥洞在真源宫后,旧志载:唐明皇开元遣使置九天司命祠。像未就,忽殿后石裂出泥,其泥香。今淤塞。

〔10〕梅塘主人:作者自称。梅塘即作者在桐城所居之地。从不得:不能跟随。因胡缵宗准备与余珊、齐之鸾游天山时,曾折书走使邀萧世贤同往,时萧因有事婉拒,故诗言"从不得"。

〔11〕索笑:寻求笑乐。隈:水流或山边弯曲之地。

胡缵宗

胡缵宗(1480—1560),初字孝思,更字世甫,号可泉,自号鸟鼠山人。陕西秦安(今甘肃天水市北)人。正德三年(1508)进士,授翰林检讨。出为嘉定判官,迁童川知州。历南京吏部郎中、安庆知府,官至右副都御史,巡抚山东,改河南,俱有政绩。时世宗喜告讦,缵宗为仇所陷,革职归,筑室著书。卒年八十一。有《辛巳编》《丙辰集》《鸟鼠山人小集》《安庆府志》《秦安志》《春秋本义》《愿学编》《近取编》等传世。

望 安 庆

青山下碧流,江树引舒州。千里轻帆外,层层见水楼[1]。

辑自《鸟鼠山人小集》卷二

解题

胡缵宗于正德十四年(1519)至嘉靖二年(1523)间任安庆知府。此诗即作于自南京赴任安庆之舟中。青山,碧流,江树,水楼,诗中的描写有如一幅动态的水墨画,不仅画面鲜明生动,且有愈行愈近之感,读之如同亲临其境。

注释

〔1〕水楼:水边或水上的楼台。

皖公门赠林郡丞有禄

皖公门,皖伯城。门可击,不可夺;城可围,不可争。中有运筹决胜莆中英。宁与贼濠一夕死[1],不与贼濠一朝生。君不见,皖公门,挝鼓夺贼帜[2],挥戈衷贼营[3]。谈笑逐贼退,飞扬传贼平。两都上奇绩,四海腾休声[4]。君不见,皖伯城。

辑自《鸟鼠山人小集》卷一

{解题}

明太祖第十七子朱权之玄孙朱宸濠,弘治中袭封宁王,封地在南昌(今江西省南昌市)。正德十四年起兵谋反,攻陷南康、九江等地,沿江东下,拟夺取南京。安庆守军阻其东进,遂围攻安庆。朱宸濠亲临督战,激战十余日而城不能下。时王守仁攻南昌,濠回师急救,兵败被擒,诛死。濠之速败,安庆之役实促成之。本诗赞扬了郡丞林有禄在此役中运筹决胜、挥戈击贼的功绩,歌颂了皖伯城军民"门可击,不可夺;城可围,不可争"的豪迈气概。

{注释}

〔1〕贼濠:逆贼朱宸濠。
〔2〕挝鼓:击鼓。
〔3〕衷:藏在里面。
〔4〕休声:赞美声,美好的名声。

月

万里同安月[1],秋来的的明[2]。愿将秋夜白,流照水西营[3]。

辑自《鸟鼠山人小集》卷二

{解题}

本诗题下诗人原注:"正德庚辰。"其时为正德十五年(1520),即平定宸濠之乱的次年。诗中写舒州秋月辉光,明澈如水。末二句谓希望这"万里同安"之月随着流水照到皇帝的驻跸之地,语言委婉含蓄,讽谕之意见于其中。

注释

〔1〕同安：舒州的古称。"万里同安"又寓有天下太平之意。
〔2〕的的明：至明至洁。的的，光亮、鲜明貌。
〔3〕"愿将"二句：通夜白，指月光。水西营，此下诗人原注："禁兵时屯秦淮水西。"据此，时武宗仍在南京嬉游。

望皖山次韵一首

蜿蜒大阜散林峦[1]，独上中峰起处观。岭树依稀翻雪浪，天河咫尺泻云端。断崖泊泊泉犹冻[2]，细雨霏霏春欲寒[3]。不用望江叹沧海[4]，且将宝剑带霜看。

辑自《（正德）安庆府志》卷一六《艺文志》

解题

此诗描写了眺望中所见皖山早春景色。一方面，诗中所有意象都给人以春寒料峭的感受；另一方面，诗歌又表现了皖山高大雄伟的气势和诗人不凡的胸襟。

注释

〔1〕大阜：大土山。《诗·小雅·天保》："如山如阜，如冈如陵。"毛传："大阜曰陵。"林峦：树林与峰峦，泛指山林。
〔2〕泊泊：纷错。亦形容水声。
〔3〕霏霏：雨雪盛貌。
〔4〕沧海：大海。

马上见天柱峰

遥见天柱峰,蔼蔼孤云上[1]。仙翁知我来,双鹤盘筇杖[2]。上山扫碧霞,下山凌苍漭[3]。翩然咫尺天,摩崖共酬倡[4]。

辑自《鸟鼠山人小集》卷一

【解题】

胡缵宗任安庆太守期间多次登临天柱山。正德十六年(1521),他邀故人余珊、齐之鸾到此一游。三人相见分外高兴。于是相携登山览胜,赋诗唱和,写下了许多同题作品,此诗便是其中之一。全诗从马上"遥望"生发开去,多想象之词,颇有游仙诗的韵味,然诗人轻松愉悦的心情则充溢其间。

【注释】

[1] 蔼蔼:暗淡貌。
[2] 筇杖:用筇竹所制之手杖。
[3] 苍漭:广阔无边的样子。
[4] 摩崖:指刻于山崖石壁上的文字,已见前注。诗中用作状语,意谓对着摩崖。酬倡:以诗词互相赠答。

至山谷再叠前韵柬余齐二子

不见天柱山,磅礴青天上。苍烟下鹤骖[1],碧霞凌锡杖[2]。坐见江以南,蒙蒙历空漭[3]。振衣随陶谢[4],倚天歌绝倡[5]。

辑自《鸟鼠山人小集》卷一

【解题】

此诗为再叠前诗韵脚而作。作者将天柱山置于一个广阔的空间背景下加以表现,并借用佛教传说、道家故事,使得全诗格调高远,气势雄豪。

【注释】

〔1〕苍烟:苍茫的云雾。鹤骖:以鹤为骖,犹言鹤驾,传为仙人所乘。说出《列仙传》中王子乔故事。

〔2〕凌锡杖:谓骑锡杖以升空。此为佛教传说。凌,升空;锡杖,即僧人所携禅杖。

〔3〕蒙蒙:迷茫不明貌。空济:空旷辽阔。

〔4〕振衣:抖衣去尘,整衣。陶谢:指晋末诗人陶渊明与谢灵运。二人皆长于描绘自然景物,故以并称。此句《潜山县志·艺文志》作"振衣随苏黄",苏指苏轼,黄指黄庭坚。

〔5〕绝倡:空前绝后的诗作。倡,同"唱"。

山谷分题得帘崖[1]

空碧下巉岩[2],层层照山谷。涯头月翩翩[3],潭边云矗矗[4]。钩垂夜不扃,带曳晴堪漱[5]。望望如飞龙,石蛟漫相逐[6]。

辑自《鸟鼠山人小集》卷一

【解题】

帘崖,又称莲子崖。在野人寨对岸,近吴塘渡口,与山谷寺隔水相望。此诗歌咏了月光下的帘崖,诗人用相逐的蛟龙形容山崖的飞动之势,奇特生动。帘崖今已尽毁,然凭借此诗,人们犹可想见它昔日的迷人风采。

注释

〔1〕分题:亦称"探题",旧时作诗方式之一。指数人相聚,分找题目作诗。

〔2〕空碧:清彻蔚蓝的天光水色。巉岩:险峻的山岩。

〔3〕涯头:水边,岸。各本《潜山县志》作"渡头"。渡头,指吴塘渡口。吴塘渡口离帘崖甚近。翩翩:优雅的样子。

〔4〕矗矗:高耸的样子。

〔5〕"钩垂"二句:意谓崖壁如夜不加锁的门户,崖上的藤萝类植物如下垂的钩带,晴日可见山泉飞漱其间。

〔6〕石蛟:即状如蛟龙的岩石。在潜河中。参见作者《石蛟》诗解题。漫:随意;不受拘束。

登舒台有怀余齐二子

薄暮登舒台[1],台仄多芳草[2]。靡靡山旁围[3],差差水环抱[4]。履砌白云迟[5],啭树黄鹂早。临风忽不醒[6],故人在远道。

辑自《鸟鼠山人小集》卷一

解题

本诗描述了登舒王台所见山水景物,并触景生情,由此引发对近日相携登天柱览胜的余珊、齐之鸾两位故人的怀念。末二句为至情之言,故人已在远道而不察,恍如仍在目前,则思念之切可知。

> 【注释】

〔1〕薄暮:傍晚。舒台:即舒王台。在潜山县城内,为宋王安石读书处。参见前邓经《舒台夜月》诗注。
〔2〕仄:旁边。字通"侧"。
〔3〕靡靡:花草繁盛貌。
〔4〕差差:不齐貌。
〔5〕履砌:登上台阶。
〔6〕不醒:犹言"不省",没有觉察到。

入山谷闻余德辉齐瑞卿至

飞崔卓锡,山中故事。

遥闻鹤锡声,悬知二仙至[1]。呼僧扫白云,骑鹿下山寺。

辑自《鸟鼠山人小集》卷二

> 【解题】

本诗借山中故事"飞鹤卓锡",表达了即将见到余珊、齐之鸾这两位故人时的欣喜之情。诗歌简洁含蓄,情意无限。

> 【注释】

〔1〕悬知:预知,料想到。二仙:指余德辉、齐瑞卿,即余珊、齐之鸾。

奉答蓉川途中见怀

君在芙蓉川[1],依依歌采芷[2]。思君望大龙[3],山月娟娟起[4]。遥闻天柱间,奇丽无与比。君今能驾驺,薄言共徙倚[5]。上有峰巉巉[6],下有石齿齿[7]。更与求巢由,临流一洗耳[8]。

辑自《鸟鼠山人小集》卷一

解题

友人齐之鸾随军在浙江,作诗怀念故乡,怀念胡缵宗;缵宗以此诗奉答。诗中邀齐之鸾一起登天柱山游览,因为那里不仅有奇峰怪石,还有可供洗耳的溪流。彼此可以抛却仕途的烦恼,在这里一享隐居山林的乐趣。诗人胸次旷达,视轩冕如敝屣;况值正德浊世,故有采薇之叹,洗耳之语。

注释

〔1〕芙蓉川:即芙蓉江,瓯江的别名。时齐之鸾随军在浙江。

〔2〕依依:留恋不舍貌。采芷:采摘香草。古代有采摘香草赠人以寄托相思的传统。芷,香草名,即白芷。

〔3〕大龙:即大龙山,在今安庆市北,与怀宁、桐城二县交界处,系天柱山余脉。诗中指代齐之鸾故乡,齐为桐城人。

〔4〕娟娟:美好的样子。

〔5〕"薄言"句:谓且去同游。薄言,语助词,无义。徙倚,徘徊,引申为盘桓。

〔6〕巉巉:山势高而险峻的样子。

〔7〕齿齿:排列如齿状。比喻一个接一个,连续不断。

〔8〕巢由:巢父和许由,上古时隐士。传说帝尧欲让位给他们,不受,逃隐于山林。洗耳:《高士传》载,尧请隐士许由作九州之长,许由觉得污了耳朵,赶快去颍水边洗耳。后用"洗耳"形容人耻于仕宦,甘心隐居山林。

涪翁山谷三首

摩诗坐山谷[1],谷水天边流。篆密蛟龙动,潭空牛女浮[2]。藤盘玉齿齿,窦写云悠悠[3]。欲续西昆调,探囊行复留。

山斋留绝代[4],谷寺傍行宫[5]。云卧青牛稳[6],天盘白鹤空[7]。庙堂无太史,泉石有涪翁[8]。断壁题诗处[9],寒烟玉满丛[10]。

晓起入山谷,缘萝烟雾开[11]。隋皇遥许地[12],汉帝独留台[13]。绝代丝纶客,当朝柱石才[14]。山名垂宇宙,鹤锡浪飞来[15]。

辑自《鸟鼠山人小集》卷三

解题

名山离不开文化名人,历史文化名人的介入往往能给名山带来更多的文化意蕴。黄庭坚作为我国著名的文学家、书法家和迁客,一经和皖山山谷结下因缘,便成为它形象的代表。宋代以来,不知有多少文人墨客来此瞻仰凭吊。

此诗描写了皖山山谷中与黄庭坚有关的摩崖石刻、山间书斋以及青石牛等人文景观,表达了对黄庭坚的深切怀念。在作者看来,黄庭坚对于皖山山谷的意义甚至远在白鹤道人与宝志禅师之上。

据《(正德)安庆府志》卷一六《艺文志》,此三诗之第三首为余珊所作。《涪翁山谷三首》为胡缵宗、余珊、齐之鸾三氏邀游皖山同题唱和诗,据正德府志,余、齐二氏"涪翁山谷"第三首均为七言,此作五言,或系误收。

注释

〔1〕摩诗：切磋、研究诗歌。

〔2〕"篆密"二句：意谓崖壁上的篆刻密密麻麻，字迹如蛟龙飞动；水潭明净而无挂碍，水中浮现着牵牛星和织女星。

〔3〕"藤盘"二句：藤蔓盘绕着参差不齐的美石，孔穴中吐出悠悠白云。玉，形容石美如玉。窦，孔穴，洞。写，倾泻，倾吐。

〔4〕"山斋"句：意谓山间书斋为当年黄庭坚所遗留，它冠绝当代。山斋，山野间书斋。此指涪翁亭或涪翁书台。《（乾隆）江南通志》卷三四《舆地志》："涪翁亭，在潜山县山谷寺中，以黄庭坚得名。又有涪翁书台。"

〔5〕谷寺：即山谷寺。行宫：帝王巡幸时所至之处临时建的宫殿。据《汉书》记载，汉武帝曾登临潜霍（天柱山），此宫当为汉代遗物。今已不存。

〔6〕青牛：即三祖山石牛洞旁之石牛。《（光绪）重修安徽通志》卷四十四《舆地志》："石牛洞，在潜山县二十里山谷寺西。大石如牛眠，旁有蹄迹。《明统志》：宋黄庭坚尝读书石上，李公麟为之绘图。庭坚题诗其上，所谓'青牛驾我山谷路'是也。"

〔7〕白鹤空：谓白鹤已去而不返。

〔8〕"庙堂"二句：意谓黄庭坚被贬谪，朝廷上虽然少了一位太史，但山林之间却多了一位涪翁。庙堂，指朝廷。太史，官名。掌记载史事、起草文书，兼管国家典籍和天文历法等。诗中指黄庭坚。泉石，山林之间。

〔9〕断壁题诗：指崖壁上的摩崖诗刻。

〔10〕寒烟：寒冷的云雾。玉：指山间树上所开之花。

〔11〕绿萝：藤本植物。长达数米。绿色，生岩石或攀于树木上。

〔12〕"隋皇"句：隋代璨大师来山谷寺扩建寺院，选场建坛，故谓"隋皇遥许地"。

〔13〕"汉帝"句：指汉武帝登天柱山封禅的祭台。已见前注。

〔14〕绝代：举世无双。丝纶客：丝纶，一指古代天子、帝王的诏令；丝纶客犹言"掌丝纶"，即撰拟朝廷诏令者。丝纶又可指钓丝，故丝纶客又可指钓客，即退隐江湖者。此处二义或兼而有之。

〔15〕鹤锡：指白鹤道人与宝志禅师。浪：白白地。

涪翁山谷

南岳翩翩逼大空[1]，下有太守时鸣骢[2]。汉唐日月烟萝上，淮海乾坤水竹中[3]。惊起鹤回路缥缈[4]，飞来石出山嵸巃[5]。题诗怀古黄门切[6]，作赋登高御史同[7]。

辑自《鸟鼠山人小集》卷四

解题

此诗是作者胡缵宗与齐之鸾、余珊在涪翁山谷唱和之作。诗中歌咏了古南岳天柱山悠久的历史与高峻的山势，并期待故人与自己一起题诗怀古、登高作赋，共同为这座古代名岳歌唱。

注释

〔1〕南岳：指天柱山。

〔2〕太守：作者自指。鸣骢：骑马。

〔3〕"汉唐"二句：意谓这里清幽的景色曾经受汉唐日月的照临，淮海乾坤尽在其中。烟萝，草树茂密如烟聚萝缠，谓之烟萝。古时常指幽居或修真之处。水竹，水和竹，常指清幽的景色。

〔4〕缥缈：形容隐隐约约，若有若无。

〔5〕嵸巃：山势高峻貌。

〔6〕黄门：指齐之鸾。

〔7〕御史：指余珊。

山 谷 夜 集

齐黄门之鸾、余侍御珊。

疏灯细雨坐僧堂[1]，阶下泉声绕殿长。四壁风烟山突出，半天松竹路回翔[2]。铁冠引鹤迎星使[3]，青琐抟空下夕郎[4]。谷口千丛尽兰若[5]，流云故故傍人香[6]。

辑自《鸟鼠山人小集》卷四

【解题】

本诗歌咏诗人自己与黄门侍郎徐之鸾、侍御史余珊在山谷寺夜间相集。诗中描写了寺院清幽的环境与寺僧牵马迎接齐、余二氏到来的情景，句句皆有韵味；读此诗，恰似夜入僧堂。而末句以拟人化手法写庙堂礼佛的香烟傍人不去，更是妙趣横生。

【注释】

〔1〕疏灯：稀疏的灯光。
〔2〕回翔：盘旋飞翔。诗中形容山间小道回旋飞动之状。
〔3〕铁冠：此指隐者之冠。诗中借指寺僧。鹤：仙人所乘，诗中借指坐骑。星使：古代认为天节八星主使臣之事，因称帝王的使者为星使。明代习以星使指御史，诗中借指余珊。
〔4〕青琐：古代宫门上镂刻连环图纹，涂以青色，谓之青琐。诗中借指宫廷、宫门。夕郎：黄门侍郎的别称，诗中借指齐之鸾。
〔5〕千丛：指许多聚在一起的人或物。兰若：梵语音译"阿兰若"之省，意译为寂静，无苦恼烦乱之境。亦指寺院。

〔6〕流云：指缭绕飘浮于寺庙殿堂间的礼佛的香烟。故故：故意，特意。

登　塔

登塔意何极[1]，乘鹏欲御风[2]。手探月出窟[3]，足蹑云行空[4]。指顾幽燕上[5]，徘徊河汉中[6]。庭闱只咫尺[7]，恍惚俯崆峒[8]。

辑自《鸟鼠山人小集》卷三

解题

诗人所登之塔，指山谷寺内之三祖塔，又名觉寂塔。其塔高七层，外旋内空，矗立于三祖山之上，万木稠环，塔影高峙，丽丽如彩云出空，极为壮观。唐代宗大历七年(772)，敕改名曰觉寂塔。唐武宗灭佛法，会昌间塔毁。宣宗大中初复建。元季寺为兵所毁，唯塔独存。千百年来，历朝屡经修整，至今完好，尚能攀登，可在塔上一览山谷内外形胜。

此诗写登塔之意，而非登塔所见，诗句想落天外，气势不凡。末二句谓在塔上感觉到父母似乎近在咫尺，恍惚间自己正在俯看着崆峒山，既表现了宝塔之高峻，又寓含着诗人的思乡情怀。

注释

〔1〕何极：何处是尽头。极，穷尽，终了。
〔2〕御风：乘风而行。《庄子·逍遥游》："夫列子御风而行，泠然善也。"
〔3〕窟：月窟，月所生之处。
〔4〕蹑：踩。

〔5〕指顾：指点观看。幽燕：地区名。即今河北省北部，包括辽宁省一部分。其地唐以前属幽州，战国时属燕国，故称幽燕。

〔6〕河汉：指天上的银河。银河一称天河、银汉，省称河汉。

〔7〕庭闱：旧称父母居住之地。也借以称父母。咫尺：古代称八寸为咫，咫尺指距离很近。

〔8〕崆峒：山名。在今甘肃省平凉市西。为胡缵宗故乡地标性名山。

分得白鹤观[1]

登台日未曛[2]，倚洞草犹熏[3]。惊锡翩跹起[4]，开坛缥缈分[5]。皖山松度月，潜水石巢云。细路临苍碧[6]，天边锦绣纹。

辑自《鸟鼠山人小集》小集卷三

解题

白鹤观在谷口北一里许白鹤山。居三祖山之右。梁武帝时，白鹤道人与宝志禅师为争地斗法，鹤先至，忽闻空中有卓锡声，鹤惊飞止此处，遂为道家道场，故其建筑称白鹤观或白鹤宫。天宝九载，唐玄宗因梦九天司命真君降潜山，遣中官王越宾、道士邓紫虚至潜山建真君祠。初不知祠所，适有二白鹿见于高冈，乃于该处建之。塑像未成，忽殿后石壁开裂，洞中有五色香泥，因取之作像。宋太宗时，以有人掘得石刻，得有关赵宋国祚绵延的预言，遂遣使建司命三箓大醮，建殿宇六百余所，赐名灵仙观。徽宗政和七年再加扩建，合新旧屋三千六百余间，更名真源万寿宫，加赐司命真君冕服。时广殿鼎峙，修廊翼张，飞楼复阁，延袤无际，极一时之盛。这些建筑历经南宋嘉定、明末张献忠、清太平天国三次兵火，焚毁殆尽，今已不见宫观踪影。

此诗前二联叙白鹤观的典故传说,末二联咏皖山之高峻与地理环境之优美。

注释

〔1〕分得:犹"分题",参见前注。按,此诗题《(康熙)潜山县志·艺文志》作"白鹤观",无"分得"二字。
〔2〕曛:昏暗,日暮。
〔3〕"倚洞"句:自注:"相传洞有香泥。"熏,香。
〔4〕翩跹:轻快舞蹈貌。
〔5〕缥缈:形容隐隐约约,若有若无。
〔6〕细路:小路。临苍碧:《(康熙)潜山县志》作"盘苍碧"。苍碧,青绿色,指天。

天 柱 寺

宝志昔分寺[1],左慈今别山[2]。汉台凌帝座[3],唐灶俯人寰[4]。枕上三峰出[5],坛边孤鹤还。四时对苍雪[6],瀑布晴潺潺。

辑自《鸟鼠山人小集》卷三

解题

天柱寺在天柱山半腰中,距山谷寺北约二十里。唐玄宗开元年间,崇慧禅师来此开山;肃宗乾元间,敕赐"天柱山天柱禅寺"。宋哲宗绍圣二年,敕赐"天柱山永庆禅寺"。有九楹长纱殿,明洪武重修,明末兵毁。清康熙重建。今寺已不存。天柱寺左近旧有汉武帝回龙桥、左慈炼丹灶、昭明太子阁、入定石、讲经石、玉镜池、三元塔、天柱

613

晴雪诸名胜,今多废毁。唯玉镜峰、天柱晴雪形胜未减,犹存名山景象。

本诗连番用典,可见天柱寺历史之悠久;四季苍雪,瀑布潺潺,则知其周遭环境之清奇。

注释

〔1〕宝志:六朝时高僧,也称宝公或志公。已见前注。

〔2〕左慈:东汉末方士,庐江人。少时住天柱山,以炼丹及补导之术为世所知。江南关于他的传说很多。《搜神记》《三国演义》中都有他的故事。

〔3〕汉台:汉武帝祭台。已见前注。凌:凌越,凌驾。帝座:古代天文学星名。传说为天帝太一所居,故名。

〔4〕唐灶:唐代所建丹灶。灶,指炼丹之灶。

〔5〕三峰:指潜、皖、天柱三峰。

〔6〕"四时"句:此句写"天柱晴雪"。"天柱晴雪"在天柱寺左。其山面西,有石块然峭拔,色苍而黝,露渑其上,旭日自山后转映之,遍山莹然如雪,晶光四射。夜月时亦然。其山故名雪山。

皖 山 高

不曾凌绝顶[1],宁识皖山高[2]。身在层霄上,江湖一羽毛[3]。

辑自《(康熙)潜山县志》卷一二《艺文下》

解题

此诗写皖山的雄奇险峻,表达了自己登临绝顶后的奇妙感受,显示出人在大自然面前是何等的轻微渺小。

注释

〔1〕凌：登凌。杜甫《望岳》诗："会当凌绝顶，一览众山小。"
〔2〕宁识：怎识。哪能知道。
〔3〕"身在"二句：谓身在层霄之上，如同羽毛飘浮于江湖水面。极言其轻微渺小。层霄，重霄，云层深处。

石　牛

耕时云已红[1]，卧处月犹白。上为河边星[2]，下为溪边石。

辑自《鸟鼠山人小集》卷二

解题

石牛，在山谷石牛洞。洞旁石牛溪内有石伸出如卧牛。后渐淤没。1983年掘出时头部已毁，尚存牛身。上有明刻，即此诗。全诗熔现实与传说为一炉，塑造了一头勤劳、神秘而令人喜爱的石牛形象。

注释

〔1〕云已红：指清晨太阳出山之前。
〔2〕上为河边星：因牵牛星列于银河边，诗故有此语。潘岳《西征赋》："仪景星于天汉，列牛女以双峙。"唐元稹《新秋》诗："殷勤寄牛女，河汉正相望。"

石　松

山石大如矶[1]，上生万年树。夜静挂明月，空惊鹤飞去。

辑自《鸟鼠山人小集》卷二

【解题】

石松,在白云岩。旧志称,白云岩"旁有石松,其松如盖,生石上,不知其几千年"。此诗首二句即点明了石松年代久远,描绘出它亭亭如盖、耸立石上的高洁挺拔形象。后二句写到,明月升起,似乎就挂在松树之上,其松之高可以想见;而当月光给夜幕笼罩的白云岩带来皎洁银辉的时候,竟使栖息于古松上的白鹤惊觉飞去。这是通过以动写静的手法,表现了石松所在处静谧幽深的环境,也流露出作者对它的欣赏与爱慕之情。

【注释】

〔1〕矶:水边石滩或突出的岩石。

石　屋

凿室天地宽,翻经日月久。不见当时人,空忆无何有[1]。

辑自《鸟鼠山人小集》卷二

【解题】

石屋在白云岩,相传为上古鲁道人栖隐修炼之处。屋中有石壁、石门、石床、石臼、石室,皆肖仙家之物。正德末作者与余珊、齐之鸾同游天柱时来到这里,各赋诗一首。本诗描写诗人面对这所经历了漫长岁月的石屋时内心的怅惘之情。这石屋久经岁月,当时凿它的人早已不在了,如今我只能徒然地在这里回忆着它的原始状态。诗中所流露的吊古伤世情怀,使人感觉颇为沉重。

注释

〔1〕无何有：无何有之乡的省称。指空无所有的地方。亦指原始状态。《庄子·逍遥游》："今子有大树，患其无用，何不树之于无何有之乡，广莫之野。"

天 柱 山

东有天柱山，西有晴云山[1]。上山引黄鹤，下山飞白鹇[2]。

辑自《鸟鼠山人小集》小集卷二

解题

此诗各本《潜山县志》题作"天柱寺"。以诗意观之，作"天柱寺"者是。诗歌描写了天柱寺的地理方位及"上山引黄鹤，下山飞白鹇"这般美好自然的生态环境。全诗明白如话，有自然淳朴之美。

注释

〔1〕晴云山：《县志》作"皖伯山"。
〔2〕白鹇：鸟名。又称银雉。

白 云 岩

潜谷斜风舞欲晴[1]，汉坛残月挂还明[2]。仙曹乘鹤俱飞去[3]，珠树琼崖云自横[4]。

辑自《鸟鼠山人小集》卷二

解题

白云岩又称虎头岩,在天柱山蔡林庄上三里处。旧有白云寺、铁笛庵。岩下大石怪突,洞穴奇特,洞有石屋、石床、石壁、石门、石磴。洞外有丹灶,有石松,其松如盖,相传为上古鲁道人栖隐修炼处。岩上有藏虎岩、卧虎峰,下有仰天湖。岩巅有"五十三参"、"云里悬钟"、"壁间笛响"为山中二胜。石屋内有宋、明人题刻甚多,犹可辨识。

此诗写作者面对白云岩时所触发的吊古伤今情怀。汉武帝登临天柱山举行封禅大典的祭坛仍在,当时的月亮一直留照至今,山崖和崖上之树这些美妙奇异的景观也一如既往,但曾在这里修炼的仙人们都驾鹤西去了。景物如故,人事已非,诗歌使人领受到一种莫名的感伤气氛。

此诗清张楷《(康熙)安庆府志》卷三〇著录为解缙作,误。今据胡缵宗《鸟鼠山人小集》。

注释

〔1〕潜谷:潜岳山谷。也即皖山山谷。舞:舞动,诗中指风吹拂。

〔2〕汉坛:汉代的祭坛。即汉武帝祭皖山所筑之高台。坛,高台。《(乾隆)潜山县志》卷之一《山川》:"祭台,在皖山之麓,汉武帝祭岳处。今祭皖山于此。"

〔3〕仙曹:仙辈,仙人们。

〔4〕珠树琼崖:均为神话中的事物。诗中借指山崖和崖上之树,以形容其美妙奇异的景观。

雨行二首

千山雨涨百尺强[1],万仞飞泉垂石塘。欲扫重阴风不劲,孤舟竟日横篱旁。

欲晴不晴秋雨天,一昼一夜声绵绵[2]。安得大风东南起,扫却皖山千里烟[3]。

辑自《鸟鼠山人小集》卷二

解题

此诗写秋天舒州阴雨绵绵,作者心情苦闷。其所忧者不仅是雨中赶路,恐怕更担心久雨影响秋日农事吧。

注释

〔1〕强:用在数词后面,表示比这个数略多一些。
〔2〕绵绵:连续不断貌。
〔3〕烟:指云霭。

下山柬萧比部若愚

梅塘主人李白才[1],乘云遥自王都回[2]。铁冠炯炯照旌旗,楼船箫鼓江云间[3]。柱史黄门蹑仙峤[4],折书走使邀还催[5]。主人谢客报不至[6],狮岩虎洞空悠哉[7]。我与二子跨鸾鹤[8],丹崖清壁聊徘徊。岩岩潜霍比嵩华[9],芙蓉竞秀同崔巍[10]。天柱峰头啸寒月,涪翁溪口凌青苔[11]。归来主人笑相问,欲言无言恍然犹在青冥隈[12]!

辑自《鸟鼠山人小集》卷一

解题

诗人与余珊、齐之鸾相约同游天柱山,曾折书走使邀请萧世贤一齐前往,但萧世贤因事婉拒。作者览胜归来便作此诗寄之。诗中叙说了游山经历及所见山中名胜,末句以萧世贤询问游山之事,自己却"欲言无言恍然犹在青冥隈"作结,表现诗人对天柱山的痴迷沉醉之态惟妙惟肖。

注释

〔1〕梅塘主人:指萧世贤;梅塘,萧氏在桐城所居地名。

〔2〕王都:此指留都南京。

〔3〕"铁冠"二句:写萧世贤自留都回故乡时的仪仗排场。铁冠,古代执法者所戴之冠,以铁为柱卷,故名。诗中以示萧世贤的身份。炯炯,闪光貌。箫鼓,指吹箫击鼓之声。

〔4〕柱史黄门:柱史为御史的别称,指其友人余珊;黄门,黄门侍郎之省,指其友人齐之鸾。蹑:登。仙峤:仙山。峤,尖峭的高山。

〔5〕折书:折半之书简,即今之便函。走使:派信使骑马前往。

〔6〕谢客:向客人道歉。报:回复。

〔7〕狮岩虎洞:皆天柱山名胜。狮岩,即狮子岩;虎洞,即黑虎洞。悠哉:忧思貌。《诗·周南·关雎》:"悠哉游哉,辗转反侧。"诗中意为思念。

〔8〕鸾鹤:鸾鸟与仙鹤,俱传说中仙人所骑。诗中借指所骑之马。

〔9〕岩岩:山势高峻貌。潜霍:即天柱山。潜、霍皆其别称。嵩华:指嵩山与华山。前者称中岳,后者称西岳。

〔10〕芙蓉竞秀:意谓天柱山与嵩山、华山的山峰竞相比美。芙蓉,峰名。天柱山与华山皆有芙蓉峰。

〔11〕涪翁:黄庭坚的号。已见前注。

〔12〕隈:水与山的弯曲处。

吴塘陂新成二首

千里声潺潺[1],陂塘水不悭[2]。笑涵天柱影,愁破皖公颜[3]。凿玉翠微湿[4],流云碧汉弯[5]。行行见新柳,晴日鸟绵蛮[6]。

榜舟入新堰[7],柳暗绿沄沄[8]。凿却蓝田玉,分将天柱云。桑野家家沃,风花处处芬[9]。陂名垂宇宙,一力愧吾分[10]。

辑自《鸟鼠山人小集》卷三

解题

吴塘陂胜概已见前注。明嘉靖壬午(1522),胡缵宗任安庆知府时奉命重修吴塘陂,新开石渠,人美之曰"玉渠"。此诗即为吴塘陂新成时所作。

诗歌写新开凿的吴塘陂水声潺潺,两岸翠柳成行,云影婆娑,山光掩映,"桑野家家沃,风花处处芬"的迷人景象。诗人还对自己奉命修成吴塘陂的功绩表达了谦抑之词。全诗描写细腻,真切感人,从中完全能体味到作者内心的成就感和无限喜悦的情怀。

注释

〔1〕潺潺:象声词,形容小溪小河的流水声。

〔2〕悭(qiān):此指阻塞。

〔3〕"笑涵"二句:吴塘水中倒映着天柱山的笑影,它使皖公愁容满面的脸露出笑容。

〔4〕翠微:指青翠掩映的山腰幽深处。亦形容山光水色青翠缥缈。

〔5〕碧汉：天空。汉，天河。

〔6〕绵蛮：鸟鸣声。

〔7〕榜舟：划船。

〔8〕沄沄：水急流或水满貌。

〔9〕"桑野"二句：家家种植桑树的田地都得到灌溉，到处闻到风吹花儿的芬芳。沃，浇灌、滋润。

〔10〕"陂名"二句：吴塘陂的名字将流传天下，很惭愧呀，我只尽了一点绵薄之力，而且是自己分内之事。

乌石陂新成

委曲田间道，依违郭外村[1]。晓山向人立，宿雾避城屯[2]。沃野春陂阔，晴空天柱尊[3]。何须引星宿，已自接昆仑[4]。

辑自《（康熙）潜山县志》卷一二《艺文下》

【解题】

乌石陂在潜山县东北三十里皖水所经处，亦古陂也。嘉靖改元，安庆知府胡缵宗奉命重修，遂调五方之力，凿山纳水，垒石为坝，人称"金坝"。时与吴塘陂所凿之石渠合称"玉渠金坝"，一时传为美谈。

本诗为乌石陂新建成时所作。全诗描写了清晨乡间所见景物与乌石陂之水在原野上奔流灌溉土地的情景。诗中风景如画，末句写水与昆仑接，颇有气势，亦见作者豪情。

【注释】

〔1〕"委曲"二句：弯弯曲曲的田间小路，与城外的村庄乍合乍

离。委曲,弯曲。依违,乍合乍离貌。

〔2〕"晓山"二句:拂晓的山头面人而立,清晨的雾气避开城市聚集。宿雾,夜雾,这里指晨雾。

〔3〕"沃野"二句:春天里宽阔的乌石陂灌溉着肥沃的田地,晴空下天柱山高高耸立。尊,高。

〔4〕"何须"二句:哪里用得着去引星宿海的水呢?因为乌石陂已和昆仑山的黄河源头相接了。星宿,指星宿海,在青海。古人以之为黄河的发源地。因其地四山之间有泉百泓,汇而为海,登高望之,若星宿布列,故名。昆仑,即昆仑山。在新疆、西藏间。郑观应《盛世危言·治河》:"河水发源昆仑之墟,伏流数千里,涌出地上,汇为星宿海。"

开　堰

旧堰劚云根[1],新渠剖雾痕。何当跨龙马[2],天上倒昆仑。

辑自《鸟鼠山人小集》卷二

解题

此诗为乌石陂开凿时作。诗的首联描写了乌石陂旧堰与新渠所处地势之高。末联谓何时能跨上龙马,将发源于昆仑山的黄河之水从天上倾倒下来,表现了诗人急于开堰成功的迫切心情与豪迈气概。

注释

〔1〕劚(zhǔ):砍。
〔2〕何当:何日,何时;怎能。

堰上微见皖峰

皖伯山前人似玉,舒王台下马如龙。翩翩五老何青壁[1],郁郁九子罗苍穹[2]。特出坛边云不妒[3],却回鸟外雾犹封。鸾骖晴日同风起[4],华岳莲开饭赤松[5]。

辑自《鸟鼠山人小集》卷四

解题

作者此诗将自己在乌石堰上所见皖峰情景与心理感受次第展开,胜境纷呈迭出,表现了对眼前景色的极力赞美之情。

注释

[1] 五老:指五老峰。五老峰为江西庐山东南著名山峰。青壁:青色的山壁。
[2] 郁郁:繁盛貌,浓重貌。九子:指九子山,即九华山。苍穹:青天。
[3] 云不妒:指未被云所遮蔽。
[4] 鸾骖:驾驭鸾鸟云游。
[5] 华岳:指西岳华山。赤松:上古时仙人。已见前注。

天 柱 山

皖县潜峰江上起,舒州砥柱谷边横[1]。平临北极星辰动,俯见东溟日月生[2]。瀑布傍天云不冻[3],回龙到地雪偏晴[4]。荒台昼静鸾犹舞[5],百代空瞻汉武名。

辑自《鸟鼠山人小集》卷四

解题

此诗歌咏天柱山以凭吊古迹为主基调。诗中出现的每一个意象都能引起人们对汉武帝来此登山祭岳的沉思与遐想。如今江山依旧,而汉武安在?诗中寓含着岁月不再、世事茫茫的喟叹,使人感同身受。全诗风格深沉雄浑,气概苍莽,感情真挚,为吊古诗中佳作。

注释

〔1〕"皖县"二句:各本《潜山县志》均作"皖国潜峰同揖让,禹门砥柱独纵横"。皖县,春秋时皖国地,西汉置县,治今安徽省潜山县,属庐江郡,永嘉末废。砥柱,山名。在今河南省三门峡市,当黄河中流。以山在激流中矗立如柱,故名。此借指天柱山。

〔2〕"平临"二句:意谓天柱山与北极高低相等,互相临近,在山上可看到星辰在移动,可俯视日月从东海升起。

〔3〕瀑布:自注:"崖名。"

〔4〕回龙:自注:"桥名。"《(乾隆)江南通志》卷三四《舆地志》:"回龙桥在天柱寺前,汉武帝登封回辇处。"

〔5〕荒台:即汉武帝登临天柱山时所筑祭台,因已荒废,故称。

望皖山归来马上尽见诸峰

武帝台高玉吐烟[1],皖公祠近树飞泉[2]。峰峦层叠龙俱跃,岩壑槎牙凤欲骞[3]。江北九华汉南岳,庐东西老唐诸天[4]。翩翩细路回云上,缈缈朱幡下日边[5]。

辑自《鸟鼠山人小集》卷四

【解题】

此诗首联写武帝台与皖公祠耸入云表的巍峨气势和秀美的自然环境;颔联写峰峦岩壑如龙翔凤骞般的飞扬奔腾之态;颈联将皖山与江南九华山及庐山五老峰等名山作比较,认为它兼有众山之妙。尾联描绘下山情景。全诗构思新颖,色彩绚丽,境界开阔,气势磅礴,如同一幅渐次展开的风景画卷,能使人从中获得一种崇高的审美感受。

【注释】

〔1〕武帝台:指汉武帝来天柱封禅时所筑祭台,亦称拜岳台。皖山祭台有二处,一在皖山麓,一在山顶。在山麓者可以遥拜,在山顶者,则高邻天柱,可以近瞻。据此诗所言,当指山顶之台。
〔2〕皖公祠:亦称皖伯祠,在天柱西南,为纪念皖伯而建。《(嘉靖)安庆府志》卷之五《地理志》:"皖伯祠,皖伯之神也。在天柱西南。"
〔3〕槎牙:形容错落不齐之状。骞:高举,高飞。
〔4〕"庐东"句:《安庆府志》《潜山县志》均作"庐东五老唐西天"。
〔5〕朱旛:红色的旗幡。尊显者所用。日边:太阳的旁际。指极远的地方。亦代指帝王身边,京城。

南　岳^[1]

翙然潜霍散群峦^[2],凤集龙翔霄汉间^[3]。影落东溟日初起^[4],座连西岳云欲还^[5]。锡来皖伯台边寺^[6],鹤去舒王阁上山^[7]。万顷吴塘浸苍碧^[8],家家流水日潺潺。

辑自《鸟鼠山人小集》卷四

解题

此诗首写天柱山群峦盘旋飞动之势,次写其高峻不凡之态,再写山中佛道二教传说,末以天柱山倒影映于吴塘陂中作结。全诗境界辽阔,气象雄浑,画面清新,读之使人心旷神怡。

注释

〔1〕南岳:此指天柱山。因汉武帝曾登此山封神以代南岳,故称。《尔雅·释山》:"霍山为南岳。"郭璞注:"即天柱山,潜水所出。"

〔2〕潜霍:潜山与霍山,皆天柱山别称。徐灵期《南岳记》曰:"衡山,五岳之南岳也。至于轩辕,乃潜霍之山为副焉。故《尔雅》云'霍山为南岳',盖因其副也。至汉武南巡,又以衡山辽远,道隔汉、江,乃徙南岳之祭于庐江。"

〔3〕凤集龙翔:状群山蜿蜒盘旋之势。

〔4〕影:指天柱山之影。

〔5〕座:指天柱山之麓。西岳:指华山。

〔6〕"锡来"句:意谓宝志禅师乘锡飞来,从此皖伯台边便有了山谷寺。锡,禅杖。佛门故事,佛门高僧能乘锡凌空而行。皖伯台,在潜山县太平寺前,以周大夫封皖伯而名。又,潜山亦称皖伯台。

〔7〕"鹤去"句:意谓白鹤道人飞去,舒王的山上便有了楼台亭阁等道家建筑。舒王,指春秋时舒国之君,与上句皖伯相对。阁,与台相对,此指山中道教建筑。

〔8〕吴塘:即吴塘陂。参见作者《吴塘陂新成二首》诗。苍碧:青绿色。此指吴塘陂中天柱山倒影。

陪戴仲鹮宿西谷[1]

嵩岳仙人骑鹤至[2],囊中惟有白云篇[3]。南溟的的看文斗[4],东观翩翩忆彩笺[5]。帆出匡庐邀月醉,坐临天柱对山眠。蛮烟瘴雨昌黎道[6],万里抟空赴日边[7]。

辑自《鸟鼠山人小集》卷四

解题

友人戴冠复官北上,途经安庆,诗人邀其至山谷寺一游,并陪戴氏夜宿西谷。此诗即为此而作。诗中赞美了友人戴冠清介的品格与出众的才华,对其复官感同身受,雀跃之情溢于言表。

注释

[1] 戴仲鹖:即戴冠。冠字仲鹖,号邃谷,河南信阳人。正德三年进士,与胡缵宗为同年。授户部主事,以耿直抗疏,贬广东乌石县丞。嘉靖初起官,历山东提学副使。以清介闻。有《邃谷集》。西谷:即山谷。

[2] 嵩岳仙人:戏称戴仲鹖。戴为河南信阳人,嵩岳在河南。

[3] "囊中"句:谓其为官清廉,以致囊空如洗;但身为迁客,不忘写作,囊中有"白云篇"为证。

[4] 南溟:南海。古时设南海郡,辖今广东大部分地区;戴仲鹖因上书极谏被贬广东乌石县丞,胡缵宗作此诗时,戴刚被召还,故诗有"南溟的看文斗"之语。文斗:文章泰斗。

[5] 东观:观名。在洛阳南宫,为东汉宫内著书、藏书之府。后因以称国史修撰之所。翩翩:文辞美好。彩笺:制作精美的小幅纸张,专用以题诗或作书。诗中借指戴氏诗作。

[6] "蛮烟"句:意谓戴氏当年曾像唐代韩愈那样,因上书言事而被贬到蛮烟瘴雨的南方边远之处。韩愈,字昌黎,因上书谏迎佛骨,被贬为潮州刺史。

[7] "万里"句:意谓戴氏终被朝廷召还,即将赴京面君,有如鹏鸟展翅,前途无量。日边,君王身边,京城。

再与戴仲鹗夜坐

与子坐连夕,洒然吟思清[1]。松筠流月影,鸿雁送云声[2]。抗疏金闺彦[3],传经凤阁名[4]。蛟龙起池上,风雨动江城[5]。

辑自《鸟鼠山人小集》卷三

解题

与故人戴冠接连几夜相对而坐,吟诗思考,兴致清雅。作者相信这位性格耿直、满腹经纶的朋友并非久屈人下者,就如同蛟龙并非池中物一样,他将重新得到朝廷重用,大有作为。全诗感情真挚,律对精严。结尾处触景生情,妙笔生花。

注释

[1] 洒然:洒脱,不拘束。
[2]"松筠"二句:意谓月光临照,松竹的影子在地上缓慢地移动;云彩飞翔,送走了大雁的叫声。此二句喻所历时间之久。松筠,指松与竹。鸿雁,大雁。
[3] 抗疏:向皇帝上书直言。疏,奏章。金闺彦:指朝廷杰出的才士。金闺,汉代宫外金马门的别称,是当时文人学士待诏之所。后常用以指代朝廷。
[4] 传经:给皇帝讲解儒家经典。凤阁:指专为皇帝而设的经筵,即御前讲席。
[5]"蛟龙"二句:此二句语意双关。一是指夜坐时室外整座安庆城所发生的风和雨都是由池中蛟龙所兴起。这是写眼前之景。二是以蛟龙喻戴冠,谓戴氏非蛰居无为之人,必将如蛟龙那般自池中腾飞而起,将得到朝廷重用,大有作为。蛟龙起池上,典出《三国志·吴

书·周瑜传》:"刘备以枭雄之姿,而有关羽、张飞熊虎之将,必非久屈为人下者。……恐蛟龙得云雨,终非池中物也。"江城,指安庆城。

登天柱阁三首

吴在其南,楚在其西,斗牛分野[1]。

与客上江楼[2],横江山欲浮。云当天柱出,月傍小孤流[3]。帆外收吴楚[4],樽前落斗牛[5]。弥漫忽千里[6],倚槛思悠悠[7]。

旧岳摩霄近[8],新楼倚岸明[9]。星河上下动[10],日月东西生。云起吴山尽,潮来巴水平[11]。凭高还万里,廊庙不胜情[12]。

城上天柱晴,城下天柱明。窗含千嶂小,帘度万帆轻[13]。草树村村落,溪桥岸岸平。登楼王粲兴[14],放鹤谢安情[15]。

辑自《鸟鼠山人小集》卷三

解题

天柱阁本在舒州旧郡圃,即今潜山县城内。久废。胡缵宗任安庆知府时,移建其阁于安庆正观门外大江之浒。此诗描摹了登阁远眺,可观赏天柱山、小孤山等奇峰异景,可将吴楚大地、长江帆樯尽收眼底的美妙感受,并抒发了怀才不遇的深沉感慨和落寞情怀。

注释

〔1〕分野:古代天文学用语。在地称分野,在天称分星。注中意谓吴地与斗宿相应,楚地与牛宿相应,安庆地当吴楚之交,适当斗宿

和牛宿在地面分野的交会处。

〔2〕江楼：指新建于江边之天柱阁。

〔3〕小孤：山名。在江西彭泽县北长江中，一名髻山。

〔4〕收吴楚：意谓将吴楚收取于目，如言"尽收眼底"。吴楚，指春秋时吴国和楚国的地域。

〔5〕落斗牛：降下斗宿和牛宿的星光。

〔6〕弥漫：（烟、雾、水等）充满，布满。

〔7〕槛（jiàn）：栏杆。悠悠：遥远，众多，无穷。

〔8〕旧岳：指天柱山，此山旧称南岳。摩霄：与云霄相接。

〔9〕新楼：指天柱阁。星河：兼指天上银河与地上长江。

〔10〕吴山：吴地之山。

〔11〕"潮来"句：意谓江中潮水上涨时与其上游的巴水一般平。形容潮水之大，水位之高。

〔12〕廊庙：指朝廷。

〔13〕"窗含"二句：意谓凭窗而眺，可望见远处成千座耸立如屏障的山峰；窗帘之下，上万艘船只轻快驶过。

〔14〕登楼王粲兴：汉末西京（长安）兵乱，王粲去依荆州刘表，不为所重，偶登麦城（今湖北当阳东南）城楼，触景生情，作《登楼赋》，借以抒发抒发思乡情怀以及怀才不遇的深沉感慨，并申叙了建立功业的渴望。后常以"王粲登楼"作为文人思乡、怀才不遇的典故。

〔15〕放鹤：宋代文人张天骥博学而不愿为官，隐居山下黄茅岗，喂养两鹤，并在山上建放鹤亭。清晨登亭放鹤，傍晚在亭招鹤。好友苏轼为作《放鹤亭记》，抒写放鹤的逸趣，并以主客问答形式，讨论隐士的情怀和君主的志趣问题，认为隐士可以纵情随志，君主不可玩物丧志，从而认为隐居之乐甚于南面之乐，于其间吐露出"清远闲放"的归隐思想。后遂以放鹤喻隐逸情怀。谢安：东晋人，字安石。初隐居东山，四十始出仕，历官征西大将军桓温司马、吴兴太守、中书监、骠骑将军、录尚书事、卫将军、开府仪同三司。卒赠太傅。事见《晋书·谢安传》。诗文中多以"谢安"指称德才兼备的宰辅之臣，亦用以

指暂隐的贤士。

登天柱阁二首

昔人题诗在郡圃[1],我今移阁沧洲隈[2]。翩翩潜岳连天起,衮衮巴江抱地来[3]。槛外棹歌飞白鸟,城边帆影度苍苔。少陵为客琴书润,李白逢人樽酒开。

何人建阁凌天柱,此日临江俯大龙[4]。天上帆樯系巴楚,日边扃钥照舒庸[5]。混茫帘映涪翁谷,缥缈甍飞皖伯峰[6]。即喜中秋月如练,独骑玄鹤挂岩松。

辑自《鸟鼠山人小集》卷四

【解题】

此二诗是诗人登天柱阁远望之作。诗中既写天柱阁基址的历史变迁,更写登阁览胜所见万千气象。作者摄物取象视域辽远,境界空阔。全诗虽粗犷豪壮气概可喜,然亦有细腻不足之病。《四库全书总目》谓胡诗"激昂悲壮,颇近秦声。无妩媚之态,是其所长;多粗厉之音,是其所短。"《登天柱阁二首》或最切此评。原本阙文较多,今据《(正德)安庆府志》补正。

【注释】

[1] 郡圃:此指舒州旧治园圃。
[2] 沧洲:滨水之地。隈:水流或山边弯曲的地方。
[3] 衮衮:即滚滚。大水奔流貌。
[4] 大龙:山名。已见前注。
[5] 日边:天边,天际。亦指帝王身边,京城。舒庸:古国名。

春秋群舒之一,地在今舒城县西南,此指舒州,即安庆一带。

〔6〕"混茫"二句:意谓混沌渺茫中天柱阁的窗帘上映照着涪翁山谷,隐隐约约屋脊上飞来了皖公山的山峰。混茫,混沌,渺茫。亦指广阔无涯的境界。缥缈,隐隐约约,若有若无。

天柱阁行

半空天柱阁,缥绕落江干[1]。阁中何所有?云覆青琅玕[2]。

辑自《鸟鼠山人小集》卷七

【解题】

此诗描写了天柱阁宏伟不凡的气势和阁内清幽的环境,令人神往。

【注释】

〔1〕江干:江岸。
〔2〕琅玕:指竹。

赠潜山徐生

尔从潜山来,白鹤今如何?云雾覆其皋[1],松桂盘其阿[2]。声闻动九野[3],九野清风多。何日邀仙驾,晴空鼓瑟过[4]。

辑自《鸟鼠山人小集》卷九

解题

本诗是一首题赠之作。作者自安庆知府离任后,有潜山徐生到访,遂作此诗以赠之。白鹤是天柱山具有标志性的事物,不仅有关于白鹤道人的传说,山中还有白鹤观、白鹤泉,并有所谓"鹤驾"。诗中借对白鹤的关切,表达了诗人对天柱山的深切怀念。

注释

〔1〕皋:岸;近水处的高地。
〔2〕阿:泛指山。亦指山或水的弯曲处。
〔3〕九野:九天之野。古人对中央及八方总称。
〔4〕"何日"二句:仙驾,指鹤驾。相传潜山城外有鹤驾,宋元丰间,每岁仲春,有鹤数千蔽空而来,回翔飞舞于空。时李公择曾见之,叙其事为诗引;绍兴间张春游潜亦见之,作《鹤驾词》。

余 珊

余珊,字德辉,桐城(今属安徽)人。武宗正德三年(1508)进士。授行人,擢御史。曾疏陈当时弊政,极指义子、西僧之谬。巡盐长芦,发中官之奸赃,被诬下诏狱,谪安陆(在今湖北)通判。移知澧州。世宗即位,擢江西佥事。以讨平梅花峒之乱,迁四川威茂兵备副使。嘉靖四年(1525)应诏陈十渐,疏反复一万四千言。珊律己清严,居官有威惠,士民感其德,祠之名宦。终四川按察使。《明史》卷二〇八、《(康熙)安庆府志》卷一六、《(康熙)桐城县志》卷之四有传。

马上见天柱峰一首

亭亭天柱峰[1],望望青霄上。会欲凌绝顶[2],安得九节杖[3]！可泉诗思长[4]，春江涌沆漭[5]。而我断汉才[6]，何以附赓倡[7]。

辑自《(正德)安庆府志》卷一六《艺文志》

解题

正德末，作者与胡缵宗、齐之鸾相约同游天柱山，赋诗唱和，写下许多同题作品，此诗为其中之一。诗中前二联从"望"字着眼，歌咏天柱山雄奇壮丽的景色和欲登其绝顶的愿望；后二联谓自己才思不及胡缵宗，不能和其诗篇，既是客套之词，也颇能显示作者为人谦和的一面。

注释

[1] 亭亭：高耸貌，挺拔貌。
[2] 会欲：终当，一定要。凌绝顶：登上最高峰。
[3] 九节杖：传说仙人所用的手杖。杜甫《望岳》："安得仙人九节杖，拄到玉女洗头盆。"
[4] 可泉：指胡缵宗。胡缵宗字可泉。
[5] 沆漭：水面辽阔浩荡貌。
[6] 断汉才：并非通才，才能不全面。断汉，班固改变司马迁通史纪传的方法，而采用断代形式专记有汉一代的历史。
[7] 赓倡：同"赓唱"，谓以诗歌相赠答。

登塔一首

孤塔何翩翩[1]，突出层云巅[2]。飞鸟薄青嶂[3]，古木团苍烟[4]。不见鹤外锡，空余山中泉[5]。绝代有山谷[6]，流水还年年。

辑自《(正德)安庆府志》卷一六《艺文志》

{ 解题 }

　　此诗为正德末作者与胡缵宗、齐之鸾同游天柱山所作唱和诗之一。诗写宝塔高耸凌空之势与周围环境,并含无限怀古之意。境界阔大混茫,笔力雄深老健。

{ 注释 }

　　〔1〕翩翩:高耸凌空貌。
　　〔2〕层云:积聚着的云气。
　　〔3〕薄:迫近。青嶂:耸立如屏障的青山。
　　〔4〕团:聚集。苍烟:青色的云烟。
　　〔5〕"不见"二句:意谓宝志禅师与白鹤道人斗法时的锡杖见不到了,只留下一眼卓锡泉。
　　〔6〕绝代:举世无双。

涪翁山谷三首

　　寒泉泻幽响,飞雪舞新晴。一代涪翁传,千年太史名。迁乔欣出谷,代木羡闻莺[1]。满地涂龙虎[2],潺潺日有声。①
　　晓起入山谷,绿萝雾欲开。隋皇遥许地,汉帝独留台。绝代丝纶客,当朝班马才。山名垂宇宙,鹤锡浪飞来。
　　海内徒闻有山谷,不知山谷在吾舒。山亭奕奕磐苍石[3],谷水潾潾激碧渠[4]。太守古今淹太史[5],高风朝夕驻高车[6]。悠然翘首见南岳,拟傍溪桥共卜居。

　　　　　　　　　　辑自《(正德)安庆府志》卷一六《艺文志》

---

① 此一首《(康熙)潜山县志》著录为齐之鸾作,误。

解题

《(康熙)潜山县志》收余珊《涪翁山谷》诗一首,皆不在此三诗之内,而系齐之鸾《涪翁山谷三首》诗之第一首;《县志》又将此诗之第一首著录为齐之鸾作。均误。参之以胡缵宗所作诗,知《涪翁山谷三首》亦为胡、余、齐三氏游天柱山时同题同韵唱和之作;《(正德)安庆府志》为胡缵宗主持纂修,涪翁山谷唱和系其亲历之事,所载余、齐二氏诗当不至有误。康熙志收胡氏"涪翁山谷"诗二首,收余诗、齐诗各一首,盖因修志者不审,遂将后二者作品误此为彼,张冠李戴。又,前辑胡缵宗《鸟鼠山人小集·涪翁山谷三首》之第三首,即余珊此诗第二首,盖系胡氏本集误收,已见前说。

此三诗描写了涪翁山谷的清幽境界与历史遗迹,全篇充满着对黄庭坚的赞誉和怀念之情,其中亦不乏对胡缵宗的奉承与恭维之词。诗末谓打算在这里依傍溪水小桥筑室定居,则表达了作者对皖公山谷的挚爱情怀。

注释

〔1〕"迁乔"二句:典出自《诗·小雅·伐木》:"伐木丁丁,鸟鸣嘤嘤。出自幽谷,迁于乔木。"唐代常以嘤鸣出谷之鸟为黄莺。后因以"莺出谷"喻指仕途升迁。

〔2〕龙虎:五色斑斓貌,亦喻炳焕的文章。此指摩崖石刻。

〔3〕奕奕:高大貌,神采焕发貌。磐苍石:盘踞于青色的石基上。

〔4〕粼粼:形容水清澈、明净。激碧渠:在碧绿的水渠里奔流。

〔5〕太守:指胡缵宗。淹:谓有才德而不得升迁。

〔6〕高风:高尚的风范。

石牛一首

溷沌失雕琢[1]，巉岩河汉精[2]。五丁鞭不起[3]，矫矫卧犹生[4]。

辑自《(正德)安庆府志》卷一六《艺文志》

解题

此诗亦为正德末作者与胡缵宗、齐之鸾同游天柱山时所作同题诗之一。石牛之胜概见胡缵宗《石牛》诗解题。与胡诗相同，作者在此诗中亦用神话故事表现石牛；不同的是，胡诗中的石牛因其勤劳的品格而令人喜爱，此诗中的石牛则因其孔武英勇的形象而使人敬畏。

注释

[1] 溷沌：同混沌、浑沌。传说中指开天辟地之前，整个世界模糊一团的状态；又为神话中的兽名。

[2] 巉岩：峻拔奇特的岩石。河汉：天河。

[3] 五丁：古传说中的蜀国力士名，能移山开道。见晋常璩《华阳国志·蜀志》。

[4] 矫矫：孔武英勇貌。出众貌。

山谷夜集一首

夜宴招提境[1]，飞泉落树间。灯花寒自结，乌鹊冻初还[2]。定性涵三极[3]，参禅破九关[4]。江湖心未了[5]，坐久觉僧闲。

辑自《(正德)安庆府志》卷一六《艺文志》

解题

此诗写作者与故友在山谷寺宴集情景。前二联以动写静,描写夜间寂寥清幽的景色;后二联直抒胸臆,表达了一种高人逸士的情怀。

注释

〔1〕招提:源自梵文 Caturdeśa。音译为"拓斗提奢",省作"拓提",后误为"招提"。其义为"四方"。四方之僧称招提僧,四方僧之住处称为招提僧坊。这里指寺院。

〔2〕乌鹊:指喜鹊。古以鹊噪而行人至,因常以乌鹊预示远人将归。杜甫《喜观即到复题短篇》诗之二:"待尔嗔乌鹊,抛书示鹡鸰。"仇兆鳌注:"按《西京杂记》:乾鹊噪而行人至。"

〔3〕定性:安定心神。三极:指无贪、无嗔、无痴。

〔4〕九关:多重难关。

〔5〕江湖心:指退隐之心。

分题得石蛟一首

万里何委蛇[1],临溪独蜿蜒。云横将雨至,日暖傍珠眠。变化还归海,飞腾忽在天。逆鳞犹可畏,吾亦愿攀援[2]。

辑自《(正德)安庆府志》卷一六《艺文志》

解题

石蛟,即石龙,旧在潜水河中,与诗崖相近。今已淤没。龙是古代传说中一种有鳞角须爪,能兴云作雨、飞腾变化的动物。此诗写尽了潜水河中这条石龙的各种神异之处。末二句一语双关,借攀援石蛟、批其逆鳞,表达了自己刚直不阿的品格。

《(康熙)潜山县志》辑此诗,题作"石蛟",无"分题得"三字;又著录作者为胡缵宗。县志著录作者显然有误。理由有三:其一,《(正德)安庆府志》修志年代远早于《(康熙)潜山县志》,而年代愈早则愈接近事实真相。其二,正德府志为胡缵宗本人纂修,他不可能将己诗误录为他人作。其三,胡缵宗本集《鸟鼠山人小集》未见此诗。故此诗决非胡缵宗作,而系余珊作无疑。

【注释】

〔1〕委蛇(wēi yí):委曲自得之貌。
〔2〕"逆鳞"二句:石蛟那倒生的鳞片独为可怕,但我还是希望能攀登它。逆鳞,倒生的鳞片。传说龙喉下有逆鳞径尺,有触之者必怒而杀人,因而常比喻触怒帝王。

分得白鹤山一首

何处忽飞来,云霄起清骨〔1〕。翩翩惊瘦孤,依依盘突兀。琅宇刷松风〔2〕,瑶台舞霜月〔3〕。九皋一长鸣〔4〕,清声满空谷。

辑自《(正德)安庆府志》卷一六《艺文志》

【解题】

白鹤山,在舒州潜山县治西二十里,与东山相接,为白鹤道人栖止处。唐宋时九天司命真君祠建其上,有白鹤泉、应梦泉、白鹿岩诸胜。今均荒废。但碧坞高深,苍峰环列,锦山秀水,仍一览无遗。

此诗竭力塑造了一个清俊高洁的白鹤形象。诗人笔下的白鹤,既是为历史传说中的白鹤道人画像,又融进了自己的个性与心境,是鹤的自然形象与人的形象的高度融合。诗中语语双关,互相印发,亦鹤亦人,浑化无迹,语意十分高妙。

《(康熙)潜山县志》辑此诗,题作"白鹤山",无"分得"二字,著录作者为胡缵宗,误。今据《(正德)安庆府志》,说同前。

注释

〔1〕清骨:清俊的骨骼。
〔2〕琅宇:高洁的屋宇。此指白鹤山上道教宫观。
〔3〕瑶台:美玉堆砌的楼台。传说中的神仙居所。此指山中道教建筑。
〔4〕九皋:曲折深远的沼泽。《诗·小雅·鹤鸣》:"鹤鸣于九皋,声闻于野。"

开堰一首

我爱韦郑公[1],不为浅世谋。凿渠引江水,膏腴千古流[2]。

辑自《(正德)安庆府志》卷一六《艺文志》

解题

此诗歌颂了古代主持修筑乌石堰者韦郑公的利民之举。正是他谋虑深远,凿渠引水,以溉道田,才使得周围地区千百年来土地肥美,蓄积饶多。全诗随口吟成,诗笔明快。

注释

〔1〕韦郑公:其人不详。观诗意,当为古乌石堰创修者。

〔2〕膏腴:谓肥美。

堰上微见皖峰一首

皖峰层叠入云霾,却被伯风吹下来^[1]。玉笋芒寒擎碧落^[2],芙蕖清剥俯丹台^[3]。经年仰止心初遂^[4],往日登高兴复催。安得五丁运神力,坐移天柱倚蓬莱。

辑自《(正德)安庆府志》卷一六《艺文志》

解题

此诗前二联描摹皖峰清峻秀丽的景色,后二联写多年登临愿望得遂的喜悦,和"坐移天柱倚蓬莱"的遐想,豪情逸兴,溢于纸外。

注释

〔1〕伯风:大风。

〔2〕玉笋:比喻秀丽的山峰。碧落:道家指天。杨凭《赠马炼师》:"心嫌碧落更何从,月帔霞冠冰雪容。"

〔3〕芙蕖:荷花的别称。清剥:清峻裸露。丹台:道教称神仙居住之地。

〔4〕经年:多年。仰止:仰慕,向往。止,语助词。

天柱山一首

亭亭底柱凌千仞[1],冉冉层云入万重[2]。鳌极断来天地稳[3],铜标起处古今雄[4]。犹闻汉武封南岳,岂谓梁王筑上宫[5]。我亦束鸾谩来此[6],不知人世有崆峒[7]。

辑自《(正德)安庆府志》卷一六《艺文志》

解题

此诗首联描摹天柱山的高峻之态和山势连绵不绝、胜境纷呈迭出的迷离之状;中间二联写关于天柱的神话传说和汉武封岳、梁王筑宫两个典故,意在突出此山悠久的历史和显赫地位;尾联以自己的亲身经历和感受赞美天柱山。全诗意境清远,含蕴丰富,娓娓叙述中寓作者无限热爱之情怀。

注释

[1] 底柱:也作"砥柱",山名。因它的形状像水中之柱而得名。底柱山在今河南陕县东北黄河中。千仞:形容极高或极深。古以八尺为仞。

[2] 冉冉:渐进貌。迷离貌。

[3] 鳌极:神话传说中指女娲断鳌足所立的四极天柱。《淮南子·览冥训》:"于是女娲炼五色石以补苍天,断鳌足以立四极。"高诱注:"鳌,大龟。天废顿以鳌足柱之。"

[4] 铜标:铜柱。即神话传说中的天柱。《神异经·中荒经》:"昆仑之山,有铜柱焉,其高入天,所谓天柱也。"

[5] 梁王:指梁昭明太子。上宫:楼馆,仙宫。此指太子阁。《(乾隆)江南通志》卷四七《舆地志》:"太子阁,在潜山县天柱寺。相传昭明读书处。"

[6] 束鸾:驾车。

[7] 崆峒:山名。在今甘肃省平凉市西。相传为黄帝问道于广成子之处。

天柱寺一首

缥纱齐云落[1],飞惊涧水丹。倦游同下马,远眺独凭栏。世子天边宅[2],禅僧石上坛[3]。伤心君莫问,今古事漫漫[4]。

辑自《(正德)安庆府志》卷一六《艺文志》

{ 解题 }

天柱寺之来历及胜概见前胡缵宗诗解题。此诗写云雾缥纱,夕阳将沉而将溪水映成一片红色,诗人下马凭栏远眺,望见梁昭明太子阁与唐崇慧大师讲经石,吊古伤今,感慨纵横。

{ 注释 }

[1] 缥纱:高远隐约貌。
[2] 世子天边宅:指梁昭明太子阁。
[3] 禅僧石上坛:指唐崇慧大师讲经石。
[4] 漫漫:广远无际貌。

石屋一首

万山寒翠著云烟[1],与客携壶醉洞天[2]。长笛一声青鸟外,却嫌金屋贮婵娟[3]。

辑自《(正德)安庆府志》卷一六《艺文志》

{ 解题 }

石屋之胜概见前胡缵宗诗解题。余珊此诗前二句写石屋周围秀美的景色和在风景胜地与故友开怀痛饮之忻喜。后二句写听到高空中传来一声如长笛般清脆的鸟鸣，作者不禁感慨，原来世间优美的景色都藏在清幽殊绝之处。全诗意象清幽，情思绵渺，寄兴玄远，堪称佳作。

注释

〔1〕寒翠：指常绿树木在寒天的翠色。云烟：云雾，烟雾。

〔2〕洞天：道教称神仙的居处，意谓洞中别有天地。后常泛指风景胜地。

〔3〕金屋贮婵娟：即金屋贮娇。原指汉武帝要用金屋接纳阿娇作妇，这里比喻优美的景色藏在清幽殊绝之处。

石松一首

翳翳石上松〔1〕，涓涓松下泉〔2〕。清影浸寒流，脉脉浑忘言〔3〕。

辑自《(正德)安庆府志》卷一六《艺文志》

解题

石上的松树浓阴覆盖，松下的泉流缓缓流淌。松树清丽的影子倒映在寒冷的泉水里，它们互相凝望，含情不语。此诗以拟人化手法表现了石松和涓涓泉流的关系，格调清新，意境优雅，富有情趣。

注释

〔1〕翳翳：浓阴覆盖貌。

〔2〕涓涓：细流舒缓貌。

〔3〕脉脉：默默。含情无语貌。

齐之鸾

齐之鸾（1483—1534），字瑞卿，号蓉川，桐城人。正德六年（1511）进士，改庶吉士，迁兵科左给事中。宁王朱宸濠反，从张忠、许泰等南征。忠、泰广搜逆党，株引无辜，之鸾多所开释。世宗践祚，大计京官，被中伤，谪崇德县丞。屡迁宁夏佥事，筑边墙数百里。终河南按察使。卒于官，年五十二。著作有《蓉川集》。

途中奉简可泉

高情枉素书〔1〕，幽讨订良觌〔2〕。旋闻飞皂盖〔3〕，昨已凌丹壁〔4〕。谷里汉坛云，鹤边志公锡。望望清尘近〔5〕，策马入萝薜。

辑自《蓉川集》卷三《开堰集》

【解题】

作者应约与胡缵宗、余珊同游天柱山。正在前往途中，再次收到胡缵宗催促的书信，并得知他昨日已到达山谷寺。作者顿时想起与山谷有关的武帝登坛祭岳和志公卓锡开山的典故传说。于是他赶紧驱马前行，进入这高士隐居的清静之地。

【注释】

〔1〕高情：敬词。深厚的情意。素书：古人以白绢作书，故以称书信。

〔2〕幽讨：探寻幽境。良觌（dí）：欢聚。觌，相见。

〔3〕皂盖：黑色的车盖。指古代高官所乘的车子。也借指高官。
〔4〕丹壁：指寺院。
〔5〕清尘：清净无为的境界。

马上见天柱峰一首

天柱如飞龙，翩翩朱鸟上〔1〕。翠碧产青藜〔2〕，可作仙人杖。我欲问真源〔3〕，篮舆历旷漭〔4〕。五马先在山，新诗出佳唱〔5〕。

辑自《（正德）安庆府志》卷一六《艺文志》

解题

此诗为作者与胡缵宗、余珊同游天柱山唱和诗之一。首联写眼中天柱峰所呈飞龙之势与在分野中对应的星宿位置；中间二联写登山前有关情事；尾联是对同游者的期望，希望大家写出好诗，不负此番天柱之行。全诗表现了作者马上望见天柱峰后欲登其绝顶的愿望。欣欣之情，跃然纸上。

注释

〔1〕翩翩：飞行轻快貌，高耸凌空貌。朱鸟：鸟名。传说中的鸾鸟。朱鸟又为星宿名。是二十八宿中南方七宿（井、鬼、柳、星、张、翼、轸）的总称。七宿相联呈鸟形；朱色像火，南方属火，故名。
〔2〕翠碧：指山苍翠碧绿。青藜：青色的藜木，亦指藜杖。
〔3〕篮舆：竹轿。旷漭：空阔而苍茫。
〔4〕真源：谓本源，本性。天柱山有真源宫。
〔5〕佳唱：好诗，多用于赞誉他人作品。

皖山高一首

吴楚千峰外,皖山一何高。山头有紫芝[1],食者生羽毛。

辑自《(正德)安庆府志》卷一六《艺文志》

解题

此诗写皖山高峻和山上有紫芝、食之能飞升成仙的传说。全诗不事雕琢,明白如话,颇得自然之趣。

注释

〔1〕紫芝:真菌的一种,似灵芝。古人以为瑞草。道教以为仙草。唐欧阳詹《珍祥论》:"紫芝产于甘泉,白麟呈于雍祠。"

登塔一首

四山围孤标[1],袅袅出层霄[2]。天柱平临近,神州俯视遥。竖毛高鸟仄[3],重足劲风摇[4]。忽发冥搜兴,长歌振沇寥[5]。

辑自《(正德)安庆府志》卷一六《艺文志》

解题

此诗前六句极力描写塔之高。四周的山将宝塔围在中央,塔尖纤长柔美,轻盈地插向天空。从塔上放眼望去,它仿佛与天柱峰齐平,且是如此临近;在这里还可俯视神州大地,视域直达遥远之处。登塔之时,只见高飞的鸟儿就在身边,使人惊恐万状,全身毛发直竖;

因为大风劲吹,宝塔摇晃,吓得自己并拢双脚,不敢移动。末二句即事抒情,说是在这玄冥的楼阁中自己忽然诗兴大发,长歌一曲声振高朗清澈的天空。全诗意境宏阔,气势磅礴,并借助登塔时的心理活动状写佛塔之高峻,颇具特色。

注释

〔1〕孤标:山、树、建筑物等高耸的顶端。此指塔尖。
〔2〕袅袅:纤长柔美貌,轻盈貌。层霄:高空。
〔3〕竖毛:谓毛发直竖。形容惊惧。仄:旁边;侧面。
〔4〕重足:并拢双脚,不敢移动。形容非常恐惧。
〔5〕沆寥:清朗空旷貌。亦指高朗清澈的天空。

涪翁山谷三首

涪翁读书处,琬琰绣荒苔[1]。谷水泠泠出,山云漠漠来。少陵花鸟兴,元祐马班才[2]。日暮空怀古,寒溪欲放梅。①
兰若藏山谷,烟云覆洞门。郡章淹太史,诗派重西昆[3]。石出还谽豁[4],泉回自吐吞。藤间摩古刻[5],台上倒芳尊[6]。
龙舒郡僻皖峰前,曾柱涪翁此听泉。塔影半天梁鹤锡[7],金声空谷宋诗篇[8]。三江皂盖身何远[9],一代青简史尚编[10]。欲遂循台登岳顶,直从汴洛数幽燕[11]。

辑自《(正德)安庆府志》卷一六《艺文志》

解题

此诗系诗人与胡缵宗、余珊两位故人在山谷寺相集时作,三人皆

---

① 按,此诗第一首《(康熙)潜山县志》著录为余珊作,误。

有同题作品。诗中描写了涪翁山谷灵秀清幽的境界和古碑、摩崖石刻等人文景观,表达了对黄庭坚爱国情怀与诗才、史才的敬慕;并表示,打算循着这里的台阶登上皖山之顶,去一览祖国的大好河山。作者诗笔游走于怀古与写实之间,使读者对皖山山谷有了完整的认识。

注释

〔1〕琬琰:美玉。亦指碑石。绣荒苔:指爬满苔藓。

〔2〕"少陵"二句:意谓黄庭坚作诗有杜甫"感时花溅泪,恨别鸟惊心"那样的情致;在元祐时期,治史有司马迁、班固那样的才能。少陵,指杜甫。杜甫曾居住在长安城南少陵附近,故自号"少陵野老",后世便称他为"杜少陵"。花鸟兴,杜甫《春望》诗中有句曰"感时花溅泪,恨别鸟惊心",作者托物抒情,通过花与鸟两种具有特征性的春天景物来渲染内心的感伤与怅恨,表达了忧国忧民的情怀。元祐,宋哲宗年号(1086—1094)。马班:指司马迁和班固。兰若:指佛教寺院。

〔3〕西昆:宋初文学流派。以《西昆酬唱集》而得名。代表人物有杨亿、刘筠、钱惟演等十八人。西昆派的创作特点是专从形式上模拟李商隐,追求词藻,堆砌典故,主张"组织华丽,用字精确,对仗森严"(徐勃《笔精》)。

〔4〕谽谺:山谷空旷貌。

〔5〕古刻:指古碑或摩崖石刻。

〔6〕芳尊:对酒杯的美称。

〔7〕梁鹤锡:指梁武帝时白鹤道人与宝志禅师斗法而宝志卓锡得地以建寺院事。已见前注。

〔8〕金声:犹金声玉振。比喻声名昭著远扬。空谷:空旷幽深的山谷。多指贤者隐居的地方。

〔9〕三江:泛指长江中下游地区。皂盖:古代官员所用的黑色

蓬伞。

〔10〕青简：借指青史,史书。一本作"青苗"。

〔11〕汴洛：汴水、洛水,泛指河南一带。幽燕：古称今河北北部及辽宁一带。

石牛一首

溷沌耕初罢,苍藤漫玉田[1]。溪边长自牧,芳草卧寒烟[2]。

辑自《(正德)安庆府志》卷一六《艺文志》

解题

诗人说,这是天地开辟前的一头牛,因为耕田初罢,来到溪边自我休养,就永远卧在这寒冷烟雾笼罩下的芳草丛中没有起来了。作者以丰富的想象力编织了一个动人的神话故事,充满着迷人的色彩和意趣。

注释

〔1〕玉田：传说中产玉之田。亦用作对田园的美称。元张养浩《朝天曲》："玉田,翠烟,鸾鹤声相唤。"

〔2〕寒烟：寒冷的烟雾。

山谷夜集一首

去年使节苍江上[1],今夜谈锋碧涧隈[2]。榻底鸣泉随谷转[3],灯前细雨傍溪来。涪翁去国诗尤老[4],山涧临池兴未回[5]。千载风流皖山下,更留骢马待秋台。

辑自《(正德)安庆府志》卷一六《艺文志》

解题

这首诗是作者同胡缵宗、余珊三人在山谷寺夜集时为和胡诗而作。胡缵宗同题《山谷夜集》下有自注:"齐黄门之鸾,余侍御珊。"时作者与胡缵宗再度相逢,夜话谈锋甚健。山中鸣泉呜咽,细雨孤灯,更增添了诗的意境。诗中写到,胡氏也像黄庭坚那样,离开京城之后作诗更加娴熟老到了;饮酒则如晋代山简,不大醉不归的兴致依旧没有改变。看来胡缵宗不仅诗写得好,而且是豪饮之辈。末二句说,他们三人在皖山之下集会赋诗唱酬这种风雅之事会永久流传,并期待秋日再来。全诗虽为酬和之作,但并未受原诗题旨和韵脚所限,而是自出机杼,将山谷寺夜集表现得卷舒自如,作者的淋漓兴会与欣喜之情亦从中充溢而出。

注释

〔1〕使节:本指身负君命出使者。此用为动词,指奉命出使。苍江:水色苍青之江。此指芙蓉江,亦即瓯江。去年齐之鸾奉使随军在此。见前胡缵宗《奉答蓉川途中见怀》诗注。

〔2〕谈锋:言谈的锋芒,谈话的劲头。碧涧:碧绿的山间流水。隈(wēi):山水弯曲隐蔽处。

〔3〕榻:狭长而矮的坐卧用具。

〔4〕去国:指离开京城。诗尤老:诗歌更加成熟老练。老,此指娴熟、老练。

〔5〕山涧临池:《潜山县志》作"山简临池"。山简,人名。字季伦,晋河内怀州人,山涛第五子。曾任征南将军镇襄阳。每出游,置酒辄醉。时有儿童歌曰:"山公出何许,往至高阳池。日夕倒载归,茗艼无所知。"又《世说新语》刘孝标注引《襄阳记》:"汉侍中习郁于岘山

南,依范蠡养鱼法作鱼池,池边有高堤,种竹及长楸,芙蓉菱茨覆水,是游燕名处也。山简每临此池,未尝不大醉而还,曰:'此是我高阳池也!'襄阳小儿歌之。"后世遂以"山简临池"用作咏醉饮之典。回:改变,变易。

分题得钓岩一首

相传汉左慈[1],垂纶碧岩际。幻引松江鲈,掣作杨花鳜[2]。钩沉水织愁,饵香石蛟噬。至今坐渔处,月白水溶㵦[3]。

辑自《(正德)安庆府志》卷一六《艺文志》

解题

钓岩,亦作钓崖。在山谷口潜河对岸,吴塘陂左,与诗崖相连。相传为汉左慈坐钓处,其下即鲈溪。《县志》载,魏武帝曹操行军至潜,忽思鲈鲙,左慈取铜盆钓之,得数十尾,武帝释其半于溪。时正暮春。今惟柳絮飞时有之,谓之杨花鳜。胡缵宗此诗即据传说敷演成篇。崖壁旧有诗刻,今为河沙淤没。

各本《潜山县志》载此诗,题无"分题得"三字,著录作者为胡缵宗,误。今据《(正德)安庆府志》正之。参见前余珊《分题得石蛟一首》诗"解题"之说。

注释

[1] 左慈:东汉末方士,已见前注。
[2] "幻引"二句:用幻术引来松江鲈鱼,取它当作"杨花鳜"。
[3] 溶㵦:水波动荡貌。

分得白鹤泉一首

抟空指潜麓[1],惊锡回东林[2]。攫地石泉白,漱玉山云深[3]。明涵舞处影,清发栖时音[4]。神功不自润,涓滴散为霖[5]。

辑自《(正德)安庆府志》卷一六《艺文志》

解题

白鹤泉,又名鹤鸣泉。在白鹤观(真源宫)后,因白鹤道人栖止于此而得名。冬夏不涸,后失修久废。一九四五年,潜山旱,觅水源,于白鹤山发现一井,掘之,清泉辄涌出,深三四丈,取之不尽,即白鹤泉。有碑记(见乌以风《天柱山志》)。

此诗回顾了白鹤道人与宝志和尚于潜山之麓争地的传说,缅怀他攫地得泉的历史功绩,对其"神功不自润,涓滴散为霖"的惠他精神表达了崇高敬意。全诗感情真挚,且有较深的诗歌意境。

各本《潜山县志》载此诗,题无"分得"二字,著录作者为胡缵宗,误。今据《(正德)安庆府志》。理由参见前说。

注释

〔1〕"抟空"句:意谓白鹤道人盘旋于空中与宝志和尚争地直指潜山之麓。抟空,盘旋于空中。

〔2〕"惊锡"句:白鹤道人惊闻飞锡之声而自东边山林败回。

〔3〕"攫地"二句:夺取的地盘上有白色的石泉,泉流冲刷着岩石,声若击玉,山中也因此形成浓密的云雾。攫,鸟类用爪抓取;夺取。漱,冲刷,冲荡。

〔4〕"明涵"二句:如今这泉水仍旧沉浸着白鹤道人起舞时明朗的身影,响着他栖止时清越的声音。

〔5〕"神功"二句：白鹤道人神灵的功力并非用于滋润自己，一点一滴都散发为甘霖施恩于他人。涓滴，一点一滴。霖，甘雨，及时雨。

开堰一首

石蛟吐新渠，散作千家雨。一劳堰役息[1]，公名垂终古[2]。

辑自《(正德)安庆府志》卷一六《艺文志》

解题

此诗写乌石堰新渠水流充沛，使千家万户受益，并赞颂知府胡缵宗开凿石渠、造福于民的功绩。

注释

〔1〕堰役：筑乌石堰之役。役，事，劳役。
〔2〕公：指胡缵宗。胡氏任安庆知府时开凿了乌石新渠。参见前胡缵宗诗注。

堰上微见皖峰一首

临流忽见皖伯山，天外诸峰势可攀。岩石差差龙徙倚[1]，洞云漠漠鸟飞还[2]。星辰只在藤萝上，衡霍真居伯仲间[3]。安得振衣凌绝顶[4]，高寻瑶草驻尘颜[5]。

辑自《(正德)安庆府志》卷一六《艺文志》

【解题】

此诗描摹在乌石堰上所见皖峰雄奇壮丽的景色,认为它与南岳衡山确实不相上下,难分优劣。并表达了欲登其绝顶,寻找仙草,以使自己长生的愿望。全诗笔势洒脱跌宕,语言质朴刚健,具有独特的艺术风格。

【注释】

〔1〕差差:犹参差。不齐貌。徙倚:犹徘徊,逡巡。
〔2〕漠漠:密布貌,迷蒙貌。
〔3〕衡霍:衡即衡山;霍指天柱山,即"皖峰",因天柱山一名霍岳,故称。伯仲间:比喻不相上下,难分优劣高低。
〔4〕振衣:抖衣去尘,整衣。
〔5〕瑶草:传说中的仙草。驻尘颜:使容颜不变老。

天柱山一首

天柱近看更奇绝,皖峰对起势嶔岑[1]。偏擎日月南维壮[2],半入青冥北斗沉。娲石雪飘晴不扫[3],汉坛云起昼常阴。芒鞋笑俯莲花上[4],鸟外江湖自带襟[5]。

辑自《(正德)安庆府志》卷一六《艺文志》

【解题】

天柱山近看更是奇妙至极,它与皖峰相对而立,拔地而起,在南方支撑着日月星辰。山的一半都在青天之上,站在山上观看北斗,北斗似乎也低了许多。山上有"天柱晴雪"这样的奇观胜景,有当年汉武帝举行封禅大典的祭坛这些古代遗迹。当自己穿着草鞋登上莲花峰微笑着俯视人寰,高空中只见远处的江河湖泊如襟似带。全诗叙写登天柱所见,意境高远,飘洒超然。

注释

〔1〕嵚岑(qīn cén):高峻。
〔2〕偏擎日月:李明《题天柱山》:"天柱一峰擎日月。"擎,举。南维:南面的地维。地维,古代神话谓维系大地四角的巨绳。
〔3〕娲石雪飘晴不扫:指"天柱晴雪"。参见前邓经《天柱晴雪》诗。娲石,女娲补天之石。此比喻天柱峰岩石出自遥远的古代。
〔4〕芒鞋:一种草鞋。是古人外出漫游的常备用具。莲花:指莲花峰。
〔5〕鸟外:指高空。

天柱寺一首

招提亦可游,林壑敞清幽。汉帝旌旗拥,隋皇栋宇留。岳云时断续,峰雪自春秋〔1〕。更欲骑黄鹤,升高望白牛〔2〕。

辑自《(正德)安庆府志》卷一六《艺文志》

解题

天柱寺之胜概见前胡缵宗诗解题。此诗描写了天柱寺清幽的环境和有关名胜、典故,格调冲淡却有壮逸之气。

注释

〔1〕"峰雪"句:写天柱晴雪。春秋,犹四时。
〔2〕白牛:《法华经》所说三兽之一。白牛喻大乘佛法。五代齐

己《赠念法华经僧》诗:"持经功力能如是,任驾白牛安稳行。"

望皖山归来马上尽见诸峰一首

入洞出洞阴复晴,皖峰回首遥分明。溪盘白鹤青萝隔[1],路转回龙碧树平[2]。石屋云门堪晚眺[3],岩花谷草自冬荣[4]。红尘只在丹梯下[5],下马残尊送鸟声[6]。

辑自《(正德)安庆府志》卷一六《艺文志》

解题

此诗写与胡缵宗、余珊同游皖山归来时在马上回首诸峰,因忆游山经历。山中洞内阴暗,洞外晴朗,简直如同两重天。溪水弯曲盘绕于白鹤观前,因有松萝遮挡,路上不好走;但转到回龙桥便是碧玉般平坦的大道了。山中景色宜人,像石屋云门那样的景观经得起傍晚眺望;岩谷中的花草似乎也有灵气,在冬季一样繁茂或开花。下山就是红尘俗世了,下得马来,我就在鸟声中饮尽这杯残酒吧。末二句流露出诗人对皖山的留恋,使人有娓娓不尽之感。

注释

〔1〕白鹤:指白鹤观。青萝:松萝。一种攀生在石崖、松柏或墙上的植物。

〔2〕回龙:指回龙桥。回龙桥在天柱寺前。相传汉武帝祭岳后登山,到此回驾。

〔3〕石屋:皖山景观之一,其胜概见胡缵《石屋》诗解题。云门:山门。因有云雾,故称。

〔4〕冬荣:草木冬季茂盛或开花。汉班固《西都赋》:"滥瀛洲与方壶,蓬莱起乎中央,于是灵草冬荣,神木丛生。"此用其意。

〔5〕红尘：佛教、道教等称人世为"红尘"。丹梯：此指高入云霄的山峰。亦指寻仙访道之路。

〔6〕残尊：亦作"残樽"，犹残酒。尊，古代用以盛酒的器具，功用如同今日之酒杯。

石屋 一首

凿云开混沌，倚天擎空蒙〔1〕。一帘邀月窟〔2〕，半榻卧龙宫。

辑自《(正德)安庆府志》卷一六《艺文志》

解题

如果凿开云层，透过模糊一团的状态，发觉这石屋它靠着青天，托举起缥缈、迷茫的境界。它与月窟仅有一帘之隔，睡在屋中的石榻上，仿佛自己是卧在龙宫之中。全诗描摹了石屋所在位置之高，并表达了身处其中的奇妙感受。

注释

〔1〕空蒙：指缥缈、迷茫的境界。
〔2〕邀：逢，遇到，迎候。月窟：传说月的归宿处。

石松 一首

瘦根盘鸿蒙〔1〕，青枝傲霜雪。上有白云巢，下有苍虬穴〔2〕。

辑自《(正德)安庆府志》卷一六《艺文志》

【解题】

石松所在处见胡缵宗诗解题。这株盘曲的松树生长在高高的石壁上,瘦劲的树根裸露在石壁之外,从下面望去,好似一条青龙盘踞在高空中。它的青枝凌霜傲雪,上有白云以它为巢,下有青龙的洞穴。此诗用白描的手法简洁地勾画出石松的形态,使读者如同身临其境。

【注释】

〔1〕鸿蒙:指高空。

〔2〕苍虬:青色的龙。此以苍虬比喻树木盘曲的枝干。在此一语双关。

白云岩一首

烟霞启洞天^{〔1〕},藤萝封石室^{〔2〕}。娟娟峰上云^{〔3〕},冉冉岩中出^{〔4〕}。

辑自《(正德)安庆府志》卷一六《艺文志》

【解题】

云霞从洞中升起,紫藤爬满了石窟的门口。山峰上的白云徐徐飘动,仿佛是从岩石中冉冉生发出来一样。诗人笔下的白云岩宁静、祥和、苍远,的确是缥缈仙境。

【注释】

〔1〕烟霞:烟雾;云霞。启:起。洞天:道教称神仙的居处,意谓

洞中别有天地。后常泛指风景胜地。

〔2〕藤萝:紫藤的通称。亦泛指有匍匐茎和攀援茎的植物。石室:岩洞;石窟。

〔3〕娟娟:飘动貌。

〔4〕冉冉:慢慢地;渐进貌。

杨朴斋

杨朴斋,曾官员外郎,其余不详。

水 帘 洞

凉雨纷纷落九天[1],水绳高挂似帘悬[2]。石头响溅琼珠碎[3],洞口晴喷玉液鲜[4]。静冽夜涵龙虎地[5],流通春满桂芝田[6]。长垂不卷千余丈,知系危峰几百年!

辑自《(康熙)潜山县志》卷一二《艺文下》

解题

水帘洞,在下炼丹四井崖梁公泉流处。天祚宫右有四井崖,崖下有洞,洞门高丈余,洞外即龙潭四井,梁公泉从洞口飞下,有如垂帘。

此诗写水帘洞,重点在写洞门外的瀑布。瀑布从高空跌落,几股水流汇成一大股,像拧成绳子似的向下奔涌。这瀑布之水极清澈,溅起的水花如珠似玉,并可供修仙者炼丹和种植芝草。它高达千余丈,也不知流淌了几百年。诗歌不仅写出了山瀑凝聚后冰清玉洁的壮观景色,而且点出了此处山川的道教氛围。尾联则借写瀑流长在而暗寓人寿几何之意,使人低回叹惋。

注释

〔1〕九天:谓天空最高处。
〔2〕水绳:指几股水流汇集成了一大股,像拧成绳子似的向下涌。
〔3〕琼珠:玉珠。诗中比喻水珠。
〔4〕玉液:清水、雨露的美称。
〔5〕龙虎地:形容地势险要。道教亦称炼丹之地为"龙虎地"。
〔6〕桂芝田:种灵芝之田。桂芝,灵芝的一种。

汤惟学

汤惟学,字时敏,江西安仁人。正德五年(1510)中乡试,十二年(1517)成进士。授翰林庶吉士。历任检讨、编修,安庆府推官,两浙御史等职。所著有《南谷摘稿》。生平事迹详《(嘉靖)安庆府志》《(康熙)安庆府志》《(同治)饶州府志》《(同治)弋阳县志》等。

登 妙 高 台

万木阴森一径苔,晚凉更上妙高台。云生绝巘迷尘境[1],风弄飞花送酒杯。岁月几何人渐老,江山有待我重来。胜缘故旧同心赏[2],候吏归期莫漫催。

辑自《(康熙)潜山县志》卷一二《艺文下》

解题

妙高台在天柱山山谷寺塔前。妙高为梵文须弥(Sumeru)之意译。须弥原为印度佛教的圣山名。佛教称须弥山四周有七山八海,四大部洲。山顶为天帝释所居,山腰为四天王所居。须弥山汉译为妙高山、善积山。妙高台即是以木、砖或金石等物所作须弥山形的佛坛,用以安置佛像。一说是指安放佛橱的台座,且安放佛像于其上者。其台的形状有四角、八角二种,高一层或二层。山谷寺塔前妙高台上原有诗刻,即汤惟学此诗,当是汤氏任安庆府推官时所作。

诗中写到,妙高台周遭万木阴森,莓苔满径,云生山顶,风弄飞花,见此胜概都忘记了自己是生活在现实世界。与故旧相知同心观赏此景,愈觉岁月易逝,人生短暂,并期待他日再来。末句谓让等候的小吏不要催促归期,表明了诗人对这里的景物留恋不舍的情怀。

注释

〔1〕巘(yǎn):小山,山峰。尘境:原为佛教语。佛教以色、声、香、味、触、法为六尘,因称现实世界为"尘境"。

〔2〕故旧:旧交,旧友。

金 蓁

金蓁,字尚美,别号黄山。潜山人。姿容瑰玮,善诗文。少年赴阙诉父冤,所司直之。父、祖号称本县陶朱、猗顿,蓁尽散其财以济人。授经幼弟藻、孤侄珸,二人并领乡荐。蓁独隐居别墅,莳花种竹、琴书诗酒其中。卒之日,远近赴丧者数千人,年六十一。所著有《思补亭集》。《(康熙)安庆府志》卷一九、《(乾隆)江南通志》卷一九二、《(乾隆)潜山县志》卷之八、《(光绪)重修安徽通志》卷二六〇有传。

思 补 园

闲情日日理芳园,自养幽姿作野仙〔1〕。桃艳偏宜傍翠竹,梅疏须是映清泉。为藏娇鸟多栽柳,恐碍游鱼另植莲。何处最能生远意[2],悠然墙外皖山巅[3]。

辑自《(康熙)潜山县志》卷一二《艺文下》

解题

《孝经·事君章第十七》谓:"君子之事上也,进思尽忠,退思补过,将顺其美,匡救其德,故上下能相亲也。"思补园的名字,盖取意于此。此诗全篇既写园中桃艳竹翠、梅疏泉清的美丽景色,又写自己栽柳植莲等整理花园的行为。诗中有静有动,写得有声有色。尾联说是最能使人萌生古人那般高远意趣的,是悠闲自得地望见墙外那皖山的最高处。由此可以看出作者颇受陶渊明田园隐逸之风的影响。

注释

〔1〕幽姿:高雅的姿态,沉静的姿态。

〔2〕远意:古人的原意。高远的意趣。唐贾岛《送集文上人游方》诗:"分首芳草时,远意青天外。"元熊鉌《游武夷山》诗:"我来武夷山,远意超千古。"

〔3〕悠然:闲适貌,淡泊貌。晋陶潜《饮酒》诗之五:"采菊东篱下,悠然见南山。"

金 藻

金藻,字尚章,潜山人。正德八年(1513)举人。历科会试不第,作诗有"春闱十赴宁皆拙,秋榜三场岂独工"之句以自嘲。与兄蓁皆倡明理学。著有《省克语录》《三江水学》等。《(康熙)安庆府志》卷一九、《(乾隆)潜山县志》卷之七有传。

泛舟吴塘

苍崖倒影碧沦涟[1],画舸中流李郭仙[2]。绣被此时青翰舫[3],丹阳何日孝廉船[4]?酒酣赤壁人惊鹤[5],歌发耶溪女采莲[6]。泠泠天风吹我袂[7],凭虚直犯斗牛边[8]。

辑自《(康熙)潜山县志》卷一二《艺文下》

解题

吴塘即吴塘陂,已见前注。作者此诗写与故友一同泛舟游览吴塘,前二联将自己与友人比作东汉的名士李膺与郭太,并感慨不知何时才能像东晋张凭那样获得有识之士的赏识与推荐。第三联写在舟中饮酒,周围有女子歌唱,作者想象自己如同苏东坡、李太白那样的诗酒风流。尾联写飘飘然凌空飞升,获得了全然的逍遥自在,既表现了诗人酒酣耳热之后进入一种陶然的境界,也是他胸中块垒的尽情宣泄与释放。全诗于写景叙事中寄寓着诗人怀才不遇的感慨,用典精审,情景相融,气概闳逸,笔力不凡。

注释

[1] 沦涟:指水波,微波。

[2] 画舸:即画船,意为装饰华美的游船。李郭仙:指东汉名士李膺与郭太。《后汉书》卷六八《郭太传》:"郭太字林宗……林宗唯与李膺同舟而济,士宾望之,以为神仙焉。"

[3] 青翰舫:即青翰舟,刻饰鸟形涂以青色的小船。

[4] "丹阳"句:意谓不知何时能得到丹阳尹刘惔那样爱才之士的褒赏。孝廉船,据南朝宋刘义庆《世说新语·文学》载:张凭举孝廉,自负其才,曾谒丹阳尹刘惔。与诸贤清谈,一座皆惊。次日,刘惔遣使至江边寻张孝廉之船,刘与张结伴同访抚军大将军司马昱(昱后

为晋简文帝),拜太常博士。后以"孝廉船"为褒赏才士之典。

〔5〕酒酣赤壁:苏轼《前赤壁赋》:"客喜而笑,洗盏更酌。肴核既尽,杯盘狼藉。相与枕藉乎舟中,不知东方之既白。"

〔6〕耶溪:即若耶溪。在今浙江绍兴市东南,发源于离城区四十余里的若耶山(今称化山),沿途纳三十六溪溪水,北入鉴湖。李白《越女词》:"耶溪采莲女,见客棹歌回。笑入荷花去,佯羞不出来。"

〔7〕袂:衣袖。

〔8〕凭虚:凌空。犯斗牛:神话传说天河与海通,有个住在海边的人,见每年八月海上有浮槎去来,便带粮乘槎至天河,见到了牛郎织女。星官记其事曰"某年月日有客星犯牵牛宿"。见晋张华《博物志》卷一〇。后因以"犯斗牛"喻登天。亦用为咏仙迹或泛舟之典。

简 霄

简霄,字腾芳。江西新喻(今新余市)人。正德九年(1514)进士。授湖北石首知县,调大理寺,历迁佥都御史、南京副都御史、兵部右侍郎。著有《历官奏议》《政要》《蓉泉漫稿》(亦作《蓉溪集》)等。

三 祖 寺

溪山回合处[1],三祖道场开。石磴缘崖上[2],松涛傍涧来[3]。洞深牛化去[4],人远鹤飞回。幽寂真堪憩[5],其如候吏催[6]!

辑自《(康熙)潜山县志》卷一二《艺文下》

{ 解题 }

　　作者一方面感受着三祖寺幽寂的氛围,想要远离尘俗,获得身心的休憩;另一方面又如结句所示,不得不为公事和俗务所烦扰,被迎送的官吏催促着欲休憩而不得,这大约也是历朝历代每个官员都有的无奈吧。

{ 注释 }

　〔1〕回合:回环交错。
　〔2〕石磴:石台阶。缘:绕着,沿着。
　〔3〕松涛:风吹松林,松枝互相碰击发出的如波涛般的声音。涧:两山间的水沟。
　〔4〕"洞深"句:谓石牛已飞升成仙,只留下古洞。
　〔5〕憩:休憩。
　〔6〕其如:怎奈,无奈。候吏:负责途中迎送宾客的官吏。

宿三祖寺文洽僧院

　　只役不遑居[1],林栖中伏时[2]。云廊常润础[3],风篸屡披帷[4]。石值支潜凹[5],藤知悬印垂[6]。风尘聊税驾[7],禅寂有师资[8]。

辑自《(康熙)潜山县志》卷一二《艺文下》

{ 解题 }

　　这首诗的主旨与前一首相似,作者在公务繁忙之中游览静谧秀美的三祖寺后,萌发了暂且停留、学习禅寂之法的念头。然而对官场中人来说,这大概也只能是一时间的奢念吧。

注释

〔1〕只(zhǐ)：代词。这，此。不遑：表示没有时间，来不及。居：停，止。

〔2〕中伏：三伏中的第二伏。也称二伏。通常指从夏至后第四个庚日起到立秋后第一个庚日前一天的一段时间。

〔3〕"云廊"句：意谓云气常令廊柱的石磉泛潮湿润。形容云气之盛。础，柱下石磉。

〔4〕"风壑"句：来自山谷中的风常常吹开帐幕。形容山风之大。披，打开。帷，帐幕。

〔5〕"石值"句：直立着的岩石因为支撑着潜山的重量，所以中间凹了进去。此句形容怪石的形状。值，通"植"，直立。

〔6〕"藤知"句：这句是说，山中的藤蔓像古人用丝带将印章悬挂于腰间那样地下垂着。知，疑当作"如"。

〔7〕风尘：尘世，纷扰的现实生活世界。亦喻宦途，官场。税驾：犹解驾，停车。谓休息或归宿。

〔8〕禅寂：佛教语。佛教以寂灭为宗旨，故谓思虑寂静为禅寂。师资：谓从师，效法。亦指可效法的禅师或方法。

翁直指

翁直指，正德间在世。据《岳麓书院志》《长沙府岳麓志》载，正德年间翁直指曾于朱子书院建泮桥、濯缨洗心亭于礼殿前，"而圣庙始巍然有专地"。其余事迹不详。

千金烈女

未经夫面适夫亡[1]，不比寻常烈女行。白发尚难坚晚节,青年谁肯弃春光？魂飞天外乾坤老,骨葬山头草木香。我泪等闲轻不洒,只因万古振纲常[2]。

辑自《(康熙)潜山县志》卷一二《艺文下》

【解题】

据《(嘉靖)安庆府志·烈女传》载：黄千金,宋代潜山人,七岁能诵《孝经》及《列女传》。元祐时,其父举人黄德全以千金许诸生张大中,未娶而大中卒。父欲更许他人,千金曰："天可容二日乎？"父笑曰："儿有此大志邪？"既二年,黄德全卒。千金年十九,事母极孝,日训其弟,而闺门益谨。邑中有求聘者,母欲更许人,千金曰："吾亲欲吾死耳！"遂再拜而起,手以簪刺其目,目遂盲。逾三月卒。有司以其事闻,赐旌其门。

黄千金是封建伦理道德的牺牲品,花季女子竟然为尚未谋面的丈夫殉节,她的故事揭示了封建纲常伦理对于古代女性的荼毒与摧残。作者在诗中对此表现出赞赏的态度,可见纲常伦理对于人性的扭曲到了何等地步。

【注释】

〔1〕适：恰好。

〔2〕振：振,挽救,振兴。纲常：即三纲五常。三纲,即君为臣纲、父为子纲、夫为妻纲。五常,指仁、义、礼、智、信。三纲五常是汉代董仲舒为维护封建等级制度而提出来的一种学说。他是根据孔子的"君君、臣臣、父父、子子"和孟子的"父子有亲,君臣有义,夫妻有别,长幼有序,朋友有信"的伦理思想发展而来的。

邵经济

邵经济(1493—1558),字仲才,号泉厓,仁和(今浙江杭州)人。

嘉靖五年(1526)进士,授工部主事,再升郎中,官至成都知府。卒年六十六。著作有《泉厓集》。生平事迹见《奚囊蠹余》卷一七《邵公行状》。

登潜山三祖台对酒用李中溪侍御韵

尊酒三生别[1],长风万里游。迟回怜旧雨[2],萧瑟觇新秋[3]。君是千人隽,胸盘百尺楼。雄峰临巨壑,大海尽支流。迅扫豺狼远,分飞鸿雁愁[4]。玄台登重赏[5],白首意难酬。把剑看山色,龙光寒斗牛[6]。

辑自《泉厓诗集》卷二

解题

据李元阳《游皖山记》载,其嘉靖戊戌游皖山,正坐酌时,"钱塘邵公经济适来,盖赴成都守取道于此。公有雅怀,闻予在山,因迂途相寻。遂握手更酌,秉烛联诗"。此诗即为邵氏当时与李元阳唱和诗之一,惜李氏原作今已不存。作者在诗中表达了作者与御史李元阳这位同年在皖山邂逅的惊喜和即将分别的哀愁,并对他的胸襟和取得的功绩表示倾慕和赞赏。

注释

[1] 三生:指前生、今生、来生。佛教认为每一个人都在生死轮回之中,循环不止,因而都有三生。

[2] 迟回:迟疑,徘徊不进。旧雨:昔日的朋友。杜甫《秋述》:"秋,杜子卧病长安旅次,多雨生鱼,青苔及榻,常时车马之客,旧,雨来,今,雨不来。"指过去客人遇雨也来,而今遇雨不至。范成大《丙竿新正书怀》诗:"人情旧雨非今雨,老境增年是减年。"后用旧雨喻老朋友。

〔3〕萧瑟:象声词,状风吹树木声。亦形容凄凉冷落。觐:朝见。

〔4〕分飞:此喻离别。

〔5〕玄台:此指三祖台。

〔6〕龙光:宝剑的光芒。斗牛:二十八宿中的斗宿和牛宿。王勃《滕王阁序》:"物华天宝,龙光射斗牛之墟;人杰地灵,徐孺下陈蕃之榻。"

潜山吴丞玺助予行色有感

谁言蜀道登天险,我亦三川自坦途〔1〕。争似潜山山下路,眼前世味转崎岖〔2〕。

万里乘来五马车〔3〕,潜山山下重踟蹰〔4〕。相逢季子如相识〔5〕,何日相看双佩琚〔6〕?

辑自《泉厓诗集》卷六

解题

邵经济赴成都知府任途经潜山,囊中羞涩,县丞吴玺助其行旅资费,作者有感而赋此二诗。诗中感叹世态炎凉、人情叵测,并以春秋时吴国延陵季子比吴玺,感谢其信义之举,期望能再次与其相见。

注释

〔1〕三川:地区名。唐中叶以后以剑南西川、剑南东川与山南西道合称三川。亦泛指蜀地。

〔2〕世味:社会人情,人世况味。崎岖:形容人意向诡秘,人情叵测。

〔3〕五马车:汉时太守乘坐的车用五匹马驾辕,因借指太守的车驾。

〔4〕踌躅:犹豫、徘徊。

〔5〕季子:指季札。吴王寿梦之少子,封于延陵,称延陵季子。多次推让君位,在历史上颇有声誉。有一次,季子出使晋国,身带宝剑经过徐国,徐国君主看到宝剑,流露出十分艳羡的神色。季子因为有外交任务,不便把宝剑赠给他,但是心里默许了。季子从晋国出使回来,再经过徐国,徐君已经死在楚国。季子将宝剑交给继位的嗣君,随员阻止他说:"这是吴国的国宝,不能赠送。"延陵季子说:"我不是赠送。上次我来,徐君看到宝剑,很想要,我因为任务在身,不便给他,但心里已经默许了,现在徐君一死我就不献剑,这是欺心。因为爱惜宝剑而虚情假意,我不愿这么做。"他把剑解下来交给嗣君。嗣君说:"先君没有遗命,我不敢接收。"季子于是把宝剑带到徐君的墓地,挂在路边的树上。徐国人民称赞季子守信义。这里以延陵季子比吴丞玺,喻其为人信义。

〔6〕"何日"句:意谓不知何日才能相见。佩琚,玉佩。

李元阳

李元阳(1493—1580),字仁甫(一作仁父),号中溪,别号逸民。云南大理人,白族。嘉靖五年(1523)进士。选庶吉士,授江阴知县,迁户部主事,改监察御史,官终荆州知府。元阳学识渊博,中年曾著《心性图说》。嘉靖中与杨士云同修《大理府志》。所纂《云南通志》颇多创见。诗文集有《艳雪台诗》《中溪漫稿》等,收入《云南丛书》的有《李中溪全集》十卷。生平事迹见《国朝献征录》卷八九李选撰《李公行状》、《袁永之集》卷一四《赠李仁父序》等。

皖山寺即事

分萝才过马[1],出树再休台。横岭城圈隔,浮江岛屿来[2]。玉毫自神物[3]，时谷欲风雷[4]。秋宇何寥廓[5]，终惭作赋才。

辑自《李元阳集·诗词卷》

解题

此诗作于嘉靖十七年(1538)秋天。诗题所言皖山寺，即山谷寺。参见作者《游皖山记》。作者此诗写自己渡江漫游后来到皖山之麓的这座古老寺院，亲眼目睹了其幽邃的景色和龙水洗塔之事，并对当时山谷寺秋宇澄清、万里无霾的美好生态环境表示赞叹。

注释

〔1〕"分萝"句：分开松萝，才能使马通过。萝，指松萝，或云女萝。蔓生植物。

〔2〕"浮江"句：据作者《游皖山记》，其嘉靖戊戌夏，与陈束（字后冈）在庐山分别后，渡江漫游，望见三峰插天，遂问路至皖岳下，投宿山谷寺，故曰"浮江岛屿来"。

〔3〕玉毫：指佛像。南朝梁简文帝《与僧正教》："缄匿玉毫，封印金掌。"亦指佛光。张说《〈大唐西域记〉序》："若夫玉毫流照，甘露洒于大千。"

〔4〕"时谷"句：写作者所见山谷寺龙洗塔事。李元阳《游皖山记》："平旦，谒殿礼塔，因避雨塔腹。僧曰：'每岁夏仲，有龙水洗塔，今尚未也。'予疑其言，以为有雨则洗，奚必龙乎？殆僧神其说耳！顷之，忽雷电交作，予欲趋塔腹避雨，僧遽挽袖曰：'不可！观此景象，当是龙来也。'雨顿翻盆，予愀然。立廊下候之，则见大水从塔腹而出，镗鞳之声如江涛然。顷之顿止。验其流注之地，皆雀蝠余秽，起视塔腹，纤尘不存矣。尝闻浮屠所在，神龙诃护，信哉！"

〔5〕寥廓：空阔旷远。

饮 天 香 台

凉色浮阶暝[1],余阴覆酒青[2]。岩掀沾席雨[3],节近渡河星[4]。露坐屡扪烛,秋檐欲扑萤[5]。还持白羽扇,夜上翠虚亭[6]。

辑自《(康熙)潜山县志》卷一二《艺文下》

解题

天香台,又称天香岩。在天柱山三祖寺宝公殿后达摩崖下的解缚石上方。其上有李元阳楷书题刻的"天香台"三字及此诗。这首诗写初秋傍晚时分作者坐于天香台上露天饮酒。无论是黄昏寒凉的暝色,还是入夜后漫天的星斗与秋檐微萤,以及手持羽扇独登高亭的形象,都给人清幽超尘之感,表达了作者高洁的志趣与孤独的情怀。

注释

[1] 暝:天色昏暗。
[2] 余阴:指树木枝叶广大的庇荫。
[3] "岩掀"句:意谓岩石前倾挡住了雨水,使坐席不至沾湿。
[4] 渡河星:指农历七月初七七夕节,又名乞巧节、七巧节或七姐诞。传说每年此时,牛郎织女度喜鹊所搭之桥跨过银河相会。
[5] "露坐"二句:意谓露天而坐,时间过去了很久,多次伸手摸蜡烛续燃灯火,还打算在秋日的屋檐下捉萤火虫来照明。
[6] 翠虚亭:在山谷寺天香台上。久圮。

天 柱 十 景

步上天柱山,幽寻太子阁[1]。玉镜池水清[2],瀑布泉声落[3]。芙蓉庵接溪[4],皖伯尖连壑[5]。回龙桥畔吟[6],讲经石上约[7]。钵盂山打供[8],白云岩歇脚。

辑自《(康熙)潜山县志》卷一二《艺文下》

解题

作者以一首诗十句,涵盖了天柱山区域内的昭明太子阁、玉镜池、雪崖、雪崖瀑、芙蓉庵、天柱峰、回龙桥、讲经石、钵盂山、白云岩等十大景观。他此番游山行程亦由此可略窥一斑。

注释

〔1〕幽寻:寻访幽美的景物。太子阁:在天柱寺后,相传为梁昭明太子读书处,今存有石碑。

〔2〕玉镜池:在玉镜山。

〔3〕瀑布:指雪崖瀑,在茶庄北四里之雪崖。其处岩石皎洁如银,瀑流莹彻似雪。水大时,奔流湍急,终日雷鸣;水小时,细雨飞花,犹如夏玉。为天柱最佳瀑布之一。

〔4〕芙蓉庵:在芙蓉峰。芙蓉峰在琼阳川上,其峰怪石叠裂如芙蓉,激水千丈,悬空而下,崖壑幽深。芙蓉庵在芙蓉峰下溪涧旁,故曰"芙蓉庵接溪"。

〔5〕皖伯尖:指天柱峰,为潜岳之主峰。天柱山所在处古为皖伯属地,其山为一地之镇山,故其最高山峰又别称"皖伯尖"。天柱峰还有其他诸多别名,如朝阳峰、司命峰、蜡烛尖、笋子尖、单尖等。

〔6〕回龙桥:在天柱寺前,汉武帝登封回銮处。

〔7〕讲经石:位于天柱山玉镜峰西麓崇慧塔遗址前。相传为唐代高僧崇慧大师初入天柱寺时,曾在此石上讲经说法。约,求取,指讲求佛理。

〔8〕钵盂山:山峰名,天柱诸峰之一,近芙蓉峰。《(乾隆)潜山县志》卷之一《山川·潜岳》:"是岳也,有峰二十有七。其最奇者有天柱

峰,千仞层岩,突起如柱,高出诸峰,相峙而不相连……有雪崖,瀑布万丈,莹然如雪。上有莲崖,有玉镜池,有芙蓉山、钵盂山,中有白云岩。"打供:指供奉菩萨诸神。

望 皖 山

灵秀故称岳[1],棱层作镇雄[2]。遥天一柱碧,挂壁片霞红。全楚带间尽[3],灵芝崖际丛。神明坛墠在[4],王气寝园通[5]。鸟迹看雷篆[6],龟盘示鬼工[7]。冷光沉白日,黮惨生阴风。岫为萦云碎[8],峦还抱雾空[9]。羽凌人总骇[10],暾上漏才终[11]。龙塔六时洗[12],佛幡三界崇[13]。泥封传汉室[14],丹灶隐仙宫[15]。访眺良无已[16],于焉系玉骢[17]。

辑自《(康熙)潜山县志》卷一二《艺文下》

【解题】

这首诗写作者远眺皖山时所见所想,其中眼前的自然人文实景与想见的历史故事交叉呈现,表现了皖山壮丽灵秀的自然之美与深厚的历史人文积淀。

【注释】

〔1〕岳:天柱山原本是古代的南岳,隋文帝时才定今天的湖南衡山为南岳。

〔2〕棱层:高耸突兀,峥嵘。作镇:镇守一方。镇,古代称一地区内的名山,主山。缪希雍《葬经翼·分龙篇》:"崇山忽起,作镇一方,莫之与竞者,是为祖山。"

〔3〕"全楚"句:意谓皖山与楚地紧相邻近,仅隔一衣带宽的江

水。喻全楚近在眼前。全楚,整个楚地。带,衣带。此指长江。

〔4〕坛墠(shàn):古代祭祀的场所。筑土曰坛,除地曰墠。据载,汉武帝曾登临天柱山祭祀并封其为南岳,故曰"神明坛墠在"。

〔5〕寝园:指帝王陵园。相传上古帝王赫胥氏"曜迹于潜山",其墓葬在朝阳峰左。故曰"王气寝园通"。或谓"寝园"指明太祖陵寝。

〔6〕鸟迹:篆体古文字。形如鸟的爪迹,故称。雷篆:雷纹形状的篆书。此指碑刻文字。

〔7〕龟盘:龟座,指碑刻底部刻成龟形的石座。鬼工:形容刻工技艺精巧,非人力可为。

〔8〕"岫为"句:是说山洞被云气所萦绕覆盖,若隐若现,仿佛被弄碎了一般。岫,山洞。

〔9〕"峦还"句:是说山峰被云雾所包围,好像悬浮在空中。峦,山脊,山峰。

〔10〕羽凌:即鸟飞。骇:惊。

〔11〕暾(tūn)上:太阳刚刚升起。漏才终:表示夜已尽。漏,即漏刻。又名刻漏、壶漏、更漏,古代重要计时仪器之一。利用壶中水(或沙、水银)流出量表示所经时间,多用百刻制。

〔12〕"龙塔"句:咏山谷寺龙水洗塔事。见作者《游皖山记》。六时:古分一昼夜为十二时,昼夜分言,则谓"六时"。常以指白日。

〔13〕佛幡(fān):佛寺所用的幡盖。一般立于佛寺旁,高约四五丈,上悬长幡,用纱布制成,长约八九米,宽约半米,以细竹框架绷平,上贴各色精美剪纸图案。色彩缤纷的佛幡为敬佛祖。亦指佛教绘画,画在单幅绢、帛、棉布上或刺绣于棉毛织品上,镶装边饰,后以衬布和纸装裱,上置挂带,稍小的下方还饰以穗带,成为可以悬挂、折叠的画幅。为佛教壁画发展到卷轴画的过渡形式。佛幡内容多为佛、菩萨、天王等画像及密宗曼荼罗等,亦称"功德画幡",便于佛教徒供奉、祈福、供养瞻拜之用。三界:佛教指众生轮回的欲界、色界和无色界。

〔14〕"泥封"句：意谓册封南岳的诏书传自汉朝。泥封，古人封缄书函多用封泥封住绳端打结处，盖上印章称"泥封"。一般书简用青泥，诏书用紫泥，登封玉检用金泥。亦借指书函。这里指汉武帝册封天柱山为南岳的诏书。汉室，指汉朝。

〔15〕"丹灶"句：这句是说仙宫中藏有炼丹用的炉灶。

〔16〕良：确实，实在。无已：无止境；无了时。

〔17〕于焉：于此。玉骢（cōng）：即玉花骢。泛指骏马。系玉骢，即表示停止游览眺望。

虎 头 岩

兹龛何代凿[1]，灵壑含幽光。讵意空岩里[2]，仙人有盖藏[3]。得泉偏近釜[4]，不栋总成堂[5]。仰窍通空磴[6]，升厅坐石床[7]。鸟来窥药臼[8]，萝密失丹房[9]。扪摸路时断[10]，溟蒙雨乍凉[11]。岩存冲举迹[12]，穴闭信心香[13]。眼界都无染，吾将礼法王[14]。

辑自《（康熙）潜山县志》卷一二《艺文下》

解题

虎头岩即白云岩，因形似虎头而得名。在真源宫东北约七里林庄下。其处层石怪突，嵌插玲珑。过徐公石庵，稍就平夷，忽见岿然片石，远望似小屋形，实则围石凿成。外圆内方，似帷幄，外皆肖仙家用物，有石臼、石门、石床、石室、石壁、石磴，有丹灶，有石松，洞窍通幽，移步换境，相传为远古鲁道人栖隐修炼之处。崖间多宋、明人题刻。石壁镌有"铁笛龛"三字，即本诗作者李元阳所书。"云里悬钟"、"壁间笛响"为岩间二胜。作者此诗描摹了虎头岩幽静神奇的景象和诗人悠悠怀古之情。最后因寻访神仙踪迹并无所获，作者表示自己还是要去尊礼佛法。全诗清境幻思,兴象深微,表达了诗人隐逸闲适的情怀。

注释

〔1〕龛:供奉神像佛像的小阁子或石室。
〔2〕讵(jù)意:哪里想到。
〔3〕盖藏:隐藏,储藏。
〔4〕釜:古代炊器。敛口,圆底,或有两耳。上置甑,用于蒸煮。有陶、铜、铁制,盛行于汉代。
〔5〕栋:屋的正梁。
〔6〕"仰窍"句:意谓向上的洞穴中有通天的阶梯。仰,抬头,脸向上。窍,洞。通空,即通天。磴:石头台阶。
〔7〕升厅:登上厅堂。
〔8〕药臼:捣药用的石臼。
〔9〕"萝密"句:这句是说藤萝太过茂密,令人找不到丹房所在。
〔10〕扪摸:触摸,摸索。
〔11〕溟蒙:形容烟雾弥漫,景色模糊。
〔12〕冲举:旧谓飞升成仙。
〔13〕信心:佛教称信任听从佛法,并对佛法深信无疑为"信心"。三祖僧璨有"信心铭"。
〔14〕法王:佛教对释迦牟尼的尊称。亦借指高僧。

刘 教

刘教,字道夫,号见川,庐陵人。嘉靖四年(1525)举人,为泰兴、江阴教谕。升广平令。擢刑部主事。嘉靖三十三年(1554)知梧州府。以母忧归,遂不复仕。于学无所不窥,尤熟国朝典故。晚与周罗山、陈蒙山订西原惜阴之会。著有《苍梧芝亭稿》《论孟笔义》《恤刑闲录》《咏史》等书行世。《(民国)庐陵县志》卷一九有传。

山谷寺次韵

志公飞锡开此宅[1],烟霞自与人寰隔[2]。璨师塔在山之颠[3],皖峰天柱相主客。石牛稳卧溪水间,山谷先生去不还[4]。我亦芒鞋沾晓露[5],寻幽踏遍鸟行路[6]。

辑自《(康熙)潜山县志》卷一二《艺文下》

【解题】

作者游山谷寺,按照黄庭坚《书石牛溪旁大石上》原诗的韵脚与用韵次序而作此诗。诗写清幽灵谧的山谷胜景和对志公、璨师、黄庭坚等前辈高人的心慕神往,抒发了自己悠悠不尽的怀古情思。

【注释】

〔1〕志公:指宝志禅师,其卓锡开山一事,已见前注。
〔2〕人寰:人间,人世。
〔3〕璨师塔:即三祖塔。璨师,指三祖僧璨大师。
〔4〕山谷先生:即黄庭坚。庭坚号山谷道人。
〔5〕芒鞋:草鞋。
〔6〕鸟行路:形容山路极其险峻狭窄,只有飞鸟可以通过。

王　畿

王畿(1498—1583),字汝中,号龙溪,浙江山阴(今浙江绍兴)人。王守仁之门生。嘉靖十一年进士,历官武选郎中。其学说被内阁大学士夏言斥为伪学,遂谢病归。后仍传播王学凡四十年,足迹遍及吴、楚、闽、越、江、浙诸地。学者称龙溪先生。他认为"心、意、知、物只是一事,若悟得心是无善无恶之心,则意、知、物俱无善无恶",把王守仁的"良知"学说引向禅学方面。有《龙溪全集》传世。

三 祖 塔 院

瓣香再拜读心铭[1],大道无难只信心[2]。儒释两头终有辨,乾坤只眼定何人[3]?石牛洞古留春色[4],卓锡泉清证法身[5]。同异纷纷怜末学[6],羲皇一枕白云深[7]。

辑自《(康熙)潜山县志》卷一二《艺文下》

解题

三祖塔院,即三祖寺。塔院是中国早期佛寺建筑的一种形制。一般在寺内山门与佛殿之间的前院中心建造佛塔,配以东西庑殿,组成完整的塔院。南北朝民间盛行舍宅为寺,受佛寺面积限制,佛塔逐步移至寺外。

作者在此诗中借歌颂三祖表达了自己阐扬心学、融合儒释、超越诸家异同的志向。传记中说王畿把王守仁的"良知"学说引向禅学方面,由此诗观之,所言非虚。

注释

[1]瓣香:佛教语。犹言一瓣香,即一炷香。佛教禅宗长老开堂讲道,烧至第三炷香时,长老即云这一瓣香敬献传授道法的某某法师。后以"一瓣香"指师承或仰慕某人。心铭:指《信心铭》,是禅宗的法典。作者为禅宗三祖僧璨大师。

[2]大道:大道理,重要原则。信心:相信自己的真心。

[3]只眼:比喻独特的见解。

〔4〕石牛洞:在三祖寺西山谷中,为三祖山胜景之一。已见前注。

〔5〕卓锡泉:传说梁代宝志禅师与方士白鹤道人于此斗法,将手中锡杖掷向空中,顿时化为一条银色巨龙。之后宝志收起锡杖,卓土处便涌出一股清泉,这就是位于寺后的卓锡泉,又名"卓锡井"。法身:梵语意译。谓证得清净自性,成就一切功德之身。"法身"不生不灭,无形而随处现形。亦指修炼得道之身。

〔6〕末学:自谦之词,学识肤浅的晚辈。

〔7〕羲皇:犹言"羲皇人"。指太古人民。羲皇,即伏羲氏,太古帝王名;前人以为太古人民恬淡无为,故后世多用以比喻心无俗念,弃绝尘世的隐士或悠然自适之人。孟东野《奉报翰林张舍人见遗之诗》:"忽叹陶渊明,此即羲皇人。"卢照邻《山林休日田家》:"还思北窗下,高卧偃羲皇。"一枕:犹言一卧。

薛一泓

薛一泓,福建人。号大梦山人。著有《啍呓弃存》六卷。其余不详。

游 山 谷

佛法流中土[1],人始遗君父[2]。匪具只眼观,几坠此空谷[3]。爱尔山川杰,短我珠玑吐[4]。今日讵漫游[5],抚景兼怀古[6]。禅林第一家[7],信心铭三祖[8]。

辑自《(康熙)潜山县志》卷一二《艺文下》

解题

作者游览山谷寺,他既欣然流连于秀美的自然风光之中,也对儒释之间伦理冲突表达了独到的见解,更对山谷寺这座禅宗三祖祖庭和僧璨大师的禅宗学说充满着崇高的敬意。

注释

〔1〕流:流传。中土:即中国。

〔2〕遗君父:忘记了君臣父子等伦理道德。儒家认为,佛教抛弃君臣父子夫妇之道,是弃绝人伦的行为,其教义、戒律就与传统儒家伦理"君君臣臣、父父子子"发生冲突,故曰"遗君父"。

〔3〕"匪具"二句:意谓如果没有独到的见解,就会陷入儒佛之间的伦理冲突之中,几乎就像坠入眼前这座幽深的空谷。匪,同"非"。只眼,独特的见解。几,几近。

〔4〕"爱尔"二句:意谓看到这么杰出的山川美景,使我心生喜爱,可惜我拙于作诗,没有优美的诗句歌咏吟颂它。珠玑,珠宝,珠玉。比喻美好的诗文。

〔5〕讵(jù):副词。表示反问。相当于"岂"、"难道"。漫游:随意游玩。

〔6〕抚景:欣赏景物。

〔7〕禅林:指寺院。

〔8〕信心铭:即《信心铭》。三祖僧璨大师所作禅宗的早期文献,其内容大致发挥了达摩一系"自性清净"的禅学思想。已见前注。

皇甫汸

皇甫汸(1498—1583),字子循,号百泉,长洲(今江苏苏州)人。嘉靖八年(1529)进士,官工部主事。名动公卿,沾沾自喜,以此贬黄州推官。迁南京稽勋郎中。再贬开州同知,量移处州。擢云南佥事,以计典论黜。好吟咏,工书法,与兄冲、涍、弟濂四兄弟并有才学而工诗,称为"皇甫四杰"。著有《皇甫司勋集》《百泉子绪论》《解颐新语》

等。生平事迹见刘凤《刘子威集》卷十三《司勋大夫皇甫子循寿序》、卷十四《送子循游白岳序》及《明史》卷二八七本传。

潜山道中五日

客行仲夏逢佳节,地近东吴即故乡。思欲避兵犹寇乱,蓬心那解醉蒲觞[1]。

辑自《皇甫司勋集》卷三二

【解题】

皇甫汸因职务调动而途经潜山,时逢农历五月初五端午节。每逢佳节倍思亲,潜山地近东吴,离自己故乡很近,但路上一直想着如何躲避兵乱、寇乱,所以端午节饮菖蒲酒来辟恶去毒、以祓除不祥之气这一家乡传统风俗习惯也无暇顾及了。

【注释】

[1] 蓬心:比喻知识浅薄,不能通达事理。常作自喻浅陋的谦词。那解:哪里懂得。蒲觞:犹蒲酒,即以菖蒲为药料、白酒或黄酒为原料的药性酒,是古人在传统的五月初五端午节上饮用的酒。菖蒲是一种生长在山涧泉流边的药材,具有开窍、豁痰、理气、活血、散风和祛湿等功用。古人认为五月决定人们的"血肉盛衰"、寿命长短、阳气盈缩。所以人们饮菖蒲酒来辟恶去毒,以祓除不祥之气。

潜山五日卜尹惠酒[1]

故国兵戈日[2],长途风雨时。忽惊芳草歇[3],犹恨及瓜迟[4]。仙令回双凫[5],良辰赠五丝[6]。朝来皖山树,浑系隔江思。

辑自《皇甫司勋集》卷二〇

解题

此诗亦为五月五日端午节作者在潜山作。时故人潜山县令卜大有惠赐酒宴,作者因作此诗。时当兵戈之日,又值长途旅行,连日风雨,忽逢故人热情款待,心中感激自不待言。

注释

〔1〕卜尹:即卜大有(1512—?),字谦夫,号益泉,浙江嘉兴府秀水县人。嘉靖二十六年(1547)进士。历任无锡知县、潜山知县、南京工部主事、南京刑部江西司员外郎、南京刑部广西司郎中、南京礼部精膳司郎中等职。为官清正,一生喜读史书,并著有《皇明续记》《经学要义》《史学要义》《益泉诗集》等。尹,官名。商、西周时为辅弼之官。"尹"的地位较为重要,与后世的"相"接近。从汉代开始,称都城的行政长官为尹。元代以后州、县的长官也称尹。此指县令。

〔2〕兵戈:指战争。

〔3〕芳草歇:指春暮。苏轼《蝶恋花》词:"春事阑珊芳草歇,客里风光,又过清明节。"

〔4〕及瓜:指任职期满;或指归期已到而怀归。《左传·庄公八年》:"齐侯使连称、管至父戍葵丘,瓜时而往,曰:'及瓜而代。'期戍,公问不至。请代,弗许。故谋作乱。"羊士谔《贺州宴行营回将》:"九剑盈庭酒满卮,戍人归日及瓜时。"李白《送外甥郑灌从军》之三:"月蚀西方破敌时,及瓜归日未应迟。"

〔5〕仙令:指卜大有。双凫:传说汉朝时,王乔任叶县令,上朝似双凫飞来,抵时实见双凫。后用以为出任县令的典实。凫,野鸭。舄,鞋。

〔6〕五丝：五种颜色的彩丝。此指酒。

过潜山寄嘲卜令自无锡迁此

商也能为政，明时尚棘栖^{〔1〕}。万公窗岫色^{〔2〕}，何似对梁溪^{〔3〕}。

辑自《皇甫司勋集》卷三一

解题

作者此诗借故人卜大有自无锡知县左迁潜山一事，嘲讽了当时商人从政，小人得志、君子失所的现实。并对皖公山色表示叹赏，认为它与无锡的梁溪一样引人入胜。

注释

〔1〕明时：政治清明的时代。棘栖："枳棘栖鹓鸾"之省。李白《古诗五十九首》："梧桐巢燕雀，枳棘栖鸳鸾。"鸳鸾本来栖息于梧桐，燕雀只配作巢于枳棘。如今情况相反，可见是非颠倒。诗人借以喻黑白不分，贤人在野，佞人当权的现实。棘，枳棘，有刺的灌木。

〔2〕万公：指皖公山。岫：有洞穴的山。亦泛指山。

〔3〕梁溪：溪水名。源出惠山，经今无锡市城西，西南入于太湖。亦为无锡的别称。

冯汝弼

冯汝弼(1499—1577)，字惟良，号佑山，浙江平湖人。明嘉靖十一年(1532)进士，授官行人司，旋迁工科给事中。弹劾宦官张时等数人不法,又上书劾吏部尚书汪铉罔上徇私,被谪为南直潜山县丞。潜山原无县志,汝弼创议纂成。寻升常熟知县。倡修叶荡等闸,立法均田,核实粮赋,免除虚耗。后升太仓知州,体察民情,追捕江海大盗,颇多政绩。转调扬州同知,因政见不合而去官不赴,返归故里。年七十九卒。追赠山东参政。邑人怀其德,建祠祀之。著有《补备遗录》一卷、《佑山集》十六卷及《三苏文纂史案》等。

祝皖山遇雨山谷

雨后看山好,山青雨复来。云崖飞素练[1],石磴满苍苔[2]。小径肩舆滑[3],扁舟野渡开。徘徊自朝暮,不到楚王台[4]。

辑自《(康熙)潜山县志》卷一二《艺文下》

解题

作者祭祀皖山后于山谷中遭逢下雨,山雨霁而复来,谷间云气盈盈,石级布满苍苔,小径上轿夫脚下打滑,野外的渡口有小舟在行驶。作者欣赏这一片山谷雨景,不禁便联想起宋玉《高唐赋》中所说的"巫山云雨"的故事和意境来。

注释

[1] 素练:白色绢帛,这里比喻云。
[2] 石磴:石级,石台阶。
[3] 肩舆:即轿子。
[4] 楚王台:即阳台。在四川省巫山县,相传为楚襄王梦遇神女处。宋玉《高唐赋》称楚襄王梦见神女,神女说她"旦为行云,暮为行雨"。

沃汝濬

沃汝濬,浙江四明(今浙江宁波)人。其余不详。

祝皖山遇雨山谷次韵

盛游度山谷,灵雨蔽天来[1]。曲径疑无路,空门半是苔[2]。鹤随仙子遁,花傍玉人开[3]。兴尽归来后,黄昏月满台[4]。

辑自《(康熙)潜山县志》卷一二《艺文下》

【解题】

此诗是和前冯汝弼《祝皖山遇雨山谷》诗韵而作。全诗所写远近景物,笔墨浅淡,具有烟水迷离之致。

【注释】

〔1〕灵雨:好雨。
〔2〕空门:佛教中泛指佛法、佛教,亦指佛寺。
〔3〕玉人:仙女。亦称年轻而有才貌的男子。
〔4〕月满台:或指"舒台夜月"。其胜概已见前注。

陈　暹

陈暹(1503—1566),字德辉,号暗窗,又号旸谷山人,福建闽县人。嘉靖十四年(1535)进士,官大理寺正,升安庆知府。宿松有田荒废而税册存,民仍须每年纳税,陈暹力请为之纾缓。后升广西参政,代理布政使,再升江西按察使,官至广东右布政。历官三十余年,屡管财政而不妄取一文。生平事迹见《福州人名志》。

游　山　谷

飞锡空中鹤自惊,禅窗往昔尚传名。曾闻佛法本无法[1],莫认浮生作有生[2]。月影东西流塔影,松声早暮杂钟声。羽人释子总何在[3],留得青山与客行。

辑自《(嘉靖)安庆府志》卷一七《艺文志》

解题

作者所游历的皖山山谷,其中有梁代神僧宝志和尚飞锡开山的山谷寺,此寺也是禅宗三祖僧璨大师的祖庭;山谷寺右一里许的白鹤山上有真源宫,是道教九天司命真君祠宇。受此影响,作者此诗出佛入道,既祖述了"佛法本无法"这等玄妙的禅宗智慧,又阐扬了"浮生非有生"这一道家消极人生观。而对月影塔影、松声钟声常在而羽人释子不常在的对比描写,则抒发了物是人非、人生无常的无限感叹。

注释

[1] 佛法本无法:所谓佛法,就是要懂得并非真有佛法存在。因为佛者是觉,法者是悟;人生在世,惟靠自我觉悟。

[2] 浮生:语本《庄子·刻意》:"其生若浮,其死若休。"以人生在世,虚浮不定,因称人生为"浮生"。有生:活着的时候。

[3] 羽人:指道士。释子:指和尚。

山 谷 寺 登 眺

高僧卓锡地,游客拄筇时。云磴凌霄起[1],虹桥驾壑为[2]。秋光九日至[3],霜鬓万茎垂。暂此涤烦遍,无劳塔影移。

又

宝塔翠微上[4],禅门群岳横。法堂龙欲起[5],古钵水犹清。香气云中喷,钟声天外鸣。凭栏见江汉,飞动故园情[6]。

辑自《(康熙)潜山县志》卷一二《艺文下》

【解题】

此二诗写九月九日重阳节前登山谷寺览胜所见万千气象,并表达了思乡的情怀。第二首末四句曾刻碑,碑今藏潜山县博物馆,末署"嘉靖乙巳仲秋末旬闽旸谷山人陈遑书"。据碑刻所言,诗作于嘉靖二十四年(1545)八月下旬;故第一首诗之"九日"或非确指,或此二诗非同时作。

【注释】

〔1〕云磴:山路的石级。
〔2〕虹桥:我国古代驾在山壑间的一种木拱桥,状似长虹,故得名。
〔3〕秋光:秋日的阳光。亦指秋日的风光景色。九日:农历九月初九,即重阳节。
〔4〕翠微:形容山光水色青翠缥缈。
〔5〕法堂:佛教语。寺中演说佛法的讲堂。
〔6〕故园:故乡,旧家园。

潜 山 郊 行

苦遭簿领日相烦[1],暂步郊垧散客魂[2]。山势逶迤盘曲径,竹林香霭护孤村。千里秋垄牛眠墅[3],时落枫林犬吠门。触目闾阎勤动状[4],独怜无以达天阍[5]。

辑自朱康宁主编《天柱山摩崖石刻集注》

解题

此诗系碑刻,碑藏潜山县博物馆,诗未见载于他书。作者苦于处理官署中文书簿册等职事的烦扰,暂且到潜山远郊一游。诗即为此而作。全诗描写了潜山郊外秋天淳朴宁静的田园风光,歌咏了平民百姓辛勤劳动的景象,并为自己不能将农民勤苦状况报告朝廷而忧虑。诗中抓住几个新奇的亮点,在平凡的叙述中流溢出一种安闲的情调,能使读者领略到一种清新的境界。

注释

〔1〕簿领:谓官府记事的簿册或文书。
〔2〕郊埛:远郊,郊外。
〔3〕秋垄:秋天的田野,田亩。墅:田庐;村舍。
〔4〕闾阎:里巷内外的门。诗中借指平民。勤动:辛勤劳动。
〔5〕天阍:帝王宫殿的门。借指朝廷。

雷 礼

雷礼(1505—1581),字必进,丰城人。嘉靖十一年(1532)进士,授兴化司理,谳狱多奇中,民颂之如神明。官至工部尚书。致仕卒,年七十七。礼嗜学,明习朝典。所著有《明大政记》《明六朝索引》《列卿记》《镡墟堂摘稿》等。生平事迹见《农丈人文集》卷一一《雷公行状》、《懒真草堂集》卷一六《国朝列卿纪序》、《国朝献征录》卷五〇潘季训所撰传。

潜 山 道 中

太湖境北即潜山,三楚东南第一关[1]。天柱峰高红日早,皖台石峭白云闲[2]。丹成归去无遗灶[3],秩祀何人复列班[4]？独有涪翁多墨迹[5],孤亭不负此区寰[6]。

辑自《镡墟堂摘稿》卷一九

解题

作者由南向北旅行,历经三楚来在潜山境内。清晨,只见一抹红光正照耀于天柱峰,皖伯台上岩石陡峭,白云悠悠。遂想到左慈尝修炼于此,汉武曾登此山祭岳封禅,这些陈年往事俱因年代宵远而难寻踪迹,心中不免惆怅；但想到宋代黄庭坚在这里留下诸多墨迹,且有一座涪翁亭保存下来,作者又感到一丝释然。

注释

〔1〕三楚：古代地区、政区名。秦、汉时分战国楚地为东楚、西楚、南楚,合称三楚。关于三楚的地域范围,后世各家说法不一。又,五代时马殷割据长沙,周行逢割据武陵,高季兴割据江陵,因这三个割据政权皆在古楚地,故宋代人也称作三楚。
〔2〕皖台：即皖伯台。此指潜山。明陆应阳撰《广舆记》："潜山,一名皖伯台,左慈尝修炼于此。"
〔3〕"丹成"句：写左慈于此山修炼事。
〔4〕秩祀：依礼分等级举行之祭。写汉武帝登山封禅事。
〔5〕涪翁：指黄庭坚。
〔6〕孤亭：指涪翁亭。区寰：境域。

邢　址

邢址,字汝立,号阳川,太平府当涂县人。嘉靖十一年(1532)进士,历御史,迁保定知府,终山东盐运使。以清操闻。生平事迹见《海石先生文集》卷一八《邢阳川守保定序》、《(康熙)太平府志》卷二七《邢址传》。

游山谷寺

古寺藏山谷,悬泉泻石梁[1]。塔临潜岳迥[2],溪绕皖台长[3]。卓锡今何在[4]?传灯事已荒[5]。应知此形胜,犹赖宋贤彰[6]。

辑自《(康熙)潜山县志》卷一二《艺文下》

解题

作者游览山谷寺,欣赏山寺秀丽壮美风景的同时,回想此寺历史的来龙去脉,不禁感慨万千。

注释

[1] 悬泉:指瀑布。石梁:石桥。
[2] 塔:指三祖塔,即觉寂塔。潜岳:指天柱山。迥(jiǒng):遥远;僻远。
[3] 皖台:即皖伯台。在旧太平寺前,以周大夫封皖伯而名之。
[4] 卓锡:指志公卓锡开山。已见前注。
[5] 传灯:传法。三祖僧璨以白衣的身份拜谒了从北方前来舒州司空山避难的二祖慧可,并得到祖师的真传,成为禅宗三祖。荒:

荒远,模糊。

〔6〕"应知"二句:应该知道这里的山川虽然壮美,但也还有赖于宋代先贤的表彰称颂。形胜,谓地理位置优越,地势险要。亦指山川壮美。宋贤,指宋代林逋、王安石、黄庭坚、李公麟、张耒、黄裳、程俱等文人,他们游山谷寺,题诗表彰,遂成名胜。彰,显扬,表彰。

徐 桂

徐桂,字子芳,号秋亭。安庆人。少警异,为诗词率能惊人。嘉靖十三年甲午(1534)领乡荐,十四年乙未(1535)成进士。授东昌司李,以能声擢刑部主事,历员外郎。谳狱擿伏,多所平反。寻升郧阳知府。时王世贞抚治郧阳,与桂相友善。后作交游四十韵,桂与皇甫汸、莫如忠、梅鼎祚等皆在其中。桂为政一本宽仁,而察奸特严,郡有寺,妖僧缘为奸,妇女佞佛者多堕其术。桂得其情,亲诣寺缚主僧,焚其寺。郧阳数十年不破之奸,一旦尽剔。解组归,筑室白云岩,日事著述吟咏,而临池尤为当时所珍。卒年四十七。有《丹台集》。生平事迹见康熙《(康熙)安庆府志》卷一五、《(乾隆)江南通志》卷一四六等。

游 山 谷 寺

乾坤留盛迹,开凿赖神功。吴楚山河胜,隋梁栋宇崇。浮屠清汉上[1],殿阁紫烟中。地涌千山合,天开一鉴空。峥嵘衔斗极[2],清净洗蛟龙。花发青如染,林深翠且重。异香凝法雨,灵籁起微风。鸟韵供韶濩[3],经声杂鼓钟。阴晴分众状,鬼怪有仙踪。杖指天花落,灯摇舍利红。碑残诗莫辨,锅暖火仍封。感物幽相惬,寻真慧可通[4]。庆云飘绛节[5],灏气启丹衷[6]。冥契超凡障[7],清心瘦道容。六根浑欲断[8],万有总归空。却笑蜉蝣子[9],焉知巢许翁[10]!

辑自《(乾隆)潜山县志》卷一八《艺文志》

解题

作者此诗描绘了山谷寺清幽神秘的环境和浓郁的宗教气氛,并认为其中蕴含的天机灵气有助于凡人参禅悟道。

注释

〔1〕浮屠:指佛塔。清汉:天河,喻指极高的天空。这句形容佛塔之高。

〔2〕峥嵘:形容山的高峻突兀。衔:衔接,相连。斗极:北斗星与北极星。

〔3〕韶濩(hù):殷商始祖汤的音乐名,后亦以指庙堂、宫廷之乐,或泛指雅正的古乐。

〔4〕寻真:寻访仙道高僧或隐逸之人。

〔5〕庆云:五色云。古人以为喜庆、吉祥之气,祥瑞之气,也作"景云"、"卿云"。绛节:传说中上帝或仙君的一种仪仗。

〔6〕灏(hào)气:弥漫于天地之间的大气。丹衷:指赤诚之心。

〔7〕冥契:指天机,天意。凡障:佛教语。凡世的业障,烦恼。

〔8〕六根:佛教语。谓眼、耳、鼻、舌、身、意。根为能生之意,眼为视根,耳为听根,鼻为嗅根,舌为味根,身为触根,意为念虑之根。

〔9〕蜉蝣子:喻微小的生命。亦喻指只知一时逸乐而不顾长远的人。蜉蝣,虫名。幼虫生活在水中,成虫褐绿色,有四翅,生存期极短。

〔10〕巢许翁:巢父与许由,已见前注。

石 屋

气自真元结[1]，圆为太极涡[2]。帷开山面面，屋累石峨峨[3]。

辑自《(乾隆)潜山县志》卷一九《艺文志》

【解题】

石屋相传为上古鲁道人栖隐修炼之处，其胜概见前胡缵宗诗解题。此诗说，石屋的气穴结于玄妙之处；地形呈一圆圈，有似太极图那旋涡样的图案。打开窗帷，四面都是大山；屋是用石块累砌而成，十分高峻。从诗中描写情况来看，这里的确是修仙的好去处。

【注释】

〔1〕真元：谓玄妙。亦指保持元精、元气的元神。唐僧应物《题化城寺》诗："偶与游人论法要，真元浩浩理无穷。"

〔2〕太极涡：太极图中旋转的水涡。

〔3〕峨峨：高貌。

邹 守

邹守，四川双流人。嘉靖十七(1538)进士，十九年(1540)知潜山县。守性资敏达，政事疏通，其绩亦著。升南京兵备主事。生平事迹见《(嘉靖)安庆府志》卷之七、《(乾隆)潜山县志》卷之六《秩官志》。

山 谷 寺

我游山谷寺，到处白云开。试问招提子[1]，几回吹律来[2]？

辑自《（康熙）潜山县志》卷一二《艺文下》

解题

在此诗中，作者以白描的手法描绘了一幅朵朵白云飘浮在山谷寺周围山峰上的图景。而作为地方行政长官，他更关注的还是农事，他关心山谷中是否由寒转暖，禾黍是否已滋生。志书中说作者政事疏通，政绩卓著，由此诗看，当非虚言。

注释

〔1〕招提子：指四方之僧。招提，寺院的别称。源自梵文Caturdeśa，意译为四方，指寺院。音译"佳拓斗提奢"，省称"拓提"。但在汉字传写过程中，因形近而误写为"招提"。

〔2〕吹律：吹奏律管。律为阳声，故传说吹律能使寒地温暖，山谷禾黍滋生。已见前注。

石 牛 古 洞

古洞何年有，寒烟卧石牛[1]。风沙应技巧，山水自悠悠[2]。

辑自朱康宁主编《天柱山摩崖石刻集注》

解题

此诗刻于皖公山谷石牛洞东侧石壁，末署"知县邹守书，典史袁爵同游"。原无诗题，今据诗意加之。作者在诗中以冷峻的眼光审视世界，表达了对大自然的永恒性和新陈代谢规律性的感慨。

注释

〔1〕寒烟:寒冷的烟雾。
〔2〕悠悠:久远,时间长久。亦闲适貌。

陈洪濛

陈洪濛(?—1581),字元卿,号抑庵。浙江仁和(一说临川)人。嘉靖二十年(1541)进士。授刑部广西司主事,数迁为彰德知府,以法治郡内不法宗室,擢江西按察副使。历四川右布政使、右副都御史巡抚贵州兼督湖北、川东军务。请裁驿传、增逻卒,均批复照准。曾撰《性理纂要》《诸子粹言》等。生平事迹见《国朝献征录》卷六二。

春日登山谷寺

春日寻幽路转赊[1],随缘到处是山花。石牛飞锡开禅室[2],白鹤归林即道家。三祖传灯元不昧[3],九天符箓映流霞[4]。凭栏一望空无际,桃李纷纷自物华。

辑自《(康熙)潜山县志》卷一二《艺文下》

解题

作者于春光明媚之时登临山谷禅寺,联想到此地曾有宝志开山,亦有白鹤道人筑室传说,诗思遂由此生发开去。诗中意象融合释道两家,别有一番趣味。末联写登高远眺,一望天地寥廓,又有桃李芬芳的好景,从中颇能感受到作者心中的喜悦。

注释

〔1〕赊:空阔,宽阔。

〔2〕"石牛"二句：意谓宝志公与白鹤道人斗法，卓锡山麓；而白鹤道人止于他处山林中，各以所标识处筑室传法。其事详见前注。石牛，指石牛洞，在山谷寺西侧山谷间。

〔3〕"三祖"句：三祖传授的佛法使人心中灵明不昧。传灯，佛家指传法。佛法犹如明灯，能破除迷暗，故称。不昧，不晦暗，明亮。

〔4〕"九天"句：九天司命真君的符箓与飘动的彩云互相辉映。九天，此指九天司命真君，与上句三祖相对。

路可由

路可由，字子正，山东曹县人。嘉靖二十年(1541)进士，授行人。二十三年(1544)，选江西道监察御史。秩满，除保定知府。丁内艰。三十三年(1554)服阕，补知安庆府。多惠政，祀名宦祠。升山西按察司副使，整饬雁门。以武功加升参政。寻晋右佥都御史，巡抚辽东。为严嵩所沮，罢归。所著有《辽阳奏议》若干卷、《烬余集》二卷藏于家。生平事迹见《(嘉靖)安庆府志》卷七、《(雍正)山东通志》卷二八、《(乾隆)曹州府志》卷一三、卷一五、《(光绪)曹县志》卷一三等。

游 山 谷 寺

野寺钟声大皖边[1]，西城十里隔风烟[2]。黄公去后空留洞[3]，白鹤飞来不记年[4]。松竹人家连上界[5]，雷霆日月护诸天[6]。匆匆未尽登临兴，只恐山灵笑俗缘[7]。

辑自《(康熙)潜山县志》卷一二《艺文下》

解题

诗人游山谷寺，由衷地喜爱这里断绝尘想、潇洒物外的幽寂环境。然而此时还身任安庆知府之职，尘缘未断，俗务在身，还得回去，只好贻笑山灵了。

> 注释

〔1〕大皖：指皖城。舒州为古皖国之地，皖城即舒州州治，今潜山县城。

〔2〕西城十里：山谷寺在皖城即潜山县城西十五里，此曰十里，乃举其成数。

〔3〕黄公：指黄庭坚。他曾在山谷寺石牛洞边读书，北宋画家李公麟为其画像。已见前注。

〔4〕白鹤：指白鹤道人。

〔5〕上界：天界。道教、佛教称天帝所居之处。

〔6〕诸天：佛教语。指护法众天神。佛经言欲界有六天，色界之四禅有十八天，无色界之四处有四天，其他尚有日天、月天、韦驮天等诸天神，总称之曰诸天。

〔7〕山灵：山神。俗缘：尘俗之念。

李万实

李万实(约 1510—1580)，字少虚(一作若虚)，号讱庵。南丰(今属江西)人。嘉靖二十三年(1544)进士，授刑科给事中，以疏论权珰改官。由广东佥事，仕至浙江按察副使。致仕卒。学传王守仁之说，其文平正通达，不事锤炼，犹存讲学家之格；诗学韦柳，意取清妍，虽风骨未就，而姿致可观。著有《崇质堂集》。生平事迹见《(民国)南丰县志》一六、《明诗纪事》己签卷八、《掖垣人鉴》卷一四等。

青口驿元夕

佳夕岁不再，三春客里过[1]。追欢思少壮[2]，感物惜蹉跎[3]。澄汉星辉满[4]，空庭月影多。村灯喧市鼓，试问夜如何[5]？

辑自《崇质堂集》卷四

解题

青口驿，是设置在潜山县境内的一所专供传递公文和官员来往使用的驿站。其地初始在潜山县治东北十五里（一曰五里）。洪武十五年（1382），兵部差行人刘泰踏看里路后，由知县朱名得创建于此。驿中有馆，有亭，有门，有楼，并设驿丞一名。馆驿几毁几修，至清嘉庆十三年（1808），大水堤溃，门楼、驿馆漂没无存，将驿改迁于二十里铺之山冈梁。遂呼旧地为老马驿，新驿则仍其旧名（《（民国）潜山县志》）。据县志所言推之，此诗中所言青口驿，当仍在洪武所修之旧址。

全诗写正月十五夜在潜山县青口驿度元宵节情景。作者整个春天都将在客中度过，他想起年轻时追欢寻乐之事，觉得许多大好时光自己都白白浪费了。此时天幕上星光灿烂，庭院中月影婆娑，附近的村子里正在闹花灯，集市上锣鼓喧天，作者也不知有几更天了。全诗以动衬静，动静相生，表现了作者旅途中孤独寂寞的情怀。

注释

〔1〕三春：春季三个月。农历正月称孟春，二月称仲春，三月称季春。此指春天。

〔2〕追欢：寻求欢乐。

〔3〕感物：见物而有所感。蹉跎：指虚度光阴。

〔4〕澄汉：清彻的天空。

〔5〕"村灯"二句：村子里在闹花灯，集市上鼓声喧天，不知有几更天了。村灯，指闹花灯，俗称玩灯，元宵节前数日，城乡多剪纸扎灯，或龙或狮或作鸟兽状，至正月十五日到各村或富裕之家去送灯，舞龙、舞狮，玩蚌壳精打网、罗汉跳观音等戏，鼓乐笙笛尾随伴奏，村

寨鞭炮相迎,家家户户排摆香案迎接。

黎民表

黎民表(1515—1581),字惟敬,号瑶石,广东从化人。嘉靖十三年(1534)举人,官至河南布政参议。万历七年(1579)致仕。以诗名,与欧大任、梁有誉、李时行、吴旦称"南园后五子"。著有《瑶石山人稿》《北游稿》等。《明史》卷一八一有传。

虎 头 岩

松径光未黯,赏心讵云释[1]。揽胜陟崇崖[2],褰衣履危石[3]。云构方蒙茸[4],乳窦正淅沥[5]。险逾吕梁壑[6],崭异天井壁[7]。仰接惊猱栖[8],俯视飞鸟迹。绿帙昼常扃[9],丹光夜逾艳[10]。杳杳熏烟生[11],濊濊冬霡积[12]。功非夸娥掉[13],奇假巨灵擘[14]。栖真事岩耕[15],倩尔飞凫舄[16]。

辑自黎民表《瑶石山人稿》卷一"五言古诗",又见《(乾隆)潜山县志》卷一八《艺文志》

【解题】

此诗描摹了虎头岩险峻瑰奇的山势和幽静邃密的风光景物,表达了诗人爱好神仙方外之术的生活理想。

【注释】

[1]"松径"二句:松林中的小路上光线还未昏暗,游览观赏的心情哪能这么快就没有了呢。黯,阴暗,昏暗。释,解除,抛弃。

[2]揽胜:即览胜。观赏秀丽景色。陟:登。

〔3〕褰衣：撩起衣服。履危石：站在高大的岩石上。

〔4〕云构：高大的建筑物，亦指高山上的岩洞。蒙茸：蓬松柔软，亦形容草木繁盛。

〔5〕乳窦：石钟乳形成的洞穴，亦指泉眼。淅沥：象声词，此处形容水滴落声。

〔6〕吕梁：山名。在今山西省西部，地势险要。夏禹治水，凿吕梁以通黄河，即指此。

〔7〕猱：兽名。猿类。身体便捷，善攀援。

〔8〕嶄：突出貌。

〔9〕绿帙：绿色的书帙，亦代称古籍。此指道书。南朝齐王融《游仙诗》："绿帙启真词，丹经流妙说。"

〔10〕丹光：指炼丹的火光。南朝梁江淹《丹砂可学赋》："靤丹光而电烻，飒翠氛而杳冥。"靤：赤色。

〔11〕杳杳：渺远貌，昏暗貌。曛烟：黄昏时的烟霭。

〔12〕瀓瀓：水回旋涌起貌。积：《潜山县志》作"集"。

〔13〕夸娥：神话中的大力神。传说北山愚公想挖掉拦住他出路的两座山，感动了上帝，上帝派夸娥氏之二子将两座山搬开。掉：掉动；转动。

〔14〕假：借。巨灵：传说中的河神名。相传黄河旧为华山所阻，巨灵用手将华山掰开，使河水畅流而下。擘：分开，剖裂。

〔15〕栖真：道家谓存养真性，返其本元。岩耕：耕种于山中。借指隐居。

〔16〕倩：请；央求。凫舄：指仙履。传说东汉河东人王乔，明帝时为叶县令，有神术。每月初一、十五常自县诣台朝帝，帝怪其多次来而不见车骑，便令太史暗中望之。太史说其到来时，每次都有双凫从东南飞来，于是候凫至，举捕鸟的罗网罩住它，只得到一只舄，是尚书官属所赐之履。后因以"凫舄"指仙履。亦常用为县令的典实。

同丁戊山人游白云寺

流观遍炎隩[1]，结赏自员峤[2]。积阳熙层厓，凝阴豁林杪[3]。云构何靡靡[4]，乳窦自窈窕[5]。颒洞出谷云[6]，渊渟莹神沼[7]。稍疲暂憩石，选胜益跻表[8]。栏楯寄躨跜[9]，轩窗瞰深窅[10]。猛簴发鸿音[11]，宝轮晃余照[12]。龛以昙花覆，阶将蕙草绕。讵谓劫灰余[13]，遂成夷原燎[14]。栋桡芝菌生[15]，瓦坏鼪鼯啸[16]。金薤剥石幢[17]，乘药遗丹铫[18]。惠远岂复招[19]，巫阳不可叫[20]。萧辰命良俦[21]，兰舫展奇眺[22]。感兹玄运徂[23]，念尔冲规劭[24]。关河阁舟楫[25]，云雨乖言笑[26]。潜虬媚烟霄[27]，冥鸿避矰缴[28]。勉敦谷口盟[29]，无贻北山诮[30]。

辑自黎民表《瑶石山人稿》卷一"五言古诗"，又见《（乾隆）潜山县志》卷一八《艺文志》

解题

丁戊山人即傅汝舟，汝舟字木虚，号丁戊山人，福建侯官人。性高旷，喜远游。晚好神仙方外之学。白云寺在虎头岩。

此诗歌咏了作者与友人傅汝舟结伴游赏白云寺时所见周围幽美的景色，描摹了寺中破败的建筑和道人炼丹遗迹，表达了诗人避世不仕的隐逸情怀。全诗描写细腻生动，格调苍古旷远，使人印象深刻。

注释

[1] 流观：周流观览。隩：通"燠"。炎热，暑热。
[2] "结赏"句：意谓结伴游赏此地有如游赏仙境之感。南朝齐王融《游仙》诗："结赏自云峤，移燕乃方壶。"员峤，亦作云峤，传说中

的海中仙山。《列子·汤问》:"渤海之东有大壑焉,其中有山,一曰岱舆,二曰员峤,三曰方壶,四曰瀛洲,五曰蓬莱。"

〔3〕"积阳"二句:太阳照耀着高峻的山崖,阴云从林梢疏散。积阳,指阳光;太阳。凝阴,阴云,阴冷之气。豁,疏散。

〔4〕厜㕒:山峰高峻。

〔5〕窈窕:幽深貌。亦形容风姿美好。

〔6〕颎洞:浑然、浩大貌。连续不断貌。出谷:《(乾隆)潜山县志》作"山谷"。

〔7〕渊渟:潭水积聚。沼:水池。

〔8〕选胜:寻访游览名胜。跻:上升,登上。表:特出,迥异于众。

〔9〕栏楯:栏杆。楯,栏杆上的横木。蹙跜:盘曲蠕动貌;踞伏貌。

〔10〕深窅:幽深;深邃。

〔11〕簴:悬挂钟磬的架子。此指钟磬。

〔12〕宝轮:宝塔上的相轮。余照:夕照,太阳的余晖。

〔13〕劫灰:佛教谓世界毁灭时的大火为劫火,劫火的余灰叫劫灰。

〔14〕夷原燎:燎原之火。夷,平。

〔15〕"栋栱"句:房梁不结实,上面还长着白色菌菇类植物。

〔16〕"瓦坼"句:瓦都裂开了,黄鼠狼和大飞鼠在叫啸。坼,裂开;分裂。鼪,鼬鼠,俗称黄鼠狼。鼯,鼯鼠,别名夷由,俗称大飞鼠。外形像松鼠,生活在高山树林中。

〔17〕"金薤"句:刻有经文的石柱上篆书体文字已经剥落了。金薤,古代书体名。金,金错书;薤,倒薤书。金错书作颤笔扭曲之状,遒劲如寒松霜竹。倒薤书是小篆的一种,笔画细长,好像薤叶倒垂。

〔18〕汞药:丹药。汞为冶炼外丹所用的药物之一,故称汞药。丹铫:炼丹的铫子。铫,一种烧水或煎药的器具,大口,有盖,有柄,形状像锅。

〔19〕惠远：即慧远。慧远是晋代高僧，佛教"净土宗"尊为初祖。后因以"惠远"代称僧人。李端《长安书事寄薛戴》："惠远纵相寻，陶潜只独酌。"

〔20〕巫阳：古代神话中的巫师。

〔21〕萧辰：萧瑟的时日，指秋日。良俦：好友。俦，朋友，同辈。

〔22〕兰觞：指饮酒。

〔23〕元运：犹天运，天命。徂：徂落，衰落。

〔24〕冲规：淡泊自持。劭：美好。

〔25〕关河：关卡山河。阂：阻碍；妨碍。

〔26〕乖：违逆；违背。

〔27〕潜虬：犹潜龙。喻有才德而未为世重用之人。晋左思《蜀都赋》："下高鹄，出潜虬。"《文选·谢灵运〈登池上楼〉诗》："潜虬媚幽姿，飞鸿响远音。"李善注："虬以深潜而保真，鸿以高飞而远害。今已婴俗网，故有愧虬鸿也。"烟霄：高空，也指朝廷。

〔28〕冥鸿：高飞的鸿雁。矰缴：古代猎取飞鸟的射具。缴为系在短箭上的丝绳。

〔29〕敦：重视，笃行。

〔30〕"无贻"句：意谓不要留给世人像孔稚圭《北山移文》中那样的讥讽和谴责。北山诮，北山，指《北山移文》，南朝齐孔稚珪撰。名士周颙一度隐居在北山（今南京紫金山），后应诏出为海盐县令，赴县就职打算路过此山，孔乃作《北山移文》，借山灵之意来声讨他，嘲讽了周颙故作高蹈而又醉心利禄的行为。诮：责备，谴责。

欧大任

欧大任（1516—1595），字桢伯，号仑山，广东顺德人。与梁有誉、黎民表、吴旦、李时行结社，史称"南园后五子"。隆庆四年（1570），授江都司训。与修《世宗实录》，事竣，升任光州学正。万历三年（1575）升国子监助教，官终南京工部虞衡郎中。有《虞部诗文全集》传世。

《明史》卷二八七有传。

青口驿遇乡僧介公同登三祖山望潜皖天柱诸峰

地布黄金玉作岑[1],西来三祖古禅林[2]。山云半剪传衣色[3],海石空留听偈心[4]。涧水供筵经雪净,竹房清梵出烟深[5]。道人白鹤同僧去,天柱还随杖锡寻。

辑自《欧虞部集十五种》旅燕集卷三

解题

三祖山,在潜山县治西北二十里,潜岳之南麓,山谷回环,林木清幽,群山之中,突起一峰,苍然独秀者,即三祖山也。其地堪舆家称凤形山,旧为南朝宋齐间何氏三高(何求,何点,何胤)隐居读书之所。梁武帝天监四年(505),宝志大士爱其胜,与白鹤道人斗法,卓锡于此。何氏捐其地,遂开山建寺,梁武帝赐名曰山谷禅寺。隋初禅宗三祖僧璨云游至此,出任住持,扩建寺院,选场建坛,故寺又称"三祖寺",山则称三祖山。

作者在潜山县青口驿偶遇自己的同乡僧人介公,便相携同登三祖山,眺望天柱诸峰,遂作此诗。诗中描写了三祖山清幽的景色及所见所感:我来到这宝贵之地,山上有禅宗三祖祖庭。傍晚天空的云彩呈现出金襕袈裟一般的颜色,矗立的巨石仿佛是在认真聆听佛经。下雪之后,石涧中用来上供及筵宴的流水更加明净;竹房中里僧人诵经的声音从烟雾中传来,愈显幽深。如今白鹤道人与宝志禅师俱已仙去,留在世间的只有他们的传说和眼前的潜、皖、天柱诸峰了。诗人寻幽吊古,怡情遣怀,在表现上却采用了一种冷眼旁观的笔调。

注释

〔1〕"地布"句：形容其地珍贵美好。岑，小而高的山。亦指山峰，山顶。

〔2〕禅林，指寺院。众僧聚居之所。

〔3〕传衣色：禅宗以金襕之大衣为法衣，传于弟子以表传法之信，故曰传衣。释迦佛坐四十九年，将金缕僧迦梨衣，传与摩诃迦叶。禅宗初祖达摩至六祖惠能，亦皆传衣。传衣色，即金襕袈裟的颜色。这里形容云彩。

〔4〕偈："偈陀"的简称，指佛经中的唱颂词。

〔5〕清梵：僧尼诵经声。

泊枞阳眺览盛唐遂忆汉武之游

行役届皖城，放舟下枞阳[1]。原隰郁膴膴[2]，江波浩汤汤。忆在元封中[3]，君王狩朱方[4]。大江深且广，及兹一苇航[5]。慷慨盛唐歌[6]，意气临八荒。弯弧射蛟台[7]，皇武何可当[8]。六龙奋遨游，宝鼎开灵昌。八骏将安归[9]，黄竹悲哉伤[10]。宸游事既往[11]，六合无回光[12]。春沙莽草露，洲曲鸿雁翔。不见楼船还，空余蕙兰芳。追昔有虞氏[13]，恭己垂衣裳[14]。缦缦卿云飞，跄跄仪凤翔[15]。圣人重无为，君子贵豫防[16]。览古动凄恻，延伫增彷徨。

辑自《欧虞部集十五种》思玄堂集卷二

解题

作者泊舟枞阳时眺望盛唐山，看到传说中元封五年汉武帝南郡巡守时留下的遗迹，想起他登天柱山后，曾在此作《盛唐枞阳之歌》，览古惜今,而作此诗。作者在诗中追忆汉武帝的文治武功,并向往上古时代无为而治的太平盛世景象,他感叹圣主不再,只能伫立江边暗自伤神。

注释

〔1〕枞阳:在安徽省安庆市东北部、长江北岸。已见前注。
〔2〕原隰:泛指原野。郁:繁茂。膴膴:膏腴,肥沃。
〔3〕元封:汉武帝年号(前110—前105)。
〔4〕朱方:指南方。
〔5〕一苇航:一个小筏子即可渡过。形容水面不宽,不难渡过。苇,指用芦苇扎成的筏子。
〔6〕盛唐歌:歌名,相传元封五年汉武帝巡狩南郡时所作。《汉书·武帝纪》卷六:"冬,武帝行南巡狩,至于盛唐,望祀虞舜于九嶷。登潜天柱山,自寻阳浮江,亲射蛟江中,获之。舳舻千里,薄枞阳而出,作《盛唐枞阳之歌》。"盛唐,山名。在今桐城市城南百里;或谓在今安庆市大南门内。
〔7〕弯弧:拉弓。射蛟台:位于枞阳县城西达观山之巅。相传元封五年冬,汉武帝刘彻登潜岳天柱山举行封禅大典后,曾射蛟江中,后人因于江边筑台纪念,名之曰"射蛟台"。参见前胡俨《汉武射蛟台》诗解题。
〔8〕皇武:皇家的武备。
〔9〕八骏:相传周穆王的八匹骏马。八骏的名目说法不一,详参《穆天子传》卷一、晋王嘉《拾遗记·周穆王》。李商隐《瑶池》:"八骏日行三万里,穆王何事不重来。"后用以指天子的马或车驾仪仗。
〔10〕黄竹:指周穆王所作诗名。传说周穆王西征时,遭逢大雪天,有冻死者,穆王作四言诗三章,哀伤风雪中的冻人,因首句为"我徂黄竹",故以"黄竹"名篇。后因以"黄竹诗"或"黄竹篇"比喻关心民瘼。

〔11〕宸游：帝王的巡游。

〔12〕六合：天下，人世间。

〔13〕有虞氏：古部落名。舜为首领。相传尧禅让帝位于舜，建都蒲阪（今山西永济县）。有，词头；或谓以其先国于虞（今山西省平陆县），故称有虞氏。

〔14〕垂衣裳：形容天下太平，推行无为而治。

〔15〕跄跄：飞跃奔腾貌。起舞貌。

〔16〕豫防：谓事先防备。

张光孝

张光孝（1519—？），字惟训，号左华山人，华州故县里（今杏林镇故县村及其附近一带）人，嘉靖二十五年（1546）举人。历任河南西华、安庆潜山县知县，后以事罢归。著有《华州志》《左华文集》等。

王菊溪载酒招郭鹿坪泊予游山谷寺四首[1]

欲入龙泉谷，先登谷口山。香台聊一坐[2]，潇洒出尘寰。
北望万里沙，西望五陵树。村醪莫吝觞[3]，白驹不肯住[4]。
主有王子晋，客有郭林宗[5]。情倾一盏酒[6]，翠出两山峰[7]。
杖藜当晚照[8]，旷视九天垠[9]。鹄逝摩青汉，樵歌下白云[10]。

辑自《左华丙子集》卷九

【解题】

这是作者和友人王孙旦、郭性之同游山谷寺时所作的一组五言诗。诗中先描述到达山谷寺的路线和地形。一经在天香台坐定,诗人便有出尘之想。他感叹时光飞逝,于是高歌痛饮。情浓酒酣之后,发觉夕阳的余晖中,山谷寺的景色更加空旷迷人。

注释

〔1〕王菊溪:即王孙旦,字善挚,一字菊溪,鄞县诸生,著有《菊溪集》。郭鹿坪:即郭性之,字鹿坪。华州人。万历甲戌进士。官河南布政使。洎:通"暨"。和:与。

〔2〕香台:即天香台。在山谷寺宝公殿后,有明李元阳等诗刻。

〔3〕村醪(láo):乡村自酿的浊酒。

〔4〕白驹:比喻流逝的时间。

〔5〕"主有"二句:意谓主人客人,或有仙风道骨,或博学多才。王子晋,神话中人物。相传王子晋为周灵王太子,喜吹笙作凤凰鸣声,为浮丘公引往嵩山修炼。三十余年后,在缑氏山顶上,向世人挥手告别,升天而去。事见《列仙传》。郭林宗,即郭太,字林宗,东汉太原界休(今山西介休)人。出身贫贱。博学有才,擅长论议,为士人所仰慕。与李膺等友善,是名士"八顾"之一。初游学,后归乡,不好危言高论,故免于党锢之祸。晚年于故里讲学,弟子多至数千。这里借用王子晋、郭林宗代指王菊溪和郭鹿坪。

〔6〕盎(àng):盆类盛器。

〔7〕两山峰:指皖峰与天柱峰。

〔8〕当:对着。晚照:夕阳余晖。

〔9〕九天垠:天的极高处。垠,边际。

〔10〕"鹄逝"二句:飞去的鸿鹄逐渐迫近高空,樵夫唱着山歌正从白云中下来。逝,往,去。摩,逼近,迫近。青汉,天汉,高空。

雨后招鹿坪弹棋[1]

万古英雄事,劳劳一局棋[2]。雨余清昼燕,潇洒是相知。

辑自《左华丙子集》卷一〇

【解题】

世间万物纷争,成功失败,好似一场棋局,转眼成空。作者看到雨后清晨潇洒飞翔的燕子,才知道人间最好的事,莫过于与物无争;而眼下和朋友下棋,就是最好的人生。这是诗人经历挫折后所悟出的人生真谛。

【注释】

〔1〕弹棋:中国古代的棋戏。因用指弹棋(即用指弹己之棋,使之击触对方棋子)而得名。

〔2〕劳劳:辛苦忙碌貌。

王世贞

王世贞(1526—1590),字元美,号凤洲,又号弇州山人。太仓(今属江苏)人。嘉靖二十六年(1547)进士,授刑部主事。在京师与李攀龙、宗臣等人唱和,绍述前七子,名声日广。其父王忬为权臣严嵩害死,兄弟持丧归。隆庆元年(1567)赴阙讼父冤,吏部用言官荐,以副使莅大名,历仕浙江、山西、湖广、广西,入为太仆卿。万历二年(1574)以右副都御史抚治郧阳。数被劾罢,于南京刑部尚书任又为御史黄仁荣所诋,乃移疾归。卒于家。与李攀龙同为"后七子"首领,共主文坛,李殁独操柄二十年,名扬海内。一生勤于著述。所著有《弇州山人四部稿》《续稿》《弇山堂别集》《艳异编》《凤洲笔记》《觚不觚录》《艺苑卮言》等。一说传奇《鸣凤记》亦为其所作。生平事迹见《明史》卷二八七本传、钱大昕《弇州山人年谱》等。

过 皖 城

不问江南北,江风任往还。杯中是何物,青峭皖公山[1]。

辑自《弇州山人四部稿》卷四五

解题

诗题中的皖城系指安庆,而非古皖城潜山。诗人乘舟途经安庆,望见皖公山,遂想起一件往事。南唐元宗李璟时,周世宗水师入长江,南唐求和。两国以长江为界,南唐失去了江北十四郡,舒州皖公山亦随之归周。后李璟迁都南昌,因失江北诸郡,舟楫不得不多沿长江南岸行走。至赵屯,李璟朝北望见皖公山,命停止奏乐,放下手中酒杯,问左右曰:"如此青峭数峰,不知何名?"左右回答说"是皖公山",伶人李家明则应声作《咏皖公山》诗以对,诗曰:"龙舟轻飚锦帆风,正值宸游望远空。回首皖公山色翠,影斜不到寿杯中。"李璟"悲愤歔欷","俯首而过"。

作者此诗反其意而咏之,表达了国家统一后船只可在长江南北两岸间任意行驶、皖公山色可尽情对酒欣赏的愉快心情。全诗即景抒情,融写景与怀古于一炉,涵容极大,且俊爽明快,是不可多得的佳作。

注释

〔1〕"杯中"二句:写南唐元宗李璟失去了江北十四郡、舒州皖公山亦随之归周后,乘龙舟往南昌途中在江上望皖公山事。参见宋马令《南唐书》卷二五《李家明传》,宋陆游《南唐书》卷一四《优人传》、

《渭南文集》卷四五《入蜀记》,宋龙衮《江南野史》卷七《李家明》等。

李 荻

李荻(1531—1609),字于田,号少庄,晚号黄谷山人。内乡(今属河南)人。嘉靖三十二年(1553)进士,选庶吉士,授检讨,改南京礼部郎中,出为副使。归田后纵情声伎。富藏好学,中州人以比杨慎。文章沿七子之派,未能自成一家;诗源出何景明,安雅有法,而乏深警之思。编有《宋艺圃集》《元艺圃集》。著有文集《李于田集》、诗集《太史集》(收入《六李集》)。另有《黄谷琐谈》等。生平事迹散见《四库全书总目》卷一二七、《明诗纪事》己签卷七、《列朝诗集小传》丁集等。

隔江望潜山

大江汩汩来何穷[1],汉武射蛟江水中。波涛闪闪荡西日[2],犹疑妖血留腥红[3]。潜岳峰高隔江坞[4],碧馆琳宫雾撑拄[5]。英风冥漠不可扳[6],晓雨神堂闹秋鼓[7]。

辑自《列朝诗集》丁集卷一五

解题

此诗一、二两联怀古,歌咏汉武帝元封五年登潜岳封禅后射蛟江中之事;后二联写潜岳英武杰出的气势和山中道教宫观的壮丽辉煌。全诗境界开阔,画面生动,笔力刚健,风格沉雄,是诗人们写在大江中眺望潜山的又一力作。

注释

〔1〕汩汩:水奔涌流动貌。

〔2〕荡西日：落日在江水中荡漾摇动。

〔3〕妖血：指蛟血。

〔4〕江坞：江中停船的港湾。

〔5〕碧馆琳宫：仙宫。亦为道观、殿堂之美称。

〔6〕英风：奇伟杰出的气概；英武的气概。冥漠：玄妙莫测。扳：同"攀"。

〔7〕神堂：供神的处所。

沈一贯

沈一贯(1531—1615)，字肩吾，号龙江，浙江鄞县人。隆庆二年(1568)进士，万历间累官户部尚书、武英殿大学士。万历四十三年卒，谥文恭。有《易学》《庄子通》《敬事草》《经史宏辩》《吴越游草》《喙鸣诗文集》等传世。生平事迹见《复宿山房集》卷二十二《沈公神道碑》、《明史》卷二一八本传。

送朱潜山鸿父

君家槐里名最优，汉庭公卿无与俦。谈经每折竖儒角，伏槛愿与忠臣游〔1〕。杜陵丞相徒驰骋〔2〕，桐乡啬夫亦异等〔3〕。岂如操节凌风霜，自古丹青照形影。吴下闻君自少年，榜中题字知君贤。器成不辨良工朴〔4〕，网结犹烹小国鲜〔5〕。莫言吏事徒劳顿，莫谓南阳不可问〔6〕。周南若有讼余田，关内尚各对后印〔7〕。

辑自《喙鸣诗集》卷六

解题

朱鸿父，疑即朱学颜。检《潜山县志》，与作者同时代的朱姓县令仅朱学颜一人,"鸿父"或为别号。沈一贯与朱学颜为同乡,朱出任潜山县令,沈以诗送别亦在情理之中。诗中追述了历史上的朱姓名人,他们或不畏权势,敢于直谏;或才能卓著,在官场纵横自如;或以仁爱待人,不与民争利。作者希望朱鸿父能以他们为榜样。除了对朱鸿父的期望,还有对他的劝导。鸿父少年即有异才,进士及第后可能对出任知县一职不甚乐意。作者说,凭君之才,此去治理一县之政,如同烹煮一条小鱼一样简单,轻而易举;无须急躁,不要嫌吏事劳顿,说不定哪天就会崭露头角,得到朝廷重用。作者用心良苦,可见一斑。

注释

〔1〕"君家"四句:咏汉朝朱云事。朱云字游,鲁(山东曲阜)人。少时好任侠,以勇力闻名。年四十变节读书,从白子友博士学《易经》,从萧望之将军学《论语》,性情狂直豪爽,为世人所看重。汉元帝时少府五鹿充宗以研究梁丘贺《易经》有名而得宠。元帝刘奭亦好《易经》,为了考辨梁丘贺所传《易经》和其他各家的异同,命五鹿充宗与各派学者研讨辨析。因五鹿充宗地位尊贵,许多学者都不敢与他争辩,只得称病缺席。有人推荐朱云,元帝召之。朱云胸有成竹地走上厅堂,气宇轩昂地提问,声音宏亮。在辩论中多次驳倒五鹿充宗,赢得众人赞赏。与会儒生说:"五鹿犄角真是高,朱云大力折其角。"元帝任命朱云为博士。后历任杜陵、槐里县令。与御史中丞陈咸相结,数上书批评丞相韦玄成昏庸,为韦玄成和中书令石显所谮,朱云与陈咸同被废锢。成帝时,又上书求见,当廷直言帝师丞相张禹误国,请斩佞臣。成帝怒,欲将朱云处死。朱云在御史拉他下殿堂时,攀折殿槛;槛折断,成帝悔悟。后世则以"折角"作为有雄辩口才的典故,以"折槛"形容臣子不畏权势,敢于直谏。见《汉书·朱云传》。槐里,县名。西汉高祖三年(前204)改废丘置。隋初废。在今陕西兴平市东南。公卿,指有爵位的为官者。无与俦,没有谁能

与之相比。

〔2〕杜陵丞相：指朱博。博字子元，西汉杜陵（今陕西西安东南）人。年轻时家境贫穷，在县里供职当亭长，逐渐升迁为功曹，刚直仗义，喜爱交游。当时前将军萧望之子萧育、御史大夫陈万年子陈咸由于是公卿子弟且才能显著而为人所知，朱博都和他们相友善。陈咸任御史中丞，因泄露宫禁之内的话而犯罪，被关进监狱。朱博伪装成医生偷偷地到廷尉府中刺探陈咸的案子，了解了他犯罪的缘由。终于免去陈咸的死罪。陈咸得以判处出狱，而朱博因为这件事名声显扬。汉成帝时，历任冀州刺史、琅琊太守、左冯翊、大司农、犍为郡太守、光禄大夫、廷尉、后将军。汉哀帝时，为京兆尹、大司空、御史大夫。朱博为大司空时要求恢复御史大夫官职名，去掉大司空之职名，获准。代孔光为丞相，封阳乡侯。博为人节俭清廉，敢诛杀，宾客满门。后因依附傅太后，弹劾大将军傅喜，为彭宣劾奏，下狱自杀。事见《汉书·朱博传》。驰骋：指纵横自如，能充分发挥才能。朱博后自杀，故曰"徒驰骋"。徒，白白地。

〔3〕桐乡啬夫：指朱邑。朱邑字仲卿，庐江舒人。年轻时举贤良，为桐乡啬夫，廉平不苟，仁爱待人，不与人争利。存问耆老孤寡，遇之有恩，所部吏民爱敬之。以有德政，迁北海（今山东省益都县）太守，治行最优，入为大司农。病且卒，嘱其子曰："我故为桐乡吏，其民爱我，必葬我桐乡。后世子孙奉尝我，不如桐乡民。"及卒，其子葬之桐乡西郭外，民果共为邑起冢立祠，岁时祠祭，络绎不绝。事见《汉书·朱邑传》。啬夫，古代乡官名。《汉书·百官公卿表》称，十亭一乡，乡置啬夫，"职听讼，收赋税"。异等：指德才特出。

〔4〕"器成"句：用卞和献玉的典故。比喻身怀美质或真才实学的意思，也用来比喻怀才不遇。

〔5〕"网结"句：化用老子《道德经》中语。意谓朱鸿父治理一县之事，像烹煮一条小鱼一样简单。比喻轻而易举。《道德经》："治大国，若烹小鲜。"原意是处大事，无为而治，若煮小鱼，无须急躁，然后轻而易举。

〔6〕"莫谓"句：用诸葛亮隐居南阳，刘备三顾茅庐的典故。意谓朱鸿父是尚未崭露头角的杰出人才，将会得朝廷重用。

〔7〕周南：地名。指成周（今河南洛阳）以南。一说即洛阳。关内：周、秦、汉、唐建都关中，通称函谷关或潼关以西王畿附近为关内，亦称关中。

周思久

周思久，字子徵，湖广麻城人。嘉靖三十二年（1553）进士。嘉靖四十五年任徽州同知，升南雄知府。隆庆元年（1567）由浙江运同擢琼州守，以母老疏辞不允。莅任五月，曾退海盗巨寇，政治改观。都御史海瑞称其贤。后以母病解绶去。《（嘉靖）徽州府志》《（道光）琼州府志》有传。

白 鹤 观

飞鹤与卓锡[1]，相传两诡异[2]。岂以物外旨[3]，犹然事真志[4]。

辑自《（康熙）潜山县志》卷一二《艺文下》

【解题】

与他人咏白鹤观的视角不同，作者认为梁武帝时白鹤道人与宝志禅在潜山山麓争胜的故事，只是世外僧道美好的传说，并不一定真有其事。由此可知他遇事顶真的人生态度。

【注释】

〔1〕飞鹤与卓锡：指梁武帝时白鹤道人与宝志禅在潜山山麓争

胜地事。已多见前注。

〔2〕诡异：怪异；奇特。

〔3〕物外旨：世外美好的传说。物外，世外。谓超脱于尘世之外，多指僧道而言。

〔4〕犹然：仍然。志：记载。

金　燕

金燕，字尚宾，潜山人。嘉靖三十二年（1553）进士。授桐乡令，时海寇猖獗，桐乡滨海无城，燕下车即为营筑。城成而寇至，环攻四十余日不下而退。擢南京礼科给事中，力诋严嵩奸状。谪彝陵判，移贵溪知县。隆庆初，起永乐知县。升南京太仆寺丞，改尚宝司丞。未几，谢病归，遂决意林下。万历改元，两经特旨起用，俱不奉诏。前后历官仅六载，优游泉石二十余年。卒年六十四。《（乾隆）江南通志》卷一四六、《（光绪）重修安徽通志》卷一七八、《（康熙）安庆府志》卷一六、《（乾隆）潜山县志》卷之八有传。

仲春陪蹇理庵朱泰庵游山谷戏成[1]

锦里逢双璧[2]，南金却愧予[3]。有怀同蹇蹇[4]，入眼更朱朱[5]。解缚谈遗偈[6]，凭高听步虚[7]。归来灯火夜，星斗烂山渠[8]。

辑自《（康熙）潜山县志》卷一二《艺文下》

解题

这是一首别有趣味的游戏之作。作者偕蹇、朱两位友人同游皖山山谷，既访寻了三祖寺，又游赏了真源宫。夜里归来，只见到处都是灯火,山沟里像布满星斗一样光辉灿烂,心中充满着无限快意。

注释

〔1〕塞理庵:即塞达(1542—1601),字汝镇,四川巴县人。嘉靖四十一年壬戌科进士,授颍上县令,万历三年乙亥(1575)升安庆府同知,迁平阳知府。官至右都御史兼兵部尚书。有《凤山草堂集》。朱泰庵:名不详,泰庵当为号。

〔2〕锦里:本指今四川成都市城南锦江流经的锦官城附近一带;这里指潜山,因其有锦绣般的风景,又为作者故里,故戏称。双璧:喻指两位友人。

〔3〕南金:比喻南方的优秀人才。这里是作者自指,作者姓金,又是南方人。所以自谦说"愧予"。

〔4〕謇謇(jiǎn):忠诚正直貌。"謇"字又双关友人謇达,"謇謇"是昵称。

〔5〕朱朱:形容花开得红盛。"朱"字亦双关友人朱泰庵,"朱朱"是昵称。

〔6〕解缚:解去捆缚,这里指放开拘束。遗偈:高僧临寂灭留下来的偈语。

〔7〕凭高:登临高处。步虚:又称步虚韵。指道士唱经礼赞。

〔8〕烂:光明,明亮。

泛　舟

潜水何年向此流[1],偶然添我泛扁舟。桡歌莫逐溪流驶[2],竹树依依似欲留[3]。

辑自《(康熙)潜山县志》卷一二《艺文下》

{解题}

作者泛游潜水,扁舟桡歌,两岸竹树轻柔飘拂,似乎情深依恋,欲挽留自己。诗末从对方着笔,表现了潜水两岸美好的生态环境和自己留恋不舍的情怀。

{注释}

〔1〕潜水:又名前河,源出天堂山相近之罗源山,曰罗源涧,东南流经水吼岭、吴塘陂、潜山县城,又东合皖水入长江。
〔2〕桡歌:指船歌。
〔3〕依依:轻柔飘拂貌。情深依恋貌。

张应台

张应台,云南安宁州人。选贡。嘉靖三十三年(1554)升任安庆府通判。《(嘉靖)安庆府志》卷之七有传。

行潜山次韵

平芜漠漠野云稠[1],旌节追随驻皖州[2]。豆雨连朝归路滞[3],松风入夜旅亭幽[4]。衣冠萍水俱为客[5],杯酒天涯又是秋[6]。独有寒城篱下菊,清香冷籍倩谁收[7]?

辑自《(康熙)潜山县志》卷一二《艺文下》

{解题}

作者陪同朝廷使节巡视本府各县,至潜山为风雨所阻,遂在此停留过夜,并与旅亭中邂逅的缙绅们有一番宴饮唱和。全诗记录了这一事件始末,表达了人生如浮萍飘泊、聚散无定的感慨。而尾联则借寒菊的意象自喻,抒发自己不得知遇、久未升迁的牢骚。这大约也是历代出身寒门冷籍的官吏们内心常有的感受吧。

注释

〔1〕平芜:草木丛生的平旷原野。稠:密,浓。

〔2〕旌节:旌为旗帜,节为符节,古代使者所持以为凭信。这里指官员出行的仪仗。驻:驻扎,停留。皖州:指潜山。

〔3〕豆雨:如豆大小的雨,形容雨势之大。滞:滞留,耽搁。

〔4〕旅亭:指路边供旅人暂时休息的处所。

〔5〕衣冠:代称缙绅、士大夫。萍水:萍草随水漂泊。因其聚散无定,故以喻人之偶然相遇。

〔6〕天涯:犹天边。指极远的地方。

〔7〕冷籍:指曾祖父、祖父和父亲三代都没有考取过生员的家族。冷籍子弟科考或升迁要受很多不公正待遇。

刘应峰

刘应峰,字绍衡,别号养旦。湖广茶陵人。嘉靖三十五年(1556)进士,除南昌知县。擢吏部主事,江西参议。乞养归十年。万历初起广西参议,寻改云南提学,再乞终养。自是绝意仕途。所至辄有贤声,皆祀名宦。所著有《辅仁会规》《衡云山集》。生平事迹见明刘元卿《提督云南学校按察司副使刘公传》(《刘元卿集》上)、《(康熙)长沙府志·人物志》、《(嘉庆)茶陵州志》卷一八等。

三祖寺次山谷韵

锡杖飞来开此宅[1],天香自与人间隔[2]。流泉泠泠杂松声,唤醒风尘倦游客[3]。石牛空卧溪山间,世尊骑去久不还[4]。澄心坐石衣沾露[5],觉中便是西来路[6]。

辑自《(康熙)潜山县志》卷一二《艺文下》

解题

此诗系步黄庭坚《书石牛溪旁大石上》诗原韵而作。诗人欣赏着山谷寺清幽灵谧的环境氛围,又坐石参禅,心中若有所悟。

注释

[1] "锡杖"句:写宝志禅师开山事。已见前注。
[2] 天香:祭神、礼佛的香。
[3] 风尘:喻尘世;现实生活世界。
[4] 世尊:此指老子。老子骑青牛出关一事,已见前注。
[5] 澄心:使心清静。
[6] 觉:觉悟。西来路:中国的佛法自西方传来,这里喻指佛法的正道。

用 荆 公 韵 养旦

水如玉而可掬[1],山似黛而重围[2]。坐石上以濯缨[3],沿山阿而咏归[4]。

辑自朱康宁主编《天柱山摩崖石刻集注》

解题

此诗原刻于皖公山谷石牛溪河床石谷之上,诗题下署名曰"养旦"。养旦为刘应峰别号。《(康熙)潜山县志·艺文志》收有刘应峰

《三祖寺次山谷韵》一首,此诗当为同时作。诗用王安石《题舒州山谷寺石牛洞泉穴》六言绝句韵。全诗写皖公山谷水秀山青,景色宜人,并表达了自己超脱世俗、意欲隐居不仕的高洁情怀。

注释

〔1〕可掬:谓可以用手捧住。形容河水清澈,景色鲜明。
〔2〕黛:青黑色。亦用作妇女眉毛的代称。
〔3〕濯缨:洗濯冠缨。语本《孟子·离娄上》:"沧浪之水清兮,可以濯我缨。"后以"濯缨"比喻超脱世俗,操守高洁。
〔4〕山阿:山的曲折处。屈原《九歌·山鬼》:"若有人兮山之阿,披薜荔兮带女萝。"

吴宗周

吴宗周,字文甫,怀宁(今属安徽)人。嘉靖三十五年(1556)进士。授黄州推官,执法平允。方士陶仲文贵幸,宗周不为礼,且拒其请。迁汉阳。值景王之国,下令税民田,宗周持不可。上书谏阻,竟以忤谴归。复起为户部主事,拜命而卒。宗周邃于经术。著有《易意》四卷、《郁峰存稿》四卷。《(康熙)安庆府志》卷一五、《(民国)怀宁县志》卷一八有传。

同徐秋亭登皖山

天柱嶙峋皖国东[1],凌霄削出青芙蓉[2]。岚光晓发日初曙[3],松影昼阴云在空。野鸟不鸣孤壑迥[4],晴峦环列万峰重。主人乘兴步苍壁,俯瞰楼台烟雨中。

辑自《(康熙)潜山县志》卷一二《艺文下》

{ 解题 }

　　天刚破晓,作者偕友人徐桂一起攀登皖公山。此时只见晨光下山间雾气散发着美丽的色彩,天柱峰突兀高耸,直插云霄,如同一朵挺立的青色芙蓉;松树投下的影子,好似云在天空,天晴变天阴。有一只孤独的野鸟在两山的缺口间飞翔,因为距离遥远,听不见它的叫声;重重叠叠的山峰环绕布列,每座山顶都照耀着阳光。而反身眺望山下,则楼台亭阁都仿佛笼罩在烟雨朦胧之中。诗写登皖山所见雄奇秀丽风光,颇具诗情画意,令人神往。

{ 注释 }

　　〔1〕天柱:即天柱峰,皖山主峰名。嶙峋:形容山峰突兀高耸。皖国:春秋时方国名,地域相当于今日之安庆市所辖各县,都城在皖山南,即今潜山县城。
　　〔2〕凌霄:凌云。芙蓉:荷花的别名,此指皖山峰峦的形状与风韵。已见前注。
　　〔3〕岚光:阳光下山间雾气发出的光彩。
　　〔4〕迥:遥远。

刘一儒

　　刘一儒,字孟真,湖广夷陵(今湖北宜昌)人。嘉靖三十八年(1559)进士。累官刑部侍郎。子为张居正女婿。居正执政,他曾寄书规劝。居正卒,亲党皆坐贬斥,一儒独以高洁名。任南京工部尚书。不久托病归。居正女嫁资极厚,一儒命缄藏别室;居正死,资产被没,一儒以所缄物还之。天启中追谥庄介。

游山谷杂韵

招提遥寄碧云隈[1],松桧苍苍护讲台[2]。尘虑顿因清梵息[3],拟将三昧问如来[4]。

又

斯人灭度已千年[5],妙义于今谁与传[6]?须信此身应自度[7],莫将衣钵觅真铨[8]。

辑自《(康熙)潜山县志》卷一二《艺文下》

解题

此诗第一首描写山谷寺清幽之景,并记述自己于游山谷寺时听闻诵佛之声,心中的凡尘俗虑因而得以止息,由此展开了一段对追求佛家解脱之道的思考。第二首紧承前首,写自己本欲向佛祖寻求解脱的真谛,但想到佛祖也涅槃已久,而佛涅槃后佛法的传承又错综复杂,令人不能把握。最后作者省悟到,要追求解脱之道还须依靠自身的领悟,而不是依赖于流传下来的各类法门。

注释

〔1〕招提:指寺院。已见前注。隈(wēi):隅,角落。

〔2〕松桧:松柏。桧(guì),木名,即桧柏。常绿乔木。高可达20米,寿命可长达数百年。苍苍:深青色。讲台:讲经说法的高台。

〔3〕"尘虑"句:意谓凡尘俗虑因听到诵佛之声而顿时止息。顿,顿时。清梵,指僧尼诵经的声音。

〔4〕三昧:佛教语。梵文 samadhi 音译。又译"三摩地"。意译为"正定"。谓屏除杂念,心不散乱,专注一境。这里借指佛教的要

领,真谛。如来:民间常以如来、如来佛专指佛教创始者释迦牟尼佛,即乔达摩·悉达多,约公元前6世纪时代的人,一说释迦牟尼佛涅槃的时间是公元前486年。

〔5〕灭度:佛教语。灭烦恼,度苦海。为涅槃的意译。亦指僧人死亡。

〔6〕妙义:微妙的佛理。

〔7〕自度:谓济渡自身,超越苦难。度,佛道二教语。指超度解脱人世的生死苦难,到达仙佛境界。

〔8〕衣钵:佛教名词,本指佛教僧尼的袈裟与饭盂。因佛家以衣钵为师徒传授之法器,因引申指师传的思想、学问、技能等。真铨:真理,真谛。

何敢居

何敢居,广西兴业人。明嘉靖举人,累官广东布政司都事。《(乾隆)兴业县志》卷之三、《(嘉庆)续修兴业县志》卷之六有传。

山 谷 寺

笑拂秋风紫翠间,瘦藤携我扣禅关[1]。留云亭迥僧初迓[2],卓锡泉寒鹤未还[3]。兜率有天慈雨净[4],菩提非树落花斑[5]。乾坤不尽东西眼[6],倚遍山楼十二阑[7]。

辑自《(康熙)潜山县志》卷一二《艺文下》

解题

作者于秋日携杖寻访山谷寺,为僧人迎入游览。寺中既有留云亭与卓锡泉这样的名胜,又有秋雨后万物清静明丽、菩提树落花缤纷的佳景,令作者不禁久久流连忘返于此佛门清净之地;而登楼远眺,只见天地间空阔无际,更使他心旷神怡。

注释

〔1〕瘦藤:这里指细的藤杖。扣:同"叩"。敲击,叩访。禅关:禅门。亦指僧舍之门。

〔2〕留云亭:不详。山谷寺有三高亭、立化亭、翠虚亭,不见有留云亭。留云,使云停住不动。形容亭高。迓:迎接。

〔3〕卓锡泉:在山谷寺后。相传志公和尚卓锡出泉。已见前注。

〔4〕兜率:梵语音译。佛教谓天分许多层,第四层叫兜率天。它的内院是弥勒菩萨的净土,外院是天上众生所居之处。这里喻指佛寺中清净之境。慈雨:犹法雨,甘露。

〔5〕菩提:树名。常绿乔木,原产东印度,晋唐时始传入我国。佛教徒相传释迦牟尼曾在此树下得证菩提果而成佛,故名。斑:色彩驳杂,灿烂多彩貌。

〔6〕乾坤:称天地。眼:作动词,即看、望。

〔7〕十二:虚指很多。阑:栏干。

张应治

张应治,字休征,号冲泉。浙江秀水(今浙江嘉兴)人。嘉靖四十一年(1562)进士。历南京户科给事中。力抗权倖,数进谠言。高拱秉铨,憾其尝劾己,出为九江知府。万历初,以治最迁山东兵备副使。卒于官。《献征录》卷九五有传。

石 牛 洞

水流碧兮如玉,山交翠兮若围。临石崖以兀坐[1],卧云榻而迟归[2]。

辑自朱康宁主编《天柱山摩崖石刻集注》

【解题】

此诗作于嘉靖四十三年(1564),原诗刻于三祖寺西侧石牛溪上游石谷上,末署曰"嘉靖甲子季春廿日冲泉张应治"。原无诗题,今据诗意加之。诗系效王安石《题舒州山谷寺石牛洞泉穴》六言绝句而作,全诗描写了石牛洞周围的山水胜景,表达了对悠闲安适生活的向往。

【注释】

〔1〕兀坐:独自端坐。
〔2〕云榻:指出家人的栖身之所。

郑 贤

郑贤,怀宁(今属安徽)人。以供事议叙任云南楚雄县典史,以勤能著称。《(民国)怀宁县志》卷一八有传。

同徐松泉盛湖南杨云衢游三祖寺

共登南岳叩禅宗[1],步入空阶路几重。幽涧冷泉牛稳卧,苍松白石鹤遗踪。境清隔断三千界[2],景绝依稀十二峰[3]。衣钵寥寥何处问[4],舒台夜月数声钟[5]。

辑自《(康熙)潜山县志》卷一二《艺文下》

【解题】

作者与徐松泉、盛湖南、杨云衢三位友人同游三祖寺,他感受着寺院里超然幽寂、与凡俗世界隔绝的气氛,欣赏着寺外天柱山美好的风景名胜,不禁心生参禅问佛之心。此时从远处的舒王台上隐隐传来几声钟响,自己心中对佛教禅理顿时若有所悟。

【注释】

〔1〕南岳:指天柱山,已见前注。禅宗:这里指三祖寺。
〔2〕三千界:三千大千世界的省称,这里指寺外的凡尘俗世。唐李远《赠潼关不下山僧》诗:"窗中遥指三千界,枕上斜看百二关。"
〔3〕景绝:风景极其美好。依稀:好像,仿佛。
〔4〕衣钵:佛家以衣钵为师徒传授之法器,这里指所传的禅法。已见前注。
〔5〕舒台夜月:潜山胜景之一,参见前邓经《舒台夜月》诗解题。

陈一中

陈一中,潜山人。明嘉靖间贡生,陈大经之子。仕至光州学政。《(乾隆)潜山县志》卷之七有传。

戊午自中州归潜卜筑皖峰下同社诸君子分韵得才字〔1〕

屈指纵横邺下才〔2〕,欣瞻文物象昭回〔3〕。地当南霍山灵萃〔4〕,气动中江斗色开〔5〕。为爱幽兰成独往,肯将丛菊负归来〔6〕。笑谈孰解苍生意〔7〕,枉并挥毫赋七哀〔8〕。

辑自《(康熙)潜山县志》卷一二《艺文下》

解题

作者从中州(河南)回到故乡潜山,从此便定居于皖峰之下,并与同气相求者结社山中,赋诗唱和。这是他与同社诸友相聚时分韵而作的一首七言律诗。首二联将此次文人雅集比作汉末建安时代邺下文人汇聚的盛况,表达了作者对本地文坛繁荣景象的自豪感。颈联两句写喜爱幽独的兰花和丛生的菊花,表现了诗人自己与同社诸友的高洁志向。尾联一转,又回归对现实民生的观照,委婉地提醒在座文人,赋诗应反映百姓的疾苦与愿望,否则就算大家能写出像王粲《七哀诗》那样的不朽杰作来,也是枉然。其实,这一提醒即便在今日仍有其积极的意义。

注释

〔1〕分韵:旧时文人相聚,先规定若干字为韵,各人分拈韵字、依韵而写的作诗方式。

〔2〕屈指:首屈一指。喻特出。邺下才:东汉建安年间,曹操、曹丕、曹植父子好文学,孔融、陈琳、王粲、徐幹、阮瑀、应场、刘桢亦以文学齐名,皆居邺中,人称"邺中七子"。故后因以"邺下才"称美有文才的人。

〔3〕文物:文采物色,指礼乐典章制度。亦指文人,文士。昭回:谓星辰光耀回转。

〔4〕南霍:南岳霍山,即天柱山。萃:荟萃,聚集。

〔5〕中江:指长江中游地区。潜山所处之地为中江。斗色:犹星光。

〔6〕负:负欠,愧对。

〔7〕苍生:指百姓。

〔8〕赋：吟诵或创作。七哀：即七哀诗。魏晋乐府的一种诗题。起于汉末。建安时期著名诗人王粲、曹植都写有《七哀诗》，而尤以王粲之诗最为出名。其诗为反映社会动乱、抒发悲伤情感的五言诗。后借以指表现哀叹战乱、感伤流离的诗作。

朱学颜

朱学颜（1537—?），字子愚，号荣峰，浙江海盐人。放达有异才。嘉靖四十四年（1565）进士，四十五年任潜山县令。曾湔剔邮传宿弊，条陈宜兴革者十二事。性不受簿书束缚，取忤上官，量移雷州府同知归。寄情杯斝，时作白眼向人，即对尊客亦箕踞科跣不为礼，自恣青林中数十年卒，论者方之嵇、阮之流。明樊维城《（天启）海盐县图经》卷一三、《（光绪）海盐县志》卷一五有传。

春 游 山 谷

绿槿青篱曲径幽[1]，山家木落始知秋。峰头树色阴晴合，涧底泉声日夜流。醉里狂歌三竺兴[2]，梦回惆怅五陵游[3]。山空日暮忘归去，欲踏芙蓉最上头[4]。

辑自《（康熙）潜山县志》卷一二《艺文下》

解题

此诗题作"春游山谷"或有误。据诗"山家木落始知秋"云云，似非春游。乾隆志录此诗，题作"游山谷寺"，盖因觉察原题与诗相抵牾而改之。

作者此诗写秋日游览山谷寺，望见天柱峰美丽的景色，听着山涧中泉水泠泠的流淌声，顿时酒兴大发。醉里狂歌之时，回想起自己年少时放酒任侠、风流倜傥的时光,又不禁生出许多伤感烦恼来。结尾处说是天色已晚,山里游人都走光了,自己则乐而忘归,还想登上天柱山的最高峰,足见天柱山对诗人的吸引力,也可见出其性格放达不羁的一面。

注释

〔1〕槿:木名,即木槿。锦葵科,落叶灌木。夏秋开花,花有白、紫、红诸色,朝开暮闭,栽培供观赏。青篱:用灌木的枝条编织成的篱笆。

〔2〕三竺兴:往日游灵隐山三天竺一样的兴致。三竺,浙江杭州灵隐山飞来峰东南的天竺山,有上天竺、中天竺、下天竺三座寺院,合称"三天竺",简称"三竺"。作者是浙人,据诗知其年轻时曾游三天竺。

〔3〕五陵游:喻指少年豪侠之游。五陵,指汉代五个皇帝的陵墓,即汉高祖长陵、惠帝安陵、景帝阳陵、武帝茂陵、昭帝平陵。汉元帝以前,皇帝每立陵墓,都把四方豪杰之士迁至陵墓附近居住,以供奉陵园,故后世常以五陵为豪侠之士的居处,以五陵游喻指少年豪侠之游。李白《少年行》:"五陵年少金市东,银鞍白马度春风。落花踏尽游何处,笑入胡姬酒肆中。"

〔4〕芙蓉:指天柱诸峰。已见前注。

方学渐

方学渐(1540—1616),字达卿,号本庵,人称明善先生。桐城东乡(今安徽枞阳)人。万历二十六年(1598)贡生。屡试不售,后专事讲学。与邹守益、吕坤、冯从吾、顾宪成、高攀龙等名士游,以布衣主讲席二十余年。力主兼容儒释道三家,以朱学补阳明之学。主张"崇实",开明末崇尚务实风气,声震皖江、东吴。晚年回乡,主讲性善之旨、经世之道,抨击空幻虚伪学说。著有《尊经绎》《心学宗》《崇本堂稿》《连理堂集》等。

白 云 岩

磴道斜飞瀑[1],岩花半入云。望中孤鸟没,天外一江分[2]。竹柏山楼色,旃檀石鼎熏[3]。轩然长啸发[4],幽兴好谁闻。

辑自《(康熙)潜山县志》卷一二《艺文下》,又见《明诗综》卷五五、《四朝诗》明诗卷六〇

解题

此诗写白云岩耸入云表的巍峨气势及登山所见壮丽景观,表现了诗人的清幽雅兴。

注释

[1] 磴道:登山的石径。
[2] "望中"二句:眺望中,一只失群的鸟儿越飞越远,直至消失在辽阔的天空;极远处,广袤的大地被长江分割开来。
[3] "竹柏"二句:竹柏和仙山楼阁互相辉映,石鼎中燃着檀香。旃檀,即檀香。
[4] 轩然:高昂貌。

释真可

释真可(1543—1603),又称释可真,字达观,号紫柏。世称紫柏尊者,明末四大师之一。俗姓沈,十七岁出家于苏州虎丘云岩寺为僧。二

十岁受具足戒。万历元年(1573)到达北京法通寺,受教近华严宗师偏融,又从禅门老僧笑岩、暹理等参学。后游历少林寺、浙江嘉兴楞严寺、北京房山云居寺等。著述除语录《长松茹退》二卷外,还有《紫柏尊者全集》三十卷、他人纂校的《紫柏尊者别集》四卷、《附录》一卷。

皖公灵迹[1]

行尽千峰与万峰,飞泉响自半天中。背岩有路通幽处[2],流水桃花问皖公[3]。

辑自《紫柏老人集》卷一〇

解题

在皖公山的千山万壑中行走,飞泉仿佛自天而降,在半空中轰鸣。转过山的背面,有幽静的寺院,别有一番天地,而非人间所有。此诗写景如画,有声有色,语言平浅,富有韵味。

注释

[1] 皖公:即皖公山。灵迹:神灵或圣贤的遗迹。
[2] 通幽处:通往幽胜之处。唐常建《题破山寺后禅院》诗:"竹径通幽处,禅房花木深。"
[3] 流水桃花:形容春天美景。唐李白《山中问答》诗:"流水桃花窅然去,别有天地非人间。"

寓皖太平寺示濯凡居士

科头三拜是何心[1],不见翻成见更深。山色江声君舌相[2],隔垣犹复领清音[3]。

辑自《紫柏老人集》卷一四

解题

太平寺,全称"太平兴国寺",在潜山治北三里太平山。东晋咸和元年(326)童师菩萨创建。丙午年僧德教重建。为宋五祖演、佛鉴、佛眼、佛果诸禅师道场。已见前注。濯凡居士,生平事迹不详。

作者寓居在太平寺中,作诗出示濯凡居士:濯凡居士你不戴冠帽拜见,是何居心?不见你反而比见到你印象更深。但舒州山水之美,你确实没有妄言;我在这里隔着墙垣就能领受到它清越的声音。据诗观之,真可大师当是听信了濯凡居士对舒州山水的一番褒美之词,才来寓居太平寺的。

注释

〔1〕科头:谓不戴冠帽,裸露头髻。

〔2〕舌相:佛教谓,"佛舌有广长之相也。三十二相之一。是表不妄语也。"

〔3〕隔垣:隔墙。清音:清越的声音。晋左思《招隐诗》之一:"非必有丝竹,山水有清音。"

释德清

释德清(1546—1623),字澄印,号憨山,俗姓蔡,全椒(今属安徽)人。明代四大高僧之一。十二岁投南京报恩寺诵习佛经,十九岁从栖霞山法会受法,依明信受具,此后遍参南北。晚年至庐山,结庵五乳峰下。参徒云集,筑五乳寺。著有《楞枷笔记》《楞严悬镜》《法华通议》《华严纲要》《梦游集》等。

舒州白云守端禅师赞

久把明珠,秘为奇货。及遇作家[1],一笑便堕。看破笑处,自亦绝倒。信手拈来,无非是宝。

辑自《憨山老人梦游集》卷二〇

解题

白云守端禅师为宋临济宗杨岐派僧人。湖广衡阳人。俗姓周,或谓姓葛。依茶陵郁禅师剃度后,参学诸方,后谒杨岐方会,嗣其法。二十八岁开堂于江州(今九江)承天禅院,寻游舒州,结庵盛唐山。守令慕道,请师主潜山太平寺、太湖海会寺、宿松法华寺法席。所至处禅众云集。

白云守端幼事翰墨,满腹经纶,尤善机锋。初参杨岐,岐问:"受业师为谁?"师曰:"茶陵郁和尚。"岐曰:"吾闻伊过桥遭撅有省,作偈甚奇,能记否?"师诵曰:"我有明珠一颗,久被尘劳关锁。今朝尘尽光生,照破山河万朵。"岐笑而趋起。守端作悟道诗极佳,尝作《蝇子透窗偈》曰:"为爱寻光纸上钻,不能透处几多难。忽然撞着来时路,始觉平生被眼瞒。"

释德清这首四言赞颂词即歌咏了白云守端禅师那些思想敏锐、问答迅捷而又不落迹象的机锋语,表达了对他的敬仰之情。

注释

[1] 作家:佛教禅宗对善用机锋者之称。

释如愚

释如愚(约1605前后在世),俗姓袁,字蕴璞。湖广江夏(今属湖北)人。少为书生,后削发为僧。初居衡山石头庵,后行脚四方。居金陵碧峰寺,遂号石头和尚。自负才藻,思冠巾入俗,不久复为雪浪受法弟子入燕京,居七指庵卒。著有《空华诗集》《饮河诗集》《止啼集文》等。

皖山杂咏

白云出山泽,肤寸可成霖[1]。奈何市井徒[2],枯槁甘其心[3]。白云亦自贵,每与泉石期[4]。莫逆两无心[5],何所不见知[6]。可怪尘劳者[7],入山采石华[8]。不知白云意,徒谓林泉嘉。林泉无白云,石华色不殷[9]。白云有大惠,世人那知恩。白云岂求报,但畏有识笑。笑彼白云姿,林泉徒照曜[10]。苟会白云意,林泉亦有趣。诲尔岩穴人[11],慎勿中道弃[12]。

辑自明正勉辑《古今禅藻集》卷一九

解题

这是一首禅诗。全诗用白云与林泉、山石的关系作比喻。白云与泉石互相期会,彼此成为莫逆之交,乃是无心而为之。但是尘世间来皖山采石花的市井之辈,只以为产石花是山水好使然,却不知道白云在背后所起的作用。仅凭好山好水而无白云为其遮蔽阳光,石花便不会有赤黑的颜色。白云有大惠施,但世人却不知其恩。白云不求回报,然而害怕无知者讥笑:讥笑白云的姿态虽美好,却使得山林泉石无强烈的光线照耀。人们如果能领悟白云的心意,山水自然是有趣的。所以我要告诉岩穴之士,你们千万不要中途放弃"中道"这一最高真理哟。在此诗中,禅借诗以寓理,诗借禅以抒情,重视内心的体验,追求言外之意、象外之旨。意在为众生指出破除执心、去愚求真、觉悟本源的法门。

注释

〔1〕肤寸：古长度单位。一指宽为寸，四指宽为肤。这里指下雨前云气密集。晋张协《杂诗》之九："虽无箕毕期，肤寸自成霖。"宋黄庭坚《放言》诗之五："微云起肤寸，大荫弥九州。"

〔2〕市井徒：谓市井商贩；市民。

〔3〕枯槁：干涸，干枯。

〔4〕泉石：指山水。期：会；会合。

〔5〕莫逆两无心：谓两者并非有意成为彼此心意相通、情投意合、友谊深厚的朋友。莫逆，谓二心相通，没有抵触、隔阂。《庄子·大宗师》："三人相视而笑，莫逆于心，遂相与为友。"无心，犹无意，没有打算。

〔6〕何所：何处，哪里。见知：为人所知。

〔7〕尘劳：指俗世事务的烦恼。佛教以为"尘劳"即心劳尘境，是烦恼的别名。《华严孔目》："尘即染污之义，谓种种邪见烦恼，能染污真性也。劳即劳役也，谓众生被邪见烦恼，劳役不息，轮转生死，无有尽时。"据其所称，包括贪、嗔、痴、疑等，世上有八万四千尘劳。

〔8〕石华：石花。又名石衣、石苔、石发。生长于不见日之山谷石上及木间阴湿处。主治皮肤往来寒热，利小肠膀胱气。亦能疗黄疸，金疮内塞，补中益气，好颜色。中药别名乌韭。

〔9〕殷：赤黑色。

〔12〕林泉徒照曜：谓无强烈的光线照射。

〔11〕岩穴人：指隐者。居于岩穴之中，不与世相接。

〔12〕中道：佛教名词。即脱离"两边"（两个极端）的不偏不倚的道路或观点、方法。佛教宣称，"断见"（认为事物灭后不再生起的主张）和"常见"（认为事物是常住不变的主张）都是偏于一边的，只有佛教所主张的一切事物是迁流无常，而又相续不断，才是不落"断见"和

"常见"两边的"中道"。它是佛教的最高"真理"。并认为,"系缘法界,一念法界,一色一香,无非中道,己界及佛界,众生界亦然"。"中道"又为"半途、中途"之意。诗中或二义兼而有之。

皖山除夜示众

兀坐寒岩下[1],年将此夜除[2]。灯然松上焰,雪拥涧边庐。新旧徒更岁,死生未卜居[3]。四方云水客[4],个事竟何如[5]?

辑自《古今禅藻集》卷二三

解题

除夕夜,和尚如愚独自端坐在皖山一处岩石下的茅屋中参禅。此时屋内燃着松明子,建于山涧边的这所茅屋已被大雪包围。想一年又尽,时间更替如此之快,而死生之道,尚未参透。他问四方云游的僧人:这个事你们参透了没有?

注释

〔1〕兀坐:独自端坐。唐戴叔伦《晖上人独坐亭》诗:"萧条心境外,兀坐独参禅。"宋苏轼《客住假寐》诗:"谒入不得去,兀坐如枯株。"
〔2〕"年将"句:意谓时至此夜,一岁光阴过去。除,谓光阴过去。
〔3〕卜居:《楚辞》篇名。谓卜问所以自处之道。王逸说:"《卜居》者,屈原之所作也。屈原体忠贞之性,而见嫉妒。……卜己居世,何所宜行。"
〔4〕云水客:指"行脚僧人"或"游方道士"。因其随处参访,行踪无定,如行云流水,故名。黄庭坚《送张天觉得登字》:"去国行万里,淡如云水僧。"

〔5〕个事:这事,这个事。

林　章

林章(1551—1599),本名春元,字初文,福建福清人。万历元年(1573)举人。会试屡不第,出塞入戚继光幕。后乔居南京,坐事系狱。旅居北京,因上疏请止矿税得罪,暴死狱中。生平事迹见《国朝献征录》《列朝诗集小传》。

送野云上人之金陵〔1〕

皖公山下玉池开〔2〕,马祖庵前宝树回〔3〕。一个野狐留不住〔4〕,偷珠走上雨花台〔5〕。

辑自《林初文诗文全集》

解题

行脚僧野云上人将要离开皖公山下的马祖庵前往南京,作者赋此诗与之戏谑。诗中称野云上人是"野狐",说是他在马祖庵习得佛学是"偷珠",可见两人关系之亲密非同一般。

注释

〔1〕上人:佛教指智德兼备可为僧众之师的高僧。南朝宋以后多用为僧人的尊称。野云上人,不详。当为马祖庵行脚僧。之:往。金陵:即南京。

〔2〕玉池:仙池。亦为池沼美称。

〔3〕马祖庵:即佛光寺,位于皖公山中部。寺依山而建,嵌于山腰,是山中最古老的建筑之一。据传,马祖道一云游至皖公山,见这

一带风景奇绝,遂结茅为庐,在庐旁的石洞里参禅习静。道一禅师死后,五代时当地山民便将茅庐改建为庵,曰马祖庵,以示崇奉。明隆庆、万历间,贯之和尚住庵清修。万历二十五年(1597),桐城吴应宾、怀宁阮自华迎达观和尚住庵,并捐巨资奏请敕建寺庙。二十七年,神宗遣中使党礼持御赐藏经至庵,敕赐马祖庵为佛光寺,封达观和尚为"国师"。明末至清,寺数被兵毁。今已重建。宝树:佛教称珍宝之树林、净土之草木为"宝树"。

〔4〕野狐:原是佛教禅宗对一些妄称开悟而实际流入邪僻者的讥刺语。典出《五灯会元》卷三《百丈怀海禅师》。诗中谑称野云上人。

〔5〕偷珠:《庄子·列御寇》载,有贫家子潜入深渊,乘骊龙熟睡时从其颔下偷得千金宝珠。后因以"偷珠"为典,喻指靠冒险侥幸求取名利。诗中指求取佛学。雨花台:地名,在原江苏省江宁县南,今南京市南郊。该地占据岗丘最高处,皆平旷如台,相传梁武帝请云光法师在此处讲经,云光法师讲经时,天降鲜花,故名"雨花台"。这里代指金陵。

潜山送友还闽

草草相逢楚泽西[1],红亭绿酒又分携[2]。人生底事怜鸡肋[3],客路长教怨马蹄。舒子州前柽叶暗[4],越王城里荔枝齐[5]。十年归梦如流水,一夜随君下建溪[6]。

辑自《林初文诗文全集》

解题

此诗为作者在潜山饯别友人归乡时作。诗中写到,与你匆匆相逢,在这红亭之上饮过绿酒之后又要分离。人生为什么总是为了一些食之无味、弃之可惜的事情而不惜长途奔波呢?如今舒子州中柽柳树叶已浓浓密密,想我们那越王城里的荔枝亦是果实累累。十年客居异地,心已厌倦,身亦疲惫,不断做着归乡的梦。今日你还家,我既高兴又羡慕,梦魂亦将随你一起回到故乡了。作者在诗中如泣如诉,将思念故乡之情表达到极致,读之令人伤心断肠。

注释

〔1〕草草:匆忙,急迫。楚泽西:此指潜山。因其位于楚地之西,故云。楚泽,古楚地有云梦等七泽。后以"楚泽"泛指楚地或楚地的湖泽。

〔2〕分携:别离,分手。

〔3〕底事:何事,为什么。怜:爱。鸡肋:鸡的肋骨。东汉建安二十四年,曹操自斜谷出兵攻蜀,与刘备僵持于阳平,曹操出口令曰"鸡肋",主簿杨修因觉鸡肋食之无味、弃之可惜,知曹操要退兵。见《三国志·魏书·武帝纪》注引《九州春秋》。后因以"鸡肋"比喻没有多大价值但又不忍舍弃的事物。

〔4〕舒子州:指潜山。因潜山古为舒州治所,舒州春秋时为舒国之地,故称。柽(chēng)叶:柽柳之叶。柽,即柽柳,亦称三春柳。暗:形容柽叶浓密。唐李颀《魏仓曹东堂柽树》诗:"爱君双柽一树奇,千叶齐生万叶垂。"

〔5〕越王城:指越王台。在今福建省福州市越王山上,相传汉时越王无诸所建。

〔6〕建溪:水名。在福建,闽江上游主要支流之一。唐许浑《放猿》诗:"山浅忆巫峡,水寒思建溪。"

送潜山支广文升任涮西〔1〕

几年振铎有声名〔2〕,此日征书下帝京〔3〕。孤剑遥分舒子国[4]，片帆直指越王城[5]。江湖夜月千乡梦，桃李春风两地情[6]。莫惜长亭尊酒醉[7]，宦游应不负儒生[8]。

辑自《林初文诗文全集》

解题

支守教由潜山训导升任浙西学官，林章作此诗送别。作者赞扬他几年在潜山从事教职有了美好的名声，所以才有今日之朝廷征聘升迁。相信他此去浙西任教，那里的儒生也会像潜山的学生一样，将受到良师的殷切教诲，如同春风煦育，桃李盛开。而今日朋友离别，在长亭痛饮，就不用怕醉。全诗既有对朋友未来仕途的祝福，也流露出依依惜别之情。

注释

〔1〕支广文：即支守教。守教字广文，凤阳人。曾任潜山训导。浙西：地区名，即浙西。浙同"浙"。浙西指浙江省钱塘江（古称浙江）西北地区，包括今杭州市、湖州市及西部辖境。

〔2〕振铎：谓从事教职。铎，有舌的大铃。古时宣布政教法令时，振铎以警众。文事用木铎，武时用金铎。后引申为从事教职的代称。

〔3〕征书：指征聘的文书。帝京：京城。

〔4〕孤剑：晋干宝《搜神记》卷一一："楚干将、莫邪夫妻为楚王作剑，三年乃成……剑有雌雄。"后以"双剑"或"匣中剑"喻指夫妻或朋友，而以"匣中孤剑"喻指夫妻或朋友分离。

〔5〕片帆：指船。越王城：越王城有多处，此越王城在今杭州市萧山区厢湖镇瓦窑村城山之巅。当地称越王台。

〔6〕桃李春风：比喻学生受到良师的殷切教诲，如春风煦育，桃李盛开。两地：指潜山与浙西。

〔7〕长亭：古时于道路每隔十里设长亭，故亦称"十里长亭"，供

行旅停息。近城者常为送别之处。

〔8〕宦游:旧谓外出求官或做官。

客潜山寄内^[1]

一失朝云处处愁^{〔2〕},芜城春色皖城秋^{〔3〕}。江流不作东西水,谁送相思向两头。

辑自《林初文诗文全集》

【解题】

这是作者客居潜山时写给妻子的一首诗。开头先用苏轼与朝云的典故,既能表示夫妻情深,又暗示出妻子的专情与才华。据诗意,诗人妻子当时在扬州,而自己在潜山,东西相隔,他恨江水不能东西双向而流,认为若能那样,夫妻双双便都能利用江水传达相思之情。尾联"江流不作东西水,谁送相思向两头",想象颇为新颖,亦见思妻之切。

【注释】

〔1〕寄内:寄给妻子。内,古代泛称妻妾。后专称妻。

〔2〕朝云:苏东坡之妾。原姓王,为杭州名妓,本不识字,嫁东坡后从学书法,并略通佛理。东坡后遭贬至惠州(今广东惠阳),诸妾散去,独朝云相随。在惠州时,东坡命唱《蝶恋花》(花褪残红青杏小),朝云泣下,泪湿衣襟。东坡问其故,朝云答道:"奴所不能歌者,'枝上柳绵吹又少,天涯何处无芳草'也。"盖朝云钟情于东坡,恐日后东坡另有他爱而遭遗弃,故不忍唱此两句。不久朝云去世,东坡终身不再听唱此词。事见《词林纪事》卷五引《林下偶谈》。

〔3〕芜城:古城名。即广陵城。故址在今江苏省江都县境。西

汉吴王刘濞建都于此,筑广陵城。南朝宋竟陵王刘诞据广陵反,兵败死焉,城遂荒芜,鲍照作《芜城赋》以讽之,因得名。

潜山留别彭有贻年兄[1]

莫问当年几弟兄,风尘聚散总堪惊[2]。一尊聊与相如重[3],千里应为叔夜轻[4]。歌罢采葵山雨过[5],赋成修竹暮云生[6]。明朝独上孤舟去,又向湘江梦皖城。

辑自《林初文诗文全集》

【解题】

作者将要离开潜山前往湖南,作为同乡与同年,潜山县令彭谷设酒筵与之饯行,作者遂作此诗留别。诗人说,当年我们同榜登科的好多弟兄们在尘世中都离散了,使人惊心,但感情却不能因此而淡薄。我们应像司马相如那样,即便贫穷,见面时也要赏酒为欢;更要学那嵇康,每一相思,便千里命驾相访。现"采葵"之歌吟罢,饯别的酒筵已结束,一阵山雨刚过,天上出现了落日的云彩,明朝我将独上孤舟离去,前往湘江,以后只能在梦中见到皖城了。此诗极富人生意味,在诗中我们仿佛看到了作者与故人依依话别的动人场面,体味到朋友间的浓浓深情;而"山雨"、"暮云"、"孤舟"等情景描写,更加强了离别的气氛和意境。

【注释】

〔1〕彭有贻:即彭谷,字有贻。福建侯官人。万历甲午(1594)任潜山知县。《县志》称,谷"执法严明,其定限编粮,上下皆便,至今不易"。年兄:自唐至清,科举考试中同榜登科者称同年,相互尊称年兄。

〔2〕风尘:喻尘世;现实生活世界。聚散:指离散。有聚少离多之意。

〔3〕"一尊"句:相如,即司马相如。此句用临邛杯酒醉相如的典故。《西京杂记》卷二:"司马相如初与卓文君还成都,居贫,愁懑,以所著鹔鹴裘就市人阳昌贳酒,与文君为欢。"

〔4〕"千里"句:叔夜,指嵇康。康字叔夜。此句用嵇康千里访吕安的典故。《世说新语·简傲第二十四》:"嵇康与吕安善,每一相思,千里命驾。"

〔5〕采葵:语出《古诗源·古诗》:"采葵莫伤根,伤根葵不生;结交莫羞贫,羞贫交不成。"后因以"采葵"喻不耻与贫贱者为友。

〔6〕赋成修竹:喻饯别的酒筵已结束。赋修竹,指饯别。梁简文帝《修竹赋》:"陈王欢旧,小堂伫轴。今饯故人,亦赋修竹。"

寄彭潜山

美人为政有风流[1],一县如花楚水头[2]。只恨浔阳潮信少[3],年年不见秣陵秋[4]。

辑自《林初文诗文全集》

解题

这是作者别后寄给潜山县令彭谷的一首七言绝句。诗中称扬彭谷勤于政事,善于治理,恨不能与其如潮水般能定期相见。表现了对朋友的思念之情。

注释

〔1〕美人:此指品德美好的人。为政:治理政事。风流:杰出不凡。

〔2〕一县如花：典出北周庾信《枯树赋》："若非金谷满园树，即是河阳一县花。"唐白居易《白帖》："潘岳为河阳令，满植桃李花，人号曰河阳一县花。"后遂用河阳一县花、河阳花县、花县、花满县、满县花、县如花、潘安县、潘县、潘花等赞誉地方美好；称扬官吏勤于政事，善于治理。楚水头：楚水开始的地方。此指潜山县所处地理位置。

〔3〕浔阳：指浔阳江，即今江西九江市附近一带长江河段。潮信：潮水或涨或落有一定时间，因称潮信。唐刘长卿《奉送裴员外赴上都》诗："独过浔阳去，空怜潮信回。"

〔4〕秣陵秋：古代故事，鱼甫卿与王云仙经过悲欢离合，秋日终在秣陵（金陵，即今南京）相会。后人作《秣陵秋传奇》附诗曰："鱼甫卿画梅订约后，王云仙置酒送归舟。季山樵情钟萍水逢，涂小鹤梦破秣陵秋。"由此约略可知故事梗概。诗中代称相会。

万象春

万象春，字仁甫，无锡（今属江苏）人。万历五年（1577）进士。选庶吉士，授工科给事中。久在谏垣，先后上疏七十余，条陈多关军国大计。后以副都御史巡抚山东，时中国出兵援朝鲜抵御日本，象春供馈运无缺。因忤中使陈增被劾，乃引疾归。《（光绪）无锡金匮县志》卷一九有传。

题石牛洞次坡翁韵

残崖勒字已多年，感慨怀人世累迁。醉倚石牛山谷晚，泉声静听思泠然[1]。

辑自朱康宁主编《天柱山摩崖石刻集注》

解题

此诗作于明神宗万历三十二年(1604)。原诗刻于石牛溪谷牛蹄印左,末署曰"锡山万象春万历卅二年二月。僧悟千代立"。诗为和留正《题山谷》诗韵而作;因前人误以为该诗为苏轼作,故诗题曰"题石牛洞次坡翁韵"。全诗表达了对人世沧桑的感慨和对苏轼的怀念。

注释

〔1〕泠然:飘忽,悠然貌。

娄 坚

娄坚(1554—1631),原名孟坚,字子柔,号歇庵。嘉定(今属上海)人。隆庆万历间贡生,早年师从归有光。经明行修,乡里推为大师。贡于国学,不仕而归。为"嘉定四先生"之一,又与唐时升、程嘉燧并称"练川三老"。工书法,善诗文,其诗清新可诵,其文被王士禛称为"真古文",《四库全书总目》谓:"(娄)坚以乡曲儒生,独能支柱颓澜,延古文之一脉。其文沿溯八家,而不剿袭其面貌,和平安雅,能以真朴胜人,亦可谓永嘉之末,得闻正始之音矣。"著有《吴歗小草》《学古绪言》。《明史》卷二八八、清朱彝尊《静志居诗话》卷一八有传。

送用卿兄赴任

怜君官冷偏宜懒[1],看遍江枫千里闲。山郡正堪苏肺病[2],斋厨聊复得心闲[3]。诸生与共捐苛礼[4],旧学还令数破颜[5]。莫为周郎多感慨,只应时到皖公山。

辑自《吴歗小草》卷七

解题

此诗为送友人沈宾赴任潜山县学训导而作。沈宾字用卿,一字君礼。世为嘉定人,与作者为挚友。娄坚曾说"自壮及衰所交四方之士为不少","然独其所与厚善能深知之"者仅二人,沈宾即其中之一(《潜山县学训导沈君墓志铭》)。可见二人关系之一斑。

沈宾于万历三十六年出任潜山县学训导,当时正患肺病。作者在诗中说,你去那偏僻的县城上任,职务清闲,正好借此休养。闲来无事,可多看看江枫,到寺庙里吃吃斋饭。和生员一起共同将那些烦琐的礼节废除吧,这样,即便传授的是旧学,你也能从中得到快乐,经常破愁颜为欢笑。不要为那里周郎的故事多发感慨,而应当不时到皖公山走走,呼吸呼吸新鲜空气,这样才有利于恢复健康。作者对朋友沈宾真是关怀备至,一往情深。

注释

〔1〕官冷:即职务清闲。

〔2〕山郡:指偏僻的郡县。苏:苏息,指恢复健康。

〔3〕斋厨:寺庙的厨房。又称香积厨。

〔4〕诸生:众弟子。明清两代称已入学的生员。捐:放弃;舍弃。苛礼:烦琐的礼节。

〔5〕旧学:指旧时我国学者所钻研的义理、考据、词章等学。破颜:改愁颜为笑容。

再寄用卿兄潜山

君不见,东吴巨浸称具区[1],浴乌没兔开金铺[2]。七十二峰鬼斧削,波心矗矗青芙蕖。派为三江东赴海[3],萦村绕郭争来输。邑在东偏势虽下,潮头拒江那得泻!荒茅乱荻埋长冈[4],陂塘一半栖浮苴[5]。唯有城南江尚通,水纹如縠漪含风[6]。桥边野寺修竹里,绿净已断飞红尘。每一浮舟不忍别,宁有瀑流霏玉雪[7]!我爱江山时梦游,觉来欲往心为折。如闻学舍俯江干[8],快意应甘苜蓿盘[9]。中秋天柱峰头月,长照先生肝肺寒。西距齐安一舍程[10],空江露白苍烟横。东坡遗迹余莽苍,独留姓氏高峥嵘。冷官幸是无拘束,幽兴且复酬平生。莫言性懒不出户,君今胡为在尘土?莫言胆弱怯飞艘,君今应已恬风涛。他日菰芦临尺咫[11],诧我断崖千尺水[12]。

辑自《吴歈小草》卷三

【解题】

沈宾就任潜山县学训导,作为没有实权的"冷官",他在与娄坚的文字交往中可能流露出内心的失落感,娄坚再作此诗劝慰。作者说,我们的家乡虽然有太湖这样的巨浸,但地势偏低,长冈上长满着杂乱的茅草和芦苇,池塘里一半都是浮草,只有城南的一条江水尚可通航。原先桥边修长细竹里的野寺,如今也是绿荫已断,清静不再,只有尘埃乱飞。哪里似你任职的潜山,瀑布泉流飞溅,如玉似雪;学舍俯临江岸,可见江中远树倒影。天柱峰上中秋的月光,可照你的肝肺。我爱江河山岳,年年都在梦中游览,对潜山的山水心中尤为折服,一觉醒来总是意欲前往。何况那里离齐安只有一舍路程,可前往瞻仰东坡先生遗迹。作者劝沈宾要甘于淡泊,享受近似隐者的生活,用心于周围的山川美景,流连山水间,才不枉一生。从作者的这些劝慰之词中,可见潜山的美丽风光在他心目中的地位。

【注释】

〔1〕巨浸:大水。大的湖泊、河流。具区:古湖泊名,即今江苏

太湖。

〔2〕浴乌没兔：谓日月皆涵浸于太湖水中。神话传说谓日中有乌，月中有兔，故以乌、兔指日月。金铺：门上铜制衔环的兽面形环纽。其形或蛇或龟，而以虎形兽面最为常见。后来就用金铺代指门。

〔3〕派：江河的支流。三江：太湖三条主要水道的总称。其所指称的三条江说法颇多。一说以今吴淞江和芜湖、宜兴间由长江通太湖一水，并长江下游为南、中、北三江，说本《汉书·地理志》；一说以今赣江、岷江、汉江为南、中、北三江，见《初学记》引郑玄说；一说本盛弘之《荆州记》，以长江上、中、下游为南、中、北三江；而吴人"三江"一般指吴淞江、娄江（今浏河港）、东江（今不存，旧河道已被治理为今黄浦江上游），此说本《吴地记》。

〔4〕菼(tǎn)：初生的荻，似苇而小，茎秆可以编席箔等。

〔5〕陂塘：池塘。苴(chá)：水中浮草。

〔6〕縠(hú)：古称质地轻薄纤细透亮、表面起皱纹的平纹丝织物为縠。诗中比喻水的波纹纤细。漪(yī)：水波动荡。

〔7〕瀑流：瀑布，垂直而下的水流。霏：飘洒，飞扬。

〔8〕学舍：学校的房舍，代指学校。江干：江边；江岸。南朝梁范云《之零陵郡次新亭》诗："江干远树浮，天末孤烟起。"

〔9〕苜蓿盘：苜蓿当菜，杂乱地放在盘子里。形容塾师生活清苦。唐代薛令之为东宫侍读，待遇很差，作诗自嘲曰："朝日上团圆，照见先生盘。盘中何所有？苜蓿长阑干。"见《书言故事·俭薄类·苜蓿盘》。后来就用"苜蓿盘"形容塾师生活清苦。

〔10〕齐安：地名，在今湖北省黄冈县西北。一舍程：古以三十里为一舍；一舍程形容路程很短。

〔11〕菰芦：菰和芦苇，借指隐者所居之处，民间。三国蜀汉诸葛亮《称殷礼》："东吴菰芦中，乃有奇伟如此人。"

〔12〕断崖：陡峭的山崖。

送孝伯省觐潜山兼乞蕲艾常春藤[1]

挂帆江上月华新[2]，正是高斋入梦频[3]。翁媪怜君君抚子[4]，天涯家庆倍相亲[5]。

淮南风物近中秋[6]，洗尽炎蒸素影流[7]。拣取波平云净日，暂陪杖屦到黄州[8]。

十年肩甲恶酸寒[9]，谒遍医师技欲殚[10]。为觅蕲阳一藁暖[11]，不辞服艾且偷安。

瘦骨苍藤入手轻，唯应筇竹比坚贞[12]。衰年凭仗相扶曳，尚要溪头石面行。

辑自《吴歈小草》卷四

解题

孝伯要到潜山探望自己的父母亲，然后还要陪双亲去黄州。诗人作诗送别。第一首先是想象月光下孝伯乘船启程赴潜山，身在潜山的父母思念怜爱儿子孝伯，而孝伯也爱抚自己留在潜山的儿子，合家在潜山团聚，举行家庆，亲情不言却自然流溢于其中。第二首写酷暑退尽，淮南的潜山已近中秋，选个风平浪静、天高气爽的日子，陪父亲去黄州一走如何？第三首是写作者的一个的请求。十年来肩膀一直患酸寒之病，问遍良医却不见成效，听说蕲州产的艾最好，可治风寒，故求孝伯从蕲阳带回一些。第四首写乞请孝伯从潜山带回一支常春藤手杖，因为它不仅入手很轻，而且质地与筇竹一样坚韧而不变形，有了它，自己衰暮之年就可以在溪头的石面路上行走了。全诗都是想象之词，却充满了浓浓的感情和生活气息。

注释

〔1〕省觐：探望父母或其他尊长。蕲艾：蕲州所产的艾。常春

藤：植物名。可用作中药,有祛风除湿止痛作用。亦可制手杖。舒州天柱山盛产常春藤。

〔2〕挂帆：张帆行船。帆,船帆。亦借指帆船。月华：月光,月色。

〔3〕高斋：高雅的书斋。常用作对他人屋舍的敬称。

〔4〕翁媪(ǎo)：老翁与老妇的并称。亦指年老的父母。

〔5〕"天涯"句：原注："君有子留潜。"家庆,家中的喜庆事。古代把归省探亲列为家庆,唐代即称拜家庆。此外,生活中一切添喜的事都可举行家庆。

〔6〕淮南：潜山古为舒州地,属淮南中路,故称。风物：风光景物。晋陶潜《游斜川》诗序："天气澄和,风物闲美。"宋张升《离亭燕》词："一带江山如画,风物向秋潇洒。"

〔7〕素影：月影,月光。

〔8〕暂：方始;方才。杖屦：手杖与鞋子。古礼,老人五十可扶杖;又古人入室必先脱鞋于户外,为尊敬长辈,长者可入室后脱鞋。后因以"杖屦"为对尊者、老者的敬称。

〔9〕肩甲：同肩胛,肩膀。

〔10〕殚：尽,竭尽。

〔11〕一蕞：一丛。

〔12〕筇竹：竹名。肿节实心,可为手杖。

王士昌

王士昌,字永叔,号斗溪。浙江临海人。江西新建籍。万历十四年(1586)进士。十五年任潜山知县,调龙溪。擢兵科给事中,改礼科。神宗兴矿税、册立东宫,士昌上疏极谏,忤旨,谪贵州镇远典史。累擢大理丞,定张差狱。官终右佥都御史,巡抚福建。善画山水,得黄公望笔意。生平事迹见《(康熙)临海县志》卷八、《(康熙)安庆府志》卷一〇等。

舒 台 夜 月

平台缥缈瞰城闉[1],封土当年迹未陈[2]。云净亭皋连北渚[3],天空砧杵动西邻[4]。平轮素影飘金粟[5],万里寒光到白苹[6]。独据胡床清坐啸[7],南楼幽兴岂沉沦[8]!

辑自《(康熙)潜山县志》卷一二《艺文下》

解题

作者夜登舒王台游览,此时正值深秋时节,天高云净,空旷无垠,月光溶溶,丹桂飘香,水边隐隐传来捣衣声,万里寒光照着水上的白花苹草。作者雅兴大发,坐胡床撮口长啸,有着东晋大臣庾亮与众名士秋夜登南楼玩月赋诗那般情景。

注释

[1] 瞰:俯视。城闉(yīn):城内重门。此处泛指城郭。

[2] 封土:封地。北宋王安石死后被追封为舒王,当地人筑此台纪念他。旧志载,其台"螺旋而上者数丈,月夜登眺,山黛朦胧,湖光缥缈,万井楼台在目",为一郡之胜概。陈:旧。

[3] 皋(gāo):岸,水边高地。渚(zhǔ):水中的小洲。

[4] 天空:天空空旷,这里的空是形容词。砧杵(zhēn chǔ):指砧杵声,即捣衣声。砧,捣衣石;杵,棒槌。

[5] 平轮:指月亮。金粟:桂花的别名。因其色黄如金,花小如粟,故称。

[6] 白苹:亦作"白萍"。水中浮草。李时珍《本草纲目》:"苹乃四叶菜也。叶浮水面,根连水底。其茎细于莼、荇。其叶大如指顶,面青背紫,有细纹,颇似马蹄决明之叶,四叶合成,中折十字。夏秋开小白花,故称白苹。"

〔7〕据：坐。胡床：一种可以折叠的轻便坐具。又称交床。啸：撮口吹出声音。

〔8〕南楼幽兴：形容文士雅集，吟咏赏乐；或表现月夜清景。典出南朝宋刘义庆《世说新语·容止》："庾太尉（庾亮）在武昌，秋夜气佳景清，使吏殷浩、王胡之徒登南楼理咏。音调始遒，闻函道中有屐声甚厉，定是庾公。俄而率左右十许人步来，诸贤欲起避之。公徐曰：'诸君少住，老子于此处兴复不浅！'因便据胡床，与诸人咏谑，竟坐甚得任乐。"南楼，古楼名。在今湖北省鄂城县南。又名玩月楼、庾楼、庾公楼。

乔公故址

冈回原隰满榛荆[1]，抔土犹传太尉茔[2]。铜雀暮云空锁恨[3]，玉鱼当日岂埋名[4]？悲风霸气余华表[5]，逝水军容想旆旌[6]。不尽河山销歇事[7]，行人谁指汉佳城[8]！

辑自《（康熙）潜山县志》卷一二《艺文下》

【解题】

作者于溪流回环、荆榛满地之处凭吊东汉名臣太尉乔玄之墓，追忆着东汉末年那激荡人心的历史风云，想到昔日风流人物变成一抔黄土，所有的一切如今都已为陈迹，不免心生人世沧桑的感慨。

【注释】

〔1〕回：曲折回环，这里用来形容溪流。原隰（xí）：广平与低湿之地。榛荆：犹荆棘。形容荒芜。

〔2〕抔（póu）土：一捧之土。后来作为坟墓的代称。太尉：官名。秦至西汉设置，与丞相、御史大夫并称三公。汉武帝时改称大司

马。这里指东汉后期的名臣桥玄,一作乔玄。陈寿《三国志·吴书·周瑜传》:"从攻皖,拔之。时得桥公两女,皆国色也。策自纳大乔,瑜纳小乔。"茔:坟墓。

〔3〕铜雀:即铜雀台,亦作"铜爵台"。位于今河北省邯郸市临漳县城西南,这里古称邺。曹操击败袁绍后营建邺都,修建了铜雀、金凤、冰井三台,即史书中之"邺三台"。唐杜牧《赤壁》诗:"东风不与周郎便,铜雀春深锁二乔。"

〔4〕玉鱼:古玉器名。传说吴楚七国反时,楚王戊太子适朝京师,未从坐,死于长安,天子敛以玉鱼一双。见唐韦述《两京新记》。后因以"玉鱼"指殉葬品。

〔5〕华表:古代设在桥梁、宫殿、城垣或陵墓等前兼作装饰用的巨大柱子。设在陵墓前的又名"墓表"。一般为石造。柱身往往雕有纹饰。

〔6〕旆(pèi)旌(jīng):亦作"旆旌",泛指旗帜。

〔7〕销歇:消失。

〔8〕佳城:指墓地。

吴 塘 晓 渡

青山回合一溪分,春净平沙漾縠文〔1〕。十里舟航争落日,半空楼殿倚晴云〔2〕。凿陂未信输南饷〔3〕,筑堰何缘驻北军〔4〕。尘迹销亡流水尽〔5〕,霜钟犹带夜潮闻〔6〕。

辑自《(康熙)潜山县志》卷一二《艺文下》

解题

吴塘陂地区位处南北之交,自古就是产粮之地,历史上先是魏武帝曹操使庐江太守朱光大开陂堰以溉稻田,后为吴将吕蒙所夺,他们都把这里当成军队的粮仓。因此在此诗中,作者一面欣赏着眼前船只竞渡、绵延十里的繁荣景象和天柱峰与晴云相倚的美妙景色,另一面又想到古代吴魏两国南北相持的历史已为陈迹,往事如流水般逝去,心中顿生无限惆怅。

注释

〔1〕"春山"二句:青山环绕处有一条溪水将其分割来,春天河水涨溢后又退去,在两边平旷的沙滩上留下了像绉纱似的皱纹。回合,缭绕,环绕。縠文,绉纱似的皱纹。常用以喻水的波纹。文,同"纹"。

〔2〕"十里"二句:落日下,船只竞渡,绵延十里;半空中,天柱峰与晴云相倚。舟航,船只。楼殿,即"龙楼宝殿",堪舆家指所谓"太祖山"(龙脉始发源处的山岳)的山巅。山巅尖者为龙楼,平者为宝殿。此指天柱峰。廖瑀《泄天机·全局入式歌》:"祖龙高顶名楼殿,常有云气现。"

〔3〕南饷:《(乾隆)潜山县志》作"吴饷"。饷,军饷,军粮。

〔4〕北军:《(乾隆)潜山县志》作"魏军"。

〔5〕尘迹:犹陈迹。

〔6〕霜钟:作者写这首诗时,正是秋天多霜的气候,所以称寺院钟声为霜钟。此当为山谷寺之钟声,吴塘在山谷寺东南一里许,与寺隔水相望。

天柱晴雪

高标独立皖峰西[1],瘗秩尊称五岳齐[2]。栋宇直堪扶绛阙,星河长自傍丹梯[3]。飞来雪色晴犹凛[4],望入云根迥不迷[5]。鹤背清商吹未彻[6],天书早晚下金泥[7]。

辑自《(康熙)潜山县志》卷一二《艺文下》

解题

作者遥望天柱峰,想起汉武帝登岳封禅的故事来。眼前山色皎莹如雪,直入云霄,深山云起之处高远而清晰,于是幻想着从山顶登上天宫,见到仙人于鹤背上吹着清商之曲,为自己送来天上书信的神奇景象。

注释

〔1〕高标:指山中最高而成为一方标识者。
〔2〕"瘗秩"句:写汉武帝登临祭祀天柱山并封其为南岳事。瘗秩,埋物祭地。秩,祭祀。
〔3〕"栋宇"二句:意谓天柱峰高耸,好像支撑天宫的栋梁,又好似步入银河的红色台阶。栋宇,建筑物的栋梁。绛阙:宫殿寺观前的朱色门阙。亦借指朝廷、寺庙、仙宫等。这里指天宫。星河,银河。丹梯,红色的台阶。亦指寻仙访道之路。
〔4〕凛:寒冷。
〔5〕云根:深山云起之处。
〔6〕鹤背:鹤的脊背。传说为修道成仙者骑坐处。清商:商声,古代五音之一。古谓其调凄清悲凉,故称。
〔7〕泥:以金粉为泥,作封印之用。这里指天书的封印。

九井西风

天劈苍崖九派通[1],从来此地驻游龙。奔流悬沫三千尺,灌木连云几万重。永夜商飚吹断壑[2],清秋潭影倒孤峰。为霖好待鞭霆发[3],梁父于今不议封[4]。

辑自《(康熙)潜山县志》卷一二《艺文下》

【解题】

此诗描写了九井地区瀑布奔泻、苍松翠竹稠密环绕、峰影倒映潭中的幽美环境,介绍了井水中有游龙的传说,歌颂了每夜由此处吹起的西风施惠于百姓的功绩,并为如此神奇的山岳今日不再受到朝廷重视而惋惜。

【注释】

〔1〕九派:九条支流。相传在长江中游有九条支流同长江汇合。
〔2〕永夜:长夜。商飔:亦作"商猋"。秋风。这里指此地每夜吹起的西风。
〔3〕为(wéi)霖:喻施惠于民。霖,甘雨,时雨。鞭霆:道家认为修炼得道者可以役电鞭霆,兴云致雨,济人利物。
〔4〕梁父:山名,一作梁甫。在今山东泰安县东南,西连徂山。秦始皇二十八年(前219),秦始皇东巡,在泰山顶行封礼后,又到梁父山行禅礼。汉武帝、汉光武帝亦有此举。这里代指天柱山,天柱山自隋代以后就丧失了五岳之一的地位,故曰"于今不议封"。

丹 灶 苍 烟

古洞逶迤宿野烟^[1],丹炉火烬草芊芊^[2]。衣冠源里疑秦世^[3],鸡犬云中忆汉年^[4]。月冷半阶玄鹤瘦,春深千树绛桃然^[5]。大还欲问无生诀^[6],谁信人间有谪仙^[7]!

辑自《(康熙)潜山县志》卷一二《艺文下》

【解题】

诗写作者游览昔日左慈炼丹之处,只见古洞霭霭雾气缭绕,丹炉火烬处草木芊芊,他顿时想起了陶渊明笔下桃花源里那与世隔绝的境界,想到汉代刘安得道飞升的故事。左慈早已仙去,往事模糊不清,而今唯有千树绛桃春天依旧花开如故。诗人凭吊此处古迹,又想到生死大事,感到求仙问道之法已窅不可寻,不禁流露出疑惑与失望的情绪。

注释

〔1〕逶迤(wēi yí):蜿蜒曲折。宿:蕴含,留驻。野烟:指荒僻处的霭霭雾气。

〔2〕芊芊:草木茂盛貌。

〔3〕"衣冠"句:典出陶渊明《桃花源记》。说有一个武陵渔人误入桃花源,见其地百姓生活富足、民风淳朴。渔人与其交谈,他们"自云先世避秦时乱,率妻子邑人来此绝境,不复出焉,遂与外人间隔。问今是何世,乃不知有汉,无论魏晋"。衣冠,借指受过礼乐教化的人、士大夫。

〔4〕"鸡犬"句:据汉王充《论衡·道虚》载,汉淮南王刘安好道术,相传他服药升仙而去,家中鸡犬舐食食器中的剩药,也随着飞升成仙。后因以"鸡犬升天"指求仙修道之事。

〔5〕绛:深红色。然:同"燃"。比喻花开得红艳鲜明。

〔6〕大还:死之婉称。无生诀:《万历续道藏》内有《无生诀经》一卷。这里代指修道求仙的法门。

〔7〕谪仙:谪居人间的仙人。

酒岛流霞

日气蒸林花气香,清樽林麓坐徜徉[1]。漱流云舞川容澹[2],藉草烟和石发长[3]。晋代兰亭唯曲水[4],习家池馆即高阳[5]。疏庸转畏时名在[6],不道当歌醒更狂[7]。

辑自《(康熙)潜山县志》卷一二《艺文下》

【解题】

作者徜徉于此地秀美清幽的风景,不禁生出想过隐士生活的念头来;但又为时名所拘累,心中充满着矛盾与挣扎。最后不得不借助对酒当歌、及时行乐来麻痹自己,这大概也是所有内心依违于庙堂与山林之间的古代士人们共同的自我消解途径吧。

【注释】

〔1〕林麓:犹山林。亦指山脚。徜徉:安闲自得貌。
〔2〕漱流:谓以流水漱口,形容隐居生活。午:交错杂沓貌。容澹(dàn):水波纡缓貌。
〔3〕"藉(jiè)草"句:以草为垫而坐,石上蒸腾起蔼蔼雾气,仿佛它的头发在生长。
〔4〕兰亭、曲水:已见前李匡同题诗注。
〔5〕习家池:亦名高阳池馆。在湖北省襄阳城南。东汉初年襄阳侯习郁在此建造府第时,引白马泉凿池养鱼,于池中筑钓台,池侧建馆舍,为游宴之所。西晋永嘉时,山简镇襄阳,常于此饮宴,并取汉初郦食其自号"高阳酒徒"意改名高阳池馆。
〔6〕"疏庸"句:意谓想过隐士般懒散的生活,却又不得不顾及留存在当时的名誉和声望。疏庸,疏懒、懒散。
〔7〕不道:不料。当歌:对酒当歌之省。即边饮酒边听歌。形容人生应及时行乐。

石 牛 古 洞

岩扉烟霁水潺潺[1],化石云眠草木间。叩角南山歌莫放,遗书函谷驭难攀[2]。金轮隐见前朝寺,玉沼清新过客颜[3]。但使会心劳应接[4],松阴溪暝不知还[5]。

辑自《(康熙)潜山县志》卷一二《艺文下》

解题

作者游览石牛古洞,联想到道家始祖老子骑青牛出函谷关一事,周遭风光景物令其应接不暇,流连忘返,乃至天色已暗还不忍离去。

注释

〔1〕岩扉:山洞的门。霁(jì):雨止天晴,这里指天晴后岩洞口的水汽消散。
〔2〕"叩角"二句:传说老子骑青牛出函谷关,为关令尹喜所留,请其作文,老子于终南山楼观上作《道德经》五千言,留下著作后飘然出关而去。叩角,敲牛角。南山,指终南山,又名太乙山,是秦岭山脉的一段,西起陕西宝鸡眉县,东至陕西西安蓝田县。遗书,留下著作。驭,驾。
〔3〕"金轮"二句:在石牛洞边,可隐约看见山谷寺宝塔上的相轮;山涧中清澈晶莹的水池里,能清楚地照见游客的容颜。金轮,指佛塔上的相轮。前朝寺,指山谷寺,已见前注。玉沼,清澈晶莹的水池。
〔4〕会心:领悟于心。劳应接:劳于应接,形容景物繁多,看不过来。
〔5〕暝:昏暗。

山谷流泉

佛屋缘崖结构成[1],寒泉流到寺门清。霜痕晓结玻璃净[2],石乳秋悬佩玉鸣[3]。丹鹤惊飞开士锡[4],钵龙稳浴化王城〔5〕。金茎霁汉空翘首〔6〕,摇落文园病马卿〔7〕。

辑自《(康熙)潜山县志》卷一二《艺文下》

解题

山谷流泉在山谷寺佛殿后。此诗前二联写秋日游此胜景时所见泉水之澄澈,与水滴从钟乳石上落入泉中时声音之动听。后二联用典,大意是说,泉水可用于灌溉,饮之可治病延年。此二联有用典晦涩之弊。乾隆以后《潜山县志》之《艺文志》皆不收此诗,或即缘于此。

注释

〔1〕佛屋:指山谷寺。结构:连结构架,以成屋舍。

〔2〕"霜痕"句:泉周围早晨有结霜的痕迹,泉水如玻璃一般澄彻明净。

〔3〕石乳:钟乳石。佩玉鸣:谓钟乳石滴水落入泉中的声音像佩玉撞击声一样动听。

〔4〕"丹鹤"句:写白鹤道人争地失败,宝志和尚卓锡开山事。已见前注。开士,菩萨的别名,多用作对僧人的敬称。此指宝志和尚。

〔5〕"钵龙"句:事本北魏崔鸿《十六国春秋·前秦·僧涉》:"僧涉(一作沙公)者,西域人也……能以秘祝下神龙。每旱,(苻)坚常使之咒龙。俄而龙便下钵中,天辄大雨。"此句或借历史典故来赞颂三祖的教化佛法之功。钵龙,钵中之龙。王城,指当时前秦首都长安。

〔6〕金茎:指用以擎承露盘的铜柱。汉武帝好神仙,于宫中做承露盘以承甘露,以为饮之可以延年。《文选·班固〈西都赋〉》:"抗仙掌以承露,擢双立之金茎。"唐杜甫《秋兴》诗之五:"蓬莱高阙对南山,承露金茎霄汉间。"霁汉:晴朗的夜空。翘首:指仰起头来眺望远处,形容盼望之切。

〔7〕摇落:凋残,零落。文园:即孝文园,汉文帝的陵园,汉代著名文人司马相如曾任文园令。马卿:即司马相如,相如字长卿。据

《史记·司马相如列传》载,司马相如见汉武帝好仙道,遂献《大人赋》,叙神仙之状,武帝非常高兴,"飘飘有凌云之气,似游天地之间意"。然而司马相如却始终没被重用,最后病死家中。

诗崖漱玉

秋尽看山处处宜,半生婚嫁了无期[1]。镌题尽日穷孤屿[2],封禅何年有断碑[3]?岁久莓苔湮姓字[4],夜深风雨斗神奇。薜萝予未忘初服,分付山灵檄谩移[5]。

辑自《(康熙)潜山县志》卷一二《艺文下》

【解题】

诗写作者秋日看山之兴和诗崖为莓苔所湮没的自然景象,并表达了不忘初心,希望早日休官隐遁的情怀。乾隆以后《潜山县志》之艺文志亦不收此诗。

【注释】

[1] "半生"句:意谓自己还只活了半辈子,休官退隐的日子还很早。婚嫁,即了婚嫁、毕婚嫁,指出世隐遁。《后汉书·向长传》载:向长,字子平,好通《老》《易》,待料理完儿女婚嫁等俗事后,与同好游五岳名山,竟不知所终。后因以"了婚嫁"、"毕婚嫁"谓不为俗事所牵而避世隐遁。张仲方《赠毛仙翁》:"待我休官了婚嫁,桃源洞里觅仙兄。"

[2] 镌题:指在石崖上刻写诗句。

[3] 封禅:中国古代皇帝的一种祀典。已见前注。这里指汉武帝封天柱山为南岳事。

[4] 莓苔:青苔。湮:埋没,淹没。

〔5〕"薜萝"二句：意谓自己身着山林隐士之服，亦未忘记仕宦前的初心，希望山神不要像发檄文抵制周颙那样来抵制我。薜萝，薜荔和女萝。两种野生植物。后借指山林隐士之服。张乔《送陆处士》："若向仙岩住，还应着薜萝。"初服，未入仕时的服装，与"朝服"相对。这里隐喻自己仕宦前的初心。分付，吩咐。山灵，山神。檄谩移：谩，莫，不要。檄移，指南齐孔稚珪的名篇《北山移文》，文章讽刺了假隐士周颙，并假借山灵的名义号召抵制其人入山。

陈邦瞻

陈邦瞻（1557—1623），字德远，江西高安人。万历二十六年（1598）进士，授南京大理评事，历河南右布政使，迁兵部右侍郎，总督两广军务。天启初进兵部左侍郎，兼户、工二部侍郎，专理军需。卒于官。平生好学，多著述，尤长于史，著有《宋史纪事本末》《元史纪事本末》等，诗文有《荷华山房集》传世。《明史》卷二四二、《明史稿》卷二二九有传。

皖 山 歌

北风夜吼冈原裂，游子晨驱愁欲绝[1]。风前放歌眼忽明，皖峰为送晴空色。我闻此山开辟尊，秩祀邈矣来轩辕[2]。南距衡霍三千里[3]，礼数更崇如弟昆[4]。势通鳌轴压吴楚[5]，气干天阙变朝昏[6]。龙蟠狮居互连结[7]，叠嶂层岩争秀发。真仙丹灶射朝霞[8]，上界霓旌摇古月。倾峡忽泻银河流，嵌空犹浮太始雪[9]。元封天子英雄才，万骑千乘动地来。初从天柱埋璧往，复睹浔阳射蛟回[10]。金函玉检今安在[11]，千年剥落生莓苔。兔走乌飞不肯待，猿啼鹤唳令人哀。我作皖山歌,还出皖山道。山中空见白云闲,道上日催红颜老。浮生何日出风尘[12],长向山头拾瑶草[13]!

辑自《荷华山房诗稿》卷八

解题

这是一篇歌咏皖山的古风。冬日一夜北风怒吼,诗人早晨骑马赶路。正哀愁欲绝之际,忽然眼前一亮,一抹晴光正照耀于皖峰之顶。于是诗兴大发,作此篇章。诗中回顾了皖山开辟的历史,说是黄帝时代便依礼制分等级对皖山举行祭祀了,它与南岳衡山齐名,而受到的礼遇更加尊崇。它和天柱相通,势压吴楚,气冲天阙。山上龙井、狮岩等胜概互相连接,重叠的山峰岩石秀美挺拔。山中还有仙人炼丹灶,有银河一般倾泻的溪流,有开天辟地以来多年不化玲珑别透的积雪。汉武帝当年曾来皖山封禅祭岳,那场面是何等恢宏壮阔!可世事沧桑,转眼已是千年。如今在这皖山道上行走,回忆往事,愈觉时光易逝,令人悲哀。人生短促,我还是早日脱离红尘到皖山归隐修仙吧。全诗熔历史典故与山中胜景于一炉,气势磅礴,风格豪放,形象鲜明,意境苍莽,真实地再现了皖山的神采与风貌。但诗中感慨往事时所流露的消极情绪,也是相当明显的。

注释

〔1〕晨驱:早晨骑马赶路。

〔2〕秩祀:依礼制分等级举行祭祀。《孔丛子·论书》:"孔子曰:'高山五岳定其差,秩祀所视焉。'"邈:遥远。轩辕:即传说中的古代帝王黄帝。据说姓公孙,居于轩辕之丘,故名曰轩辕。曾战胜炎帝于阪泉,战胜蚩尤于涿鹿,诸侯尊为天子。后人以之为中华民族的始祖。

〔3〕衡霍:即衡山。衡山,一名霍山,故称。

〔4〕弟昆:兄弟。

〔5〕鳌轴:同鳌柱。即传说中的天柱。

〔6〕干:冲,冲犯。天阙:指天上宫阙。变朝昏:谓从早到晚。犹言镇日、终日、整天价,言时之久。

〔7〕龙蟠狮居:皖山有龙井,有狮岩。故曰"龙蟠狮居"。

〔8〕真仙丹灶:皖山有汉左慈、晋葛洪等炼丹灶。故曰"真仙丹灶"。

〔9〕"嵌空"句:山上还飘着开天辟地以来多年不化玲珑剔透的积雪。此写"天柱晴雪"胜景。嵌空,玲珑貌。太始,指天地开辟、万物开始形成的时代。唐杜甫《铁堂峡》诗:"修纤无垠竹,嵌空太始雪。"

〔10〕"元封天子"四句:咏元封五年冬汉武帝来天柱封禅祭岳事。已多见前注。元封天子,即汉武帝。埋璧,将璧玉埋于山中。古代封禅祭岳礼仪之一。此指代祭岳。

〔11〕金函玉检:金函,以水银和金粉和而为泥封的函箧;玉检,用玉制成的标签。古代天子封禅所用,为告天书函。

〔12〕浮生:虚浮无定的人生。旧时对人生的一种消极看法,以为世事无定,生命短促,因称人生为"浮生"。

〔13〕拾瑶草:喻修仙。瑶草,传说中的仙草。汉东方朔《与友人书》:"相期拾瑶草,吞日月之光华,共轻举耳。"

望皖山作

偶来舒子国,遥望皖公台。秀气浮金碧[1],灵风生草莱[2]。早知丹篆秘[3],尚想翠华回[4]。立马迷南北,还如七圣哀[5]。

辑自《荷华山房诗稿》卷一三

解题

作者遥望皖山,只见灵风习习,拂动着金黄或碧绿的草木,他似乎看到汉武帝当年的仪仗又回来了。自己归隐修道之心早有，但又撇不下君王朝政。如今立马在皖山的十字路口，分辨不清东西南北。想当年七位圣人在襄城之野迷路的哀愁，也是这样吧。诗中写在皖山"立马迷南北"，实则谓自己在人生的十字路口，不知何去何从。全诗表现了作者内心仕与隐的矛盾，而皖山的景物则映衬了他迷茫的心境。

注释

〔1〕金碧：金黄和碧绿的颜色。
〔2〕灵风：仙风，好风。草莱：犹草莽。野草，杂草。
〔3〕丹箓：丹书墨箓的省称。因其以墨书写符文于朱漆之简，故称"丹箓"。丹箓是道家研究炼丹法的书本。亦泛指道教经书。
〔4〕翠华：是皇帝仪仗中一种用翠鸟羽毛做装饰的旗。此指汉武帝来皖山封禅祭岳的仪仗。
〔5〕七圣哀：《庄子·徐无鬼》中说，轩辕黄帝等七位圣人御车出游，行至襄城之野而迷途，找不到问路者而心生哀愁。七圣，指传说中的黄帝、方明、昌寓、张若、謵朋、昆阍、滑稽七人。

道过山谷寺不果游戏作短歌

昔人入剡访名山[1]，今我栖迟道路间[2]。名山在道不及登，山灵未许抗尘颜[3]。采药烧丹非所羡[4]，卓锡传衣亦等闲[5]。终当御风如列子[6]，千里孤云自往还。

辑自《荷华山房诗稿》卷八

解题

作者途经山谷寺，却由于吏事繁忙而未能入寺游览，于是戏作此诗。前人曾专程到剡州去寻访名山，而今名山就在自己所经行的途中却没有去攀登游赏。作者猜想,或许是自己俗气太重,山神不允许吧?其实自己并不羡慕道家采药炼丹之事,把佛家卓锡传衣的典故看得也很淡。终有一天自己也会像列子一样御风而行,那时定能无拘无束,逍遥游览此寺,何必在乎现在进去不进去呢?从作者的自我解嘲中,可以看出他内心的遗憾与无奈。

注释

〔1〕昔人:前人。剡:剡州,即今浙江嵊州市。名山:此指今浙江嵊州与新昌县之间的天姥山。相传其山多有仙迹。李白《秋下荆门》:"霜落荆门江树空,布帆无恙挂秋风。此行不为鲈鱼脍,自爱名山入剡中。"李白又有《梦游天姥吟留别》诗。

〔2〕栖迟:游息,滞留。

〔3〕山灵:山神。元房皞《送王升卿》诗:"我欲从君觅隐居,却恐山灵嫌俗驾。"尘颜:指脸有风尘之色。尘,即风尘。指世俗事务,亦谓行旅辛苦劳顿。

〔4〕采药烧丹:指道家修炼事。

〔5〕卓锡传衣:卓锡,指宝志禅来此开山事;传衣,指禅宗三祖僧璨大师传授师法事。均已见前注。等闲:寻常,一般。

〔6〕御风:驾着风。列子:指列御寇,战国时郑国人。《庄子·逍遥游》中说"列子御风而行",过了十五天再返回来,从来不知道追求幸福。

宋王烈女千金未嫁夫死,誓不他适。父知其志,从之。父卒,母忽有异议。遂抱父木主痛哭,抉目,血流满地,七日死。事载潜志

王家烈女字千金,金石无如烈女心[1]。父能知心母不知,一死还明心不欺。生来未解识夫面,死去惟应与父期。金簪抉眼眼流血,此血宜化苌弘碧[2]。闺中白日忽无光,满城花草凋颜色。皖山天柱凌天阊,女节直齐天柱尊。为传吊古道旁客,无烦更问二乔村[3]。

辑自《荷华山房诗稿》卷八

解题

此诗歌咏了一位贞烈女子为夫死节的故事。据今所存各本《潜山县志》载,此女姓黄,诗谓姓王,盖音近而误。据载,县治东门曾立有千金旌表坊,因名千金巷,巷内有黄贞女墓。在此诗中,作者高度赞扬了女子千金在母亲反悔的情况下,选择以金簪抉目、以死明志的行为,将千金比作历史人物苌弘,认为其精神可以和天柱峰相比高。并让人传话给那些前来访问古迹的游客:看到千金之遗迹,也就不用再去打听二乔村在哪里了。由于历史的原因,作者在诗中宣扬了封建伦理道德,今天是应该予以批判的。

注释

〔1〕金石:金和美玉之属。此用以比喻烈女王千金心志的坚定、忠贞。

〔2〕苌弘:字叔,又称苌叔。周景王、敬王的大臣刘文公所属大夫。刘氏与晋范氏世为婚姻,在晋卿内讧中,由于帮助了范氏,晋卿赵鞅为此声讨,苌弘被周人杀死。传说死后三年,其血化为碧玉。事见《左传·哀公三年》。《庄子·外物》:"人主莫不欲其臣之忠,而忠未必信,故伍员流于江,苌弘死于蜀,藏其血三年,而化为碧。"后亦用以借指屈死者的形象。

〔3〕二乔村:作者自注:"二乔村在潜。"二乔,指三国时吴国乔公二女大乔、小乔。乔,一作"桥"。《三国志·吴书·周瑜传》:"策欲取荆州,以瑜为中护军,领江夏太守,从攻皖,拔之。时得桥公两女,皆

国色也。策自纳大桥,瑜纳小桥。"

潜山道中次壁间韵

青春驱马度层峦[1],秀入川原雨后观[2]。天上玄绡犹曳雾[3],涧中哀玉暗鸣湍[4]。帷褰晓日光长动[5],剑傍疏星气自寒。自笑山行空逸兴[6],皖公灵迹得遥看。

辑自《荷华山房诗稿》卷一七

解题

春天作者骑马在潜山山道中行走,看到前人在石壁上的题诗,便依韵和作此诗,全诗都在赞美潜山秀美的景色。雨后潜山的原野一片绿色,更加秀丽迷人。天上的黑云飘动如同薄纱,还带着雾气。山涧中急流发出的轰鸣声,好似叩击玉石,声音凄婉而清脆。夜晚就驻扎在潜山山中,清晨揭起帷幕,看到照进山里的第一缕阳光在不停地移动;而宝剑因昨夜与点点寒星为伴,此时自然寒气袭人。可笑自己空有逸兴写这些诗句,因为皖公山的神奇之处需要在远处欣赏啊。

注释

〔1〕青春:指春天。青帝为司春之神,春归大地,草木萌发,其色青绿,故称。层峦:一层层险而尖的山。

〔2〕川原:指原野。川,两山之间的平地;原,宽阔平坦的地方。宋王安石《出郊》诗:"川原一片绿交加,深树冥冥不见花。"

〔3〕玄:黑色。绡:轻而薄的生丝织品;轻纱。曳:拖;牵引。引申为飘动。

〔4〕哀玉:形容声音凄婉清脆,如叩击玉石发出的凄清之声。宋

朱松《菖蒲》诗:"流泉撞哀玉,清冽生菖蒲。"鸣湍:形容急流。

〔5〕帷:以布帛制作的环绕四周的遮蔽物。这里泛指起间隔、遮蔽作用的悬垂的布帛制品。褰(qiān):揭起。

〔6〕逸兴:超逸豪放的意兴。

潜山道中四绝

其 一

连朝急雨盟新秋[1],官道红尘得少休。试问沙河争渡处[2],几人洗耳向寒流[3]。

其 二

漠漠平田烟水多[4],可怜风日正清和[5]。贪看栖亩余禾色[6],和得丰年击壤歌[7]。

其 三

山光浓淡若为客,涧谷飞泉响石淙[8]。更是疏林宜晚照[9],轻烟点点透寒松。

其 四

到处行吟兴不悭[10],他乡秋色且开颜。却愁剪烛官亭夜[11],偏向故人话故山[12]。

辑自《荷华山房诗稿》卷二三

解题

这四首绝句写作者在潜山道上所见所感。第一首咏沙河争渡。

初秋时节,一连下了几天的急雨,作者暂时无尘俗事务困扰,得到少许休息。于是他来到沙河边,只见许多行人争渡。心想:这些人为利禄奔走,难道就没有听说过古代许由洗耳的故事吗?第二首咏丰年盛世。水田宽广平远,烟雾新水弥漫,天气清明和暖,政治清静和平,我贪看水田里稻子金黄的颜色舍不得离开,看来人们又要击壤而歌,庆祝丰年盛世了。第三首咏山中美丽秋色。山中的景色浓淡相宜,似乎是为了欢迎客人的到来。溪涧山谷中的泉水从悬崖倏然飞落,然后在石上淙淙流过。山中稀疏的林木更宜在夕阳的余晖中观看,此时轻淡的烟雾一点一点透过寒松而袅袅上升,使人赏心悦目。第四首咏因赏他乡秋景而思故乡。诗人所到之处且行且吟,游兴不减,诗兴更高。觉得所赏虽是他乡之景,也能使自己开心,破愁颜为欢笑。但夜里在官亭中偶遇故人,促膝长谈,话及家乡,愁绪便不禁油然而生了。这组绝句写潜山秋景,语言简明清通,形象鲜明生动,能使读者领略到潜山景物纯朴之美和浓浓的生活气息。

【注释】

〔1〕盥:洗涤。新秋:初秋。

〔2〕沙河:在潜山县东六十里有"沙河",下合桐城之练潭入于江。诗中或为泛指,疑指县西十五里之潜河,其河多沙,有吴塘渡。作者因初来乍到,不知具体地名,便称"沙河"。

〔3〕洗耳:用许由洗耳的典故。喻洁身自隐、厌闻利禄。已见前注。寒流:清冷的水流,这里指沙河。

〔4〕漠漠:宽广平远貌,烟雨弥漫貌。

〔5〕风日:指天气;气候。亦指风光,风景。清和:天气清明和暖。又指清静和平,形容升平气象。诗中二义兼而有之。

〔6〕栖亩:将余粮积储于田亩之中。语出《初学记》卷九引《子思子》:"耕耨余粮宿储亩首。"以此指丰年盛世。

〔7〕击壤歌：上古歌名。唐欧阳询《艺文类聚》引《帝王世纪》："天下大和，百姓无事，有五十老人击壤于道"，并唱道："日出而作，日入而息，凿井而饮，耕田而食，帝力于我何有哉！"表现了初期农业社会各安其生、无为而治的淳朴思想。相传为中国最古老的歌谣。壤，是用木头做的简单玩具，如后代的木梆子之类。后来成为歌颂太平盛世的典故。

〔8〕石淙：石上水流。亦指石上流水声。

〔9〕晚照：夕阳的余晖；夕阳。

〔10〕兴不悭：指兴致不减，兴致很高。

〔11〕剪烛：语出唐李商隐《夜雨寄北》诗："何当共剪西窗烛，却话巴山夜雨时。"原指思念远方妻子，后用以指促膝夜谈。官亭：古代供过往官吏食宿的处所。

〔12〕故山：旧山。喻家乡。

陶望龄

陶望龄(1562—1609)，字周望，号石篑。浙江会稽(今浙江绍兴)人。万历十七年(1589)进士，授翰林编修，官至国子监祭酒。其为学"谈玄说妙""泛滥于方外"(《明儒学案》)，诗文创作亦务在适性，信心而言，信口而发，不拘于一格一体。论诗倡"偏至"之说，反对"求全于所短"(《马曹稿序》)。著有《歇庵集》，后人编有《陶文简公集》。《明史》卷二一六有传。

送潜山尉

黄绶青骊吴楚间[1]，官程垂柳鸟关关[2]。溪流似带九江水，塔影犹传三祖山。麦陇凉深逢雉乳[3]，花台春静对琴闲。

明时莫叹功名薄[4],仙尉风流岂易攀[5]。

辑自《陶文简公集》卷一

解题

这是作者送人赴潜山任县尉时作。这位潜山尉具体是谁,不详。作者先是想象在其赴任的旅途中,垂柳依依,鸟鸣关关;而到了任所后,可见溪流如带,三祖塔影。舒州山水佳境,美不胜收。在施仁政之余,则又能对花弹琴,陶情养性。诗人说,在此清明之时就不要再感叹自己的官卑职微了,你将具有汉代"仙尉"梅福一样的风流,岂是那些高官显爵之人所能攀比的呢?

注释

〔1〕黄绶:黄色丝带,系官印用。古代官职等级、俸禄不同,系印的丝带颜色也不同。汉制,官吏俸禄在二百石(dàn)以上至六百石以下者,用黄色丝带系铜印。县丞、县尉等辅佐官吏都是黄绶系铜印。后以"黄绶"为典,常用作咏县尉、县丞的典故。青骊:青骊马。即毛色青黑相杂的骏马。吴楚间:潜山地处吴地与楚地之间,故称。

〔2〕官程:官吏赴任的旅程。关关:鸟鸣声。

〔3〕麦陇:亦作"麦垄",麦田。雉乳:谓地方官施行仁政,德及禽鸟。乳,繁殖。典出《后汉书·鲁恭传》:"建初七年,郡国螟伤稼,犬牙缘界,不入中牟。河南尹袁安闻之,疑其不实,使仁恕掾肥亲往廉之。恭随行阡陌,俱坐桑下。有雉过,止其旁。旁有童儿,亲曰:'儿何不捕之?'儿言'雉方将雏'。亲瞿然而起,与恭诀曰:'所以来者,欲察君之政迹耳。今虫不犯境,此一异也;化及鸟兽,此二异也;竖子有仁心,此三异也。久留,徒扰贤者耳。'还府,具以状白安。"

〔4〕明时:政治清明之时。功名薄:指官职小。

〔5〕仙尉:汉梅福的美称。福字子真,为郡文学,补南昌尉。后

归里,弃妻子而升仙。事见《汉书·梅福传》。后亦泛用为县尉的美称。风流:犹遗风;流风余韵。

阮自华

　　阮自华(1562—1637),字坚之,号澹宇,又号雾灵山人。桐城人。阮鹗之子,阮大铖之叔祖。其父历官浙江、福建巡抚,后建邸第于安庆;鹗卒(隆庆元年),自华与兄自仑、自恒遂移籍怀宁,居安庆西门外之雾灵山。万历二十六年(1598)登进士,初授福州司李,再任饶州。转户部郎中,榷税德州。擢庆阳知府,终邵武太守。自华力学嗜古,主盟骚坛。东海屠隆录其诗,与冯梦祯、朱长春、虞淳熙诗并称"四君子诗"。告休归后,与同邑诗人吴应钟、吴应铉兄弟及刘忠岳等结"海门诗社",筑中江(景行)楼于安庆镇海门外,日与觞咏其中,以娱晚节。著有《雾灵诗集》行世。尤善草书。生平事迹见《(乾隆)江南通志》卷一六七、《(康熙)安庆府志》卷一六及《阮氏宗谱》等。

天　柱　寺

　　倚仗金刚树[1],萧条历岁华[2]。白云长闭户,青嶂不飞花[3]。晓日千风雪,寒泉九曲霞。举头潜岳在,风月未应赊[4]。

辑自《(康熙)安庆府志》卷三〇《艺文志》

【解题】

　　此诗写天柱寺幽丽的景色和作者自己空寂失意的情怀。语言平浅,意境清静而安宁。

【注释】

〔1〕金刚树:木名,结金刚子实之树。其果实佛徒用以为念珠。《慧琳音义》三十五曰:"鸣噜捺啰叉,西方树木子,核文似桃核,大如小樱桃颗。或如小弹子,有颗紫色。此名金刚子,堪作数珠。金刚部念诵人即用之,珠甚坚硬。"

〔2〕萧条:空寂;失意。岁华:年华,时光。

〔3〕青嶂:如屏障的青山。

〔4〕风月:清风明月。泛指美景。赊:远。

三祖乾元寺塔

五叶开将半[1],三衣传未央[2]。远来承补位,敢惜弃轮王[3]。日耀飞盘玉,山青舍利光[4]。一回投五体[5],千界入清凉[6]。

辑自〔清〕钱谦益《列朝诗集》丁集卷一六

【解题】

此诗赞美了三祖僧璨的伟大功绩和崇高地位。诗人五体投地,跪于三祖舍利塔前,一时感觉万千世界,都成为清静而无尘世烦扰的世界。

【注释】

〔1〕五叶:禅宗自六祖慧能以后,衍成曹洞、临济、云门、沩仰、法眼五派,故称为一花五叶。《景德传灯录》卷三记菩提达摩语:"吾本来兹土,传法救迷情,一花开五叶,结果自然成。"

〔2〕三衣:佛教制度规定僧服三种式样。据《汉族僧服考略》:

三衣是安陀会、郁多罗和僧伽黎。安陀会为五条布缝成之衷衣；郁多罗为七条布缝成之外衣；僧伽黎为九条乃至二十五条布缝成之大衣。一说僧伽黎即大衣，安陀会为下衣，郁多罗为上衣。未央：未半。

〔3〕轮王：佛教语。"转轮王"的略称。转轮王为印度古代神话中的国王，此王即位时，自天感得轮宝，转其轮宝，威伏四方。佛教也采用其说，说世界到一定时期，有金、银、铜、铁四轮王先后出现，金轮王统治四大部洲，银轮王统治三洲，铜轮王统治二洲，铁轮王统治一洲。他们各御宝轮，转游治境，故名。

〔4〕舍利：亦称佛骨、灵骨。据传是释迦牟尼遗体火化后结成的珠状物，后也指品德高尚对佛教做出一定成绩的和尚火化后的残余骨烬。按其颜色可分白色骨舍利，黑色发舍利、赤色肉舍利三类。此指三祖僧璨的舍利。

〔5〕投五体：即五体投地，佛教礼拜方式之一。其过程是：正立合十，屈身以两肘、两膝及头部着地而致敬，是印度古代最隆重的礼节。佛教也沿用。

〔6〕千界：佛教语。大千世界的省称。指释迦牟尼所教化的广大范围，亦指人居住的地方。清凉：清静，不烦扰。

谢肇淛

　　谢肇淛(1567—1624)，字在杭，福建长乐人。万历二十年(1592)进士，除湖州推官，历官工部郎中、广西右布政使。其诗"声律圆稳"、"风调谐合"，被视为当时闽中诗人领袖。论诗推宗盛唐，但反对七子一派堆垛铺叙、规摹格调之习，亦不同于公安派"但恐不达，何露之有"之主张，而与严羽、徐祯卿一脉的诗论较为接近。又关注小说、笔记、戏剧的创作。著有《小草斋集》及《小草斋诗话》《五杂组》《长溪琐语》《文海披沙》《滇略》等。《明史》卷二八六有传。

九日风雨潜山道中

愁风凄雨冷征袍，暂把茱萸泛浊醪[1]。客路三千俱鸟道[2]，不须今日始登高。

辑自《小草斋集》卷二九

【解题】

此诗作于重阳节。古代九月九日，人们有佩戴茱萸、饮菊花酒和登高的习俗。作者本年重阳行役在潜山的山路上，刮风下雨，天气寒冷。为了过节，他按照习俗把茱萸放在浊酒里；至于登高的活动就不用特别举行了，因为旅途三千里远，所行都是险峻狭窄、只有飞鸟可度的小路。全诗表现了潜山山路的险峻和作者愁苦的心境。

【注释】

〔1〕茱萸：植物名。香气辛烈，可入药。浊醪：浊酒。古俗农历九月九日重阳节，人们佩戴茱萸，饮菊花酒，据说能祛邪辟恶。

〔2〕客路：旅途。三千：形容路远，非确数。鸟道：形容山路险峻狭窄，只有飞鸟可以飞越。

曹学佺

曹学佺（1574—1647），字能始，号石仓，又号泽雁。福建侯官（今福建闽侯）人。万历二十三年（1595）进士，授户部主事，天启间官广西参议，以撰《野史纪略》得罪魏忠贤党，被劾削职，家居二十年，居石仓园著书立说。甲申变后，唐王立闽中，官礼部尚书，事败自尽，清乾隆中追谥忠节。万历中闽地文风颇盛，实由其倡之。著有《石仓集》，另编有《凤山郑氏诗选》《石仓历代文选》《石仓十二代诗选》，又有《蜀中名胜记》《舆地名胜记》《易经通论》《春秋阐义》等。生平事迹见《明史》卷二八八、清李瑶《南疆绎史摭遗》卷二、徐鼒《小腆纪传》卷二六。

江上望皖公山

好山能不断,孤棹喜仍开[1]。未事汉皇岳[2],遥看皖伯台[3]。峰峦拟云秀[4],林木识秋哀。恍佛浮丘侣,相邀笙鹤来[5]。

辑自《石仓诗稿》卷一六"江上篇"

【解题】

此诗写作者在江上遥望皖公山时所见景物及所引发的心中浮想。好山连续不断地在小舟行驶中渐次展示开来,不禁让人心喜。自己虽未能像汉武帝那样亲临皖山拜岳,但还是有幸在江中远远地眺望它。只见那连绵的山峰与云彩争高比秀,而山上的林木则已有了秋天的气象,使人忧伤。迷离恍惚中仿佛浮丘公吹笙驾鹤相邀,自己刹那间有了升天飞仙的感觉。

【注释】

[1] 孤棹:独桨,代指孤舟。开:展开;舒展。在此引申为展示,展现。

[2] 汉皇岳:因汉武帝曾登皖公山拜岳封禅,故称"汉皇岳"。

[3] 皖伯台:皖伯台有二义:一为台名。明李贤《明一统志》卷十五:"皖伯台,在旧太平寺前,以周大夫封皖伯而名。"一为皖山的别称。明何乔远《名山藏》卷四十六《舆地记》:"(安庆府)西北百二十里曰潜山县,元名。潜山在县西二十里,一名皖伯台。或曰汉武所封霍岳,曰南岳者是此山也。"又明章潢《图书编》卷六十:"潜岳在潜山县

西北二十里,一曰天柱山,一曰潜山,一曰皖山。汉武帝以霍岳远在衡山,欲南狩,乃移近于潜山登封之。故今为霍山,亦以为霍岳云。"此"皖伯台"系指皖山,亦即诗题所称皖公山。

〔4〕峰峦:连绵的山峰。

〔5〕"恍佛"二句:浮丘,即浮丘公。上古时仙人,或曰黄帝时人。笙鹤,吹笙驾鹤。汉刘向《列仙传》卷上:"王子乔者,周灵王太子晋也。好吹笙,作凤凰鸣,游伊洛之间,道士浮丘公接以上嵩高山。"后多以浮丘、笙鹤形容仙道之事。晋郭璞《游仙诗》之三:"左挹浮丘袖,右拍洪崖肩。"储光羲《同王十三维偶然作》之七:"仙人浮丘公,对月时吹笙。"刘禹锡《酬令狐相公见寄》:"何时得把浮丘袂,白日将升第九天?"卢照邻《羁卧山中》:"倘遇浮丘鹤,飘飖凌太清。"

金一梅

金一梅,字元夫,潜山人。金道合之父。好学能文,绝意仕进。率子弟敦尚《诗》《书》,常登临持酒以为乐。卒年四十六。著有《天香馆集》。《(光绪)重修安徽通志》《(康熙)安庆府志》《(乾隆)江南通志》及现存各本《潜山县志》均有传。

祁家山涧坐水中石

啮石成窾㘭[1],爱此石上水。激水奏笙簧[2],爱此水中砥[3]。斑驳若苍璧,吾欲砺吾齿[4]。喷沫若跳珠,吾欲洗吾耳[5]。

辑自《(康熙)潜山县志》卷一二《艺文下》

【解题】

作者坐于祁家山涧水中的石头上,听着潺潺流水发出如笙簧般动听的声音,看到它把石头冲刷得又平又光滑,斑驳陆离如苍青色的碧玉,便联想起古代名士枕石漱流、砺齿洗耳的典故来,由此更坚定了自己隐居不仕的志向。

注释

〔1〕啮(niè)石:啮,咬,啃。这里指山涧中湍急的水流冲刷石头。窳㟎(yǔ zǐ):亦作"窳呰"。懒惰,苟且。这里指悠然自得的状态。

〔2〕笙簧:指笙。簧,笙中之簧片。

〔3〕砥:质地较细的磨刀石。此指河流中被水磨得很平直光滑的石头。

〔4〕砺吾齿:磨去自己牙齿上的污垢。表示清高。语出南朝宋刘义庆《世说新语·排调》:"孙子荆年少时欲隐,语王武子'当枕石漱流',误曰'漱石枕流'。王曰:'流可枕,石可漱乎?'孙曰:'所以枕流,欲洗其耳;所以漱石,欲砺其齿。'"

〔5〕洗吾耳:用许由洁身自隐、厌闻利禄的典故。已见前注。

陈邦符

陈邦符,字思儒,潜山人。少孤,母万氏抚以成人。万历辛卯(1591),曾纂修邑志。应万历壬寅(1602)恩选,历睢宁、宿迁、建宁府三学学博。后升潞府审理,致仕。年八十八卒。生平著作甚富,失于明末兵燹。《(乾隆)江南通志》卷一六〇、《(光绪)重修安徽通志》卷二三四、《(康熙)安庆府志》卷二〇、《(乾隆)潜山县志》卷之八有传。

登 三 高 亭

扰扰齐梁际[1],维纲日已非[2]。岂不荣圭组[3],畴能与愿违[4]。达人垂明哲[5],慷慨赴先几[6]。埙篪有同调[7],遁迹性所依。生存高世节,既没崇音徽[8]。乡里传芳躅[9],耿耿挹余辉[10]。我来幽亭下,怀古咏安归。渺焉旷千纪[11],逸驾重歔欷[12]。

辑自《(康熙)潜山县志》卷一二《艺文下》

解题

三高亭在山谷寺立化亭旁。山谷寺基址本何氏三高(何求、何点、何胤)隐居读书之所。梁武帝时,高僧宝志卓锡于此,三高遂捐其宅为山谷寺。后人钦其亮节,乃建亭以祀之。

此诗写作者登上三高亭,追想梁代何氏三兄弟捐宅建庙的功绩,对他们的高风亮节和通达事理与明智之举由衷地钦佩,并为世事沧桑、往昔如梦而感慨万千。

注释

[1] 扰扰:纷乱、混乱貌。这是形容南朝齐梁之间的战乱。

[2] 维纲:纲纪,法度。

[3] 荣圭组:以获得官爵为荣。圭组,印绶。借指官爵。

[4] 畴:同"谁"。

[5] 达人:古时指通达事理、乐天知命之人。垂:留传。明哲:明智,聪明智慧。

[6] 先几:预先洞知细微。

[7] 埙(xūn)篪(chí):埙,古代一种用陶土烧制的吹奏乐器,形如鹅蛋,有六孔;篪,古代一种竹制吹奏乐器,似笛子,有八孔。这两种乐器发音原理相同,音色相近,两者在一起演奏可以获得音色和谐的效果。所以古人以之喻兄弟。《诗经·小雅·何人斯》:"伯氏吹埙,仲氏吹篪。"此指何氏三高(何求,何点,何胤)。同调:指志趣或主张一致。

〔8〕音徽：美音，德音。

〔9〕芳躅(zhú)：前世圣贤的踪迹。躅，足迹。

〔10〕耿耿：心诚貌。挹：拜揖，推崇。余辉：残留的辉光，前人留下来的光辉风范。

〔11〕千纪：千年。

〔12〕逸驾：奔驰的车驾。此喻时光流逝之快。歔(xū)欷(xī)：叹息，抽咽。

蔡呈图

蔡呈图(1581—1636)，字羲征，号髯翁。太湖(今属安徽)人。郡庠生，于县东北筑宅，名曰柴关，读书其中。所作诗文，卓然不群，然屡试不第。遂立志研究天文、兵法，造诣颇深，是明代著名的天文学家。著有《天文解》《律吕解》《读易解》《九边时务》《八阵图说》等。崇祯九年避乱山中，全家被贼杀害。《(同治)太湖县志》卷二二有传。

题涪翁读书台

曲水鸣雷出[1]，环山抱翠来[2]。至今游赏处，犹说读书台。

辑自朱康宁主编《天柱山摩崖石刻集注》

解题

此诗作于崇祯二年(1629)，原诗刻于石牛溪石谷上，末署曰"太湖蔡呈图题，崇祯二年三月三日。时潜邑史维章与焉"。原无诗题，今据诗意加之。诗歌描写了石牛溪清幽的环境，表达了对黄庭坚的怀念。

注释

〔1〕曲水：弯曲的溪水。
〔2〕抱翠：形容满山都是翠绿之色。

曹履吉

曹履吉（？—1642），字元甫，一字提遂，号博望山人。当涂（今属安徽）人。万历四十四年（1616）进士，授户部主事，历员外郎，出为河南佥事，迁参议。擢光禄少卿。诗文均有时名，画学元人倪瓒，笔力高雅。著有《博望山人稿》。生平事迹见《明诗纪事》庚签卷七。

南岳二首

其一

层霄岳立万峰君〔1〕，便是天南赤社分〔2〕。望处谁寻轩后日〔3〕，封中犹起汉皇云〔4〕。精缠上界星墟接〔5〕，气送长陵地脉纷〔6〕。只恐山灵藏异象〔7〕，也如青玉白编文。

其二

岳位宜尊最上头，芙蓉独拔与天浮〔8〕。环腾万马当轩伏〔9〕，背绕双星入汉流〔10〕。向日珠宫丹籍在〔11〕，何年玉检翠华游〔12〕。茂陵盛代应焚草〔13〕，拱揖名山自帝丘〔14〕。

辑自乌以风《天柱山志》卷一一《诗选·明诗》

解题

此二诗歌咏了黄帝轩辕氏与汉武帝刘彻先后至南岳天柱山封禅

之事,描写了它美如芙蓉的英姿及其一峰独高、万峰环伺的地理形势,并表达了对汉武帝的缅怀和对南岳这一"帝丘"的景仰。诗中情思古远,境界苍茫,诗风沉郁苍凉。

【注释】

〔1〕万峰君:万峰之君。众山的最高首领。

〔2〕赤社:指赤色的社土。古代天子封土立社,以五色土象征四方及中央。赤色象南方,因以赤社分赐南方诸侯,使归而立社建国。

〔3〕轩后:即黄帝轩辕氏。传说黄帝时便曾封天柱山为南岳。

〔4〕汉皇:指汉武帝刘彻。汉武帝元封五年封天柱为南岳事,已多见前注。

〔5〕上界:天界。指仙佛所居之地。星墟:星座。

〔6〕长陵:高大的土山。

〔7〕山灵:山神。异象:奇异的景象。

〔8〕芙蓉:荷花的别名。此指天柱峰挺拔独立有如芙蓉花开。已见前注。

〔9〕"环腾"句:意谓其他许多山峰如奔腾的万马环绕着天柱峰,低伏在它的车驾之前。轩,轩车,车驾。

〔10〕双星:指牵牛、织女二星。神话中是一对恩爱的夫妻。传说每年七月七日喜鹊架桥,让他们渡过银河相会。汉:星汉,银河。

〔11〕珠宫:指道院或佛寺。丹籍:犹丹书。朱笔书写的诏书。亦泛指炼丹之书,道教经书。

〔12〕玉检:玉牒书的封箧。《汉书·武帝纪》"登封泰山"颜师古注引三国魏孟康曰:"王者功成治定,告成功于天……刻石纪号,有金策石函、金泥玉检之封焉。"亦借指玉牒文。唐刘禹锡《平齐行》之二:"侍臣燕公秉文笔,玉检告天无愧词。"翠华:天子仪仗中以翠羽为饰的旗帜或车盖。

〔13〕茂陵:汉武帝刘彻的陵墓。汉武帝葬于茂陵。盛代:犹盛

世。焚草：指焚草为香。唐李华《衢州龙兴寺故律师体公碑》："焚草为香，采花为供。"
〔14〕帝丘：古地名。在今河南濮阳县西南，相传为帝颛顼的都城。后泛指帝王建都的地方。清钱谦益《西湖杂感》诗："建业余杭古帝丘，六朝南渡尽风流。"此指武帝行宫所在之地。

卓发之

卓发之（1587—1638），字左车，号莲旬。又名能儒，字无量。浙江仁和（今杭州）人。明天启中，尝侨寓南京。能诗文，自出手眼，直抒性灵。亦擅画。室名无山堂、漉篱堂。有《漉篱集》传世。

驴背谣皖山道上作

一

泽国向来依艇住[1]，每于驴背便思还。如今就此寻安隐[2]，一似乘流看远山[3]。

二

世上尘劳疑有种，终朝蔚起未能删[4]。马蹄车辙无他事[5]，天地翻于此际闲[6]。

三

银浦流云影亦狂[7]，浮空一韭夜生凉[8]。当年种竹今何似，遥对修篁领绿香[9]。

四

吾家鹫岭字飞来[10],追琢常将鬼斧猜[11]。欲向浮山闲较量[12],青莲可似并头开[13]。

五

冉冉千峰都淡扫[14],荧荧暝色欲羁人[15]。星河尚肯流清照,欲向支机一问津[16]。

六

乱山历落疑无路[17],远水依微别有天[18]。但看溪边古枫树,嵚崎霜雪自年年[19]。

辑自《漉篱集》卷六

解题

这组诗是作者骑着毛驴在皖山道中即兴而作。一二两首写坐在驴背上看山的感受。作者生于水乡,习惯于坐船,而如今骑驴反觉安稳,好似乘船看山一般。想世间尘劳种种,终日奔忙,不能消除烦恼;而此时在皖山道中无他事困扰,感觉到天地之间真是宽大空旷啊!第三首写在皖山道中行走,头顶流云之影,可观竹之绿色,能闻竹之香气。真是心情舒畅。第四首写飞来峰与莲花峰。说是皖山的飞来峰一如自己家乡的鹫岭一样,陡峭异常,使人怀疑是鬼斧神工所为;皖山与杭州浮山都有莲花峰,好似青莲并蒂而开。闲来要将两座山峰好好比较一番,究竟谁更秀美。第五首咏皖山暮色。谓这些迷离的山峰,如同女子用青黛淡淡描摹的细长而弯曲的眉毛;天色已暮,山中灯火明灭闪烁,使人不忍离去。自己要到天河边去问一问织女:肯不肯让银河洒下清亮的光辉,照着我继续在这里观看皖山的夜景呢?第六首写皖山奇山秀水层出不穷,风景引人入胜。这六首七言绝句,所咏题材虽杂,但都是围绕皖山而展开,都表现了诗人对皖山风景的挚爱。

注释

〔1〕艇:小船。

〔2〕安隐:同"安稳"。安定,平静。亦谓平安。

〔3〕乘流:犹乘舟。唐李白《姑熟溪》诗:"爱此溪水闲,乘流兴无极。"唐薛能《送人自苏州之长沙县官》诗:"驱马复乘流,何时发虎丘?"

〔4〕终朝:终日,整日。蔚起:蓬勃兴起。删:削除,消除。

〔5〕马蹄车辙:马蹄踏过的痕迹,车轮碾过的辙痕,引申为外出活动的踪迹。

〔6〕翻:反。闲:空阔宽大。

〔7〕银浦:银河。

〔8〕韭(fēi):尘埃。作者自注:"叶园名'浮室一韭'。"

〔9〕修篁:修竹,长竹。领:领略。

〔10〕吾家鹫岭:原指杭州灵隐寺前飞来峰。飞来峰又名灵鹫峰,故称鹫岭。皖山亦有飞来峰,《(嘉庆)清一统志》:"皖山,在潜山县西北。……有峰二十七。其著者曰飞来、三台。"按,天柱之右,群峰环列,其中以飞来峰为最高。雄峙西南,插天蔽日。四面削壁,惟东北面悬绳可登。顶有大石,呼飞来石,人疑为神仙游戏所置云。

〔11〕追琢:雕琢,雕刻。追,通"雕"。鬼斧:鬼神使用的斧斤。喻指超人的力量。

〔12〕浮山:山名。即包山、狮子山。在今浙江省杭州市西南。本屹立钱塘江心,宋元以来随着泥沙沉积,遂与北岸大陆连接。

〔13〕青莲:青色的莲花。指莲花峰。皖山莲花峰在天柱峰东。峰顶巨石竖裂如花瓣,似荷莲争妍吐艳。旁有小岩,如莲苞出

水。"莲瓣"中有莲花洞,可容十数人。峰顶及洞内,有先民栖息遗迹。

〔14〕冉冉:缓缓飘动貌,渐进貌。亦作迷离貌。淡扫:即淡扫蛾眉之省。

〔15〕荧荧:微明闪烁貌。暝色:暮色。羁人:留人。羁,羁留。

〔16〕支机:即支机石。传说中天上织女支撑织机的石头。《太平御览》卷八引刘义庆《集林》:"昔有一人寻河源,见妇人浣纱,以问之,曰:'此天河也。'乃与一石而归。问严君平,君平曰:'此织女支机石也。'"问支机,即问织女。

〔17〕历落:参差错落。

〔18〕依微:隐约,依稀。别有天:别有一番天地,另有一种境界,亦形容风景引人入胜。

〔19〕嵚崎霰雪自年年:写皖山"天柱晴雪"胜概。嵚崎(qīn qí),高峻貌。霰雪,雪珠和雪花。

阮大铖

阮大铖(约1587—约1646),字集之,号圆海、石巢、百子山樵。怀宁(今属安徽)人。万历四十四年(1616)进士。擢户科给事中。天启时依附魏忠贤;崇祯时坐魏党,削职为民,寄寓南京。清兵入关,与凤阳总督马士英拥立福王于南京,任弘光朝兵部侍郎。次年擢兵部尚书。清兵渡江,破南京,福王被擒,大铖走金华,为绅士所逐,转投方国安,旋降清,从攻仙霞岭,坠马跌死岩石上。一说为清军所杀。阮氏品节历来为世所诟病,但戏曲作品享有盛名。张岱《陶庵梦忆》说其剧作"本本出色,脚脚出色,出出出色,句句出色,字字出色",被后人称为"临川派"的重要代表作家之一。亦工诗。著有《咏怀堂诗》《咏怀堂诗外集》及传奇十一种,今存《燕子笺》等四种,称《石巢四种》。《明史》卷三〇八、金天羽《皖志列传稿》有传。

李潜山庚白以诗见问用韵赋谢

疏狂礼法久相仇,农圃如今倘自繇[1]。凿脯薄能通野月[2],濯缨时复耐寒流[3]。掾曹忝窃征三语[4],居士宁惭号四休[5]。天柱近传仙令尹,吟来笙鹤破穷秋[6]。

辑自《咏怀堂诗外集》乙部

解题

李潜山庚白,即潜山知县李新。据《潜山县志》载,李新字庚伯,此诗题中作"庚白",有一字之讹。《新唐书·李白传》称:"白之生,母梦长庚(太白)星,因以命之。"后因以"庚白"代指李白。作者或因李新疏狂似李白,故意易"庚伯"为"庚白",亦未可知。

此诗为作者答谢李新寄诗存问而作。说是自己最近虽被征召为幕府之职,但只求粗茶淡饭以饱,补破遮寒以暖,平平稳稳,日子过得去,不贪不妒以终老就知足了。而李新疏狂礼法已久,作者认为如今他在潜山任职更是如鱼得水,可以过农家自由的生活,可以看郊野的月光,还可以临溪流而洗濯冠缨,一任自己超脱世俗,放浪形骸。最近又有传言说李新于深秋之日吹笙驾鹤畅游天柱山,并纵情吟唱。真是神仙令尹啊!从后来的结局看,诗中写李新为人,颇为近似;而说自己只求像宋代四休居士孙昉那样有四件安乐的事便已知足,则是言不由衷。

注释

〔1〕农圃:指农家。

〔2〕薄:犹"甫";甫,始也。

〔3〕濯缨:洗濯冠缨。语本《孟子·离娄上》:"沧浪之水清兮,可以濯我缨。"后以"濯缨"比喻超脱世俗,操守高洁。

〔4〕"掾曹"句：意谓自己近日已被征召，忝为幕府官。忝窃，谦言辱居其位或愧得其名。三语，南朝宋刘义庆《世说新语·文学》载："阮宣子有令闻，太尉王夷甫见而问曰：'老庄与圣教同异？'对曰：'将无同。'太尉善其言，辟之为掾。世谓'三语掾'。"《晋书·阮瞻传》亦载此事，但王衍作王戎，阮修作阮瞻。后常以"三语掾"作为幕府官的美称。

〔5〕"居士"句：意谓自己不图富贵，只求像宋代四休居士孙昉那样有四件安乐的事就知足了。四休，四件知足的事。宋黄庭坚《四休居士诗序》："太医孙昉，字景初……自号四休居士。山谷问其说，四休笑曰：'粗茶淡饭饱即休，补破遮寒暖即休，三平二满过即休，不贪不妒老即休。'山谷曰：'此安乐法也。'"按，三平二满，指平平稳稳，日子过得去。

〔6〕笙鹤：吹笙驾鹤。已见前注。穷秋：晚秋；深秋。

用韵答陈潜山蝶庵见赠

其 一

天柱春云映道南[1]，辛盘生菜与同甘[2]。藜分太乙烟相织[3]，花割河阳露并酣[4]。鸡肋都忘三见已[5]，鸥群未觉七难堪[6]。剪灯细品千秋雪[7]，稷下应无此夕谭[8]。

其 二

凤雀风中戾羽勤，山书小篆纪神君[9]。五丝蜀锦臻华制[10]，一掷胡琴领艳闻[11]。晴峤白从危雪吐[12]，春杯碧为小香分[13]。吟余仙影无烟火，碎剪巫山寸寸云[14]。

辑自《咏怀堂诗外集》乙部

解题

作者阮大铖第三次在南明王朝出任官职,潜山县令陈周政赋诗相赠。阮大铖遂用陈诗原韵作此诗还答。第一首与对方叙旧,并为自己违背"鸥盟"而感羞愧。诗中说,天柱山春云掩映之际,曾经与你一起食用生菜卷五辛盘迎春,至今还记得那美味。你不仅勤奋读书,而且治理地方有善政,使得全县风物美好。我出任这种食之无味、弃之可惜的官职已经有三次了,原先相约隐退山林的朋友们却并不觉得我特别难堪,真是难得呀。既如此,我便与你在灯下细细品味往日游览天柱山的胜概,恐怕古代稷下的那些学者们也没有我们今晚的谈兴之高吧。第二首称颂对方勤奋著书,行为潇洒,并为相见无期而忧伤。诗中写到,陈周政于国家多难之秋,亦像孙承泽著《山书》一样,勤于记述崇祯一朝史事。不仅文采华丽,而且有新鲜的遗闻佚事。并于政事、著述之余,登山游览,饮酒赋诗,似乎是不食人间烟火的仙人,但双方的欢会却是遥遥无期了,真使人忧伤啊。此诗述及作者自己在南明乱世出仕的心理及与潜山县令陈周政的友谊,颇有一定的真情实感;但全诗用典深僻,加上实境虚写与虚境实写手法的运用,使诗歌显得断续无端,含混晦涩,给读者带来困惑。

注释

〔1〕映:映照,遮蔽。

〔2〕辛盘生菜:中国古代元旦迎春的一种风俗食品。这一天,人们以葱、蒜、韭、蘸、兴蕖(即阿魏)这五种具有辛辣刺激味的菜蔬制成食品,称作辛盘,也称五辛盘;再用生菜卷饼食用。据载,食用此食品利于发散五脏之气,有益于身体健康。

〔3〕藜分太乙:古代传说,汉刘向传经,太乙神为之燃藜。藜,指藜火。晋王嘉《拾遗记·后汉》载:汉刘向校书天禄阁,夜默诵,有老父杖藜以进,吹杖端,烛燃火明。取《洪范五行》之文,天文舆图之牒以授

焉。向请问姓名,答云"太乙之精"。后因以"藜火"为夜读或勤奋学习之典。太乙,亦作"太一",原指北极星,后被祀为天帝之神。顾炎武《拟唐人五言八韵·班定远投笔》:"太乙藜初降,兰台露未晞。"

〔4〕"花割"句:称誉地方官吏治理有善政,当地风物美好。《白孔六帖》:"潘岳为河阳令,树桃李花,人号曰:河阳一县花。"

〔5〕"鸡肋"句:意谓出任这种没有多大价值但又不忍舍弃的官职都已经三次了。东汉建安二十四年,曹操自斜谷出兵攻蜀,与刘备僵持于阳平,曹操出口令曰"鸡肋",主簿杨修因觉鸡肋食之无味、弃之可惜,知曹操要退兵。见《三国志·魏书·武帝纪》注引《九州春秋》。后因以"鸡肋"比喻没有多大价值但又不忍舍弃的事物。诗中指出任官职。

〔6〕鸥群:一群以鸥鸟为友的朋友。比喻隐退山林的友人。

〔7〕剪灯:剪除灯花。喻夜深。千秋雪:千百年不化的雪。天柱山有"天柱晴雪",此以概指天柱胜景。其二诗中"晴峤白从危雪吐"亦指此。

〔8〕稷下:指战国齐都城临淄西门稷门附近地区。齐威王、宣王曾在此建学宫,广招文学游说之士讲学议论,成为各学派活动的中心。汉应劭《风俗通·穷通·孙况》:"齐威、宣王之时,聚天下贤士于稷下,尊宠之。"晋陶潜《拟古》诗之六:"稷下多谈士,指彼决吾疑。"谭,同谈。

〔9〕"凤雀"二句:谓陈周政于国家多难之秋,亦像孙承泽著《山书》一样,勤于记述崇祯一朝史事。戾羽,飞扬,疾飞。山书,书名。明末孙承泽著。此书专记崇祯一代朝章典故,以纪事之体按年登载,崇祯一代章奏事实,赖此以存者不少。

〔10〕蜀锦:原指四川生产的彩锦。后亦为织法似蜀的各地所产锦之通称。多用染色熟丝织成,色彩鲜艳,质地坚韧。诗中比喻华丽的文采。

〔11〕艳闻:本指关于艳情方面的传闻。此指新鲜的遗闻佚事。

〔12〕"晴峤"句：此句为"危峤白从晴雪吐"的倒装。峤，本指高而锐的山。泛指高山或山岭。

〔13〕春杯：指酒杯。

〔14〕"吟余"二句：意谓吟咏之余，似乎见到你不食人间烟火的身影，但欢会却是遥遥无期。吟余，吟咏之余。仙影，指陈蝶庵，即陈周政。巫山：战国宋玉《高唐赋》序："昔者先王尝游高唐，怠而昼寝。梦见一妇人，曰：'妾巫山之女也，为高唐之客。闻君游高唐，愿荐枕席。'王因幸之。去而辞曰：'妾在巫山之阳，高丘之阻，旦为朝云，暮为行雨，朝朝暮暮，阳台之下。'旦朝视之，如言，故为之立庙，号曰朝云。"后遂用为男女幽会的典实。此指与对方相会。

雪中陈潜山蝶庵见枉赋答[1]

峨眉饶古雪[2]，积素通万里[3]。高从天柱飏，光照中江水[4]。众象既以辉，纤尘复何滓[5]！迎暄弄华色[6]，蓄涧流春雨。陈侯天壤英，为政亦如此。余方息微躬[7]，霜畴守寒耜[8]。高轩闻见过[9]，榛莱蔚焉起[10]。一感罗雀心[11]，争鸣若臻喜。何时侍清弦[12]，寓目春风美。更濯吴塘缨[13]，长歌醉香芷[14]。

辑自《咏怀堂诗集》卷二

解题

阮大铖致仕还乡，雪中潜山县令陈周政到访，阮遂作此诗答谢。作者说，你的故乡峨眉山的古雪直通万里，来到天柱山，使得天柱山大雪飞扬，雪光照耀着我家乡的长江之水。雪中万象生辉，更无一点灰尘污染。今日天气转暖，到处呈现出美丽的色彩，溪涧中积蓄并流淌着春天的雨水。你这位天地间的英才，治理政事亦如同今日天气与风光景物一般美好。我卑贱的身子刚刚得到休息,正准备守着土地和农具过日子;忽然听说你大驾光临,我这杂草丛生的荒芜之地似乎一下子兴盛起来。本来宾客稀少,门可罗雀;现在变成鸟雀争鸣报喜,真使人感动啊!什么时候我们一起弹奏着乐器,在春风中观赏美景,然后在吴塘陂中洗濯冠缨,长歌一曲醉卧于潜山的香花香草之中,任自己超脱世俗,放浪形骸一回吧。

注释

〔1〕见枉:曲驾来访。

〔2〕峨眉:山名。在四川峨眉县西南,因山势逶迤,有山峰相对如蛾眉,故名。峨眉山为潜山县令陈周政故乡之地标,故诗以"峨眉"开头。古雪:经久未化的积雪。

〔3〕积素:积雪。

〔4〕中江:江流的中央,江中。江,指长江。阮大铖故乡安庆在长江之滨,故言此。

〔5〕纤尘:细小的灰尘。滓(zǐ):液体中沉淀的杂质。引申为污染。

〔6〕暄:天气暖和。华色:美丽的容色;华丽的色彩。

〔7〕微躬:谦词。卑贱的身子。

〔8〕畴:土地,田亩。耜:原始翻土农具名。

〔9〕高轩:高车。贵显者所乘。亦借指尊贵者。此指陈潜山蝶庵,即潜山县令陈周政。见过:谦辞。犹来访。

〔10〕榛莱:杂草丛生。形容荒芜。蔚焉起:即蔚起,蓬勃兴起。焉,语助词。

〔11〕罗雀:门可罗雀之省。门前可以张网捕鸟雀。形容宾客稀少,门庭冷落。

〔12〕侍:犹弄。此指弹奏。清弦:指琴瑟一类的弦乐器。拨动其弦,则发出清亮的乐音。晋郭璞《游仙》诗之三:"中有冥寂士,静啸

抚清弦。"唐陈子昂《薛大夫山亭宴序》:"斟绿酒,弄清弦。"

〔13〕吴塘:即吴塘陂。

〔14〕香芷:香草。

杨嗣昌

杨嗣昌(1588—1641),明末大臣。字子徽,号文弱,湖广武陵(今湖南常德)人。万历三十八年(1610)进士,除杭州府教授。累进户部郎中。崇祯七年(1634)擢兵部右侍郎兼右佥都御史,总督宣府、大同、山西军务。九年,拜兵部尚书,提出"四正六隅"、"十面张网"之计围剿农民军。又荐熊文灿为总督,剿抚并行。十一年,改礼部尚书兼东阁大学士,夺情入阁参机务,仍掌兵部事。时清兵入长城,他一意主和,遇事掣肘,致使卢象升孤军战殁,直隶、山东两省七十余州县皆失陷。十二年,朝廷特命杨嗣昌亲督师,赐尚方剑,指挥围剿张献忠,大败之。十三年率军入川,被献忠以走致敌战术所牵制,疲于奔命。献忠迅速出川,直捣襄阳,杀襄王;时李自成已破洛阳,杀福王。嗣昌惧诛,乃绝食(或谓自杀)而死。著有《杨文弱先生集》《武陵兢渡略》《野客青鞋集》《地官集》等传世。

过 皖 公 山

一

曾于白帝看仙掌[1],踏遍苍茫总不如[2]。今日五轮天外见[3],令人却忆华阴驴[4]。

二

葱岭不曾将履去[5],皖山犹说有衣传。只今无处参宗髓[6]，杀活看山总竖拳[7]。

辑自《杨文弱先生集》卷五五

解题

作者以礼部尚书、兵部尚书兼东阁大学士的身份，手持尚方剑入川征讨农民军张献忠，途经皖公山而作此诗。第一首将皖公山与华山东峰仙人掌峰作对比，认为皖公山可比肩华山。作者曾于西方观赏过西岳华山的东峰仙人掌峰，当时以为在苍茫无际的大地中，众多的山峰谁都比不上它。今日来到皖公山，只见佛家所说的"五轮"出现于天外，不禁使自己回忆起当时游华山的情景，也有了当时同样的感受。第二首写在皖公山参禅而悟对付农民军之策。禅宗三祖已西去，只留下一副空棺，但他的师法仍在皖山流传。自己虽然无处参得禅宗的真正精髓，但看过皖公山，已得般若智慧，知道"杀活"之机了。作者原先对付农军一味围剿杀伐，后来改为剿抚并行；在皖公山参禅悟道后，更坚定了他实行这种策略的信心。

注释

〔1〕白帝：古神话中五天帝之一，主西方之神。李白《西岳云台歌送丹丘子》："白帝金精运元气，石作莲花云作台。"本诗中"白帝"代指西方。仙掌：华山东峰仙人掌峰的省称。

〔2〕苍茫：广阔无边的样子。

〔3〕五轮：指佛手掌五指。《楞严经》卷一："实时如来举金色臂，屈五轮指。"清周亮工《佛手柑》诗："遥识五轮宣示意，云中金色软如绵。"五轮又为五轮塔的省称。五轮塔系以金、铜或石制成方、圆、三角、半圆、宝珠的形状，由下往上依次堆积成塔，用以象征地、水、火、风、空五种法门，以表大日如来法身之形相，塔内奉置舍利。

〔4〕华阴驴：《佩文韵府·十七霰·砚》引《摭遗》："李白游华阴县，乘驴过县门。宰怒，白乞供状曰：曾用龙巾拭吐，御手调羹，力士

脱靴,贵妃捧砚。天子殿前尚容走马,华阴县里不得乘驴?"此处指乘驴游华山。

〔5〕"葱岭"句:典出《景德传灯录》卷三:"魏宋云奉使西域回,遇师于葱岭。见手携只履,翩翩独逝。云问:'师何往?'师曰:'西天去。'又谓云曰:'汝主已厌世。'云闻之茫然,别师东迈。暨复命,即明帝已登遐矣。而孝庄即位,云具奏其事。帝令启圹,唯空棺,一只革履存焉。"

〔6〕宗髓:禅宗的精华,精粹。髓,脑髓。比喻精粹。

〔7〕杀活:谓死与生。亦指定人之死活。"杀活"又为禅宗用语"杀人刀,活人剑"之省。比喻禅风灵便,杀活自在。刀、剑均指般若智慧。因智慧之刀剑既能斩杀人的一切妄想,又能复活真性,激发人的觉悟,故名。《景德传灯录》卷一六:"石霜虽有杀人刀,且无活人剑。"《碧岩录》第十二则:"杀人刀,活人剑,乃上古之风规,亦今时之枢要。"竖拳:表示坚定信念。

黄圣期

黄圣期,广东番禺人。万历三十八年(1610)进士,官户部主事。工篆、籀之学,刻印规摹秦汉,章法刀法悉中矩镬。诗文著作有《春晖堂稿》,已佚。生平事迹见《(乾隆)番禺县志》卷一三。

过 潜 山 作

潜山翠削与云平,驻马偏饶览胜情。天柱日临诸岛近,石楼烟散列峰明[1]。共传佐命分南岳[2],犹记登封礼玉清[3]。何事笙歌长寂寂[4],松风空送晚涛声。

辑自〔清〕屈大均《广东文选》卷三五

【解题】

作者骑马经过潜山,他观览着山中胜景,想起汉武帝为帝王之业而下诏将此山封为南岳,并亲自登山祭天的热闹场景;而今笙歌不再,很久不见太平景象,晚风中只闻阵阵松涛声,心中感到一片惘然。

【注释】

〔1〕石楼:即石楼峰,潜山山峰之一。孙仅《题潜山》:"石楼平郡堞,天柱倚云端。"

〔2〕佐命:辅佐帝王之业。

〔3〕玉清:道家三清境之一,为元始天尊所居。亦指仙道或天。

〔4〕何事:为什么。笙歌:吹笙唱歌,泛指奏乐欢歌。多形容太平景象。元王懋德《元宵》诗:"万家灯火分明月,几处笙歌杂暖风。"寂寂:清静冷落。

谢士章

谢士章,字含之,号石渠,江西宁都人。幼育于贵州,冒姓陈,遂以贵州普安卫籍中万历四十四(1616)进士。除增城知县,迁南京刑部主事,历员外、郎中,出为重庆知府,累迁云南参政。士章性耽吟事,淡于仕进。著有《计偕》《笑玉轩》《退食轩》《秋似亭》《罗浮》《七星岩》《燕台》《懒云》《郢中》《巴音》等十集,后人辑为《谢石渠先生诗集》。其集乾隆朝曾遭禁毁。生平事迹见《(光绪)江西通志》卷一六九、《(光绪)广州府志》卷一〇七、《(康熙)增城县志》卷七、《明诗纪事》庚签卷二三等。

过潜山阻雨丁年侄见顾因追吊中翰丁惺蓼年兄

程程风雨不知春,原上经过倍惨神。丁令已仙惟见鹤[1],徐卿继世幸生麟[2]。人琴寂寂交情在[3],蕉鹿纷纷旅梦频[4]。去路斥沉何处定,拟从樵牧问前津[5]。

辑自《谢石渠先生诗集·郢中集》

解题

诗题中的"中翰丁惺蓼年兄",即丁一鸣。据《潜山县志》载,丁一鸣字惺蓼(一曰号惺蓼),潜山人。万历四十四年(1616)进士,授中书舍人。崇祯中召对称旨,选给事中,卒于官。题中称丁一鸣为中翰,乃以其前官称之;明清时别称内阁中书为"中翰"。谢士章与丁一鸣俱万历四十四年进士,为同年,故称"年兄"。丁年侄指丁一鸣之子丁宗祐,邑诸生。

作者出任重庆知府途经潜山,为雨阻滞。同年丁一鸣之子丁宗祐光顾旅舍看望他,当时一鸣已仙逝,作者遂作此诗追吊之。诗中用一系列典故痛悼亡友,表达了对世事变迁的感慨,并为丁一鸣有佳儿郎而欣慰。结尾处写不认识前方之路心存犹疑,实际也是对自己的前程表示担心。

注释

〔1〕"丁令"句:意谓丁一鸣已仙逝,世事已变迁。丁令,即丁令威。传说为汉辽东人,修道升仙,后化鹤归来,止城门华表上。有少年举弓欲射,鹤飞空中而言:"有鸟有鸟丁令威,去家千年今始归。城郭如故人民非,何不学仙冢累累。"后借以咏仙道,多喻指人世变化。已见前注。此句中"丁令"借指丁一鸣。

〔2〕"徐卿"句:典出唐杜甫《徐卿二子歌》:"君不见徐卿二子生

绝奇,感应吉梦相追随。孔子释氏亲抱送,并是天上麒麟儿!大儿九龄色清彻,秋水为神玉为骨。小儿五岁气食牛,满堂宾客皆回头。吾知徐卿百不忧,积善衮衮生公侯。丈夫生儿有如此二雏者,名位岂肯卑微休!"后用"徐卿二子"或"徐卿生麟"以比喻人家的佳儿郎。麟,传说中的兽名,为吉祥的象征。常用以美称仁德有才能的人。

〔3〕人琴:即人琴俱亡。南朝宋刘义庆《世说新语·伤逝》:"王子猷、子敬俱病笃,而子敬先亡……子敬素好琴,(子猷)便径入坐灵床上,取子敬琴弹。弦既不调,掷地云:'子敬子敬,人琴俱亡!'恸绝良久,月余亦卒。"后因以"人琴俱亡"为睹物思人,痛悼亡友之典。亦省作"人琴"。唐刘禹锡《和西川李尚书汉州微月游房太尉西湖重题》诗:"人琴久寂寞,烟月若平生。"

〔4〕蕉鹿:指梦幻。《列子·周穆王》:"郑人有薪于野者,遇骇鹿,御而击之,毙之。恐人见之也,遽而藏诸隍中,覆之以蕉,不胜其喜。俄而遗其所藏之处,遂以为梦焉。"蕉,通"樵"。后以"蕉鹿"指梦幻。宋辛弃疾《水调歌头·呈南涧》词:"笑年来,蕉鹿梦,画蛇杯。"元贡师泰《寄静庵上人》诗:"世事同蕉鹿,人心类棘猴。"

〔5〕樵牧:樵夫与牧童,也泛指乡野之人。前津:前路。

暮春之任西蜀行潜山道中闻杜鹃

泥淖疲人睡思繁,潜山景色渐朝暾[1]。舆分宿草云迷路,峰送飞岚翠湿轩[2]。惊雨村尨花外吠[3],祝晴野鸟树中喧[4]。未知蜀道行何似,杜宇声来已断魂[5]。

辑自《谢石渠先生诗集·郢中集》

解题

此诗写暮春前往西蜀任职途经潜山时路上所见所闻所感。宿草云迷,飞岚翠湿,村犬吠雨,野鸟祝晴,杜鹃声声,行人断魂,诗人在平凡的叙述中抓住几个新奇的亮点,再现了农村清幽宁静的环境和风物之美,也表达了自己雨中旅行的愁绪。诗中充溢着浓郁的乡土气息,给人以亲切之感。

注释

〔1〕朝暾:初升的太阳。亦指早晨的阳光。暾,日初出。
〔2〕"舆分"二句:车子穿过隔年的野草,云气使道路迷失;天柱峰上飘来雾气,那翠色把轩车也弄湿了。宿草,隔年的野草。轩,古代一种前顶较高而有帷幕的车子,供大夫以上乘坐。
〔3〕尨:多毛的狗。
〔4〕祝晴:祷告晴天。
〔5〕杜宇:指杜鹃鸟。杜宇本为古蜀国国王名,称望帝。死后其魂魄化为鸟,即杜鹃。故亦以"杜宇"名杜鹃。断魂:销魂神往。形容一往情深或哀伤。

雨阻潜山令君曾苞野见顾未值赋谢

葱葱山色雨中新,一望花封万树春[1]。道舞商羊濡客路[2],政传驯雉饮民醇[3]。风裁未识荆州面[4],意气先投北海宾[5]。道上青天复回首,遥看鸂鶒下前津[6]。

辑自《谢石渠先生诗集·郢中集》

解题

题中"潜山令君曾苞野",其人不详,"苞野"当为字号。今检《潜山县志》,明末曾姓任县令者仅有曾日省,湖广黄冈人,天启四年(1624)任潜山知县,或即其人。

作者因春雨阻滞稽留潜山,县令曾苞野到旅舍看望他,但此时作者为赶路已离开,故未能相见。作者于事后得知此事,便赋诗答谢。诗中描摹了行经潜山途中所见优美的暮春景色,称颂了曾苞野施仁政、泽及鸟兽的治绩,说是虽双方未能谋面,不能亲眼目睹你的气度风范,但你对自己的情谊、恩义已心领。此诗虽为一般应酬之作,但对仗工稳,情调清新,尤其结尾处的描写,形象鲜明,给人以深刻的印象。

注释

〔1〕花封:指境内花草遍地。晋潘岳为河阳令,满县遍种桃花,人称"河阳一县花"。见《白孔六帖》卷七七。后遂以"花封"为治县的美称。

〔2〕商羊:传说中的鸟名。仅有一足,每当大雨将至,此鸟则单足跳跃而舞,故民间有"天将大雨,商羊起舞"之谣。濡:稽延,迟缓。

〔3〕驯雉:东汉鲁恭为中牟宰,有仁政。天下蝗螟为害,而中牟县独不受其灾;山雉栖落在人身旁,没有人去惊扰它。事见《后汉书·鲁恭传》。后因以"驯雉"为称颂地方长官施行仁政,泽及鸟兽之典。

〔4〕风裁:气度,风范。识荆:指初见平素所仰慕的人。唐李白《与韩荆州书》:"白闻天下谈士相聚而言曰:'生不用封万户侯,但愿一识韩荆州。'何令人之景慕,一至于此。"韩荆州,即韩朝宗,时为荆州长史。此喻指曾苞野。

〔5〕意气:情谊,恩义。北海:指孔融。孔融曾任北海相,故称。

〔6〕鸂鶒(qī chì):水鸟名。形大于鸳鸯,而多紫色,好并游。又称紫鸳鸯。

潜山客舍次廖楚隆韵

征怀何计惜春花[1],风雨无端驻使车[2]。临水听人歌孺子^[3],异乡羡客骋游骒^[4]。山川有旧迎知己,桃李多情妒鬓华^[5]。对酒羁愁消不尽^[6],那能耽癖老烟霞^[7]!

辑自《谢石渠先生诗集·郢中集》

解题

作者阻雨潜山,恰逢友人廖楚隆在潜山游览①,二人客舍相聚,饮酒赋诗。此诗为次廖楚隆诗原韵而作,诗中美慕廖楚隆耽于山水胜境、超然于世俗之外的行为,表达了他乡遇故知的欣喜和岁华渐老的感慨,并为自己不能像廖楚隆那样潇洒悠游地生活表示遗憾。

注释

〔1〕征怀:旅人的情怀。
〔2〕驻:停留,止住。使车:使者所乘之车。
〔3〕歌孺子:比喻超然于世俗之外。《孟子·离娄上》:"有孺子歌曰:'沧浪之水清兮,可以濯我缨,沧浪之水浊兮,可以濯我足。'孔子曰:'小子听之,清斯濯缨,浊斯濯足,自取之也。'"
〔4〕骒:骏马名。李白《白鼻骒》词:"银鞍白鼻骒,绿地障泥锦。细雨春风花落时,挥鞭且就胡姬饮。"
〔5〕鬓华:两鬓斑白。
〔6〕羁愁:旅人的愁思。
〔7〕耽癖:沉湎爱好。老烟霞:终老于山水胜境。

忆故山蕨

入潜山食蕨,入钟祥食笋,怅然有感。

---

① 廖楚隆,金陵人。"楚隆"为其字,名不详。作者集中有与廖楚隆交往诗多首。

故山有蕨美且肥[1],紫茸翠茎纷葳蕤[2]。百草蔓尽擎拳出[3],一钱不费盈筐归。林宗剪韭输此味[4],东坡佐糁堪疗饥[5]。腰镰欲向蕨生处,何为城郭人民非[6]。

辑自《谢石渠先生诗集·郢中集》

解题

此诗写在潜山食蕨菜,因而想起在家乡采蕨菜情景。这种野菜不仅美味,还可疗饥;可惜如今身在异乡,世事变化,物是人非,心中不免怅然若有所失。

注释

〔1〕故山:旧山。喻家乡。蕨:多年生草本植物。生在山野。嫩叶可食,俗称蕨菜;根茎含淀粉,俗称蕨粉,可供食用或酿造;也供药用,有清热利尿之效。

〔2〕紫茸:紫色细软的绒毛。葳蕤:草木茂盛枝叶下垂貌。

〔3〕擎拳:指蕨芽,因其端卷曲如拳,故谓擎拳。宋朱松《蔬饭》诗:"蕨拳婴儿手,笋解篸龙蜕。"

〔4〕林宗剪韭:林宗即郭泰,东汉太学生的首领,清谈间阎的名士。据说,"有友人夜冒雨至,林宗剪韭炊饼食之"。

〔5〕佐糁:以米粒和羹。亦指杂,掺和。宋苏轼《格物粗谈·瓜蓏》:"冬瓜切碎者,以石灰糁之则不烂。"疗饥:止饥饿。

〔6〕"何为"句:感叹世事变化,物是人非。城郭,内城与外城,内称城,外称郭。泛指城邑。

凌义渠

凌义渠(1593—1644),字骏甫。浙江乌程(今浙江湖州)人。天启五年(1625)进士,崇祯时任给事中,擢山东布政使。入为大理卿,李自成攻陷北京,自经死。南明谥忠清,清初改谥忠介。早年以制义知名,所作清新婉约,为世传诵。服官后不留意于诗文。有《凌忠介集》《湘烟录》等传世。生平事迹见《明史》卷二六五本传、《天启崇祯两朝遗诗》卷三。

潜山旅舍

满酌聊将浊酒酤,行行转复怯前途[1]。四围草树兼风猛,一带茅茨照月孤[2]。饥鼠欲来灯已暗,啼螀不彻梦全无[3]。可知一夜寒侵骨,才说经秋意蚤枯[4]。

辑自《凌忠介集》卷四"使岷诗集补遗"

解题

此诗系作者奉命出使岷州途中在潜山旅舍所作。初秋时节,人在旅途。作者在店舍中独自满杯饮着浊酒。连续多天不停地赶路,现在心中转而感到胆怯。他既害怕前面路途险恶,也觉得自己前程堪忧。此时四周草木被猛烈的秋风吹拂,一爿茅屋在月光下更显孤单。准备就寝,刚将灯火调暗,饥饿的老鼠就打算出来觅食;寒蝉没完没了地哀鸣,使人不能入睡。整夜寒气侵骨,才到秋天,人便感到意兴索然,心情寡味。此诗以渲染环境气氛来衬托诗人心境,收到了很强的艺术效果。无论是那被猛烈秋风吹拂的草树,月光下孤独的茅屋,还是灯光刚暗便打算出来觅食的老鼠,整夜凄凄切切不停哀鸣的寒螀,都暗示出主人公孤独落寞、悲凉凄苦的情怀。诗人心情苦闷,与其说是个人因素,毋宁说是晚明那个多事之秋所带给他的巨大心理阴影。

注释

〔1〕行行:不停地走。

〔2〕茅茨:茅草屋顶。亦指茅屋。

〔3〕螿(jiāng):古书上说的一种蝉。即寒蝉。不彻:不绝,不完。没完没了。

〔4〕蚤:通"早"。

青口驿楼午眺

万竿森竹倚垣稠^{〔1〕},隔浦看山山更幽^{〔2〕}。蘸笔当窗风乍起,一天行色正宜秋^{〔3〕}。

辑自《凌忠介集》卷四"使岷诗集补遗"

解题

青口驿,驿站名。其地理位置及沿革事宜已见前李万实《青口驿元夕》诗解题。中午时分,诗人站在高高的驿楼上远眺,只见万竿翠竹倚墙而生,隔河看到对岸绵延起伏的群山,在清澈河水的映照下,山中景物更显清幽。临窗提笔正准备作诗,忽然一阵轻风拂过,抬头望望天空,满眼秋色正宜人,这可是旅行出发的好时机哟!诗人昨夜还是凄苦异常,今日突然心情舒畅。是什么使得他在心理上产生如此大的变化?当然是潜山美丽迷人的风光!

注释

〔1〕森竹:竹子繁密貌。
〔2〕浦:水边,河岸。亦指港汊,可泊船的水湾。
〔3〕行色:旅行出发前后的情状、气派。

李 新

李新,字庚伯,湖广蕲州人。举人。崇祯元年(1628)任潜山知县。精敏爽恺,兴废革弊,多所利赖。县城东西北大河环抱,徒涉维艰,新捐资率众各建石桥。黄土潭属本县屯粮所,木仓岁费修缮;新易以砖,省葺治之烦,无焚毁之患。怀桐太孔道,每十里建一坊表,高闳广衍,宾憩如归。又于内署创清斯堂,城中修四牌楼。莅任凡三载,升南京南司城。累官户部主事、陕西秦州兵备道副使,予告归。张献忠陷蕲州,新不屈,阖门死难。《(康熙)安庆府志》卷之十二、《(乾隆)潜山县志》卷之六有传。

宿 山 谷

山如云起乱垂天,过得吴塘晓渡前。水色日光浮旅舍,村炊野烧杂桑田[1]。心飞欲挟秋风上[2],体倦权留夜月眠[3]。更有老僧频指点,数峰恍落石桥边。

辑自《(康熙)潜山县志》卷一二《艺文下》

解题

此诗写山谷寺周围农村风光和天柱山清幽丽景。水色日光,村炊野烧,山峰倒影,犹如一幅明彻清新的淡墨画屏,萧散简远,韵味十足。

注释

[1] 野烧:焚烧原野枯草。
[2] 挟:倚仗,携同。
[3] 权:暂且。

陈周政

陈周政,号蝶庵,四川营山人。崇祯四年(1631)进士。五年

(1632)夏知潜山县事。学识渊博,有异才。下车日即试多士,较时艺外率命诗赋题,士以所业进者日积牍盈尺。每判簿书毕,即飞笔点窜无遗。退食之暇,唯事著述、临池。潜名胜多所题咏。以才调无锡,丁内艰归。后以工部郎补宁国守,卒于官。所著有《蝶庵遗稿》五十余卷。志称"潜令之以文事饬吏治者至今首称之"。《(康熙)安庆府志》卷之十、《(乾隆)潜山县志》卷之六有传。

三　祖　塔

　　五叶开一花[1],现此孤根像[2]。岂无窣堵波[3],较之不可两。其法用蛇行[4],吾乃羊角上[5]。蚁穿九曲珠[6],亦复螺旋疆[7]。跳身于瓮中,大块何莽莽[8]！微塘一练明,吴楚平如掌。天柱几由旬[9],许渠高一丈[10]？羽化直寻常[11],风腋忽焉痒[12]。振衣独立时,百感随孤往。俯悲诸倮虫[13],虮虱殊魍魉。奚为耳蜗粘[14],于吾惟有仰。侧闻兹浮屠,岁有神龙荡。沐浴雷雨余,气色倍为朗。百鸟望之惊,草苔不敢长[15]。想非丈六茎[16],未是迦陵响[17]。舍利瓦砾同[18],无劳护法蟒[19]。

辑自《(康熙)潜山县志》卷一二《艺文下》

解题

　　本诗全篇写作者登三祖塔的过程及所感所思。首四句写宝塔来历及其高耸之势。说是禅宗始祖达摩祖师来华传法,才出现这座孤危耸立的宝塔;世上到处有塔,但都不可与此塔相比。"其法"四句写写循塔内之阶梯盘旋登塔经过。谓登塔时蜿蜒曲折地前行,自己如同行走在尖尖的羊角上,心生烦恼。又像蚂蚁穿过九曲珠那样通过塔腹,其中的境界好似螺蛳壳纹理的曲线形状。"跳身"八句写所观塔外之景:从腹大口小的塔腹中逃身出来放眼一望,大自然是何等的广阔无际!陂塘显得微小,河水像白练那样光鲜明亮;吴楚大地一片平坦,如同摊开的手掌。天柱峰究竟有几由旬高呢?也许它比这三祖塔只高出一丈吧!在这塔上感到飞升成仙简直如同寻常小事,此时风生腋下,甚至还能觉出腋下发痒。"振衣"六句写作者整顿服装独立塔上,不禁百感丛生。表现了作者对世人耽溺于蜗角虚名、蝇头微利之不屑。"侧闻"以下写此塔在世人传言中的神灵之处,并表明自己对有关佛教各种传说的无所谓态度,这与庄子的"齐物论"思想大体相当。此诗全篇写登塔经过颇为生动逼真,但处处用典,虽能显示出作者在佛学及中国历史文化方面功底深厚,但亦为读者欣赏此诗带来一定难度。

注释

〔1〕五叶开一花:佛教禅宗典故。禅宗始祖达摩大师传法给二祖慧可时,曾有一偈语:"吾本来兹土,传法救迷情。一花开五叶,结果自然成。"关于"一花开五叶"有各种各样的说法,其中一种说法是"一心生五智,佛果自然成"。五智为:大圆镜智、平等性智、妙观察智、所成作智、法界体性智。这是将佛心看作五种,其根本还是一心。一切都以心为本,心生各种各样的活动。眼看、耳听、口谈、手抓物、脚奔走,那些都归于心的本体作用。而那心的本体,不是用我们的分别意识所能明白的。另一说则是:禅宗自六祖慧能以后,衍成曹洞、临济、云门、沩仰、法眼五派,故称为"一花五叶"。诗中指禅宗始祖达摩来华传法。

〔2〕孤根像:形容宝塔孤危耸立的样子。孤根,独生的根。谓孤独无依或孤独无依者。此指三祖塔。

〔3〕窣堵波:梵语 stūpa 的音译。即佛塔。

〔4〕蛇行:像蛇一样伏地爬行。或谓像蛇一样蜿蜒曲折地前进。

佛教亦有所谓"蛇行法"。《杂阿含经》三十七："佛告诸比丘有蛇行法,何等为蛇行法?谓杀生手常血腥,乃至行十不善等。彼尔时身蛇行,口蛇行,意蛇行。如是身口意蛇行已,向地狱或畜生之一趣。蛇行众生,谓蛇鼠猫狸等腹行众生,是名蛇行法。"

〔5〕羊角:喻宝塔顶之尖耸。佛教又以羊角譬烦恼。佛教以为,"金刚至坚,喻佛性。羚羊角能坏之。即烦恼能坏佛性也。"

〔6〕蚁穿九曲珠:古代传说故事。相传孔夫子离卫赴陈,途中见二女采桑。夫子遂云:"南枝窈窕北枝长。"采桑女答道:"夫子在陈必绝粮。九曲明珠穿不得,转来问我采桑娘。"夫子至陈,陈国大夫发兵围之,要他将丝线穿过九曲明珠,才能撤兵解围。夫子无计将丝线穿过珠上的九曲小孔,乃命弟子返回求教采桑女。家人告以采桑女不在,送给他们一只瓜。子贡道:"瓜,籽在内。子必在屋内。"采桑女闻声乃出,教以穿珠之法。子贡回陈禀告孔子。孔子依言以蜜涂在珠上,将丝线系在蚂蚁身上,蚂蚁从小孔中穿过,丝线就随蚂蚁穿了过去。中途蚂蚁偷懒,不肯再爬,便用烟熏小孔,逼其往前爬出洞去。陈国始释孔子。此以"蚁穿九曲珠"喻人在塔腹中爬行。

〔7〕螺旋:像螺蛳壳纹理的曲线形。

〔8〕大块:大地,大自然。莽莽:广阔无际貌。

〔9〕由旬:古印度长度单位,梵语 yojana 之音译。按照《俱舍论》的说法,三节(人中指的中节)等于一指;二十四指等于一肘;四肘等于一弓;五百弓等于一俱庐舍;八俱庐舍等于一由旬。换算成中国长度单位,一由旬约四十里,一说三十里。

〔10〕渠:它,代词。

〔11〕羽化:道教术语。指飞升成仙。

〔12〕风腋:风生腋下。喻长翅,与"羽化"同义。

〔13〕倮虫:古代所称的"五虫"之一,总称无羽毛鳞甲蔽身的动物。倮同裸。引申专指人类。

〔14〕耳蜗:即蜗牛的耳朵、蜗牛的触角,喻微不足道的虚名和利益。语出《庄子·则阳》寓言"蜗角之争"。苏轼《满庭芳》词:"蜗角虚

名,蝇头微利,算来着甚干忙。"

〔15〕"侧闻"六句:写三祖塔之传说。北宋乐史《太平寰宇记》载,塔在潜山山谷寺东北,唐代宗大历七年(772)敕改为"觉寂"。峭壁间刻杜牧怀古诗。塔外旋中空,出入相制,与他塔异。跻镵处,石半销。相传塔上莓苔不生,鸟雀不栖。岁有龙来洗塔,来时则雷电晦冥,腥风扑鼻,使人恐怖。

〔16〕丈六:一丈六尺。指佛化身的长度。后亦借指佛身。《传灯录》曰:"西方有佛,其形丈六而黄金色。"

〔17〕迦陵:梵语"迦陵频伽"音译之略,意译为妙音鸟或美音鸟,指一种神鸟。传说生于雪山,在蛋壳中即能鸣唱。其音和雅,听者无厌。

〔18〕舍利:又称舍利子,梵语音译。原指佛教祖师释迦牟尼佛、后亦指得道高僧圆寂火化后留下的遗骨和珠状宝石样生成物。意译为灵骨、身骨或遗身。其形多样,其色多彩,如珍珠、玛瑙、水晶等。三祖塔内藏有僧璨之舍利子。

〔19〕护法蟒:佛教传说,佛身有蟒龙蛇神摩睺迦罗环绕相护。

祷雨皖公山登祭台

拨云穿烟气肃将[1],携来一瓣入仙香。溪边石代蛟龙吼,峰顶云如鸾凤翔。老树饱尝周雨露[2],野花空绣汉文章[3]。不堪礼处凭人吊[4],感向诸峰引共长。

辑自《(康熙)潜山县志》卷一二《艺文下》

▣ 解题

祭台,又称祭岳台、拜岳台,在潜山县皖公山山麓。为元封五年汉武帝祭封天柱为南岳之高台。传说祭岳时,见五岳于云中出现,爰立五岳祠。

明末某年,潜山县出现大旱。作为县令,陈周政代表全县百姓去祭台求雨,遂作此诗。诗中说,他拨云穿雾来到祭台向神灵奉献一瓣仙香,此时溪边巨石像蛟龙在怒吼,天柱峰顶上的云彩如鸾凤飞翔。山中有曾饱尝周朝雨露的老树,野花组成图案花纹徒然地形似汉代文章。往事俱已矣,但眼前到这里来面对遗迹怀念凭吊的人们却拥挤不堪,那些古人往事竟与天柱峰一样地久天长,永远流传,真使人感慨呀!此诗虽为吊古之作,但语调平和,哀而不伤,不失儒家所谓"情性之正"。

注释

〔1〕肃将:犹敬奉或敬献。

〔2〕"老树"句:因皖国为周大夫皖伯始封之地,皖公山即以皖伯而得名。诗故云"老树饱尝周雨露"。

〔3〕"野花"句:因汉武帝元封五年曾来天柱山行封禅之礼,故云"野花空绣汉文章"。空,徒然,白白地。文章,错杂的色彩或花纹。亦指礼仪。

〔4〕不堪:承受不住。不能承当;不能胜任。

叶嘉士

叶嘉士,明末拔贡,有才学,在南雍为司成管绍宁首拔。未仕卒。《(乾隆)潜山县志》卷之七、《(民国)潜山县志》卷一一有传。

三祖塔次陈蝶庵韵

绝臂此能传[1],指端空留像[2]。香风入六天[3],法界诇堪两[4]？台当明镜非，无足柔软上[5]。圆信向虚空[6]，解缚安相疆[7]。开峰净五云，明天入草莽。俯首认尼珠[8]，胡汉来诸掌。不从色界投[9]，混茫破千丈。群鸟影覆青，意树闲生痒[10]。如彼空中飞，无迹住来往。令鬘去浮提[11]，大地走魍魉。何处睹蜂旋，顶山无自仰。岂容南岳高，未任西江荡。阁风持夜摩[12]，尘垢皆归朗。返照落须臾[13]，前空此见长。歌呗领潮音[14]，虚天来静响。偶拈灭境铭[15]，不感嗔与蟒。

辑自《（康熙）潜山县志》卷一二《艺文下》

解题

此诗为作者次潜山县令陈周政《三祖塔》诗韵而作。诗中不仅押前人诗韵，并且韵序也一如其诗。作为一名贡生，欲以"明经"科目出仕，作者虽通晓经术，而作诗或非其所长。加之为"次韵"体制所拘限，因其"心思为韵所束，于命意布局最难照顾"，故从本诗全篇来看，虽表现出作者一定的佛学功底，但终乏诗之韵味，且有生拼硬凑之感，远逊于陈周政《三祖塔》诗之原作。不过，作者热爱家乡风光景物的拳拳之心，还是昭然可见。

注释

〔1〕绝臂：疑为"绝壁"之误。

〔2〕"指端"句：佛教典故。《佛说观无量寿佛经》："指端有八万四千画，画有八万四千色，色有八万四千光，其光柔软普照一切。"此喻指塔相庄严。

〔3〕"香风"句：犹香飘人世。六天，佛经有欲界六天：四天王天、忉利天、须焰摩天（又称夜摩天）、兜率陀天、乐变化天、他化自在天。见《楞严经》卷八。此以"六天"指称尘世，人世。

〔4〕法界：即指现象世界。《华严经》中有《入法界品》，即以世间为"法界"。

〔5〕"台当"二句：禅宗六祖慧能有偈曰："菩提本无树，明镜亦非台。本来无一物，何处惹尘埃。"此用其意，谓塔本非实体，而亦为心中幻觉所生。故不用足登，而用心可攀。

〔6〕圆信：佛教语。谓圆融常在的正确信仰。虚空：佛教语。谓宇宙之本体为虚无形质，空无障碍。然具体表现为各种现象则有体有相，体者平等周遍，相者彼此别异。

〔7〕解缚：解除捆绑。

〔8〕尼珠：即摩尼珠。摩尼，梵语 mani，意译作珠、宝珠。为珠玉之总称。传说摩尼有消除灾难、疾病，凡意有所求，此珠皆能满足，故亦称如意宝珠。《论》云："摩尼珠多在龙脑中，有福众生自然得之，亦名如意珠。常出一切宝物、衣服、饮食，随意皆得。得此珠者毒不能害，火不能烧。或是帝释所执金刚与修罗斗时碎落阎浮提，变成此珠。"又云："过去久远佛舍利，法既灭尽，变成此珠，以为利益。"

〔9〕色界：佛教三界之一。色界在欲界之上，无色界之下。有精美的物质而无男女贪欲。此处指凡界。

〔10〕意树：意念。佛教认为一切善果、恶果皆由意念所生，故以"意树"喻意念。

〔11〕鬘：即花鬘，以香草结成花鬘供佛。印度风俗，男女多以花结贯饰首或身，谓之俱苏摩摩罗（Kusumamālā），因而以为庄严佛前之具。浮提：即阎浮提。阎浮，梵语 jambu，乃树之名；提，梵语 dvīpa，洲之意。乃盛产阎浮树之国土。阎浮提洲为梵语的旧译，新译为南赡部洲，即现在印度大陆。佛祖释迦牟尼生于南赡部洲的中心部迦毗罗城，后创立佛教。阎浮提后亦泛指人间世界。

〔12〕夜摩：梵文 Yāma 的音译，全称"苏夜摩"（Suyāma），意译"焰分"、"时分"、"善分"等。佛教所称六欲天之三。谓在三十三天之上十六万由旬，永为白昼。

〔13〕返照：此处指夕阳。

〔14〕呗：梵语"呗匿"（梵文 pāṭhaka）音译之略。意为"止息"、"赞叹"。指以短偈形式赞唱宗教颂歌。后泛指赞颂佛经或诵经声。潮音：潮水的声音。亦指僧众诵经之声。

〔15〕灭境铭：指佛经。灭境，寂灭之境，即涅槃。佛教指度脱生死之寂静无为境地。

郑二阳

郑二阳，字敦次，号潜庵。河南鄢陵人。万历四十七年(1619)进士。授德安推官，除潞藩庄田收租之弊，废区头之役，改由地方官府征解。因忤宦官，被左迁南京，历吏、礼二部郎中，迁海防金事。崇祯十一年(1638)，擢佥都御史，巡抚安庆。十五年，张献忠克庐州，二阳被明廷逮捕下狱，后被释。十七年，逃出北京，寓京口。顺治三年(1646)归里，闭门以诗文自娱。著述甚富，涉及政治、军事、历史、医学、教育诸方面。有《郑中丞公益楼集》传世。

潜 山 闻 鸡

潜山屡被兵火，炊烟断绝。夜闻鸡声，人皆以为太平景色。

其 一

烧残古驿傍山隈，废苑空余烈火灰[1]。剩有荒鸡鸣夜半[2]，一声唤起太平来。

其 二

野棠荒蔓人烟少[3]，终岁频闻刁斗声[4]。野老向人垂涕语^[5],几年此地盗纵横^[6]。

辑自《郑中丞公益楼集》卷三

解题

明末张献忠的农民军屡在潜山烧杀抢掠,史书多有记载。此诗以古驿烧残,废苑余灰,田地荒芜无人整治,野草野木蔓延生长,以及刁斗声终年不断等场景描写,表现了战时的乱离惨象。半夜鸡鸣,旧以其为恶声,而今人人皆以为太平景色,诗歌通过有关人们心理的对比描写,传达出一种深沉的悲怆之感和人们对时世安宁和平的渴望。

注释

〔1〕废苑:荒废的苑囿。苑,古代畜养禽兽供帝王玩乐的园林。亦指一般风景园林。

〔2〕荒鸡:指半夜鸣叫的鸡。旧以其鸣为恶声,主不祥,认为荒鸡叫则战事生。

〔3〕野棠:果木名。俗称野梨。落叶乔木,叶长圆形或菱形,花白色,果实小,略呈球形,有褐色斑点。可用做嫁接各种梨树的砧木。唐储光羲《送姚六昆客任会稽何大塞任孟县》诗:"野棠春未发,田雀暮成群。"宋辛弃疾《念奴娇·书东流村壁》词:"野棠花落,又匆匆过了,清明时节。"一说指野蔷薇。荒蔓:田地荒芜,未加整治,野草野木蔓延生长。

〔4〕刁斗:古代军队行军所用铜器名,三足一柄,白天用于炊煮,晚间用于打更巡夜。

〔5〕野老:村野老人。垂涕:流泪。

〔6〕盗:此指张献忠农民军。

徐显达

徐显达,号行求,潜山人。徐尧莘长子。明末以廪贡入胄监。所著有《鸣和轩麈谈》。子益泰、益震。幼子益临,庠生,有才名,早卒。《(康熙)安庆府志》卷一七、《(乾隆)潜山县志》卷之九有传。

秋日游虎头岩铁笛洞。先郧阳守建别业于此[1],先正治少亦从此问字焉[2]

群木领秋意[3],登临万壑空。风林藏鸟白,霜叶带霞红。仙洞怀长笛[4],书堂思暮钟[5]。马蹄归路寂,明月出前峰。

辑自《(康熙)潜山县志》卷一二《艺文下》

【解题】

虎头岩,又称白云岩,在蔡林庄上三里,旧有白云寺(白云庵)、铁笛庵(铁笛龛)。岩巅有五十三参,"云里悬钟"、"壁间笛响"为其二胜。明嘉靖间,郧阳知府徐桂解组归潜山,曾于其处建别业,日事著述吟咏,后人称之为徐公石庵。徐桂从孙徐尧莘之子徐显达于秋日游虎头岩,并造访先人所建别业,遂作此诗。全诗描摹了空旷明丽的山景,表达了作者幽幽思古之情。尾联写归路马蹄、前峰明月,渲染了山中静谧美感,更表现了作者内心的兴奋、快适之意。

【注释】

[1]先郧阳守:指徐桂。徐桂曾任郧阳府知府,故称。先,先人。徐桂解组归,筑室白云岩(即虎头岩),日事著述吟咏。参见前徐桂小传。别业:别墅。

[2]先正治少:指作者父亲徐尧莘。尧莘为徐桂从孙,字汝聘,号

宾岳,万历十四年(1586)进士,官至山东布政使。正治,即正治卿,明代文官勋位之一,从二品。问字:《汉书·扬雄传》:"刘棻尝从雄学作奇字。"后因用为向人请教学问之辞。

〔3〕领:感受。

〔4〕仙洞:指铁笛洞。

〔5〕书堂:指别墅中的书房。

金道器

金道器,字达生,潜山人。明末拔贡。少颖异,七岁就塾师,日诵千言。稍长,博极群书,与人谈,上下数千年,日夜娓娓不倦。散千金产积书三万卷,沉酣其中。初慕陆学,以简易悟入,后乃专读朱熹之书。以明经终,卒年五十七。《(康熙)安庆府志》卷一七、《(乾隆)江南通志》卷一六四、《(乾隆)潜山县志》卷之八、《(光绪)重修安徽通志》卷二一八有传。

乔 公 故 址

古井千年冷翠翘[1],汉家遗事久萧条。孙郎霸业空流水[2],太尉佳城没野樵[3]。人世几回惊异代,鸟声犹自说前朝。临风无限兴亡恨,谩有闲情到二乔[4]。

辑自《(康熙)潜山县志》卷一二《艺文下》

【解题】

此诗写作者凭吊乔公故宅,追想当年三国英雄的风流佳话,到而今,孙策的雄图霸业早已如流水般逝去,乔玄之墓则埋没于荒野的柴薪之中,只有鸟声不断,似乎在诉说着前朝往事。面对此景,心中不禁生出无限兴亡之慨。

注释

〔1〕古井：指胭脂井。相传二乔姐妹妆罢便将残脂剩粉丢弃井中,长年累月,井水泛起了胭脂色,水味也作胭脂香了。冷翠翘：指翠绿色的草木生长得很高。冷翠,给人以清凉感的翠绿色。

〔2〕孙郎：指孙策,他与周瑜分别娶乔公二女为妻,可惜他们二人皆英年早逝。

〔3〕太尉：指东汉末名臣乔玄,已见前注。佳城：墓地。没(mò)：埋没。野樵：荒野的柴薪。

〔4〕谩：徒然,空。

金道全

金道全,潜山人,明末诸生。妻刘氏,进士刘伯辉孙女,典膳刘肖华女,崇祯时为农民军所掠,不屈怒骂,被肢解。《(康熙)安庆府志》《(乾隆)江南通志》《(光绪)重修安徽通志》及现存各本《潜山县志》均有传。

送史漱玉读书高馆

山斋窈窕复凭高[1],嚣视禅房更远嚣[2]。寂处鼯鼪啼薜月,清来梵呗韵松涛[3]。云生涧户衣裳冷[4],花发林霏楮笔豪[5]。胜地灵心相警发,涪翁之后见风骚[6]。

辑自《(康熙)潜山县志》卷一二《艺文下》

解题

据《(乾隆)潜山县志》载,高馆,在山谷寺后,为庠生史汝敬延诸名士读书处。诗题中的史漱玉当即史汝敬,漱玉为其字。作者金道全此诗写送友人史汝敬隐居高馆读书,诗歌着重描写了高馆周围清幽雅致、远离尘嚣的环境,作者认为在这样名胜之地读书能得到警醒启发,提高自身文学修养。说是友人史汝敬或许因此而能步黄庭坚后尘,成为他那样优秀的文学家。这当然是作者的褒美之词。

注释

〔1〕窈窕:幽深貌,风姿美好貌。

〔2〕嚣视:闲适自得地看。嚣,闲暇貌,自得貌。远嚣:远离尘嚣。嚣,喧哗。

〔3〕"寂处"二句:寂寞冷落之处,可以听见鼯鼠与鼬鼠在薜萝间的明月下啼叫;清静时分,僧尼有节奏的诵经声与山中松涛声一起发出和谐的旋律。鼯鼪,同"鼯鼬"。指鼯鼠与鼬鼠一类小动物。薜月,薜萝间的明月。梵呗,僧尼诵经声。已见前注。

〔4〕涧户:山涧的出口。

〔5〕林霏:树林中的云气。楮笔:即纸笔。此指写作。豪:豪气。指有豪迈气概。

〔6〕涪翁:指黄庭坚。已见前注。风骚:指《诗经·国风》与《楚辞·离骚》,后世以此指代文学。

金道合

金道合,字洞观,潜山人。嗜古博学,弱冠即驰声艺苑,明崇祯间贡生。以明经任余姚训导,与葛寅亮、倪元璐善。以三年俸钱尽市书籍。升罗田教谕,与邑令争雪诸生冤,不合即告归。年六十卒。著有《瑶草山房集》《史评》《集杜》共八十余卷。《(康熙)安庆府志》《(乾隆)江南通志》《(光绪)重修安徽通志》及现存各本《潜山县志》均有传。

寄刘沛州习定西庵

君是遗民后身[1]，我为再世渊明[2]。自怪年来踪迹，犹为五斗营营[3]。

又

五岳全收杖底[4]，一茆枯坐蒲团[5]。南北宗风参饱[6]，归来认取止观[7]。

辑自《(康熙)潜山县志》卷一二《艺文下》

解题

西庵，在山谷寺右。刘沛州，生平事迹不详。刘退隐后来到西庵修习禅定，金道合作此二诗寄之。第一首，作者一方面赞扬友人刘沛州的隐逸之志，另一方面也反省自己近年来为了一点微薄的俸禄仍在官场中奔忙劳碌，不能像陶渊明那样归隐田园。第二首中，作者描述友人悠游的生活，他不仅游遍五岳，而且于草舍打坐、参遍南北二宗，最后认取天台宗十分重视的"止观"为主要修行法门。诗歌曲折地表现了作者对现实世界的不满和厌恶，对理想境界的向往和追求。

注释

〔1〕遗民：亡国之民；前朝留下的老百姓。亦指隐士。后身：佛教有"三世"之说。谓转世之身为"后身"。

〔2〕渊明：即陶渊明，东晋著名隐士。

〔3〕五斗：即"五斗米"。《晋书·隐逸传·陶潜》："郡遣督邮至县，吏白应束带见之，潜叹曰：'吾不能为五斗米折腰，拳拳事乡里小儿邪！'义熙二年，解印去县。"后用以指微薄的官俸。亦省作"五斗"。

〔4〕"五岳"句：意谓五岳全部都攀登过。杖，即登山所用的手杖。

〔5〕茆（máo）：同"茅"，茅可盖屋，这里因以指代草舍。蒲团：是指以蒲草编织而成的圆形、扁平的座垫。又称圆座。乃僧人坐禅及跪拜时所用之物。

〔6〕南北宗：我国佛教禅宗的两个派别。佛教禅宗自五祖弘忍之后，分为南北二宗：南宗为六祖慧能所创，主张"顿悟说"，行于南方；北宗为神秀所创，主张"渐悟说"，行于北方。故有"南能北秀"、"南顿北渐"之称。后世南宗大行，分为"五家七宗"。参：参悟。

〔7〕止观：佛教修行法门之一。"止"为梵文"奢摩他"的意译，意为扫除妄念，专心一境；"观"为梵文"毗钵舍那"的意译，意为在"止"的基础上发生智慧，辨清事理。佛教主张通过"止观"即可"悟"到"性空"而成佛。中国佛教天台宗十分重视止观，认为是得入涅槃境界的主要途径。

吴应箕

吴应箕（1594—1645），字风之，更字次尾，号楼山。贵池（今属安徽）人。阮大铖以附珰削籍居南京，吴应箕与复社人士作《留都防乱公揭》声讨之。中崇祯十五年（1642）副榜，贡入京。南明福王立于南京，阮大铖得志，急遣骑捕之，应箕夜遁去。南京失陷，起兵抗击清兵，败走山中，被获，慷慨就死。清乾隆时追谥忠节。诗文之名颇著，有《楼山堂集》传世。生平事迹见《明史》卷二七七本传及夏燮《吴次尾先生年谱》。

方密之以智画天柱峰图相赠作此还答〔1〕

我闻天柱之峰高百仞，亏蔽日月概星辰〔2〕。精灵下降有方子,笔力要与争嶙峋。一朝作图来赠我,意象髣髴含苍旻[3]。呜呼方子何奇杰,世间好事都精绝。学书直造王右军[4],作诗欲与工部絜[5]。弃为小道云偶耳[6],我曹立身有大节[7]。此时四海尽烟埃[8],钩党才宽□□来[9]。南京狐狸号不息,燕云关塞已全摧[10]。平羌无人朱游死[11],谁能谔谔诤平台[12]。却重君家有召虎[13],三湘七泽藉安堵[14]。怜君表饵未能售[15],顾我何人假毛羽。即今相遇市尘中,夜半酒酣共起舞。写图贶我何敢当[16],振衣者谁君在冈[17]。安得从君排闾阖[18],手扶云汉扫欃枪[19]!不然挂此一幅日相对,愧我虽有素壁非高堂[20]。

辑自《楼山堂集》卷二三

解题

吴应箕与方以智在喧嚣的城市中相遇,夜半酒酣耳热之际,方以智画《天柱峰图》赠送吴应箕,吴遂作此诗还答。诗中高度赞扬了方以智在国家危难之际的高尚气节和所作的贡献。烽烟四起,到处是叛徒与谗佞小人,像召虎和朱游这样的忠臣已经没有了,方以智却以自己的行动做出了表率。他作画的笔力可与天柱峰"争嶙峋",他的行为亦能与历史上的忠谏之士相媲美。

注释

〔1〕方密之以智:即方以智,以智字密之。以下诗中的"方子"均指方以智。

〔2〕"亏蔽"句:亏蔽日月,即遮蔽日月。亏蔽,犹遮蔽。概星辰,遮盖星辰。概,遮盖。《方舆胜览》卷四十九《安庆府·山川》:"皖山,在怀宁西十里,皖伯始封之地。《汉地理志》:'与潜山、天柱峰相连,三峰鼎峙,迭嶂重峦,拒云概日,登陟无由。'"

〔3〕髣髴：类似，好像。苍旻：苍天。

〔4〕造：指达到某种程度或境界。王右军：即王羲之，东晋书法家。因其官至右军将军，故世称王右军。

〔5〕工部：指杜甫，唐朝诗人。因其一度在剑南节度使严武幕中任参谋，表为检校工部员外郎。故世称杜工部。絜：衡量，比。

〔6〕小道：儒家称礼乐政教以外的学说、技艺。

〔7〕我曹：我辈。

〔8〕烟埃：尘埃；灰烬。此指烽烟和战尘。喻战乱。

〔9〕钩党：谓相牵引为同党。亦指相牵连的同党。

〔10〕燕云：燕指辽所建的燕京，云指云州。燕云的称谓始于北宋末年，初为宋人企望收复北部失地的泛称，并无境域可指。至宣和四年(1122)宋朝建置燕山府和云中府两路，"燕""云"连称才有确定的地域。

〔11〕平羌无人：意谓忠贞而有才干者被谗，朝中无人。据史载，东汉时，并、凉等州羌族叛服无常，自从段颎、皇甫规等依次出讨，屡破羌人，西境少安；至段颎、皇甫规先后被谗，征还受罪，羌众复炽。规起任度辽将军，独颎尚输作刑徒，未得起复。西州吏民遂陆续诣阙，为颎讼冤，颎乃得免罪入朝，拜为议郎，出任并州刺史。会有滇那等羌入寇武威、酒泉、张掖诸郡，焚掠庐舍，势甚猖狂，凉州几被陷没。朝廷闻警，乃复命颎为护羌校尉，乘驿赴任，滇那等素慴颎威，不待交锋，便即请降。朱游：西汉鲁人，字游。汉成帝时为槐里令，上书指斥朝臣尸位素餐，请斩佞臣张禹。成帝怒，欲斩之，朱云攀折殿槛。事见《汉书·朱云传》。后因以"朱云"为咏直谏忠臣之典。

〔12〕谔谔：直言辩争貌。

〔13〕召(shào)虎：周宣王辅佐。一作召伯虎，为召公奭后裔，史称召穆公。公元前842年，"国人"暴动，厉王仓皇出走。他收藏太子靖于家，以己子代死。宣王即位后，受到重用。曾奉命出兵江、汉，征伐淮夷，控制荆楚，以功受策封表彰。今国宝级文物"召伯簋"即其遗物。

〔14〕安堵：犹安居。

〔15〕表饵：汉贾谊上疏论匈奴，提出"五饵三表"作为制服单于的办法。后因以"表饵"指对付敌方的策略。售：此指未被采纳。

〔16〕贶(kuàng)：赐予。

〔17〕振衣：拂除衣服上的灰尘，清洁服装，表示洁身自好。在冈：松柏在冈之省。喻志操坚贞。《骈文类纂·宋濂〈演连珠〉》："盖闻鹰鹯巢林，鸟雀为之不栖；松柏在冈，蒿艾为之不植。是以君子居乡，俭壬革面；正士立朝，奸雄敛迹。"

〔18〕排：推开。阊阖：神话传说中的天门；也指皇宫之门。

〔19〕云汉：天河。欃枪：彗星的别名。古人认为是凶星，主不吉。喻邪恶势力。

〔20〕素壁：白色的墙壁。高堂：高大的厅堂。借指华屋。

林　铨

林铨，字六长，福建人。崇祯八年(1635)客居潜山山谷寺时，曾率僧众抗击流贼①。其余事迹不详。

游　山　谷

侣游临邃谷[1]，心境各泠然[2]。锡影峰前落[3]，衣香云上褰[4]。石牛闲卧草，山鸟独啼烟。载弄潺湲里[5]，遐思企昔贤[6]。

辑自朱康宁主编《天柱山摩崖石刻集注》

---

① 钱谦益《牧斋初学集》卷三十《刻邹忠介公奏议序》："闽人林铨，字六长。……崇祯乙亥，铨客潜山山谷寺。流贼卒至，铨部署寺僧据山半以守。数日食尽，守者亦去。铨尽弃其资斧，取忠介《奏议》及其诗卷缚两肘，右手提桀石，左手持白梃，背剑且斗且走，踉跄百余里。逾两日还寺，饥饿无所得食，拍手大笑曰：'吾纵饿死，幸以忠介免矣。'"

解题

此诗刻于石牛溪畔石谷上,末署"□戌春日同□钱□退作古闽林铨"。原无诗题,题为笔者所加。据钱谦益《刻邹忠介公奏议序》"崇祯乙亥,铨客潜山山谷寺"云云(见作者小传脚注),石刻题署中所缺首字当为"甲"。"甲戌"即崇祯七年(1634)。全诗写诗人游皖公山谷时所见秀丽幽静的景物和自己超脱而冷淡的心境,并表达了对先贤的仰慕之情。

注释

〔1〕邃谷:大谷。
〔2〕泠然:清爽,寒凉。亦指超脱、冷淡的神情。
〔3〕"锡影"句:写宝志卓锡开山事。峰,指飞锡峰。亦称卓锡峰,即三祖山的最高处。
〔4〕衣香:指三祖所传下美好的禅宗风习。衣,指袈裟;佛教禅宗师父传法于弟子习称为"传衣"。褰(qiān):张开,散开。
〔5〕载弄:戏弄。潺湲:此指流水。南朝宋谢灵运《入华子冈是麻源第三谷诗》:"且申独往意,乘月弄潺湲。"
〔6〕企:企慕,仰慕。昔贤:前代的贤人或名人。

祝 祺

祝祺,字山如,桐城人。诸生。博学工文,然棘闱数奇。遂娱志烟云,吟咏累积,远近名流争负笈从之。同里大学士张英出其门。著有《朴巢集》行世。《(康熙)安庆府志》卷一九、《(康熙)桐城县志》卷五、《(光绪)重修安徽通志》卷二二三有传。

书潜山孝烈张公传

公讳清雅,字玉楚。崇祯十年,献贼焚杀公同幼子超艺及仆云满。卫父棺不去,贼欲斩棺,公以两手覆棺,手断血溅。超艺跃出,伏公背求代,父子死焉。贼去,满乞邻两棺殓主尸,长号不食死。

昊天降灾[1],秦贼猬起[2]。薄我潜桐[3],焚戮更侈[4]。维潜有山,遁者如蚁[5]。张公之父,老不能徙。子视汤药,孙视甘旨。和仆尽瘁[6],左右伊迩。父之殒矣,瓶罍罍耻[7]。贼欲剖棺,仆力莫止。堕梁卫之[8],血刃手指。其孙复出,愿身代死。父子同归,棺赖无毁。仆也小人,卓哉君子。不食而数,哀感邻里。彼天伦也,理故应尔;此义合也,可已不已。道衰世乱,长蛇封豕[9]。背弃君亲,如遗敝屣[10]。孝义一家,凤毛麟趾[11]。三代可复[12],端必自此[13]。世无史官,有德不齿。我愿特书,用彰厥美[14]。激彼颓流[15],克敦纶纪[16]。为家之祯[17],为国之祉[18]。

辑自《朴巢诗集》续集

解题

张清雅,字玉楚,潜山北乡人。家贫力学,以教授自资。崇祯十年(1637),张献忠农民军焚劫北乡。清雅以父亲年老卧病,守之不去。不久,父病死。大殓刚完毕,农民军入其家,疑棺内藏金银,欲剖棺察看。清雅从屋梁上跳下,护棺哀泣;农民军断其手,清雅倒地不起。幼子超艺年十六,号哭求代。贼复砍之,父子俱死,而棺得不剖。仆人云满,具两棺殓之,亦不食而死。事见现存各本《潜山县志》及《明史·孝义传》,而王猷定所作传记叙事最为详尽(载《轸石文集》)。

作者此诗表彰了张清雅父子的孝行,也褒美了仆人云满的节义之举。他企图通过这样的表彰和褒扬而拯救萎靡不振的世风和日益败坏的伦常纲纪,认为只有世风振、伦纲厚,才是国家之福,才能恢复儒家所推崇的盛世。

注释

〔1〕昊天:苍天。昊,元气博大貌。

〔2〕秦贼:此指张献忠领导的农民军。中国古代陕西、甘肃一带为秦国,张献忠为陕西延安人,故蔑称其农民军为"秦贼"。猬起:如刺猬毛丛聚那样蜂拥而起。比喻众多。

〔3〕薄:搏击,拍击。此指进攻。

〔4〕焚戮:焚烧杀戮。犹言杀人放火。侈:多。

〔5〕遴:遴集。犹鳞集。像鱼鳞一样聚集。遴,通"鳞"。

〔6〕尽瘁:殚精竭虑。

〔7〕瓶罄罍耻:《诗经·小雅·蓼莪》:"瓶之罄矣,维罍之耻。"朱熹集传:"言瓶资于罍而罍资瓶,犹父母与子,相依为命也,故瓶罄矣,乃罍之耻。"比喻二者关系密切,相互依存,利害相同。

〔8〕"堕梁"句:指从屋梁上跳下。堕,掉落。

〔9〕长蛇封豕:长蛇与大猪,借喻贪婪暴虐者。

〔10〕敝屣:破鞋。谓轻视如破鞋一文不值。

〔11〕凤毛麟趾:凤凰的毛,麒麟的脚。比喻珍贵而稀少的人才或事物。

〔12〕三代:指夏、商、周三个朝代,是儒家推崇的盛世。

〔13〕端:发端,开始。

〔14〕彰:表彰,彰扬。厥:其。

〔15〕颓流:衰颓的世风。衰颓,萎靡不振。

〔16〕克敦:能使敦厚。纶纪:伦常纲纪。

〔17〕祯:吉祥。

〔18〕祉:福。

赠陈遐伯

潜山山水自清奇,笔墨传来是画师。痛哭白头天宝后[1],狂呼赤脚雪峰时。技能格矢人称捷,诗就敲吟我愧迟。知尔岁寒坚苦节[2],梅花不赠向南枝[3]。

辑自《朴巢诗集》续集

解题

陈遐伯即陈延。延字霞伯,潜山人。年轻时多巧思,凡百工技艺之善者,一见无不摹仿,酷肖。尤精篆刻。然折右手,一切书画皆用左手。遇寇乱,遂侨寓白下,未几迁芜湖。与萧云从称画苑二妙。著有《孤竹诗集》。

此诗写潜山清新奇妙的山水孕育了陈延这位丹青圣手,他不忘国土沦丧的悲痛,技能惊人,诗思敏捷,且具有坚贞的节操,虽然侨寓他乡,但始终不忘故土。全诗虽多用典,但诗意连贯而下,读之并无阻碍,反觉有内涵丰厚之妙。

注释

〔1〕"痛哭"句:写亡国之恨。痛哭,指新亭痛哭。西晋末年,中原沦丧,朝廷避乱江南,部分官员在金陵(今南京市)西南的新亭聚会,相对痛哭,丞相王导认为:"当共戮力王室,克复神州,何至作楚囚相对?"见南朝宋刘义庆《世说新语·言语》。天宝,唐玄宗年号。元稹《行宫》:"白头宫女在,闲坐说玄宗。"后因以"新亭痛哭"、"白头天宝"比喻国土沦丧的悲痛。

〔2〕"知尔"句:意谓陈遐伯有坚贞的节操。岁寒,《论语·子

罕》:"子曰:'岁寒,然后知松柏之后凋也。'"后因以"岁寒节"、"岁寒操"喻坚贞之操。

〔3〕"梅花"句:不把梅花朝南的树枝赠人,喻思念故土。南枝,朝南的树枝。多用以指思念家乡。《古诗十九首》:"胡马依北风,越鸟巢南枝。"何逊《送韦司马别》诗:"予起南枝怨,子结北风愁。"

潜山陈遏伯暨张龄若同集马一公东轩分得人字

老向沧洲号外臣[1],大裒轩曝日华新[2]。诗分天柱奇峰雪,笛弄梅花别院春[3]。高卧元龙常傲世[4],多情司马惯□宾[5]。苍松白石犹堪画,可许闲身作□人。

辑自《朴巢诗集》续集

解题

此诗为作者与潜山陈延诸友人雪中在天柱峰下马一公的东轩中分韵题诗而作。全诗写诸人隐居乡间、远离尘嚣、恬静朴素、高士为邻的田园生活,表现了古代士人闲适的生活理想。

注释

〔1〕沧洲:水滨之地,古代隐士居住的地方。外臣:方外之臣,指隐居者。

〔2〕大裒轩:指东边能被清晨阳光照射的长廊、小屋或窗户。宋谢逸《王立之大裒轩》:"小人拙生事,三冬卧无帐。忍寒东窗低,坐待朝曦上。徐徐晨光熙,稍稍气血畅。熏然四体和,恍若醉春酿。"日华:太阳的光华。

〔3〕笛弄梅花:用竹笛吹奏梅花曲调。梅花,指梅花曲,即"梅花三弄",包括《梅花引》《梅花曲》《玉妃引》《三落》等。是古琴曲、笛曲

和各种器乐的独奏曲。曲调以赞美梅花的凌霜傲雪、清雅高洁，表达人们对高尚品德的向往。别院：正宅之外的宅院。此指东轩。

〔4〕高卧元龙：指东汉陈登。《三国志·魏书·陈登传》载：陈登，字元龙，原为徐州牧陶谦部属。兴平元年（194），陶谦死，刘备领徐州牧，他任幕官。吕布夺占徐州后，他密谏曹操宜早除之，被任为广陵太守。在广陵有盛名。一次许汜和刘表、刘备共论天下人。汜曰："昔遭乱过下邳，见元龙。元龙无客主之意，久不相与语，自上大床卧，使客卧下床。"后用其比喻怠慢客人，对待客人不热情。傲世：谓轻视世人。

〔5〕多情司马：指汉文学家司马相如。司马相如为西汉时成都人。饱才学，善弹琴。去长安进取功名，路经临筇，投宿富豪卓王孙家，弹《凤求凰》曲。卓王孙新寡在家的女儿文君听见琴音而生爱慕之心，当夜随相如私奔，结为夫妇。但生活贫困，在临筇卖酒度日。作《子虚赋》深得武帝赏识，受聘去京做官。汉景帝时曾为武骑常侍。后免官去梁，与枚乘、邹阳、庄忌等文人同游于梁孝王门下。梁孝王爱好文学，在其封国内筑有一座"梁园"，为游玩与延宾之所，司马相如自然是座上客。宋王安石《次韵约之谢惠诗》："元龙但高眠，司马勿亲涤。"此借指马一公。